Jerome „Corky“ Corcoran ist zweiundvierzig und rundum erfolgreich. Er spekuliert, investiert, vermittelt, sitzt im Rat der Stadt, gewinnt zunehmend an politischem Einfluß und ist durch und durch ein „lady's man“. Mit seinem großen Haus, seinen sündteuren Anzügen und meist völlig überzogenen Trinkgeldern versucht er seine Herkunft aus dem schäbigeren Teil der Stadt vergessen zu machen. Doch dann, während eines einzigen Wochenends, droht das alles wie ein Kartenhaus zu zerfallen.

Nur selten ist in der Literatur ein Mann so kraftvoll und packend zum Leben erweckt worden wie Corky Corcoran in Oates' großem Amerika-Roman: all seine Stärken und Schwächen, sein Ehrgeiz, seine Korruptheit, seine überschäumende Körperlichkeit - aber auch seine Einsamkeit und seine Verlorenheit. Und all das fügt sich zu einem inneren Porträt der amerikanischen Gesellschaft, wie es treffender und schärfer kaum sein könnte.

In einem atemlosen Marathon wachsender Verzweiflung läßt uns Joyce Carol Oates mit ihrem Helden bangen, schwitzen, leben, während er versucht, seine finanziellen Besitztümer vor dem Untergang zu retten, sein Gefühlsleben in den Griff zu bekommen und seine rebellierende Stieftochter davor zu bewahren, sich selbst - und ihn - zu zerstören.

„Wofür ich gelebt habe“ ist ein großes amerikanisches Epos und darf ohne Zweifel als das ambitionierteste und gelungenste Werk der Autorin bezeichnet werden.

Joyce Carol Oates

Wofür ich gelebt habe

Roman

Aus dem Amerikanischen von
Renate Orth-Guttmann

Deutsche Verlags-Anstalt
Stuttgart

Die Originalausgabe erschien 1995 unter dem Titel
»What I Lived For«
bei Plume/Penguin, New York

Die Deutsche Bibliothek – CIP-Einheitsaufnahme

Oates, Joyce Carol:
Wofür ich gelebt habe : Roman / Joyce Carol Oates.
Aus dem Amerikan. von Renate Orth-Guttmann. –
Stuttgart : Deutsche Verlags-Anstalt 1997
Einheitssacht.: What I lived for <dt.>
ISBN 3-421-05072-4

Satz: Fotosatz Weyhing, Stuttgart
Druck und Bindearbeit: Friedrich Pustet GmbH, Regensburg
Printed in Germany
ISBN 3-421-05072-4

Für Billy Abrahams, Verleger und Freund

Er ruht. Er ist gereist.
James Joyce, Ulysses

Inhalt

Prolog

24. Dezember 1959 – 27. Dezember 1959

1

Gott zerbarst in Donner und splitterndem Glas.

Gott war ohrenbetäubend, dröhnte aus dem Winterhimmel, an dem schwer die Sturmwolken über dem Eriesee hingen.

Gott war Feuer, sechs Stakkatosalven, war Glas, das wie irres Gelächter durch die Luft flog, war das Kreischen von Reifen, mit denen ein Auto beschleunigte und in östlicher Richtung auf der Schuyler davonfuhr.

Gott schlug zu, schnell und ohne Vorwarnung. Gnadenlos. In dem leichten, pudrig-glitzernden Schneefall des Weihnachtsabends.

Der eigentlich noch Nachmittag war, aber an diesem kurzen, aschgrau verhangenen Tag war es jetzt, um 16.20 Uhr, schon fast dunkel.

Timothy Patrick Corcoran, der, mit dem Rücken zu der schmalen Straße stehend, einen Buchsbaumkranz an die Eingangstür des Hauses Schuyler Place 8 hängte, wurde von der ersten Kugel unten im Kreuz getroffen, die zweite zerschmetterte mehrere Wirbel und durchschlug die Lungen, die dritte ging fehl, die vierte traf ihn im Nacken und blieb im Hinterkopf stecken, und inzwischen stürzte er schon, die Augen vorquellend in jähem Staunen über den Tod, und riß den schweren Kranz auf die fächerförmige Vortreppe hinunter, auf der sich sogleich eine glänzende Blutlache ausbreitete.

Er hustete Blut, erstickte an Blut. Auch der Kranz war später blutgetränkt, ein dicker, schwerer, dekorativer Kranz, erst an diesem Nachmittag erstanden, mit würzig-aromatischem Duft, ein schöner Kranz für das schöne neue Haus am Schuyler Place, einen Meter im Durchmesser, mit so rot leuchtenden Beeren an den Zweigen, daß es künstliche Beeren hätten sein können, mit einer so auffällig leuchtenden roten Satinschleife, daß sie aus Plastik hätte sein können.

Ein Draht, der sich durch das Gewicht des Sterbenden aus dem Kranz gelöst hatte, würde sich an seiner linken Wange verfangen und in die Haut bohren. Als man ihn hochhob und umdrehte, würde sich der Kranz ein Stück weit mit ihm heben, ehe er zurückfiel.

Timothy Patrick Corcoran, sechsunddreißig Jahre alt, 1,85 groß, 95 Kilo schwer, ein großer, kräftiger Mann, der körperliche Unzulänglichkeit nicht ertrug, fiel schwer und ohne jede Anmut, versuchte zuerst, sich an der Tür festzukrallen, gegen die der wuchtige Aufprall der Kugeln ihn geschleudert hatte, dann an dem Kranz und an seiner Brust, die in einem Schmerz, der alle Schmerzen überstieg, explodiert war, und brach, das linke Bein unter dem Körper, auf dem Betonboden der Vortreppe zusammen, die er erst heute vormittag von vereistem Schnee freigeschaufelt hatte und auf der jetzt eine dünne Schicht von pulvrigem Neuschnee lag.

Die dritte, fünfte und sechste Kugel schlugen in die Tür, zerschmetterten das Halbrund des Bleiglasfensters, das aussah wie eine aufgehende Sonne, und blieben in der Wand der Diele und in dem dicken Eichenholz der Tür stecken.

Es war eine hohe, auffallend stolze Tür. Neben dem Bleiglasfenster prunkte ein überdimensionaler schmiedeeiserner Türklopfer in Form eines amerikanischen Adlers und ein Messingknauf, der so hell glänzte, als sei er von innen erleuchtet.

Auch die Tür würde mit Timothy Patrick Corcorans Blut bespritzt sein, der helle Messingknauf blutverschmiert.

Als habe der Sterbende in einem letzten Aufbäumen seines starken, unbeugsamen Willens den Türknauf gepackt, um die Tür zu öffnen und sein Haus wieder zu betreten.

Sein Haus, allerdings nicht von ihm gebaut, sondern nur renoviert.

Schuyler Place 8: Das »neue« Corcoran-Haus.

In den Überlieferungen der Familie und in den Erzählungen

jener, die die Corcorans kannten, würde es immer das »neue« Haus in Maiden Vale sein, in dem Timothy Patrick Corcoran am Abend des ersten Weihnachtsfestes, das er dort hatte verbringen wollen, gestorben war. Auf seiner eigenen Schwelle hatte Gott ihn niedergestreckt, in einem Viertel von Union City, in dem man eigentlich nicht erwartet hätte, daß Gott sich überhaupt in die Angelegenheit der Menschen einmischte.

Im Januar 1959 war Timothy Patrick Corcoran mit seiner Frau Theresa und seinem elfjährigen Sohn Jerome am Schuyler Place 8 eingezogen. Das »alte Haus« war die Barrow Street 1191 in Irish Hill, im Südwesten von Union City: Kirchengemeinde Our Lady of Mercy, Sechster Polizeibezirk, begrenzt vom Grand Boulevard im Norden und dem Ufer des Eriesees im Westen, den Stadtgrenzen des industriellen Shehawkin im Süden, dem Decatur Boulevard, dem Eisenbahngelände und den Schlachthöfen im Osten. Aber selbst in Irish Hill kam es in jenen Nachkriegsjahren selten vor, daß ein Mann am Weihnachtsabend von Kugeln durchsiebt auf der Schwelle seines eigenen Hauses tot zusammenbrach.

Timothy Patrick Corcoran. Geboren am 7. November 1923, Union City, New York. Gestorben am 24. Dezember 1959, Union City, New York.

Timothy Patrick Corcoran, katholisch getauft und gefirmt und getraut, doch in seiner Sterbestunde ohne den Trost der letzten Ölung, des letzten Sakraments einer Kirche, an die er seit seiner Kindheit sowieso nicht mehr glaubte, obwohl er, als die erste Kugel in seinen Körper schlug und er begriff, daß dies der Tod war, der explodierende, feurige Tod, dem er in Korea mehrfach entgangen war, in dem stummen Staunen jener Stakkatosekunden, ehe sein Bewußtsein gelöscht wurde wie ein Kreidestrich von der Tafel, tatsächlich betete: *Gott helfe mir*!

In diesem Moment begriff er zum ersten Mal in seinem Leben, daß es keine Rolle spielt, ob man an Gott glaubt oder nicht. Oder ob es einen Gott gibt oder nicht.

Denn das, was *ist*, geht so rasch und so unwiderruflich über in das, was *war*, daß kein menschlicher Anspruch auch nur die geringste Bedeutung haben kann.

Gott zerbarst und war verschwunden. Nach dem ohrenbetäubenden Donner und dem splitternden Glas herrschte schreckliche Stille.

Und in dieser Stille entfernte sich, verringerte sich das Geräusch des unsichtbaren Wagens, der scharf die Kurve am Schuyler Place nahm und nordwärts auf der Summit zum Millard Fillmore Expressway entlangschleuderte und von dort an stadtauswärts, als rase er über den Rand der Welt, über den der Sterbende ebenfalls glitt.

Im Haus fing eine Frau an zu schreien.

2

Das Kind hörte die Schüsse und das Schleudern des Wagens und wußte es sofort, aber es hatte nichts gehört, hatte nichts begriffen, stand nur da wie gelähmt.

Es war elf Jahre alt. Von nun an würde sein Leben in zwei Teile gespalten sein.

In das, was du weißt, aber nicht verstehen kannst. Was wie ein Riß durch dich hindurchgeht und dich von Grund auf verändert.

Donner? Und kein Blitz? Kann es im Winter gewittern? Während es schneit?

Du wolltest denken, daß es vom Himmel kam. Nicht von der Straße.

Das feurige, explosive Peitschen von Schüssen, zu schnell zum Zählen, obgleich er jeden Schuß getrennt und schmerzhaft deutlich gehört hatte, und das plötzliche Beschleunigen eines Wagens draußen auf der Straße, kaum mehr als ein flüchtig durchs Fenster erblickter verwischter Schatten – er wußte es und wußte es nicht. Er keuchte, Schweiß sammelte sich unter seinen Kleidern. Er stand nicht am Fenster, sondern ein Stück weiter hinten, einen Meter vielleicht, war gerade in sein Zimmer gerannt und hatte sich aus seinem dicken Norwegerpullover gekämpft, den Großmutter Corcoran für ihn gestrickt hatte, war gerade schwer die Hintertreppe hochgestapft, die Wangen brennend und betäubt von der Kälte, schmelzende Schneeflocken in Haar und Wimpern, mit laufender Nase, die er sich mit den Fingern gewischt hatte

– er hörte es, und er wußte es, aber er hatte nichts gehört und wußte nichts.

Gerade eben hatte er das Zimmer betreten, das ihm nach fast zwölf Monaten noch immer nicht vertraut und keine Zuflucht war, ebensowenig wie das neue Haus, in das der Vater sie gebracht hatte, für das er eine Mischung aus Angst, Trotz und Stolz, aber keine Zuneigung empfand, und er hatte kein Licht gemacht, hatte nicht dableiben, sondern nur den schweren Pullover loswerden, mal aufs Klo gehen und dann schnell wieder hinunter wollen, er hatte den Kopf voll mit Weihnachten, an den Weihnachtsabend dachte er und den Weihnachtstag, an die vier Meter hohe Fichte in einer der Ecken des Wohnzimmers mit der weiten, kirchenartigen Decke, an den glitzernden Christbaumschmuck, den er zusammen mit seiner Mutter aufgehängt hatte, das Kreuz und Quer der Lamettafäden, die bloßgelegten Nervensträngen glichen, an die silbernen Eiszapfen und grellbunten Lämpchen, die er mit seinem Vater unter Hilfe trickreicher Federn und Schrauben an den Ästen befestigt hatte, wo sie (gestern abend hatte Jerome plötzlich begriffen, was alle anderen vermutlich längst wußten, was im Grunde sonnenklar war) brennende Kerzen vortäuschen sollten. Er hatte sich mit gerötetem Gesicht und laufender Nase aus dem schweren grünen Pullover gequält, der eng anlag und keine Luft durchließ, wie eine Ritterrüstung, und ihn nachlässig in Richtung Bett geworfen, ja, er hatte mit dem Gesicht zum Fenster gestanden, aber er hatte nichts gesehen, keinen Wagen, nur den vagen Eindruck von etwas, was der Form nach ein Wagen hätte sein können, ein Fahrzeug, das langsam heranrollte oder wohl sogar angehalten hatte, draußen am Gehsteig, hinter der schneebedeckten Fläche, die ein Stück des Vorgartens war, ohne Licht, in dem traumgleich fallenden pulvrigen Schnee, aber es hatte sich ihm nicht eingeprägt, warum auch, er gehörte nicht zu den Kindern, die den Blick scharf oder mit unpersönlicher Wißbegier auf Gegenstände richten, die sie im Grunde nichts angehen, und in diesem freischwebenden Augenblick, ehe die Stille am Schuyler Place zerbarst, hätte Jerome Corcoran nicht ahnen können, daß ein schattenhaft wahrnehmbares Fahrzeug am Gehsteigrand ihn auch nur im entferntesten angehen würde.

(Hätte er überhaupt darüber nachgedacht – was nicht der Fall war –, hätte er sich vermutlich gesagt, daß Freunde seiner Eltern auf einen Sprung vorbeigekommen waren. Es war der Abend vor Weihnachten, und der große Tag bei den Corcorans war der erste Weihnachtsfeiertag, bis zu vierzig Gäste zum Dinner, Verwandte, Freunde und weiß Gott wie viele Bekannte, die nur mal auf einen Drink hereinschauten, so wie sie in vergangenen Jahren ausgelassen in das Haus in der Barrow Street geströmt waren, vor allem Männer, Geschäftsfreunde der Brüder Timothy und Sean Corcoran, Großhändler, Lieferanten, Auftraggeber der Corcoran Brothers Construction Co., Gewerkschaftsfunktionäre, Politiker, Polizeibeamte, der Bürgermeister und seine Familie – das würde morgen sein, am ersten Weihnachtstag, den die Corcorans im neuen Haus feierten, aber heute nachmittag hätte jemand vorbeikommen können, um seine Mutter oder seinen Vater zu besuchen, gleich würde man das noch immer fremde, merkwürdig klagende Bingbong der Haustürklingel hören, das hätte er sich vermutlich gesagt, wenn er überhaupt darüber nachgedacht hätte. Was nicht der Fall war).

Wie angewurzelt stand er da. Von Denken keine Rede.

Als habe das unverständliche Geräusch, das laute Knallen, ihm den Kopf leergesprengt.

Er registrierte die grün leuchtenden Ziffern des Uhrenradios, eine Uhr für Kinder, ein rotes Plastikraumschiff. 16.20. Ja, gewiß, aber gesehen hatte er nichts, konnte sich später nicht erinnern.

Und dann das jähe Anlassen des Motors, der kreischende Protest von Reifen auf der Fahrbahn, der ansonsten dem Jungen erregend bis in die Magengrube fuhr, während er sich voller Vorfreude ausmalte, wie er später, wenn er alt genug war, um einen Wagen zu haben wie die älteren Jungs aus der Gemeinde, genauso fahren, mit einem Kavaliersstart die anderen an der Ampel abhängen würde. Als er den Wagen am Schuyler Place anfahren hörte, wo kein Mensch so fuhr, dachte er in Panik *Die gehören hier nicht her* und *Irgendwas stimmt nicht,* und sein Herz fing an zu rasen, er zitterte am ganzen Körper, in seinen Gedärmen kniff und rumorte es, so daß er sich fast in die Hosen gemacht hätte, aber er hatte es immer noch nicht begriffen.

Bis unten seine Mutter anfing zu schreien.

3

Er lief zu seiner Mutter, dorthin, von wo aus sie ihn gerufen hatte. Nicht bei seinem Namen, bei keinem Namen, nur mit einem rauhen, gequälten Laut wie ein Tier, das Schmerzen hat.

Der Fußboden kippte unter seinen Füßen weg. Sein Atem kam keuchend und stoßweise.

Jetzt wußte er es. Aber er konnte nicht wissen, was er wußte.

Er hatte weiche Knie, er hatte die größte Angst, kopfüber die Treppe hinunterzufallen. Er streckte haltsuchend die Hand aus, bekam eine glatt polierte Stange zu fassen, die in diesem Haus Treppengeländer hieß.

Flüchtiger Blick auf ein pergamentfahles Kindergesicht in einem stechpalmengeschmückten Spiegel. Hohe rote Kerzen mit weißem Docht, die erst am Weihnachtsabend angezündet werden sollten. Ein Blick durch den gewölbten Durchgang zum Wohnzimmer auf die Pracht des riesigen Weihnachtsbaums und die darunter aufgebauten glänzenden Geschenke.

Was hatte Jerome Corcoran sich gewünscht? Ein Paar neue Schlittschuhe fürs Eishockey?

Schon war das alles unwichtig geworden. Es war vorbei.

Es war keine Treppe, die er in panischer Angst hinunterstürmte, sondern eine Treppenflucht. Er hatte den Schreinern seines Vaters bei der Arbeit zugesehen, war dabei gewesen, wie der dicke rote Läufer festgeklopft worden war, wie die Gipser, einer von ihnen ein Schwarzer, die Wände, die elegante perlweiße Decke gegipst hatten, aber noch immer war das alles so fremd, während er nach unten rannte und wimmerte: Mommy? – Mommy? *Daddy?*

Ein magerer Junge, zu klein für sein Alter, Ähnlichkeit mit dem Vater um Augen und Mund, der linke Schneidezahn unten ausgezackt und ein wenig größer als der rechte, das krause rotbraune Haar hatte er von Tim Corcoran, aber körperlich schlug er der zierlichen, 1,52 kleinen Theresa nach, es war seine heimliche Angst, daß er nicht mal Durchschnittsgröße erreichen würde, damit wäre er deutlich im Nachteil gegenüber den Jungen in seiner Klasse und auf dem Schulhof, wo es rauh und manchmal ruppig zuging, er betete zu Gott und zu Jesus und mit großer Hingabe zur Heiligen Mutter Maria, ihn wachsen zu lassen, ein tüchtiges Stück in einem einzigen Jahr, er würde auch nie mehr um etwas anderes bitten. Dürre Arme und Beine, Ohren, die wie Henkel abstanden, wenn das Haar frisch geschnitten war, wie ihn das erboste, vor dem Spiegel flüsterte er unhörbare Verwünschungen, die er nicht laut auszusprechen wagte, nicht einmal, wenn er allein war, denn solche Worte zu sagen war eine Sünde, und jeden Samstagnachmittag mußte er im Beichtstuhl seine Sünden Pater Sullivan beichten, im Beichtstuhl durfte man nicht lügen, sonst würde die ursprüngliche Sünde nur noch schlimmer. Und schon der kleine Jerome Corcoran hatte den störrischen Stolz seines Vaters, der das Lügen verachtete, denn was war eine Lüge anderes als das Eingeständnis, daß man zu feige ist, die Wahrheit zu sagen?

Dem ängstlichen Spieler winkt kein Gewinn, dem ängstlichen Mann keine Liebe.

Und der komische Satz, den Tim Corcoran immer mal wieder beiläufig fallen ließ: *Mit einem Zug sollte man kein Wettrennen veranstalten.*

Am Fuß der Treppe, wo die Stufen sich verbreiterten, schlug ihm kalte Luft entgegen (die Haustür mußte weit offen stehen), und er hörte die atemlosen Schreie seiner Mutter, die in der Luft vibrierten wie eine Fortsetzung des splitternden Glases, was er, wie er jetzt begriff, zugleich mit den Schüssen gehört hatte, das mußte die Scheibe in der Haustür gewesen sein, denn auf dem gefliesten Boden der Diele, die in diesem neuen Haus Foyer hieß, lagen glitzernde Scherben.

Mommy?

An diesem Nachmittag des Heiligen Abends 1959 befanden sich noch mehr Leute in dem Haus am Schuyler Place 8 – Timothy Corcorans zweiundsechzigjährige verwitwete Mutter, Theresa Corcorans Cousine Agnes, die aus Albany zu Besuch war, die schüchterne zahnlückige Deirdre aus Ballyhoura, Irland, die im Haus half –, aber es war der elfjährige Jerome Corcoran, der in dem leise rieselnden Schnee als erster seine Mutter entdeckte, die über dem leblosen Körper seines Vaters auf der Vortreppe kniete, die Hände glänzend von Blut, die langen, engen Ärmel und das plissierte Oberteil ihres lavendelfarbenen Wolljerseykleides blutgetränkt.

Theresas Augen waren stumpf, blind und irre, während sie schreiend auf Jerome blickte, ohne ihn zu erkennen.

4

»Erzähl uns einfach, was du gehört und was du gesehen hast, mein Junge.«

»Ich hab die Schüsse gehört und das Auto.«

»Du hast das Auto gesehen? Aus diesem Fenster hier?«

»Nein, das Auto hab ich nicht gesehen.«

»Du hast das Auto gehört, ja? Wie es weggefahren ist.«

»Ja.«

»Du hast das Auto nicht kommen sehen, du hast das Auto nicht gesehen, ehe die Schüsse fielen?«

»Ich glaub nicht.«

»Wie viele Schüsse waren es?«

»Ne Menge.«

»Hast du sechs Schüsse gehört?«

»Kann schon sein.«

»Dann hast du gehört, wie der Wagen gestartet ist. Weggefahren ist.«

»Ja.«

»In welche Richtung?«

»Da lang.«

»Da lang, okay. Du hast also den Wagen gesehen?«

»Kann sein, daß ich ihn da gesehen hab, ich weiß es nicht.«

»Hast du ihn gesehen oder hast du ihn nicht gesehen, mein Junge? Na?«

»Ich hab eine Bewegung gesehen... ich weiß nicht.«

Wie eine Mädchenstimme, dünn und gepreßt. Und die so männertypische Angst, daß er vielleicht würde heulen müssen und keine Frau da war, um ihn zu trösten.

McClure, der älteste der vier Männer in Jeromes Zimmer, sprach freundlich mit ihm. Hin und wieder, wie jetzt, legte er seine warme, schwere Hand auf die schmale Kinderschulter. Du hast Detective McClure schon bei Familientreffen gesehen, hatten sie zu Jerome gesagt. McClure war ein entfernter Vetter seiner Mutter, aber Jerome konnte sich nicht an ihn erinnern, wie er sich überhaupt an Erwachsenengesichter schlecht erinnern konnte.

»Zeig uns nochmal, wo du gestanden hast, Junge«, sagte McClure.

Jerome wischte sich die Nase mit den Fingern ab und stellte sich wieder an den Rand des rostfarbenen Zottelteppichs, den er bis zu diesem Vormittag, dem Weihnachtstag, der nun eigentlich keiner mehr war, noch kein einziges Mal bewußt angeschaut hatte.

Es war ein neuer Teppich mit grober grasartiger Struktur, den seine Mutter für sein neues Zimmer in dem neuen Haus ausgesucht hatte, aber es hatte bisher für ihn keinen Grund gegeben, ihn richtig wahrzunehmen. Hätte er nicht gewußt, daß das der Teppich war, über den er in den letzten elf Monaten manchmal barfuß gegangen war – er hätte ihn in einem Teppichgeschäft nicht erkannt.

Wie langsam sich die Welt plötzlich drehte, wie sie sich plötzlich auftat, mit einem Mal merkte man, daß alles, was man sich nie angeschaut, woran man nie gedacht hatte, immer schon dagewesen war und nur gewartet hatte.

Er hatte weiche Knie, die Männer sahen, daß seine Beine zitterten. Er bewegte sich langsam wie jemand, der seine Nüchternheit beweisen will, auch wenn er aus Erfahrung weiß, daß es damit manchmal nicht weit her ist.

»Dort?« McClure runzelte die Stirn. »Vorher hast du mehr da drüben gestanden.«

Er rührte sich nicht. Er spürte den subtilen Druck, der von erwachsenen Männern ausgeht, wenn sie sich freundlich, geduldig, mitfühlend geben. Er wußte, daß all das sehr plötzlich zu Ende sein konnte. Trotzdem rührte er sich nicht. »Ich hab den Pullover ausgezogen und aufs Bett geworfen.«

»Den Pullover hier, ja? Den dir deine Oma gestrickt hat. Ich hab genauso einen, nur in einer anderen Farbe, weiß im Moment nicht, in welcher.« Jeromes Onkel Sean, der auf Jeromes eilig gemachtem Bett saß, beugte sich grunzend vor, um einen Ärmel des grünen, ordentlich auf der Kommode zusammengelegten Zopfmusterpullovers zu berühren. Mit einer seltsam zärtlichen Geste hob er den Ärmel an und ließ ihn wieder fallen. »Und größer, nicht?« Er stieß einen zischenden Laut aus, der als Lachen gemeint war.

Sean Corcoran hatte in der vergangenen Nacht nicht geschlafen. Man sah ihm an, daß er getrunken hatte. Man sah ihm an, daß er nach dem Mord an seinem jüngeren Bruder Tim wie gelähmt war. Der Schock bewahrte ihn zumindest im Moment noch vor dem Gefühl der Angst.

Im Lauf der Jahre hatte es öfter mal Drohungen gegen die Brüder Corcoran gegeben. Bisher aber hatten sie sich immer in Luft aufgelöst, oder es war dafür gesorgt worden, daß sie sich in Luft auflösten, der Junge wußte das, auch wenn er keine Einzelheiten kannte.

Sean Corcoran, 41, hatte ein hochrotes, wie geprügelt wirkendes Jungengesicht, fassungslos vergrämte, rotgeäderte Augen, hell wie geschälte Trauben. Er hatte einen dicken runden Bauch und einen rosa Schädel mit sorgfältig darübergekämmten grauroten Haarsträhnen. Wie Tim Corcoran und wie der verstorbene Vater der beiden trug Sean Corcoran stets ein frisch gewaschenes, gestärktes weißes Hemd mit langen Ärmeln und einen Schlips, egal, zu welcher Gelegenheit, egal, wie ihm zumute war, und so war er – zwar unrasiert und ungewaschen – auch an dem Tag nach Tim Corcorans Mord angezogen.

Jerome sah trostsuchend zu seinem Onkel hinüber, der aber rauchte eine Camel nach der anderen und verstreute die Asche auf dem Boden und dem Bett. In der rechten Hand hielt er eine Halbliterflasche Johnnie Walker, die er aus Höflichkeit oder Gewohnheit den drei anderen anbot, und als sie pflichtschuldigst ablehnten, trank er selber einen Schluck und fuhr sich mit den Fingerknöcheln über die blassen, fleischigen Lippen. Früher war Onkel Sean Maurer gewesen, man sah es an den Händen.

»Auch 'n Schluck, Jerome?« Sean streckte dem Jungen die Flasche hin.

Jerome hätte gern Ja gesagt, er hatte schon Whiskey und oft Bier von seinem Vater bekommen, aber er schüttelte ablehnend den Kopf, während McClures Finger auf seiner Schulter ihn diskret, aber unmißverständlich vorwärts schoben.

»Näher ans Fenster, Junge. Hier ungefähr.«

Jerome gehorchte. Auch er hatte in der vergangenen Nacht nicht geschlafen. Er kniff die entzündeten, geschwollenen Augen zusammen, da das gleißende Licht ihn blendete. Draußen lag eine grellweiß verschneite Welt, die etwas von der schmerzhaften Klarheit eines überbelichteten Fotos hatte. Das weiche Dämmerlicht des Schneefalls war verschwunden, als sei es nie gewesen. Frostig blauer Himmel, scharfer Wind vom Eriesee her, der sandfeinen Schnee wellenförmig über den Gehsteig vor dem Haus Schuyler Place 8 und die schneebedeckte Dünenlandschaft des kleinen Parks gegenüber wehte. Zehn zwölf stattliche alte Häuser, Backstein oder stuckverziert, standen am Schuyler Place, und der Junge spürte deutlich, daß diese würdevollen Bauten das Haus Schuyler Place 8 anstarrten, das einzige, das an diesem Weihnachtstag 1959 auf Anordnung der Polizei von Union City abgesperrt war, das einzige, in dessen Auffahrt und vor dessen Gehsteig schwarzweiße, mit den Buchstaben UCPD bemalte Fahrzeuge standen.

»Den Streifenwagen am Randstein kannst du doch gut erkennen, nicht?«, fragte McClure freundlich. Als Jerome nicht antwortete, sagte er noch freundlicher: »Ich weiß, es ist die Hölle, Junge, Herrgott, das weiß ich ja. Aber du mußt dich jetzt daran erinnern, ehe du es vergißt.«

Sean sagte, und es hörte sich fast an wie ein Schluchzen: »Du bist unser einziger Zeuge, Jerome.«

Jerome schüttelte den Kopf, um klarer denken zu können. Er hatte die Frage gehört, aber schon wieder vergessen. Seine Mutter war am Vorabend ins Krankenhaus gekommen, ins Holy Redeemer Hospital, sie hat einen Schock, hatten sie gesagt, und auch seine Großmutter lag dort, sie hat einen Schlaganfall, hatten sie gesagt. Die Leiche seines Vaters lag im Bestattungsinstitut Donnelly auf der Erie Street, er war ermordet, war hinterrücks erschossen worden, aber man konnte sich mit der halluzinatorischen Leichtigkeit eines Traums bei geöffneten Augen durchaus vorstellen, daß Tim Corcoran nur nicht zu Hause war, er war ja oft, auch an Sonntagen, sogar an einem Feiertag wie

Weihnachten, in der Firma, wie die Familie sagte, der Firma Corcoran Brothers Construction Co., womit sie sowohl die Firma selbst als auch die Firmengebäude und den Bauhof meinte. Oder auf einer Baustelle. Oder am Steuer einer seiner Laster.

Schon oft hatte der Junge in der Fahrerkabine eines Lasters neben Tim Corcoran gesessen. Einmal auch in einem Betonmischer. Immer in der Angst, das schwere Fahrzeug könnte umkippen, das mahlende Geräusch der Kugel mit dem flüssigen Beton verstummen, aber natürlich passierte das dann doch nicht.

Viele Sachen, die einen in Angst und Schrecken versetzen konnten, passierten dann doch nicht.

McClure lockerte den Griff um Jeromes Schulter und wiederholte: »Erzähl uns einfach, was du gehört und gesehen hast, Junge. Laß dir nur Zeit.«

»Hab ich doch schon.« Die wunden, rissigen Lippen bewegten sich mühsam, aber die Worte wollten nicht kommen. Er mußte pinkeln. Und hatte wahnsinnige Angst, heulen zu müssen, sich vollzumachen, ohne es zu bemerken, während die anderen sich seiner Blamage schämten. Keine Frau im Zimmer, nur Männer, außer McClure noch ein Kriminalbeamter in Zivil, außerdem ein uniformierter Polizist mit Dienstmarke und einer forsch funkelnden Pistole im Halfter und der zornig beduselte Mann mit den Bartstoppeln, der sein Onkel Sean war und groß, stämmig und völlig deplaziert auf Jeromes Bett saß. An den zuckenden, schielenden Blicken, mit denen Sean Corcoran immer wieder über die Schulter zur Tür sah, merkte man, daß er fast damit rechnete, Tim gelassen zur Tür hereinkommen zu sehen, ihn in seiner spöttisch verwunderten Art fragen zu hören: *Was zum Teufel geht hier eigentlich vor?*

McClure sagte leiser: »Ein Mann wie Tim Corcoran, hinterrücks erschossen von menschlichem Abschaum, wir kriegen die Kerle, tot sind die, jetzt schon, wir wissen es, und sie wissen es. Du bist unser einziger Augenzeuge, Junge. Erzähl uns einfach, was du gesehen hast.«

Jerome machte sich los. Er sah nicht die Männer an, er sah nicht auf die Straße hinaus, wo die Polizeifahrzeuge standen, er sah in seinen Kopf hinein, sah etwas Unbeugsames, Störrisches darin. »Hab ich doch schon, ihr hört ja nicht zu. Ich bin reingekommen und hab meinen Pullover ausgezogen und da... ist es passiert.«

»Die Schüsse.«

»Die Schüsse und der Wagen.«

»Du hast den Wagen nicht gesehen?«

»Ich hab zuerst gedacht, es ist Donner. Ich weiß nicht. Ich hab nicht gewußt, daß es von der Straße kommt.«

»Okay. Und dann ist der Wagen ganz schnell weggefahren, und du hast ihn gesehen?«

»Ich hab ihn nicht sehen können. Es ging alles zu schnell. Es war zu spät.«

McClure war ein Mann um die Fünfzig, sein Gesicht war wie das von Sean Corcoran gerötet und wirkte wie geprügelt, sein heißer, feuchter Atem aber roch nicht nach Schnaps. Seine beherrschte Wut und das gezwungene Lächeln erinnerten Jerome an den Jähzorn seines Vaters, seine plötzlich steife Haltung, seinen unruhigen Blick, wenn etwas nicht nach seinem Willen ging, und wie gefährlich es war, sich gegen seinen Willen zu stellen, besonders vor Zeugen.

Der andere Kriminalbeamte fing an, etwas zu sagen, aber McClure schnitt ihm mit einer schroffen Bewegung das Wort ab. »Der Wagen, den du gestern da draußen gesehen hast, Junge«, sagte er, »war ein schwarzer DeSoto Viertürer, Baujahr 1958, auf den Nummernschildern vorn und hinten war Eis oder gefrorener Dreck, aber es waren Nummernschilder des Staates New York, schwarz auf orangefarbenem Grund, so viel hast du erkannt, vielleicht sogar ein Stück von der Nummer. Die Nummer war acht acht eins zwei MCF.«

McClure hielt einen Augenblick inne, dann fuhr er fort: »Und eins dieser dreckigen Schweine ist vermutlich der Mann, der deinen Vater hinterrücks erschossen hat.«

McClure hielt Jerome zwei Fotos unter die Nase, die der Junge zuerst verständnislos anstarrte. McClure hatte ein Foto in jeder Hand, und beide Hände zitterten merklich. Das eine zeigte einen jüngeren Mann mit unverschämtem Blick und einem Mund wie eine nach unten gekrümmte Narbe, das andere einen älteren, gewichtigeren Mann mit keilförmigem Haaransatz, Knollennase und eng zusammenstehenden Augen, die wie tote, gehäutete

Tiere aussahen. Es waren wohl polizeiliche Fahndungsfotos, körnige Schwarzweißaufnahmen, in Größe und Qualität etwa so wie die Bilder aus einem Woolworth-Fotoautomaten. McClure hielt sie unnötig hoch und nah an Jeromes Gesicht heran, als glaube er, Jerome sei kurzsichtig oder beschränkt.

»W-wer ist das?«, stotterte Jerome.

»Du kennst sie nicht, Junge«, sagte McClure. »Wir wissen, wie sie heißen, und wir kennen den Namen des Scheißkerls, der sie angeheuert hat. Das ist unser Geschäft. Der mit der Kanone muß hinten gesessen haben, am heruntergekurbelten Fenster. Wenn du den gesehen hättest oder den Fahrer, wir hatten eigentlich gehofft... aber wenn du es nicht sagen kannst... die Hauptsache ist der Wagen, Junge, den Wagen hast du doch gesehen, nicht? Direkt vor der Tür?«

Jetzt war der andere Kriminalbeamte nicht mehr zu bremsen. »Den schwarzen DeSoto«, sagte er aufgeregt und überredend. »Baujahr 1958. Ein Junge in deinem Alter kennt sich doch mit Autos aus, stimmt's, Jerome?«

Und Sean Corcoran sagte laut: »Jerome? Du mußt für deinen Vater tun, was du kannst. Sag es uns.«

Es wurde ganz still. McClure legte die Fotos so, daß er sie selbst anschauen konnte. »Du weißt nicht, wie sie heißen, Jerome«, sagte er behutsam. »Uns sind sie bekannt. Ebenso wie der Mann, für den sie arbeiten. Vielleicht hast du flüchtig ihre Gesichter gesehen, als der Wagen gestartet ist.«

Jerome schüttelte langsam den Kopf. »Nein.«

»Nein? Was nein?«, fragte McClure.

»Ich hab den Wagen nicht gesehen, und ich hab die Männer nicht gesehen. Es ging zu schnell.«

Wieder wurde es still. Die Stille war wie ein tiefer Abgrund in den Bergen (Jerome dachte an eine Szene in dem Film *Shane*, den er vor ein paar Jahren gesehen, den er sehr gemocht hatte, er hatte weinen müssen), ein Abgrund, in den du fallen kannst, ohne je unten anzukommen.

Dann stand Sean Corcoran schwankend auf und hockte sich ungeschickt vor Jerome. Der zuckte zurück, weil er dachte, er würde zuschlagen, aber sein Onkel schluchzte, ein Männerschluchzen, das nicht Kummer, sondern Wut bedeutete, und hätte in dieser hilflosen Wut Jerome in seinen Armen fast zerquetscht. Sein Atem kam in Dunstschwaden, seine Umarmung war heftig und ratlos-verzweifelt.

»Sie haben Tim Corcoran umgebracht, erschossen haben sie ihn wie einen Hund, aber wir kriegen die dreckigen Schweine, Jerome, wir wissen, wer sie sind, wir schicken sie in die Hölle, aber du mußt uns helfen Herrgott nochmal.«

»Ich hab's nicht gesehen, Onkel Sean«, flüsterte Jerome.

»Die Tatsache ist bekannt, die Identität der Männer ist bekannt und der Wagen, du hast hier gestanden und hast ihn gesehen, du mußt ihn gesehen haben, du bist doch nicht blind, Herrgottnochmal. Herrgottnochmal, du bist doch nicht blind, Jerome.«

Und so ging das noch eine Weile weiter an diesem Weihnachtstag des Jahres 1959.

5

Man sollte nicht denken, daß in einer so ruhigen Gegend ein Mann zu Tode kommen könnte. Es schneite wieder, die Flocken fielen jetzt dichter, wie sacht niedersinkender Schlaf.

Nie würde Jerome Corcoran vergessen, daß nichts, was *ist*, die Macht hat, das zurückzuholen, was *war*.

Daß die Zeit – anders als Uhrzeiger, die in alle Ewigkeit die Stundenrunde machen – nur in eine Richtung geht. Wie ein Fluß oder ein Pfeil. Oder die Flugbahn einer Kugel.

Dabei hatte Tim Corcoran versucht, sie zurückzudrehen. Am Memorial Day hatte er Jerome zum Friedhof mitgenommen, zum Our Lady of Mercy Cemetery, und dort waren dann Vater und Sohn an den Reihen der Namensschilder entlanggegangen und hatten 15 cm große amerikanische Fähnchen in die Gräber von Veteranen gesteckt, die Tim Corcoran zum Teil noch gekannt hatte. Über die merkwürdig stockenden, untypischen Sätze, die der Vater bei diesen Gängen stammelte, über die unerklärliche Traurigkeit, die er sonst zu keiner Zeit von ihm kannte, mochte der Junge nicht nachdenken. Er liebte seinen Daddy, und auf einen seiner Ausflüge mitgenommen zu werden war eine hohe Auszeichnung, aber Peinlichkeit und Langeweile des Memorial Day peinigten ihn wie das kratzigste seiner Wollhemden.

Und jetzt verließ er, während der Schnee auf die fächerförmige, gründlich von Tim Corcorans Blut gereinigte Vortreppe des Hauses Schuyler Place 8 fiel, die niemand betreten mochte, das Haus durch den Seiteneingang, um zur Beerdigung zu fahren.

Indes Flocken, so groß wie Blütenblätter, den Park gegenüber zudeckten.

Das im Nordwesten von Union City gelegene Maiden Vale war den Iren aus dem Süden der Stadt lange verschlossen geblieben. Für sie waren wir wie Neger, hatte Tim Corcoran gesagt, nicht so sehr verbittert, eher nachdenklich, mit seinem spöttisch schiefen Lächeln. Wir waren Scheiße auf ihren Schuhen, Junge.

»Wessen Schuhen?«, hatte Jerome gefragt, verwundert und erbost.

Er wußte schließlich, was Scheiße war, klar kannte er dieses unsägliche Schimpfwort.

Ein launisches, nervöses, reizbares Kind, ein verwöhntes Kind, wie manche meinten, der einzige Sproß von Eltern, die sich mehr Kinder gewünscht hatten und deren Pläne der liebe Gott durchkreuzt hatte. Ein Junge, über dessen Anflüge von Corcoran-Jähzorn, von Corcoran-Stolz sein Vater liebevoll lachte, ohne sich dessen zu schämen.

Den Corcorans gefiel – so wie es allen Familien gefällt, wie sie alle die Zeichen lieben, schätzen, hochhalten, die die Generationen verbinden und damit deutlich machen, daß die Vergangenheit nicht vor der Zukunft klein beigibt, sondern sie steuert und bestimmt und ihrerseits in ihr bewahrt wird, ein Grund zu Freude und Dankbarkeit –, wie der kleine Junge mit seinem Haar und im Gesicht dem Alten ähnelte. Bis hin zu dem etwas zu großen linken Schneidezahn mit der milchigen Riffelung auf dem Schmelz und der ausgezackten Unterkante, über die er ständig mit der Zunge fuhr, sein ganzes Leben lang.

»Den Schuhen dieser Armleuchter, die hier wohnen«, sagte Tim Corcoran. Sein Lächeln wurde so breit, daß man seine Zähne sah. »Die glaubten, daß sie uns über sind, weil sie mehr Geld haben.«

»Und jetzt nicht mehr?«, fragte Jerome. »Jetzt glauben sie das nicht mehr?«

Der Schuyler Park war mit einer gleichmäßigen Schneeschicht bedeckt, bis auf die schmalen, gewundenen Wege, die seit dem letzten Schneefall nicht geräumt, nur zusammengetreten waren, viele, viele Fußspuren übereinander. Bei schönem Wetter war der Park ein Rechteck mit sehr kurz geschnittenem, sehr grünem Gras. Golfplatzrasen. Es gab Rosenbeete und einen kriechenden Bodendecker, der aussah wie silbriges Moos, und hohe Bäume mit dieser abblätternden Borke, die Platanen hießen, Bäume, die Jerome in Irish Hill nie gesehen hatte und verächtlich als krank abtat, mit zinnfarbener Borke, die in Streifen herunterhing wie modernde Tapeten. Theresa aber sagte, wie schön, so ruhig, so wenige Menschen, ganz anders als der Dundonald Park im Süden. Noch nie hatte sie so einen Park in der Nähe gehabt. Nur schade – Theresa ließ dieses atemlos hektische Lachen hören, das ihren stichelnden oder gewagten oder aufreizenden Bemerkungen voranzugehen pflegte – nur schade, daß Jerome schon so groß ist, sonst könnte ich ihn im Kinderwagen hinfahren, in diesem süßen Kinderwagen mit den rotweißen Streifen.

Ja, und Theresa sah auch schon die Bank, auf der sie sitzen würde, unter einer der Platanen, sah sich Babys Wagen mit einem schlanken Fuß wiegen, während sie, den Kopf zurückgelegt und das Gesicht dankbar der Sonne zugewandt, die Augen schloß.

Wenn Theresa solche Sachen sagte, wurde Tim Corcoran sehr still und gab keine Antwort.

Und Jerome machte es genauso, denn er wußte, daß es am sichersten war zu schweigen, wenn Mommy so atemlos lachte, während aus ihren Augen trügerische Lustigkeit strahlte und sie an ihren Fingern zog.

Im Schuyler Park gab es keine Schaukeln oder Wippen. Und kaum Kinder in seinem Alter. Und hätten die Eltern dieser Kinder es ihnen erlaubt, mit Jerome Corcoran zu spielen?

Scheiße auf ihren Schuhen, Junge. Haben sie gedacht.

Und jetzt nicht mehr, Daddy? Jetzt glauben sie das nicht mehr?

In dem ersten und einzigen Sommer, den er im Haus Schuyler Place 8 in Maiden Vale verbracht hatte, war er unzählige

Male in das alte Viertel zurückgekehrt, in den Dundonald Park, der ein richtiger Park war und in dem er gespielt hatte, solange er zurückdenken konnte. Planschbecken, Schwimmbad, Softball-Platz, die holprig-struppigen, mit Abfall übersäten Grasflächen, seine Freunde. Er war ein Kind, das immer Freunde hatte. Jungen wie er, deren Familien sich kannten oder miteinander verwandt waren. Die in der Gemeinde von Our Lady of Mercy in der Barrow Street, der Roosevelt, Dalkey oder Dundonald Häuser aus Holz, Backstein oder Stuck mit gepflegten kleinen Vorgärten bewohnten. Wenn weder Daddy noch Mommy Zeit oder Lust hatten, ihn hinzufahren, fuhr er mit dem Bus. *Summit* bis *Union Blvd*, dann einen rosa Umsteiger nach *S. Erie*. Es war dieselbe Strecke wie zur Schule. Als Erwachsener würde er an die städtischen Busse von Union City nur noch mit zornigem Widerwillen denken, aber damals fand er sie durchaus in Ordnung, so wie Kinder die Umstände ihrer Kindheit, die sie glücklich gemacht haben, durchaus in Ordnung finden. Oder mehr als das.

Oder auch die, die sie unglücklich gemacht haben. Denn die Kindheit gehört dir, so oder so.

So wie ein Traum dir gehört, auch wenn es ein Alptraum ist.

Er nahm den rumpelnden städtischen Bus, einen Vierteldollar aufs Zahlbrett, zurück ins alte Viertel. Irish Hill. *Warum sind wir eigentlich da weg?* So wie auch Daddy, Mommy und Grandma Corcoran täglich zur Acht Uhr-Messe in Our Lady of Mercy erschienen, bis auf Sonntag (sonntags gingen sie zum Hochamt um elf). Und natürlich war ja auch die Firma da. Corcoran Brothers Construction Co.

Und die ganze Familie und ihre Freunde. Alle und alles.

Denn die Sache stand so: Theresa Corcoran, die schöne Frau des aggressiven Tim Corcoran, Mitbesitzers einer Baufirma, neuer, stolzer Besitzer des früheren Keiffer-Anwesens am Schuyler Place 8, konnte in einem weißgerüschten Baumwollkleid, den Blick stirnrunzelnd-konzentriert auf die in ihren Fingern blitzenden Stricknadeln gerichtet, in dem kleinen Park gegenüber unter der großen Platane sitzen, einen langen Sommernachmittag oder ein Jahr lang oder für den Rest ihres Lebens, eine junge Frau mit rundem Gesicht, welligem dunklem Haar, immer wie von einem erwartungsvollen Eifer erfüllt, etwas von Trauer und gleichzeitig Hoffnung im Blick, ohne daß jemand in diesem neuen und so seltsam stillen, scheinbar so bevölkerungsarmen Viertel auf sie zugehen und sagen würde: »Ja, hallo! Wunderschöner Tag, nicht?« Und erst recht nicht würden Frauen aus der Nachbarschaft vormittags auf einen Sprung vorbeikommen, um sie willkommen zu heißen, wie man es in Irish Hill zu tun pflegte, sobald man an den Gardinen vor den Fenstern sah, daß die neue Familie eingezogen war.

Was Tim Corcoran ihr vorher hätte sagen können. Unter Küssen und in seinem lachend-neckenden Ton, weil sie nicht merken sollte, wie wütend er war, sagte er: »Warum legst du es auch darauf an, daß sie dich kleinmachen können? Du bist eine lächerliche Person.«

»Und warum hast du eine lächerliche Person geheiratet, du dummer Kerl?«

»Weil ich ein dummer Kerl bin, warum sonst?«

Mit einem Blick so voller Liebe und Hunger, daß Jerome, wenn er es zufällig mitbekam, rasch wegsehen mußte.

Und dann die Totenwache für Tim Corcoran bei Donnelly, die bestbesuchte Totenwache in Irish Hill seit der für den berüchtigten Ex-Polizeipräsidenten McNamara im Jahre 1957, und am nächsten Morgen um elf, womöglich noch besser besucht, der Trauergottesdienst in Our Lady of Mercy.

Hunderte von Trauergästen aus Irish Hill und anderen Stadtteilen von Union City, einschließlich Edgewater am See, wo wohlhabende irisch-amerikanische Familien wie die Slatterys wohnten, aber niemand aus Maiden Vale, bis auf die Grundstücksmaklerin, die Tim Corcoran sein neues Haus verkauft hatte. Denn wie sich herausstellte, gab es zwar Nachbarhäuser am Schuyler Place, aber keine Nachbarn, geschweige denn Freunde.

6

Wie ein Traum aus dunkel gekräuseltem Wasser ging die Beerdigung über ihn hin und ließ ihn unberührt.

Es war seine erste Beerdigung, denn vor anderen – die der betagter Tanten und Onkel und von Opa Corcoran vor sechs Jahren – hatte Theresa ihn immer abgeschirmt.

Und deshalb war es ein eigenartiges Gefühl, von allen Seiten auffällig-unauffällig angestarrt in der Kirche Our Lady of Mercy zu sitzen, nicht auf dem üblichen Platz der Corcorans, sondern ganz vorn. Wo einem nichts anderes übrigblieb, als auf den Sarg zu schauen, auf die Blumen, den blendenden Glanz des Altars, auf Pater Sullivan in steifem Goldbrokat, der Tim Corcoran und Theresa McClure getraut und ihren kleinen Jerome Andrew getauft hatte und der nun, stockend und vor Kummer schwankend, mit schwerer Zunge die wohlklingende lateinische Liturgie stammelnd, die geröteten Wangen ungeschickt rasiert, noch kaum geronnene Blutströpfchen auf dem Kinn, das Requiem für die unsterbliche Seele des Tim Corcoran hielt.

Krank und betrunken, der arme Pater Sullivan, verdenken konnte man's ihm nicht, so nah, wie er den Corcorans gestanden hatte, und wo er Tim von klein auf kannte, ein Hustenanfall beim Introitus, schon sah es so aus, als ob der Hilfspfarrer würde einspringen müssen, aber der Alte hielt durch, ein Dickkopf, wie er im Buche steht, verdammt gute Leistung für sein Alter und seinen Zustand, nie würde er die heilige Monstranz in einem solchen Moment aus der Hand geben.

All das war kein Traum, aber es ging vorüber wie ein Traum, und auch darin glich es einem Traum, daß das Grauen immer ganz nah war, viel fehlte nicht, und es würde ihn verschlingen.

Wie gebannt hatte er den Sarg angestarrt, ein schweres, schwarzglänzendes Gebilde, wie ein Schiff, das auf die sieben Meere gehörte und das man statt dessen in die Erde versenken würde, ein furchtbarer Gedanke. Fest geschlossen der Deckel über Tim Corcorans hübschem Gesicht. Auch bei diesem Gedanken graute es Jerome, daß sein Vater in pechschwarzer Finsternis die Augen aufschlagen würde, lebendig begraben, daß er aufwachen würde, nur um zu ersticken, gefangen in einer Kiste in der Erde, unaussprechliches Grauen, an das Jerome nicht zu denken wagte, auch wenn er an nichts anderes denken konnte.

Während der Totenwache am vergangenen Abend hatte der Deckel offen gestanden. Welche Verheerungen die Kugel vom

Kaliber 45 an Tim Corcorans Hinterkopf angerichtet hatte, konnte niemand sehen.

Jerome hatte sich den Mann in dem Sarg, der mit gerüschtem weißem Satin ausgeschlagen war wie die Innenseite einer Konfektschachtel, angeschaut, den Mann, der in einer Haltung dalag, für die Tim Corcoran nur Hohn und Spott gehabt hätte, wie in tiefem, engelhaftem Schlaf, das Gesicht leicht gedunsen, die Wangen glatt und mit Rouge aufgefrischt, die Lippen geschickt zu einem leicht verwunderten Lächeln in Form gebracht, einen Rosenkranz mit Bernstein- und Silberperlen in den gefalteten Händen.

Ein Rosenkranz! Tim Corcoran! Der seit zwölf Jahren keinen Rosenkranz mehr gebetet hatte.

Ein Wunder, daß Tims Freunde, die ihn so sahen, nicht losprusten mußten.

Gleichzeitig aber hatten alle das unheimliche Gefühl, daß es Tim Corcoran, so wie sie ihn kannten, durchaus zuzutrauen war, zu seiner eigenen Totenwache zu erscheinen, hochgewachsen, das Gesicht gerötet von der Kälte, Schneeflocken im krausen Haar, die Augen blank vom Alkohol, daß er sich in die überhitzte, mit Blumen vollgestopfte Halle drängte, seinen Freunden auf die Schulter schlug, die Frauen bei der Hand nahm und sie auf die Wangen küßte. Hier bin ich, was läuft ab? Schließlich ist ja Weihnachten...

Jerome wurde aufgefordert, an den Sarg heranzutreten und seinem Vater einen Abschiedskuß zu geben. Es gab so viele schnuffelnde, weinende Frauen, die Tim Corcoran geliebt hatten, daß Jerome trotzig trockene Augen behielt, um sich von ihnen abzusetzen. Er beugte sich über den Sarg, er schloß die Augen, hielt den Atem an und küßte die wächserne, rougebedeckte Wange. Sein Herz hämmerte gegen die Rippen, in seinen Gedärmen rumorte es. Es ist nicht Daddy, dachte er ruhig, es ist jemand anders.

Das half.

Erzähl uns einfach, was du gehört und was du gesehen hast, Jerome.

Du bist doch nicht blind, Junge, oder?

Unser einziger Zeuge.

Sein Mund war so trocken, daß er immer wieder schlucken mußte. Der sauer-brackige Gestank seines Atems stieg ihm in die Nase wie manchmal sein schaler Atem, wenn er aus tiefem Schlaf mit offenem Mund erwachte.

Ohne die lateinische Liturgie zu verfolgen, kniete er unbeteiligt mit den anderen nieder, erhob sich, blieb stehen, kniete nieder, stand auf, während oben die Orgel dröhnte und Stimmen sich sehnsuchtsvoll zu der gewölbten, bunt bemalten Decke von Our Lady of Mercy erhoben, aber er bekam nichts davon mit, es ging an ihm vorbei und ließ ihn unberührt.

Hinter dem Altargitter drehte sich der goldbrokatene alte Pater Sullivan schwankend um und segnete mit schwammig-bleichen Händen die Gemeinde. Ein Hochamt, ein feierliches Requiem, langwierig, gewichtig, das erste Requiem in Jerome Corcorans Leben. Aber er nahm kaum Notiz davon, sondern dachte daran, wie er mal Seiten aus einem Comic-Heft gerissen hatte, *Geschichten aus der Gruft* hatte es geheißen, um nicht ständig die gräßlichen Zeichnungen eines lebendig Begrabenen anschauen zu müssen, immer wieder hatte er wie unter Zwang zu diesem Grauenhaften zurückblättern müssen.

Das könnte auch mir passieren, hatte er gedacht. Daß es seinem Vater passieren würde, hätte er sich nicht träumen lasse.

»Alles in Ordnung, Jerome?«, flüsterte ihm seine Tante ins Ohr. Er hatte wohl gewimmert, ohne es zu merken.

Auf der anderen Seite von Tante Frances saßen seine Vettern. Seit dem Tod seines Vaters hatte er nicht mehr mit ihnen gesprochen, hatte ihnen nicht ins Gesicht gesehen. Unvorstellbar, der Gedanke, mit seinen Mitschülern, mit seinen Freunden zu sprechen, nachdem sein Vater tot war. Ihr Mitleid würde ihn vor Wut ersticken lassen.

Sonderbar und ungemütlich, hier in Our Lady of Mercy zwischen Onkel Sean und Tante Frances ganz vorn auf der ersten Bank zu sitzen, die nicht der Platz der Corcorans war. Er mußte sich zwingen, nicht zu der Bank seiner Familie hinzusehen, nicht zu überlegen, wieso da hinten keiner saß.

Manchmal hatte Tim Corcoran seine Frau, seinen Sohn und seine Mutter zur Messe begleitet, meistens aber nicht. Wenn er mitkam, blieb er in der Vorhalle oder draußen auf der Straße stehen, um mit Freunden zu reden, während die Frauen und der Junge schon hineingingen. Wie die meisten Männer hatte er es nicht eilig, die Kirche zu betreten, sich mit zwei in Weihwasser getauchten Fingern zu bekreuzigen, das Knie zu beugen. Man erwartete immer halb und halb, ihn irgendwo in einer versteckten Ecke sitzen zu sehen.

Erzähl's uns einfach, Junge.

Was du gehört und was du gesehen hast.

In Jeromes Gedärmen grummelte und gurgelte es feucht. Das tat so weh, daß ihm ein Jammerlaut entfuhr, aber er nahm sich zusammen und blieb gerade sitzen. Sein After brannte von dem heißen Durchfall, seit achtundvierzig Stunden hatte er ihn schon.

Tante Frances und Agnes, die Cousine seiner Mutter, und Schwester Mary Megan Dowd, eine ältere Schwester von Tim Corcoran und Ursulinerin, hatten sich im Schuyler Place 8 um Jerome gekümmert. Sie hatten ihm ein Bad eingelassen und ihn in die Badewanne gesetzt. Sie hatten ihm den marineblauen wollenen Anzug angezogen, der locker in den Schultern saß, sie hatten ihm den fertig gebundenen Schlips hinten zugeknöpft. Sie hatten ihm das Haar gekämmt, das voller Wirbel war. Sie hatten ihn umarmt, Tränen über ihm vergossen und für ihn gebetet, er hatte unglücklich dagestanden und alles über sich ergehen lassen. Bis zur Beerdigung ist deine Mutter wieder zu Hause, hatten sie gesagt, und später hieß es, deine Mutter ist noch nicht kräftig genug, der Arzt will sie nicht entlassen, vielleicht kannst du sie morgen besuchen.

Jerome hatte mit keinem Wort nach Mommy gefragt. Er würde es nicht tun.

Deine Mutter liebt dich, sagten sie zu ihm, sie denkt an dich, aber sie ist noch nicht kräftig genug, um das Krankenhaus zu verlassen, vielleicht in ein paar Tagen, wenn der Arzt meint, daß sie soweit ist.

Und noch immer hatte Jerome nicht nach ihr gefragt. Er rechnete nicht damit, Mommy je wiederzusehen. Nicht mal als Leiche, steif wie eine Wachsfigur in einem Sarg.

Ihr seht ja, er steht unter Schock, hatte Schwester Mary Megan Dowd geflüstert.

Die verdammten Weiber hatten ihn gezwungen, in das dampfend heiße Badewasser zu steigen, der Durchfall war nur so rausgeschossen, er hatte einen ekelhaften Bauchkrampf bekommen, so daß er nur noch hilflos wimmern konnte. Zum Glück war die Badezimmertür von innen abgeschlossen.

Seit dem Heiligabend drohte alles in Jerome sich zu verflüssigen, aus ihm herauszurinnen. Wenn er um des lieben Friedens willen etwas aß, gab er es als suppig-sauren Schleim wieder von sich. Wenn er Wasser oder Fruchtsaft trank, kam alles, kaum geschluckt, als brennendheiße Pisse wieder raus.

Auch Tim Corcorans Darm hatte sich im Schock des Todes entleert. Als Jerome ihn und die über ihm kauernde Theresa gefunden hatte, war ihm der Gestank in die Nase gestiegen.

Es gibt Dinge, die du nicht glauben kannst, weil es keine Worte gibt, die sie fassen.

Theresa hatte unentwegt geschrien, während sie Jerome anstarrte, ohne ihn zu erkennen. Als der Krankenwagen kam und die Sanitäter ihr behutsam hochhalfen, schrie sie die Männer an und versuchte, ihnen das Gesicht zu zerkratzen.

Jerome glaubte nicht, daß er sie noch einmal lebend wiedersehen würde, deshalb tat er das Klügste, was er tun konnte, und fragte gar nicht nach ihr.

Er steht unter Schock.

Wie wir alle. O Jesus!

Du bist doch nicht blind, Herrgottnochmal.

Unser einziger Zeuge.

Im Bestattungsinstitut Donnelly waren jede Menge Trauergäste gewesen, jede Menge Blumen und ein paar Kriminalbeamte in Zivil.

Ein Gerücht hatte sich in Irish Hill verbreitet, daß es einen zweiten Toten geben würde. Denn war nicht Sean Corcoran das nächste naheliegende Ziel?

Hohe Vasen, gigantische Gestecke, weiße Lilien, weiße Rosen, weiße Nelken und – besonders spektakulär – weiße Gladiolen, logisch, daß man Blumen brauchte in einer Leichenschauhalle, denn der Blick, der zuerst zu dem Toten im Sarg ging, machte sich sofort wieder davon, suchte sich ein anderes Ziel, irgendeins.

Kummergedunsene Gesichter, geschockte, vergrämte Gesichter, fassungslos wütende, brennende Augen, die vielen Verwandten der Corcorans, die Dowds, Muldoons, Mulligans, McClures. Jerome wappnete sich gegen ihre groben, fiebrig erregten Umarmungen. Die Tränen der Frauen. Den heißen Atem der Männer.

Es gab auch das Gerücht, daß Jerome etwas *gesehen* hatte.

Jerome war der einzige Zeuge, Jerome hatte etwas *gesehen*...

Onkel Sean zeigte Jerome die Kriminalbeamten. Aber schau nicht so auffällig hin.

Ungeniert auffällig schauten die Leute zu den Schwarzen hin, die zur Totenwache gekommen waren, denn in Irish Hill wohnten keine Schwarzen, und es war keine Gegend, in der man Schwarze mit offenen Armen aufgenommen hätte.

Schaut mal da. Was wollen *die* denn hier?

Später hieß es, viele Schwarze seien zu Tim Corcorans Totenwache gekommen, tatsächlich aber zählte Jerome nur sechs. Sie kamen nicht mit Frau oder Familie, sondern allein und getrennt, verlegen, verstohlen, auch sie geschockt von Tim Corcorans Tod, aber offenbar nicht gewillt, die Weißen an ihren Gefühlen teilhaben zu lassen.

Tim Corcoran hatte diese gewerkschaftlich nicht organisierten Schreiner, Maurer, Verputzer für Arbeiten nach Feierabend beschäftigt, die nicht durch Tarifverträge abgedeckt waren. Einen schwarzen Fahrer hatte er eine Woche für einen seiner Kieslaster eingesetzt, bis die Teamster, die Leute von der Transportarbeitergewerkschaft, dem Mann in seinem Haus in Shehawkin einen Molotowcocktail durchs Fenster geworfen hatten.

Ein Schwarzer hat mich in Korea aus der Scheiße geholt, hatte Tim Corcoran gesagt, die Gewerkschaft kann mich mal, ich stell ein, wen ich will.

Dürfen die denn in die Gewerkschaften nicht rein?, hatte Jerome gefragt. Warum nicht?

Warum nicht? Tim Corcoran hatte höhnisch gelacht. Weil das Arschlöcher sind, Junge. Feige weiße Arschlöcher.

Und dann hatte er ihm von Jack Dempsey erzählt, der nicht

gegen einen schwarzen Schwergewichtler boxen wollte, weil er wußte, daß er dadurch den Titel verloren hätte.

In Korea war er in Kriegsgefangenschaft geraten, und auf dem Marsch ins Lager hatte ihm ein Schwarzer aus Georgia geholfen, denn Tim Corcoran hatte einen verstauchten Knöchel, der dick geschwollen war, und wenn der Junge nicht gewesen wäre, hätte ich es nicht geschafft, die Gewerkschaft kann mich mal, ich stell ein, wen ich will.

Jerome sah, daß einer der Schwarzen Tim Corcoran lange ansah, mit einem Blick, in dem Grauen lag und Trauer und Staunen und Schmerz. Er war groß, stämmig, mit bläulichbrauner Haut, sein Alter konnte Jerome nicht schätzen, er hatte vorstehende Augen mit geplatzten Kapillargefäßen, eine flache Nase, breite, wie geschwollen wirkende Lippen, im Dundonald Park war Jerome mal von einer Biene gestochen worden, seine Oberlippe war angeschwollen wie ein Ballon, zum Platzen straff. Als der Schwarze sich schließlich umdrehte und auf ihn zukam, sah Jerome, daß es einer der Gipser war, die sie bei der Renovierung im Haus gehabt hatten.

Ohne sich um die nicht so sehr feindseligen als rücksichtslos neugierigen Blicke der anderen zu kümmern, kondolierte er Jerome, sagte, wie leid es ihm täte, scheußliche Sache, noch dazu an Weihnachten, was für ein guter Mensch Jeromes Vater gewesen sei, keiner würde vergessen, was für ein guter Mensch er war, und Jerome murmelte Danke, er hatte heute gelernt, Danke zu sagen, was hätte man sonst sagen sollen, Danke, und der Schwarze wiederholte noch einmal lauter, was für ein guter Mensch Mr. Corcoran gewesen sei, in ganz Union City gab's keinen besseren, und Jerome sagte Danke, er schluckte, sein Mund war staubtrocken, und zum Schluß sah der Schwarze ihn nur noch in wortlosem Kummer an, mit einem fast hungrigen Kummerblick, mehr ließ sich im Angesicht des Todes nicht sagen, er murmelte noch etwas zum Abschied und hatte es jetzt eilig wegzukommen, und Jerome wischte sich die Augen, und der Name des Mannes wollte ihm nicht einfallen, aber er hatte die Namen der vielen schwarzen Arbeiter, mit denen sein Vater ihn im Lauf der Jahre bekannt gemacht hatte, immer sofort wieder vergessen.

Ist das einer von ihnen?, fragte jemand. Einer von *denen*?

Es war Jeromes Onkel Mike Donnelly, der die Frage an Sean Corcoran gerichtet hatte, beide sahen dem Schwarzen nach, und Sean sagte, ohne die Stimme zu senken: Na klar doch! Was hat ein Nigger sonst für einen Grund, nach Irish Hill zu kommen, wenn er nicht geholfen hat, meinen Bruder umzubringen.

Man kannte gewisse Fakten, ohne es zu wissen. Ohne fragen zu müssen.

Gewerkschaft der Maurer und verwandter Berufe, Ortsgruppe 19 Schreinergewerkschaft, Ortsgruppe 6 Gewerkschaft der Installateure und Rohrleger, Ortsgruppe 11 Internationale Brüderschaft der Elektriker, Ortsgruppe 273 AFL-CIO. Glaser, Ortsgruppe 8 Isolierer und Asbestarbeiter, Ortsgruppe 71 Internationale Gewerkschaft der Betriebsingenieure, Ortsgruppe 42 Maler, Ortsgruppe 112 Dachdecker, Ortsgruppe 52 Internationale Brüderschaft der Transportarbeiter, Ortsgruppe 161 Zentraler Arbeitnehmerbund Mohawk County der AFL-CIO. Gewerkschaftsbund Westliches New York. Mit allen hatte es irgendwann einmal Dispute und Verhandlungen, angedrohte oder tatsächliche Bummelstreiks oder Arbeitsniederlegungen und neue Verträge gegeben, und wenn die Verträge ausgelaufen waren, wieder Dispute, Verhandlungen, angedrohte oder tatsächliche Bummelstreiks oder Arbeitsniederlegungen und neue Verträge. (Verträge und Aufträge, das hing eng zusammen. Der letzte Auftrag, der größte, um den die Firma sich je beworben hatte, war der zwölfgeschossige Anbau für das Rathaus Ecke Union Boulevard und Brisbane im Wert von 12 Millionen Dollar gewesen. Ende der fünfziger Jahre war die Firma Corcoran Brothers Construction Co. ein blühendes Unternehmen, und Tim Corcoran pflegte sich die Hände mit den knubbligen Knöcheln zu reiben und angriffslustig zu sagen: Verdammt, ein guter Fight ist doch das Größte, ich bin ein Konterboxer wie mein Alter.

Du bist unser einziger Zeuge, Junge.

Du bist doch nicht blind, Junge?

Heute vormittag hatten sie ihn nicht verhört, das schickte sich wohl nicht am Tag der Beerdigung. Sie hatten ihn sich am Weihnachtstag zwei Stunden und am Tag darauf nochmal vorgenommen, auch wenn die Frauen zeterten: Laßt ihn in Ruhe! Laßt das Kind in Ruhe! Stimmen, die er selbst nicht zu hören, geschweige denn zu registrieren schien. Und in den Pausen zwischen diesen anstrengenden und verwirrenden Sitzungen schloß sich Onkel Sean mit ihm ein, um unter vier Augen mit ihm zu sprechen, erst sanft, ja zärtlich, wie ein Erwachsener, der ein schlafendes Kind stupst, bis es aufwacht, dann drängender, ungeduldiger. Klar hast du's gesehen, Jerome, sie waren ja da, das ist eine Tatsache, wer, glaubst du, hat ihn denn erschossen, wenn niemand da war, los, mach die Augen zu, dann siehst du's wieder glasklar vor dir, schwarzer DeSoto Baujahr 58, Nummernschild mit den Buchstaben MCF, ein Junge in deinem Alter kennt sich aus mit Autos, Verdammtnochmal.

Und heute früh auf der Fahrt von Maiden Vale zur Kirche hatte Onkel Sean in der Limousine mit ihm geflüstert, ziemlich unzusammenhängend allerdings, denn er hatte fast die ganze Nacht getrunken, und Tante Frances hatte sich erbost zu ihm hinübergebeugt und ihn geschüttelt. Laß das Kind in Ruhe! Bist du wahnsinnig, besoffen an diesem Tag aller Tage, schämst du dich denn gar nicht, an dem Tag, an dem dein eigener Bruder unter die Erde kommt.

Zu Jerome hatte sie gesagt, kümmere dich gar nicht um ihn, er ist im Augenblick nicht ganz da. Sind wir alle nicht, aber bei ihm ist es am schlimmsten.

Du weißt es. Du hast es gesehen, und du weißt es.

Verdammtnochmal.

Detective McClure war in der Kirche, Jerome hatte gesehen, wie er hereingekommen war, das Knie gebeugt und sich unauffällig hinten hingesetzt hatte. Ob der andere Kriminalbeamte auch da war? Draußen vor der Kirche waren Polizisten in Uniform, und ein Streifenwagen würde die Prozession von Leichenwagen und Limousinen zum Friedhof begleiten.

Tim Corcoran sollte, auch wenn er im Stand der Todsünde gestorben war, in geweihter Erde begraben werden. In katholischer Erde. Im Familiengrab der Corcorans.

Könntest du, wenn du wüßtest, was du jetzt weißt, aus nächster Nähe auf einen Menschen schießen? Ihm Kugeln in den Hinterkopf jagen? In den Rücken? Die Lunge, das Herz? So daß er hustet und Blut kotzt und explosionsartig das Innere nach außen stülpt?

Deinem Vater zuliebe, Jerome. Sag's uns.

Ein Glöckchen bimmelte. Die Hostie wurde erhoben, auf daß Gott sie sehe und sich freuen möge.

Zeit für die Kommunion. Bis zu diesem Moment hatte Jerome daran nicht gedacht. Hatte er nicht das Fasten gebrochen, indem er heute früh Wasser getrunken hatte, um das Erbrochene aus dem Mund zu spülen? Ja, aber es war ihm egal. Völlig egal. Lange Minuten hatte er den Sarg im Mittelgang angesehen, vor dem Altargitter, dieses merkwürdig schöne, glänzendschwarze Behältnis mit dem, was man Tim Corcorans sterbliche Überreste nannte, da konnte man nicht an anderes denken, sich nicht um anderes kümmern.

»Jerome, Junge… Alles in Ordnung?«

Besorgt und nervös wie alle Frauen, sah ihm seine Tante ins Gesicht, weckte ihn sanft aus seiner Trance. Er murmelte irgendwas, aber er sah sie nicht an.

Und jetzt stand er im Gang, wurde vorangeschoben, Onkel Sean ging vor ihm, und es war nicht Jerome selbst, sondern nur sein Körper auf gefühllosen Beinen, der zum Altargitter wankte, wo der alte Priester, bleich wie der Tod, stand und wartete.

Es war der erhabenste Augenblick der Messe. Das Opfer Jesu Christi. Ein Mysterium, eines der geheiligten Mysterien. Jerome kannte seinen Katechismus, hatte die Worte auswendig gelernt, dies ist mein Leib und dies ist mein Blut, der Leib Christi ist gegenwärtig in der Hostie, und das Blut Christi ist gegenwärtig in dem Wein, den der Priester trinkt. Man muß im Stand der Gnade sein, gereinigt und von allen Sünden losgesprochen, um zur Kommunion gehen, um den Leib Christi in den Mund nehmen zu können, aber er war nicht im Stand der Gnade und würde es nie wieder sein, und es war ihm egal, jetzt, wo sein Vater tot war. Er hatte nicht richtig zugehört, als die lateinische Messe gelesen wurde, und auch das war eine Sünde, sein leerer Blick ging über den glitzernden, blumenbedeckten Altar, über die hochgewachsene schlanke Gestalt des dornengekrönten Jesus Christus mit den hellen Blutstropfen auf der Gipsstirn und dem bloßliegenden roten Herzen, Jesus Christus kann mich mal, wenn er nicht mal Tim Corcoran vor dem Tod hat bewahren können, Gott kann mich mal, der hilflos oder gleichgültig oder gar nicht da ist. Und auch der alte Pater Sullivan mit den blutunterlaufenen Augen und den Zitterfingern kann mich mal und Bischof Healy, der nächstes Jahr zur Firmung herkommt, ja, und auch Papst Johannes der Dreiundzwanzigste. Ein Lachkrampf drohte. Aber wenn ich lache, hab ich sofort die Hosen voll.

Tim Corcoran war nicht im Stand der Gnade gestorben, sondern im Stand der Todsünde. Theresa hatte gebeten und gebettelt, geh doch mal wieder zur Beichte, damit du die Kommunion nehmen kannst, wenn auch nur, um deiner Mutter einen Gefallen zu tun, der alten Dame ist so was wichtig, und warum auch nicht, man kann ja nie wissen, sicher ist sicher, mein Gott, noch nicht mal zu Ostern geht dieser Mann zur Kommunion, du bist mir ein schöner Katholik, lachte Theresa, dabei waren ihr in Wirklichkeit Männer, die es nicht so sehr mit der Kirche hatten, viel lieber, schlappe Kerle konnte sie nicht ertragen. Wenn du nun im Stand der Todsünde stirbst, Tim, hast du daran schon mal gedacht? Sie hatte ihm einen Rippenstoß gegeben, aber natürlich hatte weder sie das ernst gemeint – sie hatte gedacht, er würde nie sterben – noch Tim Corcoran, der seinem Sohn über Theresas Schulter weg zugezwinkert hatte, während er die Arme um sie legte, um ihren Klapsen zu entgehen. Dann fahr ich eben gleich zur Hölle. Was soll's, da unten sind ja schon genug Corcorans.

Seine Tante führte ihn, sie hatte ihn wohl lieb, auch wenn er nicht ihr Kind war, sie knieten am Altargitter wie eine Familie, nur daß statt seines Vaters Onkel Sean da war und statt seiner Mutter Tante Frances, er wußte inzwischen, daß das Haus am Schuyler Place 8, auf das seine Eltern so stolz gewesen waren, verkauft werden und er wieder nach Irish Hill kommen würde, zu seinem Onkel und seiner Tante in die Roosevelt Street, nur eine Ecke von dem alten Haus in der Barrow Street 1191 entfernt, und vielleicht würde seine Mutter auch da wohnen, vielleicht auch nicht.

Er kniete nieder. Es würde schon gutgehen. Hinter ihm warteten bereits andere auf die Kommunion, selbst bei einem Requiem wird der katholische Glaube zelebriert, dies ist mein Leib und dies ist mein Blut, das ist eben so üblich, du machst mit, und es ist unwichtig, da es dich nicht berührt. Jerome legte seinen Kopf ein wenig zurück, wie man es ihm beigebracht hatte, es war sein Körper und nicht er, so wie der Tote im Sarg der Körper seines Vaters und nicht sein Vater war, er schloß gehorsam die Augen und öffnete den Mund, um sich die fade, trockene Oblate auf die Zunge legen zu lassen, er hörte den alten Priester brabbeln, in einer toten Sprache, wie sein Vater verächtlich gesagt hatte, er roch die Dunstschwaden im Atem des alten Sullivan, in Ordnung, läuft glatt, ihr könnt mich mal, alle könnt ihr mich, er schaffte es, ohne zu lachen, ja, und ohne die Hosen voll zu haben.

7

Er begriff, was von ihm verlangt wurde, aber er konnte nicht lügen.

Ja, er war der einzige Zeuge, das begriff er wohl, aber lügen konnte er nicht.

Er lief vor ihnen weg, vor ihren Blicken, kletterte steile Stiegen hoch, und dann stand er an einem hohen Fenster in der ungeheizten Bodenkammer im Haus seines Onkels in der Roosevelt Street, einem Raum, in dem er noch nie im Leben gewesen war – und war plötzlich glücklich.

Mit den Fingernägeln kratzte er Reif von der Scheibe und behauchte das Glas, um hinauszusehen. Jenseits der beschneiten Dächer, jenseits der zum Meer hin abfallenden Häuserzeilen von Irish Hill hingen dick aufgeblähte Sturmwolken am Horizont über dem Eriesee, an dem lautlose Blitze zuckten.

Vielleicht waren es aber auch keine Blitze, sondern nur Leuchtspuren am Industriehimmel, aus den hohen, feuerspeienden Schloten von U.S. Steel, Union City Rubber, von den Raffinerien, den in gleißendes Scheinwerferlicht getauchten Hochspannungsleitungen. Die Dämmerung ging rasch in Nacht über, die Grenzen zwischen Erde, See und Himmel waren fließend. Und er war betrunken.

Ich kann nicht, hatte er ihnen immer wieder gesagt, ihr hört ja nicht zu, ich hab nichts gesehen, und sie sagten, du hast's gesehen, Jerome, du weißt es nur nicht mehr, wenn du an dem Fenster da gestanden, wenn du aus dem Fenster da geschaut hast, hast du's gesehen, und er wiederholte, während Verzweiflung und auch Wut seine Stimme in die Höhe schraubten, hab ich nicht, es war zu dunkel, es ging zu schnell, *erzählt mir nicht, was ich gesehen hab.*

Und dann gaben sie es auf, zur Hölle damit. Und mit ihm.

Nicht, daß sie richtig böse auf ihn waren, schließlich war er erst elf und hatte gerade den Vater verloren. Aber sie hatten begriffen, wie sinnlos der Versuch war, Tim Corcorans Sohn etwas einreden zu wollen, einem Jungen, der Tim Corcoran so ähnlich war, stur wie ein Panzer, unerschütterlich in seiner einmal getroffenen Entscheidung.

Nie würde er ihre Enttäuschung vergessen, diese Mischung aus Ärger, Verachtung und Mitleid. Ihr könnt mich mal, und wischte sich grob die Augen.

Und er dachte: Würden denn Lügen meinen Vater wieder lebendig machen?

Zwei Stockwerke unter ihm wurden die Stimmen lauter, hin und wieder wurde gelacht. Ein heilloses Gedränge bei dem sogenannten Leichenschmaus. Kurz nach eins hatte er angefangen, und ein Ende war noch nicht abzusehen, im Gegenteil, es wurde dort unten immer lebhafter, während auch der Tag allmählich trunken der Dunkelheit zutaumelte. Jerome, vater- und mutterlos, war dem besorgten Blick der Tante entschlüpft und hatte sich von seinem Onkel ein Glas geben lassen, das zu einem Viertel mit dunklem, bitterem Starkbier gefüllt war, Twelve Horse Ale, Lieblingsgetränk von Tim Corcoran und nicht nur von ihm, Davy Kiernan vom Seneca House – Bar & Grill – hatte ein Faß mitgebracht. Jerome hatte das Bier rasch gekippt, das hatte den Männern gefallen, und Onkel Sean hatte gelacht und ihm nachgeschenkt, diesmal halbvoll, und auch diesmal hatte Jerome das Glas, etwas langsamer, aber ebenso entschlossen, leergetrunken.

Genau wie der Alte, heiliger Strohsack.

Später trank er unbeobachtet aus abgesetzten und vergessenen Gläsern Bier, Ale, Wein, Whiskey, verwirrend mischten sich die Geschmäcker im Mund, er staunte, als die Alkoholdünste wie weißglühende Drähte durch seine Nase bis in den Schädel stießen, staunte erneut, als es nun auch nach unten hin brannte, ein Gefühl, als stünde seine Kehle in Flammen. Hunger hatte er nicht (diese Fülle! ein Gelage! das meiste von den Corcoran-Frauen gekocht, aber auch die Nachbarn hatten viel mitgebracht, der auf volle Länge ausgezogene Eßzimmertisch stand im warmen Licht hoher, weihnachtlich roter Kerzen und eines Kronleuchters aus irischem Kristall und war schwer beladen – eine Menge Schüsseln, dampfende Aufläufe, Roastbeef und Lammkeule, ein riesiger gebratener Puter, ein gewaltiger Virginia-Schinken, frisch gebackene Brotlaibe), bemerkte aber schnell, daß Durst keinen Anreiz braucht, er ist sich selbst Anreiz genug und wird immer quälender, je öfter man versucht, ihn zu stillen, auch wenn er scheinbar gestillt war.

In Irish Hill und wohl auch sonst in fast ganz Union City gab es in jenen frostigen letzten Tagen des Jahres 1959 kaum ein anderes Gesprächsthema als den Mord an Timothy Patrick Corcoran, die Zeitungen waren voll davon, selbst seine Kritiker empfanden seinen Tod als Verlust, als empörend, und wurden umso ungehaltener, je häufiger die Polizei erklärte, sie verhöre viele Leute, ja, es gäbe Verdächtige, noch seien aber keine Verhaftungen vorgenommen worden, denn es gab keine Augenzeugen, oder zumindest hatten sich bislang noch keine gemeldet. Gerüchteweise hieß es, Tim Corcoran sei erschossen worden, weil er öffentlich Al Fenske, dem Vorsitzenden des Gewerkschaftsbundes, eine lange Nase gemacht hatte, mit Fenske war nicht zu spaßen, das war ja bekannt, oder vielleicht weil er – ebenfalls in aller Öffentlichkeit – die Teamsters einmal zu oft geärgert hatte. Oder weil er (was Sean Corcoran wütend bestritt) sich nicht an seine Zusage gehalten hatte, einem Referenten mit Mafiaverbindungen etwas zuzustecken, nachdem der Stadtrat zugestimmt hatte, den Auftrag für den Rathaus-Anbau, den größten öffentlichen Auftrag seit Jahren, an Corcoran Brothers Construction Co. zu vergeben, denn der Auftrag war, wie das *Union City Journal* schlagzeilenfett verkündet hatte, an die Corcorans gegangen, obschon sie nicht das billigste, sondern das zweithöchste Angebot aller in die engere Wahl genommenen Bewerber abgegeben hatten. (Ein indirekter Vorwurf, den einer von Buck Glovers Leuten mit der Feststellung konterte: *Der Bürgermeister weiß, daß Qualität ihren*

Preis hat. Ein niedriges Angebot bedeutet minderwertige Ausführung.

All das wußte Jerome, und um diesem Wissen zu entgehen, war er hierher geflüchtet. Er hatte eine Flasche Schlitz-Bier mitgenommen, die er bedenkenlos in der Küche seiner Tante geöffnet hatte, denn jetzt, am späten Nachmittag, herrschte im ganzen Haus ein derartiges Gewimmel und die Luft war so dunstblau von Zigaretten- und Zigarrenrauch, daß niemand Notiz von ihm nahm, vorausgesetzt, er ging nicht mit kindlicher Verstellung zu Werke, sondern mit der ruhigen Zielstrebigkeit eines Erwachsenen.

In der Bodenkammer tastete er nach einem Lichtschalter und schloß mit einem Fußtritt die Tür. Aber hierher würde ihm keiner nachkommen, keiner wußte, wo er war.

Er stand am Fenster und trank, und als die Flasche leer war, setzte er sie sorgsam auf einem ausrangierten Möbelstück ab, aber irgendwie fiel sie herunter und rollte ihm wie zum Hohn über den Fuß.

Mit einem Zug sollte man kein Wettrennen veranstalten.

Er mußte lachen, als ihm die Stimme in den Ohren klang, und dann wischte er sich grob mit dem Ärmel die Nase, die blöderweise schon wieder lief. Die Beerdigung war vorbei, das Gespenst des Todes aufs Abstellgleis geschoben. Es gab Orte und Dinge, die wußten nichts vom Tod, diese Bodenkammer zum Beispiel oder die sturmschweren Wolken mit ihren zuckenden Blitzen, in denen etwas wie stummer, geballter Zorn lag.

Von Jeromes Mutter hieß es ausweichend, sie sei noch nicht wohl genug, um Besuch zu haben, nicht einmal von Jerome, und er fragte mit keinem Wort nach ihr, denn er wußte es besser. Schon vor der Katastrophe war ihm klar gewesen, daß man nicht ungestraft nach Dingen fragt, die man nicht erfahren will, denn gute Nachrichten erreichen einen, ohne daß man danach zu fragen braucht.

Theresa war nicht zum ersten Mal im Krankenhaus, Jerome mochte gar nicht daran denken, wie oft sie schon dort gewesen war. Sie hatte immer das gehabt, was die Frauen hinter vorgehaltener Hand einen *Abort* nannten, er hatte das wunderliche Wort vor sich hingesagt, *Abort,* jedesmal war es schlimmer gewesen, so daß sie immer länger im Krankenhaus hatte bleiben müssen, und deshalb fragte er mit keinem Wort nach ihr, sondern sah mürrisch und mit trockenen Augen auf seine Schuhspitzen. Einmal hatte er einem Freund erzählt, was seiner Mutter fehlte, da hatte er noch nicht genau gewußt, was das Wort bedeutete, konnte es sich aber in etwa denken, *ein Abort*, hatte er gesagt, und der andere Junge hatte ihn höhnisch von oben bis unten gemustert, ein was? ein was?, und dann hatten sie sich beide gekrümmt vor Lachen und miteinander gerangelt. Jerome hatte nie wieder einem seiner Freunde erzählt, warum seine Mutter im Krankenhaus lag, oder sich bei den Erwachsenen erkundigt, wie es ihr ging, und wenn, dann so unverbindlich wie möglich.

Aber wenn Mommy früher im Krankenhaus gewesen war, das wußte er noch, hatte Daddy sich gern betrunken.

Zumindest diese Gefahr bestand jetzt nicht mehr.

Als sie ihm gesagt hatten, daß Theresa zur Beerdigung nicht nach Hause kommen würde und auch keiner sie besuchen durfte, hatte Jerome nur leise *okay* gesagt.

Er war ein bißchen schwindlig vom Trinken, aber es war ein gutes Gefühl, genau das richtige Gefühl. Er legte die warme Stirn an die Fensterscheibe. Das eiskalte Glas tat gut.

Er ging davon aus, daß sein Onkel und die Kriminalbeamten ihn wegen des Wagens, den er nicht gesehen hatte, nicht mehr quälen würden, das war jetzt ausgestanden. Die können mich mal, dachte er, denn er wußte, daß sie sich, wenn er außer Hörweite war, bitter über ihn beklagt hatten, aber das half nun nichts.

Dem ängstlichen Spieler winkt kein Gewinn, dem ängstlichen Mann keine Liebe.

Im Westen lag stumpf glänzend der See. Auf diese Entfernung sah die Oberfläche aus wie glattes Zinn, dabei war das Wasser von den stürmischen Winden aus Kanada ständig aufgewühlt und in Bewegung. Billig wirkende rotgrüne Lichterketten zogen sich auf der Dalkey Street abwärts bis zum Ufer und mündeten auf dem Millard Fillmore Expressway in ein blendendes, blinkendes Lichtermeer. Die lautlos zuckende Helle dahinter mochten Blitze sein oder auch nur die Fabriken am See, er kniff die Augen zusammen, konnte es aber nicht erkennen. Und es war ja auch unwichtig. Scheiß drauf, völlig unwichtig.

Sein Kopf fühlte sich an wie ein Ballon, aber einer, der nicht mit Helium, sondern mit Licht und Wärme gefüllt ist. Und auch durch seine Adern rannen Licht und Wärme, so daß ihn die Kälte hier oben, in der sein Atem wie eine Dampfwolke stand, überhaupt nicht störte. Er verstand jetzt, warum sein Vater gern getrunken hatte, warum die Männer dort unten tranken und warum Sean Corcoran die Gäste, die sich endlich doch anschickten zu gehen, am Ärmel packte und anbrüllte, verdammt, setzt euch wieder, es ist noch früh am Tage, ja, und Weihnachten obendrein, verdammt nochmal, das habt ihr wohl vergessen.

Plötzlich waren seine Lider bleischwer. Er sackte zu Boden, und vor seinen Augen wirbelten Feuerräder. Wieder hörte er Donnerschläge – aber diesmal wie in Watte gepackt. Wieder sah er die schattenhaft verwischte Form des Wagens, die Reifen, die auf der vereisten Fahrbahn durchdrehten und endlich doch griffen, den Satz, den der Wagen nach vorn machte. Gesichter sah er keine, auch keine Nummernschilder, er sah hin, aber er nahm nichts wahr, er war blind und konnte nichts sehen, ja, und auch gelähmt, am Rand von Schlafland und dann geborgen und in Sicherheit, bis Stunden später das Deckenlicht anging und eine halb vorwurfsvolle Männerstimme sagte: »Armer kleiner Schlingel, da ist er ja!«

Erster Teil

Freitag, 22. Mai 1992

1
»DER NETTESTE TYP IN GANZ UNION CITY, NEW YORK«

»Verdammt, warum kommen wir denn nicht weiter?«

Ein sonniger Vormittag, böig wie Fahnengeknatter, ein Tag, an dem das Leben ganz einfach schön ist – und dann ein Stau?

Corky ist – nein, nicht direkt wütend, aber er kann es einfach nicht fassen, er haut mit der Faust auf die Hupe. Steckenbleiben – *gerade jetzt?*

Er fährt in südlicher Richtung die Brisbane entlang, eine gewohnte Strecke, in diesem vertrauten Zustand erregender Vorfreude kurz vor dem Sex, und plötzlich, verdammt noch mal, bremst direkt vor ihm ein Wagen von Federal Express und hält, und Jerome Andrew Corcoran, »Corky« für Leute, denen er vertraut, tritt auf die Bremse seines nagelneuen Fünfunddreißigtausend-Dollar-Cadillac De Ville, kurbelt das Fenster herunter und lehnt sich hinaus: »He, du Sack, was soll der Scheiß?«

Corky Corcoran ist das, was man einen aggressiven Fahrer nennt. Einer, der Überraschungen auf der Straße nicht schätzt – es sei denn, er bereitet sie anderen.

Wo soll ein Mensch noch das Sagen haben, Himmelherrgottnochmal, wenn nicht in seinem eigenen Wagen. Richtig?

Vor dem FedEx-Lieferwagen aber staut sich der Verkehr. Sieht aus, als ob die ganze Kreuzung an der Fourth zu ist, der ganze Block, so weit Corky sehen kann, der sich weit aus dem Fenster lehnt und die Augen zusammenkneift. Ein Unfall? Verdammtes Pech aber auch. 10.48 Uhr, er ist auf dem Weg zu Christina, spätestens um elf hatte er da sein wollen, mittags hat er einen wichtigen Termin, Scheiße, er wird's nicht schaffen, und er ist immer stocksauer, wenn er ohne eigene Schuld irgendwo zu spät kommt.

Auf der Straße versucht ein einziger junger Cop, mit dem in allen vier Richtungen gestauten Verkehr fertigzuwerden. Wo ist die Verstärkung? Die Polizei hat Personalsorgen, die Sparmaßnahmen letztes Jahr waren verdammt hart, aber das ist doch lächerlich: Ein Cop! Straßenarbeiten können es nicht sein, Corky kennt dieses Stück Brisbane wie seine Hosentasche, zur Zeit tut sich da nichts.

Corky kennt ganz Union City, New York, wie seine Hosentasche, es ist *seine* Stadt. Wie der Bürgermeister mal bei einer Wahlfeier zu einem neuen Mitarbeiter gesagt hat, der gerade erst hergezogen war, wenn Sie Union City kennenlernen wollen, brauchen Sie sich nur an Corky zu halten, stimmt's, Corky? Das ist Ihr Mann!

Jerome Andrew Corcoran, Demokrat, Stadtverordneter, Unternehmer, beliebt, »Corky«.

Dreiundvierzig. Nicht jung, aber auch nicht *alt*. Sieht bedeutend jünger aus, manchmal noch wie ein richtiger Junge.

Vermögen so um die zwei Millionen. Vielleicht mehr?

An einem herrlichen Vormittag wie heute, einem Frühlingstag im Staat New York nach einem Winter mit viel Regen und Schneeschauern, die ganze letzte Woche hat es nur geschüttet, fängt für Corky das Leben gewissermaßen gerade erst an.

Er hat Christina Kavanaugh, und er hat Pläne. Von denen bisher nicht mal sie was weiß.

Und Corky summt leise dieses Lied von den Stones aus seinem zweiten Jahr in St. Thomas Aquinas, *Time's on my side.*

Der Verkehr ruckelt ein paar Meter weiter wie eine Schlange, die den Schluckauf hat, dann ist wieder Schluß. Scheiße. Corky hätte fast abgewürgt, sein Herz schlägt wütend, als hätten sie ihn persönlich beleidigt in seinem glänzend glitzernden Caddy, ich hab noch nie einen Wagen gehabt, der so sexy war (Corky sagt das von all seinen Autos, und es ist ihm immer ernst damit: Also der hier, ehrlich...), er ist auf dem Weg zu einem *Rendezvous* mit Christina Kavanaugh, ich hab noch nie eine Frau gehabt, die so sexy war (Corky sagt das von all seinen Frauen, und es ist ihm immer ernst damit, aber ehrlich, Christina ist wirklich diejenige, welche), verdammt, er muß aufpassen, sein Blutdruck geht hoch. Dieses komische Engegefühl in der Brust, kein Schmerz, mehr wie der Schatten eines Schmerzes oder eine Andeutung, eine Warnung, Achtung, Schmerz in Sicht.

Nein, nicht dran denken, nicht jetzt, du Sack.

Wo ist er? Auf der Brisbane unterhalb der Fourth? An dieser belebten Straße liegt eine neue Einkaufspassage, ein Konkurrent von Corcoran Inc. hat sie gebaut, und Corky vermerkt zufrieden, daß zwei Geschosse leerstehen, ZU VERMIETEN. Die Bush-Rezession, scheißhohe Zinsen, das Finanzamt zieht die Bürger aus bis aufs Hemd, bloß nicht die Superreichen, die auf den Toplisten von *Fortune* stehen, weil die der Regierung in den Arsch kriechen, und so was nennt sich ein freies Land. Die Abzocker von den Sparkassen lassen sie ungeschoren, denen man von rechts wegen Finger, Ohren, Eier abschneiden müßte wie in... ja, wo? In der Türkei, in Burma. Auge um Auge, Zahn um Zahn. Bei solchen Gesetzen kann man sich eben nicht jeden Blödsinn erlauben.

In der Einkaufspassage auf der Brisbane ist eine Filiale von Gap – einer dieser Trendläden, fetziger Schlabberpullover-Look, sehr sexy, Baumwollstrick, Hosen mit richtiger Hosenklappe, aber für Frauen, als Corky ein Stiefdaddy war (leider lange her, es fehlt ihm richtig was), hat er in der Mittagspause die eleganten Innenstadtgeschäfte unsicher gemacht, die – wie heißen sie noch – »Boutiquen«, und hat Sachen für Thalia gekauft, manchmal auch für Charlotte, aber bei der wußte man nie, ob's ihr gefallen würde, Unterwäsche hat er gekauft, »Lingerie«, schon das Wort hat ihn angemacht. Jesus, Christina auf der Couch in dem seidigen Spitzenslip, den er ihr geschenkt hat, sexy bis zum Gehtnichtmehr, halb als Witz gemeint, aber Herrgottnochmal, wieviel Macht so eine Frau über einen Mann hat, ist kein Witz, Corky ist ganz krank vor Verliebtheit, er hat Angst, daß irgendwas passieren könnte, schließlich hatte er genug Pech mit Frauen. Nicht seine Schuld.

Corky haut nochmal auf die Hupe. Reiner Reflex – wie beim Boxen. Pure Nervosität. Die Hupe des Caddy ist imponierend, sie klingt wie ein wütend trompetender Elefantenbulle, aber verdammt – Corky weiß das, er ist ein vernünftiger Mann –, Hupen ist sinnlos in so einer Situation. Der arme rotgesichtige, verschwitzte Cop, der da in der Gegend herumsteht und seine Trillerpfeife malträtiert, kann einem leid tun.

Ein junger Kerl in den Zwanzigern, irisch-sommersprossig wie Corky Corcoran, aber keiner, den Corky kennt. Dabei kennt

Corky eine ganze Reihe von Leuten bei der Polizei von Union City, und sie kennen ihn – besonders höheren Orts. Einschließlich des Polizeipräsidenten. Einschließlich des District Attorney. Vom Bürgermeister ganz zu schweigen. Und anderen in der »Machtelite« – schöner Ausdruck, wenn man dazugehört – von Union City.

Klar, nachdem das mit Tim Corcoran passiert war, hat Corky sich als Junge in seinen Wunschträumen vorgestellt, daß er mal ein Cop sein würde, Kriminalbeamter wie McClure, wie die Typen im Fernsehen, die *Untouchables*, oder Steve McQueen im Kino, aber dann hat ihm der gesunde Menschenverstand gesagt, das ist nichts für dich, du verdienst zu wenig Geld und mußt zu viel einstecken, Ende der sechziger Jahre war ja jeder Uniformierte ein Faschistenschwein. Inzwischen ist es allerdings nicht besser geworden, eher schlimmer, die Medien sind total durchgeknallt, überall laufen diese Fernsehteams rum, die Material für ihre »Action«-Sendungen suchen und nichts als Ärger machen. Corky Corcoran wäre ein ehrlicher Cop geworden, und die haben es schwer in Union City, die Hierarchie bei der Polizei ist so straff durchorganisiert wie die in der katholischen Diözese, da gibt's jede Menge Geheimnisse, von denen man allenfalls eine leise Ahnung bekommt, wenn mal über große Haushaltsposten diskutiert wird. Und für die unteren Ränge, die Fußstreifen und die Jungs in den Streifenwagen, wird es jeden Tag haariger. Ganz schön schwer für sie, sich Respekt zu verschaffen. Und dann die Negativwirkung des Rodney King-Urteils in L.A., und ein ähnlicher Fall hier, der war sogar noch schlimmer, das schwarze Opfer ist tot. *Devane Johnson, 12, von Sergeant Dwayne Picket, 24, durch einen tödlichen Schuß in den Rücken getroffen. November 1991.* Scheußliche Geschichte.

Corky war involviert, als der Stadtrat den Fall überprüfte, der Bürgermeister stand einerseits unter dem Druck der Polizeigewerkschaft, der Policemen's Benevolent Associaton, und andererseits der Citizens Crime Commission, dem Bürgerkomitee gegen Kriminalität, dazu kam Druck von der schwarzen Bevölkerung – Druck ist noch untertrieben – und allen möglichen »Regenbogen«-Koalitionen: würde der Vorschlag des Stadtrates, einen neuen Ausschuß einzusetzen, der nicht nur den Fall

Pickett, sondern auch die Disziplinarabteilung der Polizei von Union City unter die Lupe nehmen sollte, gegen die städtische Verfassung verstoßen, in der dem Stadtrat untersagt wird, die Vollmachten eines gewählten Beamten ohne Referendum abzuändern… und so weiter und so fort. *Bloß jetzt nicht dran denken.*

Corky Corcoran gilt als liberaler Demokrat, als einer, der energisch für liberale Belange eintritt, natürlich denkt er nicht daran, rassistische Killercops in Schutz zu nehmen, aber – das erklärt er im Lokalfernsehen und in lokalen Radiosendern so ruhig, so verständig und so fair, daß ihm eigentlich keiner widersprechen kann – wenn Sie Streifenpolizist in einem unserer Innenstadtbezirke wären, wo offen mit Drogen gedealt wird und es Crackhäuser gibt und Bandenkriege und Schießereien zwischen Gangs von höchstens Fünfzehnjährigen und immer weiter eskalierende »häusliche Gewalt«, wenn Sie jede Stunde Ihrer Dienstzeit mit diesen Dingen zu tun hätten, wäre die Versuchung wohl auch für Sie groß, in der falschen Situation »tödliche Gewalt« anzuwenden.

Und für dieses total vernünftige Statement hat Jerome Andrew Corcoran eins auf die Schnauze bekommen. *Und das ihm*!

Ein weißes Arschloch haben ihn schwarze Typen genannt, denen er als Freund die Hand gereicht hat, zu denen er besonders nett gewesen ist. Himmelherrgottnochmal.

(Corky, alter Freund der Familie und politischer Mitstreiter von Oscar Slattery, seines Zeichens Bürgermeister von Union City, persönlich besonders eng befreundet mit Oscars Sohn Vic Slattery, seines Zeichens Abgeordneter im Repräsentantenhaus, und diesem auch politisch verbunden, hätte es nicht gern, wenn sich herumspräche, daß er eine Schußwaffe besitzt. Offiziell ist Corky durchaus ein Befürworter der verschärften Waffengesetze. So wie jeder Bürger, der seine fünf Sinne beisammen hat. Scheiß auf die NRA. Und dieser Quatsch, daß ein guter Bürger keine Waffe trägt, ist – das erkennt schließlich auch ein Blinder mit dem Krückstock – natürlich ein von den Waffenproduzenten ausgeheckte Ablenkungsmanöver. Aber wenn man in Union City oder irgendeiner anderen amerikanischen Großstadt lebt, müßte man ja geradezu lebensmüde sein, wenn man die Augen vor der Wirklichkeit verschließen würde. Corky besitzt nur eine Kanone, aber die ist schon toll: Eine Luger Automatic 7,65 mm, Acht-Schuß-Magazin, deutsches Fabrikat, eine Rarität, ein Sammlerstück, das ein Kriminalbeamter ihm mal beim Poker statt Bargeld überlassen hat, und als guter Bürger hat Corky sie angemeldet – Schutzmaßnahme für Hausbesitzer –, sie liegt in seinem Schlafzimmer im Nachttischfach. Ausschließlich zur Selbstverteidigung. Gewiß, ein paar Mal hat er gegen das Gesetz verstoßen – verdammt scharf, das Gesetz im Staate New York –, indem er die Luger bei sich hatte, eine Zeit lang lag sie im Handschuhfach seines Wagens, eine gewisse Zeit lang und aus gutem Grund, aber er hat sie außer auf dem Schießstand nie benutzt, sich nie damit großgetan. Charlotte hat sie immer abgelehnt, aus Prinzip, aber der Gedanke, daß das Ding bei ihnen am Bett lag, hat sie angemacht, sexy, dieser Corky mit seiner Kanone, nicht eigentlich *seine* Kanone, hat er ihr erklärt, Schutzmaßnahme für Hausbewohner, für uns beide, hoffen wir, daß wir sie nie brauchen. Corky, das muß er zugeben, findet die Luger heiß. Wie elegant sie in der Hand liegt. Und was für eine Geschichte sie hat. Souvenir aus dem Zweiten Weltkrieg, jetzt, im Jahre 1992, Tausende von Dollars wert. Und einfach die Tatsache, daß du eine Kanone in der Hand hast, ist sexy, ist geil. *Mit einer Kanone in der Hand bist du der Tod mit menschlichem Gesicht.*

Noch immer im Stau. Die elegante Digitaluhr auf dem Teakholzarmaturenbrett springt auf 10.49 Uhr.

Warum ruft er Christina nicht an, er hat ein Autotelefon, er könnte ihr sagen, daß es später wird. Ein paar Mal hat sie ihm gestanden, daß sie sich Sorgen gemacht hat, weil sie auf ihn warten mußte. Noch nie hat er sich richtig mit Christina gestritten, aber einmal war's nah dran, kannst du denn nicht ein bißchen Rücksicht auf mich nehmen, überlegst du denn gar nicht, daß *ich* auf *dich* warte, sie hat es nicht hochgespielt, hat gelacht dabei und ist mit den Händen auf seinem Körper spazierengegangen, das Ende vom Lied war Gerangel und Geknutsche, die Situation war gerettet. Corky hängt dauernd am Telefon, aber Corky ist nicht der Typ, der sich rechtfertigt, der sich entschuldigt, das liegt ihm einfach nicht. Das liegt keinem der Corcoran-Männer. Laß nie eine Frau merken, daß du dir Sorgen machst, laß keine

Unentschlossenheit, keine Schwäche erkennen, die Frauen finden das nicht gut bei einem Mann.

Vielleicht, weil er ihnen dann zu ähnlich ist.

»Scheiße!« Corky kann es nicht ertragen, in seinem Wagen zu sitzen wie in einer Falle. Nervös, mit Ameisen im Hintern. Wie früher in der Kirche. Oder in der Schule. Zu viel Adrenalin. Er kann es nicht ertragen, denken zu müssen, das ist so schlimm wie nachts die Schlaflosigkeit, echt ätzend, wenn du stocknüchtern bist.

Und er denkt: *Mein Gott, ich bin fast acht Jahre älter, als mein Vater geworden ist.*

Daddy, so nannte er ihn zuerst, später dann immer nur *Vater. Daddy* ist Babysprache.

Er ist drei Jahre älter, als Theresa war, als sie starb. Am 2. August 1967. Unvergeßlich. Die Woche, nachdem Detroit in Flammen aufging, und zwölf Tage, ehe es Union City traf, Razzia in einem schwarzen »Club« unten am Hafen, ein paar eingeschlagene Köpfe, und prompt war die Hölle los, drei Tage »städtische Unruhen«, bis die Cops von Union City, die Polizei des Staates New York und die Nationalgarde die Ordnung wieder hergestellt hatten. Theresa hat von den »städtischen Unruhen« nichts mitbekommen, und sie wären ihr wohl auch egal gewesen. Sie war schlimm dran in den letzten Monaten in St. Raphael. Ständig Stimmen im Kopf, kreischende Stimmen, wie sie sagte, ihre Schönheit längst zerfallen und zerfressen wie von einem Krebs, das Leben eine Last für sie und ihre Umgebung, *Heilige Muttergottes hilf mir! hilf mir!* Mit einer stumpfen Nagelfeile stach sie sich ins Handgelenk, sie wollte sterben. Als ich ihr Blumen mitbrachte, warf sie die Vase um, und wir konnten sie gerade noch daran hindern, sich die Scherben zu greifen. Zum Schluß hat sie mich nicht mehr erkannt. Oder jedenfalls nichts dergleichen gezeigt.

Wenn du dein Leben nicht aushältst, hältst du dich selbst nicht mehr aus. Deshalb ist Corky Corcoran immer so aufgekratzt. Was hat das alles sonst für einen Sinn?

Zahlt meinen Preis, sonst kommen wir nicht ins Geschäft.

»Schizo« – hat Corky Theresa zum Schluß genannt, und »total abgedreht« dachte er, das war seine Art, sich von ihr zu distanzieren. Warum nicht? Es stimmte doch! Wenn er Charlotte, der Frau, die er heiraten wollte, solche Sachen von seiner Mutter erzählte, war sie schockiert oder tat jedenfalls so, wie kann man in diesem Ton von seiner toten Mutter sprechen, und dann zuckte Corky die Schultern und sagte grinsend: Also hör mal, Schätzchen, war sie nun meine Mutter oder deine? Der Fachmann bin ich.

Darauf wußte Charlotte natürlich nichts zu sagen, diese Tochter eines reichen Vaters, die Corky Corcoran prüfend musterte.

Und die großes Gefallen hatte an dem, was sie sah. Besonders, wenn er nichts anhatte.

Charlotte Drummond, elf Jahre lang Charlotte Corcoran. Ein Name, an den sie sich beide nie ganz gewöhnen konnten. Thalia, Charlottes Tochter und Corkys Adoptivtochter, die eigentlich Thalia Braunbeck hieß, hatte sich später Thalia Corcoran genannt, aber irgendwie war das auch nicht das Richtige. Warum nennen wir das Kind nicht Drummond? Was soll der Quatsch?

Corky mag im Moment nicht an Thalia denken. Er ist auch so schon nervös genug. Heiß. Als wenn sein Schwanz elektrisch aufgeladen sei. Er sitzt hier – wieviele Minuten schon – im Stau, während er bei Christina Kavanaugh sein könnte. *Hey Corky, weißt du, was ich am liebsten an dir habe? Na?*

Als Corky gestern abend heimkam (nachts um eins, früh für ihn, ein paar Drinks, Abendessen mit einem Investor, der mit Corcoran Inc. ein Grundstück am Fluß erschließen will), war eine Nachricht von Thalia auf seinem Anrufbeantworter. Thalia ist fünfundzwanzig, aber am Telefon redet sie manchmal wie ein Kind, wispernd, geheimnisvoll. Corky hat es einen Ruck gegeben, nach so vielen Monaten der Entfremdung (die von Thalia ausging, nicht von Corky, sie neigt zu unberechenbaren Stimmungen, Launen, Animositäten) wieder von ihr zu hören. *Corky hier Thalia bitte ruf mich sofort an es ist dringend ich brauch deine Hilfe* aber als Corky es unter ihrer Nummer versucht, meldet sich keiner.

Woraufhin ihm sofort kalter Schweiß ausbricht. Sie will ihn mal wieder veralbern. Oder sie ist wirklich in Gefahr.

Heute vormittag hat es Corky nochmal probiert. Fünf, sechsmal. Von zu Hause, ganz früh. Dann vom Büro. Keine Antwort.

Es ist eine alte Geschichte, daß Thalia gern in Stiefdaddys Kopf, in Stiefdaddys Ehe herumpfuscht. Herrgott Corky, denk jetzt nicht an sie.

Chrissie? Weißt du, was ich am liebsten an dir mag?

Mmmm. Und das auch...

Corky verliert sich in genüßlich geilen Träumen. Wie als Junge in der Kirche. Aber in seinem Caddy wird er sich doch keinen abspritzen...

Eine Sirene. Krankenwagen? Die Feuerwehr? Nein, das wohl nicht.

Ein Verletzter, vielleicht ein Toter. Verkehrsunfall?

Vor dem FedEx-Lieferwagen steht ein städtischer Linienbus mit spuckendem Auspuff. Dieselabgase sind im Leerlauf noch schlimmer als beim Fahren. Ziehen schmierigweiß und rotzgrün durch die Straßen, als wäre man in Union City in einem Dritte-Welt-Land. Corky hat auf strengere Umweltvorschriften für den öffentlichen Nahverkehr gedrängt, aber das kostet Geld. Lange genug – zu lange – ist er als Junge mit diesen Bussen gefahren, dafür hat er jetzt seit fünfundzwanzig Jahren keinen mehr benutzt.

10.51 Uhr. Corky schaut wie gebannt auf die Digitaluhr. Die Zeit vertickt, dein Herz tickt, die Gehirnzellen zerfallen, eine nach der anderen. Er hat da ein Buch gelesen, *Eine kurze Geschichte der Zeit*, von diesem verkrüppelten Engländer, wie heißt er gleich, was *ist* Zeit, jeder hat seine Theorie, aber keiner weiß es.

Er weiß nur, daß Christina Kavanaugh auf ihn wartet. Und Liebe will. Ihn will. Sein Schwanz in ihrer Hand, perlendfeucht an der Spitze, gestaunt hat er, als sie ihn so angefaßt, festgehalten hat in Corkys Wagen, da waren sie füreinander noch so neu, daß er richtige Angst hatte, sie anzufassen oder sich von ihr anfassen zu lassen, und in seinem Wagen, der in der Dämmerung gegenüber vom Haus Schuyler 8 geparkt war, hat sie ihn gestreichelt, nicht, daß er in ihrer Hand kommen sollte, das hätten sie in dem Moment beide nicht gewollt, sondern nur aus Zärtlichkeit, als Tröstung.

Und er denkt an das letzte Zusammensein in Christinas Loft in der Nott Street. Letzten Donnerstag am Spätnachmittag. Nach dem Squash im Fitnessclub, vor dem Essen mit Freunden von Vic Slattery, einem Anwalt und seiner Frau. Wie Christina die Fäuste geballt und sich in seinem Rücken verkrallt hatte, schweißgebadet, das Haar glänzendschwarz auf dem Kissen, den Kopf hin und her werfend, *O Corky o Gott Corky!*, das Gesicht qualvoll verzerrt, man hätte fast schwören können, daß ihr wirklich etwas weh tat.

Was Frauen wohl so empfinden? Wie eine Falle, die zuschnappt. Und gar nicht mehr aufhört zuzuschnappen. Die Kontraktionen der Scheide. Unkontrolliert. Wild, rasend. Wie ganz starke Krämpfe. Während Corky manchmal, bei manchen Frauen – sehr oft in den letzten Jahren bei Charlotte – das Gefühl hat, als sei sein Kopf am einen Ende und sein Schwanz am anderen, und wenn es ihm explosionsartig abgeht, ist das natürlich gut, aber voll dabei ist er nicht. Die Braut fällt ihm ein, den Namen hat er längst vergessen, eine richtige Schlampe, mit der er über den Expressway gefahren ist, sie hatten zusammen einen Joint geraucht, und sie hat Corky im Wagen bei fünfzig Meilen in der Stunde auf der rechten Spur einen runtergeholt, und Corky könnte schwören, daß er nicht ein einziges Mal ins Schlingern gekommen ist, so was nennt sich Selbstbeherrschung.

Ja, aber bei Christina ist es was anderes, Christina ist keine Schlampe.

Corky würde Christina gern heiraten. Vielleicht. Ich war noch nie mit einer Frau so glücklich wie mit Christina, *das schwör ich.*

Ja, aber du hättest mich nicht ganz so gern, Lover, wenn ich frei und ungebunden wäre, stimmt's?

Und das hat Corky fast umgehauen. Einfach so, aus heiterem Himmel. Kurz nach Weihnachten, er hatte den Eindruck, daß es über die Feiertage in ihrer Familie Spannungen gegeben hatte, Corky war inzwischen acht Tage im Key Biscayne Club in Florida gewesen, er hatte nicht gewußt, was er sagen sollte, und hatte ein ganz heißes Gesicht bekommen. Hatte sie geküßt, gestreichelt, was soll er sagen, wenn er – er gibt's ja zu – die Antwort auf ihre Frage nicht weiß.

Hör zu, Schatz, das Wichtigste ist: Zu leben.

Das Leben ist schön. Wenn der Preis stimmt.

»Hey, kann ich helfen? Da drüben ist ein Verbindungsweg, ich winke sie durch, okay?«

Corky hat den Motor abgestellt, ist ausgestiegen und stellt sich hilfsbereit dem jungen Cop zur Verfügung. Ihm ist eingefallen, daß diese schmale Einbahnstraße, die von der Brisbane abzweigt, bis zur Front Street durchgeht, wenn man da eine provisorische Umleitung einrichtet, kann der Verkehr abfließen und kommt über die Kanalbrücke auf der Third einen oder zwei Blocks weiter unten wieder auf die Brisbane. Es ist einen Versuch wert.

Der Cop staunt, da bietet ein ihm völlig unbekannter Typ freiwillig Hilfe bei der Verkehrsregelung an, steigt aus einem beigebraunen Fünfunddreißigtausend Dollar-Caddy, ist bereit, sich an einem windigen Tag in dieses Schlamassel zu stürzen und sich den Dreck ins Gesicht pusten zu lassen, ihm soll's recht sein, warum nicht. »Okay, Mister«, ruft er zurück.

Und dann spielt Corky fünf Minuten Verkehrspolizist und hat einen Heidenspaß daran, die Leute rumzukommandieren. Darin ist er gut, wie seine Ex-Frau Charlotte bestätigen könnte. Tüchtig, schnell, sportlich federnd (ja, er treibt Sport, allerdings nur in der Amateurliga, Squash, Tennis, Softball, in der Oberschule hat er auch mal geboxt) sonnt er sich, harmlos begeistert wie ein Junge, in der Aufmerksamkeit, die man ihm entgegenbringt. Mit seinem lockeren Lächeln ist er der Typ, den die Leute meist so nehmen, wie er sich gibt. Du bist Amerikaner, du bist so gut, wie du aussiehst.

Corkys Ex-Frau weiß auch, daß er ein Typ ist, der in Notfällen zu Hochform aufläuft. Es ist das ganz normale tägliche Leben, das ihm andauernd ein Bein stellt.

»Die kleine Einbahnstraße runter... bis zur Front Street... klar kommen Sie da weiter, Sportsfreund... na los, auf geht's...« Corky schwenkt die Arme, zeigt die Richtung, pfeift. Diesen ohrenbetäubenden Pfiff, den er schon in jungen Jahren zur Vollendung gebracht hat.

»Ja, Ma'am, einschlagen, so ist's gut... phantastisch... Und ab die Post...«

Voll im Streß, heiß. Wie beim Squash. Je heißer die Action, desto mehr Adrenalin wird freigesetzt.

Und die Fahrer tun, was er sagt. Ein Strom von Personenwagen, Lieferwagen, die Tussi am Steuer eines Kleinlasters UNION CITY BLUMEN macht ihm schöne Augen. Die ersten zögern noch ein bißchen, aber die anderen kommen hinterher wie die Schafe. Tolles Gefühl, hier einfach mal das Kommando zu übernehmen, Corky genießt es. Wie bei gewissen entscheidenden Stadtratssitzungen, wenn er die Tagesordnung entsprechend vorbereitet hat, der Stadtratsvorsitzende und die anderen Verbündeten von Oscar Slattery darauf eingeschworen sind, die Diskussion so zu steuern, daß sie im Sinne des Bürgermeisters läuft, und Corky dann im richtigen Augenblick eine Abstimmung oder eine Vertagung beantragt, je nachdem. Klappt immer. Oder fast immer.

Der Stau auf der Brisbane oberhalb der Fourth löst sich allmählich auf. Von den Fahrern grinsen einige Corky zu und recken Daumen und Zeigefinger nach oben, vielleicht haben sie ihn ja erkannt, Corky Corcoran, der manchmal in der Zeitung ist oder im Lokalfernsehen. Nicht der bekannteste Mann im Stadtrat, aber ein anständiger Bursche, hundertprozentig zuverlässig, Corky Corcoran redet keinen Scheiß, der hat sich aus Irish Hill hochgearbeitet und weiß, was Sache ist. Wenn er, Herrgottnochmal, bloß *größer* wäre.

Er ist um die eins siebzig, ein wenig darunter vielleicht, er kennt seine Schwachstelle, hält sich deshalb kerzengerade, hochgereckt, selbstbewußt, die feste, geschmeidige Figur eines Mittelgewichtlers, ein irisches Jungengesicht, auf dem die Sommersprossen noch deutlich zu erkennen sind. Manchmal sieht Corky so gut aus, daß die Frauen sich auf der Straße nach ihm umdrehen, manchmal wirkt er zerknautscht wie ein alter Fußball und richtig mies drauf. Je nachdem, wie er geschlafen hat und mit wem. Ob er einen Kater hat. Im Augenblick, findet er, sieht er ziemlich gut aus. Sein Haar, das noch immer rostrot, herbstlaubfarbenrot ist, wächst kraus wellig von der Stirn weg, die Geheimratsecken stehen ihm gut. Corky ist ein stattlicher Kerl, da gibt's gar nichts, und hat jedes Recht, stolz darauf zu sein. Heißblütig, intelligent, gerieben. Selbst Leute, die ihn nicht kennen, ahnen, daß er eine Lokalgröße ist.

Und seine Kleidung: Immer modern und geschmackvoll, nicht

großkotzig, nicht neureich. Er ist bereit, bis zu zwölfhundert Dollar für einen maßgeschneiderten Anzug auszugeben, seinen anthrazitgrauen Nadelstreifen zum Beispiel, und er hat zwei Smokings für den Abend, einer hat coole 1500 Dollar gekostet (nicht nach Maß, aber von Valentino, den hat er sich bei einer als Dienstreise getarnten Spritztour nach New York City geholt, in einer Herrenboutique im Trump Tower), ein paar geschäftsmäßig elegante Perry Ellis-Klamotten und einen tollen Burberry und heute hat er, weil ein besonderer Tag ist, das neue Armani-Sportsakko an, zweireihig, zusätzliche Breite für seinen schmalen Oberkörper, die Farbe wirkt irgendwie sexy, ein Mittelding zwischen Rehbraun und Khaki, dazu ein Oberhemd, weiß in weiß gemustert, Seiden-Baumwollgemisch, flott gestreifte Cartierkrawatte, teure italienische Schuhe, die noch wie frisch gewienert wirken – er hat sie sich heute früh in der Lobby vom Hotel Statler putzen lassen (in der Woche frühstückt Corky außer Haus, er ist Stammkunde unter anderem im Statler, im Hyatt und im Union City Athletic Club). Man sieht ihn, man nimmt ihn zur Kenntnis als einen Typ, der sich gut findet, der stolz auf sich ist und sich einer Portion gesunder Eitelkeit nicht schämt.

Ein Typ, der's nicht nötig hat, nach dem ersten Drink des Tages zu gieren.

Und zu der tollen Christina wird er sagen: *Hey, rate mal, was ich auf der Fahrt zu dir gemacht hab* und Christina wird lächeln und sagen: *Was denn, Liebling?* und Corky wird breit grinsen und sagen: *Ich hab den Verkehr geregelt wie ein Cop* und Christina wird staunen und sagen *Corky... das darf doch nicht wahr sein!*

Jetzt kommt mit jaulenden Sirenen die Verstärkung. Die Situation ist unter Kontrolle. Der junge Cop, dem Corky geholfen hat, winkt, als er über die Kreuzung fährt – »Ey, schönen Dank auch, Mr. Corcoran!«

Mr. Corcoran! Musik in Corkys Ohren. Der Vormittag ist gerettet.

Es ist 11.04 Uhr, gegen elf wollte er da sein, das kommt also noch hin. Er stellt das Radio an, den Sender WWAZ, da gibt's immer fünf Minuten nach der vollen Stunde Nachrichten. Corky ist nachrichtensüchtig. Von der Politik in Washington, von diesem Saftsack Bush und diesem absoluten Arschloch Quayle allerdings hat er gründlich die Nase voll, da muß man sich ja fast schämen, Amerikaner zu sein, immerhin haben die Demokraten das Energiegesetz durchbekommen und Watkins, dem Mann von Bush, die Tour vermasselt, wenigstens mal eine gute Nachricht, aber hauptsächlich interessieren Corky die Lokalnachrichten, auch die Sensationsmeldungen, auf die sich Radioleute wie »Richie Richards« von WWAZ spezialisieren. Man kann nie wissen, ob man, wenn man das Radio anmacht, nicht irgendwas hört, was einen selber angeht. Wenn man Jerome Andrew Corcoran heißt, kann es sogar sein, daß man den eigenen Namen hört.

Heute nicht. Heute bringen sie nur deprimierenden Mist. Dieser »Richie Richards« ist Corkys Lieblingsfeind. Hektisches Gelaber zwischen der Werbung. Neueste Bulletins, die in Wirklichkeit Pseudo-Bulletins sind. Warum reitet dieser Blödmann bloß Tag für Tag auf denselben Themen rum: Union City steckt in einer Finanzkrise. Union City steckt in einer Kriminalitätskrise. Union City steckt in einer moralischen Krise. Union City, Opfer der maroden Stahlindustrie, *ist* eine Krise. Zurückgehende Einwohnerzahlen. Weiße in die Vororte. Kannst du uns nicht mal was Neues erzählen? Anstieg von Verbrechen und Drogenhandel. Aidstote. Aidsbabys. Wegbrechende Steuereinnahmen. Früher drittgrößte, jetzt nur noch fünftgrößte Stadt des Staates New York. Und immer weiter auf dem absteigenden Ast. Corky Corcoran, der in Union City geboren und aufgewachsen ist, der Union City liebt und nebenbei gesagt Immobilien im Wert von einer Million Dollar in Union City besitzt, findet diese Art von Scheiß abstoßend. Nicht die Tatsachen an sich, gegen die ist ja vielleicht nicht mal was zu sagen, aber die Auswahl, die unfaire Parteinahme.

Wenn Corky diesem Verräter »Richie Richards« mal wieder über den Weg läuft, wird er ihm vielleicht eine aufs Maul geben.

Was er heute bringt, ist typisch. Mit heuchlerisch bekümmerter Stimme berichtet er über die Wettervorhersage, die ein lausiges Memorial Day-Wochenende mit Gewittern am Montagvormittag erwarten läßt. Die jährliche Parade soll aber bis auf weiteres stattfinden wie geplant, man hört förmlich die Häme. Im Klartext: Die Parade ist im Arsch. Dann die üblichen knatterndhektischen Meldungen: Ein Feuer, zwei Einbrüche, drei Drogenfestnahmen, eine Großmutter mit neun Enkeln durch einen Schuß bei einer »häuslichen Ruhestörung« auf dem South Erie Boulevard verletzt, einem Viertel, das jetzt zu fünfundneunzig Prozent schwarz ist, das Stück Erie Boulevard hinter der Grand, das früher Irish Hill war und komischer- und irreführenderweise immer noch so heißt. (Ein kleiner Kern von Weißen ist geblieben. Zu arm oder zu chaotisch oder zu dickköpfig zum Umziehen. Unter ihnen Sean Corcoran, immer noch in dem alten Holzhaus in der Roosevelt, Tante Frances ist schon seit Jahren tot, und der Alte muß mindestens siebenundsiebzig sein, längst im Ruhestand, lebt von einer städtischen Rente, zu der Corky gemäß einer vertraulichen Vereinbarung monatlich 300 Dollar zuschießt. Corky hat trotzdem ein schlechtes Gewissen, und deshalb besucht er den Alten selten und ruft auch nicht an. Sean Corcoran hat ihn aufgenommen, er hat ihn behandelt wie einen Sohn oder jedenfalls nicht schlechter, als er seinen eigenen Sohn Peter behandelt hat, und Corky ist ein Mann, der zur Zeit keine eigene Familie hat und ein eigenes Kind schon gar nicht. Morgen oder am Sonntag fahr ich mal bei Sean vorbei, denkt Corky, hoffentlich ist es nicht zu spät. In der nächsten Meldung geht es um die Demonstration vor dem Gericht von Mohawk County am Donnerstagabend, und Corky stellt den Ton lauter.

An der Spitze der hauptsächlich aus Schwarzen bestehenden Demonstration stand ein schwarzer Anführer und Aktivist namens Marcus Steadman, ein Kollege von Corky aus dem Stadtrat und Prediger in einer Sekte, die sich Afro-Amerikanische Erste Kirche des Evangelisten nennt, der Mann ist ein berüchtigter Unruhestifter und wegen Vergewaltigung einer jungen Schwarzen angeklagt. Steadman ist der Typ von Schwarzem, der eine Heimsuchung für Liberale und ein Geschenk des Himmels für Konservative ist. *Die Art von Nigger,* wie Sean Corcoran und seine Freunde zu sagen pflegten, *die Nigger in Verruf bringt.* Corky hat nichts gegen Schwarze, er hat gegen keine Rasse, keine Konfession oder Religion was, aber irgendwie kann er solche Sprüche sogar nachvollziehen. Dieser Marcus Steadman ist für Corky ein rotes Tuch. Und all seine Bekannten, von bestimmten schwarzen Kollegen im Stadtrat bis zum Bürgermeister und dessen Leuten, sind hundertprozentig auf seiner Seite.

Steadman ist ein Opportunist, ein Aufwiegler. Hat sich – was an sich durchaus verdienstvoll wäre – des Falls Pickett-Johnson angenommen und ihn mit dem Rodney King-Urteil und suspektem religiösen Hokuspokus um eine kommende Schwarze Apokalypse in einen Topf geworfen: Im Jahre 2000 werden sich die schwarzen Rassen der Welt wie eine gewaltige Flutwelle erheben und die verweichlichten weißen Rassen einfach wegspülen. WWAZ bringt Passagen aus der geifernden Rede, die Steadman gestern abend auf den Stufen des Gerichtsgebäudes gehalten hat. *Wo ist Gerechtigkeit,* schreit Steadman, *wo ist schwarze Gerechtigkeit? Wo ist unsere Gerechtigkeit?* Corky hört fasziniert zu, Herrgott, er haßt diesen Kerl, haßt ihn wie die Pest, weil es, wenn er dabei ist, bei jeder Stadtratssitzung nur noch darum geht, wer am lautesten schreien kann, weil er Zwietracht zwischen den Schwarzen in der Innenstadt sät, die Oscar Slattery so viel verdanken, und weil er Corky obendrein bei jeder sich bietenden Gelegenheit persönlich beleidigt. (Womit hat Marcus Steadman Corky Corcoran am meisten gekränkt? Damit, daß er sich bei ihrer ersten Begegnung geweigert hat, ihm die Hand zu geben. Und Corky mit ausgestreckter Hand wie mit einem erigierten Pimmel hat stehenlassen. *Mit Corcoran kann man so was nicht machen.*) Im Kern allerdings, das muß er zugeben, hat Steadman recht. Kein Zweifel, wir haben eine rassistische Gesellschaft. Und vielleicht hat Pickett wirklich ohne hinreichenden Grund einen Zwölfjährigen erschossen, aber das sollen gefälligst die Geschworenen entscheiden.

Der Prozeß ist angesetzt, vertagt, neu angesetzt worden. Jetzt soll er Mitte Juni steigen. In ein paar Wochen also. Da Steadman fleißig die Flammen schürt, kann es ungemütlich werden. (Und auch Steadman selbst soll sehr bald vor Gericht stehen). Corky mag nicht daran denken, was passieren könnte – was passieren wird –, wenn sie Pickett freisprechen wie die Cops in L.A. Union City könnte zu Schutt und Asche werden, genau, wie damals Los Angeles. Man muß sich diesen Steadman nur mal anhören, ein begnadeter Prediger, selbst eingeschworenen Gegnern wie Corky läuft ein Schauer über den Rücken bei seinen Reden, eine

Stimme wie ein Tenorsaxophon, frohlockend und wehklagend, biblische Kadenzen, *Erhebt euch, meine Brüder! O meine Schwestern! Wo ist unsere Gerechtigkeit?*

»Richie Richards« beendet die Nachrichten um 11.05 Uhr mit pseudo-empörter Stimme. Die widerlichste Meldung hat er sich bis zuletzt aufgehoben. Aufgewärmter Mist, den Corky jetzt seit zwei Tagen hört: Ein neunundzwanzigjähriger Bürger aus Union City, ein gewisser Leroy Nickson, verheiratet und Vater eines fünf Monate alten Jungen, hat das Kind nicht nur mit den Fäusten zu Tode geprügelt, weil es »geschrien hat, während er schlafen wollte«, sondern hat die Leiche beseitigt, indem…

Corky drückt den Aus-Knopf.

Alles Scheiße. Er hat genug gehört.

Und jetzt, als der Verkehr wieder normal läuft, sieht er einen Krankenwagen Pendle Hill herunterfahren. Ohne Sirene, ohne Blinklicht. Demnach eine Leiche, kein Verletzter.

Von einem Verkehrsunfall ist auf der Straße nichts zu sehen. Die Polizei hat mit hölzernen Böcken eine Einfahrt und ein Stück Gehsteig abgesperrt, ein Wagen der Feuerwehr steht im Parkverbot, davor warten Feuerwehrmänner und uniformierte Cops. Sofort regt sich Corkys Neugier. Was läuft hier ab?

Pendle Hill Village ist eine Stadthaussiedlung mit Eigentumswohnungen in einem dieser in den achtziger Jahren luxussanierten Vierteln, die man in den Siebzigern noch als hoffnungslos abgeschrieben hätte. Diese Siedlung ist, wie Corky zufällig weiß, auf dem Gelände der alten Pendle Hill-Brauerei entstanden, nur ein paar Blocks entfernt von der St. Vincent's-Mission in der Front Street, wo die Penner dreimal am Tag vor der Suppenküche und zum gelegentlichen Entlausen Schlange stehen. Weniger als eine Meile entfernt von dem Stück Canal Street, wo die billigen Zuhälter ihre Pferdchen laufen lassen. Hier aber ist alles erste Sahne. Yuppiemäßig aufgemotzt. Jede Wohneinheit hat einen eigenen Eingang und Tiefgarage, dunkelgelber Backstein, verschnörkeltes Schmiedeeisen, rote Geranien in Tontöpfen. Und die Gitter an den unteren Fenstern sind so elegant, daß man nicht unbedingt sofort drauf kommt, wozu sie eigentlich da sind. Künstlich wie ein Filmset, aber irgendwie romantisch angehaucht. Ein »Dorf« für gut bezahlte, junge Akademiker, Computerleute, Anwälte, Finanztypen, PR- und Medienfrauen. Wohneigentum für Swinging Singles hätte man in den Tagen unschuldiger Unmoral vor Aids gesagt. Es gibt eine Pendle Hill-Wäscherei und -Reinigung, einen Pendle Hill-Floristen, eine Pendle Hill-Modeboutique, einen Pendle Hill-Videoskop. Corky muß an die Wohnung denken, die Thalia hatte, als sie Sozialarbeiterin bei den Family Services war, eine Wohnung in einem »Luxus«-Hochhaus, das sich Dominion Towers nennt, ein Stück näher an der Innenstadt, mit Blick auf den Fluß und die Brücke und Fort Pearce, Ontario, auf der anderen Seite. Thalia hatte gerade ihren Abschluß in Cornell gemacht, war zweiundzwanzig und entschlossen, ihr Leben der leidenden Menschheit zu weihen, es war einer dieser miesen Jobs, auf die idealistische junge Leute fliegen, ohne zu wissen, worauf sie sich einlassen. Thalia hatte es länger ausgehalten als die meisten, und die ganze Zeit hatte ihre Mutter sich Sorgen gemacht, sie könne »da unten« beraubt, vergewaltigt, ermordet werden.

All das war Thalia nicht passiert. Dafür aber anderes.

Corky stellt sich hinter den Feuerwehrwagen ins Parkverbot, aber in so einem Fall, denkt er, wird man es schon nicht so genau nehmen. Er ist von Natur aus neugierig, wer böswillig ist, könnte wohl auch penetrant sagen. Mit einem schnellen Blick in den Rückspiegel überzeugt er sich, daß sein Aussehen okay ist, fünf Stunden Schlaf, nicht schlecht für seine Verhältnisse, die Augen nicht merklich blutunterlaufen. Er steigt aus und stellt fest, daß auch der Caddy gut aussieht, eindrucksvoll, der Kratzer an der rechten Seite, der sich dünn wie ein Bleistiftstrich über beide Türen zieht, fällt keinem auf, er ist noch nicht dazu gekommen, ihn überlackieren zu lassen, aber sobald wie möglich, nächste Woche, kümmert er sich drum.

»Was ist denn hier los?«

Corky wendet sich nicht an einen der Uniformierten, sondern an einen älteren Mann, der offenkundig Kriminalbeamter ist. Corky kennt ihn sogar flüchtig, heißt er nicht Beck? Er merkt, daß auch Beck ihn erkannt oder fast erkannt hat, Sekundenbruchteile lang hat er diesen grämlichen Blick, *Ich kenne dich, du kennst mich,* flüchtig und gleich wieder weg, und Corky denkt, daß man bei der Kriminalpolizei von Union City bestimmt nicht nach oben kommt, wenn man den netten Jungen mimt, er weiß, daß Beck seine Frage nicht beantworten, sondern mit einer Gegenfrage kontern wird, er ist gewappnet. Beck fragt, ohne Corkys Lächeln zu erwidern, aber durchaus höflich: »Wohnen Sie hier, Mister?« Und Corky sagt eifrig und teilnahmsvoll: »Ich hab mal hier gewohnt, ich kenne die Gegend und ein paar Leute hier. Ich bin zufällig vorbeigekommen und...« Das ist nicht mal ganz gelogen, denn bis zu den Dominion Towers ist es nur eine Meile.

»Es handelte sich um eine Notfallsituation«, sagte Beck. »Sie ist jetzt unter Kontrolle.«

»Aber kein Feuer...?«

»Unter Kontrolle.«

Und dabei schaut er Corky an, als müsse er sich zusammennehmen, um ihn nicht zum Teufel zu schicken. Abgebrühte Visage, eine deutsche Sturheit, Nase wie ein Rhinozeroshorn, ein Typ, dem man keinen Scheiß erzählen kann. Um die fünfzig. Eine Beretta in dem weiten Sakko von der Stange, und unwillkürlich fragt man sich, wie oft er sie schon benutzt hat.

»Soso... Naja, hat mich nur interessiert.« Corky klimpert lächelnd mit den Autoschlüsseln. »Wie gesagt, ich hab hier mal gewohnt.«

»Aber jetzt wohnen Sie nicht mehr hier, stimmt's?«

»Stimmt genau. Ich bin sozusagen...«, Corky lächelt, kleiner Witz, will er mit diesem Lächeln sagen, brauchst mir nicht gleich an die Kehle zu springen, »ein besorgter Bürger.«

»Die Gegend ist gesperrt, ist das klar? Namen und Einzelheiten werden erst bekanntgegeben, wenn... wenn die Bekanntgabe erfolgt.«

Das bedeutet einen Toten oder Tote, aber Corky hakt nicht nach. Mindestens zehn, zwölf Cops und Feuerwehrleute stehen rum, Funkgeräte quäken, Nervosität liegt in der Luft, grimmige Mienen, Unruhe, eine Leiche, mindestens, die, die sie gerade weggebracht haben, wahrscheinlich kein natürlicher Tod. Früher oder später wird Corky erfahren, was hier los war. Er registriert die Adresse: Brisbane 1758, Stadthaus, Einzelgarage, heruntergelassene Rolläden, der Briefkasten voller Post und Werbedrucksachen, anscheinend tagelang nicht geleert. So traurig und nackt sehen Häuser aus, in denen etwas passiert ist, was nie wieder gut werden kann. Wie ein überbelichtetes Foto. Du mußt es dauernd anstarren. Du weißt nicht warum, aber du kannst es nicht lassen.

Corky bedankt sich bei dem Kriminalbeamten und zieht ab, er ist ein gutmütiger Mensch, er will sich nicht aufdrängen. Beeilt sich wegzukommen, ehe Beck ihn wegschicken muß, was er wahrscheinlich nur ungern täte, er weiß zwar nicht, was für eine Querverbindung es zwischen ihnen gibt, wohl aber, daß es eine gibt, ganz klar in einem politischen Umfeld, in dem alles miteinander verknüpft und verquickt ist, eine üppige Symbiose wie bei Algen in einem Teich.

Wie heißt es beim Boxen: Was du austeilst, mußt du einstecken.

Corky fährt weiter. Und weiß, daß die Cops sein Nummernschild schon in den Computer eingegeben haben. Stört ihn nicht. Er ist ja wirklich nur ein besorgter Bürger, was sonst.

Und Corky mag Cops. Jedenfalls die Cops, die ihn mögen. Auch wenn es eine Sünde und eine Schande ist, daß die Mörder von Tim Corcoran nie verhaftet, nie vor Gericht gestellt worden sind. Die Beweise reichten einfach nicht aus, der District Attorney konnte nichts machen.

Allerdings ist dann Al Fenske selbst Ostern 1992 im Gangland-Stil abgeknallt worden. Und die gedungenen Killer in dem Wagen, den Corky nicht richtig gesehen hatte, wurden wegen anderer Sachen verhaftet und landeten im Knast. Also gibt es doch eine Gerechtigkeit. Oder?

Corky ist schon auf dem Union Boulevard, es ist 11.17 Uhr, und er lächelt sein lockeres Lächeln, klar, Corky Corcoran mag Cops, er mag alle Leute, er steht in dem Ruf, der netteste Typ in Union City zu sein. Man darf ihn nur nicht ärgern.

2

»ER IST JETZT HIER, ABER ER GEHT GERADE.«

Spitze, denkt Corky und leckt sich die Lippen. Erste Sahne.

Das Geschenk hat er in dem Chinaladen der Lakeview Shopping Mall gefunden, wo die Firma Corcoran Inc. Büroräume besitzt. Er geht nie zu Christina, ohne ihr was mitzubringen. Eine liebenswürdige Angewohnheit, vielleicht schon fast eine Sucht, Corky macht gern spontane Geschenke, besonders Frauen beschenkt er gern (hinten im Caddy steht eine rosa Topfbegonie in Silberfolie mit einer roten Riesenschleife, die Corky am Mittwoch gekauft hat, um sie seiner alten Tante, der Ordensschwester Mary Megan Dowd, zu bringen, die seit einer Woche im Krankenhaus liegt, im Holy Redeemer Hospital, irgendwie *muß* er nächstens mal hin). Das Geschenk wird Christina gefallen: Eine bildschöne Keramikfigur, halb Katze, halb Fuchs, mit satt rotbraunem Fell, in leuchtenden Farben bemalt, schräge graugrüne Augen, weibliche Züge, etwa zwölf Zentimeter hoch, das Raffinierte ist, daß man das Vieh aufmachen kann, und dann zeigt sich eine womöglich noch schönere Fuchs-Katze, und wenn man die aufmacht, die nächste und so weiter – sechs Figuren alles in allem. Handgemalt vermutlich mit winzigkleinen Pinseln. Asiatische Kunst. Und nicht mal so teuer, unter hundert Dollar.

Wenn er Christina ein Geschenk mitbringt, windet sie sich ein bißchen und sagt, das sollst du doch nicht. Aber warum nicht? Wie sonst soll er ihr beweisen – so, daß sie es sehen, anfassen, in der Hand halten kann –, daß er verrückt nach ihr ist?

Corky stellt den Caddy an der üblichen Stelle ab, nicht vor Christinas Brownstone in der Nott Street 331, wo sie ein Loft im dritten Stock gemietet hat, sondern einen Block weiter und um die Ecke, vor einer italienischen Bäckerei. Er ist – von Natur aus und in diesem Fall ganz besonders – ein vorsichtiger Mensch. Einer, der immer höllisch aufpaßt, daß ihn keiner auf dem verkehrten Fuß erwischt. Dazu kommt ein Stück altmodische irisch-katholische Galanterie, das Bemühen, den Schein zu wahren. Er möchte nicht, daß Christina, die schließlich eine verheiratete Frau ist, Unannehmlichkeiten bekommt. Zumindest, bis sie sich darüber einig sind, wann sie ihrem Mann (der schwerkrank ist) von Corky erzählen und wann sie frei sein wird, Corky zu heiraten – wenn sie sich je darüber einig werden.

Klar, Corky ist verrückt nach Christina, es hat ihn so schwer erwischt wie noch bei keiner anderen Frau. Aber will er sie – oder irgendeine andere Frau – wirklich heiraten?

Ja, aber du hättest mich nicht ganz so gern, Lover, wenn ich frei und ungebunden wäre, stimmt's?

Ist doch Quatsch, denkt Corky. Er will wieder heiraten, und zwar bald. Und zwar Christina.

Komisch ist nur, daß er ständig in diesen Traum verfällt. Keinen richtigen Traum, denn er ist meist wach dabei. Oft beim Fahren. Besonders auf dem Expressway, dem Thruway. Plötzlich denkt er an seine Frau, seine Kinder, zwei oder drei, die große weiße Kolonialstilvilla in einem Vorort am See, einem Vorort wie Chateauguay... ganz so, als ob das Wirklichkeit, als ob das tatsächlich Corky Corcorans Familie wäre, aber wo sind sie eigentlich, und wo ist er? Kann einem fast Angst machen. Dieses Engegefühl in der Brust. Als ob die Zeit drängt. Tim Corcoran war erst fünfundzwanzig, als sein Sohn zur Welt kam.

Nur – die Frau in dem Traum scheint nicht Christina zu sein und auch sonst keine Frau, die er kennt (Charlotte jedenfalls ist es nicht). Corky versucht vergeblich, ihr Gesicht zu erkennen. Auch die Kinder sind unscharf. Er kann fast ihre Stimmen hören, wie Musik, tonlos, schwebend, nicht zu greifen. *Can't buy me love,* ein alter Beatles-Song, mindestens dreißig Jahre alt.

Was das bedeutet, ahnt Corky nicht. Er vermeidet es nach Möglichkeit, sich in seinem eigenen Kopf umzutun.

Während er den Caddy abschließt, sieht er rasch auf die Rückbank, Himmel, das sieht ja grausig aus. Da steht die Begonie, aber da liegen auch Zeitungen, Taschenbücher, sogar leere Bierdosen und Schaumstoffbecher, jede Menge Schrott, ganz allmählich ist das zusammengekommen wie der Dreckrand auf seinen Rasierklingen oder unter dem Wulst seines Toilettenbeckens. Charlotte hat schon recht: Corky macht im Handumdrehen aus jedem Auto eine Müllkippe – aber wie kommt das bloß?

Während er zurückgeht, nicht schnell, nicht langsam, sondern wie ein Mann, der weiß, was ihn erwartet und sich schon im Hingehen darauf freut, registriert Corky das Straßenleben: Hispanics, Schwarze, Frauen, die einkaufen gehen, Kinder, alles ziemlich normale Leute, von wegen Union City steckt in der Krise, was soll der Quatsch!

Die Spics und die Schwarzen, besonders die Männer, fallen auf: Cool angezogen, coole Typen. Wie Corky in seinem Sportsakko, ein wirklich schönes Teil, seidig-wolliges Tuch, leichter als Kamelhaar, aber weich wie Kamelhaar. Und diese Farbe! Gut betucht, da sieht man mal, wo das Wort herkommt, gediegen, nicht nur auf Schau wie bei diesen Angebern da.

Beim Lunch wird er Greenbaum fragen, wieviel er nach Greenbaums Meinung ungefähr wert ist. Zwei Millionen Dollar dürfte die untere Grenze sein, denkt Corky.

Es gefällt ihm, wie die Leute, besonders die Frauen, ihn ansehen. Wie ihre Augen an ihm hängenbleiben. Wie die Männer ihn taxieren. Er ist einer, der weiß, was er wert ist, aber er ist nicht aggressiv, lächelt leicht und oft, manchmal, wenn er nervös ist, muß er einfach lächeln. In der Öffentlichkeit, wie jetzt, geht er mit gestrafften Schultern, hoch erhobenem Kopf, lässigem Blick, unbeschwert, eine Haltung, die er als Kind entwickelt und in die private Jungenschule St. Thomas Aquinas mitgenommen hat, auf die er mit fünfzehn über ein Stipendium kam. Die Mitschüler reiche Pinkel, und er aus der Roosevelt Street, Irish Hill. Seit Tims Tod war es mit den Corcorans bergab gegangen. Eines Tages aber gibt ihm Onkel Sean einen Knuff und sagt, du, ich hab eine Überraschung, ein Freund hat an dich gedacht, und am nächsten Tag kommt ein eingeschriebener Brief an »Jerome Andrew Corcoran« vom Direktor des St. Thomas, daß er ein von privater Hand gestiftetes Stipendium bekommen habe, wieso und warum erfuhr er erst viel später.

Corky erhielt sein Stipendium aufgrund seiner wirtschaftlichen Lage, nicht der Leistung wegen. In der Schule seiner Gemeinde war er guter Durchschnitt, abgesehen von Mathe, wo er manchmal sogar Einser bekam. Erst nach seinem Schulabschluß hörte er zufällig, daß Oscar Slattery das Stipendium für St. Thomas zum Andenken an Tim Corcoran gezahlt hatte. Selbst Vic Slattery, der – auch wieder durch einen Zufall – Corkys Freund geworden war, hatte es nicht gewußt.

Corky sieht zu Christinas Fenstern hoch. Schaut sie nach ihm aus?

Corky würde gern glauben, daß Christina sich das Loft in Germantown, fünf Autominuten von seinem Büro in der South State Street, ihm zuliebe hält oder auch ihr zuliebe, ein günstig gelegener Treffpunkt auf neutralem Boden: Nicht bei ihr (Christina lebt mit ihrem Mann und einem dreizehnjährigen Sohn in Chateauguay, eine halbe Autostunde auf dem Millard Fillmore Expressway, im Norden der Stadt) und nicht bei ihm (Corky lebt allein, noch immer in dem Haus, das er auf Betreiben seiner Ex-Frau gekauft hat). Tatsache aber ist, daß Christina es seit Jahren hat, sie ist Journalistin und braucht wohl einen Freiraum für ihre Arbeit. Manchmal überlegt Corky, ob Christina vor ihm schon andere Männer hierher gebeten hat, ob andere Männer Christina auf ihrer knarrenden Bettcouch oder auf dem Fußboden geliebt, ob sie hinterher mit ihr in der antiquierten Duschkabine mit den gelbstichigen, von spinnennetzartigen Haarrissen durchzogenen Fliesen gestanden haben. Fragen würde er so was nie. Und von sich aus hat Christina nie was gesagt. Seit elf Monaten läuft das jetzt zwischen ihnen, eine ernste Sache von Anfang an, aber es gibt Dinge, über die sie nie sprechen.

Corky kommt sich vor wie ein Ballon kurz vor dem Platzen. Nur fünfundzwanzig Minuten Verspätung. Ein böig-sonnig-blendender Tag, im Osten über dem Fluß Quellwolken wie düster dräuende, graue Gehirnhälften, aber der übrige Himmel ein so hartes, klares Blau, daß einem die Augen weh tun. Herrgott, das Leben ist doch schön.

Schon die Fahrt nach Germantown macht ihn an, die Fahrt in dieses alte Viertel von Union City, das andere meiden. Die Schlingerfahrt durch schlaglochübersäte Straßen im Schatten der donnernden Brücken und Auffahrten des Expressways in ein schmuddeliges Niemandsland solider alter Backsteinbauten, in denen jetzt Discountmöbelhäuser untergebracht sind, Elektrogeschäfte, Läden mit Direktverkäufen ab Fabrik, Kneipen, Buch- und Videoläden für Erwachsene, Pornotheater und Imbißbuden, wie man sie in amerikanischen Städten nur in diesen Vierteln findet, die Scheiben mit einer Fettschicht überzogen, die aussieht wie Wasserdampf, so unappetitlich, daß man sich fragt, wie sie überhaupt existieren können, wo sie Gäste herbekommen. Und am Wasser dann, da, wo Corky möglicherweise bauen will, eine Wüstenei mit Brettern vernagelter Fabrikgebäude, daneben Schutthalden, kleine Büsche und Disteln, die sich zwischen den Gehsteigplatten durchdrängen, hinter dem drei Meter hohen Gitterzaun graffitibeschmierte Tafeln HIER ENTSTEHT IN

KÜRZE DIE MARINA VON UNION CITY! – ein vom Staat unterstütztes Projekt, das vor Jahren gestorben ist, weil die Stadt die restlichen Mittel nicht zuschießen konnte.

Auf dem Expressway leuchten Reklameschilder in der Sonne wie Neonlicht. Ein ganzes Panorama, das Wohlstand signalisieren soll WILLKOMMEN IN UNION CITY STADTMITTE NÄCHSTE AUSFAHRT. Corky kneift die Augen zu, als er die verhaßt-vertraute Reklame sieht: HEINZ MEULLER LINCOLN-VERKAUF VERLEIH LEASING, eine primitive Zeichnung von »Heinz Meuller« mit strahlenden Augen, Pfeife, freundlichem Lächeln, Meuller ist ein früherer Mitschüler von Corky aus St. Thomas, den Corky seit dreißig Jahren haßt wie die Pest, und wenn man überlegt, was sie an gemeinsamen Erinnerungen haben, beruht das vermutlich auf Gegenseitigkeit.

Manchmal denkt Corky, daß Union City mit seinen immerhin dreihunderttausend Einwohnern zu klein für ihn ist. Er hat sein ganzes bisheriges Leben hier verbracht, vielleicht war das zu viel.

Allgegenwärtig sind auch die glänzenden, rot-weiß-blauen Schilder von ROSS DRUMMOND IMMOBILIEN. Drummond, größter Grundstücksmakler in der Region, ist sein Ex-Schwiegervater.

Verdammt, gegen *ihn* hat er ja gar nichts, manchmal fehlt er ihm sogar.

Christinas schieferblauer Volvo, Baujahr 1990, steht vor Nummer 331. Corky schickt ein Lächeln nach oben, legt die Hand vor die Augen und versucht zu erkennen, ob sie am Fenster steht und winkt. Aber er kann nichts sehen, der Himmel spiegelt sich in der Scheibe, zerrissene Wolken, blaue Fetzen, Dunkelheit. Wie Buntglas von außen.

Unter der Dreckschicht ist die Nott Street 331 ein solides, von Deutschen 1922 erbautes Haus, das hundert Jahre halten könnte. In diesem Viertel steht es mit Sicherheit nicht mal mehr fünf. Wenn es Corky gehörte, wenn der die Möglichkeit hätte, es, sagen wir mal, nach Pendle Hill zu transportieren, könnte man es sandstrahlen, innen und außen renovieren, Fenster und Haustür erneuern, moderne Atelierfenster einbauen, Wohneigentum daraus machen. Aber nicht hier. Daneben steht nochmal genau das gleiche Haus, leer, mit verbretterten Fenstern. Ein Bild des

Jammers. Der Gehsteig vor Nummer 331 ist voller Abfall, an der Haustür prangen Graffiti in weißer Leuchtfarbe, auf der Vortreppe riecht es nach Pisse, Christina wird die Nase rümpfen, sie ist pingelig.

Corky gibt ihr noch ein Jahr, dann muß sie weg von hier.

Und wohin?

Eins lernt man schnell in Corkys Branche, das heißt, Corky hat es schon als Junge gelernt, im Immobiliengeschäft ist nichts beständig, nichts auf Dauer angelegt, keine greifbare Wirklichkeit. Alles nur Kulisse, beliebig verschiebbar. Ständig im Wandel.

Im Hausflur stinkt es noch mehr. Einmal hat Corky zwei schwarze Typen, ganz junge Kerle, hier beim Rauchen überrascht – Crack wahrscheinlich –, sie haben ihn angestarrt und wie verrückt angefangen zu kichern. Nicht die Spur von Angst oder Verlegenheit. Die Aluminiumbriefkästen sind zerkratzt und verbeult von häufigen Einbrüchen. Warum Christinas Mann zuläßt, daß sie sich hier eine Wohnung hält, ist Corky schleierhaft. Wenn sie seine Frau wäre, käme das nicht in Frage.

C. BURNSIDE 3A. »Burnside« ist Christinas Mädchenname, unter dem sie auch schreibt.

Ein alter Name in Union City. Genau wie »Kavanaugh«, so heißt ihr Mann.

Scheiße auf ihren Schuhen, Junge.

Aber jetzt nicht mehr.

Corky drückt den Summer von 3A, damit Christina weiß, daß er da ist, und schließt die innere Tür mit seinem Schlüssel auf. Herrgott, ist er geil.

Mist, es ist fast halb zwölf. Und um eins ist er mit Greenbaum verabredet. Warum er in Pendle Hill anhalten und seine Nase in Sachen stecken mußte, die ihn nichts angehen, ist ihm inzwischen ein Rätsel. Nichts bedeutet ihm mehr als diese Besuche bei Christina.

»Chrissie? Ich bin's…«

Corky rennt die knarrenden, abgetretenen alten Hartholzstufen hoch, strahlend, erwartungsvoll, lichterloh brennend, das irische Jungengesicht gerötet, die Augen blank vor Lust, und dann sieht er Christina, die auf ihn wartet, auf *ihn*. In engen, abgetragenen Jeans, die die Rundung von Hüften und Po nachzeichnen, in dem bestickten altrosa Kaschmirpullover, den Corky ihr zu Weihnachten geschenkt hat, mit nackten Füßen trotz der Kälte auf dem rissigen, dreckigen Treppenabsatz. Begehrlich sieht sie ihn an oder in seine Richtung, mit einem leicht besorgten Stirnrunzeln und in diesem ersten Moment, ehe ihre Blicke sich treffen, noch ohne zu lächeln, als nähme sie ihn gar nicht wahr.

Flüchtig, wie ein kurzer Faden, der durch ein Nadelöhr gezogen wird, gleich wieder vergessen, überkommt Corky ein Gefühl des Unbehagens. Als sei er jemand, der sich beeilt, ein Vakuum zu füllen wie Flüssigkeit einen Behälter.

Der eigentliche Raum aber, der Behälter, bleibt – gefüllt oder ungefüllt – unsichtbar.

In diesem Moment, wenn er Christina sieht, ist Corky immer unsäglich erleichtert, denn auf dem Weg in die Nott Street begleitet ihn regelmäßig eine abergläubische Furcht. Angenommen, sie steht nicht vor der Tür. Angenommen, er öffnet die Tür, die Wohnung ist still und leer – und dann findet Corky Christinas leblosen, zerbrochenen Körper.

Die gleichen abergläubischen Ängste hatten ihn im Zusammenhang mit Thalia geplagt, die aber hatte ihn ausgelacht.

Corky packt Christina und küßt sie. Heiß, atemlos, so heftig, daß sie ins Wanken kommt und sich an ihm festhalten muß. Auch sie ist atemlos, scheint angespannt, vielleicht hat sie seinetwegen auch Angst gehabt. »Gott, bist du schön«, sagt Corky. »Ich liebe dich.«

Christina lacht. »Du bist auch schön, Corky.«

Wie wohl ihm das »Corky« aus dem Mund dieser Frau tut. So wohl wie ihre überraschende Liebe zu seinem Körper, seinem Schwanz.

»Ja, aber mir ist es ernst.«

»Mir ja auch, Lover.«

Oben schaut sich Christina die chinesische Fuchs-Katze an, küßt ihn nochmal und bedankt sich, vielleicht ist sie verlegen, vielleicht freut sie sich auch, weil das Geschenk von ihm ist. Corky sieht sich um, er ist immer ein bißchen nervös, wenn er hereinkommt, immer der flüchtige Gedanke *irgendwas wird passieren, irgendjemand wartet auf mich,* schließlich vögelt er ja die Frau eines anderen. Und weiß es.

Der Adrenalinstoß – wie eine Spritze direkt ins Herz. Das Blut, das lustvoll in seinen Schwanz schießt. Bei den ersten Besuchen haben sie sich aufeinander gestürzt und sich geliebt, sobald er hereingekommen war, Christina wartete schon, halb ausgezogen. Mit heißer Haut, wie ein straff gespannter Bogen, naß vor Erwartung. Und erst hinterher hatten sie, atemlos und benommen, Zeit zum Reden gehabt.

Jetzt haben sie mehr zu bereden, manchmal zu viel. Christina erzählt, daß sie sich tatsächlich Sorgen gemacht hat, ein bißchen jedenfalls. Erzählt, daß sie heute früh auf dem Expressway einen Unfall mit angesehen hat und daß sie aus heiterem Himmel angefangen hat zu weinen. »Und du weißt, das sieht mir nicht ähnlich.«

Christina bietet Corky ein Glas Rotwein an, sie trinkt auch welchen, ihr schöner Mund ist in den Winkeln leicht rötlich gefärbt. Sie stehen eine Weile Arm in Arm am hinteren Panoramafenster des Lofts und schauen hinaus. Corky mag Christina nicht nach ihrem Mann fragen, aber er weiß, daß er fragen muß, und er will es ja auch wissen, muß es wissen. Wie hat das... wie heißt es... das Prednison angeschlagen. Ein cortisonähnliches Medikament, neu auf dem Markt, sehr wirksam, ein entzündungshemmendes Mittel, das manchmal Multiple-Sklerose-Patienten verschrieben wird. (Harry Kavanaugh, früherer Bundesrichter, hat seit neun Jahren MS, die Krankheit schreitet offenbar rapide voran oder Harrys Zustand verschlechtert sich rapide. Corky hat ein verdammt schlechtes Gewissen, aber andererseits sind für Corky die Ehemänner von Frauen, mit denen er schläft, immer auch Rivalen, ein Hauch von Gehässigkeit ist stets dabei. Insgeheim natürlich, ganz insgeheim). Christina sagt nie viel über Harry, aber er hat das Gefühl, daß sie immer dankbar ist, wenn er fragt, wie eine Mutter, bei der man sich nach einem geliebten kränkelnden Kind erkundigt. »Eine dieser Wunderdrogen«, sagt sie jetzt. »Mit ›Gegenanzeigen‹, bei denen einem himmelangst wird, wenn man das Kleingedruckte liest.«

»Wenn man das Zeug nimmt, sollte man das Kleingedruckte vielleicht nicht lesen.«

»Harry liest es auch nicht. Aber ich. Es scheint zu helfen, gibt ihm mehr Kraft, auch moralisch.« Christina macht eine Pause. Lacht. »Aber jetzt sprechen wir nicht mehr davon, Lover. Okay?«

Corky überlegt: Wenn Christina seine Frau wäre, und ein anderer Mann würde sich heimlich mit ihr treffen, seit elf Monaten dreimal in der Woche mit ihr schlafen – wie würde er wohl reagieren, wenn er das rausbekäme? Er denkt an die deutsche Luger, die so schwer und zuverlässig in der Hand liegt.

Nur würde Corky sich hart tun mit dem Schießen. Auf wen auch immer. Sogar in Notwehr.

Von Christinas Fenster sieht Corky nach Westen bis zur Dominion Bridge und flußaufwärts bis zum Vorort St. Clair mit den verschwommenen Umrissen von Segelbooten auf dem Wasser. Nicht ganz so weit weg sieht er die goldglänzende Basilika der byzantinischen St. Mary Assumption Church und die Überreste der alten Moneghan-Töpferei, in der in den achtziger Jahren des vorigen Jahrhunderts ganze irische Emigrantenfamilien, auch Vorfahren von Corky, Arbeit gefunden hatten. Sein Urgroßvater Donnelly und Donnellys Geschwister aus der Grafschaft Kerry. Das jüngste war erst zehn, und alle hatten sie einen Zehnstundentag. Mindestens!

Der breite, glitzernde Fluß, der steile Himmel, in den man stürzen kann, ein Himmel ohne Ende. Die Welt ist nichts anderes als Bewegung. Das Universum. Unveränderliche Gesetze, von denen du keine Ahnung hast. Und wenn du still stehst, überrollen sie dich so unbeteiligt wie Wellen oder Wolken, und du bist tot, ein Stück Fleisch.

Christina drückt Corkys Taille und sagt: »Ist das nicht schön? An diesen klaren Tagen. Es ist wie...«, sie atmet rasch, sie ist eine impulsive, leidenschaftliche Frau, die zu leicht verstiegenen Äußerungen neigt »wie eine Art Gott. Ich meine – nicht Gott als Person, sondern Gott als unsichtbarer Geist.«

Der Chateauguay wirkt unglaublich lebendig. Je länger man ihn anschaut, desto stärker zieht er einen in seinen Bann, man kann nicht einmal sagen, in welche Richtung die Strömung geht, das Wasser ist wild bewegt, es blinkt und zwinkert mit tausend Augen, die dunklen Wellentäler sehen aus wie spielende Muskeln. Union City ist seiner fünf Flußbrücken wegen berühmt, der Blick ist von jeder anders, als ob man von jeder einen anderen Fluß sehe.

Corky lacht glücklich. »Verdammt, wozu brauchen wir einen Gott? *Wir?*«

Er zeigt Christina den dunstigen Umriß eines viele Meilen entfernten Gebäudes Richtung Innenstadt, das man hinter supermodernen aquamarinblauen Hochhaustürmen und den Auffahrten der Dominion Bridge gerade noch erkennen kann. Das ist das Griswold Building, ein Wahrzeichen von Union City, entworfen von Louis Sullivan, es war 1917 der erste Wolkenkratzer – fabelhaftes Wort, »Wolkenkratzer« – im Staate New York. »Siehst du's? Da hinten... Ich denke daran, es zu kaufen«, sagt Corky beiläufig, »wenn der Preis stimmt.« Christina äußert Überraschung und Interesse. »Tolle Idee, Corky, aber...« Sie verstummt ein wenig skeptisch, und Corky sagt, als ginge es darum, sein Projekt vor einem Ausschuß zu verteidigen: »In Rensselaer hab ich eine Arbeit über Sullivan geschrieben, hab mir die Originalzeichnungen für das Griswold Building angesehen, Fotos gemacht, selber ein bißchen rumgezeichnet. Da hatte ich zum erstenmal Kontakt mit...« Er erzählt Christina Sachen, die er Charlotte nie erzählt hat, deren Neigung zur Kritik ihre Begeisterung für Corkys Pläne zu dämpfen pflegte, und als er seine eigene Stimme hört, überlegt Corky, ob er zu viel sagt, zu viel rausläßt, aber verdammt, Christina ist seine Geliebte, er ist nicht mit ihr verheiratet, sie ist keine Frau, die ihm eine kalte Dusche verpaßt, indem sie ihn fragt, woher er auch nur die Anzahlung für eine solche Extravaganz, eine solche Laune nehmen will und wie in dieser Rezession einer, der seine fünf Sinne beisammen hat, auch nur daran denken kann, in der Innenstadt von Union City sechs Millionen zu investieren, wo sogar in den High Tech-Parks flußaufwärts die Mieten in den Keller gehen. »Und noch eins will ich kaufen, kennst du The Bull's Eye? Ich hab da einen Plan...«

Can't buy me love, can't buy me love... Wer sagt denn das? Warum eigentlich nicht

Ehe sie sich lieben, besieht sich Christina die chinesische Fuchs-Katze, die Corky ihr mitgebracht hat, noch einmal genauer. Wenn Corkys Geschenke sie in Verlegenheit bringen oder belasten, wenn sie meint, Dank allein sei nicht genug, sie müsse auch noch gewissenhaft auf jedes einzelne eingehen, macht sie das jedenfalls reizend. Sie schmiegt sich an Corky, während sie das Figürchen dreht und wendet, sich das Haar aus dem Gesicht streicht, lächelt, lacht. Es ist schon so, daß Geschenke uns wieder zu Kindern machen, und bei manchen Menschen wirkt das bezaubernd, ja verführerisch. »Wunderschön, Corky, aber was *ist* es?« Ganz dicht sitzt sie neben Corky mit seiner schmerzhaften Erektion, fünf, sechs Zentimeter kleiner als er, barfuß, eine Frau von sechsunddreißig Jahren, weder schlank noch dick, straffer, runder Po, die Brüste eine ordentliche Handvoll, das Haar fast zu glänzend, zu schwarz in der schonungslos grellen Sonne, die durch hohe vorhanglose Fenster fällt, so daß Corky sie manchmal gedankenvoll anschaut, wie körperlich sie ist, wie real. Wie kann das sein, *Atome sind hauptsächlich Leere, das Universum ist hauptsächlich Leere,* daß unsere Körper so real sind, unsere Existenz so unwiderlegbar. Wenn Corky und Christina sich auf der Bettcouch lieben oder manchmal akrobatischer auf dem verfilzten, vergilbten »peruanischen Schaffell«-Vorleger auf dem Boden, ist alles Fleisch erschreckend groß, als ob man unter einem riesigen Vergrößerungsglas fickt. Corky streichelt Christinas Brüste durch den sinnlich weichen Kaschmir hindurch und sagt: »Das bist du, mein Schatz, meine Muschi, schau hin«, und er stupst sie mit dem Kopf an, so daß sie lachen muß. »Ja, richtig...«, denn jetzt hat sie entdeckt, wie raffiniert die Fuchs-Katze sich öffnen läßt und eine zweite, kleinere Fuchs-Katze freigibt – eine parodierte Schwangerschaft gewissermaßen –, und wie auch diese Fuchs-Katze sich teilt und eine noch kleinere Fuchs-Katze rausläßt und so immer weiter, sechs Fuchs-Katzen alles in allem, eine kleiner und zierlicher als die andere, die letzte knappe fünf Zentimeter hoch. Schräge Frauenaugen, üppige Schnurrhaare, ausgefallen gemustertes Fell. »Wie eine dieser Puppen in der Puppe, die sie in Rußland haben. Eine geniale Idee, wahrscheinlich so alt wie...«, *die Menschheit selbst,* hat Christina vielleicht sagen wollen, aber Corky nimmt ihr die Fuchs-Katzen ab, stellt sie auf einen Tisch und küßt Christina.

Packt ihre Schultern. So heftig wie sie ihn packt – seine Arme, seinen Rücken. Jäh und leidenschaftlich. So begehrlich, so hungrig wie er.

Und dann – diese Wohltat! Keine Worte. Keine, zu denen man einen Satzbau braucht, Corky ist zutiefst erleichtert und dankbar, so dankbar wie für den Sex, der nur noch Gefühl ist, glücklicher als jemals zuvor, ganz er selbst.

Weil er weiß, daß er von Christina, die in ihren Begierden genau so direkt ist wie Corky, nicht das hören wird, was er sonst so oft von Frauen hört, noch in dem Augenblick, wenn sie sich ihm hingeben und für die Dauer der Vereinigung die weibliche Animosität verschwindet: *Ja, ich liebe dich, und du hast gesagt, daß du mich auch liebst, warum kann ich dir dann nicht vertrauen?*

Rasch und ein wenig grob zieht Corky Christina den Pullover, *seinen* Pullover, dreihundert Dollar bei I. Magnin, über den Kopf, sie lachen beide, atemlos wie Läufer, er packt ein Bündel ihrer dichten, schwarzglänzenden Haarfülle und legt es sich ans Gesicht, hakt ungeduldig den BH auf, warm und seidig fühlt er sich an, da sind Christinas schwere Brüste, immer ist es Corky, als sei Milch in Frauenbrüsten, eine liquide Schwere, Dichte, Christinas Brüste sind ein wenig schlaff, aber er findet sie wunderschön, seltsam kühl in seiner Hand, die Brustwarzen honigfarben und erigiert wie kleine Knöpfe, die Haut totenweiß und unwahrscheinlich weich, diese Weichheit, diese Verletzlichkeit, wie anfällig für Verletzungen Frauen sind, Corky küßt, lutscht, beißt, sie sagt, daß sie ihren neugeborenen Sohn gestillt hat, die Vorstellung erregt ihn, sie stolpern umeinander herum wie in einem täppischen Tanz, er zieht ihr die Jeans herunter, das Höschen, zieht sich selbst mit zitternden Fingern aus, er stöhnt und drückt sein Gesicht an ihren Bauch, an das schwarze Schamhaar, die Hitze zwischen ihren Beinen, die heimliche Feuchtigkeit, er knetet ihre Schenkel, ihren Po, dieses überraschend feste Fleisch, Corky schließt selig die Augen, Herrgott, ist er glücklich, nie glücklicher als in so einem Augenblick, Lippen, Zunge, Zähne, Finger, sein Schwanz, erigiert, pulsierend, mit dicken Adern, die Strömung des Flusses trägt ihn, helle, irrlichternde Sonnenflecken, der Wind, viele Winde, nur noch Gefühl, kein Gedanke an Jerome Corcoran, kein Gedanke an irgendeinen Menschen, selbst diese Frau ist abstrakt geworden, er dringt im Triumph in sie ein, er stößt einen Schrei aus in seiner jäh aufschießenden Lust, dem Schock dieser Lust, die immer neu ist, so vertraut, so unausweichlich sie auch sein mag, er schiebt sich tief in sie hinein, noch tiefer, stürzt auf sie herab wie aus schwindelnden Höhen, sieht ihr schweißglänzendes Gesicht, Schweißtropfen am Haaransatz, das Kinn verkrampft, die Nasenspitze wachsbleich, flüchtig zuckendes Weiß über der geweiteten, abgeflachten, vor Anstrengung glasigen Iris, seine Erregung wächst, als er spürt, wie sie sich immer mehr verspannt, sie klammert sich an ihn, »Corky«, sagt sie halblaut, »mein Gott…« Worte, die alles bedeuten können, Gebet, Beschwörung, ruckartig hervorgestoßen, die Hände zu Fäusten geballt auf seinem Rücken, quecksilbriges Muskelspiel, überraschend kräftig die Schenkel, die ihn umfassen, immer wieder staunt er über die Kraft der Frauen, dieses Drängen, dieses Desperate, während er pumpt hebt sie sich ihm mit Becken und Scheide entgegen, als wolle sie in ihn eingehen und ihn gleichzeitig verschlingen, er hört das klebrige Geräusch, mit dem Haut auf Haut trifft, er hört sie und sich, in einem solchen Moment ist Disziplin angesagt, ein gewisser Stil, *Mit einem Zug sollte man kein Wettrennen veranstalten*, aber all das entgleitet Corky nun mehr und mehr, keine Worte, keine Erinnerung, sein Körper pumpt hektisch, während sein Bewußtsein schon fast ausgelöscht ist, eine leuchtende Flamme, die höher und höher schlägt, glühende Hitze, sengendweiße Glut, größer und größer wird die Sonne am hellen, leeren Himmel wie das Auge Gottes, Allsehender Gott, und er spürt die alte Angst vor dem Höhepunkt der Frau, die wachsende Spannung, die furchtbare Gewalt in ihr, als könne sie ihn ganz vereinnahmen, während sie den Rücken wölbt und mit Ellbogen, Armen, Fäusten nach ihm greift, ja, aber er liebt sie doch, er findet das doch gut, dazu sind wir schließlich da, zum Ficken, primitives stummes Pumpen, Fleischgeruch, feuchtes Haar, feuchte Strähnen auf Christinas Stirn, und Corkys Arme, Beine, Brust, sogar ein Teil seines Rückens flügelgleich mit feinem, krausem rotbraunem Haar bedeckt, dicke Büschel in den Achselhöhlen und in der Leiste, der blasse pumpende Hintern, die Spalte zwischen den Pobacken, wie verletzlich, wie preisgegeben, irgendwie komisch anzusehen, traurig und zum Lachen zugleich, auch Corky Corcoran mit seinem Männerkörper ist in einem solchen Augenblick wehrlos wie eine Frau, es ist eine Perspektive, die er nicht festhalten kann, sein Denken gerät in einen Wirbel wie schaumiges Wasser, das durch einen Abfluß gurgelt, er will nicht zu schnell kommen, es ist seine alte Sorge, aber er treibt Christina an, eine Frau, die so unberechenbar ist, die sich manchmal viele Minuten müht wie beim Flußaufwärtsschwimmen gegen eine starke Strömung, ein andermal wieder kommt sie fast sofort, bei der kleinsten Berührung, er spürt die Spannung in ihr, heiß und stechend, so wie extreme Hitze oder Kälte bei der ersten Berührung nur Gefühl ist und noch kein Schmerz, Christina klammert sich an ihn, als wolle sie sich bremsen, wirft den Kopf hin und her, zu sehr mit sich beschäftigt, um Corky zu küssen, eine seltsam stockende Schüchternheit ist oft in diesem Moment in ihr, erst ein ungestümes, ja männliches Vorwärtsstürmen, jetzt ein fast furchtsames Zögern, es ist eben nicht so einfach, den eigenen Willen aufzugeben, und Christina ist eine Frau mit einem starken eigenen Willen, ja, aber sie will es ja auch, sie will es von Corky, hat sie nicht gesagt, wie sehr sie es will, wie toll sie es findet, ja, sie weiß, daß es kein Zurück gibt, die rasche trügerische Strömung des Chateauguay, der Donner der Stromschnellen flußabwärts, kein Zurück, die Spannung in ihrem Körper überträgt sich auf Corky, auf alle Zellen seines Körpers, er ist ebenso elektrisiert wie sie, er *ist* die Spannung, er hält das Steuer in der Hand, er führt und leitet sie auch gegen ihren Willen, er liegt, auf die Ellbogen gestützt, über ihr, legt ihr die Hände um den zuckenden Kopf, küßt ihr die Lider, die mit kaltem Schweiß bedeckte Stirn, saugt an ihrem Mund, der wie wund ist, an ihrer Zunge, er schwebt im Himmel, in dem gespiegelten Himmel des Flusses, nie glücklicher als jetzt, wenn es nur immer so wäre, wenn nur nicht wartend am Ufer Jerome Corcoran stünde, der ständige Zeuge. Er spürt, wie Christinas Wirbelsäule sich bogengleich wölbt und spannt, immer mehr, immer schmerzhafter, bis zum Äußersten, und welche Schreie werden dann aus ihrer Kehle kommen, welch leise würgende Schluchzer, wie sie geweint hatte, fiebrig benommen beim ersten Mal in Corkys Wagen, es war eine wilde, verrückte Sache gewesen, aber sie hatten es getan, und hinterher hatte sie ihm ganz offen, ganz ohne Verlegenheit gesagt, daß es das erste Mal für sie nach wer weiß wie vielen Jahren gewesen sei, seit Harrys Zustand, einen Zustand nannte sie es, nicht eine Krankheit, eine geheimnisvolle Degeneration des zentralen Nervensystems, und Corky hatte wissen wollen und auch wieder nicht wissen wollen, wie lange der Mann schon impotent sei, *Nein, verdammt, sag's mir bloß nicht* (Harry Kavanaughs Frau zu ficken war das eine, aber sich von seinem armen schrumpfenden Schwanz erzählen zu lassen, war was ganz anderes, nachdem Corky so machtvoll gekommen war, das erste Mal seit Jahren, ihr Gesicht tränenüberströmt, die großen graugrünen Augen rot geädert, jetzt spürt er wieder diese Anspannung, ihr Zögern, ihre Scheu, während sie sich hebt und senkt und wieder hebt, sie kann nicht aufhören, Corky liebt diesen Augenblick, diese Augenblicke, es stört ihn nicht, daß ihre Nägel seine Schultern zerkratzen, ihre Finger ziellos in seinem Haar wühlen, er sieht, wie das zartknochige Gesicht der Frau sich verzerrt, sie verdreht die Augen, bis man das Weiße sieht, weiße Zähne, nasser roter Gaumen, Corky dringt tiefer in sie ein, zwingt sich und sie in einen Rhythmus. *Ja! Ja! Genau!*, jetzt hat er sie fest am Hintern gepackt, knetet ihren Po, wie klein er ist in seinen Händen, Corkys starken, ungeduldigen Händen, sein Penis hämmert, er staunt, daß die Frau gewagt hat, sich ihm zu öffnen, die Beine für ihn breitzumachen, so vertrauensvoll, so preisgegeben, als Frau würde er das nie wagen, sein ganzes Sein ist jetzt in seinem Schwanz, blutschwer, triumphierend, er spürt, daß Christina vor dem Orgasmus steht wie vor einem bröckelnden Abgrund, sie murmelt Unzusammenhängendes, ein Speichelfaden läuft ihr übers Kinn, merkwürdig, das soll Liebe sein, dieser entsetzliche Kraftaufwand, einem Todeskampf nachempfunden, *das* ist Liebe? »Komm, Chrissie«, flüstert Corky. »Komm, mein Schatz, ich liebe dich«, ihr Gesicht, die angespannten Züge in Nahaufnahme unter dem Vergrößerungsglas, Ficken ist etwas so Intimes, ein Wunder, daß die Leute den Mut dazu haben, ja, aber vorher denkt man ja nicht daran, man denkt überhaupt nicht, Corky muß plötzlich grinsen, ein wildes Lachen droht ihn zu überwältigen, er schließt die Augen, und plötzlich zieht ein Bild in ihm vorüber, flüchtig, wie ein kurzer Faden, den man durchs Nadelöhr zieht, aber ganz deutlich: Christina vor vierzehn Jahren, da hat Corky sie nur dem Namen nach gekannt, Burnside, mit einem Kavanaugh verheiratet, im Gedränge einer

Party hatte er sie gesehen, sein ruheloser Blick war durch die Menge gegangen und an ihr hängengeblieben, eine gut aussehende junge Frau mit heller Haut, sehr schwarzem Haar, weit auseinanderstehenden Augen und hohen Wangenknochen, einem nach unten verzogenen lächelnden Mund, aber der eigentliche Schock war ihr Bauch gewesen, ein runder vorgewölbter Bauch, achter oder neunter Monat, und trotzdem schön, wunderschön. Corky hatte den Blick nicht abwenden können, eine elegante junge Frau, helle heiße Haut, etwas Gespanntes, Flehendes in ihren Zügen, ein Umstandskleid aus weißer Seide, mehrschichtige Tunika über knöchellangem Rock, Corky schien es, als hätte dieses Weiß alles Licht aus dem Saal gesogen, einem riesigen Saal mit Kerzenbeleuchtung, um den Hals hatte sie eine einreihige Perlenkette, das Haar war glatt nach hinten gebürstet und im Nacken mit einer weißseidenen Schleife zusammengebunden, in der eine einzige weiße Rose steckte. Corky bekam Stielaugen, Klassefrau, alteingesessene Familie aus Union City, *Scheiße auf ihren Schuhen, Junge*!, mit welcher Würde, den Schwerpunkt in den dicken Bauch verlagert, die junge Frau sich durch die Menge bewegte, Corky schnappte hörbar nach Luft, als er sah, wie sie halb unbewußt über diesen Bauch strich, er spürte die Berührung in seinen Lenden, sah das Gesicht der Frau flüchtig zucken, als ob das Baby sie getreten hätte, Corky kam näher heran, leicht angetrunken, glücklich, ungeniert aufdringlich, nimm mich zu meinem Preis, sagt Corky zu Union City, ich weiß, wer ich bin, keiner von diesen Schleimscheißern nämlich, darauf ist er stolz, ein eitler kleiner Gockel, nicht mehr ganz nüchtern, der sich jetzt an die junge Frau in dem strahlendweißen Kleid heranmacht, ihren Blick sucht, lächelt, sich vorstellen will – da sieht sie ihn an, ruhig, kühl, mit einem kaum wahrnehmbaren halben Lächeln, dann wendet sie sich ab, geht vorbei, stellt sich zu einer Gruppe, in der auch ihr Mann ist, und Corky Corcoran läuft rot an, während er ihr nachsieht. *Kuh. Eingebildete Fotze. So was kann man mit Corky Corcoran nicht machen.*

Corky hatte Christina fest gepackt, zu fest vielleicht, schon öfter hat sie von der Liebe mit ihm blaue Flecken bekommen, und trotzdem findet sie es toll, bei ihm findet sie es toll, das hat sie ihm selbst gesagt, jetzt windet sie sich, wird immer verzweifelter, Corky hat mal gehört, ein intensiver Orgasmus könne bei einer Frau in den letzten Phasen einer Schwangerschaft Wehen auslösen, die machtvollen Kontraktionen der Vagina, die unheimliche Gewalt dieser Kontraktionen, hektisch schnelle Zuckungen wie rasender Herzschlag, Christina schreit auf in einem Orgasmus, nein, einer raschen Folge von Orgasmen, sie stöhnt, schluchzt, wühlt ihr feuchtes Gesicht in seinen Hals, ein großer Moment für Corky, sie haben etwas Beängstigendes, diese Konvulsionen der Frau, aber auch etwas Wunderbares, sein Schwanz steckt tief in ihr drin, verzweifelt prall, so sehr wird er gebraucht, so sehr liebt sie ihn, keine Heuchelei, keine Verstellung, nie war er einer Frau so nah, nie sich einer Frau so sicher, auch wenn sie ihm nicht gesagt hätte, wie sehr sie ihn liebt, Corky wüßte es, ein Mann weiß so etwas, durch die hilflosen Muskelkontraktionen kommt auch er, er kann sich nicht mehr halten, stürzt in den freien Fall, der Abgrund zerbirst unter ihm, Schwindelgefühl, blendendes Licht schießt hinter seinen Lidern hoch, nie ist Corky auf die Urgewalt der Entladung gefaßt, er stöhnt, er wimmert wie ein Säugling, es ist ein elektrischer Strom, der durch seinen Körper jagt, er kann sich nicht rühren in diesem freien Fall, hängt in der leeren Luft, diese Kraft, diese Wucht, der Erguß, der sein Herzblut ist, die wilde Sehnsucht dieses Blutes, sich zu reproduzieren, ewig weiterzuleben. Corkys Körper flammt auf, wird zu Asche.

Und es ist erst – Corky hat sich endlich dazu aufgerafft, den Arm zu heben, unauffällig auf die Armbanduhr zu sehen, deren Rolex-Zifferblatt sich modisch schwarz von den verschwitzten bronzeroten Haaren seines Handgelenks abhebt –, es ist erst 11.45 Uhr.

Noch Zeit für eine zweite Nummer, ehe er weiter muß?

Er hat sie in die Arme genommen, träge und benommen liegen sie da, wie erschöpfte Schwimmer auf einem besonnten Strand. »Du wirst es nicht glauben, was ich auf dem Weg hierher gemacht habe, Schatz«, sagt er, »warum ich ein paar Minuten zu spät dran war«, und sie sagt mit kehlig-warmer Stimme, einer Stimme, die Corky bei Christina nur in solchen Momenten hört: »Nein, was denn?«, und er sagt jungenhaft erstaunt: »Ich hab auf der Brisbane den Verkehr geregelt«, und sie stützt sich auf einen

Ellbogen, um ihn anzusehen, und schenkt ihm – auch das nur in solchen Momenten, in diesem Raum, der im Himmel schwebt, hoch über der windgezausten Stadt, heimlich, niemandem sonst bekannt – ihr schnellstes, intimstes, strahlendstes Lächeln. »Corky... das darf doch nicht wahr sein!«

Corky ist ein großer Geschichtenerzähler wie alle Corcoran-Männer, so wie seinerzeit Timothy Patrick und vor ihm Grandpa Liam, der alte Spades Corcoran, der vierzig Jahre auf dem Eriekanal geschuftet hat, der alte Hock Corcoran, bei dessen wilden, schnapsselig-phantastischen Geschichten seine Zuhörer sich bogen vor Lachen, Corkys Freunde finden sie herrlich, seine zu Stories ausgewalzten irischen Anekdoten, gewiß, er ist ein bißchen zu laut, der Typ, besonders wenn er getrunken hat, besonders wenn er Eindruck schinden will, und ein bißchen dick trägt er schon auf, nicht so sehr bei Frauen (bei Frauen brauchst du nicht dick aufzutragen, die Frauen hast du sowieso auf deiner Seite) als bei Männern.

Allen Geschichten von Corky ist natürlich eins gemeinsam: Corky steht im Mittelpunkt. Er ist der Held oder der liebenswerte Trottel. Er ist das Opfer oder der Wurm, der sich krümmt, wenn er getreten wird, oder der durchgeknallte Typ oder der Blödmann, der zum Schluß gewinnt. Er ist der trickreiche Konterboxer, das Superhirn. Der Mann mit den Assen, dem Royal Flush. Er ist... wer? Corky Corcoran.

In der Geschichte, die er Christina Kavanaugh erzählt, kommt nichts vom Tod vor (denn das, was der Krankenwagen da weggekarrt hat, war eindeutig eine Leiche: Keine Sirene, kein überhöhtes Tempo, typisch in so einem Fall) und auch nicht dieser Armleuchter Beck, der ihn kannte, klar, ihn wird er doch kennen, dieser Beck, sondern nur, wie er an der Brisbane den Verkehr umgeleitet hat, man stelle sich vor, in diesen Klamotten, ein Zivilist, kein Cop, aber mit einem irischen Cop-Gesicht, mal was Neues, und Christina lacht, er hat es nicht anders erwartet, sie umarmt ihn und legt ihr warmes Gesicht an seine noch wärmere, schweißnasse Brust mit dem krausen Brusthaar und lacht: »Ach, Corky! Ich hätte dich sehen mögen...«

Corky stimmt zufrieden in ihr Lachen ein. »Dafür siehst du mich jetzt.«

Ja, sie sieht ihn: In seiner ganzen Länge auf ihrer knarrenden Couch, wie er mit den Zehen wackelt, deren verhornte Großzehennägel gelblich verfärbt sind wie altes Elfenbein. Entspannt oder scheinbar entspannt liegt er in den Armen der Frau.

»Was ist mit Montag«, fragt Corky. »Kommst du?«

Es ist ein kühner, etwas schräger Gedankensprung, aber Christina begreift den Zusammenhang: Wer einen Auftritt von Corky in der Öffentlichkeit erleben will, einen richtigen Auftritt in richtiger Öffentlichkeit, am VIP-Tisch zusammen mit den Slatterys und den van Burens und vielleicht dem Gouverneur höchstpersönlich (*falls* Cuomo es schafft, das ist noch nicht raus), dem wird am Abend des Memorial Day im vornehmen Chateauguay Country Club Gelegenheit dazu geboten.

»Ich denke, daß wir kommen können«, sagt Christina vorsichtig, »ich zumindest, es sei denn…« Ihre Stimme erstirbt, wie immer, wenn sie an ihren Mann denkt, es aber taktvollerweise oder mit dieser schüchtern-störrischen Zurückhaltung, die Corky manchmal nervt, nicht sagen will. Corky spürt, wie sie rasch überlegt, während ihre Wimpern seine Brusthaare kitzeln, merkwürdig, dieses Phänomen, wenn ein anderer nachdenkt: In einem der wissenschaftlichen Taschenbücher auf der Rückbank von Corkys Wagen stand was über einen Philosophen, der während der Französischen Revolution frisch abgehackte Köpfe untersucht hat auf der Suche nach »dem Denkvermögen«, dem »Geist« – gespenstisch, aber es ist wirklich ein Mysterium, daß andere gleichzeitig mit dir denken, aber dann in eine Richtung abschwenken, in die du ihnen nicht folgen, die du schon gar nicht vorhersagen kannst. »Du weißt ja, ich hab Karten gekauft. Schon vor Wochen.«

»Aber ja«, sagt Corky und streichelt Christinas Haar. »Ich weiß, hast du mir erzählt. Vor Wochen.«

Und da ist nun dieser schmale Keil zwischen ihnen, Corkys Stolz und Christinas schon im voraus um Entschuldigung bittende Miene, doch, sie will natürlich kommen, es ist ja schließlich für den Wahlkampf, für einen guten Zweck, nein, sie mag nicht kommen, solche Sachen sind ihr schrecklich, natürlich hat sie Karten gekauft, tausend Dollar pro Gedeck, aber so reich, wie die Kavanaughs sind, könnten sie den ganzen Club aufkaufen, darum geht es nicht, und Christina weiß es, und Corky weiß, daß sie es weiß. Nicht mal darum geht es, daß die Kavanaughs seit langem Vic Slattery und ganz allgemein liberale demokratische Politik unterstützen.

Christina sagt: »Manchmal ist das sehr hart. Dich bei diesen öffentlichen Veranstaltungen zu sehen. Zu sehen, daß du mich siehst. Diese Täuschung, diese Heuchelei... Schrecklich ist mir das. Ich denke immer, daß ich meine Rolle nicht richtig spiele, aber ich will sie auch gar nicht richtig spielen.«

Corky streichelt Christinas Kopf, das schöne glänzendschwarze Haar, nicht so fein wie das anderer Frauen, die Corky kennt (Charlotte zum Beispiel mit ihrem blaßgoldenen Haar, das um keinen Preis grau werden darf, eines Tages hat Corky hochgesehen, und da stand seine eigene Frau, Gott, die wird ja immer blonder, wer ist das bloß?), aber voll und wellig, er faßt es gern an, greift mit der Faust hinein.

Und denkt: Verdammt, was soll's, im Grunde ist doch alles scheißegal, das hier, das ist das Eigentliche, wir beide, hier und jetzt. Im übrigen kommt auch Corky sich ein bißchen komisch vor, wenn er mit Christina vor Dritten zusammen ist.

Es ist lange her, Monate, seit er Harry gesehen hat, ihm die Hand hat schütteln müssen. Armes Schwein. So lange es ging, hat er noch versucht, mit dem Stock zurechtzukommen, das Gehgestell, den Rollstuhl zu vermeiden. MS ist eine Krankheit des zentralen Nervensystems, die junge Erwachsene befällt, Corky hat es in einem alten Taschenbuch nachgelesen, *Medizinisches Lexikon für die ganze Familie,* mit schlechtem Gewissen und einem flauen Gefühl in der Magengrube hat er sich über Kavanaughs Chancen informiert, diesen geheimnisvollen Zustand MS, bei dem das isolierende Gewebe, das die Nervenfasern umhüllt, an manchen Stellen degeneriert, weiß Gott warum, und durch Narbengewebe ersetzt wird, so daß die Botschaften vom Gehirn an Muskeln und Organe blockiert werden, die einzige Hoffnung ist – und so war es bei Kavanaugh –, daß es zu einer Remission kommt, aber auch das ist ein mysteriöser und vorübergehender Vorgang – Christina spricht nicht oft darüber, aber was wirklich weh tut, sagt sie, ist die Hoffnung. Man möchte so gern glauben, daß man auf das Schlimmste vorbereitet ist, man stellt sich darauf ein, und plötzlich kommt eine Änderung, eine Besserung, es ist wie auf der Berg- und Talbahn, und du kannst nicht aussteigen oder erst, wenn alles zu Ende ist. Corky haßt dieses Gefühl, nicht richtig aufwachen zu können (früher, als er noch mehr getrunken hat als jetzt, passierte das häufig und hat ihm immer einen Mordsschrecken eingejagt), verbogen oder verkrümmt dazuliegen, wo er zusammengesackt ist, manchmal sogar auf dem Schlafzimmerfußboden, als hätte er noch ins Bett gehen wollen, es aber nicht mehr geschafft, oder bei Morgengrauen im Auto auf einem Parkplatz hinter einer Kneipe, sonderbar und unwirklich, der Anblick dieser Pinten, die Corky vor allem nachts kennt, in hellem Tageslicht, manchmal in greller Sonne, wie eine alternde Frau mit dickem Makeup, er haßt das und er hat Angst davor, Herrgott, wie grauenhaft muß es dann erst sein, wenn man wirklich gelähmt ist, wenn man versucht aufzuwachen und nicht aufwachen kann, versucht, ein Bein zu bewegen, und es geht nicht, Christina sagt, es hat damit angefangen, daß Harry ständig müde Beine hatte, eingeschlafene Hände und Füße, und Corky muß plötzlich an die arme Schwester Mary Megan im Holy Redeemer Hospital denken, zweiundsiebzig ist sie, der sie einen Gebärmuttertumor rausgenommen haben, »gutartig«, wie die Familie sagt, Corky gibt es einen Stich, als er sich erinnert, wie lieb sie zu ihm war in dieser schrecklichen Zeit, an die Corky nicht zu denken versucht, ja, und Monate und Jahre später, als Theresa krank war und auch so was wie eine Remission hatte, Schwester Mary Megan ist die einzige aus der Familie, die begriffen hat, was da wie ein Angelhaken in Jeromes Herzen steckt, trotz seines Gekaspers in der Schule, wo er für die anderen so was wie der Klassenclown war, *Bitte Gott um Verständnis, bitte Gott jede Stunde und jede Minute jeden Tages um die Kraft, Ihm zu vergeben.* Jesus, es wird verdammt nochmal Zeit, daß er endlich ins Krankenhaus geht, er hat ein schlechtes Gewissen, weil er sich nicht genug um sie kümmert und um Onkel Sean und die anderen auch nicht, sie sind wohl stolz auf ihn, aber er meidet die Familie, seit ihn die Drummonds aufgenommen haben, besonders seit der Heirat mit Charlotte, der arroganten Kuh, aber wenn er die verdammte Begonie nicht bald zu Schwester Mary Megan schafft, geht sie da hinten in seinem Caddy noch ein, er hat vergessen, ihr Wasser zu geben.

Corky fragt vorsichtig: »Wie geht's denn Harry so, du hast länger nichts mehr erzählt?«, und eine Weile sagt Christina gar nichts, er redet manchmal zu viel, wenn die wohlige Müdigkeit nach dem Liebesakt sich verflüchtigt hat, es sind die falschen Worte, vielleicht gibt es nur falsche Worte. »Ganz gut – für seine Verhältnisse. Du weißt ja... Er ist zu Hause.« Nicht im Krankenhaus, heißt das, nicht in einer Reha-Klinik. Und dafür (so legt es sich Corky zurecht) muß man schon dankbar sein.

Frag lieber nicht weiter.

Tante Frances sagte immer: Keine Nachricht ist eben *keine* gute Nachricht. Wenn jemand was Gutes zu berichten hat, kommt er schon von selber damit an.

Vielleicht ist es überhaupt verkehrt, in so einem Moment was zu sagen. Nach der Liebe. Nach so einem phantastischen Fick. Du schwebst am Himmel, unter dir glitzert der Fluß wie Glimmer in der Sonne, du möchtest, daß es ewig so bleibt, aber natürlich geht das nicht, sobald du den Mund aufmachst, fängt das Auseinanderdriften an.

Manchmal weint Christina nach dem Orgasmus, so leise, daß Corky es gar nicht merken würde, aber er spürt, wie sie zuckt und bebt. Heiße Tränen, so heimlich geweint, daß er das Gefühl hat, er dürfe gar keine Notiz von ihnen nehmen.

Und er denkt: Sie will, daß ich sie zwinge, Kavanaugh zu verlassen. Daß ich sie zwinge, das zu tun, was sie tun will.

Und denkt: Aber was ist mit dem Jungen, will ich *wieder* ein Kind, das nicht von mir ist?

Spontan fragt Corky: »War es schwer für dich, das Kind zu bekommen?«

Christina hebt den Kopf und mustert ihn fast ein wenig spöttisch. Weit auseinanderstehende graugrüne Augen, Katzenaugen, aus der Nähe glänzen sie wie Halbedelsteine, mit einem dunklen Ring um die Iris, die Pupillen ganz eng in dem hellen Licht, merkwürdiger Gedanke, wie andere Leute *sehen*, der Mechanismus des Sehens, wer das wohl erfunden hat? – aber Christina lächelt und runzelt gleichzeitig die Stirn, immer leicht verblüfft von den wunderlichen Sachen, die ihr Lover sagt, während sie nackt zusammenliegen und sich noch nicht entschließen können, sich loszulassen oder sich wieder zu lieben. »Warum fragst du das, Corky? Warum jetzt?« Christina lacht, küßt ihn auf die Lippen, leicht, spielerisch, als wolle sie ihn zum Schweigen bringen, aber Corky läßt nicht locker: »Sag, war es schwer? Würdest du es nochmal machen?«

Und bei dieser so beiläufigen oder scheinbar beiläufigen Frage gibt es auch ihm einen Ruck.

Christina holt tief Atem, ihr Blick geht nach innen, sie sagt langsam: »Ich war sehr jung. Erstaunlich jung mit dreiundzwanzig. Ich wollte eine natürliche Geburt, ganz klar. Meine Mutter und Harrys Mutter haben versucht, mich davon abzubringen, aber du kennst mich ja, damals war ich noch schlimmer, noch bockbeiniger, ich wollte die ganze Erfahrung, die ekstatische Erfahrung, und die bekam ich dann auch: Dreißig Stunden Wehen. Und dann ging was schief, und sie mußten das Kind doch holen, aber da wirkte die Betäubung nicht mehr…« Sie schüttelt sich, Corky hat die Finger auf ihrem verlängerten Rücken gespreizt, knetet das Fleisch, es ist eine Angewohnheit, ständig muß er streicheln, liebkosen, kneten, er merkt kaum, was er macht, die Finger bewegen sich wie von selbst. »Ja, es war schwer. Ich habe viel Blut verloren und eimerweise Schweiß, aber schließlich hatte ich ein Baby, das war der Lohn. Ja, ich würde es wieder tun. Wenn die Bedingungen stimmen. Mit dem richtigen Mann.«

Ein jähes Schweigen. Corkys Schwanz rührt sich.

Ein beklemmendes Schweigen, wie Luft, die nach innen drückt. Eine Art Taubheit. Wie damals, als Corky auf dem Rückflug von Las Vegas eine scheußliche Erkältung hatte, die Nebenhöhlen wie mit Watte zugestopft, und als die Maschine zur Landung in Union City ansetzte, steigerte sich der Druck auf seine Ohren zu rasendem Schmerz, da war sein linkes Trommelfell geplatzt.

Am Unterbauch hat er ein Gefühl, als ob er einen Ausschlag hat, in dem drahtigen Schamhaar juckt und brennt es, Corky kratzt sich genüßlich, und der peinliche Augenblick geht vorbei.

Wie früher, wenn Charlotte neben ihm im Bett aufwachte, wenn Corky nicht schlafen konnte und sich in hilfloser Wut Bauch und Hintern wundkratzte, *was hast du denn, Jerome,* schläfrige Stimme am Rande der Angst, die arme Kuh wußte immer Bescheid. Klar, schau dir Corkys breites unschuldiges Lächeln an, schau dir seinen Schwanz an, der sich mit Blut füllt, als hätte man irgendwo einen Hahn aufgedreht, so unbekümmert gesund. Klar hab ich was.

Corky sagt beiläufig, als wolle er das Thema wechseln, dabei will er das vielleicht gar nicht, instinktiv geht er ernste Dinge so vorsichtig an, als ob er einen Lastwagen mit Anhänger rückwärts einparkt: »Meine Tochter Thalia... wir haben uns seit der Scheidung ein bißchen auseinandergelebt, haben nicht mehr viel Kontakt miteinander, und dann passiert gestern abend was Komisches, sie ruft mich zu Hause an, hinterläßt eine Nachricht, und noch mal heute früh im Büro, aber als ich versucht hab zurückzurufen, hat sich niemand gemeldet.« Corky merkt, daß er redet wie ein gekränkter Liebhaber, und beeilt sich, zur Sache zu kommen. »Bist du ihr vielleicht mal über den Weg gelaufen, Chrissie, oder hast du was von ihr gehört? So langsam mach ich mir nämlich doch Sorgen.«

Corkys Beziehung zu seiner Stieftochter, die so vielversprechend begonnen hatte, als Thalia acht war, und sich während und nach der Scheidung von Charlotte ratenweise, in schmerzhaften Phasen, gelockert hat, ist so komplex, daß er in nüchternem Zustand keinerlei Neigung verspürt, sich damit zu befassen. Er ist hin- und hergerissen zwischen dem Gefühl, daß Thalia ihn schlecht behandelt hat und daß er hundsgemein zu ihr war.

Christina sagt behutsam, sie kennt seinen wunden Punkt: »Das letzte Mal gesprochen habe ich Thalia vor gut einem Jahr, sie hatte gerade ihre Stellung bei der Stadt aufgegeben – sie war bei den Family Services, nicht? Da hat sie gesagt, sie sei ›ausgebrannt, psychisch fix und fertig‹.«

»Stimmt«, sagt Corky.

»Die Arbeit dort ist aber auch jammervoll und so aussichtslos, ich habe eine Serie darüber geschrieben, ich habe mit Sozialarbeitern gesprochen und mit den Leuten, die sie betreuen, ich weiß Bescheid«, sagt Christina. »Diese idealistischen jungen Leute wie Thalia, frisch aus dem College, die nur Theorien und ihren guten Willen mitbringen, sind wie Vögel, die an ein Panoramafenster knallen. Hochfliegend und voller Hoffnungen, und dann...«

»Brechen sie sich den Hals.«

»Aber das weißt du ja alles. Das von Thalia meine ich.«

Corky, der das als indirekte Zurechtweisung empfindet, sagt: »Ich weiß überhaupt nichts von Thalia. Wo bist du ihr über den Weg gelaufen?«

»Im Kunstmuseum. Ich wollte mir Material für den Artikel über die de Kruif-Sammlung holen, den ich dann für das *Journal* geschrieben habe, du weißt schon, über den neuen Flügel…«, sagt Christina so beiläufig, daß man nicht auf den Gedanken käme – aber Corky weiß es natürlich –, daß die de Kruifs, eine wohlhabende alte Familie aus Union City, mit den Burnsides, Christinas Familie, verwandt sind. »Thalia saß dort mit zwei Freundinnen und einem Mann beim Essen, sie haben gefragt, ob ich mich nicht zu ihnen setzen will, in diesem Restaurant im Hof, das aussieht wie ein mittelalterlicher Kreuzgang, fast ein bißchen kitschig. Eine der jungen Frauen war eine sehr hellhäutige Schwarze, milchschokoladenfarben, sie und Thalia schienen eng befreundet zu sein, fast wie Schwestern – ich hatte den Eindruck, daß sie fürs Rathaus arbeitete oder aber fürs Museum, das wurde nicht ganz klar. Und der Mann – er war älter als die Frauen, aber nicht über dreißig, ich weiß noch, daß ich gedacht habe, interessant, das ist also die neue, junge Generation, die jetzt in die Politik geht, er hatte irgendwas mit den Slatterys zu tun, aber ich wußte nicht, wie er hieß und kannte ihn auch nicht vom Sehen. Du wirst ihn kennen, Corky. Alle vier schienen sehr gut miteinander zu harmonieren, sie traten mit großer Leidenschaft für Vic Slattery ein, es war die Rede davon, daß er nach Cuomo Gouverneur werden könnte – ich fand es großartig, und es hat mich sehr für Vic gefreut, daß er so aufgeweckte junge Leute begeistern kann. Und Thalia freute sich auch auf ihren Job beim Fernsehsender WWUC, sie sollte bei den Abendnachrichten anfangen, wenn ich mich recht erinnere. Aber das weißt du wahrscheinlich alles.«

Corky überkommt ein unerfreuliches Schwindelgefühl. Was weiß ich, was weiß ich nicht. Er knetet Christinas Fleisch heftiger und jetzt völlig unbewußt. Was bedeutet dieser Drang, fest zuzugreifen, Schmerzen zu bereiten, nein, es ist eigentlich der Wunsch, dem anderen zu sagen, daß man da ist, nicht der Wunsch, Schmerzen zu bereiten: *Hier bin ich.*

Corky Corcoran, als Elfjähriger von Cops verladen, wie er meint, kann die Weigerung des Cops, sich ausfragen zu lassen, nachvollziehen. Am besten fährst du mit Gegenfragen.

»Was für einen Eindruck hat Thalia an dem Tag gemacht? Wie hat sie sich benommen?«

Christina zögert. Sie ist eine Frau mit viel Takt.

»Sie war sehr lieb, sehr herzlich. Ich weiß noch, daß ich ganz gerührt war, wie herzlich sie war, obgleich sie mich nicht gut kannte und ich nicht zu Charlottes Freundeskreis gehöre, aber vielleicht hat sie das angenommen. Sie war irgendwie... nervös, hektisch. Sie sprach schnell und ein bißchen unzusammenhängend, und sie fröstelte. Bildhübsch natürlich, ein bißchen dünn vielleicht und schmal im Gesicht. Sie hatte sich am Vorabend das schöne Haar abgeschnitten, es waren nur noch zwei Zentimeter kurze stachlige Stoppeln. Die Augen wirkten riesig. Man wußte nicht genau, ob man es mit einer Frau oder einem frühreifen Jungen zu tun hatte. Besonders ist mir in Erinnerung geblieben, wie sehr sie offenbar den Körperkontakt brauchte – sie legte ihre Hand auf die einer Freundin, auf die Hand des Mannes, auf meine Hand. Besonders die Schwarze und sie schienen sich sehr nahezustehen. Wie Schwestern, aber das habe ich ja schon gesagt...«

Corky zuckt ein bißchen. Arme Thalia. Amphetamine wahrscheinlich, aber bei der diskreten Christina läuft das unter Nervosität.

»Weißt du, wie die Schwarze hieß?«

»Nein. Es ging ja alles sehr schnell. Thalia hat mich bekannt gemacht, aber die Namen gingen bei mir zum einen Ohr rein und zum anderen raus.«

»Wenn es Marilee Plummer war... Wer das ist, weißt du wohl?«

»Der Name kommt mir bekannt vor«, sagt Christina. »Mein Gott, ja – die junge Frau, die sagt, daß Marcus Steadman sie vergewaltigt hat?«

Corky schnieft erbost. Wackelt mit den Zehen, rutscht auf der Couch herum. Wenn er nur an diesen Scheiß denkt, bekommt er eine Latte. Für ihn steht fest, daß Steadman das Mädchen vergewaltigt, daß er sie mit noch Schlimmerem bedroht hat. Corky kennt sie. Mag sie. Kennt sie allerdings nicht sehr gut. Nicht so gut, wie er es gern hätte.

Einen Abend hat er mit ihr verbracht, einen dieser langen Party-Abende vor ein, zwei Jahren, das war vor Christina, und passiert ist ja nichts, Schwamm drüber, Corky hat sich unmöglich benommen, aber das braucht man hier nicht auszubreiten.

Corky sagt vorsichtig: »Könnte sein, daß sie es war. Ich wußte nicht, daß Thalia und sie so gut befreundet sind, aber es gibt vieles, was ich über meine Stieftochter nicht weiß, aber gern wüßte, um ihr helfen zu können.« Diese Rederei macht ihn scharf, er spürt, wie ihm das Blut in den Schwanz schießt, er drückt sich an Christina, an das kratzige Haar zwischen ihren Schenkeln, ohne recht zu wissen, was er tut, während Christina, ihrerseits erregt, ihn streichelt. Sie streichelt die Oberarme, auf die er sich einiges einbildet, den steinharten, kompakten Bizeps, da schlägt nichts Falten wie bei anderen Typen in seinem Alter oder sogar noch Jüngeren im Club, sie ist nachdenklich, Corky spürt, daß sie überlegt, und möchte ihr Nachdenken gern abschalten und seine eigenen blöden Gedanken auch. Sie haben ihn in eine Richtung gedrängt, die ihm mißfällt.

Trotzdem hört er sich fragen: »Hat Thalia was über ihre Mutter gesagt? Über die Scheidung? Über *mich?*

»Ach Corky, Schatz, das weiß ich doch jetzt nicht mehr.« Christina küßt ihn auf den Mund, fährt mit der Zunge über den Rand seiner Lippen, lächelt und sagt neckend: »Damals war ich schließlich noch nicht in dich verliebt.«

»Soll das heißen, daß du jetzt in mich verliebt bist?«

»Merkst du das nicht?«

Corky schnappt hörbar nach Luft, so wie diese Frau ihn anfaßt, was sie mit ihm machen will – ja, er merkt es.

Als wäre ihm der eigene Wille genommen, der Schwung, der Schub, dieses scharfe, stechende Gefühl, das Vorwärtsdrängen, als ob jetzt nur noch ihr Wille zähle, der Wille der Frau, greift sie sich seinen Schwanz, streichelt die Spitze, eine fedrig-flattrige, fast unerträgliche Berührung, schmiegt sich an ihn, legt sich auf ihn. »Mmmm, Corky! Mein Gott«, führt ihn in sich ein, die Bewegung hat etwas Anmutiges und unheimlich Liebevolles, warm und feucht empfängt ihn ihre Vagina, nach der er verrückt ist, echt verrückt, für die er töten könnte. Sein Hinterkopf ist plötzlich ganz leer, sein Mund staubtrocken, ein Lichtstrahl zackt über die weiße Wand über der Couch. Die Geräusche, die er halb unbewußt gehört hat – ein Flugzeug hoch am Himmel, ein Schlepper auf dem Fluß, Straßenlärm –, ziehen sich zurück, er nimmt jetzt nur noch den feucht fordernden Blick der Frau wahr, der dem seinen so nah ist, die beglückende rhythmische Wärme ihres Atems, ihr feinporiges Gesicht, das zu groß ist, um es ganz zu sehen. Sie flüstert: »Gott, Corky, du bist so schön, so schön, Lover, ja, so, o ja so Corky, warte...« Sie hält plötzlich inne, die Nägel graben sich in seine Schulter, unvermittelt ist die Spannung da, gleich wird sie kommen, sie verdreht die Augen, der Atem hört auf, jede Bewegung hört auf, wie sie sich an ihm gerieben, ihre Schenkel um ihn gelegt hat, und Corky spürt eine wilde Erwartung in sich, ein brennendes Streichholz kommt näher und näher an eine brennbare Flüssigkeit heran, scheinbar ganz mühelos, ohne Gewalt.

»O Lover. Corkyschatz *warte*.«

Corkyschatz wartet.

Vor den brennenden Lidern ein erstaunliches, ein unerwartetes Bild: Ein Wasserfall gekonnt gemischter Spielkarten, das einzige Kartenkunststück, das Timothy Patrick Corcoran beherrschte, ein hinreißendes Kunststück, er hebt die Hände wie ein Zauberer, wie Harry Blackstone in seiner Schau, die glatten Karten fliegen von der linken Hand in die rechte Hand, von der rechten Hand in die linke Hand, in vollkommenem Gleichgewicht, nicht eine Karte fällt zu Boden, Jerome sieht wie gebannt zu und wünscht sich, daß dieses Wunder, das herrlichste aller Kunststücke, nie zu Ende geht,

Corky streichelt, krallt, knetet Christinas Fleisch. Die schlanke Rundung ihrer Taille, das üppige Fleisch im Kreuz, die glatten Pobacken. Sie liegt halb auf ihm, erstarrt, reglos, mit angehaltenem Atem, nur eine feuchte Haarsträhne fällt nach vorn, auf Corkys Wange, sie balanciert auf ihm wie auf einem starken Pfosten. Sein Blut strömt heiß in sie hinein. Sie haben einen gemeinsamen Herzschlag. Wie er und Theresa vor langer langer Zeit. Ehe er geboren war. Geborgen und unsichtbar kopfüber hängend und nicht Luft, sondern Blut atmend, von Blut genährt, nie wieder war Corky so glücklich. »Ist es schön? Sag...«

»Corky. Laß mich nicht los.«

Ja, er will ein Kind. Es ist Zeit. Höchste Zeit.

Einen Sohn würde er Timothy Patrick Corcoran nennen. Eine Tochter? Wer weiß. Theresa – das bedeutet vielleicht Pech.

Das ist das heimliche Glück der Iren: Pech. Die Marotten des sogenannten Schicksals. Sachen, die Gott mit dir anstellt und die du dir nie hättest träumen lassen.

Die Marotten erbst du mit den Genen, mit diesem Mix aus Chromosomen, der mit dem Erguß festgelegt wird. Sperma und Ei und Hitze – kataklystisch wie der Große Knall, mit dem angeblich das Universum angefangen hat, so extrem, die Temperaturen so unermeßlich, die Materie so dicht, daß man davor keine Zeit ausmachen kann.

«Ey, liebst du mich?« fragt Corky halblaut.

Christina, bis zum Äußersten angespannt, sagt: »O Lover... o Gott...«

Jetzt liegt sie fast flach auf ihm, die Brüste auf Corkys Brust, ihr schneller Herzschlag hämmert gegen seine Rippen. Und dann bewegt sie sich wieder, vorsichtig, konzentriert, eigentlich nur andeutungsweise, schafft sich allmählich in ihren Rhythmus zurück, zwingt ihn Corky auf über Druck und Entspannung der Scheidenmuskeln, noch keine Frau hab ich so geliebt wie diese, sagt er sich, und vielleicht stimmt es sogar, jede Erinnerung an andere Frauen ist weggeschwemmt, ausgetilgt. Ein hohes nacktes Fenster, das sich auf den Himmel öffnet, blendendes Licht, ein Blau, in das er endlos, schwerelos stürzen könnte bis in alle Ewigkeit.

Christina bettet Corkys Kopf in ihre Armbeuge, während sie sich über ihn beugt. Seine Lippen saugen an ihrer Brust, Lippen Zunge Zähne, die Burstwarze ist hart und erigiert wie ein kleiner Penis, er fiebert in stummer Seligkeit. Er ist in ihrem dunklen heißen Leib und gleichzeitig trinkt er an ihr, schiere Wonne, Christinas Hände streicheln sein Haar, ballen sich zu Fäusten, sie nähert ihr Gesicht dem seinen, die weit auseinanderstehenden Augen sind glasig, die Pupillen geweitet, eine solche Intensität des Gefühls macht uns blind, jetzt küßt sie ihn mit geöffnetem

Mund wie damals in seinem Wagen bei der Rückfahrt aus Maiden Vale, als sie am Flußufer geparkt hatten, es kam ganz unerwartet, sie hat ihn sehr glücklich damit gemacht, aber wie hungrig dieser Kuß war, voll wilder Sehnsucht, als hätten sich ihre Körper schon gefunden, als stünden sie kurz vor dem Höhepunkt. »Ich liebe dich Corky ich liebe liebe liebe dich«, flüstert Christina. »Verlaß mich nicht, Corky.« Und Corky flüstert: »Nein, Schatz, nein, warum sollte ich dich verlassen«, und Christina wiederholt: »Verlaß mich nicht, bitte, bitte«, ihre Stimme hebt sich wie im Schmerz, das Gesicht ist qualvoll verzerrt. Scheu, ängstlich, zaudernd bringt sie das brennende Streichholz immer näher, aufreizend nah an das heran, was in Flammen aufgehen muß, ehe ihre schweißnassen Körper erlöst sind. »Corky. *Oh!*«

Wieder ist es nur einen Herzschlag, einen Pulsschlag entfernt. Ein leichter Druck, und es ist geschehen. Corky sieht vor seinen Augen die Karten schimmern. Von der linken Hand in die rechte, von der rechten Hand in die linke, auf und nieder, Wasserfall hieß das Kunststück, Tim Corcornas einziges Kartenkunststück, aber ungeheuer eindrucksvoll.

Scheiße auf ihren Schuhen, Junge.

Aber jetzt nicht mehr.

Jetzt nicht mehr?

Du kleines Irenschwein. Vollwichser.

Corky lacht, er genießt es. Die sexuelle Lust kitzelt wie ein gelungener Diebstahl, als hätte er dem Körper dieser Frau etwas gestohlen, dem Körper, der einem anderen gehört. Corky Corcoran, eine Rakete, die gleich losgehen wird. Jawohl, er ist ein Wichser.

Ein Raum in blendendem Licht, unaufhörlich gezaust und gerüttelt von dem Wind aus Kanada, aus der Arktis. Der wie Glimmer funkelnde Fluß, der sich im Himmel spiegelt. Der noppige Stoff der Decke oder des Badetuchs oder was immer sorgsam über die Bettcouch gebreitet wurde, ehe Corky kam, Christina Kavanaugh ist eine vorsichtige, vorausdenkende Frau, selbst in ihrer Begierde, in diesem unbändigen Sehnen ihres Körpers, ihres Mundes, sie hat den Hörer vom Telefon genommen, damit niemand sie stören kann – »O! Corky – o bitte –

warte – nein...« Sie ist blind und verzweifelt, sie will es und will es nicht, ja, aber natürlich will sie es, verzweifelt wie eine Ertrinkende klammert sie sich an Corkys Hals, und es gibt kein Zurück, Corky packt ihre Pobacken fester und stemmt sich tief in sie hinein, Christina stöhnt und gibt sich ihm hin, jetzt wird sie gleich kommen, und diese letzten dahinrasenden Sekunden sind eine Qual. Corky wünscht sich, er könne sie kommen lassen, ohne selber zu kommen, es müßte so sein, daß diese heftigen hilflosen Spasmen, diese Vaginalkontraktionen seinen Schwanz drücken und melken, daß aber sein Schwanz hart bleibt, daß er die Kontrolle behält, sie nach und nach zum nächsten Höhepunkt bringt, immer wieder, es ist ein alter Wunschtraum, aber er ist nicht machbar, er hört sich stöhnen. »O Chrissie...« Es kommt ihm auch, ein Stich der Lust, sengend wie eine Flamme, er kann sich nicht zurückhalten, die Pendeluhr schlägt in melodischem Sopran, und Christina drückt die zusammengebissenen Zähne an seinen Hals, um nicht zu schreien, wie es für sie ist, kann er sich nicht vorstellen, er kann sich nicht vorstellen, daß es ein machtvolleres Gefühl gibt als seins, das ihm durch die Lenden und die Wirbelsäule hoch bis in den Schädel fährt, er spürt ihren Orgasmus, dieses Erstaunliche, nie ist man darauf gefaßt, jedesmal ist das erstemal, und immer folgt das Vergessen.

Behutsam löst Christina sich von Corky, küßt ihn auf die schlaffen Lippen und steht auf, er ist schlagartig eingeschlafen und schläft wie ein Baby, dem Schlaf so rückhaltlos ausgeliefert, daß die Haut feuchtklamm ist, der schlaue Corky aber meint, er sei hellwach und habe sich voll in der Hand, weil er es vermag, im Schlaf die Zeit anzuhalten, hat nicht die Pendeluhr aufgehört zu ticken, ist nicht der Verkehr unten auf der Nott Street verstummt, hat nicht alle Bewegung dort draußen aufgehört, er schwebt in einem strahlenden Leuchten, unendlich glücklich und geborgen.

Er hört Christina in der Dusche, überlegt flüchtig, aber wirklich nur ganz flüchtig, ob er zu ihr gehen soll. Unendlich glücklich. Geborgen.

Dem ängstlichen Spieler winkt kein Gewinn, dem ängstlichen Mann keine Liebe.

Aber auf Corky Corcoran trifft das nicht zu.

Fürsorglich wie eine Ehefrau küßt Christina ihn wach, einen Moment ist er so benommen, als hätte ihm jemand mit dem Vorschlaghammer eins über den Kopf gegeben (wie lange hat er in der vergangenen Nacht geschlafen – drei, vier Stunden?), aber er muß raus, mit Schrecken sieht er, daß es 12.35 ist, los, beweg deinen Hintern, Junge.

»Wenn du Greenbaum anrufst und den Termin verlegst«, sagt Christina, »könnten wir hier zusammen essen.«

Aber Corky ist schon, nackt, wie er ist, im Laufschritt auf dem Weg zum Bad. »Wär toll, Chrissie«, sagt er, »aber es geht nun mal nicht, das weißt du doch.«

Christina lacht. »Jaja, ich weiß.«

Während er sich unter der Dusche üppig einschäumt, Corky duscht heute schon zum zweitenmal, aber diesmal ist es purer, wunderbar genußvoller Luxus, denkt er, wie lieb es von Christina ist, daß sie gelacht hat, es kommt selten vor, daß sie ihm einen Vorwurf macht. Andere Frauen, vor allem Charlotte, haben nicht gelacht.

Corky Corcoran, der immer Eilige. Kaum ist er irgendwo, wo es ihm gefällt, ist er schon wieder nervös und gelangweilt und hält es keine weitere Minute dort aus. Am besten, sagte Charlotte mal wütend und warf ihm irgendwas vor die Füße (seine Autoschlüssel?), quartierst du dich gleich in deinem verdammten Wagen ein.

Charlotte Drummond, nein, als sie sich kennenlernten, hieß sie Charlotte Braunbeck, kennt von allen Frauen, die er gehabt hat, Corky am besten. Nichts ist brutaler als die Intimität eines Ex-Ehepaares.

Elf Jahre verheiratet. Achtundzwanzig war er, als er reingerasselt ist, neununddreißig, als er freikam. Eine lange Zeit. Nie wieder, hat er sich geschworen, würde er den Kopf in so eine Schlinge stecken.

Trotzdem ist er jetzt in Gedanken – und zwar relativ sachlich – bei Charlotte. Ich muß sie anrufen. Wegen Thalia. Thalias Gesicht, als sie zum ersten Mal Charlotte und Corky hatte streiten hören, das arme Ding, als hätte man sie geschlagen, noch immer gibt es Corky einen Stich, wenn er daran denkt.

Immer sind es die Kinder, die es trifft. Die Kinder, die nicht schnell genug aus dem Weg gehen können.

Unser einziger Zeuge: Du.

Er muß sich Thalias Telefonnummer und die neue Adresse von Charlotte geben lassen. Ob er seine Sekretärin bitten kann, sie anzurufen? Aber vielleicht ist sie dann beleidigt.

Man lernt einen anderen Menschen so richtig erst dann kennen, wenn man nicht mehr verliebt ist, denkt Corky.

Nur: Er ist verrückt nach Christina Kavanaugh, und er ist überzeugt davon, daß er sie liebt.

Ey, liebst du mich?

O Lover... o Gott...

Als sie zum zweiten Mal gekommen ist... wunderschön war das. Küsse mit offenem Mund, er hätte schwören mögen, daß er die wellenförmigen Kontraktionen spürte. Und hatte überlegt: Ob sich auch ihre Herzen so zusammenziehen? Muß so ähnlich sein wie ein kleiner Tod.

Nur: Wenn Christina nicht zu dem Dinner am Memorial Day kommt, bei dem Corky eine Rede halten wird, nimmt Corky es ihr übel, dann ist er ernsthaft verletzt. Verletzen können ihn nur Menschen, die er liebt, und deshalb paßt er jetzt, als Erwachsener, sehr auf, daß er nicht zu viele Menschen liebt und sein Schicksal selbst in der Hand behält, und wenn Christina ihn verletzt, wird ihm das – gelinde gesagt – nicht gefallen.

Kennengelernt hat er sie durch eine Spendenaktion für die alte Maiden Vale-Bibliothek. Der Stadtrat hatte über einen Antrag in Höhe von 200 000 Dollar für umfangreiche Renovierungsmaßnahmen zu befinden, der Minuten später unter Hohnlachen abgeschmettert wurde, aber Corky hatte die Namen der Reichen auf der Antragsliste überflogen, und einer war ihm sofort ins Auge gestochen: *Christina Kavanaugh.* Woraufhin der engagierte Bürger Jerome Corcoran an einem windigen Juninachmittag letzten Jahres auf einer Versammlung der Freunde der Maiden Vale-Bibliothek aufkreuzte, zu der etwa dreißig gutbetuchte Männer und Frauen, aber mehr Frauen als Männer gekommen waren. Corky nahm Christina Kavanaugh sofort aufs Korn, sah sie freimütig an, lächelte auf diese Art, die praktisch allen Frauen und den meisten Männern ebenfalls ein Lächeln abzwingt: *Hier bin ich, ein guter Kerl, einer, auf den Verlaß ist!* Christina sah Corky groß an und errötete leicht, als sei es ihr unangenehm, daß sie ihn nicht kannte, aber eigentlich kennen müßte. Oder war er einer von Harrys Bekannten?

Corky wurde der Versammlung als einer der wenigen Stadtverordneten vorgestellt, die ein Interesse an der Erhaltung der historischen Bausubstanz von Union hatten, und das war nicht mal gelogen, Corky hat eine Schwäche für Gebäude wie die Maiden Vale-Bibliothek, die er von klein auf kennt, zumindest von außen, und er will nicht, daß sie abgerissen, ausgetilgt wird, plötzlich nicht mehr da ist. Man muß sie gern haben, die alte Maiden Vale-Bibliothek, so heruntergekommen, wie sie ist, 1836 gebaut, ein Meisterwerk der Neoklassik, geräumige Säle, hohe Decken, feierliche ionische Säulen, ein denkbar unpraktischer wohnstubengroßer Lesesaal; krummgezogener Parkettboden, morsches Dach, undichte Fenster und Kellerräume, zwei Millionen Defizit in einer Zeit gnadenloser Sparmaßnahmen bei den modernen Zweigstellen der Öffentlichen Bibliotheken. Nur viertausendachthundert Leser gegenüber einer Zahl von dreißigtausend in der größeren Zweigstelle von Maiden Vale. (Corky, stets überaus gewissenhaft in Detailfragen, hat seine Schularbeiten gemacht). Trotzdem sind Corkys Ausführungen warmherzig und voller Schwung, Corky redet gern, wenn er zur rechten Zeit am rechten Ort ist, beeindruckt folgen die Zuhörer seinen Erklärungen des Pro und Kontra einer Spendenaktion für die Bibliothek, hören sich seinen Vorschlag an, daß er in seiner Eigenschaft als Stadtverordneter versuchen will, vom Fonds für Historische Gebäude des Staates New York einen Zuschuß in Höhe von 200 000 Dollar zu bekommen, der für derartige Notfälle zuständig ist. Corky erläutert, warum der Antrag im Rathaus abgelehnt worden ist, weigert sich aber, schlecht von seinen Kollegen im Stadtrat oder von Bürgermeister Oscar Slattery zu sprechen, der schlaue Corky nutzt die Gelegenheit, um zu betonen, wie sehr dem Bürgermeister das öffentliche Bibliothekswesen, das öffentliche Gesundheitswesen, Schule und Polizei am Herzen liegen. Beflügelt von Christinas Blick läuft Corky zu Höchstform auf, wie sachkundig er ist, wie offen, wie wohlerzogen. Und diese frische Röte in dem eifrigen irischen Gesicht, die ja nicht immer vom Alkohol kommt. Hinterher bemühten sich erwartungsgemäß fünf, sechs Frauen um ihn, und auch hier zog sich Corky geschickt aus der Affäre und bewegte sich zielbewußt auf Christina Kavanaugh zu, die ihren Mantel über dem Arm hatte und ihm entgegensah, als warte sie nur auf ihn, mit einer gespannten Ruhe, die ihn erregte. Glück durchflutete Corky bis in die Fingerspitzen, bis in den Schwanz. *Hier bin ich, ein guter Kerl, auf den Verlaß ist.*

Er fragte nach ihrem Namen, und sie sagte ihm, wie sie hieß. Sie gaben sich die Hand, Corky packte fest zu, mit gerötetem Gesicht, blanken Augen. »Sie sind Harry Kavanaughs Frau?«, fragte er, und Christina sagte: »Ja, und er ist mein Mann« und sah Corky scharf an, als habe er sie beleidigen oder auf den Arm nehmen wollen (Gott, so hatte er es doch nicht gemeint, er wäre ihr am liebsten zu Füßen gefallen, hätte ihre Fesseln in den anthrazitfarbenen Strümpfen umfaßt), »aber er ist nicht hier.«

Sie gingen zusammen hinaus. Die Bibliothek war eins der ältesten Gebäude von Maiden Vale, sie stand an einem früher renommierten Boulevard mit großen Prunkvillen, die jetzt fast alle zu Eigentumswohnungen und Büros umgebaut waren, die Ulmen waren längst gefällt, und selbst in der windigen Dämmerung wirkte die Gegend heruntergekommen und primitiv. Als Corky die schwere äußere Tür aufstieß, wehte ihm Christinas Haar ins Gesicht, die Begierde machte ihn ganz schwach, er konnte sich kaum vorstellen, daß sie es nicht auch spürte.

Die Welt draußen, außerhalb der überheizten Bibliothek, war kalt und bedrückend. Ein trostloser Ort, wie geschaffen dazu, sich Trost zu suchen, auch wenn man damit eine Abfuhr riskierte.

»Wollen wir irgendwohin fahren?« fragte Corky. »Auf einen Drink?«

»Ja, Corky«, sagte Christina. »Das weißt du doch.«

Corky! – als hätte die Frau ihre schöne Hand auf seinen Schwanz gelegt. Corky sah sie an, krank vor Liebe.

Und sah, daß ihr Blick auf ihm ruhte. Mit leiser Angst und voller Spannung. Leuchtend-transparente Augen wie Bergkristalle, dieser wunderschöne Mund, er stellte sich vor, wie es wäre, ihn zu küssen, Erregung machte sich in seinem Körper breit, Gott. Und er dachte daran, wie er sich damals an sie herangemacht hatte, das Glas in der Hand und wohl halb betrunken, und daß ihr dicker Bauch ihn ebenso heiß gemacht hatte wie ihr schönes Gesicht.

Später erfuhr Corky, daß er und sein offensichtliches Interesse auch Christina in Erinnerung geblieben waren. Gut aussehender Bursche, irisches Gesicht, ein kleiner Politiker, sie hatte damals nicht gewußt, wie er hieß. Und hatte nicht nachgefragt.

Kuh. Eingebildete Fotze. So was kann man mit Corky Corcoran nicht machen.

Jetzt nicht mehr.

Ungeduldig dreht Corky die Dusche ab, das verdammte Ding tropft, hatte er nicht Christina einen erstklassigen Klempner empfohlen, aber Wochen vergehen, Monate, und die Dusche tropft immer noch. Typisch Frau. Charlotte hat immer so getan, als ob sie mit Klempnern, Elektrikern, Gärtnern, dem Heizungsinstallateur nicht umgehen kann, sie haben nur vor Männern Respekt, du hast ja keine Ahnung. Was Weiber auch immer für Ausreden haben, denkt Corky, während er sich mit einem Handtuch abtrocknet, das Christina schon benutzt hat, mehrere üppig-weiche, saubere Handtücher hängen auf dem Handtuchhalter (wie das eben in besseren Kreisen üblich ist), aber das feuchte Handtuch ist gut genug für ihn.

Herrgott, warum ist er bloß immer so knapp dran mit seiner Zeit? Irgendwann kommt Corky noch zu seiner eigenen Beerdigung zu spät. Wieviel Uhr haben wir überhaupt?

Ja, aber offenbar braucht Corky diesen Druck. Ständig in Bewegung, Corky Corcoran ist Ihr Mann, bei Tag und bei Nacht in Union City auf Achse, auf Expressways, Hauptstraßen, Nebenstraßen. Gejagt von seinem eigenen schnellen Puls. Zu ruhelos, um irgendwo zu verweilen. Ein Stoffwechsel wie ein Affe, hat Charlotte geklagt und ihn beneidet, weil er im Gegensatz zu ihr nie an Gewicht zulegte.

Wenn man Tempo wegnimmt, holen die Schweine einen ein.

Was soll's? Wer soll mich aufhalten?

Christina, die Frau des Richters zu vögeln – dafür lohnt sich's doch zu leben. Oder nicht?

Corky wischt Wasserdampf vom Spiegel und betrachtet sich

kritisch. Okay, das ist eine seiner Schwächen, er bildet sich einiges auf sein Aussehen ein, wenn man's hat, soll man's ruhig zeigen, das lernst du sehr früh, schon als Junge hat er diese ausgiebigen, eindeutigen Blicke der Mädchen aufgefangen. Corky hat herbstlaubfarben rotbraunes, lockiges Haar, wirklich tolles Haar für einen Mann, aber zumal dann, wenn es naß ist und glatt an der Kopfhaut anliegt, sieht man deutlich, daß es sich lichtet, daß, ja verdammt, daß die Leinwand durchschimmert. Vor lauter Schreck schnurrt sein Schwanz ein. Er zeigt seinem Spiegelbild die Zähne. Die sind okay, ein bißchen verfärbt (vom Rauchen, aber das hat er aufgegeben), der linke Schneidezahn ist größer als der rechte und unten ausgezackt, aber das sieht niemand, höchstens Christina. Ganz aus der Nähe.

Wahrscheinlich findet sie es sexy. Wie alles an ihm. Wenn sie dich lieben, kannst du nichts falsch machen.

Diese erste Zeit mit ihr, als Christina ständig wie betrunken und immer geil war, als sie lachte wie ein junges Mädchen und sich plötzlich ihr Gesicht verzog und sie heulte. Mein Gott, wie schnell das bei ihnen wechselt, es ist nicht zu fassen. Corky, sagt sie, ist der einzige Mann, den sie je kennengelernt hat, der die Gabe des Glücklichseins hat – jawohl, genauso hat sie es gesagt: »Gabe des Glücklichseins.« Allein dieses Lächeln… Mit diesem Lächeln hast du mein Leben verändert. Und Christina schmiegt sich an ihn, heiß und schuldbewußt, und sagt, sie hätte nie gedacht, geschweige denn geplant oder auch nur in Erwägung gezogen, daß ihr so was – ihr Verhältnis mit Corky, meint sie – mal passieren könne. Und es darf mit ihrem übrigen Leben nichts zu tun haben. Ihr Mann braucht sie, auf eine Art, die Corky nie begriffen hat, es hat was mit menschlichen Werten zu tun – soll er versuchen weiterzuleben, soll er sich aufgeben und sterben? –, und ihr Sohn auch. Ihr Sohn, den sie als Baby mit einer Heftigkeit geliebt hat, derer sie sich nie für fähig gehalten hätte, einer heißhungrigen Mutterliebe, die Erinnerung daran sitzt tief, und nun tut sie sich ein bißchen schwer mit dem Halbwüchsigen, zu dem sich dieses Baby entwickelt hat, *aus meinem eigenen Leib*, sagt Christina staunend, es ist etwas, was du durchlebst, aber nicht verstehst, worüber du nicht reden kannst, es gibt keine Worte dafür. Und Corky, der nicht so genau hingehört hat in seiner postkoitalen Glückseligkeit, so nennt man das wohl, ahnt, daß ihm eine Frage gestellt worden ist, eine Frage, die eine moralische Dimension hat, nüchtern und genau umrissen wie ein Kontrakt, und sagt großspurig: »Ganz wie du willst, Baby. Du bist am Drücker.«

Corky inspiziert seine Augen, das linke ist besonders blutunterlaufen, und unter beiden Augen sind bläuliche Dellen, heute muß er endlich mal schlafen, sechs, sieben Stunden mindestens, er wird das Telefon abstellen, die Klamotten ausziehen und sich ins Bett legen, *ins* Bett, er wird sich nicht halb angezogen quer übers Bett oder unten bei laufendem Fernseher auf die Couch hauen oder sich – schlimmer noch – in seinen Wagen packen, was er des öfteren mal macht, Gott weiß warum.

Warum? *Um notfalls schnell abhauen zu können.*

Seit er elf ist, plagt ihn diese verdammte Schlaflosigkeit, er hat das so satt, aber was soll man machen? Die Ärzte und eine Therapie und all der Scheiß haben Theresa nicht geholfen, das Bild des zerschossenen, blutenden, toten Tim Corcoran aus ihrem Gedächtnis zu tilgen, und die Elektroschocks und die Medikamente schon gar nicht. Wut und Ekel schütteln Corky, und er weiß, niemand kann ihm helfen, und er würde sich auch nicht helfen lassen, er legt Wert auf seine Privatsphäre, an seinem Kopf darf keiner rummachen. In der ersten Zeit seiner Ehe allerdings, als er versucht hat, ein halbwegs normales Leben zu führen, als er das Bett mit seiner Frau geteilt hat (die er damals liebte, ja, verdammt, er hat Charlotte wirklich mal geliebt), hat sie ihn geplagt, bis er zum Arzt gegangen ist, der hat ihm Barbiturate verschrieben, die er ein paar Tage genommen und dann durchs Klo gespült hat. Sein Gehirn streikte, er kam sich vor wie in Watte gepackt und hatte tagsüber unheimliche Traumbilder. Pillen sind Weiberkram, hat er zu Charlotte gesagt. Wenn ich mal richtig abtauchen will, schütte ich mich zu.

Nur mußt du dann früher oder später wieder aufwachen, und dann fühlst du dich hundeelend.

Was hat er da in einem Taschenbuch, der *Schatzkammer naturwissenschaftlichen Wissens*, gelesen? Einmal ist ein Mann neun Tage ohne Schlaf ausgekommen, absolute Rekordzeit. Muß hinterher total durchgeknallt gewesen sein, das arme Schwein.

Corky hat seine Kleider mit ins Badezimmer genommen und zieht sich rasch an, ungeduldig legt er sich den Schlips um den Hals, sieht auf seine Digitaluhr. 12.50. Alles in allem eine gute Leistung.

Er tritt aus der Dusche in kühlere Luft und will gerade Christina irgendwas zurufen, da vernimmt er ihre Stimme, offenbar telefoniert sie. Corky hört auf, sich den Schlips zu binden, er schleicht sich barfuß und geräuschlos ein Stück näher heran, sie steht am Fenster, die Sonne liegt auf ihrem schwarzen Haar, das aussieht, als ob es brennt, sie hat eine kastanienbraune Karojacke und kastanienbraune Flanellhosen an, ein schickes Outfit, auch Christina Kavanaugh ist dabei, die Wohnung in der Nott Street 331 für heute zu verlassen. Und dann hört Corky, wie sie – nicht direkt verstohlen, aber mit gedämpfter Stimme – jene Worte ausspricht, die sein Herz durchbohren wie ein Messer, aber so schnell, so unerwartet, daß er keinen Schmerz empfindet. »Ja, er ist jetzt hier, aber er geht gerade.« Eine Pause. «Ja.« Noch eine Pause, und: »Ja, Schatz, natürlich. Gegen sechs. Ich muß nach Indian Lake wegen dieses Artikels über das Kinderzentrum, die neue Therapie für autistische Kinder, ich glaube, ich hab dir davon erzählt. Dann –« Wieder eine Pause, und dann herzlich, gleichsam bittend, fast beschwichtigend: »Aber ja, das weißt du doch.«

Als Christina auflegt und sich umdreht, sitzt Corky auf der Bettcouch (ja, es war ein Badetuch, das sie drübergelegt hatte, ein altes ausgebleichtes, viele Male benutztes Frotteetuch) und zieht sich die Socken an, fährt in die Schuhe. Sein Gesicht ist verschlossen wie eine Gefängnistür.

Corky Corcoran, stadtbekannter Pokerspieler, redet sich in unschuldigem Stolz ein, niemand könne in seinem Gesicht lesen, wenn er es nicht wolle, und jetzt will er nicht, daß diese Frau darin liest, aber als sie ihn etwas fragt, scheint er das nicht mitzubekommen, und als sie die Frage wiederholt, hört er sie immer noch nicht, er ist in einem Vakuum und ohne jede Empfindung, in seinen Ohren schwingt ein fernes Dröhnen. *Er ist jetzt hier, aber er geht gerade.*

Christina, stadtfein, aber barfuß, bürstet sich jetzt das Haar, bei jedem der langen, sinnlichen Bürstenstriche hört man ein elektrisches Knistern, das Haar umsteht wie eine feste schwarze Masse das von so viel Bewegung leicht gerötete Gesicht, sie geht energisch auf den Hacken, in dieser kerzengeraden Haltung, die Corky mit Leuten in Verbindung bringt, die sehr reich oder sehr arrogant sind. Jetzt bleibt sie stehen und sieht ihn an. »Corky? Was ist denn?«

Corky sieht sie ausdruckslos an.

»Was soll sein?« fragt er. »Mit mir? Mit dir? Oder ganz allgemein?«

»Hast du dich geärgert?«

»Geärgert? Wieso? Müßte ich nicht glücklich sein?«

Corky bemüht sich noch immer, einen Fuß in den Schuh zu rammen. Verdammt, zu Hause hat er einen Schuhlöffel.

Christina steht vor ihm, sie hat aufgehört, sich das Haar zu bürsten, und sieht ihn groß an.

Das neckische, spielzeugartige Ticken der Pendeluhr ist lauter geworden, und wenn das verdammte Ding jetzt anfängt zu schlagen, wird Corky es mit der Faust in Stücke hauen.

»Corky.«

Christina wirft die Bürste hin, stützt ein Knie auf die Couch, beugt sich vor und legt die Arme um ihn, küßt seine Wange, eine heftige, liebevolle Geste, aber der erboste Corky reagiert nicht. »Corky?« flüstert sie. »Corky... Liebster...« Er spürt ihren beschleunigten Herzschlag, aber er reagiert immer noch nicht. Unten auf der Nott Street gibt ein Müllwagen Geräusche von sich, die sich anhören wie knatternde Fürze.

Christina lehnt sich zurück und sieht Corky besorgt ins Gesicht. »Hast du gelauscht?«

»Ob ich es mitbekommen habe, meinst du.«

»Hast du?«

Christina berührt Corkys warme Wange, und er schlägt ihre Hand weg. Es ist die erste grobe, die erste auch nur ungeduldige Geste, die sie an Corky erlebt, ihre Augen weiten sich in jener Angst, jener weiblichen Erwartung von Tätlichkeiten, die ihn bei anderen Frauen häufig erregt, aber im Augenblick macht Corky nicht den Eindruck, als ob er erregt ist, im Gegenteil, Christina steht ratlos vor seiner eisigen Ruhe, Corky Corcoran, der von Natur aus so liebevoll, so offenherzig, so redselig ist, erhebt sich steif und wendet sich zum Gehen. Er greift nach seinem breitschultrigen Sportsakko, fährt so ungeduldig, wie er in die Schuhe gefahren ist, in die Ärmel und will weg, aber Christina hält ihn auf. »Corky! Bitte warte…«

Noch immer ruhig sagt Corky: »Du weißt, daß ich um eins einen Termin habe, Christina.«

»Du kannst doch nicht einfach so gehen, Corky. Bitte, Liebling. Ich weiß nicht, was du gehört hast, aber…«

»Ruf mich an, dann können wir reden. Nach dem Montag.«

Christina weicht zurück, als hätte Corky sie geschlagen. Sie ist im Nachteil, weil sie barfuß ist. Plötzlich wirkt sie ziemlich klein und reduziert, eine nicht mehr junge Frau in diesem gnadenlos hellen Licht, Stirnfalten und feine weiße Linien in den Augenwinkeln, die Augen unnatürlich blank von Tränen. Benommen wiederholt sie: »Ich – ich weiß nicht, was du gehört hast, aber… Corky, ich…«

Wieder zupft sie an seinem Ärmel, und diesmal reagiert Corky ganz spontan: Er stößt sie weg.

Ein schneller, zielgenauer Boxerreflex, mit der flachen rechten Hand gegen die linke Schulter, immerhin stark genug, um sie zurückzustoßen.

»Du kannst mich mal, Christina. Und Harry Kavanaugh auch.«

Corky verläßt die Wohnung, geht die Treppe hinunter, erst ruhig und dann, auf halber Höhe, fängt er an zu rennen, zornglühend wie ein kleiner Junge, den etwas bis ins Herz getroffen hat, und erst im Hausflur bleibt er stehen, der Schlag seines Herzens dröhnt ihm in den Ohren. *Wird sie mich nicht zurückrufen? Es hat noch keine gegeben, die mich nicht zurückgerufen hat.*

Und dann denkt er, im Grunde ist er ja ein praktisch denkender Mann, er kennt solche oder ähnliche Szenen von früher, Kränkung und Wut und den Adrenalinstoß: *Ich kann nicht einfach so weggehen, sonst ist der ganze Tag im Eimer.*

Fluchend dreht er sich auf dem Absatz um, seine guten Sachen sind verschwitzt, *dafür wird sie mir auch bezahlen, die Kuh,* und im dritten Stock steht Christina Kavanaugh noch da, wo er sie verlassen hat, barfüßig, benommen, exzemartige Röte färbt fleckig die helle Haut, Tränen laufen ihr über die Wangen, aber jetzt regt sich auch Trotz in ihr. »Er ist mein Mann. Natürlich liebe ich ihn. Ihn liebe ich auch.«

»Also mal Klartext, Christina«, sagt Corky. »Harry weiß Bescheid über mich? Über uns?«

»Ja.«

»Du hast es ihm gesagt?«

»Ja.«

»Seit wann?«

Christina zögert. Die tränennassen Augen blicken einen Moment ins Leere, sie ist versucht zu lügen, aber dann gibt sie sich einen Ruck. »Seit Juni.«

»Seit *Juni*?«

»Ja.«

»Von Anfang an?«

Corky hört seine Stimme lauter werden, man könnte drüber lachen, wenn's nicht um ihn ginge.

Er sieht die Frau an, als hätte er sie noch nie richtig gesehen. Hat nicht noch vor Minuten sein Schwanz so tief in ihr gesteckt, als gehörte er da hin?

Christina faßt Corky an, damit er zuhört. So wie sie es von Thalia und ihren Freunden erzählt hat. Die primitivste Regung von Mensch zu Mensch, die sehnsüchtige Suche nach Körperkontakt. *Hör mich an, glaub mir, hier bin ich: Ich existiere.*

»Bitte, Corky, sei nicht böse. Ich hätte es dir sagen sollen, früher oder später wollte ich es dir sagen. Harry ist mein Mann, wir sind seit fünfzehn Jahren verheiratet, ich konnte ihn nicht täuschen. Ich will ihn nicht täuschen. Ich verbringe den größten Teil meines Lebens mit ihm. Sein eigenes ist so...« Sie hält inne, sie hofft auf das richtige Wort, aber das einzige, das ihr einfällt, ist ein flaues »so traurig.«

»Ist mir doch scheißegal, ob sein Leben ›traurig‹ ist«, sagt Corky. »Was hat das mit mir zu tun? Der Blödmann bin ich. Der Trottel, der nicht weiß, was gespielt wird.«

Die Tür hinter ihnen steht sperrangelweit offen, wer da draußen auf dem Treppenabsatz steht, bekommt jedes Wort mit, Corky knallt sie so heftig zu, daß alles zittert.

Jetzt fängt Christina zu Corkys großem Ärger ernsthaft an

zu weinen, gekränkt und ungläubig, und ihr Gesicht wird noch röter, färbt sich dunkel wie ein Muttermal.

Vor Corkys Augen beginnt die Verwandlung, die er so oft, viel zu oft, erlebt hat, zu oft jedenfalls für seinen Geschmack, mit Theresa hat es angefangen, die Frau macht sich häßlich vor dir, die listigste und grausamste ihrer Strategien, wirft dir wie Erbrochenes das ins Gesicht, was du für sie empfunden, was du für Liebe gehalten hast, was jetzt nur noch Hohn ist. *Und auch dafür wird sie zahlen, die Fotze.*

»Ist das denn so wichtig, Corky?« fragt Christina. »Corky, bitte…«, und Corky sagt: »Du erzählst es Harry Kavanaugh jedesmal, wenn wir gefickt haben, und das soll nicht wichtig sein? Wofür hältst du mich eigentlich?« und Christina sagt: »Aber das tu ich doch gar nicht. So ist das nicht, nicht so primitiv!« und Corky sagt: »Also ich finde, es klingt verdammt primitiv, verdammt krank klingt es, machst du das mit allen Kerlen, die du fickst, oder nur mit mir?« und Christina sagt: »Corky, ich erzähle Harry von dem, was ich erlebe, ich lasse ihn teilhaben, begreifst du das nicht? Ich möchte doch nur, daß er es für den Rest seines Lebens noch so schön wie möglich hat. Er ist schwer krank, die Remission ist zu Ende, die MS greift sein…«, und Corky fällt ihr ins Wort: »Schluß, ich will's gar nicht wissen. Mit mir hat das nichts zu tun, Harry Kavanaugh ist nicht mein Freund, ich bin Scheiße auf seinen Schuhen, verdammt, was schert mich Richter Kavanaugh, er schert sich ja auch nicht um mich!« und Christina sagt ganz schockiert: »Scheiße auf seinen Schuhen? Was soll das heißen? Das ist doch verrückt, Corky!« und Corky sagt: »Glaubst du, ich weiß nicht, was du von mir denkst, von Typen, wie ich einer bin? Aus Irish Hill? Du hältst mich wohl für so vertrottelt, daß ich das nicht weiß, wie?« und Christina sagt: »Aber das stimmt doch gar nicht, Liebling, was redest du denn da? Du weißt doch, daß ich dich liebe, natürlich liebe ich dich, aber – ich liebe auch Harry«, und Corky sagt: »Dann kannst du ja *seinen* Schwanz lieben und *seinen* Schwanz lutschen!« und Christina fleht: »Hör auf, Corky. Die Sachen, die du sagst… Es geht doch nicht nur darum, ich liebe dich sehr, ich dachte, du bist mein Freund!« und Corky sagt, beflügelt von seinem Zorn, und er genießt diesen Zorn wie alle Corcorans, denn was ist köstlicher, als wenn deine Seele in Flammen steht, eine große feurige Kugel, die du zu immer höher lodernder Glut anfachen kannst. »Ich bin nicht dein Freund, Christina, ich bin keines Menschen Freund, *faß mich nicht an.*«

Corky ist drauf und dran durchzudrehen, es ist wie der Moment kurz vor dem Erguß, er genießt es, aber es ist auch erschreckend, während Christina bittend auf ihn einredet, läuft er in dem beengten Raum hin und her, rennt gegen Möbelstücke, tritt nach einem Stuhl, und als die verdammte Uhr auf dem Kaminsims zuckrig-süß anfängt zu schlagen, fegt er sie mit der flachen Hand zu Boden, und da ist sie still. Glas klirrt, und Christina schreit auf, Corky würde auch die Fuchskatze in seiner Hand zerdrücken, aber sie steht außer Reichweite auf einem Tisch, er weiß nicht, was er tut, aber es ist ihm auch gleich, dieser lodernde Zorn findet seine Rechtfertigung in sich selbst, Corky neigt zum Jähzorn, von klein auf schon, Christina hat ihn so noch nie erlebt, aber jetzt erlebt sie ihn, jetzt gehen ihr die Augen auf, der Kuh, der betrügerischen Fotze, Corky Corcoran zu hintergehen, ausgerechnet ihn, und trotzdem redet sie weiter auf ihn ein, als könnten Worte sie retten, Worte angesichts dieser Raserei, sie versucht ihn zu berühren, zu liebkosen, er schiebt sie weg und verdeckt halb sein Gesicht dabei, als ob ihr Anblick ihn anwidere. Wenn sie sich nicht in acht nimmt, wird Corky explodieren und ihr etwas antun, aber sie läßt nicht ab von ihm, sie kann nicht fassen, daß sie keine Macht mehr über ihn hat, vor einer Stunde noch hatte sie diese Macht, eine so herrliche Macht, für Corky die Arroganz einer reichen Frau, sie fühlt sich nicht nur im Recht, sie fühlt sich reif und erwachsen dabei. »Corky, Liebling. Um Himmels willen, wie kannst du nur so engstirnig, so unnachgiebig sein. Ist es das Katholische in dir, irgendein Rest... Zwischen uns hat sich doch nichts geändert. Sag mir, was sich zwischen uns geändert hat...«. Eine Frau, die sich über ein Kind beugt, ein Kind im Trotzalter, das mal wieder seinen Koller hat, sie ist die Mutter, sie braucht nur die Arme um Corky zu legen und ihn festzuhalten, warme Brüste an seinem Gesicht, die Hände um seinen Kopf, dann bekommt sie ihn auch rum.

Und dann geschieht das Paradoxe, Corky erlebt es nicht zum erstenmal, er ist älter, aber nicht klüger geworden, oder vielleicht doch ein bißchen klüger – wenn einer mal verheiratet war, ist er immer klüger als der Junge, der von nichts eine Ahnung hat –, es geschieht, daß Christina selber durchdreht, die Flamme schießt auch in ihrem Kopf hoch, Christina schlägt nach Corky, als er sie wegschiebt, sie fängt an zu kreischen, zu schluchzen. »Verdammter Kerl! Ich begreife das nicht. *Du!*« Sie versetzt ihm eine schallende Ohrfeige, und in einer Reflexbewegung, die so rasch und so unreflektiert und gezielt ist wie die eines Katers, schlägt Corky zurück, er ist ein Konterboxer, und Konterboxer stecken gern ein, weil das der Auslöser ist, gewissermaßen die Erlaubnis für ihr Tun, alle Iren sind sozusagen Konterboxer. Listenreich in ihrer Verzweiflung, weiden sie sich an ihrer Schläue. *Halt dir den Rücken frei!* Corky trifft Christinas Schulter, nicht sehr heftig, aber so, daß sie taumelt, daß sie merkt, jetzt wird es ernst, und sie drischt zurück, als wäre er ihr dreizehnjähriger Sohn, ja, aber Corky ist nicht Christinas Kind, o nein, er ist kein Kind mehr, er schlägt wieder zu, ein bißchen heftiger, und diesmal schreit sie: »Verdammt, ich hasse dich!«, sie schlägt und sie kratzt, und Corky duckt sich schnell wie ein Boxer, in St. Thomas war er mal in der Boxstaffel, ein mageres Leichtgewicht mit einem guten Jab, wenig Schlagkraft in den Händen, aber ordentlichen Beinarbeit, auch jetzt ist seine Beinarbeit tadellos, sein Gesicht verzerrt sich, als er die Hand zur Faust ballt und Christina einen Hieb in die Rippen versetzt, und noch einen, so durchgeknallt ist er nicht, daß er einer Frau Fausthiebe auf die Brüste oder in den Bauch oder ins Gesicht versetzen würde, ins Gesicht schon mal gar nicht, ihr Gesicht ist naß und glitschig wie Gummi vom Weinen, häßlich verzerrt, sie versucht noch einmal verzweifelt, ihn festzuhalten, die Arme um ihn zu legen, noch immer glaubt sie offenbar, sie bekommt ihn rum, wenn sie ihn nur festhalten kann, sie bittet und bettelt: »Corky, ich liebe dich, tu mir nicht weh, verlaß mich nicht, ich liebe dich, bitte nicht!« Fahrig wie eine Betrunkene zerrt sie an seinem Gürtel, seinen Hosen, sie weiß, daß er einen Steifen hat, er selbst hat es noch gar nicht recht bemerkt in seiner Wut, und wie bei anderen Gelegenheiten, an die er nicht denkt und nicht denken will, wenn er nicht gerade völlig hinüber ist, und dann kann er sowieso nicht mehr denken, gibt Corky dem Gefühl sofort nach, seine ganze Wut, sein Denken, sein Blut schießt in den Schwanz, und Christina zerrt an seinen Sachen herum, sie krallt sich begierig in seinen Schritt, zerrt an ihren eigenen Sachen, bettelnd, wimmernd, diese Verzweiflung, die in ihr wühlt, später wird sie nicht mehr glauben, wird gar nicht mehr daran denken wollen, daß sie zu einer solchen Regung fähig war, aber in der schrecklichen Not der Leidenschaft kann sie sich nicht halten, sie klammert sich wie eine Ertrinkende an ihren Lover, plötzlich liegen beide keuchend auf den nackten Dielenbrettern, und Corky hat seine Finger in ihr, stöhnend wirft sie sich hin und her, das Gesicht verzerrt, die geröteten Augen geschlossen, speichelfeucht das Kinn, blindlings greift sie nach ihm, sie muß ihn haben, nichts anderes zählt, sie muß ihn haben, und so brutal und sachlich, wie vor vielen Jahrzehnten unter dem genüßlichen Blick der Fünftkläßler von Our Lady of Mercy der Schäferhundbastard in einer Gasse hinter der Schule eine Settermischlingshündin bestiegen hat, besteigt Corky sie jetzt, rasch und gewandt und in kalter Wut. Corky ist scharf und gefährlich wie eine Pistole, dicke Adern stehen auf seiner Stirn und zum Bersten prall in seinem Schwanz, er stößt ihn in sie hinein, wenn sie's so will, soll sie's so haben, er hört sie aufschreien, ächzen, seinen Namen wimmern, er packt sie so fest, daß es blaue Flecken geben wird, knapp unterhalb der Taille, wo man richtig zugreifen kann, Taille und Oberkörper sind schmal, aber hier ist sie fleischig, weiblich, fast schon wabbelig, ein sechsunddreißigjähriger Körper eben, auch wenn das Gesicht noch nicht so alt aussieht, und schließlich hat sie ein Kind gehabt, hat ein Kind durch den Geburtskanal, durch die bis zum äußersten gedehnte Vagina gestoßen, als wenn man eine Wassermelone ausscheißt, hat eine Frau mal zu Corky gesagt, soviel für die Romantik des Kinderkriegens, kein Wunder, daß Theresa aufgehört hat, seine Mutter zu sein, es war, als könne sie nur noch mit dem Kopf, aber nicht mehr mit dem Gefühl nachvollziehen, wie er hieß und wie sie mit ihm verwandt war. Corky kann's ihr nicht verdenken, keiner Frau könnte Corky das verdenken, Corky liegt auf den knochigen Knien wie im Gebet, die sehnigen Schenkelmuskeln, auf die er so stolz ist, bewegen seinen Unterkörper wie einen Preßlufthammer, und ungefähr so zärtlich wie ein Preßlufthammer ist auch der Akt, fünf, sechs rasche, heftige Stöße, und Corky kommt, ächzt zwischen zusammengebissenen Zähnen, gedämpftes Licht zuckt hinter seinen Lidern, kurz und sachlich bringt er die Sache hinter sich. Wie eine Enthauptung.

3
DAS SCHATTENBÜRO

Bis Corky zum Athletic Club in der Innenstadt von Union City kommt, wird er dreißig, vielleicht vierzig Minuten im Verzug sein, er sieht Greenbaums verschrumpeltes Schildkrötengesicht vor sich, die schlauen Augen mit den Tränensäcken, die bewegliche Schärfe seines Blicks – all das assoziiert Corky mit dem Jüdischsein, das für seine katholische Phantasie nicht nur ein Begriff der Rasse und Religion, sondern ein Merkmal besonders hoher Intelligenz ist, ja, und noch etwas ist typisch für die Juden, nicht, daß Corky eingehende oder vielfältige Erfahrungen hätte, aber soweit kennt er sich aus, vielleicht hat er das sogar von seinem Vater: Bei Juden erlaubt das Gesicht nicht den mindesten Rückschluß auf das Gehirn, ganz anders als bei fast allen Iren, deren Gesichter so leicht zu lesen, so leicht zu durchschauen sind wie Fensterglas. Jede Gemütsbewegung schlägt sofort durch, und die beschämendsten, vor allem die Scham selbst, quellen aus allen Poren.

Wie konnte sie! All die Monate! Und er war so verrückt nach ihr.

Trottel. Arschloch. Ahnungsloser Idiot.

Corky schämt sich in Grund und Boden. Corky wird Christina Kavanaugh nie verzeihen. Von Stund an ist er fertig mit ihr.

Gebrauchtes Kleenex. Klopapier.

Wenn du eine Frau fickst, bist du zum Schluß immer der Beschissene.

Wer hat ihn mit diesen Worten gewarnt, grundehrlich gemeint hinter einer Fassade von Betrunkenheit? Corky glaubt sich zu erinnern, daß es der alte Drummond war, ausgerechnet der. Ross Drummond. Viele Jahre lang Corkys Boss und viele

Jahre – allerdings nicht gleichzeitig – sein Schwiegervater. Als er Corky damals warnte, war der mit der Tochter des alten Ross verheiratet. Wenn man den Mann nicht kannte, konnte man das für befremdlich halten oder gar für einen Tritt vors Schienbein.

Er war ja auch tatsächlich mit Vorsicht zu genießen, der alte Knochen, aber für Corky Corcoran hatte er eine Schwäche, zu Corky hatte er Vertrauen, und das war schließlich der springende Punkt.

...bist du zum Schluß immer der Beschissene, aber wie hätte Corky das ahnen können, er hatte sich sehr bemüht, die Sache geheimzuhalten, nicht die leiseste Andeutung seinen Kumpels gegenüber, obgleich die ständig versuchten, ihm was über seine Frauengeschichten aus der Nase zu ziehen, und sie hatte ihn von Anfang an hintergangen, Corky kann es nicht glauben, ja, glaub es nur, du Trottel.

Er ist mein Mann, natürlich liebe ich ihn, ihn liebe ich auch.

Ich lasse ihn an meinem Leben teilhaben.

Jetzt, da die mit Sex aufgeladene Raserei vorbei ist, empfindet er vor allem Schmerz und Scham. Er fährt zu schnell, in leichten Schlangenlinien, auf eine belebte Auffahrt vom Fillmore Expressway. Schluß jetzt, verbann es aus deinem Kopf, sonst fährst du noch den Wagen zu Schrott und schaffst es nie zum Lunch im UCAC oder sonstwohin.

Von Stund an ist er fertig mit Christina Kavanaugh, soviel steht zunächst mal fest. Mit beiden Kavanaughs.

Ungeschickt, weil er eine Hand am Lenkrad behalten muß, macht er mit der anderen das Handschuhfach auf, nur mal nachsehen, ob eine Flasche drin ist, dabei weiß er natürlich, daß es nur eine leere Geste ist. Nach seinem letzten Beinah-Unfall, als er seinem schönen neuen Wagen den Kratzer an der rechten Seite verpaßt hat, ist Corky fest entschlossen, keine Flaschen mehr im Wagen zu haben, damit er gar nicht erst in Versuchung kommt zu trinken, auch wenn er vielleicht in der Stimmung dazu ist oder es nötig hat.

Denn wenn einer in der Stimmung ist, hat er's auch nötig. Aber jetzt nicht mehr.

Corky kann sich nicht erinnern, wann er sich so geschämt hat. Muß lange her sein.

Keiner der Kräche mit Charlotte ist so tief gegangen, hat ihn so aufgewühlt, Herrgott noch mal, wenn er nun total durchgedreht wäre und ihr etwas angetan hätte, mit einem kräftigen Boxhieb kann man einer Frau das Kinn oder die Nase brechen, ein Glück, daß er sich gerade noch rechtzeitig gebremst hat, auch die Auseinandersetzungen mit Thalia waren nie so schlimm, allerdings war es mit Thalia auch nicht das gleiche, da war er auf andere Art gefordert. Wie damals, als die kleine Thalia mit dem süßen Gesicht – da war sie in der achten Klasse – barfuß und in einem Babydoll-Nachthemd oben auf der Diele herumlief, rosa Baumwolle bis zum halben Schenkel, kindliche Puffärmel, Spitzenkragen, als dunkler Schatten schimmerte der kleine Busch durch den Stoff und die kleinen Brüste, nicht größer als Pfirsiche, mit dunklen Brustwarzen. Corky starrte und blinzelte, wurde tatsächlich rot, und Thalia flüsterte: »Ach, entschuldige, Corky!« »Corky«, sagte sie, nicht so, wie ihre Mutter es immer sagte, sondern in einem ganz eigenen Ton, scheinbar schüchtern, erschrocken, fast unhörbar, und dann schlug sie die braunen Augen mit den dichten Wimpern nieder, drehte sich um und ging rasch zurück in ihr Zimmer.

Wo er meinte, sie kichern zu hören.

Thalia kann ihn mal. Alle Weiber, die ihn zum Narren machen wollen, können ihn mal.

Andererseits macht er sich doch Sorgen um sie, er müßte sich bei ihr melden, aber er hat ihre Nummer nicht. Er könnte Miriam im Büro anrufen und sie bitten, sich die Nummer von Charlotte geben zu lassen, aber es wühlt noch zu heftig in ihm, Miriam ist wie eine alte Ehefrau, sie hört aus der Stimme ihres Chefs noch das leiseste Zittern heraus, er braucht nur an ihre wortlos-diskrete Mißbilligung zu denken, wenn er in seinem Büro etwas getrunken hatte, ihren gouvernantenhaft schmalen Mund, den ausweichenden Blick.

Corky ist zu spät dran für seinen Termin mit Greenbaum, aber er ist so verschwitzt und ausgepowert, daß er kurz in sein Büro in der Pearl Street muß, um sich ein bißchen zu waschen, untenrum auf jeden Fall, und sich kaltes Wasser in das fiebrig rote Gesicht zu spritzen, das nicht aussieht, als ob es einem gehöre, der den ganzen Vormittag gefickt hat, sondern einem, der ganz gewaltig beschissen worden ist. Und um ein frisches weißes Hemd anzuziehen, genauso eins wie das, das er jetzt anhat.

Du bist Amerikaner, du bist so gut, wie du aussiehst. Stimmt's?

Er macht eine Schranktür auf, peilt die Johnnie-Walker-Flasche an – nein danke. Gut für die Moral, wenn man in einem Moment großer Versuchung Nein sagen kann, auch wenn es sonst keiner hört.

(Corky ist grundsätzlich der Meinung, daß man guten Whiskey nicht als Medizin und nie allein trinken darf und auch nicht, wenn eine Frau einen gekränkt, blamiert und zum Arschloch gemacht hat. Denn aus Erfahrung weiß er, daß ein einziger Schluck in so einer Situation einen fast unstillbaren Durst auf den nächsten weckt, bis die Flasche leer ist und man zwölf Stunden später mit dem Gesicht auf der Schreibtischplatte oder – schlimmer noch – auf dem Fußboden aufwacht.)

Es handelt sich hier um Corky Corcorans »Schattenbüro«, so nennt er es, den Namen kennt sonst keiner. Drei ziemlich große, fast unmöblierte Zimmer im zweiten Stock eines alten Backsteinbaus Ecke Pearl und Tannenbaum, mit Blick auf den Expressway und – wenn man sich ein bißchen verbiegt – durch Abgasdünste auf den Fluß. Miriam, die Büroleiterin seiner Firma Corcoran Inc. in der State Street, weiß, daß es das Schattenbüro gibt, mehr eigentlich nicht, nicht mal die Adresse. Vielleicht glaubt sie, daß es dort eine Schatten-Miriam gibt, aber in der Pearl Street 274, Suite 7, gibt es überhaupt kein Personal, sondern nur ein einziges Telefon mit einer altmodischen Wählscheibe ohne Eintrag im Telefonbuch von Union City. Das Mobiliar, von dem überstürzt ausgezogenen Vormieter übernommen, ist denkbar dürftig. Corky ist nicht nur das Mobiliar, sondern das ganze, fast leere Haus vor ein paar Jahren am Neujahrstag in einem Marathon-Pokerspiel im Haus des Bürgermeisters praktisch in den Schoß gefallen. (Zur Zeit würde die Immobilie nicht viel bringen, aber sollte das Hundert Millionen Dollar-Riverside-Projekt je durchkommen, könnte sie sehr wertvoll werden. Das Haus 274 Pearl, fünf Geschosse, zwanzig »Suiten«, Baujahr 1922, ist offiziell zum Abriß freigegeben und sollte eigentlich schon 1984 verschwinden, ist aber durch einen höchst willkommenen Schreibfehler im städtischen Grundbuchamt erhalten geblieben. Dank eines weiteren Fehlers erscheint das Grundstück nicht mehr in den Steuerlisten.)

Corky hat in diesem Schattenbüro gewisse finanzielle Unterlagen deponiert, die, wie er findet, in seinem Büro in der State Street nichts zu suchen haben. Nicht, daß sie irgendwie illegal wären, aber sie sind sehr privater Natur, bei vielen geht es um Bargeldgeschäfte und um Summen, die er beim Spiel gewonnen oder verloren hat. Corky gilt in Union City als schneidiger, zuweilen auch leichtsinniger Spieler, der manchmal eine sehr glückliche und manchmal eine sehr unglückliche Hand hat, einer, der was riskiert, einer, der Freunden Vorgaben zugesteht, einer, der seine Schulden bezahlt, ohne sich zu beklagen oder zu jammern, und diese Unterlagen – in einem Code geschrieben, den er regelmäßig umstellt – sind für ihn so etwas wie eine Chronik seiner Tage und Nächte. Er benutzt dafür altmodische Kontobücher, in denen zahlreiche Eintragungen mit Filzschreiber geschwärzt sind – Episoden, die Corky vergessen möchte und vergessen hat. Bei manchen Rechnungen ist es am besten, sie zu vergessen, wenn sie beglichen sind.

In einem alten Safe liegen außerdem etwa fünftausend Dollar in bar, man kann nie wissen, wann man schnell mal Bargeld braucht.

Auch ein paar saubere Hemden, Krawatten, ein, zwei Hosen und Unterwäsche hat Corky hier, und in einem kleinen Waschraum Handtücher, Seife, Rasierzeug und sonstige Sachen zur Körperpflege. Man weiß nie, wann man sich zwischen zwei Terminen schnell mal frischmachen muß.

Das Beste an der im Grunde ziemlich vergammelten Bude in der Pearl Street ist die Tatsache, daß, solange Corky Corcoran hier ist, kein Mensch weiß, wo zum Teufel er steckt.

Als er wieder in seinem Caddy sitzt und über den Expressway rast, fühlt Corky sich ein wenig besser. Es ist nach halb zwei, aber das wird Greenbaum eben schlucken müssen.

Er ist mein Mann, und ich liebe ihn. Ihn liebe ich auch, verdammt und Schluß damit, Corky hat jetzt an Besseres zu denken. Nichts als Kleenex, die Weiber, nichts als Klopapier, einmal benutzt und weg damit.

Er stellt das Radio an, damit er Lärm um den Kopf hat. Da ist schon wieder das verdammte Werbeschild HEINZ MEULLER LINCOLN-MERCURY VERKAUF MIETE LEASING; jedesmal, wenn er daran vorbeikommt, denkt er an Meuller und die anderen Jungs aus St. Thomas, an die Corky Corcoran, ein Kid von der Südseite, sich gehängt hatte, und an eine Sache, die passiert ist, als er sechzehn war und in Meullers Wagen saß, und auf die er nicht stolz ist, Herrgott, wenn du dich blamiert hast, kommt die Erinnerung an alle anderen alten Blamagen aus den Ritzen gekrochen, ja, aber daran will Corky jetzt nicht denken, sondern nur an die pompöse rosa Sandsteinfassade des Union City Athletic Club am Union City Square, im Herzen des »historischen Viertels«, gegenüber vom Gericht, zwei lange Blocks entfernt am Nordrand des Parks, in unmittelbarer Nähe des Rathauses (mit seinem Zwanzig-Millionen-Anbau, der nicht an Tim Corcoran, sondern einen Konkurrenten gegangen ist), in unmittelbarer Nähe der nüchtern-weißen Ersten Kirche der Christlichen Wissenschaften, in unmittelbarer Nähe des vornehmen neuen vierziggeschossigen Hyatt, da, wo früher das majestätische alte Hotel Empire stand, bestes Hotel am Platze, die Tanzereien von St. Thoma fanden dort statt, und zum Abschlußball hat Corky eine auf unscheinbare Art hübsche Cousine von Vic Slattery mitgenommen, mit der Vic ihn bekannt gemacht hatte, ein sehr liebes, schüchternes Mädchen, ihren Namen hat Corky vergessen, um so deutlicher ist ihm seine damalige Notlage im Gedächtnis geblieben, er mußte sich für die Sache 75 Dollar leihen, das war etwa so, als ob er sich heute auf die Schnelle zehntausend Dollar beschaffen müßte, diese Verzweiflung, armer Corky, armes Schwein, aber danach dann die Hochstimmung, der rauschhafte Jubel, ja, aber die stärksten Emotionen setzt immer noch der Union City Athletic Club oder UCAC frei, Corky denkt an den Abend im September 1975, als der Vorsitzende vom Mitgliederausschuß ihn angerufen hatte, um ihm zu sagen, daß er aufgenommen war, und überhaupt – allein der Anblick bei jedem Wetter, so gewichtig, so stattlich, der neoklassizistische Portikus und die Technicolorfahne an ihrer blanken Messingstange und – scharlachrot leuchtend, das Markenzeichen des Clubs – die gestreiften Markisen vor den Fenstern und der Baldachin vor dem

Eingang, die breite, geschwungene Vortreppe, vor vielen, vielen Jahren hat ein magerer zwanzigjähriger Corky oft, manchmal sogar bei Regen, zigarettenrauchend im Park gestanden und zum Club hinübergesehen; damals hatte er gerade bei der Firma Ross Drummond Immobilien und Versicherungen angefangen, ja, immer wieder war er, wenn er abends durch den Park ging, stehengeblieben, um sich die Männer und Frauen anzusehen, die reichen Mitbürger von Union City, feine Damen und Herren, selbst Corky's Corcoranzynismus gestand ihnen das zu, die da in Caddies und Lincolns und flotten ausländischen Schlitten vorfuhren, die sie den livrierten Wächtern zum Parken übergaben, wie sie die Stufen hochstiegen und in dem gewaltigen Bau verschwanden, von dessen Innenansicht man sich keine Vorstellung machen konnte, allesamt Mitglieder im Union City Athletic Club, wie wird man das wohl, es war eine Seltenheit, daß jemandem aus Irish Hill die Mitgliedschaft angetragen wurde, noch keinem Corcoran war sie angetragen worden, nicht mal Timothy Patrick Corcoran, dem Erfolgreichsten aller Corcorans, nicht mal in jenen letzten Jahren des Wohlstands, ehe sie ihn umgebracht hatten.

4

CORKY SPEIST IM UNION CITY ATHLETIC CLUB

Und hier im UCAC ist Corky Corcoran, der immer Eilige mit dem herbstlaubfarbenen krausen Haar, den eleganten Anzügen, dem raschen herzlichen Lächeln, ein bekannter Mann.

»Hallo, Mr. Corcoran!«

»Hallo, Mr. Corcoran!«

»Hallo, Mr. Corcoran, schöner Tag heute, nicht?«

Er begrüßt den Jungen, der seinen Caddy parkt, den schwarzen Türsteher Archie, den Clubmanager A. G. Ricket, den Restaurantchef des Elm Room, den Sommelier und weiß Gott wen noch, die ganze Bande mit ihren Livreen und Messingknöpfen und Litzen und Kellnerfräcken und dem sonnig-erwartungsvoll aufleuchtenden Lächeln, als sie sehen, daß er es ist, Corky

Corcoran, einer aus der »neuen« Riege von UCAC-Mitgliedern, Geschäftsmann, Stadtverordneter, engagierter Freund und Verbündeter der Slatterys, ein gutherziger Typ ohne Dünkel oder Allüren und nicht zuletzt außerordentlich großzügig mit Trinkgeldern, schon fühlt er sich wieder wohl, als ob ihm jemand die Luft, die sie ihm rausgelassen hat, wieder reinpumpt.

Auch das Innere des UCAC, das etwas Englisches und auch etwas von einer Kirche hat, dicke Teppiche und Kronleuchter und bequeme Ledersofas und Klubsessel und eine Kassettendecke in Nußbaum, ist Balsam für seine Seele. Denn hier, wo er seit 1975 regelmäßig in Erscheinung tritt, weiß jeder, wer er ist.

»Mr. Corcoran, hallo!«

»Mr. Corcoran, schöner Tag, was?«

»Zum Essen hier, Mr. Corcoran?«

Und da ist Red Pitts, rechte Hand des Bürgermeisters Oscar Slattery, Leiter des sogenannten Optimierungsteams, das heißt PR-Mann, Bodyguard, Berater, loyaler Freund und dem Stadtoberhaupt, das uneingeschränkte Hingabe verlangt, so ergeben wie Vic, Slatterys eigener Sohn – da ist Red Pitts, in einen zweireihigen beigefarbenen Blazer und graue Sporthosen gezwängt, die nicht recht zu der Farbe des Blazers passen, ein gepunktetes Seidentuch mit nur mäßigem Erfolg aus der Brusttasche herausgebauscht, aber alles in allem eine stattliche Erscheinung, robustes sommersprossiges Gesicht, stumpfe Nase, unruhige Augen, er wartet auf den Aufzug, aber als er Corky Corcoran sieht, der im Laufschritt dem Elm Room zustrebt, geht ein Lächen über sein Gesicht, ein Lächeln des Wiedererkennens gewissermaßen, als sei er mit seinen Gedanken weit weg gewesen und habe sich erst mühsam wieder auf Corky besinnen müssen. »Ey, Corky, wie läuft's?«, und auch Corky begrüßt Red freundschaftlich, schüttelt ihm die Hand, sie haben beide einen festen Griff, Reds Hand ist die größere und wohl auch die stärkere, aber Corky mit seinen behenden irischen Fingern kann einen erwachsenen Mann zum Zucken bringen und dann ganz schnell loslassen, ehe ihm der andere die Hand zerquetscht. »Ist Oscar da?« fragt Corky und deutet nach oben, denn wenn der Bürgermeister um diese Zeit im Club ist, speist er gewöhnlich in einem separaten Raum im Mezzanin, manchmal ist Corky dabei, bei diesen Essen wird ernsthaft geredet, aber auch viel spektakelt, sie fangen um eins an und können bis nach fünf dauern, und er merkt, wie Red zögert, ehe er »Ja!« sagt und dann schnell hinzufügt, als sei Corky so dünnhäutig, daß er eine Erklärung dafür brauche, warum sie ihn heute nicht dazugebeten haben, »es geht um Finanzen, wieder dieser Haushaltsscheiß...«, und Corky nickt mitfühlend, es ist wirklich ein Scheiß, Union City steht ständig am Rande des Ruins, dabei gibt es so viel Privatvermögen, aber das Steueraufkommen sinkt stetig, und die konservativen Republikaner in der Legislative des Staates New York machen Slatterys Stadtverwaltung, die sich über drei Amtsperioden gehalten hat, das Leben schwer, was soll ein liberaler Bürgermeister denn machen, wenn ihm eine Haushaltskürzung von fünfzig Millionen aufs Auge gedrückt wird, klar, Corky hat Verständnis dafür, aber was hilft's? »Okay, dann grüß Oscar schön von mir und die anderen auch«, sagt er und tritt lächelnd zurück, während Red Pitts, der es auch immer eilig hat, rasch in den Aufzug steigt und sein Lächeln abschaltet, knickerig wie Corkys Onkel Philly Dowd, der ständig im Haus zugange war und Glühbirnen rausgeschraubt hat, damit sie länger hielten, und Corky denkt, daß Pitts dem Bürgermeister seinen Gruß wahrscheinlich nicht ausrichten wird. Obgleich er so spät dran ist, bleibt Corky noch einen Augenblick stehen und verfolgt den Pfeil über dem Aufzug. Nicht Mezzanin, sondern dritter Stock. Gibt es einen separaten Speisesaal im dritten Stock? Muß wohl so sein, Corky kennt ihn allerdings nicht.

Später wird er sich an Pitts Zögern erinnern und wie Pitt gesagt hat, ja, Oscar ist da, und es geht um Finanzen, den Haushalt, später wird er sich daran erinnern, aber in diesem Moment überlegt er nur grübelnd, daß Pitts offenbar nichts vergessen hat, es gibt da eine alte Rivalität zwischen ihnen, nicht direkt Rivalität, aber so was Ähnliches, denn Anfang der achtziger Jahre hat man Corky angedeutet, die Slatterys hätten zunächst ihn für die Position vorgesehen, die später Pitts bekommen hat, eine nicht fest umrissene, aber wichtige und auf ihre Art enorm einflußreiche Position in der Mannschaft des Bürgermeisters, sofern man so sehr an der Politik hängt, so fanatisch ist wie diese Leute, aber Corky ist das nicht, Corky hat neben der Politik und neben dem

Geldverdienen immer auch noch andere Interessen, Herrgott, die merkwürdigsten Dinge, die ihn streifen, können ihn fesseln, für eine Weile jedenfalls, und wenn man Pitts Job bei Oscar Slattery hat, gibt es praktisch kein anderes Thema als die Politik, dieses auf Treibsand gegründete Geschäft mit seinen täglichen, ja stündlichen seismologischen Veränderungen, mit der Frage, wer deine Freunde und wer deine Feinde sind, auf wessen Seite du dich schlagen sollst und ob deine Seite gewinnt, und zwar möglichst auf Dauer, aber Corky geht es eigentlich mehr um Freunde und Freundschaften, er wäre, mal abgesehen davon, daß er ein lebenslanger Demokrat ist, mit den Slatterys genauso befreundet, wenn Oscar nicht mehr im Amt wäre und Vic seinen Sitz im Repräsentantenhaus verlieren würde, vielleicht wäre die Freundschaft dann sogar noch enger, weil die Politik nicht mehr dazwischenfunken könnte.

Trotzdem ist Corky ein bißchen pikiert, er weiß, daß es lächerlich ist, aber von klein auf weckt das Wissen, daß irgendwo Freunde von ihm zusammenkommen – egal, zu welchem Zweck, egal, wie wenig ihn das Thema eigentlich berührt –, Neid in ihm, Unruhe, Bauchgrimmen. *Warum nicht ich, was haben sie gegen mich?*

Atemlos und erwartungsvoll erreicht Corky den geschnitzten Eingangsbogen des Elm Room. Sieht sich im Speisesaal (der heute, am Freitagmittag des Memorial Day-Wochenendes, voll besetzt ist) nach bekannten Gesichtern um, ja, und wappnet sich auch hier gegen die unvermeidliche Möglichkeit, bestimmte Gruppen zusammensitzen zu sehen, Freunde, Bekannte, Geschäftsfreunde, Frauen, Bündnisse, bei denen man sich fragt, was dahintersteckt und warum man ausgeschlossen ist und was das bedeutet, oder bedeutet es am Ende gar nichts? Corky will es sehen und will es wissen, aber nicht immer. (Herrgott, wenn er daran denkt, wie er einmal Charlotte hier getroffen hat, die Scheidung lief gerade, in Gesellschaft einer gewissen Yvette Packard, mit der Corky eine kurze, aber leidenschaftliche Affäre gehabt hatte, er mußte direkt an ihrem Tisch vorbei und bekam weiche Knie, und die Frauen hatten gelächelt, kühl und rätselhaft: »Ach, du bist's Corky, hallo…«

Trotzdem – der Elm Room ist für Corky ein Heiligtum.

Jeder Mann braucht solche Orte, an die nur zu denken ihn wieder aufbaut, wenn er mal völlig am Boden zerstört ist.

Geschäfte zu machen ist im Elm Room als nicht gentlemanlike verpönt, aber natürlich haben die vielen Strömungen, die spürbar sind wie elektrostatische Aufladung, alle etwas mit Geschäften zu tun: Dem Politikgeschäft, dem Geldgeschäft, dem Geschäft des Ehebruchs, der Frage, wer mit wem liiert ist und wer wen vögelt und wer gevögelt wird, und wissen die Betroffenen es schon oder nicht, und manches davon vollzieht sich ganz offen, das meiste aber im Geheimen, und deshalb schlägt das Herz schneller, wenn man so einen Ort betritt, von dem man im Grunde seines Herzens weiß, daß man nicht hingehört.

»Guten Tag, Mr. Corcoran!« Der Restaurantchef eilt herbei, strahlt über das ganze Gesicht, seine Augen glänzen wie nagelneue Lackschuhe, als er Mr. Corcoran erblickt, ein überaus großzügiges Mitglied, selbst in stocknüchternem Zustand steckt er allen Livreeträgern einen Zehner zu und dem Restaurantchef einen Zwanziger. Ohne besonderen Grund, nur um gut, schnell und höflich bedient zu werden. Aber was soll's, im Gegensatz zu diesem alten Knicker Philly Dowd kann Corky es sich leisten.«Darf ich Sie zu Ihrem Tisch führen? Ihr Gast, Mr. Greenbaum, erwartet Sie.«

Corky hat Greenbaum schon an dem von ihm reservierten Tisch entdeckt, Corkys bevorzugtem Zweiertisch in der hinteren Ecke vor dem riesigen Wandgemälde, auf dem Admiral Oliver Hazard Perry, »der Held vom Eriesee«, mit seinen siegreichen Mannen an Bord einer Fregatte unter vollen Segeln in der großen Seeschlacht von 1813 gegen die Briten verewigt ist. Corky läßt sich immer diesen Tisch geben, so daß er entspannt in seiner Ecke sitzen und sich zumindest für den Zeitraum eines Mittagessens der Illusion hingeben kann, daß niemand ihm in den Rücken fällt.

Endlich, er mag gar nicht daran denken, wie spät es ist, wird Corky durch das Labyrinth der Tische geführt, umtost von dem wasserfallartigen Dröhnen der Unterhaltung an den Tischen, der lachenden Stimmen, des munteren Klirrens von Besteck, Gläsern, Flaschen. hier und da bleibt er stehen, um Guten Tag zu sagen oder Freunden die Hand zu schütteln, Männern, die ihn herzlich, geradezu brüderlich »Corky« nennen, ja, und da ist auch der gut aussehende weißhaarige Pater Vincent O'Brien, der ihm zuwinkt und ihn mit einem breiten Lächeln beglückt, Corky Corcoran hat seit seinem Schulabschluß im Jahre 1967 immer großzügig für St. Thomas Aquinas gespendet, und da ist der geriebene Strafverteidigr Todd McElroy, er hat in Harvard Jura studiert, stammt aber auch aus Irish Hill, arm wie die Kirchenmäuse, die McElroys, zu acht oder neunt wohnten sie in einem Reihenhaus in der East Welland, fast unmittelbar an der Grenze zu dem schwarzen Armenviertel, und jetzt soll McElroy, ein, zwei Jahre jünger als Corky, ebenfalls im Rathaus gern gesehen und erster Rechtsberater der Polizeigewerkschaft von Union City, nächsten Monat den wegen Mordes in einem minder schweren Fall angeklagten Dwayne Pickett verteidigen – McElroy nickt Corky zu und gönnt ihm ein schmales, gemessenes Lächeln, als ob er sich was vergibt, wenn er Corky überhaupt grüßt, bei dessen Vater sein Vater als Maurer gearbeitet hat, sofern er nicht gerade besoffen in einer Ecke lag, und jetzt streckt der alte Buck Glover, unmöglich zu übersehen und zu übergehen, Corky eine zittrige Hand hin. »H-hallo, C-corcoran!«, Corkys Vornamen hat er wohl vergessen – Glover war in den fünfziger Jahren Bürgermeister von Union City, zu der Zeit, als Tim Corcoran ermordet wurde, ein Freund der Corcorans, so hieß es. Corky sieht den früher so bulligen, energiestrotzenden alten Herrn, der jetzt so hinfällig wirkt, bestürzt an, Corky hat was von Krebs läuten hören, aber er wird sich hüten zu fragen, er drückt Glover die Hand und sagt lächelnd, ja, ihm geht's gut, der ganzen Familie geht's gut, ja, Sean Corcoran hält sich tapfer, setzen Sie sich doch mal auf ein Spielchen mit ihm zusammen – und endlich ist Corky an seinem Tisch und bei dem geduldig wartenden Greenbaum angelangt, atemlos und aufgekratzt wie ein Footballspieler, der die ganze Feldlänge zu einem Touchdown geschafft hat.

Er schüttelt Greenbaums schwere Pranke mit den Stummelfingern, 13.48 Uhr, er ist fast eine Stunde zu spät dran. »Tut mir wirklich leid, Howard, ich hätte es fast geschafft, aber dann ist was dazwischengekommen...« Er setzt sich eilig und orientiert sich mit einem raschen Blick. Greenbaum, ein korpulenter, aber disziplinierter, ja pingeliger Mann Mitte fünfzig hat keinen Wein getrunken, sondern Saratoga Water, und sich an das Brot gehalten, von den Weizenbrötchen aus dem Korb ist die Hälfte weg, und Pumpernickel, die Corky so gern ißt, sind gar keine mehr da. Greenbaum hat die Wartezeit genutzt, um irgendwelche Finanzunterlagen durchzuackern, die schiebt er jetzt diskret beiseite und konzentriert sich ganz auf Corky, der eine faule Entschuldigung stammelt: »Dieser verdammte Verkehr...«

Greenbaum lacht. Ein bißchen gezwungen, findet Corky, nicht ganz überzeugend. Diese schlauen verhangenen Schildkrötenaugen, dieser Zug geduldiger Ironie um die schlaffen Lippen, Corky überlegt, ob es sensiblen Juden, wie Greenbaum einer ist, gegen den Strich geht, wenn man flucht. Hüte deine Zunge, hat Charlotte oft genug gemahnt, vielleicht assoziieren Juden solche Ausdrücke mit *goys*, die keine Kinderstube haben, oder sagt man *goyim*, heißt das nicht sogar *unrein?* – aber zu Corkys Überraschung hat Greenbaum jetzt ein fast väterliches, leise spöttisches Lächeln für ihn und sagt: »Nur keine Aufregung, Jerome. Ist Ihnen noch nie aufgefallen, daß Sie immer zu spät dran sind? Sie müssen doch wissen, daß Sie in diesem Ruf stehen.«

Corky blinzelt. Corky staunt, als sei das eine völlig neue Idee, etwas, was er noch nie im Leben gehört hat.

»Ich?« fragt er wie ein gekränktes Kind. »Tatsächlich?«

Greenbaum schüttelt mit einem Ausdruck verzeihender Heiterkeit den Kopf, daß die Wangen nur so bibbern. »Zu unseren drei Treffen sind Sie jedesmal zu spät gekommen, aber das macht ja nichts. Ich habe hier, wo mich kein Telefon stört, ein paar Zahlen überprüfen können, habe über Ihre Konten und über Sie nachgedacht, die Verspätung hatte also durchaus ihr Gutes.«

Natürlich hört Corky das gern, aber ein bißchen betreten ist er schon.

Trotzdem wird ihm gleich ein wenig wohler, als er Greenbaums beruhigende Stimme hört, sein schweres, nüchternes Gesicht sieht. Greenbaum hat einen vorzüglichen Ruf als Makler und Finanzberater, den Armleuchter, der ihn vorher finanziell beraten hatte, mußte Corky rauswerfen und hat dabei eine Menge Geld verloren, und wäre er gleich zu dem Juden Greenbaum gegangen, hätte es vielleicht gar nicht soweit zu kommen brauchen. Seit dem Steuerreformgesetz von 1986, als die Beteiligungsgesellschaften, in denen Corky immer noch das meiste Geld hat, den Bach runtergingen, konnte er lange nicht mehr so große Gewinne machen wie noch in den siebziger und achtziger Jahren, wo ihm gar nicht klar war, was er alles riskiert und wieviel Glück er gehabt hat.

Corky winkt den Oberkellner heran, der ganz in der Nähe bereitsteht, auch ein vertrautes Gesicht, seine beflissene Frage »Ja, Mr. Corcoran?« ist Musik in Corkys Ohren, sie dürfte Greenbaum imponieren, der nicht Mitglied im Club ist (hat niemand ihn vorgeschlagen? Oder ist er gar nicht interessiert? Seit zwanzig Jahren ist der Club auch für wohlhabende Juden, die sich um das Allgemeinwohl verdient gemacht haben, offen, nur ein paar Jahre, nachdem er den Iren von der Südseite wie Corky Corcoran und Todd McElroy zugänglich wurde, und erst ein paar Jahre danach haben sie dann die vier oder fünf Vorzeigeschwarzen aufgenommen), anmerken läßt er sich allerdings nichts. Vielleicht hält er uns alle für den letzten Dreck, wo sie doch das Auserwählte Volk sind. Und vielleicht hat er damit sogar recht.

Corky bestellt einen Scotch on the Rocks, ohne eine bestimmte Marke zu nennen, Greenbaum soll nicht denken, daß er einer dieser *goy*-Säufer ist, die das alles todernst nehmen. Nachdem Greenbaum vorhin das von seinem Ruf gesagt hat, überlegt Corky mit einigem Unbehagen, in was für einem Ruf er wohl stehen mag.

Der Ober wendet sich zum Gehen, aber Corky ruft ihn zurück: »Noch ein paar Pumpernickel bitte...«

»*Jawohl, Sir.*«

Als hätte Corky ihm eine wichtige Mission anvertraut.

Der Gedanke an Christina rumort in seinen Gedärmen wie ein Anflug von Durchfall.

Dann lächelt er und sagt zu Greenbaum, der ihn aufmerksam mustert: »Sie werden's nicht glauben, Greenbaum, wenn ich Ihnen sage, was ich gerade gemacht habe, weshalb ich zu spät gekommen bin«, und Greenbaum sagt: »Ach, was denn?« und Corky sagt: »Ich habe den Verkehr geregelt!« und Greenbaum zieht die buschigen Augenbrauen hoch und sagt: »*Was?*«

Und dann erzählt Corky – mit einigen zusätzlichen Ausschmückungen – seine Geschichte.

Ey, liebst du mich?

O Lover... o Gott.

Ist das alles wirklich passiert? Corky setzt das Glas an, der erste Drink des Tages, das hier ist jedenfalls Wirklichkeit, ist etwas, worauf man sich verlassen kann.

Dieses wunderbare Brennen, mit dem der Drink durch die Kehle rinnt. Dieses wunderbare, luftig-beschwingte Gefühl, das durch die Nase ins Gehirn steigt.

So engstirnig, so unnachgiebig, ist es was Katholisches, ein Rest... ?

Er ist jetzt hier, aber er geht gerade.

Und dabei hört er zu, wie Greenbaum doziert. Kommunalobligationen, Effekten, Beteiligungsgesellschaften, Grundeigentum hier in Union City: Die Firma Corcoran Inc. besitzt Mietraum, hauptsächlich Büros, ein Apartmenthaus mit fünfunddreißig Einheiten in der Schoharie Street in der Nähe des Städtischen Krankenhauses. Es gehört zur Firmenstrategie, verkommene, manchmal sogar von der Stadt für unbewohnbar erklärte oder bei Versteigerungen aus Konkursen praktisch weggeschenkte Immobilien zu kaufen, Geld hineinzustecken, geliehenes Geld, der Witz dabei ist die Steuerabschreibung, und seit 1989 zieht das Finanzamt da nicht mehr mit; Greenbaum hat sich mit Corkys Steueranwalt beraten und ist »nicht sehr glücklich« über das, was er erfahren hat.

Corky hat sich die Speisekarte vorgenommen und sagt mit einem nicht ganz ernst gemeinten Seufzer: »Ich bin über die ganze Situation auch nicht sehr glücklich. Deshalb sind Sie ja hier.« Was so nicht ganz stimmt: Corky hat sich auf dieses Essen gefreut, er ist zum ersten Mal mit Greenbaum im Club und hofft, den Mann dabei ein bißchen kennenzulernen, diesen Geldmann mit dem großen Renommee und dem bescheidenen Auftreten (Greenbaums fader brauner Anzug sieht aus, als ob er ihn bei Macy's von der Stange gekauft habe), von dem Corky so einiges gehört hat, was ihn interessiert: Greenbaum ist Witwer und lebt allein in einem spartanisch eingerichteten Brownstone-Haus in der Front Street ganz in der Nähe seiner Kanzlei, er spielt Cello, ist ein großer Musikfreund, ein freigebiger Mäzen der Kammermusikgesellschaft von Union City und schickt – selbst kinderlos – die Kinder von Verwandten aufs College oder läßt sie studieren. Wie Corky auch: der Tochter eines seiner Vettern bezahlt Corky eine Ausbildung als Krankenschwester, einer der Jungen studiert Jura in Georgetown, dadurch, findet Corky, haben sie gewisse Gemeinsamkeiten, obgleich es einem unvoreingenommenen Beobachter in diesem Augenblick wohl so vorkommen könnte, als ließen sich kaum zwei unterschiedlichere Menschen denken – der hellhäutige, rothaarige, glattgesichtige Ire und der brünette Jude mit den Tränensäcken, der etwas von einem Rabbiner hat. Angehörige zweier verschiedener Arten?

Corky denkt hitzig, was ich brauche, Herrgott noch mal, ist keine Finanzberatung, sondern Weisheit und Erfahrung.

Greenbaum doziert, ohne auf den Ober und auf die Zeit zu achten, weiter über Investitionen in städtische Immobilien, Corkys Pläne, zwei Wahrzeichen von Union City zu erwerben (oder vielmehr Geld zu ihrem Erwerb aufzunehmen), das Griswold Building, das mit mindestens einer Million Dollar renoviert werden müßte, und das Bull's Eye, eine Jugendstil-Kuriosität in der unteren State Street, 1929 gebaut und ebenfalls sehr renovierungsbedürftig: Ist im Hinblick auf Corkys übrige Verpflichtungen und die dafür aufzubringenden Zinsen der Zeitpunkt für diese Käufe günstig gewählt? Greenbaum bringt auch Corkys vier Beteiligungen in Höhe von Dollar 50 000 bei der Viquinex Financial Corps. in Kalifornien zur Sprache: Die Firma ist ein sinkendes Schiff, der Konsortialverwalter möchte die Beteiligungen zusammenlegen, und Greenbaum rät dringend, diesem Vorschlag zuzustimmen. »Sie haben Ihnen die Pistole auf die Brust gesetzt, Jerome.«

Genau das, was Corky, dessen Blick über die Spalten der Vorspeisen mit den hochgestochenen Namen, der ersten Gänge, Entrées und empfohlenen Tagesgerichte in der Speisekarte des Elm Room geht, jetzt nicht hören möchte. Mit einem flüchtigen Lächeln und ohne aufzusehen sagt er: »Einen rauchenden Colt meinen Sie wohl.«

Corkys flauer Witz ist eine verhüllte Abwehrgeste, er möchte gar nicht wissen, wie es wirklich ist, daß nämlich die 200 000 Dollar vermutlich schon verloren sind, Anteile an einer Beteiligungsgesellschaft, auf die er sich 1987 gestürzt hat, als Viquinex zum Verkauf stand, weil Corkys damaliger Berater ihm großspurig versichert hatte, es sei eine bombensichere Sache. Muß das denn ausgerechnet jetzt sein, Herrgott noch mal, wo wir gerade anfangen wollen zu essen, aber Greenbaum zuckt gleichmütig die Schultern, Ihre Sache, mein Freund.

Normalerweise vertieft sich Corky mit großem Genuß in die Speisekarte, ein Prachtexemplar von Speisekarte, inzwischen hat er die meisten Sachen probiert, und zwar mehr als einmal, nur die *escargots* noch nicht, beim Gedanken daran dreht sich ihm der Magen um, er sieht die klebrig grauen daumengroßen Schnecken unter dem morschen Faß hinter Onkel Seans Garage, nein danke, und das noch für 8,95 Dollar die Portion, und auch das, was heute als Tagesgericht angeboten wird, *Bries en brochette,* hat er noch nicht gehabt, Bries überhaupt noch nicht, nein danke. In seinen Gedärmen rumort es, aber der Scotch hilft. Beruhigt, narkotisiert. Hirn und Gedärme. Das, was sie auf der Speisekarte *tripe* nennen. Unvorstellbar, was der Mensch freiwillig in den Mund nimmt und wofür er noch teures Geld hinblättert. Damals im Chop House hat Charlotte Kutteln bestellt, mit einer schweren buttrigen Soße, und Corky wußte nicht, was es war, sie hat ihn kosten lassen, der ganze Tisch sah zu (sie waren mit zwei anderen Paaren aus der Drummond-Clique da), und als Corky ein Licht aufgegangen war, als er begriffen hatte, was er da aß, und – weiß wie die Wand – aufgestanden war, um zum Klo zu gehen, hatten sie gelacht – nicht bösartig, sondern, schlimmer noch, freundlich-herablassend. Ein lieber Kerl, der Corky. Und so drollig.

Jahrelang diese freundlich-herablassende Vertraulichkeit, ja, aber er hatte sie sich gefallen lassen, gern sogar, wie sonst hätte er sich unter ihnen, in Charlottes Welt, behaupten sollen, und die Anmache der Frauen oder die versuchte Anmache und dann die Rückzieher, wenn ihnen dämmerte, daß er wohl nicht so war wie ihre Männer, sondern geradezu, unverblümt: *Willst du nun ficken oder nicht? Zick nicht rum.*

Ja, aber sie zickten eben lieber rum.

Diese alten Bekannten sieht Corky nur noch selten, hier und da vielleicht mal auf neutralem Boden, auf großen Gesellschaften. Die Frauen werfen ihm immer noch Blicke zu, aber, ganz ehrlich, sie sind in Charlottes Alter, Charlotte ist drei Jahre älter als Corky, Frauen in diesem Alter sind für ihn unsichtbar.

Auch Vic Slattery hat einen Blick für jüngere Frauen, er ist ein treuer Ehemann und hat eine tolle Frau, aber was soll man tun, wenn sie einem schöne Augen machen. Hundertprozentig immun ist man nie, bei Vic allerdings kann so was gefährlich werden, wie bei allen Leuten, die im Blickpunkt der Öffentlichkeit stehen, Clinton zum Beispiel. Corky denkt an gewisse Wahlfeiern, an die wilden Partys ohne Ehefrauen, er denkt an den Vierten Juli vor zwei Jahren am Lake Placid, wo er Marilee Plummer kennengelernt hat und die andere, wie heißt sie gleich, die Assistentin von Vics persönlichem Referenten – Kiki. Auch Thalia war kurz aufgekreuzt und wieder gegangen, hoffentlich hat sie ihn nicht gesehen. Immerhin war er da schon von ihrer Mutter geschieden.

Und dann eine unbarmherzige Überlegung: Christina ist sechsunddreißg, bald siebenunddreißig, wieviel Zeit bleibt ihr noch, ein zweites Baby zu bekommen?

Ja, ich würde es noch mal machen. Wenn die Bedingungen stimmen. Und mit dem richtigen Mann.

Greenbaum bestellt einen Salat, keine Vorspeise, obwohl Corky die fritierten Krabbenpüfferchen empfiehlt, noch eine Flasche Mineralwasser, der arme Kerl macht offenbar eine Diät, vierzig Pfund Übergewicht, manchmal hört man ein pfeifendes Keuchen, wenn er ein- oder ausatmet, aber das Brot hat er verschlungen, vielleicht mehr aus Nervosität als aus Appetit, zwanghaft, es heißt ja, daß man es im Leben nicht weit bringt, wenn keine zwanghafte Energie dahintersteht. Ist der Intelligenzquotient bei Juden höher als bei Nichtjuden? Corky wagt gar nicht, sich vorzustellen, was bei einem Vergleich von Juden und Iren rauskäme. An exponierter Stelle, auf der Wissenschaftsseite der *New York Times* zum Beispiel.

Als er gerade die Schultern gezuckt hat, zuckte der ganze Körper mit, ein schlaffer Walroßkörper, schwere Hüften. Ein fast kahler, glänzender, wie eingedellter Schädel, vollgestopft mit Grips.

»Das ist alles, Howard? Ein Chefsalat?« Corky ist eine Spur gekränkt. »Aber wir trinken doch eine Flasche Wein zusammen? Rot? Weiß?«

Greenbaums freudige Zustimmung klingt etwas gezwungen. »Wie Sie wollen, Jerome, mir ist beides recht.«

Corky, der mit seinen 150 Pfund eine gute Figur macht, wenn man von dem kleinen Fettpolster um die Taille absieht, hat ein Blutdruckproblem, die Corcorans sind alle damit geschlagen. Hypertonie nennt es sein Arzt, und da er Corkys Neigungen kennt, hat er todernst gesagt: »Am besten versuchen Sie's erst mal ohne Salz, ohne rotes Fleisch und Alkohol, dann brauchen Sie keine Pillen.«

Und das ihm – wo Corky neulich nach dem Squash die Typen in der Garderobe hat sagen hören, daß Blutdruckpillen einen impotent machen. Schöner Mist.

Corky rutscht unruhig hin und her. Sein Penis ist wund, er brennt an der Spitze und fühlt sich an wie durch den Fleischwolf gedreht, so war das auch damals nach der Wochenendsauferei in Las Vegas, von der er mit einem Tripper nach Hause kam. Als er Todesängste ausstand, es könne Aids sein. Diese Schande, er hätte sich eine Kugel durch den Kopf schießen müssen, nicht nur, daß ihn ein besonders gräßlicher Tod erwartet hätte, nein, sie hätten ihn obendrein alle für andersrum gehalten.

Seit dem Frühstück im Statler, nur Kaffee und ein Plunderstück, hat er keinen Bissen mehr gegessen, er müßte eigentlich halb verhungert sein, er ißt gern, Tante Frances zog ihn immer mit seinem eisernen Magen auf, aber im Augenblick hat er keinen großen Appetit. Trotzdem will sich Corky die Freude an einem anständigen Mittagessen nicht nehmen lassen: Er bestellt die fritierten Krabbenpüfferchen, den Elm Room-Salat (mit reichlich Sahnesoße) und das London Broil, eine Spezialität des Hauses, dazu Röstkartoffeln.

»Und eine Karaffe – nein, eine Flasche von dem roten Hauswein.«

Corky klappt die Speisekarte zu und reicht sie dem Ober. Das wäre wieder mal erfolgreich erledigt.

Herrgott, wie schön das doch ist, hier im Elm Room des Union

City Athletic Club am Freitagmittag, an seinem Lieblingstisch. Mit dem Rücken zur Wand.

»Je schneller man reist, desto langsamer geht die Uhr, wußten Sie das, Howard?«

Greenbaum sieht von einem Schriftstück hoch, das neben ihm liegt. Er hat seine Bifokalbrille auf und sieht Corky aus zusammengekniffenen Augen an, als ob der in seinem Unschärfebereich sitze.

»Ob ich was wußte?«

»Je schneller man reist, durch den Weltraum zum Beispiel, desto langsamer geht die Uhr. Soll eine Tatsache sein.«

»Aber das bezieht sich doch wohl nur auf subatomare Teilchen, nicht?«

Corky läßt sich von dieser Bemerkung nur ganz kurz aus dem Konzept bringen. Er nimmt einen Schluck Wein, empfindet den Genuß des vollen fruchtig-roten Geschmacks so intensiv, daß ihm die Augen feucht werden vor Glück. »Nein, echt«, sagt er. »Es bezieht sich auf uns. Wenn Sie zum Beispiel einen Zwilling hätten, Howard, und er die Erde verlassen und mit einer Rakete in Lichtgeschwindigkeit herumreisen würde, wären Sie, wenn er zur Erde zurückkehrt, älter als er.«

Greenbaum gehört zu den Leuten, die nichts unbesehen akzeptieren, er macht ein Gesicht, als habe ihm jemand einen Korkenzieher in den Hintern gesteckt. »Warum?«

»Warum?« Corky hält sich an den Pumpernickel. Gute Frage. »Einstein hat sie formuliert, und sie ist bestätigt worden – die Theorie, meine ich. Natürlich weiß ich nicht warum.« Pause. »Ich hab Architektur studiert und nicht Physik.«

Um Greenbaums schlaffe Lippen geistert ein halb wehmütiges Lächeln, man sieht, wie er als Junge gewesen sein muß, Bücherwurm, Einserschüler, verträumt, wenn's um solche Sachen ging. »Das Mysterium des physikalischen Universums«, sagt er, »ist so dunkel wie das Mysterium der menschlichen Seele.«

»Sie sagen es!« sagt Corky »Darauf trinke ich mal.«

Enttäuscht stellt er fest, daß Greenbaum erst ein, zwei Schluck Wein getrunken hat, dabei ist er wirklich phantastisch, ein Franzose, Chateau Pigoudet nennt er sich.

Ebenso enttäuscht ist er, daß Greenbaum schon wieder zum Geschäftlichen übergeht. Gerade wo das Eis gebrochen ist und sie sich ein wenig näherkommen. Gut, es ist ein Geschäftsessen, und Corky zahlt die Rechnung, aber trotzdem.

Er hatte Greenbaum auf Empfehlung eines seiner Squashpartner angerufen, ich werde neuerdings von zu vielen Leuten aufs Kreuz gelegt, ich brauche Hilfe, und nach dem, was ich gehört habe, sind Sie mein Mann. Eine kleine Pause, und dann Greenbaums vorsichtige Antwort: Vielleicht bin ich Ihr Mann.

Jetzt bringt Greenbaum ein für Corky peinliches Thema zur Sprache, das Geld, das Corky noch von Nick Daugherty zu bekommen hat, wie lange schon? Drei Jahre? Vier? Nick soll es in Raten zu 500 Dollar zurückzahlen, ohne Zinsen, aber die Zahlungen kommen nicht regelmäßig, und Corky mag ihn nicht zu sehr unter Druck setzen, er ist ein lieber Kerl, nicht dumm, aber er hat viel Pech gehabt, einer der wenigen alten Freunde von Corky aus der Gemeindeschule und eine Verbindung zu damals, eine Erinnerung an die Zeit, als Tim Corcoran noch lebte und Lastwagen mit der Aufschrift CORCORAN BRO CONSTRUCTION über die Straßen von Irish Hill donnerten. Nick hat sich nur 5000 Dollar von Corky geliehen, ein Cashflow-Problem in der Druckerei der Daughertys, einem Familienunternehmen, er hatte Corky Anteile an der Firma angeboten, aber Corky hatte gesagt, nicht nötig, zahl's mir zurück, wenn du kannst. Jetzt sagt er: »Was mir Nick schuldet, sind kleine Fische im Vergleich zu diesem Viquinex-Scheiß. Aber ich red mal mit ihm, ich ruf ihn an. Nach Montag.«

»Lassen Sie ihn den Schuldschein unterschreiben, das genügt«, sagt Greenbaum.

Es klingt wie ein Befehl und geht Corky gegen den Strich.

Greenbaum reicht ihm ein juristisch wirkendes Schriftstück. Alles schon vorbereitet? Für Nick?

Ohne es anzuschauen, so rasch, als solle niemand das Blatt sehen, faltet Corky es zusammen und steckt es in die Tasche. »Ich habe Vertrauen zu Nick. Aber ich werde mit ihm reden.«

»Lassen Sie ihn unterschreiben. Was Sie mit ihm bereden, ist unverbindlich.«

Okay, du jüdischer Klugscheißer, du mußt es ja wissen.

Corkys Krabbenpüfferchen kommen. Dampfend heiß. Er gießt großzügig Tabascosoße drüber. Beim ersten Bissen steigt noch mal die Übelkeit in ihm hoch, beim zweiten regt sich der Appetit. Er nimmt einen Schluck Wein, und beim dritten Bissen hat er plötzlich einen Bärenhunger

Essen und Trinken, das ist etwas, worauf man sich verlassen kann. Frauen, Geld, Politik – alles Scheiße.

Nicht auszuschließen, daß Corky Corcoran, der so gern ißt, eines Tages aufgeht wie ein Hefekloß. Wie Stanislaus Corcoran, Tims Großonkel, Captain bei der Polizei von Union City, Sechster Bezirk, 290 Pfund auf 1,70 m Körpergröße verteilt, neun Kinder, aufgedunsenes, argwöhnisches Gesicht mit schiefem Grinsen, an einem Sonntagvormittag haben sie ihn im Kanal hinter der Erie Street Schleuse gefunden, völlig bekleidet, friedlich habe er ausgesehen, hieß es, wie ein dicker Mann, der gemütlich in der Badewanne sitzt, bis auf die Einschußstelle in der Stirn. Das war 1928, Stanislaus war ein Opfer der Rumschmuggelfehden geworden, aber nur eins von vielen, und bis dahin war's ihm gutgegangen. Sehr gut sogar. Er galt als einer, der's geschafft hatte in Irish Hill, und nach seinem Tod fanden seine Witwe und die Kinder 28 000 Dollar in einer Matratze im Haus.

Greenbaums Chefsalat kommt, das rosa Dressing wird extra gereicht, aber er schaufelt es bis auf den letzten Rest über das dekorativ aufgerollte Fleisch, die geviertelten Eier, den Salat. Und noch mehr Brot mit dick Butter drauf. Wenn Greenbaum eine Diät macht, weiß seine Linke nicht, was seine Rechte tut, Corky kann's ihm nachfühlen, macht einem den Mann sympathisch.

Beim Essen wird das Gespräch allgemeiner. Corky verschlingt die Püfferchen, fährt mit einem Stück Pumpernickel über den fettigen Teller, auf dem noch ein Rest Tabascosoße ist, und steckt es sich in den Mund. Bestellt eine zweite Flasche Wein. Dann kommt der nächste Gang, das London Broil, eine besondere Art von Steak, Corky hat es des Namens wegen bestellt, den hat er zum ersten Mal hier im Elm Room gehört, als Gast von Ross Drummond, der damals sein künftiger Schwiegervater war. Corky war nie in London, nie in Europa, es zieht ihn auch nicht hin, Charlotte wollte ihn immer dazu überreden, sie hatten eigentlich die Hochzeitsreise nach Rom machen wollen, aber dann hatte Corky zu viel zu tun, Corky hat immer zuviel zu tun, und das ist ihm ganz recht so. Herrgott, Immobilien zu kaufen und in Schuß zu bringen, die richtigen Mieter zu finden (die pünktlich zahlen und die Räume nicht ruinieren), und, was noch wichtiger ist, die richtigen Hausmeister (die einen nicht betrügen), und auf der Bank alles rechtzeitig zu bezahlen – das ist ein Job rund um die Uhr, nicht anders, als ob man Priester ist, denkt Corky, oder Nonne. Einer, der Immobilien besitzt, ist nicht mehr sein eigener Herr.

Corky stößt Greenbaum an. »Sehen Sie den Priester da drüben? Am Fenster? Das ist der Leiter der St. Thomas Aquinas-Schule, der Privatschule für Jungen am Lakeshore Drive.«

»Ich habe schon von ihr gehört«, sagt Greenbaum.

Schon gehört! St. Thomas Aquinas ist die absolut beste Highschool im Westteil des Staates New York.

Vielleicht sollte es ein Witz sein? Jüdischer Humor, hinterhältig-ironisch. Zeichen eines überlegenen IQ.

Corky läßt sich nicht abschrecken und legt los. Nie ist er glücklicher, als wenn er eine seiner Geschichten erzählen kann, das liegt bei den Corcorans in der Familie, andere nennen es Gequassel, Theresa hat Tim damit aufgezogen, hört euch das an, die Hälfte von dem, was der Mann erzählt, ist Schmus, die andere Hälfte Sch-, aber angehört hat sie es sich trotzdem immer gern.

Vertraulich, als habe er darüber noch nie gesprochen, sagt Corky zu Greenbaum: »Als junger Kerl, als ich noch ganz am Anfang stand, war mir klar, daß ich den richtigen Leuten imponieren mußte. Die Schule hatte eine große Spendenaktion gestartet, und Pater Vincent – so nennen ihn seine Freunde, das heißt, ich nenne ihn jetzt auch so, damals, als Schüler, natürlich noch nicht – leitete die Sache, er ist einer dieser Jesuiten, die selbst von Nichtkatholiken zu Parties eingeladen werden, weil er so beliebt ist, und er sorgte dafür, daß jeder, der was für die Schule spendete, sein Foto in der Zeitung wiederfand und eine Menge Publicity erhielt, natürlich nur, wenn er genug gegeben hatte, es war ja wirklich für einen guten Zweck, und ich bin verdammt froh, daß ich in diese Schule gehen konnte, die Jesuiten haben mir alles beigebracht, was ich weiß«, er ist ganz außer

Atem vom Reden und vom Kauen und sagt Sachen, die er so gar nicht meint, aber was soll's, »und ich beschloß, der Schule ordentlich was zu spenden. Nur hatte ich eigentlich überhaupt kein Geld übrig. Das war 1974, ich hatte sowieso Muffensausen, weil ich mich ein wenig übernommen hatte, wie das eben so ist, wenn man gerade erst anfängt – und da bin ich auf diese verrückte Idee gekommen, naheliegend übrigens. Ich habe mir von einem älteren Geschäftsfreund fünftausend Dollar geborgt, ich will's nicht über die Bank machen, hab ich zu ihm gesagt, aber ich zahl dir natürlich die üblichen Zinsen, und eine Woche später habe ich ihm das Geld plus Zinsen für einen Monat zurückgebracht, ich hatte es bis auf den letzten Penny ausgerechnet. Ein Geschäft, das unerwartet doch noch geklappt hat, aber trotzdem schönen Dank. Ein paar Wochen später hab ich dasselbe mit einem anderen Typ gemacht, einem einflußreichen Mann aus der City, diesmal sechstausend Dollar, wieder hab ich das Geld innerhalb einer Woche zurückgezahlt, die Zinsen genau ausgerechnet, dem hab ich auch erzählt, ich hätte Glück bei einem unerwarteten Geschäft gehabt, und wäre ihm sehr dankbar, daß er mir ausgeholfen habe. Danach kam ich mir wie ein richtiger Glückspilz vor, reich, als ob das alles mit richtigen Dingen zugegangen sei. Und nach einer Weile hab ich mir zu den gleichen Bedingungen von einem Dritten zehntausend Dollar geliehen, und dieses Geld« – Corky merkt, daß Greenbaum große Augen macht und ganz genau zuhört, und legt eine kleine Pause ein, ehe er fortfährt, »dieses Geld – für mich war das damals eine Riesensumme – habe ich ganz für mich genommen, und dann habe ich auf mein Glück gesetzt, ich glaube nicht an Gebete oder an Gott oder an all diesen Scheiß mit der Religion, aber ich bin – ja, man kann es wohl abergläubisch nennen, viele Iren sind das, und ich habe so für mich gedacht, es ist ein guter Deal, was kann dir schon passieren, beim Wetten hatte ich zwar nicht immer das ganz große Glück, aber ich hab mir gesagt: Komm schon, Corky, so eine Chance hast du vielleicht nie wieder. Und jetzt raten Sie mal, was ich mit den zehntausend Dollar gemacht habe, Howard.«

Greenbaums schwere Kiefer hören auf zu mahlen. Der glänzende, wie eingedellte Schädel rührt sich nicht mehr, als hätte es da drin aufgehört zu denken. »Das rate ich nie, Jerome.«

»Glaub ich gern«, sagt Corky und lacht glücklich. »Denn dann müßten Sie ja so verrückt sein wie ich.« Er senkt die Stimme und beugt sich vor. »Ich hab die zehntausend Dollar genommen und auf den Ali-Foreman-Fight gesetzt, von meinem Buchmacher, ich meine meinem damaligen Buchmacher, inzwischen ist er tot, wußte ich, daß die Wetten acht zu eins standen. Das heißt acht zu eins für Foreman, der war ja damals Schwergewichtschampion, und Ali war einmal von Frazier besiegt worden, der gegen Foreman unterlegen war, und Sie wissen ja, wie das bei uns ist, da heißt es ganz schnell, daß einer erledigt und aus dem Rennen ist, so haben die Idioten auch über Ali geredet. Aber ich sagte mir, Ali ist ein großer, ein echter Champion, keine Eintagsfliege wie Foreman oder Leon Spinks, und er ist hungrig wie ich, Nigger und Micks haben vieles gemeinsam, irgendwo verrückt sind sie beide. Und deshalb wußte ich, daß er gewinnen würde, ich wußte es einfach. Und er hat gewonnen.«

Greenbaum kaut nicht mehr, in den braunen Augen steht ein ungläubiges Licht. »Er hat tatsächlich gewonnen? *Sie* hatten gewonnen? Achtzigtausend Dollar? Einfach so?«

»Und davon hab ich sofort zwanzigtausend Dollar für St. Thomas Aquinas gespendet«, sagt Corky, und sein Gesicht rötet sich, als wäre es gestern gewesen und nicht vor vierzehn Jahren. »Die bis dahin größte private Spende aller Zeiten – mal abgesehen von den ganz reichen Ehemaligen. Vielleicht haben Sie's im *Journal* gesehen, ein großes Foto, wie Pater Vincent mir die Hand schüttelt. Ich erzählte ihm halb im Spaß, daß ich nicht mehr oft zur Messe gehe, und er sagte: ›Beim nächsten Mal, Corky, leg ich beim lieben Gott ein gutes Wort für dich ein.‹ Über Nacht sind meine Aktien gestiegen, und ganz im Keller waren sie seither nie wieder.« Corky lacht wie ein sprücheklopfender Zehnjähriger, für ihn ist das Tatsache und nicht nur Theorie. In Union City machst du dir einen Namen, wenn du jung bist, und zwar in den richtigen Kreisen oder gar nicht. Und dann sagt er noch: »Vor ein paar Jahren, als meine Freunde mich mit Zustimmung der Demokraten für den Stadtrat aufgestellt haben, erzählten sie mir, daß die Leute sich immer noch an die zwanzigtausend Dollar erinnern, die ich für St. Thomas gespendet habe, obwohl inzwischen noch jede Menge dazugekommen war. Aber das hab ich nie einem erzählt, wie ich bei dem Geschäft coole sechzigtausend Dollar Gewinn gemacht habe. Abzüglich Zinsen.«

Corky ißt seinen Teller leer, wie er es als Junge gelernt hat, jeden Bissen des Lendensteaks – das übrigens exzellent ist –, bis auf den Knochen und die härteren Knorpel. Und die Röstkartoffeln, so ißt er Kartoffeln am liebsten. Theresa hat sie in der Barrow Street immer gemacht, der Duft zog durch das ganze untere Stockwerk. Mit Zwiebeln und viel Fett in einer riesigen schwarzen Bratpfanne.

Greenbaum stößt mit einem pfeifend-keuchenden Laut des Erstaunens die Luft durch die großen Nasenlöcher aus. »Großer Gott, Jerome – wetten Sie normalerweise so hoch? Und gewinnen dabei?«

Aber da beißt er bei Corky auf Granit. So ist er, ausholen läßt er sich nicht.

»Das war damals«, sagt er kühl. »Jetzt«, sagt er und greift nach der Weinflasche, »jetzt gehöre ich ja hier gewissermaßen zum Establishment.«

Da ist Tim Corcoran, er sitzt vor einem Hintergrund aus flirrendem Licht an einem Tisch am Fenster und sieht auf den Union Square hinaus. Er hat sich gut gehalten, die Haut ist nicht schlaff und teigig wie bei so vielen anderen, die mit ihm jung waren, noch immer ist er ein großer fester Mann mit breiten, leicht abfallenden Schultern, gut geschnittenem Gesicht, die Brauen grau meliert, das graue Haar glatt zurückgekämmt. Die Wangen gerötet, ein amüsiertes Glitzern im Blick, wenn er lacht, schlägt er aufs Tischtuch, einer, der sich's gern gut sein läßt. Er sitzt mit drei anderen Männern zusammen und trägt einen dunklen Kammgarnanzug mit weißem Hemd, gestreiften Schlips. Sein Sohn sieht stumm und sehnsüchtig zu ihm hin.

Was haben wir zuletzt zueinander gesagt? Ich konnte mich nie daran erinnern.

Und dann dreht Tim Corcoran sich um, noch immer lachend, und winkt einem Ober, der Hals schlägt Falten über seinem Kragen, er hat, alles in allem gesehen, ein grobes Gesicht, er ist ein Fremder.

Es ist nicht das erstemal, daß Corky Tim Corcoran im Elm

Room sieht. Im Dämmerlicht der mit glänzendem Holz verkleideten Allegheny Bar nebenan passiert es ihm noch häufiger.

Der weißhaarige hinfällige Buck Glover mit den eingesunkenen Wangen erhebt sich schwankend, jemand rückt ihm den Stuhl zurück, hilft ihm, als er, auf einen Stock gestützt, schlurfend davongeht. Der eitle alte Buck zeigt in einem fernsehreifen Lächeln die Zähne und bildet sich ein, der ganze Elm Room schaue zu und rufe gleich Bravo, dabei nehmen nur einige wenige Gäste Notiz von ihm, und die sehen ihn nur mitleidig oder leicht irritiert an. Buck Glover – ein besiegter Ex-Bürgermeister, von der eigenen Partei gekippt. Mausetot. Nicht mal Geschichte.

Echter Mist, denkt Corky, aber wenn einer so alt wird, glauben die meisten, egal wer er ist oder wessen Freund er war, daß der Typ es nicht besser verdient.

Bürgermeister Buck Glover *war* Tim Corcorans Freund, das steht fest. Es heißt, daß er seinen Hals riskierte, als er auf der Verhaftung des Mannes bestand, der den Befehl zum Mord an Tim Corcoran gab, und dadurch die Stadt politisch spaltete und eine Fehde zwischen dem Büro des Bürgermeisters und dem der Staatsanwaltschaft auslöste – aber da half kein Kraftakt mehr, Al Fenske hatte seine Anwälte, es gab keine Beweise, die ihn mit dem Verbrechen in Verbindung brachten, nicht mal Indizienbeweise, keine Denunzianten, keine Zeugen für die Schießerei, nicht mal für den Todeswagen, der nach der Tat auf Nimmerwiedersehen verschwunden war. Die Hände sind uns gebunden, ohne Zeugen sind wir machtlos.

Man läßt sich nicht mit dem Vorsitzenden des Gewerkschaftsbundes, Sektion New York West, ein, wenn man nicht genau weiß, daß man ihn auch festnageln kann.

Vier Monate nach dem Mord an Tim Corcoran kam der Bürgermeister zu einer Versammlung der Knights of Columbus nach Irish Hill. Um Fragen zu beantworten und im Hinblick auf die polizeiliche Ermittlung aufgekommene »Gerüchte zu zerstreuen«. Zum Dank dafür wurde er in die Enge getrieben, mit Verwünschungen überschüttet, angespuckt. Sean Corcoran warf sich für ihn in die Bresche, aber die wütende Menge hörte nicht auf ihn. In großer Eile – es muß recht komisch ausgesehen haben, wie eine Filmszene – brachten die Referenten und Bodyguards den

Bürgermeister durch einen Hintereingang zu seiner Limousine, und dann brausten sie los, drei glänzend schwarze Fahrzeuge aus dem städtischen Fuhrpark, Fahrzeuge wie Leichenwagen, eskortiert von zwei Cops auf Motorrädern. Und an einer Ecke der Dalkey Street standen Jerome Corcoran und sein Vetter Cormac Farley und Nick Daugherty, sie brüllten und höhnten und rannten auf der Fahrbahn hinter den Wagen her und hätten ihn mit Steinen beworfen, wenn die Cops nicht gewesen wären, sie konnten sehr rüde sein, wenn sie damit durchkamen.

Und mit keinem, nicht mal mit Cormac, nicht mal mit Nick, der damals sein bester Freund war, hatte Jerome je über den Todeswagen gesprochen, den er nicht gesehen hatte und nicht identifizieren konnte. Zu keiner Menschenseele hatte er je von sich aus ein Wort darüber gesagt.

Du bist unser einziger Zeuge, Junge.

Du mußt für deinen Vater tun, was du kannst.

Ja, aber er hatte nichts gesehen. Oder nur die verwischte Form des Wagens. *Ich hab's euch doch gesagt, ihr hört ja nicht hin.*

Bürgermeister Buck Glover, Freund von Tim Corcoran, Freund der Corcorans. Ein Freund von Irish Hill, wo sie ihm dreimal hintereinander ins Amt geholfen hatten. Die Vorwürfe wegen »Unregelmäßigkeiten« bei Wahlen in Union City lassen sich bis 1800 zurückverfolgen. Dem Sieger die Beute.

Buck Glover hatte zunächst auf Bezirksebene auf der Südseite Politik gemacht, sein Vater war Hafenarbeiter und Gewerkschafter gewesen, volljährig war Buck in Union City zu einer Zeit geworden, als der Parteiapparat, das heißt der der Demokraten, denn wie heute hatten auch damals die Demokraten eine beträchtliche Mehrheit, offen Gefälligkeiten erwies und erwartete, in einigen berüchtigten Fällen auch einforderte. Eine Gefälligkeit für dich, eine für mich. Auge um Auge, Zahn um Zahn. Geschickt spielte der Apparat eine Wählerschicht gegen die andere aus. Arbeiterklasse, Mittelschicht, »Reiche«. Weiße, Neger, Union City Süd, Shehawkin. Bürger englischer, holländischer, deutscher Herkunft gegen Bürger irischer, polnischer, ungarischer, tschechischer Herkunft. Protestanten gegen Katholiken. Und dazu die Juden und die Sozialisten. Eine unbekannte Zahl von Kommunisten.

1911 waren die Industrial Workers of the World – die Wobblies – in Union City so stark oder galten zumindest als so stark, daß es anläßlich eines Streiks zu Unruhen kam, die Polizei griff gewaltsam durch, acht Streikende kamen ums Leben und viele wurden verletzt. »Big Bill« Haywood kam in die Stadt, entrollte die rote Fahne der IWW und wurde wegen Volksverhetzung verhaftet. 1919 wurde ein Organisator der IWW namens Tumulty in die Legislative des Staates New York gewählt, stand aber, als er dort antrat, vor verschlossenen Türen. Die Corcorans und ihre vielen Verwandten, die Dowds, Muldoons, Donnellys, Farleys, blieben treue Demokraten. Denn die Partei löste, besonders während der Prohibition, alles ein, was sie versprochen hatte, und manchmal noch mehr. Die Partei war der fürs Praktische zuständige Arm der katholischen Kirche. Du konntest nach bitterer Armut und nur fünf Jahren Schule 28 000 Dollar in der Matratze haben. Oder nach einer Jugend in einer irischen Bruchbude hinter irischen Spitzengardinen wohnen. Gewiß, es konnte einem auch passieren, daß am Anfang das Leben stand und am Ende der Tod, aber dieses Risiko war eben drin.

Immer galt es als selbstverständlich, daß diejenigen, die für Parteiämter nominiert wurden, diese Ämter auch bekamen, und daß diejenigen, die die meisten Gefälligkeiten erwiesen und in Aussicht gestellt hatten, belohnt wurden. Nach Tim Corcorans Tod aber, als Vorwürfe wegen Bereicherung im Amt, Korruption, Vettern- und Günstlingswirtschaft, Vergabe von Scheinjobs und »Pflichtvergessenheit« laut wurden, ging die alte Ära zu Ende, und der Aufstieg der Slatterys begann. Erst kam der ältere Bruder William, dann Oscar, der einen Collegeabschluß hatte, ihr Vater war ein wohlhabender Kaufmann, der in Irish Hill geboren, aber auf die Nordseite ausgewandert war, großes Haus am Riverside Drive, sieben Kinder, Segen vom Erzbischof, aber nicht der Typ, der vor einer Muttergottes aus Gips auf den Knien herumrutschte. In den sechziger Jahren wurde alles anders. Ein neuer Stil, neue Methoden. Neue Töne in der Politik. Nicht mehr das, was man gebracht hatte (die Vergabe lukrativer städtischer Aufträge, Erhöhung der Ruhegehälter, Scheinjobs, schnell mal ein Anruf bei der Ortsgruppe der Maurergewerkschaft, damit der zwanzigjährige Sohn eines Genossen als Kategorie A-Maurer anerkannt wurde), sondern das, was man war, wie man aussah, redete, sich bewegte, kam bei der Liga der Weiblichen Wähler an. Und bei der NAACP und beim Fernsehen. Nicht mal das, was man versprochen hatte (denn Versprechungen machten alle Politiker), sondern Ton und Vokabular. Buck Glover verlor sogar die Stimmen der treuen Demokraten, die er geschmiert hatte, denn da gab es nun diesen Bill Slattery, einundvierzig Jahre alt, zweimal Abgeordneter im Repräsentantenhaus, und eine seiner Stärken war, daß er keine kommunalpolitische Erfahrung hatte und es keine anrüchigen Affären gab, mit denen sein republikanischer Gegenspieler ihn hätte niedermachen können. Zwei Jahre, nachdem John F. Kennedy gegen Lyndon Johnson zum demokratischen Präsidentschaftskandidaten nominiert worden war, gewann Bill Slattery die Nominierung der Demokraten zum Bürgermeister gegen Buck Glover. Ein neuer Stil, neue Methoden. Neue Töne.

Corky macht Howard Greenbaum auf Buck Glover aufmerksam, der ihm blinzelnd nachsieht. »Das ist Glover? Mein Gott, den hätte ich nie erkannt.« Er verzieht wehmütig das Gesicht. »Als ich das erstemal wählen durfte, habe ich für Glover gestimmt.«

Corky fragt, welche Amtsperiode das war, Glover war über drei Perioden im Amt.

»Die dritte. Seine letzte«, sagt Greenbaum.

Corky rechnet, die Wahl war 1958, angenommen, Greenbaum war damals einundzwanzig, dann ist er jetzt fünfundfünfzig. Sieht aber älter aus.

Corky ist milde gestimmt, die zweite Flasche Wein, und dieser pingelige Greenbaum ist noch immer bei seinem ersten Glas. Sind Juden genetisch anfällig für Alkohol wie die amerikanischen Ureinwohner und die Iren? Oder ist es im Gegenteil so, daß Juden besonders viel Alkohol vertragen? Ein stocknüchterner Corky wäre jetzt sauer, weil sein Gast bei diesem vorzüglichen Rotwein nicht mithalten will, aber in seinem derzeitigen Zustand ist das kein Problem.

Corky sagt: »Gemein, wie die Partei Glover behandelt hat, einfach auf den Müll geworfen. Gewiß, er hatte seine Fehler, wer hat die nicht, ›Politik ist die Kunst der Kompromisse‹, wer hat das gleich gesagt, Roosevelt? Aber er hat eine Menge geleistet, er war ein guter Mann, vieles, was die Slatterys übernommen haben, hat Buck angefangen, das wird immer gern vergessen.« Corky zählt auf: Öffentliche Schulen, Gesundheitsdienst, bessere Ausbildung für Polizei und Feuerwehr und Leute, an die sonst keiner denkt, Abnahmebeamte für die Bautensicherheit, Abwasseringenieure, den Coroner und sein Team. Er spricht mit einer Hingabe, die für den verblüfften Greenbaum gar nicht im Verhältnis zu seinem Thema steht, er tönt wie ein Demokrat vor den Fernsehkameras, ein Apologet der Partei, ein in die Ecke getriebener Stadtverordneter. Und kann es sich nicht versagen – das ist wohl der Wein, der ihm zu Kopf gestiegen ist – hinzuzufügen: »Und ein Onkel von mir, der Teilhaber meines Vaters, wir hatten dieses Familienunternehmen, nachdem mein Vater gestorben war«, dabei sieht er den Älteren nicht an, vielleicht weiß der nichts davon, und es tut im Augenblick ja auch nichts zur Sache, »mein Onkel Sean mußte mit Verlust verkaufen, er wurde krank darüber, das heißt, er war jahrelang immer mal wieder krank.« Er will nicht zugeben, daß sein Onkel als chronischer Alkoholiker nirgends lange geblieben war, auch wenn er sich um einen Job bemüht hatte, ein Wunder, daß er noch lebt, sagen alle von dem alten Kerl. »Und Buck hat dafür gesorgt, daß er auf der städtischen Gehaltsliste stand, bis er in den Ruhestand ging. Städtische Versorgungsdienste.« Der Schluß klingt lahm. Als ob ein Mann vom Gehsteig in die Gosse abrutscht: Scheiße auf seinen Schuhen.

Greenbaum sagt nichts.

Fast ein wenig aggressiv meint Corky: »Herrgott, so lief das eben damals. Buck Glover war ein verflucht großzügiger Mann.« Und da Greenbaum keine Miene verzieht – ob alte Juden, die was von einem Rabbiner an sich haben, auch im täglichen Leben auf Moral stehen und schlecht von einem Mann denken, der einem, dem das Unglück in der Familie schlimm zugesetzt hat, einen Gefallen tut? –, fährt Corky fort: »So ist das nun mal in der Politik. Jedenfalls in Union City. Oder so war's. Jetzt herrscht da eine andere Ethik, jetzt kenn ich mich da nicht mehr aus.« Auch das ist lahm und vage und defensiv, ein Lügendetektor hätte leichtes Spiel mit ihm. Natürlich kennt Corky sich aus: Wie käme er an bestimmte städtische Immobilien, wie könnte er bestimmte Geschäfte zu seinem Preis und nicht dem seiner Konkurrenten abschließen, wenn er nicht Rückendeckung aus dem Rathaus hätte? Wie – wenn nicht mit Hilfe aus dem Rathaus – kämen seine Mietswohnungen durch die Abnahme von Gesundheitsamt, Brand- und Bautenschutz? Wie hätte er sein Amt im Stadtrat bekommen, das ihm viel Zeit stiehlt, das er aber liebt, wenn sich nicht die im Rathaus hinter ihn gestellt hätten?

»Ihre Leute haben eine andere Tradition, nicht?« sagt Corky.

»Meine Leute?«

»Die Juden.«

Greenbaum lächelt überrascht. Umständlich fördert er aus der inneren Brusttasche seines Sakkos ein großes, ordentlich zusammengelegtes und wunderbar gebügeltes Baumwolltaschentuch zutage, mit dem er sich die Stirn wischt. Sein großer Kopf wirkt tatsächlich so, als ob er eine Delle hat, die wenigen dunklen Haare sehen aus wie einzeln über den Schädel gelegt, die Ohrläppchen sind langgezogen, wie gestreckt. »Eine Tradition der Ethik oder der politischen Zweckmäßigkeit? Gewiß, wir haben beides.«

Es ist eine elegante Antwort. Eine noble Antwort. Deshalb hat er sich ja diesen Mann genommen. Wenn du genug zahlst, bekommst du eben Qualität.

Trotzdem überlegt Corky: War das nun eine Bestätigung oder eine Zurechtweisung?

Die Teller sind abgeräumt, sie warten auf den Kaffee. Kein Nachtisch. Greenbaum lehnt nachdrücklich ab, er will weder die Karte sehen noch einen Blick auf den berühmten Dessertwagen des Elm Room werfen, Corky ist enttäuscht, aber auch er verzichtet, wenn auch schweren Herzens, heute abend ist er zu einem Dinner eingeladen, ein so spätes und schweres Mittagessen nimmt ihm womöglich den Appetit. Außerdem muß er ein wenig aufpassen. Als er bei Christina geduscht und sich vorgebeugt hat, um liebevoll seine Genitalien einzuseifen, hat er angeekelt die Falten, nein, die Wülste an seinem Unterbauch gesehen.

Warum diese Frau gesagt hat, daß Corky Corcoran schön sei – und andere Frauen haben es über die Jahre hin auch gesagt –, weiß er nicht. Ein sommersprossiges Irengesicht, rund wie ein

Kinderpopo, dazuhin noch zu klein geraten, und ein Bauch, seit er vierzig ist.

Nicht, daß es eine Masche wäre wie bei den Nutten. Sie meinen es offenbar ernst. Arme Kühe. Fotzen. Machen das Beste aus dem, was sie haben.

Und wenn die Liebe aufhört, ist auch Schluß mit den Komplimenten, das geht sehr schnell.

Charlotte sagt – unter anderem, sie hat noch weitere Sachen auf Lager: Du denkst, du bist so gut im Ficken, dabei machst du es wie ein Zwölfjähriger, so grob und so schnell, es ist langweilig.

Greenbaum hat sich eine Liste vorgenommen, er hakt Themen ab und sagt: »Wir haben nicht ein Drittel von dem erledigt, worüber ich mit Ihnen reden muß, Jerome. Sagen Sie doch bitte Ihrer Sekretärin, sie soll einen Termin für nächste Woche mit mir machen. In meinem Büro.«

»Nicht noch mal hier zum Essen?«

»Zweckmäßiger wäre es in meinem Büro.«

»Okay«, sagt Corky friedlich. »Sie scheinen dieses Wort zu lieben.« Und als Greenbaum ihn ansieht, ergänzt er: »Zweckmäßig.« Corky lacht und will sich den Rest Wein aus der Flasche einschenken, merkt dann aber, daß sie schon leer ist. Mist.

Greenbaums Glas ist noch zu zwei Dritteln voll. Corky sieht begehrlich hin, nein, lieber doch nicht.

Und überlegt, wieviel er für den Wein in dem Glas da zahlt.

Der Elm Room, wie überhaupt der Club, ist berüchtigt dafür, daß er ständig die Wein- und Schnapspreise erhöht. Die denken wohl, daß uns der Zaster aus allen Knopflöchern quillt.

»Ist ja auch ein gutes Wort«, sagt Corky grinsend. »Nobel. Ich benutze es selber andauernd.«

Wie fühlt man sich, wenn man hier sitzt, Junge?

Es ist nach drei, die Hälfte der Tische im Elm Room sind noch besetzt. An einem Freitag vor einem Feiertagswochenende sind die, die verreisen wollten, schon weg, und die anderen haben es nicht eilig. Gut hört es sich an, das Gesumm und Gebrumm von Stimmen, hauptsächlich Männerstimmen, das Lachen. Wenn man die Musikberieselung, den Vivaldi, wieder hören kann, ist das ein Zeichen dafür, daß der Speisesaal sich allmählich leert.

Toll fühlt man sich. Corky Corcoran ist angekommen.

Der Elm Room des Clubs. Einer von Corkys Orten. Vornehm. Qualität. Corky ist ein bekannter Mann in vielen Clubs, Restaurants, Cocktail-Lounges, Bars. Beliebt und immer willkommen. Freudige Mienen, wenn er gesichtet wird. Manchmal hört er seinen Namen, wenn er an einem Tisch vorbeikommt – Gemurmel, Gewisper – *Corky Corcoran* – Musik in seinen Ohren.

Greenbaum redet ernsthaft über Dinge, für die Corky im Augenblick kein rechtes Interesse aufbringen kann, obgleich das eigentlich dringend nötig wäre. Christina hat ihn in die Eier getreten, ein Witz, daß *er* sie hat heiraten wollen, okay, aber denk jetzt lieber nicht an sie, Fotze ist Fotze, vergiß es. (Als Corky vorhin hereingekommen ist, hat er eine Frau gesehen – und sie ihn, cool und ohne eine Miene zu verziehen –, mit der er vor sechs, sieben Jahren mal zusammen war, die er gebumst hat, Frau eines Geschäftsmannes hier in der Stadt, ebenfalls Mitglied in diesem Club und in anderen, denen Corky Corcoran angehört. Und außerdem mit Charlotte befreundet. Jetzt ist diese Frau Corky praktisch fremd und er ihr ebenso, aber wenn sie sich irgendwo treffen, gehen sie sehr höflich miteinander um, Corky legt Wert darauf, sich mit seinen Ex-Geliebten und erst recht mit deren Männern gut zu stellen, man weiß nie, wann man mal einen Freund braucht.)

Corky liebt den Union City Athletic Club, auch wenn er ahnt, daß er jetzt, zu seiner Zeit, nicht mehr so ist wie damals, als er vom Park aus zu ihm hingesehen hat.

Den würdigen alten Bau hat ein angesehener Architekt der Stadt in jener aufregenden Phase des amerikanischen Neoklassizismus entworfen, in der so viele großartige private und öffentliche Bauwerke entstanden, die wie Totengedenkstätten wirken. Grabmäler, Mausoleen. »Klassisch-griechische« Merkmale: Ziergiebel, schlanke Säulen, luftig hohe Decken, dazu aufwendige Stilmischungen wie im Elm Room, wo vergoldete Ornamente den Blick zur Decke lenken, die aussieht, als ob sie am Himmel schwebt, mit gewaltigen Kronleuchtern und filigranen Stuckverzierungen wie auf einer Hochzeitstorte. Man muß sie einfach lieben, diese Überspanntheiten – die Wandgemälde längst vergessener Künstler, patriotische Szenen aus der amerikanischen Geschichte. Corky hat sie so oft studiert, daß er sie auswendig kennt: Pioniere mit Gesichtern wie aus Holz geschnitzt, vor denen sich mit ausdrucksloser Miene Irokesenhäuptlinge in prachtvollem Federschmuck zur Begrüßung eingefunden haben, 1791; die Gründung von Neu-Amsterdam (später in Union City umbenannt) am Zusammenfluß des Eriesees und des Chateauguay-Flusses, 1798; Kapitän Oliver H. Perry nach dem Sieg über das feindliche britisch-kanadische Aufgebot auf dem Eriesee; die Fertigstellung des Erie-Kanals 1825; eine Bürgerkriegsszene mit Offizieren und Mannschaften der Union, ausschließlich Weißen.

Sage keiner was gegen Patriotismus, denkt Corky. Von der Kolonialzeit bis zur Operation Wüstensturm.

Er selbst allerdings hat in keinem Krieg gekämpft, hat nicht mal gedient. Jetzt ist er zu alt; komisches Gefühl eigentlich. Sein Vater war in Korea, sein Onkel Sean im Zweiten Weltkrieg, ältere Vettern von ihm in Vietnam – eigentlich müßte Corky sich ja schämen. Ein Drückeberger, kein richtiger Mann.

Er überlegt, ob Greenbaum gedient hat. Wahrscheinlich war er zu schlau... Wenn sie sich besser kennen, wird Corky ihn mal fragen.

In Israel, hat er gelesen, sind alle Männer Soldaten. Die Frauen auch?

Juden halten zusammen, Micks halten sich gegenseitig das Messer an die Kehle.

Corky hat einen Vetter väterlicherseits, einen Farley, der ist angeblich in der IRA, in der Grafschaft Armagh, an der Grenze. Oder ist das nur ein Gerücht?

Von den Iren bekommen sie keine Unterstützung. Verräter. Zu neunzig Prozent kommen die Beiträge aus den Vereinigten Staaten. Corky hat mal hundert Dollar in bar für die »irische Sache«, wie es hieß, gegeben, aber im Rückblick hat er den Verdacht, daß sie ihn betrogen haben, außerdem war es sowieso eine Dummheit. Wenn sie ihn nun erwischt hätten, wenn es rausgekommen wäre? Ein liberaler Demokrat, der Geld für eine illegale Terroristenarmee gibt?

Außerdem ist Corky sowieso gegen Terrorismus. Er will nicht, daß nette, unschuldige Menschen in die Luft gesprengt werden. Frauen, Kinder. Sogar Männer. Nein danke.

Von seinem Platz aus kann er den Park sehen, der Wind zerrt an den Bäumen, die voll belaubt sind, das Frühjahr ist ja schon fast vorbei, elegante Bäume, diese Platanen, hoch sind sie inzwischen, stämmig und breitbrüstig. Dutzende von Bäumen hat der Club auf eigene Kosten auf städtischem Gelände gepflanzt, nachdem praktisch alle Ulmen in Union City an dieser verfluchten Ulmenkrankheit eingegangen waren.

Die Platanen mit ihrer abblätternden Borke. Trauer steigt in Corky hoch, dann Wut. Der Schuyler Park. Theresa mit ihrem Strickzeug. Auf dieser Bank, auf der sie gesessen und gewartet hat.

Tolles Gefühl, danke, ihr könnt mich mal alle, danke.

Corky ist angekommen.

Irgendwie paßt es ihm nicht, daß da drüben McElroy mit seinen Gästen sitzt. McElroy ist Corky zu ähnlich, gut, er hat Jura studiert, er hatte eben die besseren Chancen, aber schlauer als Corky Corcoran ist er nicht.

Corky versucht rauszufinden, wer da mit McElroy zusammensitzt, was wohl dahintersteckt. Zwei scheinen Partner aus Elroys Kanzlei zu sein – Corky kennt sie vom Sehen, weiß aber nicht, wie sie heißen, auch Polizeipräsident Ben Pike ist dabei und Budd Yeager von der Mordkommission, designierter Chef der Kriminalpolizei, wie es heißt. Yeager gehört zu der Clique, mit der Corky Poker spielt, es ist eine lockere, häufig wechselnde Gruppe, deren Mittelpunkt Oscar Slattery ist. Sie spielen meist einmal im Monat im Haus des Bürgermeisters am Riverside Drive, um kleine Summen, nicht das, was man ein richtiges Hasardspiel nennt, allerdings durchaus ernsthaft. Corky ist nur Durchschnitt, aber ein guter Verlierer.

Dabei fällt ihm ein, daß Yeager noch Schulden bei ihm hat, seit Wochen schon, Corky wird sich hüten, ihn zu mahnen, und das weiß er auch, der geriebene Hund.

Corky hat nichts gegen Yeager, irgendwie ist der Typ schon bewundernswert, was er kann, hat er bei den Marines gelernt, metallgrauer Bürstenschnitt, ein Kinn wie ein Stiefelabsatz.

Kriminalbeamte in Zivil haben angeblich immer eine Waffe bei sich. Auch im vornehmen Elm Room?

Yeager ist natürlich nicht Mitglied im Club, dafür aber Ben Pike.

Unheimlich, denkt Corky und fröstelt unwillkürlich, daß es in diesem Raum mit den weißleinenen Tischtüchern, einer einzelnen Rose auf jedem Tisch und klassischer Hintergrundmusik, diesem eleganten, wohlanständigen Raum, Leute gibt, die andere Leute umgebracht haben. In Ausübung ihrer Pflicht, wie es so schön heißt. Yeager bestimmt und vielleicht Pike – bei Pike ist er sich nicht ganz sicher. Und andere, anonyme, betuchte Gäste, die – verstreut im Saal – jetzt genüßlich speisen, haben vielleicht im Krieg getötet. In Uniform, mit einer Dienstwaffe. In Ausübung ihrer Pflicht.

Corky hebt das Glas, trinkt hastig. Wie kann man einen Menschen erschießen, denkt er, wenn man weiß, was so eine Kugel anrichtet, wenn sie ins Gehirn eindringt, in die weichen, verletzlichen wehrlosen Gedärme.

Nein, Corky hat nichts gegen Budd Yeager, aber im Grunde weiß er nicht viel über ihn, und wenn sie sich bei Oscar treffen, versucht er, ihm nach Möglichkeit nicht zu nahe zu kommen. Gewiß, der Pokersieg unter den Augen der ganzen Runde war eine astreine Sache, aber vielleicht sollte man so was nicht zu oft machen.

Corky unterbricht Greenbaum, der die letzten zehn Minuten geschäftliches Zeug heruntergerattert hat wie ein Maschinengewehr: »Sehen Sie die Männer da drüben am Tisch? Acht zu eins, daß ich weiß, worüber die reden.«

»Ja?« Greenbaum sieht Corky über seine Bifokalbrille hinweg spöttisch an, nicht so, als ob er Corkys Feststellung interessant fände, sondern ein bißchen abschätzig und überrascht, daß Corky überhaupt davon angefangen hat. Er hat schon wieder eins dieser amtlichen Schriftstücke beim Wickel, verdammt deprimierender Mist, aber Corky hat inzwischen fast abgeschaltet. Reine Notwehr. Beim Kaffee und den Schweizer Schokomints auf einer dreistöckigen Silberschale, denen Corky nicht widerstehen kann, will ihm Greenbaum, so scheint's, schmeicheln, er lobt ihn wegen der Hochzinspapiere, die er Anfang der achtziger

Jahre gekauft hat (manche bringen zehn Prozent Zinsen, eine solide konservative Anlage, zu der ihm Ross Drummond geraten hat), so wie man ein zurückgebliebenes Kind lobt, weil es sich nicht in die Hosen gemacht hat, und Corky denkt unbehaglich, ob nach dem Schmus jetzt gleich was Unangenehmes kommt.

Er hat sich überlegt, daß er Greenbaum nicht direkt fragen wird, wieviel er zur Zeit wert ist. Wenn er es wirklich wissen will, kann er das auch von seinem Buchhalter erfahren. Und dazu dann die Extras, die Immobilien und Bargeschäfte addieren, über die er in seinem Büro in der Pearl Street Buch führt.

Greenbaum blickt mit verhangenen Froschaugen zu den Männern am Fenster hinüber, scheint aber nicht sehr beeindruckt.

»Der Typ mit dem grauen Haar«, sagt Corky gedämpft, »ist Ben Pike, der Polizeipräsident, den kennen Sie sicher aus den Fotos in der Zeitung, und der neben ihm ist Budd Yeager, einer der Topleute von der Kriminalpolizei. Yeager ist ein Freund von mir, und der daneben ist in der Disziplinarabteilung, und mit dem Jüngsten, der mit dem Rücken zum Fenster sitzt, bin ich zur Schule gegangen, das ist der Anwalt, der nächsten Monat Dwayne Picket verteidigen wird. Picket, Sie wissen schon...« Corky wird allmählich sauer, weil sein Gast so schwer von Begriff, so unbeweglich ist, als ob solche Bagatellen ihm total unwichtig seien. Corky reißt sich den Arsch auf, um in seinem Club nett zu dem Mann zu sein, und das ist der Dank?

Aber Greenbaum scheint zu wissen, wer die Männer sind. Zumindest macht der Name Pickett ihn wach.

Angeekelt sagt er: »Wenn dieser Mörder freigesprochen wird, passiert in Union City das, was nach dem Rodney King-Urteil in Los Angeles passiert ist. Wir werden in Flammen aufgehen. Alles, was wir in den Beziehungen zwischen den Rassen bisher erreicht haben, ist dann zerstört. Ich darf gar nicht daran denken.«

Corky staunt, daß Greenbaum plötzlich so emotional, so engagiert redet. Corky ist ganz seiner Meinung, aber er sagt: »Pickett und die anderen beiden Cops schwören, daß der Junge eine Kanone hatte. Das heißt, sie haben eine Kanone gesehen. Daß sie nicht gefunden wurde, bedeutet nicht, daß es sie nicht gab, daß nicht die anderen Kids, die mit Devane Johnson zusammen waren, sie mitgenommen haben. Jedenfalls hat da irgendwas wie eine Kanone ausgesehen, kann ja sein, daß es ein Versehen war. Ich hab die Cops bei dem Hearing vor dem Disziplinarausschuß erlebt, man mußte den Eindruck haben, als ob sie das, was sie sagen, hundertprozentig glauben. Ich will Pickett nicht in Schutz nehmen, aber...«

Greenbaum fällt ihm voller Verachtung ins Wort: »Ein Kind in den Rücken zu schießen! Zwischen die Schultern. Und dann auf Notwehr zu plädieren...«

»Ja, aber...«

»Es ist empörend. Daß die Polizeigewerkschaft – dieser lächerliche ›Unterstützungsverein‹ – sich vor diese Leute stellt, macht sie zu Mittätern.«

»Ja, Howard, aber...«

»Ich darf gar nicht daran denken.«

Greenbaum spricht jetzt ganz laut, seine großen weichen Lippen wabbeln, Corky hat schon Angst, die Cops könnten ihn hören, aber als Greenbaum sich wieder den laufenden Geschäften zuwendet, ist ihm das auch nicht recht.

»Glauben Sie ernsthaft, Howard, daß die Polizei von Union City rassistisch ist?« fragt Corky und wickelt das nächste Schokomint aus, er weiß nicht mehr, wie viele von den verdammten Dingern er schon gegessen hat, Charlotte hat in dieser Phase immer sehr betont die Silberschale weggeschoben und ihm erklärt, er habe genug. »Ich nämlich nicht. Ich denke, sie sind nur nervös und drücken deshalb zu schnell ab. Ist ein verdammt schwerer Job.« Er schielt zu Greenbaums Weinglas hinüber. Zwei Drittel voll. Wenn er nicht bald austrinkt, nimmt der Ober es mit.

Wieder mustert Greenbaum ihn mit diesem spöttischen Blick. Zahlst du mich, um über diesen Mist zu reden, du Pfeife, oder reden wir über deine Finanzen?

Greenbaum zuckt lächelnd die Schultern und sagt mit kaum verhehltem Hohn: »Gewiß, die Polizei von Union City gibt sich 1992 nicht mehr ganz so rassistisch wie in den sechziger Jahren, als sie sich für George Wallace als Präsidenten stark gemacht hat. Oder in den zwanziger Jahren, als die Hälfte aller Polizeibeamten dem Ku Klux Klan angehörten. Man muß es ihnen moralisch vermutlich noch hoch anrechnen, daß sie nicht für Sergeant Pickett auf die Straße gegangen sind.«

»Das geht aber ein bißchen weit«, protestiert Corky. »Ich meine, Howard – verdammt, geht das nicht wirklich zu weit? Unsere Cops sind keine Rassisten.«

»›Unsere‹ Cops?«

»Sechzehn Prozent sind Nichtweiße, ist Ihnen das eigentlich klar? Und im Streifendienst sind es sogar zwanzig Prozent. Oscar Slattery hat viel dafür getan, daß der Anteil hochgeht, und das greift jetzt allmählich.«

Greenbaum zuckt die Schultern und bedenkt Corky mit diesem glasig-gelangweilten Blick, der signalisiert, daß er nicht mehr zuhört. Aber Herrgott, Corky ist kein Politiker, er ist ein engagierter Bürger, der nur sagt, was wahr ist.

»Und außerdem, Howard, gibt es auch schwarze Rassisten. Dieser Pfarrer Marcus Steadman, der eine Frau vergewaltigt hat, eine Schwarze – was er sagt, ist doch rassistisch, stimmt's?« Corky redet sich in Rage, ihm wird ganz heiß unter dem Kragen.

»Na und?« kontert Greenbaum. »Ich nehme Steadman ja gar nicht in Schutz.«

»Schwarze sind auch Antisemiten. Manche jedenfalls. Viele. Ist Ihnen das klar? Dieser – wie heißt er noch – dieser Faker...«

»Farrakhan.«

»Ja, der. Ein Schwarzer, okay?«

Greenbaum sieht Corky an, der sich aufgebläht hat wie ein Frosch, einen Augenblick herrscht beklommenes Schweigen, über das weißleinene Tischtuch hinweg funkeln die beiden sich an. Corky klingt die eigene Stimme jungenhaft-unfertig und beleidigt in den Ohren wie damals bei den Diskussionen in St. Thomas, wie bei den Meisterschaftskämpfen der Debattierclubs in Albany, wo Pater Dolan, der Berater ihres Teams, Corky eröffnen mußte, daß er die Debatte gewonnen und trotzdem nicht gesiegt habe, weil die Preisrichter zum Schluß so sauer auf ihn waren.

»Soll das heißen, daß es nicht reicht, recht zu haben?« hatte Corky protestiert. »Daß die mich auch noch gern haben müssen?«

Corky versucht, sich zurückzunehmen. Wenn er sich zu sehr engagiert, wird Greenbaum nicht sein Freund werden wollen. Zwei Flaschen Wein, zwei Scotch und dazu noch Christinas Tritt in die Eier – wenn er nicht aufpaßt, dreht er durch. »Natürlich wird aus zweimal Unrecht nicht einmal Recht. Steadman hat damit nichts zu tun, ich verstehe, was Sie meinen, Howard.« Aber hatte Greenbaum überhaupt was Bestimmtes gemeint? »Wenn sie unsere Seelen durchleuchten würden, hätten wir alle unsere Vorurteile, Rassenhaß, keiner ist vollkommen, aber...«, was laberst du da, du Trottel? »aber deshalb dürfen wir noch lange nicht jemanden hinterrücks erschießen. Oder«, schließt Corky lahm, »uns hinterrücks erschießen lassen.«

Um Greenbaums Lippen zuckt es, er rührt geräuschvoll seinen Kaffee um (der, wie Corky registriert, fast weiß ist, soviel Sahne ist drin), und dann ist er schon wieder beim Geschäft.

Erneut darf Corky ein Lob verbuchen, weil er vor ein paar Jahren seine Utah Power-Aktien abgestoßen hat. Und aus einem Atomkraftwerk ausgestiegen ist, das später pleite gemacht hat. Und daß er die Verbindung zu einem Unternehmer in Union City gelöst hat, mit dem Corky ein »Dorf« mit Wohneigentum in der Meridian Avenue geplant hatte, auf einem Gelände, wo zur Zeit noch zum Abriß bestimmte Reihenhäuser stehen. »Der Mann ist auf dem besten Wege zum Konkursgericht. Buchstäblich.«

Corky lacht. »Und ich nicht?«

Greenbaum überhört die Bemerkung und lobt Corky abermals, weil der sich den richtigen Steueranwalt für seine Auseinandersetzungen mit dem Finanzamt ausgesucht hat, das die steuerlichen Aspekte des Pensionsplans der Firma Corcoran Inc. in Frage stellt und 400 000 Dollar Nachzahlung haben will. (Die Firma Corcoran Inc., 1981 gegründet, besteht aus einer Person, nämlich Jerome Andrew Corcoran. Einmal im Jahr schreibt Jerome Andrew Corcoran, Generaldirektor des Unternehmens, einen Scheck in Höhe eines Jahresgehalts für Jerome Andrew Corcoran aus, den stellvertretenden Generaldirektor und Finanzdirektor des Unternehmens. Am gleichen Tag schreibt Jerome Andrew Corcoran, Finanzdirektor, einen Scheck in Höhe eines Jahresgehalts für Jerome Andrew Corcoran aus, Generaldirektor des Unternehmens. Ein großer Teil der Einkünfte ist für den Pensionsfonds bestimmt und deshalb steuerfrei. Was übrigbleibt, wird einmal im Jahr in Form dieser Gehälter ausgeschüttet.) Corky geht es durch und durch, wenn er an die verdammten

Anwaltshonorare denkt, 300 Dollar pro Stunde, eine Pest, diese Advokaten, die nichts für die Gesellschaft tun und dicke Prozente kassieren, wäre er nur selber Anwalt geworden, jetzt läßt er seinen Neffen Rickie Jura studieren, vielleicht ist der ihm dann eines Tages eine Hilfe.

»Seit diesem Streit mit dem Finanzamt habe ich schlaflose Nächte«, sagt Corky und reibt sich die Augen. »Wenn nun die Armleuchter von jetzt an jedes Jahr zur Betriebsprüfung bei mir antanzen und mich fertigmachen wollen? Vorausgesetzt, daß ich den Prozeß gewinne, was ja nicht gesagt ist.« Er schlägt mit den Knöcheln auf den Tisch, ein unbewußter Reflex, ziemlich laut.

Greenbaum schnuffelt indigniert, ist aber offenbar auf der Seite seines Mandanten. »Ihre Empörung ist durchaus verständlich, Jerome. Es ist wirklich unfair. Ihre Firma ist vorschriftsmäßig konstituiert, und Ihre Altersversorgung wird, wenn Sie in Ruhestand gegangen sind, als Einkommen versteuert. Das Finanzamt hat keine triftigen Gründe. Uns ist bekannt, daß hierzulande Trillionen, buchstäblich Trillionen von Dollars in den Pensionsfonds der Gewerkschaften liegen, besonders berüchtigt sind in dieser Beziehung die Teamsters, aber an die wagt sich die Regierung nicht ran, wegen der negativen Publicity, und natürlich können die Gewerkschaften sich Top-Anwälte leisten. Deshalb halten sich die Finanzbehörden an die Kleinen, bei denen im Grunde nur Peanuts zu holen sind.« Wieder zucken Greenbaums Lippen, diesmal vielleicht sogar voller Mitgefühl.

Die Kleinen... Peanuts... Damit meint er mich...

Corky lacht. »Ich dachte immer, ich hätte einen Top-Anwalt.« Er greift nach Greenbaums Weinglas. »Trinken Sie das nicht mehr, Howard? Darf ich?«

Corky gießt den Wein vorsichtig in sein Glas. Wein im Wert von fünf Dollar, schätzt er. Geht schließlich auf seine Rechnung.

Greenbaum sagt entschuldigend: »Seit meine Frau vor acht Jahren gestorben ist, trinke ich selten. Für mich bedeutet Wein Festlichkeit, Zeremoniell und...« Seine Stimme erstirbt, aber Corky hat schon verstanden: Das hier ist weder festlich noch zeremoniell.

Er denkt daran, wie er sich zum erstenmal betrunken hat. Nach der Beerdigung seines Vaters. Wie sein Kopf himmelwärts geschwebt ist wie ein Heliumballon, während ihm die Knie einknickten und die Bodenkammer um ihn kreiste. Und die Blitze am dunkelnden Himmel, oder war es nur der feurige Dreck, der aus den Schloten von Shehawkin in die Luft stieg?

»Verstehe«, sagt Corky rasch. »Das heißt – ich kann es mir denken…«

Und dann will Greenbaum zu Corkys Verdruß schon wieder, daß er ein Schriftstück unterschreibt. Greenbaum hat ihm geraten, bei einer Gruppenklage gegen die Bender Financial Group Inc., Portland, Oregon, mitzumachen, auch eine dieser Gesellschaften, in die er Geld gesteckt hat, wie Viquinex, nur mit dem Unterschied, daß die hier schon zusammengekracht ist, sie hat in Portland den Konkurs angemeldet und will Corkys 175 000 Dollar mitnehmen – wenn sie kann. (Der tiefere Grund für die Bankrotterklärung ist, daß man damit vom Umweltamt verhängte Geldstrafen und Auflagen für bestimmte Firmen der Gruppe umgehen will, hat Greenbaum ihm erklärt.) Mehrere Investoren haben sich zu der Klage zusammengetan, das Schriftstück ist für das Konkursgericht von Oregon bestimmt, ja, beschließt Corky, er wird unterschreiben, wieder mal gutes Geld schlechtem nachgeworfen, aber nicht hier. »Ich unterschreibe es in meinem Büro und schicke es Ihnen zu«, sagt er zu Greenbaum. Legt das Dokument zusammen und steckt es in die Tasche zu dem Schuldschein für den armen Nick Daugherty. Ein Gentleman kann im Elm Room wohl über Geschäfte reden, aber noch lange keine machen.

Er erinnert sich an all das, was er über die traditionelle Einstellung des Clubs zu Juden gehört hat. Und in den siebziger Jahren kam dann die Judenquote.

Jetzt kommt Greenbaum auf das kritische Thema Viquinex zu sprechen und erklärt Corky, warum er als Investor der Zusammenlegung der vielen kleinen Gesellschaften zustimmen sollte. Corky, der den letzten Schluck Chateau Pigoudet auf der Zunge hat und zögert, ihn durch die Kehle rinnen zu lassen, ist zugänglicher geworden. Ihm dämmert, daß Jerome Corcoran außerhalb von Union City, New York, die Preise zahlen muß, die andere verlangen. Daß er, wenn's dumm geht, in diesen Fällen der Angeschmierte ist und nicht derjenige, der andere anschmiert.

Corky schluckt seinen Wein. Warum hat er bis heute gebraucht, bis zum 22. Mai 1992, inzwischen ist er dreiundvierzig, geschieden, kinderlos, hat keine Frau, die er liebt oder der er vertrauen kann, und du wirst nicht jünger und schlauer, du Armleuchter – warum hat er bis heute gebraucht, um diese simple Tatsache zu kapieren?

Union City, New York. Hier ist er geboren, hier hat er sein ganzes bisheriges Leben verbracht. Hier kennt jeder seinen Namen.

Er denkt daran, wie er an Christinas Fenster stand und auf all das hinuntersah, was ihm ans Herz gewachsen war. Wie ein Magnet hatte der bescheidene Turm des weit entfernten Griswold Building seinen Blick angezogen. Das einzige von Louis Sullivan entworfene Bauwerk im westlichen Staat New York, der erste Wolkenkratzer im Umkreis von Hunderten von Meilen, so ein verrücktes, kühnes, schönes Bauwerk mit Wasserspeiern und Terrakotta, seiner Zeit so weit voraus – und diese Armleuchter, der Stadtrat, die Handelskammer, ja, und das Rathaus wollen es irgendeinem Baulöwen in den Rachen werfen, der es abreißen und auf dem Gelände irgendein Hochhaus oder – schlimmer! ein Parkhaus bauen würde, aber Corky Corcoran wird es kaufen und restaurieren, da soll nur einer kommen und ihn aufhalten, Corky wird's schon richten.

Ja, und das alte Bull's Eye auch. Auf der unteren State Street, umgeben von Discount-Möbelläden und Leihhäusern. Trotzdem immer noch gut im Geschäft, besonders an den Wochenenden, schwarze und weiße Gäste, manchmal haben sie eine Jazzcombo, Corky hat herrliche Erinnerungen an lange Nächte im Bull's Eye nach Sportwettkämpfen in der Highschool, nach Tanzereien, ja, und mit Thalia ist er zu ihrem sechzehnten Geburtstag hingegangen, nur sie beide, sie hatten gerade einen vorläufigen Burgfrieden gschlossen, und ihr hat's gefallen. Corky überlegt, ob sie jetzt, wo sie erwachsen ist, auch noch manchmal hingeht.

Das Griswold Building. The Bull's Eye. Zwei Wahrzeichen von Union City. Die wird er kaufen, und zwar, ohne Greenbaum einzuschalten. Der kann's dann in der Zeitung lesen.

Corky fragt Greenbaum, wie das mit der Zusammenlegung ist und ob ihn das nicht noch mehr reinreißt, nicht, daß er es – milde gestimmt und cool, wie er im Moment ist – wirklich wissen will, er wird tun, wozu Greenbaum ihm rät, aber er möchte, daß Greenbaum denkt, er will es wirklich wissen. Jerome Corcoran ist nämlich auch nicht von gestern. Sein Ruf in der Stadt beruht unter anderem darauf, daß er die Leute unerbittlich ausquetscht und in den Schwitzkasten nimmt und dabei skeptisch die Stirn runzelt, während er in Wirklichkeit vielleicht nur halb hinhört. Augenkontakt – das ist der Trick.

Greenbaum redet sich in Schwung, und was er sagt, klingt durchaus überzeugend, er erklärt, warum in entscheidenden Momenten so eine Konsolidierungsmaßnahme nötig ist, größere wirtschaftliche Schlagkraft, Liquidität, Viquinex krebst ganz schön rum, nicht auszuschließen, daß sie Konkurs anmelden müssen, deshalb hat das Unternehmen an die neunzigtausend Anleger in elf Gesellschaften appelliert: Stimmt mit Ja, damit wir eine neue große Einheit bekommen. Corky leuchtet die Logik ein. Außerdem steht er mit dem Rücken zur Wand. Wenn Viquinex pleite geht, ist er seine 200 000 Dollar los. Wenn er der Zusammenlegung zustimmt, kostet das Geld. Und seine 200 000 Dollar ist er möglicherweise trotzdem los. Aber Greenbaum sagt: »Sollte der Vorschlag durchgehen, würde die Geschäftsführung der neuen Gesellschaft Hallwood übernehmen, das ist eine Merchantbank, solide wie der Fels von Gibraltar, und die Aktien werden an der amerikanischen Börse notiert.«

Der Vivaldi dringt jetzt deutlicher durch, es hört sich an, als ob von der Decke her tausend Geigen fiedeln. »Okay, Howard«, sagt Corky, »Sie sind der Fachmann. Ich stimme also mit Ja, aber was ich brauche, Herrgott noch mal, ist keine Finanzberatung, sondern Weisheit und Erfahrung.« Corky spricht mit erschreckend schwerer Zunge, sein Gesicht leuchtet wie ein Neonschild. Der Ober kommt beflissen mit frisch gebrühtem heißen Kaffee. Um Greenbaums Lippen zuckt wieder dieses leicht verwunderte Lächeln. Immerhin – es *ist* ein Lächeln… »Manchmal«, sagt Corky ernsthaft, »frage ich mich mitten in der Nacht, *warum wir hier sind.* Auf der Erde, meine ich. Ich weiß nicht, wie das mit den Juden ist. In meinem katholischen Katechismus steht *Wir sind hier, um Gott in dieser Welt zu erkennen und zu lieben und Ihm zu dienen und bei Ihm zu sein in der nächsten,* aber das ist natürlich Blödsinn, soviel hab ich schon als Elfjähriger begriffen.« Corky beugt sich vor, die Ellbogen auf die Tischkante gestützt, er spricht leise und eindringlich. Im Elm Room sitzen nur noch einige wenige Gruppen, eine ist die von McElroy und seinen Gästen. »Es gibt da so ein Paperback, *Wohin geht das Leben* heißt es, in dem hab ich nachts mal was über den Ursprung des Universums gelesen. In Princeton gibt es einen Kosmologen, einen Juden übrigens, der glaubt, daß wir, der *Homo sapiens*, im Universum sind, weil wir ein Bewußtsein haben.« Corky spricht mit knabenhaftem Schwung, aber Greenbaum, ganz weiser alter Patriarch, macht ein bedenkliches Gesicht, als sei das eine fragwürdige Feststellung. »Verstehen Sie, wie ich es meine? Das Universum ist im wesentlichen leer, ein Nichts, ein Vakuum, oder besteht aus Steinen, Staub und Schutt, aber wir Menschen haben ein Bewußtsein, und eine Sache, derer wir uns bewußt sind, ist das Universum.« Als Corky sich das im Kopf zurechtgelegt hatte, fand er es eindrucksvoll. Laut ausgesprochen hier im Elm Room, vor dem Hintergrund der fiedelnden Geigen, dem Lachen und Reden an einem Nebentisch und unter Greenbaums undeutbar nachdenklichem Blick ist es ein Flop.

Greenbaum rührt in seinem Kaffee, nimmt bedächtig einen Schluck. »Ja, das ist eine Theorie.«

»Theorie? Eine Tatsache.«

»Hmmm.«

»Es ist eine Tatsache, daß wir ein Bewußtsein haben, nicht?« In seiner Aufregung schlägt Corky mit den Knöcheln auf den Tisch. Trotz der dämpfenden weißleinenen Tischdecke ist das Geräusch laut genug, um den Ober aufmerken zu lassen, der sich in der Nähe bereithält. Noch nicht, bedeutet ihm Corky.

»Darf ich Sie mal was fragen, Howard?« sagt Corky. »Ganz offen?«

»Ja?«

»Was denken die Juden über das Universum?«

Greenbaum lacht. Derart gerade, weiße, in Reih und Glied stehende Zähne können nur künstlich sein. Er muß gut ausgesehen haben vor zwanzig Jahren, wenn man sich einen Schopf schwarzer Locken dazu vorstellt. Aber Corky überlegt, ob er das Lachen nicht vielleicht unverschämt finden soll. »Was Juden über das Universum denken? Welche Juden? Über welches Universum?«

Corky weiß nicht, was davon nun wieder zu halten ist. Das heißt, er weiß es schon, aber es ist nicht die Antwort, die er sich erhofft hat. Ein bißchen wie bei diesen blödsinnigen Debatten in der Highschool: Beantworte eine Frage mit einer klugscheißerischen Gegenfrage und verlange von deinem Gegenspieler, seine Begriffe zu definieren.

»Na ja«, sagt Corky verlegen, »das jüdische Volk... als Volk eben. Sie glauben doch an Gott, nicht?«

»Manche ja, manche nein.« Und da er bemerkt, daß das angesichts von Corkys Eifer ein wenig schnöde klingt, fügt Greenbaum versöhnlich hinzu: »Die Ansichten orthodoxer, fundamentalistischer Juden unterscheiden sich natürlich wesentlich von denen amerikanisierter Juden. Reformjuden, liberale, humanistische, weltliche, agnostische Juden – bei allen ist es wieder ein bißchen anders. In den Augen eines Chassiden wäre ein Jude wie ich nicht besser als ein Heide.«

Corky läßt nicht locker. »Aber Sie gehören alle zusammen. Sie sind alle Juden.«

»Wohl wahr«, sagt Greenbaum ironisch. »Im Lauf der Geschichte hat man uns immer wieder so gesehen.«

»Es sind enge Blutsbande. Die Rasse, meine ich. Es hat was mit Stolz zu tun. Das Auserwählte Volk. Bei uns«, Corky stottert herum, er weiß nicht, was er sagt, geschweige denn, was er meint, »ist das alles verkorkst, da haßt einer den anderen wie die Pest. Von Einheit nicht die Spur.«

»Sie denken vermutlich an Israel«, sagt Greenbaum, der ihm offenbar helfen will, »aber das ist ein einzigartiges politisch-religiöses Phänomen. Ein Kunstgebilde, das ohne amerikanische Hilfe undenkbar wäre, das ständig am Rand eines Krieges steht. Natürlich präsentiert Israel sich als eine Einheit.«

»Ja, aber Sie könnten da hin«, sagt Corky. »Sie würden hinpassen. Es sind Ihre Leute.«

Greenbaum lacht wieder. »Und warum sollte ich nach Israel auswandern? Es ist ungefähr so groß wie New Jersey, wußten Sie das?«

»New Jersey! Das darf doch nicht wahr sein!« Es ist ein ernüchternder Gedanke. »Aber Sie sind durch die Geschichte verbunden, das ist doch die Hauptsache. Eine Geschichte, in der

Sie immer was Besseres waren – nein, ehrlich! – und deswegen verfolgt worden sind. Andere Völker, nehmen Sie mal die Iren, die Familie meines Vaters ist aus der Grafschaft Kerry hergekommen, die waren auch verfolgt, aber was Besseres waren sie nicht.« Aufgebracht sagt Corky: »Die irischen Katholiken sind die Nigger von Großbritannien. Und wenn ich ein Nigger bin, frag ich mich natürlich, bin ich so zur Welt gekommen, oder haben irgendwelche Arschlöcher mich dazu gemacht?«

Corkys Kopf fühlt sich an wie ein Ballon, der sich gleich von seinem Körper lösen wird. Er hat eine Tasse starken schwarzen Kaffee intus, aber irgendwie hat er das Gefühl, daß er immer betrunkener wird. Liegt vielleicht an den Schokoladenmints. Schokolade macht süchtig, hat Corky mal gelesen, nicht anders als Tabak. Bringt die Chemie im Gehirn durcheinander.

Greenbaum sagt mitfühlend: »Persönliche Geschichte ist schmerzlich genug, aber Rassengeschichte kann niederschmetternd sein, das ist schon wahr.«

»Es muß verdammt hart sein, wenn man Jude ist«, sagt Corky. »Ich meine, allein der Gedanke... Es vergeht doch kein Tag, ohne daß man ›Hitler‹ hört und ›Holocaust‹, diesen ganzen deprimierenden Mist. Ich hab neulich in der *New York Times* gelesen, daß es in Deutschland junge Burschen gibt, die sich Nazis nennen.« Corky hält inne, er will das Thema eigentlich nicht vertiefen, aber er kann sich nicht bremsen. »Wenn ich Jude wäre, ich würde töten wollen, ich würde verrückt werden. Meine Tochter Thalia, also eigentlich die Tochter meiner Ex-Frau, ein ernsthaftes, sensibles Mädchen, sie war ein Jahr am Wells College, dann ist sie nach Cornell gegangen, Kunst, Geschichte, Philosophie, die hatte auch einen Kurs über den Holocaust belegt, und das hat ihr Leben für immer verändert, sagt sie. Die Welt, das ist im Grunde der Kampf des Guten gegen das Böse, wenn da plötzlich so ein Irrer wie dieser Hitler auftaucht, macht man ihn fertig, oder man wird von ihm fertiggemacht.« Corky atmet schwer, er hat Greenbaum am Arm gepackt, ohne es zu bemerken. »Aber wem erzähle ich das, Howard.«

Corky verlangt die Rechnung. Greenbaum hat um halb vier einen anderen Termin, und Corky muß versuchen, Thalia zu erreichen. Im Elm Room sind jetzt nur noch zwei Gruppen, eine davon ist die von McElroy und seinen Freunden, aber auch sie sind im Aufbruch.

Das Licht vor den hohen Fenstern mit dem Blick zum Park hat sich verändert, die schweren Wolken, die wie Gehirnhälften aussehen, stehen jetzt vor der Sonne. Den Eriesee-Effekt nennen sie das in Union City – eben noch Sonnenschein, gleich darauf alles Grau in Grau.

Während sie auf die Rechnung warten, trinkt Greenbaum seinen Kaffee aus, langsam und pingelig, fleischig-sinnliche Lippen hat der Mann, einer, der sein Essen genießt und das Leben genießt, kein Corky Corcoran, der ständig in der Gegend rumhetzt. Corky kennt den jiddischen Ausdruck *mensch,* weiß aber nicht genau, was er bedeutet. Noch ist Greenbaum keinen Schritt auf ihn zugekommen, noch herrscht höfliche Distanz. Ist der Elm Room zu formell, zu elegant? »Sie möchten also, daß wir uns in Ihrem Büro und nicht zum Essen treffen, Howard?« sagt Corky wie nebenbei. »Ich könnte ja auch erst zu Ihnen kommen, und wir gehen dann zusammen irgendwohin. Nächste Woche? Meine Sekretärin ruft Sie an.«

»Einverstanden, Jerome«, sagt Greenbaum höflich.

»Sie können mich ruhig ›Corky‹ nennen, ich habe Sie schon mal darum gebeten.«

»›Corky‹ ... ja, sicher ...«

Eine betretene Pause. Corky erinnert sich, wie damals, als er mit Ross Drummond hier gegessen hat, der Ältere fast allein geredet und Corky damit fast die Luft zum Atmen genommen hat.

In seinem Bauch, in seinen Lenden rumort es. Wie sie sich auf ihn gestürzt hat, schluchzend, fast hysterisch, den Kopf auf dem Boden hin und her werfend, Speichel auf dem Kinn wie Samen, er wußte, daß er ihr weh tat, aber es war ihm egal, wie Christinas Nägel ihm Schultern, Seiten, Hinterbacken zerkratzt haben, auch sie wollte ihm weh tun, ja, aber sie wollte auch seinen Schwanz in sich spüren. Und wie sie gebettelt hat, er solle nicht gehen. *Corky, nein. Corky, ich liebe dich.*

Unglaublich, daß es zu Ende sein soll. Aber es ist zu Ende.

Die Nonnen in der Grundschule haben ihnen Angst vor der Hölle gemacht. Ihr kommt rein, es ist wie eine Höhle, und ihr kommt nicht wieder raus. Habt ihr euch schon mal verbrüht, schon mal an einem heißen Ofen verbrannt, wißt ihr, daß Menschenfleisch brennen und schmelzen kann wie Fett? Genau das passiert in der Hölle.

Die Nonne, die sie in der sechsten Klasse hatten, erzählte ihnen, daß die schlimmste Strafe für die Verdammten darin bestehe, für immer Gott fern zu sein, aber der kleine Jerome Corcoran dachte sich, daß er nichts dagegen hätte, Gott fern zu sein, wenn er dafür nicht bei lebendigem Leibe verbrennen müßte.

Während er die Posten auf der Rechnung überfliegt, das Trinkgeld berechnet, zwanzig Prozent von 115,95 Dollar, fragt Corky beiläufig: »Noch eine Sache, die ich mir schon oft überlegt habe: Glauben Juden an die Hölle?«

Jetzt, da der Streß des Essens vorbei ist und berechtigte Aussicht besteht, diesem wilden Feuerkopf Corcoran zu entkommen, sagt Greenbaum in einem Ton, als habe die Frage auch ihn schon beschäftigt. »Eigentlich nicht.«

»Nicht?«

»Im Alten Testament kommt sie nicht vor, das hat schon mit der wirklichen Welt genug zu tun. Viel später, in der rabbinischen Ära, im christlichen Mittelalter, dringen Vorstellungen von einem ›Leben nach dem Tode‹ ins Judentum ein, aber sie entwickeln sich nicht weiter.« Greenbaum lacht, als er Corkys ungläubiges Gesicht sieht. »Jetzt denken Sie wohl, die Juden hätten den Anschluß verpaßt, Jerome? Corky, meine ich.«

»Aber wie halten Sie die Leute bei der Stange? Wie machen Sie ihnen Angst, wenn's bei Ihnen keine Hölle gibt?«

Greenbaum hebt höflich abwehrend die Stummelfinger. »*Ich* will niemandem Angst machen. Sie etwa?«

Corky runzelt die Stirn, für ihn ist das eine ernste Angelegenheit: »Ich denke, bei der Religion geht es darum, daß man den Leuten Angst macht, damit sie an Gott glauben und sich gut benehmen. Ohne die Hölle«, lacht Corky, »könnte die katholische Kirche einpacken.«

»Der Judaismus hat sich immer auf ethische Fragen konzentriert«, sagt Greenbaum. »Gewiß, wir haben die Aussicht auf den Messias und auf eine neue Welt, und es gibt gewisse mystische Tendenzen, aber in der Hauptströmung des Judentums wird vor allem Wert auf sittliches Verhalten und Verantwortung gelegt. Auf Anstand in den menschlichen Beziehungen.«

»Und einen Himmel gibt es auch nicht? Das darf doch nicht wahr sein!«

»Die Vorstellung eines Lebens nach dem Tode kam, wie gesagt, von außen, aber sie hat bei uns nicht Fuß gefaßt.«

Corky hat die Rechnung mit seiner fast unleserlich-krakeligen Unterschrift zurückgegeben, hat das strahlende »Vielen Dank, Mr. Corcoran« des Obers zur Kenntnis genommen, und er und sein Gast gehen jetzt zur Tür, ein wenig befangen, als müßten sie sich neu aufeinander einstellen – Greenbaum ist ein massiger Mann mit hängenden Schultern und krummem Rücken, aber gut und gern eins achtzig groß, und ungeachtet seines rothaarigen Temperaments und seines entgegenkommenden Wesens ist nicht zu übersehen, daß Corky dieses Maß um eine beträchtliche Zahl von Zentimetern unterschreitet, was ihm gewaltig gegen den Strich geht.

Skeptisch fragt er: »Wie seid ihr Juden eigentlich so schnell vorangekommen? Angefangen habt ihr doch ganz primitiv in der Wüste. Und dann?«

»Ich bin nicht ›ihr Juden‹, Corky, ich stehe nicht für das ganze Judentum.« Wieder spricht Greenbaum fast amüsiert. Wie er so dasteht, liebenswürdig und ohne Eile, könnte man fast den Eindruck gewinnen, daß er Corky begönnert. Unter einem Arm hat er eine abgewetzte Aktentasche aus braunem Leder, der Griff ist kaputt. Braune, länger nicht geputzte Schuhe zu dem dunklen Anzug. Ein jüdischer Witwer in mittleren Jahren, Musikfreund, Top-Finanzmann – und für Corky ein Buch mit sieben Siegeln. »Sprechen *Sie* denn für alle Christen?«

»Natürlich nicht, Howard.« Corky zuckt die Schultern. »Ich spreche ja nicht mal für mich selber.«

Greenbaum bedankt sich für das Essen, sie schütteln sich zum Abschied die Hand, und dann sieht Corky, daß Greenbaum ein verblüfftes Gesicht macht. Er dreht sich um, und da steht grinsend Budd Yeager, auch er um einiges größer als Corky, und legt ihm eine heiße, schwere Hand auf die Schulter, während die andere geschickt, wie in einer heimlichen Liebkosung, etwas (gefaltete Geldscheine?) in die Brusttasche von Corkys Jackett schiebt.

»Wie geht's, Corky, ich hab dich vermißt«, sagt Yeager, hält sich aber nicht weiter auf, keine Zeit, er muß zurück zu seiner Gruppe und ist nur dieser Geste wegen zu Corky herübergekommen, schon wendet er sich ab, breites Lächeln, zinnfarbene Augen und zinnfarbenes Stoppelhaar, eine Geste von Mann zu Mann, ein Geheimnis (Greenbaum staunt, das merkt man deutlich), die sie freundschaftlich-kumpelhaft verbindet, so vertraut und ungezwungen gehen sie miteinander um, daß sie auf Förmlichkeiten wie Handschlag oder Gruß verzichten können. Corky lächelt seinerseits, bedankt sich bei Yeager, winkt den anderen zu, auch Ben Pike und Todd McElroy grinsen in seine Richtung, und verläßt mit seinem Gast den Elm Room, ohne auf Yeagers Geste oder den mysteriösen Inhalt seiner Brusttasche einzugehen. Er spürt Greenbaums lebhafte Neugier, aber das ist eine Privatsache.

»Okay, Howard, tausend Dank, meine Sekretärin ruft Sie nächste Woche an, dann verabreden wir was, okay?« Er registriert die Verblüffung Greenbaums, registriert, daß Greenbaum seine Einschätzung von Corky revidiert. Der will jetzt zur Toilette (nicht zu der im ersten Stock, sondern im Mezzanin), er freut sich wie ein Kind über Budd Yeagers unerwartete, so perfekt getimte Geste, die Howard Greenbaum eine Ahnung von Corky Corcorans Status in Union City vermittelt, in Kreisen, in denen Greenbaum mit all seinem Grips und seinem jüdischen Scharfsinn keinen Fuß auf die Erde bekommen würde.

Corky grinst. Er verzichtet auf den Aufzug, läuft federnd die Treppe hinauf.

Was ist das für ein Gefühl, Junge, in dieser Stadt zum Establishment zu gehören?

Er zieht sich in eine Kabine zurück und stellt fest, daß Budd Yeager das Pokergeld gezahlt hat, das er Corky seit sechs Wochen schuldet. Nicht mit einem Scheck, sondern bar, neun knisternde Hundert-Dollar-Scheine, frisch aus der Notenpresse.

Neunhundert Dollar! Spitze! Corky drückt die Nase an die Scheine, Herrgottnochmal, was für ein Duft. Frauen sollten ihn als Parfüm tragen.

Nur glaubt Corky sich zu erinnern, daß es nicht so viel war, eher um die siebenhundert Dollar. Corky war damals leicht betrunken, nicht so, daß er nicht mehr hätte denken können, so betrunken ist er nie oder selten, aber genau weiß er es eben nicht mehr. Er wird in seinem Kontobuch nachsehen.

Für Corky kommt es darauf an, jenes empfindliche Gleichgewicht zwischen Nüchternheit und Stockbesoffensein zu erreichen, das für ihn optimal zum Pokerspielen ist, den Punkt, an dem er das untrügliche Gefühl hat: *Ich kann nicht verlieren, ich bin auf der Gewinnerstraße.* In solchen Momenten brennt Corky lichterloh, dann hat er das Zweite Gesicht, kann in den Gesichtern seiner Gegenspieler lesen wie auf dem Titelblatt der Zeitung, *… kann nicht verlieren … Gewinnerstraße,* aber leider ist dieser Zustand immer nur vorübergehend, er kann eine Stunde anhalten oder auch nur zehn Minuten.

An jenem Abend bei Oscar waren es mindestens vierzig Minuten. Er hatte Budd Yeager so richtig fertiggemacht, Yeager ist ein aggressiver, brutaler Pokerspieler, der bestimmt gedacht hatte, er hätte Corky in der Ecke, und dann sein Gesicht, als er die Karten sieht, die Corky vor ihm auffächert – vier Asse. Ein geflüstertes »Arschsack!«

In diesem Zusammenhang das schönste Kompliment, das man sich wünschen kann.

Später hat ihn das Glück ziemlich im Stich gelassen, zur Abwechslung haben ihn andere fertiggemacht, nicht, daß es ihn gestört hätte, gegen Oscar Slattery zu verlieren, der alte Oscar lacht gierig wie ein Kind und fächert seine Gewinnkarten auf, nie ist der Bürgermeister glücklicher, wie er sagt, als wenn er unter Freunden mal so richtig abschalten und so rüde und leichtsinnig und ordinär sein kann, wie er will, ja, und Corky Corcoran hat er besonders ins Herz geschlossen. Immer schon. Corky denkt sich, daß Oscar in ihm so was wie einen Sohn sieht, einen Neffen vielleicht, er ist Oscar ähnlicher als sein Sohn Vic, auf dem seine Hoffnungen ruhen, mit dem es aber seit jeher auch Spannungen gibt.

Corky verstaut Yeagers Scheine in der Brieftasche. Wenn Yeager meint, er schulde Corky neunhundert Dollar, werden es schon neunhundert Dollar sein, Corky will da nicht meckern.

Wie geht's, Corky, ich hab dich vermißt.

Und was hat er damit sagen wollen? Daß Pokerrunden beim Bürgermeister gestiegen sind, zu denen Corky nicht eingeladen war? Oder daß sie länger nicht miteinander gespielt haben, so daß Yeager Corky nicht gesehen hat?

Er wäscht sich an einem der vornehmen Marmorbecken ausgiebig die Hände, spritzt sich Wasser, das er eine Weile hat ablaufen lassen, damit es schön kalt ist, in das heiße Gesicht, versucht, seine widerspenstigen Haare zu bändigen. Ein Hahnenkamm wie der von Tim Corcoran. Im Licht der Neonleuchten, die alles zu vergrößern scheinen, entdeckt Corky hier und da stahlgraue Fäden.

Daß ich mal sterben werde, kann ich mir vorstellen, aber daß ich mal *alt* werde – verdammt, das ist doch nicht drin!

Wobei Corky einfällt, daß er unbedingt morgen bei Onkel Sean vorbeifahren muß, er könnte mit ihm zusammen Schwester Mary Megan im Krankenhaus besuchen. Zwei Fliegen mit einer Klappe.

Gute Idee.

Beschäftigt dich, lenkt dich von Christina Kavanaugh ab.

Corky mag diese Toilette lieber als die im Mezzanin, weil sie um diese Tageszeit meist völlig leer ist. Und kein livrierter Schwarzer mit einem Leinenhandtuch rumhängt. *H'lo, Mr. Corcoran! Schöner Tag, Mr. Corcoran! Danke, Mr. Corcoran!* – also ehrlich, Corky Corcoran kommt die Galle hoch, wenn er überall Zehn- und Zwanzig-Dollar-Scheine verstreuen muß, als bestehe er nur aus Geld und brauche sich um seine finanzielle Zukunft keine Sorgen zu machen. Corky war als Teenager selber mal Hilfskellner und hat Autos von Gästen geparkt, er weiß, daß diese Kids dich hassen wie die Pest, jeder, der von Trinkgeldern abhängig ist, haßt dich wie die Pest, und verdenken kann man's ihnen ja nicht, wenn sie diese fetten Geldsäcke sehen, die überall große Trinkgelder verstreuen. Der französisierte Restaurantchef da unten mit den blanken schwarzen Augen würde Corky die Kehle durchschneiden, um an sein Geld zu kommen, wenn sich das straflos machen ließe.

»Scheiß drauf«, sagt Corky laut und grinst sein Spiegelbild an. Es wäre doch schön – und solche Gedanken kommen ihm nur in der relativen Sicherheit einer leeren Herrentoilette des Clubs –, wenn man hoch genug käme, um auf alle runterscheißen zu können.

Auf ganz Union City. Freunde, Feinde, Unbeteiligte. Ja, das wär mal was.

Corky überlegt immer noch: Steigt heute abend bei Oscar eine Pokerrunde, zu der ich nicht eingeladen bin?

Und wer war heute mit zum Essen in diesem Séparée?

Corky überlegt auch, wann wohl Vic Slattery aus Washington kommt. Das Bankett ist am Montag um sieben, Vic kommt natürlich früher, wahrscheinlich übers Wochenende, vermutlich ist er jetzt schon da.

Vielleicht (aber gesagt ist es natürlich nicht) erwartet Corky zu Hause oder im Büro eine Nachricht, die ihn auf einen Drink nach Chateauguay Falls einlädt. Sein letzter Besuch bei Vic und Sandra – nur ein paar gute Freunde, Vic hat sich sehr freimütig über die miese Stimmung bei den liberalen Demokraten geäußert und über die Tendenz der Briefe, die er von Leuten aus seinem Wahlkreis bekommt, es liegt nicht nur an der Rezession, es ist eine ganz bestimmte Geisteshaltung, die Amerikaner haben die Lügen der Politiker einfach satt, wie kann man sie dazu bringen, daß sie sich die Wahrheit anhören? – war im Februar, da lag noch Schnee. Und Vic hat sich bei Corky für sein Kommen bedankt, und Sandra hat ihn auf die Wange geküßt. Wenn ich wieder mal da bin, vor dem Memorial Day, setzen wir uns zusammen, okay?

Okay.

Okay, Vic Slattery, ich stehe hundertprozentig hinter dir, ich bin dein Mann.

Am Ende des Jahrzehnts ist Vic Slattery, wenn alles gutgeht – kann natürlich auch sein, daß es nicht gutgeht, aber sagen wir mal, es geht gut – vielleicht Senator. Oder Gouverneur des Staates New York.

Und Oscar Slattery dürfte dann noch Bürgermeister von Union City sein, warum nicht, ein zäher alter Knochen, auf dem Höhepunkt seiner Karriere. Mitte sechzig und kerngesund.

Weißt du, warum ich Vertrauen zu dir habe, Corky, hat Oscar Slattery mal gesagt, mit einer Whiskeyfahne, die bedeutete, daß es ehrlich gemeint war, *Du läßt dich nicht bequatschen und du bequatschst auch keinen, genau wie dein Alter. Darum.*

Corky ist fertig, er verläßt die Toilette, er ist nicht mehr so wacklig auf den Beinen, nachdem er sich das Gesicht gewaschen, die roten Augen mit kaltem Wasser gekühlt hat. Er überlegt, ob er den Aufzugknopf zum dritten Stock drücken soll, nur mal checken, was dort läuft, da hört er seinen Namen: »Mr. Corcoran? Jerome?« Er dreht sich um, vor ihm steht ein Mann Mitte dreißig, zwei, drei Zentimeter kleiner als Corky trotz der blanken Schuhe mit den kubanischen Absätzen, ein unbekanntes Gesicht, auch wenn der Typ wer weiß wie befreundet tut und ihm die Hand hinstreckt, seinen Namen nennt, Teage oder vielleicht Tyde – »Wenn ich nicht irre, haben wir einen gemeinsamen lieben Freund, Jerome, nämlich Vater Delucca«, sagt er ernsthaft, und Corky sagt: »Soviel ich weiß, ist Pater Delucca tot«, eine blödsinnige Antwort, denn daß der alte Jesuit, Corkys Mathematiklehrer in St. Thomas, tot ist, weiß Corky schon deshalb genau, weil er vor drei, vier Jahren auf seiner Beerdigung war. Teague oder Tyde nickt ernsthaft-gewichtig. »Und eben deshalb würde ich gern mit Ihnen sprechen, Jerome.«

Dieses zweite, so bedeutungsvoll ausgesprochene »Jerome« signalisiert Corky, daß der Typ etwas von ihm will, und mit Leuten, die etwas von Corky Corcoran wollen, hat er nichts am Hut.

Corky vermutet zudem, daß dieser komische Heini, der etwas von einem Projekt für ein Denkmal am Riverside Park faselt, einem »Mausoleum für die verdienten, schmerzlich betrauerten, erlauchten Toten unserer Stadt«, kein Clubmitglied ist. Der Club hat etwa fünfhundert Mitglieder, und Corky kennt sie nicht alle, aber er weiß, daß diese Pfeife nicht dazugehört.

Teague oder Tyde hat eine scharfe, schrille Stimme, einen starken Akzent, typisch für den Staat New York, nasaler als der von Corky. Sein Gesicht wirkt zusammengequetscht, und der Kopf ist zu klein. Feuchte, vorstehende Augen, kleine graue Nagerzähne, die Suada eines eifernden Handelsvertreters, eine Masche, die Corky nicht ausstehen kann. Der Kerl trägt einen breitschultrigen beigefarbenen Sakko mit schwarzen Karos und einen zinnfarbenen, gut fünf Zentimeter breiten Lederschlips, so was hat Corky noch nie im Club gesehen.

Der ernste kleine Bursche spricht eindringlich und schnell wie ein Maschinengewehr, so daß Corky ihm wohl oder übel ins Wort fallen muß. »Tut mir leid, ich hab's eilig«, sagt er und weicht mit einem Lächeln zurück, das man beileibe nicht mit einem echten Lächeln verwechseln darf, und Teage oder Tyde schickt ihm einen kummervollen Blick nach. »Mr. Corcoran!« ruft er, »Jerome! Das Mausoleum für die Toten von Union City ist ein eminent wichtiges Projekt – ich kontaktiere nur einige wenige ausgewählte Wohltäter – wann können wir denn darüber sprechen?«

»Fragen Sie in meinem Büro nach«, wirft Corky, der schon an der Treppe ist, über die Schulter zurück. Erledigt, denkt er, aber da ist der kleine Bursche schon wieder neben ihm und begleitet ihn nach unten.« Mr. Corcoran, nur ein paar Minuten Ihrer kostbaren Zeit. Pater Delucca hat so herzlich von Ihnen gesprochen. Wenn Sie erst die Bedeutung meines Projekts begriffen haben, werden Sie bestimmt hundertprozentig...« Corky kann es nicht fassen. Aufdringlicher kleiner Wichser. »Verpiß dich, Mann!« sagt Corky. Sie stehen unten in der Halle, Corky schaut sich um, hoffentlich ist niemand in Hörweite, sieht Teage oder Tyde drohend an und sagt: »Und machen Sie, daß Sie hier rauskommen, Sie sind kein Mitglied.«

»Wiedersehen, Mr. Corcoran!«

»Wiedersehen, Mr. Corcoran!«

»Schönen Tag noch, Mr. Corcoran.«

»Vielen Dank, Mr. Corcoran.«

Corky tritt blinzelnd in den winterlich trüben Tag hinaus. Der Fluß riecht nach nassem Metall, und wo, verdammt noch mal, ist die Sonne geblieben? Es ist Mai, nicht März, Corky fühlt sich geprellt, so schön, wie der Tag ausgesehen, sich angefühlt, geschmeckt hatte, als er in der Nott Street angekommen und die Treppen zu Christina hochgerannt war – Herrgott, er hat das Gefühl, als ob das schon Wochen her ist.

Dem hispanisch aussehenden Jungen in der Livree des Clubs braucht man nicht zu sagen, welcher Wagen der von Corky ist. »Ja, Sir, Mr. Corcoran. Kommt sofort. Caddy de Ville.«

Manchmal überlegst du, ob sie dich nicht alle nur betrügen, auch die Jungen. Früher, als Corky gejobbt hat, sind ihm wenigstens scharlachrote Hosen, Messingknöpfe und Litzen erspart geblieben.

Er sieht die Fotos von Tim Corcoran und von Sean in Uniform vor sich. Flott sahen sie aus. So jung. Schneidig, stolz. Corky bedauert es – er weiß, es ist Blödsinn, Spinnerei, aber er bedauert es trotzdem –, daß er nicht bei der Army war, Obergefreiter wie Tim Corcoran und vielleicht ein Orden, das ist nun vorbei, er wird nie wissen, wie es ist, Soldat zu sein, Mann unter Männern, das heißt, jetzt nehmen sie ja auch Frauen. Corkys Krieg war Vietnam, und das war kein Krieg für patriotische Gefühle. Er hat Theresa versprechen müssen, sich nicht freiwillig zu melden, sie hat ihn wohl mit Tim verwechselt. Für sie stand fest, daß er sterben würde, von Kugeln durchsiebt wie Tim, arme Mutter. Corky hatte auch gar nicht die Absicht, nach Vietnam zu gehen und sich totschießen zu lassen. Bei seinem Glück würde er jetzt die Rampe hier runterrollen (eine Rampe für Behinderte, die parallel zu der Treppe zum Club verläuft) und durch einen Schlauch in eine Plastikflasche pinkeln. Wie der arme Harry Kavanaugh.

»Er ist mein Mann. Ihn liebe ich auch, ich lasse ihn an meinem Leben teilhaben.«

Und Corky hatte sie geliebt. Hatte rumgesponnen, wie er sie heiraten, wie er ihr ein Kind machen würde. Herrgott noch mal.

In Corkys Gedärmen rumort es wie heiße flüssige Scheiße.

Dieses schwere Essen und zwei Flaschen Wein. Und Scotch. Will er sich denn umbringen?

Er denkt an die Schande, die öffentliche Blamage, wenn sich das von ihm, Christina und Harry erst in Union City herumgesprochen hat. Harold Kavanaugh, Richter im Ruhestand. Der Dritte im Bunde, der Voyeur, und Corky kann sich nicht helfen, für ihn ist der Mann wie ein Augenzeuge, ein Geist, der dabei war, wenn er und Christina sich geliebt haben, er denkt an all das, was sie zueinander gesagt haben, was *er* gesagt hat, ist Corky also nicht selber ein Voyeur? Abartig, das Ganze.

Corky empfindet diese Sache als Angriff nicht nur auf seinen Stolz, sondern auch auf seine Sicht von Moral.

Nur gut, daß er nicht ausgerastet ist und ihr was angetan hat. Eine Frau ist verletzlich, die Nase schnell gebrochen, ein blaues Auge rasch verpaßt. Er weiß, wie es ist, wenn man Frauen schlägt (unter anderem auch von Charlotte, aber die hat zurückgeschlagen), er kennt sich aus.

Du kannst mich mal, Christina. Und Harry auch.

Corky registriert schon eine ganze Weile eine glänzend schwarze Stretch-Limousine, die mit laufendem Motor in der Auffahrt steht. Eine aus dem Fuhrpark der Stadtverwaltung. Wer hinten sitzt, kann er nicht erkennen, die Fenster sind dunkel getönt. Die Leute, die mit dem Bürgermeister zusammengesessen haben, sind wohl jetzt auch im Aufbruch.

Eine der hinteren Türen der Limousine öffnet sich, und Red Pitts steigt aus. Winkt Corky heran, das sind so Zufälle, wenn man zur rechten Zeit am rechten Ort ist, Oscar Slattery höchstpersönlich ruft: »Soll ich dich mitnehmen, Corky?« Corky ist natürlich entsprechend geschmeichelt.

Ein rascher Händedruck, ein Gruß.

Corky hat Oscar so nah, von Angesicht zu Angesicht, seit Wochen nicht mehr gesehen. Das letztemal bei der Pokerrunde im Haus von Slattery, das war im April. Bei seinen Fernsehauftritten wirkt er angeschlagen, leicht hat er's ja auch nicht, die Finanzkrise, vor allem aber die Sache mit Devane Johnson, Marcus Steadmans Attacken, Vorwürfe wegen »Rassismus« – unwahr und empörend, trotzdem aber mit der größten Dreistigkeit verbreitet. Bei Sitzungen des Stadtrates beherrscht er sich, gibt sich verbindlich, soweit ihm das seinem Wesen nach möglich ist, die meisten seiner Vorschläge gehen durch, zwei Drittel der Stadtverordneten stehen eben loyal zu ihrem Stadtoberhaupt. Oscar ist sichtlich abgespannt, die hellblauen Augen sind blutunterlaufen, fast so schlimm wie meine, denkt Corky, die Wangen knittrig und rotgefleckt. Trotzdem ist er mit seinen achtundsechzig Jahren immer noch ein gut aussehender Bursche, feines weiches weißes Haar, starke Knochen, aufrechte Haltung, allenfalls ein bißchen steif. Aus dem üppigen lederduftenden Innenraum der Limousine sieht er lächelnd zu Corky hoch. »Wir sehen uns ja am Montagabend in Chateauguay, nicht?« »Aber ja«, sagt Corky. »Selbstverständlich.« Dabei zieht er ein Gesicht, als sei er seiner Rede wegen nervös. Ist er ja auch. Oscar fragt nach Corkys Familie, Routinefragen, aber eben doch nicht ganz, denn während und nach Corkys Scheidung hat er sich danach sehr angelegentlich erkundigt. Corky gibt die üblichen sonnig-positiven Antworten, allen geht's gut, ihm geht's gut, sein Neffe Rickie Payne kommt in Georgetown gut voran, das sagt er gezielt, weil auch Vic in Georgetown Jura studiert hat. Freut mich, sagt Oscar, freut mich sehr, wirklich. Corky ist bei ihm gut angeschrieben, aber in seinem Ton ist etwas leicht Spöttisches, fast Herausforderndes, man soll nur ja nicht vergessen, daß der Mann, der in diesem Moment so freundlich lächelt, ein Mann im Blickpunkt der Öffentlichkeit, ein Mann mit Macht ist, ein geriebener Politiker, der schnell die Geduld verliert, wenn etwas nicht in seinem eigenen raschen Tempo oder nach seinen eigenen, manchmal geheimen Plänen abläuft.

Heute allerdings wirkt Oscar zerstreut, unentschlossen, preßt auf eine greisenhaft zögerliche Art, die ganz untypisch für ihn ist, die Lippen zusammen. Corky fragt, ob Vic schon aus Washington gekommen ist, und Oscar nickt unbestimmt, scheint aber die Frage gar nicht gehört zu haben. Sie werden sich ja dann am Montag bei dem Bankett sehen, nicht? »Alle Karten verkauft, ist das nicht toll?« Corky fragt noch einmal nach Vic, diesmal ein bißchen lauter, und nun sagt Oscar – und ein Hauch von Ärger oder Sorge geht über sein Gesicht – »Mein Sohn ist kein Wahlkämpfer. Er hat Angst, sich die Hände schmutzig zu machen.« Corky widerspricht milde: »Aber nein, Oscar, Vic war beim letzten Mal doch großartig, was soll denn das? Allein die vielen Wechselwähler, die er für sich gewonnen hat...« Sie sprechen kurz über den Wahlkampf vor zwei Jahren, in dem Corky hauptsächlich als Berater mitgemacht hat, und über die bevorstehende Kampagne, aber Corky hat den Eindruck, daß Oscar nicht mal das, was er selber sagt, richtig mitbekommt. Er wirkt lebhaft – ein paar Drinks mögen das Ihre getan haben – aber unkonzentriert. Oscar mustert den Schulfreund seines Sohnes mit einem merkwürdig forschenden, heimlich besorgten Blick. Als wolle er Corky eine Frage stellen, die er trotz der fast familiären Vertraulichkeit des Gesprächs nicht über die Lippen bringt.

Und der schlaue Corky wird sich später erinnern, wie Oscar Slattery angesichts dessen, was er weiß und was, wie er bemerkt, noch nicht bis zu Corky vorgedrungen ist, die Sache auf sich beruhen läßt. Ein Handschlag und auf Wiedersehen, bis bald.

Red Pitts ist in der Nähe stehengeblieben und raucht, auch er wirkt nervös, deshalb fragt Corky: »Alles in Ordnung mit Oscar?«, und Red sagt kühl: »Mr. Slattery fühlt sich bestens, Corky. Und du?«

5
CORCORAN INC.

Eigenartig, diese brüchige Mondhülle, durchscheinend wie eine alte, löchrige Beinscheibe, die man manchmal mitten am Tag am Himmel sieht, flüchtig und ungreifbar wie ein menschlicher Gedanke. Auf Wolkenkämmen reitend, von starken, unsichtbaren Winden getragen, taucht sie auf, verschwindet, taucht wieder auf. Als Corky den Mond an so unvermuteter Stelle entdeckt, kneift er die Augen zusammen und denkt an den Friedhof von Our Lady of Mercy, auf dem seine Eltern liegen, TIMOTHY PATRICK CORCORAN, THERESA AGNES CORCORAN. Stellt sich das Unvorstellbare vor: Was da noch an Fleisch welchen brüchigen Knochen anhaftet, was da sanft modernd noch an seidenen Grabtüchern, an Grabwäsche liegen mag. *Totenspitzen,* wie aus heiterem Himmel kommt Corky das Wort in den Sinn, während er wegen dieser gottverfluchten Fußgängerzone, die die Second Street versperrt, im Stau steht.

Der Sohn mit dem schlechten Gewissen. Wird Zeit, daß er mal wieder hingeht. Kein Sohn mehr. Ob sie mich wohl erkennen würden?

Als Corky haben sie ihn nie gekannt. Und jetzt, wo ihm allmählich die Haare ausgehen...

Dabei hatte sich der demokratische Stadtverordnete Jerome A. Corcoran mächtig für die Aktion »Innenstadtbelebung '89« ins Zeug gelegt, deren Fünfzehn-Millionen-Haushalt auch vorsah, bestimmte Straßen in der Innenstadt als Fußgängerzonen auszuweisen. Und deshalb ist Corky selber schuld daran – natürlich nur als einer von vielen aus dem kompakten Stimmenblock der Demokraten im Stadtrat, die regelmäßig der (ständig fluktuierenden) Opposition im Verhältnis zwei zu eins über ist –, daß er jetzt für die drei Blocks vom Athletic Club zu seinem Büro in der South State 773 nicht fünf, sondern fünfzehn Minuten braucht, in deren Verlauf er versucht, sich keine Sorgen wegen Christina, keine Sorgen wegen Thalia zu machen.

Wie kommt *er* eigentlich dazu, sich wegen Thalia aufzuregen, die gar nicht seine eigene Tochter ist?

Kein Sohn mehr. Und nie Vater.

Und auch kein Ehemann mehr. Du wirst geschieden. *Wirst* geschieden. Wie in *wirst* beschissen. Reiner Passiv.

Natürlich geht es auch im Aktiv: Ich scheide mich von meiner Tochter. Nur – wie stellt man das an, wenn sie, obgleich sie die leibliche Tochter eines anderen und nur deine Adoptivtochter ist, elf Jahre mit dir und deiner Frau in einer Art Familie gelebt hat? Wie bekommt man das hin? Wie macht man das richtig?

Früher, in Irish Hill ließ sich keiner scheiden. Da waren die Kinder, und die Kirche hatte es verboten, es kam einfach nicht in Frage, ebensowenig wie Abtreibung. Wenn man ein Mädchen reingeritten hatte, wurde geheiratet, und das war dann fürs ganze Leben.

Corky Corcoran ist das zum Glück nicht passiert. Purer Dusel bei seinen vielen Frauengeschichten. Dafür hat er sich dann aber auf andere Art in der Schlinge gefangen. Corky überlegt: Wenn er Thalia telefonisch nicht erreichen kann, fährt er zu der letzten Adresse, die er von ihr hat, Highland Avenue, ganz in der Nähe der State University. Miese Gegend, zumal für eine Enkelin und Erbin von Ross Drummond. Corky war nur ein einziges Mal da, nicht auf Besuch, Thalia hatte keine Ahnung, daß er unten vorbeigefahren ist.

Laß mich in Ruhe, Corky, du bist nicht mein Vater.

Verpiß dich, Corky. Warum tust du immer noch so als ob?

Red keinen Blödsinn, du liebst mich nicht. Und ich liebe dich schon gar nicht.

»Aber ja, Miriam, rufen Sie bitte Mrs. Slattery an und sagen Sie zu, ja, ich bin frei.«

Manchmal ist das Leben doch schön.

Corky ruft Miriam zehn-, zwölfmal im Büro an, wenn er wie an den meisten Tagen im Wagen sitzt und in Union City herumgondelt. Essen mit Geschäftsfreunden, Drinks, Grundstücksbesichtigungen, angemeldete – öfter aber auch unangemeldete – Blitzbesuche bei seinen Hausmeistern. Großartige Erfindung, das Autotelefon, das Handy. Und die Sprachbox. Corky hatte sich zeitig mit Aktien aus der Branche versorgt, leider den falschen, im Oktober 1987 waren sie im Keller.

Heute war er von fünf vor acht bis zehn im Büro, seither hat er sich dort noch nicht wieder sehen lassen. Miriam Dunne wird schon dafür sorgen, daß alles läuft, Frauen sind optimal als Büroleiter und hundertprozentig loyal. Corky müßte eigentlich ein schlechtes Gewissen haben, daß er Miriam am Freitagnachmittag vor einem langen Wochenende noch so lange im Büro festhält – Jacky, die zweite Kraft, hat frei –, aber Miriam scheint es nichts auszumachen, obgleich sie verheiratet ist. Mitte fünfzig, ganz gut erhalten für ihr Alter, bis auf das breite Hinterteil, gepudert und gerougt und eine Dauerwelle, aber die macht sie auch nicht schöner. Sie hat erwachsene Kinder und einen Mann, mit dem zusammenzutreffen Corky bisher geflissentlich vermieden hat. Sie vergöttert ihn, nennt ihn »Mr. Corcoran«.

Als Corky sich im Büro meldet und Miriam ihm von Sandra Slatterys Anruf berichtet, klingt ihre Stimme eine Spur aufgeregt, sie kennt die glanzvollen jungen Slatterys nicht persönlich, aber den Bürgermeister hat sie kennengelernt, als sie mit Corky mal im Rathaus war, und ist ganz rot geworden, als sie Oscar die Hand gab. Sie soll zusagen, sagt Corky, obgleich ihm die Einladung auf einen Drink bei den Slatterys morgen abend um sechs eigentlich nicht in den Kram paßt, er hat eine andere Verabredung, jetzt muß er sehen, wie er da rauskommt.

Er schaut schnell nach oben, die dünne beinerne Sichel ist wieder auf einen Moment herausgekommen, dann schiebt sich eine Wolke davor. *Seht her, wie weit ich gekommen bin. Versucht es nur, mich zu bremsen!*

In *Das Universum und Du* hat er gelesen, daß in unseren Knochen Staub von den fernsten Sternen steckt, die in dem Big Bang vor Jahrtausenden explodiert sind. Direkt im Mark.

Er lächelt sein Bild im Rückspiegel an. Gut aussehender Bursche, ehrlich. Könnte für fünfunddreißig durchgehen, vielleicht für noch weniger. Manchmal überlegt er, einem Fitnessclub irgendwo in den Vororten beizutreten, wo sein Gesicht nicht bekannt ist, wäre ganz spannend zu erfahren, was das für Frauen sind, die da auf ihn fliegen. Unfehlbares Mittel: Dreh es so, daß *sie* dich anbaggern.

Da war vor zwei Jahren, vor Christina, diese Tennislehrerin aus dem Club in Riverdale, herb-selbstbewußter Typ, am ganzen Körper voller Sommersprossen wie Corky, orangerotes Haar, die mit ihm in den Tennislehrer-Umkleideraum gegangen ist, nachmittags um fünf an einem dunklen, schneeverhangenen Dezembertag, rausgekommen sind sie abends um acht.

Miriam leiert die Anrufe herunter, die eingegangen sind, und Corky hört nur halb zu: Routinesachen, nichts Kritisches. Dann macht Miriam eine Pause (und Corky weiß genau, jetzt wird es unerfreulich) und sagt, um 14.10 habe seine Tochter Thalia angerufen, sie sei noch aufgeregter gewesen als beim ersten Mal. »Okay, Miriam«, sagt Corky rasch. »Bin schon unterwegs. Ich kümmere mich drum.« Wenn es um Privates, um die Familie oder um eine seiner Frauen geht, mauert Corky gern, solche Sachen gehen das alte Mädchen schließlich nichts an.

Auf der Second Street muß er nach Westen abdrehen, es ist praktisch eine Umleitung zur Front Street und zu den Docks, dann rüber zur Nott, wo ihn die Baustelle an der Ecke Union und Fifth erneut aufhält, Corky ist immer stocksauer, wenn er den achtgeschossigen Büroturm aus Glas, Stahl und Aluminium sieht, eine Affenschande, wo so viel Downtown-Büroraum leersteht, Büroraum der Firma Corcoran Inc. unter anderem, jede Menge leere Räume in den neuen Hochhäusern, im Grunde eine verrückte Situation, aber man muß bedenken, was diese sogenannten Finanziers an Steuervorteilen kassieren, die wenigsten kommen aus Union City und haben an der Stadt überhaupt kein Interesse, sitzen mit ihren Firmen in New York City, Toronto oder gar Tokio. (Einen Riesenstunk und eine Menge Publicity hat es gegeben, als irgendwelche Japsen den Büroturm der bankrotten First Fidelity Bank übernommen hatten.) Corky haßt sie wie die Pest, diese Arschlöcher, diese Gauner, aber irgendwie muß man sie auch bewundern; wie sie in diesen Größenordnungen mit Zahlen jonglieren, ist atemberaubend. Ivan Boesky, Michael Milken, Trump, zu dem die Gläubiger, selbst wenn er pleite ist, auf Knien gerutscht kommen, um Schleimpunkte zu sammeln. Das sind eben die ganz Großen, denkt Corky, das hat echt Klasse.

Keine kleinen Fische wie die Firma Corcoran Inc., die sich abstrampelt, nur damit ein paar mickrige hunderttausend Dollar nicht den Bach runtergehen.

Die Kleinen, wie Greenbaum gesagt und damit seinen Klienten Jerome Corcoran ins Gesicht hinein beleidigt hat. Und dafür hat Corky ihm noch das Essen spendiert, das nicht billig war.

Ja, denkt Corky plötzlich, es war eindeutig eine Beleidigung. Womöglich hat Greenbaum sich die Geschichte von Corkys Wetten, von Corkys Investitionen auch nur angehört, um sich bei ihm einzuschmeicheln. Ein Wunder wär's nicht, wenn Greenbaum versuchen würde, so ganz nebenbei noch ein bißchen abzusahnen, sein eigenes Süppchen zu kochen.

Corky denkt an einen Witz, den Ross Drummond mal gemacht hat: *Weißt du, warum du einem jüdischen Anwalt nicht über den Weg trauen kannst?* Charlotte war ein bißchen zusammengezuckt, und Corky fragte: Warum? und Drummond hat seine dröhnende Lache angeschlagen und geantwortet: *Weil du keinem Anwalt über den Weg trauen kannst.* Und Corky hat gelacht. Ist er deshalb nun primitiv? War doch wirklich ein guter Witz.

Union City Downtown am Freitagnachmittag vor dem Memorial Day-Wochenende. Dichter Verkehr. Busse. Corky sieht sich die Leute an den Bushaltestellen an, von zehn Wartenden sind nur zwei Weiße, eine der schwarzen Frauen ist groß und statuenhaft, so nennt man das wohl, Brüste so groß wie Corkys gespreizte Hände, Knackarsch in knallenger Goldlaméhose, ja, aber sie ist zu groß, mindestens eins achtzig, könnte ihm auf den Kopf spucken, und im Bett einfach zu viel Masse. Nicht daß Corky schon mal die Erfahrung gemacht hätte, daß eine Frau zuviel für ihn gewesen wäre, zuviel Fleisch im Bett, er ist dem Problem immer aus dem Weg gegangen.

Und noch nie eine Schwarze. Nicht eine. Die ganzen Jahre nicht.

Bei Marilee Plummer war er nah dran gewesen, aber sie ist eine von diesen gescheiten, ehrgeizigen jungen Frauen, die jetzt hochkommen, alles Weiße, auch wenn sie schwarz sind. Und Marilee mit ihrer hellen Haut, mit dem vielen weißen Blut, das sie in sich hat – lachhaft, so eine Haut *schwarz* zu nennen.

Das alte Woolworth an der Ecke Union und Sutter ist noch in

Betrieb, in dem Corky als Vierzehnjähriger in der Vorweihnachtszeit mal drei Wochen gejobbt hat, ein irrer Alptraum, stundenlang hat er ohne Unterbrechung auf dem Betonboden des schmuddeligen, schlecht beleuchteten Kellers gestanden, hat irgendwelchen Weihnachtsschund ausgepackt und Staub und häckselfeine Holzwolleschnipsel eingeatmet. Ein Stück weiter ist das prachtvolle alte Hotel Statler, Mitte der siebziger Jahre unter Konkursverwaltung, mit Hilfe einer Bankbürgschaft wieder flottgemacht, renoviert, aufpoliert und jetzt wieder hochelegant, Corky geht zwei- dreimal die Woche zum Frühstück hin, sitzt in einer der Nischen, liest seine Zeitung, trinkt Kaffee, plant seinen Tag. Läßt sich dort auch die Haare schneiden und die Schuhe putzen. Einer der zahlreichen Orte in der Stadt, wo Corky Corcoran bekannt und beliebt ist.

Auf dem Union Boulevard wehen vor allen größeren Geschäften, Hotels, Banken knatternd amerikanische Fahnen im Wind. Memorial Day, jener Tag, der Tim Corcoran so viel bedeutete, an dem er sich regelmäßig betrank vor lauter Freude und Dankbarkeit, noch am Leben zu sein! Peinlich für einen kleinen Jungen, wenn ein erwachsener Mann auf dem Friedhof, zwischen den Reihen der flatternden Fähnchen, anfängt zu heulen, nur Stoff an einem Stöckchen, gewiß, aber wenn Corky jetzt seinen Vater zurückhaben könnte... Diesen Vater, der ihm allein gehört...

Corky kommt an der Stelle vorbei, an der früher das in den sechziger Jahren abgerissene und durch einen Neubau ersetzte Slattery Bros. gestanden hat, nach wie vor gehören Haus und Grundstück den Slatterys, beste Stadtlage. Bis Ende der fünfziger Jahre war Slattery Bros. das erste Kaufhaus der Stadt, vor allem Damenkonfektion und gute Pelze. Die Zuchtnerzjacke, die Tim Corcoran Theresa zu jenem vorletzten Weihnachten geschenkt hat, kam von Slattery Bros., auch die Stola mit dem glasäugigen Fuchskopf für Grandma Corcoran. Theresa und ihre Freundinnen kauften bei Slattery. Es war bekannt, daß Oscar Slatterys Vater und seine Onkel, seit den vierziger Jahren wohlhabende Geschäftsleute, sich in der Prohibitionszeit gesundgestoßen hatten, sie mischten, wie auch Corkys Familie, beim Schwarzbrennen von Schnaps und vor allem beim Rumschmuggel aus

Kanada mit, allerdings in ganz anderen Größenordnungen als Corkys Familie. Mit beachtlichen Ergebnissen. Wie der alte Joe Kennedy, Patriarch der ersten Familie Amerikas. Warum auch nicht? Selbst die ersten Siedler hatten nach dem ersten Schreck wahrscheinlich sehr schnell begriffen, daß die Neue Welt ein idealer Selbstbedienungsladen war.

»H'lo, Mr. Corcoran!«

Corky drückt dem Mann von Empire Parking die Schlüssel des Caddy in die Hand, er kommt heute schon zum zweiten Mal her, immer in Eile, immer Termine im Nacken, ein Typ, dem ein junger Parkhausangestellter wie Bix, der windhundschlanke Schwarze, wohl gern nacheifern würde. So jedenfalls sieht es Corky, auch wenn ihm bei diesem in anderer Leute Köpfe gespiegelten Bild von sich nicht immer ganz wohl ist. »Na, Bix, wie läuft's?« Ein Lächeln, ein Winken, weg ist er.

Verdammt, schließlich ist er zwei Millionen wert. Mehr vielleicht. Wenn die Rezession vorbei und der Immobilienmarkt wieder ein Verkäufermarkt ist.

Ein halber Block bis zur South State 773. Vorbei an einem Perückengeschäft, einem Discountladen für Videos und CDs, etlichen leeren, eingestaubten Schaufenstern, einem Erdnußverkäufer mit dunkler Brille und dann, auf der belebteren, wohlhabenderen South State, einem Herrenbekleidungsgeschäft und *Smithy's*, Restaurant und Bar, wo manchmal Leute aus dem Rathaus essen, nicht die leitenden Herren und nicht die Sekretärinnen, aber die mittlere Ebene, jüngere Juristen von der Staatsanwaltschaft, Stellvertreter des Bürgermeisters, Kriminalbeamte. Praktisch für eine kurze Besprechung, aber meist hat Smithy für Corky Corcoran nicht genug Klasse.

South State 773 ist eins der älteren Häuser in dem Viertel, das seit Mitte des vorigen Jahrhunderts der Finanzbezirk von Union City ist. Corky ist stolz, daß er hier seine Firma hat, an diese Adresse denkt man, wenn es heißt, man hat ein Büro Downtown. Auch wenn das Haus, in dem er sich mit seiner Firma eingemietet hat, das Ende des Jahrzehnts wohl nicht mehr erleben wird. Nur neun Geschosse, ein Zwerg zwischen den gläsernen Hochhausriesen der Bank of America, First Fidelity, Union Trust, trotzdem, es macht was her, findet Corky, 1922 in dem sogenannten Chicago Commercial Stil erbaut – hohe, breite Fenster, quadratische Stützpfeiler, unter Dreck und Taubenschiet geometrische Backsteinmuster an der Fassade.

Die Firma Corcoran Inc. ist seit 1977 hier im neunten Stock zu finden, in dem Jahr hatte Corky, von seinem Schwiegervater und seiner Frau unter Druck gesetzt, dankend darauf verzichtet, Juniorpartner von Ross Drummond zu werden – trotz aller augenfälligen Vorteile. (Drummond dürfte über 20 Millionen wert sein. Wenn man erst mal so weit ist, muß man schon ein großer Trottel sein, um so viel Geld wieder zu verlieren, und man kann über den alten Knochen sagen, was man will – ein Trottel ist er nicht.) Aber Corky wollte sich eben weder von seinem Schwiegervater noch von sonstwem über die Schulter sehen lassen.

Corky liebt die South State 773, er liebt das Büro der Firma Corcoran Inc. Am wohlsten ist ihm, wenn er ganz früh da ist, noch vor Miriam Dunne, die manchmal schon um acht auf der Matte steht – »um gleich richtig aus den Startlöchern zu kommen«, wie sie sagt. (Miriam hat einen Abschluß in Wirtschaftsprüfung und Rechnungswesen vom St. Rose College. Sie kümmert sich um die Routinesachen, während sich Corky die größeren und heikleren Projekte vorbehält.) Corkys Tag beginnt so zeitig, wie er es mit oder ohne die Nachwehen eines Katers einrichten kann, in letzter Zeit allerdings hält er sich mit dem Trinken etwas zurück. Seit Christina. Und seit er vor einem Jahr gerade noch mal Glück gehabt hat, als er früh um vier auf dem Expressway mit dem Wagen ins Schleudern gekommen ist und um ein Haar gegen eine Betonmauer gedonnert wäre. Wenn er – möglichst vor acht – ankommt, freut er sich immer wieder über das stattliche, zehn Zentimeter hohe vergoldete CORCORAN INC. an der Milchglasscheibe der Tür mit der Nummer 901.

Ein Mann braucht ein Büro für sich. Braucht Raum für sich. Einen Freiraum.

Mann unter Männern in der Welt des Geldes. Die (vielleicht) die wirkliche Welt ist.

Es gibt die Welt der Liebe, so hat Corky sich das zurechtgelegt, und die Welt des Geldes. Man muß in beiden Welten seinen Raum haben, aber wenn er sich entscheiden müßte, dann wohl für die des Geldes.

Er kommt also zeitig in die Firma, immer aufgekratzt und immer optimistisch. Ein Jammer, daß ein Mieter nach dem anderen auszieht, der neunte Stock ist jetzt nur noch zur Hälfte belegt, außer seiner Firma noch vier Mieter, und die altertümlichen Toilettenanlagen, in die sich Corcoran Inc. mit ihnen teilt, sind bedenklich heruntergekommen. Aber die drei Büroräume sind leidlich groß, und die Miete ist für Downtown noch erschwinglich. Sein Zimmer, ein Eckraum mit zwei Fenstern (durch eine schmale Lücke kann er sogar ein Stück Dominion Bridge sehen), hat Südlage, so daß an klaren Tagen das Sonnenlicht warm wie Honig über sein Gesicht, seine Hände fließt. Manchmal sitzt Corky hier und schaut, ungewöhnlich für ihn, den von Natur aus so Rastlosen, träumerisch zufrieden aus dem Fenster. *Jetzt bin ich hier.*

Wo genau dieses Hier ist, könnte er nicht sagen und auch nicht, warum er hier ist oder wohin die Reise noch gehen soll, aber jetzt ist er jedenfalls erst mal *hier*. Und zufrieden.

Nur nicht, wenn er zu spät dran ist, weil er im Stau gesteckt hat. Oder wenn er seinen Koller bekommt und am Telefon herumschreit (den Leuten Beine machen nennt er das). Oder sich hektisch durch Akten, Schriftstücke, Computerausdrucke, Finanzamtspost wühlt. Miriam Dunne, ihrem Chef, den sie beharrlich »Mr. Corcoran« nennt, seit vielen Jahren ergeben, erlebt es häufig, daß er sich, wenn er sie in sein Zimmer ruft, vor Frust schluchzend die Haare rauft. »Sie wollen mir an die Eier, Miriam! Alles geht den Bach runter!« Und eine Stunde später hört Miriam ihn dann am Telefon lachen, mit einem Kumpel schwatzen, Mr. Corcoran scheint zahlreiche Freunde zu haben, mit denen man lachen kann, und manchmal sind es wohl auch Frauen. In der Firma Corcoran Inc. werden Geschäfte hauptsächlich telefonisch und häufig von Mr. Corcoran persönlich außerhalb des Büros abgewickelt, aber Mrs. Miriam Dunne ist sich sicher – sie könnte es beschwören, und das gilt auch für Jacky, die Schreib- und Empfangsdame –, daß sich alle Geschäfte streng im Rahmen der Legalität abspielen.

Warum Miriam Dunne und Jacky Ferenzi so an Jerome Corcoran hängen? Weil er ein ganz lieber Mann ist, lustig, ein bißchen verrückt, gütig und großzügig, ja, fast verschwenderisch, alle paar Wochen und regelmäßig zu Weihnachten, am Valentinstag und zu Geburtstagen lädt er sie zum Mittagessen ein, genehmigt ihnen im Bedarfsfall bezahlten Urlaub, erkundigt sich nach der Familie und scheint sich sogar an das zu erinnern, was sie ihm erzählt haben, er macht gern einen Spaß, sehr gern sogar, manchmal kann es einem fast zuviel werden. »Macht keine Faxen mit mir, Mädels«, unzählige Male hat er das gesagt, seit das neue Faxgerät gekommen ist, zuweilen ist er unbeherrscht wie ein verwöhntes Kind und ein schrecklicher Heimlichtuer, früher hat er sich in seinem Zimmer eingeschlossen und sich fast um den Verstand getrunken, und sie wissen auch, daß er noch ein Büro irgendwo in der Stadt hat, das gehört zu seinen Heimlichkeiten, er hat Affären mit verheirateten Frauen, er ist ein Zocker und verkehrt mit ordinären Typen, er läßt Miriam und Jacky schuften, vergißt, wie spät es ist, und kreuzt am nächsten Tag erst am Nachmittag auf, er verlegt ständig irgendwas auf seinem Schreibtisch und gibt ihnen die Schuld, er ist schlampig, glaubt aber, ein pingelig ordentlicher Mensch zu sein, ist vergeßlich, hält sich aber viel auf sein unfehlbares Gedächtnis zugute, ja, aber er ist großzügig und gutherzig, einer Frau ist das bei einem Mann die Hauptsache, und dazu kommt natürlich sein hübsches, leicht ramponiertes sommersprossiges Gesicht, kommen seine weit auseinanderstehenden nußbraunen Augen mit diesem optimistischen Blick, Frauen fahren auf Optimismus ab, seit die Welt besteht.

All das – oder zumindest einen großen Teil davon – weiß Corky und macht es sich zunutze.

Seit zehn Jahren aber hat er es nie mit einer Angestellten getrieben. Vor Jacky gab es Kim und vor Kim Bonnie, und Bonnie, die hübsche, träge, kaugummikauende Bonnie war die letzte Sekretärin, die Corky gebumst hat, das erste Mal hier im Büro, auf dem alten elefantengrauen Ledersofa, das früher der Firma Corcoran Brothers Construction Co. gehört hat, und in ihr atemloses Gequietsche und Gekichere hinein hat Corky geächzt Herrgott, du bist schön so schön, und das war sie wirklich in dem Moment, die jungen Brüste mit den großen Brustwarzen, Bauch und Schenkel glatt und rund, der platinblonde Busch. Wie Karnickel haben sie gerammelt auf dem knarrenden Sofa und in Corkys

Wagen (einem Mustang Kabrio, lippenstiftrot) und im Hotel Statler und in dem neuen protzig-schicken Marriott am See und in Vorstadt-Motels und einmal im romantischen Mondlicht im Dundonald Park hinter den alten morschen Baseball-Tribünen, wo Corky als Junge mit seinen verlorenen Freunden Softball gespielt hat, und dann, nur wenige Monate später, als das mit dem Bumsen nicht mehr so toll war und Bonnie mal beleidigt, mal sarkastisch von *Bindung* sprach und nicht mehr so schön war und sich auch keine Mühe mehr gab, wenigstens so zu tun als ob, hat Corky ihr wohl oder übel nahelegen müssen zu kündigen, natürlich hat er sie großzügig abgefunden, so ein Chauvi ist er denn doch nicht, aber das Verhältnis war einfach zu anstrengend geworden in diesem kleinen Büro, wo er ständig befürchten mußte, Miriam Dunne könne Wind davon bekommen, so wie er zu Hause befürchten mußte, Charlotte könne etwas erfahren, nicht auszudenken, nein, es war einfach zu viel.

Und deshalb ist Jerome Corcoran jetzt ein Chef, der grundsätzlich nichts mit einer Frau hat, die auf seiner Gehaltsliste steht. Nie mehr, denn zum Schluß bist du doch nur der Dumme. Wenn er von *sexueller Belästigung* spricht, diesem Lieblingswort der Medien seit den Hearings von Clarence Thomas und Anita Hill, klingt das geringschätzig und angeekelt. Als die Hearings liefen, hat er sich im übrigen eindeutig auf Anita Hills Seite gestellt.

Und sich sehr gewundert, daß Miriam Dunne den Fall zimperlicher und skeptischer sah. Anita Hill, hatte sie gesagt, habe es an Stolz gefehlt. »Eine Frau hat eine Dame zu sein, und wenn sie das nicht packt, wenn das Büro nicht danach ist, sollte sie kündigen. Sofort.«

Was natürlich die Frage aufwirft: Hat Miriam von der Sache mit der kleinen Bonnie vielleicht doch gewußt?

Corky geht auf die Herrentoilette im neunten Stock und gibt in einer strudelnden Kaskade brennenden Dünnschiß von sich, er ist nervös, den ganzen Tag, ja, eigentlich die ganze Nacht schon, nachdem Thalia angerufen und diese verquere Nachricht auf sein Tonband gesprochen hat: *Ich bin's, Thalia, ich...* Eine so lange Pause, daß Corky schon dachte, sie hätte aufgelegt, und dann: *Ich muß mit dir sprechen...* mit matter, fast unhörbarer Stimme.

Und daß Christina ihn derart hintergangen hat, vergißt er nie.

Als Corky seine Büroräume betritt, fällt das schwindende Nachmittagslicht schräg auf den Schreibtisch im Vorzimmer, der unbesetzt ist, denn Miriam sitzt in ihrem eigenen Büro, er hört sie telefonieren: »Was? Bitte sagen Sie das noch mal. *Was?*« Corky registriert bewundernd – er kann sich immer wieder darüber freuen – das stilvolle Mobiliar des Vorzimmers, vierzig Prozent Rabatt von einem Großhändler, den er kennt, man darf nie, wiederhole *nie*, für irgendwas den vollen Preis zahlen.

Mit achtzehn, als sie ihn in der Abschlußklasse von St. Thomas zum Schatzmeister gewählt hatten, hat Corky Provisionen – nein, nicht direkt Provisionen, Vergünstigungen, das hört sich besser an – mit dem Juwelier ausgehandelt, der die Klassenringe lieferte, mit der Druckerei, die das Jahrbuch herstellte, dem Lieferanten des Kalten Büffets für den Abschlußball und noch ein, zwei Geschäftsleuten, die scharf darauf waren, Aufträge von St. Thomas zu bekommen, einer Schule, wo traditionsgemäß die Eltern (die meisten jedenfalls) gern bereit waren, für Qualität ein bißchen mehr hinzublättern.

An der Wand hinter dem Schreibtisch der Empfangsdame hängt eine große Karte von Union City einschließlich seiner Vororte, auf der mit dicken roten Markierstiften – und es sind nicht wenige Markierungen – der Immobilienbesitz der Firma Corcoran Inc. gekennzeichnet ist. An einer Seitenwand hängt ein großes Schwarzes Brett. Es ist über und über mit allerlei Material bepflastert, das dem Besucher – ob er will oder nicht – sofort ins Auge fällt: Ein Artikel aus dem *Journal*, das Corky als einen der sechs von der Handelskammer gewählten »Guten Bürger von 1989« vorstellt; Hochglanzfotos, auf denen ein lächelnder Corky im Smoking, geschniegelt und gebügelt wie ein irischer Restaurantchef, fleißig Hände schüttelt – unter anderem dem Vorsitzenden der demokratischen Wahlversammlung von New York State, dem Vorsitzenden der Missionsgesellschaft von Union City, dem Leiter der Jesuitenschule St. Thomas Aquinas, den hübschen und reichen Vorstandsmitgliedern der Junior League von Union City, dem Vorsitzenden des Beratenden Ausschusses für Personalfragen, VIPs wie dem Gouverneur des Staates New York, Mario Cuomo, dem Gouverneur von Massachusetts, Michael Dukakis (der Anlaß war ein Dinner im Statler, dessen Reinerlös der glücklosen Präsidentschaftskampagne von Dukakis zufloß, für die Corky fünftausend Dollar gespendet hatte), dem Leiter der Mehrheitspartei der Legislative des Staates New York, Whitney Post, und natürlich Bürgermeister Oscar Slattery und dem Abgeordneten Vic Slattery. Im Vorzimmer, gut sichtbar angebracht, sind weiterhin Gedenktafeln aus blankgeputztem Messing, gerahmte Urkunden und Auszeichnungen, auf einem Bücherregal steht ein fast meterhoher bronzierter Bowlingpokal, es gibt eine ganze Reihe von Schnappschüssen und Polaroidfotos – teils neu, teils schon verblassend – von Siegesfeiern, Wohltätigkeitsbasaren, kirchlichen Zusammenkünften, Feuerwehrpicknicks, einer Silvesterfeier im Haus des Bürgermeisters, Bootsfahrten auf dem See, einem Ausflug zum Vierten Juli in die Adirondacks, auf denen Corky Corcoran in die Kamera strahlt. So viele fabelhafte Anlässe. So viele fabelhafte Freunde. Auf einem Polaroidfoto von einer Wohltätigkeitsauktion zugunsten der Maiden Vale-Bibliothek im letzten Herbst ist wie zufällig Corky neben einer ausnehmend gut aussehenden Frau mit schwarzem Haar zu sehen, das ihr wie in Schwaden bis auf die Schultern fällt.

Es ist das einzige Foto, das Corky von sich und Christina hat, jetzt steht er davor und starrt es an, als ob es ihm in den Fingern zucke, das verdammte Ding herunterzunehmen und in tausend Stücke zu reißen.

An dem Morgen, als er es zu den anderen an die Wand heftete, wollte die clevere Jacky sofort wissen: »Wer ist denn das, Mr. Corcoran? Die sieht aber merkwürdig aus«, und Corky hatte verärgert zurückgefragt: »Merkwürdig? Warum?« Und Jacky kratzte sich mit ihren langen, gekrümmten roten Nägeln den Hals und kicherte verlegen: »Ich weiß auch nicht warum, Mr. Corcoran. Wie eine Ägypterin oder so. Dieses Haar. Und die Augen.« Und als Miriam das Foto sah, bemerkte sie naserümpfend: »Das ist aber mal eine abgebrühte Person. Brrr!«

Corky sieht auch jetzt nur das, was er schon immer gesehen hat: Daß Christina wunderschön und mit hohen Hacken genau so groß wie Corky ist. Verdammt.

Einflußreiche Demokraten, unter anderem auch Oscar, haben

immer mal wieder bei Corky vorgefühlt, ob er sich nicht in ein öffentliches Amt wählen lassen will, etwas Anspruchsvolleres als den Stadtrat, den Senat des Staates New York zum Beispiel. Wenn Vic aufsteigt (und das tut er bestimmt, noch eine Legislaturperiode im Repräsentantenhaus, und dann hat er es geschafft), könnte Corky Vics Stelle einnehmen, Abgeordneter für den 35. Bezirk. Oder wenn Oscar in Ruhestand geht... wer weiß...

Corky streitet immer ab, politischen Ehrgeiz zu haben – *ich bin Geschäftsmann, kein Politiker* –, aber er liebt öffentliche Auftritte, liebt den Beifall, den Trubel der Wahlen und – wenn man siegreich daraus hervorgegangen ist – das Gefühl, es den anderen mal wieder gezeigt zu haben. Und die Typen, mit denen man in Kontakt kommt, wenn man oben ist.

Corky steckt den Kopf in Miriams Büro. Sie telefoniert immer noch, gereizt und in einem gouvernantenhaft belehrenden Ton, die Bifokalbrille ist in Richtung Nasenspitze gerutscht, die pudrig-körnige Haut ist faltiger, als Corky lieb ist. Er und Miriam Dunne sind schon so lange zusammen, daß sie ihm vorkommt wie eine ältere Schwester, fast wie eine Mutter von der Art, wie sie sich Corky anstelle der armen Theresa vielleicht gewünscht hätte.

Du. Unser einziger Zeuge.

Miriam, die offenbar mit einem von Corkys Hausmeistern telefoniert, sitzt an ihrem Schreibtisch wie ein Cop am Steuer seines Streifenwagens, den Kopf aggressiv vorgereckt, die Kieferpartie gespannt wie eine Bulldogge, die jeden Augenblick zuschnappen kann. Es scheint sich um ein verstopftes Klo oder verstopfte Klos zu handeln, er winkt ab, nein, er will sich nicht einschalten. Corky bewundert an Miriam, die so nett zu ihm ist (und ihn vielleicht sogar mehr als nett findet), daß sie mit anderen Leuten knallhart umgeht, wenn es nötig ist. »Dann versuchen Sie's bei einem anderen Klempner, Sie haben ja Mr. Corcorans Liste. Nein, er ist nicht da. Nein, ich habe keine Ahnung.« Die Hausmeister, deren Aufgabe es eigentlich ist, sich um Corkys Häuser zu kümmern, rufen mit ihren Problemen unentwegt hier an. Ständig ist was los, Wasserleitung, Heizung, undichte Dächer, Fenster und Keller, bröckelnder Putz und lose Backsteine, Vandalismus, Mieter, die Ärger machen, die mit ihrer Miete im

Rückstand sind oder bei Nacht und Nebel verschwinden – Corky kennt das alles. Im Grunde geht es einfach darum, wer wen am besten bescheißen kann, und manchmal macht es Corky fast Spaß, sich gegen die anderen oder notfalls sogar gegen die ganze Welt durchzusetzen, aber im Augenblick ist ihm nicht danach, nein, weiß Gott nicht. Er geht in sein Büro, macht die Tür zu und überlegt, ob er Zeit hat, schnell einen zur Brust zu nehmen, ehe Miriam reinkommt. Der Dewars Scotch ist im Schreibtisch eingeschlossen.

Der alte Schreibsekretär, der früher Tim Corcoran gehörte, ist das Prunkstück des Chefzimmers, massiv Mahagoni, sehr dunkel, mit vielen Fächern und schmalen Schubladen im Oberteil, und unten rechts und links drei tiefen Schubfächern. Ein wunderschönes, solides Stück, so was wird heute gar nicht mehr gemacht, und manchmal wecken schon das Verläßlich-Gewichtige dieses Möbels und der Geruch nach altem Holz in Corky ein heftiges Glücksgefühl. Tim Corcorans Schreibtisch. Nicht verlorengegangen, nicht zerstört. Gerettet. *Sein Eigentum.*

Corky hat ein paar Stücke aus dem Büro der Firma Corcoran Brothers Construction Co. zurückbekommen, die sie mit der Firma vor Jahren hatten verkaufen müssen. Ein Händler in Irish Hill, ein Freund der Familie Corcoran, hat sie erstanden und gehütet, bis Corky volljährig geworden war und seine eigene Firma hatte. Theresa war damals schon ein paar Jahre tot, aber irgendwie hat Corky das Gefühl, daß sie davon weiß. Manchmal ist ihm, als spüre er ihren Geist, wenn er an dem Schreibtisch sitzt.

Corky hat immer eine Flasche mit englischer Möbelpolitur für das alte Mahagoniholz bei der Hand. Nachdem der Schreibtisch wieder in seinen Besitz übergegangen war, durchsuchte er wochenlang sämtliche Schubladen, tastete in allen Fächern herum, in der Hoffnung, irgend etwas von seinem Vater zu finden, und sei es nur einen bekritzelten Notizzettel, eine Rechnung oder Quittung. Aber es war nichts da. In einer der tiefen Schubladen ist ein »Geheimfach«, aber auch dort hat er nichts gefunden.

Auch das graue Ledersofa mit den Klauenfüßen ist ein schweres, solides Möbelstück, das seine Häßlichkeit mit Würde trägt.

Schon Tim Corcoran hatte die Möbel aus zweiter Hand gekauft, von einem angesehenen Anwalt aus Irish Hill, der, ehe er relativ jung an Leukämie starb, seine Kanzlei hatte aufgeben und seine schöne Büroeinrichtung hatte verkaufen müssen. Das weiß Corky von Onkel Sean, der mit seinem schnuffelnd-näselnden Lachen sagte: »Du kennst ja den alten irischen Spruch, Corky: *Des einen Last, des anderen Lust.*

Corky hatte den Spruch noch nie gehört. Aber es ist eine Einstellung, die er nachvollziehen kann.

Jetzt ist der Schreibsekretär so vollgestellt, die Fächer und Schubläden so prall gefüllt, daß kaum noch ein Durchkommen ist. Corky gehört zu den Menschen, die nur ungern etwas wegwerfen, man weiß nie, wann man's mal brauchen kann, das hat man ja bei der Betriebsprüfung gesehen. Gewiß, da ging's um Geschäftliches, aber Corky sammelt nicht nur Geschäftliches in seinen Aktenordnern, sondern allen möglichen Schrott, Protokolle von Stadtratssitzungen, Einladungen zu Wohltätigkeitsveranstaltungen, zu denen er nicht gehen, für die er aber vielleicht einen Scheck schreiben will, wozu er noch nicht gekommen ist, dicke ungelesene Berichte der Legislative des Staates New York (über die Kontrolle der Luftqualität im Staat oder den Status von Bürgerbeschwerdestellen für polizeiliche Übergriffe oder bundesstaatliche Programme für Arbeitslosenunterstützung). Dazu die finanziellen Unterlagen, die sich immer höher türmen. Grundbucheintragungen der Immobilien, die im Besitz der Firma Corcoran Inc. sind oder waren. Doppel von Formularen der zahlreichen Ministerien und Behörden, mit denen Corcoran Inc. zu tun hat. Und Rechnungen, ein nie abreißender Strom von Rechnungen. Corky verbringt viel Zeit damit, wegen dieser Rechnungen herumzutelefonieren. Er ist bekannt als unbequemer Kunde, der sich nichts gefallen läßt. Wenn das Material oder die Dienstleistung nicht genau, wiederhole *genau*, seiner Bestellung entspricht, feilscht er um den Preis und zieht dabei eigentlich nie den kürzeren.

Miriam Dunne lebt ständig in der Angst, daß jemand ihnen mal einen Prozeß an den Hals hängt, aber Corky sagt lachend, daß die, mit denen er streitet, bestimmt nicht klagen.

Manche macht er sich damit für immer zu Feinden. Andere setzen die Geschäftsverbindung fort, werden sogar Freunde. Union City ist zu klein, um im Tagesgeschäft Animositäten zu pflegen. Und Corky kann zwar in seinem Jähzorn hundsgemein werden, aber überzogen sind seine Forderungen eigentlich nie.

Was du austeilst, bekommst du zurück.

Corky läßt sich schwer in den alten knarrenden Drehsessel fallen, einen dieser Hartholzstühle, deren Sitze angeblich dem menschlichen Hintern nachgeformt sind, aber nicht seinem. Er muß sich ein Kissen unterlegen, ein flach zusammengedrücktes Ding von Woolworth. Seit Jahren hat er immer wieder Hämorrhoiden, als er zwanzig war, hat es angefangen, er weiß noch, wie seine Nackenhaare sich aufstellten und sein Herz hämmerte, Krebs, hatte er gedacht, als er sich abwischte und sah, daß am Papier nicht nur Kot war, sondern hellrotes Blut.

Der Möglichkeit, daß er vielleicht mal was wirklich Ernstes entdecken könnte – am Klopapier oder in der Kloschüssel –, geht Corky inzwischen dadurch aus dem Weg, daß er gar nicht hinsieht.

Die Schriftstücke fallen ihm ein, die Greenbaum ihm gegeben hat, er liest sie rasch durch, den Schuldschein, das Formular für das Konkursgericht in Oregon, er will lieber doch nichts trinken, es geht ihm zuviel im Kopf herum, Thalia und Christina, wenn er erst mal angefangen hat, kann er nicht mehr aufhören. Das Unglück der Iren: Schwache Gene, wenn es um den Abbau von Alkohol geht.

Und jetzt fällt es ihm wieder ein: Juden können Alkohol tatsächlich gut abbauen. Noch ein Vorteil. Keine jüdischen Alkoholiker?

Auf dem Dokument für das Gericht fehlt nur noch seine Unterschrift, er setzt seinen Namen darunter und legt es in den Ausgangskorb. Miriam kann es nächste Woche an Greenbaum zurückschicken. War wohl dämlich, den Wisch nicht beim Essen zu unterschreiben, aber Geschäftliches hat im Elm Room nun mal nichts zu suchen.

Bleibt noch der Schuldschein für Nick Daugherty, den er unterschreiben soll, und damit tut er sich schwer, denn im Klartext heißt das doch, daß er Nick nicht zutraut, ihm das Geld zurückzuzahlen. Oder könnte er sagen, daß sein Buchhalter insistiert? Aber das zieht nicht recht, Nick weiß schließlich noch von früher, daß man bei Corky mit so was nicht ohne weiteres durchkommt.

Er wird Nick den Schuldschein persönlich bringen müssen, zu ihm nach Hause – oder wäre das taktlos? Eingeladen haben die Daughertys Corky oft genug, er ist Pate des kleinen Ryans und schämt sich, daß er so lange nicht mehr da war, Nick ist sein alter Freund, ein wahrer Freund zumindest in den Kinder- und Jugendjahren in Irish Hill. Solche Freunde findest du später nie wieder.

Never fall in love again.

»Mist.«

Jetzt muß er wieder an Christina denken, die Corky eigentlich mal unter dem Vorwand in seinem Büro besuchen wollte, daß sie sich für eins seiner Grundstücke interessiere, oder vielleicht nur als die Frau eines Bekannten, die ohnehin zum Einkaufen in der Stadt ist, aber sie ist nie gekommen, auch gut, denkt Corky: So viel macht sein Büro nun auch wieder nicht her. Jedenfalls nicht, wenn man mit einem Bundesrichter verheiratet, eine Burnside-Tochter und mit den de Kruifs verwandt ist. Ich will alles über dich wissen, Corky, hatte Christina gesagt und ihn geküßt, ich liebe dich, und Corky hatte gesagt, ich will auch alles über dich wissen. Und sie hatten sich auch vieles erzählt, aber planlos und aufs Geratewohl und immer mit dem Blick auf die Uhr. Und die ganze Zeit, denkt Corky erbittert, hat Harry Kavanaugh zu Hause gesessen und auch auf die Uhr gesehen.

»Scheißkerl.«

Corky nimmt vorsichtig den Hörer ab, Miriam telefoniert immer noch. An einem anderen Tag würde er mithören oder sich vielleicht sogar einschalten, aber im Augenblick sind ihm verstopfte Toiletten scheißegal.

Wenn er jetzt das Büro, diesen heißgeliebten Freiraum, durch Christinas Augen sieht, ist er ernüchtert und deprimiert. Die Fenster müßten geputzt werden, der Blick ist nicht der Rede wert. Die getönten Glasfenster des Union Trust ragen undurchsichtig vierzig Stockwerke hoch, dahinter sieht man ein kleines Stück perlmuttfarben gefleckten Himmel, keine Sonne, noch nicht mal fünf und schon dunkel. Das soll Mai sein? Das Klima, das Umfeld, das Corky liebt? Trottel. Und wie klein der Raum wirkt durch die drei langen Aktenschränke aus Stahl und Holz und die Mengen der hier untergebrachten Druckerzeugnisse. In

Bücherregalen und auf Fensterbrettern steht Corkys Sammlung von Telefonbüchern für Orte quer durch den Staat, der Almanach *Information please* (sämtliche Bände ab 1981), eine nagelneue, fast ungelesene *Encyclopaedia Britannica*, Bücher und Broschüren über Steuerrecht, Immobilienrecht, Versicherungsrecht, Erbrecht, städtische Bauabnahme- und Brandschutzbestimmungen, Immobilienratgeber und Heftchen wie die auf Hochglanzpapier gedruckte Werbebroschüre der Handelskammer: *Union City New York – Gestern, Heute und Morgen*. Dazu Bücher über Stadtplanung, Architektur, Stadtgeschichte, Gewerkschaften, Kommunalwirtschaft, Immobilienwirtschaft, Personalwirtschaft, *Künstliche Intelligenz und menschliche Wahrnehmung; Vom Ozonloch zur Ölpest: Unsere gefährdeten Arten; Politische Theorie und öffentliche Politik, Eliten, Führerschaft und Gesellschaft; Die Ursprünge der westlichen Kultur.* An den Wänden gerahmte Fotos und Gruppen von Schnappschüssen, wieder viele Male ein lässig-lockerer, lächelnder Corky im Smoking beim Händeschütteln mit Politikern, die Christina kennt und die ihr kaum imponieren würden, demokratische Parteifunktionäre, Journalisten, Senator Dwyer, der jetzt wegen Vorteilsnahme angeklagt ist, ja, aber Vic Slattery ist ein Politiker, den Christina bewundert, sie und Harry Kavanaugh haben für seine Wahlkämpfe gespendet, über Corkys Schreibtisch hängt ein fabelhaftes Foto von Corky mit den Slatterys, Vic und Sandra und den Kindern in ihrem Sommerhaus am Lake Racquette, im Hintergrund die Segeljacht, Corky am Strand in Badehose, die Arme um die Knie geschlungen, schiefes Lächeln, Brust, Arme, Beine rötlich behaart wie ein Affe, Bierdose in der Hand, sein Markenzeichen. Vic in weißen Shorts, T-Shirt, blond, sportlich, hochgewachsen, das Lächeln unscharf, muß sich bewegt haben, als der Auslöser gedrückt wurde. In der Öffentlichkeit kommt er – ein echtes Handicap für einen ernsthaften Politiker wie Vic – eher steif und hölzern rüber, er ist, so gut er aussieht, nicht fotogen. Hinter Corky sitzt Sandra Slattery auf einer Gartenliege, ein Knie ist über Corkys Schulter zu sehen, als ob sie ihn berührt oder gerade ein bißchen geschubst hat, aber das stimmt nicht, sie haben sich nie angefaßt. Nicht das, was man Anfassen nennt. Und die Slattery-Kinder, Mark und Angelica, bildhübsche Kinder, lächelndes Amerika könnte die Unterschrift lauten, Vic wäre durchaus ein denkbarer Präsidentschaftskandidat, dabei wirken alle vier nicht die Spur hochgestochen, und Corky sitzt so selbstverständlich zwischen ihnen, das hätte er Christina gern gezeigt.

Plötzlich sieht Corky in Sandra Slatterys hübschem, gebräunten, ein wenig mondförmigen Gesicht, dem breiten Grübchenlächeln, sogar in den schweren Brüsten unter dem Paisley-Top etwas, was ihn an Christina erinnert.

Himmelnochmal: War Christina Kavanaugh Corkys Sandra Slattery? Aber es ist ja vorbei. Benutztes Kleenex.

Corky schließt gerade das untere rechte Schreibtischfach wieder zu, läßt den kräftig-warmen Medizingeschmack des Dewar's, nur einen Schluck, einen großen allerdings, durch die Kehle rinnen, als er auf einem Stapel von Briefen in seinem Eingangskorb einen rosa Zettel liegen sieht, auf den Miriam in ihrer sauberen Druckschrift einen Namen geschrieben hat: *Teague*. Was, dieses Arschloch? Das kann doch nur ein Witz sein. Miriam hat die Anrufe aus der Sprachbox abgerufen, dort ist eine Nachricht mit einer Nummer angekommen, aber Corky knüllt den Zettel wütend zusammen und feuert ihn in den Papierkorb. Teague! Und dann fällt ihm ein, daß er während seines Gesprächs mit Oscar Slattery vor dem UCAC aus einem Augenwinkel gesehen hat, wie dieser aufdringliche kleine Schleimscheißer Teague oder Tyde in seiner karierten Affenjacke die Treppe runtergeschlichen ist und in ihre Richtung gesehen hat.

Womöglich hat er gehofft, Corky würde ihn mit dem Bürgermeister von Union City bekannt machen?

Als Miriam Dunne, gerötet von ihrem Telefonzoff, hereinkommt und Corky kurzsichtig über den Rand ihrer Bifokalbrille hinweg ansieht, eine Angewohnheit, über die Corky sich krank ärgern kann, weil sie Miriam zehn Jahre älter macht, blafft er sie sofort an: »Was soll der Scheiß? Sie haben mit diesem Teague gesprochen? Wertvolle Zeit mit ihm vertan? Gesagt, ich würde zurückrufen? Sie wissen doch ganz genau, daß ich nicht mal das schaffe, was hier anliegt. Herrgott, Miriam, ich bin Tage – Wochen – im Rückstand!« Und um diese Feststellung zu verdeutlichen, greift er sich einen Stapel Akten und läßt sie wieder fallen. Miriam sieht gelassen zu. Je mehr sich ihr Chef aufregt, desto ruhiger wird sie. Corky schämt sich angesichts von so viel Geduld, Freundlichkeit und Takt, aber er kann nicht anders. Es ist nun mal so bei den Corcorans: Wenn die Männer an die Decke gehen, sind die Frauen da, sehen zu und bleiben ruhig, und deshalb sind die Corcoran-Männer auch später darauf angewiesen, daß andere diese Ruhe in ihr Leben bringen. Miriam runzelt die Stirn. »Ja so, dieser kleine Bursche... Ich hätte ihn weggeschickt, aber zuerst habe ich gedacht, er wäre ein Schulfreund von Ihnen, Mr. Corcoran. Ich bin nicht recht schlau aus ihm geworden, er hat etwas von einem Priester erzählt, einem de Lucca. Und dann hat er mir seine ›Mission‹ auseinandergesetzt, wie er das nannte, und das hat er so aufrichtig gemacht und so lieb und... ich weiß nicht... so schlicht wie ein Priesterschüler, nur ist er dafür schon zu alt. Er will ein ›Mausoleum zur Ehrung der Toten‹ in Union City errichten, wohl für berühmte Bürger der Stadt, es hörte sich an, als ob es Sie interessieren könnte, Mr. Corcoran, Sie geben doch immer Geld für...«

Corky fällt ihr ungeduldig ins Wort. »Wann war das, Miriam?«

»Kurz nach zwölf. Ich hatte mir für die Mittagspause was zu essen mitgebracht, und als Mr. Teague kam, habe ich ihm einen Kaffee angeboten, wir haben uns unterhalten, er hat mir seine Zeichnungen dieses ›Tempels‹ gezeigt, ich glaube, so nannte er es...«

»Und dann haben Sie diesem Gauner erzählt, daß ich im UCAC bin? Also wirklich, Miriam...«

Corky ist nervös, weil er sich vor Thalias Nachricht fürchtet, die nun gleich kommen muß. Manchmal sind seine Gedanken so durchsichtig, daß sogar er selbst sie durchschaut.

Gekränkt richtet sich Miriam zu ihrer vollen Höhe von 1,65 m auf. Eine kompakte, vollbusige Frau mit klarem, scharfen Blick, Corky muß an seine Tante Mary Megan Dowd, die Ursulinerin, in jüngeren Jahren denken. »*Natürlich* habe ich ihm nicht gesagt, wo Sie waren, Mr. Corcoran, was denken Sie denn von mir!«

»Und woher hat er es dann gewußt? Das Arschloch ist in den Club gekommen, hat mich vor meinen Freunden in Verlegenheit gebracht.« Corky ist ungeduldig aufgesprungen. Er weiß, daß Miriam den Scotch riecht, und auch das macht ihn sauer –

Frauen, die ihre Nasen in sein Privatleben stecken, mit der Ehe knüpft man sich wirklich den eigenen Strick. »Versucht, Corky Corcoran zu begaunern. Diese Unverfrorenheit…«

»Ich rufe ihn nächste Woche an und sage, daß Sie kein Interesse haben, Mr. Corcoran. Wo ist…«

Miriam sieht sich nach dem rosa Zettel um, aber Corky sagt. »Schwamm drüber. Dieser Teague kann mich mal.«

»Aber…«

»Erzählen Sie mir, was mit meiner Tochter los ist.«

»Ach so… ja…«. Miriams Ton wird weicher, das freundliche Pudergesicht wirkt besorgt – rasch nimmt sie die Brille ab, die eine rötliche Delle in den Nasenrücken gedrückt hat (sie spielen sich unverdrossen vor, daß Miriam, nach zwölf Jahren!, von der Ausdrucksweise ihres Chefs noch immer betroffen, ja schockiert ist) –, aber auch anteilnehmend. Miriam hat Corky schon häufig Privates ausrichten müssen, auch Nachrichten von Thalia in Phasen, in denen Thalia nicht mit ihrer Mutter sprach und auch ihren Stiefvater nicht persönlich sehen, ihn aber sprechen wollte, sprechen mußte, wenn auch nur, um ihn zu verunsichern, auch Anrufe von Charlotte und anderen Frauen – Corky mag gar nicht daran denken, von wie vielen anderen Frauen und was sie wirklich zu Miriam Dunne gesagt haben, was sie aber taktvollerweise nicht an ihn weitergegeben hat. Jetzt macht sie sich an ihrer Brille zu schaffen und sagt: »Ja, wie gesagt, gegen zwei rief sie zum zweitenmal an, und zuerst habe ich sie gar nicht erkannt, ich habe nur immer wieder gefragt ›Wer? Was?‹, vielleicht läßt ja mein Gehör nach, aber die Stimme Ihrer Tochter ist jedesmal wieder anders, wenn sie sich hier meldet, Mr. Corcoran, außerdem waren atmosphärische Störungen oder so was in der Leitung, schließlich hat sie gesagt, wer sie ist und daß sie Angst hat, und ich habe gefragt warum, und sie hat so lange nicht geantwortet, daß ich schon dachte, sie hätte aufgelegt, und dann sagte sie, sie hätte auf Sie gewartet und…«

»Moment«, unterbricht Corky aufgeregt. »Wo denn? In der Highland Avenue?«

»Das habe ich sie auch gefragt, aber es war, als hätte sie mich nicht gehört. Und dann – dann sagte sie etwas Sonderbares…« Miriam fährt sich nervös mit der Zunge über die Lippen, in ihren

Augen steht Zuneigung, ja, fast so etwas wie Mitgefühl, es ist ein Blick, der Corky Angst macht, ein Blick, den man nie wieder erleben möchte, er denkt an den großen, unbeholfenen Schwarzen bei der Totenwache für Tim Corcoran, der stumm auf Corky heruntersah, mit diesem Kummer, der keine Worte findet. Und jetzt sagt Miriam: »Ich hoffe, ich habe es richtig verstanden: ›Es ist kein Selbstmord, glaub das nicht.‹«

»Was?«

Miriam wiederholt ein bißchen lauter: »›Es ist kein Selbstmord, glaub das nicht.‹«

»Selbstmord?« fragt Corky entsetzt. »Wieso Selbstmord?«

Das wisse sie nicht, sagt Miriam ratlos, natürlich habe sie gefragt.

Corky läuft hin und her, wenn er Angst hat, äußert sie sich als Wut. Wie im Selbstgespräch sagt er: »Thalia ist unglaublich emotional, sie ist labil, sie sagt Sachen, die sie nicht so meint, sie weiß gar nicht, was sie redet.« Empört funkelt er Miriam an. »Und sie hat wieder keine Nummer hinterlassen? Sie haben wieder keine Nummer aus ihr herausbekommen?«

Miriam wehrt sich. »Ich habe sie ja gefragt, Mr. Corcoran, aber sie hat aufgelegt.«

»Und das war alles? ›Es ist kein Selbstmord, glaub das nicht.‹ ...?«

»›Hallo‹, habe ich gesagt: ›Hallo? Thalia, hallo?‹ Ich kenne Ihre Tochter nicht persönlich, aber mir ist, als ob ich sie kenne, deshalb habe ich sie mit dem Vornamen angesprochen«, sagt Miriam fast entschuldigend, »aber sie war schon weg. Ich hab sie nicht auflegen hören, die Leitung war einfach tot.«

»Verdammte Göre.« Corky fährt sich mit den Händen durchs Haar. Erst bescheißt ihn die eine Frau, dann die nächste. Als wenn sie sich verabredet hätten.

Thalia würde sich nicht umbringen, ohne sich von mir zu verabschieden.

Woher weißt du das? – Ich weiß es eben.

Das ist nicht die erste Krise, die ich mit Thalia erlebe, sagt er sich, ich werde auch die durchstehen.

Corky bedankt sich bei Miriam, sie solle jetzt heimgehen, er habe ein ganz schlechtes Gewissen, sagt er, weil er sie so lange hierbehalten habe, aber Miriam ist ja froh, wenn sie ihm behilflich sein kann. Und während sie sich zum Gehen wendet, sagt sie noch: »Ich habe mir erlaubt, Mrs. Corcoran anzurufen – die frühere Mrs. Corcoran, meine ich – und habe eine Nachricht hinterlassen, sie möchte sich gleich bei Ihnen melden, hier oder zu Hause, und Ihnen die Nummer ihrer Tochter durchgeben. Und ihre derzeitige Adresse. Und ich habe bei dem Fernsehsender angerufen, Sie haben mal erwähnt, daß Thalia bei WWUC arbeitet, aber dort hatten sie auch nur die Adresse und die Nummer, die Sie kennen.«

»Herrgott, was würde ich bloß ohne Sie machen, Miriam?« sagt Corky, und das ist ehrlich gemeint. »Sie sind die einzige hier, die denken kann. Schönen Dank.« Und dann macht er etwas Erstaunliches, er legt spontan die Arme um Miriam, die Finger versinken in dem warmen, wabbeligen Fleisch an ihrer Taille, Talkumduft steigt ihm in die Nase. Er drückt sie kurz und läßt sie wieder los, und sie tritt mit rotem, verstörten Gesicht zurück.

Zu aufgedreht, um am Schreibtisch sitzenzubleiben, führt Corky jetzt selbst ein paar Telefongespräche. Er versucht es noch einmal unter der Nummer, die er von Thalia hat, wieder meldet sich niemand, aber jetzt denkt er voller Unbehagen: Thalia ist da, sie geht nur nicht ans Telefon.

Warum sie nicht ans Telefon geht oder nicht ans Telefon gehen kann, darüber mag er nicht spekulieren.

Dann wählt er eine Nummer, die mit Bleistift in seinem Adreßbuch steht, *Plummer, M.*, aber auch dort meldet sich niemand. Dann die Nummer einer anderen Freundin von Thalia, aber die ist mehrere Jahre alt, und eine blecherne Stimme sagt: Kein Anschluß unter dieser Nummer. Thalia hat vor zwei Jahren ehrenamtlich bei Vic Slatterys Wahlkampf mitgemacht, aber die Wahlkampfzentrale gibt es längst nicht mehr, und Corky wäre es peinlich, gemeinsame Bekannte anzurufen, um einer Stieftochter auf die Spur zu kommen, mit der er sich auseinandergelebt hat, eine verworrene Familiengeschichte, *So was machen wir unter uns aus, besten Dank,* hat Tante Frances in solchen Fällen tugendhaft gesagt, und das tun wir ja auch oder versuchen es jedenfalls. Zum Schluß ruft Corky in der Firma Ross Drummond Immobilien an, der Alte ist nicht im Haus, darauf hat Corky gehofft, er spricht mit Agnes, der Büroleiterin, Ross Drummonds Miriam gewissermaßen, ebenso tüchtig wie diese und Corky freundschaftlich zugetan, Corky ist beliebt bei dem unsichtbaren Netzwerk der meist mittelalterlichen, mütterlichen, unterbezahlten und unterbewerteten Frauen, die hinter den Kulissen die männerbeherrschten Büros und Behörden am Laufen halten, er genießt es, daß ihr Ton herzlicher wird, wenn sie hören, wer am Apparat ist: »Corky? Corcoran? Ja, hallo...«

Das, denkt er manchmal, ist doch das einzig Wahre im Leben: Wenn man sich am Telefon meldet oder einem Freund in die Arme läuft und der andere sich echt freut. Lächeln, Händeschütteln. Ja, hallo...

Agnes aber kann Corky mit ihrer warmherzig-dunklen Stimme auch nur die Nummer und die Adresse von Thalia durchgeben, die er schon kennt. Mist.

Da er Agnes schon mal an der Strippe hat, erkundigt sich Corky nach dem Bull's Eye, das bei Drummond's auf der Liste steht, und Agnes liest ihm die Daten vor, der Preis ist happig – 485 000 Dollar –, aber Agnes meint, daß darüber noch nicht das letzte Wort gesprochen ist, weil die Besitzerin, das heißt die Witwe des Besitzers Demetrius Crowe, bisher nur einige wenige Angebote bekommen hat, die weit unter dem Listenpreis liegen, und die hat sie glatt abgelehnt, aber so langsam kommt sie unter Druck, der Laden ist derzeit schlecht zu verkaufen und seit elf Monaten auf dem Markt, erstaunt fragt Agnes, ob Corky etwa das Bull's Eye kaufen will, und Corky sagt aalglatt: »Ich? Um Himmels willen. In dem Viertel ist doch tote Hose. Ich frage im Auftrag eines Kunden.«

Des einen Last, des anderen Lust.

Ehe Corky auflegt, sagt er noch, es wäre nett, wenn Agnes ihrem Chef nichts von seinem Anruf erzählen, wenn sie ihm nicht sagen würde, daß er sich nach Thalia erkundigt hat und nach dem Bull's Eye. »Mir wär's lieber, wenn der Alte davon nichts wüßte«, sagt Corky, und Agnes sagt rasch und verschwörerisch, fast vorwurfsvoll: »Natürlich sage ich weder Mr. Drummond noch sonst jemandem was davon.« »Sie sind ein Schatz, Agnes«, sagt Corky und weiß natürlich, daß das alte Mädchen spornstracks zu Ross Drummond laufen wird, so wie es in einer vergleichbaren Situation Miriam bei Corky machen würde. Dazu sind diese Frauen ja da.

Corky hat es eilig wegzukommen, aber Miriam fängt ihn ab und zupft ihn am Ärmel, beinah hätte sie es vergessen, und Corky hat es natürlich sowieso vergessen – das Geschenk für Mike Donnellys Tochter Rose, die Anfang Juni Hochzeit hat. Sie hat es bei Presson gekauft, dem einzigen anständigen Kaufhaus, das sich im Zentrum noch gehalten hat, hoffentlich ist es ihm recht so. »Wunderschön und echtes Silber, sehen Sie mal.« Miriam holt das blinkende, fein ziselierte Tablett aus dem Seidenpapier und der Schachtel mit dem goldenen Schriftzug, und Corky schaut das verdammte Ding einen Augenblick verständnislos an. Ausgerechnet jetzt! Wo er an so viel anderes zu denken hat. Ein Scheißsilbertablett. Noch dazu für die Tochter von einem von Corkys beschissenen Donnelly-Vettern, Corky ärgert sich jedesmal fürchterlich über Mike, wenn sie sich sehen, wahrscheinlich beruht das auf Gegenseitigkeit, dieser Zweig der Donnellys war schon immer knickerig und gehässig und neidisch auf die Corcorans, nach dem Mord von Corkys Vater haben sie wer weiß wie traurig, entsetzt, empört getan, aber insgeheim haben sie bestimmt schadenfroh gegrinst. Tim Corcoran war ein bißchen zu sehr von sich überzeugt, Sean übrigens auch, geschieht ihnen recht, war ja nicht anders zu erwarten, wenn jemand die Nase so hoch trägt, das haben sie jetzt davon. Corky weiß Bescheid, er ist selber Ire, und alle Iren wissen, daß die Familie hinter ihrem Rücken flüstert und sich an dem Unglück der Verwandten weidet, das ist nun mal so.

Miriam sieht Corky erwartungsvoll an. Sie weiß meist, was er denkt, wenn auch nicht im einzelnen, so doch in großen Zügen. Seit Jahren besorgt sie mit bestem Erfolg sämtliche Pflichtgeschenke für Corky zu Hochzeiten, Taufen, Jahrestagen, Geburtstagen und zu Weihnachten. Für Verwandte, Bekannte, Geschäfts- und Parteifreunde, eine Weile hat sie auch Geschenke für Charlotte gekauft, als Corky keine Lust mehr dazu hatte, wenn man eine Frau nicht mehr liebt, beschäftigt man sich in Gedanken nicht mehr lange und ernsthaft genug mit ihr, um noch Geschenke für sie kaufen zu können. Außerdem hat er ja nie Zeit. Miriam schickt auf Corkys Anweisung auch Blumen an

Bestattungsunternehmen und in Krankenhäuser, kauft die passenden Karten und legt sie ihm zur Unterschrift vor. Sollte Corky jemals ernsthaft in die Politik gehen – was er im Grunde ja nicht will, oder? –, würde er für diesen Kram eine Vollzeitsekretärin brauchen. Wie der Bürgermeister. Und außerdem noch einen Red Pitts. Wie Vic. Jemanden, der die PR für dich übernimmt, damit du weißt, daß auch was rauskommt, wenn du dich einbringst. Daß es nicht alles für die Katz ist wie bei den kleinen Leuten.

Corky fragt, wieviel das Silbertablett gekostet hat, und Miriam sagt 139,98 Dollar, das liegt innerhalb der von ihm festgelegten Spanne, nicht unter hundert und nicht über hundertfünfzig Dollar, und Corky nickt zufrieden. »Bestens, Miriam, schönen Dank. Da sieht wenigstens dieser Wichser – den Vater von dem Mädchen meine ich –, daß Corky Corcoran guten Geschmack hat und es zahlen kann.«

Er setzt mit Schwung seine Unterschrift unter die Karte. Einen kurzen Augenblick fühlt er sich gut.

Zum zweiten Mal an diesem Tag läuft er zurück zum Empire Parking.

Herrgott, er ist schon wieder verschwitzt, zwischen den Beinen juckt es, als ob er Läuse im Schritt hätte, das macht die Sorge, was er in der Highland 8397 finden wird.

Aber das würde sie doch nicht machen? Nicht, ohne sich zu verabschieden?

Corky kommt an einem fröstelnden Straßenhändler vorbei, es ist wieder dieser Typ mit der dunklen Brille, dem Stachelhaar und dem Spitzbart, armer Teufel aus irgendeinem tropischen Klima – Pakistan? – Guatemala? – sie sehen alle gleich aus – Corky kauft ihm eine Dose Clubsoda ab, mit dem er die schon ziemlich angewelkte rosa Begonie für Schwester Mary Megan gießt. Wasser ist Wasser, auch wenn Kohlensäure drin ist. Damit die Rückbank nicht naß wird, legt er eine Zeitung unter, das *Wall Street Journal*, das er heute beim Frühstück überflogen hat, auf der ersten Seite ist eine ärgerliche Schlagzeile: STADTENTWICKLER MELDET FÜR UMSTRITTENES 300 MILLIONEN PROJEKT IN HOUSTON KONKURS AN.

Diese großmächtigen Geldhaie, die sich die Taschen mit anderer Leute Geld füllen – wie machen sie das – wie kommen sie damit durch? –, während Corcoran Inc. strampeln muß, um sich über Wasser zu halten.

Das hat man davon, wenn man ehrlich ist, denkt Corky.

6

CORKY WIDERSTEHT DEM BÖSEN

Es ist 17.20, und die Innenstadt leert sich allmählich.

Corky fährt auf der Fifth Street nach Osten, es ist ein Schleichweg, mit dem er den Bussen auf dem Union Boulevard und der State aus dem Weg geht, nervös macht er das Radio an und hört sich ein knisterndes Geraune von Nachrichten an, ohne sie aufzunehmen, die Europäische Gemeinschaft drängt auf einen weltweiten Ölboykott, um das Ende der serbischen Intervention in Bosnien und Herzegovina zu erzwingen, Mörserangriff auf eine Einkaufsschlange in Sarajevo, Herrgott, jede Woche ein neues Katastrophengebiet, inzwischen findet man sich bei den Ländern gar nicht mehr zurecht, schon die Namen sind unbekannt und unaussprechlich. Was ist eigentlich mit der früheren Sowjetunion, von der hört man kaum mehr was, ganz zu schweigen von Nordirland, wie läuft es da eigentlich? – aber im Grunde ist es wohl leider so, daß einfach keiner genug Zeit und Mitgefühl erübrigen kann. »Scheiße!« Corky sucht sich einen anderen Sender, WWTZ, bluesiger Jazz, klingt wie Brubeck, okay.

Aber dann hört er Thalia sagen – sechs Jahre ist das jetzt her: »Die Welt, das ist im Grunde der Kampf des Guten gegen das Böse, entweder du machst es fertig, oder du läßt dich von ihm fertigmachen.«

Diese Stimme, glockengleich und voller Vorwurf. Dunkles Haar, das schlaff und glanzlos wie bei einer Wasserleiche auf dem blendendweißen Krankenhauskissen liegt.

Sie hatten gedacht, Thalia würde sterben. In den umschatteten Augen aber war etwas wie Arroganz, um die pergamentblassen Lippen ein trotziger Zug gewesen. An Charlotte vorbei hatte sie Corky angesehen, verdammt, sollte vielleicht er etwas gegen das

Böse in der Welt tun? Und zwar möglichst noch in den nächsten zehn Minuten?

Für Corky und Charlotte waren vor allem Thalias Professoren schuld, besonders der eine – Jude natürlich –, der das Seminar über »Visionen des Holocaust« gehalten und damit empfängliche junge Seelen in das Grauen und in die Krankhaftigkeit getrieben hatte. Irgend jemand muß ja dasein, dem man die Schuld geben, den man verklagen kann, Himmelnochmal, und deshalb hatte Corky sich sofort ans Telefon gehängt und ein paar aggressive Telefongespräche geführt, in denen er drohte, der Cornell University einen Prozeß an den Hals zu hängen, mit denen er aber vor allem hatte Dampf ablassen, diese akademischen Arschlöcher – Professoren, Dekane, den Rektor – hatte einschüchtern wollen, die sich so verdammt ernst nahmen, zum Donnerwetter noch mal, ich spreche als Vater eines sensiblen Mädchens, das durch eins Ihrer Seminare fast draufgegangen wäre, wer trägt eigentlich bei Ihnen die Verantwortung für so was?

Die haben ganz schön geschlottert, in tausend Ängsten haben sie geschwebt, daß er wirklich klagen würde, nur gut, daß sie nicht wußten, wie zuwider ihm Advokaten sind, wie sehr er sie fürchtet.

Irgend jemand ist schließlich verantwortlich. Und die Eltern sind es nicht.

Im Krankenhaus sagt Thalia, die den Kopf nicht vom Kissen heben kann: »Sie haben es uns gründlich unter die Nase gerieben«, und Corky fragt: »Was?« und Thalia antwortet mit einem matten, zufriedenen Lächeln: »Daß das Böse in der Welt unser eigener Scheiß ist und daß wir nur nicht wagen, es zuzugeben.« Corky hat es die Sprache verschlagen und Charlotte auch, das Blut stockte ihnen in den Adern vor dem nüchternen Ton dieser Feststellung.

Und wie gründlich Thalia die vor Liebe bebende Charlotte übersehen hatte – als ob jemand, der sie liebte, durch diese Liebe verächtlich würde. Sie hatte sich ganz auf Corky, auf Stief-Daddy Corky konzentriert, vielleicht hatte auch er Strafe verdient, der arme Trottel, weil da tief in seinem Herzen dieses nie eingestandene Begehren nach ihr saß. Was für eine Antwort er gestottert hatte oder ob überhaupt was rausgekommen war, weiß

Corky nicht mehr. Nur, daß er Charlottes Hand gehalten hatte, ganz fest hatte er sie gehalten, jeder Zoll der fürsorgliche Ehemann, der alles im Griff hat, was aber nicht stimmt. Nichts hat er im Griff, heute so wenig wie damals. Arme Charlotte: *Magersüchtige Mädchen weisen die Nahrung der Mutter zurück. Das Leiden ist ein Tochter-Mutter-Kampf, der manchmal auf Leben und Tod geht.* Und Charlottes Schluchzen: Was soll ich denn machen? Was um Himmels willen soll ich denn machen? Ich will ihr doch eine gute Mutter sein, was soll ich denn machen?

Der Psychotherapeut war ein arrogantes Arschloch, Corky konnte die Ungerechtigkeit nachempfinden, für einen kurzen Moment begriff er, wie es ist, eine Frau zu sein, die sich über das Urteil von Männern definiert.

Nur gibt es wohl kein anderes Urteil, das sie ernst nehmen.

Als Corky erfuhr, daß Charlotte eine Tochter hatte, schliefen er und Charlotte schon zusammen, und er war, um es ganz klar zu sagen, stocksauer gewesen, weil sie ihn da schon ziemlich auf Nummer Sicher hatte. Es war alles sehr schnell gegangen, wie immer bei solchen Sachen in Corkys jüngeren Jahren. Corky war nicht nur deshalb hinter Charlotte Drummond, der Tochter seines Chefs, her gewesen, weil er, ein irisches Schlitzohr aus Irish Hill, nüchtern seine Chancen kalkulierte, sondern weil Charlotte damals eine absolute Wucht und in ihrer ganzen Aufmachung so eindeutig Spitzenklasse war, daß man nicht anders konnte, als sie zu lieben, auch wenn er sich als vernünftiger Mensch eingestehen mußte, daß sie nicht immer unbedingt liebenswert war.

Er war deshalb auf der Hut, als er mit Charlottes achtjähriger Tochter Thalia bekannt gemacht wurde, *verdammt, worauf lasse ich mich da ein, das Kind eines anderen Mannes,* aber als sie dann vor ihm stand, war es Liebe auf den ersten Blick. Unwiderstehlich, diese großen braunen Augen mit den langen Wimpern, weiche braune Ponyfransen bis zu den Augenbrauen, das Haar glatt nach hinten gebürstet und mit einem roten Samtband zusammengehalten, ihre Mutter hatte dem Kind ein rotkariertes Trägerkleid angezogen, weiße Strümpfe, schwarze Lacklederschuhe – die Kleine sah aus wie eine Kleiderpuppe im Schaufenster des feinsten Geschäfts von Union City. Und Corky Corcoran, damals ein junger Mann von siebenundzwanzig Jahren, sieht blinzelnd dieses wunderschöne kleine Mädchen an, das zwei Finger im Mund hat und ebenfalls blinzelnd zu ihm hochsieht, als gäbe es da von einer Sekunde zur anderen ein ganz besonderes, schicksalhaftes Einvernehmen zwischen ihnen.

Was sich später bestätigen wird. Hätte Corky das damals gewußt, hätte er sich womöglich schleunigst abgesetzt.

Zu dieser ersten Begegnung – bei der Corky auch zum ersten Mal mit Charlottes Mutter Hilda zusammentraf – kam es im Haus der Drummonds, einem Herrenhaus in französisch-normannischem Stil am Lakeshore Drive 19, einem dieser schönen, prunkvollen Häuser im Bezirk Edgewater, von dem industriellen Südwesten weit genug entfernt, um als Bestlage zu gelten. Diese Millionärsvillen am Hang mit Blick auf den Eriesee… wie oft hat sich in Corky, wenn er unten auf der Uferstraße vorbeifuhr, sehnsüchtig das Herz zusammengezogen, wie beim Anblick der majestätischen Fassade, des Baldachins und der livrierten Türsteher des Athletic Club. Wie ist das wohl, in einem dieser Häuser zu wohnen? Oder auch nur Gast dort zu sein, solche Leute zu kennen?

Auch wenn du später weißt, wie es ist, regt sich in dir immer noch diese erwartungsvolle Spannung. Als wäre es dein altes, verlorenes Ich, deine vergessene Seele.

Thalia bekam, so jung sie war, schon Klavierstunden, und an diesem ersten Abend forderte Charlotte sie auf, für Corky und ihre Großeltern zu spielen, und sie gehorchte schüchtern, aber sichtlich geschmeichelt von der Aufmerksamkeit der Erwachsenen, und eifrig bemüht, ihrer schönen, funkelnden Mutter zu gefallen. (Von Thalias Vater, Charlottes erstem Mann, hatte Corky damals noch recht wenig gehört – nur soviel, daß die Ehe eine Katastrophe gewesen war und Braunbeck, der Ehemann, sich davongemacht hatte, als Thalia drei war, daß Thalia nie nach ihm gefragt, auf fast unheimliche Art so getan hatte, als sei nichts geschehen, als habe es nie einen Vater gegeben, was ihr, wie man Corky zu verstehen gegeben hatte, vielleicht nicht zuträglich, aber Charlotte nur recht war, denn auch sie zog es vor, über dieses Thema zu schweigen.) Und nachdem die kleine Thalia ihre Etüden gespielt und die Erwachsenen begeistert geklatscht hatten, setzte sich zur Überraschung der Drummonds ihr Gast Corky Corcoran an den großen, vornehmen Steinway-Flügel, sein Lebtag hatte er noch nicht an so einem Instrument gesessen, und spielte jungenhaft ausgelassen, ungezwungen neben Thalia sitzend wie ein Onkel oder älterer Bruder, den Flohwalzer und »Glühwürmchen, Glühwürmchen, glimmre«. Denn das war in Irish Hill so Brauch. In Irish Hill legte man beim Trinken Tempo vor (was auch Corky im Haus der Drummonds getan hatte, nicht mit dem gewohnten Twelve Horse Ale, sondern mit Ross Drummonds feinem französischen Rotwein), um jenen Zustand zu erreichen, in dem man jedermann liebt und von jedermann geliebt wird.

Glühwürmchen, Glühwürmchen, glimmre, glimmre,
Glühwürmchen, Glühwürmchen, schimmre, schimmre…

Corky Corcoran hat eine lustig näselnde, nicht ganz tonreine Stimme, über die Thalia lachen muß, er spielt mit zwei oder drei Fingern, ohne Pedal und ohne jede Verlegenheit. Thalia klatscht Beifall und verlangt aufgeregt, daß er ihr »Glühwürmchen« beibringt und auch den Flohwalzer. Sie habe gar nicht gewußt, daß Klavierspielen auch Spaß machen könne, sagt sie zu Corky.

Und Corky sagt, Charlotte über Thalias Kopf hinweg zuzwinkernd: »Ja, weißt du, eigentlich soll ja alles im Leben Spaß machen.«

Hinterher sagt Charlotte: »Du hast eine richtige Eroberung gemacht, Jerome. Sonst hält nämlich Thalia nicht viel von meinen…«, sie unterbricht sich, es ist ihr wichtig, ein möglichst schickliches Wort zu wählen, »meinen Bekannten.«

Aber ich bin keiner von deinen Bekannten, Schätzchen, denkt Corky rebellisch. Ich bin derjenige welcher.

Jahre später, als Thalia zwölf, dreizehn ist, tut es Corky nach einer ärgerlichen und frustrierenden Szene mit ihr oft genug leid, daß er seinen Kopf in die Schlinge gelegt, daß er sich das Kind eines anderen Mannes aufgeladen hat. Worum es bei diesen Szenen im einzelnen ging, hat er längst vergessen, er weiß nur noch, daß sie meist damit endeten, daß Thalia sich in einen ungeschickten Flirtversuch oder pampig-affektiertes Getue und Corky in verlegenes Geplänkel flüchtete, wobei Corkys rasch aufflammender Jähzorn weiterschwelte. (Aber nicht ein einziges Mal hat er Thalia geschlagen, keinen einzigen Klaps hat sie von ihm bekommen, nicht mal geschüttelt hat er sie. Weil er wußte, daß ihm das Aufhören schwerfallen würde, wenn er erst mal angefangen hatte.)

Wenn es ernst wird, neigt Corky instinktiv dazu, Witze zu reißen. Auch jetzt noch denkt er, daß vielleicht alles wieder ins Lot käme, wenn er Thalia dazu bringen könne, wie früher über seine Witze zu lachen.

An dem Abend im Killian's Red Star hatte er das Thema, das er sonst nie erwähnte, aber an das er fast unaufhörlich dachte, seinem Freund Nick Daugherty gegenüber angesprochen wie einen Witz. Was es ja schließlich auch war. Wirst du auch manchmal irgendwie... unruhig... kribbelig..., wenn deine Tochter zu Hause im Nachthemd oder nur im Schlüpfer rumläuft? Nicks Angie war damals elf und Thalia schon dreizehn, und Nick lachte ein wenig zu laut und wischte sich Bierschaum von den Lippen. Herrgott, Corky, du alter Lustmolch! Und dabei bist du noch nicht mal alt!

Es gab da die geflüsterten Geschichten aus der alten Heimat, aus dem ländlichen Irland, von den Verwandten in Dingle Bay, wie Väter und sogar Großväter und natürlich die Brüder die Mädchen »belästigten«. Und wer war genaugenommen schuld daran? In Irland ist noch heute, im Mai 1992, Inzest nur ein minderes Delikt.

Corky umkrampft das Lenkrad so fest, daß ihm die Hände weh tun. Er ist verschwitzt, er sorgt sich um Thalia, und wütend ist er auch. Er weiß ja nicht, was ihn erwartet. Wenn ihn etwas erwartet. Wenn das Ganze nicht vielleicht reine Zeitverschwendung ist.

Dann aber denkt er an den hysterischen mitternächtlichen Anruf von Thalias Zimmergenossin in Cornell: Thalia ist gerade mit dem Rettungswagen ins Krankenhaus gebracht worden, sie ist auf der Treppe zusammengebrochen. Seit drei Wochen laborierte sie an einer Bronchitis, die sich zu einer Lungenentzündung ausgewachsen hatte, aber Corky wird nie den Schock vergessen, als sie völlig unvorbereitet auf die Intensivstation kamen und sahen, was aus Thalia geworden war. Eine Zwanzigjährige, abgezehrt und totenbleich wie ein Auschwitz-Opfer, die normalerweise einundfünfzig Kilo wog (wenig genug, wie der Arzt sagte), jetzt aber trotz der Infusionen, die sie bekam, nur noch vierzig.

Charlotte war in Tränen ausgebrochen.

Corky hatte Thalia nur regungslos angesehen. Starr vor Entsetzen.

Eiskalte Ruhe ging von diesem Spiel mit dem Verhungern, diesem Spiel mit dem Tod aus, es war eine freudig erlebte Krankheit, so ganz anders als Theresas hilfloses, tränenreich tobendes Leiden, bei dem sie Stimmen hörte, bei dem Träume sie zuweilen bei offenen Augen, manchmal sogar im Beisein ihres Sohnes heimsuchten, ja, Thalia hatte ihre Krankheit im Griff, diese Krankheit war ihre Macht, ihr Stolz.

Sie zeigte ihre Knochen her, das kantige Schlüsselbein, das fast die durchsichtige Haut durchstieß, die Rippen, die vorstehenden Beckenknochen, die kindlich schmächtigen Hand- und Fußgelenke, die zarten, dünnen Muskeln der Oberarme, die aussahen, als seien sie nur notdürftig an den Knochen befestigt, einen so unbändigen Stolz hatte Corky zum letztenmal bei einer seiner Nichten gesehen, als sie den Besuchern ihr zehn Tage altes Baby gezeigt hatte.

Thalias glänzende Augen waren auf ihn gerichtet. Seit jeher fand er sie wunderschön, diese dunklen ausdrucksvollen Augen mit den dichten Wimpern, Traumauge, hatte er sie neckend genannt, damals, als er Thalia noch hatte necken dürfen. Woran denkt Traumauge jetzt? hatte er sie bei Tisch gefragt, im Speisezimmer, er hatte seinen Spaß daran gehabt, wenn die Kleine rot wurde, und auch sie hatte Spaß daran gehabt, oder so schien es jedenfalls. Und jetzt der Triumph in diesen Augen, gelblich getönt die Augäpfel, wie auch Thalias Haut, ein Gelbton wie bei alten Elfenbeintasten. Auch auf die Gelbsucht war sie stolz, das merkte man. *Bin ich jetzt schön? Sagt? Fällt es jetzt leicht, mich zu lieben?*

Charlotte geriet schnell ins alte Gleis zurück, als die Krise vorbei war, und sagte erwartungsgemäß genau das Falsche. »Wie *konntest* du, Thalia! Daß du uns kein Wort gesagt hast. Was hast du nur mit dir gemacht!« – Ganz so, als wäre sie nicht beinahe gestorben, sondern hätte sich nur naßgemacht. Und Corky hatte hilflos herumgestottert, ungeschickt, den Kopf wie mit Watte vollgestopft: »Du weißt doch, daß wir dich liebhaben, Kleines. Warum wolltest du dir was antun, Kleines?« und dabei gedacht, da wünschst du dir ein Stück Magie, wünschst dir wunderbare Worte, die zu Herzen gehen wie eine Sopranarie oder wie die Texte, die in den zwei, drei Shakespeare-Stücken, die Corky gesehen hat, den Schauspielern so geläufig von den Lippen gingen, aber wenn du an der Reihe bist, du armer Trottel, wenn dein Auftritt kommt, sabberst du nur rum wie in einer Fernsehschnulze, und das Kind schaut dich an.

Du weißt doch, daß wir dich liebhaben, Kleines.

Weiß ich das? Wenn du meinst...

Thalia war nicht gestorben dort im Ithaca General Hospital. Ihre Nieren und ihre Leber hatten durchgehalten. Und ihre unbändige, schwärmerische Willenskraft.

Sie hatte ein Urlaubssemester genommen, um sich zu Hause zu erholen, *zu mästen,* wie sie mit einem matten, resignierten Lächeln sagte. *Ja, ich esse wieder, seht ihr? Euch zuliebe, ja.* Thalia sprach nun von ihrer Krankheit mit einer gewissen Nostalgie wie von einem Ort, den sie auf einer Reise kennengelernt hatte, auf einer viel zu schnell beendeten Reise, und mit einer ganz neuen, ungewohnten Offenheit, nachdem sie als Halbwüchsige immer so scheu und zurückhaltend gewesen war. Zu Corky und Charlotte sagte sie (peinlicherweise in Gegenwart Dritter, Corky hatte Freunde und die Familie zum Essen eingeladen, für ihn ist es das Schönste, an einem großen Tisch in Brauer's Steak House oder dem Cloverleaf oder London's Seafood Restaurant oder dem Mohawk Room im Statler oder dem Elm Room von UCAC seine Gäste zu betreuen und später mit dem Restaurantchef die Rechnung zu regeln, ehe jemand merkt, was los ist), daß normale Leute sich ganz falsche Vorstellungen vom Fasten machen, ehrlich – »Wir sitzen hier und stopfen uns die Bäuche voll, füttern unseren Körper wie ein Baby und finden das phantastisch, aber Fasten ist noch phantastischer, es ist besser als Sex, ob ihr's glaubt oder nicht.« Ein unschuldiger Blick in die Runde, um zu sehen, wie die Erwachsenen es aufnehmen, und natürlich stecken sie es widerspruchslos weg, schließlich wäre sie ja fast gestorben, und lassen sich diesen unverschämten Blick gefallen, Thalia in ihrer Herrlichkeit, eine Heilige, eine Märtyrerin, nicht katholisch aufgewachsen, aber sie hat das Zeug dazu, und Corky hätte dem verwöhnten Balg dieser Sprüche wegen am liebsten vor aller Augen den Hals umgedreht. »Zuerst fastest du, weil du es willst, weil du es dir vorgenommen hast, aber dann zieht das Fasten dich in seinen Sog, es ist, als ob man im Fluß in die Strömung gerät, im Grunde ist es noch besser als Sex, es gibt nichts Beglückenderes, ihr könnt euch das wahrscheinlich schwer vorstellen, ihr beide...«, und das gilt jetzt allein Corky und Charlotte, Thalia hat die Stimme gesenkt, »ihr beide, aber es ist so. Besser als Sex.«

An einer Ampel denkt Corky, daß er jetzt gern etwas trinken würde. Aber nein, in einer Krisensituation läßt man das lieber.

Greenbaum hat er vollgequatscht, weil er rasch hintereinander die beiden Scotch getrunken hat und dann den Wein, hat den armen Kerl gezwungen, sich weinerlichen Scheiß über den Holocaust, Hitler und das Böse anzuhören *und hat ihn dann noch bemitleidet, weil er ein Jude ist und sich diesen Scheiß anhören muß*. Schäm dich, Corky! Es ist eben tatsächlich so: Iren können Alkohol nicht schnell genug abbauen, wenn das Gift ins Gehirn geht, ist der Ofen aus.

Vielleicht ist es fast besser, gesünder, denkt Corky, wenn man ein richtiger Alkoholiker ist (wovon bei ihm ja nicht die Rede sein kann). Man geht zu den Anonymen Alkoholikern, läßt sich trockenlegen und schwört dem Alkohol ab.

Es gibt viele Säufer unter den Corcorans, Dowds, Donellys, McClures. Sogar unter den Frauen. Mary Megans Mutter, hieß es hinter vorgehaltener Hand, laut würde man so was natürlich nicht sagen.

Allerdings nicht viele, die bei den AA sind. Eine andere Art von Glaubensgemeinschaft als der Katholizismus.

Sean Corcoran zum Beispiel. Ein schlechtes Beispiel.

Halbtot hatten sie ihn auf dem Gehsteig vor dem Seneca House aufgelesen und mit dem Rettungswagen ins Krankenhaus geschafft, später war er in ein ambulantes Reha-Programm gegangen, das mit den AA zusammenarbeitet, hat sich vielleicht fünfmal bei den Treffen sehen lassen und dann nie wieder, ohne

Frances oder sonst jemandem aus der Familie was zu sagen. Corky hat ihn zufällig in einer Kneipe getroffen, wo er der halben Bar Drinks spendierte, ein rotgesichtiger, aber noch immer gut aussehender Bursche in den Sechzigern, einer dieser lustig lauten Säufer, die alle gern haben, solange sie zahlen. Als er Corky sah, hat er schuldbewußt geschaut, ihm einen Arm schwer um die Schultern gelegt und gesagt – so laut, daß es der ganze Schankraum hören konnte: »Herrgott, Junge, man muß doch was haben, worauf man sich freuen kann, wozu soll man sich denn sonst jeden Morgen die verdammten Schuhe zubinden?«

Corky hat gelacht. »Also darauf trinke ich jetzt mal, Onkel Sean!«

Als Teenie konnte Thalia es nicht vertragen, wenn die Erwachsenen tranken, was bei den vielen Parties, die Corky und Charlotte gaben und zu denen sie eingeladen wurden, relativ häufig geschah. An einem Neujahrsmorgen mußte Stiefdaddy, trotz seines mordsmäßigen Brummschädels, die fünfzehnjährige Thalia und ihren kranken Kater Ruffles zum Tierarzt fahren. Thalia hatte – den Kater auf dem Arm – stocksteif und unglücklich hinten gesessen und sich über Corkys Fahne beklagt. Wie könnt ihr eure Körper nur so schädigen, Charlotte und du, widerlich ist das, sagte sie. Unmoralisch. Sie würde nie trinken.

Corky hatte gelacht, obwohl er eigentlich sauer war.

All die Jahre gelacht, auch wenn er sauer war. So was nennt man Familienleben.

Er hatte die ganze Sache ins Lächerliche gezogen und mit sehr irischen Vokalen und Diphtongen gesagt: »Herrgott, Kleines, man muß doch was haben, worauf man sich freuen kann, wozu soll man sich denn sonst jeden Morgen die verdammten Schuhe zubinden?« Hinten im Wagen war es totenstill geblieben, als hätte er einen unanständigen Witz gemacht. Oder einen Furz abgelassen. Dann ein tieftrauriges, schockiertes Stimmchen: »Das ist widerlich! Ach, Corky…«

»Hab doch bloß Spaß gemacht, Kleines«, hatte Corky protestiert. »War doch nur Ulk, du ulkige kleine Nudel du.«

»War es nicht.«

Und jetzt, als Erwachsene, nimmt Thalia Percodans oder etwas Ähnliches, ein starkes Schmerzmittel, sie hatte es verschrieben bekommen, als man ihr vor ein paar Jahren zwei vereiterte Weisheitszähne zog, und woher bekommt sie das Zeug, legal oder illegal? Und außerdem Amphetamine, bestimmt. Beweisen könnte Corky es nicht, aber er kennt die Symptome, Erregbarkeit, Gereiztheit, Redseligkeit, und gleich darauf plötzliches Verstummen, weil sie vergessen hat, was sie sagen wollte, jähe Tränen, jähes Lachen, arme Thalia. Mit ihrem guten Aussehen dürfte es nun auch bald vorbei sein.

Ausgebrannt, seelisch fix und fertig. Mit fünfundzwanzig? Reichlich früh...

Hatte Corky nicht versucht, ihr zu helfen?

Aber eben nicht genug.

Er überlegt, wer wohl der Mann war, von dem Christina erzählt hat. Der aus dem Kunstmuseum. Ein Lover? (Falls Thalia Lover hat. Thalia im Clinch mit einem Mann? Schwer vorstellbar.) Wenn es diesen Mann gibt, muß es jemand sein, den Corky kennt. Vielleicht einer aus Vics Umfeld. Ein junger Akademiker. Ein Anwalt vielleicht. Heutzutage sind sie alle Anwälte, hol sie der Teufel. Und so jung. Leute unter fünfunddreißig sind in Corkys Augen blutjung, und das nimmt er ihnen übel. Früher war *er* der junge Mann.

Den Männern nimmt Corky es übel. Nicht den Frauen.

Die Frauen, Herrgott, die muß man einfach lieben.

Glamourgirls aus der PR-Branche, Fernsehfrauen, Umweltrechtsfrauen, Frauenrechts- und Abtreibungsrechtsfrauen, sozial engagierte Frauen, und in jeder Saison kommt eine neue Ladung reicher Töchter dazu, die in Frauenhäusern, an Sorgentelefonen, in Suppenküchen helfen. Corky war Mitglied in einem Ausschuß, der Mittel für ein Lieblingsprojekt des Bürgermeisters beschaffen sollte, Out-Reach hatten sie es genannt, sehr beliebt bei den städtischen Medien, das junge Leute mit einem ersten Studienabschluß, dem B.A., für ein Jahr als Lehrkräfte in die öffentlichen Schulen der Innenstadt schickte, um die Lehrergewerkschaften zu zwingen, das marode Schulsystem mit neuem idealistischen Eifer aufzuladen, die meisten waren Mädchen, junge Frauen muß man wohl sagen, allerliebste Dinger. Da siehst du ein Mädchen, das du für eine Schülerin in St. Rose halten könntest – die professionellen Jungfrauen von St. Rose, haben sie zu Corkys

Zeit gewitzelt –, und dann stellt sich heraus, daß sie Investmentbanking macht oder Anwältin in einer großen Kanzlei in der Innenstadt ist. Und natürlich keine Jungfrau. Und mit einem Gehalt, über das keiner witzeln würde. Man muß sie einfach lieben.

Sogar Vic, wie? Ja, sogar der. Was natürlich vertraulich ist. Fällt schwer, nicht zuzugreifen, wenn die köstlich reifen Früchte so reichlich an den Bäumen hängen und der Obstgarten keinen Zaun hat.

Die Mädchen – und eine Weile auch Thalia – lockt die Politik – und zwar da, wo sie wirklich heiß ist, nicht bei den alten Parteifunktionären, sondern bei den Jüngeren, Vic Slattery beispielsweise, der in der Partei schnell Karriere gemacht und dieses wertvollste aller Güter, das *nationale Image,* erworben hat, das natürlich vor allem eine Medienmasche ist – aber du fällst drauf rein, auch wenn du den Schmus eigentlich durchschaust. Wenn du selbst geholfen hast, mit dran zu stricken.

Auf die Party am Lake Placid muß Thalia mit einem Begleiter gekommen sein, vielleicht mit dem Mann einer Bekannten, es war eine dieser Partys ohne Ehefrauen. Und ohne Presse. Mit wem wohl, überlegt Corky. Sie war schnell wieder gegangen, als sie erfahren hatte, daß Corky da war. Stiefvater-Ex-Stiefvater. Am besten, man geht sich aus dem Weg.

Es ist kein Selbstmord, glaub das nicht.

Von Selbstmord spricht eine Frau nur dann, wenn ein Mann im Spiel ist. Irgendwo, irgendwie. Zu dumm von den Weibern, sich einzubilden, weil eine Frau ein Gewissen hat, wär's bei den Kerlen genauso.

Und während Corky auf der Ballard Street in einem Nieselregen, der gerade so stark ist, um seine Scheibenwischer aus dem Takt zu bringen, nach Norden rast, denkt er, wenn Thalia was passiert ist, bring ich das Schwein um, das schwöre ich.

In der Dämmerung kommt er an dem Depot in der Ballard Street vorbei. Ein wuchtiges altes Bauwerk, das unter der dicken Schmutzschicht noch immer die Würde eines Doms hat, Säulenreihen und gotische Bögen und melancholische Granitfiguren rechts und links der großen Uhr über dem Haupteingang. Zum Abriß vorgesehen, bis die Leute vom Denkmalschutz eingegriffen haben. Corky schaut automatisch nach oben, um nachzusehen, wie spät es ist, dabei weißt du doch genau, du Blödmann, daß die römischen Ziffern der alten Uhr seit zehn Jahren nicht mehr beleuchtet sind. Seit zehn Jahren gibt's hier keine Zeit mehr. Bis Anfang der sechziger Jahre war im Depot noch viel Betrieb, danach ging es stetig bergab, der größte Teil des Gebäudes wird nicht mehr benutzt, da es nur noch so wenige Züge gibt, trübgelbe Innenbeleuchtung, draußen nur zwei wartende Taxis, Penner in den Zugängen und diese lange, bedrückende, mit Postern bepflasterte, bröckelnde Backsteinwand, in Fetzen herunterhängendes moderndes Papier wie Aussatz. Ein trauriges Mausoleum.

Im Stadtrat stimmt Corky immer für die Erhaltung der alten städtischen Wahrzeichen, laßt sie stehen, solange es geht, wenn sie erst weg sind, sind sie weg.

Nur ist für derlei sentimentale Anwandlungen kein Geld da, nicht in Union City, nicht im Jahre 1992 auf dem Tiefpunkt der republikanischen Rezession. Aber Corky stimmt mit dem Herzen und nicht mit dem Kopf.

Als er zu einer Eisenbahnunterführung kommt, gibt er Gas.

Nie fährt er in dieser Gegend durch so eine Unterführung, ohne an das Gewitter im Jahre 1981 zu denken, die Unterführungen standen voll Wasser, die Pendler saßen in der Falle, und junge Schwarze, *marodierende Gangs schwarzer Jugendlicher*, wie die Medien tönten, raubten und plünderten unter Zuhilfenahme von Fäusten, Stiefeln, Messern, Schußwaffen. Corky hat eins der Opfer, ein armes Schwein, das sie erschossen haben, persönlich gekannt.

Thalia will eine Wohnung in der Highland Avenue mieten, was soll ich machen, hatte Charlotte, ein wochenlanges gekränktes Schweigen brechend, am Telefon gefragt, und Corky hatte gesagt: Ich rede mal mit ihr.

Was er dann auch getan hat, aber nicht mit allzuviel Nachdruck. Gewiß, er war gern bereit, sich ein wenig um sie zu kümmern, aber schließlich hatte er auch seine eigenen Sorgen. Alles brauchst du dir von einem Mädchen, das mal deine Tochter war, nicht gefallen zu lassen.

Wieder eine kritische Situation an der Ampel, Corkys Stimmung ist gereizt und böse. In Detroit würdest du dich hüten, einen anderen Fahrer abzudrängen, denn der hat womöglich eine Kanone und legt dich um, und auch Corky hatte noch Monate nach den 81er Unruhen seine deutsche Luger Automatic im Handschuhfach, aber das ist vorbei. Bei der Kampagne des Bürgermeisters, Schußwaffen aus Union City zu verbannen und die Straßen für gesetzestreue Bürger wieder sicher zu machen, gehörte Corky zu den Stadtverordneten, die sich energisch für diese Maßnahme aussprachen, und das wenigste, was er da tun konnte, war wohl, seine Kanone aus dem Auto zu holen und wieder im Haus zu deponieren. Den Waffenschein – Schutzmaßnahme für Hausbesitzer – hat er ja.

Jetzt ist er in der Highland Avenue. In diesen breiten, winddurchwehten Alleen von Union City, so trostlos sie sind mit ihren geschlossenen Geschäften, dem Müll auf den Gehsteigen, dem Unkraut und Buschwerk auf den leeren Grundstücken, geht ihm immer noch das Herz auf. Er muß an damals denken, an den Erie Boulevard. Das regennasse Kopfsteinpflaster unten an den Docks und Lagerhäusern. Und über allem der eigenartige, aber nicht unangenehme Geruch der alten Schlachthäuser, nach der Angst der Tiere vor der Schlachtung, nach zersetztem Blut. An einem feuchten Abend, wenn der Wind aus der entsprechenden Richtung kommt, riecht man es sogar noch hier auf der Highland, ein paar Meilen weiter. Blut tränkt die Erde von Union City. Und nicht nur Tierblut, sondern das der irischen und chinesischen Arbeiter, die Anfang des 19. Jahrhunderts den Kanal gruben, wie die Fliegen an der Grippe starben und in Massengräbern am Ufer des Kanals verscharrt wurden. Mit Kalk bestreut, um die Verwesung zu beschleunigen. Aus hygienischen Gründen.

Solche Sachen stehen nicht in den historischen Stadtführern. Und auch nicht in *Union City, New York: Gestern, heute, morgen.*

Irgendwie mag Corky den Geruch. Er hat trotz des Nieselregens das Fenster heruntergekurbelt, um ihn einzuatmen, es stört ihn nicht, daß sein Gesicht ein bißchen naß wird. Ein tiefer, fast zitternder Atemzug mit geblähten Nüstern.

Alles in allem ist es fast verrückt, wie sehr Corky Corcoran sein Leben liebt.

Die alten Straßen von Irish Hill, die alte Gegend. Die vierziger, fünfziger, sechziger Jahre, ungefähr bis zu dem Mord an Martin Luther King, als die Veränderungen anfingen, als alles in Bewegung geriet wie Treibsand unter den Füßen. Corky hat sich ja auch abgesetzt, er ist ja kein Idiot.

Aber woher du kommst, wessen Kind du bist, daran kann auch die Geschichte nichts ändern, das ist ein Geschenk. Kein Gottesgeschenk, aber doch ein Geschenk. In einer schwachen Minute hatte er das mal Christina erzählt, und sie hatte ihn geküßt und gesagt: *Ja, Corky, ja, das sehe ich dir an.*

Links kommt er am Hot Spot vorbei, einem Bumslokal mit irrsinnig zuckender roter Neonreklame, dem hektischen Gehabe eines Ladens, der kurz vor der Pleite steht. »GO-GO BAR! TÄGLICH MITTAGSTISCH! UNTERHALTUNG LIVE! GIRLS GIRLS GIRLS! GO-GO OBEN OHNE!« Auf diesem Straßenabschnitt sind fünfzig Prozent aller Geschäfte leer oder ausgebrannt (der Anteil an Feuerschäden, im Klartext Brandstiftung, im Klartext Brandstiftung durch die Hausbesitzer, ist im vergangenen Jahr um siebenundzwanzig Prozent gestiegen, was überall, auch bei der Firma Corcoran Inc., an den Beiträgen zur Feuerversicherung zu spüren ist), aber vor fünf, sechs Jahren war der Hot Spot noch ein guter Jazz- und Nachtclub, eine echte Konkurrenz zum Bull's Eye, und Corky hat phantastische Erinnerungen daran, nur die eine – *Herrgott, warum denkst du ausgerechnet jetzt an so was* –, die ist weniger phantastisch. Corky war damals noch mit Charlotte verheiratet, vielleicht war es sogar während einer ihrer fragwürdigen Versöhnungsphasen, in denen er wie auf Eiern durchs Haus geschlichen war und *Ja* statt *O.K.*, *Bitte* und *Danke* und *Ich liebe dich* gesagt hatte, im Bett nach Plan funktionierte und geahnt hatte, daß jede Zuckung, jedes Stöhnen unter genauer Angabe der Intensität bei jedem einzelnen Orgasmus getreulich Charlottes Therapeutin hinterbracht werden würde. *Mein Mann gibt sich Mühe, was meinen Sie, gibt mein Mann sich Mühe?* – Und derart massiv unter Druck gesetzt war Corky natürlich bei jeder Gelegenheit fremd gegangen, und in der City bot sich diese Gelegenheit recht häufig, allerdings beschränkte er sich auf Frauen, die nicht in Charlottes Kreisen verkehrten oder bei denen nicht damit zu rechnen war, daß sie mit ihr zusammentrafen. Eines Abends also war Corky mit einer jungen Frau auf einen Drink ins Hot Spot gegangen, ihren Namen hat er vergessen, vielleicht verdrängt, aber sie machte ihn gezielt an, und er hatte nicht Nein sagen können. Eine Juristin aus der Anklagebehörde, eine von höchstens drei, vier Frauen unter den fünfzig studierten juristischen Mitarbeitern, eine erstklassige Anwaltslady, hieß es von ihr (als Witz gemeint, da sich natürlich keine Rechtsanwältin denken läßt, die eine Lady ist, und man als Lady nicht Anwältin sein kann).

Sie mochte Anfang dreißig sein, knallhart vor Gericht, aber Männern gegenüber mädchenhaft, fast zimperlich. Nicht häßlich, wenn man diesen dunklen, drahtig-sportlichen Typ mochte, grobporige Haut, aber gekonnt geschminkt, dunklellila Lippenstift, die Farbe war damals große Mode. Sie hatte kein Hehl daraus gemacht, daß sie auf Corky Corcoran scharf war. Und das ließ sie ihn nicht nur durch das spüren, was sie in ihrer sehr unverblümten Ausdrucksweise zu ihm sagte, die durchsetzt war mit Fick und Scheiß und sogar hin und wieder Fotze, schau her, sollte das wohl heißen, ich bin eine emanzipierte Frau, aber trotzdem feminin, oder vielleicht nur zum Schein feminin, so wie sie Corky anlachte und die Augen aufriß, mit ihren Brüsten seinen Arm streifte, ihn beim Reden anfaßte, um dem was sie sagte, mehr Nachdruck zu verleihen. Als Halbwüchsiger hat Corky von aggressiven Frauen mit zotiger Ausdrucksweise geträumt, Frauen, die ihn anmachten, ihn handfest vögelten, aber im wirklichen Leben kann er mit so einer Situation schlecht umgehen, er macht seine nervösen Witzchen, trinkt zuviel. Die Anwaltslady vernimmt ihn zu seiner Ehe und seiner Arbeit und gemeinsamen Bekannten aus dem Rathaus, hält beim Trinken mit, ohne mit der Wimper zu zucken, und Corky steigt ihr scharfer, parfümierter Geruch in die Nase, vielleicht ist es nur das Deo unter den Armen, verdammter Dusel, denkt er, eine attraktive, intelligente, leidlich junge Frau, die dir so einfach in den Schoß fällt, auf der ledergepolsterten Bank in dem dunklen hinteren Teil des Hot Spot ist das fast wörtlich zu nehmen, ihre Hand liegt liebevoll auf seinem Schenkel und streichelt ihn im Schritt, so daß das Blut ihm in den Schwanz schießt, nicht lustvoll, sondern fast panisch. Ja, Corky Corcoran ist in Ficklaune. Er ist fast immer in Ficklaune. Als Junge war er so geil, daß er sogar während der Messe, zum Schweigen und zu relativer Unbeweglichkeit verurteilt, an sich halten mußte, um nicht ständig die Frauen oder Mädchen anzustarren, die zarten wehrlosen Nacken, die Rundungen von Brüsten, Schenkeln, die dicken Ärsche auf den Holzbänken, am gefährlichsten war der Gang nach vorn zur Kommunion, bei dem man nur langsam vorankam, Corkys Augen waren brennend rot und sein Schwanz war so munter, daß er immer eine Todesangst hatte, bei der leisesten Reibung könnte es ihm in die Hose gehen, während Pater Sullivan die Hostie erhob und das verdammte Glöckchen scheppern ließ, ein aufreizendes Kitzelgeräusch, das ihn immer an Mädchenkichern erinnerte, ja, und das war das Schlimmste, das Prekärste und belastete ihn viele Jahre lang, bis er als Fünfzehnjähriger seinen ganzen Mut zusammennahm und Tante Frances anvertraute, daß er nicht mehr glaube, seit dem Tod seines Vaters nicht mehr, *also, verdammt noch mal, laßt mich gefälligst in Ruhe.*

Noch hat Corky seine Panik im Griff und kann die Anwaltslady nach dem Fall fragen, den sie gerade bearbeitet, und sie sagt, der sei vertraulich, die Voruntersuchung sei noch nicht abgeschlossen, und dabei sieht sie ihn bedeutungsvoll an, mit einem Blick, der zu sagen scheint, daß sie ihn durchschaut hat bis in die geheimsten Tiefen seines Seins, und dann beugt sie sich vor, legt einen Zeigefingr erst auf ihre und dann auf seine Lippen, als wolle sie damit sich und ihn feierlich zum Stillschweigen verpflichten, deutet mit einer Kopfbewegung auf ihre Aktentasche und sagt, ich hab einen Teil des Beweismaterials dabei, aber das darf ich dir nicht zeigen, auf gar keinen Fall – und dann zwinkert sie ihm zu und sagt, entschuldige, ich muß nur mal verschwinden, und Corky, erregt und neugierig, sieht ihr nach, wie sie – nicht mehr ganz sicher auf den Beinen – die Damentoilette ansteuert, und sobald sie außer Sicht ist, macht er natürlich die Aktentasche auf und zieht einen Stapel Akten heraus, unter anderem auch zehn, zwölf Schwarzweißfotos, und beim Anblick dieser Fotos überläuft es ihn heiß und kalt. *Nein*, flüstert er.

Noch heute, Jahre danach, sieht er diese Hochglanzfotos deutlich vor sich, nur fällt es ihm schwer, sich darauf einzulassen, wenn er nüchtern ist, sie zeigen eine zusammengeschlagene nackte junge Frau um die Zwanzig, die auf dem Rücken in einem schlammigen Graben liegt, die Augen blicken weit aufgerissen ins Leere, der blutverkrustete Mund steht offen, die schwer herunterhängenden Brüste, die Wölbung des Bauches, das drahtige Schamhaar, die dicken Schenkel – alles ist blutverschmiert, jedes Foto ist aus einem anderen Blickwinkel, aus einer anderen Höhe aufgenommen, Corky schluckt und schaut und kann nicht wegsehen und muß die Fotos nacheinander ganz genau anschauen, während das Grauen dessen, was er gesehen, unberechtigterweise, beschämenderweise gesehen hat und vielleicht nie vergessen wird, immer tiefer in ihn eingeht, ein Grauen, das sich tief in der Erinnerung einnisten wird, zusammen mit anderen Bildern, die längst zu Visionen so ungeheurer Leuchtkraft und menschlichen Leids geworden sind, daß es scheint, als gehörten sie nicht ihm persönlich, sondern der ganzen Menschheit. Corky will nichts sehen, aber er sieht. Will nicht Zeuge sein, aber er ist es. Der jämmerliche, schmachvolle Tod einer Unbekannten, das aufgedunsene, zerschundene Gesicht, die erschreckend klar wirkenden Augen, *Nein!* flüstert er, eine Faust an den Mund gedrückt, über die Speichel rinnt, während ganz nah ein Jazztrio die ersten melodischen Töne von »You Made Me Love You« spielt und im Hot Spot der Abend erst so richtig in die Gänge kommt.

7

CORKY VERÜBT EINE STRAFTAT

»Thalia? Honey? Ich bin's, Corky!«

Keine Antwort. Als er das Ohr an die Tür legt, hört er nur das rasche Pochen seines Blutes.

»Honey, bist du da? Hier Corky. Hey, Thalia…« Noch einmal klopft er mit der geballten Faust an die Tür, noch einmal drückt er die Klinke herunter. Bildest du dir ein, die Tür hätte sich eben von selber aufgeschlossen, du Armleuchter?

Corky holt tief Luft. Was jetzt? Er hatte es schließlich nicht anders erwartet.

Hinter den Lidern ein Schimmer von nacktem Fleisch. Offener Mund, aufgerissene Augen... Ja, aber das würde Thalia nicht machen. Nicht, ohne sich zu verabschieden, emotional, wie sie ist, vielleicht mit gewissen selbstzerstörerischen Tendenzen, aber nicht lebensmüde, man muß wohl total am Ende sein, bis man sich tatsächlich umbringt. Und das kann Corky von Thalia nicht glauben, er könnte schwören, daß er es besser weiß.

Er klopft noch ein paar Mal, legt den Kopf an die Tür, aus der Wohnung kommt kein Laut. Was weder für noch gegen die These spricht, daß sie da ist. Vielleicht ist sie nur mal weggegangen und kommt bald wieder. Oder wohnt gar nicht mehr hier. Oder sitzt da drin und hört seelenruhig zu, was er hier anstellt. Er sieht sie vor sich, wie sie auf einem Küchenstuhl sitzt, die langen Beine an die Brust gezogen, barfuß, unbeweglich, ohne eine Miene zu verziehen, und ihm zuhört.

»Hey, Thalia? Hier Corky.« Schweigen. Er hat Angst, er schwitzt.

Zum letztenmal hatten sie am Telefon miteinander gesprochen, Corky hatte sie angerufen. Auf Charlottes Betreiben. Versuch, sie zur Vernunft zu bringen, auf mich hört sie nicht, du weißt, daß sie mich haßt. Nein, Charlotte, hatte er protestiert, so einfach ist das nicht. Ich weiß, hatte Charlotte mit wuterstickter Stimme gesagt, das ist ja das Elend.

Und bei diesem letzten Gespräch hatte Thalia gesagt, er solle sie in Ruhe lassen, schönen Dank für deine Fürsorge, Corky, aber du bist nicht mein Vater, verpiß dich Corky, hast du mich verstanden? Du liebst mich nicht, und ich dich schon gar nicht.

Tatsächlich ist in Corkys Tagtraum, in dem eine Frau und Kinder vorkommen und er selbst als Corky Corcoran und doch nicht ganz er selbst – wer dieser Typ eigentlich ist, weiß er nicht –, Thalia nicht vorgesehen.

Corky dreht noch einmal den Türknauf. Nur die Ruhe, sagt er sich. Wenn du jetzt durchdrehst, kannst du gleich einpacken.

Im unteren Stockwerk hört man Stimmen, ein Fernseher läuft, Kinder schreien. Eine junge Familie, Thalias Mitbewohner in der Highland Street 8397, einer alten, fachwerkverkleideten Doppelhaushälfte aus den zwanziger Jahren, den Wohlstandsjahren, als die Hochschule privat und viel kleiner war, nicht mehr als fünftausend Studenten, und auf der Highland ordentliche Häuser standen. die Leuten aus dem Mittelstand und dem gehobenen Mittelstand gehörten, ein paar Apartmenthäuser der besseren Sorte, Arztpraxen. Jetzt wird die Hochschule vom Staat New York betrieben, sechzehntausend Studenten, im Boom der sechziger Jahre ist viel zu klotzig gebaut worden, jetzt sind schon seit Jahren rigorose Sparmaßnahmen angesagt. Die Highland Avenue ist typisches Uni-Randgebiet, manche Straßen tun sich viel darauf zugute, noch eine mehr oder weniger »sichere« Wohngegend zu sein – der übliche Blödsinn, mit dem sich die Leute ihre Situation schönreden. Corky hat seine Häuser im Norden der Stadt verkauft und wird hier vorerst nicht mehr investieren. Die Kriminalität steigt, die Grundstückspreise fallen. Hypotheken sind ein Risiko. Wer an Studenten und ähnliche unsichere Kandidaten vermietet, fällt garantiert auf die Nase.

Warum Thalia, Enkelin eines der reichsten Bürger und des gewieftesten Immobilienhändlers von Union City freiwillig hierhergezogen ist, in eine Straße mit heruntergekommenen, wenn auch noch einen bescheidenen Anspruch auf Wohlanständigkeit erhebenden Häusern, in ein Viertel mit rund um die Uhr geöffneten Waschsalons, Secondhand-Buchhandlungen, Pizzerias, Bars, einem Burger King, Videoverleih und Copyshops, der Birthright Clinic (Abtreibungen) und dem Art Forum (einem alten vergammelten Kino mit einer Markise, auf der für ein einwöchiges Godard-Festival geworben wird), ist Corky ein Rätsel. Seine Versuche, es rauszubekommen, haben ihm eben diese Antwort am Telefon eingebracht: *Du liebst mich nicht und ich dich schon gar nicht,* und das war ja nicht gerade ermutigend.

Corky geht ein, zwei Stufen nach unten, bleibt stehen, legt den Kopf schief und horcht. Er meint, eine Stimme zu hören, einen erstickten Schrei, aber nein, das sind nur die krakeelenden Kinder von unten.

Trotzdem geht er noch mal zurück, klopft wieder, drückt den Summer, der offenbar kaputt ist. »Thalia, Kleines? Hey, mach schon.« Seine Stimme klingt in solchen Situationen sehr aufgekratzt, sehr irisch und angestrengt optimistisch.

Und er denkt – Herrgott, das mußt du dir jetzt aus dem Kopf schlagen! – an die Hochglanzfotos aus dem Hot Spot. Eine ermordete junge Frau, keine Schönheit, so nackt, wie sie war. Wenn der menschliche Körper tot ist, erloschen wie ein ausgeblasenes Streichholz, ist alles *aus und vorbei*.

Tot. Benutztes Kleenex, Klopapier.

Mist... auch in dem Punkt macht Corky sich was vor, die Sache geht ihm nämlich mächtig nach: Christina. Er liebt sie doch, vielleicht hat er da was mißverstanden, vielleicht ist das mit Kavanaugh in Wirklichkeit ein bißchen anders. Aufbrausend, wie er ist, hat er die Nerven verloren, hat sie auf die nackten Dielenbretter gehämmert, hätte ihr am liebsten die Fotze, die Gebärmutter und alles rausgerissen, mit seinem Schwanz zugestoßen wie mit einem Messer.

Corky gibt auf und geht die Treppe wieder hinunter, die nackte Hundertwattbirne blendet, er legt schützend eine Hand vor die Augen. Von unten riecht es nach Bratkartoffeln und nach irgendwas mit Knoblauch. Ob Thalia sich gut mit ihren Mitbewohnern steht? Corky liest den Namen an der Tür, der ihm nichts sagt, *Esdras*. Er sieht sich die Briefkästen an, Aluminium mit orangefarbenen Schlitzen, durch die man Post sieht. In dem Briefkasten mit dem Namen *Thalia Corcoran* liegen Umschläge, Werbeprospekte. Vielleicht Post von mehr als einem Tag. Corky ist schon dabei, den Briefkasten mit dem Daumen aufzustemmen, dann läßt er es. Lieber nicht.

Kinderdreiräder im Hausflur, ein Kinderwagen, ein Erwachsenenfahrrad, ein schönes, teures Stück. Thalias Rad? Komisch, sie haben sich so sehr auseinandergelebt, daß er es nicht weiß. (Er weiß auch nicht, ob sie ihren Wagen, den Saab, noch hat. Auf der Straße steht keiner, der ihm ähnlich sieht.) Das Fahrrad – eine dieser neuen Mischkonstruktionen – hat ein Kettenschloß, Reifen mit dickem Profil, zwölf Gänge, komplizierte Handbremsen, die Lenkstange ist höher als bei einem Rennrad. Thalia wollte schon immer Herrenfahrräder. Die Rahmen sind robuster, man kann schneller fahren, sie sind schicker gestylt.

Als Corky das letzte Fahrrad für Thalia kaufte, ging sie noch zur Highschool. Sie waren in die riesige Sports World in der Niagara Mall gefahren, Corky war ganz geblendet von dieser funkelnden Warenwelt. Amerika spielt gern. Gern und teuer. High-Tech für Kids. Thalia hatte sich eins der Top-Modelle ausgesucht, nur das Beste für Corkys kleine Tochter, aber als er das Preisschild sah, zuckte er doch ein wenig zusammen. Dollar 320 für ein Kinderfahrrad? »Na hör mal, Corky! Willkommen im zwanzigsten Jahrhundert!« spottete Thalia, gab ihm einen Stoß in die Rippen und warf dabei dem Verkäufer, einem Jungen, der nicht viel älter war als sie, einen vielsagenden Blick zu. Corky zuckte die Schultern und lachte, es traf ja schließlich keinen Armen, allerdings konnte er es sich nicht verkneifen, Thalia auf der Heimfahrt von den Fahrrädern seiner Kindheit zu erzählen, wieviel sie gekostet hatten, gebrauchte Schwinns oder verrostete Drahtesel ohne Farbe und ohne Markennamen. Eins hatte einen großen Drahtkorb zum Ausfahren von Lebensmitteln. Eins war geklaut, er hatte die Schutzbleche abmontiert und es himmelblau lackiert, auch die verrostete Lenkstange.

»Wie konntest du nur?« sagte Thalia. »Einen anderen Jungen zu bestehlen…«. Es klang, als hätte Corky einen Mord begangen. Der zuckte mit den Schultern. »Mich haben sie ja auch beklaut. Und nicht zu knapp«, sagte er, und das war kein Witz.

Corky geht zu seinem Wagen, den er am Gehsteig abgestellt hat. Soll er die Polizei rufen? Sie würden kommen. Für ihn schon. Würden Thalias Tür aufbrechen. Nur wäre dann die Tür kaputt. Die Sache käme in die Akten wie jeder Eingriff, jede Gewaltanwendung der Ordnungskräfte, und da würde dann auch der Name Corcoran auftauchen. Womöglich der Name Drummond.

Corky ruft vom Autotelefon aus bei sich zu Hause an, gibt eine Reihe von Codezahlen ein und bekommt Zugang zu seiner Sprachbox. Läßt fünf, sechs Nachrichten abspulen. Keine von Thalia (und keine von Christina).

Dafür eine von Charlotte, die ihm Thalias Telefonnummer und die Adresse in der Highland Avenue durchgibt. Eine Pause, dann sagt sie: »Hoffentlich nicht schon wieder Ärger, ruf bitte zurück, sobald du kannst.« Charlotte hatte ihm mal gestanden – obgleich sie sich da schon auseinandergelebt hatten –, daß die größte Angst einer Mutter nicht ist, ihr Kind zu verlieren, sondern sich selbst als Mutter zu verlieren. Sich zu wünschen, sie hätte nie ein Kind zur Welt gebracht.

Inzwischen ist sie wieder verheiratet. Es ist ihr dritter Mann, und Corky kann nur hoffen, daß es diesmal auf Dauer klappt.

Vielleicht hat er ihr ja wirklich weh getan und Thalia auch, aber nicht absichtlich. Nie. Er ist ein Mann, der die Frauen liebt und ihnen nie absichtlich weh tut.

Corky legt den Hörer auf und läßt den Motor an. Er hat eine Idee, und dazu muß der Wagen weg von der Highland 8397.

Er ist unruhig und nervös wie als Junge – und nicht nur als Junge –, wenn er wußte, daß er sich in Kürze einen runterholen würde. Jetzt noch nicht. Aber bald.

Corky erinnert sich: Als Thalia den Job beim Sozialamt hatte, betreute sie unter anderem eine Mutter, die von der Sozialhilfe lebte und einen neunundzwanzigjährigen arbeitslosen Sohn hatte, der in ihrer Wohnung herumhing, sie unter Druck setzte, bis sie Geld für Drogen herausrückte, der sie schlug und terrorisierte. Mit Thalias Hilfe setzte die Mutter beim Gericht eine einstweilige Verfügung gegen den Jungen durch, und wenig später begann er Thalia zu verfolgen, sie wußte, daß nur er es sein konnte, er sprach sie nie an und kam ihr auch nicht zu nahe, aber er lauerte ihr auf, schlich hinter ihr her, ein dicklicher Typ mit unwahrscheinlich hellem, rosig-runden Gesicht und maisfarben seidigen Haaren, offensichtlich gestört und gefährlich. Nachdem das wochenlang so gegangen war – der Mistkerl wartete vor dem Rathaus auf Thalia, wenn sie von der Arbeit kam, oder im Flur des Hauses, in dem sie damals wohnte (Downtown, mit Blick auf die Dominion Bridge und den Fluß), und ein paar Mal sogar auf dem Gang vor ihrer Wohnung –, rief Thalia bei Corky an, bemüht, weder im Ton noch in der Ausdrucksweise erkennen zu lassen, daß sie nicht mehr weiter wußte, sorgfältig und streng logisch formulierend. Sie habe ein Problem, sie wisse, daß die Polizei ihr nicht helfen könne, solange der Verfolger nichts Konkretes unternehme, und sie sei unsicher, wie sie sich verhalten, wie sie sich in ihren Gedanken, beim Wachen und beim Schlafen, dieses Mannes erwehren solle. Corky, der bis dahin davon nichts gewußt hatte, dem aber Thalias Sozialarbeiterjob von Anfang an ein Dorn im Auge gewesen war, sagte sofort, knallhart und voller Zorn: »Okay, Thalia, überlaß es mir.«

Er spielte mit dem Gedanken, den Schleicher selber zu erledigen. Den Schleicher zu beschleichen – eine verlockende Vorstellung. Mit der Luger in der Tasche. Aber dann entschied er sich doch dagegen. Du bist ein geachteter Bürger, der zwei Millionen wert ist, dieses Arschloch ist Scheiße auf deinen Schuhen, wenn du den Kerl umlegst, muß der District Attorney wohl oder übel Anklage erheben. Ein Freund der Slatterys, ein loyaler Demokrat. Sie wollten Ihre Tochter schützen? Egal, mindestens Totschlag ersten Grades und außerdem noch eine geheimgehaltene Waffe, das war die Sache nicht wert. Deshalb heuerte Corky zwei kräftige Typen von den Docks an, die er kannte, gab ihnen je Dollar500 Dollar Anzahlung, versprach ihnen weitere Dollar500 nach Erledigung und sah von seinem Wagen aus zu: Sie schleiften Thalias Verfolger in einen Durchgang, wo sie ihn mit Fäusten, Knien, Füßen traktierten, wie einen Sack gegen die Mülltonnen knallten und ihm dabei klarmachten, sie seien Kriminalbeamte in Zivil, die zum Schutz des Personals der Stadtverwaltung eingesetzt seien, und wenn sie noch mal Probleme mit ihm hätten, sei er tot. Danach war Schluß mit der Schleicherei.

Davon hat Thalia natürlich nie etwas erfahren. Corky will das so.

Sie wußte nur soviel, daß der Mann, der sie in Angst und Schrecken versetzt hatte, über Nacht verschwunden war. Eben noch da, am nächsten Tag nicht mehr. Und auch am Tag darauf nicht. So daß sie in ihren Gedanken frei von ihm war. Frei von dieser Paranoia, die nur um sich selbst kreist, wie sie es ausdrückte.

Hattest du was damit zu tun, Corky? fragte sie, aber Corky tat überrascht, nein, er hatte noch gar nichts unternommen, willst du damit sagen, daß der Typ dir nicht mehr nachläuft?

Er hatte Thalias Schleicher erledigt. Astrein.

Daran denkt er jetzt zurück, es ist eine erfreuliche Erinnerung. Vielleicht ein bißchen leichtsinnig, solche Typen anzuheuern und damit womöglich das Risiko einer Erpressung einzugehen, aber Thalia war es wert.

Der schlaue Corky Corcoran hat den großen Caddy um die Ecke geparkt, in einer Seitenstraße, die Richmond Street heißt (und registriert, daß der Durchgang, der hinter Thalias Haus verläuft, hier ganz in der Nähe auf die Richmond mündet). Er schließt den Kofferraum auf, angelt aus dem Durcheinander von Werkzeugen und sonstigem Müll einen 20 cm langen Schraubenzieher und steckt ihn in seinen Sakko. Kommt sich vor wie in der Turnhalle von St. Thomas, als er mit den Zwölf-Unzen-Boxhandschuhen in den Ring gestiegen war, lichterloh brennend vom Schwanz bis zum Hirn.

Wer ist euer Mann? Ich bin euer Mann.

Dann schlendert er gemächlich zurück zur Highland 8397. Die Gegend ist ziemlich belebt. Autos, Kinder auf Fahrrädern. Zumindest so belebt, daß er nicht weiter auffällt, und wenn schon... Corky Corcoran ist ein wohlhabender Geschäftsmann und sieht auch so aus.

Gepflegte Doppelhäuser mit Backstein- und Putzfassaden, dazwischen ältere viktorianische Holzhäuser, extrem feuergefährdet, aber hübsch, drei Stockwerke, Türmchen, Giebel, Veranden, Reste modernder Simse, eine Bauweise, die Corky als Junge mit Eleganz und Geheimnis assoziierte – die Arrivierten von Irish Hill bauten sich solche Häuser in der Dundonald Street. Diese hier sind allerdings längst in Mietwohnungen aufgeteilt, aus manchen sind verkommene Pensionen geworden, ein trister Anblick. Nur noch ein paar Jahre bis zum Abriß.

Mist, denkt Corky geradezu persönlich beleidigt, wenn diese großen alten viktorianischen Kästen in Amerika erst mal weg sind, sind sie weg.

Wenn sein Amerika erst mal weg ist, ist es weg.

Wie Irish Hill, wo praktisch keine Iren mehr wohnen und selbst die Hügel flacher aussehen.

Vor Thalias Haus angekommen, geht Corky ganz unauffällig, wie er meint, über die Einfahrt mit den Rissen im Asphalt nach hinten, da steht eine alte Garage und davor ein Wagen, aber es ist einer dieser billigen amerikanischen Kleinwagen, nicht der von Thalia. (Sofern Thalia noch einen Wagen hat. Der alte Drummond, der für sein Leben gern die Nase in anderer Leute Angelegenheiten steckt, allerdings selten in die seiner Enkelin, hatte darauf bestanden, daß sie, wenn überhaupt, einen sicheren Wagen fahren müsse – womit er einen Volvo meinte, einen Mercedes, einen Saab. Stark wie ein Panzer, wenn ein anderer Wagen so einen seitlich rammt, hat er nicht mal eine Beule. Bei den Autos der Japsen, sagt Drummond verächtlich, sind die Karosserien so weich wie gekochte Spaghetti.)

Corky sieht, daß der Garten überraschend groß ist, hinten ist ein morscher Zaun, aber er hat einen Zugang zu der Gasse dahinter. Für den Fall des Falles.

Kinderschaukeln, an der Garagenwand Mülltonnen. Inzwischen dämmert es, ein Tag wie November. Der Wind weht ihm Nieselregen ins Gesicht, die Luft schmeckt nach Metall. Hinten am Haus eine reparaturbedürftige Veranda. Durchs Küchenfenster sieht man einen großen, stämmigen Mann, noch jung, aber fast kahl, randlose Brille, ein junger Hochschullehrer vielleicht, der sich mit gehetztem Gesichtsausdruck bückt, um ein schreiendes Kind zu beruhigen. Vielleicht ist man ja nicht in jedem Fall scharf auf Kinder, denkt Corky, jedenfalls nicht, wenn sie so brüllen.

Er hält sich möglichst im Schatten, so daß dieser Typ, dieser Esdras, ihn nicht sehen kann. Außerdem produziert sein Körper im Augenblick so viel Adrenalin, daß er ernstlich glaubt, für menschliche Blicke unsichtbar zu sein.

Er geht wieder nach vorn, betritt zum zweiten Mal den mit Fahrrädern und Kinderkarren zugestellten, nach Essen riechenden Hausflur und steigt so leise wie möglich die Treppe hinauf. Vor Thalias Tür bleibt er stehen und bricht mit dem Schraubenzieher das Schloß auf. Er arbeitet schnell, schwitzend und grimmig entschlossen, vielleicht ist er ja dabei, eine große Dummheit zu begehen, aber verdammt, was bleibt ihm übrig?

Es ist kein Selbstmord, glaub das nicht.

Du liebst mich nicht, und ich dich schon gar nicht.

Daß die Kette nicht vor der Tür liegt, ist günstig. Und ein gutes Zeichen. Bei vorgelegter Kette hätte Corky den Türrahmen zertrümmern oder die Türfüllung eintreten müssen.

Er stößt die Tür auf, bleibt noch einen Augenblick stehen, hält unbewußt den Atem an.

Die Cops haben recht: Du kannst den Tod riechen, sobald du in einen Raum kommst, in dem ein Toter ist. Der Geruch hängt in der Luft, deftig und unverkennbar. Auch Angst kannst du riechen. Nicht nur, wenn der Mensch seit Stunden oder Tagen tot und nur noch verwesendes Fleisch ist, sondern auch unmittelbar nach dem Mord.

Und manchmal stinkt es auch nach Exkrementen, ja, Corky

erinnert sich, Corky vergißt es nie. Die letzte Schmach eines gewaltsamen Todes. Das letzte, was Gott für dich tut, ehe er dich losläßt.

»Thalia.«

Gähnende Leere und Gott sei dank kein Geruch, nur der nach dem Essen von unten.

Corky macht die Tür hinter sich zu. Schließt ab und legt die Kette vor. Seine Hände zittern heftig.

Er macht Licht und staunt – so kahl, so dürftig möbliert hat er sich Thalias Wohnzimmer nicht vorgestellt. Es ist anders als frühere Wohnungen von ihr und auch anders als das Zimmer, das sie als Kind und junges Mädchen zu Hause hatte.

Nur einige wenige Möbelstücke stehen im Raum, ein kleines Sofa mit einem Polsterstoff, der aussieht wie körniges Vollkornbrot, ein paar einfache lackierte Holzstühle, ein langer, niedriger ungebeizter Tisch, auf dem sich Bücher und Papiere stapeln. Auf dem Hartholzboden liegt nur ein einziger Teppich, handgewebt und taubengrau, scheint eine Navajo-Arbeit zu sein, Corky meint, ihn von der vorigen Wohnung her zu kennen, typisch Kunstgewerbe, ganz hübsch, wenn man so was mag.

Corky vermerkt kritisch, daß die Holzverkleidung schlampig gemacht ist. Und die perlweiß gestrichenen Wände sehen aus, als ob darunter alter Putz mit Haarrissen ist. Wenn man diese alten Häuser renoviert, muß man es richtig machen oder gar nicht.

Das Zimmer ist schmal. An beiden Seiten sind Fenster, altmodische Sprossenfenster, die schnell schmutzig werden und die man weder innen noch außen richtig putzen kann. Corky würde sie rausnehmen und dafür große Thermopanscheiben einsetzen. Thalia hat weder Vorhänge noch Stores aufgehängt, die nackten Fensterscheiben wirken knallig-kahl, Corky empfindet das als häßlich. An der Wand stehen Kartons, vielleicht ist sie noch nicht eingezogen. Oder will gerade ausziehen.

Corky geht rasch und nervös weiter, er bewegt sich so leise wie möglich auf seinen glatten Sohlen. Wenn sie hier ist, dürfte sie im Schlafzimmer sein oder im Bad, er überprüft beide Räume, sein Herz klopft so heftig, daß er ein paar Sekunden praktisch blind ist, als er Licht macht und sich umsieht. Nichts.

Keine Thalia im Badezimmer, kein nackter, blutiger Körper in der Wanne oder auf dem Boden, und im Schlafzimmer keine nackte Frau auf dem Bett, die aussieht, als ob sie schläft. Und auch nicht – Corky bückt sich, wobei ihm das Blut zu Kopf steigt – unter dem Bett. Keuchend und erleichtert richtet er sich wieder auf.

»Gott sei dank. Gott sei dank.«

Jetzt nimmt Corky sich den Schlafzimmerschrank vor, entdeckt noch einen Schrank in der Diele und untersucht auch den, fährt zusammen, als er einen schwarzen Gymnastikanzug an einem Haken hängen sieht, stolpert über schwarze Aerobicschuhe auf dem Boden. Überprüft auch die Tür zur Hintertreppe, macht das Licht an und wieder aus. Von unten Fernseh- und Kinderlärm, der Geruch nach fettigen Bratkartoffeln hat sich verstärkt und löst eine kuriose Mischung von Empfindungen aus – während ihm flau im Magen wird, läuft ihm das Wasser im Mund zusammen. Sein Herz klopft jetzt auch deshalb schneller, weil er sauer darüber ist, wie Thalia hier haust.

Das macht sie, um die Familie zu ärgern, denkt er. Um Charlotte zu ärgern, die so gern eine Debütantinnentochter, eine Country-Club-Tochter gehabt hätte. Und um Corky Corcoran zu ärgern, weiß Gott warum.

Erzähl keine Märchen: Du weißt es genau.

Wieso? Überhaupt nichts weiß er. Je mehr er ihr zu geben versuchte, desto weiter zog sie sich zurück. Auch ihre politischen Überzeugungen und Aktivitäten hat sie ihm immer als Idealismus verkauft, während Corky sich, wie sie sagt, nur für die alte Rathausfraktion engagiert, für den korrupten Apparat der Demokratischen Partei von Union City, und sich überlegt, was für ihn dabei rausspringt, Thalia ist aus edlerem Stoff gemacht, Thalia gehört zu einer neuen Art von Frauen. Die nicht mal mehr ihre Tage haben, denkt Corky.

Als Thalia im Krankenhaus lag, litt sie unter anderem auch an Amenorrhoe, das heißt, sie hatte keine Blutung mehr. Das kommt von der Magersucht, hatte der Arzt ihnen gesagt, wenn sie zunimmt, normalisiert sich das sehr schnell wieder.

Vielleicht will ich gar nicht normal sein, hatte Thalia matt gescherzt. *Kommt drauf an, was man unter normal versteht.*

Als nächstes nimmt Corky sich die Küche vor. Keine Leiche in der Ecke, keine nackten schlaffen Beine auf dem abgetretenen Linoleum.

Die Küche bietet einen traurigen Anblick, ein neues Spülbecken müßte her und eine neue Geschirrspülmaschine (der alte Toplader muß noch aus den sechziger Jahren sein). Neue Beleuchtung. Frische Farbe für Wände und Decke, neuer Bodenbelag, es gibt heute phantastische Fliesen, die aussehen wie Schiefer und die man nur mit Wasser zu wischen braucht, ohne Bohnerwachs oder flüssigen Glänzer, Corky hat sie überall in seinen Mietwohnungen verlegen lassen, zu einem Discountpreis, regulär kosten sie das Doppelte.

Corky nimmt einen Telefonhörer ab, hört den Wählton. Ja, das ist die Nummer, die er gewählt hat.

Verdammt, er kann sie inzwischen auswendig.

Auf einer Arbeitsfläche steht ein Karton Fruchtsaft, in der Spüle sind ein paar Gläser, Teller. Eine Schranktür ist einen Spalt breit offen, auf dem Boden liegt ein filzig-verschmiertes Geschirrtuch, es sieht aus, als hätte es hier jemand eilig gehabt. Vielleicht ist sie gerade erst weg? Er legt die Hand auf die Kochplatten. Kalt. Macht die Kühlschranktür auf: Der Inhalt ist dürftig. Ein Becher Magerjoghurt (Verfallsdatum 19. Mai 1992 – Thalia hat offenbar länger keine Lebensmittel gekauft), ein paar grüne Äpfel, denen man ansieht, wie hart sie sind (und an denen diese albernen kleinen Aufkleber »Biologischer Anbau« pappen, dabei weiß man ja, was man von solchen Sprüchen zu halten hat), ein welker Salatkopf, eine Plastikschüssel mit ein paar schlaffen Selleriestangen und gestiftelten Möhren. Einige Scheiben dieses großporig braunen, salzlosen Reformhausbrots, das Corky mal bei Thalia gegessen hat, man bekommt zwar ordentlich was zwischen die Zähne, aber was hat man davon, wenn es nach nichts schmeckt? Allenfalls Ballaststoffe, wenn man auf so was steht. Alle reden heutzutage von Ballaststoffen, das Fernsehen und sogar der alte Ross Drummond mit seinen »Magenproblemen« (im Klartext: Chronische Verstopfung). Komisch, wie wichtig unsere Kultur heutzutage Ausscheidungen und Verdauung nimmt, aber wenn du ordinär genug bist, um das Kind beim Namen zu nennen (was Corky hin und wieder mal macht, um die Leute auf die Palme zu bringen), wirst du schief angesehen.

Corky wirft einen Blick in den Gefrierschrank: Fast leer, dicke Eisschicht. Verdammt, von was lebt Thalia eigentlich?

Corky lacht laut auf, es klingt ratlos und ärgerlich. Das Mädchen ist ihm ein Rätsel.

Er muß ein bißchen high sein vom Adrenalin. Fühlt sich gut. Sexy. Glatter Einbruch. Aber wenn sie ihn erwischen?

Dieser Typ da unten hat eine Figur wie ein Linebacker. Wenn er Corky dabei erwischt hätte, wie er gewaltsam hier eingedrungen ist... Mit dem Schraubenzieher in der Hand...

Und wenn jetzt jemand zur Tür kommt?

Als Junge hat Corky Schlösser aufgebrochen, Fenster eingeschlagen, sie waren eine ganze Gang, auch Nick Daugherty gehörte dazu, kleine Diebereien, hauptsächlich Naturalien, zuerst ganz verrücktes Zeug, Sachen aus der Hausapotheke, Großdosen Cambells Tomatensuppe, Motorenöl, gebrauchte Autoreifen, einmal – das war zu Halloween – einen Kasten Bier aus einem Lieferwagen. Bis auf das Bier haben sie das Zeug in der Nachbarschaft verscherbelt. Corkys Vetter Mickey Dowd, Streifenpolizist im Sechsten Bezirk, hat ihn dann fix und fertiggemacht und ihm eine geschmiert, willst du vors Jugendgericht, du Arschgeige?

Wird Zeit, daß er wieder geht, nachdem er sich davon überzeugt hat, daß Thalia nicht da ist. Statt dessen bleibt er vor Thalias Kleiderschrank in der Diele stehen und fährt mit der Hand über die Sachen. Es sind hauptsächlich Mäntel. Zum achtzehnten Geburtstag hat Corky ihr eine bildschöne Rotfuchsjacke geschenkt, nicht mal Charlotte wußte was davon. Sagt doch die verflixte Göre: Vielen Dank, aber ich trage keine Pelze, das waren mal lebende Wesen, die als Opfer der Eitelkeit abgeschlachtet wurden, tut mir leid, Corky. Es schien ihr wirklich leid zu tun, aber so leid, daß sie die Jacke doch noch genommen hätte, nun auch wieder nicht.

Er faßt den dünnen schwarzen Gymnastikanzug an, der an dem Haken hängt. Riecht daran, ein schwitzig-salziger Geruch, der Schritt baumwollverstärkt. Doggy-Corky hat eine Nase für die heimlichen Gerüche und Sekrete der Frauen. Unter den Armen, zwischen den Beinen.

Schnell schlägt er die Schranktür zu, als fürchte er, jemand könne ihn sehen. Bewegt den Glasknauf ein paarmal energisch hin und her, um die Fingerabdrücke zu verwischen. Was denkst du dir eigentlich dabei, du Trottel, inzwischen hast du doch schon überall deine Spuren hinterlassen.

»Schon zu spät.«

Es ist ein wilder, sinnloser Gedanke. Und dann denkt er an das gute, warme Gefühl, als Yeagers Hand auf seiner Schulter lag. Und an Greenbaums Überraschung, seine Hochachtung, als der Kriminalbeamte so locker zu ihnen kam und Corky geschickt die gefalteten Scheine in die Jackentasche geschoben hat. Ein Geheimnis. Eine geheime Verbindung. Greenbaums Gesicht sprach Bände. Ein kluger Kopf, ein Mann aus einer überlegenen Rasse, einer, der über Lokalpolitiker wie die von City Hall, die Jungs, die die Macht haben und den Einfluß, der ihnen diese Macht sichert, die Nase rümpft – aber so was imponiert ihm doch.

Corky geht ins Wohnzimmer zurück. Zu seiner Linken, ganz hinten, in einer etwa 12 qm großen Nische, steht ein Eßtisch, auch sehr schlicht, aber schönes Holz, scheint Kirsche zu sein, auf dem Tisch liegen ein geöffnetes Buch, ein Schreibblock, ein Stift. Und an einem Haken am Fenster hängt ein Vogelkäfig – ein handgearbeiteter Käfig, den er Thalia vor Jahren geschenkt, an den er seither nie mehr gedacht hat. Ein Käfig ohne Vogel. Corky lächelt verblüfft und gerührt.

Der Käfig war einer von Corkys zahllosen Spontankäufen, er war ihm auf einem Markt oder einem Geschenkladen ins Auge gestochen, und da er aus irgendeinem Grund gerade an Thalia dachte, hatte er ihn gekauft. Er ist aus Bambus, eine sehr schöne Thai-Arbeit. Raffiniert, wie die schlanken Bambusstreifen zu einem eleganten Achteck verflochten sind, das entfernt an eine Pagode erinnert, winzige Bambuspflöcke halten das Ganze zusammen. Natürlich ist das Ding, jedenfalls hierzulande, nur Dekoration, Vögel würden sehr schnell den Bambus vollscheißen, und dann wäre der Käfig nicht mehr so schön. Corkys Tante Frances hatte Kanarienvögel, Corky kennt sich da aus. Ein richtiger Käfig für richtige Vögel muß aus einem praktischen Material sein, aus Aluminium zum Beispiel, das man abwischen kann.

Den hat Thalia also noch. Während sie sich, nach diesem kahlen Raum zu schließen, der aussieht wie ein Shaker-Schauraum in einem Museum, offenbar von vielem anderen getrennt hat.

Corky greift nach dem Buch, einem dicken Lehrbuch. Astronomie! Himmel, seit wann denn das? Er ist ein bißchen gekränkt, Thalia hat ihm nie erzählt, daß sie irgendwelche Kurse nimmt. Im letzten Jahr haben sie kaum Kontakt gehabt, haben sich ganz auseinandergelebt. Dabei weiß Thalia doch, daß Corky ständig naturwissenschaftliches Zeug liest, er kann an keinem Paperback über das Universum vorbeigehen, man kann nie genug darüber erfahren, wo man herkommt oder wo man hingeht, sagt er immer. Charlotte wußte es wohl auch nicht, denkt er, sonst hätte sie's erzählt.

Das Buch heißt schlicht und einfach *Das Universum*, und gekauft hat sie es im Genossenschaftsladen der Uni. Corky blättert ein wenig und liest einen Absatz, den Thalia mit gelbem Filzer hervorgehoben hat:

> Der Tod eines großen Sterns ist ein plötzliches und gewaltsames Ereignis. Der Stern entwickelt sich friedlich über Millionen von Jahren und durchläuft dabei verschiedene Entwicklungsphasen, aber wenn ihm der nukleare Treibstoff ausgeht, bricht er in weniger als einer Sekunde unter seinem eigenen Gewicht zusammen. Man könnte denken, daß diese Implosion ein chaotischer Vorgang ist, tatsächlich aber vollzieht er sich durchaus geordnet. Die ganze Evolution des Sterns bewegt sich auf einen Zustand größerer Ordnung oder geringerer Entropie zu.

Die Worte *in weniger als einer Sekunde* hat Thalia unterstrichen. Ganz schön abartig, denkt Corky.

Weiter hinten ist noch ein Absatz markiert.

> Wo Quantentheorie ist, da ist Hoffnung. Wir können nie ganz sicher sein, daß dieser kosmische Hitzetod eintritt, weil wir die Zukunft eines Universums nach der Quantentheorie nie mit völliger Gewißheit vorhersagen können; denn in einer unendlichen Zukunft ist davon auszugehen, daß alles, was passieren kann, früher oder später auch passieren wird.

Hier steht am Rand ein einziges gelbes Ausrufezeichen: !
Hört sich schon besser an, denkt Corky.
Als Amerikaner mußt du Optimist sein, sonst kannst du gleich einpacken.

Corky geht wieder zurück in den Wohnraum. Verdammt klein, das Ganze. Und ordentlich bis auf die Bücher und fliegenden Blätter. Er versucht, sich Thalia auf dem Sofa vorzustellen, beim Lesen und Notizenmachen, das war immer schon ihr Ding, Charlotte hat erzählt, daß sie mal ein Tagebuch in Thalias Schreibtisch gefunden hat, aber es war in Geheimschrift, ich bitte dich, das sieht ja fast so aus, als ob sie ihrer Mutter nicht traut. Er erschrickt ein wenig bei dem Gedanken, daß er, da er Thalia schon so viele Monate nicht mehr gesehen hat, gar nicht recht weiß, wie sie jetzt aussieht – wie lang ihr Haar ist, ob sie gesunde Haut hat, wie ihre derzeitige Grundstimmung ist. Ihm gegenüber wahrscheinlich Ärger, von anderen Leuten aber hat er anderes gehört.

Die Wohnung erinnert tatsächlich an eine Shaker-Ausstellung. Shaker-Möbel, der schlichte Stil Amerikas. Wie die besten Arbeiten von Frank Lloyd Wright. Schöne klare Linien, mit denen der Blick des Beschauers keine Mühe hat. Im Vergleich dazu sehen die überladenen europäischen Stile – Barock, Rokoko, Viktorianismus – absolut beschissen aus. Und das sind sie ja auch.

Nur das mit Gott, mit dem Sinn des menschlichen Lebens, dem Sex – das hatten die Shaker wohl in den falschen Hals bekommen. Das mit dem Sex bestimmt. Den lehnten sie nämlich ab. Kein Bumsen, keine körperliche Liebe, keine Schwangerschaften, keine Kinder. Corky erinnert sich, wie sie im Religionsunterricht in St. Thomas irgendwie auf die Shaker kamen, Keuschheit für alle, Pater Scully, der Religionslehrer, ein rundlich-gutmütiger Jesuit, stachelte die Klasse mit spöttischen Bemerkungen auf, bis einer der Jungs – vielleicht Corky selber? – den Mut aufbrachte, sich zu melden und die Frage zu stellen, die ihnen allen auf der Seele brannte: Wie haben die Shaker sich dann fortgepflanzt?, und Pater Scully preßte die Lippen zusammen, und dann sagte er halblaut und mit undurchdringlicher Miene: Gar nicht, sie sind ausgestorben.

Brüllendes Gelächter. Corky mußte so schrecklich lachen, daß er sich fast in die Hosen gemacht hätte. Denn alles Nichtkatholische war verächtlich, und die Shaker waren die Verrücktesten von allen.

Denn für eine Klasse geiler Sechzehnjähriger, deren Schwänze unter dem Reißverschluß zuckten und zappelten wie eingesperrte Schlangen, mußte eine Religion, die das Ficken verbot, einfach verrückt sein.

Corky geht so leise wie möglich auf dem verdammten Hartholzboden, der unter seinem Gewicht nachgibt, vielleicht sogar knarrt, er kann nur auf den Lärm im Erdgeschoß hoffen. Einige der Bücher auf Thalias Tisch, meist neue Paperbacks, schaut er sich näher an, *Hunger im Zeitalter des Überflusses: Erste und Dritte Welt-Länder; Rasse: Was Schwarze und Weiße über die amerikanische Obsession denken und was sie empfinden; Die Unautorisierte Fassung: Dichtung und Wahrheit in der Bibel.* Auf dem Sofa ein Band mit einem Kugelschreiber als Lesezeichen: *Die romantische Suche: Von Faust zu Faustus.* Corky blättert neugierig die Seiten durch, die mit Thalias ernsthafter, vornüber kippender Schrift bedeckt sind. *Ein ›Leben in der Zeit‹ scheitert an der Zeit als solcher, denn wenn die Erlösung vormittags um elf erfolgt, was passiert dann um zwölf* und ähnliches schulmäßiges Zeug. Herrgott, denkt Corky, Thalia ist fünfundzwanzig.

Auf dem Fußboden neben dem Sofa, sauber gestapelt, fotokopierte Formulare mit einer Quittung vom Campus-Copyshop, ein wohl für Abgeordnete im Kongreß und in den Einzelstaaten bestimmter Aufruf:

> Ich protestiere nachdrücklich gegen das sinnlose Abschlachten von Amerikas wild lebenden Tieren, das im Rahmen des sogenannten »Tierkontrollplans« vor sich geht. Ich bitte Sie, meinen Abgeordneten, dringend, in Zusammenarbeit mit USDA/APHIS dieser grausamen Vernichtungskampagne Einhalt zu gebieten und vernünftige Programme zur Eindämmung landwirtschaftlicher Schäden zu erarbeiten, ohne unsere kostbare wilde Tierwelt zu zerstören.
> Hochachtungsvoll

Auf dem Fußboden liegt außerdem ein billig gedrucktes Pamphlet mit dem Titel BIRTHRIGHT, nach dem Corky mit jäh erwachtem Interesse greift. Was hat Thalia mit der Abtreibungsklinik zu tun? Er blättert das Heftchen rasch durch, hält bei den bildlichen Darstellungen – cartoonartigen Zeichnungen – inne, Längs- und Querschnitte durch den weiblichen Körper mit besonderer Berücksichtigung der Fortpflanzungsorgane, »die Gebärmutter während der Schwangerschaft«, ein mit dem Kopf nach unten hängender Fötus, der Kopf so groß wie der Körper, eine schlangenartig gewundene Nabelschnur – genau das gleiche Bild hatte er als Kind gesehen, bei seinen Versuchen, das Rätsel des »Aborts« zu ergründen.

Hat Thalia eine Abtreibung machen lassen? Dann wäre Corky der letzte, der es erfahren würde.

Unwahrscheinlich, sagt er sich, vermutlich arbeitet sie dort ehrenamtlich, die Klinik ist nur ein paar Blocks entfernt, Telefondienst, kleine Hilfeleistungen, so was hat sie schon immer gemacht, hat sich für Umweltfragen engagiert, für Vics Wahlkampf 1990, den von Dukakis 1988, Briefe eintüten, Klinkenputzen, was man eben so macht, wenn man gern die Welt mitgestalten möchte, aber keine andere Möglichkeit dazu hat, als sich an jemanden zu hängen, der weiß, wie's geht. Oder es jedenfalls behauptet.

Thalias zeitweiliges Interesse an seinem Stadtratsposten hatte er als schmeichelhaft empfunden. Auch Corky läßt sich für ein öffentliches Amt aufstellen, sieht seinen Namen in der Zeitung, auf Wahlplakaten, auf einem Wahlzettel, JEROME ANDREW CORCORAN, 11. Bezirk. Es ist immer noch ein tolles Gefühl, da gibt's nichts dran zu rütteln. Auch wenn der Posten nur Dollar 25000 im Jahr bringt und er bei den letzten beiden Wahlen zu der jeweils zweijährigen Amtsperiode ohne Gegenkandidat war. *Überleg doch mal, Corky, irgendwann könntest du Bürgermeister von Union City werden,* hatte Thalia in jugendlicher Begeisterung gesagt, und Corky zuckte nur lächelnd mit den Schultern. *Wer weiß?* Theoretisch hatte sie natürlich recht. Der Bürgermeister von Union City sollte aus den Reihen des Stadtrats gewählt werden und sein tüchtigster und erfahrenster Wortführer sein. Andererseits weiß Corky, daß es in der Praxis fast nie so läuft. Auch wenn es so aussieht, auch wenn Buck Glover seinerzeit so angefangen hat, erst Stadtverordneter und dann Stadtverordnetenvorsitzer war und dann von der Partei als Bürgermeisterkandidat nominiert wurde. Es läuft nie ganz so, wie Außenstehende sich das vorstellen.

Politik ist schlicht und einfach die Kunst, einen Deal zu machen. Wie wenn du Poker spielst, und zwar mit Hilfe vieler anderer Leute, und das Spiel läuft *auf* dem Tisch, aber gedealt wird *unter* dem Tisch, und dort geht's ab, dort gibt es den Adrenalinstoß. Nur konnte Corky das Thalia nicht klarmachen, sie ist idealistisch angehaucht wie die meisten jungen Leute in ihrem Alter, die dann ja auch schnell genug ihre Illusionen verlieren.

Und er kann ihr auch nicht klarmachen, daß er in der Politik ist, weil er da Freunde findet, daß er sonst ein einsamer Mensch wäre.

Thalia ist nur einmal, in Corkys erster Amtsperiode, zu einer Stadtratssitzung gekommen, sie war schrecklich aufgeregt und hatte sich vorgenommen mitzuschreiben, um dann in Sozialkunde ein Referat darüber zu halten. Aber die Sitzung in dem alten Tagungsraum im fünften Stock dauerte fünf Stunden, der ratternde Ventilator schien die warme Luft und den abgestandenen Zigarettenrauch in den Saal hinein- statt aus dem Saal herauszublasen, es ging streitsüchtig, verwirrend, schnarchlangweilig zu, als Hauptthema standen Müllverbrennungsanlagen auf der Tagesordnung, ihre Finanzierung, der Standort, selbst der temperamentvolle Marcus Steadman entlarvte sich als fader Schwätzer, Corky Corcorans Wortmeldungen summierten sich zu einem durchaus vernünftigen, im Grunde aber belanglosen Beitrag von einigen wenigen Minuten, und die arme, mit so großen Hoffnungen angetretene Thalia war zum Schluß wie chloroformiert. Das also ist Politik an der Basis! So sieht sie aus!

Hinterher sagte sie mit pampig-patziger Stimme, als hätte man sie geprellt, *Mein Gott, geht es denn immer bloß um Geld, um Haushalt und Steuern und wie man das verteilt und alle hacken aufeinander rum und alles ist so eng und kleinkariert und nur Union City?*

Thalia war nicht noch mal gekommen und hatte mit Corky später auch kaum mehr über den Stadtrat gesprochen. Als wäre es etwas, was ihnen beiden peinlich sein müßte. Corky zog sie noch ein wenig mit ihrem so kurzlebigen Interesse an der Kommunalpolitik auf, dann ließ er die Sache auf sich beruhen.

Vielleicht war er ein bißchen enttäuscht. Ist enttäuscht. Aber was soll's, Schwamm drüber.

Corky geht noch einmal in Thalias Badezimmer, diesmal bekommt er fast einen Herzschlag, da er in einer blitzartigen Halluzination hinter dem blaugestreiften Plastikvorhang einen nackten blutigen Frauenkörper in der Badewanne sieht. »Himmelherrgott!« Er reißt den Vorhang zurück, und natürlich ist da nichts und niemand. Sein Herz rast.

Diese namenlose Tote auf den Fotos der Anwältin... Corky hat nie nach dem Namen der Frau gefragt oder danach, wie sie ermordet wurde. Auf diese Art ermordet wurde. Er will es gar nicht wissen, es gibt schon zuviel, was man weiß, wohl oder übel zu wissen bekommt.

Als die Anwältin aus dem Damenklo im Hot Spot zurückkam, war Corky auf und davon. Hatte mit einem Zwanzigdollarschein die Rechnung bezahlt und die Fotos so ungeschickt in die Mappe zurückgeschoben, daß sie bemerken mußte, er hatte sie sich angesehen, ja, er konnte nicht widerstehen, sie hatten ihn aber nicht angemacht, nein, besten Dank. Er war weggefahren, ohne einen Gedanken daran zu verschwenden, wie sie nach Hause kommen würde, sie mußte sich eben ein Taxi nehmen, und wenn sie sich hinterher zufällig trafen, sah sie ihn giftig an, und er schaute ebenso giftig zurück, bis sie die Augen niederschlug. Monate später war sie – vielleicht schon ein wenig angetrunken – am Rande eines halboffiziellen Empfangs in der City auf ihn zugekommen und hatte höhnisch gesagt: »Darf ich fragen, wovor du Angst hattest, Corky?« Und Corky hatte wie aus der Pistole geschossen geantwortet: »Mir irgendwas einzufangen.«

Und damit war die Sache vom Tisch, das Miststück hatte ihn nie wieder belämmert und auch das fischäugige Glotzen eingestellt.

Corky besieht sich die Badewanne. Eine alte Wanne aus Porzellan, nicht dieser neue Kunststoff, der leicht zu pflegen ist, verkratzt vom Scheuerpulver und nicht sehr sauber. Corky steckt den Finger in den rostumrandeten Ablauf. Er ist feucht. Ein paar

Haare kringeln sich darin. Dunkelbraune Haare. Eins ist sieben, acht Zentimeter lang, die anderen sind kurz, drahtig. Schamhaar?

Wenn Corky die Tochter seiner Frau zufällig (jawohl: zufällig) nackt gesehen hatte, nachdem sie über ein gewisses Alter hinaus war, hatte er immer schnell weggesehen. Wenn auch vielleicht nicht schnell genug.

Corky inspiziert den Duschvorhang, er hat einen Schmierfilm von Seifenspritzern und müßte ausgetauscht werden. Hätte er das gewußt, hätte er Thalia einen neuen mitgebracht, ihn aufgehängt und sie damit überrascht. Sie hat ihm mal erzählt, daß ihr schwindlig wird, wenn sie einen Duschvorhang aufhängen, wenn sie die Haken an der Stange befestigen muß. Niedriger Blutdruck, das Blut sackt nach unten, wenn man sich hochreckt.

Corky überprüft das Waschbecken. Der Hahn tropft in unregelmäßigen Abständen, aber ziemlich stark, er könnte dem Hauswirt Beine machen, daß er einen Klempner schickt, aber nein, misch dich nicht ein, Thalia wäre das nicht recht. Er denkt an eine Sache, die er neulich in diesem Paperback über das Chaos gelesen hat: Daß das Tropfen sich unregelmäßig anhören mag, alles mögliche mag einem unregelmäßig und komisch vorkommen, aber wenn man den Schlüssel hat, gibt es für alles ein Muster, das versteckte Muster des Chaos.

Rasch und mit etwas schlechtem Gewissen schaut Corky in die Hausapotheke seiner Stieftochter – er gehört zu den Menschen, die es nicht lassen können, in den Häusern anderer Leute herumzuschnüffeln –, findet aber nichts Außergewöhnliches: Vitamin C, Vitamin D, Vitamin E, Multivitamine, eine große Flasche Calciumtabletten. Und Bufferin. Als Kind hatte sie oft Kopfschmerzen, da hat sie praktisch von Bufferin gelebt. Das einzige Glas mit einem verschreibungspflichtigen Medikament enthält dicke weiße Pillen. *Oxycodon*. Was ist das?

Corky sieht sich die Zahnbürste an, fährt mit dem Daumen über die Borsten. Trocken.

Jetzt kommt die Abstellfläche unter der Spüle an die Reihe, hier herrscht ein ziemliches Durcheinander, unter anderem findet er auch eine Packung Stayfresh MiniMaxiDamenbinden, er schaut hinein, eingewickelte weiße Quadrate, beim Stöbern in den Sachen seiner Mutter war er beim Anblick der dicken verbandähnlichen Kotex-Binden erschrocken, aber sie hatten ihn auch fasziniert, man stelle sich vor, daß eine Frau, ein Mädchen *da* blutet, ihm war ein bißchen flau geworden bei dem Gedanken, er hatte Witze darüber gerissen wie die anderen Jungs, hatte sogar ein paarmal in den Mülleimern in dem einen oder anderen Durchgang gekramt, er sieht diesen Blödmann Mack Daugherty vor sich, Nicks Vetter – oder hat er ihn gar nicht gesehen, hat er nur davon gehört? –, der eine alte blutverkrustete Binde aus einer Mülltonne angelt und sich damit die Nase putzt, aus Quatsch oder damit die Mädchen sich genieren und wegrennen: Corky schüttelt den Kopf, wenn er jetzt daran denkt, was soll man zu so was sagen. Er hat schon mit Frauen geschlafen, wenn sie ihre Tage hatten, das klebrig-schleimige Gefühl, ja sogar der Geruch hatten ihn erregt, aber ein Rest von Ekel war geblieben. Sogar bei Charlotte in den ersten Monaten, als sie so heiß aufeinander waren. Sogar bei Christina.

Scheiß auf Christina. Denk nicht an sie.

Corky sieht, daß der kleine Knopf an der Schranktür wackelt, er holt den Schraubenzieher aus der Tasche und zieht rasch und geschickt die Schraube an, jetzt sitzt das Ding wieder fest.

Corky folgert zufrieden, daß Thalia demnach wieder ihre Periode hat, denn das bedeutet – zumindest in Maßen – wieder Normalität.

Corky macht das Licht im Badezimmer aus und die Tür zu.

War sie zu, als er hereingekommen ist? Er kann sich nicht erinnern.

Hau ab, ehe sie nach Hause kommt, sagt sich Corky, aber dann steht er wieder in Thalias Schlafzimmer. Schnuppert und fragt sich, ob dieser süßlich-schale, müffelnde Geruch *sie* ist.

Du alter Lustmolch! Und dabei bist du nicht mal alt…

Auch Thalias Schlafzimmer ist nur spärlich möbliert. Ein schmales Bett, Ankleidetisch, Wandspiegel, am Fenster ein Schreibtisch, den Corky wiedererkennt, es ist der aus ihrer Schulzeit. Auf dem Fußboden ein zweckmäßig-schlichter Teppich. Die Tür hat ein Schloß. Als wäre ein Mann hier nicht willkommen, denkt Corky.

Wie eine Klosterzelle. Fehlt nur das Kruzifix an der Wand.

Thalia ist nicht katholisch, sie ist presbyterianisch getauft. Was sie glaubt und was nicht, weiß Corky nicht genau.

Als kleines Mädchen, in dem Haus in der Summit Avenue, hatte Thalia großen Wert auf ihre Privatsphäre gelegt, Charlotte mußte immer anklopfen, wenn sie in das Zimmer ihrer Tochter wollte, und wenn Thalia nicht da war, durfte sie nicht hinein. Corky hielt sich da raus. Er führte sein eigenes Leben, ein kompliziertes Leben im Büro und anderswo, in manchen Monaten kam er mehrmals in der Woche nicht zum Abendessen, es tat ihm unheimlich leid, aber es ging nun mal nicht anders. Und er hatte ein Alkoholproblem. Nichts Ernstes, aber immerhin so deutlich, daß Thalia ihn mit Tränen in den Augen ansah – enttäuscht oder angewidert oder aufgebracht. Vielleicht war es auch pure Eifersucht. Sie merken es, wenn du lieber einen trinken gehst, als mit ihnen zusammen zu sein und nichts trinken zu können. Wenn du lieber eine Frau fickst, die dir völlig egal ist, als mit ihnen zusammen zu sein. Sie wissen es, und du weißt es, aber was hilft's? Herrgott, denkt Corky erschöpft, ich bin eben nur ein Mann.

Er hat den Eindruck, daß Thalia dieses Zimmer eilig verlassen hat. Auf dem Bett, auf einem Stuhl sind Kleidungsstücke verstreut; die noppige weiße Tagesdecke ist flüchtig zurechtgezogen und verdeckt das einzige Kissen nicht ganz. Die Jalousien vor dem Fenster sind fest geschlossen, ein paar Stäbe sitzen schief oder sind kaputt. Die Schranktür steht einen Spalt breit offen – oder hat Corky sie vorhin beim Kramen offen gelassen? Er schaut sich noch mal in dem Schrank um, er ist größer als der in der Diele und vollgepackt mit Kleidungsstücken, auf dem Boden stehen Schuhe, an der Wand lehnt ein Staubsauger, hinter den Kleidern stapeln sich Koffer, deren Kanten die Kleider nach vorn drücken. Auf dem Boden und dem Regalbrett dahinter stehen Kartons mit Büchern und Papieren. Corky überlegt, was wohl in Thalias Augen so wertvoll ist, daß sie es aufhebt, einpackt und von einer Wohnung zur nächsten schleppt. Seit Charlotte wieder verheiratet ist, hat Thalia von ihrer Habe nichts mehr bei der Mutter.

Und auch nichts in dem Haus in der Summit Avenue, obgleich ihr Zimmer leer steht. Eins von mehreren Zimmern im Obergeschoß, für die Corky keine Verwendung hat.

Diesmal macht Corky die Schranktür fest zu und wischt erneut an dem Glasknopf herum. Nicht aus praktischen Erwägungen, vielleicht nur aus Aberglaube. Als Ire kommst du mit schlechtem Gewissen zur Welt und verbringst dein ganzes Leben mit dem Versuch, es auszutricksen.

Thalias Schlafzimmer: Sonderbar, allein hier zu sein. Weder hier noch in den anderen Räumen steht ein Fernseher. Erstaunlich für eine junge Frau, die mal beim Fernsehen gearbeitet, sogar ein paar Live-Nachrichtensendungen und Wetterberichte gemacht hat, Corky hat sie eines Abends beim Zappen durch die Programme entdeckt, das war eine Überraschung, Thalia, seine Thalia auf der Mattscheibe, gut machte sie sich, professionell und tüchtig, die Stimme klar und modulationsfähig, aber sie hat es nicht lange ausgehalten, weiß Gott warum. Weder in der Sozialarbeit noch beim Fernsehen noch bei den anderen Jobs, in denen sie sich versuchte und die sie wieder aufgegeben hat. Kein Fernseher in der Wohnung, nur ein Radio auf dem Nachttisch… erstaunlich.

Jetzt nimmt sich Corky Thalias Kommodenfächer vor, vier Fächer, die er lautlos öffnet. Er weiß, daß das, was er da tut, schäbig und gemein ist, aber schließlich tut er es ja für sie. Thalia ist allein, sie braucht Schutz. Lautlos pfeift er durch die Zähne. Frauenunterwäsche macht ihn unheimlich an, das war schon bei den Sachen von Theresa so, Höschen, BHs, Strümpfe, Slips – Theresa hatte ein beigefarbenes, spitzenbesetztes Seidennegligée, an dem er sich, da war er nicht älter als fünf, in wonnevoller Glückseligkeit gerieben hat. Er ist fast ein bißchen gerührt beim Anblick der vielen Socken, die so ordentlich zusammengerollt sind, nimm dir ein Beispiel dran, Corky, aber mit so was kann er sich einfach nicht aufhalten. Sie ist eben wirklich noch ein Kind, das man beschützen muß.

Er läßt seine Finger über Höschen und Büstenhalter gleiten, betastet das satinglänzende, steife Material eines BHs, wie klein die Körbchen sind, anders als die schweren Titten ihrer Mutter mit den dunkelroten Brustwarzen, die hart wurden, sobald Corky mit der Zunge drüberfuhr, wie ihre Klitoris, heiß und hart wie ein kleiner Schwanz, sie hatte es nie gern, wenn er sie da streichelte, oder tat jedenfalls so, bei Charlotte – da ist Christina ganz anders – wußte man nie so recht, woran man war. Corky überlegt, ob Thalia in dieser Beziehung wohl Charlotte ähnelt, wie sie sich bei einem Lover verhält, falls sie einen hat, das Zimmer hier sieht nicht nach Liebesnest, sondern verdammt deprimierend aus. Corky greift sich ein Paar Schlüpfer, schnuppert – ein neutraler, leicht blumiger Geruch, oder bildet er sich das nur ein? Er wird allmählich heiß, geht aber entschlossen darüber weg – wie über eine Frage, die man nicht beantworten will. Er überlegt, was das für ein Gefühl sein mag, so was zu tragen, dieses Zeug aus Satin und Seide. So wie er sich auch überlegt hat, wie es wohl ist, als Frau zu pinkeln, unheimlich kompliziert, weil du die Dinge nicht im Griff hast, einmal hat er eine Frau gefragt, ob er ihr beim Pinkeln zusehen dürfte, aber sie war betrunken, vielleicht hatte sie ihn auch nicht verstanden, sie hat nur gelacht, ja sag mal Corky, was fällt dir denn ein, was du auch alles bringst! Er erinnert sich an O'Rourke, das arme Schwein, vor fünfunddreißig Jahren war das, in Irish Hill, pervers haben sie ihn genannt, den früheren Priesterschüler, der sich Frauenunterwäsche von den Wäscheleinen holte, und als sie ihn erwischten, hatte er Mrs. Flannerys riesigen rosa Baumwollschlüpfer an und landete im Knast, die Sache war lange Tagesgespräch in Irish Hill, wurde viel belacht und galt noch Jahre später als großartiger Witz, Corky und seine Freunde lachten sich in der Schule oder in der Kirche schlapp, wenn einer nur den Namen flüsterte: O'Rourke. Ich würde mich lieber umbringen lassen, als Weiberzeug anzuziehen, hatte Corky damals gedacht. Aber als er jetzt mit den Lippen über den Schritt von Thalias Höschen streift, denkt er, vielleicht hab ich es auch so gemeint, daß ich mich lieber umbringen lassen würde, als dabei erwischt zu werden.

In der untersten Schublade stoßen Corkys tastende Finger unter Wollpullovern auf einen vielleicht gut versteckt geglaubten gelben Umschlag, in dem Fotos sind. Er pfeift durch die Zähne. Die ersten fünf oder sechs sind auf einer Party im Freien aufgenommen und zeigen vertraute Gesichter, auf einem ist eine lächelnde Thalia mit hoch erhobenem Kopf zu sehen, ihr Gesicht ist halb verdeckt durch das verwackelte Profil eines Mannes, auf einem anderen sieht man Vic Slattery im Gespräch mit einem Freund, dem Anwalt George Presson, auf dem nächsten Marilee

Plummer, die heiße Schwarze, die ein weißes Mädchen anlacht, Corky kennt sie, sie heißt Kiki, und ein Mann, der mit dem Rücken zur Kamera steht, Corky vermutet, daß es Mike Rooney ist, Vics Pressemann – und ist das Red Pitts im Hintergrund, dessen muskelbepackter Fettwanst fast das T-Shirt sprengt? Corky ist sauer: Es ist eine Party, zu der er nicht eingeladen war.

Ja, und du weißt warum: Weil Thalia da war.

Thalia sieht gut aus auf den Fotos, nicht direkt gesund, aber sexy, lange milchweiße Beine, verschattete Augen, das störrisch dichte Haar aus der Stirn gebürstet, und auf ihrem Gesicht liegt dieses wunderschöne, strahlende Lächeln, das Corky in den letzten Jahren so selten gesehen hat.

Corky fallen einige der Fotos aus der Hand, er bückt sich, um sie aufzuheben, »Scheiß, Scheiß, Scheiß«, und sagt sich, daß es kein Zufall ist, wenn die ihm bekannten Männer auf den Fotos alle verheiratet sind, Vic, Presson, Rooney, ein oder zwei andere – sie alle sind ohne Frauen da. Corky kennt diese Art von Party. Er zählt fünf gut aussehende junge Frauen Mitte zwanzig, daß eine von ihnen Thalia ist, regt ihn unheimlich auf, ja, verdammt, er *ist* eifersüchtig, sieben, vielleicht acht Männer zählt er, Oscar Slattery ist nicht dabei und auch sonst kein Mann in Oscars Alter, alle sind sie um die vierzig, bis auf Pitts, der ist ein bißchen jünger. Die Fotos sind sichtlich aufs Geratewohl geschossen, so daß die meisten so was wie eine leicht besoffene Schieflage haben. Rücken, Hinterköpfe, Ellbogen, ein mit offenem Mund lachender sportlich blonder Vic Slattery, Thalia und Kiki eingehakt in spielerisch exhibitionistischer Pose, und Red Pitts, der sie bedrohlich überragt – Pitts, dieser Mistkäfer. Corky erkennt Rooneys Sommerhaus am Lake Racquette, aber es ist keine Sommerparty, das Laub hat sich schon gefärbt und leuchtet rotgolden vor den Koniferen. Dunstig goldenes Sonnenlicht fällt wie in blinkenden Münzen auf den mit Unkraut durchzogenen Plattenbelag der Terrasse, auf Thalias Haar und ihre Schultern, liegt satt und warm glänzend auf Marilee Plummers milchschokoladenfarbener Haut, wunderschön ist diese Haut und diese Figur, ein runder kleiner Knackarsch, kein Wunder, daß dieser schwarze Wichser Steadman ihretwegen seine politische Karriere riskiert hat.

Einer von diesen Kerlen ist Thalias Typ, denkt Corky, oder war es damals – aber wer? Mindestens einen kann Corky nicht identifizieren, er ist auf keinem der Bilder von vorn zu sehen, metallisch-graues Haar, das sich auf dem Schädel schon lichtet, abfallende Schultern unter einer Seersucker-Jacke, der einzige, der ein Jackett trägt, in einer unscharfen Aufnahme von Vic, George Presson und Marilee ist er im Hintergrund und beugt sich über einen Tisch, um Thalia etwas zu geben oder auch nur, um sie am Arm zu fassen, und Thalia lächelt ihm zu, jedenfalls sieht es so aus. Corky schätzt, daß der Mann einer von Vics hochgestochenen Freunden aus Washington ist, einer von seinen neuen Freunden, mit denen er Corky noch nicht bekannt gemacht hat.

Corky weiß, daß er unvernünftig, daß er kindisch ist, aber sein Herz hämmert, so eifersüchtig ist er und so böse. Wie damals, als er den ersten Verdacht hatte, daß Charlotte es mit einem anderen trieb, dabei hätte er froh sein müssen und war es ja auch, und doch war er so wütend, daß er sie hätte umbringen können. Jetzt sieht er sich die Bilder an, als wären sie Beweismaterial in einem Prozeß, und denkt, das ist also das geheime Leben des Abgeordneten Vic Slattery, ist es das, was so weh tut? Vics geheimes Leben, du Arschloch, und du hast dir eingebildet, daß du es kennst, daß es ohne dich nicht geht.

Als Datum ist Oktober 1990 auf die Rückseite der Fotos gestempelt. Das war noch vor der Wahl, die Vic mit fünfzehn Prozent Vorsprung vor seinem von Bush unterstützten konservativ-republikanischen Gegenspieler gewonnen hat. Vielleicht eine vorgezogene Wahlparty, warum nicht, in den Umfragen lag Vic schon vorn.

Und Corky Corcoran, Vics alter Freund und (unbezahlter) Wahlkampfberater, wo ist der? Hat sich eine heiße Party entgehen lassen.

Die anderen Aufnahmen sind weniger interessant. Alte Familienfotos. Nur einige wenige, demnach müssen sie Thalia wichtig sein. Thalia als Kleinkind mit den Eltern, Charlotte und Sherwood Braunbeck – ein grinsender Glamourboy, dieser Scheiß-Sherwood. Thalia als Vier- oder Fünfjährige mit ihren stolzen und erstaunlich jung aussehenden Drummond-Großeltern Ross und Hilda; und ebenfalls jung, umwerfend gut aussehend, Corky Corcoran neben der bildschönen neunjährigen Thalia; Thalia, etwas älter, mürrisch und mager neben ihrer strahlend schönen Mutter an einer Gartenmauer des Hauses in der Summit Avenue (Corky sagt sich, daß dieses Bild wahrscheinlich er geknipst hat, aber er kann sich nicht mehr daran erinnern, und er kann sich auch nicht erinnern, daß seine Frau mal so gut aussah, dieses liebe Lächeln, das blaßgoldene Haar schulterlang, Mist, vielleicht hat er sie ja wirklich geliebt. Das letzte Bild ist ein Schock: Thalia mit zwölf in Bluse und Jeans, krause Stirn, aber ein Lächeln auf den Lippen, neben ihrem ebenfalls lächelnden Stiefvater Corky in weißem Hemd und Krawatte, eine dritte Person – offenbar Charlotte – ist sorgfältig mit der Schere herausgeschnitten.

Corky ist peinlich berührt. Was hat das zu bedeuten? Ein alter Streit zwischen Tochter und Mutter? Hat Thalia sich rächen wollen, indem sie Charlotte herausgeschnitten, ihren Stiefvater aber bewußt im Bild belassen hat?

Corky ist versucht, das Foto zu zerreißen, es ist Belastungsmaterial – wofür, daran mag er jetzt nicht denken.

Corky hat den Umschlag wieder an seinen Platz gelegt und die Schubfächer zugemacht, jetzt hebt er das Bettzeug auf Thalias Bett ein wenig an, er will nur sehen oder schnuppern, was da ist, zwischen seinen Beinen spürt er eine heiße Spannung, als ob er sich gleich in das Bett da einen abwichsen wird, was krank, pervers, ekelhaft und unverzeihlich wäre und was er natürlich nie täte, doch nicht Corky Corcoran – da klopft es aus heiterem Himmel an der Tür. Eine Männerstimme brabbelt irgendwas.

Dann lauter, unüberhörbar: »Hallo? Thalia? Bist du das?«

Corky erstarrt. Sein Herz rast. Die da unten müssen ihn gehört haben.

Okay, keine Panik, du Trottel. Du hast dich da reingeritten, du kommst auch wieder raus.

Sorgfältig und ohne Eile, wenn auch mit etwas unsicheren Händen zieht er das Bettzeug wieder zurecht, streicht die Tagesdecke glatt, sie sieht jetzt ordentlicher aus als vorher, dann schleicht er in Richtung Tür und zuckt zusammen, als es noch einmal klopft, diesmal lauter, und die fremde Stimme nervöser, aggressiver fragt: »Hey? Hallo? Wer ist da? Wenn Sie nicht aufmachen...«

Es muß der Typ von unten sein, dieser »Esdras«, ein Freund von Thalia, der sie ebenfalls beschützen will, Pech für Corky. Der Kerl mag achtundzwanzig sein, ein bulliger Typ, vierzig Pfund schwerer als er.

Notfalls könntest du über die Hintertreppe weg, denkt Corky und redet sich gleichzeitig zu: Komm schon, mach einfach auf und sag, wer du bist, was du hier willst, es ist nicht so, wie es aussieht, Thalia hat mich angerufen, sie ist meine Stieftochter, ich kann mich ausweisen...

Aber der Typ rüttelt am Türknauf und droht: »Ich weiß, daß da jemand ist. Aufmachen, oder ich hole die Polizei!«

»Du kannst mich mal«, sagt Corky leise.

Wer läßt sich schon gern unter Druck setzen? Corky bestimmt nicht.

Er steht zwischen Vordertür und Hintertür wie auf einem Drahtseil und schwitzt, in ihm ist eine eisig erregte Ruhe, eine mächtige Adrenalinausschüttung, ein anderer Mann, ein Fremder fordert ihn heraus, ihn, der jedes Recht hat, hier zu sein, der hierher gebeten worden ist. Dieser »Esdras« kann von Glück sagen, daß sie nicht in Detroit oder Miami sind, wo jeder eine Waffe hat, es wäre eine große Versuchung für Corky, durch die Tür zu schießen, diesen Fettsack »Esdras« umzulegen.

Corky zieht sich möglichst lautlos zurück, hofft, daß der verdammte Fußboden nicht knarrt, dann ist er an der Hintertür und geht leise die Treppe hinunter, er hat Angst, aber er hat sie im Griff, es ist eine seltsam schwebende Angst, womöglich steht die Frau von diesem Esdras hinten Schmiere, vielleicht ist sie auch vorn und horcht, was ihr Mann macht, sorgt sich um ihn, schließlich riskiert er ja was, scheint ein Hitzkopf zu sein, aber mit Muffensausen trotz seines großmäuligen Gehabes. Corky kennt das, *wir haben alle Schiß, also Platz hier!*

Ja, es ist gut, daß er die Luger nicht bei sich hat.

Dann ist plötzlich das Glück auf seiner Seite, es ist wie beim Poker, wenn der Geber die Karten austeilt, die über Erfolg oder Mißerfolg entscheiden, du denkst – und das ist ja auch gut so –, daß *du* es bist, dein Grips, dein Händchen, dein gutes Aussehen,

Gott ist dir günstig, all so'n Scheiß, aber in Wirklichkeit ist es pures Glück, und dieses Glück kommt Corky unten an der Treppe zu Hilfe, keiner versperrt ihm den Weg, keiner sieht ihn, zwei Handgelenkdrehungen, und das gammelige Zylinderschloß ist auf, Corky ist draußen und auf der Veranda, ruckzuck die Stufen runter, und während der Wind ihm den kalten Nieselregen wie ein nasses Tuch in das erhitzte Gesicht klatscht, wie gut das tut, ein wunderbares Gefühl, rennt Corky wie der Teufel, er weiß, wohin er rennen muß, als wäre er schon mal hier gewesen, als hätte er all das schon mal erlebt, den Kopf hat er wohlweislich eingezogen, die Ellbogen an den Körper gedrückt, hinter sich hört er eine Frauenstimme, sie klingt bei aller Angst aufgebracht: »Stop, Mister, ich hab Sie gesehen, Stop!«, aber Corky ist schon auf der anderen Seite der Garage, die kräftigen Bein-, Waden-, Schenkelmuskeln haben ihren Rhythmus gefunden, auch mit den Armen, mit den Schultern, mit dem Nacken läuft man, Herrgott, wie gut das tut, den eigenen Körper zu fühlen, der sich nach vorn wirft, vorwärtsdrängt, dieser Körper voller Sehnsüchte, voller Samen, das Hirn schaltet ab, der Körper übernimmt, jetzt ist er hinter der geduckt dastehenden Garage und in dem vollgemüllten Durchgang, schattenhaft ziehen verkrüppelte Bäume und Sträucher an ihm vorbei und Mülltonnen, viele Mülltonnen, weggeworfener Kinderkram, wie in den Gassen und Durchgängen von Irish Hill, wenn sie sich ausschütten wollten vor Lachen, weil wieder mal ein Erwachsener hinter ihnen her war, weiß Gott warum, irgendeinen Grund gab es immer, Corky und seine Freunde waren ständig in der Klemme, wenn er daran denkt, kommen sofort Schuldgefühle hoch, aber auch Triumph, weil er seine kleinen Gaunereien, Bagatellvergehen und Anstößigkeiten, all das, was seine Kindheit ausmacht, folgenlos überstanden hat, jetzt weht ihm der Nieselregen direkt ins Gesicht, er zieht das Kinn ein wie Joe Louis auf den alten Fotos, nur schade, daß er seine guten, eine Spur zu engen Schuhe anhat und keine Joggingtreter, und seine feinen Klamotten, die Hose spannt im Schritt, gleich wird sie reißen, ja, aber er rennt keuchend weiter im Hochgefühl seiner Lust, sein Herz schlägt laut und stark, ein wildes, beglückendes Gefühl, Corky Corcoran ist ein wilder, verrückter Mick, die Leute schütteln den Kopf über ihn und sagen, das wird er noch bereuen, aber vielleicht auch nicht, denn wer kennt ihn hier schon, den Stadtverordneten, den Geschäftsmann, den Millionär, keiner hat sein Gesicht gesehen, nicht mal die Frau von diesem Esdras, die hinter ihm hergerufen hat, und der Caddy steht, ja, das war schlau, weit genug weg, auf der Richmond, am anderen Ende des Durchgangs, Corky braucht nur, als er jetzt aus dem Durchgang rauskommt, im Schrittempo zu seinem Wagen zu gehen, er schwitzt und ist außer Atem, und das Haar klebt ihm an der Stirn, und seine Pupillen sind geweitet, aber wer zur Hölle soll es merken? Wer sollte ihn bremsen?

Zweiter Teil

Samstag, 23. Mai 1992

1

CORKY MIT KATER ZU HAUSE

»*Das* also ist es. Großer Gott.«

Die Schlagzeile im *Journal* vom Samstag, das Foto – ein Tiefschlag, der Corky voll erwischt.

Als er sich gestern abend zu den Elf-Uhr-Nachrichten vor den Fernseher gesetzt hatte, war die Meldung offenbar noch nicht freigegeben: Marilee Plummer ist tot, »vermutlich Selbstmord«, ein Nachbar hat sie am Freitagvormittag um zwanzig nach neun in ihrem Wagen gefunden, in einer geschlossenen Garage, der Motor lief noch, die Garage war voller Abgase.

Corky vergleicht die Adresse – ja, Brisbane 1758, Pendle Hill. Wohnanlage Pendle Hill Village.

»Himmelnochmal! Scheiße! Marilee Plummer!«

Der Krankenwagen, der sich ohne Sirene, ohne besondere Eile auf der Brisbane in den Verkehr einfädelte. *Eine Leiche, kein Verletzter.*

Damit hatte er also recht gehabt. Und auch mit seiner Vermutung, daß es eine Frau war.

Minutenlang steht er benommen da, spürt, wie sein Kater sich verschlimmert, sein nur halbwaches Bewußtsein ganz tief nach unten sackt, bis in die Gedärme. Barfuß steht er in der Diele und liest fröstelnd den Leitartikel im *Journal*. Diese hinreißend vitale Schwarze, diese Marilee Plummer, Thalias Freundin, wie eng sie befreundet waren, weiß Corky nicht, die Überlegung bereitet ihm einiges Unbehagen, denn er ist mal mit Marilee aus gewesen, er war scharf auf sie, aber es hat nicht geklappt, sie hat ihn nicht gewollt.

Hat Corky Corcorans wertvollen weißen Schwanz und gewisse Vorteile, die damit verbunden gewesen wären, dankend abgelehnt.

Es ist zehn nach acht. Ein unfreundlicher Vormittag mit Wind und Regen. Corky Corcoran schmerzt der Verlust, denn das, was ihn mit dieser jungen Frau verband, war keine Freundschaft, hätte es aber werden können. Er trauert um einen Menschen, den er gekannt hat – wenn auch nicht gut und mit gewissen Vorbehalten: Da ist die Schranke der Hautfarbe, das Undurchschaubare ihres Privatlebens. Denn als Marilee Plummer Marcus Steadman wegen sexueller Nötigung und Vergewaltigung angezeigt hatte und diese Anzeige tagelang *das* Gesprächsthema in Union City war, kam in der ersten Welle der Empörung prompt die Frage hoch, was diese ehrgeizige, attraktive junge Frau mit einem Mann wie Steadman zu schaffen hatte. Wenn ein Schwarzer sich an einer Schwarzen vergeht, kommt einem das irgendwie nicht ganz so schlimm vor.

Nicht daß Corky so was Rassistisches gesagt oder auch nur gedacht hätte. Er ist aufgeklärt, ein liberaler Demokrat, er hat sich dafür eingesetzt, daß im Sozialamt eine Unterabteilung für Sexualvergehen eingerichtet wird. (Bis Ende der siebziger Jahre gab es für Sexualvergehen und/oder Gewalt in der Familie praktisch nirgendwo in den Vereinigten Staaten eine Stelle, an die man sich wenden konnte). Aber Vorurteile lassen sich selbst bei aufgeklärten Menschen schwer ausrotten, und Corky hörte in der Stadt auf Schritt und Tritt rassistische Bemerkungen, in seinen Clubs, in Restaurants, im Radio und in seiner Firma, wo sowohl Miriam als auch Jacky für diese Marilee Plummer, die sie nur aus den Medien kannten, ein seltsam flaues Mitgefühl zum Ausdruck brachten. *Wenn ein Schwarzer sich an einer Schwarzen vergeht, kommt einem das irgendwie nicht ganz so schlimm vor.*

Und nun hatte sich Marilee Plummer gestern früh umgebracht.

Klar, daß es da eine Verbindung geben muß.

Kohlenmonoxidvergiftung, steht im Bericht des Coroners, eine »erhebliche Menge« des Schmerzmittels Percodan im Blut der Toten. Keine Anzeichen von Verletzungen. Keine augenscheinlichen gesundheitlichen Probleme. Kein Abschiedsbrief.

Das Foto auf der ersten Seite zeigt eine Marilee Plummer, die jünger aussieht, als Corky sie in Erinnerung hat. Stolz lächelndes Selbstbewußtein, schräge Mandelaugen, breite Backenknochen, Afrofrisur. Im Leben temperamentvoll und streitlustig. Exotisch. Rotfuchs hatte sie Corky Corcoran genannt. Geil.

Das Blatt bringt auch einen Artikel über Marcus Steadman und sein Foto mit der Unterschrift *Umstrittener Stadtverordneter im Januar 1992 wegen Vergewaltigung und sexueller Nötigung angeklagt*. Corky überfliegt den Text und überlegt, wie es jetzt wohl weitergeht. Nachdem Marilee Plummer tot ist, entfällt der für Juni angesetzte Prozeß. Und dann? Kommt Steadman straflos davon? Himmelnochmal, Corky haßt den Kerl aus den verschiedensten Gründen wie die Pest und hätte sich gewünscht, daß er in den Knast kommt.

Es ist kein Selbstmord, glaub das nicht.

Vielleicht hat Steadman sie umgebracht? Sie in den Tod getrieben?

Steadman ist seit langem ein Widersacher von Oscar Slattery, er hat sich gegen ihn als Bürgermeister aufstellen lassen und die schwarze innerstädtische Wählerschaft gespalten, möglich, daß er selbst kein Mörder ist, aber daß der Bursche fähig wäre, einige seiner fanatischen Anhänger zum Mord anzustacheln, will Corky gern glauben. Wie die Black Muslims in den sechziger Jahren. Wie die muslimischen Fundamentalisten von heute. Daß ein gescheites Mädchen wie Marilee Plummer, die mit den Slatterys und Persönlichkeiten von vergleichbarem Status verkehrt hat – weißen Persönlichkeiten, denkt Corky –, sich mit einem Kerl wie Steadman einlassen konnte, bleibt unverständlich. Siebenundzwanzig Jahre alt, glänzender Abschluß an der Uni von Union City, rechte Hand des Kurators im Historischen Museum, aktiv in der demokratischen Politik von Union City und der NAACP, Freunde und Nachbarn aus Pendle Hill werden in dem Artikel zitiert, die sie »ehrgeizig« und »hochintelligent« und »leistungsorientiert« und »aufgeschlossen« nennen –, jedenfalls bis zu der Sache mit Steadman. Seither, heißt es, soll sie »reservierter«, »gedrückter«, »in sich gekehrt« gewesen sein. »Sie hat nicht mehr so viel gelächelt wie sonst«, drückt es einer der Anwohner in Pendle Hill aus.

Marilee Plummers Familie lehnte jedes Gespräch mit Reportern ab.

Marcus Steadman ist »für einen Kommentar nicht zu erreichen«.

Anders als die schwarze Mittelschicht in Washington Park

haben sich unter den Schwarzen in der Innenstadt viele, vielleicht die meisten, Männer wie Frauen, auf Marcus Steadmans Seite geschlagen. So wie fast überall in der Stadt Schwarze und Weiße im Fall des von Pickett erschossenen Devane Johnson für die eine oder andere Seite Partei ergriffen haben. Diese Entscheidung für die eine oder andere Seite kommt aus dem Sport. Auch Corky macht es so – nicht offiziell und schon gar nicht öffentlich, aber es läßt sich kaum vermeiden. Als Mann tendiert er dazu, sich mit einem Mann zu identifizieren, dem eine Vergewaltigung vorgeworfen wird, vorausgesetzt, es war keine Gewalt im Spiel. Als Weißer tendiert er dazu, sich mit einem Weißen zu identifizieren, solange nichts wirklich Kriminelles passiert war. Im Fall Steadman-Plummer hat Corky sich längst entschieden. Er ist auf Marilee Plummers Seite, ganz klar. *Steadman, dieses schwarze Arschloch, hat viele Jahre Knast verdient.*

Womit sie ihn dann in der Politik auf Dauer los wären.

Dann wäre Schluß mit den Störaktionen, in denen er den Demokraten Stimmen abjagt, die von Rechts wegen an sie gehen müßten.

Schluß mit seiner grinsenden Visage, mit den unverschämten Fragen im Sitzungsraum. Mit dieser Masche, aus jedem Thema ein Rassenproblem, eine Frage von Schwarz gegen Weiß zu machen.

Natürlich hatte Steadman die Vorwürfe der Plummer heftigst bestritten, hatte beteuert, der Geschlechtsverkehr habe in beiderseitigem Einvernehmen stattgefunden, er sei erpreßt, unter Druck gesetzt worden. Es gab keine Zeugen für die von dem Opfer behauptete Gewaltanwendung in einer Wohnung Steadmans auf der Fifth Street, die nicht sein offizieller Wohnsitz war, er habe mit ihr »geistliche Fragen« im Zusammenhang mit der Afro-Amerikanischen Ersten Kirche des Evangelisten besprechen wollen, in der er Prediger ist, hat er ausgesagt. Statt dessen hatte er sie drei Stunden dort festgehalten und gedroht, sie umzubringen, wenn sie sich ihm verweigerte. Nach der Vergewaltigung hatte er ihr angeblich erklärt, niemand würde ihrer Bezichtigung glauben, und wenn sie zur Polizei ginge, würden »seine Leute« sich erheben und sie bestrafen. Dann hatte er sie auf die Straße gesetzt. Nach eigener Aussage war Marilee Plumer zu verstört gewesen, um gleich die Polizei oder auch nur Freunde anzurufen, sie war nach Hause gegangen und hatte erst am Nachmittag des folgenden Tages Anzeige erstattet. In der ersten Meldung war sie nicht namentlich genannt, und daß Steadmans Opfer eine Schwarze war, kam darin auch nicht vor. Corky erinnert sich an die ersten wilden Gerüchte, Steadman habe eine Weiße vergewaltigt. Und an das, was nach Meinung der Weißen nun mit ihm zu geschehen habe.

Erst nachdem eine Jury Steadman offiziell unter Anklage gestellt hatte, entschloß sich Marilee Plummer, an die Öffentlichkeit zu gehen. Inzwischen war in gewissen Kreisen bekannt geworden, um wen es sich handelte. Für Marilee Plummer lag eine bittere Ironie darin, daß der Sturm der Entrüstung etwas abflaute, als bekannt wurde, daß sein Opfer eine Schwarze war.

Und jetzt ist das Opfer tot. »Vermutlich Selbstmord.«

Und Thalia Corcoran war mit ihr befreundet gewesen. Was Thalias geheimnisvolles Gehabe verständlicher macht. Die Anrufe, das Verschwinden. Fürchtet Thalia, Marcus Steadman könne auch sie verfolgen?

Beim Rasieren vermeidet es Corky, seinem Spiegelbild in die rotgeränderten Augen zu sehen. Die Hand, die den Rasierer hält, zittert, er muß sie mit der anderen stützen. Wie weit der Kater und wie weit seine Sorge um Thalia, der Schock wegen Marilee daran schuld sind, könnte er nicht sagen. In den letzten Monaten darf Corky offenbar nicht mehr so viel trinken wie früher, wenn er sich am nächsten Morgen nicht todelend fühlen will.

Es war wohl eine Dummheit, daß er, als er von der Highland Avenue kam, nicht auf dem schnellsten Weg nach Hause gefahren ist und sich für das Dinner bei den van Burens umgezogen hat, aber dazu war er einfach zu aufgedreht. Corky ist immer verdammt dankbar, wenn er zu einer dieser vornehmen Dinnerparties eingeladen wird, die Gäste dort sind wichtige, einflußreiche Leute, deren Unterstützung er braucht, wenn er in der Politik mal was Besseres werden will als Stadtverordneter für den elften Bezirk, *was er noch nicht weiß, das kommt auf die Partei an*. Statt zu den van Burens zu fahren, hat er eine Kneipentour gemacht, seine Stammpinten abgeklappert, sogar in der

Irish Bar unten am Hafen war er, ruhelos und händelsüchtig, ein paarmal wäre es fast zu einer Schlägerei gekommen, auch wenn er sich auf Ale beschränkt hat, an jedem Tresen nicht mehr als drei Glas, einer mit Corkys Konstitution kann sich mit Bier nicht ernsthaft zuschütten, es macht einen vollen Bauch und eine volle Blase, die halbe Zeit ist man damit beschäftigt, es wieder rauszupinkeln, das geht durch wie Wasser durch ein Sieb, und wenn man sich dann auf dem Klo die Hände wäscht, spritzt man sich kaltes Wasser ins Gesicht und wird wieder nüchtern. Und deshalb, sagt sich Corky, kann er gestern abend gar nicht besoffen gewesen sein, aber einen Kater hat er heute früh trotzdem.

Im Grunde ist Thalia an der ganzen Sache schuld. Als er gestern abend seine Anrufe abhörte, war auch einer von ihr dabei, er war froh, ihre Stimme zu hören, aber auch stocksauer. Wispernd, fast unhörbar *Corky? – Vielleicht weißt du es inzwischen? Warum ich solche Angst habe? Wenn du morgen zu Hause bist, komme ich gegen vier* – dann eine so lange Pause, daß er dachte, sie hätte aufgelegt. Und dann: *Wenn ich kann.*

Corky hat die Nachricht dreimal abgespielt. *Corky? Vielleicht weißt du es inzwischen? Warum ich solche Angst habe?* Da war der Tod von Marilee Plummer noch nicht offiziell bekanntgegeben worden. Woher hat Thalia es gewußt? Gut und gern sechzehn Stunden lagen zwischen dem Moment, in dem er den Krankenwagen in Pendle Hill Village gesehen hat, und der offiziellen Verlautbarung, die noch rechtzeitig für die Frühausgabe des *Journal*, aber zu spät für die Abendnachrichten erfolgt war. Die Identität eines oder einer Toten gibt die Polizei erst nach der Benachrichtigung der Angehörigen bekannt.

Und auch daß die Polizei von Union City so lange gebraucht haben soll, um Angehörige von Marilee Plummer aufzuspüren, ist eigenartig.

Corky hält im Rasieren inne, er denkt daran, wie Oscar Slattery aus dem Dunkel der Limousine zu ihm hochgesehen hat. Das war am Nachmittag gewesen, inzwischen wußte Oscar es natürlich und fühlte sich entsprechend elend, aber Corky hat er es nicht erzählt, im Rückblick sagt sich Corky, daß er es ihm vielleicht erzählen wollte und es dann doch gelassen hat. Warum eigentlich? Verdammt, sie können diesen Marcus Steadman doch alle nicht leiden. Corky Corcoran ist euer Mann.

Corky ist gekränkt. Er ist Oscar seit langen Jahren treu ergeben, sie sind befreundet – warum hatte Oscar kein Vertrauen zu ihm?

Er kennt Oscar Slattery seit seinem fünfzehnten Lebensjahr. Und empfand ihre Beziehung immer als etwas Besonderes. *Mein Sohn ist kein Wahlkämpfer, er hat Angst, sich die Hände schmutzig zu machen.* Dieser Unterton von Besorgnis und Vorwurf, wenn jemand in diesem Ton mit einem Altersgenossen seines Sohnes spricht – das ist, als ob eine Frau sich bei dir über ihren Mann beklagt und getröstet werden will, und du weißt, was Trösten heißt. Bei Oscar hört Corky heraus: Du wärst mir ein besserer Sohn gewesen als mein eigener es ist, du und ich, wir verstehen uns.

Als Corky gestern abend mit dem Caddy durch die Gegend gebraust ist, in seinem Kopf ein Summen wie von einem zornigen Bienenschwarm, hat er die van Burens total vergessen. Er wollte sie noch anrufen und sagen, daß er leider nicht kommen könne, ein Notfall in der Familie. Einfach wegzubleiben ist beschissen, ist unverzeihlich, er weiß das von sich und Charlotte, wenn sie Gäste eingeladen und sich wer weiß wie ins Zeug gelegt hatten, als stünde die Freundschaft selbst auf dem Spiel, das Selbstwertgefühl, was auch immer – wenn dann jemand nicht kommt, ist das nicht einfach eine Enttäuschung, sondern ein Tritt vors Schienbein. Im Fall van Buren ist es ein Tritt vors Schienbein und eine Dummheit obendrein, denn van Buren, der Kreisparteiboß, ist ein umgänglicher Mensch und großherzig seinen Freunden gegenüber, aber wenn man ihn sich zum Feind macht, ist man unten durch.

Corky nimmt sich vor, die van Burens unbedingt heute vormittag anzurufen, jetzt ist es noch zu früh. Er wird ihnen erzählen, daß Thalia sich über den Tod ihrer Freundin so aufgeregt hat, daß er sich um sie kümmern mußte. Was ja schließlich nicht gelogen ist.

Und heute wird nichts getrunken. Nicht mal Ale oder Bier.

Corky denkt daran, wie es mit dem alten Hock Corcoran zu Ende gegangen ist, der ins Bett gemacht und im Delirium herumgeschrien hat, so will er nicht abtreten.

Dazu ist er auch zu clever.

Aber dann besieht er sich im Spiegel, er hat sich beim Rasieren am Kinn geschnitten, ein rotes Rinnsal zieht sich durch den Schaum, seine Augen sehen aus wie geplatzte Trauben, um die Augenwinkel sind weiße Fältchen, und er überlegt, ob auch andere Leute das sehen. Christina zum Beispiel. Überlegt, wie alt er aussieht, für wie alt man ihn hält. Was Timothy Patrick Corcoran sehen würde, wenn Jerome jetzt vor ihm stünde.

Corky geht ins Schlafzimmer, um sich anzuziehen. Mit dem festen Vorsatz, heute nichts zu trinken, den ganzen Tag nicht. Er wird in die Roosevelt Street fahren und Onkel Sean besuchen, wie er es sich vorgenommen hat. Und ihn zu Tante Mary Megan ins Krankenhaus fahren. Zwei Fliegen mit einer Klappe. *Ja, aber du hast die beiden doch auch gern, sie sind so mit das einzige, was dich noch mit früher verbindet.* Dann wird er auch die Pflanze los, die er seit Tagen in der Gegend herumfährt.

Corky betritt nie sein Schlafzimmer, das sogenannte »Elternschlafzimmer«, ohne daß er sich Christina herwünscht, mit der er nie in diesem Zimmer war. Er ist wütend auf sie, er ist fertig mit ihr, aber er wünscht sie sich hierher. In dieses Bett mit dem verhedderten Bettzeug. Auf der Stelle.

Er kurbelt die Belüftungsklappe weiter auf, um frische Luft hereinzulassen. Es riecht nach Achselhöhle, nach Schwanzdunst. Nach Corky. Aber die Feuchtigkeit draußen ist wie ein Mund, der in den seinen hineinatmet. Heute sieht man nicht mal mehr Himmel, sondern nur diese widerlich nieselig-graue verhangene Wolkendecke dicht über den höchsten Wipfeln.

So einsam. Jesus erbarme dich meiner Seele.

Corky bringt das Bettzeug in Ordnung, zieht die feine Seidenstepp-Tagesdecke über die Kissen. Das Zimmer hat Charlotte eingerichtet und dabei keine Kosten gescheut, inzwischen aber sieht es reichlich vergammelt aus. Zweimal in der Woche kommt eine Putzfrau, sie wechselt auch die Bettwäsche, Corky ist das zu lästig. Seit der Scheidung ist er schnell wieder in Junggesellengewohnheiten zurückgefallen, er schläft halb angezogen im Bett ein, nachdem er bis in die frühen Morgenstunden gelesen oder ferngesehen und getrunken hat, eine Zeit, in der alles, was er trinkt – Ale, Bier, Wein, Whiskey – für ihn etwas Meditatives hat, seriöser, belangvoller, fast heiliger schmeckt. Ein sakraler Geschmack. Wenn er dann aufwacht, liegt er auf der Seite, in die Tagesdecke gerollt, und hat noch seine Hose und manchmal auch die Schuhe an. Und das Licht brennt wie bei einem kleinen Jungen, der Angst vor der Dunkelheit hat.

Als er gestern abend ins Schlafzimmer kam, hat er sofort in den Nachtkasten und nach der Luger gesehen, und auch jetzt greift er wieder nach der Kanone und wiegt sie in der Hand. Eine große, schwere Waffe mit langem Lauf, Acht-Schuß-Magazin, glatter, polierter Griff, astrein. Blank und abgegriffen, man sieht, daß sie eine Vergangenheit hat.

Wieviele Menschen hat sie wohl schon getötet? Und wen als nächsten?

Aber könnte *er* damit schießen? Und auf wen?

Er steht vor einem hohen Spiegel, stellt sich in Positur, und richtet die Waffe auf sich wie ein Halbwüchsiger, der sich wichtig macht, dann legt er sich den Lauf an die Schläfe. Verdammt komisches Gefühl. Aufregend. Wie der Einbruch in Thalias Wohnung. Riskant.

Du hältst den Tod in der Hand. Wie einfach das ist!

In einem seiner Tagträume hat Corky sich ausgemalt, daß Fenske so lange am Leben geblieben ist, daß er, Corky Corcoran, ihn hätte umlegen können. Wäre er dazu fähig gewesen?

Eindeutig nein. Insgeheim weiß er genau, daß er ein ganz durchschnittlicher Typ ist. Ein Feigling.

Er kann nur hoffen, daß er nie auf die Probe gestellt wird, nie in eine Situation kommt, in der er jemandem das Leben retten könnte, aber wie gelähmt dasteht oder Reißaus nimmt, um seine Haut zu retten. Die Schande würde er nicht überleben.

Tim Corcoran hatte auch immer einen Ballermann im Nachtkasten, eine Pistole, nichts so Massives wie die Luger. Und vermutlich hatte er Schußwaffen auch im Büro und in seinem Wagen. Zu seiner Zeit wehte ein rauher Wind in Irish Hill, man mußte Vorsorge für den eigenen Schutz treffen und dafür sorgen, daß die anderen das mitbekamen. Wenn die Eltern weg waren, ist Corky in dem Haus in der Barrow Street oft nach oben in ihr Schlafzimmer gegangen, und hat sich heimlich Daddys

Kanone genommen, eine sechsschüssige Smith & Wesson Kaliber 38. Schnell atmend und so erregt, daß er fast einen Ständer bekam. Hat sich mit der Kanone vor den Spiegel gestellt wie jetzt, nur mußte er zu der Zeit damit rechnen, daß Daddy ihn dabei erwischen und windelweich prügeln würde.

Und unter der Matratze auf Daddys Bettseite hat er mal eine Packung Kondome entdeckt, einzeln in Alufolie verpackt, von denen ein starker Medizingeruch ausging, neugierig hat er sie sich angesehen und ans Licht gehalten. Damals war er erst acht oder neun, was das für Dinger sein mochten, konnte er sich nicht erklären, nur so viel hatte er begriffen, daß ihnen schon durch das Versteck etwas Heimliches anhaftete. Etwas Erwachsenes.

Dreißig Jahre später durchfährt ihn hier, in seinem Schlafzimmer, die Erinnerung wie ein elektrischer Stromstoß. Gott helfe mir, ich habe sie so lieb gehabt. Alle beide. Er sichert die Luger und legt sie zurück ins Nachttischfach.

In diesem Augenblick läutet das Telefon, Corky gibt es einen Ruck, Christina, denkt er, aber nein, es ist eine Männerstimme, keine bekannte Stimme, jedenfalls erkennt er sie nicht sofort, und aus unerfindlichen Gründen nennt der Typ nicht seinen Namen, sondern fragt eifrig: »Hallo? Spreche ich mit Jerome Corcoran?« und Corky sagt argwöhnisch: »Ja«, und der Typ sagt rasch, mit schriller, nasaler Stimme, die ihm jetzt allmählich doch bekannt vorkommt: »Ich bitte tausendmal um Entschuldigung, wenn ich Sie zu Hause störe, Mr. Corcoran, obendrein noch am Samstagvormittag, aber die Sache ist wirklich wichtig.« Corky verzieht angewidert das Gesicht, kann es das sein, was er vermutet, kann das denn wirklich... »Wenn wir uns nur kurz zusammensetzen könnten, würde Ihnen die Bedeutung meines Projekts gewiß einleuchten, Mr. Corcoran. Das Mausoleum der Toten von Union City – nur ein kleines, handverlesenes Treuhändergremium...« Und da fällt Corky ihm ins Wort: »Jetzt hören Sie mal zu, Sie Teague oder Tyde Sie, hab ich Ihnen nicht schon gestern gesagt, daß ich kein Interesse habe?« Eine Pause, dann überstürzen sich die Worte mit einem Unterton von Vorwurf und Selbstgerechtigkeit: »Ja, aber wenn Sie *wüßten*, Mr. Corcoran... wenn Sie im Bilde wären... die Architektenpläne...«, und Corky sagt böse: »Wenn ich sage, Sie sollen sich verpissen, Mister, dann meine ich das auch so.«

Wutschnaubend legt er auf. Die Unverfrorenheit dieses Armleuchters, Corky Corcoran mit dieser bescheuerten Masche zu Hause anzurufen, an einem Samstagvormittag, an *diesem* Samstagvormittag! Heiße Röte steigt Corky vom Hals hoch ins Gesicht.

Ob gestern jemand mitbekommen hat, wie dieser Wichser ihn im Athletic Club abgefangen hat? Eins der anderen Mitglieder etwa?

Corky plant etliche Anrufe. Er gehört zu den Menschen, für die selbst ein Notfall oder ein Unglück wie der Tod von Marilee Plummer etwas von seinem Schrecken verliert, sobald er einen Telefonhörer in der Hand hält.

Das Mobiltelefon ist eine Erfindung nach Corkys Herzen. Es nagelt ihn nicht an einer Stelle fest, er kann herumlaufen, seine Nervosität abreagieren. Wenn Corky heute an einem konventionellen Telefon spricht, kann es passieren, daß er anfängt, hin und herzulaufen und dabei den Stecker aus der Wand zieht.

Erst blättert er nochmal das *Journal* durch. Registriert das geschickte Layout der ersten Seite – es sei denn, daß es sich zufällig so ergeben hat –, vier Fotos und vier Textspalten in einem fast symmetrischen Muster, die kleineren Fotos von Plummer und Steadman an dem Aufmacherfoto oben in der Mitte ausgerichtet, auf dem ein Militäreinsatz in Bosnien zu sehen ist, »moslemisch-slawische« Streitkräfte, die auf Zivilisten in Sarajevo schießen, und ziemlich weit unten auf der Seite ein gleich großes Foto von Carolyn Warmus mit ihrem Anwalt nach dem zweiten Prozeß in White Plains, wo man sie für schuldig befunden hat, die Frau ihres Liebhabers ermordet zu haben. Sieht jammervoll aus, die Frau, ganz klar ein Verlierertyp. Und diese blöden Ponyfransen, die ihr in die Stirn hängen!

So viel Leidenschaft in der Welt. So viel Kummer, den die Menschen sich gegenseitig bereiten.

Wenn Corky Pech hat, landet er eines Tages auch bei einer wie der Warmus.

Auf Seite 20 steht wieder was über den armen Irren Leroy

Nickson. Eine dieser widerlichen Sensationsstories, die eigentlich in die Boulevardblätter gehören, die ein paar Tage Gesprächsthema sind und von denen man dann nie wieder was erfährt. Wenn es nicht zum Prozeß kommt. Corky liest den kurzen Artikel, auch wenn er weiß, daß er es nicht tun sollte, da er sich nur wieder ärgert, er ist ein liberaler Demokrat und ein Anhänger von Cuomo, aber er würde glatt für die Wiedereinführung der Todesstrafe stimmen, damit dieser Nickson auf den elektrischen Stuhl kommt. Die Todesspritze ist noch zu gut für solche Arschlöcher.

Politisch ist das Gute an der Sache, daß Nickson ein Weißer ist. Jeder kann sich über ihn entrüsten – Weiße, Schwarze, Latinos, Asiaten, ganz egal. Anders als bei Pickett, der in Corkys Augen eher als Sündenbock herhalten mußte. Ein rassistischer weißer Cop? Oder einer, der nur aus Nervosität abgedrückt hat, weil er glaubte, der flüchtende Junge habe zur Kanone gegriffen, um auf ihn zu schießen? Und dann nicht gewußt hat – woher zum Teufel sollte er das auch wissen in der Dunkelheit und dem Durcheinander, in Feindesland gewissermaßen da unten auf der Welland –, daß der Junge erst zwölf war.

Verdammt bitter, die ganze Geschichte. Der Prozeß ist auf Mitte Juni angesetzt. Daß Steadman diskreditiert ist, nimmt etwas Druck vom Bürgermeister und seinen Leuten und der Polizei, aber es kann trotzdem noch genug Ärger geben. Einen Drahtseilakt nennt man so was, gewinnen kann keiner dabei. Nach dem Rodney King-Fiasko werden sich die Medien im ganzen Staat, ja vielleicht sogar im ganzen Land darauf stürzen. Oscar hat vor der Presse und im Fernsehen knappe, behutsame Erklärungen abgegeben und eine »gründliche Überprüfung« der Schießerei gefordert, aber das bedeutet für jemanden, der den Code kennt, eine Überprüfung durch den Schußwaffenausschuß der Polizei, der dem Internal Affairs Department und somit dem Polizeichef unterstellt ist. Slattery überläßt also praktisch dem District Attorney die Entscheidung darüber, wie er die Anklage führen will. Sowohl der Bürgermeister als auch der District Attorney sind gewählte Beamte (und Warren Carter ist ein gemäßigter Republikaner, die District Attorneys in Union City kommen traditionellerweise aus der Republikanischen Partei), so daß allgemein angenommen wird, daß eine engere Verbindung zwischen den beiden aufgrund von Beziehungen oder Ämtervergabe nicht besteht (wohingegen beispielsweise der Polizeipräsident vom Bürgermeister eingesetzt wird), Insider aber wissen, daß es zwischen den beiden Männern sehr wohl Querverbindungen gibt. Sie mögen Rivalen, mögen sogar Gegner sein – aber die Verbindungen sind da. Wie das im einzelnen aussieht, kann Corky nur raten.

Dann ist da die Polizeigewerkschaft, die, wie Umfragen ergeben haben, zu achtundneunzig Prozent hinter Pickett steht. Und in Union City will man es sich mit den Cops ebensowenig verderben wie in Chicago, Philadelphia, New York City. Es ist nun mal so, Corky muß es leider zugeben, daß nur einer, der den wilden Mann spielt wie Marcus Steadman, in aller Öffentlichkeit erklären würde, daß in Amerika neben den Demokraten und Republikanern die Cops eine politische Kraft sind. Eine gewaltige Kraft wie ein Tornado oder ein Hurrikan, und mit so was legt man sich als Politiker nicht an. Nicht die krummen Hunde, die bekanntgewordenen Fälle von polizeilicher Habgier und Korruption, die sind nur die Spitze eines Eisbergs, von dem du nichts weißt und zu deiner eigenen Sicherheit auch nichts wissen solltest, sondern die ganz normalen, gewerkschaftlich organisierten Polizisten, weiße Amerikaner aus der Arbeiterklasse mit oder ohne Highschoolabschluß. In Irish Hill wurden die schlimmsten Rabauken Kriminelle oder Cops, in der Highschool war das austauschbar. Wäre Corky nicht nach St. Thomas gekommen, hätte er weiter die Gemeindeschule besucht, weiß der Himmel, wo er gelandet wäre. Die schrägen Deals, auf die er sich manchmal einläßt, die Provisionen und Schmiergelder und Gebühren und Steuerabschreibungen, die nun mal zum Geschäft gehören, gelten als Kavaliersdelikte, dafür bekommt man keinen Knast, selbst wenn sie einen erwischen.

Die letzte Konfrontation eines Bürgermeisters von Union City mit der Polizei war 1971, als er unter Druck versucht hatte, einen Bürgerausschuß einzusetzen, der den Schußwaffenausschuß hätte überstimmen können. Es kam zu einem Polizeistreik – was nach einem Polizeiaufstand das Schlimmste ist, was einer Stadt passieren kann –, mit einem Aufmarsch direkt vor dem Rathaus.

Drei- bis viertausend Polizisten in Uniform, die Transparente schwenkten, Parolen brüllten, den Verkehr blockierten, auf Dächern und Kofferräumen von Autos herumtrampelten und die Bürger terrorisierten. Ein Anblick, den man, wenn man ihn wie Corky an einem Fenster im fünften Stock des gegenüberliegenden Gerichtsgebäudes miterlebt hat, nie vergißt. Er hatte Angst gehabt, buchstäblich Angst um Leib und Leben. Obgleich er so irisch aussah, obgleich er Corcoran hieß, obgleich er einen guten Ruf in der Stadt hatte. Eine Scheißangst.

Er muß an Beck denken und daran, wie Beck ihn angesehen und sich offenbar überlegt hat, warum Corky Corcoran sich vor Marilee Plummers Wohnung herumgedrückt hat, obgleich er ja in diesem Moment noch nicht wissen konnte, daß ihr was passiert war. Welcher Art Corkys Kontakte mit der Frau wohl gewesen waren.

Der erste Gedanke: Schick Blumen.

Du bist Politiker, du hast ein öffentliches Amt, du kennst sie persönlich: Schick Blumen.

Deshalb gilt Corkys erstes Telefongespräch der Blumenhandlung, er hat dort ein Konto, er bestellt Blumen für Marilee Plummer und läßt sie zum Bestattungsinstitut schicken. Gleichzeitig hört er die Nachrichten um fünf nach zehn, keine neuen Entwicklungen im Fall Marilee, nur eine Wiederholung dessen, was Corky schon weiß, aber sie bringen eine zornige Verlautbarung eines Referenten von Steadman: »Mr. Steadman weiß nichts, überhaupt nichts über diese Person, die sich umgebracht hat, ich wiederhole, Mr. Steadman weiß…« Dann Nachrichten aus dem Staat, aus dem Bund, Bush, Quayle, Scheißpolitik. Angewidert macht Corky das Radio wieder aus. Er hat sich mit seinem Mobiltelefon im Solarium eingerichtet (das Solarium ist im hinteren Teil des Hauses, Charlottes letzter Anbau, gegen den Corky sich zunächst gesträubt hat, aber jetzt ist es sein Lieblingsraum, großzügige 27 qm, Ziegelboden und eine gerundete Glaswand, durch die der Blick auf die tiefe, leicht abfallende Rasenfläche geht, auf die Wacholderbüsche am Rand des Grundstücks und einen zwei Meter hohen schmiedeeisernen, mit Eisenspitzen bewehrten Zaun, der Corky ein Gefühl der Sicherheit vermittelt.

Vor ihm liegen neben einer Kanne mit extrastarkem Instantkaffee das abgegriffene Taschenadreßbuch, seine dicke Rolodexkartei, Block und Stift und das Foto von Thalia, das er gestern gestohlen hat.

Geklaut? Mitgenommen. Thalia wird gar nicht merken, daß es fehlt.

Das Foto, auf dem eine verwackelte Thalia mit ihrem unbekannten Freund im Hintergrund spricht und auf dem – wie der Zufall so spielt – im Vordergrund Vic Slattery, George Presson und Marilee Plummer zu sehen sind.

Marilee ist wie eins dieser nuttigen Luxusmodels aus den Hochglanzmagazinen gestylt, sexy, aber mit Niveau, ein heißer Anblick, aber ganz cool, rotes Schlauchkleid aus einem schlüpfrig-glatten Stoff und so eng, daß sich die Pobacken und die großen Brustwarzen darunter abzeichnen, um den schönen Hals fünf, sechs Goldketten und ausgefallene orangefarbene Ohrringe wie eine afrikanische Prinzessin, diese Art von Schmuck, der massiv aussieht, in Wirklichkeit aber federleichtes Aluminium oder Blech ist. Jetzt, wo Corky weiß, was für ein Schicksal diese geheimnisumwitterte junge Frau erwartete, meint er eine Andeutung davon in ihrem Gesicht zu erkennen, diese typische Spannung im Nacken, einen fast zornigen Zug um den Mund, man weiß nicht, lacht sie die beiden Weißen mittleren Alters neben sich an oder aus. Als sie mit Corky Corcoran zusammen war, hat sie ihn ausgelacht, soviel steht fest. Vor zwei Jahren im Zephir. Er kann nur hoffen, daß Marilee und Kiki niemandem erzählt haben, wie unsterblich lächerlich er sich damals gemacht hat. Oder daß es wenigstens nicht Thalia zu Ohren gekommen ist.

Corkys nächster Anruf gilt einem Pokerfreund. Digby Dunne ist Lokalredakteur beim *Journal*, Corky braucht sieben Minuten, bis er ihn aufgetrieben hat (in seinem Wagen auf der Turnpike), aber Dunne kann Corky nur sagen, was der schon weiß, sein Blatt hat kein As im Ärmel, wenn man von dem Tip absieht, den die Polizei bekommen hat, eine von Marcus Steadmans Freundinnen habe die Plummer belästigt, aber die Information ist ein bißchen windig, wenn sie den Namen rauslassen, könnten sie sich eine Verleumdungsklage einhandeln, deshalb halten sie die

Sache erst mal zurück. Dunne fragt Corky, was er so gehört hat. Nullkommanichts, sagt Corky.

Danach ruft Corky einen Bekannten beim Sender WWUC an, Biff sagt, daß die verschiedensten Gerüchte im Umlauf sind, aber nichts, was Hand und Fuß hat, es scheint sich tatsächlich um Selbstmord zu handeln. Und kein Abschiedsbrief? fragt Corky. Nicht daß ich wüßte, sagt Biff. Wenn einer da war, ist es dem ermittelnden Beamten durchaus zuzutrauen, daß er ihn eingesteckt hat, um ihn bei einem Interessenten abzuliefern, so was ist schon vorgekommen oder wird zumindest vermutet. Um Geld zu erpressen oder um einem Freund einen Gefallen zu tun. Da die Plummer sowohl mit Oscar als auch mit Vic bekannt war und angeblich mit allen möglichen prominenten verheirateten und unverheirateten Weißen aus Union City ausgegangen ist, weiß man nie, was in so einem Abschiedsbrief gestanden hat. Und ob nicht vielleicht auch ein Tagebuch da ist oder noch andere Briefe.

Biff fragt Corky, ob er mal was mit der Plummer gehabt habe. Nein, da ist nichts gelaufen, sagt Corky bedauernd und lacht dabei.

Als nächster kommt ein Polizeibeamter, ein Lieutenant vom Sechsten Bezirk, an die Reihe, Corky fragt, ob er was über den Fall Plummer gehört habe, aber der Lieutenant behauptet, er wisse nichts außer dem, was er in der Zeitung gelesen und in der Glotze gesehen habe. Und da Corky merkt, daß der Typ ihm die Wahrheit gesagt hat, erzählt er ihm von dem Gerücht, eine Freundin von Marcus Steadman habe Marilee belästigt, und als der Lieutenant das hört, flucht er und belegt Steadman mit einem allseits bekannten Schimpfnamen. Und Corky fragt, es gibt da angeblich einen Selbstmordbrief, den die Polizei unter Verschluß hält, stimmt das? und der Lieutenant sagt, woher soll ich das wissen, ich sitze im Sechsten Bezirk.

Corky führt noch mehrere Gespräche. Es vermittelt ihm ein Gefühl von Macht, wenn er herumtelefonieren, an seinem Schreibtisch in der Firma oder in der Pearl Street, in seinem Wagen oder hier zu Hause an einem einzigen Tag mit Dutzenden von Leuten sprechen kann. Bis zu fünfundzwanzig Telefonnummern behält er mühelos im Kopf, er besitzt ein erstaunliches fotografisches Gedächtnis, das ihm in der Schule gute Dienste geleistet hat, wenn er auch sonst nicht viel damit anfangen kann. Christinas Nummer hat er sich auf Anhieb gemerkt, und die Versuchung ist groß, sie zu wählen, aber das verbietet er sich. Schön blöd steht er da, wenn er sie jetzt anruft, reuig winselnd wie ein getretener Hund *Hallo Chrissie? Du, es tut mir leid.* Aber wozu soll er sie sonst anrufen, außer zu sagen, daß es ihm leid tut?

Christina kann ihn mal. Er hat genug Weiber auf Lager.

Als Corky wieder zum Hörer greift, piepst es, das heißt, daß ein Anruf gekommen ist, während er gesprochen hat, er hofft, daß es Christina ist, aber als er seinen Code eingibt, ist es nur Charlotte, die arme Charlotte, die ihre Nachricht von gestern wiederholt *Jerome, bitte ruf mich an, ich mache mir solche Sorgen, sag mir, was los ist, und wenn du mit Thalia sprichst, sag ihr bitte, sie soll sich bei mir melden.* Die Nachricht geht noch weiter, aber Corky drückt die »3«, um sie zu löschen.

So hat Corky es früher oder später mit den meisten Frauen gemacht, denen er im Lauf seines sexuell bewegten Lebens begegnet ist: Nachricht gelöscht.

Danach ruft Corky seinen Onkel Sean an. Zwölfmal läßt er es läuten und will schon aufgeben, vielleicht ist der Alte nicht zu Hause, doch da meldet sich jemand mit einer ganz eigenartigen Stimme, die Corky kaum erkennt, leise und argwöhnisch, er sagt nicht mal Hallo, sondern fragt nur, wer dran ist, und Corky sagt es ihm, und dann gibt es eine lange Pause, und Sean fragt wieder, wer dran ist, Corky sagt lauter: Dein Neffe Corky, ist was, Onkel Sean? und jetzt endlich fragt der Alte: Corky? *Du*? Corky ist das peinlich, es ist so lange her, seit er diesen Mann angerufen hat, der ihn behandelt hat wie ein Vater. Corky macht einen seiner Witze, aber Onkel Sean lacht nicht. Corky fragt, ob es ihm passen würde, wenn er heute vorbeikäme, ob Onkel Sean Zeit hätte, mit ihm zu essen, im Seneca House vielleicht, und danach Tante Mary Megan im Holy Redeemer zu besuchen. Aus dem Gespräch wird nicht ganz klar, ob Sean von Mary Megans Operation weiß und nur nicht darüber sprechen will, die Corcoran-Männer, einschließlich Corky, sind so, oder ob er halb besoffen (so früh am Tage?) oder nur ein bißchen weggetreten oder in einer Frühphase von Alzheimer ist, und Corky, der langsam die

Geduld verliert, weil er kostbare Zeit damit vertrödelt, aus den Äußerungen seines Onkels schlau zu werden, sagt: »Okay, Onkel Sean, es ist jetzt elf, paßt es dir, wenn ich in einer Stunde bei dir bin?« Und Seans Gebrabbel kann man, wenn man will, entnehmen, daß es ihm paßt.

Danach ruft Corky einen Apotheker an, einen Kumpel, mit dem er manchmal auf die Rennbahn geht, und fragt Willy, was *Oxycodon* ist, und Willy sagt, es ist ein starkes Schmerz- und Beruhigungsmittel auf Codeinbasis wie Percodan. Macht es abhängig? fragt Corky, und Willy sagt mit seinem hustenden Lachen, das Corky zu fürchten gelernt hat, weil es so überlegen und so morbide klingt: »Fragst du das im Ernst, Corky? Alles, was Schmerzen killt, macht auf die Dauer abhängig.«

2

ROMANZE: OKTOBER 1989

»*Mmmmmm*! Weißt du, was das für ein Exemplar ist, Schätzchen? Ein süßer alter Rotfuchs ist das, stimmt's?«

»Wie? Rostschmutz? Wasn' das?«

»Nein, Mädchen, Rotfuchs! Hab ich doch gesagt.«

»Rostschmutz hast du gesagt.«

»*Was* hab ich gesagt?«

»Rostschmutz.«

Ein quietschendes Lachen, als hätte man sie gekitzelt. »Quatsch! Hab ich nie gesagt. Rostschmutz! *Nie*!«

Sie verarschen ihn beide gnadenlos, und Corky findet das herrlich. Diese hinreißende, so aufreizend nach Hefe und Pflaume riechende Schwarze, diese heiß hechelnde Weiße mit den wilden Augen, in der Mitte der betrunken grinsende Corky Corcoran, Arme, Beine, Schenkel, ja sogar die Köpfe dicht beieinander in der Zephir Lounge, Kikis Haar in Corkys Gesicht, Marilees rechte Brust an Corkys Arm, zu dritt auf einer der rotledernen Bänke an der Wand zusammengequetscht, fast unmittelbar hinter der offenbar zugedröhnten Combo, die so laut spielt – Discomusik aus einer anderen Ära? –, daß Corky den Lärm kaum noch als Musik erkennt, sondern nur noch als hämmernde Stoßwellen. Alle drei lachen sich schlapp. Corky laufen die Tränen übers Gesicht, Marilees Lachen kommt tief aus dem Bauch, auch ohne hinzusehen weiß man, daß nur schwarze Frauen so lachen, man kann sich vorstellen, daß sie auch bei der Liebe so kreischt O Mann o Lover ja so o *mmmmmmmm*, und Kiki, die sich noch wilder aufführt, ist vielleicht zugekokst und Marilee vielleicht auch, und alle beide voll breit, mit Alkohol zugekippt. Kiki mit der hohen Kleinmädchenlache hat kantige Ellbogen, wirres Haar, verdrehte Quellaugen, von denen man nur noch das Weiße sieht, spitze Brüste unter einem billigen Folklorefummel, das hübsche teigig-fahle Gesicht ist verkrampft, als täte ihr was weh oder als könne sie jeden Augenblick kommen, die kupfrig gefärbten Haare sind kraus wie Drahtwolle, aber Corky findet sie auch gut, nicht so gut wie Marilee, aber verdammt, er steht auf beide.

Ein Playboy-Wunschtraum in grellen Leuchtfarben läuft in Corkys Kopf ab wie in einem dieser Cinemax-Kinos im Einkaufszentrum: Daß diese beiden phantastisch aussehenden Girls Mitte zwanzig es mit Corky Corcoran treiben, der fast alt genug ist, um ihr Vater zu sein, er hat sich, fast sabbernd vor Lust, voll hineingesteigert in diese perverse Vorstellung, Marilee Plummer links, Kiki rechts von ihm, einem im Zephir hochgeachteten Gast, wo sie ihn beim Namen und als spendablen Trinkgeldgeber kennen, ist doch scheißegal, daß er fast alt genug ist, ihr Daddy zu sein, er hätte nie gedacht, daß er überhaupt mal so alt wird, Himmelnochmal, damit rechnest du doch nicht, so alt zu werden, daß die halbe Welt jung genug ist, um deine Tochter zu sein! Soll er denn hinter Weibern in *seinem* Alter herrennen, sich abmühen, um ihn für Weiber in *seinem* Alter hochzukriegen? Corky ist ja froh, daß er von dieser Krampfhenne losgekommen ist, die er, blöd wie er war, geheiratet hat, ohne zu ahnen, daß sie drei Jahre älter ist als er, dabei hat er sich für wer weiß wie schlau gehalten, für einen ausgeschlafenen Typ, bloß gut, daß Charlotte einen reichen Vater hat und es sich leisten kann zu sagen, du kannst mich mal, von *dir* brauch ich keinen Unterhalt, jetzt ist er also geschieden und frei und ledig, kein Ehemann mehr, kein Stief-Daddy, der ein schlechtes Gewissen hat, wenn eine dumme kleine Göre, die nicht von ihm ist, ihn mit großen nassen Augen ansieht, weil sie meint, von ihm nicht genug beachtet zu werden. Die die Schlafzimmertür zuknallt, weil er zufällig, *wirklich* zufällig im Vorbeigehen einen Blick hineingeworfen und gesehen hat, wie sie in Unterzeug oder mit nacktem Hintern dasteht oder sich mit diesen wütend-gewalttätigen Bewegungen die Haare bürstet, daß man denkt, sie gehen büschelweise mit raus. Die ein Gesicht zieht, wenn sie aus dem Badezimmer kommt, als wisse sie (aber verdammt, das *kann* sie doch gar nicht wissen), daß Stief-Daddy sich dort hinter sorgfältig verschlossener Tür gleich einen runterholen und den trocken-scharfen Geruch ihres Urins einatmen wird, den die Entlüftung noch nicht ganz rausgeschafft hat. Frei und ledig und mutterseelenallein in seinem Haus im Renommierbezirk Maiden Vale, vielleicht haben diese beiden schönen Damen noch Lust, auf ein Glas mitzukommen? Oder zwei? Inzwischen feiert er seine Freiheit, für die Rechnung im Zephir hat er die American Express Gold Card, im nächsten Monat wird ihn fast der Schlag treffen, wenn er merkt, daß die Arschlöcher ihn offenbar bei den Drinks beschissen haben, und er Trottel hat der Bedienung noch gesagt, sie soll sich das Trinkgeld selber einsetzen, Corky Dummbacke bildet sich ein, daß die ganze Welt ihn liebt, weil er die ganze Welt liebt oder jedenfalls so tut, aber im Augenblick liebt er, die Arme um diese beiden hinreißenden Bräute gelegt, tatsächlich die ganze Welt, der Scotch on the Rocks rinnt runter, als ob es der erste nach einer langen grausamen Durststrecke sei und nicht der fünfte oder der sechste oder weißgottwievielte. »Wer ist glücklicher als ein betrunkenes Schwein, das sich im Schlamm wälzt?« fragt Corky diese Boomboom-Girls und sagt prustend, die Gäste an der Bar grinsen rüber und hoffen, einen guten Witz mitzubekommen: »Ein besoffenes Irenschwein, das sich im Schlamm wälzt.«

»Ohhhh Rostschmutz, ich meine Rotfuchs – du bist zum Totlachen.«

»Ist er nicht zum Totlachen? Ich mach mir gleich in die Hose.«

Marilee Plummer spielt die Schwarze aus dem Süden, parodiert komisch-clever die Negerstereotypen, aber ganz harmlos, findet Corky, ohne Gehässigkeit, und Kiki macht sofort mit, die beiden legen los wie Jazzer bei einem Riff. Der »Rotfuchs« hört sich jetzt verdächtig nach Rotfuck an, erneut Gequietsche und Gejohle, Marilee drückt ihm eine füllige Brust fast in den Mund, während sie sich vorbeugt, um Kiki einen Klaps zu geben: »Paß auf, was du sagst! Ihr weißen Girls seid doch alle gleich, dreist und schamlos, wirst den Herrn hier doch nicht schockiern wolln, paß bloß auf, was de sagst!«

Zum Schreien komisch. Damals.

Vor zweieinhalb Jahren. Bei ausgesprochen sommerlichem Wetter, aber es muß schon Herbst gewesen sein. Das nordamerikanische Klima ist durch die Ozonlöcher – den »Treibhauseffekt« – so durcheinandergeraten, daß auf die Jahreszeiten kein Verlaß mehr ist, selbst im Schneegürtel haben sie jetzt milde Winter und keine Blizzards und drei Meter hohe Schneeverwehungen mehr wie in Corkys Kindheit. Tatsächlich hat sich diese wilde Nacht also im Herbst abgespielt. Ein paar Stunden zuvor hatte er die beiden – oder sie ihn – auf einer dieser opulenten, übervollen Cocktailpartys im Hyatt oder im Empire aufgelesen, eine Party zu Ehren des abtretenden Präsidenten einer Wohltätigkeitsorganisation oder des fünfzigsten Jahrestages des Arts Council von Union City, Bürgermeister Slattery war ans Rednerpult getreten und hatte ein paar kurze, geistreiche Bemerkungen gemacht, gefolgt von ein, zwei strahlenden Ehrenamtlichen und einem Vizepräsident von Squibb oder Exxon, der unter viel Applaus und lauten Beifallsbekundungen eine Spende seines Unternehmens in Höhe von 5 Millionen Dollar bekanntgab, danach drängte alles zur Bar, und er hatte sich schnell mit den beiden abgesetzt, die ihn »Corky« nannten und sich über seine Witze totlachen wollten. Und dann sitzen sie zu dritt in seinem Wagen (muß der weiße Audi gewesen sein), er will in seinen Lieblingsclub, vorgeblich einen Happen essen, eine heiße Jazzcombo haben sie im Bull's Eye, und wie es passiert, weiß er nicht, er ist hier geboren und aufgewachsen und tönt, daß er sich in Union City mit verbundenen Augen zurechtfinden würde, aber irgendwie erwischt er auf dem Expressway die falsche Ausfahrt, na schön, gehen wir ins Zephir auf der Chippewa, eigentlich wollte ich da sowieso hin, warum nicht.

Da kennen sie dich beim Namen, da fühlen sie sich geehrt.

H'lo Mr. Corocoran!

Guten Abend Mr. Corocoran!
Danke Mr. Corcoran!
Aber ich danke Ihnen!

Und Marilee und Kiki, fühlen die sich auch geehrt?

Marilee links, Kiki rechts, beide trinken Rotwein, sie beugen sich vor, flüstern miteinander, lachen sich kaputt, Corky hat die Arme um die beiden gelegt, aus Jux, signalisiert sein jungenhaft lockeres Grinsen, natürlich nur aus Jux, wenn ein Arm von Corky auf Kikis knochigen Schultern liegt, fällt der andere auf Marilees warmer, fester, nach satter Reife riechender Schulter nicht so auf, je näher er Marilee kommt, desto mehr macht sie ihn an, diese Figur, das zu vielen kleinen Zöpfchen geflochtene Haar, Corky hat so was noch nie so nah gesehen, praktisch vor seiner Nase, Marilees Kopfhaut verströmt einen ölig-süßen Duft, muß ewig dauern, so dünne Zöpfchen zu flechten, ob sie das Haar einfettet, oder braucht Marilees Haar nicht entkraust zu werden? Sie hat so viel weißes Blut, daß sie fast als Weiße durchgehen könnte, aus irgendeiner exotischen Ecke – Spanien oder Portugal. Rauchig-beigefarbene Haut, aber in der Struktur anders, dicker als weiße Haut, sie altert auch anders, mit weniger Runzeln und Falten. So wie schwarze Boxer Schläge ins Gesicht viel besser wegstecken als weiße. Arme Schweine, die weißen Profiboxer, ihre Zeit ist ein für allemal vorbei. Rocky Marciano war der letzte weiße amerikanische Schwergewichtler, da kommt nichts mehr nach. »High yellow« würden andere, dunklere Schwarze Marilee nennen, und Corky überlegt, ob diesen Begriff auch Weiße benutzen dürfen oder ob er rassistisch, beleidigend ist. Er hat so das Gefühl, daß Marilee Plummer, die sich ihrer weißen Freundin und ihrem grinsenden weißen Begleiter gegenüber so locker gibt, empfindlich reagiert, wenn es um ihre Hautfarbe und überhaupt um ihre Identität geht. Um keinen Preis würde er sie ärgern wollen.

Komisch, daß Corky, der so viele Leute kennt – in der Partei, geschäftlich und auch sonst –, in seinem Alter so wenige schwarze Bekannte hat. Genau genommen überhaupt keine. An ihm liegt's nicht. Am Rensselaer College gab es zwei, drei Schwarze, mehr nicht, mit denen ist er ganz gut ausgekommen, sie haben zusammen in der Cafeteria gejobbt, aber danach hatte er keinen Kontakt mehr mit ihnen. Und in Union City hat sich in all den Jahren in der Richtung auch nichts getan. Ständig hofierst du als Weißer irgendwelche Schwarzen, und die finden dich offenbar ganz nett, würden aber nie von sich aus anrufen, dich nie nach Hause einladen. Und wenn man mal von den politischen Kontakten absieht, geht es Vic Slattery genauso, *man kommt sich so scheinheilig vor,* hat er mal zu Corky gesagt.

Aber an diese Dinge denkt Corky in seinem wohlig erotischen Dämmerzustand ebensowenig, wie er ernsthaft auf das hört, was Marilee und Kiki über seinen Kopf hinweg schwatzen und an girrenden, spottlustigen Anspielungen austauschen, die ihm so unverständlich sind, als sprächen sie in einer fremden Sprache miteinander, der arme Corky in seinem flotten Poloanzug und der metallicblauen Hermès-Krawatte, seine Latte, groß wie ein Kegel, zieht alles Blut aus dem hilflosen Hirn, er kann nicht denken und versucht es auch gar nicht, es ist Freitagabend, und er ist ein freier Mann, geschieden, belastet allenfalls mit Erinnerungen, und *was sind Erinnerungen, wenn dein Hirn nicht mehr mitmacht,* die American Express Gold Card ist seine Eintrittskarte ins Paradies oder zumindest ins Land des Vergessens. Wie Jerome A. Corcoran, aus der Summit Avenue 33, Union City, New York, demokratischer Stadtverordneter und demnächst Vorsitzender des Stadtrats, Millionär, Geschäftsmann und Finanzier, im Zephir gelandet ist, diesem überteuerten Protzschuppen, in dem eine Combo Tonfolgen erzeugt, die sich anhören wie mit Preßlufthämmern und Kettensägen gespielte Kaufhausmusik, und einem Leadsänger, der mit rauher Stimme schlechten Lou Reed grölt, so daß in Corkys Kopf nicht nur der Scotch summt, sondern die Musik vibriert und rattert, während sich diese erstaunlichen Girls in der engen Nische von rechts und von links an ihn drücken, weiß er hinterher nicht mehr zu sagen. Und auch die genaue Abfolge der Ereignisse, die ihn in die Notaufnahme des General Hospital von Union City bringen oder besser katapultieren, kann er später nicht mehr nachvollziehen.

Marilee, Kiki. Nachnamen sind überflüssig im Zephir. Schicke, gescheite Girls, die aber auch gern mal einen draufmachen. Smart, karrierebewußt, erwachsen – zwei von dieser neuen Rasse zielstrebiger junger Frauen, die auf Mädchen nur mimen, eingetragene Mitglieder im Fitnessclub, manche machen auch Bodybuilding, alle haben sie ihr Ziel fest im Blick, keine Weibchen, sondern gestandene Frauen, in den Gucci-Handtaschen Spaßkondome, die sie geschickt zu handhaben wissen. Corky muß ehrlicherweise zugeben, daß er, wäre er nicht im Umgang mit Frauen so versiert, eine Heidenangst vor solchen Exemplaren hätte. Dabei fliegen die Frauen auf ihn. Seit er vierzehn war, kann er sich vor ihnen kaum noch retten, aber natürlich ist er auch ein Gentleman oder hat es gelernt, einer zu sein, ein geringer Preis für die Freuden, die einen Gentleman erwarten, während so ein primitiver Typ überhaupt nicht ahnt, was ihm da entgeht, so wie einer, der Four Roses trinkt anstatt Johnnie Walker Red oder einen billigen Schlitten fährt anstatt einen wirklich guten Wagen, auch nicht ermessen kann, was ihm im Leben entgeht, der arme Trottel.

Ein geringer Preis, denkt Corky stupide grinsend. Darauf trink ich mal! sagt er und hebt sein Glas, und Marilee und Kiki tun es ihm nach, aber worauf sie trinken, das sagen sie nicht.

Und da sitzen sie nun. Marilee, die dunkelhäutige Schöne, und Kiki, die blasse, hektische Schöne stecken über Corky Corcoran weg die Köpfe zusammen, schwatzen, kichern, reißen Witze, bei denen es vielleicht auch um ihn geht, die er aber nicht kapiert, und die man umso mehr belachen kann, weil er grinsend dabeisitzt, weil sich das alles buchstäblich in seinem Schoß abspielt, zutraulich lehnen sich die beiden an ihn, warm und fordernd drücken sie sich an seine Schenkel, Marilee läßt seinen Arm großzügig viel fleischig-elastische Brust spüren, von Kiki steigt bekiffte Hitze zu ihm hoch, Corkys Schwanz ist gewaltig und steinhart, die Girls können es offenbar nicht lassen, mit den Händen über seine Knie, seine Schenkel, seinen Schritt zu streifen, als wollten sie ihren Worten damit mehr Nachdruck verleihen, so wie eine Frau scheinbar harmlos und zufällig den Arm oder das Handgelenk des Mannes berührt, mit dem sie spricht, oder ihm leicht auf den Handrücken tippt, ja, wirklich ganz harmlos und zufällig. Herrgott, ja, Corky liebt sie, Corky ist verrückt nach diesen phantastischen Girls, diesen reifen, aufreizend knackigen, bedenkenlos-großartigen Girls, Corky hat keine Ahnung, wie sie wirklich sind, bereitwillig gibt er zu, daß er nicht die Spur einer Ahnung hat, wie sie als Menschen sind, als Frauen, als Mitbürgerinnen, es fällt ihm schwer, sie sich als Mitbürgerinnen vorzustellen, er denkt an das Gelaber dieser Feministinnen von der *Persönlichkeit* der Frau, eine Frau ist nicht nur Arsch und Titten, die ficken und einem *dienen* kann, aber was, wenn nicht ihr Körper, ist eigentlich die *Persönlichkeit* einer Frau, überlegt Corky verwirrt, was verdammt nochmal und warum verdammt nochmal? Corky hat keine Ahnung, aber das soll nicht seine Sorge sein, nicht jetzt, nicht heute nacht, Scheiß auf all diesen hochgestochenen Mist, es wird sowieso zu viel geredet auf der Welt, zu viel auf »Kommunikation« gemacht, denkt Corky, die falsche Art von »Kommunikation«, er weiß nicht, was diese Girls von ihm wollen, er weiß nur, oder glaubt zu wissen, was er von ihnen will.

Himmelnochmal ja! Und ob er das will!

Marilee beugt sich von links, Kiki von rechts über Corky, die Kerle hier im Zephir platzen bestimmt vor Neid, arme Schweine, verständlich wär's schon. Es ist die kakaohäutige Marilee, die Corky am meisten fasziniert, er muß sie immer wieder beschnuppern, Doggy-Corky mit einer Nase, die so wach und sensibel ist wie sein Schwanz, meine Nase *ist* so was wie ein Schwanz, denkt er und lacht, Herrgott, er ist besoffen, aber schön besoffen, beschwingt besoffen, nicht böse besoffen und bestimmt nicht zum Umfallen besoffen, Corky wird es ihnen schon zeigen. Marilee tippt ihm mit ihren bronzefarbenen Fingernägeln auf die Knöchel, Corky würde sich am liebsten ihre Hand schnappen und an ihren Fingern lutschen, schlangengleich gleiten diese ausgeflippten Zöpfchen über sein Gesicht, vor seinen Augen ist ein Schwanken, ein Nebel, wie gern würde Doggy-Corky seine gierige Nase in die dralle Grübchenfalte stecken, die Marilees Haut im Nacken wirft, seine Nase an ihrem Hals, ihren Brüsten reiben, wie gern würde er sein Gesicht zwischen den großen schweren Brüsten vergraben, sich mit den Zähnen einen Weg durch den silbrig glitzernden Stoff bahnen und dann in die Knie gehen und unter dem Tisch sein Gesicht, dieses rote, sommersprossige Gesicht, zwischen ihre Schenkel stecken, dicht und kraus stellt er sich ihren Busch vor und sehr schwarz, die Ränder der Vagina fleischig und warm wie ihre rot geschminkten Lippen, eine dicke harte pulsierende Klitoris, bestimmt größer als alles, was er je gesehen oder angefaßt oder beleckt oder sich auch nur ausgemalt hat, keine weiße Klitoris, sondern schwarz oder meinetwegen »high yellow«, aber Marilee ist nun mal eine Schwarze, hat schwarzes Blut, Corky weiß Bescheid, das macht den Unterschied. Er ist schon fast hinüber, er hechelt wie ein richtiger Köter, er wagt es nicht, nach seinem Glas zu greifen und zu trinken, er ist an zwei Stellen gleichzeitig, in der Nische zwischen Marilee und Kiki und unter dem Tisch, das Gesicht zwischen Marilees fleischigwarmen feuchten Schenkeln, zwischen den Beinen, da, wo sie naß und glitschig ist, er leckt sie wie verrückt, Corky weiß, wie man das Tempo, den Rhythmus vorgibt und variiert, nach und nach schneller wird, nach und nach mehr Druck mit der Zunge macht, er wird es Marilee besorgen, hier auf der klebrigen Lederbank, umgeben von der hämmernden Discomusik, ja, nur werden sie dich davon abhalten, irgendjemand wird dich davon abhalten, aber nicht Marilee, Marilee hat Corkys Kopf zwischen ihre kräftigen Schenkel geklemmt, sie läßt ihn nicht los, sie lehnt sich zurück und drückt gegen sein Gesicht, ihr Becken rotiert wie verrückt, der Rhythmus ist jetzt so schnell, daß es fast keine Pause zwischen den Beats gibt, wie diese komische Sache, die er neulich mal, schlaflos und geil, nachts gelesen hat: *10 Millionen Trillionen Neutrinos rasen in einem einzigen Moment durch dein Hirn und deinen Körper! In einem einzigen Moment von all den unendlichen Momenten, die ein Leben ausmachen* – fast keine Pause mehr, während Marilee sich stöhnend zurücklehnt, nach Luft ringt, die glänzenden Fingernägel in Corkys schweißnasses Haar krallt und murmelt »Mmmmm, weißer Mann, du weißt bestimmt, wie man's macht!« Corky ist so heiß, daß er gleich kommt, wenn eins der Girls jetzt auch nur mit den Fingern seinen Schenkel streift, geschweige denn seinen Schritt, spritzt es ihm in die Hose, und zwar nicht diskret, sondern unter vernehmlichem Ächzen, Schluchzen, Jaulen, er hat eine Mordsangst davor, daß es ihm geht wie damals als Junge, als er ganz fest damit rechnete, es würde ihm im Beichtstuhl kommen, ausgerechnet im Beichtstuhl, ein Alptraum ohne Ende, während Pater Sullivan gnadenlos die unreinen Gedanken und Taten aus ihm herausfragte, die er nach der Beichte am letzten Samstag begangen hatte, wie oft in einer Nacht begehst du diese unreine Tat, mein Sohn? Und welche unreinen Gedanken hast du dabei, mein Sohn? Weißt du nicht, daß derlei unreine Gedanken und Taten wie Dornen im Herzen Unseres Heilands sind, mein Sohn? Grunzend und schnaufend rückt der alte Pfaffe mit der Bierfahne näher an das Gitterfenster heran und fordert Jerome auf, den Mund nah an das Gitter zu legen, sprich mir ins Ohr, mein Sohn, sonst kann ich dich nicht hören, du redest so leise, sonst kann ich dich nicht von deinen Sünden lossprechen, und es sind schwere Sünden, Todsünden, mein Sohn. *Komm näher.*

Näher.

Der Gedanke an den alten Priester ernüchtert Corky vorübergehend, er spürt, wie das heiß pochende Blut sich aus seinem Schwanz zurückzieht, er kann wieder klarer denken, wischt sich mit einer Cocktailserviette das Gesicht, Herrgott, er schwitzt ja wie ein Schwein. Seine Hand ist jetzt immerhin so ruhig, daß er sich sein Glas greifen kann. Die Girls prosten ihm ausgelassen zu, erstklassiger Rotwein, funkelnde langstielige Gläser. Auf dich, auf dich – und auf *mich*.

»Bedienung? Noch eine Runde.«

Nur gut, daß Corky sich wieder im Griff hat. Diese aufreizende Kiki drückt ihm, die vom Wein verfärbte Zunge zwischen den Lippen, das spitze kleine Kinn in die Schulter, läßt die langen beringten Finger langsam über seine Gürtelschnalle gleiten, sie ist eindeutig high, und zwar nicht nur vom Bordeaux. Corky findet sie auch gut, von der Figur her ist sie Thalias Typ, beide sind groß, überschlank, mit kleinem Busen und schmalen Hüften, beide wirken sehr jung, haben sehr große Augen, hektisch-nervöse Angewohnheiten, wahrscheinlich schlägt ihr Puls, ihr Herz, schneller als normal, der klassische ektomorphe Typ – oder endomorph? – Corky bringt das immer durcheinander, *er* ist mesomorph.

Das ist genau dazwischen und physisch der häufigste Typ.

Nur vielleicht mit seinen 1,72 ein bißchen zu klein für einen Mann.

Auch Marilee ist inzwischen etwas ruhiger geworden. Sie bewundert Kikis Schmuck, besonders den ausgefallenen Ohrschmuck. Corky hat die fünf oder sechs goldenen Knöpfe schon bemerkt, die sie im Ohr hat, und die furchterregende goldene Klemme an der äußeren Ohrleiste, die irgendwie keß und sexy aussieht. Plötzlich ist Corky hin und weg von Kikis Ohr, so zart in den Konturen, so nackt und wehrlos. Er tippt die Klemme vorsichtig mit dem Zeigefinger an. »Muß ja verdammt weh tun, Honey. Was ist das überhaupt?«

Kiki schüttelt sich und kichert. Die Art, wie sie die Schultern bewegt – scheu, streitbar, herausfordernd – erinnert Corky an Thalia. Mit dunkler Stimme sagt sie: »Vielleicht hab ich's gern, wenn es weh tut, Corky.«

Mit einem breiten Lächeln nimmt Marilee das Stichwort auf, die Zähne blitzen. »Vielleicht hat Kiki es gern, wenn's weh tut, alter Rotfuchs, hast du dir das schon mal überlegt?«

Und so kommt es, daß Kiki die furchterregende goldene Klemme vom Ohr nimmt, und Marilee, die an diesem Abend große bernsteinfarbene Rhomboide trägt, einen auffallenden, aber konventionellen Ohrschmuck, sieht sie sich ein wenig ratlos von allen Seiten an, und auch Corky will sie anschauen, will sie unbedingt in die Hand nehmen, und versucht ungeschickt, sie sich ins Ohr zu klemmen, und Marilee und Kiki wollen sich schon wieder ausschütten vor Lachen, und als Corky sagt: »Hey, helft mir doch mal«, macht Kiki die Klemme mit einem schnellen, kraftvollen Griff an seinem Ohr fest.

Und da sitzt sie nun.

»Herrgottnochmal«

Mit der Schärfe einer Rasierklinge fährt Corky der Schmerz durch die äußere Ohrleiste. Ein Schmerz wie ein blendender Blitzstrahl, ein Schmerz wie ein Brüllen, ein Kreischen, ein Schrei. Corky zerrt an der Klemme, aber sie geht nicht ab, Himmelnochmal, sie geht nicht ab, Corky weiß, daß er eine Dummheit gemacht hat, schon bricht ihm kalter Schweiß aus, er versucht zu lachen und sagt halblaut: »Das Ding sitzt ein bißchen fest, es tut weh, macht ihr es mal ab?« Marilee und Kiki begreifen, daß das kein Spaß mehr ist, sondern plötzlich eine sehr ernste Sache, denn Mr. Corcoran ist leichenblaß geworden und sieht aus, als könne er jeden Augenblick umkippen. Wie alt ist er eigentlich, mögen sie überlegen. Ab vierzig bekommen Männer leicht mal einen Herzanfall.

Sie beißen sich auf die Lippen, um die Fassung zu bewahren, und versuchen, Kikis Klemme von Corkys Ohr zu trennen. Armes rechtes Ohr. Armer Corky. Sie wechseln sich ab, Marilees lange spitze Fingernägel sind nicht recht geeignet für das Geschäft, und Kiki ist zu nervös, zu aufgeregt. Minuten vergehen, der Schmerz, die Qual steigern sich, während die Mädchen erfolglos an dem bösartigen Ding herumzerren.

»Verfluchte Scheiße«, sagt Corky, sein Gesicht, sein ganzer Kopf steht in Flammen, »Das ist nicht zum Lachen. Macht die verdammte Klemme ab. Macht sie ab!« Er meint unterdrücktes Kichern zu hören, aber als er sich mit tränenden Augen zu ihnen umdreht, sehen sie ihn harmlos-mitfühlend und entschuldigend an. Tut uns leid, Corky, tut uns wahnsinnig leid...

Corky ist kurz davor, auszurasten. Corky ist wütend, und Corky hat Schmerzen, es ist nur die äußere Ohrleiste, aber die schmerzt, als ob man ein Folterinstrument immer fester anzieht, er schwitzt wie ein Schwein, er schämt sich, hat Angst und leidet Höllenqualen, aber dieses Leiden hat zugleich auch etwas Lächerliches, armer Corky! Er steht so ungeschickt auf, daß beinah der Tisch umfällt, Kikis halb gefülltes Weinglas klirrend zu Boden fällt und Wein auf Corkys taubengraue Polohose mit der messerscharfen Bügelfalte spritzt. »Scheiße!« sagt Corky, und »Macht ihn weg, verdammt noch mal«, sagt Corky, und »Herrgott, das ist nicht zum Lachen«, sagt Corky, dem Tränen über die Wangen laufen und der, während ihm alles vor den Augen verschwimmt, trotzdem registriert – und sich später daran erinnern wird –, wie andere Gäste ihn verblüfft, hämisch, besorgt oder ungeniert grinsend anstarren. *Und Corky Corcoran leidet unsägliche Schmerzen*, obgleich das, was an seinem Ohr sitzt – an *seinem* Ohr! – nur ein höchstens fünf Zentimeter großer goldener Clip ist.

Corky zieht so verzweifelt an dem Ding, daß Marilee Plummer seine Hand festhält, damit er sich nicht am Ende noch das Ohr abreißt. »Nein, Corky, bitte nicht!« So aufrichtig war ihr Ton den ganzen Abend noch nicht, aber Corky ist nicht in der Stimmung, um das zu würdigen. Der Geschäftsführer, der weiß, wer Corky ist oder ihn zumindest als einen gelegentlichen großzügigen Gast des Zephir kennt, eilt herbei, um nachzusehen, was los ist und um Corky zurückzuhalten, der jetzt ziellos herumtaumelt und zur großen Verwunderung der anderen Gäste und zur Überraschung der Combo fluchend hervorstößt: »Verdammt, macht das Scheißding ab, das ist kein Witz« Der Lou Reed-Imitator – ein Typ mit perückenartigem Kraushaar und leerem Blick – hört sogar einen Augenblick auf zu singen. »Es tut mir so leid«, stößt Kiki hervor, »nein, wirklich, es tut mir unheimlich leid«, und dann verdirbt sie alles, indem sie anfängt zu lachen, so daß sie ihr Gesicht abwenden muß, und Marilee schimpft: »Jetzt komm, das ist kein Witz!«, aber auch Marilee beißt sich auf die Lippen, um nicht loszuprusten. Inzwischen ist Corky so außer sich vor Schmerz, Wut und Scham, daß er die grausamen Mädchen wegstößt, blindlings zum Ausgang tappt und nur hoffen kann, daß unter den glotzenden Gästen keiner ist, der ihn kennt. Er geht gebeugt wie ein alter Mann, der einen totalen, schmachvollen Zusammenbruch fürchtet, sein Gesicht ist kreideweiß – sogar die Sommersprossen sind erblaßt – und naß von Tränen. »Corky«, rufen sie ihm nach, »Corky!«, aber Corky hört nicht hin, Corky hat genug von falschem Mitleid, falscher Fürsorge, er ist vollauf mit seinem entzündeten Ohr, dem pochenden Zucken in seinem Ohr beschäftigt, das wie das Schlagzeug der Combo dröhnt, er winkt ungehalten ab, als der Geschäftsführer sich mit unbewegter Miene erbötig macht, eine Zange zu holen oder vielleicht besser einen Schraubenzieher, Corky sagt: »Verpiß dich, geh zum Teufel, laß mich in Ruhe!«, er rafft den Rest seiner Würde um sich wie einer, der versucht, unter einem fadenscheinigen Handtuch seine Blöße zu verbergen. Und dann ist er draußen, schwankend und taumelnd wie ein Betrunkener, dabei ist er stocknüchtern, die Knie knicken ihm ein, und plötzlich kotzt er sich auf dem Parkplatz die Seele aus dem Leib, in diesem Zustand kann er nicht mit dem eigenen Wagen ins Krankenhaus fahren, also hinkt er zum nächsten Taxistand, fällt in ein Taxi und sagt dem Fahrer, er solle ihn so schnell wie möglich zum Union City General Hospital bringen (das etwa zwei Meilen entfernt ist), nein, es sei kein Herzanfall, er werde ihm nicht wegsterben hier im Taxi, der Fahrer riecht Erbrochenes und hat vielleicht das Scheißding an Corkys Ohr blitzen sehen, obgleich Corky versucht, es möglichst unauffällig mit der rechten Hand zu verdecken.

Dann hinkt er rasch und mit eingezogenem Kopf in die Notaufnahme, jetzt ist er von grellem Licht umgeben und von diesem Geruch nach Desinfektionsmittel, den es nur in Krankenhäusern gibt. Er beißt die Zähne zusammen, sein gepeinigtes Ohr ist wie eine Blüte, wie ein Lichterbaum aus lauter Schmerz. Corky sieht alles nur noch verschwommen, wie unter Wasser, nimmt aber demütigend deutlich die neugierig-erstaunten Blicke fremder Leute wahr, Gottseidank *sind* es fremde Leute, offenbar weiß hier keiner, wer Corky ist. Auch der Schwester, die um diese Zeit Dienst am Empfang hat – an einem Freitagabend um elf herrscht Hochbetrieb in diesem City-Krankenhaus –, scheint der Name Jerome Andrew Corcoran nichts zu sagen, sie läßt unbestimmtes Mitgefühl erkennen, verzieht aber keine Miene. Corky gerät ins Stottern, als er ihr erklärt, was passiert ist, nur eine Kleinigkeit, gewiß, aber es tut eben verteufelt weh. Eine Bekannte hat ihm den Clip angemacht, und er geht nicht ab.

Und dann heißt es warten. Wieviele Minuten? Viele. Das Wartezimmer ist schon voll, als Corky es humpelnd betritt, ein stöhnender junger Mann mit einem durchgebluteten Gazeverband um den Kopf wird eilig auf einer Trage vorbeitransportiert, Corky schämt sich seines albernen kleinen Problems und verbringt die eineinhalb Stunden Wartezeit im Vorraum, auf den Gängen, er meidet die Blicke der anderen Wartenden, latscht, lehnt und lungert in Ecken herum, in einem Herrenklo besieht er sich verwundert sein Gesicht, das weiß mit roten Flecken ist und auf dem sich die Sommersprossen abzeichnen wie schmutzige Regentropfen, *süßer alter Rotfuchs, Rotfuck, Corky Corcoran*. Er läßt Wasser laufen, bis es eiskalt ist, füllt das Waschbecken, taucht den Kopf, das rotgeschwollene Ohr und die rechte Gesichtshälfte hinein, seine Zähne schlagen aufeinander, noch einmal versucht er hektisch und ungeschickt, die Klemme zu lockern, sie nach oben oder nach unten zu verschieben, überlegt einen Augenblick ernsthaft, ob er sich ein Stück Ohr abreißen soll, aber es tut so rasend weh, daß er das Gleichgewicht verliert, ausrutscht, mit dem Kopf hart an den Rand des Porzellanbeckens schlägt, sich beinah selbst einen K.o. beigebracht hätte.

»Scheiß! Scheiß! Verdammter Scheiß!«

Erst um 12.34 wird Jerome Andrew Corcoran aufgerufen, endlich führen sie den total Geschafften in ein Untersuchungszimmer, er versucht, nicht zu zucken, bemüht sich sogar um so was wie ein würdevolles Auftreten, als ein schlaksig hochgewachsener, bebrillter schwarzer Assistenzarzt, ein junger Kerl, nicht älter als fünf- oder sechsundzwanzig, das verletzte Ohr untersucht, versuchsweise an dem Clip zieht, ernsthaft-professionell Haltung bewahrt und seine Gedanken für sich behält. »Tut weh, was? Wow, sogar das Ohrläppchen ist geschwollen.« Corky hält die Lippen mit den Zähnen fest, um nicht laut loszubrüllen. Der junge Arzt besteht darauf, daß er sich auf einen Untersuchungstisch legt, ganz entspannt, Mister, das ist wichtig, und er und eine junge asiatische Krankenschwester versuchen, die Klemme zu entfernen, eine Sache von Sekunden, sollte man meinen, aber es dauert Minuten, die Corky liegend und mit festgeschlossenen tränenden Augen verbringt, während sie dem Clip mit chirurgischen Instrumenten zu Leibe gehen. Mittlerweile ist Corkys Ohr auf doppelte Größe angeschwollen, wohingegen sein Schwanz zur Hälfte seiner Größe im Zustand der Detumeszenz geschrumpft und der Schmerz zu etwas Abstraktem geworden ist, nicht mehr ein äußerlicher und zufälliger Faktor, sondern ein bestimmendes Element in seinem Leben. *Das ist der Preis, den du dafür zahlen mußt, Corky Corcoran zu sein.* Und plötzlich ist die Klemme ab.

Corky setzt sich langsam und vorsichtig auf. Er hat rote Augen, er schnieft, versucht zu lächeln, ja, tatsächlich, er schafft ein Lächeln: »Danke. Ich kann Ihnen gar nicht sagen, wie dankbar ich Ihnen bin.« Der flotte schwarze Assistenzarzt und die hübsche asiatische Schwester ulken jetzt mit ihrem Patienten herum, sie behandeln das verletzte Ohr mit einem brennenden Desinfektionsmittel, es tut immer noch unheimlich weh und fühlt sich an wie ein Ballon, wie durch den Fleischwolf gedreht, aber Corky will deutlich machen, daß jetzt alles in Ordnung, daß er kein Spielverderber ist, er bedankt sich überschwenglich, er ist nicht betrunken, sondern stocknüchtern, aber er klingt ein wenig beschwipst, als er sehr laut zu dem Arzt sagt: »Schätze, daß Sie so was noch nie von einem Ohr haben runtermachen müssen.« Der junge Arzt sagt grinsend: »Im Gegenteil, Mister, wir sind ständig dran, die Dinger von allen möglichen Körperteilen abzumachen, eine richtige Epidemie ist das, muß ganz schön was abgehen da draußen.« Und er und die hübsche asiatische Schwester lachen sich kaputt, und Corky kann nur hoffen, daß das nicht auf sein Konto geht.

Corky ist schon fast draußen, da fragt der Arzt: »Hmmm Mister, wollen Sie Ihren Ohrring nicht mitnehmen?« und streckt ihm mit schiefem Lächeln die Handfläche entgegen, auf der das verbogene Stück Metall liegt, das verdammte Ding ist weder Gold noch Platin, sondern billig glitzernder plattgedrückter Tinnef, fast unbegreiflich, daß so was einem erwachsenen Mann derart rasende Schmerzen bereiten konnte. Corky lächelt, Corky versteht schließlich Spaß, aber dann schlägt er dem jungen Schwarzen plötzlich den Clip aus der Hand. »Verarschen laß ich mich nicht! Schicken Sie mir die Rechnung!« und rennt los – raus aus der Notaufnahme, raus aus dem verdammten Krankenhaus, der alte Rotfuchs ist für diese Nacht bedient.

3

»RUNTER ZUM LEICHENSCHAUHAUS«

»Warum eigentlich nicht? Schließlich sitze ich im Stadtrat!«

Die Idee kommt ihm blitzartig auf der Fahrt zu Onkel Sean, er ist gerade auf der Decatur. Warum nicht? Das städtische Leichenschauhaus ist Ecke Twelfth und Huron, in fünf Minuten kommt er da vorbei.

Es ist erst 11.43, ausnahmsweise hat Corky noch ein bißchen Luft in seinem Zeitplan. Spontan biegt er auf die Meridian ein und fährt bis zur Twelfth, die eine Einbahnstraße ist, eine seiner Lieblingsstrecken. Drei leidlich schnelle Spuren, zur Zeit keine Bauarbeiten und keine Wartezeit an den Ampeln, wenn man weiß, wie man es mit dem Tempo zu halten hat, und das weiß Corky, da er die Strecke so oft fährt. Klar, warum nicht. Mal sehen, was sie im Leichenschauhaus von Union City über den Plummer-Selbstmord sagen.

Corky kennt Brophy, den Amtsarzt. Nicht sehr gut, sie spielen manchmal Poker zusammen. Komischer Kauz, aber sie kommen offenbar gut zurecht mit Leichen und mit dem Tod, machen mit Hilfe von Leichen gewissermaßen sogar Karriere, ein bißchen abartig, aber wer will denn auch sonst solche Scheißarbeit machen? Normale Menschen doch nicht. Und Corky Corcoran schon mal gar nicht.

Und dann ist da noch dieser Wichser, wie heißt er doch gleich… Wickler?… Wexler?, der Chefpathologe, ein Protegé von Brophy, mit dem hätte er noch eine Kontaktperson.

Corky ist jetzt auf der Twelfth und fährt zum Abbiegen auf die rechte Spur, schneidet einen geschniegelten Schwarzen in einem klapprigen Olds 88, Corkys Trick ist es, dabei ganz harmlos zu tun, als wäre der andere bei ihm im toten Winkel – ist er ja auch vielleicht –, und wenn der sich aufregt, schaut er erschrocken und entschuldigend rüber und hebt die Hand *Tut mir leid, Mann, ehrlich!*

Funktioniert immer. Oder fast immer. Der geschniegelte Schwarze sieht den feinen weißen Pinkel in dem Caddy böse an, aber der Caddy hat Überholprestige, und außerdem ist das hier weißes Revier, was soll's also. Für so was lohnt es sich zu leben, denkt Corky und bremst kurz, da er abbiegen will, für solche Momente, die einen Lidschlag später schon vorbei sind.

Wie die Sache mit der letzten Dreierwette, die er gewonnen hat. Trabrennen in Chicago. Ein Reingewinn von achtundzwanzigtausendfünfhundert Dollar bei einem Einsatz von achthundert, und gebracht hat ihm die ein Typ, den er kaum kannte und eigentlich nicht leiden oder vielleicht nur nicht riechen konnte, womöglich hatte der Mann einen schlechten Atem, bulliger Zigarrenraucher, eines Abends sitzen sie zufällig beide in Bobby Ray's Sports Bar, Corky gibt eine Runde nach der anderen aus, weil er miese Laune hat und sich aufheitern will, und dieser Larry oder Louie fängt an, ihn zu bequatschen, und plötzlich – es ist immer nur ein Moment, der Bruchteil einer Sekunde, und *ping!*, du weißt, ihr seid Brüder, er und du, und er weiß es auch. Und deshalb beugt dieser Larry oder Louie sich zu Corky Corcoran rüber und gibt ihm einen heißen Tip.

»Aber behalt es für dich, von wem du's weißt, Paddy, klar?«

Corky hat gelacht, es ist Jahre her, seit ihn einer »Paddy«

nannte. Klar behält er so was für sich, er gehört nicht zu den Zockern, die ihre Heldentaten in der Stadt rumquatschen. $ 26 500 bei einem Einsatz von $ 800, ein Superdeal.

Normale Menschen sind am Samstagvormittag, besonders an einem verlängerten Wochenende, nicht im Büro, aber diese Jungs vom Leichenschauhaus – alles Workaholics, sonst hätten sie's nicht so weit gebracht – könnten da sein.

Außerdem ist das Memorial-Day-Weekend eins der ganz wichtigen Wochenenden in Amerika für alle, die in der Sterbebranche tätig sind.

Auf der Fahrt bekommt Corky zwischen brüllendem Teenie-Rock ein bißchen was von den Nachrichten mit, die neuesten Meldungen über den Plummer-Selbstmord, die allerdings nicht viel Neues bringen, ein Abschiedsbrief wurde noch nicht gefunden, eine Stiefschwester in Lackawanna gibt den Medien die Schuld an Marilees Tod, der Kurator des Historischen Museums sagt, Ms. Plummer habe zwar erst seit September letzten Jahres bei ihnen gearbeitet, sei aber eine seiner »wertvollsten« und »phantasiereichsten« Mitarbeiterinnen gewesen.

Corky überlegt, ob der Job im Museum vielleicht ein Fall von Ämterpatronage war.

Nicht daß die gescheite, ehrgeizige Marilee Plummer eine Scheinbeschäftigung gebraucht oder gewollt hätte. Corky nimmt sich vor, trotzdem mal rumzufragen. Nur so aus Neugier.

Nach der Sache mit der Klemme hat Corky sie vielleicht ein-, zweimal angerufen, genau weiß er es nicht mehr oder will es nicht wissen, jedenfalls hat sich dabei nichts weiter ergeben, aber wenn sie sich in der Stadt getroffen haben, ist sie ihm immer mit großer Hochachtung begegnet, hat ihn nicht ausgelacht oder neckisch auf den süßen alten Rotfuchs angespielt, wie er befürchtet hatte. *Nichts fürchtet ein Mann mehr, als von einer gut aussehenden Frau ausgelacht zu werden.*

Dafür war sie eben zu gescheit, eine ehrgeizige Karrierefrau, die sehr gut mit einflußreichen Männern umzugehen verstand, die einen Weißen mit Jerome A. Corcorans Kontakten gut einzuordnen wußte und ihm entsprechende Achtung erwies. Denn als Randfigur in jenem Machtgefüge, das zu neunzig Prozent Männermacht ist, war sie sich natürlich darüber klar, daß man als

Frau nur ein Pfund besitzt, mit dem man wuchern kann, nämlich seinen Ruf. Daß man gescheit, tüchtig, hübsch und sexy sein muß, ist in diesen Kreisen selbstverständlich. Der Ruf, loyal und zuverlässig zu sein und wichtigen Männern die gebührende Achtung zu erweisen – das ist das Eigentliche, das einzige, was wirklich zählt.

Die Macht der Möse gibt es nicht, sie wird den Frauen nur von den Männern verliehen. Und zwar nur auf Zeit und jederzeit widerrufbar.

Corky schafft es auf der Twelfth regelmäßig bei Grün über die Kreuzung, ein gutes Gefühl, für ihn gibt es nichts Schöneres, als in einem fahrenden Auto zu sitzen. Er atmet wie befreit auf, sobald er aus dem Haus ist. Als hätte ein Himmel aus Beton sich geöffnet. Und als Corky die Eisenbahnunterführung an der Market Street hinter sich hat, reißt der Himmel tatsächlich auf, die schmutzig-schwere Wolkendecke zerfällt in Stücke, die aussehen wie gewaltige Findlinge, auf deren steile Flanken die Sonne scheint, so daß Corky mit großen Augen himmelwärts sieht. Es gibt ein Leben auf der Erde und ein Leben am Himmel. Könntest du dort leben, wärst du glücklich. Große eisblaue Spalten. Blau ohne Ende. Corky wird das Herz weit wie bei der Liebe.

Chrissie, ich bin's.

Du weißt, daß ich dich liebe. Es tut mir leid.

Plötzlich weiß Corky: Christina Kavanaugh wird seine Frau werden.

Woher er das weiß? Er weiß es einfach. Instinkt. Logik. Sie will ein Kind von ihm. Sie liebt ihn, weil er sie zum Lachen bringt, er ist ein echter Mann, einer, der nicht vom Kopf, sondern vom Körper her lebt, dessen Seele gleichsam sein Körper ist, und sie ist eine Frau, die das zu schätzen weiß. Und seinen Schwanz liebt sie auch. Und dieser Schocker, die Sache mit Harry Kavanaugh – Corky sieht jetzt ein, daß die durchaus auch ihr Gutes hat. Denn jetzt wird Christina sich zwischen Harry Kavanaugh, ihrem sterbenden Mann, und diesem so ungeheuer lebendigen Corky Corcoran entscheiden müssen, und welcher normalen Frau könnte da die Wahl schwer fallen?

Corky hat Christina zum ersten Mal bei einer Party in Edgewater gesehen, vor vierzehn Jahren im Haus eines Millionärs und Menschenfreundes, damals war er verheiratet, aber sobald er sie sah, wußte er, daß sie – Schwangerschaft hin, Schwangerschaft her – die einzig wahre Frau für ihn war. Er hatte zuerst den dicken Bauch, diesen Wassermelonenbauch gesehen und dann erst ihr Gesicht. Von dem er nicht mehr loskam. Verdammt gut aussehende Frau, selbstbewußt, intelligenter Mund und Blick, die Augenbrauen dicht und dunkel, offenbar nicht gezupft, sie hatte irgendwas Weißes, Abgestepptes aus Rohseide an und eine weiße Rose im glänzend schwarzen Haar, Corky Corcoran hatte tief Luft geholt und geglotzt. Ein rüder kleiner Ire, schon leicht angesäuselt, in dieser Phase mußte Charlotte immer ein bißchen auf ihn aufpassen, aber Charlotte war nicht da, und Corky hatte sich so prompt verliebt, als hätte ein Zauberer seinen Stab geschwungen. *Sie ist die einzig wahre Frau für mich.*

Im übrigen war sie eine Burnside, war aus einer Familie, die nicht nur Geld, sondern auch Klasse bedeutete. Die Burnsides waren in der Siedlung Lakeport, dem späteren Union City, schon reiche Gutsbesitzer, als die Corcorans aus der Grafschaft Kerry in Irland womöglich noch in Höhlen gelebt oder an den Bäumen geschaukelt hatten. Einer der ersten Gouverneure des Staates New York war ein Burnside gewesen, ein anderer hatte als General im Krieg von 1812 gekämpft. All das war Corky durch den Kopf geschossen, als die Frau, von der Corky in dem Moment noch nicht mal wußte, wie sie hieß, ihn so rüde glotzen sah und dann kühl durch ihn hindurchblickte, während sie, ihren dicken Bauch wie eine Trophäe vor sich hertragend und seinen benommen-bewundernden Ausdruck ignorierend, an ihm vorüberging. Und er hatte, als er mit weichen Knien und stinkwütend zugleich hinter ihr herging, gedacht: *So was kann man mit Corky Corcoran nicht machen.*

Was sich dann ja bestätigt hat. Und so kann er sich nun auch an Bundesrichter Harry Kavanaugh rächen, auch einer dieser vornehmen Namen mit altem Geld. Diesen Ärger, der sich in Corky regt – wie übrigens in neunundneunzig Prozent der amerikanischen Bevölkerung –, wenn er einen Parkplatz sichtet und feststellen muß, daß der für einen Rollstuhlkrüppel reserviert ist, dabei sind diese Parkplätze immer frei, und er muß einen Kilometer weiter parken – diesen Ärger empfindet er auch für

Harry Kavanaugh, dem er die Frau wegnehmen wird. Keine Gnade, kein Mitleid. Scheiß auf Mitleid. Keine Scheiße mehr auf ihren Schuhen, denn Corky Corcorans Schwanz jedenfalls funktioniert tadellos.

Runter zum Leichenschauhaus.

Es gibt zwei Sorten von Familien in der Welt: Die einen, die keine Ahnung haben, was das bedeutet, *runter zum Leichenschauhaus* – und die anderen.

Das verwitterte, bräunlich verputzte Haus Ecke Twelfth und Huron ist hinten an das Union City General Hospital angebaut, ein paar hundert Meter weiter ist das Polizeipräsidium, durch den nicht abreißenden Strom von Rettungswagen und Streifenwagen hört das Sirenengeheul nie auf. Mit der Vorderfront geht das Leichenschauhaus auf die Huron Street hinaus, eine triste Gegend mit Discountmöbelläden, Secondhand Shops, graffitibeschmierten Zäunen und Gehsteigen. Die alte Loblaw's Grocery, die jetzt Huron Fresh Foods Market heißt (koreanisch) und die alte Keyboard Lounge im Ace, die jetzt Club Zanzibar heißt (schwarz) und das alte Fox Theatre (längst geschlossen). Seit den Bränden im Sommer 1967 und den sporadischen Unruhen nach dem Martin Luther King-Attentat 1968 sieht der schwarze Innenstadtbezirk um Krankenhaus und Polizeipräsidium herum aus wie ein Kriegsschauplatz. Das Leichenschauhaus paßt da gut hin.

Corky fröstelt unwillkürlich, als sich alte Erinnerungen melden. Wie viele aus der Familie – Corcoran, Donnelly, Dowd, Farley – haben im Lauf der Jahrzehnte diesen Weg gemacht, *runter zum Leichenschauhaus*, um einen Toten zu identifizieren!

Vor ein paar Jahren, als Sean Corcoran seine schlimmste Säuferphase hatte, lebte Corky ständig in der Angst, sie würden seinen Onkel eines Tages tot und ohne Brieftasche auf der Straße finden und ihn, Corky, zur Identifizierung holen. Daß er vor sechs Jahren seinen Großonkel Hock Corcoran hatte identifizieren müssen, war schon schlimm genug gewesen: Hocks Tochter hatte ihn angerufen – eine Frau in den Fünfzigern, die Corky bei Familientreffen immer noch betont übersieht, weil er eine geschiedene Frau geheiratet und sich damit schwer versündigt hat

– und ihn angefleht, an ihrer Stelle zum Leichenschauhaus runterzufahren, noch in ihrem Kummer schwangen erstickte Wut und Scham in der Stimme, und Corky hatte gesagt, okay, was soll's, irgendjemand muß es ja machen. Hock Corcoran war eine alte Schnapsnase, ein abgewrackter Rumsäufer, der ständig von zu Hause weglief und sich unten an den Docks oder im Chambers Park rumtrieb, einem beliebten Treffpunkt für ihn und seinesgleichen. Hocks Gehirn war schon längst alkoholverseucht, so daß er auch in relativ nüchternem Zustand kaum einen zusammenhängenden Satz grunzen konnte, aber sein Wille war ungebrochen, er wußte genau, was er wollte – nämlich in der verkommenen Innenstadt an den Docks rumgammeln, sich Vierteldollars erbetteln, seinen Rotweinpegel halten und schlafen, wo er gerade hinfiel. Und das jahrelang!

Das Erstaunliche bei Alkoholikern ist ihr Durchhaltevermögen. Der menschliche Organismus ist so schwer umzubringen wie eine Küchenschabe.

Als er den alten Kerl mal aus der St. Anthony's Mission in der Front Street geholt hatte, mußte Corky zwischendurch anhalten und aussteigen, um zu kotzen, weil er Hocks Gestank nicht aushielt, der Mann roch schlimmer als ein Stinktier, dieser strenge Geruch nach wochenlang ungewaschenem Körper und ungewaschenen Klamotten, nach vollgepinkeltem Zeug und Schlimmerem. Armer Corky. Von der sportlichen roten Corvette, die er damals fuhr, trennte er sich sehr bald danach.

Die Identifizierung zog er möglichst nüchtern und geschäftsmäßig durch. Der Gehilfe im Leichenschauhaus hatte kaum das Tuch vom Gesicht des Toten gezogen, da sagte Corky schon: »Genau, das ist mein Mann«. Ein kurzer Blick durch halb geschlossene Augen – dann war alles klar: Das rot aufgedunsene, ramponierte Gesicht war eine Corcoran-Visage. Unverkennbar.

»Wir würden einander überall wiedererkennen«, hatte Corky gewitzelt und sich schleunigst davongemacht

1975 hatte er schon mal *runter zum Leichenschauhaus* fahren müssen, um seinen Vetter Cormac Farley, einen Freund aus Kindertagen, zu identifizieren, und das war schmerzlicher gewesen. Sehr viel schmerzlicher. Cormac war so alt wie Corky und ebenfalls ein Zocker – nur mit dem Unterschied, daß Cormac offenbar keinen anderen Beruf gehabt hatte. Er war verheiratet gewesen, lebte aber getrennt von seiner Frau und seinen kleinen Kindern, hing in Vegas und Miami Beach rum und hatte sich, wie es in Union City hieß, aus zu vielen Quellen mit Geld bedient (angeblich auch aus dem Pensionsfond der Gewerkschaft der Wasser- und Heizungsinstallateure). Und dann war er übers Wochenende plötzlich verschwunden und als nackter, ballonförmiger, bäuchlings im Erie Barge Canal oberhalb der Lockport-Schleuse treibender Fleischklumpen wieder aufgetaucht. Die Leiche war so zugerichtet, daß die Todesursache zunächst nicht festgestellt werden konnte. Als Corky die Fahrt *runter zum Leichenschauhaus* machte – auch diesmal, um die Angehörigen zu entlasten –, war Cormac seit acht Tagen verschollen, und für Corky stand fest, daß es sich bei dem Toten um ihn handeln mußte. Aber als er die schaurige Fratze sah, die im Leben ein so irisch-sommersprossiges Gesicht gewesen war wie sein eigenes, wäre er fast zusammengeklappt, hatte vielleicht sogar geweint – er hatte sich die größte Mühe gegeben, die ganze Sache zu vergessen.

Das Leichenschauhaus ist ein altes städtisches Gebäude, das sich seit Corkys letztem Besuch kaum verändert hat, nur daß es womöglich noch dreckiger und die Fassade mit noch mehr Taubendreck verschissen ist. Über dem Haupteingang hängt ein Basrelief des Stadtwappens von Union City: Zwei heraldisch-heroische Figuren, eine männliche und eine mutmaßlich weibliche, dazwischen ein amerikanischer Adler mit schützend ausgebreiteten Flügeln, über allem Symbole für Ackerbau, Seefahrt und Eisenbahnwesen. Auf einer Schriftrolle unter den Figuren steht *Magna est veritas et praevalebit* und die Jahreszahl 1799. Corky kann kein Latein, aber er weiß, was die Inschrift bedeutet *Die Wahrheit ist mächtig und wird siegen,* sie hat ihn schon immer beeindruckt und macht ihm auch ein bißchen Angst: Du kannst dir noch so große Mühe geben, dich und deine Taten ins rechte Licht zu rücken – letztlich ist doch alles eitel!

Trotzdem darfst du nicht aufgeben.

Verdammt, du *darfst* einfach nicht aufgeben.

Im Haus schlägt Corky süßliche Luft entgegen. Selbst wenn die Klimaanlage in diesem alten Gemäuer bestens funktionieren und mit voller Kraft arbeiten würde, könnte sie nicht verdecken, mit was für einer Art von »Material« hier gearbeitet wird. Und so gut funktionieren die Ventilatoren eben nicht.

Immerhin, stellt er erleichtert fest, herrscht im Haus keine feiertägliche Stille, sondern lebhafter Betrieb. Ein uniformierter Cop führt ein wie betäubt wirkendes schwarzes Paar mittleren Alters durch die Halle, wahrscheinlich Eltern, die ihren ermordeten Sohn identifizieren sollen, die Frau weint so herzzerreißend, daß Corky gar nicht hinsehen kann, ein jammervoller Anblick, wie sie sich fürs Leichenschauhaus fein gemacht haben, sie tragen ihren Sonntagsstaat. Der Empfangsschalter ist offen, aber anscheinend nicht besetzt, und Corky setzt seinen Weg ganz unbekümmert fort. Durch eine offenstehende Tür gehen Leute, und er beschließt, einfach mitzulaufen, vielleicht ist Brophy da oder dieser – wie heißt er noch – Winkler, Wexler, die Gerichtsmedizin und die Pathologie sind hier ganz in der Nähe. Wenn man so aussieht, als ob man in offizieller Mission gekommen ist, wird einem kaum jemand Fragen stellen, denn welcher vernünftige Mensch würde hier rumhängen, wenn er hier nichts zu suchen hätte?

Wenn er nicht an einem Samstagvormittag im Mai *runter zum Leichenschauhaus* gerufen worden wäre?

Corky sieht Cops in Uniform und in Zivil, ein, zwei Leute, die vielleicht von der Staatsanwaltschaft sind, weit und breit keine Frau bis auf die weinende Mutter. Als er die Halle hinter sich hat, steigt ihm der Geruch noch stärker in die Nase, mein Gott, was für ein Geruch, aber außer ihm scheint das niemanden zu stören.

Er kommt sich vor wie unter der Erde. Schmale, schmutzige, mit Maschendraht geschützte Fenster am Ende der Gänge, an der Decke summende, flackernde Neonröhren.

Corky schreitet flott aus, klein geratene Männer wissen, wie man zu gehen hat. Sein Vetter Cormac, der noch zwei, drei Zentimeter kleiner war, beherrschte die Kunst des Gehens ebenfalls, machte sich durch seine Hals- und Schulterbewegungen größer. Als sie sich mal in einem feinen Mehrfamilienhaus auf der Dundonald herumdrückten, in dem Leute mit hübschen Töchtern wohnten – da gingen sie in die achte Klasse –, hatte Cormac ihm die simple Lektion erteilt, daß niemand Verdacht schöpft, wenn du aussiehst, als ob du weißt, wohin du willst, besonders, wenn du was in der Hand hast (zum Beispiel ein Päckchen vom Metzger in durchgeblutetem Einwickelpapier).

Und das hat sich bewährt. In den meisten Fällen jedenfalls.

Corky hat seinen Kater überwunden und sieht vielleicht nicht blendend, aber für seine Verhältnisse recht ordentlich aus. Das Haar gebändigt, das Gesicht nicht mehr so käsig, frisch rasiert (der Schnitt auf der Wange ist schon abgeheilt) und für diese Umgebung sehr gut angezogen. Die städtischen Gebäude sind entweder neu und imposant wie der City-Hall-Anbau oder alt und schäbig wie die Strafanstalten, die Polizeireviere in den ärmeren Vierteln, das Leichenschauhaus. Man könnte denken, daß Corky Corcoran ein hochrangiger Mitarbeiter der Kriminalpolizei ist, ein hochrangiger Mitarbeiter der Staatsanwaltschaft oder ein gewiefter Anwalt, keinesfalls aber würde man ihn für einen armen Schlucker halten, der aus persönlichen Gründen *runter zum Leichenschauhaus* muß. Sauberes weißes Hemd, dunkelblaue Pünktchenkrawatte, dunkelblauer Wollsakko, Khakihosen mit scharfer Bügelfalte, kein billiges Khaki, sondern was Besseres aus einer Herrenboutique im Hyatt. Und sportliche Leinenschuhe mit Kreppsohle.

Für den Fall, daß er wieder wie ein Idiot durch eine Gasse rennen und Verhaftung und öffentliche Demütigung riskieren muß, hat er heute wenigstens die richtigen Schuhe an.

Als ein Wachmann Corky nach seinem Anliegen fragt, sagt Corky nur: »Ich bin ein Freund von Ed Brophy« und lächelt freundlich, das reicht, der Wachmann nickt und winkt ihn weiter. Ein junger Cop, der noch die nötige Hochachtung hat. Natürlich ist es nicht von Nachteil, daß Corky Corcorans Haut weiß ist.

Selbst hier im Leichenschauhaus, wo sie als sogenannte ›Kundschaft‹ vorwiegend Schwarze oder Latinos haben, sind die Cops, die Corky bisher gesehen hat, alle weiß.

Corky folgt den Pfeilen, die zum Büro des Amtsarztes weisen, und bemüht sich, nicht in Zimmer hineinzusehen, deren Türen offenstehen, weiß der Himmel, was ihm da geboten würde. Wie im Krankenhaus, nur schlimmer. Er erinnert sich, daß die Leichenhalle selbst, die Kühlzone, ganz in der Nähe ist, er merkt es auch daran, daß der bitter-strenge Geruch sich verstärkt. Gut, daß er nicht gefrühstückt hat.

Enttäuscht nimmt er zur Kenntnis, daß Brophys Tür geschlossen ist, durch die Milchglasscheibe sieht man, daß im Büro kein Licht brennt.

In die Enttäuschung mischt sich Erleichterung. Vielleicht geht er gar nicht mehr bei diesem anderen Typ vorbei, von dem er nicht genau weiß, wie er heißt, von dem er nicht mal genau weiß, was für eine Funktion er hat, Pathologe, stellvertretender Amtsarzt, stellvertretender Coroner – wo liegt da der Unterschied? Corky bleibt zaudernd stehen, vielleicht fährt er doch gleich zu Onkel Sean, es ist fast zwölf, der Alte wartet auf ihn.

Zwei stämmige Mitarbeiter schieben eine ratternde Rollbahre aus Aluminium an ihm vorbei, dabei unterhalten sie sich laut und lachen. Die Linoleumfliesen des Bodenbelags sind rissig und haben sich verzogen, so daß die Bahre wie ein Einkaufswagen auf einer Straße mit Schlaglöchern eiert und stuckert. Was nicht weiter schlimm wäre, wenn nicht auf der Bahre eine Leiche läge, die nur notdürftig mit einer Plastikplane zugedeckt ist, auf der einen Seite schauen große, nackte dunkle Füße und auf der anderen fettig glänzende, verfilzte Haare heraus. Corky sieht schnell weg. Aber nicht schnell genug.

Er wendet sich zum Gehen, aber als er um eine Ecke biegt, hört er eine hohe, schleimige Männerstimme sagen: »Ja *hallo!* Nachname Corcoran, stimmt's? Was machen Sie denn hier?«

Corky begrüßt den Typ, den er bisher nur einmal gesehen hat – Wexler? Winkler? – mit routiniert geheuchelter Herzlichkeit, auch wenn der Typ mit einer Dose Diät-Schokotrunk und mehreren eingewickelten Stücken Käse-Pepperoni-Pizza beladen ist und ihm nicht die Hand geben kann. Aber was ist daran so komisch? Warum blinzelt der Typ ihm so merkwürdig und mit diesem breiten Grinsen zu? »Wetten, daß Sie sich nicht mehr an mich erinnern? Ich bin Wolf Wiegler«, setzt der Typ schnell hinzu, ehe Corky sagen kann, ja, natürlich erinnert er sich.

Wolf Wiegler? Corky wundert sich und könnte auf den Gedanken kommen, daß der Mann ihn verarschen will, aber dann entdeckt er das Namensschild an dem dreckigen Kittel, und tatsächlich, da steht *W. Wiegler*.

Corky zögert einen Augenblick, dann sagt er: »Der Vorname ist Jerome.«

»Ja? Jerome?« Wolf Wiegler sieht durch seine dicken Brillengläser Corky aus zusammengekniffenen Augen an und verzieht fast ungläubig das Gesicht. »Und was machen Sie hier?« Dabei entblößt er lachend seine unregelmäßigen, gelblich verfärbten, babyhaft kleinen Zähne, als hätte er einen Witz gemacht. Corky hat das Gefühl, daß er gut daran täte, dieser komischen Figur aus dem Weg zu gehen, aber sind es nicht andererseits gerade solche komischen Figuren, die Geheimnisse verraten, wenn sie welche wissen? Die städtischen Behörden haben alle ihren *W. Wiegler.*

»Bin nur mal vorbeigekommen, um Ed Brophy Guten Tag zu sagen, ich hab ihn schon eine Weile nicht mehr gesehen.« »Sie meinen unseren Medienstar«, sagt Wiegler höhnisch, womit er darauf anspielt, daß Brophy, was Corky schon fast vergessen hatte, in seiner Eigenschaft als Amtsarzt im Zusammenhang mit der Devane-Johnson-Schießerei im Fernsehen interviewt worden ist. Wiegler spricht von Brophy in neckisch-ironischen Halbsätzen, »Herr Doktor Brophy« nennt er ihn, die beiden sind sich offenbar nicht grün, Corky hat davon nichts gewußt und will es auch nicht wissen. Dabei schaut Wiegler ihn unentwegt aus zusammengekniffenen Augen an, als gäbe es da einen Witz, über den sie beide lachen könnten. In seiner linken Wange zuckt ein Muskel, ein neurologisches Problem, denkt Corky, hoffentlich steckt es nicht an. Corky neigt dazu, sich anderer Leute Gewohnheiten und Akzente anzueignen. Vielleicht hat Wiegler das Tourette-Syndrom? Nicht ausgeschlossen bei dieser Reizbarkeit. Corky ist in seiner Einschlaflektüre auf dieses Leiden gestoßen, und die medizinische Beschreibung hat sich bei ihm festgesetzt: *Ein Kampf zwischen einem »Es« und einem »Ich«.*

Wiegler schwatzt verschlagen und einschmeichelnd weiter, als wisse er sich mit Corky in der Abneigung gegenüber Brophy einig. Er balanciert seine tropfenden Pizzastücke auf der Getränkedose, offenbar hat er sich die Verpflegung für die Mittagspause geholt und will tatsächlich hier essen – das muß man sich mal vorstellen! Umgeben von all diesen Gerüchen! Corky tut der Mann fast leid, ganz schön einsames Geschäft, diese Arbeit mit Leichen, die Autopsien, der Laborkram. So einer schnappt sich natürlich jeden Gesprächspartner, der ihm über den Weg läuft. Corky versucht, den strategisch günstigsten Augenblick für eine Frage nach Marilee Plummer abzupassen, aber da schwenkt Wiegler unvermittelt um und fragt streitsüchtig schnaubend: »Was höre ich da von einer großen demokratischen Fete am Montagabend in Chateauguay? Mit sämtlichen Parteigrößen von Union City? Mich haben sie nicht eingeladen...«

Corky staunt, daß Wiegler von dem Bankett überhaupt gehört hat. Aber wenn er eingetragenes Parteimitglied ist, steht er natürlich auf irgendwelchen Versandlisten. »Klar sind Sie eingeladen, Wolf. Sie brauchen nur tausend Dollar hinzublättern.«

Wiegler fletscht laut lachend die feuchtfleckigen Babyzähne. Der Wangenmuskel zuckt. »Tausend Dollar! Ist das Ihr Ernst, Mann? Für ein Abendessen! Für den Wahlkampf von unserem Goldjungen Slattery!« Die Art, wie ihm der Name *Slattery* über die Lippen geht, mißfällt Corky sehr. »Tausend Dollar! So viel wär mir ja nicht mal das Letzte Abendmahl wert, Mann.«

Corky lacht falsch und herzlich, man bekommt Übung darin, wie im Händeschütteln und Schulterklopfen bei Begegnungen mit Wählern. Manchmal muß das eben sein, auch wenn es einem persönlich gegen den Strich geht.

Corky sagt: »Schön, daß wir uns mal wieder über den Weg laufen, Wolf, ich hab mir nämlich...« Aber Wiegler lacht noch über seinen Witz, der Tic hat sich verstärkt. »Das Letzte Abendmahl mit Jesus und seinen Jüngern, Sie wissen schon, nicht mal dafür würde ich tausend Dollar pro Gedeck zahlen.«

»Ich wahrscheinlich auch nicht, Wolf«, sagt Corky versöhnlich. »Ich hab mir nämlich...«

»Nicht mal fünfhundert Dollar, Mann!«

»Genau. Ich...«

»Und wissen Sie warum?«

»Nein. Warum?«

»Weil das für ein Abendessen einfach überbezahlt ist. Darum.«

Corkys Lächeln ist gezwungen. Was ist bloß los mit diesem Armleuchter? Corky muß an einen von Theresas Mitpatienten aus der Psychiatrischen Klinik in Indian Lake denken, von dem man ihm gesagt hatte, er sei schizophren-autistisch, und der ständig aufgeregt vor sich hingeschwatzt und dabei niemandem ins Gesicht gesehen hatte. Religiöse Wahnvorstellungen waren sein einziger Halt.

In ihren lichten Momenten, die manchmal tage- oder sogar wochenlang anhielten, sprach Theresa voller Mitgefühl über ihre Leidensgefährten und nahm sie in Schutz: *Sie sind nicht ganz richtig im Kopf.*

Wiegler sagt ernsthaft: »Verstehen Sie mich nicht falsch. Ich habe Vic Slattery gewählt, und ich habe Bürgermeister Slattery gewählt – *ich wähle immer Bürgermeister Slattery. Wäre ich sonst hier?*«

Ehe Wiegler zu neuen weitschweifigen Erklärungen ausholen kann, fährt Corky dazwischen: »Ich hätte da mal eine Frage wegen dieser jungen Frau, dieser Marilee Plummer, die neulich gestorben ist. Angeblich Selbstmord, heißt es, und...«

Wiegler kneift die Augen hinter der dicken Brille womöglich noch mehr zusammen, und sein Gesicht erstarrt. Er weicht einen Schritt zurück und unterbricht Corky: »Das geht auf Brophys Konto.«

»*Auf Brophys Konto?*«

»Die Plummer hat er obduziert.«

Corky würde gern weiterfragen, aber Wiegler ist wie umgewandelt, er weicht aus, möchte sich wahrscheinlich am liebsten verziehen, aber er sagt fast höhnisch, es ist schon eine blöde Art von Humor, die er hat: »Diese Schwarze, ja? Haben Sie die gekannt, Mann? Die hätt ich auch gern näher kennengelernt, aber Brophy war schneller.«

Wiegler dreht sich brüsk um und geht weiter, und Corky bleibt nichts weiter übrig, als ihm zu folgen. Die Tür von Wieglers Büro steht offen, an der Milchglasscheibe steht in schwarzen Buchstaben W. WIEGLER PATHOLOGIE, darunter auf einem handgeschriebenen Zettel DE MORTUIS NIL NISI BONUM, und dazu reicht Corkys Latein leider nicht. Corky sieht, daß Wieglers Büro groß, aber total mit Akten zugestellt ist; durch ein altmodisches und sehr schmutziges Fenster fällt kränkliches Tageslicht. Auf Wieglers Arbeitsplatz, einem schönen, wenn auch ramponierten Schreibsekretär, steht ein schmuddeliger Totenschädel, dem die Zigarre zwischen den Kiefern einen Zug von Verwegenheit verleiht.

Als Corky zusammenzuckt, fragt Wiegler spöttisch besorgt: »Tut mir leid, Mann, kennen Sie die Dame vielleicht?« und lacht laut.

Corky lacht mit, allerdings nicht ganz so laut. Er ist clever genug – nicht, daß man dazu besonders clever sein müßte! –, um zu bemerken, daß Wiegler seine Fragen nicht beantworten will. Wenn man sich ungebeten irgendwelchen Leuten aufdrängt, muß man auch bereit sein, was einzustecken.

Vielleicht kann er es diesem Arschloch später irgendwann mal heimzahlen. »Richie Richards« vom Sender WWAZ fällt ihm ein. Eine kräftige Rechte direkt aufs Maul. Corkys Trainer hat seinen hinterfotzigen linken Haken gelobt, nur daß nicht genug Schlagkraft dahinter war. Jawohl: Demnächst in diesem Theater...

Zu Corkys Überraschung aber – auch das ist berechnet, inszeniert – geht Wiegler nicht in sein Büro, sondern zieht, aufgeräumt Kollegen und Gehilfen grüßend, mit seiner Pizza und seinem Schokotrunk weiter den Gang entlang. Entschlossen an seinem verbindlichen Lächeln festhaltend trabt Corky hinterdrein. Wiegler sieht sich mit einem krampfigen Grinsen, das gereizt oder vielleicht auch nur belustigt wirkt, nach ihm um. Obgleich er durch die Plastikbrille und die Fliege (die unter dem schmutzigen Kittel gerade noch zu sehen ist) fast ein bißchen professoral aussieht, hat er auch etwas von einem Schlägertyp. Der Kopf ist rund und hart wie eine Bowlingkugel, das braune Haar steht in einem stacheligen Bürstenschnitt hoch. Wiegler bemerkt, daß Corky ihn mustert und sagt anzüglich: »*Sie* sind ja mächtig fein in Schale, Mann! Haben wohl noch was Besonderes vor, wie?«

»Ja«, sagt Corky harmlos-gelassen. »Ich gehe später auf einen Drink zu den Slatterys. Zu Vic und Sandra.«

Wiegler pfeift und bedenkt ihn wieder mit diesem bösartigen Grinsen. »›Vic und Sandra‹, schau einer an. Mannomann, Sie bewegen sich wirklich in erlauchten Kreisen. Respekt, Respekt!«

Die Ironie ist primitiv und kindisch. Corky spürt, daß er rot wird, aber er denkt, selber schuld, du Trottel, und nickt lächelnd. Wenn er hierbleiben will, muß er sich von dieser komischen Figur wohl einiges gefallen lassen, im Endeffekt zahlt es sich wahrscheinlich aus.

Nur – wo will Wiegler eigentlich mit ihm hin?

»Wenn Sie mit mir reden wollen, Mann, herzlich gern. Ich eß inzwischen mal einen Happen. Außerdem wird hier gerade einer präpariert. Stört Sie hoffentlich nicht«, sagt Wiegler aufgeräumt, während er mit der Schulter eine schwere Tür aufstößt LEICHENHALLE BETRETEN FÜR UNBEFUGTE VERBOTEN.

Corky muß wohl der Unterkiefer runtergefallen sein, helles Entsetzen steht auf seinem Gesicht, aber Wiegler tut, als hätte er nichts gesehen, und summt vor sich hin.

Die Leichenhalle? Wiegler geht mit ihm in die Leichenhalle?

Corky muß ihm wohl oder übel in die Leichenhalle folgen.

Wiegler will in der Leichenhalle Mittagspause machen?

Corky folgt ihm blindlings, benommen, mühsam lächelnd. Das kann nur ein Bluff sein, okay, mal sehen, wie weit der Typ es treibt. Wer ißt schon in der Leichenhalle? Eigenartigen Humor hat der Mann. Vielleicht richtet sich der gar nicht gegen Corky Corcoran persönlich, vielleicht ist es hier einfach üblich, Neulinge zu verarschen, besonders einen, der im Stadtrat sitzt.

Aber wie Corky sehr schnell und voller Schreck begreift, meint Wiegler es völlig ernst.

Herzhaft beißt er in ein Stück Pizza, die Käsefäden hängen ihm aus dem Mund wie nach unten gebogene Stoßzähne. Lachend winkt er zwei Mitarbeitern zu, den stämmigen Männern, die Corky gerade noch auf dem Gang gesehen hat und die jetzt die Leiche von der Bahre auf einen Stahltisch plumpsen lassen, eine sandsackschwere Last, die mit einem dumpfen Laut auftrifft. Corky zuckt zusammen, er empfindet den Schmerz, den der Mann empfinden würde, wenn er noch in diesem Körper wäre. Was natürlich nicht der Fall ist. *Jesusmariaundjosef, schießt es Corky durch den Kopf, betet für mich jetzt und in der Stunde meines Todes Amen.*

Ein Gebet aus Corkys verlorener, dreißig Jahre zurückliegenden Kindheit.

»Wie geht's, Jungs?« fragt Wiegler leutselig.

»Okay, Dr. Wiegler«, sagt der eine junge Mann, und der andere zuckt gutgelaunt die Schultern. »Kann nicht klagen.«

Wiegler ist einer dieser aufdringlich lauten Cheftypen, energisch weist er den beiden ihre Aufgaben bei der Präparation der Leiche zu. Corky steht dabei, wartet, hört nicht hin, schaut nicht hin. Trotzdem nimmt er diese übergroßen dunkelbraunen Füße mit den empfindlichen rosa Sohlen wahr, die langen nackten Beine, das wollig-schwarze Skrotum, aus dem etwas fleischig-rosafarben Rohes ragt wie ein geschwollener Kropf. *Nicht hinschauen, du Trottel.*

Corky hört nicht hin, weil er fürchtet, er könne zu viel hören, er ist, was den Tod anbelangt, extrem dünnhäutig. Aber soviel bekommt er doch mit, daß der Schwarze noch ganz jung ist, erst neunzehn. Ein Schuß in die Brust. Und daß er ein Junkie war, Arme und Beine mit Einstichstellen übersät.

Wiegler geht in den hinteren Teil der Halle. Corky folgt ihm benommen.

»Ich würde Ihnen ja ein Stück Pizza anbieten, Jerome, aber ich hab selber nicht viel, tut mir leid.«

Ist schon gut, murmelt Corky.

»Wie bitte? Was haben Sie gesagt, Mann?« fragt Wiegler übertrieben aufmerksam.

»Danke«, murmelt Corky lauter. »Ist schon gut.«

Wiegler grinst breit. »Manche Leute mögen sowieso keine kalte Pizza. Schlägt ihnen auf den Magen. Und um die harten Ränder zu verdauen, braucht man ganz schön was an Magensäure.«

Corky mußte seit Jahren nicht mehr *runter zum Leichenschauhaus*, aber es kommt ihm alles bekannt vor. Er hatte es vergessen, nein, nicht vergessen, es ist alles da, es wartet nur auf ihn. Cormac auf dem Tisch dort (der heute leer ist), Hock auf dem anderen (den Wiegler jetzt offenbar ansteuert). Der Geruch, die Gerüche. Trotz des riesigen Gebläses und der ratternden Ventilatoren. Jetzt ist er wieder voll da, dieser Geruch nach Chemie und blutigen Gedärmen, darunter aber lauert noch etwas anderes, ein Geruch nach altem oder ranzigem Essen, und an den kann Corky sich von damals nicht erinnern.

Und da sind die Beweise: Auf den Arbeitsflächen herumliegende vertrocknete Pizzaränder, fettige Eimer von Kentucky Fried Chicken, Plastikbehälter aus dem Deli, Schaumstoffbecher, in denen Kaffeepfützen stehen, Mineralwasser- und Bierdosen – in der Leichenhalle zu essen ist offenbar ganz normal. Auf einem leeren Autopsietisch liegen chinesische Stäbchen! In Corkys Kopf dreht sich alles.

Du hättest nicht herkommen sollen, denkt Corky.

Ja, aber jetzt kannst du nicht mehr zurück, denkt Corky.

Herrgott, wenn er nun aus den Pantinen kippt? Kotzen muß? Vielleicht rechnet Wiegler sogar damit? Corky bedrängen Erinnerungen – nicht nur an die entstellten Körper von Cormac Farley und Hock Corcoran, sondern an den noch im Tod so ansehnlichen Tim Corcoran mit dem Rosenkranz zwischen den Fingern. Und an Theresa. In jähem Schreck sieht Corky sich um. Sie werden doch nicht etwa eine weibliche Leiche hier haben?

Soweit Corky feststellen kann, haben sie nur zwei Leichen da, beide männlichen Geschlechts, den jungen Schwarzen und auf dem Tisch, zu dem Wiegler mit seinem Essen geht, einen Mann mit weißer, vielmehr talgfarbener Haut und haarlosem, eingedellten Schädel. Die Leiche, breit und schwer wie eine Rinderhälfte, liegt plump, die wabbeligen Arme und Beine gespreizt, auf dem schräg gestellten Tisch mit der Ablaufrinne. Auch die Genitalien sehen geschwollen, wund, wie gehäutet aus. Der Kopf ist zur Seite gefallen, die dunkel umrandeten Augen stehen offen, der Unterkiefer hängt schlaff herunter. Einen schrecklichen Moment lang denkt Corky, daß es einer der Jesuitenlehrer aus seiner Schule ist.

Herrgott, nein, DeLucca ist ja seit Jahren tot. Doch, bestimmt.

An dieser Leiche hat Wiegler schon gearbeitet, mit Q-Tips Abstriche gemacht, Proben fürs Mikroskop genommen. Corky sieht Reagenzröhrchen, eine Schublehre, eine Pinzette, einen furchterregenden, pickelartigen Gegenstand, der wie ein zahnärztliches Instrument aussieht, eine kleine Taschenlampe, ein Paar fleckige gelbe Gummihandschuhe. An den nackten Füßen des Toten lehnt ein Klemmbrett für den Laborbericht.

Corky würgt an seiner aufsteigenden Panik. Bemüht sich, tief und regelmäßig zu atmen, wie der Trainer in der Highschool es ihm beigebracht hat, dann wieder versucht er, da die Luft so schlecht ist, das Atmen ganz zu lassen. Im Rachen schmeckt er Galle. Aber er ist entschlossen, sich nicht von der Übelkeit kleinkriegen zu lassen. Und keinen Rückzieher zu machen, diesen Gefallen wird er Wiegler nicht tun, der ihn grinsend und kauend und mit kalt berechnendem Blick beobachtet.

»Schätze, Sie sind das erste Mal in unserem Heiligtum, was, mein Guter?« Wiegler setzt sich gemütlich auf dem Rand des Autopsietisches zurecht und stößt dabei an den Hintern des Toten. Man hat den Eindruck, daß Wiegler oft so sitzt, daß er sich hier ganz zu Hause fühlt, ja, er setzt dem armen Kerl sogar seine Getränkedose auf die Brust, zwischen die schlaffen Brustwarzen. Mit bestem Appetit vertilgt er seine kalte Pizza und trinkt zum Nachspülen aus seiner Dose. So ein Schwein! Es ist nicht nur die Tatsache, daß er hier ißt, es ist die Mischung von Käse, Pepperoni, Pizzateig und Diätschokotrunk, die Corky den Magen umdreht. Corky sagt, damit das mal klar ist: »Natürlich war ich schon mal hier. Mehr als einmal. Wenn man in Irish Hill aufgewachsen ist, kennt man das Leichenschauhaus.«

»Trotzdem... Sie sind ein bißchen blaß um die Nasenspitze, Mann. Stört Sie der Geruch? Wir riechen nichts, wir sind immun«, sagt Wiegler witzelnd und mit vollem Mund und nickt zu der Leiche hinüber. »Neuerdings vertrage ich frische Luft nicht mehr, bei dem verdammten Wind vom See her muß ich ständig husten.«

»Nein,«, sagt Corky, »ich fühl mich ganz wohl. Lange kann ich mich allerdings nicht aufhalten.«

»Von mir aus können Sie bleiben, so lange Sie wollen, Jerome«, sagt Wiegler fast höhnisch. »Was wollen Sie wissen? Über die Schwarze, meine ich. Die Freundin von Steadman, diesem Wichser.«

»Marilee Plummer war nicht Steadmans Freundin«, sagt Corky, »das haben Sie wohl mißverstanden. Sie war...«

»Wessen Freundin war sie dann? Ihre?«

Wiegler ist so rauh und ruppig und tut dabei so freundlich mit seinem krampfigen Grinsen und Blinzeln, daß Corky nicht recht weiß, wie er ihn nehmen soll. So einen Armleuchter kann man leicht unterschätzen. Corky kennt Cops, üble, verbogene Typen, ja, sogar etliche Mitarbeiter der Staatsanwaltschaft, bei denen die Krankheit – das Böse sozusagen – erst so richtig rauskam, als sie in einer Machtposition waren. Vielleicht ist Wolf Wiegler aber auch nur ein mieser Witzbold, der Corky verarschen will, weil er neidisch auf ihn und seine Beziehungen ist?

»Nein«, sagt Corky so ruhig wie möglich, »Marilee Plummer war nicht meine Freundin. Ich habe nichts mit Mädchen, die...«

»...diese Hautfarbe haben?«

»Die so jung sind, wollte ich sagen.«

Wiegler läßt einen lauten, höhnischen Lacher los. Er lacht so herzhaft, daß die beiden jungen Mänajner lächelnd zu ihm rüberschauen und ihrerseits grinsen, ja, Corky erwartet fast, daß auch die Toten hersehen. Ist doch schön, wenn es irgendwo was zu lachen gibt. Spöttisch entschuldigend sagt Wiegler: »Da hab ich Sie wohl verwechselt, Mann. Heiße braune Zuckertitten und Fotzen – so was ist sehr beliebt in Union City, und wir haben sie gern *jung*.«

Wolf Wiegler ist ein Typ, der ganz offensichtlich nicht auf Frauen steht, vielleicht schwul, aber jedenfalls total ahnungslos, zölibatär und zimperlich wie eine Nonne. Was soll also diese plumpe Ironie? Worauf will er hinaus? »Was heißt hier 'wir'?« fragt Corky wutschnaubend. »Ich interessiere mich für Marilee Plummer nur, weil...«, Corky stockt kurz. Ja, warum? Und um Thalia nicht hineinzuziehen, sagt er: »Weil es mir wichtig ist, Bescheid zu wissen. Weil es mir um Gerechtigkeit geht.«

»Ja, wenn das so ist, Jerome«, sagt Wiegler und grinst, als gäbe es da ein Einvernehmen, einen hintergründigen Witz, den Corky nicht kapiert oder nicht kapieren will, »bin ich auf Ihrer Seite. Sind wir doch alle.«

Ehe Corky noch etwas dazu sagen kann, wechselt Wiegler geschickt Thema und Tonart. Plötzlich ist Schluß mit den Witzchen. Er macht ein ernsthaftes Gesicht, wie ein Schuljunge. Als wolle er jetzt, nachdem Corky den Köder geschluckt hat, die Leine locker lassen und ein bißchen mit ihm spielen. Aus dem Mann ist einfach nicht schlau zu werden. Besorgt horcht Corky dem bedenklichen Gurgeln in seinen Gedärmen nach. Gestern dieser scheußliche Durchfall – hoffentlich passiert ihm nicht heute wieder was. Er hat weiche Knie und lehnt sich unauffällig an einen Tisch, auf dem Bügelsägen herumliegen, benutzte Tupfer, Reagenzgläser, unordentlich zusammengelegte grüne Planen aus diesem Plastikzeug, aus dem man auch Müllsäcke macht, benutzte Gummihandschuhe, leere Schachteln von Gino's Pizzeria und vom Chinesen. »Was ich vorhin gesagt hab, das von dem

Bankett für den Slattery-Wahlkampf am Memorial Day, das hab ich nicht so gemeint. War nur dummes Gerede. Ich hätte gern mitgemischt. Wenn ich es mir leisten könnte. Und in diesen Kreisen verkehren würde. Der Elite von Union City. Smokingzwang, was? Schätze, Sie haben einen eigenen, Jerome?«

Damit will er Corky offenbar anpflaumen, aber der reagiert nur mit einem Nicken. Oder ist es ein Achselzucken? Er hat sogar zwei Smokings und kann nur hoffen, daß der größere noch paßt. Beim letzten Mal hat ihm der Hosenbund rote Striemen in die Haut geschnitten.

Hochzeiten, Totenwachen, Wohltätigkeitsveranstaltungen, Beerdigungen. Anlässe, bei denen man sich in Schale wirft, sich aus Langeweile oder Nervosität oder beidem den Bauch vollschlägt und sich zukippt.

Wiegler redet weiter. »Ich bin nämlich auch für Slattery und werde was für seinen Wahlkampf geben, wie auch früher schon. Für ihn wie für den Alten, es ist das Mindeste, was man tun kann, wenn die Stadt einen bezahlt. In ein paar Jahren ist Vic vielleicht Senator, wer weiß, vielleicht sogar Präsident. Ein anständiger Kerl und nicht dumm, und deshalb steh ich hundertprozentig hinter ihm, das können Sie dem Bürgermeister ausrichten, falls er Sie fragt.« Wiegler lacht krampfhaft blinzelnd bei dieser abartigen Vorstellung. »Er wird Sie sicher mal fragen, was?«

»Meinen Sie?«

Wiegler überhört die Zwischenfrage und redet weiter, die Sache scheint ihm sehr am Herzen zu liegen. «Und das mit dem Abendmahl, Jerome – ich würde nur deshalb keinen Cent zahlen, weil ich nicht gläubig bin. Ich glaub nicht an Christus und diesen ganzen Quatsch. Früher schon, ich bin presbyterianisch getauft, aber jetzt nicht mehr. Nach den ersten fünfhundert Leichen, Mann«, er schnippt mit den Fingern, »bist du fertig mit dem spirituellen Leben.« Er zwinkert Corky glucksend zu, als habe er etwas sehr Gewagtes gesagt. Corky hat es die Sprache verschlagen. »Was man echt bewundern muß, was einen echt vom Hocker haut, das ist die physische Apparatur, die Maschinerie von Körper und Leib: *Homo sapiens.*« Liebevoll klopft er mit den Knöcheln an den Kopf des Toten, und Corky zuckt zusammen. »Je mehr man darüber erfährt, desto weniger weiß man«, tönt

Wiegler. »Das ist meine persönliche Definition des Göttlichen. Scheiß auf Gott, wie? Heute ist es der Big Bang. Und das menschliche Gehirn, das ihn erfassen kann. *Mirabile visu!* Insofern bin ich eben doch gläubig. Kein falscher Stolz. Überlegen Sie doch mal, Mann: Die Evolution Darwins hätte in alle möglichen Richtungen laufen können, aber sie ist auf uns zugelaufen. Ein Säufer wie der Typ hier, die ›Person‹, die in der Maschinerie steckt, ist ein Stück Scheiße, aber die Maschinerie – wow! Die ist Gott.«

Corky sagt rasch, ohne nachzudenken, als habe Wiegler ihn persönlich gekränkt: »Warum ist er ›ein Stück Scheiße‹? Vielleicht war er ja nicht immer ein Säufer, vielleicht...«

»Nein, wir sind alle nur Scheiße, Mann. Diese ›Person‹ in unserem Gehirn, diese verschissenen ›Persönlichkeiten‹, die wir so toll finden – nichts als Fliegenschiß! So meine ich das. Keiner von uns – und da nehme ich mich mit meinem Medizinstudium in Cornell nicht aus! – könnte unseren Körper erfinden, vom Gehirn ganz zu schweigen. Wir sind wie Cro-Magnon-Menschen, die in einem Downtown-Hochhaus leben, einem dieser Hundert-Millionen-Dollar-Kästen, ohne zu wissen, wie sie da hingekommen sind. Erzählen Sie mir nichts«, fährt er Corky erregt an, der gar nichts sagen wollte, »ich weiß Bescheid! Selbst bei so einem Scheißjob in dieser abgefuckten Stadt im Rostgürtel werde ich Zeuge des Wunders der physischen Schöpfung, *erzählen Sie mir bloß nichts, Mann!*« Corky hört fassungslos zu, als Wiegler, hitzig wie ein Junge bei einer Schuldebatte, einer dieser Kids mit Super-IQ, die selbst den Jesuiten nicht geheuer sind, die nicht nur kleine Geniebolzen sind, darauf gedrillt, dir ein Bein zu stellen, sondern Wild Cards, die jederzeit ausflippen können, sich jetzt lang und breit über das menschliche Gehirn, die Evolutionslehre Darwins, die Erde und das Universum ausläßt, undundund, es sind Corkys Lieblingsthemen, aber Wiegler redet so schnell und so leidenschaftlich, daß er nicht mehr mitkommt, daß er meint, ertrinken zu müssen. Das sumpfig gurgelnde Gefühl in seinen Gedärmen steigt weiter nach oben.

»*Homo sapiens*, bis dato das Meisterwerk der Evolution«, fährt Wiegler in höchster Erregung fort, »ist, relativ gesehen, erst vor ein paar Minuten auf der Bildfläche erschienen. Galaktisch gesehen, vor einem verschwindend kleinen Bruchteil einer Nanosekunde. Wir sind nicht das Ende, wir sind vielleicht erst der Anfang. Und der Weltraum ist so leer wie das Atom, das in der Hauptsache aus Leere besteht. Schwarze Materie. Unsichtbar. Wie hat Pascal vor Hunderten von Jahren gesagt: ›Die Stille dieser unendlichen Räume ängstigt mich.‹ Keiner hat das je besser ausgedrückt. *Dabei war der Mann Katholik.*« Wiegler lacht feucht und heiser und mit verdrehten Augen, dann muß er husten und spuckt grünen Auswurf in eine Papierserviette, auf der ein lachender Gino zu sehen ist.

Jesusmariaundjosef, denkt Corky. Er hat das Gefühl, daß er sich gleich übergeben muß, und versucht jetzt, überhaupt nicht mehr zu atmen.

Wie lange Wiegler sich derart passioniert, stolpernd und stotternd in seinem Ungestüm, über das Universum und die Zeit und die »unvergleichliche Maschinerie« des *Homo sapiens* ausläßt, weiß Corky nicht genau. Wahrscheinlich sind es nur Minuten, aber ihm kommt es vor wie eine Stunde. Es mag eine Strategie sein, um ihn von dem Thema Marilee abzulenken, aber allein darum kann es Wiegler nicht gehen. So viel Wildheit, so viel Wahn, so viel Engagement kann man einfach nicht spielen. Selbst ein schlimmer Finger wie Marcus Steadman kann sich unmöglich hundertprozentig verstellen, irgendwo muß er auch mit dem Herzen dabei sein.

Wiegler ist jetzt bei harten statistischen Fakten, er jongliert mit Zahlen, die er aus der Luft holt, der Mann muß ein photographisches Gedächtnis haben – einer dieser Fachidioten vielleicht? –, Lichtjahre und Gleichungen und Prozente und Neuronen und Ganglien und daß der *Homo sapiens* aus Urmaterie besteht, die beim Big Bang explodiert und herausgeschleudert worden ist, und damit macht er durchaus Eindruck bei Corky, man könnte den Typ für einen Juden halten, wenn er nicht gesagt hätte, daß er von Haus aus Presbyterianer sei.

Es hat eine gewisse Ironie, die Corky Corcoran selbst in seinem angeschlagenen Zustand nicht entgeht, daß er jetzt so hilflos dasteht, obwohl er sich als Laie auf manchen Gebieten ein Wissen angeeignet hat, mit dem er die meisten Collegeabsolventen in seinem Bekanntenkreis in die Tasche stecken könnte. Er weiß über einige der Dinge, über die sich Wiegler so hektisch verbreitet, durchaus Bescheid – oder müßte zumindest Bescheid wissen. Schließlich liest er sich in den meisten Nächten damit in den Schlaf, verschlingt Paperbacks, Zeitschriften, neulich hat er bis vier Uhr morgens versucht, einer Anzahl aufeinanderfolgender Sätze in *Eine kurze Geschichte der Zeit* einen Sinn abzuringen, Herrgott, wenn er sich nur an das eine oder andere von diesem hochgestochenen Quatsch erinnern könnte, wenn er nicht, ständig gegen diese Übelkeit ankämpfend, so angeschlagen wäre, nicht unentwegt blinzeln müßte, um klarer zu sehen – *Atmet der Mann dort etwa? Hört er zu?* Er versucht, im Sinn zu behalten, wozu er eigentlich hier ist, *mir ist nur wichtig, Bescheid zu wissen, mir geht es nur um Gerechtigkeit,* dieser alptraumhafte Ort, dieser fleischverarbeitende Betrieb, hier darfst du nie landen, dann besser verbrannt werden und ein für allemal aus und weg, aber selbst daran kann Corky nicht denken in seiner wachsenden Panik und mit dem klopfenden Schmerz im Hinterkopf, das Memorial-Day-Dinner im Chateauguay Country Club fällt ihm ein, wo er eine kurze Rede auf Vic Slattery halten soll, nicht länger als acht Minuten, aber sie ermöglicht Corky Corcoran einen Auftritt vor Leuten, denen er unheimlich gern imponieren möchte, es ist eine ideale Gelegenheit, sich so öffentlich und zu einer so entscheidenden Zeit an Vic Slatterys Seite zu stellen. Herrgottnochmal, daß auch alles immer auf einmal kommen muß wie eine Lawine – Christinas Verrat, Thalias übliches Theater, diese Wichser vom Finanzamt mit ihrer Steuernachforderung an die Firma Corcoran Inc, 400 000 Dollar, die Corky nicht hat, Himmelnochmal, wenn diese verdammten Beteiligungsgesellschaften den Bach runtergehen, steht er am Rande des Ruins, *er,* Corky Corcoran, einer der gewieftesten Typen in Union City, wäre dann zahlungsunfähig – verdammt, das muß man sich mal vorstellen! Und in Chateauguay muß er auf cool machen, gewinnend lächeln, als liebenswürdig und gefällig und ansprechend und aufrichtig rüberkommen, ein Politiker, dem man die Aufrichtigkeit nicht abnimmt, kann gleich einpacken. Denn vielleicht wird Corky ja zum Stadtratsvorsitzenden gewählt, und vielleicht wird Oscar Slattery ihn als seinen Nachfolger im Amt des Bürgermeister vorschlagen oder vielleicht auch nicht, und wenn nun Christina Kavanaugh am Montagabend da ist? Mit ihrem Mann? *Und wenn nun Christina Kavanaugh nicht da ist?* All diese Gedanken bombardieren Corkys benommenes Hirn wie eine Million Trillion Neutrinos pro Sekunde, oder ist es eine Trillion Million – verdammt, das eben ist das Problem, Herrgott nochmal, da enttäuscht Corky unweigerlich sich selbst und die Erwartungen, die er an sich hat, neunundneunzig Prozent von dem, was er so gierig verschlingt, bleibt nicht hängen, er kann sich beim besten Willen nicht merken, ob die Erde nun 4,5 Milliarden Jahre oder 4,5 Millionen Jahre alt und wie weit die Sonne von der Erde entfernt ist und wann sie sich selbst zerstören wird, in fünf Millionen oder fünf Milliarden Jahren. Corky hat diese statistischen Daten tausendmal gelesen, aber später bekommt er sie einfach nicht mehr auf die Reihe, wie alt ist das Sonnensystem und wie groß die Milchstraße, und was genau versteht man unter einem galaktischen Jahr, wie weit weg und wie alt sind Quasare, was ist Omega, wo landet man, wenn man lange genug durchs Universum reist – da, wo man angefangen hat oder wo? Und was war vor dem Big Bang? *Wie, verdammt nochmal, konnte aus dem Nichts etwas entstehen?* Solche Sachen will Corky wissen, ist das zuviel verlangt?

Wiegler spricht vom Hitzetod der Sonne und der bevorstehenden Vernichtung der Erde, er ist ein bißchen ruhiger geworden, seine Stimme klingt traurig-resigniert, philosophisch, denn das »Wunder aller Wunder, das menschliche Hirn« ist auch zur Vernichtung verdammt, und Corky sagt wie einer, der ein Zündholz in der Dunkelheit anreißt, einer, von dem man weder ein Zündholz erwartet noch die Kraft, es anzureißen: »Ja, die Geschichte eines Sterns ist in einer Millisekunde vorbei, aber – wo Quantentheorie ist, da ist auch Hoffnung. Stimmt's?«

Wiegler sieht ihn verstört an, die Augen wirken insektenhaft riesig hinter den dicken Brillengläsern, und Corky wiederholt herausfordernd: »Wo Quantentheorie ist, da ist auch Hoffnung. *Stimmt's?*«

Danach ist es mit Corkys Konzentration endgültig vorbei. Es ist, als ob er unaufhaltsam auf einen Aufschlagpunkt zurast, unwiderstehlich in ein schwarzes Loch gesaugt wird.

Später wird er sich erinnern, daß Wiegler, aus seiner Trance mystischen Staunens erwachend, scharf und bösartig wird. Er setzt einen deutlichen Schlußpunkt, indem er die Reste seines Mittagessens von der Brust des Toten zusammenliest und mit dem Schwung eines Basketballspielers in den Abfallkorb wirft. »Also, was Sie da zu dieser Schwarzen wissen wollen, Mann, dazu kann *ich* gar nichts sagen. In Brophys Bericht steht Selbstmord. Bei uns laufen Tausende von Fällen jährlich durch, und die gehören alle in eine Kategorie: TBA – tot bei Ankunft.«

Wiegler ist verärgert oder nervös, oder vielleicht will er nur wieder an seine Arbeit. »Fragen Sie doch ihre Freunde in der Zentrale«, sagt er schnell und berufsmäßig nüchtern. »Die Diagnose Selbstmord ist in diesem Fall ziemlich unproblematisch: Weibliche Leiche in einem Auto mit laufendem Motor, Tank leer, Garage voller Abgase, im Blut Kohlenmonoxid und Tranquilizer, keine Anzeichen von Gewalt, von Zwang – nicht mal Samen in der Scheide.« Und höhnisch-unduldsam fügt er noch hinzu: »Wenn Marcus Steadman sie dazu getrieben hat, müssen das andere nachweisen. Für uns ist die Sache erledigt.«

Corky läßt nicht locker. »Aber Marilee Plummer hat keinen Abschiedsbrief hinterlassen. Man sollte doch denken...«

»Quatsch, Mann, wer behauptet denn so was? Sie dürfen nicht alles glauben, was in der Zeitung steht«, sagt Wiegler verächtlich, als ob Corky sich absichtlich dumm stelle. »In so einem Fall bekommt einer vielleicht vor dem Selbstmord einen Zettel oder einen Brief oder einen Anruf, oder es hat ein Gespräch gegeben, und der andere redet nicht drüber. Wozu auch? Tot ist tot. Ich würde mich da auch nicht reinhängen.«

»Aber es könnte die Familie interessieren. Wenn ein Mensch etwas so Extremes, so Verzweifeltes tut, möchte man doch wissen warum. Es ist eine Frage der...«

»Gerechtigkeit«, ergänzt Wiegler spöttisch.

»Und warum nicht, verdammt noch mal? Was ist dagegen einzuwenden?« protestiert Corky. Wenn er angeschlagen ist, reagiert er – wie ein richtiges Greenhorn – gern aus dem Bauch. »Was haben Sie gegen Gerechtigkeit? Nicht als eins dieser blöden Schlagworte, meine ich, sondern in der Realität. Auf lebendige Menschen bezogen.«

Wiegler lächelt ungläubig. Dabei wischt er sich sorgfältig die Hände an seinem schmutzigen Kittel ab und klopft sich Krümel von der Hose. Ein massig-ungeschlachter Mann, der unter seinen Sachen wie ungleichmäßig ausgepolstert wirkt und dabei nicht viel größer ist als Corky. Ausgebeulte graue Polyesterhose, rotbraune Mokassins mit Bommeln. Wenn er seinen Kopf mit einer zuckenden Bewegung senkt, als hätte er mal einen steifen Hals gehabt, den er nicht ganz losgeworden ist, sieht man durch die kurz geschnittenen Haare die rosa Kopfhaut. Corky denkt bei sich, daß Wolf Wiegler nicht nur Junggeselle ist oder überhaupt ohne Frau lebt, sondern die Wohnung mit einer alten blinden arthritischen Mutter teilt.

»Ich denke, Sie sind einer von Slatterys City-Hall-Kumpels, Jerome, tierisch dick befreundet mit dem alten Oscar«, sagt Wiegler lachend. »Und Sie kommen mir mit diesem Scheißdreck von Gerechtigkeit?«

»Scheißdreck? Wieso Scheißdreck?« Corky ist nicht einmal so sehr wütend, er ist ratlos. Er kann sich weder auf Wieglers ständiges Zucken und Blinzeln noch auf die darunter schwingende Feindseligkeit einen Reim machen. »Ich nehme das ernst, Wolf, das ist nicht nur so hingesagt, ehrlich nicht.«

»Und warum ist es kein Scheißdreck? Was geht Sie das überhaupt an, wenn Sie diese schwarze Schwalbe nicht gefickt haben, wie Sie sagen?« Er schaut ihn neugierig an, will sehen, wie Corky es aufnimmt, ob er vielleicht zu weit gegangen ist.

Corky wird von seinen Gefühlen so übermannt, daß er anfängt zu stottern, er ist nah dran durchzudrehen. »Herrgott, ich hab's Ihnen doch schon gesagt: Ich engagiere mich eben, warum auch nicht, ich bin im Stadtrat, ich bin ein Bürger, Himmelnochmal. Meine Stieftochter ist – war – eine Freundin der T-toten, und sie nimmt es verdammt ernst.« Ihm ist schwindlig von den Gerüchen und dem Tod, den beiden Leichen, er bekommt den Gedanken nicht aus dem Kopf, daß sie irgendwie atmen, zuhören. Warum fängst du jetzt von Thalia an, du Armleuchter?

Wiegler sagt laut und fast höhnisch: »Stieftochter? Sie?« als wäre diese Vorstellung geradezu grotesk, und fährt ironisch fort: »Was sagt sie denn dazu? Daß es kein Selbstmord war?« und dann starren sie sich einen langen Moment stumm an, Corky, der krampfhaft bemüht ist, nicht auszurasten, sieht seinen Widersacher wie durch wabernde Nebel, er spürt, daß er sich falsch verhält, könnte aber nicht sagen, wieso und warum. Die beiden jungen Männer sind weg, in der Leichenhalle sind jetzt nur noch Corky Corcoran und Wolf Wiegler und die Toten, um sie her das Rattern der Ventilatoren, weitere Leichen, Fächer voller Leichen hinten im Kühlraum, Regale voller Leichen, ja, aber von denen sieht man hier nichts, von denen weiß man nichts Genaues. Und hinter Corky greifbar nah Wieglers Handwerkszeug – Bügelsägen, Skalpelle, eine bösartige Schere, Spritzen, etwas, was wie eine elektrische Bohrmaschine aussieht (zum Aufbohren von Schädeln?). Er hat Bauchkrämpfe und möchte sich am liebsten krümmen vor Schmerzen, aber unter Wieglers Blick kommt das nicht in Frage. Unmöglich.

Sag bloß nicht zuviel, denkt Corky rasch und schlau, vielleicht weiß Wiegler etwas über Marilee Plummer, was du besser nicht wissen solltest. Wenn du erstmal was weißt, läßt sich nichts mehr zurückdrehen.

Corky zuckt mit den Schultern. »Sie ist geschockt. Sie hat eine Freundin verloren.«

Wieglers Gesicht ist jetzt nachdenklich, verrät aber auch Häme. »Diese Mädchen versuchen doch ständig, sich umzubringen. In zehn Prozent aller Fälle schaffen sie es. Wenn sie nicht gefickt werden, sind sie frustriert, und wenn einer sie fickt, haben sie es sich schöner vorgestellt.« Er unterbricht sich lachend und gibt Corky einen Knuff in den Arm, als wisse er sich mit ihm in dieser witzig-geistreichen Formulierung einig. »Wir sind da anders, wie? Keine Sensibelchen.« Er lacht wieder. Corky macht ein angewidertes Gesicht.

Wiegler wird wieder vernünftiger und wechselt – wie der Moderator in einer temporeichen Talkshow – rasch das Thema: »Leroy Nickson, Mann! Haben Sie den Fall verfolgt?«

»Was?«

»Den Fall Nickson, Mann. War doch ständig in der Zeitung, im Fernsehen. Gestern sind wir sogar in die *New York Post* gekommen. Der mit dem Hund – das war ich.«

Corky blinzelt ratlos. »Der mit dem Hund…?«

»Der den Hund aufgeschnitten hat.« Wiegler bewegt erläuternd die Finger wie ein Harfenist. Er grinst Corky an, und der versucht zurückzugrinsen. »Sie haben den Typ, diesen Nickson, ins Präsidium gebracht, gesehen haben Sie ihn bestimmt schon mal, Elvis-Koteletten, Hängeschnauzer, er hat den Empörten gespielt, und seine Frau war wie ein Zombie. ›Wo ist Ihr Baby?‹ fragen die Cops, und er behauptet, er hat keine Ahnung, und sie bekommt überhaupt kein Wort raus, Nachbarn hatten die Cops gerufen, seit Wochen schreit das Kind ›wie am Spieß‹, hat einer gesagt, und plötzlich hört man nichts mehr, da muß man doch denken, daß was passiert ist, aber das Kind hat nicht nur aufgehört zu schreien, das Kind ist weg. Und dieser Deutsche Schäferhund, ein Mordstrumm von Hund, mindestens einen Zentner schwer, bellt unentwegt, widerlich, so ein Brocken in einer Zweizimmerwohnung.« Wiegler schnippt mit den Fingern. »Viel Grips gehört nicht dazu, zwei und zwei zusammenzuzählen, selbst unsere Cops schaffen das noch. Und dann...«, er mustert Corky durchtrieben, und als er bemerkt, wie dem allmählich die grauenhafte Wahrheit aufgeht, fährt er lebhaft fort, »dann haben sie eben das Biest mit Maulkorb und Geschirr hergeschafft, und ich hab ihn aufgemacht. Rambo.«

Corky nickt, um zu zeigen, daß er die Geschichte so weit verstanden hat. »Sie haben ihn aufgemacht. Rambo.«

»Genau. Ich hab den Rambo aufgemacht.« Wiegler bewegt die Schultern, als habe ihn jemand gekitzelt. Man sieht, daß er diese Geschichte, so neu sie ist, schon oft erzählt hat und im Laufe seines Lebens noch oft erzählen wird. »Also hab ich ihn abgestochen, gut und gern drei Minuten hat es gedauert, bis er hin war, zäher Bursche, der Rambo. Dann hab ich ihn aufgemacht, hier auf diesem Tisch, um mich rum zehn Cops und Leute von der Staatsanwaltschaft und unsere halbe Mannschaft, Gerichtsmediziner, ein Polizeifotograf undundund. Fehlte bloß noch ein Fernsehteam. Ich mach also Rambos Magen und die Gedärme auf, da ist alles total verstopft, und was kommt zum Vorschein? Große Brocken von Baby Nickson. Die meisten hätten das vielleicht erst im Labor rausgefunden, aber ich hab's auf den ersten Blick erkannt. Es war nämlich noch nicht richtig verdaut. Manches schon, aber eben nicht alles. Leroy Nickson hatte ihm mit einem

Hammer den Schädel kaputtgeschlagen und flachgeklopft, die Knochen hat er ganz gut kleingekriegt, aber es war alles da oder fast alles, ein komplettes Baby. Wie Chop Suey.«

Corky vernimmt das durch einen summenden Nebel. Die Worte erreichen seine Ohren, aber er ist nicht sicher, ob er sie hört. Dann setzt er sich in Bewegung, er geht ein paar Schritte...

»Alles paletti, Jerome? Sie sehen so ein bißchen...«

Er dreht sich im Gehen – oder fällt er? Seine Knie geben nach, er weiß nicht mehr, wie er reingekommen ist, wo es rausgeht, das gleißende Licht, das durch die hohen Fenster fällt, schwankt und zieht sich zusammen, die Decke kommt immer näher, er hört Wieglers Stimme, die spöttisch oder vielleicht echt besorgt klingt, aber sie ist ganz weit weg, der Fußboden kippt so schnell unter ihm ab, daß er keine Zeit mehr hat, sich irgendwo festzuhalten, er stürzt, während die Übelkeit in ihm hochsteigt, sich in seinem Mund ausbreitet, und dann muß er sich übergeben, würgt im Fallen hilflos an saurem, heißem Erbrochenen, die scharfe Metallkante eines Arbeitstisches schnellt hoch und schlägt gegen seine linke Schläfe, Corky Corcoran ist k.o.

4

CORKY PLAZIERT EINE WETTE

Er wird von seiner Mutter gebadet. In einem anderen Leben. In der Barrow Street. Behutsam setzt sie ihn in das seifig-warme Wasser. In eine gelbe gummibeschichtete Babybadewanne aus Plastik. In der Küche, auf dem Tisch. Draußen ist es sehr kalt, der Wind wirbelt den Schnee vor sich her, über die Innenseite der Fensterscheiben ziehen sich vereiste Rinnsale, dicke Stränge wie knorrige Wurzeln. Aus der offenen Tür des Gasbackofens strahlt Hitze in Wellen über seine Babyhaut. Wenn er das Gesicht seiner Mutter sehen könnte! Ihre Augen! Aber er sieht nur die Hände, die ihn behutsam baden, einen Schwamm über seinem Kopf ausdrücken. Er hört eine Stimme, ihre Stimme, aber er kann die Worte nicht verstehen. Oder singt sie? Eine Stimme ohne Worte.

Er sieht auf, sie beugt sich über ihn, hat die Arme um ihn gelegt, die Hitze strahlt in Wellen über sie beide hin. Ihr Gesicht, ein wunderschönes Jungmädchengesicht, glänzende Augen, rosig leuchtende Haut – er schaut ganz genau hin, versucht sie zu sehen, mit allen Fasern seines Seins versucht er sie zu sehen, aber es geht nicht.

Du hast mich gezwungen, dich zu lieben.

Ich wollte nicht. Ich wollte ja nicht.

»Scheiße!« Corky tritt aufs Gaspedal. Der Caddy macht einen Satz nach vorn, die Bremsen kreischen kurz. In nördlicher Richtung über die Huron, rüber zur Ninth, die nach Osten Einbahnstraße ist, und dann nichts wie weg von hier.

Corky hat's verdammt eilig. Nichts wie weg von hier. Ob er fahrtüchtig ist oder nicht.

Es ist zwanzig nach eins. Er hat eineinhalb Stunden verloren und weiß nicht wo. Filmriß.

Erbrechen ist nicht so einfach, wenn man fast nichts im Magen hat.

Erst ein breiartiges Zeug, das sauer und nach Kaffee schmeckt. Dann nur noch trockenes Würgen.

Würgen und Japsen und Keuchen wie bei einem epileptischen Anfall, aber nur halb bei Bewußtsein, mal wach, dann wieder weg.

Im Leichenschauhaus!

Zu allem Unglück ist er auch noch mit dem Kopf irgendwo angeknallt, das hätte ein Schädelbruch werden können, du Pfeife, womöglich wärst du nie wieder aufgewacht. Und dagegen mußte er, sobald sie ihn zurückgeholt hatten und er sich aufsetzen konnte, sofort mit einem Witz angehen. »Na, wenigstens bin ich für so was an der richtigen Adresse.« Das hat ihm einen Lacher eingebracht, zumindest hat es sich wie einer angehört.

Er hat den Geschmack des Erbrochenen noch zwischen den Zähne, das Mundausspülen hat nichts gebracht, da hilft nur Zähneputzen.

Verdammt, der Schlips ist bekleckert. Scheißteurer Schlips und voller Flecke. Ohne Gas wegzunehmen, er will noch die nächste Ampel schaffen, lockert Corky mit einer wütenden Bewegung die Krawatte, reißt sie sich vom Hals, knüllt sie zusammen und wirft sie aus dem Fenster, sie flattert kurz im Wind und bleibt dann irgendwo auf der Ninth Street im Schmutz der Gosse liegen.

Er kann jetzt nicht zu dem Alten. Unmöglich.

Einfach unmöglich. Schon bei der Vorstellung bekommt er die Krise. Die Fahrt nach Irish Hill, durch die alten Straße, vorbei an dem Haus in der Barrow Street, dem einzigen Haus, das in seinen Träumen vorkommt, und dann weiter zu dem in der Roosevelt, das nach dem Tod des Vaters sein Zuhause war. Nicht ausgeschlossen, daß er auch von ihm träumt, aber er mag sich nicht daran erinnern.

Onkel Sean wird enttäuscht sein, aber da kann man nichts machen.

Die Iren brechen dir das Herz, einer bricht's dem anderen, es liegt im Blut. Da kann man nichts machen.

Außerdem ist Corky über eine Stunde zu spät dran, wahrscheinlich hat der Alte inzwischen grollend das Warten aufgegeben. Oder er denkt sich – schließlich ist er ja nicht mehr der Jüngste, da hapert es manchmal mit dem Gedächtnis –, daß er sich in der Zeit oder im Tag geirrt hat.

Ein Krankenwagen rast die Ninth hoch, das hektische Sirenengejaule wird immer lauter, ist ohrenbetäubend. Alle fahren rechts ran, um ihn durchzulassen, nur nicht Corky Corcoran, der zu viel Tempo drauf hat, Scheiße, er hat's schließlich auch eilig. Der Krankenwagen brettert rechts an ihm vorbei.

Nie geht es ohne wildes Herzklopfen ab, wenn eine Sirene so dicht an ihm vorbeikommt.

Aber Corky fährt weiter, ohne nach rechts und nach links zu sehen, mit blutunterlaufenen Augen, aber finster entschlossen. *Ihn* schaffen die Arschlöcher nicht.

Vor ihm auf der Schoharie taucht Bobby Ray's Sports Bar auf, an die sich Corky vorhin mit so erfreulichen Gefühlen erinnert hat, vielleicht geht er mal kurz rein. Er hat Hunger. Und Durst. Total ausgetrocknet nach dem starken Flüssigkeitsverlust.

Plötzlich packt ihn Heißhunger, so jäh und heftig, daß er ins Zittern kommt. Er hat heute noch nichts gegessen, *deshalb* ist er umgekippt. Ausgehungert ist er, klarer Fall.

War wohl auch verrückt, um diese Zeit spontan ins Leichenschauhaus zu fahren. Was Corky aber am meisten getroffen hat, ist die Überschätzung seiner eigenen Kraft.

Verdammt, was passiert denn da mit ihm? Da hat er sich eingebildet, er könne Christina so einfach verlassen. Die Tür zuknallen, tschüß und weg. Nachdem er beim letzten Mal wie wild darauf gewesen war, alles in ihr kaputtzumachen, sie schreien zu hören, ihre Möse, ihren Körper zu zerfetzen. Sie bis ins Herz zu treffen, so wie sie es bei ihm gemacht hat. Fast hatte er gemeint, ihr rotglänzendes Blut an seinem Schwanz zu sehen.

Aber so einfach ist das eben nicht. Er denkt andauernd an Christina. Selbst wenn er sich nicht darüber klar ist. Er leidet unter dem Verlust. Er sehnt sich nach ihren Armen, ihrer Liebe. Ihrer Liebe zu *ihm*.

Hat er vorhin von ihr geträumt? Geträumt, daß er sie in den Armen gehalten hat, als er auf dem eiskalten Boden des Leichenschauhauses lag? Lebhaft wie ein Gesicht, ein Traum kurz vor dem Erwachen, an den Corky sich nicht mehr erinnert. Nur seine Wucht spürt er noch, die quälende Sehnsucht.

Du hast mich gezwungen, dich zu lieben. Ich wollte nicht. Ich wollte ja nicht.

Plötzlich wünscht sich Corky nichts sehnlicher, als Christina Kavanaugh anzurufen. Sag mir, daß ich noch geliebt werde, sag mir, daß alles in Ordnung ist. Laß mich nicht sterben.

Als er auf dem Fußboden aufwachte, hatte er zuerst nicht gewußt, wo er war, ruderte benommen mit den Armen, versuchte zu sprechen, Ammoniakdämpfe bohrten sich in seine Nase, sein Hirn wie weißglühende Drähte. Es war nicht der Pathologe, der sich über ihn beugte, um ihn wieder wach zu machen, sondern eine offenbar von Wiegler alarmierte Sanitäterin. Kommt wahrscheinlich alle Tage vor, daß ihnen im Leichenschauhaus die Besucher wegkippen. Eben noch vergnügt und munter, und bums, da liegen sie. Ist ja keine Schande. Sie hatten versucht, Corky festzuhalten, der es eilig hatte aufzustehen und zu verschwinden – vielleicht haben sie Angst, er könne ihnen einen Prozeß an den Hals hängen, Wiegler wirkte nervös und angespannt, jetzt überlegt er wohl, ob er vielleicht doch zu weit gegangen ist, ob Corky ihn dafür büßen läßt, ihn womöglich um seinen Job bringt, falls er sich tatsächlich so gut mit dem Bürgermeister steht – all das geht Corky rasch durch den Kopf, während er lächelnd beteuert, nein, alles in Ordnung, fühle mich bestens, tut mir leid, daß ich so einen Aufstand gemacht habe. Nein, nicht in den Erste-Hilfe-Raum und auch nicht zum Röntgen, besten Dank, ich habe einen dringenden Termin.

Draußen war er auf die Toilette gegangen, hatte sich das Gesicht gewaschen, den Mund ausgespült. Nasse Papierhandtücher auf die Stirn gelegt, auf die Stelle, an der er sich gestoßen hatte, vielleicht ließ sich damit die Schwellung klein halten. Hatte sich bemüht, die schlimmsten Spuren des Erbrochenen von der Krawatte, den Jackenärmeln, den Hosenaufschlägen zu putzen. Schäbige Papierhandtücher bewilligt die Stadt ihren Mitarbeitern, das Billigste vom Billigen, genau wie das einlagige Klopapier, das sich auflöst, sobald es naß wird. Corky sieht in dem schmierigen Spiegel des muffelnden alten Herrenklos seinem Ebenbild in die blutunterlaufenen Augen, sieht die hellen Sommersprossen, die wie schmutzige Regentropfen auf der noch helleren Haut stehen, einer Haut, wie rothaarige Iren sie haben. Weißkäsehaut. Aus dem Gesicht des Dreiundvierzigjährigen blickt ein höchstens Siebzehnjähriger erstaunt und entsetzt auf dieses Bild.

Das bin ich? Was ist mit mir geschehen?

Fängt es so an, wenn man verrückt wird? Daß man sich auflöst wie ein naß gewordenes Papierhandtuch? Wie dünn sie ist, diese schützende Membran über dem gesunden Verstand. Anfangs hatte auch Theresa nur wach und aufmerksam hochgeblickt und hingehört, wie es anfing. Wie es näherkam.

Gestern hat es angefangen, denkt Corky, mit dem Stau auf der Brisbane. Alles ging glatt, er hatte sich toll gefühlt auf dem Weg zu Christina Kavanaugh – und plötzlich war alles abgewürgt. Und seither bekommt er keinen Fuß mehr auf den Boden.

Der Gedanke daran, wie er den Verkehr geregelt, wie er dem Cop unter die Arme gegriffen, sich in der allgemeinen Aufmerksamkeit gesonnt hat, ist ihm jetzt regelrecht peinlich. Wie der Cop lächelnd winkte, als er vorbeigefahren ist. »Danke, Mr. Corcoran!« Corky überlegt, ob es vielleicht gar kein Lächeln, sondern ein Grinsen und ob das Danke womöglich ironisch gemeint war. Und wie er sich bei Christina damit gebrüstet hat, und bei wem noch, ja, bei Greenbaum und wohl auch bei Miriam. Und alle hatten ihm nach dem Munde geredet. Obertrottel.

Corky freut sich, als er Ecke Ninth und Schoharie Bobby Ray's Sports Bar sichtet, auch wenn sie am Tage enttäuschend schäbig aussieht wie all diese Pinten. Die renovierungsbedürftige Fassade und die Fenster aus Redwood-Imitation, das vertraute Neonschild mit den zappelnden schwarzen Punkten, die sich zu Cartoons von Boxszenen, Pferderennen, Baseball, Football zusammenfügen. Corky hat großartige Erinnerungen an Bobby Ray. Eine Woche 800 Dollar im Minus, die nächste 1100 Dollar im Plus, einmal 500 Dollar Verlust, dann wieder 400 Dollar Gewinn – und so geht das immer weiter. Die unversteuerten 26 500 Dollar in der Dreierwette – das war Corkys großer Coup gewesen. Beim Titelkampf Tyson-Douglas hatte er coole 10 000 Dollar in den Sand gesetzt, er kann es immer noch nicht fassen, daß Tyson verloren hat. Einfach so. Das beste Schwergewicht seit Ali kriecht k.o.-geschlagen auf den Brettern rum und grabbelt nach seinem Mundstück – ein Bild, das man so schnell nicht vergißt.

In seinem geheimen Kontobuch in der Pearl Street hat er detaillierte Aufstellungen über gewonnene und verlorene Wetten bei Bobby Ray's, und wenn er es mal aufaddieren würde, schätzt er, wäre das Konto mehr oder weniger ausgeglichen. So wie bei seiner dicken Tante Mildred, die mal ein paar Pfund verliert, mal ein paar zunimmt, wieder verliert, wieder zulegt, geht es auch mit dem Zocken: Du verlierst, gewinnst, verlierst, gewinnst, ein ständiger Wechsel, wenn du nicht gerade totalen Mist baust, und dann bist du sowieso out.

Bei Bobby Ray's ist nichts los, nur eine Handvoll Gäste und keine bekannten Gesichter in der Bar, keine von Bedeutung jedenfalls. Die gedämpfte Beleuchtung tut den Augen wohl, zumal blutunterlaufenen verkaterten Augen, Corky fühlt sich schon besser. Er gibt bei dem Typ am Tresen rasch seine Bestellung auf und verzieht sich aufs Klo, um die Beule an seiner Stirn zu inspizieren. Scheiße, sie hat schon Golfballgröße, wie soll er die bloß tarnen bei seinen Geheimratsecken?

Immerhin sieht Corky in diesem Spiegel fast schon wieder so flott und so unternehmungslustig aus wie sonst. Fast.

Er läßt das Wasser laufen, bis es richtig kalt ist, und spritzt es sich ins Gesicht. Tut gut. Spült sich nochmal gründlich den Mund. Widerlich, dieser Geschmack, Erbrochenes läßt die Zähne faulen, hat Corky mal gelesen. Reine Säure. Er denkt an diese ausgeflippten Frauen, von denen er in *People* gelesen hat, die mit der Bulimie, die sich vollfressen wie die Schweine und dann einen Finger in den Hals stecken, um alles wieder hochzukotzen, neben allen anderen körperlichen Gebrechen haben die also auch noch faule Zähne, die armen Säue, und das alles bloß, um dünn zu sein, dabei stehen die Männer gar nicht auf dünn, halten nichts von diesem Bügelbrettlook ohne Hüften und Titten, die nicht größer sind als bei einem Kerl, da sieht man ihnen ja förmlich an, wie unausgeglichen sie sind. Corky überlegt, ob Thalia in Cornell auch so was gemacht hat oder ob es nur Magersucht war. Klapperdürr, geisterblaß. Alles, um Zuwendung zu bekommen, und das hat ja auch geklappt. *Daß das Böse in der Welt unser eigener Scheiß ist und daß wir nur nicht wagen, das zuzugeben.* Verdammt, was weiß ein Mädchen wie Thalia vom Bösen? Corky könnte ihr da so einiges erzählen.

Sie ist ihm nicht mehr ganz geheuer, seit er nach ihrem Zusammenbruch ins Krankenhaus gekommen ist und sie gesehen hat, die schöne Thalia, abgemagert wie diese verrückte französische Jüdin, die, wenn er sich recht erinnert, zum Katholizismus konvertierte und sich dann gegen ihre eigene Rasse gewandt hat. *Gott gebe, daß ich ein Nichts werde,* hat Thalia beifällig zitiert, und Corky mußte sich mächtig am Riemen reißen, um nicht laut zu sagen, was er von diesem wimmerig-wehleidigen »mystischen« Quatsch hält.

Gott wird bald genug dafür sorgen, daß du ein Nichts wirst, Schätzchen, ganz unnötig, daß du dem Alten auch noch sagst, er solle sich damit beeilen.

Corky sieht auf die Uhr. 13.35. Um vier will Thalia kommen, noch reichlich Zeit also, bei ihr will er sich auf keinen Fall verspäten.

Der erste Drink des Tages geht runter wie nichts, ein tolles Gefühl im Mund, in der Kehle, und wie er einem ins Blut schießt mit diesem jähen, ermutigenden Wohlgefühl, das dem Organismus signalisiert: *Alles in Ordnung*. Fast so gut wie eine geballte Ladung Sex. Vielleicht besser. So tröstlich. Infantil vielleicht, aber was soll's. Mama liebt dich, hier hast du die Brust.

Corky nimmt einen zweiten großen Schluck. Seufzt.

Wo Quantentheorie ist, da ist Hoffnung!

Lew, der Barkeeper, der um die fünfzig ist und unter seinem U.C. Mohawks T-Shirt einen Bierbauch spazierenträgt, der ihm bis über den Gürtel hängt, ruft vergnügt zu Corky hinüber: »Hey Corky, wie geht's? Hast dich länger nicht sehen lassen«, und Corky schafft es, ihn mit einem Lächeln abzuwimmeln, eine Kunst, die er vollendet beherrscht. »Kann nicht klagen, Lew, nur wahnsinnig viel zu tun«, womit er zu verstehen gibt, daß er auch jetzt, während er mit seinem Ale rasch nach hinten zu den Telefonen geht, wahnsinnig viel zu tun hat. Sich von dem Typen vollquatschen zu lassen – das fehlte ihm jetzt gerade noch.

Immerhin bekommt er noch mit, wie Lew zu einem Gast am Tresen sagt: »Das ist ›Corky Corcoran‹«, was Corky mit einer kleinen Regung der Genugtuung zur Kenntnis nimmt.

Bobby Ray's ist einer von Corkys Zufluchtsorten. Hier kennen sie seinen Ruf und mögen ihn als Mensch und nicht nur als einen je nach Stimmung mehr oder weniger spendablen Trinkgeldgeber. Den alten Bobby Ray Deck gab's schon zu Tim Corcorans Zeit, wenn Corky auftaucht, schüttelt er ihm die Hand, sieht ihm in die Augen und fragt: Wie geht's, mein Junge? Und die Botschaft, wortlos, aber so spürbar wie ein elektrischer Schlag, lautet: *Er ist tot. Tot?*

Nicht jetzt, verdammt nochmal. Corky nimmt sich vor, heute einen großen Bogen um den Alten zu machen.

Sein Bier trinkt er im Stehen, während er telefoniert. Zunächst ruft er Sean Corcoran an. »Tut mir wahnsinnig leid, Onkel Sean, aber ich bin aufgehalten worden – wie wär's mit morgen? Okay, ich frag mal im Holy Redeemer nach, wie's Tante Mary Megan geht, ob sie Besucher zu ihr lassen…« Und was bleibt dem armen Kerl anderes übrig, als Ja zu sagen, es ist nicht das erste Mal, daß sein Neffe ihn versetzt, und es wird nicht das letzte Mal sein, also meinetwegen. Erleichtert, aber auch mit etwas schlechtem Gewissen legt Corky auf, er denkt daran, wie

Lois ihn genervt hat, weil er ihren Vater nicht besucht, schließlich hat Vater ja auch nicht das ewige Leben, Corky, du weißt doch, daß er dich liebt, und Corky zuckt schuldbewußt und verärgert die Schultern, die verdammten Weiber setzen dir die Pistole auf die Brust und reden von »Liebe«, als ob sie das Wort gepachtet hätten, du »liebst« nicht genug, du versäumst deine Pflicht, ach Scheiße, was soll das Ganze. Fährt er eben morgen in die Roosevelt Street. Oder auch nicht.

Anders sieht es mit Corkys zweitem Telefongespräch aus. Dafür braucht er ein weiteres Ale.

Er tippt die Zahlen von Christinas Nummer in der Nott Street ein. *Hallo Chrissie, tut mir leid, du weißt, ich liebe dich,* aber wahrscheinlich ist sie gar nicht da, es ist Samstagnachmittag. *Christina? Herrgott, es tut mir leid. Du weißt, daß ich dich liebe, ich wollte dir nie weh tun,* er hört es läuten, er sieht die Sonne durch die Fenster nach hinten raus, die glatten Dielenbretter, den Teppich, auf dem sie sich so oft geliebt haben, *Christina, ich bin's, ich hab eine Dummheit gemacht, kann ich dich sehen, wann kann ich dich sehen?,* jedesmal wie das erste Mal, aber nie hätte Corky gedacht, daß es das letzte Mal sein könnte, *Chrissie, mein Gott, es tut mir so leid so leid so leid,* Gottseidank, sie ist nicht da. Sie hebt nicht ab.

Corky knallt den Hörer hin.

Würde ihn jetzt einer beobachten, sähe er einen zornigen Mann.

Er braucht eine Minute zur Erholung, ehe er es bei Christina zu Hause versucht. Er schwitzt. Er friert. Fährt rasch mit der Zunge über den ausgezackten Schneidezahn, immer wieder, eine nervöse Angewohnheit, die er gar nicht mehr richtig wahrnimmt. *Christina? Hier Corky, wir müssen reden. Es tut mir leid«,* aber tut es ihm leid? Ist es nicht an ihr, den ersten Schritt zu tun, hat nicht sie ihn verraten? Diese Nummer von Christina weiß Corky nicht auswendig, zu Hause hat er sie noch nie angerufen, er muß in seinem Adreßbuch nachsehen, Kavanaugh, und was ist, wenn Harry sich meldet? Harry, hier ist Jerome Corcoran, Sie erinnern sich? Er tippt die Zahlen ein und hört es am anderen Ende läuten, und seine Angst wächst, was um Himmels willen soll er sagen? Zu ihr, wenn sie dran ist? Zu ihm, wenn er dran ist? Es gibt einfach keine Worte. Keine Worte. Als sich am anderen Ende jemand meldet, als Corky begreift, daß es kein Anrufbeantworter, sondern ein lebendiger Mensch ist, legt er rasch auf.

Verdammt, er zittert ja. Und das bedeutet wohl, daß er sie liebt. Und daß sie ihn fest am Haken hat.

»Scheiße.«

Corkys Vierteldollar fällt scheppernd in die Geldrückgabe.

Auch beim nächsten Anruf ist er nervös. Und voll gespannter Erwartung. Wie als Junge in der Schule, wenn er eine Arbeit zurückbekommen hat, Mathe, Physik, Chemie, Fächer, in denen es um präzise Antworten geht und nicht um irgendwelchen allgemeinen Scheiß, und man weiß, daß man es nicht gepackt, daß man Mist gebaut hat, und trotzdem ist da dieser Hoffnungsschimmer, diese fast schwindelerregende Hoffnung, wenn der Priester den Namen aufruft und *Jerome Corcoran* nach vorn kommt und das Heft entgegennimmt und sich sogar jetzt noch nicht wagt, die krakelige rote Zahl anzuschauen, die sein Schicksal ist. Denn solange man nichts Genaues weiß, gibt es Hoffnung.

Die Nummer, die Corky wählt, ist die von Howard Greenbaum, nach Christina der zweite Mensch, mit dem er gern gesprochen hätte, als er im Leichenschauhaus zu sich gekommen war, außerdem fällt ihm jetzt ein, daß er in der Nacht einen Angsttraum hatte, sein ganzes Geld wäre weg, und seine Firma sollte verkauft werden, um die Steuern zu zahlen, so weit könnte es ja leider tatsächlich irgendwann mal kommen. Er ruft Greenbaum zu Hause an, das hat er noch nie gemacht, und vielleicht ist das ein Fehler, aber Fragen der Etikette sind Corky im Moment herzlich egal. »Ja? Hallo?« fragt Greenbaum mit einer so lebhaften, so jugendlichen Stimme, daß Corky denkt, er hat sich verwählt, aber als er seinen Namen nennt, schleicht sich hörbare Enttäuschung in Greenbaums Ton, der arme Kerl hat einen anderen Anruf erwartet, von einem Freund, einem Verwandten, einem Menschen, den er gern hat. Für solche Feinheiten hat Corky zur Zeit keinen Nerv. Er fragt Greenbaum erneut nach dem Rechtsstreit mit dem Finanzamt, werden sie Zinsen verlangen, werden sie ihm eine Geldstrafe aufbrummen, könnte er womöglich ins Gefängnis kommen? »Ich habe nur den Rat meines Buchhalters befolgt, das wissen Sie doch, Howard!« Greenbaum wiederholt das, was er am Vortag beim Essen gesagt hat, er beruhigt Corky, das Schlimmste, was passieren könnte, wäre, daß er 400 000 Dollar an die Bundesregierung zahlen muß, und Corky sagt bitter lachend: »Das Schlimmste? Eine ausgewachsene Katastrophe wäre das, Howard!« und Greenbaum versucht ihn zu beruhigen und erklärt, daß sie in die Berufung gehen können, und früher oder später, in drei Jahren vielleicht, werden sie dann doch gewinnen, und Corky lacht lauter. »Bis dahin bin ich ein armer Mann, bis dahin bin ich tot« und spricht stolpernd und sich verheddernd weiter, von seiner Angst, alles zu verlieren, all die Jahre hat er die Firma aufgebaut, und jetzt, in dieser Scheißrezession, in die uns die verdammten Republikaner getrieben haben, soll alles vorbei sein, vielleicht sollte er ein paar Immobilien mit Verlust abstoßen. Oder Grundstücke kaufen (es gibt das eine oder andere in Union City, auf das er sein Auge geworfen hat) und einfach hoffen, daß die Wirtschaft sich wieder erholt, daß im Januar 1993 ein Demokrat im Weißen Haus sitzt? Und Greenbaum unterbricht ihn geduldig und in scheinbar mitfühlendem Ton und sagt, am besten wär's, die Sache erst mal auszusitzen, und Corky sagt, nein schreit fast: »Aussitzen? Ich werd verrückt, Howard, ich bin am Ertrinken!«, er bemüht sich verzweifelt, das Gespräch mit diesem genialen jüdischen Geldmenschen in Gang zu halten, er redet schnell und nicht sehr zusammenhängend, macht sogar (was ihm hinterher sehr peinlich ist) eine Andeutung, er könne ja vielleicht mal bei Howard vorbeikommen, heute vormittag oder jetzt gleich, damit sie die Konten zusammen durchsehen, ausnahmsweise, nächste Woche könnte es womöglich zu spät sein, aber Greenbaum wehrt diskret ab, heute und morgen hat er familiäre Verpflichtungen, er muß zu einer Bar Mitzwa, der Sohn seines Neffen, und Corky unterbricht ihn mit der Frage, was eine Bar Mitzwa eigentlich ist, das hat er schon immer wissen wollen, ist es so was wie die Firmung bei den Katholiken, und Greenbaum erklärt es ihm geduldig und in scheinbar mitfühlendem Ton, aber Corky hört gar nicht zu, Corky denkt schwitzend daran, wie 1982 das Finanzamt zu Ross Drummond Realty & Insurances Inc. zur Betriebsprüfung kam und der Alte sich die besten Steueranwälte des Staates

New York genommen und zum Schluß den Anwälten und dem Finanzamt wieviel – ja, zwei Millionen gezahlt und das noch als Sieg verbucht hat. *Als Sieg!* Corky fällt Greenbaum ins Wort, um sich ausführlich über diese Sache auszulassen, während er fleißig Vierteldollars in den Schlitz steckt, im Hintergrund grölt ein Fernseher, man hört Männerstimmen, Reden und Gelächter, einer hat eine laut wiehernde Lache, und der schwitzende, frierende Corky überlegt, ob er vielleicht wirklich verrückt wird, wirklich am Ertrinken ist, und Greenbaum fragt vorsichtig: »Stimmt irgendwas nicht mit Ihnen, Jerome? Privat, meine ich?« Und Corky lacht hoffnungslos auf: »Nennen Sie mich ›Corky‹, Howard, wie oft soll ich Ihnen das noch sagen…«, und Greenbaum murmelt nicht sehr überzeugend: »Corky«, und der sagt: »Doch, privat stimmt bei mir alles, besten Dank, was sollte denn da nicht stimmen, und überhaupt – was hat man denn hierzulande noch von seinem Privatleben? Die Steuergesetze und die Zinssätze und diese neueste Katastrophe, über die wir gestern gesprochen haben, Bender bankrott und Viquinex, eine angeblich so phantastische Investition…«, und er kann nur hoffen, daß Greenbaum den Ball annimmt, den er ihm zuspielt, Corky wünscht sich in seiner Verzweiflung nichts sehnlicher, als daß dieser überlegene, kenntnisreiche Mann mit ihm redet, der sich in dem wabernden Nebel der Wirtschaft ebenso auskennt wie in der Weisheit von Jahrhunderten, *der Judaismus hat sich immer auf ethische Fragen konzentriert,* na eben, da weiß man doch, woran man ist, nicht wie bei den Katholiken, die nur darauf aus sind, die eigene Haut zu retten, und Gottseidank nimmt Greenbaum das Stichwort auf und erklärt Corky zum zehntenmal, wie es finanziell um ihn und seine Beteiligungsgesellschaften steht, erklärt ihm die technischen Einzelheiten der Zusammenlegung und die Vorteile der neuen Gesellschaften und einer Notierung an der Börse, »und die Geschäftsführung würde Hallwood übernehmen, eine Handelsbank solide wie der Fels von Gibraltar«, ergänzt Corky. Nachdem Greenbaums beschwichtigende, nüchtern intelligente Stimme nun schon geraume Zeit auf ihn einwirkt, geht es ihm bedeutend besser. Er hat sein zweites Ale intus, und auch das beruhigt. Vielleicht ist alles doch nicht ganz so schlimm. Er hat Hunger.

Er bedankt sich bei Greenbaum und wiederholt, seine Sekretärin würde einen Termin für die nächste Woche festlegen, wünscht Greenbaum einen schönen Memorial Day und eine schöne »Bar mitzwa« – und ahnt, noch während seine Zunge sich ungeschickt mit dem Wort müht, daß er es falsch ausgesprochen hat, aber Howard Greenbaum ist zu sehr Gentleman, um ihn zu verbessern.

Im Sportzimmer, das bis auf zwei kleine Gästegruppen fast leer ist, verschlingt Corky einen saftigen halbrohen Bobby Ray Sportsburger (mit geschmolzenem Blauschimmelkäse, Pepperoni, Paprikaschote, Anchovis, Champignons, Zwiebeln und einer Salsasoße, die so scharf ist, daß ihm die Augen tränen) auf einem krossen Sesambrötchen von der Größe einer Schwergewichtlerfaust. Bei Bobby Ray's bestellt Corky jedesmal den Sportsburger, und der ist immer große Klasse, wenn du so was kaust und schluckst, weißt du, wozu du auf der Welt bist. Dazu eine großzüge Portion Crinkle Fries – eine Kreuzung aus Pommes frites und Kartoffelchips, heiß, fettig-salzig und scharf. Und als die Bedienung in U.C. Mohawks T-Shirt, passender Baseballkappe und knappem Minirock sieht, daß Corkys Crinkle Fries schon vor dem Burger vom Teller verschwunden sind, bringt sie unaufgefordert eine zweite Portion und noch ein hohes Glas schäumendes Twelve Horse vom Faß.

Corky ißt und trinkt mit großem Appetit, und seine Stimmung hebt sich. Daß er im Leichenschauhaus schlapp gemacht hat, lag am Hunger, ganz klar. Und daran, daß er so mit den Nerven runter ist. Er erinnert sich nicht mal mehr, was dieses gemeine Schwein Wiegler alles erzählt hat, während vor Corky der Fußboden abgekippt ist.

Im TV an der Bar läuft ein Spiel der Detroit Tigers gegen die Toronto Blue Jays, im Sportzimmer flimmern über die fünf Großbildschirme ein Golfturnier live aus Kalifornien, ein Boxkampf als Wiederholung, eine Leichtathletikveranstaltung als Wiederholung, ein Spiel der Mets live und das Programm von CNN. Das Sportzimmer ist ein großer, tieferliegender Raum mit grün marmorierten Resopaltischen und üppig gepolsterten Sesseln – ein bißchen wie eine etwas schmuddelige Hotelhalle –, die Hauptattraktion ist die Wand mit den Fernsehschirmen, auf denen die Sendungen ohne Ton laufen, an den anderen – fensterlosen – Wänden hängen dicht an dicht Posters verflossener Sportveranstaltungen, mit Autogrammen versehene Aufnahmen verflossener Sporthelden und eine Reihe gerahmter Fotos der U.C. Mohawks in Baseballkluft, von der Gründung der Mannschaft 1949 bis zum vergangenen Jahr, 1991. Corky ist seit seiner Einschulung ein Anhänger des heimischen Teams und denkt leicht verlegen und nostalgisch zugleich an seine damaligen heftigen Gefühlsaufwallungen. In Union City kursiert der Spruch: »Wozu haben wir die Mohawks? Damit wir unseren täglichen Frust bekommen!«, was ein bißchen unfair ist, das Team ist nicht schlecht, nur unberechenbar. In der letzten Saison waren sie im Mittelfeld der American League East, in dieser Saison hatten sie einen fulminanten Start, aber so wird es wohl nicht bleiben. Wenn sie es bis zu den Playoffs schaffen, wäre es das erste Mal seit sechs Jahren, und Corky sieht das noch nicht so recht. Und überhaupt: Was ist heutzutage schon ein Team? Früher fing ein Spieler bei einer Mannschaft an und hörte dort auch wieder auf. Wenn er heute ein paar Fehler macht, sich verletzt, die ersten Alterserscheinungen zeigt oder wenn seine Trefferrate absackt, wird er verkauft, und ein Neuer kommt ins Team. Von den Superstars ganz zu schweigen. Die Teams sind nur noch Handelsware, da darf man sich nichts vormachen.

Aber in der heißen Phase kann Corky es trotzdem nicht lassen. Bei den Playoffs und der World Series letztes Jahr hat er öfter verloren als gewonnen, wie verrückt hat er gewettet, zu Hause und über einen Kontaktmann in Las Vegas,

4300 Dollar Miese hat er gemacht, aber in diesem Jahr wird er sich ein bißchen zurückhalten.

Corky schaut, während er zu Ende ißt, auf die Fernsehschirme. Ohne Ton wirkt das, was die Leute da aufstellen, gespenstisch und sinnlos. Der Boxkampf endet damit, daß der Schiedsrichter (der klinisch anmutende Gummihandschuhe trägt, Sport im Zeitalter von Aids) dem einen Schwarzen den Arm hochreißt, während der andere Schwarze, der aus einem Auge blutet, von seinen Betreuern abgeschleppt wird. Dann eine langsame Überblendung. Trabrennen in Belmont: Prairie Flower, Blue Vesa, Orion: Erster, zweiter, dritter Sieger. Das Golfturnier geht in

Zeitlupe weiter, Schnitt zu den Moderatoren, die sich mit ihrem Gewäsch so wichtig tun, daß man meinen könnte, man wäre auf einer Gipfelkonferenz. Corky ist heilfroh, daß er diese Armleuchter nicht hören muß, auf Golf steht er sowieso nicht, unter Anleitung des alten Drummond hat er mal damit angefangen, der Hintergedanke dabei war natürlich, im Union City Golf Club wichtige Kontakte zu knüpfen, aber es hat nichts gebracht, diesen aufgeblasenen alten Säcken in den Hintern zu kriechen, außerdem, gib's zu, Corky, war das Schlägerschwingen nicht dein Ding. Corkys Begeisterung für den Sport hat seinen Ursprung in der Kindheit, ist nostalgische Sehnsucht nach dem Gemeinschaftserlebnis jener Jahre mit Erinnerungen an alte Freunde aus dem Viertel wie Nick Daugherty, Vetter Cormac, die McGuirt-Brüder, später an der Highschool Vic Slattery und seine Freunde. Die Boxstaffel, das Leichtathletik-Team, Schwimmen – für Corky bedeutete das, mit seinen Freunden zusammenzusein. *Du warst nie glücklicher, du weißt es.*

Die Leichtathletikveranstaltung ist zu Ende, ihr folgt – ja, was ist das eigentlich? – ein Schlittenhundrennen auf dem Yukon? Kalter blauer Himmel, blendendweißer Schnee, kläffende Huskies, Corky ist froh, daß er auch die nicht hört. Auf dem anderen Schirm spielen die Mets – auch wieder in Zeitlupe – weiter gegen die Phillies, mittelmäßiger Baseball auf beiden Seiten. Corky war früher ein Anhänger der Mets, aber seit sie die World Series gewonnen haben, ist nichts mehr los mit ihnen, sind sie ein ganz gewöhnliches fades Team geworden, neue Gesichter und neue Namen, die Corky sich nicht mehr alle merken kann. Auf dem CNN-Schirm gibt es einen Schnitt von einem albern grinsenden und winkenden Bush zu einer republikanischen Menschenmenge und von da zu einem Lager in der Wüste mit Nahaufnahmen von – Herrgottnochmal, von klapperdürren Kindern mit Blähbäuchen und dicken Zwiebelköpfen. Corky schaut, Crinkle Fries kauend, schnell weg. Okay, die Welt ist ungerecht, überall wird furchtbar gelitten – aber was soll man machen?

Verdammt, wenn man Hunger hat, muß man doch was essen.

Man muß doch was haben, worauf man sich freuen kann, wozu soll man sich denn sonst jeden Morgen die verdammten Schuhe zubinden…

Unser eigener Scheiß, daß wir uns nicht trauen, das zuzugeben...

»Noch ein Ale, Mr. Corcoran?«

Corky nickt. »Kannst ruhig Corky sagen.«

Ein rasches, verlockend gemeintes Lächeln, rundes Grübchengesicht, kein junges Mädchen mehr, aber das Gehabe mädchenhaft-verspielt. Der Busen unter dem T-Shirt hat Playboy-Standard, Corky schaut sie an, als ob sie ihn interessiere oder als ob sie ihn, wenn er frei wäre oder Zeit hätte oder die Situation eine andere wäre, interessieren könnte.

»Corky.«

Im Gehen schwenkt sie Hüften und Hintern, einen großzügig bemessenen Hintern, und wirft das gesträhnte, kunstvoll verwirbelte und gezwirbelte Haar zurück. Hochhackige weiße Stiefel, Strümpfe mit metallisch-feuchtem Glanz. Gut gepolsterte Knie. Dicke Schenkel und Hüften. Und diese Titten. Eigentlich nicht Corkys Typ, aber in der Not frißt der Teufel Fliegen.

Nach einer Tanzerei im St. Thomas hatten sie zusammen dieses Polenmädchen mit der Schweineschnute vernascht, er, Vic, Buddy und Heinz, da hatten sie ihre »anständigen« Partnerinnen schon heimgebracht und waren besoffen und turbogeil, Vic war der Schüchternste und hatte die meiste Angst davor gehabt, sich was zu holen, und er, Corky, hatte den Erfahrenen gemimt und damit geprahlt, daß er solche Weiber seit der siebten Klasse ficke. Genau genommen erst seit der neunten, aber das brauchte ja keiner zu wissen.

Corky schaut nochmal vorsichtig auf den CNN-Schirm, aber da haben sie es immer noch mit der Hungersnot in Afrika, ein weißer Rotkreuzmitarbeiter beugt sich über ein Krankenhausbett, in dem ein klapperdürrer erwachsener Schwarzer liegt, irgendwas sagt und einen stengeldünnen Arm bewegt. Corky schluckt mühsam und versucht, sich auf den Werfer der Phillies zu konzentrieren, der quälend langsam Schwung holt, aber der verdammte CNN-Schirm lenkt Corky ab, so daß er fluchend seinen Stuhl wegdreht, damit er nicht hinzuschauen braucht.

»Hey, Corky! Hereinspaziert!«

Corky müßte eigentlich machen, daß er hier weg und nach Hause kommt, auf keinen Fall dürfte er sich zu den Typen an der Theke setzen und noch ein Bier trinken, nach seiner Uhr ist es 14.48, und Thalia soll nicht denken, daß er so früh am Tag schon getrunken hat, Thalia mit ihrer Spürhundnase, die einen Bierrülpser noch auf hundert Meter wittert. Aber eins mehr oder weniger tut wohl nicht weh.

In der Bar ist jetzt mehr los, eine munter lärmende Clique schaut sich das Spiel der Tigers gegen die Jays an, Corky setzt sich neben Artie Fleischman, den er flüchtig kennt, Fleischman ist Polizeibeamter, Lieutenant im Fünften Bezirk, im Augenblick außer Dienst, in Khakihose, rotkariertem Hemd, weißem T-Shirt, ein hochgewachsener Kerl in den Vierzigern, schwere Kinnbacken, Tränensäcke, locker-lässige Art, jedenfalls versucht er diesen Eindruck zu erwecken. Wie Budd Yeager.

Komisch: Corky hat sich das mit Budd Yeager über Nacht nochmal durch den Kopf gehen lassen. Wie er an ihn herangetreten ist, ihm die Hand auf die Schulter gelegt hat, so freundschaftlich, so interessiert hat er ihn noch nie erlebt, ein Kranz lustiger Fältchen um die kalten Augen, der Anflug eines Lächelns um den Mund, als er Corky die neun Hundert-Dollar-Scheine zugesteckt hat, als wär's ein Liebesbrief, obwohl die Spielschuld bestimmt nicht so hoch war. Hatte das am Ende irgendwas mit Marilee Plummer zu tun? Oder damit, daß Corky ausgerechnet in dem Moment vor ihrer Wohnung aufgekreuzt war, als der Krankenwagen gerade wegfuhr? Beck hat das natürlich gemeldet. Und Yeager hat davon erfahren.

Aber vielleicht hat es sich auch nur zufällig so ergeben.

Zufällig hat es sich nun heute so ergeben, daß Corky hier bei Bobby Ray's ist und mit diesen Typen ins Reden und Lachen kommt, mit Artie Fleischman, der scheißfreundlich tut, obgleich er im Grunde ein gemeines Schwein ist, wer weiß, wieviele Köpfe er schon eingeschlagen, wieviele Menschen er erschossen hat, *konfrontiert mit einer seiner Meinung nach lebensgefährlichen physischen Bedrohung*, wie es in den Vorschriften für Cops heißt. In den Pausen zwischen zwei Innings gibt es eine »aktuelle Meldung« in den Lokalnachrichten. Eine Liveübertragung von Marcus Steadmans »vermutetem Schlupfwinkel« in

Shehawkin, wo der Stadtverordnete, evangelikale Prediger und unter Anklage stehende Sittlichkeitsverbrecher sich angeblich vor den Medien versteckt hält. Eine blonde Reporterin mit Glubschaugen redet schnell und aufgeregt in die Kamera, es gibt rasche, kühne Schnitte zu einem kleinen Holzbungalow auf einem ordentlichen Grundstück und rätselhafte Nahaufnahmen von geschlossenen Türen und Fenstern mit heruntergelassenen Jalousien, bei denen man sich wie in einem Krimi vorkommt. Und dahinter sitzt Steadman? In die Enge getrieben wie ein wildes Tier, das man bis vor seine Höhle verfolgt hat? Wie ein schuldbeladener Mann?

An der hufeisenförmigen Theke werden unter den zehn, zwölf Männern, zu denen auch Corky gehört, halblaute Unmutsäußerungen laut, die Stimmung ist so eindeutig gegen Steadman, als habe er Marilee Plummer umgebracht, oder vielleicht hat der Unmut hier an der Theke gar nichts mit Marilee Plummer zu tun, vielleicht äußert sich darin nur gerechte Empörung, die Art von Empörung, die ein gutes Gefühl in dir weckt, du sitzt mit deinen Kumpels zusammen – allesamt weiß und männlich – und weißt dich mit ihnen einig. Und als ein Filmausschnitt läuft, in dem Steadman am Donnerstagabend auf den Stufen des Gerichts zu den Demonstranten spricht, wird der Unmut lauter, gehässiger: »Niggerschwanz!« »Schwarzer Arschsack!« Corky hat den Film schon gesehen, einen Teil der Rede gehört, mit der Marcus Steadman sich vor seinen Anhängern armeschwenkend über das Rodney-King-Urteil und den Fall Picket-Johnson ereifert, der hochgewachsene Steadman mit der schwarzen Haut, mit dieser erstaunlichen Predigerstimme, den großen irren Augen, der die Menge, die ausschließlich schwarze Menge, fest im Griff hat »Wo ist Gerechtigkeit? Wo ist schwarze Gerechtigkeit? Wo ist unsere Gerechtigkeit?«, die Demonstranten schreien *Ja!* und *Sag es Bruder!* Klagende, jammernde, ekstatische Stimmen, Welle auf Welle, und über der Menge, groß und drohend aufragend, Marcus Steadman, ein häßlicher, bulliger Kerl, das Gesicht ölig glänzend von Schweiß *Erhebt euch, meine Brüder! O meine Schwestern! Wo ist unsere Gerechtigkeit!*

Corky ist das alles nicht neu, er kennt es nach den ständigen Wiederholungen praktisch auswendig. Aber plötzlich gehen ihm

Steadmans Worte und die Reaktion der Menschen unter die Haut, plötzlich denkt er, Herrgott, wenn ich schwarz wäre und Marcus Steadman so reden hörte? Wie wäre mir dann wohl zumute?

Vielleicht, überlegt er, ist eben die Hautfarbe doch wesentlich, bezeichnet so was wie eine besondere Spezies. Dieses Schwarz-Sein, ja, das Nigger-Sein – wenn du das in den Augen der anderen, in den Augen der Weißen, sein mußt. Wenn das der Preis ist, den du zahlst, um zu erfahren, wer du bist und wer du nicht bist.

Artie Fleischmann gibt Corky einen schmerzhaften Knuff und grinst. »Wissen Sie, was ich gern machen würde? Diesem Scheißbimbo den Schwanz abreißen und in den Hals stopfen.«

Corky gibt ein unverbindliches Grunzen von sich, das Ja oder auch Nein bedeuten kann.

Dann wendet er sich wieder der Livesendung aus Shehawkin zu, das etwa zehn Meilen von hier liegt, den aufgerissenen Augen, der sich überschlagenden Stimme der blonden Reporterin, dem »Sondereinsatzkommando des Senders SWAT«, das den Bungalow aufs Korn genommen hat, einen Bungalow, der auf den Namen von Marcus Steadmans Stiefmutter ins Grundbuch eingetragen ist, wieder sieht man leere blinde Fenster in Nahaufnahme, ist das nicht unbefugtes Eindringen, überlegt Corky, ist das nicht Belästigung – ein Wunder wär's nicht, wenn jemand, der so bedrängt wird, ausrasten und mit einer Schrotflinte auf die Ärsche vom Fernsehen losgehen würde. Die Typen an der Theke allerdings, einschließlich des Barkeepers Lew, sind fasziniert, gehen voll mit. Scheiß-Steadman, Scheißnigger! Warum schmeißen die ihm nicht einfach einen Molotowcocktail durchs Fenster?

Artie ist nicht der einzige Cop in Freizeitkluft an der Bar, Corky erkennt noch zwei, drei andere. Bobby Ray's ist eine Stammkneipe für weiße Cops und auch deshalb so beliebt.

Corky bewegt unbehaglich die Schultern. Nimmt einen großen Schluck Ale. Unwillkürlich fragt er sich, wie es wohl sein mag, jetzt Steadman zu sein, sich in diesem Haus verstecken zu müssen. Während ganz Union City von Marilee Plummer redet und Steadman die Schuld gibt. Wäre sie eine Weiße gewesen, und hätte sich diese Sache vor ein paar Jahrzehnten zugetragen, wäre der Mann jetzt vielleicht schon gelyncht.

Die Lokalnachrichten enden unvermittelt mit einer Überblendung auf einen Werbespot für Miller Lite und einen für den Dodge Caravan Mini-Van, und dann sieht man wieder das Tiger Stadium, das dritte Inning hat gerade begonnen, das Team von Toronto tritt zum Schlag an, und Corky versucht sich zu konzentrieren, aber er ist kribbelig und sein Gesicht brennt. Zeit zum Heimfahren, denkt er. Sein Leben lang ist er ständig am falschen Platz und rennt pausenlos gegen die Uhr an. Erst hat er immer reichlich Zeit, und ehe er sich's versieht, ist er zu spät dran. Wenn er rechtzeitig nach Hause kommt, kann er duschen, sich umziehen und sich, ehe Thalia kommt, noch etwas ausnüchtern. Hatte sie vier oder halb fünf gesagt? Diesmal darfst du keinen Mist bauen, das wird ein entscheidendes Treffen, weiß Gott, worum Thalia ihn bitten wird. Oder sich nimmt, ohne darum gebeten zu haben.

Auch die van Burens müßte er unbedingt anrufen und ihnen eine plausible Ausrede für gestern abend auftischen.

Auf keinen Fall darfst du riskieren, auf Andy van Burens berüchtigte Schwarze Liste zu kommen.

Fast so schlimm wie die von Oscar Slattery.

Corky weiß, daß er sich davonmachen sollte, aber das Match hält ihn fest. Und die Stimmung in der Bar – Corky steht auf Bars – und das Gemeinschaftserlebnis mit diesen Typen, wer könnte da widerstehen. Und sie mögen Corky, auch das findet er gut. Lautes, ordinäres Lachen. Dreckige Witze. Corky Corcoran schmeißt eine Runde und sagt mit sehr irischer Stimme den alten irischen Trinkspruch auf: »Möge der Weg sich dir entgegenheben, möge die Sonne dir warm ins Gesicht scheinen und mögest du wohlbehalten im Himmel ankommen, ehe der Teufel merkt, daß du tot bist!« Die Typen finden das großartig und klatschen. Irischer Schmus, irisches Gelaber, Corky ist für so was ja auch anfällig. Und ein anderer schmeißt, von Corkys Stimmung angesteckt, die nächste Runde. Wie das eben so geht.

Corky sieht sich gern als spendablen Typen, der auch andere zu Spendierfreudigkeit anregt.

Von Tim Corcoran haben sie das auch gesagt. Aber sein Bruder Sean – furchtbarer Knicker, der Typ!

Corky teilt sich mit Artie Fleischman und einem anderen Cop

eine Schale vergammelte Pistazien, sie klopfen dumme Sprüche und reden über Baseballgeschichte, das, was sie darüber wissen oder zu wissen glauben, und dann ist Dave Winfield als Schlagmann dran. Winfield! Corkys Herz macht einen ganz albernen Sprung, er möchte, daß Winfield gut abschneidet. Als müßte er, Corky, seinen Freunden etwas beweisen.

Die Jungs an der Theke und auch Lew sind gegen Winfield, und darüber ist Corky sauer, der die Karriere des schwarzen Baseballers seit langem, fast sein ganzes Erwachsenenleben lang, verfolgt. Sie sind schon bewundernswert, diese Veteranen, wie sie durchhalten, wenn sie verkauft werden, was Winfield sich als Yankee von Steinbrenner alles gefallen lassen mußte, verdammt, der Mann ist ein Held, beide Beine voller Narben von Verletzungen beim Spiel, der Rücken kaputt, und noch dazu schwarze Haut, was bestimmt auch heutzutage kein Zuckerschlecken ist. Und einundvierzig in einer Sportart, die eigentlich nur was für die ganz Jungen ist. »Hier kommt mein Mann! Auf geht's!« sagt Corky vergnügt und angriffslustig, er weiß, daß die Stimmung stark gegen Winfield, gegen das Toronto-Team ist. Seine Trinkkumpane schauen mürrisch und sagen nichts. Der Werfer ist ein blonder Vierundzwanzigjähriger, ein gewisser Gary Redmon, der auf seinem Weg nach oben in der vorvorigen Saison auch bei den Mohawks war, so daß er in Union City eine große Gefolgschaft hat, der junge Weiße mit den Elvis-Koteletten, dem mokanten Zug um den Mund, gutaussehend und schwer auf Draht, steht als Werfer dem Veteranen, der Legende Dave Winfield gegenüber. Corkys Freunde schweigen gespannt und haben sogar aufgehört zu trinken, als Redmon, nach außen hin cool, aber doch merklich nervös, den ersten Wurf macht, den zweiten, dann gibt es einen Lucky Strike, und bei Redmons viertem Wurf hört man einen hohen, hellen Ton – Winfield hat den Ball getroffen, er fliegt in hohem Bogen ins Innenfeld und ins Stadion hinein. Ein Homerun: Winfield umrundet lässig lächelnd die Male, ein großer, muskulöser Bursche, wahrscheinlich tut ihm der Rücken weh, man sieht ihm nichts an, so ein Klassemann läßt sich eben nichts anmerken, aber jetzt, wo seine Mannschaftskameraden anerkennend die Hände hochrecken und ihm zugrinsen, fühlt er sich natürlich gut, und da sie zwei Mann auf der Base hatten, läuft das Spiel deutlich auf die Jays zu, sie haben sechs Runs, die Detroiter nur zwei. Corky trommelt jubelnd wie ein kleiner Junge auf dem Tresen herum, als Winfield zur Homebase läuft. Einige der anderen Gäste verwünschen Winfield, die üblichen rassistischen Ausdrücke fallen, so daß Corky weniger ärgerlich als bittend sagt: »Aber hört mal, Jungs, der Mann ist gut, und das in seinem Alter, verdammt, er ist ja praktisch so alt wie ich«, womit er sie zum Lachen bringen will, aber keiner lacht, keiner sagt was. Alle starren verbiestert auf den Fernsehschirm, nach Witzen ist ihnen nicht mehr zumute, Corky sieht Artie Fleischmans eng zusammenstehende Augen glitzern, der Mann schaut starr wie eine Schlange, und Corky kann es nicht lassen zu frotzeln, als Redmon viermal hintereinander wirft und der Schlagmann abgelöst wird, da hat Redmon wirklich Mist gebaut, von den Detroit-Fans kommen laute Buhrufe, und jetzt tritt ein junger Kanadier an, der neu im Toronto-Team ist und beim ersten Wurf trifft, ein Linedrive tief ins rechte Innenfeld, so daß der Mann auf First Base das Zielmal und der Schlagmann Second Base erreicht, und Corky lacht und trommelt, daß die Pistazienschalen nur so in der Gegend herumfliegen, er geht jetzt voll mit, während die anderen schweigsam und verärgert herumstehen.

»Verdammt, das nenne ich Baseball«, sagt Corky begeistert. »Da können sich die Mos«, womit er die Mohawks meint, »ne Scheibe von abschneiden!«

Einer der Cops raunzt: »Seit wann stehen Sie denn auf diese Scheißkanadier, Corcoran?« und sein Kumpel murmelt höhnisch was von »Negerschwanzlutscher«, und das bekommt Corky mit und sagt erregt: »So? Ihr wißt eben nicht, was ein großer Sportler ist, ihr Arschlöcher, und Winfield *ist* ein großer Sportler, die Hautfarbe ist mir scheißegal«, und Artie Fleischman sagt rasch und hitzig: »Alles Quatsch, der steht die Saison nicht durch, dieser beschissene alte Wollkopf«, und Corky sagt: »Passen Sie auf, was Sie sagen, Fleischman, hier gibt's nämlich auch Leute, die keine Rassisten sind!« und Fleischman sagt: »Dann also Nigger, okay – der alte Nigger steht die Saison nicht durch, wollen wir wetten?« Und Corky kontert ebenso rasch und hitzig: »So? Meinen Sie? Na, dann legen Sie mal die Kohle auf den Tisch!« und greift nach seiner Brieftasche, die Bewegung ist als Dämpfer für Fleischman gedacht, und der macht tatsächlich einen Rückzieher und sagt halblaut: »Die Jays sind draußen, ehe die Saison vorbei ist, darauf wette ich gern«, wobei er nicht sehr überzeugend so tut, als ob er großspurig seine Brieftasche zückt, »im letzten Jahr war's genau so und in dem davor auch. Scheißkanadier«, und Corky klinkt sich sofort ein: »Blödsinn! Fünf zu eins, daß die Blue Jays im Oktober den Wimpel gewinnen?«

Ein, zwei Takte ist es völlig still, alle starren Corky und Fleischman an, der Lieutenant, in die Defensive gedrängt, stottert: »Warum nicht gleich die World Series, Corcoran, wenn Sie schon das Maul so voll nehmen?« Und Corky juckt es zu sagen ja, warum nicht die World Series, nur um die Gesichter dieser Armleuchter zu sehen, die sich überlegen, ob Corky Corcoran Baseballinfos hat, die kleinen Leuten wie ihnen nicht zugänglich sind, schließlich hat er Beziehungen zu den Kasinos in Vegas, ist praktisch ein Profizocker, aber so weit will Corky sich nicht vorwagen. »Vielleicht die World Series«, sagt er deshalb, »aber ganz bestimmt den Wimpel, wollen wir wetten?« Ein genüßlicher Schauer überläuft ihn bei diesem *Wollen wir wetten*, es ist wie ein Echo von *Wollen wir Liebe machen? Wollen wir ficken?* Corky steht auf Tuchfühlung neben Lieutenant Fleischman, der mindestens acht Zentimeter größer und dreißig Pfund schwerer ist als er und eine Pistole unter der Jacke hat, alle Cops haben ihre Dienstwaffe auch in der Freizeit dabei, Corky hat gerade die von Fleischman kurz gesehen, aber er führt sich deshalb um keinen Deut weniger borniert und unverschämt auf, er genießt die Situation, die Zuschauer, die große Augen machen, Fleischmans Ratlosigkeit, der Mann sieht aus wie ein Stier, der in die Enge getrieben wird und nicht weiß, in welche Richtung er ausbrechen soll. Instinktiv nimmst du als Mann jede Wette an, aber die von Corky ist so ausgefallen, so unerwartet, eine solche Wette im Mai, zu Beginn der Spielzeit, weiß Gott, wie die Tabelle im Oktober aussieht, die Jays könnten an der Spitze oder ganz unten sein. »Meinen Sie das ernst?« fragt Fleischman zögernd, und Corky sagt: »Wenn Sie mich kennen, wissen Sie, daß ich es immer ernst meine.« Er muß zehn Minuten erklären, zureden, auf einer Papierserviette Quoten ausrechnen, bis Fleischman sich davon überzeugen läßt, daß bei der Sache für ihn einiges drin ist, und die Wette annimmt.

Corky sagt ein bißchen hektisch, daß er für die Kanadier ist, weil es ihm als Iren ganz ähnlich geht wie denen. »Die Leute denken immer, daß Iren auf der Verliererseite sind, und wenn sie mal gewinnen, staunen sie Bauklötze.«

Es ist nicht eigentlich das Geld, das für den großen Wirbel sorgt, es sind die Voraussetzungen, die Logik. Die für Skeptiker wie Unlogik aussieht. Sexy, dieses Gefühl tief in den Lenden, auch wenn Corkys Pumpe so hektisch läuft, daß er erschrocken denkt, womöglich bekommt er einen Anfall, aber egal, er hat sich schon zu weit aus dem Fenster gelehnt: Jetzt, wo er dieses Rassistenschwein Fleischman in der Ecke hat, kann er nicht ohne Gesichtsverlust wieder aussteigen.

So verschiedenartige Frauen wie Corkys Tante Frances und seine Ex-Frau Charlotte – die sich im übrigen kaum kennen – haben ihm vorgeworfen, daß er zockt, um zu verlieren, weil er möchte, daß seine Zockerfreunde ihn gern haben, aber verdammt, so ist das nicht, und die heutige Wette mit Artie Fleischman beweist es: Corky zockt, weil er nicht einfach draufhauen und gewisse Arschlöcher so fertigmachen kann, wie sie es verdienen.

Corky hält 1000 Dollar gegen die 4000 Dollar von Fleischman, er mußte die Quote zugunsten von Fleischman senken, aber es lohnt sich. Grinsend und hochrot im Gesicht schütteln sie sich die Hand: »Abgemacht« – ein knirschend harter Händedruck, Fleischmans Finger sind wie Stahl, und Corky muß sich zusammennehmen, um nicht zu zucken. Aber er fühlt sich blendend, hat sich in den letzten vierundzwanzig Stunden nie besser gefühlt.

Seit Christina Kavanaughs Tritt in die Eier.

Die zwischen Corky und Artie abgeschlossene Wette ist so ungewöhnlich wie ein bizarr geformter Gegenstand, den man unbedingt von allen Seiten bestaunen muß. Auch die anderen wollen jetzt mitmischen, alle auf Arties Seite, denn da liegen die Chancen, Corky riskiert schließlich Kopf und Kragen bei der Sache, alle wollen sie mitmachen, und Corky nimmt ihre läppischen Vierhundertdollar-Wetten entgegen. Nur der Cop, der das von dem Negerschwanzlutscher gesagt hat, erklärt, daß er 8000 Dollar gegen die 2000 Dollar von Corky setzen will, und Corky sagt wie aus der Pistole geschossen: »Abgemacht!«

Er rechnet sich aus, daß er alles in allem um 6000 Dollar ärmer ist, wenn die Jays verlieren, kleine Fische für Corky, aber wenn sie gewinnen, hat er coole 24000 Dollar gemacht, *und er weiß, sie werden gewinnen.*

Inzwischen ist es 16.10, und Corky ist so aufgedreht, daß er um ein Haar vergessen hätte, daß er um halb fünf zu Hause sein muß, weil Thalia kommen will. Er kann sich kaum mehr auf das Spiel konzentrieren, wo jetzt die Tiger am Schlag sind, einer hat getroffen, es gibt einen Linedrive, einen schnellen, sicheren Wurf zur First Base, der Läufer ist aus, und es steht immer noch sechs zu zwei für die Jays. »Noch ein Ale, Corky?« fragt Lew, aber das bekommt Corky nicht mit, er starrt auf den Bildschirm, wo das Tiger Stadium aus- und eine Marlboro-Werbung eingeblendet wird. Wie in einem Traum, wo nach dem Ausblenden schon der nächste wartet und dann noch einer, eine endlose Reihe.

Dem ängstlichem Spieler winkt kein Gewinn, dem ängstlichen Mann keine Liebe – aber auf Corky, das ist mal verdammt sicher, paßt das nicht.

5

STIEFTOCHTER

Du bist nicht mein Vater, warum tust du immer so?

Quatsch, du liebst mich nicht und ich dich schon gar nicht.

Doch, ich dich schon. Und du mich auch. So was kann man nicht vergessen. Nur verraten.

Sie hatte ihm praktisch die Tür vor der Nase zugeschlagen. Die Tür der Wohnung im elften Stock der Dominion Towers, die er nun nie von innen gesehen hatte. Ein Schneesturm war heulend von Kanada heruntergefegt, abends um sechs war es finstere Nacht, er hätte ohne weiteres steckenbleiben können und einen Abschleppdienst zahlen müssen, und zum Dank hatte sie ihn auf der Schwelle abgefertigt, wo er über ihre Schulter kurz eine schattenhafte, verwischte Männergestalt gesehen und nicht gewußt hatte, ob der Mann schwarz, weiß oder sonstwas war. Sie war sichtlich erschrocken gewesen, als er vor der Tür gestanden hatte. Über sein zorniges Gesicht. Ein andermal, Corky, jetzt paßt es schlecht, okay? Tut mir leid, es paßt wirklich ganz schlecht.

Damals hatte er zwei Ganoven angeheuert, um diesen Typ zusammenschlagen zu lassen, der ihr nachgeschlichen war, und das hatte funktioniert. Wovon Thalia vermutlich nichts weiß, es nicht einmal ahnt. So verrückt wie sie ist, mit dieser übertriebenen Auffassung von Moral, hätte sie ihrem Stiefvater womöglich noch die Polizei auf den Hals gehetzt, und er wäre wegen schwerer Körperverletzung dran gewesen.

Ja, aber ich würde es wieder tun. Klar.

Es wäre das Risiko wert. Zu ihrem Schutz.

Corky nähert sich der Summit Avenue 33, südlich vom Park. Eine Villa im georgianischen Kolonialstil mit fünf Schlafzimmern, die er seit der Scheidung nun allein am Hals hat, ein Haus, das seine Frau unbedingt hatte haben wollen, Mitte der siebziger Jahre war es für 320 000 Dollar auf dem Markt gewesen, bekommen haben sie es dann für 285 000 Dollar, Papa Drummond ist nicht umsonst ein gewiefter Grundstücksmakler, außerdem hat er dem jungen Paar noch ein zinsloses Darlehen von coolen 100 000 Dollar gewährt und ihnen eine Hypothek über dreißig Jahre vermittelt.

Eine Hypothek über dreißig Jahre! – Hochgefährlich, diese Schlinge, die sich Corky da um den Hals gelegt hat. Damals wußte er noch nicht, daß er es schaffen würde, sie in acht Jahren abzuzahlen, wild entschlossen, sich auf Biegen und Brechen von seinen Schulden zu befreien.

Und von dem Druck seines Schwiegervaters. Was allerdings etwas länger gedauert hat.

Das Haus Summit Avenue 33 und das Haus Schuyler Place 8 sind zweieinhalb Meilen voneinander entfernt. Beide stehen in Maiden Vale, aber Corkys Haus hat einen Blick auf den Summit Park, die größte Grünanlage von Union City. Viele Morgen sanft gewelltes Land mit Bäumen und Rasenflächen, dem neoklassizistischen Marmortempel, in dem das Museum der Schönen

Künste untergebracht ist, dem Historischen Museum, der renommierten Annandale-Stiftung für Medizinische Forschung und etlichen alten Häusern, die städtische Sehenswürdigkeiten und in der Mehrzahl keine Privathäuser mehr sind, sondern Schulen, Verwaltungszentralen gemeinnütziger Einrichtungen, Kliniken. Corky Corcorans Haus ist eins der kleineren am Park, aber es hat Klasse und fällt ins Auge: Wunderschöne blaßrote Ziegel, über hundert Jahre alt, nicht dieses moderne glatte Zeug, eine spektakuläre Fassade, halbkreisförmiger Säulenvorbau mit vier schlanken weißen Säulen, weiße Fensterläden an den acht Sprossenfenstern. Schieferdach, kreisförmige Einfahrt, drei Morgen Grund, erste Lage. Wacholder, Platanen, Ölweiden. Die herrliche Fliederhecke. Wenn Tim und Theresa das sehen könnten, sie wären stolz auf ihn. Jerome hat es geschafft.

Natürlich ist so ein Grundstück nicht billig im Unterhalt, von Steuern und Versicherung ganz zu schweigen. Manchmal wacht er schweißgebadet aus einem Traum auf, in dem er mit seinem Taschenrechner, der in seiner Hand baumelt wie ein schlaffer Pimmel, Zahlenreihen zusammenzählt. Reihen, die sich in schwindelerregender Länge bis zum Horizont hinziehen. Aber es ist den Preis wert, sagt er sich.

Als Corky ankommt, ist es schon 16.40, und die Angst beschleicht ihn, daß er Thalia am Ende verpaßt hat. Kein Wagen in der Einfahrt, keine Spur von ihr, während er die Hintertür aufschließt und im Haus das Telefon läuten hört, aber bis er fluchend und stolpernd hinkommt und sich den Hörer schnappt, macht es Klick, und der Anrufer oder die Anruferin hat aufgelegt, ohne eine Nachricht zu hinterlassen.

Corky ist auf dem Weg nach oben, als das Telefon wieder läutet, und er meldet sich (in der Küche mit Blick auf den sanft abfallenden Rasen, die über drei Meter hohe Fliederhecke und die Pappeln an der Grundstücksgrenze – wie auf einem französischen Gemälde, so schön, daß Corky sich mit stockendem Atem immer noch fragt Wohne *ich* hier? Gehört *mir* das?). Es ist ein Nachbar, einer von Jerome A. Corcorans Wählern aus dem Elften Bezirk, dem bestimmt ein republikanischer Stadtrat lieber wäre, nur würde von denen keiner oder allenfalls ein armer Irrer gegen den Amtsinhaber antreten, der Name kommt Corkys geübtem Ohr vage bekannt vor, so daß er ohne weiteres so tun kann als ob. Hallo Gordon, schön, Ihre Stimme zu hören, natürlich weiß ich, wer Sie sind, wie geht's denn? Und der Familie? Und der reiche alte Sack jammert ihm zehn Minuten was über die Müllabfuhr vor, schon um halb acht kommen am Mittwoch und Samstag die Müllwagen angedonnert und holen die Anwohner aus den Betten, und aus lauter Bosheit machen diese Neger einen Höllenlärm mit ihren Tonnen und reden und lachen laut miteinander und lassen Abfall auf dem Rasen zurück, aus reiner Bosheit, bestimmt, sagt Gordon, und was gedenkt Corky dagegen zu tun? Und Corky sagt höflich, er wird am Dienstag den Leiter des Stadtreinigungsamtes anrufen, sich beschweren und die Sache bei der nächsten Stadtratssitzung am Donnerstag zur Sprache bringen, gewiß, es ist ein Problem, aber vielleicht immer noch nicht so schlimm wie in anderen Bezirken, wo die Müllabfuhr nur einmal die Woche oder überhaupt nicht kommt, aber trotzdem schönen Dank, Gordon, nett, daß Sie sich gemeldet haben, und dann knallt Corky den Hörer auf die Gabel und schreit: »Du Arschloch, du Wichser du! Mich am Samstag zu Hause anzurufen, du Riesenfurzkopf!« In seiner Wut fegt er alles von der Arbeitsfläche, was gerade dasteht, auch der chromblitzende Dreischeiben-Toaster kracht mit ohrenbetäubendem Scheppern zu Boden, daß die trockenen Brotbrösel nur so durch die Gegend fliegen.

Corky ist hundeelend zumute, während er auf Thalia wartet, die er vielleicht verpaßt hat.

Er macht einen der Fernseher an und zappt sich durch die Sender, wieviele sind es, dreißig, vierzig? – je mehr Sender, desto weniger gibt es zu sehen, oder desto weniger Zeit hat man für jeden, Corky drückt die Fernbedienung oft so schnell, daß er das Bild nur noch schattenhaft wahrnimmt, als liefe er atemlos daran vorüber. Das Baseballspiel ist offenbar aus, nein, hier ist eins, aber nicht dasselbe wie bei Bobby Ray's, könnte Cincinnati sein, aber Corky ist zu nervös, um zuzuschauen. Inzwischen bereut er seine Wetten auf die Blue Jays, die Erregung ist abgeflaut, und er staunt über sich selbst, über diese spontane Entscheidung, die völlig aus der Luft gegriffene Quote, jetzt im Mai, wo die Saison gerade erst anfängt. Und auf Toronto! Die letzten drei Male, als die Blue Jays es bis zu den Playoffs geschafft hatten, haben sie danach prompt Mist gebaut, das weiß doch jeder. Dave Winfield hin, Dave Winfield her. *Niggerlover*. Trottel. Und bei Corkys Glück schaffen sie es vielleicht nicht mal bis in die Endausscheidung.

Unglaublich, die Niederlage von Mike Tyson vor zwei Jahren, die ihn 10 000 Dollar gekostet hat. Tyson auf den Knien im Ring, wie er benommen nach seinem Mundstück langt und versucht, es mit dem Boxhandschuh aufzuheben. Unglaublich, aber wahr.

Corky horcht nervös nach draußen, aber es ist nur ein Wagen, der auf der Straße vorbeifährt, er vergißt das Fernsehen, geht nach vorn, um die Post hereinzuholen, hauptsächlich Rechnungen, Werbezettel, alles zum Wegwerfen, unter anderem auch ein Neiman-Marcus-Katalog für Mrs. Charlotte Corcoran. Ein Privatbrief, aber nein, nicht Christina, kann ja gar nicht sein, abgestempelt Washington, D.C. Von Corkys Neffen Rickie Payne, einer dieser auf dem Computer hingerotzten Briefe, mit denen er sich bei Onkel Jerome meldet, wenn er was Neues zu berichten hat – oder auch nicht. *Sieht so aus, als ob ich diesmal keinen Sommerjob bekomme, meine Schuld ist es nicht, ich hab 55 Bewerbungen geschrieben!* Corky hat Rickie nach St. Bonaventure geschickt und läßt ihn jetzt in Georgetown Jura studieren, er sagt sich, daß er es der Familie schuldig ist, immer hat er irgendwie ein schlechtes Gewissen der Familie gegenüber, obwohl sich von denen doch auch keiner um ihn kümmert. Und die Jüngeren, die Kids aus Rickies Generation mit ihren College-Abschlüssen, sehen sogar auf Corky Corcoran herab, der nicht auf dem College war, sondern nur ein Semester am Rensselaer Polytechnic, obgleich man, wenn man ihn reden hört, denken könnte, daß es mindestens vier Jahre am MIT waren.

Was will Rickie mit diesem Brief andeuten? Daß er, da er keinen Sommerjob in einer Anwaltskanzlei bekommt, einen Zuschuß braucht? Das mußte ja kommen: Endlich hat ein Corcoran es geschafft, Jura zu studieren, da gibt es eine Advokatenschwemme und keiner braucht Anwälte.

Rickie kann ihn mal gern haben. Soll sich einen Job bei McDonalds suchen oder als Parkwächter. Damit er begreift, wie's im richtigen Leben zugeht.

Wenn du keinen eigenen Sohn hast, ist es das mindeste, was du tun kannst, Rickie das Jurastudium zu bezahlen. Und Angie die Schwesternausbildung in Syracuse und Frankie, dem Jungen von Pete, die Fresno State Uni. Na klar.

In dem Zimmer, das Corkys Privatbüro ist, zu dem nicht mal Mrs. Krauss Zugang hat und das deshalb nie geputzt wird, führt Corky ein paar Telefongespräche, unter anderem mit den Slatterys (die ihn – inzwischen ist es zehn nach fünf – um sechs auf einen Drink erwarten). Es ist möglich, sagt er zu Sandra, daß Thalia vorbeikommt, er hat sie länger nicht gesehen und möchte sie nicht verfehlen, vielleicht können wir uns ein andermal auf einen Drink zusammensetzen? Sandra Slattery scheint enttäuscht zu sein, und das ist natürlich sehr schmeichelhaft. »Aber Corky, wir haben uns so auf dich gefreut! Vic sagt ständig, wie sehr du ihm fehlst. Iß doch mit uns, wenn Thalia nicht kommt oder nicht sehr lange bleibt. Nur die Familie, wir wären ganz unter uns.«

Bei Corky rührt sich was zwischen den Beinen. Ein privates Abendessen mit Vic und Sandra Slattery!

»Okay«, sagt er. »Schönen Dank. Wenn ich es hinbekomme… Um welche Zeit?«

»Gegen halb acht. Und wenn du es zum Essen nicht schaffst, komm einfach irgendwann später, aber ruf vorher an, ja? Am Montagabend ist bestimmt schwer was los, da haben wir einfach keine Gelegenheit, uns zu unterhalten.«

Corky lächelt, als er auflegt, er kann sich nicht erinnern, wann Vic und Sandra ihn zuletzt privat zum Essen eingeladen haben, nicht seit Vics erster Amtszeit im Kongreß. Wenn Corky mit seinen Freunden zusammen ist, dann meist in Gesellschaft anderer Leute. Vieler anderer Leute.

Das ist etwas, worüber er lieber nicht nachdenkt: Daß es bei Freundschaften so wie bei Liebesbeziehungen ist, so wie in einer Ehe. Daß immer der eine Partner die Sache schwerer nimmt, abhängiger, eifersüchtiger ist. Corky geht es mit Vic Slattery so, seit er mit fünfzehn nach St. Thomas kam, in den ersten Wochen dort hat er den großen, gut aussehenden blonden Jungen heimlich beobachtet, hat bei jeder Gelegenheit mit ihm geredet, sich in der Schlange in der Cafeteria, beim Turnen hinter ihn gestellt. Daß Vic mit Nachnamen Slattery hieß, war dabei natürlich nicht unwichtig, aber der Hauptgrund war es nicht.

Ein Ungleichgewicht an Liebe bedeutet ein Ungleichgewicht an Macht.

Mit Corkys Frauen ist es genauso. Mit Charlotte in den Jahren, in denen er sie wirklich geliebt hat. Und jetzt bei Christina. *Ja, aber auf Frauen ist kein Verlaß. Auf Männer schon.*

Corky sitzt an seinem Schreibtisch, auf dem sich die Briefe und Zeitungen vieler Wochen häufen. Das Radio läuft, er wartet auf die Nachrichten, vor sich hat er eine Dose Bud und abgestandene, irre salzige Planter's Erdnüsse. Er besieht sich den Schuldschein für Nick Daugherty, mit dem sich Nick, wenn er ihn unterschrieben hat, verpflichtet, seine Schulden in Höhe von 5000 Dollar bis zum 1. September 1992 an Jerome A. Corcoran zurückzuzahlen. Greenbaum geht hart ran, aber er hat natürlich recht, und Corky sieht das auch ein. Nur weiß eben Corky trotz seines Draufgängertums in der Politik und an der Theke, trotz seines Rufs als einer, der kein Blatt vor den Mund nimmt, beim besten Willen nicht, wie er es seinem alten Freund beibringen soll. *Nick, ich hab da was für dich…* Verdammt, so geht das einfach nicht.

In Corkys Privatbüro sieht es noch schlimmer aus als in der Pearl Street, denn dort wird wenigstens hin und wieder mal geputzt. In dieses Zimmer läßt er niemanden, nicht mal eine Putzfrau. Elf Jahre lang hat er mit einem Spezialschloß Charlotte ferngehalten, nicht, daß ich dir nicht traue, hatte er gesagt, aber es macht mich nervös, wenn ich mir vorstelle, daß jemand in meinem Büro rumstöbert. Ich laß ja auch keinen in meinem Kopf rumstöbern.

Paranoid hatte Charlotte ihn genannt, manchmal im Spaß und manchmal nicht. Sind die irischen Männer alle so, hatte sie ihn gefragt, und Corky hatte gesagt, geh mir weg mit diesem ethnischen Blödsinn, allerdings muß er insgeheim zugeben, daß vermutlich was dran ist, zumindest die Corcorans sind alle so, daß sie über Geschäftliches eisern schweigen – gelegentlich auch der Regierung und dem Finanzamt gegenüber.

Wenn Corky hier die Sehnsucht nach Sauberkeit befällt, muß

er selber putzen, dann nimmt er sich einen Staubsauger und fuhrwerkt damit wie besessen herum, aber nach zwanzig Minuten ist der Anfall vorbei.

Das wichtigste Geheimnis von Corkys Privatbüro sind seine Akten, wie er sie nennt, obwohl das Material zum größten Teil in überquellenden Kartons, billigen Faltmappen und konventionellen Aktenschränken mit Schloß lagern. Diese noch von keinem Computer »erfaßten« Akten sind derart reich an Daten, und mit so vielen komplizierten Querverweisen gespickt, daß Corky sich seine Bestände besieht wie ein ratloser Bibliothekar die unermeßlichen Bestände einer Bibliothek, deren Sinn und Zweck im Dunkeln liegt, an deren Glaubwürdigkeit aber nicht zu rütteln ist.

Angefangen hat Corky mit Zeitungsausschnitten und Tagebucheintragungen, mit allen nur greifbaren schriftlichen Unterlagen über den Tod seines Vaters, dazu gehören auch Timothy Patrick Corcorans Totenschein und an die hundert Kondolenzschreiben. Mehr als ein Dutzend großer brauner Umschläge mit Material, das ihm einmal kostbar war, das er aber jetzt seit Jahren nicht mehr angesehen, an das er keinen Gedanken mehr verschwendet hat, umfaßt die Akte TIMOTHY PATRICK CORCORAN, die in dem ältesten von Corkys Aktenschränken liegt. Dort gibt es außerdem Akten für F. (Fenske) und T.U.C. (Trade Union Council). Diese Unterlagen reichen zurück bis zum Anfang der sechziger Jahre und sind jetzt, dreißig Jahre später, zerfleddert und vergilbt.

Trotzdem ist das Geheimnis noch immer nicht zu Corkys Zufriedenheit aufgeklärt. Irgendetwas, davon ist er fest überzeugt, fehlt noch.

Eine Akte über einen Menschen zusammenzustellen bedeutet, ihn in den Griff zu bekommen, und diese Vorstellung gefällt Corky, er hat die Mentalität einer Packratte, sammelt vielleicht Unterlagen um der Unterlagen willen. Deshalb gibt es in seinen Akten Umschläge mit der Aufschrift UCPD (Material über Beamte der städtischen Polizeibehörde – angefangen beim Polizeipräsidenten –, von denen einige inzwischen gar nicht mehr bei der Polizei sind); Gerichte (Bezirks-, Einzelstaats-und Bundesgerichte); City Hall (über mehrere Administrationen, alle unter demokratischer Ägide), MO.CO.DEMS (Demokraten Kreis Mohawk); MO.CO. REPS (Republikaner Kreis Mohawk). Außerdem U.C. ANWÄLTE, U.C. MAKLER, U.C. IMMO, UC $$$ (die städtischen Millionäre). Außerdem U.C. ARCH (Architektur), U.C. REL (Religion, wobei der Schwerpunkt auf der katholischen Hierarchie vom Erzbischof abwärts liegt). Es gibt Personalakten über Freunde, unter anderem V.S. (Vic Slattery), O.S. (Oscar Slattery), R.D. (Ross Drummond). Eine der jüngeren, noch immer wachsenden Akten ist S. (Scheidung: Hunderte von Schriftstücken, Fotokopien, Briefe von Corkys und Charlottes Anwälten, Rechnungen und Quittungen). Daneben gibt es geheimnisvoll verschlüsselte Akten – N.F. (Unterlagen über Männer, die Corky für seine geschäftlichen oder persönlichen Feinde hält), H. (Hochstapelei – Corky hegt für einige dieser genialen Gauner fast so etwas wie Bewunderung), W. (»Weisheit« – dicke Mappen mit Artikeln aus so unterschiedlichen Quellen wie *Scientific American, Reader's Digest, American Lawyer, Fortune, Computer World,* die Corky, das hat er sich fest vorgenommen, eines Tages durchackern wird). Es gibt relativ dünne Akten mit den Buchstaben T., S., E., R., S.D. und so fort – Corkys Frauen. Und dickere, die allerdings nur mit Unterbrechungen geführt werden, mit den Buchstaben C. und T.C. für Charlotte und Thalia.

Die Wirklichkeit sieht so aus, daß Corky die meisten dieser Akten seit Jahren nicht mehr systematisch führt, ja, nicht mal mehr darin liest. Aber er möchte die Informationen bei der Hand haben, hier unter Schloß und Riegel, geheime Schriften, nur ihm zugänglich.

Keine Akte über Christina. Was er an Zetteln, Schnappschüssen, Postkarten, Ausschnitten aufgehoben hat, liegt lose in Schubläden herum. Wenn sie nicht wieder zusammenfinden, wirft er das Zeug vielleicht weg. *So engstirnig, so unversöhnlich, ist es eine katholische Sache…*

Fluchend und schwitzend versucht Corky mit Hilfe seines Taschenrechners eins seiner Girokonten auszugleichen und überlegt besorgt, daß es inzwischen 17.35 sein muß, Thalia kommt nicht, oder sie war da, und du Armleuchter hast sie versetzt, da hört er hinter sich ein Geräusch, dreht sich um, und auf der

Schwelle zu seinem Büro, das ihr als Kind und junges Mädchen stets verschlossen war, zu diesem geheimen verbotenen Zimmer, das sie »Blaubarts Schloß« genannt hat, steht Thalia und lächelt ihn an.

»Herrgott, Thalia«, sagt Corky. »Du kannst einem ja einen richtigen Schrecken einjagen!«

Thalia lacht. »Aber Corky, ich denke, du hast mich erwartet!«

Das eine gesteht Corky seiner Adoptivtochter neidlos zu: Bei jeder Begegnung schiebt diese von einem Braunbeck gezeugte, diese seinem Blut und seinen Gefühlen und seinem Verständnis so fremde Tochter die Schuld prompt Corky zu und drängt ihn in die Defensive.

Immerhin lächelt sie, das ist ein gutes Zeichen, und sieht leidlich aus. Nicht gerade strotzend vor Gesundheit, aber Thalias eigenartige Schönheit hatte nie etwas Gesundes, blasse Haut, ein bräunlich-gelblicher Glanz in den Augen, rötliche Ränder um die Augen, als hätte sie geweint. Ja, sie lächelt und hat zigeunerhaft festlich einen Fliederzweig im Haar, den sie offenbar von einem der Büsche draußen gebrochen hat. Neckend, fast spottend sagt sie: »Entschuldige, Corky. Du siehst wirklich ein bißchen erschrocken aus.«

Corky springt auf, um Thalia zu drücken, wobei er riskiert, daß sie ihn abwehrt. Seit sie vierzehn ist, kann er da nie sicher sein, diesmal läßt sie ihn gewähren, erwidert aber die Umarmung nicht, der Rücken bleibt steif, Himmel, wie dünn sie ist, Corky spürt ihre Rippen durch die Kleider. Er fragt, wie sie hergekommen ist, er hat keinen Wagen in der Einfahrt gehört, die ganze Zeit hat er auf sie gewartet und schon fast die Hoffnung aufgegeben. Als er sich so daherreden hört, muß er an Charlotte denken, die mit ihrer liebevoll-vorwurfsvollen Art Thalia regelmäßig gegen den Strich bürstet, und deshalb fügt er schnell und mit einem herzlichen Lächeln hinzu: »Schwamm drüber. Ich bin sehr, sehr froh, dich zu sehen, Honey.«

»Warum?« fragt Thalia trocken.« Du hast doch wohl nicht gedacht, *ich* würde Selbstmord begehen?«

»Natürlich nicht. Aber...«

»So schnell wird man mich nicht los, du wirst schon sehen.«

Corky glaubt, sich verhört zu haben. »Thalia, was...«

Aber Thalia ignoriert die Frage. Sie schickt einen melancholischen Blick in die Runde, dabei atmet sie schnell, als sei sie gelaufen, als sei sie von weit her gekommen und wisse nicht, wo sie sei oder warum sie hier sei. »Unten war nicht abgeschlossen, da bin ich einfach hereingekommen«, sagt sie. »Sieht dir gar nicht ähnlich, Corky, eine Tür nicht abzuschließen. Eigenartig, hier unbefugt einzudringen, wo ich mal... gelebt habe. Blaubarts Schloß«, fügt sie spöttisch hinzu, »wo Jerome A. Corcoran seine Geheimnisse aufbewahrt.«

Wie formell, wie bitter der Name »Jerome A. Corcoran« von Thalias Lippen kommt. Auf seine Bitte hin hat sie ihn früher nie anders als »Corky« genannt.

Als er sieht, wie sie die Unterlagen auf dem Schreibtisch anschaut, sagt er rasch: »Das da? Nur Papierkram, lästiges Zeug. Ich versuche gerade, mein Girokonto auszugleichen.« Und während er sich Thalia in den Weg stellt, fügt er hinzu: »Das Finanzamt will mir mal wieder an den Kragen, und ich fürchte, diesmal ist es ernst. Die Firma könnte den Bach runtergehen. Ich komme mir vor wie eine Ratte im Labyrinth, ich bin fix und fertig.«

»Kannst du dich nicht von Großvater beraten lassen?« fragt Thalia. »Er kennt doch bestimmt alle Tricks. Du und er, ihr habt vieles gemeinsam.«

In Thalias Stimme schwingt diese jugendlich unreife, diese gnadenlose Ironie, die Corky so viele Jahre geärgert, mit der er so viele Jahre gelebt hat. Die den Eindruck vermittelt, als ob sich Thalia einer reineren Rasse zurechnet oder der Hippiegeneration der sechziger Jahre. Von Geld spricht sie immer nur, als sei es etwas Schmierig-Schmachvolles. Dabei weiß Corky, daß sie von ihren Großeltern einen Riesenbatzen zu erwarten hat – über vier Millionen Dollar in Aktien, Immobilien, Bargeld. Charlotte lebt in der Angst, Thalia könne ihre Erbschaft an die eine oder andere ihrer diversen Organisationen verschenken, und Corky hält das für durchaus möglich, ihn kratzt es allerdings nicht mehr, er hat es nicht nötig, Ross Drummond schönzutun in der Hoffnung, ihn in irgendeiner Sache doch noch umstimmen zu können.

Corkys Taktik Thalia gegenüber ist meist so, daß er tut, als habe er ihre Ironie, den Spott nicht bemerkt, und appelliere stattdessen an ihr Mitgefühl, denn das zieht bei jeder Frau. Corky erzählt ihr von der Überprüfung des Pensionsplans von Corcoran Inc. durch das Finanzamt und den Pleiten der Betriebsgesellschaften und von Howard Greenbaum, der Corkys Leben ändern wird »ein wirklich überragender Mensch, einer der besten Finanzfachleute in der Stadt, aber auch ein vornehmer Mensch. Beim Lunch haben wir über Moral und über Religion gesprochen. Natürlich Jude. Ich hoffe, daß wir Freunde werden können.«

»Ich denke, du traust Juden nicht über den Weg, Corky«, sagt Thalia harmlos.

»Ich? Aber natürlich traue ich Juden.«

»Hast du nicht immer gesagt: Trau nie einem Juden, wenn du ihn nicht in der Tasche hast?«

»Nein, Honey, das war dein Großvater. *Ist* dein Großvater. Bitte bring uns nicht durcheinander«, lacht Corky, aber insgeheim ärgert er sich. Wie Thalia dasteht, wie sie ihn anschaut, taxiert...

Es gelingt ihm, Thalia aus dem Büro zu drängen, er schließt ab und geht mit ihr nach unten, wobei er sie verstohlen von der Seite ansieht. *Versuchen Sie, sich mit Kommentaren über das Aussehen Ihrer Tochter zurückzuhalten, selbst wenn es Sie erschreckt,* hatte einer der Ärzte zu Corky und Charlotte im Krankenhaus gesagt, aber so was ist leichter gesagt als getan, denn Thalia sieht aus der Nähe nicht sehr wohl aus, tiefe Schatten unter den Augen, entzündete Lider, die Haut kränklich blaß und am Haaransatz unrein, das Haar fällt ihr verfilzt und ungewaschen bis auf die Schultern – Corky steigt neben dem schweren süßen Fliederduft ein schaler Geruch in die Nase. Thalias fettiges Haar. Thalias Körper. Der Schritt des Gymnastikanzugs, der hefige Geruch nach Möse.

Sogar Thalias Nase scheint ihm länger, schmaler. Wachsweiß an der Spitze, die Nasenlöcher feucht und rötlich-entzündet, fiebrig. Die Lippen sind blutlos und trocken. Ja, bestimmt hat sie Fieber, könnte er sie anfassen, würde sie sich heiß anfühlen.

Faß sie nicht an, bleib auf Distanz.

Aber Corky kann nicht anders, in der Küche platzt er heraus: »Du siehst aus wie eine Obdachlose, Thalia, hast du im Park geschlafen?« Sie trägt einen formlosen knöchellangen Rock aus dünnem schwarzen Stoff, eine nicht sehr saubere braune Satinjacke mit Folkloremuster, an der ein Knopf fehlt, und darunter einen guten schwarzen Pulli, vielleicht sogar Kaschmir, mit ausgeleiertem Halsausschnitt. An den Füßen hat sie abgetretene schwarze flache Schuhe, die Corky gestern in ihrem Schrank gesehen hat, demnach war sie danach nochmal in der Wohnung.

Thalia fährt sich mit den Händen durchs Haar und sagt herausfordernd: »Na und?«

»Was soll das heißen?«

»Ich hab mir angewöhnt, da zu schlafen, wo ich gerade bin. Wo mich der Schlaf überfällt.«

Thalia sagt das mit einem eigenartigen Lächeln, als läge in der Bemerkung ein geheimnisvoll-erotischer Hintersinn. Als wäre der Schlaf ein Liebhaber.

»Warum?« fragt Corky. »Hast du Angst in deiner Wohnung?«

Thalia sieht ihn mit diesem fiebrig-glitzrigen Blick an. »Nicht mehr als anderswo auch, Corky. Sollte ich?«

Nun weiß Corky ja, daß jemand bei Thalia eingebrochen hat, aber das will sie ihm offenbar nicht auf die Nase binden. Vielleicht ist bei ihr auch vorher schon mal eingebrochen worden. »Na ja, in dieser Gegend«, stottert Corky, »du weißt ja, was Charlotte darüber denkt. Und deine Großeltern. Und...«

»Und du?«

Ich natürlich auch. Du weißt doch, daß wir uns alle Sorgen um dich machen, Honey.«

»Um mich! Und um euch selbst?« Thalia sieht Corky mißtrauisch an. »Was hast du da an der Stirn? Hast du dich verletzt?«

»Ganz unwichtig«, sagt Corky rasch und ärgerlich.

»Sieht aus wie...«

»Ganz unwichtig.«

In diesem Wortwechsel schwingt etwas, was er sehr lange nicht mehr gehört hat: Die Furcht eines Kindes vor der Verletzung oder der Schwäche eines Erwachsenen, der vielleicht seiner Rolle nicht gewachsen ist. Und Corky denkt an seinen Vater, den er nie schwach erlebt hat. Nie.

Nur im Tod, im Sterben. Das Blut. Der Kotgeruch.

Falls das Schwäche ist.

Daß Corky sich um sie sorgt, scheint Thalia doch berührt zu haben, sie sieht schweigend und grübelnd zu Boden, an eine Arbeitsfläche in der Küche gelehnt, als müsse sie mit ihren Kräften haushalten.

Thalias Lider sind wund, rot und verklebt, in den Augen und unter der blassen Haut ist ein gelblicher Schimmer, eine Erinnerung regt sich, verdammt, weg damit: Die Erinnerung an den Toten auf dem Seziertisch mit der Dose Schokotrunk auf der Brust. Corky fröstelt.

Auch an den Freund mit der gelben Haut muß er denken, den armen Teufel, der sich beim Herumficken eine Hepatitis geholt hatte und fast daran gestorben wäre und mittlerweile womöglich (Corky hat Foxy Ryan, einen fleißigen Zecher, lange nicht mehr gesehen) schon tot ist. Wenn die Leber nicht mehr mitmacht, bist du dran. Aber Corky wagt es nicht, Thalia darauf anzusprechen, die kleinste Andeutung, daß sie vielleicht mal zum Arzt gehen sollte, und sie flippt aus. Zu viele Ärzte und Therapeuten haben, wie Corky selbst zugeben muß, schon an ihr herumgepfuscht.

Nein, bloß nicht, das wäre so, als würdest du eine Wildkatze mit dem Stock reizen.

Statt dessen macht er die Kühlschranktür auf, nimmt eine Flasche Ananassaft heraus, gießt ihn in zwei Gläser, schiebt eins wortlos Thalia hin, greift sich das andere und trinkt, das Zeug ist gut, auch wenn Corky merkwürdigerweise keinen Durst hat.

Komm schon, Mädchen, trink mit mir. Geh ein bißchen aus dir raus.

Eine flüchtige Erinnerung: Corky steht mit seiner Stieftochter – damals eine zarte Halbwüchsige mit wunderschönen Augen, vielen Heimlichkeiten und einer silbrigen Zahnspange über den Schneidezähnen – in dieser Küche, sie trinken Saft zusammen und reden von – ja, von was? Hauptsächlich von Charlotte, über die Thalia bittere Klage führte, mit der sie, gelinde gesagt, nicht zurechtkam und gegen die sie Corky als Verbündeten gewinnen wollte. Corky hatte versucht, beiden Seiten gerecht zu werden, das versucht er immer, so lange es eben geht. Corky möchte gern eine schöne Erinnerung an jene Jahre heraufbeschwören, aber ihm spukt nur immer dieses verrückte »Glühwürmchen, Glühwürmchen flimmre, schimmre!« im Kopf herum.

Thalia starrt in ihr Glas und schluckt trocken, während Corky wie beiläufig, ohne Nachdruck, sagt, daß ihre Anrufe ihn ein bißchen beunruhigt haben, er hat versucht zurückzurufen, aber sie war nie da, mindestens zwanzigmal hat er es versucht, nie hat sich jemand gemeldet, nicht mal ein Anrufbeantworter, nicht daß er böse gewesen wäre, aber er hat sich Sorgen gemacht, sie muß doch wissen, daß er sie lieb hat, und natürlich bekommt er es mit der Angst zu tun, wenn man sie nicht erreichen kann und sie sich so geheimnisvoll aufführt – »Selbst Miriam – du erinnerst dich doch an Miriam aus meinem Büro, Honey! – selbst Miriam hat es mit der Angst zu tun bekommen.« Er möchte Thalia ein schlechtes Gewissen einreden – kein richtig schlechtes Gewissen, nur gerade so viel, daß sie ihren Saft trinkt, das wäre immerhin ein Anfang. Mit leerem Magen ist sie benommen und kann nicht vernünftig denken, und wenn sie Oxycodon oder Amphetamine nimmt, hat sie keinen Appetit – eine Schlange, die sich in den Schwanz beißt. Corky kommt vorsichtig ein Stück näher, er möchte sie so gern anfassen, die Finger um die dünnen Handgelenke legen. Wenn ich sie anfasse, hab ich gewonnen, denkt er.

Nach einem dreiminütigen Zögern streckt Thalia langsam die Hand nach dem Glas aus und hebt es an den Mund. Corky tut, als ob er nicht hinsieht, er schaut aus dem Fenster auf die Fliederhecke und die Wolken, die wie Pferdemähnen hoch am dunkelnden Himmel stehen, er hat inzwischen das Thema gewechselt, erzählt kopfschüttelnd, als könne er nach diesen wenigen Stunden nur über sich selbst staunen. von den Toronto Blue Jays, von dem Spiel heute nachmittag und von seiner verrückten Wette. »Aber ich bleibe dabei«, sagt er, »ich bereue nichts, Rückzieher sind bei mir nicht drin.« Der kobaltblaue Himmel, der hinter den Wolken verdämmert, ist so schön, daß er es kaum ertragen kann.

Seine Unruhe, diese Nervosität, die keine sexuelle Erregung ist, scheint sich Thalia mitzuteilen, denn als sie gerade trinken will, hält sie inne, läßt das Glas sinken, hebt es unentschlossen und läßt es erneut sinken, als sei es zu schwer für sie. Corky beobachtet sie aus den Augenwinkeln und knirscht fast mit den Zähnen. Er sagt kein Wort, um die Wildkatze nicht zu reizen, sondern leert nur sein Glas und unterdrückt einen ausgiebigen Rülpser, der halb Ananassaft, halb Twelve Horse Ale ist.

Diese verdammte Stieftochter, die er sich da angeheiratet hat: So läuft das nun schon lange, verdammt, viel zu lange zwischen Thalia und ihrem leidgeprüften Stief-Daddy.

Und dann – auf diese jähen Stimmungsumschwünge muß man bei Thalia wie bei neunzig Prozent aller Frauen, die er kennt, immer gefaßt sein, und deshalb ist eben auf Frauen (im Gegensatz zu Männern) im Grunde kein Verlaß – sieht Thalia das heutige *Journal*, das auf einem Tisch liegt, und schaut sich die Titelseite mit dem Foto von Marilee Plummer und die Schlagzeile an, hechelt plötzlich laut und flach und flüstert: »Ich kann nicht glauben, daß Marilee tot ist, ich kann's einfach nicht glauben«, und fängt an zu weinen, der Saft ist nicht mehr wichtig und wird rasch auf dem Tisch abgestellt.

Thalia weint, und Corky geht hin, um sie zu trösten, sie schiebt ihn nicht weg, zumindest nicht gleich, es will ihm schier das Herz brechen, weil sie ihm so leid tut in ihrem Kummer, einem Kummer, der auf ihren ganzen Körper ausstrahlt, so daß sie heftig zittert. Und wie hilflos sie weint, ein hartes stoßweises zorniges Weinen, ihr Gesicht wirkt noch schmaler, noch länger, als die Tränen ihr in Bächen übers Gesicht laufen. Und Corky kann nichts anderes tun als murmeln: »Es ist hart, Honey, es ist gemein, verdammt, ich weiß doch, wie gemein es ist...«, und spürt zutiefst betroffen ihre Magerkeit, diese spitz wie Flügel vorstehenden Schulterblätter, die knubbeligen Wirbel, nicht wie eine junge Frau Mitte zwanzig, ungesund ist das und nicht in Ordnung, und dieser fettig-ranzige Geruch, der von ihrem Haar, der fleischig-schale Geruch, der von ihrem Körper ausgeht, ein Geruch nach Achselhöhlen und Möse und Schweiß, nicht unangenehm für Corkys Nase – wie am Vorabend, als er in Thalias Schrank an dem schmutzigen Gymnastikanzug geschnuppert hat. Aber Corky spürt keine sexuelle Regung, nur ein tiefes Unbehagen, fast Angst. Thalias bitterliches Weinen erinnert ihn an Theresa, sein Schwanz ist zu Backpflaumengröße geschrumpft.

»Honey? Komm, sag schon...«

Thalia schüttelt den Kopf und schiebt Corky nicht unsanft, aber entschieden weg. Sie rennt aus der Küche, die Augen kummervoll geweitet, der Fliederzweig ist unbemerkt zu Boden gefallen. Corky folgt ihr ins Solarium, sie weiß offenbar gar nicht so recht, wo sie ist, aber er ist froh, daß sie nicht aus dem Haus gerannt ist, was hätte er dann gemacht? Sie verfolgt, sie zurückgezerrt? In seiner komplizierten Vergangenheit hatte er immer wieder mal mit hysterischen Frauen zu tun, aber bisher war der Anlaß für die Hysterie immer Corky Corcoran, so daß er, anders als hier, in einer Position der Stärke war. Im Solarium wird Thalia ruhiger und versucht, sich wieder in den Griff zu bekommen. Corky hält sich wartend in der Nähe bereit, auch seine Augen sind naß. Verdammt, Frauentränen, Frauenkummer schneidet einem ins Herz wie ein Messer, es gibt nichts Schlimmeres.

Immerhin ist Corky geistesgegenwärtig genug, das schnurlose Telefon auf dem Glastisch vom Haken zu nehmen, damit niemand sie stören kann.

Thalia wischt sich, halb abgewandt von Corky, damit er ihr ramponiertes Gesicht nicht sieht, mit einem Papiertaschentuch ab und putzt sich die Nase, dann sagt sie: »Wir waren eine Weile wie Schwestern, Marilee und ich. In letzter Zeit nicht mehr, aber letztes Jahr und das davor. Wir waren immer noch befreundet – ich war immer noch Marilees Freundin, zwar nicht mehr so eng, aber immerhin, warum hat sie nicht auf mich gehört! Ich habe doch wirklich alles getan, um es ihr auszureden.«

»Du hast gewußt, daß Marilee Plummer sich umbringen wollte?«

»Nein. Das heißt, ich wußte nicht wann, ich meine…« Thalia unterbricht sich und reißt mit den Zähnen an ihrem Daumennagel herum, »ich hatte zwar Angst, daß sie es tun würde, aber ich konnte sie nicht daran hindern.«

»Soll das heißen, daß sie es dir gesagt hat?«

»Sie brauchen es dir nicht zu sagen.«

»›Sie‹?«

»Menschen, die verzweifelt sind, die sterben wollen. Wenn man erst mal so weit ist, ist es leichter, es … einfach zu tun.«

»Dann hat Marilee sich tatsächlich umgebracht? Dann war es doch Selbstmord?«

»Sie hatte es schon mal versucht«, sagt Thalia zornig, »vielleicht sogar mehrmals, aber davon hat außer mir niemand gewußt. Im März hat sie mich angerufen, ihre Stimme war so schwach, daß ich sie kaum verstehen konnte. ›Ich weiß nicht mehr weiter‹, hat sie gesagt, ›ich hab eine Dummheit gemacht.‹ Es war fünf Uhr früh, ich hab nichts gefragt, ich wußte Bescheid. Ich hab mir einen Mantel übers Nachthemd gezogen und bin losgegangen, Marilee hatte alles an Barbituraten genommen, was sie hatte, und lag im Bett. In dieser Eigentumswohnung, die sie keinen Cent kostet, du kennst sie vielleicht – in Pendle Hill.« Thalia spricht schnell und ohne Corky anzusehen, er sieht, daß sie zittert. »Einiges davon hatte sie schon erbrochen, ich hab ihr geholfen, den Rest rauszubringen, dann hab ich ihr schwarzen Kaffee gemacht und sie gewaschen, die arme Marilee, sie und ihr Haar. Es dauert Stunden, bis diese Zöpfchen geflochten sind, und es ist teuer, wenn man es machen läßt. Marilee hat es natürlich machen lassen, weil sie eine von diesen eleganten Glamour-Schwarzen ist – war –, wie die auf dem Titelblatt von *Ebony* oder in *Playboy*, eine von denen, die du anschaust und denkst, da ist eine, die es wirklich geschafft hat, aber im Grunde war Marilee nicht so, sie hat nur so getan, schwarze Freunde gab es nicht mehr, die hatte sie nach dem College fallenlassen, und für die Schwarzen hier in der Stadt war sie der letzte Dreck, weil sie Steadman anzeigte – ob er sie nun vergewaltigt und gedemütigt hat oder nicht, weißt du übrigens, daß er auf sie gepißt hat, den »goldenen Regen« nennen sie es – ob er das alles nun getan hat oder nicht. Die meisten glauben nicht, daß Steadman es getan hat und wenn, dann hatte die Fotze es verdient, sie hatte es gewollt, warum war sie mit ihm in seine Wohnung gegangen, wenn sie es nicht gewollt hatte. Besonders die Frauen, die schwarzen Frauen. Nicht nur die aus der Innenstadt, obgleich es sich da konzentrierte – konzentriert. Die sind froh, daß Marilee tot ist. Die freuen sich für Steadman. Marilee sagte, daß sogar aus ihrer Familie welche auf Steadmans Seite waren.« Thalia ist außer Atem vom schnellen Reden und hat Tränen des Zorns in den Augen. »Ich bin an dem Tag bei ihr geblieben, ich hab sie stundenlang gehalten, sie war ganz steif, das Gesicht verkrampft wie bei einer Kiefersperre, und eiskalt. Und diese Angst... Völlig fremd sah sie aus, überhaupt nicht mehr wie Marilee Plummer. Wenn du Depressionen hast, ist das, als ob dein Körper tot ist und ganz schwer. Die Seele liegt wie Blei darin. Ich habe Marilee immer wieder gesagt, sie könne doch nach dem Prozeß wegziehen, nach New York zum Beispiel. Ich würde mitgehen, versprach ich ihr. ›Er mag dich verletzt haben, Marilee, aber nicht besudelt.‹ Natürlich dachte ich damals, daß es nur um Marcus Steadman gehe, um das, was er ihr angetan, wie er ihr Leben verändert habe. Und dann sagte Marilee, es war nur ein Flüstern, ich wußte zuerst nicht, ob ich es richtig verstanden hatte: ›Es ist nicht nur er.‹«

»Und was soll das heißen?« fragt Corky.

Thalia antwortet nicht gleich. Sie legt die Arme um den Körper und fröstelt. Corky, der besorgte Stiefdaddy, sieht sie an und weiß nicht, was er machen oder sagen oder wo er seine Hände lassen soll. »*Du* hast doch nichts mit Marilee gehabt, Corky?«

»Natürlich nicht.«

Die Antwort kommt rasch und entschieden, aber er spürt, daß er rot geworden ist.

»Hast du sie mal ausgeführt? Sie angerufen?«

»Nein. Ich kannte sie ja kaum.«

»Aber sie kannte dich.«

»Ja sicher, klar kannte sie mich«, sagt Corky und versucht, nicht nervös zu werden. Thalia sieht ihn an und macht ein Gesicht dazu, aus dem er nicht klug wird und auch nicht klug werden will. »Na und? Mich kennen jede Menge Leute. Und was wäre dabei, wenn ich Marilee Plummer angerufen hätte – was ich nicht getan habe? Was hat das damit zu tun, daß sie sich umgebracht hat?«

»Es könnte sein«, sagt Thalia langsam und auf eine Art, daß Corky den Eindruck hat, es handle sich um einen Versuchsballon, »daß Marilee mir gewisse Sachen über dich erzählt hat.«

»Dann hat sie gelogen.«

»Ach ja?«

»Sag mal, soll das ein Verhör sein? Wenn sie dir gesagt hat, daß sie mit mir was hat, mit mir geschlafen hat oder sonstwas, hat sie dich belogen.«

»Marilee hat mich nicht belogen. Nicht mich.«

»Woher willst du das wissen?«

»Sie war meine Freundin, sie hat mir vertraut. Red nicht rum, Corky, du hast ja keine Ahnung.«

»Warum bist du denn so böse auf mich, Honey? Ich versteh das nicht.«

»Du verstehst das ganz genau.«

Thalias Stimme bebt vor Feindseligkeit, vor Widerwillen ihm oder einem Mann gegenüber, den sie an seiner Stelle sieht, und Corky ist fassungslos.

»Du weißt, mit wem Marilee sich eingelassen hat?« sagt Thalia. »Du weißt, warum sie es getan hat? Klar weißt du das!«

»Aber nein, wirklich nicht...«

»Du weißt es. Du gehörst ja dazu. Ihr teilt doch redlich miteinander – wenn ihr könnt, stimmt's?«

»Teilt redlich miteinander? Was denn?« Corkys Gesicht rötet sich, er weiß, worauf Thalia hinaus will, aber er kann es nicht zugeben. »Mit wem hat sie sich denn eingelassen?«

Thalia weicht zurück, als wolle Corky sie packen, aber er ist nur einen Schritt auf sie zugegangen, da er sie trösten, beruhigen will. Sie weiß – oder sollte wissen –, daß sie ihm vertrauen kann.

«Mit deinem Freund Vic Slattery.«

Corky schüttelt den Kopf, das ist doch lächerlich. Oder vielleicht auch nicht, da er ja Vics Schwäche für Frauen kennt oder vielmehr die Schwäche der Frauen für Vic, aber schließlich kann ja Vic nichts dafür, Corky schüttelt den Kopf und runzelt die Stirn, als müsse er sich selbst einen Vorwurf machen, als könne er etwas dafür. Skeptisch fragt er: »Hat Marilee dir das erzählt?«

»Das brauchte sie mir nicht zu erzählen, das hab ich gewußt.«

»Und woher?«

Thalia macht eine Pause, als wolle sie sagen *Ich kenne Vic Slattery*, aber in ihr ist so viel Qual, daß sie nicht sprechen, daß sie diese Worte nicht herausbringen kann, zumindest hört Corky sie nicht, will sie nicht hören, kann sich später nicht erinnern, sie gehört oder nicht gehört zu haben. Corky macht ein finsteres Gesicht, er ist erhitzt und hat zornige Augen, aber schließlich ist er ihr Stiefvater, so gut wie ein Blutsverwandter, es ist kränkend, daß sie zurückweicht, als ob sie ihm nicht traue oder nicht glaube.

»Über Vic gibt es jede Menge Gerüchte, ganz dumme Verleumdungen, das weiß doch jeder«, sagt Corky, diese allgemein bekannte Tatsache wird doch wohl selbst Thalia zugeben müssen.

»Kein Mann, der im öffentlichen Leben steht, keiner, der so gut aussieht wie Vic und aus der Sicht seiner politischen Gegner so gefährlich ist...«

»Du würdest mir nicht die Wahrheit sagen, selbst wenn du sie wüßtest«, ruft Thalia dazwischen. »Genausowenig wie er, wenn man ihn nicht dazu zwingt.«

»Ich sage dir die Wahrheit, Thalia, ich würde dich doch nicht belügen.«

»Ach nein?«

»Herrgott nochmal, Thalia...«

Sie sieht Corky an, er spürt, daß sie ihm gern glauben möchte, und das besänftigt ihn ein bißchen, trotzdem ärgert er sich, stellvertretend für Vic gewissermaßen, er hat den Eindruck, als ob sich da eine schreckliche Schuld über ihm zusammenbraut, der ganze Himmel droht sich zu verdunkeln, aber vielleicht läßt sich das noch abwenden.

Bestimmt sogar, sagt sich Corky, dafür werde ich schon sorgen.

»Ich denke, daß du mich ständig belügst, daß du mich oft belogen hast, sicher hattest du deine Gründe, gute Gründe, wie du meinst«, sagt Thalia rasch, weicht bis an die Wand des Solariums zurück und stößt dabei mit einem Bein an die Kante eines Pflanzkastens mit einem gewaltigen Farn, dessen Blätter trotz der Rettungsbemühungen von Mrs. Krauss schon ziemlich braun sind, »Ich bezweifle nicht einmal, daß du mich liebst oder glaubst, mich zu lieben.« Ihr Mund zuckt, sie ist blaß, hat plötzlich ein langgezogenes, häßliches Pferdegesicht. »Nur ein Beispiel, Corky: Warst du gestern abend in meiner Wohnung?«

»Ich? Bei dir?« Darauf ist Corky nicht vorbereitet, aber die Überraschung in seiner raschen Gegenfrage klingt recht überzeugend. »Was sagst du da, Thalia? Ist bei dir eingebrochen worden? Gestern abend?«

»Du warst es, Corky, nicht? Ich weiß, warum du es getan hast, und ich bin dir nicht böse, sag mir einfach die Wahrheit.«

Corky schüttelt stumm den Kopf. Soll er es sagen? Er betrachtet seine Anklägerin und muß fast lächeln. *Gesagt ist gesagt.* Wie genau hat die Frau in der Erdgeschoßwohnung oder vielleicht Edras selbst ihn gesehen? Himmelnochmal.

Und dann fragt er ehrlich erregt: »Hab ich das jetzt richtig verstanden, Thalia? Jemand hat gestern abend oder in der Nacht bei dir eingebrochen? Und du warst in der Wohnung? Im Bett?«

Thalia mustert Corky zweifelnd. Als wisse sie Bescheid – und auch wieder nicht. »Ja, ich war da. Aber nicht im Bett. Und es war nicht Nacht, sondern früher Abend, gegen sechs. Du warst es doch, Corky, jetzt sag schon...«, wiederholt sie bittend.

«Was heißt, du warst da?« fragt Corky verblüfft. »Als bei dir eingebrochen wurde, warst du *da*?«

»Ich hatte mich in einem Schrank versteckt.«

Ein flüchtiges, herausforderndes Lächeln, er erschrickt sehr, demnach haben sich seine und Charlottes schlimmste Befürchtungen bestätigt, Thalia ist tatsächlich nicht recht auf der Höhe.

Aber er ist so verblüfft, daß er nur dümmlich-papageienhaft wiederholen kann: »Du hattest dich versteckt? In einem Schrank?«

»Ich war darauf gefaßt, daß ich mich würde verstecken müssen, ich habe gewußt, daß sie kommen würden, um mich zu holen. Ich hatte mich schon versteckt, aber als ich ihn dann an der Tür hörte, dachte ich, vielleicht bist du es, den ganzen Tag hatte das Telefon geläutet, vielleicht versuchst du mich anzurufen, hab ich mir gedacht, aber wenn ich mich gemeldet hätte, und du wärst es nicht gewesen, hätten sie Bescheid gewußt.«

Corky sieht Thalia groß an. Jetzt müßte er zugeben, daß er der Eindringling war, aber er schafft es einfach nicht. Obwohl er es hinterher bereut und schon jetzt ahnt, daß er es bereuen wird, bringt er die Worte einfach nicht heraus, Corky, du Armleuchter, da hast du wieder mal versucht, was Gutes zu tun und dabei nur Mist gebaut. Und als wäre diese eine Lüge nicht schlimm genug, ereifert er sich: »Herrgott, Thalia, warum hast du dich denn versteckt, als bei dir eingebrochen wurde? Warum hast du nicht die Polizei verständigt?«Und Thalia schüttelt so heftig den Kopf, als hätte Corky eine völlig unmögliche Frage gestellt, und sagt angewidert: »Die Polizei? Ausgerechnet!« und Corky fragt: »Wie meinst du das?« und Thalia sagt: »Du weißt schon...« und Corky fragt: »Was soll ich wissen, Honey?«, er ist ehrlich ratlos und schwitzt wie einer, der ein schlechtes Gewissen hat, er weiß nicht mehr ein noch aus.

Aber darauf bleibt ihm Thalia die Antwort schuldig. Sie

weiß, was sie zu wissen glaubt, aber sie ist nicht bereit, es zu sagen. Paranoia, denkt Corky, Angst vor der Polizei, sie hatte noch nie Vertrauen zur Polizei, Corky hat das immer als eine Masche gesehen, die Masche radikaler junger Menschen, die ja auch in den Sechzigern verkündet hatten, daß diesen Schweinen, den Schweinen in Uniform, nicht zu trauen sei. Und da Thalia und gewisse Leute aus ihrem Freundeskreis sich für radikal halten, macht das Sinn. Bis zu einem gewissen Grad jedenfalls. Zumindest möchte Corky das glauben.

Und dann will er, noch immer ganz aufgewühlt, Näheres über den Eindringling wissen, wie lange er in der Wohnung war, ob er etwas gestohlen hat, ob sie ihn vielleicht sogar hat erkennen können, und was hat sie hinterher gemacht, und wo wohnt sie jetzt – und Thalias Antworten sind einigermaßen zusammenhanglos und auch nicht gut zu verstehen, soweit Corky schlau daraus wird, ist sie bei einer Freundin irgendwo in der Stadt untergekommen, aber selbst das wird nicht ganz klar. Dräng sie nicht, setz sie nicht unter Druck, davon wird alles nur noch schlimmer, denkt Corky. Er hat seine Erfahrungen mit hysterischen Anwandlungen, Erfahrungen, die er unter anderem auch unter diesem Dach gemacht hat.

»Ich hab mich versteckt, weil ich mich nicht von ihnen vertreiben lassen wollte. Ich war schon in meinem Versteck, als er kam. Ich bin in den Schrank gegangen, weil ich nicht wußte, ob sie es sind oder ob du es bist, ich hab mich so klein wie möglich gemacht und mich hinter Kleidern und Koffern verkrochen. Er hat die Schranktür aufgemacht, zweimal hat er sie aufgemacht, ohne mich zu sehen. Ich hab den Atem angehalten, aber ihn hab ich atmen hören. Vielleicht bist du es, hab ich gedacht, aber was wäre gewesen, wenn du es nicht gewesen wärst, Marilee war tot und sie würden mich holen kommen, weil ich ihre Freundin war, wir waren uns lange so nah wie Schwestern, Corky, und dann hat sich etwas zwischen uns gestellt, ich mag nicht sagen was, ich mag seinen Namen nicht nennen, es war ebensosehr meine wie ihre Schuld, ich schäme mich so. Ich war nicht mit Marilees Leben und mit ihren Jobs einverstanden. Die Wohnung, in der sie lebte, die Menschen, von denen sie sich abgewandt hatte… damit hat sie einen Fehler gemacht, ich glaube, sie hat Weiße mehr geschätzt als Schwarze, ohne sich richtig darüber klar zu sein. Aber ich will nicht über sie urteilen. Über sie nicht. Und als das im Januar passiert war, das mit Steadman und alles, was Marilee nicht im Griff hatte, waren wir uns wieder ganz nah, sie brauchte mich. Aber zum Schluß konnte ich ihr nicht helfen, ich hab sie im Stich gelassen. Ich wußte, daß sie sich umbringen würde, nicht wann, aber ich wußte es, und ich konnte nichts machen. Ich habe es in Träumen vorhergesehen. Aber geändert hat das nichts.«

Corky hat Thalia aussprechen lassen, ohne sie zu unterbrechen, jetzt weint sie wieder, das Leid ist wie eine offene Wunde, die Corky fast so weh tut, als spüre er sie am eigenen Leib. Und jetzt wehrt sie sich nicht mehr, als er behutsam die Arme um die dünne, zitternde Gestalt legt.

»Herrgott, Thalia! Mein armes Kleines…«

Danach kehrt eine Weile Ruhe ein, so daß Corky sich sagen kann, er habe alles wieder im Griff. Er sitzt neben Thalia und redet geduldig und begütigend auf sie ein wie auf ein krankes Kind, und das ist sie ja auch, seit Jahren schon. Nur eben so geschickt darin, die Bedingungen ihrer Krankheit auszuhandeln und so intelligent, daß Corky sich und danach auch Charlotte immer wieder von neuem die Frage stellt: Wer will das entscheiden? Du, ich? Wer will sagen, wer recht und ob Thalia unrecht hat?

Thalia beißt an ihrem Daumennagel herum, ihr Gesicht ist voll feiner Knitterfalten vor Anstrengung, eine präzise, eine ehrliche Formulierung zu finden: »Am allermeisten habe ich mir immer gewünscht«, sagt sie, »nicht ich zu sein, sondern ein Abstraktum, dem Dienst an einem Grundsatz verpflichtet. Nicht vom 'Ego' berauscht, nicht geblendet von einem Ich, das dir wie ein Leuchtturm in die Augen scheint.« Und Corky sagt unruhig, denn irgendwas, findet er, stimmt daran nicht: »Wieso sagst du das in der Vergangenheit, Thalia? Ist das denn heute nicht mehr so?« Thalia fährt fort, als habe sie nicht gehört, was er gesagt hat – diese selektive Taubheit ist offenbar ein Erbteil der von ihr abgelehnten Mutter: »Deshalb war Marilee für mich lange so rätselhaft und unverständlich. Damals habe ich das nicht begriffen, aber seit sie tot ist, denke ich an nichts anderes. Sieh mal, Corky«, fährt sie eifrig, fast leidenschaftlich fort, als Teenager kam sie oft strahlend mit diesen plötzlichen Einsichten heraus, von denen manche Binsenwahrheiten, andere problematisch, schräg oder ganz einfach falsch waren, »Weiße erwarten von Nichtweißen, daß sie mehr sind als nur eigenständige Wesen. Wir erwarten von ihnen, daß sie einem abstrakten Grundsatz dienen und nicht ichbezogen sind wie wir. Es ist eine Form von Rassismus. Du weißt doch, was der liberale Weiße gesagt hat, der so schockiert und verletzt von dem Schwarzen ist, dessen Weltanschauung darin besteht, Weiße zu hassen: »Hey, ich bin dein Freund, ich hasse dich nicht, wie kommst du dazu, mich zu hassen?« »Du redest daher wie dieser Marcus Steadman«, sagt Corky gereizt. »Glaubst du etwa diesen Mist?« und Thalia sagt, noch immer mit gekrauster Stirn, noch immer gewissenhaft, fast zwanghaft bemüht, sich ganz präzise auszudrücken wie fürs Protokoll:« Es geht nicht um das, was ich glaube oder was du glaubst, sondern um das, was Sache ist. Manchmal überkommt es dich einfach, eine Erleuchtung, wie Gott selbst, der totale Wahnsinn. Vor ein paar Monaten war ich im Union Square Park bei dieser Demo von *Pro-choice*, die, die Abtreibung befürworten, du weißt schon, bei der es später zu Ausschreitungen gekommen ist. Wir waren auf dem Weg zur City Hall, als die Leute von der *Operation Rescue* uns den Weg abschnitten, sie versuchten, uns niederzubrüllen und schwenkten ihre Transparente und skandierten: »Durch *Pro-choice* droht das Verderben, denn kein Kind im Bauch will sterben!«, und das ging mir durch und durch, kalt und schneidend wie eine Messerklinge, ich spürte, daß es die Wahrheit war. Keine Meinung, sondern die Wahrheit, ganz deutlich habe ich das gespürt.« Sie hält einen Augenblick inne. »Aber politisch bin ich nicht umgeschwenkt.«

Thalia atmet rasch und geräuschvoll. Sie sitzen an dem Glastisch im Solarium, die Sonne nähert sich dem Horizont, und in ihrem Schein sieht die Wolkenbank aus wie eine flammende Bergkette, und Corky gibt sich ernst und väterlich und sagt: »Jede politische Position hat zwei – nein, mehr als zwei – Seiten, Thalia, aber wenn du etwas erreichen willst, wenn du möchtest, daß es vorwärtsgeht, mußt du dich für eine Seite entscheiden und dann handeln. Du kannst nicht immer nur denken, manchmal ist einfach Handeln angesagt. In der Wahlkabine…«

»Das weiß ich«, sagt Thalia schnell und lebhaft. »Das weiß ich, Corky. Aber ich wollte es von dir hören. Unbedingt.« Wie seltsam sie das betont, Corky wird nicht schlau daraus. Rät er ihr etwas, was nicht in seinem, Corkys, ureigenstem Interesse ist?

Thalia möchte sich das Haus ansehen, sie ist neugierig. Wie sieht das Haus jetzt aus, in dem ich aufgewachsen bin?

Corky folgt ihr in die vorderen Zimmer, die jetzt, da er Junggeselle und allein ist, praktisch unbewohnt sind. Er macht Licht im Salon und sieht ihn durch Thalias Augen, die hohe, überladene Stuckdecke, das bombastische Mobiliar im europäischen Stil oder das, was davon übriggeblieben ist – ein Bühnenbild, aber wo sind die Schauspieler? Was soll das Ganze? Corky hat schon lange keine Gäste hier gehabt. Er ist selbst so oft eingeladen, daß er es nicht nötig hat, und außerdem hat er keine Zeit für so was. Und als er noch verheiratet war und sich seine eigenen Leute, das heißt die Familie eingeladen hatte, war das immer schief gegangen. Der Versuch, Irish Hill mit Summit Park zu mixen, war ebenso zum Scheitern verurteilt wie Tim Corcorans löbliche Bemühungen um die Familie in dem Haus am Schuyler Place, wo die netteren Leute steif und schüchtern und fast stumm herumstanden vor lauter Angst, etwas auf den Teppich zu schütten oder einen Furz zu lassen, während die übrige Bande, allen voran die Donnellys, eifrig darauf bedacht waren, möglichst viel zu verschütten und herzhaft zu furzen. Corky erinnert sich, wie er einmal bei einer Weihnachtsparty seine Verwandten mit den Verwandten und Freunden von Charlotte zusammengebracht hatte, es war ein unheimlicher Streß gewesen. Ist das Haus schuldenfrei, hatte seine Cousine Lois ihn doch glatt gefragt, oder ist noch 'ne Hypothek drauf, Mike Donnelly hatte mit Ross Drummond politischen Zoff bekommen, Sean Corcoran sich weinerlich-betrunken mit einem von Corkys Nachbarn angelegt, und zu allem Unglück – Corky gibt es jetzt noch einen Stich, wenn er daran denkt – war Pater Mulvaney, ein Gemeindepfarrer aus Batavia, ein Vetter zweiten oder dritten Grades, in einem der Badezimmer hinter verschlossener Tür aus den Latschen gekippt, so daß Corky die Scharniere hatte abschrauben müssen, es war wahnsinnig peinlich gewesen, Charlotte hatte sich sehr betont jeden Kommentars enthalten und die Drummonds auch – eine geschlossene Front gegen ihn.

Und deshalb: Keine Parties mehr, bis Corky wieder Ordnung in sein Leben gebracht hat.

»Ich kann kaum glauben, daß ich hier mal gelebt habe«, sagt Thalia. »Aber von irgendwoher muß ich ja schließlich kommen.«

»Dieser Teil des Hauses ist mir inzwischen auch ziemlich fremd«, sagt Corky.

»Ich erinnere mich mehr an das Haus als an mich darin.«

»Dafür erinnere ich mich an dich, Thalia«, sagt Corky trocken.

An der einen Seite Glastüren, an der gegenüberliegenden Wand ein Kamin aus milchweißem Marmor, der, wie Charlottes schwuler Innenarchitekt behauptet, mal in einem florentinischen Renaissance-Palazzo gestanden hat. Beigefarbener Brokat, indirekte Beleuchtung, aber ein kahler Parkettboden, der lange kein Bohnerwachs gesehen hat. Die halbe Einrichtung fehlt. Dieser bronzefarbene, handgewebte Chinateppich mit roten und jade- und türkisfarbenen Reihern, umwerfend schön, wie konntest du dir den von Charlotte wegnehmen lassen, sagt Thalia kindisch zornig, kindisch unfair, und Corky zuckt die Schultern. »Der Teppich war ein Hochzeitsgeschenk deiner Großeltern, für mich war damit klar, daß er Charlotte zustand.« Er hätte Charlotte mit Freuden alles aus dem Haus gegeben, was sie nur verlangte, aber das sagt er nicht laut. Zum Schluß wollte er dieses nervende neurotische Miststück nur noch los sein, um endlich wieder frei atmen zu können.

Komisch ist das: Wenn du verliebt bist und Möbel für das neue Heim kaufst, ist jedes Stück kostbar und hat seine besondere Bedeutung. Wenn die Liebe vorbei ist, stehen da nur noch irgendwelche Gegenstände rum, das Zimmer hat Wände, Fußboden, Decke – und damit hat sich's.

»Mich hat Großpapa auch zu kaufen versucht«, sagt Thalia. »Immer wieder. Aber er hat es nicht geschafft.«

»Nein?«

»Nein.«

Corky denkt an die Viermillionen-Erbschaft. Und fragt sich plötzlich, ob Thalia lange genug leben wird, um sie je anzutreten.

Klar wird sie das, dafür sorge ich schon.

»Wie hat er denn das gemacht?« fragt Corky.

»Mit den verschiedensten Tricks«, sagt Thalia ganz cool. »Du weißt ja, wie er ist. Genau wie Mutter. Und auf seine eigene, nicht so erfolgreiche Art, weil ich ihn ja überhaupt nicht kenne, auch Mr. Pierson.«

Charlottes dritter Mann, Thalias neuer Stiefvater Gavin Pierson, den Thalia beharrlich »Mr. Pierson« nennt. Ein sehr erfolgreicher Börsenmakler Mitte fünfzig, Geschäftsfreund von Ross Drummond, seine Frau ist vor ein paar Jahren an Krebs gestorben, Charlotte hat ihn »getröstet«, und Corky hat es gewußt oder so halb und halb gewußt, er war mit seinen eigenen Angelegenheiten beschäftigt und deshalb nicht so ganz bei der Sache gewesen, allerdings war ihm in den Monaten, als Pierson sich für Charlottes Rachepläne hatte einspannen lassen, auf dem Squashplatz im Athletic Club und in der Garderobe aufgefallen, daß der arme Pinsel ihm nicht in die Augen sehen konnte und in seiner Gegenwart ins Stottern geriet. »Was ist denn mit dem los?« hatte Corky gemeinsame Bekannte gefragt, als Pierson sich mal wieder viel zu rasch verdrückt hatte, und die beiden hatten harmlos-unschuldig getan und behauptet, sie wüßten von nichts.

Corky ballt die Fäuste, als er daran denkt. Die Beule an der Stirn pocht.

»Charlotte hat mir erzählt, daß du sie nicht sehen willst«, sagt Corky. »Ist dir klar, daß du sie damit kränkst?«

Thalia zuckt die Schultern. »Sie ist nicht mehr meine Mutter, das ist vorbei.«

»Komm, was redest du denn da?«

»Ich habe ihr gesagt, daß wir uns voneinander frei gemacht haben, und das ist ein gutes Gefühl. Wie eine reinigende Flamme. Das müßtest du eigentlich wissen, Corky.«

»Ich weiß nur, daß du blühenden Unsinn redest. Ist das irgendeine fernöstliche Weisheitsreligion? Ein Spruch aus einem Glückskeks?«

Thalia lacht. Ihr Lachen steigt hoch wie Glas, das im Fallen umgesteuert wird, ein fröhliches Scheppern. Von den Wänden kommt ein schwacher, gespenstischer Widerhall, und als Thalia ihn hört, drückt sie die Zeigefinger an die Lippen und lacht heftiger.

Ehe Corky nachhaken kann, er will gerade nach ihrem Arm greifen, geht Thalia ins Eßzimmer. Eine Terrassentür mit Sprossenfenstern geht auf den leicht abfallenden Rasen hinaus, ein eleganter Kronleuchter aus irischem Kristall hängt über dem Fleck, wo normalerweise ein Tisch und Stühle stehen und jetzt auch nur kahles Parkett ist. Als hätte ein sonderbar abruptes apokalyptisches Ereignis die Bewohner und ihr Mobiliar hinweggefegt, ohne eine Spur, ohne die mindeste Unordnung zu hinterlassen. Thalia lacht und wischt sich die Augen. »Scheißtraurig, so ein Ort, an dem mal Menschen waren, die nicht mehr da sind.«

»Aber warum denn?« wehrt sich Corky. »Ich will für alle diese Zimmer neue Möbel kaufen, bisher bin ich bloß noch nicht dazu gekommen. Und ich habe mir auch überlegt, ob ich nicht noch ein bißchen warten soll. Kann sein, daß ich wieder heirate.«

»Du willst wieder heiraten?« Thalias Staunen ist so unverhüllt, daß es nicht mal unverschämt wirkt.»Das ist zu spät für dich.«

»Zu spät? Was soll denn das heißen? Ich bin erst dreiundvierzig.«

»Es ist für euch alle zu spät«, sagt Thalia leise und mit kummervoll-schicksalsergebener Miene. Corky fröstelt, ja, denkt er, sie ist gestört, irgendwas stimmt nicht mit ihr. So wie es einem als Kind ging, wenn man einem anderen Kind begegnete, das nicht ganz richtig im Kopf war, allein schon dieser Ausdruck *nicht ganz richtig im Kopf*, wie schnell man dahinterkam, auch wenn man es nicht hätte erklären können.

Aber Corky versucht, die Sache von der leichten Seite zu nehmen, vielleicht will sie ihn ja auch nur veralbern.»Du weißt ja gar nichts von mir, Thalia, von mir als Mann, sagen wir mal.«

»Ich weiß, daß du der Typ bist, der auf dem Weg über die Frau beweisen muß, daß er ein Mann ist. Es anderen Männern beweisen muß, meine ich, so wie die anderen es dir beweisen müssen. Das ist das Gegenteil von Freiheit. Wenn Freiheit ein Feuer ist, dann ist das ein Scheißdreck.« Thalia stößt einen unbestimmt schnaubenden Laut aus und sieht Corky von der Seite an, sie lacht ihn aus.

Und geht ein Zimmer weiter, was Corky gar nicht recht ist, verdammt penetrant, das Mädchen, aber er kann nichts machen.

Charlottes früherer Salon ist jetzt Corkys Junggesellenbude. Schwarzes Ledersofa und passende Sessel, vorhanglose Fenster, teurer, aber verfleckter Teppichboden, verstreute Zeitungen und Zeitschriften – Geschäftliches, Sportblätter, Tittenmagazine. Ein klotziger Fernseher auf einem Drehständer, Videogerät, CD-Player mit neuester Technik, Wandregale mit CDs, hauptsächlich Jazz und Blues. Thalia sieht sich mit leicht verengten Augen um, sie kennt das noch nicht, ein kleines Mädchen, das Daddys geheimes Reich entdeckt, und nach einer verblüfften kleinen Pause sieht sie sich mit genüßlich-durchtriebenem Lächeln die Nackedeiblätter an, die auf dem Tisch liegen, und das ist Corky so peinlich, als habe sie ihn dabei ertappt, wie er sabbernd die mit der Airbrush bearbeiteten Titten und Mösen anschaut und sich dabei einen runterholt.

Wie soll er Thalia klarmachen, daß er sich die Blätter – bis auf den *Playboy*, den er seit Anfang der siebziger Jahre getreulich und aus Überzeugung abonniert und meist von Anfang bis zu Ende durchliest – am Zeitungsstand holt und kaum richtig durchsieht? Er kauft sie sich aus Gewohnheit, getrieben von der Aussicht, der Hoffnung auf – Gott weiß worauf.

Und deshalb sagt er munter, als sei es ihm just in diesem Moment eingefallen: »Ich hab eine Idee, Thalia: Gehen wir zusammen essen, nur wir beide. Es ist nach sechs, ich bestelle einen Tisch. Wenn du willst, kannst du duschen und dich ein bißchen frisch machen. Na, was meinst du?«

Thalia, die sich über den Tisch gebeugt hat und in den Zeitschriften mit den Ausziehpuppen blättert, hört nicht hin, sie ist vertieft in ihre Lektüre, bewegt die Lippen. Lacht, schnieft, wischt sich die Nase. Dann sieht sie durch das strähnige Haar hindurch zu Corky hoch, ihre Stirn ist voller Falten, als habe dort jemand gewaltsam die Haut zusammengedrückt, und sagt, ohne eine Miene zu verziehen: »Ich hatte so den Eindruck, Corky, als ich in der Highschool war, vielleicht schon in den unteren Klassen, daß du irgendwie… ich meine, daß du die Möglichkeit in Betracht gezogen hattest…«, sie lächelt, in ihren

Augen steht ein böses Licht, »daß du mich ficken wolltest. Habe ich mich geirrt?«

Corky ist wie vor den Kopf geschlagen, und vermutlich sieht man ihm das auch an.

Er sagt, als habe Thalia nur Quatsch gemacht, nur rumgeredet, wie das so ihre Art ist, ohne Bezug zur Wahrheit oder Wirklichkeit, so daß es sich gar nicht lohnt, darauf einzugehen: »Ja. Du hast dich geirrt.«

Thalia lacht, schlägt das Blatt zu, richtet sich zu ihrer ganzen stolzen Höhe auf und lächelt Corky an. »Ich habe mir auch gedacht, daß ich mich vielleicht geirrt habe. Ich wollte es nur von zuständiger Stelle bestätigt bekommen.«

Corky geht weiter, er hat weiche Knie und rote Flecken im Gesicht und ist zutiefst schockiert. Allein das Wort »ficken« aus Thalias Mund – unglaublich! Ihm so was aus heiterem Himmel um die Ohren zu schlagen…

Sie haßt mich, denkt Corky.

Er ist wieder in der Küche, und als er das schnurlose Telefon sieht, möchte er am liebsten Charlotte anrufen, die arme Charlotte, die ihm unentwegt Nachrichten auf den Anrufbeantworter spricht, die sich um ihre Tochter sorgt – und das mit gutem Grund!

Hilf mir, Charlotte! Vielleicht könnt ihr herkommen, wie schnell könnt ihr kommen, du und Gavin?

Corky lacht rauh, er holt sich ein Budweiser aus dem Kühlschrank und trinkt. Scheiß auf Thalia, bildet sie sich etwa ein, sie könne ihn aufgeilen?

Du und dein Gentleman-Arschloch Gavin. Kommt her, ich steige nämlich aus. Sie gehört euch.

Sie hat nie mir gehört, ist nicht von meinem Blut, ich hab nur so getan als ob, hab den Daddy nur gespielt, mein Leben lang tu ich nur so als ob, verdammt, ich weiß eben nicht, wer ich bin, und soll ich euch mal was sagen? Es ist mir scheißegal.

Das Bier ist so gut und tut so wohl, als es durch die Kehle rinnt, daß Corky vor Dankbarkeit feuchte Augen bekommt. Er zittert.

Der geklaute Schnappschuß fällt ihm ein. Thalia und dieser Mann. Und Vic und Marilee Plummer und noch ein Mann.

Letztlich dreht sich alles ums Ficken. Du machst es oder du machst es nicht. Ende der Fahnenstange.

Entweder du fickst oder du wirst gefickt. In den Arsch. So simpel ist das. Die primitivsten Grundlagen des menschlichen Lebens.

Wie es dieser kleine Klugscheißer aus einer dieser Eliteschulen in Manhatten bei dem Turnier der Debattierklubs gesagt hat, in dem Corky und Vic mit dem St.-Thomas-Team gegen die Typen aus New York angetreten waren, von denen die meisten Juden sind, ein oder zwei chinesische Schlitzaugen dazwischen, das Thema heißt: Die Militärpräsenz der USA in Vietnam ist unabdingbar für Amerikas Kampf gegen den Weltkommunismus, und das St.-Thomas-Team besteht aus lauter Patrioten, klar, die Heilige Katholische Kirche erzieht ihre Söhne zu Patrioten, stirb für dein Land, und Gottes Segen ist mit dir, und dergleichen Blödsinn mehr, aber dieser clevere kleine Typ, der einen Nachnamen mit *-berg* oder *-stein* am Ende hat, redet Klartext, macht Schluß mit dem Gesabbel, Sinn und Zweck eines Krieges, sagt er, ist es vor allem, Nahrung für Insekten, Würmer, Aasfresser zu liefern, das ist die ökologische, die eigentliche Perspektive, »menschliche« Werte sind nur ein kleiner Teil der Gleichung, da ist ihnen der Unterkiefer runtergefallen, Corky und den anderen aus seinem Team, und dem Jesuiten, den sie als Berater dabei hatten, hat's die Schuhe ausgezogen, so was hatte er noch nie zu hören bekommen.

Das, hat Pater Dolan hinterher gesagt, ist die Stimme des Atheismus.

Aber irgendjemand, denkt Corky, muß eben ab und zu Klartext reden, das sind nun mal die Grundvoraussetzungen im Leben, fick oder laß dich ficken, friß oder laß dich fressen.

Und *er* hat Hunger.

Als Thalia etwas später in die Küche zurückgeschlichen kommt, Tränen in den Augen, sie hat sich ihr Zimmer angesehen, das ihr fehlt, von dem sie oft träumt, so komisch sich das anhört, möchte Corky am liebsten auch bösartig werden, aber jetzt klingt das, was diese unberechenbare Thalia sagt, plötzlich ganz aufrichtig und ehrlich betrübt. »Mir ist so viel verlorengegangen, von dem ich wünschte, ich könnte es zurückholen. Ich stehe an einem

Ende, aber ich weiß nicht, wo es angefangen hat.« Dabei sieht sie Corky mit großen Augen an und kaut so hingebungsvoll an einem Daumennagel, daß Corky ihr am liebsten die Hand vom Mund weggezogen hätte.

Corky nimmt das für bare Münze, ja, er ist sogar ein bißchen gerührt. Wenn Thalia ausnahmsweise mal manierlich mit ihm umgeht, knickt er sofort ein.

»Wieso an einem Ende, Honey?« fragt er.

»Einer Phase schwieriger Anpassung.«

»Und was soll das nun wieder heißen?«

Thalia versteift sich, sie sieht jetzt aus, als ob sie sich schäme, wahrscheinlich ein Mann, denkt Corky, hoffentlich nicht Vic, aber in der gleichen Sekunde denkt er, sei vernünftig, Vic kann es gar nicht sein, wenn Vic Corky Corcorans Stieftochter ficken würde, das wäre so, als würde Corky Vics Frau Sandra ficken, so was tut man guten Freunden einfach nicht an.

Corky ist überzeugt, Corky verbietet sich jeden weiteren Argwohn. »Warum bereden wir das nicht beim Essen?« sagt er. »Es gibt so vieles zu bereden. Manche Sachen, die du mir erzählt hast...«, Corky verstummt. Das bringt er jetzt nicht rüber, dazu braucht er was Stärkeres als Budweiser.

Mit geläufiger Zunge betet er Thalia die Namen von Restaurants vor, in die sie gehen könnten – Brauer's? Italian Villa? House of Siam? –, und Thalia steht da, hört zu oder tut jedenfalls so und kaut den verdammten Daumennagel bis aufs Fleisch ab. Und dann fällt sie ihm ins Wort, rücksichtslos wie ein Kind, das es ja auch nicht böse meint: »Corky, was *ist* dein Leben?«

»Mein – was?«

Es ist ein gespenstischer Augenblick. Corky kommt sich vor wie ein Boxer, der seinen Gegner mit schnellen Jabs auf der richtigen Distanz gehalten hat und plötzlich einen Schlag in den Solarplexus verpaßt bekommt, der ihn auf die Bretter schickt.

»Dein Vater ist ermordet und der Mörder nie auch nur verhaftet worden«, sagt Thalia unheimlich cool, »und deine Mutter – ist die nicht im Irrenhaus gestorben? Aber dich, deine Persönlichkeit, scheint das alles nicht berührt zu haben. Man hat den Eindruck, daß – daß du gern lebst. Du bist wie das Leben, bist das Leben selbst. Du machst immer weiter.«

Corky ist geschockt. Corky ist wütend und verletzt.

Ach was – Corky ist geschmeichelt.

Er versucht es mit einem irisch-jungenhaften Lachen. »Du kennst doch Corky Corcoran, mein Schatz: ›Wo Quantentheorie ist, da ist Hoffnung.‹«

Aber bei Thalia klingelt es nicht. Die studierte Stieftochter mit einem B.A. von Cornell, das schlaue Kind, das alle Antworten kennt und den Stiefvater in seinem eigenen Haus begönnert, hat nicht kapiert, daß er ihr praktisch vorbuchstabiert *Ich bin der Einbrecher, der gestern abend in deiner Wohnung war*, erinnert sich nicht an den Absatz, den sie in ihrem Astronomiebuch unterstrichen hat.

»Klar mach ich weiter«, fährt Corky nicht mehr ganz so freundlich fort. »Weißt du denn was Besseres? Was sollte ich denn machen? Alle Viere von mir strecken und den Löffel hinschmeißen?« Er unterbricht sich. weil sie ihn wieder so seltsam ansieht, irgendwie taxierend, aber undurchschaubar. »Unter anderem muß ich mich ja auch um dich kümmern, nicht? Wenn du wieder krank wirst oder ausflippst, Herrgott, wenn ich denke, was du für ein Leben führst.«

Thalia ist sofort an der Decke. »Ich werde nicht krank«, fährt sie ihn an, »und ich flippe nicht aus. Wie kannst du in diesem Ton über mich reden? Ich weiß genau, was ich tun werde.«

»Ach nee…«

»Gerechtigkeit fordern.«

Thalia sagt das so ruhig, so selbstverständlich, daß es Corky kalt überläuft. Aber Thalia lächelt.

Gerechtigkeit fordern – genau das, was Corky zu Wiegler gesagt hat.

Er zuckt die Schultern. »Na, dann viel Glück.«

»Ich brauche kein Glück, sondern Mut.«

»Mut *ist* Glück, mein Schatz.«

Thalia will offenbar noch etwas sagen, behält es dann aber doch für sich und kaut statt dessen an dem verdammten Daumennagel herum, bis er blutet.

Corky sieht auf seine Uhr. 18.29. Gleich 18.30.

Im Westen ist der Himmel noch hell und von matt goldenen Streifen durchzogen, aber die Dunkelheit zieht schnell herauf.

Wo ist bloß der Tag geblieben? Diese vielen Stunden, die vor ihm lagen, in denen er so viel hat machen wollen, er wollte doch zu Onkel Sean, er *muß* zu Onkel Sean, und was soll er wegen Christina unternehmen, das kann er doch nicht einfach so auf sich beruhen lassen.

So viel Zeit, und jetzt ist sie weg. Voll im Eimer. Auf noch kleinerem Raum komprimiert, durch die Schwerkraft in sich zusammengepreßt. Zerfallende Atome.

Corky hat sein Bier ausgetrunken, drückt die Dose in der Faust zusammen und wirft sie in den überquellenden Müllbehälter unter der Spüle, sie fällt herunter und rollt scheppernd durch die Gegend, was soll's, Corky macht schnell die Tür zu. Er reckt sich, bis der Bizeps sich spannt, und sagt: »Okay, Schätzchen, dann machen wir uns jetzt am besten ein bißchen frisch und gehen essen. Ich will auch duschen. War ein langer Tag heute.« Er schüttelt gleichsam nachsichtig den Kopf, dann fällt ihm das Leichenschauhaus ein – der da gekotzt hat, war das wirklich er? – und geheimnisvoll lächelnd fügt er hinzu: »Du wirst staunen, wenn ich dir erzähle, was ich heute erlebt habe.«

Wie in alten Zeiten: Stiefdaddy unterhält Stieftochter mit Geschichten aus der großen weiten Welt der Erwachsenen. Und ist in jeder Geschichte der Held. Klar.

Thalia hat nicht direkt gesagt, daß sie mit ihm essen will, aber sie geht gehorsam wie ein Kind, ein ratlos benommenes Kind, zur Treppe. Corky hat ihr eine Hand ins Kreuz gelegt und schiebt sie vor sich her.

»Ganz wie früher, was?« sagt Corky. »Nur wir zwei ...«

Was so nicht ganz stimmt. Corky und Thalia sind kaum mal allein zum Essen ausgegangen (und waren auch zu Hause kaum mal allein zusammen, abgesehen von den ersten Jahren, als Charlotte bei den Union City Players Theater gespielt hat und zu Proben und Aufführungen aus dem Haus mußte). Erst als Thalia eine erwachsene Frau von zweiundzwanzig Jahren und Sozialarbeiterin war, hat Corky sie ein paarmal in ein nahegelegenes Thai-Restaurant ausgeführt.

Jetzt, da er offenbar alles wieder fest im Griff hat, geht es Corky schon bedeutend besser. »Klar lebe ich gern, Thalia. Das Leben ist schön – wenn du lebendig bist.«

Der Plan – ein ganz harmloser Plan – sieht folgendermaßen aus: Sie werden duschen.

In getrennten Räumen. Natürlich.

Thalia im Badezimmer der Gästesuite, wie Charlotte großspurig zu sagen pflegte, das (Corky sieht schnell noch mal nach) seine Haushälterin picobello in Ordnung hält – flauschige Handtücher mit Monogramm, Keramik und Chrom strahlend sauber, ein üppiger Duschvorhang mit einer Außenseite aus weißer Spitze –, obwohl sich, seit Charlotte vor sechs Jahren ausgezogen ist, hier kein Gast mehr aufgehalten hat. Und Corky in seinem eigenen Badezimmer. Natürlich.

Doch Thalia hält ihn kindlich besorgt zurück. »Aber was soll ich anziehen, wenn ich geduscht habe, Corky? Doch nicht wieder diese schmutzigen, armseligen alten Lumpen...«

Corky wittert Spott, eine Anspielung auf seine scheinbar so pingeligen Gewohnheiten, hat er sie mit seinem Vorschlag vielleicht gar gekränkt? – aber er läßt sich nichts anmerken.

»Vielleicht was von mir? Ein hübsches Hemd?«

»O ja, Corky. Ein hübsches Hemd. Bitte.«

»Es wird dir nicht recht passen, aber...« Corky trabt beflissen davon, wühlt eifrig in seinen Schränken, entdeckt ein langärmliges fuchsienrotes Hemd aus Rohseide, und da ist auch ein wunderschönes von Christian Dior, perlweiß mit Strukturstreifen, nur einmal getragen. Noch zwei, drei Bügel mit Hemden holt Corky heraus. Die Vorstellung von Thalias nackten Brüsten unter einem seiner Hemden erregt ihn sehr.

Er geht zurück in die Gästesuite, aber Thalia ist schon im Badezimmer und hat die Dusche angestellt. Wasserdampf zieht angenehm feucht ins Zimmer. Sie prüft die Wassertemperatur mit der Hand, auf ihrem Gesicht stehen kleine Tropfen, die aussehen wie Schweißperlen, ihre Augen sind feucht. Sie hat die Schuhe abgestreift, lange, schmale, wunderschön blasse Füße mit einer Spur von Schmutz zwischen den Zehen – *diese Zehen, die er lecken, lutschen könnte!* – und die Jacke ausgezogen. Corky macht große Augen, als er den schwarzen Rippenpulli sieht, der so eng anliegt, daß sich die kleinen harten, von keinem BH eingezwängten Brüste abzeichnen, die Brustwarzen scharf konturiert wie Kirschkerne. Corky ist mit den Hemden über dem Arm zur Badezimmertür gekommen und bleibt wie angenagelt stehen, als er die lächelnde Thalia barfuß und halb ausgezogen in dieser intimen Situation sieht.

Und die heiße, heftig prasselnde Dusche. Und den Dampf.

»Vielen Dank, Corky«, sagt Thalia – barfuß ist sie fast so groß wie Corky – sieht ihm kokett in die Augen, streicht sich mit einer aufreizenden Bewegung das Haar aus dem Gesicht und lächelt, als habe es etwas ganz Bestimmtes zu bedeuten, daß Corky ihr seine Hemden bringt. Als er sie aufs Bett legt, ruft Thalia: »Wir gehen also essen, Corky. Und danach?«

Corky traut seinen Ohren nicht. Thalia sieht ihn sehr direkt an, wie vorhin im Fernsehzimmer, als sie das Nacktmagazin durchgeblättert hat. Der Blick fährt Corky bis hinunter zwischen die Beine.

»Und nach dem Essen?« insistiert Thalia. « Kommen wir dann wieder her?«

»Ganz wie du willst, Thalia.«

Corky drückt es die Brust zusammen, so daß er kaum ein Wort herausbekommt.

Er macht, daß er wegkommt, damit Thalia sich ausziehen und nackt unter die prasselnde Dusche stellen kann und denkt, *Herrgott, ich werde mich doch nicht von meiner eigenen Stieftochter angeilen lassen.*

Corky hat es eilig mit dem Duschen. Nadelscharf sticht ihm der Strahl in die Augen, konfus und erregt, wie er ist, glitscht ihm die verdammte Seife aus der Hand. Er hat zu viel Shampoo ins Haar gegeben, auf seiner Brust, dem affenkraus behaarten Oberkörper sammelt sich der Schaum, in einem dicken Strudel läuft er ihm zwischen die Beine, wo sein Schwanz stupide-eifrig und erwartungsvoll wippt, ja, aber Thalia ist offenbar emotional nicht ganz in Ordnung, und überhaupt – sie ist schließlich Corkys Adoptivtochter, da trägt er Verantwortung. Nie würde Corky Thalia berühren, in seinen wildesten, geilsten Träumen nicht. Er doch nicht! Fick mich, hat sie ihm signalisiert mit diesem unmißverständlichen Blick, aber Corky ist ihr Stiefvater, seit ihrem achten Lebensjahr kennt er sie und vertraut sie ihm, und so soll es auch bleiben, großes Ehrenwort. Ja, er ist schließlich ein Mann von Ehre, ein anständiger Mann.

Fick mich, wolltest du mich ficken, habe ich mich geirrt? Ja, hast du.

Und wieder entgleitet die glitschige Seife Corkys Händen und schlittert durch die Wanne.

Corky seift sich mit heftigen, gewalttätigen Bewegungen ein, als wolle er sich bestrafen. Der steife Schwanz wippt zwischen den Beinen wie ein zweiter Kopf, das macht wohl die duftende, dampfende Hitze. Gott weiß, daß er nach Kräften versucht hat, sich um das Mädchen zu kümmern, ihr den Vater zu ersetzen. Und wie oft hat sie ihm die Tür vor der Nase zugeschlagen, den Kopf abgewandt, wenn er versucht hat, sie zu küssen, das erstemal, als sie vierzehn war, sie hat ihre Tage, hatte Charlotte gesagt, sie geniert sich. Danach war es nie mehr so geworden wie früher. *Du liebst mich nicht und ich dich schon gar nicht.*

Corky erinnert sich daran, wie Thalia im letzten Jahr plötzlich ihren Job beim Fernsehen hingeworfen hatte und untergetaucht war, er hatte zehn, zwölf Bekannten bei der Polizei ihr Foto in die Hand gedrückt und sie gebeten, die Augen offenzuhalten, die Sache hatte ihn ganz schön geschlaucht. Er hatte sogar mit dem Gedanken gespielt, einen Privatdetektiv einzuspannen, nur sind in Union City alle Privatdetektive Ex-Cops, und Corky weiß, warum sie nicht mehr bei der Polizei sind.

Und dann gestern der Streß, als er sie zwanzigmal angerufen hat und fast verrückt geworden ist vor Sorge. Als er mit dem Einbruch in ihre Wohnung Kopf und Kragen riskiert hat, immer in der Angst, ihre Leiche zu finden. Und warum das alles? Weil Corky sie liebt. (Unglaublich, daß Thalia sich in dem Schrank versteckt gehalten hatte. Er weiß natürlich, welcher es war. Die Koffer, die dicht an dicht hängenden Klamotten. Das Regalbrett darüber. Der schwarze Gymnastikanzug am Wandhaken).

Aber jetzt ist Thalia in Sicherheit, ist in seiner Hut. Er hat sie wiedergefunden. Er wird sie beschützen. In die Italian Villa wird er mit ihr gehen, das ist ein stinkfeiner Italiener, rosa Stuck und beleuchtete Springbrunnen, und Gino, der Geschäftsführer, stürzt sich immer auf Corky und schüttelt ihm die Hand, als wenn er der Bürgermeister persönlich wäre. *Hallo Mr. Corcoran! Wie geht's Ihnen heute abend, Mr. Corcoran! Wenn Sie mir folgen würden, Mr. Corcoran, dort ist Ihr Tisch.* Immer ein Ecktisch ganz hinten, gut abgeschirmt, wo Corky mit dem Rücken zur Wand sitzen kann.

Wichtig ist jetzt erst mal, Thalia aufzupäppeln. Man sieht ja auf den ersten Blick daß das nicht normal ist: Eingefallene Wangen, tiefliegende, gelb schimmernde Augen, kantig vorstehende Schlüsselbeine. Offenbar ging es Thalia schon vor dem Schock von Marilee Plummers Tod sehr schlecht. Corky wird ernsthaft mit ihr reden, einen Termin beim Arzt für sie machen. Vielleicht sollte sie auch zu einem Psychotherapeuten. (Obgleich Corky selbst an diesen Mist nicht glaubt und eher zu einem Wahrsager als zu einem dieser Psychoheinis gehen würde). Und dieses wilde, wahnhafte Gerede, daß jemand hinter ihr her ist, sie holen will- das ist ihm ganz schön in die Glieder gefahren.

Corky spült sich die Seife aus dem Haar und vom Körper. Besieht sich bestürzt und beschämt seinen steifen Schwanz, aber schließlich, denkt er, braucht eine Erektion nicht unbedingt ein Zeichen für sexuelle Erregung zu sein, sondern ist unter Umständen auch Nervensache. So ein Mistkerl ist er denn doch nicht!

Und dann erinnert er sich an das letzte Mal, als er bei Thalia unbestreitbar einen Ständer bekommen hat, die Erinnerung ist wie ein aufgedrehter Wasserhahn, aus dem das Wasser schießt, er wollte eigentlich gar nicht mehr daran denken, nicht an die Sache selbst, nicht an die Begleitumstände, er war ins Rathaus gegangen, um Thalia zum Essen in das Thai-Restaurant auszuführen, das sie so gern hat, weil es da vegetarische Gerichte gibt, eine winzige Bude ohne Alkohollizenz, nicht gerade eine Speisestätte nach Corkys Herzen, aber warum nicht, wenn er damit seiner Stieftochter eine Freude machen kann, und als er im neunten Stock aus dem Aufzug steigt, sieht er ganz in der Nähe Thalia auf dem Gang stehen und mit Red Pitts reden, ausgerechnet mit dem, was hat Thalia mit Red Pitts zu schaffen, groß und breit steht der Mistkerl da in seinem doppelreihigen braunkarierten Sportsakko, einen Zahnstocher zwischen den Zähnen, verzieht das Gesicht zu einem Grinsen, dieser grinsenden Grimasse, bei der die stählernen Augen ganz ausdruckslos bleiben, und Thalia hält ein bißchen Abstand und sieht zu ihm hoch, die schlanke Gestalt wirkt angespannt, sie sprechen ernsthaft und mit leiser Stimme miteinander, durch Corkys Adern schießt flammend heiß das Adrenalin, als er den Rivalen entdeckt, das zweite Männchen, das ihm die Beute streitig macht, und dann sehen sie ihn alle beide, Thalia und Red Pitts, Red Pitts und Thalia, im gleichen Augenblick und praktisch mit dem gleichen Gesichtsaudruck an: Wachsam, abweisend, ausdruckslos. Red Pitts winkt Corky mit diesem grimassenhaften Grinsen zu und verzieht sich diskret, einen überraschend leichten Gang hat der Kerl, denkt Corky nicht zum erstenmal, Thalia kommt lebhaft auf ihn zu und freut sich, ihn zu sehen, die Freude scheint echt zu sein, und ist bereit, sich von ihm auf die Wange küssen zu lassen, Corky pflanzt ihr den Kuß etwas grob ins Gesicht, er ist nicht sehr geschickt in solchen Kunststücken, und fragt sofort: »Was läuft da zwischen Pitts und dir?« und Thalia sagt: »Gar nichts«, und Corky sagt: »Ja, aber über was habt ihr denn geredet?« und Thalia sagt lachend: »Über dich natürlich, Corky, über wen sonst?«

Später, als sie im Thai Palace saßen, einer trübe beleuchteten, nach Curry stinkenden Pinte mit Tischtüchern und Servietten aus Papier, kam Corky natürlich auf das Thema zurück, er konnte es nicht lassen. »Du weißt, daß Red eine Kanone bei sich hat?« fragt er, und Thalia sagt erstaunt: »Nein, das hab ich nicht gewußt«, und Corky sagt so ruhig wie möglich: »Red ist der Leibwächter des Bürgermeisters, offiziell ist er der persönliche Referent, aber er ist auch dazu da, Oscar mit seinem Leben zu schützen. Ich hätte den Job bekommen, eigentlich wollte Oscar mich haben, aber ich bin nicht der Typ für so was, ich lauf doch nicht ständig mit einer Kanone rum wie ein schießwütiger Cop.« Er trägt den Spott dick auf und spricht noch immer ganz ruhig, ohne Eifersucht, ohne Neid, und Thalia schaut leicht angewidert. »Nein, das hab ich nicht gewußt«, wiederholt sie halblaut, und Corky sagt lächelnd: »Es gibt vieles, was du nicht weißt, mein Schatz.« Und zu den Dingen, die Thalia nicht weiß, gehört auch, wie Corky Corcoran, ihr Stiefvater, mit dem sie praktisch auf Tuchfühlung an dem winzigen Tisch sitzt, für sie empfindet, was für wilde Gefühle in diesem Moment in ihm toben und sich zwischen seinen Beinen und in seinem schmerzenden Schwanz konzentrieren.

Vielleicht, denkt Corky, wenn es gut läuft in der Italian Villa, nach ein, zwei Karaffen Rotwein, wenn Thalia in der richtigen Stimmung ist, vergnügt und aufgeschlossen, kann er den gestohlenen Schnappschuß aus der Brieftasche holen und rauslassen, daß er doch der geheimnisvolle Einbrecher war. Vielleicht. Es ist riskant, aber es könnte klappen. Er hat schon verrücktere Sachen gemacht. Ganz lässig würde er das Foto rausholen und Thalia zeigen, und die würde zuerst nicht schlecht staunen, und dann würde er fragen, was das für ein Bild ist, was da läuft, warum gerade mit diesen Leuten (auf einer Party, zu der Corky nicht eingeladen war, aber darauf wird er nicht eingehen), warum ist Red Pitts dabei, würde er fragen, aber nicht Oscar, was war der Anlaß, und welche Verbindungen gibt es zwischen diesen Leuten, und wer ist der Typ, mit dem Thalia spricht? Ihr Liebhaber? Oder einer ihrer Liebhaber?

Corky wird nichts überstürzen. Kommt auf die Stimmung an. Man kann nie voraussagen, was passiert, wenn man eine Wildkatze reizt. Er hat da seine Erfahrungen.

Im duftenden Dampf der Dusche ist Corkys Schwanz schlangengleich fest und gefährlich. Herrgott, er ist doch nicht mehr fünfzehn!

Er holt tief Luft, stellt mit einer raschen Drehung entgegen der Uhrzeigerrichtung den Warmwasserhahn ab und den Kaltwasserhahn an. Kalt. Kälter.

»Au!« Der Strahl aus dem Duschkopf schmerzt, als hätte ihn ein Pferd getreten.

In Sekundenschnelle ist Corkys armer Schwanz eingegangen, zusammengeschnurrt, verschrumpelt, wie schnell sich das Blut zurückzieht, das Fleisch kriecht, von dem kalten Strahl getroffen, fast in seinen Körper zurück.

Ein Kampf zwischen einem »Es« und einem »Ich«.

Zitternd vor Erwartung rasiert sich Corky zum zweitenmal an diesem Tag, verreibt Aftershave Lotion auf seinem Gesicht, kämmt das feuchte, widerspenstige Haar und kommt zu dem Schluß, daß er trotz der verdammten Beule an der Stirn nicht übel aussieht. Gar nicht übel. In der richtigen Beleuchtung näher an dreißig als an vierzig. Er zieht sich rasch an – weiße Baumwollshorts von Jockey, Hose von Calvin Klein, dann schüttelt er ein neues Calvin-Klein-Oberhemd aus der Zellophanhülle, blauer Baumwolltwill, auf der Tasche das Monogramm JAC. Und denkt daran, daß er, als er das Hemd gekauft hat (in der Gentlemen's Boutique im Hyatt) Christina Kavanaugh vor Augen hatte, sich mit ihren Augen sah. Aber in diesem Moment hat Corky nicht Christina Kavanaugh im Kopf.

Er hat nicht mehr an sie gedacht, hat nicht die leiseste Regung von Bedauern oder Trauer, von Ratlosigkeit oder Kränkung oder Empörung empfunden, seit Thalia zur Tür hereingekommen ist.

Er grinst vor sich hin und pfeift »Melancholy Baby«, ohne groß auf den Rhythmus zu achten, es ist Dixieland, und er ist unheimlich aufgekratzt.

Er läuft über den Gang, um nachzusehen, wie weit Thalia ist, im Gehen knöpft er das Hemd zu. »Hey, Thalia?« Die Badezimmertür ist immer noch zu, die Dusche rauscht wie ein Waserfall. Corky stellt sich Thalia unter der Dusche vor. Nackt. Glitschig-glänzend unter dem scharfen Strahl. Die schwingenden kleinen Brüste, schimmernd-schwarzes Schamhaar, die Rundung von Bauch und Hüften. Wie sie das Gesicht der Dusche zuwendet, die Augen geschlossen, bereit für einen Kuß. Oder für die Liebe. Wie das warme Wasser über sie hinströmt gleich einer Liebkosung. Der Gedanke, daß sie gestern in dem Schrank da war... Und Doggy-Corky nur ein paar Zentimeter weit weg...

Corky schluckt krampfhaft. Herrgott, was soll denn das? Bist du verrückt? Du Mistkäfer!

Er geht zurück in sein Zimmer, um sich fertig anzuziehen, kommt in seiner Aufregung mit dem Binden der Krawatte nur mühsam zurecht, eine dieser stumpf-metallischen Armani-Krawatten, die er nie in der City, im UCAC zum Beispiel, tragen würde, weil sie einen als Geck abstempelt. Und das breitschultrige zweireihige Armani-Jackett, anthrazitgrau, genau richtig zu dem blauen Hemd, der taubengrauen Hose, wem sieht er ähnlich, diesem Schauspieler, wie heißt er noch, aus den Spätfilmen im Fernsehen, Richard Widmark, der sich auf Psychopathen mit Sex-Appeal spezialisiert hat, Psychopathen der Extraklasse.

Das Schlafzimmer ist in einem fürchterlichen Zustand, er sieht es mit Thalias Augen, räumt die Zeitungen vom Bett, das Taschenbuch *Eine kurze Geschichte der Zeit*, mit dem er sich seit einem halben Jahr in den Schlaf liest, Cashewnußtüten, benutzte Kleenextücher und Papierservietten und eine Dose Stroh-Bier, die scheppernd über den Fußboden rollt, als er, leise vor sich hin fluchend, weil er so in Eile ist, an der Tagesdecke herumzerrt, um sie glattzuziehen. Es ist nach sieben.

Herrgott, er müßte die Slatterys anrufen und ihnen sagen, daß er es doch nicht schafft. Aber dazu ist jetzt keine Zeit.

In aller Eile geht er zurück zur Gästesuite, um nach Thalia zu sehen. Verdammt, die Dusche läuft noch.

Immer noch?

Corky steht vor der Badezimmertür, legt den Kopf schief, horcht. Hört nur die Dusche prasseln. Legt die Hand auf den Türknauf.

Corky geht raus, Corky kommt wieder rein, hat Schuhe und Strümpfe an, ein paar diskrete Tupfer Joop Eau de Toilette auf dem Oberkörper. Abmarschbereit. Um zwanzig nach sieben klopft er. »Thalia? Bist du noch drin?« Keine Antwort, nur das Rauschen der Dusche, das ihm jetzt lauter vorkommt. Oder bildet er sich das nur ein?

»Thalia? Ist was?« Corky reißt die Tür auf, und eine Dampfwolke wie in der Sauna schlägt ihm entgegen. *Sie hat sich umgebracht* – aber als er vorsichtig den Duschvorhang zurückzieht, sieht er – nichts.

Nichts und niemanden. Die Wanne ist leer. Das dampfende Wasser fällt mit mächtigem Druck wie aus einem Schlauch in den leeren Raum.

»Thalia? Was zum Teufel…«

Die flauschigen Handtücher auf der Stange sind unberührt.

Corky weiß inzwischen, was los ist, aber er will es nicht wissen, er dreht sich um, vielleicht spielt sie ihm nur einen Streich, vielleicht versteckt sie sich hinter der Tür, aber da ist sie natürlich auch nicht.

Das Badezimmer ist leer, und er überlegt, wie lange die Dusche schon läuft, um ihn zu täuschen, während Thalia sich davongemacht hat.

Vor lauter Dampf bleibt einem hier im Badezimmer die Luft weg. Die Spiegel sind so beschlagen, daß Corky noch nicht mal andeutungsweise sein Bild darin sieht, er ist unsichtbar.

Im Schlafzimmer, wo es kühler ist und er wenigstens was sehen kann, starrt Corky die Hemden, *seine* Hemden an, die schönen, unordentlich aufs Bett geworfenen Hemden, eins liegt auf dem Fußboden. Eins hat Thalia also wohl mitgenommen, aber welches? Ihm ist, als wenn ihm jemand eins mit dem Spaten über den Kopf *und* einen Tritt in die Eier gegeben hat, und in diesem Zustand bekommt er es einfach nicht raus.

6

CORKY MACHT EINEN DEAL

»Sie glauben, daß ich es nicht ernst meine? Daß ich nur rumquatsche? *Ich? Corky Corcoran?*«

Fünf Minuten vor Mitternacht. The Bull's Eye. Er ist verbittert und verprellt. In den hektischen Lärm von Stimmen und Gelächter hinein hechelt ein bekifftes Jazzquartett etwas, was vage nach »Mood Indigo« klingt. Wie Corky hergekommen ist, könnte er nicht genau sagen, aber verdammt, jetzt ist er hier und fühlt sich großartig, das Scheckbuch der Firma Corcoran Inc. liegt aufgeschlagen vor ihm auf der klebrigen Theke, er hat den Füller in der Hand und ist heiß darauf, das Geschäft unter Dach und Fach zu bringen: Coole 30 % Anzahlung auf 400 000 Dollar , sein Angebot, Corkys Preis, das sind 85 000 Dollar unter dem, was Mrs. Demetrius Crowe, die Witwe, für das Bull's Eye haben will.

Als Anzahlung sind demnach 120 000 Dollar fällig. Corky kann Mrs. Crowe den Scheck heute abend ausschreiben, wird ihn aber auf den 27. Mai, das heißt, den Mittwoch nächster Woche, vordatieren müssen. Bis dahin, sagt er sich, bekommt er die ganze Summe zusammen, kein Problem.

Kein Problem, Corky?

Kein Problem.

Was ist denn Kapitalismus im Kern anderes als das geschickte

Manipulieren von Mitteln? Den Mitteln anderer Leute, wenn die eigenen knapp sind.

Erstaunlich, wie schnell einem ein paar Drinks den richtigen Durchblick verschaffen. Wenn es die richtigen sind. *Wo Quantentheorie ist, da ist Hoffnung.*

Corky sitzt an der Theke des Bull's Eye, eingequetscht zwischen trinkfesten Paaren und Rudeln gieriger junger Wölfe, auch eine kreischende Clique von Weibern um die dreißig ist da, Büromiezen der mittleren Ebene, die den Samstagabend nutzen, um eine Verlobung zu feiern oder eine Scheidung oder – heutzutage ist ja alles möglich – eine erfolgreiche Abtreibung. Angelockt von Corky Corcorans hübschem, leicht ramponierten Jungengesicht, seinem widerspenstigen roten Haar, seinen zerknautschten, aber teuren Klamotten und der gelockerten Krawatte, haben ihm die Frauen verführerische Blicke zugeworfen, sich sogar kühn erboten, ihm einen auszugeben, aber Corky macht auf cool, hat nur lächelnd »Nein danke« gemurmelt und sich nicht umgedreht. Er hat sich in den Kopf gesetzt, heute abend den Deal mit Chantal zu machen, heute abend noch, als ob er ahnt, daß er es sich im nüchtern kalten Licht des nächsten Tages anders überlegen könnte.

Außerdem hat Corky erst mal genug von Weibern, die ihn aufgeilen wollen.

Vom Fillmore Expressway ist er über die South Main geschlingert, bis das kreisende Neonschild, das Wahrzeichen des Bull's Eye, in Sicht kam, und hat auf der Straße zwischen Dreck und Müll einen Platz zum Parken gefunden, das war so um zehn, nach ein paar Drinks im Seneca House, hier bleibt er bei Johnny Walker Red Label, pur. Immer noch das Beste. Guter Whiskey macht nicht nur die Stirnhöhlen frei, sondern befreit den Kopf von überflüssigem Ballast. Unglaublich, aber wahr: Corky ist bedient von Bier und Wein, mit dem, was er heute geschluckt hat, hätte er ein Schlachtschiff flottmachen können. Der Pißpinsel ist schon ganz kaputt vom vielen Wasserlassen.

Diese verdammte Chantal Crowe – Corky ist ein bißchen angesäuselt, aber er läßt seinen ganzen Charme spielen und gibt ihr einen spielerischen Klaps, als sie sich vorbeischlängelt: »Hey,

Chantal, wann setzen wir uns mal auf ein Wort zusammen? Ich meine es ernst!« Grinsend klatscht er das Scheckbuch auf die Theke, aber innerlich fiebert er vor Ungeduld, so langsam könnte die Alte zur Sache kommen. Chantal klappert mit den steifen falschen Wimpern und sagt mit ihrer belegten Raucherstimme: »Aber Mr. Corcoran, doch nicht hier und jetzt, mein Lieber!« Chantal spricht, obgleich sie schon so lange im Lande ist – Jahrzehnte, eine kleine Ewigkeit, in den vierziger Jahren ist sie als französische Kriegsbraut rübergekommen –, immer noch mit französischem Akzent. Wer in Amerika lebt, denkt Corky, soll gefälligst richtiges Englisch sprechen, das ist das mindeste, was sie tun können: Ihren Respekt bezeigen. Zeigen, daß sie amerikanische Bürger sind.

Trotzdem – sexy ist dieser französische Akzent schon, das muß er zugeben, während einem von dem Englisch der Pakis, der Japse, der Inder oder Mexikaner die Ohren wehtun. Wenn einer dieser Ausländer, einer von denen mit dunkler Haut, Corky anspricht oder anzusprechen versucht, versteht der meist nur Bahnhof. In den Restaurants ist das schon schlimm genug, aber jetzt tauchen sie auch in Banken auf, als Zahnarzthelferinnen, an Corkys Wagenwaschanlage. Sogar im Athletic Club. In Livree.

Corky bemüht sich, Chantal zu sich an die Bar zu holen, trinken wir was zusammen und bereden wir die Sache, aber sie weicht ihm aus, sie muß hinter die Theke, muß beim Bedienen aushelfen, sagt sie, später vielleicht, wenn es ein bißchen ruhiger ist. Eine grobknochige, vollbusige Frau, schwarze Paillettenbluse, messingfarbenes Haar, tolle Beine für eine Frau um die sechzig, auch das Gesicht ist nicht übel – dickes Make-up, nachgezogene Brauen, falsche Wimpern, glänzende Lippen. Am Tag, denkt Corky, sieht sie wahrscheinlich aus wie eine bröckelnde Wand, aber hier, auf ihrer eigenen Spielwiese, bei dieser Beleuchtung, mit dem geheimisvollen Lächeln, mit dem einen neckisch zwinkernden Auge, ist die alte Chantal Crowe durchaus akzeptabel. Corky muß an diese Schauspielerin denken, wie heißt sie noch, Ethel Merman. Eine dieser wilden Weiber, die auch im Alter noch sexy sind.

»Komm schon, wir müssen reden.« Corky greift nach Chantals gut gepolstertem nackten Arm, und Chantal gibt ihm einen

Klaps, wie einem ungezogenen Jungen. »Nicht jetzt, Mr. Corcoran«, und Corky sagt: »Ein Jetzt ist besser als zwei Dann, Chantal!«, aber da steht Chantal schon hinter der Theke und greift nach einer Flasche, er kann, als sie sich hochreckt, ausgiebig ihren Hintern bewundern und die tollen Beine in den schwarzgemusterten Strümpfen. Die Witwe des alten Demetrius Crowe. Sie wirft Corky einen verführerischen Blick zu, oder vielleicht verdreht sie auch nur die Augen, weil Corky, betrunken und penetrant, wie er ist, sein Scheckbuch in der Hand schwenkt, als wäre es sein Schwanz. Sie kennt ihn doch, ihr Mann kannte ihn, beide hatten eine Schwäche für Wetten, besonders Sportwetten, Corky Corcoran ist als großer Zocker vor dem Herrn in Union City bekannt, als gewiefter Geschäftsmann auf dem städtischen Immobilienmarkt, alter Kumpel von Oscar Slattery und der Clique in City Hall, die seit Jahren dort das Sagen hat, außerdem mit Vic Slattery befreundet, was ihn möglicherweise moralisch aufwertet, es ist ihr sicher auch nicht entgangen, daß er ein gut aussehender Bursche ist. Und Geld hat er auch. Und sie will das Bull's Eye loswerden, so sehr sie auch an dem Laden hing, als der Alte noch lebte, eigentlich müßte sie ganz heiß drauf sein zu verkaufen, denkt Corky, was macht sie also noch lange rum?

Mein Preis, denkt Corky. 400 000 Dollar. Oder aus dem Geschäft wird nichts.

Ganz kurz blitzt der Gedanke in seinem Hirn auf – nur ist sein Hirn so gesättigt von Red Label, daß es ihn nicht verarbeiten kann –, daß Howard Greenbaum vermutlich ziemlich außer sich wäre: Was denkt sich die Firma Corcoran dabei, einen mit dicken Hypotheken belasteten Jazz-Nightclub in der Innenstadt von Union City zu kaufen, ohne die Bücher, die Versicherung, den Zustand der Räumlichkeiten zu prüfen, ein echter Wahnsinn bei den finanziellen Schwierigkeiten, die Corky jetzt schon hat, und das noch in der Rezession. Corky zuckt ein bißchen, als er Greenbaums Augen mit den Tränensäcken und das geriebene Froschgesicht vor sich sieht, wie soll er ihm klarmachen, was ihm, Corky, das Bull's Eye seit seinem sechzehnten Lebensjahr bedeutet, wie soll er ihm von seinem Herzenswunsch sprechen, unmöglich.

Greenbaum würde im Bull's Eye nur eine architektonische Kuriosität sehen, *Art Moderne* zwischen lauter bieder vierschrötigen Gebäuden auf der South Main im Schatten des Fillmore Expressway. Vielleicht weiß er auch nicht – oder es ist ihm egal –, daß es eins der Wahrzeichen der Stadt ist, gebaut kurz vor Beginn des Zweiten Weltkrieges, erstaunlich kühn für die damalige Zeit, die Fassade ist aus schwarz emailliertem Stahlblech mit schnittigen Rallyestreifen in Zinnoberrot und Zitronengelb, über dem zurückgesetzten Eingang dreht sich wie eine Erscheinung aus einem Traum in Technicolor die zwei Meter hohe Neonscheibe mit den zinnoberrot-grün-gelben Kreisen (das heißt, wenn der Laden läuft, dreht sie sich, wenn geschlossen ist, wird sie abgeschaltet und stillgesetzt). Innen ist das Bull's Eye zweigeteilt: Vorn ist ein schickes Restaurant mit viel Chrom, Resopal und Kunstledersitzen, ein typischer »Diner« aus den fünfziger Jahren. Hinten ist der Nightclub mit einer wundervollen geschwungenen schwarzen Theke, indirekter Beleuchtung, Rauchglasverspiegelung, eng zusammenstehenden Tischen. In den Swinging Seventies war das Bull's Eye auch mal eine Disco, eine heiße Adresse für Singles (Corky war mit Charlotte da und hat mit ihr angegeben, Ross Drummonds Tochter, die mit ihm, Corky, so wild durch die Gegend gehopst ist – Herrgott, wie lange ist das jetzt her – *Disco!)*. Ein Vierteljahrhundert hatte der Laden Demetrius Crowe gehört, er hatte auch in mageren Jahren daran festgehalten, wohl aus Anhänglichkeit, was sonst, denkt Corky, es gibt solche Obsessionen, ein Leben kann sich in so einer abgedrehten Sache verheddern und verschlingen wie in einem Gestrüpp. Der arme Crowe soll ja hier in seinem Laden tot umgefallen sein, hat Corky gehört, als er einen trotteligen Typ zusammengeschissen hat, der eine Lieferung verbockt hatte. Herzinfarkt. Die Witwe, Mrs. Crowe, hat alles geerbt.

Irgendwann, denkt Corky, nimmt der Denkmalschutz Pinten wie das Bull's Eye in seine Liste Historischer Bauwerke auf, auch sie sind Denkmäler ihrer Zeit. Das anonyme Amerika der kleinen Leute. Nicht nur die Bauten der Reichen und Berühmten, sondern das nicht Alltägliche in der Alltagsarchitektur gewissermaßen.

»Und von dieser Historie will ich ein Stück haben.«

Corky ist nervös, ist kurz vor dem Abheben. Der dritte – oder vierte? – Whiskey geht glatt runter. Eine süße, sanft fließende Flamme, mild wie Ahornsirup. Normalerweise wäre er in diesem Zustand heiß auf eine Frau, heute aber bleibt er für sich, ignoriert die parfümierte Schnepfe neben sich (eine Nutte?), die ihn ständig schubst, hauchdünner, bis zu den Brustwarzen ausgeschnittener Fummel, Corky erschrickt, weil er im ersten Moment denkt, daß es Kiki ist, die gleiche fransig-verrückte Frisur, die gleiche abgedrehte Art, wieder ein Schubs und dann ein gekichertes: »'tschuldigung, Mister«, aber Corky knurrt ablehnend: »Entschuldigen Sie« und ignoriert die Schnepfe. Er hat nur Augen für Chantal Crowe, die schlaue alte Schachtel bewegt sich so flink und wendig wie die jungen Kellnerinnen und kennt sich hinter der Theke ebenso gut aus wie der Barkeeper. So weiblich, und doch eine Geschäftsfrau durch und durch. Eine, die hinten Augen hat. (Natürlich hat sie Corky nicht vergessen, während sie mit anderen Gästen redet und lacht, schaut sie ab und zu schnell zu ihm hin), Corky gerät immer mehr aus dem Häuschen, gleich hebt er ab.

Es gibt kaum einen schöneren Anblick als eine gut bestückte Bar, von hinten angeleuchtete funkelnde Gläser, Flaschen in allen Größen und Formen vor einer Spiegelwand. Lichter, die sich im Glas brechen, Glanz und Glitzer wie an einem Weihnachtsbaum. Corky bekommt feuchte Augen, er ist verliebt.

Nach der unglaublichen Schweinerei mit Thalia heute abend. Thalia, seine eigene Stieftochter! Diesen miesen Trick abzuziehen, einfach abzuhauen, ohne auch nur zu duschen (er hat die Handtücher angefaßt, keins war feucht), wenn es denn ein Trick war und nicht ein Zeichen für Irrsinn. *Scheiß drauf, Fotze ist Fotze.*

Da hält Corky sich lieber an die Musik. Schön, wie der Saxophonist mit den tiefen Alttönen umgeht. *Ain't been blue. No, no, no.* Als Chantal zur Theke zurückkommt, wirft sie ihm einen raschen, lächelnden Zwinkerblick zu, aber Corky kommt plötzlich der Verdacht, daß sie in Wirklichkeit Angst vor ihm hat. Ja, das ist es! »Okay, Chantal«, sagt er triumphierend, »reden wir nicht mehr lange rum. Mein Preis ist 400 000 Dollar, 120 000 Dollar bar auf den Tisch des Hauses!« und er schwenkt sein Scheckbuch, und Chantal grinst, als hätte er ihr an die Muschi gefaßt.

»Ich habe schon sechs höhere Angebote abgelehnt, Mr. Corcoran«, was, wie Corky weiß, eine kackfreche Lüge ist, aber er ist zu sehr Gentleman, um ihr das vorzuhalten.

Davor hat Chantal mit unschuldigem Augenaufschlag behauptet, das Bull's Eye sei erst fünf Monate auf dem Markt. Daß Corky es dank Agnes in Ross Drummonds Büro besser weiß, ahnt sie natürlich nicht.

So ist das eben. Einer Fotze kann man nicht über den Weg trauen.

Aber das ist ja nichts Neues.

Corky Corkoran quetscht sich mit seinen Freunden in eine Nische des Restaurants vom Bull's Eye. Auf seinem hageren Gesicht sind ebensoviele Pickel wie Sommersprossen, wenn er nervös oder aufgeregt ist, drückt er an den Pusteln herum, ohne es zu merken, manchmal, bis es blutet, das Blut bleibt unter den Fingernägeln sitzen. Er ist sechzehn, aber so mager, daß er jünger wirkt. Ein lustiger, ein gutmütiger Junge, der gern und oft Witze reißt und auch einstecken kann, wenn andere auf seine Kosten welche machen, ein Clown, könnte man sagen, aber ein cleverer, kühl kalkulierender Clown, der dankbar ist, wenn man mit ihm oder über ihn lacht.

Solange sie ihn – Vic Slattery hat damit angefangen, und die anderen tun es ihm nach – Corky nennen.

Auf der Bank mit dem Kunstlederbezug quetschen sich Corky und seine Freunde von St. Thomas zusammen. Vic Slattery, Heinz Meuller, Eddy Darnton, manchmal noch der junge Weisbeck und Vics Vetter, dessen Namen Corky mit schlechtem Gewissen verdrängt hat, der arme Teufel wird später als Marinepilot in Vietnam fallen. Dazu vielleicht noch Vics Freundin Sandy Sherman, hübsch und keck und selbstbewußt, die auf die katholische Mädchenschule Marymount geht, und Beatrice Ryan, Sandys Freundin, die manchmal mit Darnton ausgeht, die hübsche Beatrice mit den großen Augen und der Angewohnheit, die alle so süß finden, bei den Jungs Zigaretten zu schnorren, auch bei Corky, den sie ansonsten übersieht. (Nein, Corky hat Beatrice Ryan nie gefragt, ob sie mit ihm ausgehen will, obwohl ihn Vic ständig gedrängt hat, komm schon, ruf sie an, sie wartet drauf, sie mag dich, was hast du zu verlieren? Aber Corky hat Beatrice Ryan nie angerufen, er hatte zu viel zu verlieren.)

Zusammengequetscht in ihrer gewohnten Nische mit dem roten Kunstlederbezug, rechts hinten neben der Jukebox (die – wenn es kein Nachbau ist – immer noch im Restaurant des Bull's Eye steht, bestückt unter anderem mit einem halben Dutzend Elvis Presley-Platten): Corky und seine Freunde.

Seine Freunde, ganz klar. Und sie sehen ihn wohl auch als ihren Freund.

Sollte man denken, wenn man sie so anschaut. Laut lachende Schüler, nicht aus einer staatlichen, sondern einer Privatschule, sie sind schon was Besonderes in ihren mitternachtsblauen Satinjacken mit dem weißen Schriftzug ST THOMAS auf dem Rücken. Corky ist der mit dem roten Haar und der hohen, wiehernden Lache, er ist zappelig, komisch, ein kleiner Klugscheißer, der sich auch nicht vor drastischen Redensarten scheut, so gewagt oder vielleicht gewagter als Heinz Meuller mit seiner schmutzigen Phantasie, zumindest wenn keine Mädchen oder Erwachsenen in Hörweite sind, Corky steht bei den reichen Kids in dem Ruf, ein tougher Typ zu sein, klein, aber oho, leicht aufbrausend, schlagfreudig. Einer, der aus Irish Hill stammt, in Irish Hill wohnt, garantiert echt und unverfälscht. Schwer in Ordnung, der Junge, gut Freund mit allen. Soweit sie wichtig sind. *Corky* Corcoran, nicht *Jerome* Corcoran. In Union City weiß jeder, wie sein Vater umgekommen ist, aber für Corky ist das kein Thema, er spricht nie davon, spricht überhaupt nicht von seiner Familie, nicht mal von seiner Mutter, die noch lebt, aber in einem Sanatorium oder in einer Nervenklinik ist, bei Corky brauchst du keine Hemmungen zu haben, er ist wie alle anderen auch, völlig normal wie alle anderen auch, es ist, als ob er seine Vergangenheit vergessen hat, da kannst du sie getrost auch vergessen.

Wenn er die Augen zumacht, bedrängen ihn überlebensgroß wie in einem Traum die Gesichter seiner Freunde, die Gesichter von Vic und Heinz und Eddy und Weisbeck, die leeren, pudrighübschen Gesichter der Mädchen, er sieht die von Zigarettenrauch vernebelte Ecke des Restaurants, ja, aber sein eigenes Gesicht – er kann sein eigenes Gesicht nicht erkennen. Schau nicht hin, du Armleuchter, du weißt, was du riskierst. Aber er bringt es nicht fertig, nicht hinzuschauen, und bringt es auch nicht fertig, nicht an diesen Moment unsäglicher Bedrängnis zu denken, das Würgen in der Kehle, die Angst, die in seinen Gedärmen wühlt, angenommen, er hat sich mit den anderen im Bull's Eye verabredet und ist getrennt hingegangen oder hat mit ihnen dort zusammengesessen und geht mal eben aufs Klo, und als er zurückkommt, sitzt jemand auf seinem Platz in der Nische: Einmal Brian Cudahy, ein guter Freund von Vic, ein andermal Gordon Stearns mit seinem Mädchen aus Marymount, sie haben sich zwei Stühle an den Tisch gerückt, für Corky ist kein Platz mehr, und keiner nimmt Notiz von ihm, nicht mal der von dem vergnügten, unschuldig brutalen Jungmännerlachen um ihn herum abgelenkte Vic Slattery. Und Corky steht da mit einem dümmlichen Lächeln auf dem heißen, roten Gesicht, Corky steht da und weiß nicht, was er tun, weiß nicht mal, wie er sich ungesehen davonmachen soll. Dumm gelaufen, »Corky«. Nicht, daß wir dich nicht mögen, »Corky«, klar mögen wir dich, »Corky«, du armer Trottel, wir haben dich einfach vergessen, »Corky«, kannst du damit leben?

Corky schafft das schon.

Die Combo hat mit fließendem Übergang ein neues Stück angefangen, es klingt so schwummerig – oder vielleicht ist nur Corky so schwummerig zumute –, daß er gar nicht recht weiß, was es ist, er muß genau hinhören und scharf nachdenken, dann endlich erkennt er es, »Angel Eye«, eins seiner Lieblingsstücke, ein echt alkoholseliger Song, Corky nickt und klopft den Takt und merkt, daß sein Körper sich gern im Einklang mit – nein, nicht nur mit dem Song bewegen möchte, aber was das andere ist, weiß er nicht. *Denk nicht dran, denk nicht an sie. An keine von beiden. Tu's nicht.* Es ist ein Zustand, der ihm nicht fremd ist, ein Zustand, in dem er sich nur noch mit der Gegenwart befassen möchte, in dem es nur die Gegenwart gibt.

Was ja wissenschaftlich völlig klar und logisch ist: Vielleicht kann man auf der subatomaren Ebene die Zeit umkehren – nicht, daß Corky trotz all seiner Lektüre in schlaflosen Nächten auch nur ein Hundertstel von diesem ganzen Mist versteht –, aber auf der atomaren und allen anderen Ebenen kann man das eben nicht.

Der miese Trick, den Thalia abgezogen hat, der miese Trick, den Christina abgezogen hat, scheiß auf die Weiber. Alles Fotzen, das Letzte vom Letzten. Einer Fotze kannst du nicht über den Weg trauen. Klar.

Corky spürt die Müdigkeit in allen Knochen, Herrgott, er ist ein alter Mann von dreiundvierzig Jahren, ein Wunder, daß er es so lange gemacht hat, ach was, jetzt ist es erst mal super, mit dem Jazz zu grooven, jazz-y ist sex-y, Jazz *ist* Sex, das ist das Geheimnis. Und dann erzählt er Chantal, die jetzt neben ihm auf einem Barhocker sitzt und Clubsoda mit einem Strohhalm trinkt, daß er ganz verrückt auf das Bull's Eye ist, es schon als Junge geliebt hat, so viele schöne Erinnerungen, er muß den Laden haben, kann ihn keinem anderen überlassen, auf gar keinen Fall. Die Augen werden ihm naß, als er Chantal Crowe sein Herz ausschüttet, einer Frau, die er kaum kennt und der er eigentlich nicht über den Weg traut, nur hat er das vergessen in seinem schwummerig-wimmerigen Zustand, und sie nickt ermutigend und hört lächelnd zu, ohne etwas aufzunehmen, wartet geduldig, daß der besoffene Corky Corcoran endlich zur Sache kommt und ihren Preis akzeptiert, lange kann es nicht mehr dauern, das hat sie im Gefühl, ein Glück, sie ist seit Stunden auf den Beinen, erst jetzt kommt sie mal dazu, sich hinzusetzen, es ist 1.40 Uhr, noch zwanzig Minuten, dann schließt der Laden, es wird langsam leerer, ist aber immer noch laut, man hört schrill-bedudelte Gespräche und keuchendes Gelächter, und die Jungs von der Jazzcombo swingen wie ihre Instrumente und lachen auch, ein gemeines, lallendes Lachen, und Corcy Corcoran, der Meisterzocker, sitzt mit verschwiemeltem Blick auf seinem Barhocker, er ist völlig hinüber, sie wird den armen Trottel mit dem Taxi nach Hause schicken müssen, so wie man Leuten ein Bündel nasse Wäsche ins Haus liefert, aber er redet pausenlos auf sie ein, immer beharrlicher, immer hektischer, und hält ihr sein Scheckbuch unter die Nase. »400 000 Dollar sind zu wenig? Okay, Chantal, was sagen Sie zu 425 000 Dollar?« und Chantal zögert, will den Kopf schütteln, aber da sagt Corky schon: »Okay, ich erhöhe. Wie ist es mit 450 000 Dollar?« und schaut gequält, als hätte sie ihm die Pistole auf die Brust gesetzt, und als er sieht, daß Chantal immer noch ablehnend den Kopf schütteln will, sagt er total genervt und fuchtsteufelswild, sein Gesicht ist knallrot, die Beule auf der Stirn pocht: »Verdammt, ich gehe bis 460 000 Dollar, aber das ist mein letztes Wort.« Und nach einer kleinen Pause gibt Chantal seufzend nach: »*Alors*, Mr. Corcoran«, sagt sie halblaut, »460 000 Dollar, das ist ein Preis, zu dem ich Ja sagen kann.« Sie klimpert mit den falschen Wimpern, als ob sie die ganze Zeit ihre kostbare Möse verteidigt und jetzt genüßlich allen Widerstand auf- und sich hingegeben hätte. »Ja, Mr. Corcoran, 460 000 Dollar für The Bull's Eye – das ist ein Preis, den mir mein Demetrius wohl zu akzeptieren erlauben würde.«

»Abgemacht«, sagt Corky schnell.

Er reibt sich mit den Fäusten die tränenden Augen, er blinzelt, er schaut um sich, er kann es noch gar nicht fassen, Herrgott, wie glücklich er ist. »Abgemacht!« wiederholt er. »Abgemacht! *Abgemacht!*« Und so kommt es, daß er mit Fingern, die er beim Schreiben mit der linken Hand ruhig halten muß, einen Scheck der Firma Corcoran Inc. ausschreibt, zahlbar an »Chantal Crowe« über eine Anzahlung in Höhe von 30 % von 460 000 Dollar, das macht 138 000 Dollar, vordatiert auf den 27. Mai 1992.

Abgemacht!

Dritter Teil

Sonntag, 24. Mai 1992

1

CORKY LEGT EINEN SCHWUR AB

Schulden sind wie Läuse am Sack – du kommst mit dem Jucken nicht nach, und wenn du dich kaputtkratzt!

Wer sagt das zu Corky und bläst ihm dabei seinen heißen, schweren Knoblauchatem ins Gesicht, daß es ihm fast hochkommt? Großvater Liam? – Die Stimme des Alten, der inzwischen längst tot ist, klingt streng und mißbilligend, die vergilbten Zahnstümpfe machen sein zorniges Lächeln noch bedrohlicher. Er teilt diese geheimen Weisheiten aus wie Binokelkarten, so flink, daß Corky sie mit seinen ungeschickten Fingern nicht zu fassen bekommt. Er weicht mit dem Oberkörper zurück, so daß sich sein Hinterkopf schmerzhaft gegen etwas unregelmäßig Geformtes, Metallisches drückt, eine Stange oder einen Hebel, weiß der Himmel was. Er versucht, nicht zu atmen, versucht verzweifelt, nicht zu kotzen, der Magen krängt und schlingert wie ein auf dem kabbeligen Fluß hilflos dahintreibendes Ruderboot. Ernsthaft und drängend wie ein Schuljunge erklärt er: *Aber geschäftliche Schulden sind was anderes als private Schulden, man muß sich Geld von anderen Leuten leihen, um selber welches zu verdienen,* und der Alte stößt eine höhnisch bellende Lache aus und schwenkt die geballte Faust, zwischen deren Zeige- und Mittelfinger ein Zigarrenstummel steckt, *Tu's nicht, verstanden? Laß dich nicht auf so eine Dummheit ein, Junge, und wenn du's tust, komm nicht zu mir gelaufen und beklag dich!*

Durch die Lider – die Augen in dem verkrampften Gesicht sind fest geschlossen – peinigt Corky das gleißende Licht einer Bogenlampe irgendwo hoch über seinem Kopf. Der Himmel, an dem geballte Wolkenmassen stehen, hat sich mit der hochofenroten Glut der Werke in South Union City und Shehawkin gesättigt, die durch die Windschutzscheibe des Caddy dringt. Die Scheibe trüben Tropfen von dem Nieselregen, was eigentlich das Licht dämpfen müßte, es aber irgendwie noch verstärkt. Und sein Kopf steckt in diesem engen Raum wie eine Nuß im Nußknacker. Und sein rechtes Ohr fühlt sich an wie durch den Fleischwolf gedreht. Und wenn er auch nur die kleine Zehe bewegt, muß er bestimmt kotzen, aber gegen Morgen verspürt er einen plötzlichen stechenden Druck auf der Blase, er muß raus, es hilft nichts, sonst pinkelt er die Hose und die Luxusledersitze voll.

Nach wildem Gefummel bekommt er endlich die Wagentür auf – dunkel ist ihm inzwischen bewußt, daß es der Türgriff war, der ihm eine Delle in den Hinterkopf gedrückt hat –, findet sich stöhnend auf Händen und Knien in spitzem Kies wieder und fängt schon an zu würgen, während er noch hektisch den Reißverschluß aufmacht, kotzt in hilflosen Spasmen eine saure, heiße Flüssigkeit aus, die wenig Ähnlichkeit mit Johnnie Walker Red Label hat, während gleichzeitig eine ebenso saure, heiße Flüssigkeit aus seinem Pimmel spritzt.

Als oben und unten nichts mehr rauskommt und er sich fühlt wie ein ausgequetscher Schwamm, ist er zu erledigt, um wieder in den Wagen zu steigen, von dem er mehr oder weniger vergessen hat, daß es sein Wagen ist, denn in seinen eigenwilligen Träumen könnte es auch ein Krankenhausbett sein, eins von denen, die er mal in einer von Theresas Kliniken gesehen hat, mit Riemen und Schnallen und einer Festhaltevorrichtung für den Kopf, und bleibt – noch immer mit geschlossenen Augen – da liegen, wo er hingefallen ist, und wo ihn der scharfe Geruch nach Kotze und Pisse umgibt.

Er muß daran denken, wie er sich als Kind, durch dichte Schlafschichten an die Oberfläche steigend, an den Schlaf geklammert hat, weil er Angst hatte aufzuwachen, sich dem Grauen zu stellen, das ihn vor dem Haus erwartete, und solange er die Augen geschlossen hielt, war er nicht wach, brauchte er nicht wach zu werden.

»Hey, Mister! Hey, Sie! Leben Sie noch?«

Eine zupackende Frauenstimme mit einem belustigten Unterton, die Frau ist ein Stück weit weg, so daß sie schreien muß. Corkys Lider heben sich flatternd, er hat keine Ahnung, wo er sich befindet, was zum Teufel mit ihm passiert ist, aber er ist sofort hellwach und ansprechbar, mit verengten Augen sieht er zu der Gestalt auf dem Fußgängerüberweg hin, das Gesicht kann er nicht erkennen, aber er merkt an der Stimme, daß es eine Schwarze und demnach höchstwahrscheinlich keine seiner Wählerinnen aus Maiden Vale ist.

»Brauchen Sie Hilfe, Mister? Hey...«

Die Frau, etwa zehn Meter entfernt von der Stelle, an der Corky im Kies liegt, hat die Hände an den Mund gelegt und weiß offenbar nicht so recht, ob sie näherkommen soll oder nicht. Es geht ihr wohl nur darum, denkt sich Corky, ob ich tot oder lebendig bin.

Er versucht den Kopf zu heben, aber der ist schwer wie Beton. Versucht die Hand zu heben. Versucht zu sagen: »Nein, ich bin okay«, aber seine Stimme ist zu schwach, sie trägt nicht, und in einem jähen Schüttelfrost schlagen seine Zähne aufeinander.

Corky sieht erst jetzt, daß bei der Frau noch ein Kind ist, ein schwarzer, etwa achtjähriger Junge, der jetzt angetrabt kommt, mit großen Augen, den Daumen im Mund, und knapp einen Meter vor Corky stehenbleibt. Ihre Blicke begegnen sich, Corky schafft es jetzt, sich aufzusetzen, er grinst, reibt sich die Augen, versichert dem Jungen, daß alles in Ordnung ist – »Bitte keine Cops, kein Krankenwagen.« Der Junge macht kehrt und ruft seiner Mutter etwas zu, was sich anhört wie: »Och, das is ja bloß'n Besoffener!«, und Corky hört das Lachen der Frau, tief und melodisch und grausam, und bewußt nimmt er dann erst wieder wahr, daß er – vielleicht eine Stunde oder auch nur Minuten später – zum zweitenmal die Augen aufmacht. Diesmal liegt er mit steifen, schmerzenden Gliedern auf der Seite und erschrickt furchtbar, als er merkt, wie still es ist, warum fahren keine Autos hier so dicht am Millard Fillmore Expressway, wo er, wie er sich dunkel zu erinnern meint, seinen Wagen geparkt hat, oder war es so, daß der Wagen von der Fahrbahn abgekommen und auf das Bankett geraten und mit einem kleinen Hupfer unter einer Reklametafel stehengeblieben ist,und er hat sich gesagt, am besten läßt du ihn da, du Trottel. Aber Corky hört keinen Laut vom Expressway her, hört nichts von den Stadtgeräuschen, die er hören müßte, falls die Stadt noch lebt und nicht etwa die Bombe sie erwischt und alles Leben außer dem seinen vernichtet hat, kalter Schweiß bricht ihm aus unter den dreckigen Klamotten, und seine Haare sträuben sich, aber da hört er den sonoren

Wohlklang von Kirchenglocken, die er kennt, die von St. Mary Assumption, und er denkt: *Deshalb also, es ist Sonntag*, und tiefe Erleichterung erfaßt ihn, denn wenn er auch so jammervoll verkatert ist wie in seinem ganzen Leben noch nicht und in seiner eigenen Kotze liegt, ist er verdammt froh, daß er gemeinsam mit all den anderen Bürgern von Union City am Leben ist.

Es ist 7.48 Uhr, bis Corky sich, seine Beine, Arme, seinen Kopf, seine Willenskraft so weit koordiniert hat, daß er wieder in den Wagen kriechen kann – gottlob ist er da, der Wagen, keiner hat ihn geklaut und die Brieftasche auch nicht, du Vollidiot –, um nach Hause zu fahren, sein Kopf tut rasend weh, und die Augen tränen, so daß er es nicht wagt, schneller als dreißig Meilen die Stunde zu fahren (der Expressway ist wie ausgestorben, die Ampeln auf dem Union Boulevard und der Summit sind auf gelb gestellt, ein Cop ist weit und breit nicht zu sehen), wobei er diesen grauenvollen Kater so behutsam transportiert, als habe er einen Korb mit Eiern auf dem Kopf, was hast du für einen Dusel, daß du überhaupt noch am Leben bist, du Oberpfeife, und von Stund an *keinen Whiskey, nicht mal Bier und Ale.*

Keinen Tropfen. Schluß und aus.

Das is ja bloß 'n Besoffener.

Corky wird ganz elend, als er an das Kreischen der Reifen in der vergangenen Nacht denkt. Die Fahrbahn glitschig-naß, da war die Auffahrt zum Expressway, ganz instinktiv war er auf die Bremse gestiegen, so zugekippt, daß er nicht mehr wußte, was er tat, wie ein Boxer, der immer noch austeilt, auch wenn er schon fix und fertig ist. Ein Scheißglück hat er gehabt, daß der Wagen nicht in die andere Richtung geschleudert ist, über den Mittelstreifen und direkt in den Verkehr aus der Gegenrichtung hinein. Oder daß er keinen Fußgänger umgenietet hat, als er vom Parkplatz des Bull's Eye gebrettert ist, wo er sich mit Chantal gestritten hatte, weil die ihn unbedingt in ein Taxi hatte setzen wollen. Purer Dusel, daß sie ihn nicht wegen Trunkenheit am Steuer aufgegriffen haben, Unfall mit Todesfolgen, zehn Jahre bekommt man dafür oder sogar zwanzig, und verdient hättest du die, du Scheißkerl.

Scheiß-Alki.

Mach dir bloß nichts vor: Du bist Alkoholiker, du bist krank, du Arschloch.

Denn das liegt im Blut. Der Fluch der Corcorans, der Fluch der Iren. So wie diese andere Sache – wie heißt sie noch – Sichelzellenanämie – der Fluch im Blut der schwarzen Rasse ist.

Und deshalb wirst du jetzt folgendes tun, Corky: Am Montagmorgen – nein, am Dienstag, morgen ist ja Memorial Day, so ein Scheiß, wirst du zur Zentrale der Anonymen Alkoholiker in der State Street gehen, nein, besser in das Krankenhaus, in dem Onkel Sean war – für den Fall, daß dich jemand erkennt.

Keinen Whiskey mehr. Nicht mal Bier und Ale. Keinen Wein. Von Stund an.

2

CORKY ENTDECKT EINEN DIEBSTAHL

Der Auslöser muß der süße Duft des Flieders sein, der in der kühlen Luft liegt.

Der Flieder, *denk nicht dran! Nicht an sie! Laß es!* blüht in so überwältigender Pracht, daß es ihm Tränen in die Augen treibt – die Hecke aus hohen Büschen im hinteren Garten verdeckt den schmiedeeisernen Zaun mit den bösartigen Spitzen, der Corkys Größe hat.

Corky inspiziert den Caddy, der in der Auffahrt steht, er hat weiche Knie dabei, aber es muß gemacht werden. Mit schmerzenden Augen registriert er einen weiteren, grinsend langen Kratzer auf der Beifahrerseite, Dellen im rechten vorderen Kotflügel, die aussehen, als wenn sie von einem Flaschenöffner stammen, und überall Dreckspritzer, bei deren Anblick er plötzlich an den trunken tröpfelnden Applaus der Gäste im Bull's Eye denken muß, als die Combo gestern abend ihr letztes Stück nicht so sehr beendet als in den Sand gesetzt hat, inzwischen hat der Saxophonist nur noch speichelnd und fast ohne Ton in sein prachtvolles Instrument geblasen.

Corky besieht sich den Schaden. »Scheiße«, sagt er halblaut. »Scheiße Scheiße Scheiße.«

Und dabei steigt ihm wie zum Hohn der Duft des Flieders in die Nase.

Seines Flieders an *seinen* Büschen auf *seinem* Grundstück.

Dann betritt Corky sein großkotziges Haus, und wie so oft meint er Echos zu hören, die vor ihm hergehen – hört er sie wirklich? –, Geflüster und Gemurmel und Gelächter aus den vorderen Räumen, *'n Besoffener, bloß'n Besoffener,* Gespenster jener Parties, die Charlotte und er hier gegeben haben und zu denen sie, wie er sich mit einiger Bitterkeit sagt, Corky Corcoran bestimmt nicht eingeladen hätten, wenn er nicht selbst der Gastgeber gewesen wäre.

Durch den hinteren Korridor geht er in die Küche, erstaunlich, wie groß sie ist, muß er immer wieder denken, und zerrt schon hier an seinen Sachen, weil er es eilig hat, sie vom Leib zu bekommen, erst das mit Erbrochenem verschmierte Sportsakko, dann das Hemd, er bekommt die Manschetten nicht auf und reißt sich in jähem Ekel das metallicblaue Cottontwillhemd vom Oberkörper, von Armen und Handgelenken, das Hemd, das Christina Kavanaugh nie zu Gesicht bekommen, in dem er sich vor dem Spiegel gespreizt, in dem er sich mit dem bewundernden Blick seiner Stieftochter gesehen hat. Der Stieftochter, die das Hemd auch nicht zu Gesicht bekommen hat und nun auch nie mehr sehen wird. Corky ballt die überbezahlten Kleidungsstücke zu einem unordentlichen Klumpen zusammen und wirft sie auf die Terrakottafliesen, die dank Mrs. Krauss nach wie vor in sinnlos sattem Glanz strahlen. Dann streift er die Schuhe ab, erst den rechten, dann den linken, beide haben Urinflecke und stinken entsprechend,und wirft sie auf den Fußboden, es gibt einen lauten Bums, der Corky eine gewisse Genugtuung verschafft, darüber hinaus aber auch Eindringlingen signalisieren soll, daß der Hausherr wieder da und womöglich bewaffnet ist.

Nur ist die Luger oben im Schlafzimmer, du Trottel, und der Einbrecher hat sie schon entdeckt. Ein schlanker junger Schwarzer mit tief in die Stirn gezogener Strickmütze, verzückten Augen, breitem Grinsen, der sich die schicke Kanone von dem Weißen geschnappt hat und sie von allen Seiten betrachtet. Ob das Ding wohl funktioniert?

Corky greift mit zitternden Fingern nach seinem Hosenschlitz, um den Reißverschluß aufzumachen, aber der Hosenschlitz ist schon auf. Und feucht. Auf einem Bein hin und her schwankend zerrt er an seiner Hose, der eleganten Gabardinehose in Taubengrau, die ihm so gut gefiel, als er sich in dem dreiteiligen Spiegel der Gentleman's Boutique im Hyatt begutachtet hat, oder war es im Esquire Shop des Hilton, ein blutjunger Verkäufer, schön wie ein männliches Model und mit hispanischen Zügen, hat ihm so lange Honig ums Maul geschmiert, bis er drei Hosen gekauft hat, dem Schneider haben sie wegen der Änderung Beine gemacht, damit Corky die Sachen am nächsten Tag abholen konnte. Die mit Kotze und mit Pisse verdreckte Hose ballt er ebenfalls zusammen und wirft sie auf den Küchenboden, dann besinnt er sich und stopft sie mit dem übrigen Zeug in einen Plastikmülleimer unter der Spüle. Nicht nötig, daß die arme Mrs. Krauss sich bei diesem Anblick Gedanken über ihren Arbeitgeber macht, die vermutlich zutreffend wären, sie aber betrüben würden.

Nach dieser Anstrengung bleibt Corky einen Augenblick stehen und wartet leicht taumelnd, bis die mächtige Welle der Übelkeit, die über ihn hingeht, vorbei ist. Den Kopf wagt er nicht zu bewegen, weil er Angst hat, der Haufen Glasscherben in seinem Schädel könnte verrutschen und klirrende Schmerzen auslösen.

Corky Corcoran steht an einem Sonntagmorgen in Strümpfen, schmutzigen Jockey-Shorts und Unterhemd in der Vorzeigeküche des Hauses, zu dessen Kauf seine Exfrau ihn verleitet hat, nur um dann daraus zu verschwinden, er ist allein, sieht sich verstört um und zittert. Sein Mund fühlt sich an, als wäre er voll verkrusteter Scheiße, auch der Geschmack ist danach. Die Welt, die er sieht, ist unscharf wie das Fernsehbild, wenn die verdammten Flugzeuge im Nahverkehr wieder mal zu tief fliegen. Ja, aber am Montag – nein, Scheiße, am Dienstag – meldest du dich gleich früh bei den Anonymen Alkoholikern.

Er sieht sie schon vor sich, die Band, die zu seiner Begrüßung angetreten ist. Applaus, Händeschütteln, Umarmungen. Corky Corcoran, endlich! Wie die Blaskapelle der Knights of Columbus in der guten alten Zeit, als Bürgermeister Buck Glover noch nicht für alle ein Haufen Scheiße war und regelmäßig nach Irish Hill kam, um seine Wiederwahl zu feiern.

Corky setzt sich wieder in Bewegung. Spürt kiesig scharfe Krümel unter seinen Sohlen, die kommen aus dem Toaster, den er gestern (er kann sich kaum noch an die Tatsache erinnern und an den Anlaß schon gar nicht) in jäher Wut vom Tisch gefegt hat. Der Toaster selbst steht verbeult aber blitzblank auf einer Arbeitsfläche. Corky schaut schnell weg.

Denk nicht dran! Ist doch sinnlos.

In der Spüle stehen Gläser, Teller, Tassen mit teerschwarzen Kaffeepfützen. Corky sagt sich, daß er sich zwingen müßte, etwas zu essen oder zu trinken, außer den vergammelten Pistazien gestern mittag in Bobby Ray's Sports Bar hat er nichts mehr in den Magen bekommen. Man weiß ja, daß Alkoholiker sich nicht richtig ernähren. Und man weiß, daß über Nacht Niere und Leber versagen können. Im Kühlschrank ist Ananassaft, aber schon bei dem Gedanken daran dreht sich Corky der Magen um.

Herzklopfend wagt er sich auf den Gang, seine Nerven sind zum Zerreißen gespannt, er fürchtet, aus dem Augenwinkel eine Küchenschabe – oder mehrere – an der Decke entlanglaufen zu sehen, mag aber nicht hinschauen, weil er weiß, daß sich an der Decke überhaupt nichts abspielt. Wenn er verkatert ist, sieht er neuerdings solche Sachen oder bildet sich ein, daß er sie gleich sehen wird. Beginnendes Delirium tremens.

So ist es mit dem alten Hock Corcoran zu Ende gegangen, der sich schon längst um den Verstand gesoffen hatte und zum Schluß nur noch pausenlos Unfug erzählt und an sich herumgekratzt hat, fest davon überzeugt, daß er über und über mit beißenden roten Ameisen bedeckt war.

Und dann lag er eines Tages auf einem Autopsietisch im Leichenschauhaus. Mausetot.

Magna est veritas et praevalebit.

Corky kratzt sich die rote, verfilzte Matte auf seiner Brust, kratzt an seinem Sack, gräbt die Nägel schmerzhaft ins Schamhaar, während er an diesen so lebendigen Traum denkt, *Schulden sind wie Läuse am Sack,* so laut hat ihm Grandpa Liams Stimme in den Ohren geklungen, daß er hätte schwören können, der Alte sitze mit ihm im Wagen, aber komisch ist die Sache schon, denn Liam Corcoran ist gestorben, als Corky fünf war, die Warnung vor dem Schuldenmachen kann also nicht ihm gegolten haben, sondern Corkys Vater, und Corky hat sie mitbekommen.

An der Treppe hält Corky seinen Kopf mühsam im Gleichgewicht, damit sich die rasiermesserscharfen Glasscherben in seinem Hirn nicht verschieben. So müßte Christina ihn jetzt sehen – in Strümpfen und Unterzeug. Rasch greift er zum Treppengeländer, um nicht hinzufallen. Er hat das unbehagliche Gefühl, daß jemand im Haus ist, dabei weiß er es natürlich besser, Diebe haben hier keine Chance, das Haus ist eine Festung. Die Einbruchssicherung hat $ 2000 gekostet und ist so empfindlich, daß manchmal sogar der Wind sie auslöst, vor Jahren war es mal Thalias Kater Ruffles. Das verdammte Ding hat eine gellende Sirene, die gleichzeitig auf dem Grundstück und auf dem Polizeirevier des 11. Bezirks losgeht.

»Hey? Ist da jemand?«

Oben bleibt Corky stehen, sein Herz schlägt wie rasend, er atmet keuchend. Jäh erfaßt ihn die Angst, daß er vielleicht sterben muß, in einem so plötzlichen, unerwarteten Kugelhagel, daß er den eigenen Tod gar nicht mehr begreifen kann.

Aber wenn er sich beobachtet weiß – und sei es auch nur von Gott, an den er nicht glaubt –, mag Corky keine Schwäche zeigen. Unvermittelt fällt ihm etwas ein, rasch geht er in die Gästesuite, wo seine schönen Hemden noch immer unordentlich auf dem Bett herumliegen, betritt das Badezimmer, da ist nichts und niemand, die fleckenlos flauschigen Handtücher hängen wie zuvor, Porzellanwaschbecken, Toilette, Badewanne blitzen vor Sauberkeit. Unberührt liegt ein schön geformtes Stück Seife bereit. »Verdammte kleine Pißnelke! Wie konntest du nur so einen miesen Trick abziehen. Und das deinem Stiefdaddy!« Die Wut, die ihn gepackt hat, läßt ihn wunderbarerweise seinen grauenhaften Brummschädel vergessen, türenschlagend verläßt er das Badezimmer, macht im Schlafzimmer die Tür zu einem Schrank auf, der leer ist bis auf ein paar schaukelnde Kleiderbügel an einer Stange und zusätzliche Decken in einem Regalfach, stürzt in die Diele, wo noch ein Schrank ist (ein Wäscheschrank, der nur aus Fächern besteht) macht in einer einzigen Bewegung die Schranktür auf und wieder zu, dann geht er in sein Schlafzimmer, um dort die Schränke aufzumachen, würgt an seiner Enttäuschung – auch hier keine Spur von Thalia, nur Corkys Klamotten im Wert von Tausenden von Dollars.

Der rasende Kopfschmerz holt ihn ein wie ein Brecher, der über einem unachtsamen Schwimmer zusammenschlägt. Fast blind tastet Corky sich zum Nachttisch und weiß nun schon, was er dort finden oder vielmehr nicht finden wird. »Jesusmariaundjosef. So ein Scheiß!« Die Luger ist nicht im Nachtkasten.

Corky reißt die Schublade so weit auf, daß sie herausfällt, gottverdammich – keine Kanone.

In heller Verzweiflung bückt er sich, um hinter den Nachttisch zu sehen, unters Bett – nichts. Er fegt seinen Wecker und einen Stapel Taschenbücher vom Nachttisch, zieht die Tagesdecke ab – nichts. Weg? Die Luger ist weg? Keuchend, ratlos, mit verstörtem Blick steht Corky da. Dann läßt er sich schwerfällig auf die Bettkante fallen, hält sich mit beiden Händen den Kopf, als könne er damit die dröhnenden, pochenden Blutgefäße am Platzen hindern, gleich kippt er aus den Latschen, ein schwarzes Loch tut sich vor ihm auf und zieht ihn nach unten, noch während er sich wütend und empört sagt, du Trottel, du Superpfeife, da hast du dir nun eingebildet, es geht ihr um dich, dabei ist sie nur gekommen, um dir das in ihren Augen einzig Wertvolle wegzunehmen, was du hast: Eine Kanone.

3

CORKY VERLIERT DIE FASSUNG

»Ja? Wer...?«

»Corky?«

»Wer ist denn da? *Scheiße!*« Kaum hat er den verdammten Hörer zu fassen bekommen, rutscht er ihm auch schon aus der Hand und kracht zu Boden. Corky hat die Augen noch fest geschlossen und das Gesicht verzogen, es sieht aus wie eine Kriegermaske von den Fidschiinseln, ungeschickt fischt er auf dem Fußboden herum, ohne genau zu wissen, zu welcher Tageszeit oder auch nur an welchem Tag er wo ist, aus dem Schlaf geholt – einem Schlaf, der mehr wie ein Koma, wie totales Erlöschen gewesen war und den die älteren Corcorans brunnentief genannt hätten – von einem blödsinnig-bösartigen, mechanisch wiederkehrenden Geräusch nah an seinem Kopf. Corky bemüht sich zu reagieren, als sei er hellwach, als habe ihn der Anruf nicht im mindesten gestört. Vorsichtig macht er ein Auge auf. Herrgott, es ist 11.09. Noch immer Sonntag?

»Guten Morgen, Corky, hoffentlich hab ich dich nicht geweckt.«

»Sandra? Aber nein…«

»Aber wenn du nicht allein bist, möchte ich auf keinen Fall…«

Es ist Sandra Slattery, nicht Charlotte, wie Corky zunächst gedacht hatte, und sie macht sich auf nette Weise über ihn lustig, denn Corky steht bei familienbewußten alten Eheleuten und braven Bürgern wie Vic und Sandra Slattery in dem Ruf, ein Lebemann und Schürzenjäger, fröhlicher Zecher, Spieler und Schlitzohr zu sein, Corky der Ire, Corky der Geheimnisvolle, von dem man nie weiß, wo er wann mit wem aufkreuzt und was für einen Deal er gerade durchboxt, bis er den Deal – zu Corkys Preis, versteht sich – unter Dach und Fach gebracht hat, ja, und von dem man auch nie weiß, welche Frau er gerade bumst, bis er auch diesen Deal unter Dach und Fach gebracht hat, so ist das mit Corky, diesem Glückspilz.

Rasch schwingt er die Beine von der Bettkante, um sich aufzusetzen, es sind nackte Beine, stellt er fest, er sitzt, in verschwitzten Bettüchern verheddert, im Unterzeug da, der Kopf dröhnt, die Augen brennen, als hätte er in diesem komatösen Zustand in die Sonne gesehen, aber er bringt es fertig, auf Sandras Späße einzugehen, sie sind immer gut gemeint, haben nie einen vorwurfsvollen oder anklagenden oder sexuell anzüglichen Unterton, wie er das von anderen Frauen kennt. Seit einundzwanzig Jahren sind Corky Corcoran und Vic Slatterys Frau eine feststehende Gleichung, so wie zwei Satelliten, die in einer unwandelbaren Umlaufbahn einen Planeten umkreisen, eine feststehende Gleichung sind – keine plötzliche Anziehung, kein Fehltritt oder Fehlgriff, kein Zusammenprall. Wäre Sandra nicht Vics Frau und Vic nicht Corkys bester Freund, ganz abgesehen davon, welche Bedeutung Vic als Politiker hat und wessen Sohn er ist, wäre es durchaus denkbar, ja sogar wahrscheinlich, daß Corky, das Schlitzohr, versucht hätte, sie anzumachen, denn Sandra ist durchaus sein Typ – vornehm, gut aussehend, gescheit, selbstbewußt –, und Corky ist galant und raffiniert genug, diesen Verdacht in Sandra zu nähren – er tut das seit dem Abend der Hochzeitsfeier von Vic und Sandra am Valentinstag 1972 im United City Athletic Club, als er sie – vorgeblich verlockt duch einen liebenswürdigen Schwips – ein bißchen zu deftig auf die Lippen geküßt hat. »Du kennst mich doch, Sandra, ich schufte schon seit dem frühen Morgen...«, und beide lachen, durch die Fiktion beruhigt wie durch ein geheimes Paßwort.

Als er sich aufgerichtet hat, geht es Corky etwas besser. Noch nicht blendend, aber besser. Er versucht sich auf das zu konzentrieren, was Sandra hervorsprudelt: »... zu schade, daß du gestern abend nicht vorbeigekommen bist, wir haben auf dich gewartet... wir hatten gehofft... noch vor morgen abend...«,und Corky sagt unbedacht: »O verdammt, Sandra, das hab ich ganz vergessen!«, und danach hätte er sich am liebsten die Zunge abgebissen, denn dieses Geständnis ist für die Slatterys – ausgerechnet die Slatterys! – nicht sehr schmeichelhaft und außerdem sowieso blödsinnig. Also muß er rasch einen Rückzieher machen und ihr eine Erklärung auftischen. Oder jedenfalls so tun als ob. Die Wahrheit kann er nicht sagen, deshalb muß er eine Wahrheit erfinden, die sich plausibel anhört, die Konfusion, Qual, Demütigung, Sorge und Hiflosigkeit der vergangenen zwei Tage nicht als Realität, sondern als etwas Abstraktes darstellt. »Und das ist noch nicht alles, ich weiß nicht, wie lange ich das noch aushalte, aber das ist noch nicht alles.«

»Um Himmels willen, Corky, was ist denn passiert? Du machst mir ja Angst.«

Corky sitzt zusammengesunken auf der Kante des zerwühlten Bettes und kratzt sich heftig wie ein verflohter Affe am Kopf, an der Brust, dem schweren Bauch. Schiebt die Hand unter den engen Gummibund der Unterhose und kratzt sich die Schamhaare, die beängstigend klammen Hoden. Vielleicht hat er ja wirklich Flöhe. Läuse? Er stottert und stammelt und weiß nicht, was er sagen soll, natürlich war es eine Dummheit, Sandra Slattery so ein Geständnis zu machen, im Grunde wäre das bei jeder Frau eine Dummheit, eine halb vorsätzliche Dummheit, ein Appell an ihre Fürsorge, ihre Warmherzigkeit, jede Frau ist potentiell ja Mutter und Geliebte, wenn nicht gar Reservefrau. (Hört Vic eigentlich mit? Corky hält seinen Freund für einen fast hundertprozentig integren und unter Corkys zahlreichen und zweifelhaften Bekannten den mit Sicherheit honorigsten Mann, könnte sich das aber trotzdem durchaus vorstellen). Eine persönliche Krise, sagt er zu Sandra, etwas, worüber er lieber nicht sprechen möchte, was Sandras Neugier nur noch mehr anstachelt und ihr weibliches Mitgefühl aktiviert, andererseits aber Corky schwächt, der nah dran ist, total die Fassung zu verlieren wie eine hysterische Frau und Sandra anzuvertrauen, welche Sorgen er sich um Thalia macht und was Thalia angestellt hat, wie um Himmels willen soll er sich jetzt in Sachen Thalia verhalten, möchte er sie fragen, aber Herrgott nochmal, er kann sie doch nicht ans Messer liefern, seinen Freunden ebensowenig wie der Polizei. Das kann er nicht und das will er nicht. Er muß sie schützen. Thalia hat sich gegen das Gesetz vergangen und ist dadurch angreifbar geworden, und Corky wird sich hüten, Anzeige zu erstatten, es geht ja nicht nur darum, daß sie die Luger gestohlen hat, sondern darum, daß sie sie offenbar mit sich herumträgt, eine nicht gemeldete Handfeuerwaffe, die Rechtsprechung des Staates New York kennt da auch bei Ersttätern kein Pardon, zwei Jahre Knast gibt's dafür, *zwei Jahre*. Bei der Vorstellung, sie könnten Thalia verhaften, anklagen, ins Gefängnis stecken, wird Corky ganz schwach, so daß er sich in seinen eigenen Ausflüchten verfängt.

Es gibt eine Pause. Und dann – es ist, als griffe sie in Corkys Unterhose und über den schweren Bauch und sein drahtiges Schamhaar hinweg nach seinen Genitalien, ganz behutsam, nicht in sexueller Absicht, sondern als eine Geste selbstlos-weiblicher Fürsorge und mit dem instinktiven Wissen um die Stelle, an der sie ihn am wirkungsvollsten anpacken kann – fragt Sandra sehr sanft: »Was ist denn nur los, Corky? So kenne ich dich ja gar nicht?«

Und Corky in seinem ohnmächtigen Jammer möchte sich dieser Frau so gern anvertrauen, möchte sein Gesicht zwischen ihre Brüste legen, Herrgott, hat er nicht auch ein bißchen Mitgefühl verdient, ja, aber wie kann er von seiner Stieftochter sprechen, ohne sie zu verraten, wie kann er auch nur in Andeutungen von ihren zügellosen Anschuldigungen gegen Vic sprechen, ohne Vic zu verraten? So bald nach Marilee Plummers Tod wäre das ein unverzeihlicher Affront, den Corky seinem Freund nicht antun kann. Denn es gibt ein Bündnis unter Männern, das die Frau nicht so sehr ablehnt als ihr überlegen ist: Die scheue Intimität brüderlicher Rivalen, die es nicht wagen würden, sich gegenseitig eine *männliche* Sünde vorzuwerfen aus lauter Angst, für immer aus dieser Intimität verbannt zu werden.

Und deshalb sagt Corky hastig, wie ein Mann in einem abstürzenden Aufzug, der zu Ende kommen will, ehe die Kabine krachend unten aufschlägt: »Ich bin verliebt in eine Frau, von der ich gedacht habe, daß sie mich liebt, und es ist vorbei... mir ist ja so elend... seit Freitag... Herrgott, Sandra, ich hab sie echt geliebt, und nun ist alles aus, und ich bin irgendwie total am Ende...«. Er schluchzt, betroffen von seiner jähen Hilflosigkeit,und kann nicht wieder aufhören, als sei ihm wirklich das Herz gebrochen, dem armen Corky, und als habe er das erst jetzt gemerkt.

4

CORKY KOMMT IN DIE GÄNGE

Mit einem Zug soll man kein Wettrennen veranstalten, pflegte Timothy Patrick Corcoran zu sagen und dabei spaßig den Mund zu verziehen, um das Vergebliche und Selbstzerstörerische eines derartigen Unterfangens anzudeuten, Corky aber überlegt in diesem Moment, ob die Bemerkung auch bedeutet, daß man nur mit solchen Fahrzeugen Wettrennen veranstalten sollte, gegen die man mit Sicherheit gewinnt.

»Versuchen werde ich's jedenfalls.«

Den kurzen Rest des Sonntagvormittags verwendet er darauf, sich vorzubereiten. Die Sache mit Thalia ist kritisch, aber er darf nicht unüberlegt handeln, darf jetzt nicht den Kopf verlieren und alles noch schlimmer machen.

Den Schock über das Verschwinden der Luger hat er überwunden, das ist immerhin schon etwas, und der Glücksfall, daß Sandra Slattery angerufen hat, wirkte wie eine wohltuend ernüchternde kalte Dusche.

Daß sie gerade in diesem Augenblick anrief, war ja wirklich ein Glücksfall. Corky mag über die näheren Umstände des Anrufs nicht nachdenken. Die Möglichkeit, Sandra könne dafür andere Gründe als Freundschaft gehabt haben, weist er weit von sich, so ein Verdacht wäre ausgesprochen gemein. Er wird das mit Vic klären, wenn sie sich heute abend sehen. Ihm gegenüber würde Vic nie lügen oder die Wahrheit verbiegen. Corky kommt sich im nachhinein ziemlich blöd vor, weil er am Telefon die Fassung verloren und losgeheult hat, aber Sandra hat, taktvoll, wie sie ist, davon abgesehen, ihm die Identität seiner Geliebten zu entlocken, die Corky in seinem angeschlagenen Zustand vielleicht preisgegeben hätte, sondern hat sich von ihm nur versprechen lassen, daß er heute abend mit ihr und Vic essen wird, »nur wir drei«.

Inzwischen wieder stocknüchtern und entschlossen, es auch zu bleiben, duscht Corky kühl und rasiert sich sorgfältig, wobei er die rechte mit der linken Hand ruhig hält und es vermeidet, im Spiegel seine blutunterlaufenen Augen anzuschauen, das ganze Gesicht hat etwas Blutunterlaufenes, findet er, aber er rasiert sich weiter, schluckt noch zwei Bufferin, gurgelt erneut und spült sich den Mund, um den Geschmack einer gewaltigen Sause und ihrer Nachwehen loszuwerden. Und dabei übt er *Ich bin Alkoholiker und bin hier, weil ich Hilfe brauche,* so muß man es bei den Anonymen Alkoholikern sagen, hat er gehört. Komisch, denkt Corky, daß es so schwer sein soll, das zuzugeben, ist doch ein Klacks; wie dieser Treffer von Dave Winfield, mit dem er den Homerun erzielt hat, der hohe, helle Ton des Aufschlags, das schöne Bild der Flugbahn über das Innenfeld hinaus auf die Tribünen zu und die Brownsche Molekularbewegung der Zuschauer, die sich vorbeugen, dem Flug und Fall des Balls entgegen, auch das ein wunderschönes Bild, wie Blütenblätter, die sich schließen. Für Corky jedenfalls, der allein im Badezimmer steht und durch die Zähne pfeift, während er seine Körperpflege betreibt, ist es ein Klacks, diese Worte vor sich hinzusagen.

Verdammt, denkt Corky, wo ich schon mal dabei war, hätte ich ruhig wetten sollen, daß die Jays auch die World Series gewinnen.

Er kämmt sich das Haar so glatt und brav wie irgend möglich und zieht sich heute weniger auffällig an. Mehr so, als wenn er zur Messe will (was aber nicht geht, die letzte Messe ist in Union City überall mittags um zwölf). Er greift nach einigermaßen anspruchslosen Sachen – so weit das sein Bestand erlaubt: Weißes Baumwollhemd mit Manschettenknöpfen, beigefarbener Leinenbinder, braunes Sportsakko und eine Hose in Braun. Ehe er das Schlafzimmer verläßt, sucht er noch einmal nach der Kanone, er weiß, daß es sinnlos ist, aber er kann nicht dagegen an, vielleicht hat Thalia ihrem vertrottelten Stiefdaddy einen Streich gespielt, die Luger in seinem Sockenfach oder im Schritt seines seidenen Designerpyjamas oder in der Tasche eines Sportsakkos oder Jacketts in seinem Schrank versteckt. Nichts. Reg dich nicht auf, flipp nicht aus. Corky setzt die Schublade wieder ein und stellt den Wecker hin, der noch immer surrt und sich nicht stoppen läßt, der rote Minutenzeiger kreist um die innere Achse in der Mitte, es ist 11.38.

Trotzdem erfaßt ihn jetzt, nachdem sein Kater sich einigermaßen gelegt und er sich frisch gemacht hat, so etwas wie vorsichtiger Optimismus. Unten nimmt sich Corky die Zeit, frischen Kaffee zu brühen und trinkt sogar, tapfer gegen einen Würgereiz ankämpfend, ein paar Schluck Fruchtsaft, er pfeift »Angel Eye« und denkt an die Entscheidung vom Vorabend, das Bull's Eye zu kaufen, schiebt den Gedanken weg, daß es vielleicht eine Dummheit war, nein, mehr noch, eine Täuschung, warum macht Corky immer wieder diese spontanen, unbedachten Sachen, es ist, als ob ein anderer die Entscheidungen träfe, ja, aber es *ist* doch Corky, oder? Die Jesuiten hatten ständig vor dem »Einfluß des Teufels« gewarnt, aber bei ihrem zweideutigen Gerede wußte man nie so genau, ob es den Teufel nun wirklich gibt oder nicht. Aber die menschliche Willensfreiheit, die gibt es. Erst ab sieben giltst du als vernunftbegabter Mensch, das heißt, daß du von deinem siebten Geburtstag an auf dich selbst gestellt und für dich selbst verantwortlich bist. Wenn du dich zur Hölle verdammst, bist du selber schuld.

Das Bull's Eye! Corky geht das Herz auf, wenn er daran denkt. Gewiß, der Laden muß von Grund auf renoviert werden, braucht wahrscheinlich eine neue Küche, neue Sanitär- und Elektroinstallation, einen neuen Fußboden, aber diese tolle Bar! die Spiegel! das Restaurant! Ja,und der Standort, der auf den ersten Blick so vergammelt wirkte, könnte sich durchaus als Aktivposten erweisen, schon ein Jahr lang schmort ein Projekt Innenstadtsanierung in einem Ausschuß des Stadtrates, weil es durch irgendeine Klausel der städtischen Verfassung blockiert ist, und vielleicht – warum eigentlich nicht – schaffen es Corky Corcoran und noch ein, zwei Stadtverordnete, die sich gut mit dem Bürgermeister stehen, in den Ausschuß zu kommen und das Projekt durchzuboxen, scheiß auf die Verfassung, wäre schließlich nicht das erstemal, daß die Slatteryseite und ihre Gegenspieler so was gemacht haben, jetzt sind wir mal wieder dran, denkt Corky, und wenn das nicht klappt, macht man eben einen Deal, und solange der im Protokoll nicht auftaucht, bekommt auch der Reporter des *Journal*, der für City Hall zuständig ist, keinen Wind davon. Und wenn es tatsächlich gelingt, Mittel für die Innenstadtsanierung lockerzumachen und ein großer Teil der South Maine abgerissen und neu bebaut wird, ist das Bull's Eye in ein paar Jahren weit mehr wert als 460 000 Dollar. Stimmt's?

Vorerst aber muß Corky bis zum Mittwoch 138 000 Dollar aufbringen. Vielleicht würde Ross Drummond sie ihm leihen, der Alte jammert ständig, daß er Corky seit der Scheidung nie mehr sieht. Für mich bist du ein Sohn, Corky, nicht bloß ein Schwiegersohn. Okay, Pops, jetzt hast du deine Chance, mir unter die Arme zu greifen.

Wie Corky gestern abend im Bull's Eye beim Jazz mit Chantal Crowe verhandelt hat muß schon ganz schön heftig gewesen sein. Vielleicht bildet sich die schlaue Alte sogar ein, daß sie Corky Corcoran über den Tisch gezogen hat, aber so was kann man mit Corky Corcoran natürlich nicht machen.

Schulden sind wie Läuse am Sack, du kommst mit dem Jucken nicht nach, scheiß auf so triste Mahnungen, Corky ist schließlich jetzt erwachsen.

Da ist die dicke Sonntagsausgabe des *Journal*, tonnenschwer und hauptsächlich Bockmist – die farbigen Anzeigenseiten wirft

Corky gleich weg, die Comics, Immobilien, Wirtschaft, Sport hebt er sich für später auf. Rasch überfliegt er die erste Seite, keine aktuellen Meldungen über Marilee Plummer, die Beerdigung ist heute nachmittag um vier »im engsten Familienkreis«. Keine aktuellen Meldungen über Marcus Steadman, der sich immer noch in Shehawkin verkriecht. Verdenken kann man's ihm nicht. Corky kann sich durchaus vorstellen, daß er selbst sich auch mal verkriechen muß. Sein Bild in der Zeitung, auf der ersten Seite: Stadtrat Jerome Corcoran.

Verhaftung? Anklage? Nachruf?

Millionendeal gemacht?

Ansonsten sind die Meldungen so deprimierend wie immer, ganz gut, daß Corky heute vormittag keine Zeit hat, sie zu lesen, Neonazis werfen Molotowcocktails in Deutschland, weitere Kämpfe und Todesopfer in diesem Bosnien, das so weit weg ist, was haben *wir* damit zu tun, und Herrgott nochmal, wieder was über diesen abartigen Mistkäfer Nickson, der sein Baby an den Hund verfüttert hat, das Sozialamt hatte ihn und seine Frau erst eine Woche vor der Greueltat überprüft, und da ist ein Bild von George Bush mit seinem markig-falschen PR-Grinsen und dämlich-fiesen Blick, wie er in Princeton einen Ehrendoktorhut entgegennimmt, und ein langer Artikel über Texasmilliardär Ross Perot, diesen Scherzkeks – CLINTON VON STEIGENDER FLUTWELLE FÜR PEROT AUS DEM KURS GEWORFEN.

Das hat den Demokraten gerade noch gefehlt, denkt Corky und ballt die Fäuste, zwölf Jahre weg vom Fenster, und jetzt zieht so eine Pfeife plötzlich eine dritte Partei aus dem Hut und will ihnen die Tour vermasseln.

Corky schiebt diesen Teil der Zeitung beiseite, ihm reicht's. Lieber liest er, was gestern bei dem Spiel in Detroit gelaufen ist, die Blue Jays stehen nach wie vor an der Tabellenspitze, ein schönes Foto von Dave Winfield, wie er den Ball aus dem Feld schlägt, manchmal geht eben auch mal was gut aus. Dafür hat Gott den amerikanischen Sport gemacht: Als Ausgleich für all den anderen Scheiß.

Das Koffein im Blut heizt ihn auf, er kommt jetzt so richtig in Fahrt. Zuerst ruft er Charlotte an, das kann er jetzt nicht mehr vor sich herschieben, sie hebt sofort ab und macht ihm – ganz ungewöhnlich für sie – nicht sofort Vorwürfe, weil er sich nicht gemeldet hat, sondern sagt nur »Ach Corky«, vergißt sogar, ihn mit »Jerome« anzureden, eigentlich nett, denkt Corky, aber dann muß er ihr die schlechte Nachricht beibringen. Thalia war gestern tatsächlich bei ihm, und er hat auch versucht, mit ihr zu reden, aber… Und Charlotte fällt ihm ins Wort: »O mein Gott, *was?* Sie hat deine Luger gestohlen?« und Corky sagt rasch: »Nicht so laut, braucht doch nicht jeder zu hören!« und Charlotte stammelt verstört: »O mein Gott, o Corky, was sollen wir denn jetzt machen!« und Corky sagt: »Werd bloß nicht hysterisch, ich hab einen Plan«, aber Charlotte hört wie üblich nicht hin, sondern redet weiter wie aufgezogen: »Wie konntest du! Dieser Revolver! Wo war er denn, im Schlafzimmer? Im Nachtschränkchen? Ist er geladen? O Gott, meinst du, sie könnte… könnte sich was antun?« und Corky sagt: »Das glaube ich nicht!« und Charlotte fährt ihn an: »Was soll das heißen, du glaubst es nicht?« und Corky versucht, Ruhe zu bewahren und bohrt dabei in der Nase: »Charlotte, Schatz, ich weiß es ehrlich nicht, ich glaube es nicht, wahrscheinlich ist es einer ihrer Tricks, du kennst sie doch, eine Masche, damit man sie mehr beachtet«, so hat Corky es eigentlich gar nicht formulieren wollen, und Charlotte ist entsprechend empört: »Masche? Wie kannst du so was sagen, als sie beinah an Magersucht gestorben wäre, war das eine Masche?« und Corkys Geduldsfaden ist schon bedenklich dünn, die Schläfenadern pochen: «Natürlich war es eine Masche, auch wenn sie beinah dran gestorben wär, diese Maschen können durchaus tödlich sein, so hab ich das gemeint und nicht anders«, und Charlotte jammert: »Herrgott, wie gefühllos du bist, nicht zu fassen, was du da sagst!« und Corky kontert: »Jetzt fang nicht an, auf mir rumzuhacken, für so was haben wir keine Zeit, okay? Die Lage ist kritisch!« und Charlotte sagt atemlos: »Ich fahre zu ihr, ich bring sie zurück, ich sorge dafür, daß zwischen uns alles wieder in Ordnung kommt!«, und Corky drückt dem Foto des schielend grinsenden Ross Perot einen glitschigen Batzen Popel aufs Auge und sagt: »Nichts dagegen, Honey, aber wie willst du das machen? Ich hab gestern und vorgestern vergeblich nach ihr gesucht!« und

Charlotte sagt: »Ist sie nicht... die Wohnung in der Highland...«, und Corky setzt mit genüßlicher Ironie dagegen: »Also eins steht fest: In der Highland Avenue 8397 ist deine Tochter mit Sicherheit nicht.«

Und daraufhin hält Charlotte eine Weile die Luft an und läßt Corky reden, sein Plan sieht so aus, daß er ein paar Gespräche führen und versuchen wird, Thalia aufzuspüren, er wird Nachrichten für Charlotte hinterlassen, und sie soll es ebenso machen, aber keine Hysterie, denk dran, daß Thalia gern Wirbel macht, ja, sie ist eine ernstzunehmende junge Frau und mit Sicherheit eine intelligente junge Frau, aber auch eine Exhibitionistin, *wie ihre Mutter*, möchte Corky am liebsten hinzufügen, aber vielleicht ist das nicht fair, praktisch alle Frauen, die Corky kennt, sind exhibitionistisch bis auf die reizlosen, und manchmal sogar die. Damit ist Charlotte offenbar einverstanden. (Er hört ein leises Schnuffeln in der Leitung. Weint sie?) Zögernd kommt sie auf die Polizei zu sprechen, und sie sind sich darüber einig, daß man die Polizei raushalten sollte, mein Gott, wenn jemand das in die Presse lancieren und irgendwie mit dem Tod von Marilee Plummer in Verbindung bringen würde! und Corky sagt: »Sprich mit niemandem darüber, auch nicht mit Gavin, okay?« und Charlotte sagt leicht ironisch: »Keine Sorge, mit dem schon gar nicht«, und Corky spekuliert nicht ohne Behagen darüber, was das wohl bedeutet. Er will gerade auflegen, da sagt Charlotte so, als wäre es ihr gerade eingefallen und in einem Ton, an dem Corky erkennt, daß sie es von Anfang an hat sagen wollen: »Kommst du heute mal vorbei, Jerome? Im Lauf des Tages? Egal, ob du Thalia gefunden hast oder nicht? Ich würde dich gern sehen!« und Corky sagt geschmeichelt, aber mit der gebotenen Vorsicht: »Ja, vielleicht«, und Charlotte sagt, nicht bittend, das ist nicht ihr Stil, aber durchaus dringlich: »Ich würde dich gern sehen, wir müssen mal wieder reden, hauptsächlich wegen Thalia, aber auch sonst, findest du nicht auch? Ich bin den ganzen Nachmittag zu Hause.« »Warte nicht auf mich«, sagt Corky verlegen, »du weißt ja, wie es manchmal geht«, und Charlotte sagt: »Ich hab nicht gesagt, daß ich auf dich warte, ich hab gesagt, daß ich den ganzen Nachmittag zu Hause bin für den Fall, daß du vorbeikommen willst, oder ist das ein unzumutbarer Eingriff in deine kostbare Junggesellenfreiheit?«, und legt dann so energisch auf, daß Corky zusammenzuckt.

Die ganze Zeit hat er heftig in der Nase gebohrt, und jetzt blutet sie.

Corky ist seltsam aufgewühlt durch das Gespräch mit Charlotte, er liebt sie nicht mehr, und verliebt in sie ist er schon gar nicht, aber es ist schon eigenartig und beunruhigend, wie tief manche Beziehungen gehen. Wie bei Bäumen, deren Wurzeln im Boden zusammengewachsen sind. Er denkt gar nicht daran, in der Millionen-Dollar-Villa in Chateauguay vorbeizufahren, die Charlotte und ihrem dritten Mann Gavin Pierson gehört, da fährt er lieber nochmal in das verdammte Leichenschauhaus, diese ätzende neurotische Kuh, diese lügnerische, intrigante Fotze, nein danke! Aber als er sie eben hat weinen hören, als er sich ihr Gesicht vorstellt, zerknittert, fast aufgelöst, staunt Corky über seine Reaktion. Vielleicht ist es ja auch Thalia, das Rätsel Thalia, das ihn und Charlotte verbindet, als wäre Thalia gegen jede Vernunft und ganz gewiß gegen sein Wollen und Wünschen seine Tochter und deshalb seine Verantwortung.

Er nimmt einen durchgebluteten Kleenex-Pfropf aus der Nase und sieht vorsichtig nach, ob das Nasenbluten aufgehört hat.

Corky ruft bei Thalia in der Highland Avenue an und hinterläßt eine Nachricht auf dem jetzt wieder funktionierenden Anrufbeantworter, *Ich wollte dir nur sagen, Honey, daß ich nicht böse bin, aber ich mache mir Sorgen, melde dich doch bitte, wenn du kannst*, seiner freundlich-neutralen Stimme hört man nicht an, daß er das kleine Biest am liebsten erwürgen würde.

Fick mich, wolltest du mich ficken, ja, und das ist nicht alles.

Dann ruft Corky bei George Presson an, Vics Anwaltsfreund aus Georgetown, der theoretisch auch Corkys Freund ist, nur können die beiden sich nicht ausstehen, er will versuchen, Kiki ausfindig zu machen, von der er nicht weiß, wie sie mit Nachnamen heißt, aber Presson, dieses schlaue Arschloch, weiß es angeblich auch nicht – »Ich dachte, du bist mit ihr befreundet, Corky…« »Nein«, sagt Corky frostig, »sie war mit Marilee Plummer befreundet«, und dann ist es eine ganze Weile still in der Leitung, bis Corky harmlos fragt, was ist denn, hab ich was Falsches gesagt, und Presson stottert: »Nein, es ist nur... so tragisch, daß eine junge Frau wie Marilee nicht mehr am Leben ist...«, und Corky sagt: »Ein großer Scheiß ist es, wenn du das mit tragisch meinst«, und wieder gibt es eine betretene Pause, Corky wird nervös, schade, daß er Pressons Gesicht nicht sehen kann, eine rötlich-rosafarbene Kreuzung zwischen Babygesicht und Football-Ei, pingelig-pikierter Zug um den Mund, von Anfang an Zögling katholischer Reicheleuteschulen und damit Corky Corcoran überlegen, der nur dank Oscar Slatterys Mildtätigkeit nach St. Thomas Aquinas gekommen ist und nicht mal ein ganzes Jahr am Rensselaer Polytechnic war, ein kleiner irischer Mick. Könnte Corky Pressons Gesicht sehen, wüßte er, was für Karten der Typ hat, er hat ein paarmal mit ihm Poker gespielt, eine ganz trübe Tasse auf diesem Gebiet. Der Mann, der als Anwalt 300 Dollar die Stunde bekommt, kann Corky nicht das Wasser reichen, das schaffen diese reichen Arschlöcher alle nicht. Corky legt den Kopf schief, sieht grinsend zu dem verschmierten Glasdach des Solariums hoch und beschließt, ein bißchen Druck zu machen. »Ich weiß ja nicht, wie weit man sich auf diese Kiki verlassen kann, aber sie soll gesagt haben, daß Vic und Marilee Plummer was miteinander hatten, weißt du was davon, George? Ich hab das noch nie gehört«, und Pressons Stimme ist so unbeteiligt wie die von Corky, als er Thalia die Nachricht auf Band gesprochen hat. «Warum fragst du das mich, Corky?« sagt er. »Frag doch Vic!«

»Jaha«, sagt Corky, patzig wie ein kleiner Junge, »ich bin heut abend dort zum Essen eingeladen, vielleicht frag ich ihn mal.«

Presson wird bei Vic nichts über dieses Gespräch verlauten lassen, das weiß Corky ganz genau, er wird sich hüten, einer, der als Anwalt einen Namen und Beziehungen nach Washington hat, macht sich mit so was nicht die Hände schmutzig.

Danach ruft Corky Mike Rooney an, den anderen Typ auf dem Foto, von dem er weiß, daß er mit der Geschichte nicht zu Vic laufen wird, Rooney ist Vics Pressemann, Redenschreiber und Rechercheur, ein kultivierter Mann, nicht so einer wie Red Pitts, der sich seinem Boß und dessen Sohn so eng verbunden fühlt, als hingen sie am gleichen Blutkreislauf, mit einem Profi wie Pitts kann man solche Spielchen nicht machen. Und Corky hat Glück, er ruft erst bei Rooney zu Haus an, dann spürt er ihn im Union City Golf Club auf, dem Club der weißen angelsächsisch-protestantischen Amerikaner mit altem Geld, und in dem ist ein Rooney Mitglied, so wie ein Corcoran im UCAC Mitglied ist, da sieht man mal, wie die Zeiten sich geändert haben hierzulande. Corky erwischt Rooney über sein Handy, er hört sich an, als ob er ein bißchen außer Atem, aber sehr zufrieden mit dem vormittäglichen Spiel ist, wenn auch etwas erstaunt, fünf vor zwölf an einem Sonntag, es ist wohl dringend? Corky geht die Erklärung so geläufig von den Lippen, als hätte er sie geprobt, was nicht der Fall ist, er versucht den Nachnamen dieser Kiki in Erfahrung zu bringen, die eine Freundin von Corkys Stieftochter Thalia ist, weil Thalia bei Kiki ist und gerade eine gemeinsame Freundin der beiden angerufen hat und was mit ihnen besprechen will, aber Thalia hat bei Corky keine Nummer hinterlassen, und Charlotte kann er nicht erreichen und möchte Thalia doch helfen... »Kiki?« fragt Rooney liebenswürdig. »Ich glaube, die heißt Zaller mit Nachnamen oder Zeiler, Vorname Katherine, sie steht im Telefonbuch.« Sein Lachen ist wie ein Rippenstoß. Was soll das heißen – daß die Frau leicht zu haben, Selbstbedienungsware in der Fleischabteilung ist? »Hey, ich will ja nur meiner Tochter einen Gefallen tun«, sagt Corky gekränkt, und Rooney lacht noch lauter und sagt: »Okay, Corky, dann grüß mal beide schön von mir.«

Doch ehe Corky auflegen kann, fragt Rooney – und jetzt ist ihm das Lachen vergangen –, ob er seine Rede auf Vic für das Bankett schon fertig hat, und Corky sagt, nein, er arbeitet noch dran, und Rooney fragt, ob er Unterstützung oder Infos braucht, und Corky sagt, nein, besten Dank, er kennt ja Vic, und er weiß, was er im Kongreß geleistet hat, und Rooney erkundigt sich, ob die Pressemappe angekommen ist, die sein Büro ihm geschickt hat, anzunehmen, sagt Corky, er hat eine Akte mit Unterlagen über Vic, da wird sie wohl drin sein, und Rooney sagt, ja, aber wenn du noch mehr Infos brauchst, ruf mich an. Mach ich, sagt Corky und will auflegen, aber Rooney ist noch nicht fertig, er will wissen, wie lange Corkys Rede wird, denk dran, daß vier Leute reden, dazu Andy van Burens Einführung, dann Vics Ansprache von zwanzig, dreißig Minuten, danach Diskussion, und Corky sagt: »Höchstens acht Minuten, hast du gesagt, also werden es höchstens acht Minuten, wo ist das Problem?« Es gibt eine Pause, und Rooney sagt in diesem Ton, den Corky kennt, er sieht ihn förmlich vor sich, wie er die Stirn runzelt und sich mit einer Hand durch das kleinjungenhaft flaumige, dünne Haar fährt: »Problem? Wieso Problem? Ich frag ja nur, Corky.«

Sie trauen mir also nicht, denkt Corky, und es überläuft ihn kalt. Liegt es am Trinken? Ein Corky Corcoran, der sich, im Suff Unsinn redend, vor den reichen demokratischen Geldgebern blamiert, ein kleiner irischer Mick, der nicht aufs College gegangen ist, der wahrscheinlich seine Rede mit einem dreckigen Witz anfängt und damit alle in Verlegenheit bringt, was ist denn das für ein Typ, wer ist bloß auf die Idee gekommen, den eine Rede auf Vic Slattery halten zu lassen? Und das Slatteryteam, mit Mike Rooney an der Spitze, legt Wert auf die Feststellung, daß nicht sie es waren, sondern Vic selbst, der einen alten Freund aus Union City nicht vor den Kopf stoßen will, Slatterys Schwäche ist seine sentimentale Ader, ihr kennt ja Vic, darin ist er ganz anders als Oscar, viel weicher. Und außerdem ist es ja vielleicht auch politisch irgendwie opportun, die alte irische Connection in Union City bringt seit jeher viele demokratische Stimmen.

Rooney ist Corkys Schweigen offenbar ein bißchen unheimlich. »Corky?« fragt er. »Bist du noch da? Ist was...«

Corky unterbricht die Verbindung mit dem Daumen. Du kannst mich mal.

Wenn was mit der Verbindung nicht klappt, kann man die Schuld immer dem Handy zuschieben.

Zwölf Uhr mittags. Corky hat plötzlich großen Durst, Herrgott, was gäbe er jetzt für ein Bier.

Noch fünf, sechs kurze Telefongespräche, ehe er aus dem Haus geht, Corky ist systematisch und überlegt, was seine Telefongespräche angeht, ohne Telefon kann er nicht leben, weiß der Himmel, wieviele Gespräche er täglich führt, bis zu fünfzig, wenn gerade ein Deal läuft, bei sich zu Hause, in seinem Büro in der State Street oder der Pearl Street, im Auto, von einem Münztelefon aus, wenn er auch nur den leisesten Verdacht hat, daß ein

Anschluß überwacht, eine Nummer aufgezeichnet wird. Er muß an Ross Drummond denken, zwei Drittel Magen haben sie ihm rausgenommen, alles voller Geschwüre, ein normaler Mann wäre damit schon längst draufgegangen, aber der alte Gauner sitzt in seinem Krankenhausbett, er hängt am Tropf und hat einen Schlauch in der Nase, und macht gerade jemanden am Telefon fix und fertig, und als Corky ihn staunend fragt, wie es ihm geht, sagt er, mir geht's bestens, wenn ich nur telefonieren und meine Geschäfte machen kann.

Außerdem, hat Drummond zu Corky gesagt, ist es ein großartiges Gefühl, wenn alle denken, du kratzt ab,und *du tust ihnen nicht den Gefallen*.

Die letzte Nummer, die Corky sich aus seiner Rolodex-Kartei heraussucht, ist die der Residence Hall von St. Thomas Aquinas, das, was er plötzlich dringend wissen will, wühlt und schmerzt in seinem Bauch wie ein Magengeschwür, und deshalb ruft er von allen katholischen Priestern in Union City ausgerechnet Pater Vincent O'Brien an, er muß zehn Minuten warten, bis er den Jesuiten am Apparat hat, der meldet sich mit schroffer Stimme und teilt seinem früheren Schüler und großzügigen Spender Corky mit, daß er auf dem Sprung zu einem Essen bei den Proxmires ist, die Proxmires sind wohlhabende protestantische Philanthropen, sie residieren in einem zinnenbewehrten Herrenhaus mit Blick auf den Ontariosee, und Corky entschuldigt sich sofort:«Tut mir wirklich leid, Pater…« – wenn man mit diesen Jesuiten spricht, ist das was anderes als bei einem einfachen Gemeindepfarrer, bei diesen Typen muß man sich ständig entschuldigen, daß man ihre kostbare Zeit in Anspruch nimmt –, »aber ich brauche da die Übersetzung einer lateinischen Inschrift.« Pater Vincent fragt einigermaßen fassungslos: »*Sie* brauchen die Übersetzung einer lateinischen Inschrift?« und Corky sagt: »Ja, wenn ich es noch richtig im Gedächtnis habe ›*De mortuis nil nisi*‹, und dabei verhunzt er die Aussprache so fürchterlich, daß der Jesuit hörbar nach Luft schnappt, ehe er ihm ins Wort fällt: »*De mortuis nil nisi bonum* – ›Von den Toten sprecht nur Gutes.‹«

5
ROMANTISCHES ZWISCHENSPIEL

Ich brauch was zu trinken, und zwar jetzt gleich.

Nervös schluckend und mit trockenem Mund läßt er den Finger über die Einträge im Telefonbuch wandern, warum ist denn der Druck so klein, warum sieht er denn alles so verschwommen und verschmiert, er ist doch stocknüchtern.

Wenn du dreiundvierzig bist, brauchst du womöglich Bifokalgläser.

Corky Corcoran mit seiner einwandfreien Sehkraft.

Fast einwandfrei jedenfalls, die genauen Werte hat er vergessen. Das ist wie mit seiner Größe, 1,70 laut Führerschein und anderer Dokumenten, aber die sind mit einer ordentlichen Sohle und vernünftigen Absätzen gemessen; ganz schön entwürdigend, wenn man sich nur in Socken an eine dieser Meßlatten beim Arzt stellen muß, und noch entwürdigender, wenn die Schwester mit diesem Metallding ungerührt das hochstehende rote Kraushaar runterdrückt. Als ob sie schon Maß nehmen für den Sarg, muß er dabei immer denken.

Traurig und unheimlich ist das, dieses Schrumpfen und Kleinerwerden bei älteren Leuten. Als Corky ein Kind war, hat Sean Corcoran ihn turmhoch überragt, später hatte Corky ihn eingeholt, und jetzt ist Sean bestimmt fünf Zentimeter kleiner als er, nicht nur, weil er einen Rundrücken hat, nein, die ganze Wirbelsäule ist geschrumpft. Nur gut, daß Tim Corcoran diese Schmach erspart blieb.

(Corky hat schon wieder ein schlechtes Gewissen: Heute oder spätestens morgen muß ich Onkel Sean besuchen, denkt er. Ich muß mit ihm zu Schwester Mary Megan, ehe sie beide abkratzen.)

(Und praktisch veranlagt, wie er ist, überlegt er, daß er sich, wenn er schon in Irish Hill ist, eine neue Kanone holen sollte. Dieses Eßlokal unten an den Docks, früher war das Shamrock drin, Corky weiß von Freunden bei der Polizei, daß man sich da gegen Bargeld Handfeuerwaffen, Gewehre, automatische Waffen holen kann. Aber vielleicht nicht, wenn man ein weißes Gesicht hat?)

Ich brauch was zu trinken, und zwar jetzt gleich, aber da hat er Kiki im Telefonbuch gefunden, Zaller heißt sie, der einzige Eintrag, der in Frage kommt: K. Zaller, Schoharie 588. Weibliche Singles, die allein leben, lassen sich immer nur mit den Anfangsbuchstaben des Vornamens im Telefonbuch eintragen, als ob sie damit jemandem was vormachen könnten außer sich selbst! Thalia hatte sich eine Geheimnummer geben lassen, als dieses Arschloch ihr nachgestiegen ist. Vernünftig werden sie immer erst nach einem ordentlichen Schreckschuß. Die Welt da draußen ist nun mal kein Kindergarten.

K. Zaller, 588 Schoharie, das sind fünf Blocks östlich von der State. Corky versucht, sich vorzustellen, wie es da aussieht, aber in dieser Gegend haben sie in letzter Zeit viel saniert, und außerdem bekommt er dauernd Störgeräusche wie bei einem Radiosender – *ich brauch was zu trinken, und zwar jetzt gleich.*

Mist, denkt Corky erbittert. Mist. Es ist erst zwanzig nach zwölf, bis dahin hält er es oft problemlos ohne Drink aus – als er neulich so spät zu seinem Lunch mit Greenbaum in den Club kam, hatte er schließlich auch nicht das große Zittern.

Der Unterschied ist, daß er jetzt endgültig aufgehört hat und sich darüber klar ist, metaphysisch gesehen ist das eine ganz andere Sache.

»Metaphysisch«. Die Jesuiten führten, wenn von Theologie die Rede war, das Wort andauernd im Munde, kein Aas wußte, was gemeint war, aber es klang imposant.

Ja, er hat aufgehört, er ist auf Entzug, stocknüchtern ist er, und so soll es auch bleiben.

Einmal ein Alkoholiker, immer ein Alkoholiker, auch wenn du dein Lebtag keinen Tropfen mehr trinkst, das erzählen sie dir bei den Anonymen Alkoholikern. Corky leuchtet die unerbittliche Logik durchaus ein. Alles andere ist Blödsinn. So als ob du dir einredest, du bist Jesus, und wenn du das erste Mal übers Wasser gehen willst, säufst du ab.

Der Aschegeschmack in Corkys Mund ist so schlimm, daß er vor einem Lebensmittelladen halten muß, um sich einen Viertelliter

Grapefruitsaft zu holen, den sauersten Saft, den sie haben, ohne Zuckerzusatz, er trinkt ihn beim Fahren aus dem Karton, auf feste Nahrung hat er keine Lust, er mag nicht mal dran denken. Wenn er Thalia bei Kiki findet – nicht sehr wahrscheinlich, aber möglich ist schließlich alles –, und wenn es dort gut läuft, wird er die beiden zum Lunch einladen, zu einem piekfeinen Sonntagslunch im Top of the Flame, dem Drehrestaurant des Hyatt, eine volle Drehung pro Minute. Überteuerter Touristennepp, aber nett. Corky, Thalia und Kiki. Nett.

Und du armer Trottel wolltest mit Thalia gestern abend ins Italian Villa gehen. Sogar den Wein hatte er schon ausgesucht: 1988er Napa Valley Cabernet Sauvigon, fruchtig, vollmundig, eine Wucht.

Er nähert sich der Schoharie und den pompösen Downtown-Hochhäusern. Wolken jagen vorbei wie flüchtige Gedanken, der Himmel öffnet sich – wie immer völlig überraschend – gleich einem großen blauen Auge, Corkys Lider sind fast geschlossen, die Helligkeit tut weh. Ein Gefühl, als ob man in diese Bläue hineingesogen würde. Wer hat ihm das erzählt – Lois, Corkys Cousine, die sich andauernd so über ihn ärgert –, daß sie gespürt habe, wie die arme Tante Francis an dem Löffel sog, als Lois sie in der letzten Phase ihrer Krebskrankheit fütterte, es ist nicht so, als ob ein Baby an der Brust saugt, hatte Lois gesagt, es war, als ob irgendwas in Mutter versuchte, *mich* einzusaugen.

Den Tod hatte sie gemeint, aber keiner mochte es aussprechen.

Er, Corky, schon mal gar nicht.

Er ist nervös und hat trotz Grapefruitsaft einen trockenen Mund. Vielleicht ist es schon zu spät, er ist nun mal Alkoholiker und kann nicht mehr aufhören, er wird im Säuferwahn enden und Krämpfe bekommen wie ein Epileptiker. Vor ein paar Jahren, als die Scheidung lief, hat er sich eine fürchterliche Sauftour geleistet, in der für ihn alles eins wurde, Tag und Nacht und Wachen und Schlafen und was in der Welt und was in seinem Kopf vorging, er saß an seinem Schreibtisch und war plötzlich weg, und am nächsten Morgen hatte Miriam ihn schreckensbleich an der Schulter gerüttelt *Mr. Corcoran? Mr. Corcoran, bitte, bitte, wachen Sie auf!*, sie glaubte, er hätte einen Schlaganfall. Erschreckend war auch die Vorstellung, die ihn damals verfolgt hatte, wie er Charlotte und Donaldson, ihren Anwalt, umbringen, wie er die beiden in eine Falle locken und abknallen würde, er bekam einen regelrechten Ständer bei diesem so anschaulichen, so abartigen Bild – daraufhin ist Corky auf Entzug gegangen, und das war, als habe er Gott verloren, ohne zu wissen, daß er Gott besessen hatte. Nach achtundvierzig Stunden in der Hölle hatte er kapituliert und wieder angefangen zu trinken, ja, aber seither hat er es einigermaßen im Griff behalten.

Aber jetzt nicht mehr, und das weißt du auch.

Warum hatte er Charlotte umbringen wollen, die arme dumme Kuh, schließlich war er es doch, der aus der Ehe raus wollte. Später konnte Corky die wilden Gefühlsaufwallungen jener Tage nie mehr nachvollziehen.

Und auch Christina wollte er wehtun. Tief in ihrem Körper, daß sie immer daran denkt, daß sie nie mehr einen anderen Mann ficken kann.

Ja, aber er liebt sie doch! Er braucht sie doch.

Oben zieht diese gottverfluchte Meuller-Reklametafel vorbei, nächste Ausfahrt Nott Street, Corky schluckt krampfhaft, die Sehnsucht nach Christina bringt ihn fast um. Sie hat ihn nicht angerufen, und er wird sich nicht bei ihr melden. Er kann es nicht. *Ich liebe ihn, ich verbringe den größten Teil meines Lebens mit ihm, er ist mein Mann.* Wie konnte Corky sich nur einbilden, sie würde *ihn* heiraten ?

»Oberpfeife!«

Warum setzt du dich Verletzungen aus, warum forderst du es heraus, verdammt, du bist doch bedient. Corkys Vater hatte eine Granatsplitternarbe am Hals, pflaumengroß, verfärbt wie abgestorbene Haut, wie ein häßlich krummgezogener Mund. Es ist lange her, hatte Tim gesagt, es tut nicht mehr weh, ich spüre nichts. Bei Corky ist es ein Gefühl wie ein bloßliegendes Herz, wie bei diesen schrillen, wie naß glänzenden Farbfotos von Operationen am offenen Herzen, bei denen einem schlecht wird, wenn man nicht schnell genug wegsieht. Wenn Corky als Kind zum Altar vorging, mußte er immer die fast drei Meter hohe Jesusstatue in Our Lady of Mercy ansehen, SEIN blutendes, mit Dornen umwundenes Herz, für alle sichtbar, rot wie ein entzündeter Pimmel.

Ein Mann braucht seinen Stolz.

Herrgott, Corky kann es nicht fassen, daß er – *er*! – bei seinem Gespräch mit Sandra Slattery heulend zusammengebrochen ist.

Mitleid ist das letzte, was man sich von seinen Freunden wünscht.

Nachdem er an der State von der Schnellstraße abgefahren ist, hält Corky an und schüttet den Rest Grapefruitsaft in sich hinein, sein Bauch bläht sich, als habe er einen Ballon verschluckt. Halb eins. Nervös wählt er Kiki Zallers Nummer, er hat nicht vor, seinen Namen zu nennen, falls sie sich meldet, er will nur wissen, ob sie da ist. Von zu Hause aus hat er es schon zweimal erfolglos versucht, und auch jetzt läutet das Telefon, läutet, läutet... Aber er ist wild entschlossen, den Kontakt herzustellen. Jetzt erst recht!

Er kann sich nicht erinnern, wann er Kiki zuletzt gesehen hat, in dem Gedränge irgendeiner Party vielleicht, irgendeines Empfangs in einem Downtown-Hotel. Sie ist eine PR-Frau oder die »Assistentin« irgendeines Typs. Vielleicht Fotografin. Oder eine kleine Nummer im WWUC TV von Howie Norwick, und ihr Chef hat sie für den Wahlkampf an Vic Slattery ausgeliehen. Oder hat sie sich freiwillig gemeldet? Corky weiß nicht mehr, ob sie reich ist wie Thalia oder ein armes Mädchen, das die Gesellschaft reicher Leute sucht. Etwas anderes kommt in der politischen Szene von Union City praktisch nicht in Frage. In Erinnerung geblieben ist Corky nur die verdammte goldene Klemme, sein Ohr hat nach dieser Tortur einen bleibenden Schlag weg, armer alter Rotfuchs. Corky meint noch Kikis spitzes Kinn an seiner Schulter zu spüren, hört ihr anzügliches Gemurmel *Vielleicht hab ich's ja gern, wenn's weh tut, Corky.*

Bei Kiki meldet sich niemand, auch kein Anrufbeantworter. Corky gibt auf. Er hat das Gefühl, daß er umsonst hergekommen ist, aber was soll er sonst machen? Er fährt weiter. Die Strecke von der State bis zur Schoharie am Fluß entlang ist ein Niemandsland verkommener leerer Grundstücke, stillgelegter Docks und Meilen geborstener, mit Unkraut überwachsener Asphaltwüste, umgeben von vier Meter hohem Maschendrahtzaun und Schildern, auf denen das BETRETEN VERBOTEN fast bis zur Unleserlichkeit verwittert ist. Die in den Feuern und Plünderungen nach dem Martin-Luther-King-Attentat vor fast einem Vierteljahrhundert ausgebrannten Lagerhäuser stehen noch da, verbrettert, unverkäuflich. Die Grundstücke hier am Fluß gehörten fast alle einer Downtown-Bank, sie sind wertlos, aber bestimmt hat City Hall einen Steuerdeal zuwege gebracht. Die Immobilien in dieser Gegend faßt keine Versicherung an.

Zwei Blocks weiter ist die berüchtigte, 1973 erbaute State Street Siedlung, in der Hunderte oder gar Tausende schwarzer Sozialhilfeempfänger dicht an dicht untergebracht sind – wie in senkrecht stehenden Bienenstöcken. Mitte der achtziger Jahre hatte die Firma Corcoran Inc. hier in Mietwohnungen investiert, zwanzig Wohneinheiten in einer Bruchbude aus verputztem Backstein, derart beleidigend für Augen und Nase, daß Corky nie einen Fuß hineingesetzt hat, nicht mal, um seinen Verwalter zu kontrollieren, den er mit einigem Grund für einen Zuhälter hielt und der Corky außerdem nach Strich und Faden übers Ohr gehauen hat – zum Beispiel Provisionen hat er von den Installationsfirmen verlangt, die sie dann prompt in den Rechnungen für die Firma Corcoran Inc. unterbrachten. Im Lauf der Zeit war das Haus so heruntergewohnt, daß die Versicherung nicht mehr mitspielte und Corky es abstoßen mußte. Kapitalveräußerungsverlust hieß das gegenüber dem Finanzamt, und ein kapitaler Verlust war es ja tatsächlich. Corky hatte immer die leise Hoffnung gehegt, irgendjemand würde die Bude in Brand stecken, aber den Gefallen tat ihm keiner, und selbst einen Brandstifter anzuheuern, wagte er denn doch nicht (bei Profi-Zündlern besteht immer die Gefahr einer Erpressung, und was ist, wenn es dabei Tote gibt? Das kann übel ausgehen), und so steht das Haus immer noch, Corky sieht im Vorbeifahren nur kurz hin und gleich wieder weg.

Der Verkauf fiel übrigens mit Thalias Zusammenbruch an der Cornell University zusammen, Corky erinnert sich jetzt wieder.

Die Schoharie führt vom Fluß her steil nach oben, Schlaglöcher im Asphalt, Reihenhäuser, in denen Schwarze wohnen, Latinos, Weiße, die von der Sozialhilfe leben, hinter dem Erie Boulevard kommt eine Arbeitergegend, Devane Johnsons Familie wohnt hier irgendwo – Devane Johnson, der zwölfjährige Schwarze, den ein Polizist mit einem Schuß in den Rücken umgebracht hat. Hier mit einem Cadillac De Ville herumzugondeln ist nicht so gefährlich, wie man denken könnte, die Dealer und Zuhälter fahren alle teure Wagen, da paßt ein erfolgreicher weißer Geschäftsmann wie Corky Corcoran nahtlos rein.

Da, wo die Schoharie eine breite belebte Allee kreuzt, die Werhle heißt, ändert sich das Bild, jetzt kommt ein Block recht anständiger Doppelhäuser aus Holz, der nächste Block besteht aus renovierten, in schicken Designerfarben getünchten Backstein-Reihenhäusern, Corky kennt die Leute, die hier gebaut haben, sie haben aufs richtige Pferd gesetzt, die westliche Seite war reif für eine Luxussanierung à la Pendle Hill. Ob aber jetzt, in der Rezession, alle Wohnungen komplett vermietet sind? Unwahrscheinlich, denkt Corky. Seine jedenfalls nicht.

588 Schoharie ist kein Reihenhaus, sondern ein dreigeschossiger Apartmentbau, offenbar noch ziemlich neu und mit dem gewissen Anspruch, der junge Akademiker und Singles anlocken soll, es leuchtet ein, daß sich eine ehrgeizige junge Frau wie Kiki hier eine Bleibe gesucht hat, um die Lage zu peilen, um sich auszurechnen, wie weit sie kommen und wen sie bekommen kann, ehe sie dreißig und verbraucht ist. Benutztes Kleenex. Corky überlegt, ob sie sich selbst jemals so sehen.Vielleicht haben sie gar nicht den Mut dazu? Kikis Haus ist von der Architektur her ambitioniert, die Kolonialstil-Fassade ist der von Corkys Haus fast erschreckend ähnlich – roter Backstein, weißer Säulenvorbau, schmucke, breite weiße Fensterläden, typisch amerikanisch – und unecht von vorn bis hinten. Billiger Innenausbau mit minderwertigem Material, das auf eine Lebenszeit von höchstens zwanzig Jahren angelegt ist, Badezimmerborde und Türknäufe, die man in der Hand behält, wenn man sie anfaßt, und verzogene Kunststofftüren, die nicht richtig schließen, Corky weiß Bescheid, er hat auch solche Immobilien, kurzfristige Geldanlage. Traurig, denkt er, oder vielleicht auch komisch, was unsere Architekten so in die Gegend stellen – Pseudo-Kolonialstil, gegenüber Pseudo-Viktorianisches und gleich daneben »französischer Landhausstil« (diese geschmacklosen Mansardendächer, die man jetzt allenthalben sieht und die Corky nicht ausstehen kann), Häuser im »englischen Tudorstil«, »zeitgenössische« Häuser, »postmoderne« Häuser – und da leben dann diese Cromagnon-

menschen, wie Wolf Wiegler sie genannt hat, die keine Ahnung haben, wie sie hingekommen und warum sie da sind.

Corky betritt den Hausflur der Schoharie 588 und liest die Namen an den Briefkästen, entdeckt K. Zaller Wg. 6B und drückt auf den Summer, aber niemand meldet sich. »Scheiße«. Er hört Stimmen, ein junger Mann und eine junge Frau kommen heraus und machen die Tür nicht richtig zu, Corky streckt die Hand aus, damit sie nicht ins Schloß fällt, dann ist er im Haus und klingelt oben in 6B. Einmal, zweimal, dreimal. »So ein Mist!«

An der Kreuzung Werhle hatte Corky ein Ladenschild SPIRITUOSEN WEIN BIER gesehen, es zieht jetzt flüchtig vor seinem geistigen Auge vorbei, aber er schiebt es weg. Er legt sein Ohr an die Tür von 6B wie neulich an die von Thalia, zu blöd, warum ist Corky Corcoran immer draußen, wie weit ist es bloß mit ihm gekommen? In der Wohnung hört man keinen Laut. Vielleicht ist Kiki tot wie Marilee Plummer? Corky hat nicht die Absicht, sie als erster zu entdecken.

Und dann sitzt Corky wieder in seinem Wagen. Was jetzt? In zehn Autominuten wäre er bei Sean Corcoran, und der Gedanke daran liegt ihm wie ein Berg auf der Seele. Er liebt den Alten ja wirklich, aber er mag ihn einfach nicht besuchen, nicht mit ihm reden. Wer zum Teufel wird schon Corky besuchen wollen, wenn er alt ist?

Die Aussicht, alt zu werden, alt zu sein – dieser kittfarbene alte Säufer im Leichenschauhaus mit dem grausigen Gesicht, den wie gehäuteten Hoden, Wieglers Schokotrunk auf der Brust – Corky spürt Panik in sich aufsteigen. *Ich brauch was zu trinken, und zwar jetzt gleich.*

Aber wenn er Sean besucht, kann er sich vielleicht eine Kanone holen, es sieht immer mehr danach aus, daß Corky Corcoran zum Schutz von Leib und Leben eine Kanone nötig haben wird.

Corky fährt zurück zur Werhle und parkt den Caddy in einem kleinen Einkaufszentrum, ignoriert das SPIRITUOSEN WEIN BIER-Schild und betritt stattdessen einen Supermarkt, wo er, halb verrückt vor Durst, noch einen Viertelliter Grapefruitsaft kauft, den Karton mit zitternden Fingern aufmacht und auf der

Stelle anfängt zu trinken. Die Kassiererin, eine Frau um die dreißig, die Corkys rotes Kraushaar, die anständigen Klamotten und das hübsche, wenn auch etwas ramponierte Jungengesicht zunächst beifällig gemustert hat, sieht ihn jetzt groß an. »Verdammt gesundes Gesöff«, sagt Corky genüßlich schmatzend, als habe er einen Witz machen wollen, und die Frau zuckt die Schultern. »Mag sein«, sagt sie. Corky ist so daran gewöhnt, daß Frauen auf ihn fliegen, daß die Abfuhr schmerzhaft ist.

Er sieht, daß noch eine zweite Frau im Laden ist, eine Kundin mit dunklem Haar, Brille, reizlos verbissenem Gesicht in Bluse, Jeans und Sandalen. Mit seltsam heimlichen ruckartigen Bewegungen rollt sie ihren Wagen durch die Gänge, greift hierhin und dahin, schaut die Sachen an, stellt sie ins Regal zurück. Oder spielt sie auf Zeit, bis Corky wieder geht? Er behält sie eine Weile im Auge, und da wird zu seiner Verblüffung das hagere dreieckige Gesicht zu dem von Kiki Zaller. Ist das *Kiki*?

Auch sie schaut ihn jetzt an. Ohne Lächeln, das Gesicht starr wie eine Maske.

»Hey, Kiki, du bist's?« Corky tut freudig überrascht, aber er macht große Augen, Kiki, die er als leicht überdrehte, schöne junge Frau in Erinnerung hat, ist kaum wiederzuerkennen: Die Brille hat eine klobige Plastikfassung, und bei den gelblich getönten Gläsern scheint es sich um Korrekturgläser zu handeln, die fahle Haut ist ungeschminkt, die Lippen sind farblos, das einstmals fransig-verrückte Kupferhaar ist jetzt fast durchgehend braun, glatt, stumpf geschnitten und aus dem Gesicht gekämmt.

Und keine Clips, nicht mal Ohrstecker . Da, wo sie waren, sieht Corky winzige Lochspuren in den zarten Ohrrändern.

Kiki ist offenbar wenig begeistert, Corky Corcoran an diesem milden Frühlingssonntag über den Weg zu laufen. Jetzt zuckt ein flüchtiges Lächeln über ihr Gesicht, die Augen sind katzenhaft verengt. »Mr. Corcoran? Was machen *Sie* denn hier?« Corky lacht ungläubig, das hat Kiki doch wohl als Witz gemeint… »Was heißt hier ›Mister‹«, sagt er, »ich bin Corky«, und dabei drückt er die schlaffe, kalte kleine Hand, als hätten sie sich im gewohnten Partygedränge getroffen, und er hätte ihr sogar einen Kuß auf die Wange gegeben, wenn Kikis Haltung weniger steif und ablehnend gewesen wäre, es ist fast, als hätte sie Angst vor ihm. Corky lacht erneut und sagt: »Also, um es ganz klar zu sagen, Kiki: Ich habe dich gesucht.«

Auch Kiki lacht, ein rauhes Lachen. Das kleine dreieckige Totenkopfgesicht verzieht sich zu einem Lächeln ohne Heiterkeit. »Red keinen Unsinn, 'Corky'«, sagt sie.

Corky ist es ein wenig peinlich, daß Kiki gesehen hat, wie er den Grapefruitsaft gleich hier im Laden getrunken hat wie ein Idiot. Aber Kiki ist wie umgewandelt, nicht mehr flirtfreudig und spottlustig. Sie würde, wenn sie könnte, am liebsten so tun, als sei Corky gar nicht da.

Corky sieht zu, wie Kikis Einkäufe an der Kasse eingetippt werden, sie findet es sichtlich peinlich oder auch ärgerlich, daß er lächelnd stehenbleibt, einen so gutmütigen Typen kann man doch unmöglich abwimmeln. Sie hat eine Stange Capri gekauft, eine dieser sogenannten »leichten« Zigaretten, über die Corky immer gespottet hat, als er noch Raucher war, Weiberfluppen, und einen Sechserpack Molson's Lite – auch über »leichtes« Bier spottet Corky, aber in diesem Moment läuft ihm schon beim Anblick der Dosen das Wasser im Mund zusammen – drei Dosen Campbell's Suppe, fünf kleine Becher Fruchtjoghurt und ein Paket, auf dem FreshScent steht, vielleicht Damenbinden, jetzt macht sie sich an ihrer Brieftasche zu schaffen (Echsenleder oder eine gute Imitation, jedenfalls teuer), und Corky schaltet sich rasch ein: »Laß mich das zahlen, Kiki«, aber Kiki wirft ihm einen Blick kaum noch beherrschter Wut zu. »Nein danke, Mr. Corcoran, ich mach das schon.«

Und damit ist bereits nach den ersten Worten alles versaut, Corky weiß das, kann es aber nicht akzeptieren, denn wie käme Kiki dazu, *ihn* abzulehnen, den nettesten Typ von ganz Union City, der einflußreiche Freunde hat, der immer alles richtig machen möchte.

(Soweit Corky sich überhaupt an diese wilde versoffene Nacht erinnern kann, ist er in der ganzen blöden Geschichte um Kikis Klemme, die ihm nicht vom Ohr wollte, ganz Gentleman geblieben, hat weder Kiki noch Marilee angebrüllt, wie andere das getan hätten, als die kleinen Biester ihn ausgelacht und Rotfuchs oder vielmehr Rotfuck genannt hatten. Was hat denn Kiki jetzt bloß gegen ihn?)

Corky möchte Kiki gern näherkommen, möchte jene tatsächlich oder auch nur scheinbar vertraute Nähe herstellen, die er im menschlichen Miteinander braucht wie die Luft zum Atmen, und deshalb sagt er halblaut, als er hinter ihr den Supermarkt verläßt: »Das war wirklich eine schlimme Sache, eine erschütternde Sache, das mit Marilee…« und bricht ab, damit Kiki mit einer ebenfalls halblauten Bemerkung darauf eingehen kann, aber sie sagt nichts. Kein Wort! Draußen in der Sonne, im gleißenden Licht dieses winddurchwehten Tages, sieht Corky, daß Kiki doch nicht in Thalias Alter, sondern um Jahre älter, schon an die dreißig ist, ihr Gesicht ist verspannt, sie beißt die Zähne zusammen und sieht ihn nicht an. Die klobige Plastikbrille paßt nicht zu dem schmalen Gesicht und hat ihr eine rote Kerbe in den Nasenrücken gedrückt.

Wie sie sich an ihn gedrängt, ihre Brust an ihn gedrückt und aufreizend gehaucht hatte: »Vielleicht hab ich's ja gern, wenn's weh tut, Corky!« – ist das wirklich dieselbe Frau? Corky kann es nicht fassen.

Und doch – da gibt es eine physische, eine erotische Beziehung zwischen ihnen, das Gefühl, ein gemeinsames Geheimnis zu haben. Das kann auch Kiki nicht ignorieren.

Dann aber geschieht folgendes: Corky fragt Kiki, wo ihr Wagen steht, und Kiki sagt leise und kalt, daß sie zu Fuß gekommen ist, und Corky sagt, okay, steig bei mir ein, ich fahr dich nach Hause, aber sie ist schon losmarschiert, die Einkaufstüte an die Brust gedrückt, und Corky ruft ihr nach: »Hey, Kiki, was soll denn das? Los, rein mit dir!« Die kleine Pißnelke geht ungerührt weiter in Richtung Schoharie und deutet mit einer gleichmütigen Bewegung an, laß mich in Ruhe, ich mach, was ich will, ich laß mich nicht anbaggern. Corky könnte nicht fassungsloser sein, wenn sie ihm eine geschmiert hätte.

Ein Mann, der eine Abfuhr einstecken muß, hat zwei Möglichkeiten: Er kann sich geschlagen geben und mit eingezogenem Schwanz verschwinden, oder er kann so tun, als wäre nichts passiert. Corky hat sich immer für die zweite Möglichkeit entschieden und ist dabei nicht schlecht gefahren.

Er steigt also in den Caddy, natürlich ist er sauer und nimmt es übel, aber er läßt sich nichts anmerken, das ist wie nach einer verlorenen Wahl (eine Erfahrung, die Corky Corcoran noch vor sich hat), da mußt du deinem erfolgreichen Konkurrenten und den Wählern, die dich nicht gewählt haben, ein lächelndes Gesicht zeigen, das ist eine wichtige Pokerregel. Gute Verlierer sind beliebt, Corky ist wie geschaffen für die Rolle, und früher oder später wird er Kiki so weit haben, daß sie ihm vertraut und vielleicht mehr, ja, Corky kennt sich da aus.

Und überlegt, ob Kiki ihm in ihrer Wohnung vielleicht ein Bier anbieten wird.

Der Caddy kriecht dicht am Gehsteig über die Schoharie, immer neben Kiki her, die rasche, steife, zornige Schritte macht, auch den Kopf hält sie steif, natürlich weiß sie, daß er da ist, aber sie gönnt ihm keinen Blick, als sei er ein Unbekannter, der versucht, sie aufzureißen, und Corky hofft inständig, daß nicht ausgerechnet jetzt ein Streifenwagen vorbeikommt, weiß der Himmel, was Kiki sagen würde. Aber Corky lächelt – das ist alles so verrückt, so kränkend, daß ihm nichts weiter übrigbleibt als zu lächeln – und ruft Kiki zu: »Ich will dich wirklich nicht stören, Kiki, du bist bestimmt ganz schön geschlaucht, Thalia hat es auch furchtbar mitgenommen. Und deshalb – unter anderem deshalb – wollte ich mit dir reden. Nur ganz kurz, wirklich...«. Wer könnte sich einem so zu Herzen gehenden Appell verschließen? Dieses Miststück gibt sich völlig ungerührt.

Vor der Schoharie 588 verrät Corky, daß er weiß, wo Kiki wohnt, indem er den Wagen hastig am Gehsteig abstellt und zum Eingang sprintet, um ihr die Tür aufzumachen. Er lächelt immer noch, aber man sieht ihm an, daß es ihn Mühe kostet. Kiki geht ganz cool an ihm vorbei und paßt auf, daß sie nur ja nicht mit ihm in Berührung kommt. Was denkt sich die Person eigentlich? Daß er Aids hat? Ihr Gesicht ist so verspannt, als wären unter der dünnen fahlen Haut Drähte gezogen, die von den Augen strahlenförmig nach außen gehen und den kleinen nacktschneckengleichen Mund einklammern. Wo ist bloß Kiki Zaller, das flippig-geile Partygirl, geblieben? Corky wird das Gefühl nicht los, daß hier für ihn eine bewußte Täuschung inszeniert wird.

Oder ist Kiki lesbisch, ist das vielleicht des Rätsels Lösung? Er denkt daran, wie sich Kiki und Marilee kreischend vor Lachen in die Arme gefallen sind, schier erstickend vor Heiterkeit angesichts der mißlichen Lage dieses alten Rotfuchs.

Im Hausflur will Corky, ganz Gentleman, Kiki höflich die Einkaufstüte abnehmen, während sie sich müht, die innere Tür aufzuschließen, aber Kiki schüttelt ungehalten den Kopf, nein, danke, soll das heißen, das schaffe ich schon selber, ich hab schließlich Übung. Corky packt die Angst, sie könne ihm durch die Lappen gehen. Er hebt die Hände, liefert sich ihr auf Gnade oder Ungnade aus, er sagt, nein, er fleht fast: »Du mußt mir helfen, Kiki, es hat was mit Thalia zu tun«, und jetzt wirft Kiki ihm einen schrägen, einen vielleicht schuldbewußten Blick zu und sagt halblaut: »Tut mir leid, aber ich kann Ihnen nicht helfen, wirklich.« Sie schiebt sich durch die Tür, aber Corky bekommt die Tür noch zu fassen und geht hinterher. »Hey, sperr mich nicht aus! Ich kann nicht mehr, schau mich doch an!«

Die verkaterten Augen, die Beule auf der Stirn, die zitternde, bettelnde Stimme – das alles scheint seine Wirkung zu tun.

Kiki seufzt so abgrundtief wie Pater Victor am Telefon.

Du hast den Fuß in der Tür, das ist die Hauptsache. Wenn du erst drin bist, fragt dich später keiner mehr, wie du es geschafft hast.

Kiki geht mit Corky nach oben, jetzt überläßt sie ihm die Einkaufstüte, das ist immerhin ein kleiner Sieg. Und vor der Tür von 6B sagt sie tonlos und trocken: »Also, kommen Sie meinetwegen rein« – als hätten sie Streit miteinander gehabt, und Corky hätte sich aus reiner Sturheit durchgesetzt. Sein Schwanz rührt sich – das erste Lebenszeichen nach achtzehn Stunden.

Die Wohnung ist so klein, wie Corky sie sich vorgestellt hat, und ziemlich eingeräuchert. Die üblichen weiß getünchten Wände, eine Lichtleiste an der Decke, Sofa, Sessel, ein großer Fernseher, der eine ganze Ecke beherrscht, gestapelte und auf dem Boden verstreute Videokassetten, ein Teppichboden in zu grellem Stahlblau voller Flusen und Staubflocken. Es hat etwas Trostloses, dieses Zimmer, vielleicht ist es möbliert gemietet? Corky heuchelt Begeisterung. »Hier wohnst du also, Kiki?«

Keine Antwort. Als wäre ein Wort oder auch nur eine ganz normale höfliche Geste zu viel verlangt, lotst Kiki ihn in eine enge Küche, wo er mit dem Gefühl, als spiele er den braven Ehemann, die Einkaufstüte auf einer klebrigen Arbeitsfläche absetzt. Er registriert Schmutz in der Spüle, ungleichmäßige Rostflecken auf dem Herd, umgekehrt auf der Arbeitsfläche stehende Gläser und Geschirr, ausgespült, aber nicht richtig abgewaschen. Er überlegt, was Kiki für diese Wohnung wohl an Miete zahlt.

Auch jetzt bedankt Kiki sich nicht, sondern macht sich wortlos ans Auspacken. Die Stange Zigaretten wird sofort angebrochen, sie zündet sich eine Capri an, ohne ihm eine anzubieten, woher will das Miststück wissen, daß Corky nicht raucht, verdammt ruppig, könnte Thalias Schwester sein, warum sind junge Frauen so viel weniger weiblich als Frauen aus Corkys Generation? Und diese verbissen-sachliche Art...Kiki knallt die Campbell-Suppen in ein Schrankfach, verstaut Sechserpack und Joghurt im Kühlschrank. Einem fast leeren Kühlschrank, aus dem ein süßlich-ranziger Geruch in Corkys empfindliche Nase steigt.

Auch Kikis Geruch steigt ihm in die Nase. Eine paradoxe Kombination aus Seife, getrocknetem Schweiß, schalem Blut. Dieser Geruch nach Achselhöhlen und Nackenhaar, der Corky anmacht, eine alte, ganz alte Erinnerung an Deirdre, das Mädchen aus Ballyhou, das mit Hilfe seines Vaters in die Staaten gekommen war, der Geruch nach Deirdres unrasierten Achselhöhlen und Beinen. Deirdre, die Jerome das Bad eingelassen hat, es selbst aber nicht so sehr mit dem Baden hatte.

All das heitert Corky auf, er schenkt Kiki sein warmherzigstes Lächeln.

»Willst du mir keine Zigarette anbieten? Oder ein Bier? Ich muß es mir bei dir ja wirklich schwer verschissen haben.«

Kiki hat die Kühlschranktür zugemacht, aber sie steht noch davor. In der Küche ist es so eng, daß sich Berührungen nicht vermeiden lassen. Corky sieht, daß sie lächelt, zumindest zuckt es um ihre Lippen, für sie schon ein ziemliches Zugeständnis. Im Profil ist Kiki sogar ohne Makeup eine bemerkenswert gutaussehende junge Frau. Schmale Nase, energisches Kinn, hohe Wangenknochen. Durch den offenen Kragen der nachlässig zugeknöpften Bluse sieht Corky die straffen Sehnen am Hals, eine bläulich klopfende Ader. Immer hat Corky, wenn er einer Frau – jeder beliebigen Frau – so nah ist, das verwirrende Gefühl, daß ihr Wesen irgendwie mit dem seinen identisch ist.

Jetzt sieht ihn Kiki mit hochgezogenen Augenbrauen an und fragt kokett, als habe ihr jemand eingeflüstert *Sei weiblich! Sei weiblich!*: »Willst du eine Zigarette oder ein Bier, Corky?«

Der lächelt voller Genugtuung. »Danke, Kiki, aber ehrlich gesagt: Weder – noch.«

Kiki nimmt einen tiefen Zug aus ihrer Zigarette und stößt den Rauch aus wie aufgestautes Gelächter. Dann wendet sie sich zum Gehen, wobei sie mit einer Hand durch das stumpf geschnittene Haar fährt. Doggy-Corky trabt hinterher, registriert den knackigen kleinen Hintern in den ausgebleichten Jeans, die leicht herausfordernden Bewegungen der Schultern unter der Bluse. Corky möchte sie zu gern anfassen, er gehört zu den Männern, denen es schwer fällt, mit einer Frau zu reden, ohne sie anzufassen, ihre Schulter zu befingern, ihr die Hand zu drücken. Die Spannung, die zwischen ihnen schwingt, erregt ihn – vielleicht ist das von Kiki so gewollt?

Kiki erklärt rundheraus, ehe Corky etwas sagen kann: »Tut mir leid, aber ich kann dir nicht helfen. Ich bin mit all dem fertig. Am besten gehst du jetzt.«

»Aber Kiki...«

»Ich möchte einfach, daß du gehst.«

»Ich will ja nur fragen...«

»Ich weiß nichts über sie, und ich will auch nichts wissen.« Kiki ist atemlos, sie weicht vor Corky zurück und raucht so schnell, als habe sie Angst, jemand könne ihr die Zigarette wegnehmen. »Am 1. Juni fange ich ein neues Leben an.«

»Aber ich weiß nicht mehr aus noch ein, Kiki«, sagt Corky bittend. »Ich muß sie finden, ehe was passiert.«

Kiki sieht ihn groß an. Sie schiebt die klobige Brille auf den Nasenrücken zurück. »Finden? Wie willst du sie finden? Sie ist tot.«

»Ich meine doch Thalia, nicht Marilee. Ich suche Thalia.«

»Über die weiß ich auch nichts, das hab ich dir doch schon gesagt. Am 1. Juni reise ich ab, nach...«, die Stimme klingt hektisch, die Lippen zucken, wehe, Corky wagt es, Zweifel anzumelden »nach Rio.«

»Rio? Brasilien?«

»Da kann ich bei jemand unterkommen.«

»Und wie heißt er?«

»*Sie*...«, Kiki lacht. »Kennst du doch nicht.«

Das Telefon läutet. Sie sind jetzt im Wohnzimmer, der Apparat steht einen knappen Meter neben Kiki, aber es ist, als ob sie es gar nicht läuten hört. Wie in einem Traum, denkt Corky, als ob er selbst von irgendwo anruft, Corky, der arme Trottel, der immer draußen ist.

»Willst du nicht rangehen?« fragte er mit sanftem Vorwurf, findet es aber natürlich unheimlich schmeichelhaft, daß sie sich nicht meldet.

Kiki verstreut Asche auf dem schmutzigen blauen Teppichboden. »Falsch verbunden.«

»Woher willst du das wissen, Schätzchen?«

»Ich weiß es eben.«

Das Telefon läutet weiter, und er und Kiki sehen sich an. Corky denkt daran, wie oft in Christinas Loft das Telefon geläutet hat, während sie sich liebten, und wie dieses Geräusch in den Akt einging gleich einer Resonanz. Die Musik ihrer Körper. Das Klinglingling, das heiße Fluten von Corkys Blut, die sich steigernde Lust und der jähe, heftige Höhepunkt, ein Strom flüssigen Feuers, der nicht aus ihm heraus-, sondern durch ihn hindurchzuschießen schien.

Kiki mustert Corky, auf dessen Gesicht ein schmerzlich-abwesender Ausdruck liegt. Fast freundlich fragt sie: »Bist du mir in den Supermarkt nachgegangen? Hast du dich hier in der Gegend herumgedrückt?«

»Natürlich nicht.«

»Aber du weißt – du wußtest –, wo ich wohne.«

»Du stehst im Telefonbuch.«

»Nach dem 1. Juni nicht mehr.«

»Warum willst du denn unbedingt weg? Du hast auf mich immer den Eindruck...«, Corky fällt das passende Wort nicht ein, und Kiki mustert ihn so spöttisch, daß er aus dem Konzept kommt »eines sehr zufriedenen Menschen gemacht.«

»War ich auch. Solange der Nachschub mit Koks klappte, war ich für euch Typen ein zufriedener Mensch.« Kiki lacht und stößt ruckweise den Rauch aus. Die Brille rutscht wieder.

Corky stellt sich dumm. »Koks? Seit wann?«

»Ich gehe aus persönlichen Gründen. Aber auch, weil ich feige bin.«

»Wie meinst du das?«

»Wenn Pickett freigesprochen wird, brennt die Stadt. Daran mag ich gar nicht denken.«

»Pickett freigesprochen?« wiederholt Corky erstaunt. »Die haben doch noch nicht mal die Jury zusammengestellt.«

»Dem Steadman glaubt jetzt doch keiner mehr, der ist geliefert. Dafür habt ihr Typen gesorgt.«

»Warum sagst du immer ›ihr Typen‹? Was zum Teufel soll das heißen? Ich bin nicht ›ihr Typen‹, ich bin nur einer. Und was heißt ›dafür gesorgt‹? Wofür gesorgt?«

Kiki wirft ihm einen bösen Blick zu und sagt in einem aufreizenden Singsang: »Ich weiß nichts über die ganze Sache, ich will auch nichts wissen, ich bin aus all dem raus.«

»Hör zu, Kiki«, sagt Corky verzweifelt, »ich möchte ja nur wissen, wo Thalia...«

»Das sagst ausgerechnet du? Daß ich nicht lache!«

»Wo sie sein könnte. Was sie für Bekannte hat.«

»*Du!*« Kiki lacht rauh. »Über dich hat Thalia mir ja schöne Sachen erzählt.«

Corky hört das gar nicht, er sagt zornig und aufgeregt: »Sie braucht Hilfe. Es geht ihr nicht gut. Ich muß sie finden.«

»Nein, hab ich gesagt. Ich weiß nichts.«

»Ich hab gedacht, ihr seid befreundet.«

»Nein.«

»Du, Thalia, Marilee Plummer...«

»Nein.« Kiki hält sich die Ohren zu und bleckt in einer Totenschädelgrimasse die Zähne. »Nein nein *nein.*«

Das Telefon hat aufgehört zu läuten. Hin und wieder fährt auf der Schoharie ein Wagen vorbei, ansonsten ist es sehr still. Corkys Gesicht ist heiß, er atmet rasch. Er ist sexuell erregt, und das hat Kiki mit ihren aufreizenden Redensarten ja wohl erreichen wollen. Der Geruch, der von ihr ausgeht, ist unverkennbar.

»Du und Red Pitts«, sagt Kiki. »Ich bring euch immer durcheinander. Aber *er* ist der Zuhälter. Du bist der Gentleman.«

Ehe Corky fragen kann, was, verdammt nochmal, das nun wieder heißen soll, geht Kiki zum Telefon und nimmt den Hörer ab. Die Geste ist so lässig, so sachlich, daß es Corky durchfährt wie ein elektrischer Schlag. *Sie will mit mir ficken? Großer Gott.*

Plötzlich ist seine Kehle so ausgedörrt, daß sie weh tut, er braucht was zu trinken, es ist kaum noch auszuhalten.

Statt dessen nimmt er sich eine Zigarette, und Kiki nimmt sich die zweite, sie hat ihre Packung Capri aus der Blusentasche genommen und sie ihm zugeworfen, als wisse sie von seinem heimlichen Verlangen. Corky zittern die Hände, aber es ist ein gutes Gefühl, wie der Adrenalinstoß vor einem Fight.

Corky zündet sich die Zigarette an, und mit dem ersten tiefen Lungenzug ist er da, wo er hinwill. Dieses gewaltige Gefühl, ein gutes, bitter stechendes Gefühl, der Rauch weitet seine Lungen wie ein Blasebalg. Seine Augen werden naß, er könnte heulen, ja, er heult: »Herrgottnochmal…«

»Wie lange?«

»Fünf Jahre.« Corky heult und wischt sich die Augen. Er lächelt und kann gar nicht wieder aufhören. »Fünf Jahre hab ich nicht mehr richtig tief Luft geholt.«

Kiki streift scheinbar zerstreut die Sandalen ab, die langen, nackten, totenbleichen Zehen krallen sich affengleich in den stahlblauen Teppich. Corky steht auf barfüßige Frauen, da sind die Chancen besser, daß sie kleiner sind als er.

Und Kiki Zaller sieht mit jeder Minute hübscher aus, findet er. Sie hat die häßliche Brille abgenommen, tut sich jetzt leichter mit dem Lächeln und funkelt ihn an wie das flippig-geile Girl, das er in Erinnerung hat. So haben die älteren Mädchen auf dem Schulhof, die mit dem dreckigen Mundwerk, einen gutaussehenden Jungen wie Corky angefunkelt und geschaut, ob sie es schaffen, daß er rot wird. Er hat die Hitze auf seinem Gesicht gespürt, klar haben sie es geschafft.

Corky raucht in einem wohlig-erotischen Dämmerzustand seine Zigarette. Klemmt sie zwischen die Zähne, während er den Sportsakko auszieht und ordentlich über einen Stuhl hängt. Kiki führt ihn ins Nebenzimmer, da ist es dämmrig, ein Futon liegt auf dem Fußboden, was für ein alberner Gegenstand, denkt Corky, aber er ist nachsichtig gestimmt, er ist zu erregt zum Kritisieren, ein Futon oder ein richtiges Bett, was liegt daran, Kiki ist aus einer anderen Generation, auch das erregt ihn, und während Thalia ihn nur aufgegeilt hat, geht Kiki zur Sache.

Kikis Schlafzimmer, Kikis Sachen überall verstreut. Ein offener Schrank. Damit Corky hineinsehen kann: Niemand da. Er lacht, er fühlt sich unheimlich gut.

Wenn er schon nichts mehr trinken darf, wird er eben wieder anfangen zu rauchen. Nicht drei Schachteln wie früher, als er sich die Lunge aus dem Leib gehustet hat und aufhören mußte, sondern in Maßen – sagen wir mal sechs Zigaretten in vierundzwanzig Stunden, alle vier Stunden eine. Als absolutes Maximum. Damit kann Corky leben. Und diese leichten Capri, die früher der größte Mist für ihn waren, sind eigentlich gar nicht so übel. Aber er wird trotzdem was anderes rauchen, eine Männermarke. Die Lösung für Corkys Alkoholproblem ist so simpel, daß er sich fragt, warum er darauf nicht schon längst gekommen ist.

Kiki steht an dem einzigen Fenster des Zimmers und macht an der Jalousie rum. Spöttisch sagt sie: »Du bist mir doch in den Supermarkt nachgegangen, gib's zu, du Sack.« Und Corky widerspricht: »Nein, ehrlich nicht, Schätzchen, das war reiner Zufall«, er findet es gut, daß sie plötzlich so was zu ihm sagen, daß sie plötzlich so locker mit ihm umgehen kann, dabei ist Kiki Zallers geänderte Einstellung, ihr Stimmungsumschwung ja wirklich verdammt plötzlich, wenn Corky in diesem Moment nicht mit dem Schwanz denken würde, müßte ihm das eigentlich verdächtig vorkommen. Kiki spielt mit der Schnur der Jalousie, wie Kinder es machen, auf – zu – auf – zu, als hätte sie nicht übel Lust, das Ding kaputtzumachen, warmes Sonnenlicht fällt auf den Futon, in mal breiten, mal schmalen, mal breiten, mal schmalen Streifen. Als die Jalousie so weit geschlossen ist, wie es eben geht, ist es immer noch ziemlich hell im Zimmer, man kann nach wie vor Farben erkennen. Corky überlegt, wie rot wohl sein Gesicht ist, es fühlt sich glühend heiß an. Alter Rotfuchs!

Ein Futon ein *Futon*, Corky hat noch nie eine Frau auf einem Futon gefickt, nur vor Jahren, in den Siebzigern, mal auf einem Wasserbett, und das ist nun wirklich das Allerblödeste, was man sich vorstellen kann. Brackig riechendes, gurgelnd wogendes Wasser, zum Seekrankwerden! Corky hat fast keine Erinnerung mehr an die Frau, eine von Charlottes Golferfreundinnen mit reichem Ehemann, aber getroffen hatten sie sich auf ihren ausdrücklichen Wunsch hin im Stadthaus eines ihrer jungen Neffen, das Wasserbett gehörte ihm. Abartig, krank, blutschänderisch – aber Corky hat nicht weiter nachgefragt. Ein höchst angenehmes Zwischenspiel.

Abgesehen von dem Futon hat Kikis Schlafzimmer nur eine Minimalmöblierung. Auch hier billiger Teppichboden, ein altmodischer Konsolenspiegel, an der Wand ein Poster, Corky sieht es sich neugierig an, was soll denn das sein? Sieht aus wie eine anatomische Zeichnung: Ein vergrößerter Penis? Querschnitt durch den Unterleib, die Geschlechtsteile eines Mannes? Im Dämmerlicht entziffert Corky mühsam die Schildchen mit den Pfeilen: »glans penis« »praeputium«, »scrotum«, »testis«, »epididymus«, »vas deferens« undundund. Kiki lacht. »Es ist aus einer Serie, die ein Protestkünstler in Ohio gemacht hat, tierisch gut: ›Körper von Jesse Helms‹.«

»Körper von Jesse Helms«, wiederholt Corky.

»Protestkunst eben...«

Bei anatomischen Zeichungen – wie bei Fotos von Operationen am offenen Herzen – wird Corky immer ein bißchen mulmig. Ein aufgeschlitzter Penis, der Blick auf einen Unterleib – das ist *Kunst*?

Corky drückt seine Zigarette in einem Aschenbecher voller Kippen aus. Noch ein letzter tiefer Zug, und auf geht's.

Er packt Kikis sehnige Schultern und küßt sie auf den Mund, höchste Zeit für intime Fühlungnahme, bisher hat er sich als Gentleman zurückgehalten, *du bist der Gentleman und Red Pitts ist der Zuhälter*, keinen Schimmer, was Kiki damit gemeint hat, über seine Freunde will man gar nicht so genau Bescheid wissen. Kikis Mund ist nicht sehr nachgiebig, ihr Speichel schmeckt nach Kleister; beherzt, aber ziemlich stümperhaft fuhrwerkt Corky mit seiner Zunge an Kikis Zunge herum, sie würgt ein bißchen und zieht den Kopf ein. Küssen ist eine irgendwie zu persönliche Sache – wie Reden. Ficken ist einfach. Ficken ist eine Maschine, du stellst sie an, und sie läuft los.

Kiki funkelt Corky aus glühenden Augen an, während sie die Bluse aufknöpft, sie mit einer raschen Bewegung abschüttelt und an ihren Brüsten heruntersieht, die beigeblaß sind und üppiger, als Corky gedacht hat; sie beißt sich lächelnd auf die Unterlippe, erregt sich selber – eine kindliche Art von Striptease, unbeholfen, aber sehr bewußt. Selbst ihr Gesicht wirkt fleischiger, blutvoller. Jetzt die Jeans; sie macht den Reißverschluß auf, zieht sie nach unten; während sie sich bückt, fixiert sie Corky, wehe, du siehst woanders hin, aber Corky sieht woanders hin, gerührt und einen Augenblick auch beunruhigt registriert er, daß sie einen weißen Baumwollschlüpfer anhat, der Schatten ihres Schamhaars ist wie eine dunkle Hand hinter dem Stoff, und als Corky sie anfassen will, weicht Kiki aufreizend langsam zurück: »Hände weg! Hier wird gemacht, was ich sage, das ist *mein* Revier, okay? Du bist mein Sklave, oder es läuft gar nichts.« Sie lacht, und auch Corky fängt an zu lachen, er ist beschwipst, betrunken, ohne daß er was getrunken hat, das war der Nikotinstoß, sein Schwanz ist hart wie ein Axtgriff und auch so lang, als er ihn aus der Hose und Unterwäsche hervorholt, ein Geschenk, das er Kiki stolz präsentiert, sie reißt die Augen auf, diese Größe! »Donnerwetter, Mr. Ki-ke-ri-coran! *Wow!*« Wie in einem dieser alten Pornofilme mit sprunghaft-unzusammenhängender Handlung, bei denen man nie weiß, ob sie komisch gemeint sind, oder durch ihr Pathos, ihre Peinlichkeit wirklich komisch sind. Kiki weicht auf schlanken, rührend x-beinigen Beinen ein paar Schritte zurück, der weiße Baumwollschlüpfer sitzt hoch auf ihren Hüften und scheint alt zu sein, der Bund ist ausgefranst, Corky kommt es vor, als ob sie eine Binde trägt, sie hat ihre Tage, so ein Pech, aber egal, Corky ist ja ein erfahrener alter Hase, ein erfahrener alter Sack, ihn kann nichts erschüttern. Trotzdem kommt er in seiner Eile, Hose und Shorts von den Beinen zu bekommen, ins Stolpern, atemlos fummelt er an den Manschetten seines frisch gestärkten weißen Baumwollhemds mit dem Schreibschriftmonogramm JAC in weißer Seide herum, auch das läßt er in hektischer Hast zu Boden fallen, statt sich die Zeit zu nehmen, es ordentlich über einen Stuhl zu hängen, wie er es immer macht, Corky ist pingelig mit seinen Sachen, aber in Kikis Schlafzimmer geht jetzt alles so schnell, da bleibt keine Zeit für Rituale. *Ist sie verrückt? Bin ich's?*, aber Corky ist im Moment Warnsignalen gegenüber nicht zugänglich, und rachsüchtig-schadenfroh läuft in seinem Kopf der Gedanke mit: Du kannst mich mal, Christina, denkst du, ich brauche dich, Christina, ja, da staunst du!

»Hey, du bist schön!« sagt Corky erstaunt, aber aufrichtig, denn als Kiki jetzt fast nackt und leuchtend vor ihm steht, ist sie tatsächlich schön. Corky ist begeistert. Umwerfend, die Verwandlung dieser reizlos-verbissenen bebrillten Tussi aus dem Supermarkt, wer hätte das gedacht, aber so ist das bei vielen Frauen, ihre Schönheit liegt im Fleisch, dem sprachlos-stummen Fleisch, zu dem kein Gesicht, ja nicht mal ein Kopf zu gehören braucht. Corky sieht, wie über Kikis Gesicht flammengleich Freude am eigenen Körper züngelt, es ist, als habe sie diesen Körper und sich selbst, gespiegelt in den Augen eines Mannes und in seinem Begehren, lange nicht mehr gesehen: Es ist nicht Corky oder nicht ausschließlich Corky, es sind alle Männer. DER MANN: Ein lebendiger Spiegel, der ihr das eigene Ich zum Geschenk macht.

Kiki lacht eine Spur zu schrill, sie atmet, als sei sie schnell gelaufen. »Du bist auch schön, Freund. Bis auf das…«, sie zwickt ihn frech in den Rettungsring, der um seine Taille liegt, »die Polsterung da. Aber für einen Typ in deinem Alter – *wow*!«

Corky ist unangenehm berührt, aber er lacht und greift nach ihr. Nimmt ihre Brüste in die hohlen Hände, die Brustwarzen sind zäh wie Gummi, er beugt sich vor, will an einer saugen, aber Kiki greift ihm in die Haare und reißt seinen Kopf zurück: »Noch nicht! Du machst, was ich sage, Mr. Ki-ke-ri-ki-coran! Du bist mein Sklave.«

»Okay. Ich bin dein Sklave. Was befiehlst du mir?«

Er wird ihr den Gefallen tun, schließlich kennt er sich aus im Umgang mit hysterischen Frauen. *Alle* Frauen sind hysterisch, man muß nur die richtigen Register ziehen.

Kiki lacht und geht zum Badezimmer, Corky sieht ihr ratlos nach, sein Schwanz wippt, sein Herz rast, kann er dieser Frau trauen, was ist, wenn sie sich im Badezimmer einschließt? Wenn es ihr plötzlich einfällt zu duschen und das Wasser endlos laufen zu lassen? Sie ist so unberechenbar, daß ihr derlei Tricks durchaus zuzutrauen wären, und so, wie es im Augenblick um ihn steht, würde er dann die Tür einschlagen und sie rauszerren, angeilen läßt er sich nicht mehr, damit ist Schluß. Tatsächlich, Kiki macht die Badezimmertür zu, man hört sonderbare Geräusche, das Tröpfeln von Pipi, eine Klospülung wie ein Wasserfall, ein Hahn wird auf- und zugedreht, dann linst sie durch den Türspalt, sieht durchtrieben von Corkys erhitztem Gesicht zu Corkys erhitztem Schwanz – »Wollte nur mal sehen, ob du noch da bist, Freundchen.« Corky zuckt zusammen, als sie ihm ein Päckchen zuwirft, scharlachrote Folie – ein Kondom. Corky packt es täppisch-verlegen aus, versucht, Witzchen darüber zu machen, aber das ist kein Witz, seine Erektion ist in Gefahr, in Corkys Generation ist so was nicht üblich, und in der davor erst recht nicht, da ergreift der Mann die Initiative, hat der Mann das Sagen, ist der Mann derjenige welcher. Aber Corky ist kein Spielverderber, außerdem sieht er ein, daß es vernünftig ist, auch für ihn ein Schutz, diese verrückte bekiffte Nymphomanin hat es womöglich schon mit der halben männlichen Bevölkerung von Union City getrieben, angefangen beim Bürgermeister, ja, und auch mit Red Pitts, diesem berüchtigten Zuhälter, Corky beeilt sich zu tun, was sie verlangt, ist vielleicht ganz lustig, Sklave zu sein, denkt er, zumindest einmal, zumindest jetzt, allerdings ist es gar nicht so einfach, die verdammte Tüte über den gekränkten Pimmel zu stülpen, Corky ist außer Übung, so was hat er seit Jahren nicht mehr gemacht. Verdammt peinlich, wie beim Arzt, wenn die hübsche junge Schwester Corky einen Pappbecher in die Hand drückt, »Für Ihre Urinprobe, Mr. Corcoran«, und ihn dann ganz cool wieder entgegennimmt »Danke, Mr. Corcoran« – als hätte Corky Corcoran nichts Besseres zu bieten als ausgerechnet Urin!

Auch Kiki wirkt auf ihn jetzt wie eine Schwester, als sie mit einem Frotteetuch zurückkommt, einem Badetuch, das sie einmal faltet, damit es dicker wird, und über den Futon legt. Sie ist jetzt völlig nackt und im Gesicht rot angelaufen, Corky berührt sie staunend, zärtlich fahren seine Finger über die Knubbel ihrer Wirbelsäule, den süßen kleinen Po, die Spalte zwischen den Pobacken. Aber Kiki gibt ihm einen Klaps auf die Hand. »Nein«, zischt sie. »Tu, was man dir sagt!« Corkys Erektion ist auf Halbmast, aber brav eingetütet, wie Kiki es wünscht, vielleicht freut sie das, sie streift Corky und seinen Schwanz nur mit einem flüchtigen Blick, dann legt sie sich auf dem Futon zurecht, die

Hüften auf dem Badetuch, die Stirn nachenklich gekraust, während sie an Bettüchern zupft und Kissen geraderückt, als sei sie allein und bereite sich auf eine gynäkologische Untersuchung vor, die man sich gar nicht vorstellen mag. Sie legt sich zurück, die Arme hinter dem Kopf, den Kopf auf dem Kissen, und macht für Corky, der über ihr kauert wie ein Cromagnonmensch, die Beine breit, dann – es kostet sie Mühe, und sie hält es nicht für nötig, das zu verbergen – lächelt sie Corky zu, als sei ihr gerade erst eingefallen, daß er ja auch noch da ist. »Küß mich, Sklave!«

Pißnelke, denkt Corky, aber bekanntlich ist er kein Spielverderber, und wenn er sich schon die Mühe mit dem verdammten Kondom gemacht hat, will er auch was davon haben.

Corky läßt sich auf den Futon herunter, schon das Wort *Futon* findet er albern, er kommt sich vor wie auf einer Matte in der Turnhalle vor einem Ringkampf mit Kiki Zaller, die sehnig-sportlich wirkt mit ihren langen Beinen, den überraschend kräftigen Schultern, den Schenkeln, die vermutlich flink und behende sind, Corky will sie auf den Mund küssen, aber das hat sie nicht gemeint. »Nein! Fang hier an«, sagt sie und faßt sich zwischen die Beine. Corky sieht den wilden Blick, die riesengroßen schwarzen Pupillen, er spürt die Hitze, die von ihr ausgeht, atmet den schalen Blutgeruch ein, er ist abgestoßen, aber auch erregt, verdammt abgedrehte Sache, Doggy-Corky, was hast du schon zu verlieren. Den Unterwürfigen spielend krabbelt er ein Stück nach unten, küßt Kikis Bauch, der flach ist und ein wenig eingesunken, Beckenknochen wie Ellbogen, das Gurgeln der Gedärme etwas zu vernehmlich, das kratzig-krause Schamhaar so viel dicker als bei Christina, mehr wie das von Corky. Er kniet sich am Rand des Futons hin, die nackten Knie auf dem Fußboden, bloß gut, daß Teppichboden drauf ist, und legt den Mund an Kikis Möse, ja, sie hat ihre Tage, unverkennbar, zum Glück hat sie sich aber wohl da unten gewaschen oder zumindest mit einem nassen Kleenex abgewischt, Corky ist angeekelt, aber auch geil, er kommt jetzt so richtig in Doggy-Corky-Stimmung, mit seinen dreiundvierzig Jahren hat er so was noch nie gemacht, auch wenn er oft genug mit einer menstruierenden Frau geschlafen hat, was sich ja gar nicht vermeiden läßt, wenn man regelmäßig immer mit der einen zusammen ist, und einmal, eine ganz verrückte Geschichte, mit einer Schwangeren, bei der es »tröpfelte«, ach was, denk jetzt nicht dran, ja, und ein andermal mit einer, die im fünften Monat war und aus Spaß oder vielleicht auch ganz ernsthaft überlegt hat, ob sie bei diesem gewaltigen Orgasmus womöglich vorzeitige Wehen bekommen könnte, Herrgott, wie kannst du jetzt an so was denken! Corky streichelt und leckt beherzt Kikis kratzigen Schamberg, die feuchten Schamlippen, die enttäuschend dünn und schlaff sind, nicht voll und fleischig wie die von Christina, ja, und auch die von Charlotte, er leckt Kikis schleimigen kleinen Kitzler, der ihn an eine Nacktschnecke erinnert, das Feuchte dürfte Blut sein, dem Geruch nach, dem Geschmack nach, klebrig-klumpiges Blut in Corkys Wimpern, sein armer Pimmel schnurrt ein, wenn er nun den verdammten Präser verliert?

Und Kiki? Kiki ist steif wie ein Brett, da tut sich nichts, nicht mal ein Zucken. Corkys Kopf ist zwischen den festen Schenkeln eingespannt wie in einem Schraubstock, die armen Ohren sind plattgedrückt, die Kiefer taub, verdammt, er ist drauf und dran aufzugeben und das Miststück auf Teufel komm raus zu ficken, wie sie's verdient, soll sie sich nur wehren, da fängt sie, die Finger in seinem Haar, plötzlich an zu stöhnen, mit einemmal ist sie lebendig, windet sich, wirft den Kopf hin und her, »Oh – oh – oh...« Es klingt erstaunt, vielleicht ist sie überhaupt noch nie gekommen? Ist das möglich, daß Kiki noch nie gekommen, daß Corky der Erste ist? Der Gedanke gibt ihm neuen Schwung, seine Zunge ist ein kleiner Preßlufthammer, er packt die dünnen Pobacken und knetet sie, roter Nebel zieht durch sein Hirn, er vergißt alles um sich her, er liebt diese Frau, deren Namen er vergessen hat, er liebt diese vertraute Nähe, alles ist gut, sehr gut, wie bei einer wilden Jam Session, höher, immer höher, Corkys Erektion kehrt im Triumph zurück, wie konnte er nur an sich zweifeln, er spürt, wie die Muskeln, die seine Ohren einklemmen, sich zusammenziehen, Kiki stöhnt und japst. »Oh – oh –«, ein Laut, als wenn jemand sie würgt, aber Corky bleibt dran, der eskalierende Rhythmus seiner Zunge, seiner Zähne, seiner Lippen treibt sie vorwärts, es gibt kein Zurück mehr, jetzt verkrallt sie sich mit beiden Händen in seinem Haar, sie hebt sich mit gewölbtem Rücken vom Futon hoch, sie kommt, Corky betet sie an, sie hat sich ihm ausgeliefert, als habe sie ihr Inneres nach außen gekehrt, ganz Frau und ganz sein.

Kikis Schreie sind hoch und schrill wie Vogelrufe, steigern sich zu einem Kreischen, verhallen. Keuchend und benommen liegt sie da. Corky wischt sich das Gesicht, dann geht er geschickt in Stellung, spreizt ihre Beine und will gerade in sie eindringen, als sie zu seiner unsäglichen Überraschung mit dem rechten Hacken fest gegen seinen Bauch drückt und sagt: »Nein! Schluß, du Sittenstrolch!« Sie stößt ihn weg, befreit sich zappelnd, zieht die Knie an und tritt nach ihm, wie es Kinder tun. In seiner Bestürzung denkt Corky zunächst, daß der Orgasmus irgendwas bei ihr bewirkt, etwas in ihrem Gehirn ausgelöst hat, sie windet sich wie in Krämpfen. Aber bald zeigt sich, daß Kiki sich durchaus im Griff hat, sie steckt die Nachwehen der Lust weg wie einen Niesanfall.

»Das könnte dir so passen, es mit mir zu treiben, wie du es mit Thalia, deiner eigenen Stieftochter, getrieben hast! Raus!«

Corky liegt schwankend auf den Knien, wischt an etwas Feuchtklebrigem in seinem Gesicht, seinen Brusthaaren herum. »Was?« Er traut seinen Ohren nicht.

»Hörst du schwer, du perverses Schwein? *Raus!*«

»Was hast du gesagt? Thalia...?«

»Sie hat es mir erzählt. Ich weiß alles über Sie, Mister. Zuerst wollte ich es nicht glauben, aber jetzt nehm ich es ihr ab. Sofort!«

»Thalia hat dir erzählt...? Also bitte! Das ist doch irre, Kiki!«

»Wie du sie angefaßt hast, acht war sie, als es angefangen hat, sie mußte immer auf deinem Schoß sitzen,wenn du Klavier gespielt hast, du hast dich in deinem Unterzeug zu ihr ins Bett gelegt, sie geküßt, angefaßt, jahrelang. Und ihre Mutter hat gewußt, was los war, aber sie hat beide Augen zugemacht, weil sie so in dich verknallt war.« Kikis Gesicht hat sich in gerechtem Zorn verzerrt. Der blutleere kleine Mund ist naß von Speichel. »Jetzt glaub ich das alles. Mach, daß du rauskommst.«

Corky liegt immer noch schwankend auf den Knien, er ist fassungslos. Sein armer Schwanz ist welk wie eine schlaffe Selleriestange und hängt wie tot in der bläßlichen Kondomhülle.

»Was zum Teufel redest du da?« krächzt er. »Thalia und ich? Ich habe nie...«

»Sie hat es mir erzählt, und ich glaube ihr. Daß du es abstreiten würdest, war ja klar.«

»Aber um Himmels willen, Kiki, was hab ich dir denn bloß getan?«

»Noch nichts. Weil ich dich nicht gelassen habe.« Kikis Stimme schraubt sich bedrohlich in die Höhe. »Du bist mir nachgegangen, hast dich hier reingedrängt. Hast versucht, mich zu vergewaltigen. Würdest mich gern anstecken, pervers wie du bist. Einer, der Frauen ansteckt. Du hast Glück, daß ich nicht um Hilfe schreie, Zeugen hätte ich jede Menge, dann würdet ihr ganz schön alt aussehen, du und deine wundervollen Slatterys.«

»Was redest du denn da, Kiki? Was hat das denn damit zu tun, daß…«

»Raus mit dir, du kotzt mich an. Ihr seid mir widerlich. Einer wie der andere. Und das, was du mit mir gemacht hast, war genauso widerlich. Ich hab es nicht gewollt, du hast mich dazu gezwungen.« Kikis Worte kommen immer schneller und unzusammenhängender, sie ist aufgestanden, das Haar fällt ihr ins Gesicht, die Brüste pendeln. Die Blutspuren auf ihrem Bauch und an der Innenseite ihrer Schenkel glänzen im Dämmerlicht. Corky erhebt sich ebenfalls, aber er wagt es nicht, sie anzufassen. Was soll er machen, wenn sie anfängt zu schreien? »Du bist mir nachgegangen, erzähl mir nichts. Du hast dir das ganz genau zurechtgelegt.«

»Aber nein, Kiki, ich wollte doch nur fragen…«

»Es gibt Zeugen. Die Frau im Supermarkt hat dich gesehen. Und Leute auf der Straße, als du hinter mir hergefahren bist, als du mich zwingen wolltest, zu dir in den Wagen zu steigen, ich ruf die Polizei, ich zeig dich an, dann bist du so abgefuckt wie Marcus Steadman, wie das, was ihr ihm angetan habt. Keinen Schritt näher!«

»Ich habe Steadman doch nichts getan, Kiki, was soll denn das?«

»Ich hasse dich, ich will nichts mehr hören. Ich bin fertig mit dir. *Raus*!«

Corky muß in sprachlosem Entsetzen mit ansehen, wie Kiki sein weißes Hemd vom Fußboden aufhebt und sich damit grimmig-zufrieden zwischen den Beinen abwischt. Mit *seinem* Hemd!

Später überlegt er, ob das nicht alles geplant war, auch die Hysterie, diese Drohung mit dem weiblichen Wahnsinn, die wie ein brennendes Streichholz ist, das man nah an leicht entflammbares Material hält, natürlich hat er da die Nerven verloren und die Flucht ergriffen, er würde sich hüten dazubleiben und dem Miststück gut zuzureden, wenn er sich auf Geschrei, Cops, eine Anklage wegen Notzucht gefaßt machen muß. Notzucht! Er war ja überhaupt nicht dazu gekommen, sie zu ficken. Und natürlich würden sich Zeugen, würden sich jede Menge aufrechte Bürger melden, die Supermarkt-Kassiererin, das junge Paar, dem Corky im Hausflur begegnet ist, Passanten auf der Schoharie. Und morgen früh die Schlagzeilen im *Journal*: STADTRAT CORCORAN UNTER NOTZUCHTANKLAGE IN HAFT.

Und so kommt es, daß Corky an diesem Maisonntag um 13.48 das miese Backsteingebäude in georgianischem Kolonialstil auf der Schoharie 588 nur halb bekleidet und mit schleifenden Schnürsenkeln verläßt, ohne Socken, ohne Hemd unter dem Sportsakko, mit Blutflecken auf dem grauroten Brusthaar und wie ein Aborigine mit blutiger Kriegsbemalung im Gesicht, am Hals und sogar im Haar, ein Mann in verzweifelter Eile und doch zielbewußt, als flüchte er aus einem brennenden Haus. Er wagt keinen Blick zurück.

Und sagt halblaut vor sich hin, was ihm seit Jahrzehnten nicht mehr über die Lippen gekommen ist: »Jesus, Maria und Josef!«

Und dann hat Corky es glücklich bis zu der Freistatt seines Wagens geschafft, steckt den Zündschlüssel ins Schloß, noch ehe die Tür ganz zu ist, läßt den Motor aufheulen, noch ehe er den Gang richtig eingelegt hat, beschleunigt mit kreischenden Reifen von Null auf fünfzig, so wie er es als kleiner Junge bei anderen Fahrern erlebt hat, als er sich in diese gellende Musik wer weiß was für Träume von Erwachsenenfreiheit und Erwachsenenwagemut hineinphantasiert hat.

6

CORKY ERREICHT SEINE ZUFLUCHT

Du bist Amerikaner, du bist so gut, wie du aussiehst.

Und dafür, hol's der Teufel, kannst du ewig dankbar sein!

Zum zweiten Mal innerhalb von drei Tagen flüchtet sich Corky Corcoran in sein Büro in der Pearl Street wie ein Hund mit eingekniffenem Schwanz. (Er sieht Doggy-Corkys Schwanz deutlich vor sich, Typ räudige Promenadenmischung, die Spitze traurig nach unten abgeknickt.) An diesem Ort, wo niemand ihn vermutet, von dem Charlotte nie erfahren hat, zieht er sich nackt aus und wäscht sich am Waschbecken, irgendwie genießt er die Enge, hast es schließlich nicht besser verdient, du Arschloch, du Trottel. Hättest einer dieser katholischen Büßer im irischen Südwesten werden sollen, die sich mit Ruten geißeln, in ihre sackleinenen Kutten Stacheldrahtstücke eingenäht haben, in ungeheizten Zellen auf nackten Brettern schlafen und ihr Elend Jesus darbringen, damit es doch zu etwas nütze ist.

Aber als er sich gewaschen hat, geht's ihm wieder gut. Oder zumindest besser. Klar, daß es ihm besser geht, nachdem das Blut dieser verrückten Tussi weg ist, und da ist dieses frische weiße Hemd, das er aus der Zellophanhülle schüttelt, eine herrliche, ungemein trostreiche Sache, so ein neues Hemd, er fährt in die Ärmel und knöpft es zu, dann besieht er sich besorgt im Spiegel. Aber komisch, obgleich er in den letzten Tagen so viel hat einstecken müssen, sieht Corky Corcoran gar nicht übel aus.

Du bist Amerikaner, du bist so gut, wie du aussiehst. Die anderen sehen dich so, also hast du dich verdammt nochmal auch so zu sehen.

Ich brauch was zu trinken… zu trinken, trinken. Die Flasche Johnnie Walker fällt ihm ein, die nur knapp zwei Meter von dem mitgenommenen Aluminiumschreibtisch entfernt ist, an dem er sitzt und sein Kontobuch durchgeht, wenigstens hat er eine Zigarette, die raucht er jetzt wie einer, der diesen Genuß lange entbehrt hat und entsprechend dankbar ist. Genau genommen hat er nicht nur eine Zigarette, sondern eine fast volle Packung Capris, die hat er sich auf seiner grotesken Flucht von einem

Tisch in Kikis Wohnzimmer geschnappt, während die tobende junge Frau ihm aus dem Schlafzimmer Sittenstrolch! Perverses Schwein! Mörder! nachschrie. Die Zigaretten sehen und sie einstecken war eins – er reagierte so fingerfertig und instinktiv wie ein Taschendieb von ehedem, der, noch während der Henker ihn durch die Menge aufs Schafott führte, von seinem Handwerk nicht lassen kann.

Zu seiner größten Erleichterung hat er in einem der Schreibtischfächer eine Schachtel Streichhölzer gefunden, auf denen in Silberprägung The Hot Spot steht.

Corky schlägt Freitag, den 10. April, in seinem Kontobuch nach, tatsächlich, Yeager schuldet ihm nicht 900 Dollar, sondern 780 Dollar. Er streicht die Schuld mit einem X.

(Corky erinnert sich genau, daß er diese neunhundert Dollar im UCAC in seine Brieftasche gesteckt hat, aber jetzt sind nur noch 360 Dollar drin. Wo hat er seither 540 Dollar ausgegeben? Für Runden bei Bobby Ray's oder im Bull's Eye? Wenn ihm jemand das Geld geklaut hätte – Thalia zum Beispiel, während er unter der Dusche war –, hätte er doch wohl alles mitgehen lassen. Aber Bargeld läuft Corky durch die Finger wie Wasser, es ist also weder eine neue noch eine besonders erschütternde Entdeckung.)

Dann trägt er kodiert für Samstag, den 24. Mai, seine Wetten auf die Blue Jays ein: 1000 Dollar mit Fleischmann, 2000 Dollar mit dem anderen Cop, kleinere Beträge von 500, 300 Dollar, so genau weiß er es nicht mehr, aber alles in allem sind es 6000 Dollar bei einer Quote von vier zu eins. Als er kurz die Spalten durchgeht, stellt er fest, daß er Geld von L.S., von W., von J.K. zu bekommen hat, 2500 Dollar alles in allem, keine Poker-, sondern Wettschulden. Corky zittert so heftig, daß seine Zigarettenasche in den Papierkorb fällt, wenn du tot bist, denkt er, brauchen die Wichser nicht zu zahlen.

Verdammt, warum zum Teufel bist du so morbide, Corky? Sieht dir nicht ähnlich.

Nein, stimmt. Bin ich aber.

Corky erinnert sich, wie sie in Irish Hill den alten Pater Sullivan betrauert haben, als der hoch in den Achtzigern gestorben ist. Besonders der männliche Teil der Gemeinde Our Lady of Mercy vermißte einen guten, treuen Freund, der trotz seines

Priesteramtes einer der ihren gewesen und ihnen mit so viel Verständnis begegnet war, daß er (beim Trinken, beim Glücksspiel) sogar mitgetan hatte, ja, aber der tiefere, wenn auch unausgesprochene Grund für die Trauer um Pater Sullivan waren die vielen hundert Dollar, die er ihnen schuldete und die sie nun nie wiedersehen würden.

Was zu trinken, zu trinken, Herrgott nochmal, Corkys Kehle ist staubtrocken: Nach fünf Nichtraucherjahren hatte er schon fast vergessen,was das Rauchen im Mund, in den Nebenhöhlen anrichtet. Aber der Geschmack ist eben unvergleichlich, das High, das er vom Nikotin bekommt, muß wohl das sein, worauf die Kokser, die Heroinspritzer stehen – so umwerfend, daß es sich dafür zu sterben lohnt.

Corky überlegt: Warum hat Yeager ihm $ 900 gegeben, wenn er ihm doch nur $ 780 schuldete, warum gerade zu diesem Zeitpunkt, wenige Stunden, nachdem Corky vor Marilee Plummers Haus aufgekreuzt war, und zwar rein zufällig, weder Yeager noch Beck noch sonst jemand hätte damit rechnen können, dabei wäre es doch ziemlich idiotisch gewesen, da einfach hinzugehen und dumme Fragen zu stellen, wenn Corky echt Grund zum Fragen gehabt hätte. Und ziemlich gefährlich obendrein. Selbst wenn Marilee Plummer von eigener Hand gestorben ist, wenn sie es selbst gewollt hat. *Es war kein Selbstmord, glaub das nicht.*

Aber auch Selbstmord kann Mord sein. Wenn du dazu gedrängt wirst.

So wie Mord manchmal Selbstmord sein kann. Etwas, das du herausforderst.

Corky erinnert sich daran, wie Oscar Slattery sich an dem bewußten Tag aus der Limousine gelehnt hat, um mit ihm zu sprechen, wie besorgt er Corky angesehen, wie er überlegt hat, was Corky wohl wisse oder ahne, das war nicht der Oscar, den Corky kannte, irgendwas mußte den Alten erschüttert haben, wie Corky es bei ihm noch nie erlebt hatte, aber warum sollte ihm ausgerechnet der Tod einer jungen Schwarzen so nahegehen, selbst wenn man die Tatsache oder auch nur die Möglichkeit in Betracht zog, daß der Bürgermeister Marilee Plummer gern gehabt hatte, es ist ja bekannt, daß er viele Leute gern hat, viele Leute großzügig fördert, nur politischen Gegnern gegenüber ist er rachsüchtig und ohne Mitleid, ein gemeiner Hund, der nie vergißt, wenn einer ihm was Böses getan hat. Warum ist er nicht sogar ein bißchen froh, insgeheim wenigstens, hatte Corky überlegt, daß Marcus Steadman, der mit allen Tricks versucht hat, sich als Gegenkandidat für das Amt des Bürgermeisters aufstellen zu lassen, jetzt gründlich diskreditiert ist? Abgefuckt, wie Kiki gesagt hat. Warum nicht?

»So abgefuckt wie Marcus Steadman, wie das, was ihr ihm angetan habt.«

Und bestürzt, fassungslos, nackt und blutbeschmiert, den armen, verschmähten schlaff baumelnden Pimmel zwischen den Beinen, hatte Corky protestiert: *Ich hab ihm nichts getan, was soll denn das?*

Das ist, noch nach so langer Zeit, wie die Ungewißheit um seinen Vater. Dabei geht es ihm nicht darum, wer Tim Corcoran umgebracht und für seinen Tod gebüßt hat, sondern warum sie Al Fenske nie festgenommen, nie Anklage im Zusammenhang mit Tim Corcorans Tod erhoben haben.

Was man austeilt, bekommt man zurück – aber manchmal eben auch nicht. Manchmal ist es eine Schlange, die sich in den Schwanz beißt. Ständig dieselben Fragen, immer im Kreis herum, Fragen ohne Antwort. Nicht, daß es keine Antwort gäbe, denn irgendjemand kennt sie oder hat sie gekannt, aber du bekommst sie nicht zu fassen. Du lebst mit den Fragen, und schließlich stirbst du mit ihnen – und das war's.

»Herrgottnochmal, ich weiß es einfach nicht.«

Corky klappt das Kontobuch zu und steht auf. Der verbeulte Aluminiumschreibtisch gehört zur Einrichtung wie das andere vergammelte Zeug – Aktenschränke, Stühle, Lampen, Papierkörbe, die auf Marmor getrimmten rötlichen Linoleumstreifen, die wie Brücken lose auf den nackten Dielenbrettern liegen –, das er zusammen mit dem fünfgeschossigen Haus Pearl 274 übernommen hat. Die Immobilie läuft nicht auf den Namen Corcoran Inc., sondern auf den eines anderen Eigentümers, aus Steuergründen, die aber nichts mit der Grundsteuer von Union City zu tun haben, da dieses Geisterhaus seit acht Jahren zum Abriß freigegeben ist und folglich nicht mehr auf den Steuerlisten steht. Trotzdem hat sich in dem Laden an der Ecke ein koreanischer Lebensmittelhändler eingemietet, Kim Phoo (oder wie man den Namen ausspricht) ist schon seit Jahren da, es ist Corkys Pech, daß der Mann am Sonntagnachmittag auf hat, unter der Ladentür steht und mitbekommt, als Corky in seinem dreckbespritzten Caddy vorfährt, am Gehsteig parkt und mit eingezogenem Kopf, beide Arme schützend vor die nackte Brust gelegt wie eine züchtige Frau, im Hausflur der Pearl 274 verschwindet.

Aber Kim Phoo ist ein Mustermieter. Tadellos. Keine Beschwerden, Forderungen, Fragen an seinen weißen Hausherrn. Als ob auch er ein Geschenk des Bürgermeisters wäre.

Aber jetzt braucht Corky endlich was zu trinken. Unbedingt. Entschlossen steht er auf und geht zum Schrank, da ist die vertraute Flasche Johnnie Walker, zu einem Viertel voll, mit zitternden Händen bringt Corky sie ins Klo, schraubt sie rasch auf und kippt den Inhalt ins Toilettenbecken, ehe seine Sinne die Whiskeydämpfe wahrnehmen können. Und dann – so verzweifelt ist Corky mittlerweile – spült er nach.

Um sicherzugehen, daß der verdammte Whiskey weg ist. Ein für alle Mal.

Ehe er das Büro in der Pearl Street verläßt, geht Corky an seinen Fünftausend-Dollar-Bargeldvorrat für Notfälle, den er in seinem Safe aufbewahrt, und entnimmt ihm tausend Dollar in Hundert-Dollar-Scheinen, die er ordentlich in der Brieftasche verstaut. (Wenn er tatsächlich eine Kanone kaufen will, kommt er mit Schecks oder Kreditkarten nicht weiter, da braucht er Bares.) Dann denkt er an Thalia und weiß nicht, was er davon halten soll. Gewiß, in der Phantasie hatte er sich so manches vorgestellt, was er mit ihr gern gemacht hätte und was andere nicht zu wissen brauchen, aber kann man das einem normalen Mann verdenken? Unter diesen Umständen, in so enger häuslicher Gemeinschaft, mit einer so eigenwilligen, so gefühlsbetonten Stieftochter, einer, die so gut aussah, sich so aufreizend benahm? Daß sein Verlangen in diese Richtung trieb, konnte Corky ebensowenig verhindern wie die unvermittelten Erektionen, die er nicht nur vor Thalia sondern – viel wichtiger! – vor Charlotte verbergen mußte, Charlotte mit ihrer verdammten Eifersucht, für die Corky schließlich nichts konnte. Aber daß er sich in seiner Phantasie so manches vorgestellt hatte, bedeutete ja noch nicht, daß er es wirklich machen wollte. Wenn es ihm wirklich schlecht ging, stellte er sich schon mal vor, wie er einer Frau Gewalt antun, ihr den Schwanz in den Hals stecken würde, tiefer als bei *Deep Throat*, bis sie an seiner Soße erstickt. Manche Frauen sind so ätzend, daß sie sich so was selbst zuzuschreiben haben, gewisse Feministinnen zum Beispiel und dieses umwerfende blonde Miststück, das so toll in *Basic Instinct* war, aber das bedeutet noch lange nicht, daß Corky es tatsächlich machen will, Herrgottnochmal, das nun doch nicht. Er sieht sich als Typ, der immer bemüht ist, im Umgang mit seinen Mitmenschen das Rechte zu tun, tut anderen, was ihr wollet, daß sie euch tun, an den lieben Gott und so Sachen glaubt er zwar nicht, aber dieses Wort aus dem Evangelium macht schon Sinn.

Und daß er mit lüsternen Gedanken um die Tochter seiner Frau herumgeschlichen ist, hat erst angefangen, als sie zwölf oder dreizehn war, das könnte er beschwören. *Und es waren nur Gedanken gewesen und keine Taten!*

Kein einziges Mal hat Corky Thalia in all den Jahren angerührt, das weiß er genau. Aber Kiki Zaller und weiß Gott wem noch gegenüber hat sie das behauptet. *Vielleicht glaubt sie es sogar!* Corky hat genug populärwissenschaftlich aufgemotzten Freud gelesen, um zu wissen, daß aus Wünschen, wenn sie nur stark genug sind, Erinnerungen werden können oder – in einer Umkehrung der Logik – Erinnerungen verschwinden, verdrängt werden und als Wünsche zurückkehren. Und aus seinen eigenen Erfahrungen in den Verhandlungen des Beschwerdeausschusses von Union City, in denen es um die Untersuchung von Vorwürfen »unprofessionellen Verhaltens« bei Polizeibeamten ging, weiß er, daß es Zeugen gibt, die sogar unter Eid aussagen, sie hätten Dinge gesehen, die gar nicht passiert sind. Es ist eine elementare Prämisse des Strafrechts, daß »Augenzeugen« unzuverlässig sind, ja, häufig unrecht haben. Je hartnäckiger sie auf ihrer Aussage bestehen, desto größer ist die Wahrscheinlichkeit, daß sie falsch ist – und desto überzeugender wirken sie. Besonders auf naive Geschworene, die neu im Geschäft sind.

Noch grotesker aber ist Thalias Behauptung, Corky habe sie als kleines Mädchen mißbraucht, sie mit acht Jahren gezwungen, sich am Klavier auf seinen Schoß zu setzen. Zu einer Zeit, als Corky verrückt nach Charlotte Drummond war und die beiden gerammelt haben wie die Weltmeister. Was sie da sagt, ist völlig aus der Luft gegriffen, aber wie könnte Corky es abstreiten, wie soll man so was formulieren, er muß an den armen alten Nixon mit seiner hartnäckigen Versicherung denken, daß er kein Gauner sei – *Ich bin kein Kinderschänder, ich bin kein Sittenstrolch, ich bin kein perverses Schwein.*

Was Corky wirklich wehtut, ist die Tatsache, daß Thalia ihm immer geschmeichelt hat. So viele Jahre lang hat sie ihrem Stiefdaddy geschmeichelt, hat gesagt, daß er irgendwann nochmal Bürgermeister von Union City werde.

Aber wenn sich herumspricht, was Thalia jetzt erzählt, wählen sie Jerome Andrew Corcoran nicht mal mehr in den Stadtrat.

Und an diesem Tag geschieht es, daß ihm, als er in die fleckige Kloschüssel seines Büros in der Pearl Street pinkelt, der verhutzelte Schwanz in seiner Hand, der wie ein gehäutetes Huhn aussieht und sich von der Struktur und der Temperatur her auch so anfühlt, echt leid tut. Wahrhaftig: Er tut ihm leid.

Damit, sagt er sich, hat er eine Wasserscheide überquert. Eine unsichtbare Grenze. Er wird sich selbst als Mann nie mehr so sehen wie vorher.

7

CORKY IM ZANZIBAR

Als Kind willst du an Magie glauben. Später willst du wissen, was hinter dem Kunststück steckt, damit du es nachmachen kannst.

Corky fährt auf der Erie in südlicher Richtung. Er nimmt das Rot an den Ampeln hin, wie es kommt, ohne vor jeder Kreuzung Gas zu geben, denn er wünscht sich so intensiv, bei dem, was er jetzt vorhat, nichts zu vermasseln, daß er den Wunsch förmlich auf der Zunge spürt. Es ist 14.55, und der Tag rinnt ihm weg wie das Schmutzwasser in einem verstopften Klo, das ganz langsam nach unten gesaugt wird, so daß du denkst, es geht nie richtig runter, irgendwann ist es dann verschwunden, aber es kommt kein Wasser nach, also ist das verdammte Klo tatsächlich kaputt, und ein Klempner muß her. Genau so rinnt Corky dieser Sonntag weg, aber was soll's – er wirft sich im Rückspiegel ein schiefes Lächeln zu –, schließlich ist er kein Spielverderber.

In südlicher Richtung auf der Erie, am Union Boulevard vorbei, und da ist plötzlich die traurige Ruine des alten Palace Theatre in einem Block, in dem viele Häuser schon abgerissen sind, so daß er aussieht wie nach einem Bombenangriff, verdammt, es stimmt schon, was Oscar Slatterys Kritiker sagen, der Mann läßt den Süden der Stadt, das heißt die Schwarzenviertel, total verkommen. Beim Anblick der Giebel und Türmchen dieses ausgefallenen alten Bauwerks im »ägyptischen« Stil und der durchhängenden Markise hinter dem seit Jahren sich selbst überlassenen morschen Baugerüst erinnert er sich mit plötzlicher Rührung an die Sontagsmatinee, bei der er den Magier Harry Blackstone erlebt hatte HARRY BLACKSTONE UND SEINE MAGISCHE SHOW – diese Aufregung, diese Vorfreude, vergleichbar dem fiebrigen Warten vor Weihnachten *Wann ist es denn soweit ist es denn soweit ist es denn soweit*, das typische kindliche Gezappel, und Corky denkt, wie schön es wäre, wenn er sich mit seinen dreiundvierzig Jahren noch mal so ungemein auf etwas freuen könnte. Tim Corcoran hatte natürlich die besten Plätze genommen, dicht an der Bühne, eine ganze Reihe, Corkys Vetter Peter hatte Geburtstag, und eine große lärmende Corcoran-Gang war eingeladen, Corkys Eltern und Großeltern, Tante Frances und Onkel Sean und ihre Kinder Peter, Lois und Tess, und noch andere Kinder wie der sechsjährige Jerome, der von Harry Blackstones Zauberkunststücken fasziniert war, man wußte ja, daß es Tricks waren, aber Herrgott, *wie denn*? Blackstone, der Meistermagier, tintenschwarzer Spitzbart, »stechende« Augen, scharlachroter Mund, schneeweiße Zähne, die in einem satanischen Lächeln aufblitzten, ein Mann, der die Macht hatte, dich gegen deinen Willen zu hypnotisieren, dir deine Seele zu stehlen. Corky erinnert sich an das aufgeregte Quieksen seiner Cousins und Cousinen, während er selbst stumm und konzentriert die fantastischen Schwertschluckertricks verfolgt und die tödlich flammenden Fackeln, die durch die Luft wirbeln, das schöne blonde Mädchen in dem Sternenbanner-Badeanzug bestaunt, das sich lächelnd in einen glitzernden Sarg einschließen und von dem grausamen Harry Blackstone mittendurch sägen läßt, ja, *tatsächlich mittendurch, man kann es genau erkennen,* es ist gräßlich anzusehen, wie die beiden Hälften auseinanderfallen, wieso war das ein Trick? – nicht gruselig, aber ebenso aufregend waren die Kartenkunststücke, die goldenen Uhren, die plötzlich in Blackstones weiß behandschuhten leeren Händen lagen, die lebenden Tauben, die er sich aus der Luft griff und die gurrend über die Bühne flatterten, die lebenden Kaninchen, die er aus dem schwarzen Zylinder zog. »Verdammt gut, der Mann«, räumte Tim Corcoran ein und überlegte, wie zum Teufel er das wohl machte und wieviel bei diesen Tourneen hängenblieb, ob er Millionär war, denn das hätte er ja eigentlich verdient.

Ja, sagten Corkys Großeltern, Blackstone sei nicht schlecht, aber dem großen Houdini, den sie 1923 auf derselben Bühne gesehen hatten, könne er nicht das Wasser reichen, *das* war ein Zauberer, alle Achtung!

Das größte Rätsel dieses an Rätseln so reichen Tages aber war es, warum die Familie danach Corky ständig damit aufzog, er habe sich von Harry Blackstone hypnotisieren lassen, habe auf der Bühne des Palace gestanden und sei vor tausend Zuschauern hypnotisiert worden, was, wie Corky genau wußte, überhaupt nicht stimmte.

Das Hypnotisieren hatte er lange nicht so aufregend gefunden wie die anderen Programmpunkte, die richtigen Zauberkunststücke.

Vielleicht, denkt Corky, hatten sie ihn mit Peter Corcoran oder mit einem anderen Kind verwechselt, Erwachsenen passiert das manchmal. Zwar konnte er sich auch nicht daran erinnern, daß der Magier Peter hypnotisiert hatte. Aber mit ihm, Corky, war das auf keinen Fall geschehen.

Corky überläuft es kalt bei der Erinnerung. Wie lange das her ist! Die ältere Corcoran-Generation längst tot und zu Staub geworden, von der mittleren Generation nur noch Sean Corcoran – in zweifelhaftem Zustand – am Leben. Egal, was für einen Blödsinn die Leute glauben und anderen weismachen wollen –

Tatsache ist, daß du stirbst und nicht weißt, warum oder wozu. Auch daß es die Zeit als solche nicht gibt, ist so ein Blödsinn, das einzige handfeste Faktum ist nun mal die Zeit, ein Förderband wie im Schlachthaus, das uns alle mit sich fortträgt. Der einzige Unterschied ist, daß manche wissen, daß sie gehen müssen, und andere nicht.

»Was ist Magie?« hatte Jerome seinen Vater nach der Vorstellung auf der Rückfahrt in die Barrow Street gefragt, und Tim Corcoran, der am Steuer seines großen, glänzenden schwarzen Caddy eine Zigarre rauchte, deren Asche aus dem offenen Fenster nach hinten wegwehte, hatte gelacht und die Achseln gezuckt und gesagt, wenn du klein bist, willst du an Magie glauben, später willst du wissen, was hinter dem Kunststück steckt, damit du es nachmachen kannst, und Corky denkt, da hat er recht gehabt, aber man findet es nicht heraus.

Auch Tim Corcoran nicht.

Ich brauch was zu trinken, Herrgott nochmal, ich brauch dringend was zu trinken. In südlicher Richtung auf der Erie, vorbei an der Decker und über die Kanalbrücke an der Welland – für die zweispurige, klapprige alte Konstruktion wäre schon vor zwanzig Jahren ein Ersatz fällig gewesen, aber jetzt, wo das Viertel heruntergekommen ist und fast nur von Schwarzen bewohnt wird, ist davon natürlich nicht mehr die Rede.Während er über den ruhig dahinziehenden, schlammfarbenen Erie Canal fährt, dessen Wasserstand nach den Regentagen der letzten Woche hoch ist, denkt er daran, wie er als Kind hier am Ufer gebadet hat, schon damals war das Wasser dreckig-trüb, aber er, Nick, Cormac und die anderen haben trotzdem darin gebadet und auch im See, der nach dem Kunstdünger aus der Fabrik in Cayuga stank. Er schaut rasch zu den Hinterfronten der schäbigen Reihenhäuser hin, der flüchtige Anblick wild wachsenden Flieders ist so vertraut, als habe er ihn erst letzte Woche gesehen, mit kritiklosen Kinderaugen. Corky krallt sich am Lenkrad fest, um das Zittern in den Griff zu bekommen.

Zu nüchtern für Union City. Das ist Corky Corcorans Problem.

Wenn er auf der Erie noch zwei Blocks weiterfährt, muß er an der Barrow Street vorbei, wenn er aber auf die Welland einbiegt und dann wendet, passiert er den früheren Sitz der Firma Corcoran Brothers Construction und den Holzplatz, der seinem Großvater Liam gehörte. Ein Block weiter östlich ist die Roosevelt, wo Sean Corcoran noch immer in seinem alten Haus wohnt. Verrückt, ja gespenstisch ist diese Rückkehr in das alte Viertel, aber es ist eben nicht mehr das alte Viertel, sondern ein anderer Ort, eine andere Zeit, und Corky sieht neidvoll, wie an diesem warmen, mild-verhangenen Frühlingstag alle draußen auf der Straße sind, Schwarze aller Altersstufen und in jedem nur denkbaren Aufzug, in bunten Farben quellen sie aus der African Zion Church, einem Holzbau, in dem früher eine Zweigstelle der Stadtbücherei war, ein Stück weiter ist die staatliche Sekundarschule, Kinder wimmeln wie Ameisen auf dem Schulhof herum, überall sieht man schwarze Kids auf Fahrrädern, schlaksig-magere Jungen mit diesem komischen Flattop-Haarschnitt, der aussieht, als hätten sie einen Keil auf dem Kopf, so was Abgedrehtes würden sich weiße Kids nie einfallen lassen, da können nicht mal diese Punker mit ihrem gelverklebten Stachelhaar mithalten. Sie sehen Corky Corcoran nach, der mit seinem Caddy so vorsichtig wie möglich über die belebte Straße fährt (er will schließlich keins dieser Kids über den Haufen fahren), scher dich zum Teufel, Whitey, yeah *du*, Whitey, *dich* meinen wir, Whitey, kapiert?

Corky biegt auf die Dalkey ein und fährt zurück zur Erie, dann wieder zur Welland, und nähert sich dem Zanzibar über die Straße, die zu den Docks hinunterführt. Da ist das Lagerhaus, in dem Corky mal gearbeitet hat, es scheint noch in Betrieb zu sein, ein hundsgemeiner Job, Kisten- und Fässerschleppen für die Great Lakes Freight Co. Im Sommer waren die Hitze und der Gestank nach Kunstdüngernitrat und Öl so schlimm, daß es ihm fast hochkam, der Schweiß brannte ihm in den Augen und durchweichte seine Klamotten, jeder Muskel seines mageren Körpers tat ihm weh und die Hände auch, die Handschuhe, die nicht mal eine Woche hielten, mußte er selber bezahlen. Im Winter war es noch schlimmer, wenn der Wind vom Eriesee die Temperaturen auf bis zu zwanzig Grad Minus drückte. In der Halle war es immer noch zu warm, aber wenn er dann rauskam, froren ihm die verdammten Handschuhe an den

Händen an, so daß er nicht mehr richtig zugreifen konnte, und wenn der Stoff riß, war das wie ein Rasiermesserschnitt ins Fleisch, und deshalb versuchte Corky, wie die anderen Männer, so lange wie möglich ohne Handschuhe zu arbeiten, bis die Haut voller Risse und Schrunden war und sogar das Blut gefror.

Vermutlich sind hier jetzt hauptsächlich Schwarze, ein Weißer würde unter solchen Bedingungen nicht mehr arbeiten. Wie bei der Müllabfuhr, wo nur die Müllwagenfahrer weiß sind.

Corky parkt gegenüber vom Club Zanzibar. Auf den Gehsteigen und im Rinnstein liegt Zeug, das aussieht wie schmutziger angetauter Schnee, aber es ist kein Schnee, sondern Müll, und der taut nicht weg. Ein primitives pinkfarbenes Neonschild, CLUB ZANZIBAR, früher war es das SHAMROCK, außer einem schmuddeligen Videoverleih an der Ecke ist heute, am Sonntag, alles geschlossen oder für immer dicht. Komischer Anblick, diese Plakatwände, auf denen schwarze Models für Zigaretten und Bier werben, gutaussehende hellhäutige Schwarze und bildschöne Frauen – wie diese Bilderrätsel aus seiner Kindheit *Such den Fehler auf der Zeichnung.*An so was merkst du, daß ein Teil der Stadt schwarz ist. Echt schwarz.

Als Corky den Caddy parkt und abschließt, sieht er, daß er von schwarzen Typen beobachtet wird, sie drücken sich an der Ecke rum, ganz in der Nähe vom Zanzibar, wo Weiße vielleicht gar nicht mal so selten hinkommen, um gewisse private Geschäfte zu tätigen. Eine bestimmte Sorte von Weißen, die sich im Milieu auskennen und Geld haben. Corky grinst freundlich und reckt die Hand hoch wie die Mannschaftskameraden von Dave Winfield es gemacht haben, und sie schauen ihn an, als ob er ein kleines grünes Männchen vom Mars wäre, und darüber ist Corky natürlich sauer, aber er läßt sich nichts anmerken, dazu ist er sich zu gut, sondern verschwindet in der Pinte, wo ihm ein unerhört guter Geruch entgegenschlägt, Gegrilltes, denkt Corky, dem das Wasser im Mund zusammenläuft, heiße fettige Pommes, Herrgott, er ist halb verhungert, in diesem Moment wird ihm klar, daß er an die vierundzwanzig Stunden keine feste Nahrung mehr in den Bauch bekommen hat. Da braucht er sich nicht zu wundern, wenn er das große Zittern kriegt!

Ich brauch was zu trinken ... zu trinken ..., seine Kehle ist wie ausgedörrt, aber zu allererst geht Corky zu einem Zigarettenautomaten und zieht sich zwei Schachteln Camel, zündet eine an, macht einen tiefen Lungenzug, jetzt fühlt er sich schon bedeutend besser, ein echter Männertabak. Aus dem verräucherten Raum schwenken die Blicke zu ihm hin,und eine jähe, betretene Stille kehrt ein, man hört nur noch das laute Plärren des Fernsehers. Jetzt überlegen sie, wer das wohl ist, vielleicht sieht er irgendwie irisch und nach Cop aus, nach Undercover-Cop, aber nein, er ist Corky Corcoran mit tausend Dollar in der hinteren Gesäßtasche, die er an den Mann bringen will.

Und wenn sie ihm hier eins vor die Batterie knallen oder es womöglich noch schlimmer kommt, und wenn Christina es erfährt, wird sie sich furchtbar mies fühlen. Weil sie weiß, daß es im Grunde ihre Schuld ist.

Und Thalia wird es genauso gehen. Und Kiki. Ja, und auch Charlotte, das Miststück hat ihm nie die Chance gegeben, ihr ein echter Ehemann zu sein, dieser stetige Strom von Zinsen und Dividenden auf ihr Konto, ist mir gar nicht wichtig, hat sie immer gesagt, aber ihm war es wichtig, er hat ihr nie verziehen.

Jetzt sucht sich Corky erst mal in aller Ruhe einen Platz, er setzt sich an einen der kleinen Tische mit Resopalplatte, an dem er die Wand im Rücken hat und fast den ganzen Raum überblicken kann. Erstaunt und enttäuscht stellt er fest, daß das Zanzibar ein Restaurant,keine Kneipe und schon gar nicht eine schicke Cocktailbar mit Jazz-Wochenenden und tollen schwarzen Frauen ist. Und jetzt machen sich mit nervtötendem Radau auch noch fünf, sechs Videospielgeräte bemerkbar, in die unentwegt scheppernd Münzen geworfen werden, ein schöner Mist, Corky kann diese Videospiele nicht ausstehen, primitiv zappelnde Comicbildchen auf dem Bildschirm und Rülps-, Furz-, Pieps- und Schnattergeräusche, so Sachen sind was für verblödete weiße Straßenkids, die nichts Vernünftigeres zu tun haben, aber doch nichts für Schwarze. Weiße erwarten von Schwarzen, daß sie besser sind als wir, hat Thalia ganz richtig gesagt, daß sie einem Grundprinzip verpflichtet sind, dem Grundprinzip des Lebens als Schwarzer in einer weißen rassistischen Gesellschaft, weshalb sie ständig hellwach, ständig aufgebracht zu sein haben und sich nicht zur sinnlosen Vergeudung ihrer Kräfte verleiten lassen dürfen. Schwarze Typen vor einem Videogerät – das ist ein verdammt bedrückender Anblick.

Über diesen Schrott, von dem die Leute Gehirnerweichung bekommen, sollte Marucs Steadman mal herziehen, das wäre ein dankbares Thema, er sollte darauf hinwirken, daß so etwas in den Schwarzenvierteln verboten wird. Er, Corky Corcoran, würde das machen, wenn er ein schwarzer Stadtrat wäre.

»Hey, was muß man machen, damit man hier bedient wird?« fragt Corky freundlich, wenn auch eine Spur ungeduldig, aber das ist schließlich verständlich, er sitzt schon lange genug da, der Kellner (wenn der schwarze Typ, der sich da hinten rumdrückt, ein Kellner ist) hätte ihn längst sehen müssen. Im Gastraum stehen an die zwölf Tische, von denen acht besetzt sind, alle anderen Gäste haben ihr Essen schon vor sich, und es riecht unverschämt gut. Corkys Frage bleibt in der Luft hängen, nicht so sehr unbeantwortet als ungehört, unbeachtet. »Gibt's hier 'ne Speisekarte?« fragt Corky.

Da sieht er an einem Tisch in der Nähe einen Typ, den er aus dem Rathaus kennt, einen schnauzbärtigen Schwarzen mittleren Alters mit kahlgeschorenem Kopf wie Marvellous Marvin Hagler, demokratischer Stadtverordneter für den Vierten Bezirk, und Corky ruft: »A.G., Sportsfreund, wie geht's?«, und A.G. schaut Corky einen Tick zu lange an, und dann antwortet er mit einem Lächeln, das fast nur mit der Lupe zu sehen ist: »Nicht schlecht, Mr. Corc'ran.« Wie es Corky geht, fragt er nicht, der schwarze Scheißer.

Der Tisch von A.G. ist ein Männertisch. Ein schwarzer Männertisch, an dem, von Bierflaschen umgeben, dicke blaue, mit diesem unverschämt gut riechenden Essen beladene Teller stehen: Maisbrot, sämige Soßen, etwas, was nach Schweinskoteletts aussieht, Bratfisch, Cornedbeefhaschee – Corky läuft das Wasser schon fast aus dem Mund. Er ist inzwischen so ausgehungert, daß er aufs Trinken verzichten könnte, wenn er nur was zu essen bekäme.

Der Fernseher läuft in voller Lautstärke, wieder mal ein Baseballspiel, aber Corky ist nicht in der Stimmung, sich richtig reinzusteigern, außerdem stören ihn diese gottverdammten Videospiele, und irgendwer hat ein Transistorradio auf einen lokalen Rocksender eingestellt, und als die Gäste des Zanzibar wieder anfangen, miteinander zu reden und zu lachen, als wäre dieser beleidigte Weiße gar nicht da oder zumindest unsichtbar, weiß Corky, daß es vielleicht ein Fehler war herzukommen, aber er ist entschlossen, nicht klein beizugeben, das wäre ja noch schöner.

Vielleicht wartet man hier ja auch nicht, bis jemand kommt und die Bestellung aufnimmt, vielleicht geht man zu der Klappe vor der Küche und bestellt direkt bei der Köchin, Corky, der zu nervös zum Stillsitzen ist, kann das nur recht sein, er steht auf, schiebt sich liebenswürdig lächelnd an den dicht an dicht stehenden Tischen vorbei und versucht, das unbehagliche Gefühl zu ignorieren, das ihn überkommt, als sie ihn ansehen oder betont nicht ansehen, ein gutaussehendes junges Paar schaut ihn an, als ob er schlecht rieche, eine Gruppe älterer Männer und Frauen, die an einem Tisch Karten spielen, verstummen, als er vorbeigeht, Corky ahnt, daß sich hinter ihrem unbewegten Gesichtsausdruck unterdrückte Heiterkeit verbirgt. Die jungen Männer aber taxieren ihn cool, und dann sehen sie weg, stecken die Köpfe zusammen und murmeln etwas, was Corky nicht enträtseln kann. Hey, möchte Corky protestieren, hört auf mit dem Quatsch, ich bin einer von euch.

Die Iren sind die Nigger von Großbritannien, das weiß doch jeder.

Früher waren die Iren auch die Nigger von Union City, Scheiße auf Weißen Angelsächsisch-Protestantischen Schuhen, das weiß doch jeder.

Corky stützt sich mit den Ellbogen auf die Klappe, hinter der die Küche ist, wo eine dicke Schwarze mit einem Tuch über dem Haar in einer schweren eisernen Pfanne etwas brät – Butter, Zwiebeln, panierte Hühnerflügel und -schenkel. In der Küche sind noch mehr Leute, die sehr beschäftigt sind oder jedenfalls so tun und Corky nicht beachten. Durch eine offene Tür sieht er in einen Lagerraum, da haben sie wohl die Schußwaffen, vielleicht werden Geschäfte überhaupt nur da hinten abgewickelt, und man geht von dem Durchgang her rein – ist das vielleicht das verabredete Zeichen?

Corky beugt sich vor, inhaliert in tiefen Zügen die verführerischen Essensdüfte und hofft, daß er nicht so benommen aussieht, wie er sich fühlt. *Jesusmariaundjosef – ich bin am Verhungern.* Er denkt daran, wie er sich zusammenphantasiert hat, er würde Thalia bei Kiki antreffen und die beiden zum Sonntagsbrunch ausführen. Ein schlechter Witz! Von all seinen verrückten Phantasievorstellungen war das wohl die kläglichste.

»Hey! Hallo! Kann ich was bestellen?«

Da er sieht, daß Corky entschlossen ist, sich nicht vom Fleck zu rühren, fragt der große schlanke Schwarze, der hier Kellner sein könnte, wenn es in diesem Laden einen Kellner gäbe, höflich, aber ohne eine Miene zu verziehen, was er wolle, und Corky sagt, daß er so allerlei wolle, aber zunächst mal Kaffee, und wie wär's mit einer Speisekarte? Der Kellner, ein fuchsgesichtiger hellhäutiger Typ mit frechen Glubschaugen, schüttelt eisern höflich den Kopf, nein, leider, Speisekarte gibt's nicht. »Und wie soll man wissen, was man bestellen kann?« fragt Corky sehr treffend, und die Schwarze, die mit einem kräftigen Arm mühelos die schwere Pfanne anhebt, um die brutzelnden Hühnerstücke zu wenden, lacht, ohne Corky anzusehen. Es ist dieses satte Lachen aus dem Bauch, bei dem man am liebsten mitlachen möchte, ohne zu wissen, worüber gelacht wird.

Sinn der Sache ist wohl, vermutet Corky, daß du, wenn du nicht weißt, was du bestellen sollst, in einem solchen Laden nichts zu suchen hast.

Corky zieht an seiner Zigarette und sagt lächelnd: »Also, irgendwas riecht hier verdammt gut. Habt ihr – äh – Barbecue? Rippchen? Huhn? Schweinskoteletts? Colored Greens, Grits, Maisbrot, Soße und – wie heißt das noch – Katzenfisch? Gebratenen Katzenfisch? Schwarze Bohnen? Gekröse?» Was Colored Greens, Grits und Gekröse ist, weiß er zwar nicht genau, findet aber, daß es gut klingt. »Süßkartoffelauflauf?«

Die Frau am Herd lacht und kratzt das noch brutzelnde Zeug aus der Pfanne auf einen Teller, auch Maisbrot kommt auf den Teller und ein Haufen Gemüse, vielleicht sind das Corkys Colored Greens, und der Kellnertyp greift sich den Teller und einen dicken weißen Becher mit Kaffee und schiebt sich an Corky vorbei, ohne ihn anzusehen, um beides irgendeinem Glücklichen im Gastraum zu bringen, aber Corky bemüht sich, höflich zu bleiben, er muß das Vertrauen dieser Leute gewinnen, wenn er was zu essen, geschweige denn eine Kanone haben will.

»Schlimme Sache, das mit Marilee Plummer«, sagt Corky ernst, »ich hab sie gekannt, sie war ein nettes Mädchen, das heißt eine nette Frau, muß die Leute hier ganz schön getroffen haben…«, aber die Worte sind noch nicht ganz raus, da sagt er sich, daß die Leute in diesem Viertel mit den vielen Schwarzen, die von der Sozialhilfe leben, auf Bewährung oder auf Hafturlaub, gerade erst aus dem Knast gekommen oder auf dem Weg dorthin sind, wohl mehr auf Marcus Steadmans als auf Marilee Plummers Seite stehen. Deshalb sagt er: »Marcus Steadman kenne ich übrigens auch. Nicht besonders gut, aber wir sind Kollegen. Sozusagen.«

Kollegen! Wenn das kein beknackter Ausdruck ist…

»Ich meine, wir laufen uns ziemlich oft über den Weg. Im Rathaus.«

Der Zug ist genau berechnet. Corky spielt Poker, und das kann er gut. Aber das »Rathaus« klingt sogar für seine eigenen Ohren irgendwie schief. Und deshalb fügt er mit dem freimütigsten Blick, den er zur Verfügung hat, hinzu: »Ich bin nämlich kein Cop. Ehrlich nicht.«

Der Kellner ist wieder da und berät sich leise mit der Kopftuchfrau, neben ihnen stehen noch ein schwarzer Typ und ein verdrossenes, etwa fünfzehnjähriges Mädchen mit verquollenem Gesicht und wulstig aufgeworfenen glänzenden Lippen, die Corky immerzu ansehen muß, und an was sie ihn erinnern, rotfleischig und blutheiß wie sie sind, an was er gerade erst Gesicht, Zähne, Zunge gedrückt hat, daran will er lieber gar nicht denken. Corky zieht an seiner Zigarette, pafft heftig und überlegt, ob er kurz davor ist durchzudrehen, ach was, natürlich dreht er nicht durch, diese Schwarzen müssen doch trotz seiner Hautfarbe spüren, was für ein Mensch er ist, ihr Freund, einer von ihnen.

»A.G. da drüben kann euch sagen, daß ich kein Cop bin.«

Eine sichtbare Reaktion darauf kann er nicht feststellen, Kellner und Köchin beraten noch, und als er zu dem Tisch hinsieht, an dem A.G. gesessen hat, sieht er nur einen leeren Stuhl. Und einen blitzblank gewischten, leeren Teller. Dieser Mistkerl!

Fast bittend sagt Corky: »Kann sein, daß ich wie ein Cop aussehe, aber ich bin keiner, das schwöre ich. Ich bin sozusagen…«, er reibt sich mit der geballten Faust die Augen wie einer, der einen elenden Kater hat, »das Gegenteil von einem Cop.«

Noch immer keine Reaktion.

»Ich hab Bargeld, ich will was kaufen. Und ich weiß, daß ich hier richtig bin, auf der Welland gibt es schließlich nur ein Zanzibar, nicht? Und essen will ich auch was. Und – hatte ich nicht einen Kaffee bestellt? Bitte?«

Die grobknochige Mama mit dem Kopftuch, die aussieht, als ob sie sich nicht so leicht dumm kommen läßt, sieht Corky Corcoran an. Nicht so, als ob sie zugehört hätte, aber immerhin – sie schaut ihn an. Dieser weiße Sack sieht so traurig und verloren aus, daß jede Frau, unabhängig von der Hautfarbe – und die Haut dieser Lady hat die Farbe schwarzer Johannisbeeren – Mitleid mit ihm haben muß. Gebieterisch, als ob sie hier der Boß wäre, schwenkt sie den kräftigen Arm und sagt: »Okay, setzen Sie sich, Mister, es kommt gleich wer.« Zumindest glaubt Corky, daß sie das gesagt hat, ihre Worte fließen ineinander wie Sirup, die Stimme ist ein tiefes kehliges Knurren. Ein golden schimmerndes Aufblitzen der großen breiten Zähne – das ist alles an freundlicher Begrüßung, was Corky hier zuteil wird.

Corky setzt sich. Sieht, als er sich umdreht, wie die Blicke der Gäste von ihm wegstreben wie flinke Elritzen.

Jetzt hört doch mal zu, verdammt noch mal, ich bin einer von euch.

Er ist stinksauer darüber, wie dieser A.G. ihn geschnitten hat. Dabei sind sie doch in City Hall auf derselben Seite. Gewissermaßen. Aber dafür wird er Corky Corcoran büßen, er versucht, sich zu erinnern, wie A.G. mit Nachnamen heißt, aber bei den Demokraten von Union City gibt's einen schwarzen Stadtrat aus dem Vierten Bezirk ja nur einmal.

Corky zündet sich noch eine Camel an. Die Gruppe der älteren schwarzen Mitbürger hat das Kartenspiel beendet und ist im Gehen. Corky hat vergeblich versucht rauszubekommen, was sie gespielt haben. Nicht Poker und nicht Euchre und nicht Gin Rummy, eine der alten Damen hat auf einem Notizblock die

Punktliste geführt, unter leisem Gemurmel wechseln Münzen und Geldscheine den Besitzer, aber Corky kann nicht erkennen, wer gewonnen hat, alle geben sich cool und unbewegt und haben es plötzlich sehr eilig. »Hey, ich will Sie nicht vertreiben«, sagt Corky spontan. »Ich bin kein Cop.« Lächelnd dreht er die Hände nach außen wie ein Typ im Film, der zeigen will, daß er nicht bewaffnet ist. Oder jedenfalls keine Kanone in Sichtweite hat.

Die schwarzen Senioren sehen Corky an, als ob er in Sanskrit oder irgendeinem anderen Kauderwelsch mit ihnen gesprochen habe, packen sehr betont ihr Zeug zusammen und ziehen ab.

Corky lacht verärgert und gekränkt. Und sagt zu allen, die es hören oder auch nicht hören wollen: »Ihr denkt wohl, daß ich Aids habe? Wegen meiner Hautfarbe, wie? Daß ich in Quarantäne gehöre, was?«

Das bekommt eine Gruppe jüngerer Schwarzer mit, die eben noch laut miteinander gelacht haben, drei Frauen und zwei Männer, aufgeputzt wie zum Sonntagskirchgang, die Frauen in ballonartigen geblümten Rüschenfrühjahrskleidern, die Männer in pastellfarbenen Sportsakkos und Seidenkrawatten. Sie mustern Corky ein paar Sekunden lang kühl und wechseln halblaut ein paar Worte. Corky wappnet sich gegen ihr Gelächter, und als sie nicht lachen, ist das womöglich noch schlimmer. »Aber ich hab kein Aids«, sagt er. »Und ich bin kein Cop.«

Die jungen Schwarzen am Nebentisch trinken ihr Bier aus und behalten Corky im Auge, während die braunen Flaschen nach oben schnellen, es sieht aus, als ob sie auch gehen wollen. Corky ist betroffen. Er weiß, mit diesen Typen könnte er in Kontakt kommen, wenn sie ihm nur die Spur einer Chance geben würden, mit einer Diskussion über Dave Winfield oder Mike Tyson oder Ali zum Beispiel. Wenn sie alle im Bull's Eye wären, auf Corkys Gebiet. Er würde schon dafür sorgen, daß sie sich da wohl fühlen.

»Es ist nämlich so«, sagt Corky halb im Spaß und halb im Ernst, »daß sie bei einer Undercover-Sache schwarze Cops herschicken würden und keine Weißen. Ist doch klar.« Aber die Typen sind an einem Gespräch mit Corky Corcoran ebensowenig interessiert wie die anderen.

Fünf Minuten vergehen, und noch zwei Gruppen sind weg, und im Zanzibar stehen fast nur noch leere Tische. Corky muß an einen Traum denken, den er mal hatte, in dem er plötzlich in aller Öffentlichkeit nackt dastand und alle ihn lachend anstarrten und sich dann schleunigst davonmachten. Damals war er ein Junge, dessen Schwanz noch im Wachsen war, dem gerade erst Haare am Körper wuchsen und der eine schreckliche Wildheit im Blut hatte, von der er wußte, daß er sie nie in den Griff bekommen würde.

Corky sitzt da und wartet. 15.23 nach seiner Uhr. 15.30. Bei dem Baseballspiel ist gerade Pause, aber keiner dreht den Ton leiser, ein brüllend lauter Werbespot folgt dem anderen, ein paar abgedrehte Teenager spielen nur ein paar Meter weiter an den Videoschirmen herum – *sie* haben keine Hemmungen vor dem merkwürdigen Weißen-, und Corky Corcoran sitzt frisch gelackt und hoffnungsvoll in seinen guten Sachen an einem Tisch mit klebriger Resopalplatte in einem Nigger-Soulfood-Lokal in einem Slum auf der West Welland und versucht, nicht durchzudrehen, während er sich auf den köstlich duftenden starken schwarzen Kaffee freut, der so lange auf sich warten läßt, ganz zu schweigen von den köstlich duftenden gegrillten Rippchen oder Hühnchen, dem Schweinekotelett oder Katzenfisch oder Cornedbeefhaschee, dem Maisbrot in sämiger Soße und dem Süßkartoffelauflauf, die noch länger auf sich warten lassen. Corky ist ein vernünftiger Mann, loyaler Demokrat, gewählter Stadtverordneter von Union City, millionenschwerer Immobilienbesitzer, Geschäftsmann und verantwortungsbewußter Familienvater, *er wird nicht durchdrehen.*

Die Sache letzte Nacht ist ihm ganz schön in die Knochen gefahren. Der Blackout und wie er im Kies unter dem Expressway aufwachte, blendendes Licht in den Augen, als ob er sie gar nicht erst wieder aufmachen sollte, nach Pisse und Kotze stinkend – *er*, Jerome Andrew Corcoran!

Wie würde Tim Corcoran sich schämen, wenn er das wüßte.

Wenn er wüßte, was aus dem Sohn geworden ist, den er so geliebt hat.

Corky raucht nervös, er weiß, daß er beobachtet, daß über ihn geredet wird, er schaut auf ein Poster an der Wand, das direkt in seiner Blickrichtung hängt, Werbung für Coors-Bier, ein geschmeidig-muskulöser schwarzer Kerl ist darauf zu sehen und eine aufregend schöne hellhäutige Schwarze mit einem Geschlinge dünner Zöpfchen, verdammt gut aussehende Person, um den Mund herum erinnert sie ihn an Marilee Plummer mit diesem flippig-geilen Ausdruck. Der geschmeidig-muskulöse schwarze Kerl hebt lächelnd die Bierdose, während das bildschöne schwarze Model bewundernd zu ihm aufsieht, Corky hat gelesen, daß diese raffiniert berechnenden Reklamebilder psychologisch so aufgebaut sind, daß der Mann im Mittelpunkt steht und die Frau *ihn* ansieht, so daß auch die Betrachter letztlich ihn ansehen, diesen geschmeidigen kakaobraunen Gecken, der an dem Coors lutscht wie an seinem eigenen Schwanz – das ist das Geheimnis: Schwarzer Schwanz, das Größte. Als Weißer fühlst du dich unbehaglich, wenn du einen so gut aussehenden schwarzen Typen mit einer gut aussehenden schwarzen Frau siehst, die beiden bilden zusammen ein Ganzes und brauchen sonst niemanden, und unvermittelt denkst du, wenn eine Weiße die Wahl zwischen einem Weißen und einem Schwarzen hat und beide sonst gleich sind, wird sie den Schwarzen nehmen, da gibt der Sex den Ausschlag – das ist auch hier das Geheimnis. Oder vielleicht ist es auch keins. Die Erektion des weißen Durchschnittsamerikaners beträgt 15,4 cm, die des schwarzen 16,2 cm.

Als Corky diese Statistik las – neulich erst, vielleicht im *Playboy* –, ist er fast in Panik geraten. Ganz bestimmt sind es bei ihm nicht 15,4 cm, von 16,2 cm ganz zu schweigen.

Scheißstatistik, dachte er. Wer in Dreiteufelsnamen ist auf die Idee gekommen, die Pimmel amerikanischer Männer zu vermessen und einen *Durchschnittswert* zu ermitteln?

Und dann dachte Corky nicht mehr daran.

Diese verdammten Poster, auf denen Sexprotzmodels und hinreißende Frauen zu sehen sind, dürften keinem so recht geheuer sein. Wie sollst du dich verhalten, wenn du so was siehst – dir vor lauter Bewunderung einen runterholen? So wie die kannst du ja doch nie werden. Und für die Schwarzen muß es fast noch schlimmer sein, diese Models mit dem Gesichtsschnitt von Weißen und dem geglätteten Haar zu sehen.

Hauptsächlich werben sie für Bier und Zigaretten. »Zielgerichtete« Werbung für den schwarzen Verbraucher, um den sich keiner gekümmert hat, bis er als Käufer entdeckt wurde.

Ich würde diese Scheißreklamen abnehmen, denkt Corky. Die Wände leermachen. Gipsfaserplatten und eine Akustikdecke. Indirekte Beleuchtung. Das miese abgetretene Linoleum durch schöne pflegeleichte Fliesen ersetzen. Die abgewrackten Tische rausschmeißen. Und die Klappe zur Küche. Die Küche abmauern, durch die Wand ins leerstehende Nebenhaus durchbrechen, eine tolle Bar einbauen. Lederne Barhocker, Spiegel. Schwarze mögen es üppig, warum also nicht ein bißchen Gold für die Einrichtung, Samtportieren, Plüschsofas, Tische mit Spiegelplatten. Die Wände stahlblau, auch die Außenfassade total cool. Und das Neonschild CLUB ZANZIBAR in zitrusfruchtig-tropischen Farben, so süß, daß man es förmlich auf der Zunge spürt, der Schriftzug so elegant, wie er ihn nur auftreiben kann. Und als Parkplatz bietet sich das Nachbargrundstück an: Das vergammelte Haus abreißen, die Fläche asphaltieren. Vielleicht ein Mann, der die Wagen der Gäste einparkt. Wenn der CLUB ZANZIBAR erst in den Außenbezirken in Mode gekommen ist, bei der Schickeria, den Yuppies, die an den Wochenenden Koks schnupfen, ist das sogar ein Muß.

Corkys Gedanken überschlagen sich, das Nikotin bringt ihn voll auf Touren.

Soll er bei dem Besitzer des Zanzibar einsteigen oder ihm den Laden unter dem Hintern wegkaufen? Und wenn er kauft, soll er das Personal feuern, um ihnen zu zeigen, daß man nur mit gutem Benehmen weiterkommt? Einschließlich Aunt Jemima, die offenbar eine phantastische Köchin ist? Oder soll er bei ihr eine Ausnahme machen? Sie hat immerhin mit Corky gesprochen. Eins steht fest, Corky Corcoran wird seinem Stab ihm treu ergebener schwarzer Arbeitnehmern zweimal oder sagen wir mal eineinhalb mal so viel zahlen, wie die Nichtorganisierten in diesem Slum verdienen. Deshalb werden sie zu ihm halten und ihn gegen schwarze rassistische Agitatoren wie Marcus Steadman verteidigen.

Vielleicht wäre es aber besser, sich im Club Zanzibar mit einem Schwarzen zusammenzutun. Er kennt da einen schwarzen Grundstücksmakler... Natürlich nicht halbe-halbe, Mehrheitsaktionär wird die Firma Corcoran Inc. sein.

Jerome »Corky« Corcoran, der legendäre Unternehmer aus Union City.

Jerome »Corky« Corcoran, geehrt als einer jener Bürger von Union City, deren Glaube an ihre Stadt größer ist als… und so weiter und so fort.

Jerome »Corky« Corcoran, der demokratische Kandidat für das Amt des Bürgermeisters von Union City.

Der große schlanke Schwarze hat vorn an einer Kasse das Geld der Gäste kassiert, jetzt ist der Laden leer, und er räumt den Tisch neben Corky ab, das schlaue Fuchsgesicht nimmt Corky mit keinem Zucken zur Kenntnis. Und das Mädchen mit den dicken verdrossenen Lippen beschäftigt sich an einem anderen Tisch mit dem Geschirr und mit Messern und Gabeln, als ob die ihre Momma beleidigt hätten, und ignoriert Corky ebenfalls. Trotzdem sieht er die beiden gemessen und mit seinem leisen hoffnungsvollen Ich-geb-euch-noch-eine-Chance-Lächeln an und denkt, die schmeiß ich auf jeden Fall raus, mit einem kräftigen Tritt in ihre schwarzen Hintern. »Entschuldigen Sie, wann nimmt jemand meine Bestellung auf? Ich warte jetzt schon verdammt lange«, sagt Corky deutlich, aber höflich, er hat schließlich eine berechtigte Beanstandung und ist kein Querulant, der um nichts und wieder nichts ein Riesentamtam macht. Offenbar handelt es sich hier um ein Mißverständnis, das aufzuklären in jedermanns Interesse liegt. »Und wo ist mein Kaffee? Ich hatte Kaffee bestellt.« Corky hat seine pralle Brieftasche auf den Tisch gelegt.

Jetzt endlich sieht der Kellner Corky an, die Augen rollen wie geschmiert, ohne daß er den Kopf bewegt. »Was, Mann? Was sagen Sie?« Seine Stimme schrammt haarscharf am Hohn vorbei wie die eines Halbwüchsigen, der über die Sachen, die irgendein alter Typ daherredet, nur staunen kann.«Das Zanzibar ist geschlossen, Mann. Am Sonntagnachmittag machen wir dicht, Mann.« Das Mädchen am anderen Tisch sieht gar nicht zu Corky hin, sie knallt Teller und Besteck aufeinander und wischt mit einem verfärbten Schwamm über die Tischplatte.

»Warum haben Sie dann gesagt, daß Sie mich bedienen würden? Sie haben gesagt, Sie würden mich bedienen«, protestiert Corky, auch wenn er nicht mehr weiß, ob das wirklich jemand so gesagt hat. »Und das gilt plötzlich nicht mehr? Jetzt macht ihr dicht? Verdammt noch mal, was ist hier eigentlich los? Ist das ein öffentliches Restaurant oder nicht?« Corky bemüht sich, ruhig zu bleiben, aber er ist wie ein Kind, das ungerecht behandelt worden ist, er kostet seinen Ärger voll aus. »Ich will Ihnen mal was sagen, Mann, das geht gegen meine Bürgerrechte!«

Corky ist aufgesprungen, und der Kellner steht da und schaut ihn an, er ist fünf, sechs Zentimeter größer, aber vielleicht zwanzig Pfund leichter als Corky, Corky ist rot angelaufen und bereit, sich zu schlagen, obwohl das vermutlich eine Dummheit wäre. In der Küche ist niemand zu sehen – die Frau mit dem Kopftuch, der er offenbar sympathisch war, ist weg. Der letzte Halbwüchsige an den Videogeräten macht sich gerade durch die Vordertür davon. Jetzt schaut das verdrossene Mädchen doch zu Corky hin, sieht ein bißchen ängstlich aus und weicht zurück.

»Ich habe Geld«, sagt Corky und zeigt dem Schwarzen seine Brieftasche. »Ich bin bereit, was hinzublättern, Mann«, er raschelt mit den Hundert-Dollar-Scheinen, » und ich bin hier, um was hinzublättern, Mann. Wo verdammt nochmal ist das Problem?« tönt er wie einer, der den Hosenschlitz aufmacht und zeigt, was er hat.

Der Kellner schüttelt den Kopf, offenbar bekommt er es jetzt auch mit der Angst zu tun.

»Nee, Mann, wir haben geschlossen. Am Sonntagnachmittag machen wir dicht.«

Corky will lauter werden, aber da erscheint aus dem Nichts, wie bei einem von Harry Blackstones Zauberkunststücken, wie aus dem Boden gewachsen, ein bissiger kleiner Bullenbeißertyp und faßt Corky am Ellbogen, und der erstarrt, als habe jemand eine Kanone auf ihn gerichtet, und dreht sich um. Vor ihm steht ein Bursche, der nicht größer ist als eins fünfzig und das häßlichste schlottrig-zerknautschte Faltengesicht hat, das Corky je unter die Augen gekommen ist. »Okay, Mister, wo ist das Problem?«, fragt dieser Bursche mit einer Stimme wie eine singende Säge. »Wo, verdammt nochmal, ist *Ihr* Problem?«

Corky ist so verdattert, daß er nur stottern kann: »W-wer sind denn *Sie*?«

»Ich bin Mr. Beechum, der Besitzer des Club Zanzibar, aber jetzt will ich erst mal wissen, wer Sie sind, Mister!«

Corky blinzelt und starrt diesen Giftzwerg an, mit dem eindeutig nicht gut Kirschen essen ist. Das ist der Typ, der im Hinterzimmer die Waffen verkauft, das ist der »Beechum«, von dem Corky schon gehört hat, jetzt fällt es ihm wieder ein. Hat nicht irgendwer, überlegt er, in seinem Beisein gesagt: »Für so was ist Beechum zuständig«, aber in der Verwirrung dieses Augenblicks ist es mit seinem Denken nicht weit her.

Corky erzählt Beechum, wie man ihn behandelt hat, er hat Geld und ist nicht kleinlich, er ist es nicht gewöhnt, wie der letzte Dreck behandelt zu werden, das können Sie mir glauben, Mann, er weist auch Beechum die Geldscheine in seiner Brieftasche vor, der schaut sie sich stirnrunzelnd an, und dann sieht er mit zusammengekniffenen Augen zu Corky hoch, als ob er versuche, ihn unterzubringen und nicht recht wisse, wie er mit ihm umgehen solle. Beechums Oberkörper ist wie ein Faß, die Haut teerschwarz und ölig-glänzend, er hat hellwache gelbliche Augen, eine platte Boxernase und könnte vierzig oder auch sechzig sein, Corky, der ihn mit dem Blick eines Weißen sieht, kann es nicht beurteilen. Corky muß an Johnny denken, den Jungen von den Philip Morris-Zigaretten, auch hier diese Abartigkeit, aus der man nicht schlau wird, ist das ein Liliputaner? – ein Zwerg? – dabei nicht erkennbar verwachsen, und klein ist vielleicht auch nicht der richtige Ausdruck, sagen wir: etwas kurz geraten. Beechum ist auffällig angezogen, wie ein Geck, sagt man wohl, ja, geckenhaft und wie ein Zuhälter, nur ist er zu nobel für einen Zuhälter, nicht, daß Corky da Bescheid weiß, er bildet sich zwar einiges darauf ein, daß er sich im Milieu auskennt, aber in Wirklichkeit weiß er über die schwarzen Einwohner der City nur das, was er, wie alle anderen auch, in der Zeitung liest und im Fernsehen sieht. Was soll er von diesem Mann halten, dem Besitzer des Zanzibar, der einen kastanienbraunen Wildledersakko und ein kragenloses elfenbeinfarbenes Hemd trägt und ein massiv goldenes Medaillon an einer goldenen Kette um den Hals hat? Die kurzen Beine stecken in karierten Hosen, an den Füßen hat er spiegelnde schwarze Schuhe mit kubanischem Absatz wie ein Tänzer. Auf dem Bullenbeißerkopf mit dem sauber geschnittenen Haar sitzt ein beigefarbener Filzhut. Und diese Glubschaugen, die keinen Spaß verstehen, taxieren Corky, als wäre der nicht größer als er und hätte nicht eine andere Hautfarbe.

»Stecken Sie Ihr Geld wieder ein, Mister«, sagt Beechum mit ernstem Gesicht. »Wir nehmen Ihnen auch so ab, daß Sie reich sind.«

Aber das sagt er in einem so schleppend-besorgten Ton und verzieht dabei so durchtrieben sein Bullenbeißergesicht, daß für Corky feststeht: Der Mann will ihn verarschen.

»Ich bin nicht reich«, sagt Corky, »aber ich verlange, daß man mich mit Respekt behandelt, und hier geht man despektierlich mit mir um.«

»Ein Mann wie Sie, der einen Caddy De Ville fährt, kann wahrhaftig Respekt verlangen.

»Kann er auch, verdammt noch mal.«

Corky ist benommen, vielleicht ist das ja alles gar nicht wahr, aber er muß so tun als ob, es bleibt ihm nichts anderes übrig. Er schwitzt unter den Armen und auf der Stirn und zittert jetzt so, daß man es sieht, er würde sonstwas für einen Drink geben, und wenn er einen Drink hätte, wüßte er auch, wie er diesen schwarzen Bullenbeißer zu nehmen hätte, aber so ein Typ ist Corky sein Lebtag noch nicht untergekommen. Wenn einer, der nur so groß ist wie Corky, mal auf einen Gegner *heruntersehen* kann, ist das meist so unerwartet und eine so willkommene Abwechslung, daß allein diese Tatsache ihm Auftrieb gibt, aber merkwürdigerweise stellt sich dieses Gefühl jetzt nicht ein, es ist mehr so, als ob einer dieser großen tolpatschigen Schwergewichtler wie Gerry Cooney gegen einen zähen, gedrungen-kompakten Killer wie Mike Tyson antreten muß, der klein ist und sich durch Ducken noch kleiner macht, der unter jedem guten Hieb wegtaucht, seinen Gegner mit Tiefschlägen traktiert, ihn foult und ihm die Rippen bricht.

Corky sagt zu Beechum – und dabei klingt seine Stimme weinerlicher, als ihm lieb ist –, daß man ihm zugesagt habe, ihn zu bedienen, ihm Kaffee zu bringen, er sei geschäftlich hier und werde behandelt wie ein Trottel ohne Geld oder Beziehungen, er sei auf Empfehlung eines gemeinsamen Freundes gekommen, aber den einzigen Namen, der Corky einfällt, den Namen des weißen Cops, mag er nicht nennen, da bewegt er sich auf ziemlich dünnem Eis.

»Soso… Hmmmm…«, Beechum schaut Corky an, als wisse er

immer noch nicht, wie er ihn einordnen soll. »Und den Namen dieses Freundes wollen Sie mir wohl nicht verraten?«

Corky zögert. Dann schüttelt er gereizt den Kopf. »Nein.«

Und meint damit: Ich trau dir auch nicht, Mann.

Und: Mit Corky Corcoran kann man so was nicht machen.

Beechum hat mittlerweile Corky langsam aber sicher in Richtung Tür gedrängt, so wie man einen zapplig-nervösen Hund vorsichtig in die Richtung manövriert, in die man ihn haben will, ohne daß er so richtig merkt, was los ist. Auch wenn Corky mit dem Teil seines Hirns, das noch klar und nüchtern denken kann, natürlich weiß, was los ist. Und es sich genau merken wird. Ein Schwarzer, eine lächerliche halbe Portion – und will *ihn* herumdirigieren. Das wäre ja noch schöner!

Es sei denn – ausgeschlossen ist es ja nicht, piepst es in Corkys Kopf wie im Pac-Man-Video –, es sei denn, Beechum wäre bewaffnet.

Klar ist Beechum bewaffnet.

Wer illegal Waffen verkauft, ist natürlich bewaffnet.

Corky sagt leicht stotternd: »Ich bin hier nur aus einem Grunde unerwünscht, aus einem einzigen Grunde, und das stinkt mir, Mann.«

»Und aus welchem Grunde, hm?«

»Das wissen Sie ganz genau.«

»Hey, Mister, der arme Trottel hier hat keine Ahnung. Los, sagen Sie's mir.«

Corky holt tief und zitternd Luft. Lächerlich, dieses Zittern. »Weil ... ich *weiß* bin!«

»Nee, Mann«, Beechum dreht die Augen nach oben und schüttelt das schlottrige Schrumpelgesicht, als habe er noch nie etwas so Erstaunliches gehört. »Sie sind – *weiß*? Das ist Ihr Problem?«

Der Fernseher läuft nicht mehr, und die Stille im Zanzibar ist ungeheuerlich – wie etwas, was durch die verzogenen Dielenbretter aus der Erde hochsteigt. Corkys blödsinnige Worte hängen in der Luft – *Weil ich weiß bin! Weil ich weiß bin!* –, und ihm kommt der verrückte Gedanke: *Bin* ich weiß? Woher will ich das wissen?

Wären von allen Bewohnern dieser Erde allein Beechum und Corky Corcoran übrig, gäbe es um Corky herum keine »weiße

Rasse«, durch die er sich definieren, der er sich zugehörig fühlen könnte, müßte ihm jetzt himmelangst werden. Eher könnte sich ein Schneeball in der Hölle halten als er, Corky, gegen diesen Scheißkerl, dessen Hutkrone ihm gerade mal bis zum Kinn reicht.

Corky setzt ernsthaft hinzu, als ob ihn diese unverschämte Anmache gar nicht kratzt: »Und ich bin kein Cop, *Ihnen* muß das doch klar sein, Mr. Beechum. Wenn ich als Undercover-Cop hier im Zanzibar wäre, wär ich schwarz, stimmt's?«

»Mann, Sie sind zu fix für mich. Warum wären Sie dann – schwarz? Wieso denn bloß«

Beechum verzieht das Gesicht zu einer vielschichtigen Masse aus teerschwarzem Fleisch, aus dem die gelben Augen wie Rückstrahler leuchten.

Corky sieht den streitbaren Wicht groß an. Bewaffnet oder nicht – es zuckt ihm in den Fingern, ihm eine aufs Maul zu geben. Schiere Bosheit. Der Kellner und das Mädchen sind weg, für die zieht er seine Schau also nicht ab. Corky sagt wie ein Mann, der schwitzend im Zeugenstand ein Kreuzverhör über sich ergehen läßt: »Wieso? Weil das hier ein schwarzes Lokal in einem Schwarzenviertel ist, wenn die Cops hier einen Einsatz machen, dann mit schwarzen Beamten. Ein Weißer wie ich wäre schon beim ersten Schritt verdächtig. Sie würden gar nicht erst mit ihm ins Geschäft kommen.«

»Ins Geschäft kommen... soso... Mit Kaffee, Spareribs, Süßkartoffelauflauf?« Beechums Glubschaugen ist anzusehen, daß er sich ins Fäustchen lacht.

Jetzt reden wir endlich Klartext, denkt Corky. Okay, Mann.

Inzwischen hat Beechum ihn bis zur Kasse gedrängt. Aus den Augenwinkeln sieht Corky ein Sprühen und Funkeln und hört wieder dieses Gepiepse und Gefurze – eins der verdammten Videospiele. Corky sieht sich um, aber da ist niemand. Er senkt die Stimme. »Ganz recht, Mr. Beechum. Ich bin nicht zum Essen hergekomen, ich brauche Schutz. Und zwar sofort. Ich kann nicht warten. Daß ich Geld habe, wissen Sie ja. Ich interessiere mich für...«, seine Stimme wird noch leiser, er beugt sich zu Beechum herunter, damit es nur ja keinen Irrtum gibt, »für eine Kanone.«

Beechum reißt die Augen auf. »Wie? Was haben Sie da gesagt?«

»Eine Kanone. Ein Schießeisen, verdammt nochmal!«

»Eine Kanone, Mann?« Beechum macht ein ernstes Gesicht und schüttelt gewichtig den Kopf, der ganze Oberkörper macht die Bewegung mit, das goldene Medaillon glänzt und blinkt zwischen den Wildlederaufschlägen. Das Basrelief ist ein Löwe mit gewaltiger Mähne und gefletschten Zähnen. »Was für eine?«

»Zeigen Sie mir, was sie haben.«

»Entweder Sie wissen, was Sie wollen, Mister, oder Sie wissen's nicht. Wenn Sie's nicht wissen, hat's wenig Sinn, daß Sie hier rumhängen.«

»Smith & Wesson 57.41 Magnum, sechs Schuß«, antwortet Corky prompt, die soll bei der Polizei von Union City sehr beliebt sein, auch wenn sie als Dienstwaffe ein anderes Fabrikat haben.

Beechum bleckt grinsend, vielleicht auch überrascht die Zähne. Das imponiert ihm nun doch, diesem Mistkerl, denkt Corky.

»Sie sind ja gut informiert, Mann. *Ich* hab von dem Ding noch nie was gehört.«

»Kommen Sie, Beechum – Mr. Beechum –, lassen Sie jetzt mal die Spielchen, okay? Das Geld ist da, und ich hab's eilig.«

»Eilig? Wo soll's denn hingehen?«

»Ich hab mir von Ihnen und Ihren Freunden eine Menge Scheiß gefallen lassen. So langsam reicht's«.

Beechum hat die Arme übereinandergeschlagen und schaut Corky wieder so an, daß der nicht schlau daraus wird: Traut er mir nur nicht, oder mag er mich nicht? Daß einer ihm nicht traut, kann Corky verkraften, aber nicht gemocht zu werden – das tut weh.

Beechums Bullenbeißergesicht verhärtet sich, er hat sich entschieden. Langsam und gewichtig schüttelt er den Kopf. »Hmmmm… Ich würde Ihnen ja gern glauben, Mister, aber Beechum kann Ihnen da nicht weiterhelfen. Gehn Sie zu Ihren Freunden und sagen Sie ihnen, daß im Club Zanzibar keine Schießeisen zu verkaufen sind.«

»Was? Hey, hören Sie mal zu…«

»Nein, jetzt hören Sie *mir* zu, Mister. Niemand hier besitzt eine Waffe, geschweige denn, daß er welche verkauft.«

»Ich kann bis zu fünfhundert Dollar zahlen. Wie gesagt…«

Corky zückt wieder seine Brieftasche, aber Beechum klopft ihm nachdrücklich auf den Arm. »Nein, Mister. Und jetzt verschwinden Sie besser. Das Zanzibar ist geschlossen.«

»Was?« stößt Corky fassungslos hervor.

»Jetzt verschwinden Sie besser, Mister. Setzen Sie sich in Ihren Caddy, fahren Sie dahin, wo Sie hergekommen sind und sagen Sie Ihrem Freund, er kann mich mal. Kapiert?«

»Aber ich bin ein ernsthafter Kunde«, sagt Corky erregt. »Wenn wir jetzt ins Geschäft kommen, hab ich vielleicht wieder mal was für Sie. Wenn ich Ihnen sagen würde, wie ich heiße, wüßten Sie sofort Bescheid. Ich geh hier nicht raus, bis ich bekommen habe, was ich will.«

Beechum lacht. Er zieht die Augenbrauen so hoch, daß der Filzhut nach oben ruckt.

»Ach nee! Sie gehen hier nicht raus, Mann?«

»Hören Sie«, sagt Corky bittend, »ich bin Ihr Freund. Ich bin auf Ihrer Seite. Politisch, meine ich. In City Hall…«

»City Hall?« fragt Beechum in gespieltem Ernst. »Wo liegt denn das?«

»… der Bürgermeister und sein…«

»Bürgermeister? Kommen Sie, Mann, jetzt verarschen Sie mich.«

Beechum drängt Corky rückwärts, verdammt, jetzt stolpert er über einen Stuhl, um ein Haar wäre er hingefallen, fängt sich gerade noch mal, verdammt, ihm ist richtig schwindlig, das macht der Hunger. Und er hört sich sagen, verärgert wie ein kleiner Junge: »Wenn ich schwarz wäre, würden Sie mich nicht so behandeln!«, und Beechum kontert mit der schnellen Schlagfertigkeit eines Fernsehkomikers: »Wie würd ich Sie denn dann behandeln?« Und Corky sagt: »Wie einen Bruder!« Beechum lacht und legt sein Gesicht in Falten, so daß die Augen zu gelben Schlitzen werden. »Scheiße, Mann, Sie sind nicht mein Bruder, und wenn Sie's wären, ist noch lange nicht gesagt, wie ich Sie behandeln würde. Vielleicht bin ich meinem Bruder von klein auf an die Eier gegangen.«

Und da macht Corky einen Fehler: Er packt Beechum am Arm, während der ihn vor sich herschiebt, und Beechums nächster Stoß hat die Kraft einer vorschnellenden Feder, und plötzlich sitzt Corky auf dem Fußboden. Wie ist das passiert? *Was* ist passiert? Es ist wie im Ring, du schlägst auf deinen Gegner ein, du hast ihn im Blick, und plötzlich sitzt du auf dem Hintern, siehst Sterne oder kriechst auf der Matte herum und fischst mit dem Handschuh nach deinem Mundstück, und dein Gegner sieht dir von oben zu. Beechum sieht auf Corky hinunter, ohne eine Miene zu verziehen, in den gelben Augen funkelt schiere Bosheit. Die ölig-schwarze Haut leuchtet, als ob ein Feuer darunter brenne. »An mir vergreift sich keiner, Mann, ganz egal, was für ne Hautfarbe er hat oder denkt, daß er hat. Roscoe Beechum faßt man nicht an.«

Corky gibt noch nicht auf. »Aber so hören Sie doch«, stottert er, »ich... ich weiß nicht mehr aus noch ein... ich muß mit Ihnen ins Geschäft kommen... Jemand hat mir meine Kanone geklaut, ich brauche Schutz, ich habe Angst...«

»Was hat das mit Roscoe Beechum zu tun, Mann?« kreischt Beechum los. »Was zum Teufel haben Sie mit Roscoe Beechum zu schaffen?« Er beugt sich mit einer so unbändigen Wut zu Corky hinunter, daß der hervorstößt: »Jesus, bitte nicht schießen«, und die Arme schützend vors Gesicht legt, da er glaubt, in Beechums Hand eine Kanone zu sehen, eine Kanone, die Beechum aus dem Wildledersakko gezogen hat. Corky zieht sich schmählich auf dem Hintern rutschend zurück, während er Beechums heißen Atem im Gesicht spürt wie den Atem eines Löwen, des Königs der Raubtiere. Und diese Augen! »Ich geh ja schon! Nicht schießen!« Corky versucht, sich an einem leichten Aluminiumstuhl hochzuziehen, der fast auf ihn fällt, aber dann sagt er, als könne er es nicht bei sich behalten, als habe er diese hirnrissige Expedition in den Club Zanzibar nur unternommen, um kläglich auf dem Hintern sitzend das zu sagen, was er jetzt mit erstickter Stimme hervorstößt, so daß Roscoe Beechum ihn kaum versteht: »M-mein Vater war Tim Corcoran – kennen Sie den Namen – erinnern Sie sich an ihn – ›Tim Corcoran‹ – Corcoran Brothers Construction – wir haben alle hier gewohnt, in Irish Hill – er ist gestorben, weil er Neger angestellt hat, die nicht in der Gewerkschaft waren – 1959 – haben sie ihn umgebracht – meinen V-vater…«, er weiß nicht, was er sagt, als er diese Worte hervorsprudelt, so wie er sich hinterher kaum an etwas von dem erinnern wird, was sich an diesem Nachmittag im Club Zanzibar abgespielt hat, so wie er sich nie daran erinnern wird, daß er von Harry Blackstone hypnotisiert wurde, daß Daddy ihn drängte, dem Aufruf des Magiers folgend, freiwillig auf die Bühne zu gehen, daß er unter den Beifallrufen des Corcoran-Clans in kindlicher Prahlsucht die Bühne betrat und der Mann mit dem satanischen schwarzen Spitzbart und den schwarz glänzenden Augen Corky aufforderte, mit ihm ab zehn rückwärts zu zählen, und daß mit dem Wort »zehn« restloses Vergessen nicht nur das Geschehen auf der Bühne wegschwemmte, sondern jedwede Erinnerung, die sich darauf bezog, damit in Zusammenhang stand. Und Corky hört Beechum etwas grunzen, was sich anhört wie »Wer? ›Corcoran‹…«, aber da öffnet sich die Tür des Club Zanzibar, und Corky landet draußen auf dem Gehsteig, schwankend und mit weichen Knien, aber wenigstens nicht auf dem Hintern.

Corky wischt sich mit den Fäusten die Augen. Fünf, sechs schwarze Jungs glotzen ihn an, und er weiß, daß er nicht nur zu seinem Wagen gehen, sondern daß er ihn aufschließen, einsteigen und wegfahren muß, ohne überfallen und beraubt zu werden. Er riecht den Regen, ehe er ihn auf seinem heißen Gesicht spürt, riecht ein vertrautes Duftgemisch, etwas Metallisches liegt in der Luft, es riecht scharf säuerlich nach Kunstdünger, aber auch satt und schwer nach Müll und darunter nach Flieder. Ein Geruch nach Heimat, seiner verlorenen Heimat. Er hat die Wagenschlüssel in der Hand, schaut die Reifen an, zerschnitten, das war ja zu erwarten, schließt den Wagen auf, Himmel, nein, die Reifen sind ganz, jedenfalls auf dieser Seite. Auch die Radkappen sind noch da. Die schwarzen Jungs mit der sonderbaren, wie gemeißelten Frisur beobachten ihn genau, sie reden und kichern, aber vielleicht liegt der Club Zanzibar in einer Pufferzone, in der weiße Gäste nicht zu Schaden kommen, nicht angerührt werden dürfen, ist so was möglich, denkt Corky, ist so was möglich?

Ihn jedenfalls rührt keiner an, er ist okay. Er steckt erstaunlich behende für seinen angeschlagenen Zustand den Zündschlüssel ins Schloß und schiebt sich in den Caddy, der nimmt ihn auf wie ein Kokon, wie ein Mutterleib, der Duft der rosa Begonie kommt ihm entgegen, die er Schwester Mary Megan noch ans Krankenbett bringen wird, ja, ganz bestimmt. Corky ist in Sicherheit!

Dann aber rennt, als er gerade losfahren will, einer der schwarzen Jungs auf den Wagen zu. »Hey Mistah Cor'crin!«, ruft er, und Corky sieht sich um, und das, was er in der Hand hat, sieht nicht nach einer tödlichen Waffe aus. »Mistah Beechum sagt, das ist für Sie, umsonst, okay?«

Es ist ein großes Stück Süßkartoffelauflauf in Alufolie und ein Schaumstoffbecher mit schwarzem Kaffee. Lauwarm.

8

CORKY AUF MOUNT MORIAH

Du, Jerome. Unser einziger Zeuge.

Daß die Bestattung »in aller Stille« vor sich geht, bedeutet nicht nur, daß keine Außenstehenden zugelassen sind, sondern auch, daß der Ort geheimgehalten wird, aber Corky Corcoran weiß Bescheid. Über einen seiner Fernseh-Kontakte. Keine Medien bitte, keine Medien bei der Bestattung unserer Tochter, hatten die Plummers gefleht, aber scheiß auf die Familie der Toten, scheiß auf die Leidtragenden, wenn's um eine heiße Story geht.

Noch ehe Corky damit fertig ist, das Terrain zu erkunden, stehen auf der Washington Street, einer schmalen Wohnstraße, die von der Decatur abgeht, die Aufnahmewagen der Fernsehsender so dicht, daß kaum noch ein Durchkommen ist, überall gleißendweißes Licht, Kameras, Kabel, Aufnahmeteams, Fotografen, Reporter, die hoffen, sich den einen oder anderen der in die Kirche hastenden Trauergäste schnappen zu können. Was sind diese Medienhaie doch für Kletten. Corky, der nachrichtensüchtig ist, der in diesem Moment einen Senderknopf nach dem anderen drückt in der Hoffnung, die Stimme eines Nachrichtensprechers zu hören, ist trotzdem angewidert. Schließlich ist das eine Bestattung, Herrgottnochmal, ein Mensch ist gestorben.

Corky gondelt wohlweislich nicht vor der Kirche hin und her, er hat einen Block weiter geparkt und belästigt niemanden. Die einzigen weißen Gesichter hier sind die der Medienleuten, und mit denen möchte Corky nicht in einen Topf geworfen werden. Er ist ein Trauergast – wenn auch auf Distanz. Während er seine Zigaretten raucht und sich klebrigen Süßkartoffelauflauf aus den Zähnen polkt, versucht er nachzudenken. Wenn ein Mensch gestorben ist, mit dem du nicht sehr vertraut warst, den du nicht mal besonders gut kanntest, der weder Freund, Verwandter noch Lover, sondern nur eine flüchtige Bekanntschaft war, ist das eine Erschütterung wie ein ziemlich schwaches Erdbeben – du spürst es, aber es berührt dich nicht.

Corky überlegt, ob Thalia wohl zur Beerdigung gekommen ist, ob man sie eingeladen hat. Und was er machen soll, wenn er sie trifft.

Thalia, Marilee. Und Kiki. Welchen Zusammenhang gibt es da?

Corky ist nervlich so angeschlagen, daß er zu der Annahme neigt, *er* sei der Zusammenhang.

Die Covenant Evangelical Free Church, in der an diesem Sonntag, dem 24. Mai 1992, der Trauergottesdienst stattfindet, ist ein bescheidener, weiß gestrichener Holzbau, der – einem Haus ähnlicher als einer Kirche – inmitten eines Viertels ähnlich bescheidener, aber gepflegter verputzter Holzhäuser steht. In Washington Park, im Südosten von Union City, wohnen jetzt fast ausschließlich schwarze und hispanische Arbeiter, während es bis Ende der sechziger Jahre zu hundert Prozent weiße Arbeiter waren. Die Firma Corcoran Inc. hatte hier Immobilienbesitz, vermietete Büroräume auf der Decatur, aber die hat sie abgestoßen. Corky hat den Eindruck, daß Washington Park sich bisher noch ganz gut hält, aber wenn es hier kritisch wird, fängt es mit Sicherheit auf dem breiten windigen Decatur Boulevard an, wo schon jetzt die Crackbuden glänzende Geschäfte machen und die Prostitution blüht.

In Corkys Kindheit war Washington Park ein Polen- und Italienerviertel und stockkatholisch. Stadtbekannt – oder auch berüchtigt – war der hartnäckige Widerstand seiner Bewohner gegen den Nachkriegstrend, städtischen Wandel und »Integration« einzuführen – bis die Unruhen des Jahres 1967 und im Jahr darauf, in den Tagen nach dem Attentat auf Martin Luther King, innerstädtischer Vandalismus, Plünderung und Brandstiftung die Bürger in Panik versetzten und Washington Park seine weiße Bevölkerung an die Vororte verlor. Wie in Irish Hill verstreute sie sich in alle Winde. Corky erinnert sich: Im Spätsommer 1967, als er fürs Park- und Freizeitamt gejobbt hatte, um das Schulgeld fürs Rensselaer College zusammenzusparen, waren er und ein paar Arbeitskollegen, mit denen er im Seneca House zusammengesessen hatte, nach draußen gelaufen und hatten mit angesehen, wie nur ein paar Blocks südlich von Irish Hill der Himmel in gasig-orangefarbenen Flammen aufging. Ein paar Tage zuvor hatte Detroit gebrannt. *Ist das jetzt das Ende,* hatte er sich gefragt, *das Ende von Union City? Das Ende von Amerika?* Und dabei erfaßte ihn fast so etwas wie Hochstimmung. Nun würde er nicht aufs College gehen müssen, wo er wahrscheinlich doch nur durchgefallen wäre. Er müßte sich nie mehr um seine durchgedrehte Mutter kümmern, brauchte sie nie mehr zu besuchen, das ständige Hin und Her zwischen ihren anstrengenden Verwandten, den Corcorans und den McClures, und dem St. Raphael's Hospital wäre dann ein für allemal vorbei. Er müßte nicht mehr Corky Corcoran, Tim Corcorans Sohn, sein .

Durch die streifige Windschutzscheibe, über die in langsamem Gang die Scheibenwischer fahren, sieht Corky auf die kleine Kirche, den Leichenwagen am Straßenrand, die zehn, zwölf Autos der Trauergäste. Überlegt, ob man sein »Trauergesteck« – *Marilee Plummer zum Gedenken mit herzlichem Beileid Jerome A. Corcoran* – an die richtige Adresse geliefert hat und ob es dort zur Kenntnis genommen wurde. An Tim Corcorans Beerdigung denkt er nicht und auch nicht an dessen Leichenwagen, den ersten und einzig wirklich wichtigen in Corkys Leben. Denn solche Gedanken zerreißen dir nur immer wieder das Herz, und Corkys Nerven sind schon so straff gespannt, daß er meint, die Augen müßten ihm gleich aus den Höhlen springen. Wenn – *was zu trinken, endlich was zu trinken!* –, wenn Christina ihn nicht verraten hätte, wenn Roscoe Beechum ihm eine Kanone verkauft hätte… dieser hinterfotzige kleine Arsch. (Ja, Corky hat den zuckrig-sirupig-mampfigen Süßkartoffelauflauf samt seiner gehaltvollen Kruste verdrückt, es gibt kaum etwas, was ihm je so gut geschmeckt hat, heruntergeschlungen hat er ihn wie ein Tier, das am Verhungern ist, in großen Bissen, die er mit Kaffee hinuntergespült hat, seine Hände zitterten und in seinen Augen standen Tränen der Dankbarkeit, während er an diesem böig-regnerischen Frühjahrsnachmittag in seinem Caddy am Fuß der West Welland mit Blick auf den Eriesee saß, sich aufrichtig seines Lebens freute und in den westlichen Himmel über dem See blickte, eine einzige klumpig-gerippte Wolkenmasse, über der ein lauernder Schatten lag, als habe der Erdball sein Schattenbild nach oben geworfen.)

Bis 16.45 ist noch niemand aus der Kirche gekommen. Am Straßenrand parken der aufwendig glänzende Leichenwagen und die Autos der Trauergäste. Fünf, sechs stämmige Schwarze in Anzügen und mit Krawatte stehen wie zur Bewachung vor der Kirche, aber Cops, da ist Corky sich sicher, sind es nicht. Ein Streifenwagen patrouilliert die Gegend. Als er zum dritten Mal an Corky vorbeikommt, sehen die zwei Mann Besatzung ihn scharf an, scheinen ihn aber nicht zu erkennen. Dies ist ein freies Land, keiner kann ihm verbieten, hier in seinem Auto zu sitzen. Ihr könnt mich mal. Corky ist nervös, gelangweilt, beklommen, *was zu trinken ich brauch was zu trinken*, komm, nimm dich zusammen, wenn du bis Dienstag durchhältst, geht's ab in die AA-Klinik. Und am Dienstag sind auch die Geschäfte wieder geöffnet, auf dem Union Boulevard ist ein Sportgeschäft, du hast deinen Waffenschein und kannst dir legitim eine Kanone kaufen, ohne einen Affentanz aufführen zu müssen wie im Zanzibar.

Corky arbeitet sich die Radioskala rauf und runter, krächzende Störgeräusche, hechelnder Steinzeitrock, ein säuselnder Armleuchter predigt *Seid ihr im Blut des Lammes gewaschen, meine Brüder und Schwestern*, Werbespots gellen ihm in den Ohren, die Kurznachrichten, auf die er glücklicherweise stößt, kommen vom siebzig Meilen entfernten Sender WPOR Oriskany, von da interessiert ihn noch nicht mal der Wetterbericht. Corky will wissen, was in Union City läuft oder sich anbahnt, er ist gierig nach Neuigkeiten. Er spürt, daß sich etwas zusammenbraut, daß ein Gewitter im Anzug ist, das in Kürze losbrechen wird.

Ja, aber warum denkst du, daß du jetzt jeden Augenblick sterben wirst, was zum Teufel ist bloß los mit dir, *andere Leute sterben, aber doch nicht Corky Corcoran.*

Da er es im Wagen nicht mehr aushält, steigt er aus, um sich die Beine zu vertreten, vielleicht war das ein Fehler, aber Corky geht langsam, mit bloßem Kopf, durch den Regen in Richtung Kirche, raucht dabei und genießt das angenehme Gefühl der Kühle auf seiner erhitzten Haut. Die ganze Medienclique steht im Regen herum und wartet darauf, daß etwas passiert. Daß die Trauergäste einer toten jungen Frau die Kirche verlassen. Daß ein Sarg, ein Leichenwagen, ins Bild kommt, den man fotografieren kann. Sie warten auf den Tod. Auf der Fahrbahn steht ein Aufnahmewagen mit einer glänzend weißen Satellitenschüssel, die aussieht wie eine umgedrehte fliegende Untertasse, mehrere Kamerateams mit ihrer Ausrüstung halten sich in Bereitschaft wie ein Artilleriecorps. Reportern mit glasigen Augen fällt nichts Besseres ein, als sich gegenseitig zu interviewen. Von der WWTC-TV Abendschau ist ein blondes Glamourgirl in schickem roten Karrierekostümchen und flotten weißen Stiefeln da, die Kleine sieht aus wie eine Majorette,und Corky schaut interessiert hin, da erkennt sie ihn plötzlich und ruft: »Hallo, sind Sie nicht Jerome Cochrane? Einer der Referenten des Bürgermeisters?« und Corky ist ein bißchen stolz auf seine Sonderstellung – denn auf der Straße wimmeln noch viele andere Leute herum –, gleichzeitig aber – und dieses Gefühl überwiegt – sauer darüber, daß sie ihn enttarnt hat.

Wie immer, wenn dich die Medien überfallen und das Gespräch nicht nach deinen, sondern nach ihren Bedingungen läuft, passiert alles so schnell, daß man es nicht verarbeiten kann. Corky sieht, wie eine Fernsehkamera in seine Richtung gerollt wird und ein rotes Lämpchen angeht, während die Blondine in dem roten Kostüm und den Stiefeln, die sich als Peggy Crofton vorstellt, ihm das Mikrophon unter die Nase hält und aggressive, professionelle Fragen abschießt wie ein Mann: War Corky mit der verstorbenen Marilee Plummer befreundet? Kennt er die Familie? In welcher Beziehung stand der Bürgermeister zu der Toten?

In welcher Beziehung stand Vic Slattery zu der Toten? Wie beurteilt Corky die Tatsache, daß zu Marilee Plummers Bestattung angeblich nur Schwarze und keine Weißen eingeladen waren? Welche Rolle spielt Marcus Steadman in dieser Sache? Wie stellt sich Corky zu dem Urteil des Coroners, daß es Selbstmord war? Und Corky steht blinzelnd da und versucht, was zu sagen, aber sein Kopf ist so leer wie nach ein paar Schlägen mit dem Holzhammer, und diese schreckliche Person rückt ihm immer mehr auf die Pelle und stößt ihm das Mikrophon praktisch in den Mund wie einen Schwanz, sie schwingt das Ding wie eine Waffe, und was Corky herausbringt, stotternd und schwitzend und von den Scheinwerfern geblendet und sich insgeheim verfluchend *Wie bist du bloß in dieses Schlamassel reingeraten, du Riesentrottel!*, weiß er hinterher nicht mehr, immerhin schafft er es zu sagen, daß der Tod eine »Tragödie« ist, schafft es, Peggy Croftons Falschidentifikation richtigzustellen, aber alles andere verschwimmt in dichtem Nebel. Zum Glück geht jetzt die Kirchentür auf, die ersten Trauergäste kommen heraus, und Peggy Crofton und WWTC-TV beenden das Interview mit Corky Corcoran ziemlich plötzlich.

Corky humpelt wie betäubt zurück zu seinem Wagen. Er fühlt sich voll abgefuckt. Abgefuckt von einem ganz gefährlichen Luder, das er zuerst für eine knackige kleine Majorette gehalten hat.

Corky hat sich wohlweislich entschlossen, nicht hinter dem Trauerzug, sondern vor dem Trauerzug her zum Mount Moriah Cemetery zu fahren. Nicht, daß er sich aufdrängen will, das gewiß nicht. Aber er muß jetzt einfach dranbleiben.

Wie dieser Typ, der hinter Thalia her war – Corky hat vergessen, wie er heißt.

Der, den er Thalia zuliebe hat halb totprügeln lassen.

Und so macht sich denn Corky kurz vor fünf auf den Weg zum Mount Moriah Cemetery. Der Tag ist rissig-rauh wie die Unterkante von Corkys Zahn, über die er, wenn er nervös ist, ständig zwanghaft mit der Zunge fährt, so wie er, wenn er allein ist, zwanghaft in der Nase bohrt und Selbstgespräche führt. Sein Kopf fühlt sich im wahrsten Sinn des Wortes behämmert an.

Und sein Bauch erst! Der Süßkartoffelauflauf, der so köstlich geschmeckt hat, liegt ihm schwer im Magen. Wie unverdaute Körperteile.

Okay, du Pfeife, denk jetzt nicht an so was.

Willst du denn unbedingt, daß dir schlecht wird? Na also – dann denk nicht *daran*.

Und was hatte dieser sadistische Scheißkerl »Wolf« Wiegler höhnisch über Marilee Plummer gesagt? – *Taufrisch ist sie ja nicht mehr, morgen wird sie eingebuddelt* – als habe er dir ins Gesicht gespuckt, dieser Schock, du redest über ein menschliches Wesen, das gerade gestorben ist, und der redet über eine Leiche.

Einen Kadaver.

Aber irgendwann, denkt Corky, wird er es diesem »Wolf« noch heimzahlen. Wie diesem Armleuchter »Richie Richards«. Typen, die mit ihrem Zynismus, ihrer negativen Einstellung die Welt vergiften. Als Amerikaner hast du Optimist zu sein. Und als gewählter Stadtrat erst recht. Corky erinnert sich an eine Predigt in der Kapelle von St. Thomas, einem edlen Raum mit Buntglasscheiben und Kirchenbänken aus wunderschön geschnitztem Rosenholz und spanischen Bodenfliesen, das Vermächtnis eines reichen Ehemaligen; auf der Kanzel stand dieses große Tier, ein Jesuit von Loyola aus Chicago, alter Kumpel von John F. Kennedy, erzählte man sich stolz, der sich von einem Gemeindepfarrer vom Schlage eines Pater Sullivan unterschied wie John F. Kennedy von dem alten Schaumschläger Buck Glover, und hielt die mitreißendste Predigt, die die Schüler von St. Thomas in ihren marineblauen Blazern und rot gestreiften Schlipsen je gehört hatten. *Der Atheist strebt danach, Gottes Welt zu vergiften, weil er daran verzweifelt, Ihn zu lieben und von Ihm geliebt zu werden.*

Inzwischen ist Corky Atheist, aber verdammt, er liebt die Welt noch immer.

Der schlaue Corky, der sich unsichtbar an die Spitze des Trauerzuges gesetzt hat, fährt auf der Decatur zur Meridian, von der Meridian zur Seneca, diese Ecke von Union City kennt er wie seine Hosentasche, lange genug ist er hier herumgefahren, in einer langen Reihe unterschiedlicher Wagen, im Lauf der Zeit haben sich die Bürogebäude verändert und Corky Corcoran mit ihnen, wenn er auch selbst nichts davon bemerkt hat. Die Firma Corcoran Inc. hat auf diesem Abschnitt Immobilienbesitz, ein Bürogebäude Ecke Decatur und Ninth, ein weiteres Ecke Meridian, unauffällige, anständige Backsteinhäuser aus den späten fünfziger Jahren, mittlerweile ein bißchen schäbig und verwittert, dem alten Chicago Commercial-Stil nachgebaut – in den oberen Stockwerken große Stahlrahmenfenster mit kleineren Oberlichtern, unten hohe Schaufensterscheiben, dahinter amerikanische Waren, auch wenn es nur Autozubehörteile sind, Eisenwaren, Drugstore-Artikel, Teppich-Resteverkauf, Discountmöbel. Die Meridian macht einen guten Eindruck, stellt Corky mit raschem Blick fest – der neue Kmart geht fast über einen ganzen Block, daneben ist ein renovierter SuperValue-Foods-Supermarkt, beide mit riesigen Parkplätzen, außerdem gibt es eins dieser CineMax-Kinos, in denen sechs oder acht oder zehn Filme gleichzeitig laufen, den Bruchteil einer Sekunde regt sich Bedauern in Corky, *Keiner, mit dem er ins Kino gehen kann,* früher ist er manchmal mit Thalia gegangen, wenn sie einen bestimmten Film sehen wollte, in den Jahren zwischen elf und vierzehn, als sie kein Interesse an gleichaltrigen Freunden oder Freundinnen hatte, schon als Kind war sie so rätselhaft, da gab es verborgene Strömungen, die ihr Stiefdaddy nicht ergründen konnte und ihre Mutter auch nicht, die arme Charlotte hat ihm in alkoholisiertem Zustand mal weinend gestanden: Ich hab ja eigentlich nie wirklich ein Baby haben wollen, ich hab gedacht, als Frau macht man das einfach.

Kein Wunder, daß das Miststück ihm kein Kind geschenkt hat, wie sie es versprochen hatte. Kein Wunder, daß Corky Corcoran jetzt, wo er dreiundvierzig ist und das Gefühl hat, daß es ihn jeden Augenblick erwischen kann, keine Kinder hat. Nicht mal eine Tochter.

Während er in nordöstlicher Richtung über die Seneca fährt, zählt Corkys rascher Blick die Schilder ZU VERMIETEN ZU VERKAUFEN, drei tragen das rot-weiß-blaue Signum von Drummond Realty, es ist eine gute, zuverlässige Geschäfts- und Bürogegend, obwohl auch sie durch die Rezession unter Bush schwer angeschlagen ist, Corky überlegt, daß er vielleicht morgen vor dem Bankett in Chateauguay mal bei dem Alten vorbeigehen und ihn wegen eines Kredits anhauen sollte, was er schon ein paar Mal gemacht hat, mit und ohne Charlottes Wissen. Wie sagt Ross Drummond immer: Mach die Ladies nicht mit Finanzsachen konfus, die denken mit der Möse.

Ein ungehobelter alter Bock, wenn man bedenkt, daß er aus einer gut betuchten WASP-Familie kommt, er kann genauso ordinär daherreden wie manche Männer aus Corkys Verwandtschaft, aber Frauen seiner eigenen Schicht gegenüber ist er durch und durch Gentleman. Verdammt, Corky mag den alten Ross, er fehlt ihm. Er muß grinsen, wenn er an den Hundesohn denkt, der zu Corky wie ein Vater war zu einer Zeit, als Corky noch gar nicht so richtig wußte, daß er einen Vater brauchte. Im Büro hatte der alte Ross eines Tages seine Hand schwer auf Corkys magere Schulter gelegt und in vollem Bewußtsein seiner Macht Corky ins Gesicht geblasen: »*Ich mag dich sehr, Junge. Paß auf, irgendwann kremple ich noch mal dein Leben um.*«

Corky fährt die Steigung zum Mount Moriah Cemetery hoch, der ihm viele Jahre lang erspart geblieben ist, weil er hauptsächlich zu katholischen Beerdigungen geht, und Mount Moriah ist ein Friedhof für Protestanten und Konfessionslose und nicht der vornehmste der Stadt. Während er durch das Wohnviertel fährt, das am Fuß des Hügels liegt und in dem Häuser der mittleren Einkommensklasse stehen, überlegt Corky, daß es auch ihn in so eine Gegend hätte verschlagen können, sein alter Freund Nick Daugherty wohnt in so was. Normale »Ranch«-Häuser, »Kolonial«-Häuser in gitterförmig angelegten schmalen Straßen mit Namen wie Locust, Elm, Cedar, Maple, Juniper, glatte Aluminiumverkleidungen, falsche Redwood-Fassaden, in den gleich groß geschnittenen Vorgärten Marienschreine und Gipsrehe und in den Auffahrten Boote mit blauer Plastikabdeckung auf Anhängern. Morgen, am Memorial Day, werden die Boote, wenn es nicht in Strömen gießt, auf dem Fluß sein, in den Gärten werden sie grillen und die tragbaren Fernseher auf die Terrassen stellen. In den Auffahrten werden die Kids Basketball und auf der Straße Fußball spielen, die Männer werden ihre Autos waschen. In Mount Moriah wohnen zu fünfundneunzig Prozent weiße Arbeiter, und darauf sind die Hausbesitzer stolz. Allenthalben sieht Corky die Schilder: ACHTUNG, HIER PATROULLIERT DIE

MOUNT MORIAH WATCH, das sind private Selbstschutzgruppen, sie nehmen ihre Aufgabe ernst und dürfen Waffen tragen, Berettas wie die Polizei. (Übrigens hat Mount Moriah einen hohen Anteil an weißen Cops. Laut Vorschrift müssen die Polizeibeamten von Union City ihren Wohnsitz innerhalb der Stadtgrenzen haben.) Corky Corcoran wäre einer von ihnen, er würde mit seinen Nachbarn Streife fahren, Bier aus Dosen trinken und vielleicht Alarm vor schwarzen Gesichtern schlagen, die nicht in diese lausige kleine Enklave gehören, so wie die Eule mit ihrem Ruf die Beute warnt, die sich auf dem Boden bewegt. Etliche Bewohner von Irish Hill sind nach Mount Moriah gezogen, Jungs, mit denen Corky in die Grundschule gegangen ist, in jeder dieser Straßen gibt es vermutlich einen, den er kennt oder kannte und der ihn kennt. *Hey, Corky, willkommen daheim!*

Statt dessen ist er Millionär und sitzt allein in einem Haus mit fünf Schlafzimmern in Maiden Vale.

Der sogenannte »Berg« Moriah ist eigentlich ein Moränenhügel, der, wie der größte Teil der seltsam geformten und steil abfallenden Hügel dieser Gegend, durch eiszeitliche Gletscher entstanden ist. Als Kind hat Corky einiges über die geologischen Gegebenheiten in seiner Heimat gelernt und, wie die anderen Kinder, das meiste wieder vergessen, nur »Mount Moriah« ist ihm in Erinnerung geblieben durch einen Jesuiten von St. Thomas, der seine typische »ovoide« Form beschrieben und sich dann unvermittelt über das dortige Krematorium ereifert hatte, ein nach dem Ersten Weltkrieg entstandenes Privatunternehmen, das in den vierziger Jahren nach heftigen örtlichen Auseinandersetzungen und Verstimmungen von Mohawk County übernommen worden war, denn natürlich ist die Einäscherung in der katholischen Kirche verboten. Wie kann dein Leib am Tag des Gerichts auferstehen, wenn er schon auf Erden zu Asche geworden ist?

In St. Thomas pflegten Lehrer wie Schüler derlei theologische Probleme mit dem Ernst, der Leidenschaft und dem Scharfsinn zu ventilieren, für den die Societas Jesu seit Jahrhunderten bekannt ist.

Aus diesem Grund fasziniert Corky das Krematorium, das in irgendwelchen Winkeln seines Gehirns noch immer ein verbotener Ort ist, auch wenn er sich mit so was eigentlich gar nicht gern beschäftigt – schon der Gedanke an eine richtige Beerdigung, an die Riten, mit denen man, ob man will oder nicht, dem Tod seine Reverenz erweist, ist ihm nicht geheuer. Er läßt den gekiesten, pfützendurchsetzten Fahrweg, der zum Krematorium führt, links liegen und folgt dem gekiesten, pfützendurchsetzten Hauptweg durch einen schmiedeeisernen Torbogen mit der Inschrift MT MORIAH CEMETARY, und dann nimmt ihn unvermittelt feuchtgrüne Stille auf, eine Stille, in der Vögel singen und die ihn ganz seltsam berührt. Wie gern würde er hier Frieden finden, er hat es verdient, hier Frieden zu finden, wenn auch nur für ein paar Minuten, aber er schafft es nicht ganz.

Im Schrittempo fährt er ein bißchen herum und wartet auf den Trauerzug. Auf dem Friedhof sind noch mehr Autos zu sehen, er dürfte deshalb nicht weiter auffallen, sagt sich Corky, man wird ihn nicht erkennen, wenn er immer schön auf Distanz bleibt.

Daß dieses Miststück von WWTC ihn derart überrumpelt hat, stößt ihm immer noch sauer auf. Dabei gilt doch in den Beziehungen zwischen Mann und Frau eigentlich der Mann als der Aggressor!

Solche Weiber kannst du nicht sanft und zärtlich ficken, die mußt du so grob nehmen, daß es weh tut. Dann haben sie Respekt vor dir.

Corky sieht mit großen Augen auf die Gräberreihen. So viele, Herrgott, seit seinem letzten Besuch ist eine ganze Abteilung neu enstanden. Einen, der in Corkys Branche tätig ist, dürfte es eigentlich nicht weiter verwundern, wenn eine vertraute Landschaft plötzlich erschlossen ist, aber merkwürdigerweise verwundert ihn das immer wieder. Irgendetwas in ihm sträubt sich beim Anblick von Veränderungen. Zumindest, wenn sie ihm keinen Gewinn bringen.

Corky ist um 17.15 Uhr auf dem Friedhof eingetroffen, und der Trauerzug mit dem großen schwarzen Leichenwagen an der Spitze kommt um 17.28 an dem Weg vorbei, auf dem er parkt. Er wartet vorsichtshalber noch ein, zwei Minuten, dann fährt er hinterher. Außer dem Leichenwagen besteht der Trauerzug aus elf Fahrzeugen. Das zweite ist eine Limousine in Überlänge, in der wohl Marilees Eltern und die nächsten Angehörigen sitzen, die Fenster sind dunkel getönt, so daß er auch nicht die Spur eines Gesichts erkennen kann. In den anderen Autos sitzen Männer und Frauen, die Corky nicht kennt, vermutlich jedenfalls, er wagt es nicht, zu genau hinzusehen.

Zu Marilee Plummers Grab ist es nicht sehr weit. Corky fährt langsam an den geparkten Autos vorbei und versucht aus den Augenwinkeln, soviel wie möglich von den Trauergästen wahrzunehmen, die aus den Wagen steigen – eine in dunkles Lila gekleidete ältere Frau mit aschfarbener Haut, der jemand aus der Limousine hilft, eine Frau mittleren Alters mit schwarzem Turban, vielleicht Marilees Mutter oder eine Tante, junge Männer, Teenager, einer der stämmigen Schwarzen, die offenbar die Kirche vor dem Reporteransturm hatten schützen sollen.

Zu seiner Erleichterung stellt Corky fest, daß die Medienclique den Trauergästen nicht zum Friedhof gefolgt ist.

Der einzige Außenseiter ist er.

Langsam fährt er ein Stück höher, wie jemand, der still für sich trauern will, dann parkt er neben einem drei Meter hohen marmornen Obelisken, der aussieht wie ein gewaltiger Pimmel, gelbfleckig vom Alter und vom Taubendreck, steigt aus, zündet sich mit vor Aufregung zitternden Fingern die nächste Zigarette an und nimmt aus dem Kofferraum einen Feldstecher, der so selten benutzt wird, daß die Gläser klebrig sind und mit Spucke und Kleenex geputzt werden müssen, unscharf eingestellt, so daß Corky ihn erst leise fluchend justieren muß, und dann endlich kann er Marilee Plummers Trauergäste so deutlich erkennen, als sei er unsichtbar und somit unentdeckt mitten unter ihnen. Corky sieht, wie die Sargträger den schweren Sarg hinten aus dem Leichenwagen gleiten lassen, ihn mit einer zitternden Kraftanstrengung, die er in den eigenen Sehnen spürt, schultern und zu dem frisch ausgehobenen Grab am Hang tragen. Der Pfarrer, ein stämmiger Mann um die sechzig mit kastanienbrauner Haut, spricht zu den Trauergästen, seine Wangen sind naß von Tränen, und auch die Gesichter der Trauernden, die Corky sehen kann, sind naß von Tränen, manche sind von Zorn, Kummer, Schock geprägt, sie sehen aus wie Schlachtvieh, das durch Schläge auf den Kopf betäubt, aber noch nicht in die Knie gebrochen ist. Corky schaut all diese Menschen so genau an, wie er wohl noch nie in seinem Leben jemanden angeschaut hat. Aus einer Entfernung von etwa sechzig Metern saugen sich seine Blicke an ihnen fest, er ist voll aufs Sehen fixiert, sein Kopf ist leer. Er schaut die Frau mit dem schwarzen Turban und den wallenden schwarzen Gewändern an, die in der königlich-stolzen Haltung ihres Kummers wie eine Galionsfigur aussieht und die vielleicht Marilees Mutter ist, die ältere Frau in Lila mit der aschfarbenen Haut, die sich auf die andere stützt und vielleicht Marilees Großmutter ist, den braunhäutigen Schwarzen Anfang zwanzig, der vielleicht Marilees jüngerer Bruder ist, wenn sie einen jüngeren Bruder hatte, denn der müßte dann genau wie dieser Junge aussehen, ein Junge mit verhangenen Augen, kräftigem Kinn, einem zornig- verschlossenen Gesichtsausdruck, den nicht einmal die Tränen mildern können. Und all die anderen – Hinterköpfe, Gesichter in Zweidrittelprofil, noch nie hat sich Corky so sehr in Konzentration, in Kontemplation, in die Intensität des Seins versenkt, es ist, als drängten sämtliche Moleküle seines Ichs durch die Gläser des Feldstechers, während der Flaschenzug den Sarg mit der unsichtbaren Leiche langsam und bestürzend endgültig in das feuchte rechteckige Erdloch hinabläßt, das ein Grab ist, ebensogut aber ein Maul der Erde selbst sein könnte, die bereit ist zu schlucken, was immer man ihr gibt.

»Herrgott«, sagt Corky halblaut und spürt den gräßlichen Ruck des unvermittelt aufsetzenden Sarges.

Benommen und schwindlig läßt er den Feldstecher sinken. Das Grab rückt wieder in die Ferne, in der die Trauergäste nur noch auf Abstand wahrgenommene Gestalten sind. Keine Gesichter. Kein Leid.

Warum spionierst du diesen Leuten nach, du beschissener Weißer?

Ich spioniere ihnen nicht nach, ich gehöre dazu.

Was heißt, du gehörst dazu? Du bist weiß, du Armleuchter! Von wegen dazugehören …

Corky sieht sich schuldbewußt um. Als ob er sich in aller Öffentlichkeit einen runtergeholt hätte und wüßte, daß jemand ihn beobachtet hat, aber soweit er das beurteilen hat, ist keiner da.

Du beschissener Weißer, wieso bildest du dir ein, daß du *irgendwo* dazugehörst?

Während er mit dem Caddy den Friedhof verläßt und genau aufpaßt, daß er das Tempolimit von fünfzehn Meilen nicht überschreitet, muß Corky an eine Episode denken, die er fast vergessen und bei der er auch dieses elende Gefühl hatte, nur mit knapper Not einer Katastrophe entkommen zu sein, während er sie sich halb und halb herbeigewünscht hatte. Weißer Mann! Weiße Haut! Teufel! – und gleichzeitig der empörte Protest: Aber warum? Was hab ich denn gemacht? Das war bei einer stürmischen Stadtratssitzung vor ein paar Monaten – der ersten, nachdem die Personalabteilung der Polizei von Union City entschieden hatte, Sergeant Dwayne Picket, der den zwölfjährigen Devane Johnson mit einem Schuß zwischen die Schulterblätter getötet hatte, weder zu entlassen noch ihm einen dienstlichen Verweis zu erteilen. Noch ehe der Vorsitzende die Sitzung hatte eröffnen können, war Marcus Steadman – fürchterlich in seinem Zorn! – aufgesprungen, um die Polizei, City Hall und seine Stadtratskollegen als rassistische Schweine und Memmen zu beschimpfen, wobei er auch die gemäßigten schwarzen Mitglieder des Stadtrates nicht ausgenommen hatte, und auch auf der Besuchergalerie waren an die dreißig Männer und Frauen brüllend und fluchend aufgesprungen und hatten gedroht, City Hall anzuzünden, und die zwölf Polizeibeamten, die an diesem Abend dort Dienst taten, hatten ihre Dienstwaffen gezogen, um ebenfalls brüllend und fluchend die Galerie zu stürmen, und Corky Corcoran und seine Stadtratskollegen (bis auf den geifernden Steadman) hatten wie erstarrt auf ihren gepolsterten Drehsesseln gehockt und sich auf einen jähen Kugelhagel gefaßt gemacht, der sie so rasch und so unspektakulär auslöschen würde, wie man eine Kerzenflamme auslöscht, und Corky hatte mit einem verzweifelten Blick den Raum unter dem Schreibtisch des Vorsitzenden gemessen – wenn ich mich dorthin flüchte, wenn ich die Beine des Vorsitzenden nach vorn schiebe und die Knie anziehe und das Kinn an die Brust lege, passe ich haargenau hinein.

Auf der Rückfahrt über den Friedhof verspürt Corky einen plötzlichen Druck auf der Blase und das dringende Bedürfnis zu pinkeln. Es kommt unerwartet und fast schmerzhaft, wie eine Erinnerung an irgendetwas Schmachvolles, so daß er laut aufstöhnt. »Verdammt!« Ist jetzt etwa seine Prostata dran?

Er bemerkt nicht gleich, daß der schmale, holprige, pfützendurchsetzte Weg, auf den er abgebogen ist, zum Krematorium führt, aber nach hundert Metern sieht er das Schild MT. MORIAH CREMATORIUM über einem offenstehenden Tor und denkt, was soll's, er wird einfach reinfahren und parken, vor dem Gebäude stehen fünf, sechs Wagen und ein glänzender metallicgrauer Toyota Kombi mit der Aufschrift MT. MORIAH CEMETERY ASSOCIATION. Weit und breit ist kein Mensch zu sehen, Corky kann in aller Ruhe nach hinten gehen und sich erleichtern, und damit ist der Fall erledigt.

Corky Corcoran hat sich, obgleich er sein ganzes Leben in Union City verbracht hat, das Mount Moriah Krematorium noch nie aus der Nähe angeschaut. Von unten sieht man den großen verwitterten Backsteinschornstein, der nach oben breiter wird, und das türmchengezierte Dach, das aussieht, als ob es zu einem Märchenschloß gehöre. Der Bau ist eins der Wahrzeichen von Union City, im Winter kann man ihn besser erkennen als jetzt, wenn die Bäume dicht belaubt sind. Eine architektonische Kuriosität von zweifelhaftem Rang, wie so manch anderes städtisches Gebäude aus der Zeit kurz vor und kurz nach dem Ersten Weltkrieg – der Freimaurertempel auf dem Grand Boulevard (dessen Eingang zwei steinerne Löwen bewachen, die, wie die Nonnen in der Gemeindeschule von Our Lady of Mercy ihren Schülern warnend erzählten, eines Tages aufwachen könnten, um sich katholische Kinder zu schnappen und sie zu »lebenden Märtyrern« zu machen), der Arts Club am anderen Ende des Summit Park, das Proxmire-Herrenhaus am Ontariosee, das Corky nur von Fotos her kennt. So scheußlich sie sind – man muß sie lieben, diese alten Gemäuer. Eine Mischung aus Neogotik und Richardson-Romanik mit ein paar neoklassizistischen Zugaben – ornamentale Säulen und Pfeiler und Bögen, Türmchen, Aufbauten, Dächer aus schwerem Schiefer oder gehämmertem Kupfer, Schmuckgiebel, Wasserspeier. Wasserspeier! Corky schielt nach oben und entdeckt ein bärtiges Koboldgesicht, das von einem Abflußrohr her ebenfalls schielend auf ihn herunterblickt wie ein vor langer Zeit verschollener Corcoran-Vetter. »Hey, Kumpel, was macht die Kunst?« Auch einen Uhrenturm aus alten Ziegeln gibt es – Corky liebt das Orangerot der Steine, die aussehen, als ob ständig ein Sonnenuntergang in ihnen nachglüht –, versetzt mit brüchigem, aber immer noch nobel wirkendem rosa Kalkstein. Das reichverzierte Zifferblatt, das man an klaren Tagen meilenweit sieht, ähnelt einem gelbsüchtigen Augapfel, und die spindeldürren schwarzen gotischen Zeiger sind auf 12.02 eines dahingegangenen Tages stehengeblieben.

Corky fröstelt, obgleich der Tag mild und feucht ist. Automatisch sieht er auf die Uhr, er ist ein Mensch, der nach seiner Uhr lebt – Himmel, schon 17.57.

(Corky schlägt das Gewissen. Wartet Charlotte auf ihn? Ihm ist, als habe er sich lose mit ihr verabredet, sie hat eine Menge Streß wegen Thalia, aber er weiß nicht mehr, wieweit er sich festgelegt hat. Und er ist zum Essen bei Vic und Sandra Slattery eingeladen – ein wichtiger Termin, den er nicht sausen lassen darf.)

Die schweren eichenen Türen zum Krematorium sind geschlossen, auf den steilen Granitstufen modert Ahornsamen vor sich hin, keine Menschenseele ist in Sicht, und Corky schlendert gemächlich, das Schild PRIVAT ZUTRITT VERBOTEN ignorierend, nach hinten, während der Rauch seiner Zigarette über seine Schulter davonweht. Er ist gut gekleidet, sieht nach Geld und Renommee aus, nagelneues Hemd und geputzte Schuhe, verdammt, Corky Corcoran geht, wohin er will, besonders wenn er mal pinkeln muß. Die Hinterfront des Krematoriums wirkt schäbiger und unerwartet groß, so tief wie breit, an die dreißig Meter. Müllkästen und -tonnen, Corky denkt – und verdrängt den Gedanken sofort wieder: *Sie werden doch hier hinten nicht menschliche Überreste wegwerfen?*

Zwischen Nebengebäuden und Schuppen mit Gartengeräten biegt Corky um eine Ecke, und als er sich vergewissert hat, daß wirklich niemand zu sehen ist, macht er den Reißverschluß auf, nimmt seinen Schwanz heraus, der empfindlich ist und angestoßen wie eine überreife Banane, und pinkelt in einen Haufen von Betonbrocken und lilablühenden Disteln, wobei er weder den glitzernden Bogen seiner Pisse anschaut noch das, was sie befeuchtet, er ist abergläubisch und mag sich nicht ansehen,was sein Körper an Festem oder Flüssigem absondert, da er Angst hat, er könne irgendwann verdächtige rote Streifen oder Klumpen darin entdecken. Ängstlichem Herzen winkt kein Gewinn, aber verdammt, manches will man einfach nicht wissen.

Was die Vorsteherdrüse eigentlich ist, will Corky auch nicht so genau wissen. Sein Onkel Brendan McClure ist an Prostatakrebs gestorben, und im Viertel hieß es, der arme Brendan hat Krebs an den Eiern. Respektlose Bande. Dabei ist Respekt wohl das mindeste, was du von der Welt verlangen kannst, wenn du an Krebs stirbst.

Corky ist beunruhigt über diesen neuerdings manchmal so plötzlich und drangvoll auftretenden Zwang zum Pinkeln, der ihn aus dem Tiefschlaf weckt. Früher hat er in solchen Fällen wirre Träume gehabt, in denen er stundenlang nach einem Klo suchte, und wenn er glücklich eins gefunden hatte, war es entweder kaputt, oder Frauen drückten sich in der Nähe herum, und dann war er aufgewacht und mußte ins Badezimmer, also hatten diese blödsinnigen Träume irgendwo schon ihren Sinn, aber es war nie so eilig gewesen, nicht schmerzhaft wie jetzt. Und dann die letzte Nacht, in der er so betrunken war, daß er sich in die Hosen gemacht hat. Genau wie Onkel Hock. Mit neunzehn hatte sich Corky mal einen Tripper geholt – »Gon-no-rhoe«, wie Dr. O'Malley ihm pingelig und mit einem Hauch von Verachtung eröffnet hatte – und Todesängste ausgestanden, weil er Probleme beim Pinkeln hatte, aber nach ein paar Monaten hatten die Antibiotika gottseidank gewirkt, und danach hatte er über zwanzig Jahre keine Schwierigkeiten mehr. Aber jetzt?

Corky mag nicht daran denken.

(Jetzt ist er wieder Junggeselle, keine Frau hängt sich mehr – »ich meine es doch nur gut« – in seine Angelegenheiten rein und inspiziert seinen Kalender, ob er seine Arzt- und Zahnarzttermine auch nicht abgesagt hat, was er gern tut – Corky ist auf sich selbst gestellt und kann nach seiner Fasson zur Hölle fahren.)

Sobald der Druck auf der Blase nachläßt, geht es Corky wieder besser, und bis er den Reißverschluß hochgezogen hat, sind seine Ängste fast vergessen. Eigentlich ein schönes Gefühl, das Pinkeln. Schöner ist nur noch, sich so richtig auszuscheißen, das ist praktisch so, als ob du mit dem Arschloch kommst, aber über so was redet keiner. Komisch, daß niemand über die Lust redet, die einem der eigene Körper schenkt.

Ist es möglich, mit dem Arschloch zu kommen? Eine komische Sache, in den Arsch zu ficken, wie die Schwulen es machen, die Gays, wie sie heute heißen, eine rätselhafte Sache. In der Schule haben die Jungs darüber geflachst, aber Corky hat sich immer gefragt, was genau man sich darunter vorzustellen hat, warum jemand so was Schmutziges selber macht oder mit sich machen läßt, als ob man eine Fotze wäre. Sich die Soße eines anderen Mannes in den Arsch oder in den Mund spritzen zu lassen – was perverse Typen so für Ideen haben – *ein Kerl, der sich zur Fotze macht.*

Was er gern machen würde: Abends zu Kiki Zaller gehen und sie in die Fotze *und* den Arsch *und* den Mund ficken, sie anpinkeln und dann ein brennendes Streichholz dranhalten. *Ihn* ein perverses Schwein zu nennen...

Dabei hat Corky geglaubt – und das tut weh –, das Miststück hätte ihn irgendwie gern. Dabei ist er so nett zu ihr gewesen, hat seinen ganzen irischen Charme spielen lassen. Warum hat das nicht funktioniert?

Es hat genug Frauen gegeben, die heiß auf Corky Corcoran waren, und es kommen bestimmt noch viele andere. Kiki Zaller kann ihn mal gern haben.

Und Marilee Plummer auch mit ihrem »Rotfuchs«. Hätte ruhig gleich »Rotfuck« sagen können...

Nein, das nimmt Corky zurück. Es ist gemein, so was auch nur zu denken, wo Marilee tot ist. Und wenn du dich über jemanden noch so sehr geärgert hast – nach dem Tod muß damit Schluß sein.

Al Fenske ist eine Ausnahme. Corky wünscht sich, es gäbe eine Hölle, damit der Scheißkerl darin braten könnte.

Was er gern machen würde: Fenskes Leiche ausbuddeln und draufpinkeln.

Was er gern machen würde: Die Uhr zurückdrehen. Und diesmal würde er ihnen das sagen, was sie hören wollen, ja, er hat den Wagen gesehen, ja, er hat die Nummer gesehen, ja, er schwört zu Gott, er hat es gesehen.

Du, Jerome. Unser einziger Zeuge.

Du bist doch nicht blind, Herrgott nochmal?

Nicht blind.

Corky fühlt sich jetzt bedeutend besser, Wut ist immer besser als Angst. Er zieht den Reißverschluß hoch, als ob er gerade gefickt hätte und mit seiner Leistung und mit sich selbst höchst zufrieden wäre – was weiß Gott in letzter Zeit nicht der Fall war.

Aus dem Wald kommt der süße, klare Ruf eines Vogels. Ein einsamer Laut, erst noch ein wenig schwankend, dann sicherer werdend, der wie ein Sopran in denn Himmel steigt, und Corky begreift, daß er die Vogelstimme schon hört, solange er auf dem Friedhof ist und die Trauergäste an Marilees Grab beobachtet, an die ihn der Feldstecher so nah herangebracht hat, daß ihm hinterher fast ist, als habe er die Worte des Geistlichen, als habe er das Schluchzen gehört, als sei er dabeigewesen.

Die Trauergäste, denkt sich Corky, werden noch auf dem Friedhof sein. Wenn es ein Mensch ist, den man geliebt hat, rennt man nicht gleich weg und läßt ihn da in der Erde allein. Ehe er losfuhr, sah er noch, wie zwei vielleicht elfjährige, sehr dunkelhäutige Mädchen in langen schwarzen Kleidern wie Nachthemden ein Blumengesteck mit riesigen Lilien am Kopfende des Grabes zurechtrückten, die Älteren sangen und klatschten und beteten dazu, und der Pfarrer hielt mit beiden Händen eine Bibel hoch.

Corky schlendert pfeifend zurück zu seinem Wagen. Unentdeckt, unsichtbar – ein tolles Gefühl. Wie im *Invisible Man*, einem der Spätfilme im Fernsehen, für den Corky sich als Kind so begeistert hat.

Das ist also das Mount-Moriah-Krematorium. Ein Wahnsinnskasten. Wenn er Zeit hätte, würde er es gern ein bißchen erkunden und auch den Blick von hier oben genießen, es ist, als ob man in geringer Höhe aus einem Flugzeug schaut – Kirchtürme, Wassertürme, der Turm von WWUC-TV mit dem roten Blinklicht, die Hochhäuser auf der Seneca, der Meridian, die Decatur und Union Boulevard bis zum Chateauguay River, die grünglasigen Downtown-Bürotürme, das Hyatt, das Marriot, Bank of America, Union Trust, die Dominion Bridge und, in fernen Dunst gehüllt, Fort Pearce, Ontario, nach Osten hin das Tal von Chateauguay, nach Westen der Eriesee, der sich flach wie ein

Stück Stahlblech bis zu einem in rotem Nebel verschwimmenden Horizont erstreckt, Wolkenbänke, gerippt wie ein altmodisches Waschbrett. Corky holt tief Luft. *Seine* Stadt. In der man ihn kennt. In der er für viele Leute wichtig ist.

Nichts bringt die Lebenden so verläßlich in Stimmung wie der Tod. Stimmt's?

Großmütig beschließt er, doch bei Charlotte vorbeizufahren, das ist er ihr wohl schuldig, der armen dummen Kuh. Mal sehen, wie sie sich macht als Frau eines rechtmäßig reichen Mannes, was für ein Haus sie haben *wo sie versuchen wird, dich zum Trinken zu verleiten, tu's nicht,* und vielleicht hat Charlotte inzwischen was von Thalia gehört und die Gefahr ist vorbei, und wenn Corky ganz großes Glück hat, findet er Thalia sogar bei ihrer Mutter vor, und sie können wiedervereinigte Familie spielen. Möglich ist schließlich alles...

Die orangerot leuchtenden alten Backsteine, das schwere blauschwarze Schieferdach, Türmchen und Giebel und Zinnen wie bei einer Spielzeugburg – einmalig, das Mount-Moriah-Krematorium. Corky entwickelt wieder mal eine seiner Phantasievorstellungen, in ein paar Jahren ist der Kasten abrißreif – seit mindestens fünfzehn Jahren wird schon davon geredet, an anderer Stelle in der Stadt ein neues, modernes Krematorium zu bauen –, da tritt die Firma Corcoran Inc. auf den Plan, kauft das Haus, rettet es, bewahrt es als historisches Bauwerk.

Hier hinten allerdings kann von alter Pracht oder Romantik keine Rede sein, hier ist das Mount-Moriah-Krematorium nur ein schäbiger alter Kasten unter städtischer Verwaltung. Corky kann nicht widerstehen, er muß einen Blick in die Mülltonnen tun, was für Zeug werfen sie hier weg? Papier und Pappe und Schaumstoff und Plastiktüten, das Übliche eben, aber auch Brocken, von denen Corky schwören könnte, daß es Knochen sind. Oder vielleicht abgeschlagener Putz. Schwer zu sagen. Corky stupst das Zeug mit dem Finger an, es ist poröser, als man denkt. Jemand hat mal erzählt, daß sie im Krematorium die Leichen gar nicht zu pulvriger Asche verbrennen, wie es allgemein heißt, und daß es sentimentaler Humbug ist, wenn jemand sich wünscht, die Asche an einem Lieblingsplatz »verstreuen« zu lassen, denn das ist im Staat New York gesetzlich verboten, nein, die

Arbeiter räumen die Krematoriumsöfen so aus wie andere Leute ihre Öfen ausräumen, warum nicht, wenn sie damit durchkommen (und in Union City kommen sie in 75% aller Fälle damit durch), die Knochenreste und die Asche füllen sie erst mal in Tonnen im Keller und tun dann etwas von dem Zeug in die hohen Ebenholzurnen, für die du eine Menge Geld zahlst und die du voller Ehrfurcht betrachtest, weil du denkst, da ist deine Frau drin oder dein Mann oder Vater und Mutter, dabei ist es ein Mix aus wildfremden Leuten, auch alte Penner, die sie direkt aus dem Leichenschauhaus ins Krematorium schaffen, weil keiner sich für sie interessiert hat, als sie noch lebten, aber jetzt gehören sie dir.

Wenigstens gibt es bei einem richtigen Grab, auf die altmodische Art, so wie er es sich wünscht, keinen Zweifel daran, wer du bist, denkt Corky. Mit einer Leiche, die du im Sarg ansehen kannst, mit einem Sarg, der vor deinen Augen eingebuddelt wird, kann dich keiner für dumm verkaufen.

Corky nimmt rasch die Hand aus dem Müll, sie ist mit grauem Staub bedeckt, der aussieht wie Gipspulver, aber nach nichts riecht.

Über seinem Kopf schaut ihn von einem Fensterbrett ein Wasserspeier an. Langes hageres Gesicht, grinsender Mund, Schlitze statt Augen, wie die Gipsmasken im Theater, in dem Charlottes Gruppe gespielt hat. Ein bißchen wie ein Clownsgesicht, aber doch wieder anders.

Der Caddy ist krumm und schief geparkt, als ob sein Fahrer es sehr eilig gehabt hätte, sich in die Büsche zu schlagen, oder als ob eine Frau am Steuer gesessen hätte, peinlich ist das. Corky mustert den Wagen rasch und prüfend, sieht gar nicht so schlimm aus, sagt er sich, der übelste Kratzer ist an der anderen Seite, und der Dreck geht durch Waschen ab. Auf der Schoonover, auf dem Weg zu Charlotte, ist eine Waschanlage. Corky Corcorans Stolz läßt es nicht zu, in Chateauguay, erst bei seiner Ex-Frau und dann beim Kongreßabgeordneten Vic Slattery, in einem Wagen aufzukreuzen, der aussieht, als hätte die halbe Taubenpopulation von Union City draufgeschissen.

18.06. Corky hat die Wagenschlüssel in der Hand, aber aus den Augenwinkeln sieht er, daß jetzt noch ein Wagen dasteht, ein Lexus, ganz neues Modell, eine Automarke, die Corky imponiert, mehrere Leute in mittleren Jahren steigen die Granitstufen zum Eingang empor, und ehe er sich's versieht, läuft Corky hinterher, es geht ihm nicht um die Leute, auch wenn ihm eine der Frauen, die silberblondes Haar hat wie früher Kim Novak und ein schwarzes Designerkostüm trägt, das über dem runden kleinen Hintern straff sitzt, angenehm auffällt. Corky möchte gern wissen, wie dieses merkwürdige Gebäude von innen aussieht, und das ist seine Chance! Offenbar findet hier demnächst eine Einäscherung statt, sie werden ihn für einen Trauergast halten, und er ist ja wirklich ein Trauergast, deshalb ist er ja heute hier auf den Mount Moriah gekommen.

Ein Vorraum mit gewölbter Decke, Marmorfußboden, hallende Stimmen. Ein Mann mit kahlem Schädel und graugelockten Haarschwingen wendet sich ihm zu, er lächelt nicht, sondern nimmt ihn mit einem Stirnrunzeln zur Kenntnis, und Corky stottert verdutzt: »Pater DeLucca?«, sieht dann aber, daß der Mann gar nicht viel Ähnlichkeit mit seinem alten Jesuitenlehrer hat, der im übrigen tot ist. Zum Glück hat der Alte das nicht mitbekommen, er ist ein Krematoriumsangestellter, aalglatt und salbungsvoll wie die Leute von den Bestattungsunternehmen, der den Besuchern den Weg zur Kapelle weisen soll. »Trauerfeier van Heusen?« fragt er Corky mit gedämpfter Stimme, und der antwortet »Aber ja!« und geht weiter.

Pater DeLucca! Zum zweitenmal in den beiden letzten Tagen bildest du dir ein, einen Toten gesehen zu haben, du Armleuchter – was soll denn das?

Brauch was zu trinken. Zu trinken… Aber Getränke scheint es in der Empfangshalle nicht zu geben, der Raum ist unglaublich überladen, wie ein Niggerbordell oder so, wie man sich ein Niggerbordell vorstellt: Wandpaneele aus heliotropfarbenem Marmor, Säulen mit bronzierten Basreliefs, ein Kronleuchter, der aussieht wie die Wunderkerzen zum Nationalfeiertag und so tief hängt, daß man sich fast den Kopf daran stößt, ein schimmliger Teppich, knallgrün wie Kunstrasen. Corky weicht zurück, kaum daß er die Empfangshalle betreten hat, ein Würgen in der Kehle, als wäre er unter der Erde in einem Grab, und als wären diese Unbekannten, die um ihn herumwimmeln, alle in dem Grab gefangen.

Einige von ihnen werfen Corky Corcoran fragende Blicke zu und lächeln auf diese Art, die bedeutet: *Kenne ich dich? Müßte ich dich kennen?*, aber Corky läßt sich nicht festnageln.

Er sieht sich nach der Silberblonden in dem schwarzen Designerkostüm um. Ob das die Witwe ist?

Gute Gelegenheit, mit einer wohlhabenden Witwe anzubandeln. Wer einen Lexus kauft statt eines Caddy oder Lincoln oder Mercedes, hat so viel Geld, daß es ihm ziemlich egal ist, ob die anderen Leute das merken oder nicht. *Das* ist Klasse!

Die Empfangshalle leert sich allmählich, die Trauerfeier in der Kapelle wird gleich anfangen. Corky sieht die Silberblonde weiter vorn in Gesellschaft etlicher alter Zausel. Ist Corky der Jüngste hier?

Viele Jahre lang – als Ross Drummonds rechte Hand, in City Hall, in der Stadt – war Corky Corcoran überall der Jüngste. Besonders jung, besonders gut aussehend, besonders unverfroren. Besonders sexy.

Schade, daß Corky das Krematorium nicht auf eigene Faust erkunden kann. Er würde gern wissen, wo der Ofen ist – oder sind es mehrere? Wo die Tonnen mit den Knochen und der Asche stehen. Und die Urnen. Wo sie die Toten lagern. Irgendwo muß eine kleine Leichenhalle sein. Im Vorraum führt hinten eine eiserne Wendeltreppe – wohin? Zu einem Zwischenstock und dann – aufs Dach? In den Uhrenturm? (Corky hätte auch nichts dagegen, irgendwo eine Toilette zu entdecken, er würde sich gern den leichten Uringeruch und den verdächtigen Gipsstaub von den Fingern waschen.) Der Gang, der zur Kapelle führt, hat eine fensterlose, geschnitzte Eichenverschalung, die oben gewölbt ist wie ein Tunnel, und wird von falschen Fackeln in steinernen Händchen, die aus der Wand herausragen, trüb beleuchtet. Wahnsinn! Und überall rosa geäderter Marmor wie durchwachsenes Rindfleisch und viktorianische Schnörkel, Trompe l'oeil – Waldlandschaften mit Nymphen und Satyrn, Charlotte würde auf diesen »antiken« Kitsch abfahren, genau das Gegenteil des klaren nüchternen Frank-Lloyd-Wright-Stils, den Corky am Rensselaer schätzen gelernt hat.

Herrgottnochmal, wie stickig es hier ist, wie in einem Grab. Die Luft ist trotz der Ventilatoren so feucht (zumindest hört

Corky ein vibrierendes Rattern im Hintergrund, das muß wohl eine Lüftung sein), als ob sie alle die ausgeatmete Luft der anderen einatmen. Hin und wieder steigt ihm ein scharfer Geruch nach Desinfektionsmittel und nach etwas Ranzigem, Fleischig-Fettig-Versengtem in die Nase, wie aus einem sehr heißen, fettverschmierten Backofen, lieber gar nicht darüber nachdenken, wonach es hier riecht.

Trotzdem – Verbrennen ist eine saubere, hygienische Sache. Die Hindus haben schließlich seit Tausenden von Jahren ihre Scheiterhaufen. Milliarden und Milliarden von Toten – aufeinandergeschichtet, ein Leichenberg von hier bis zum Mond. Nicht die Achtung vor der Seele des Einzelnen, wie man es im Christentum hat, primitiver, aber ausgesprochen praktisch.

»Sir? Hier herein bitte.« Ein jüngerer Typ mit beginnender Glatze und Schweinsgesicht, wohl auch ein Krematoriumsangestellter, macht in seinem Eifer, Corky in Richtung Kapelle zu schleusen, Anstalten, ihn am Ärmel zu zupfen. Kalt und ohne eine Miene zu verziehen sieht Corky ihn an. Pfoten weg, du Vollidiot. Der aber sieht unentwegt lächend durch ihn hindurch den nächsten Gast an. »Sir? Madam? – Hier herein bitte.«

Corky muß an die *Geschichten aus der Gruft* denken, ein schriller Comic aus seiner Kindheit, bei dem er sich manchmal so gegrault hat, daß er nicht schlafen konnte. Wenn sie uns nun in einen Krematoriumsofen schicken und wir fälschlicherweise glauben, daß wir hier nur zu Besuch sind?

Eben jetzt wird der Feuerofen geschürt, der nicht etwa dort vorn steht, verborgen hinter üppigen roten Samtportieren, sondern die Kapelle ganz umschließt, so daß du, wenn du sie betrittst, gewissermaßen mittendrin bist und es, wenn die Türen erst mal zu sind, kein Entkommen gibt.

Zum Ärger von Schweinsgesicht, dem daran liegt, die »Trauerfeier van Heusen« zügig in die Kapelle zu schicken, bleibt Corky stehen und liest die Verse, die in vergilbtem Elfenbein auf dem Bogen über dem Eingang stehen:

Vom ersten Lehm der Erde ward geformt
des letzten Menschen Leib,
Und von der letzten Erde ward gelegt die Saat.

Führwahr, der erste Schöpfungsmorgen schrieb,
Was lesen wird der junge Tag des Weltgerichts.

Das Gedicht ist von einem »Omar Khayyam«, den Namen hat Corky schon mal gehört. Araber? Türke? Die Logik leuchtet ihm ein, auch wenn sich das Gedicht verdammt bedrückend liest. Was heißt hier erster Lehm, letzter Mensch... und was ist mit mir?

Dieser Omar Khayyam kann unmöglich Amerikaner gewesen sein.

Orgelmusik vom Band brandet auf, donnernde Akkorde, wie ein Knirschen mit den Backenzähnen, muß Bach sein. Darüber hat er immer liebevoll mit Christina gefrotzelt, bei jeder irgendwie barock anmutenden Musik, die Corky im Radio hört, sagt er *muß Bach sein*. Es ist ihm nicht geheuer, in eine Kapelle getrieben zu werden, auf einer Kirchenbank sitzen zu müssen, frommes Fluidum geht ihm gegen den Strich. Als Kind hat er zu viel Kirche gehabt wie alle katholischen Kinder, schon beim Anblick kirchenähnlicher Räumlichkeiten wird ihm flau, aber jetzt, wo er schon mal hier ist, muß er durch, da hilft nichts.

Was glaubt ihr wohl, was ich auf dem Weg hierher gemacht habe – und dazu stellt er sich Charlottes Gesicht vor, die Gesichter von Sandra und Vic. Ein echtes Original, unser Corky Corcoran.

Corky setzt sich widerstrebend auf einer Bank ganz hinten an die äußerste Ecke und unterdrückt ein nervöses Gähnen. Der Süßkartoffelauflauf liegt noch als faustgroßer Klumpen in seinem Bauch. Die Wirkung des Koffeins, das ihn in Schwung gebracht hat, läßt rasch nach. *Lust auf einen Drink, Freund? – Greif dir ein Bud!* Und nicht mal rauchen kann man hier, so ein Mist.

Hat Corky denn noch nicht genug an seinem eigenen Kummer, daß er sich in den Kummer wildfremder Leute einschleichen muß?

Diese sichtlich betuchten wildfremden Leute, die meist auch älter sind als er, streifen ihn mit neugierigen Blicken. Durchaus freundlich, aber eben auch neugierig. *Hallo, mein Sohn! Wer bist du, mein Sohn? Warum sitzt du so weit weg da in der Ecke?* Corky zählt dreiundzwanzig Trauergäste einschließlich der neuen, die jetzt gerade angeschlurft kommen, ein alter Knabe, der sich mit einem Gehgestell müht (*nicht* Buck Glover, aber dem Aussehen nach könnte es sein Bruder sein), zwei in stramme Korsetts gezwängte Damen in Schwarz, Arm in Arm, ein Mann in Corkys Alter mit einem Kopf wie ein Eichhörnchen, eine jüngere Frau, die ein streng geschnittenes Gesicht hat wie Thalia, aber nicht halb so gut aussieht, sie ist steif wie ein Brett und genauso sexy. Alle kennen und begrüßen sich mit gedämpften Zurufen, leisem Gemurmel, Händeschütteln, Umarmungen, von Kummer ist, anders als am Grab der armen Marilee, nicht viel zu sehen, der Tod dieses »van Heusen«, sagt sich Corky, kam wohl nicht überraschend oder war kein großer Verlust, wahrscheinlich kann der arme alte Kerl froh sein, daß er's hinter sich hat. »Van Heusen« – das bedeutet alte holländische Familie, Generationen reicher Kaufleute am Chateauguay und Grundbesitzer im westlichen Staat New York, »van Fleet«, »van Roojen«, »van Buren« – Herrgott, denkt Corky erschrocken, er hat ja Andy nicht angerufen, um sich wegen des Dinners zu entschuldigen, das muß er heute abend unbedingt nachholen, sonst hat er sich Andy zum Feind fürs Leben gemacht – »van Tassel« ist erst vor ein paar Jahren von den Japsen aufgekauft worden. Corky sieht die Silberblonde fast unmittelbar vor sich, aber hinter ihr ist ein kahlköpfiger Fettwanst, Mist, Corky kann ihr Gesicht nicht sehen, aber er hat den Eindruck, daß es eine gutaussehende Frau in dieser großkotzigen, kosmetisch perfekten Art ist, wie sie auch Charlotte inzwischen an sich hat, eine dieser Zicken, die cool durch dich durchsehen, auch wenn sie wissen, daß du sie in Gedanken nackt ausziehst.

Corky ist hunderprozentig gegen »Perversität« in jeder Form, aber manchmal versteht er, warum ein Mann sich »entblößt«, wie es so schön heißt, damit so ein Miststück wenigstens mal hinguckt. Weil man ja sonst an sie überhaupt nicht rankommt.

In seiner katholischen Jugend pflegte sich Corky (es war eine Gepflogenheit, die er zumindest mit einem Freund, nämlich Nick Daugherty, vermutlich aber mit allen katholischen Jungen gemeinsam hatte) in der Kirche einen Platz zu suchen, von dem aus er durch gesenkte Wimpern unbemerkt ein weibliches Wesen mit möglichst viel Sexappeal beobachten konnte. Fast umgehend geriet er dann in einen Zustand traumverlorener Geilheit, in dem er diese Frau knutschte, mit ihr schmuste, sie auszog, sie bumste, alle möglichen schmutzigen abgefahrenen Sachen mit ihr machte, aber alles schön langsam, g-a-a-a-nz langsam, selbst der alte Pater Sullivan schaffte die Messe nicht unter dreißig Minuten, da mußte das, was man hatte, möglichst lange vorhalten. Corkys Schwanz füllte sich mit Blut wie ein Ballon, der sich mit Luft füllt, wurde größer und größer bis zum kritischen Punkt, und bis das Glöckchen zur Wandlung bimmelte, war er so weit, daß er den Gegenstand seiner lüsternen Gedanken sabbernd, mit hängendem Unterkiefer und verglasten Augen anstarrte, und manchmal sah sich dann die Frau nervös um, als ob sie spüre, daß jemand sie auf diese Art fixierte. Sobald er nach der Messe zu Hause war, holte sich Corky im Badezimmer genußvoll einen runter, auf dem schaurig-schönen Höhepunkt der Lust wollten ihm schier die Sinne schwinden, es gab nichts Besseres. Einen Sonntag nach dem anderen, einen Feiertag nach dem anderen, viele Jahre lang, immer in der Angst, Tante Frances könnte dahinterkommen, was los war, was mit *ihm* los war, ihrem Neffen Jerome, den sie liebte wie einen Sohn.

Ob die Frauen auch nur ahnen, überlegt Corky, was für Mistfinken, was für Dreckschweine wir sind?

Die Sache hatte nur einen Nachteil: Bis zum heutigen Tag passiert es Corky immer wieder, daß er beim Masturbieren nicht einen nackten Frauenkörper, sondern einen Kirchenraum vor sich sieht.

Aber er bekommt die silberhaarige Frau nicht richtig ins Visier, und die Junge, die ihn an Thalia erinnert, schnaubt sich laut in ein Kleenex, und das bringt ihn prompt wieder raus. Ein blödes Gefühl, so stocknüchtern zu sein, die Realität steht freudlos-trüb vor dir wie ein überbelichtetes Foto. Die Kapelle ist ebenso überladen wie die Empfangshalle, bedrückend feucht, marmorne Wandplatten, bronzene Säulen mit Basreliefs, kunstvoll geschnitzte Bänke, Türen und Pfeiler aus Mahagoni, samtene Wandbehänge. Die Decke ist aus irgendeinem unterwassergrünlichen Stein, die Fensterrose voll schreiender Farben, grelles Rot grelles Grün grelles Blau, und geschmückt mit Abbildungen, die keiner bestimmten Religion zuzuordnen sind – Pyramiden, Einhörner, Sonnen, ein Lebensbaum. Corky wird ganz schwindlig, während er das alles in sich aufnimmt. Eine unterirdische Pralinenschachtel, ein Pralinenschachtelgrab. Er muß unentwegt gähnen.

Was zu trinken, brauch was zu trinken o süßer Jesus.

Vorn steht jetzt ein Typ in mittleren Jahren, der den Angehörigen die Hände schüttelt und mit ihnen flüstert, das muß ihr Pfarrer sein. Oder wird zu so einer Trauerfeier ein konfessionsloser Redner mitgeliefert? Der Sarg, der auf einem Gestell vor dem Altar steht (oder dem, was in einer richtigen Kapelle ein Altar wäre), beleidigt Corkys Auge – rohes, unbearbeitetes Holz, wie eine Transportkiste. Da soll ein Mensch drin sein? So was ist er bei Beerdigungen nicht gewöhnt. Marilee Plummers Sarg zum Beispiel war schwer, solide, würdig, glänzendes Ebenholz, nicht billig. Eine praktische Lösung, gewiß, weil der Sarg ja verbrannt wird, das leuchtet Corky schon ein, aber für ihn ist er trotzdem ein Stein des Anstoßes. Ebensogut kann man den Toten auch in einen Leichensack stecken oder in einen dieser dunkelgrünen Müllsäcke. *Herrgottnochmal, ich brauch was zu trinken.*

Die Orgelmusik dröhnt ihrem Ende entgegen. Der Pfarrer oder Redner stellt sich vor, Corky vergißt den Namen sofort wieder. Ein händereibender Typ mit Knollennase in schwarzem Polyesteranzug und Fliege, kriecherisch-betulich, ständig lächelnd, so daß man das rosa Zahnfleisch sieht, »unser geliebter Jerry van Heusen«, sagt er, »ein Mann von Ehre«, »ein Mann von großer Rechtschaffenheit«, »ein beispielhafter Sohn, Bruder, Ehemann, Vater, Großvater«, »ein guter, treuer Freund«, »eine Säule der Mildtätigkeit und Menschenliebe«, »ein von seinen Angestellten hochgeachteter Arbeitgeber«, »selbstloser Diener unseres Staates« – Corky hört das alles, ohne es aufzunehmen, er will es nicht aufnehmen, es geht ihm gegen den Strich, daß der Tote mit Vornamen »Jerry« heißt, so nennen ihn selbst manche Leute, die ihn nicht gut kennen oder die ihn ärgern wollen.

Wenn Charlotte ihn heute »Jerry« nennt, wird Corky ihr eins aufs Maul geben. Daß er sich in eine solche Wut auf das Miststück hineinsteigern kann, macht ihm manchmal Angst. Aber wessen Schuld ist es denn, daß Thalia heute so verkorkst ist?

Corky rutscht hin und her, die Bank ist gepolstert, aber er sitzt trotzdem nicht bequem. Irgendwas stimmt nicht an dieser Kapelle, und jetzt geht Corky auch auf, was es ist: Kein Christus am Kreuz, kein leidender Christus mit blutenden Wunden, kein Christus, der seine Schäflein segnet, *verdammt, überhaupt kein Christus.*

Corky ist so entsetzt, als wäre der Marmorboden unter ihm abgekippt.

Die Symbole in der Fensterrose und anderswo in der Kapelle sind nur Symbole, fauler Zauber. Was ist eine Pyramide anderes als ein blödes Grab, das die alten ägyptischen Pharaonen sich von ihren Sklaven haben bauen lassen, um ewig leben zu können? Ein Witz! Was ist eine Sonne anderes als ein Stern, der früher oder später erlischt, *in Millisekunden ist seine Geschichte vorbei.* Was ist ein Lebensbaum ohne Christus anderes als ein Todesbaum, selbst wenn du nicht an Ihn glaubst, Herrgottnochmal, *brauchst du Ihn nicht*? Was hat das Ganze ohne Religion für einen Sinn?

Corky sieht, wie der Sarg an ein gummibeschichtetes Förderband gehakt wird, sie müssen den Ofen hinter den lila Samtportieren angeschürt haben, während der alte Knabe in schwarzem Polyester sich lang und breit über »Jerry« ausgelassen hat. Das können sie doch nicht machen – einen Mann braten, wie man ein Schwein brät? Die Toten muß man ehren, selbst wenn sie einem scheißegal sind. Soviel Respekt muß schließlich sein – oder nicht?

Corky gerät in Panik. *Das bin ich,* denkt er, *das arme Schwein da drin, das bin ich.*

»Warten Sie! Nein…«

Alle drehen sich um und starren Corky Corcoran an, der dasteht und schwankt und zittert. Der Sarg macht einen Ruck, der Samtvorhang ist nach rechts und links zur Seite geglitten, die Ofentür hat sich geöffnet, man hört das gedämpfte Tosen des Feuers. Corky schaut die fremden Leute groß an, die ihn ihrerseits voller Furcht und Schrecken betrachten. Was ist nur in ihn gefahren, sich in aller Öffentlichkeit lächerlich zu machen? Sich einer Gesellschaft aufzudrängen,die ihn nicht haben will? Heiße Röte flammt über sein Gesicht. Er schüttelt den Kopf. »Tut mir leid… entschuldigen Sie bitte…«, murmelt er tödlich verlegen, als hätte er am Rednerpult oder im Fernsehen einen Furz abgelassen. Herrgott, was ist bloß los mit mir? Werde ich jetzt verrückt?

Corky ist auf dem Weg zum Ausgang, aber ihm ist so schwindlig, daß er sich plötzlich wieder setzen muß. In seinen Ohren rauscht es. *Tod ist ansteckend Tod ist ansteckend Tod ist ansteckend* – er schließt die Augen, versucht, sich zusammenzunehmen, komm, Corky, reiß dich am Riemen, das hast du schließlich alles schon mal erlebt, da kommst du schon drüber weg. Er sieht Christinas Gesicht, ihre erschrockenen Augen. Du brauchst nur was zu trinken, das ist der Säuferwahn, alles Einbildung, also komm schon…

Dann ist es überstanden. Die Trauerfeier für »Jerry van Heusen« ist vorbei. Der Sarg verschwunden, als hätte es ihn nie gegeben, die Ofentür fest geschlossen, und wenn dahinter ein mächtiges, verzehrendes Feuer lodert, muß man es sich vorstellen, sehen kann man es nicht. Und auch nicht riechen. Die meisten Trauergäste sind schon aufgestanden. Wieder Umarmungen, Händeschütteln. Corky wischt sich das feuchte Gesicht am Ärmel ab, er ist unglaublich verlegen, aber schließlich weiß hier keiner, wie er heißt, und keiner nimmt ihm sein Benehmen übel, Corky ist der geheimnisvolle Fremde bei der Trauerfeier van Heusen, an den »Jerrys« Angehörige und Freunde sich noch lange erinnern werden, dieser sympathische, verstörte Mann, der plötzlich hervorstieß: »Warten Sie! Nein…!« Wer mag das gewesen sein?

Bestürzt sieht Corky, daß sie sich auf ihn zubewegen. Selbst die alten Leute kommen zielstrebig aus ihren Bänken hervor. Der Mann mit dem schmalen Eichhörnchenkopf. Die Silberblonde hat nasse glühende Augen und sieht Corky an, als wären sie ein Liebespaar, das sich jetzt nach langer Trennung versöhnen wird – nur ist sie gut und gern Ende sechzig, und das Haar ist nicht silberblond, sondern richtig silbern und stark toupiert, damit man nicht sieht, wie dünn es ist. Kim Novak!

Mit weichen Knien schiebt sich Corky aus seiner Bank und entkommt auf den kleinen Korridor. Nur der Bursche mit dem eingedrückten Kopf und dem frechen Eichhörnchengesicht holt ihn ein. »Na so was! Mr. Corcoran! Jerome! Was für ein erstaunlicher Zufall. Ich hatte keine Ahnung, daß Sie auch ein Freund von Jerry sind.«

Das darf doch nicht wahr sein… Dieser aufdringliche kleine

Scheißkerl Teague oder Tyde, der Corky andauernd belämmert, ist hier? Nicht zu fassen!

»Maynard Teague, Jerome, wir haben uns neulich im Athletic Club kennengelernt, leider war keine Zeit zum Reden…« Auch diesmal kommt der kleine Bursche zutraulich auf Corky zu und streckt ihm die Hand hin. Er muß Corkys ablehnendes Gesicht gesehen haben, stört sich aber offenbar nicht daran, sondern lächelt sonnig. »Ein trauriger Anlaß, gewiß, aber – es muß Schicksal sein, daß unsere Wege sich kreuzen, ohne daß wir es darauf angelegt haben…«

Corky weicht zurück und blafft rüde: »Keine Zeit. Ich hab's eilig.« Und dann dreht er sich um, geht davon und muß sich zwingen, nicht in Trab zu verfallen.

»Aber Jerome – wir haben so viel zu besprechen.«

»*Keine Zeit.*«

Sie haben die Einäscherung rationell und zügig durchgezogen: Es ist erst 18.42 Uhr.

Draußen vor dem krumm und schief geparkten Caddy wird Corky, der nach den Schlüsseln kramt, um so schnell wie möglich von hier zu verschwinden, durch eine Bewegung hinter dem Spitzturm des Schieferdaches abgelenkt. Als er verwundert nach oben blickt, sieht er Rauchspiralen aus dem hohen gemauerten Schornstein aufsteigen, die sich aschgrau, cremig-fließend und wie lebendig drehen und winden. Die Luft über ihnen und scheinbar auch der Himmel selbst flirrt vor Hitze.

Unbeweglich, mit offenem Mund, starrt er nach oben, und ohne zu wissen, was er tut, schlägt Corky Corcoran, mit den Fingerspitzen Stirn, Brust, linke Schulter, rechte Schulter, berührend, langsam ein Kreuz.

9

CORKY AUF VERFOLGUNGSJAGD

Und während der Rauch noch immer in lautlosen Schwaden aus dem Krematoriumsschornstein himmelwärts steigt, geschieht folgendes: Corky rollt über den ausgefahrenen, mit Pfützen durchsetzten schmalen Pfad zurück zum Hauptweg, er hat sich eine Zigarette angezündet, raucht in tiefen, erholsamen Zügen, drückt auf der Suche nach den neuesten Nachrichten eine Sendertaste nach der anderen, hört Teeniemusik, die ihm in den Ohren gellt wie splitterndes Glas, eine durchdringend hohe Stimme, die Dyer's Discount Drugs anpreist, und freut sich schon jetzt auf die Autowaschanlage in der Schoonover, so wie man selbst, über und über mit Schmutz bedeckt, die Vorfreude auskostet, sich endlich ausgiebig säubern zu können. Es gibt nichts Schöneres, nichts, was so wunderbar normal wäre, wie seinen Wagen in einer dieser mit allen Schikanen ausgestatteten Anlagen waschen zu lassen, er wird ihnen auch sagen, sie sollen den Innenraum aussaugen, den ganzen Schrott rauswerfen, der sich dort angesammelt hat (bis auf die Begonie, morgen besucht er Tante Mary Megan, ganz bestimmt!), hoffentlich hat die Waschanlage am Sonntagabend auf, Corky hat es sehr eilig, von Mount Moriah wegzukommen und schwört sich, daß er hier zum letzten Mal gewesen ist, auch in einer Kiste bringen sie ihn nicht her, Einäscherung kommt nicht in Frage, er will sein eigenes Stück Erde und seinen eigenen Grabstein JEROME ANDREW CORCORAN auf dem Friedhof von Our Lady of Mercy, da, wo seine Familie liegt, und wenn's auch nur zum Draufscheißen für die Tauben wäre. Der Caddy rumpelt mit höchstens zehn Meilen pro Stunde dahin, dann biegt er auf den Hauptweg ein, und da nimmt Corky einen Wagen wahr, der neben dem Weg im Gras steht, am Steuer eine Frau,die sich, beide Ellbogen auf den unteren Rand des Lenkrads gestützt, weit nach vorn lehnt und die Finger an die Augen gelegt hat, als ob sie sehr müde ist oder als ob sie weint oder betet oder beides, das wirre Haar verdeckt das Gesicht fast ganz, aber Corky sieht, daß es ein junges Gesicht ist, ein totenbleiches, ein Gespenstergesicht – *Thalia?*

Corky ist schon vorbei, als die Erkenntnis ihn trifft wie ein Schlag. Aber während er auf die Bremse tritt, fährt der andere Wagen unvermittelt an und schlingert an ihm vorbei. Es muß Thalia sein, wer sonst sollte so verzweifelt, so gefährlich reagieren, der Wagen ist ein Saab 900 S, aber er ist flaschengrün, und seiner Erinnerung nach hatte Thalias Wagen eine andere Farbe. »Thalia? Warte…!«

Thalia wartet nicht, hört nicht – natürlich nicht. Während Corky noch staunend die Augen aufreißt, entfernt sich der Saab hoppelnd und rutschend und Kies hinter sich hochschleudernd über den pfützendurchsetzten holprigen Weg. Corky flucht leise vor sich hin, als er sich an die Verfolgung macht, du gottverdammter Idiot, warum hast du nicht schnell genug geschaltet, du hättest ihr den Weg abschneiden können. Ein Vorsprung von Sekundenbruchteilen, und Thalia ist auf und davon. Sobald der Saab die Steigung hinter sich und eine befestigte Straße unter sich hat, gibt sie Vollgas und rast rücksichtslos in das Wohngebiet von Mount Moriah hinein, wo ein Tempolimit von dreißig vorgeschrieben ist, sie fährt mindestens sechzig, und Corky fluchend immer hinterher, das Lenkrad umklammernd wie ein Fahrer beim Indiana-Speedway, auch die Reifen des Caddy rutschen und schleudern Schmutz und Kies hoch, aber sobald sie auf der festen Fahrbahn Halt finden, schießt der Wagen vorwärts wie eine Rakete. Thalia, die schon einen Block Vorsprung hat, überfährt ein Stopzeichen. Als Corky hinkommt, bremst er, das Risiko ist ihm zu groß, aus den Augenwinkeln sieht er, wie zwei Jungs auf Fahrrädern mit aufgerissenen Augen dem Saab nachsehen und jetzt den Caddy anglotzen, der ruckelnd und vibrierend hält und dann mit einem Satz wieder anfährt; an der nächsten Kreuzung saust Thalia erneut durch und verfehlt diesmal nur knapp einen Wagen, der von links auf die Kreuzung fährt, die verdammte Karre bremst und dreht sich, zappelnd wie ein getretener Käfer, um 180 Grad, so daß Corky, der mit seiner Hupe einen Lärm macht wie ein erboster Elefantenbulle, kostbare Sekunden verliert, bis er sich fluchend um den Wagen herumlaviert hat, der abgewürgt mitten auf der Kreuzung steht (Corky sieht flüchtig das fassungslose runde Gesicht einer typischen Hausfrau und Mutter mit einem Kind auf dem Beifahrersitz und zwei weiteren Kindern auf der Rückbank), und mit kreischenden Reifen weiter dem flaschengrünen Saab nachjagt, der inzwischen einen ganzen Block vor ihm ist und sich anschickt, auf eine breitere Straße einzubiegen, es muß die Seneca sein, und in diesem Moment geht Thalia ohne Rücksicht auf den Verkehr scharf nach rechts, ja, es ist die Seneca, und als er Sekunden später an der Ecke ist, wird er erneut abgeblockt, diesmal von einem dieser verdammten städtischen Busse, der gerade gemächlich schnaufend anfährt, wie das die Busse der Union City Transit so an sich haben, und dabei stinkig schwarze Abgase aus dem Auspuff entläßt, so daß Corky ganz schlecht wird. Er kann jetzt entweder hinter dem Bus herfahren, bis der richtig in Gang gekommen ist, und einen günstigen Augenblick zum Überholen abpassen, oder sich tollkühn auf die linke Spur setzen und gleich an ihm vorbeiziehen, Corky hat schon zum Überholen angesetzt, kommt aber wieder zur Besinnung, als er im Rückspiegel Fahrzeuge auf sich zurasen und das wutverzerrte Gesicht eines Mannes hinter der Windschutzscheibe seines Cherokee Jeep sieht, der Corky anhupt. Der hat tatsächlich überlegt, ob er ihn schneiden soll, bleibt aber jetzt auf seiner Spur, verliert weitere kostbare Sekunden hiner dem Bus, und als er endlich an dem Scheißding vorbei ist, mit dem Fuß auf dem Gas und einer Beschleunigung von dreißig auf achtzig in einem einzigen Atemzug, ist weit und breit kein flaschengrüner Saab mehr zu sehen.

»Scheiße! Scheiße!«

Corky trommelt mit beiden Fäusten aufs Lenkrad, aber er hält sein Tempo, verdammt, er denkt nicht daran aufzugeben, er ist für das verrückte Weibsstück verantwortlich, er wird das durchziehen, und wenn er dabei draufgeht.

Inzwischen hämmert sein Herz so schnell und so laut wie die blöde Roto-Rooter-Pumpe, mit der er letzte Woche nach den wolkenbruchartigen Regenfällen seinen Abfluß im Keller freigemacht hat.

Corky rast in südlicher Richtung über die Seneca, irgendwo vor ihm muß Thalia sein, irgendwann wird er sie einholen. Die Frage ist, ob sie auf der Seneca in Richtung Stadt bleibt oder irgendwo abbiegt; wenn er, Corky, in dem Saab auf der Flucht wäre, würde er auf die westliche Meridian gehen, die auf die Interstate-90 Nord und aus der Stadt herausführt, aber er bezweifelt, daß Thalia diese Straßen so gut kennt wie er, sein größtes Handicap ist es, daß er keine Ahnung hat, wo Thalia in letzter Zeit gewesen ist, denn dann wüßte er, wohin sie sich unter Umständen flüchten könnte – immer vorausgesetzt, daß sie in dieser verzweifelten Situation wieder dahin zurückfahren würde. Ungeduldig laviert er um langsamere Trottel herum, überholt rechts, signalisiert mit einem Stakkato-Hupton: »Aus dem Weg, fort mit euch, verdammt, du auch, Schwester!«, ständig einen Unfall oder mit seinen neunzig pro Stunde – das sind fast dreißig über dem Tempolimit- zumindest einen Strafzettel riskierend, aber was soll's, die Situation ist verzweifelt, er kann Thalia nicht entkommen lassen, vermutlich hat sie ja die deutsche Luger bei sich, die muß er sich zurückholen, das ist seine Pflicht als Stiefvater und als Staatsbürger, er zuckt zusammen, als er das Plakat sieht RASER VERLIEREN DEN LAPPEN! RASER LANDEN IM KNAST!, dann donnert er durch eine Eisenbahnunterführung, und als er auf der anderen Seite wieder ans schwindende Tageslicht kommt, sieht er zu seiner Verblüffung den flaschengrünen Saab nur einen halben Block vor sich. Corky macht sich erneut an die Verfolgung, jetzt steht für ihn fest, daß er es früher oder später schaffen wird, Thalia zu erwischen, und dann wird sie begreifen, wie sinnlos es ist, vor ihm flüchten zu wollen, er tritt gewagt aufs Gas und schneidet einen Wagen voller Schwarzer, während der Saab auf die nächste Kreuzung zurast, als die Ampel gerade auf Rot umspringt, aber diesmal läßt Corky sich nicht abhängen, er rast, Kopf und Kragen riskierend, bei Rot durch und handelt sich damit wildes Gehupe ein, jetzt wechselt der Saab unvermittelt auf die rechte, die Abbiegespur – auf die Meridian? – nein, nicht auf die Meridian, auf eine kleinere Geschäftsstraße, die Tuscarora, tatsächlich, der Saab biegt auf die Tuscarora ein, und Corky, verdammt, kommt nicht schnell genug rüber, er muß mit dem Wenden bis zur nächsten Querstraße warten, statt aber zur Tuscarora zurückzufahren, fährt er einen Block weiter und wendet erst dann, da er sich sagt, daß Thalia noch nicht weit sein kann, er biegt schleudernd scharf links in Thalias Straße ein und sieht sie einen Block vor sich; auf der

Tuscarora, die nur zweieinhalb Spuren breit ist und auf der man parken darf, kann Corky nicht allzuviel Tempo vorlegen, die halbe Zeit steht er mit protestierend quietschenden Reifen auf der Bremse und spürt die erstaunten Blicke von Fußgängern und anderen Autofahrern. Der Verkehr, so spärlich er ist, behindert seine Sicht, so daß er nicht hunderprozentig sicher sein kann, ob er den flaschengrünen Saab wirklich noch vor sich hat; an der Kreuzung sieht er rasch nach rechts und links, um sich zu vergewissern, daß Thalia nicht wieder abgebogen ist, ihre verzweifelte Taktik besteht darin, im Zickzack vor ihrem Verfolger herzufahren und ihn dadurch womöglich abzuschütteln, ja, aber jetzt sieht er sie,und verdammt nochmal, sie biegt tatsächlich ab, an einem Hoagie Haven Schnellimbiß macht Corky eine scharfe Rechtskurve, bemerkt einen Sekundenbruchteil zu spät, daß der Wagen, der abgebogen ist, ein grüner Mercury ist, kann nicht wenden, muß in eine Einfahrt einbiegen, kehrtmachen und dann bis zur Kreuzung zurückfahren, es ist eine Einbahnstraße, aber was soll's, Corky hat keine Wahl, er hupt, und der entgegenkommende Verkehr hält für ihn an, er biegt wieder in die Tuscarora ein, vorbei an Fitness Our Bizness vorbei an Fine Feathers & Fur Pets, an Mykonos Pizza und Taco Bell, vorbei am Fertility & Sex Counselling Institute, vorbei an Comfortum Prosthetis »State of the Art Silicone Limbs« und am Haarentfernungsinstitut Tuscarora, vorbei an Grimm's Allstate and Leathergirls Ltd., am La Vogue Unisex Hair Salon, an der Termiten- und Ungezieferbekämpfung Extermino – und sieht den flaschengrünen Saab wieder rechts abbiegen, diesmal in so blinder Hast, daß die Reifen über den Randstein rumpeln, wer außer Thalia könnte so desperat sein, Sekunden später ist Corky da und biegt ebenfalls ein, er schneidet einen Ford Minivan, der Wagen ist schneller, als Corky gedacht hat, er wappnet sich gegen den Aufprall und stemmt sich gegen den Sicherheitsgurt, aber der Ford weicht mit schrill jammernden Bremsen aus, und wie durch ein Wunder ist Corky nichts passiert, aber er zuckt zusammen, als er im Rückspiegel sieht, daß der Wagen auf den Gehsteig geraten ist und ein geparktes Auto gestreift hat, Himmelnochmal, Corky bricht der kalte Schweiß aus allen Poren, aber er nimmt nicht mal Gas weg, *ihm* ist nichts passiert.

Etwa einen Block vor sich sieht Corky den flaschengrünen Saab, der sich in Schlangenlinien durch den Verkehr windet, als habe seine Fahrerin jetzt doch die Kraft oder der Mut oder beides verlassen, er holt schnell auf und sieht sie auf den ziemlich leeren Parkplatz des Luxor Mattress and Bedding Emporium einbiegen und auf einen schmalen Durchgang zurasen, der unbefestigt und ausgefahren und voller Pfützen ist wie die Wege auf dem Mount Moriah, Sekunden später ist auch Corky zur Stelle, sein Herz hämmert erwartungsvoll wie kurz vor dem Höhepunkt, aber dann merkt er, daß der Caddy für so eine Straße zu schwerfällig ist, ungeschlacht und aufgedunsen wie eine Kuh, der Wagen macht einen scheußlichen Satz, die Achse schrammt über den Boden, Corky hat einen Sekundenbruchteil das Lenkrad nicht im Griff und muß hilflos zusehen, wie der rechte vordere Kotflügel in eine metallene Mülltonne hineindonnert und sie so mühelos hochhebt, wie man aus dem Handgelenk heraus einen Schaumstoffbecher in die Luft wirft, die Mülltonne kracht auf Corkys Motorhaube, rollt an die Windschutzscheibe und über die Windschutzscheibe weg, und Corky bremst krampfhaft, der Caddy schleudert und kommt heftig ruckelnd und zitternd in einem struppigen Forsythienbusch zum Stehen. Das Radio, das Corky seit dem Beginn der Verfolgungsjagd nicht mehr wahrgenommen hat, bringt hämmernden Rock aus seiner verlorenen Jugend, Mick Jaggers kehlig-kratzige, schwarz-bluesige Stimme, die Corky seit Jahren nicht mehr gehört hat, singt *Time is on my side*.

10

»DER HAHN HAT GEKRÄHT...«

Ich kann Ihr Leben verändern, Junge..., und so kam Corky eines Abends im Februar 1973 zu einer Aufführung von *La Ronde* bei den Union City Players, einer aus Laien bestehenden Theatergruppe. Als glamouröse Geliebte eines wohlhabenden älteren Mannes betrat eine goldblonde junge Frau von kühler Schönheit die Bühne, für Corkys geblendete Augen eine Kreuzung aus

Grace Kelly und Julie Christie, eine wundervolle Frau, von der Corky so gefesselt war, daß er nicht mitlachte, wenn nach den Witzchen und Pointen laienspieltypische Pausen eingelegt wurden, um den Zuschauern Gelegenheit zum Lachen zu geben. Corky war seit seiner Schulzeit nicht mehr im Theater gewesen, war auf diesem Gebiet auch Laie und ehrlich schockiert von dem sexuellen Zynismus in *La Ronde*, der entschieden unromantisch, unamerikanisch, irgendwie unschön war. Jerome Andrew Corcoran, »Corky«, war mit siebenundzwanzig der jüngste Mitarbeiter in der Immobilienfirma Ross Drummond Realty; Mr. Drummond hat einen Blick für Potential, Mr. Drummond schafft Potential, das ist sein Geschäft, und er ist *kein* Laie.

Er gab Corky einen Rippenstoß, als am Ende der Szene zwischen der goldblonden Frau und dem wohlhabenden älteren Mann die Bühne in vielsagendem Dunkel versank, und sagte großspurig, fast anzüglich: »Das Mädchen ist meine Tochter. Meine Tochter Charlotte. Hätten Sie Lust, sie kennenzulernen, Junge? Hmmm?«

Ja, Mr. Drummond. Und ob, Mr. Drummond.

Und so kam es zu der ersten Begegnung zwischen Corky und der Frau, die er später heiraten sollte.

Der Supper Club des Troika. Champagner und Hummer. *Treiben diese Leute das ständig so? Ist das ihr Leben?* Da hatte Corky noch nicht mal das Haus der Drummonds am Lakeshore Drive gesehen.

Auf dem Weg zu dem eleganten Restaurant in Theaternähe, wo ein Tisch reserviert und Drummond offenbar Stammgast war, hatte er Corky herzlich die schwere Pranke auf die Schulter gelegt. »Vielleicht können Sie mein kleines Mädchen ein bißchen aufheitern, mein Junge…«, die Stimme klang eine Spur rauh, das bedeutete, daß er verlegen war und man ihn nicht ansehen durfte, »wir sind gerade dabei, sie von diesem ausgemachten Vollwichser loszueisen, den sie geheiratet hat, kaum daß sie aus dem College raus war. Ich könnte dem Kerl die Eier zerquetschen für das, was er meiner Kleinen angetan hat. Das Schlimmste hat sie aber jetzt wohl überstanden – Sie haben ja gesehen, wie sie aussieht –, jetzt soll sie sich mal wieder ein bißchen amüsieren, soll es sich schön machen. Sie verdient einen netten, sauberen Mann, einen ernsthaften Mann, der weiß, was er will und eine Karriere vor sich hat... na, Sie verstehen mich schon.«

Aber ja, Mr. Drummond. Natürlich, Mr. Drummond.

Damals hatte Corky eine Frau – nein, eigentlich zwei oder drei –, mit denen er regelmäßig zusammen war, will sagen, die er regelmäßig bumste, aber sein erster Abend mit Charlotte Drummond im Troika, an dem er zum ersten Mal die hektische Fröhlichkeit von Theaterleuten erlebte – ganz abgesehen von der völlig neuen Erfahrung, daß Ross Drummond die 760 Dollar-Rechnung zahlte, ohne mit der Wimper zu zucken und den Ober barsch anwies, fünfzehn Prozent von der Gesamtsumme auszurechnen und sich als Trinkgeld zu nehmen –, tilgte alles, was man bis dahin als Corkys Liebesleben hätte bezeichnen können.

Noch während des Stücks hatte Corky sich verliebt; er wartete ungeduldig auf die Rückkehr der Geliebten des wohlhabenden Mannes und war sehr enttäuscht, als sie nicht noch einmal auftrat. Den Fortgang des Stückes sah er nur noch wie durch einen Nebel und war erst versöhnt, als er unter dem zehnköpfigen Ensemble, das den Schlußapplaus entgegennahm, auch Ross Drummonds Tochter entdeckte. Sie wirkte jünger als in ihrer Rolle, wie sie da auf der Bühne stand und ihren frenetisch klatschenden Freunden, Verwandten und Bekannten zulächelte. (Die Union City Players, denen sich später für kurze Zeit auch Corky Corcoran zugesellte, war ein Zusammenschluß betuchter Laienschauspieler, deren Aufführungen begeisterte und unkritische Aufnahme fanden. Ross Drummond war einer der Hauptgeldgeber.) Im Troika kam sich Corky, von Charlottes Vater mit ihr bekanntgemacht und aufgefordert, sich neben sie zu setzen, wie ein Mann vor, der mit Schneeblindheit geschlagen ist. »Ja, richtig, Jerome Corcoran«, sagte die schöne junge Frau zögernd. »Ich *glaube*, Pappa hat mir schon von Ihnen erzählt. War das der Mann, Pappa?«

»W-was hat Mr. Drummond über mich gesagt?« entfuhr es Corky.

Charlotte lächelte schüchtern und biß sich auf die volle kirschrote Unterlippe. Wie die anderen Darsteller, die sich in der Nische zusammendrängten, war sie noch für die Bühne geschminkt: Kreisrunde rote Puppenwangen, schwarze, spinnenbeinig lange Wimpern, kühn gemalte Brauenbögen, die sich wie fragend über ihren echten Brauen wölbten.Sie trug ein braunes Jerseykleid – eine Farbe wie Kakao mit Sahne –, das ihre schönen nackten Schultern und die Ansätze der vollen Brüste (der schon heftig japsende Corky wagte es gar nicht hinzuschauen) vorteilhaft zur Geltung brachten. Und eine einreihige Perlenkette, ganz was anderes als die »Zuchtperlen«, auf die Corkys weibliche Verwandten so stolz waren. »Rücken Sie ein Stück näher, und ich verrate es Ihnen«, sagte Charlotte, womit sie nicht nur Corky, sondern auch Ross Drummond provozieren wollte, denn zwischen Vater und Tochter war eine lebhafte Spannung zu spüren. Der betörte Corky, Charlottes Parfüm und den ganz eigenen Duft ihres Haares in der Nase, tat wie geheißen, direkt vor den Augen von Ross Drummond und einem Tisch voll vornehmer Leute, die er nicht kannte, und Charlotte flüsterte: »Pappa sagt, Sie sind der einzige Verkäufer in seinem Büro, dem er nicht Feuer unter – äh – den vier Buchstaben zu machen braucht.«

Unter dem Arsch hatte sie gemeint. Hatte er gemeint.

Corky lachte befreit und nahm es als Kompliment. Und das sollte es ja wohl auch sein. Das erste von vielen.

Nach jenem Abend »gingen« sie miteinander, das heißt, Corky bemühte sich sehr um diese faszinierende, schauspielernde junge Frau, aber obwohl es sexuell zwischen ihnen so heftig knisterte, daß Corky vor Frust ins Hecheln kam, schliefen sie erst miteinander, als nach etlichen Wochen von Verlobung geredet wurde. (Man sollte annehmen, daß in den sechziger Jahren offizielle Verlobungen aus der Mode gekommen waren, aber diese Annahme war falsch – zumindest in jenen Kreisen, zu denen die Drummonds gehörten.) Alles vollzog sich in schwindelerregendem Tempo. Corky Corcoran schlug wie ein Nichtschwimmer in tiefem Wasser wild mit den Armen um sich und genoß es, er schluckte Wasser und genoß es, *Ist das Wirklichkeit? Bin das wirklich ich?* und wachte jeden Morgen mit einem Ständer von der Größe und der Wucht eines Schlagstocks auf.

Corky hatte sich Hals über Kopf in Charlotte Drummond verliebt, ohne zu wissen oder vielmehr, ohne sich bewußt zu machen, daß sie ein Kind hatte, eine achtjährige Tochter aus ihrer katastrophalen Ehe. »Die Prinzessin«, wie Ross Drummond sie stolz nannte. Jene Stunde, als er Thalia im Hause der alten Drummonds begegnet war und für sie den Flohwalzer und »Glühwürmchen« gespielt hatte, veränderte auch Corkys Leben: *Ich kann dem Kind eines anderen Mannes ein Vater sein.* Nicht nur, daß die Kleine so bildhübsch war und sich so schüchtern und fügsam gab – nein, da war dieser köstliche Kitzel, einen Raub zu begehen. *Kidnapping.*

»Du hast eine richtige Eroberung gemacht, Jerome«, hatte Charlotte nachdenklich zu Corky gesagt. »Sonst hält Thalia nämlich nicht viel von meinen…«, sie unterbrach sich, es war ihr wichtig, ein möglichst schickliches Wort zu finden – »meinen Bekannten.«

»Und was ist mit ihrem Vater?« hatte Corky gefragt. »Wie paßt der ins Bild?«

Charlotte sagte unbestimmt, mit einem ganz leichten Naserümpfen, als verbreite Corky ungewollt einen schlechten Geruch: »Der ist raus aus dem Bild, dafür hat Pappa gesorgt. Über ihn wird nicht gesprochen.«

Corky verlobte sich mit Charlotte, ohne im einzelnen zu wissen, daß die Scheidung durch Braunbecks geniale Ablenkungsmanöver verzögert wurde (unter anderem durch eine Millionenklage gegen die Schwiegereltern Drummond wegen »übler Nachrede« und die Drohung, »an die Öffentlichkeit zu gehen«. Braunbeck besaß Fotos, die er ohne Wissen oder Einwilligung seiner Frau von Charlotte und sich beim Liebesakt gemacht hatte. Besonders böse aber war die Drohung, wegen der angeblichen »Promiskuität« ihrer Mutter das Sorgerecht für Thalia einzuklagen), und ohne Kenntnis davon zu haben, daß Charlottes wahres Alter nicht ihrem Aussehen oder ihrem Auftreten entsprach. (Erst durch den Trauschein erfuhr er, daß sie drei Jahre älter war als er.) Auch daß Charlotte mehrere Jahre »Analyse« bei einem Psychoanalytiker in Manhattan hinter sich hatte, zu dem sie pünktlich jeden Montag auf Ross Drummonds Kosten geflogen war, hatte er nicht gewußt, und ebensowenig, daß Charlotte, obschon mit Lob überschüttet, keine besonders gute Schauspielerin war – affektiert und manieriert in der Technik, seicht im Affekt, voller Eitelkeit, aber ohne Ehrgeiz, unfähig, den Anweisungen des Regisseurs zu folgen, wenn es um Details und Feinheiten ging. Corky, dessen Vorstellungen »klassischer Schauspielkunst« sich an Kirk Douglas in dem Film *Spartakus*, den er viermal gesehen hatte, orientierten, fand Charlotte phantastisch.

Vor allem aber hatte er nicht geahnt, daß Charlotte – zu exaltierten Gefühlsausbrüchen neigend, die immer so wirkten, als sollten sie auf ihre Bühnenverwertbarkeit hin getestet werden – ihm jede Beziehung zu anderen Frauen neiden würde, und sei sie noch so beiläufig, indifferent und harmlos.

Später erstreckte sich ihr eifersüchtiges Mißtrauen auch auf manche von Corkys Freunden, so zum Beispiel auf Vic Slattery. (Obgleich sie bereitwillig zusammen mit Corky zu den gelegentlichen kleinen Partys der Slatterys ging oder es sich nur zu gern gefallen ließ, wenn Sandra Slattery sich besonders um sie kümmerte.) Corkys »Spießgesellen« pflegte sie die Männer zu nennen, die Corky seit der Schulzeit – im Fall von Nick Daugherty schon seit der Grundschule – kannte. Sie mißgönnte Corky sein Pokerspiel und seine Wetten, gleichgültig, ob er gewann oder verlor, und war eifersüchtig auf seine Verwandtschaft aus Irish Hill. (Die Einheirat in eine irisch-katholische Familie der unteren Mittelschicht war für eine Frau aus wohlhabenden weißen protestantischen Kreisen ohnehin ein Unternehmen voller Fallstricke. Diese Fülle von Verwandten, von denen so viele, weil sie gerade mal wieder Pech gehabt hatten, ein bißchen Bares für die Arztrechnung, für eins der Kinder in der Schule brauchten oder um sich zwischen zwei Jobs über Wasser zu halten, natürlich nur geliehen, du kriegst es mit Zins und Zinseszins zurück, Gott segne dich).

Doch all das sollte erst später auf ihn zukommen. In den ersten Tagen, Wochen, Monaten seiner Affäre mit Charlotte Drummond, die damals vor dem Gesetz noch Mrs. Sherwood Braunbeck war, hatte er nicht über seine Schwanzspitze hinaussehen können.

Ja gibt's denn das? Herrgottnochmal…

Bemerkenswert war auch, daß der allenthalben seiner unberechenbaren Launen wegen gefürchtete Ross Drummond Corky Corcoran immer mehr ins Vertrauen zog. Ihn in gewisse Geheimnisse bei Drummond Realty & Insurance einweihte. Ein neues Büro für Corky. Gehaltserhöhungen. Die Chance, fette Provisionen zu kassieren. Beförderung über die Köpfe älterer, geduldigerer und womöglich verdienstvollerer Mitarbeiter hinweg. Börsentips. Drei-Martini-Lunchs in Drummonds Clubs, dem UCAC, dem Union City Golf Club, dem Lakeshore Yacht Club. Einen Arm schwer und besitzergreifend um Corkys Schultern gelegt, machte Ross Drummond ihn mit seinen Freunden bekannt: »Der Verlobte meiner Tochter« – »Der Mann meiner Tochter« – manchmal »Mein Schwiegersohn«. Meine. Mein.

Noch vor der Hochzeit im Mai 1974 waren Corky und der Alte ein Gespann – so wie ein Elefant, durch eine kunstreiche Vorrichtung mit einem Esel zusammengeschirrt, ein Gespann bilden kann, das beiden Vorteile bringt. Endlich mal einer, der nicht rumquatscht und Sprüche klopft, tönte Drummond stolz, und Corky, eigentlich ein begnadeter Sprücheklopfer, hielt wohlweislich in Ross Drummonds Beisein den Mund. Wer was lernen will, muß zunächst mal das Zuhören, das Aufnehmen lernen, diesen Vorgang darf man nicht stören. Drummond hatte keinen Sohn, nur eine Tochter und jetzt eine Enkelin, und vielleicht, sagte sich Corky, gab es in dieser Familie deshalb so viel Fügsamkeit, so viel Rücksichtnahme; hin und wieder eine kurze Gefühlsaufwallung, eine Art koketter Spannung zwischen Vater und Tochter, aber keine ernsthaften Streitigkeiten. »Wer zahlt, sitzt am Drücker«, pflegte Drummond zu prahlen.

Aber nicht immer, denkt Corky ein wenig bitter.

Drummond hatte tatsächlich einige Ähnlichkeit mit einem Elefantenbullen: Der massige, schlecht koordinierte Körper, die dichten, grauen, an Metallspäne erinnernden Kraushaare, das derb ledrige Gesicht, das aussah, als ob es aus mehreren Schichten bestand, und in dem schlaue feuchte Augen funkelten. Als Corky ihn kennenlernte, war er Ende fünfzig, und schon damals schien er nicht so sehr alt als alterslos – abgelagert, verwittert, wie in Salzlake eingelegt. Man sah ihm nicht an, daß er vielfacher Millionär war und am Dartmouth College einen B.A.-Abschluß gemacht hatte. Und wenn man ihn in Männergesellschaft reden hörte, hätte man ihm die ausgesuchte Höflichkeit, die er

»Ladies« gegenüber an den Tag legte, nie zugetraut. Genausowenig wie die Herkunft aus einer der reichen Familien von Union City. Er war ein leidenschaftlicher, auf Siege erpichter Golfspieler und brüstete sich auch gern mit seinen olympiareifen Schwimmkünsten. Inzwischen aber war er so schwergewichtig und kurzatmig, daß er nur noch hin und wieder zu Hause im Pool oder von seiner Jacht aus in lauwarmem, geschützten Wasser schwamm. An den ersten Sonntagsausflug mit der Familie auf Drummonds schneeweißer, fünfzig Fuß langer Evinrude-Jolle *The Rustbucket* erinnert sich Corky, als sei es gestern gewesen. Eine traumgleiche Flußfahrt auf dem Chateauguay in der heißen Maisonne, vom Lakeshore Yacht Club nach Norden und Osten zum dreißig Meilen entfernten Ontariosee, von dem sie kurz nach Sonnenuntergang zurückgekommen waren. Der Alte hatte in einem Liegestuhl auf dem Vorderdeck alle Viere von sich gestreckt, die grobschichtige Elefantenhaut glänzte schleimig vom Sonnenöl, der Bauch hing in Falten über den Bund der eng anliegenden roten Polyester-Badehose, unter der sich die Geschlechtsteile kropfartig abzeichneten – ein Anblick, der Corky fast peinlich war. (Außer Drummonds Frau, Tochter und Enkelin waren noch etliche Frauen aus der Verwandtschaft an Bord der *Rustbucket*.) Drummond und Corky schütteten pausenlos Bier in sich hinein. Es gäbe da so allerlei zu bereden, sagte Drummond. Und während er sich an der behaarten Brust und an den Eiern kratzte, angeregt durch Corkys Anwesenheit, durch die teilnahmsvolle und scheinbar unkritische Aufnahmebereitschaft dieses schlanken, gutaussehenden Iren, den er aus dem Nichts geholt hatte, so wie ein aufmerksamer Pfadfinder aus dem Müll fremder Leute etwas wirklich Wertvolles hervorholt, fing er an zu reden. Er führte kein Gespräch, er hielt eine Ansprache, die aber den richtigen Zuhörer erforderte oder vielmehr jemanden, der mehr als zuhören, der *absorbieren* konnte. Er redete über die Firma und andere Lieblingsthemen, vor allem natürlich die Politik. Er nannte sich einen »Taft-Republikaner«, was immer das bedeuten mochte, und Corkys Interesse an den Auslassungen des Alten war nicht geheuchelt, sondern echt.

Mit siebenundzwanzig wußte er nun, was er seit Jahren geahnt hatte: Wie es in der Welt zugeht, lernt ein Mann von älteren

Männern,die es gut mit ihm meinen. Es macht nichts, wenn sie Scheiß reden – Hauptsache, sie reden mit dir.

Aber es war Sherwood »Tip« Braunbeck (zu jener Zeit noch Ross Drummonds Schwiegersohn, der schuld daran war, daß der Alte ausnahmsweise mal seine schlaue Vorsicht vergaß. Wenn er von Braunbeck sprach, was er nur tat, wenn außer Corky niemand mithören konnte, wurde seine Stimme heiser vor Wut, und die kleinen, feuchten, dicht beieinanderliegenden Augen glitzerten ergrimmt. Braunbeck war »dieser Wichser«, »dieser Psychopath«, war der letzte Gauner und Hochstapler. Ein Erpresser. Ein Gangster. Er hätte einen Schuß ins Knie verdient, einen Schuß in die Eier, er hätte den Tod, nein, besser noch, er hätte die Folter verdient. Mit einem Sorgerechtsprozeß wegen Thalia zu drohen! Gefälschte »Pornobilder« seiner eigenen Frau an die Presse verscherbeln zu wollen! Die eigenen Schwiegereltern zu verklagen! Dabei – ganz im Vertrauen gesagt, Corky (Drummonds Finger legten sich fest um Corkys rotgebrannten Arm, sein bierschwerer Atem wehte Corky ins Gesicht) –, hatte er, Ross Drummond, über 30000 Dollar hingeblättert, um Braunbeck vor den Ermittlungen der Staatsanwaltschaft zu bewahren, die mit Sicherheit zu einem Unterschlagungsprozeß geführt hätten. »Stell dir das mal vor! Mich zu hintergehen. Schlimm genug, daß der Hundesohn hinter dem Rücken meiner Tochter was mit anderen Frauen anfängt, aber – *mich* zu hintergehen...« Aufgebracht kratzte Drummond sich am Sack, und Corky nickte ernst.

Von Charlotte hatte Corky über Braunbeck wenig mehr erfahren, als daß er »grausam« gewesen war, »ein Lügner«, ein »lausiger Vater«, »ein Psychopath«. Inzwischen lebte er in Palm Beach mit einer reichen Witwe zusammen »die alt genug ist, um seine Mutter zu sein«. Von Corky in der Stadt angestellte diskrete Erkundigungen ergaben, daß sein Vorgänger eine einigermaßen geheimnisvolle Gestalt war. 1964 war er in Union City aufgetaucht. Er sei während eines befristeten Einsatzes in Vietnam ehrenhaft aus der Nachrichtendivision der U.S. Marines entlassen worden, hieß es; er sei aus dem Südwesten gekommen oder aus dem Nordwesten oder aus Alaska; er sei ein dunkler, lockiger Burt Lancaster gewesen oder aber ein dunkler, lockiger Charlton Heston. Er habe einen Spitzbart gehabt. Er sei glattrasiert gewesen. Er habe eine Hornbrille getragen. Nur wenige Tage nach seiner Ankunft in Union City hatte er Kontakt zu einer Anzahl wohlhabender, in der Kunstszene engagierter Frauen aufgenommen und durch sie die Geschäftsleute kennengelernt, mit denen sie verheiratet waren. Er schloß sich den Union City Players an und spielte in mehreren Inszenierungen mit, sein größter Erfolg war Sky Masterson in *Guys and Dolls.* Seine Werbung um Charlotte Drummond galt als »romantisch« und »altmodisch«. Die beiden wurden in der First Episcopal Church getraut, der Empfang mit über dreihundert Gästen fand im Chateauguay Country Club statt. Etwa um diese Zeit wurde Braunbeck kaufmännischer Geschäftsführer der Union City Players und leitete eine aufwendige Aktion zur Gewinnung weiterer Geldgeber. Außerdem verkaufte er Mitbeteiligungen an Firmen, die eine ungenügende oder gar keine Kapitaldecke besaßen. Ein »charismatischer Mensch«, hieß es damals, der »geborene Anführer«. Als sich ein paar Jahre später nach einer Buchprüfung herausstellte, daß auf den Konten der Players dreißigtausend Dollar fehlten und die auf Braunbecks Mitbeteiligungen hereingefallenen armen Trottel erfuhren, wie man sie geleimt hatte, war er nur noch »skrupellos«, »ein krimineller Typ«, ein »Psychopath«. Weit und breit war bekannt, daß sein Schwiegervater eine Kaution für ihn gestellt und ihn aus seiner Ehe ausgekauft hatte. Und daß Braunbeck von ihm bestochen worden war, damit er aus Union City verschwand.

An jenem Sonntag auf der *Rustbucket* hörte sich Corky Corcoran, gestärkt durch nicht unerhebliche Mengen an Alkohol, Ross Drummonds lange Tirade gegen »Tip« Braunbeck, »diesen Wichser, dem ich vertraut habe wie einem Sohn«, geduldig an. Er stellte keine Fragen, denn die waren unerwünscht, und enthielt sich, abgesehen von einem gelegentlichen bierschwer mitfühlenden »Herrgottnochmal!«, »So eine Gemeinheit!«, »Nein, das darf doch nicht wahr sein!«, jeden Kommentars. Er erinnert sich, wie Ross Drummond, während die Jacht im sinkenden Licht die kabbeligen Wellen durchschnitt und der blaß schimmernde Pavillon des Lakeshore Yacht Clubs mit seinem Wahrzeichen, dem weißen Leuchtturm, in Sicht kam, Corky energisch am Unterarm packte, ihn zu sich heranzog und so leise, daß nicht einmal ein absichtlicher Lauscher es mitbekommen hätte, etwas so Unerwartetes sagte, daß Corky ein, zwei Takte lang nicht sicher war, ob er recht gehört hatte und sicherheitshalber Drummond bat, es zu wiederholen.

Mürrisch, mit finster verzogenem Gesicht sagte Drummond: »Verdammt, ist ja bloß ne Frage, Junge. Man hört doch immer wieder von der irischen Mafia, nicht? Gewisse Vorfälle in Irish Hill... als ich Kind war... die Prohibition... Rumschmuggel aus Kanada... da ist schließlich so einiges passiert, nicht? Und wer ein falsches Spiel trieb, landete im Kanal, stimmt's? Weißt du da was drüber, Corky?«

Drummond nannte ihn immer so, auch im Büro. In freundlich-vertraulichem Ton. Als wäre es ein Hundename.

Wie jemand, der einen Tiefschlag einstecken mußte und es nicht wagt, sich was anmerken zu lassen, aus Angst, damit anzuecken, hatte Corky langsam gesagt: »Ich... ja, gehört hab ich schon davon.«

Soll ich ihm etwa einen Killer für Braunbeck besorgen?

Bildet er sich etwa ein, ich wüßte, wie man das anstellt?

Es gab eine lange, spannungsgeladen-beklommene Pause. Drummond kratzte sich am Sack, sein Gesicht war unmutig erschlafft. Corky saß stumm und wie erschlagen da. Wie von weit her kamen Stimmen und Gelächter. Corky hatte vergessen, wo er war oder warum er da war, er war sonnverbrannt und weit weg von zu Hause, und der Kopf tat ihm weh. Im Beisein der Drummonds wagte er es kaum, Charlotte auch nur anzusehen, die hinreißende Charlotte in ihrem weißen Segelzeug, das Haar unter einem breitrandigen Hut, die Augen hinter einer Sonnenbrille versteckt, und Charlotte hielt sich auch weitgehend fern und überließ Corky ihrem Vater für ein Männergespräch. Die beiden Männer, die mir am meisten auf der Welt bedeuten, sagte sie immer. Mein liebster Jerome und Pappa.

Jetzt sah Pappa den liebsten Jerome aus verhangenen Augen prüfend an. Durchgefallen, du Trottel, hieß das, aber dann seufzte er und bewegte seine Körpermassen zum Zeichen, daß er nun gleich aufstehen werde. »Okay, mein Junge, du bist eben ein Chorknabe, und ich bin König Faruk. Kein Wort drüber, klar? ›*Dominus vobiscum!*‹« Und dann schlug er vor Corkys Gesicht ein hämisches Kreuz.

Corky erinnert sich: Danach hatte er den letzten Schluck Bier getrunken, das warm wie Pisse war. Seine helle, dünne, irische Haut, die nie bräunte, sondern immer nur knallrot wurde, hatte einen bösen Sonnenbrand. Das tröstlich warme bierschwere Summen in seinem Hinterkopf war einem dumpfen Schmerz gewichen, wie ein Gedanke, eine Erinnerung an etwas, was ihn an Land, jenseits der Leuchtturm-Imitation des Jachtklubs, erwartete. *Bildet er sich etwa ein, ich wüßte, wie man so was anstellt?* Da war die kleine Thalia, die in ihrem rosa Badeanzug angerannt kam, eine willkommene Unterbrechung, sie flüsterte ihrem Großvater, den Daumen im Mund, etwas ins Ohr, während ihr scheuer Blick auf Corky ruhte. Und hinter ihr kam die hinreißende Charlotte und sagte mit dieser aufregend melodischen Stimme und mit diesem schelmisch-vorwurfsvollen Unterton, den Corky erst nach Jahren begriff: »Ihr Männer… Worüber könnt ihr bloß so lange reden?«, als wisse sie nicht, daß es dabei nur um sie hatte gehen können.

Als Corky ihr später von diesem Gespräch erzählte, sagte sie rasch: »Aber nein, Liebling, da hast du Pappa ganz falsch verstanden, er hat doch nur Spaß gemacht. So was würde er nie im Ernst vorschlagen.« Und dann gab sie Corky einen flüchtig-gouvernantenhaften Kuß. »Wenn du Pappa näher kennen würdest, wüßtest du das.«

Ablehnung und fast so etwas wie Verachtung regt sich in Corky, während er in Richtung Chateauguay Falls fährt. Was war er doch für ein Idiot gewesen, auf ein Gesicht, auf Titten und einen Arsch reinzufallen! Mit der Betonung auf *Arsch*.

Und was war mit der Kohle des Alten, du Trottel? Hey, was war damit?

Na ja.

Wenn er in nördlicher Richtung aus Union City hinaus in die wohlhabenden, vorwiegend weißen Vororte fährt – St. Claire, St. Claire Shores, Riverdale, Chateauguay, Chateauguay Falls –, überkommt Corky immer diese Stimmung. Er selbst ist ein Stadtmensch, er haßt die Vororte. Haßt diese »communities« weißer Arschlöcher des Mittelstands und gehobenen Mittelstands, die aus Union City geflüchtet sind und ihre Schulen,

Kirchen, Krankenhäuser und kommunalen Einrichtungen mitgenommen haben. Immobilienwerte sind wie eine Wippe – was die Stadt verliert, ist ein Gewinn für die Vororte. Selbst in dieser Scheißrezession.

Dabei hat Corky mittlerweile so viele Freunde und Bekannte in den Vororten. Vic und Sandra wohnen seit eh und je in Chateauguay, Christina und ihr Mann in Chateauguay Falls. Und jetzt Corkys Ex-Frau. Die neue Frau eines anderen Mannes. Verdammt! Alles könnte er Charlotte verzeihen, denkt Corky, nur nicht, daß sie mit »Gavin« Pierson in einen Vorort gezogen ist.

Nach der Schoonover (wo er den Wagen hat waschen lassen, zum Aussaugen des Innenraums reichte die Zeit nicht mehr) war Corky auf der Fillmore nach Norden zur Ausfahrt Chateauguay gefahren, er ist spät dran und muß aufpassen, daß er sich in den Windungen und Sackgassen von Quail Ridge Hollow, wo die Piersons wohnen, nicht verfranzt, in diesem »exklusiv geplanten Villenviertel«, in dem die preiswertesten Grundstücke für eine Million weggehen, aber natürlich verfranzt er sich prompt, und es ist 19.37, bis Corky leise fluchend in die sandsteingeschotterte Einfahrt zum Quail Ridge Pass 23 einbiegt. Entweder er ist Stunden zu spät dran, oder sie erwartet ihn gar nicht.

Was sie heute vormittag ausgemacht hatten, weiß er nicht mehr genau. Nur noch, daß Charlotte unvermittelt aufgehängt hat, das macht sie immer, dieses Miststück. Aber Corky ist ihr in dieser Krise mit Thalia den Besuch wohl schuldig. Ja, sie fehlt ihm. Seine »Frau«. Und viellicht weiß sie ja was Neues über Thalia.

Corky raucht die nächste Camel, als habe er Angst, jemand könne sie ihm wegnehmen. Als er zum letzten Mal mit dem Rauchen aufgehört hatte, war er Kettenraucher gewesen, vier Schachteln pro Tag, ein richtiger Nikotinjunkie. Dazu trinkt er ungesüßten Grapefruitsaft aus einer Plastikflasche, die er sich beim Fahren zwischen die Knie geklemmt hat. Unstillbar, dieser Durst. Und den ganzen Tag nichts gegessen außer dem Süßkartoffelauflauf, der ihm noch immer wie ein Meteoritenbrocken im Magen liegt, dafür Flüssigkeit literweise, und immer noch dieses höhnische *was zu trinken, ich brauch einen Drink,* das er überhört, so gut es eben geht. Er leert die Flasche und wirft sie nach hinten zu dem übrigen Müll. Stirnrunzelnd besieht er sich im Rückspiegel. Überraschenderweise sieht er trotz allem,was er eingesteckt hat, gar nicht so übel aus. Als er rutschend und schleudernd in dem Durchgang zum Stehen gekommen war, hatte er sich mit dem Kinn am unteren Rand des Lenkrads gestoßen, aber wenn es eine Schwellung gegeben hat, sieht man sie nicht. Die Beule an der Stirn fällt kaum auf, er hat das Haar drübergekämmt, das noch feucht ist, weil er bei seiner erfolglosen Jagd nach Thalia geschwitzt hat wie ein Schwein.

Corky weiß noch nicht recht, wieviel er Charlotte erzählen soll. Sie ist von Natur aus hysterisch, und was er gemacht hat, war schon ziemlich verrückt. Und gefährlich. Eine regelrechte Verfolgungsjagd wie im Fernsehen, nur daß, anders als auf der Mattscheibe, wo alles so hingebogen wird, daß es gut aussieht und Sinn macht, in seinem Fall der Jäger die Gejagte verloren hat.

Trotzdem ist Corky heilfroh, daß weder ihm noch Thalia was passiert und daß der Wagen heil geblieben ist. Einigermaßen jedenfalls. (Ein paar Schrammen und Kratzer von der Mülltonne, ein Haarriß auf der Beifahrerseite der Windschutzscheibe, eine Delle im vorderen Kotflügel und an der Stoßstange – aber nachdem er in der Waschanlage war, sieht der Caddy fast wie neu aus. Wenn man nicht so genau hinsieht.)

Und auch darüber ist er heilfroh, daß ihn bei dieser Wahnsinnsfahrt kein Cop geschnappt hat, das hätte ihm gerade noch gefehlt – JEROME CORCORAN, STADTRAT, WEGEN GESCHWINDIGKEITSÜBERTRETUNG UND RÜCKSICHTSLOSEN FAHRENS IN HAFT.

Oder noch schlimmer: JEROME CORCORAN, STADTRAT, WEGEN KINDESMISSBRAUCHS, PERVERSION IN HAFT. Sein Foto in der Zeitung, die gefesselten Hände schützend vors Gesicht gelegt wie Leroy Nickson, auf Seite Eins des Lokalteils.

Das wird er Thalia nie verzeihen, denkt Corky. Gott ist mein Zeuge, nie. Sie hat ihm das Herz gebrochen

Und zugleich denkt er: *Sie liebt mich, es ist ein Irrtum. Wenn ich eins weiß, dann das: Thalia liebt mich.*

Corky parkt den Caddy in der kreisförmigen Auffahrt unterhalb eines Hauses, das aussieht, als wäre es seine Million wert. Modernes Einfamilienhaus mit versetzten Wohnebenen, geschichtet wie eine postmoderne Hochzeitstorte, weiße Ziegel, Feldstein, Glaswände, Redwood-Terrasse. Die Dreifachgarage ist offen, aber es steht nur ein Wagen drin, Charlottes Mercedes-Coupé. Offenbar – hoffentlich! – ist Pierson nicht zu Hause. Corky macht allenthalben seine Witze über diesen Trottel, aber wie der Typ ihn ansieht, wenn er ihm über den Weg läuft – das verkörperte schlechte Gewissen, als hätte er Corky eine Kränkung zugefügt, die zum Beispiel in Sizilien sein Todesurteil wäre –, das nervt Corky erheblich. Er hätte Pierson damals, bei dieser günstigen Gelegenheit im Umkleideraum des UCAC, die Fresse polieren sollen. Dafür, daß er die Frau eines Clubgenossen gebumst, daß er eine Ehe zerstört hat. »Gavin« hätte nicht geklagt. Hat er womöglich sogar gehofft, Corky würde ihn mal ordentlich aufmischen?

Vielleicht wünschen wir uns das alle: So fix und fertig gemacht zu werden, daß unsere Sünden gesühnt sind.

Als Corky die Stufen zu der wuchtigen Haustür (gehämmertes Kupfer?) hochsteigt, bemerkt er schuldbewußt, daß die Tür einen Spalt breit offensteht: Charlotte wartet auf ihn, hält nach ihm Ausschau. Wie lange schon? »Jerome!«, ruft sie. »Hallo…«, und sie begrüßen sich rasch auf diese besondere Art, die sie sich seit ihrer Trennung angewöhnt haben und bei der die Hauptsache ist, sich nicht in die Augen zu sehen.

Eine schnelle, flüchtig-verlegene Umarmung, ein Kuß auf Charlottes kußbereite Wange, ein Händedruck – das reicht. Corky weiß, daß Charlotte ein Glas aus der Hand gestellt hat (auf einem Regal, hinter einer Vase, in einer Schublade, hinter dem Fernseher), als sein Wagen die Einfahrt hochfuhr, ihr Atem riecht nach dem dunklen süßen Rotwein. Kein gutes Zeichen, aber besser als die harten Sachen.

Charlotte macht große Augen. »Mein Gott, Jerome! Du rauchst?«

Und schon ist Corky sauer, denn diese Frage klingt weniger nach Vorwurf als nach mitleidiger Entrüstung, Corky und Charlotte hatten – nicht einmal, sondern drei- oder viermal – gemeinsam mit dem Rauchen aufgehört, sie sind dabei durch die Hölle gegangen, Charlotte mehr noch als Corky. Corky weiß, daß Charlotte ihm eigentlich die Pest an den Hals wünscht, aber –

daß er jetzt wieder raucht…, »Nein, Jerome«, sagt sie mit rauher Stimme. »Das darf doch nicht wahr sein…«

Corky blockt das mit einem Lächeln und der Feststellung ab: »Du siehst gut aus. Toll!«

Und beim ersten flüchtigen Hinsehen stimmt das sogar. Man würde sie nie für sechsundvierzig, eher für sechsunddreißig halten. Sie trägt Beige, sahniges Braun, Weiß. Seidene Designerbluse, lange Hosen aus Seidenwollgemisch. Sandalen. Das stumpfgoldene Haar ist kurz geschnitten und steht über den Ohren flügelgleich nach oben. Goldene Ohrringe glitzern, dünne goldene Armbänder klingeln wie Glöckchen. Das Kinn ist fest, unter den Augen liegen keine Schatten, der schöne Mund ist noch immer kirschrot und voll. Fünfzehn, zwanzig Pfund mag sie zugelegt haben seit ihrer ersten Begegnung, damals hat sie sich ständig abgehungert, gegen ihren Appetit, ihre Instinkte angekämpft. Corky kennt den Körper seiner ehemaligen Frau – Brüste, Hüften, Schenkel, den gerundeten Bauch, das bräunliche Schamhaar in kratzig-kitzelnden Büscheln, die schlanken Fesseln, die kindlich kleinen Zehen – so gut, wie jemand sich auf einem Berg auskennt, auf dem er mal vom Weg abgekommen ist und dieses Abenteuer überlebt hat. Und dann – er hat lange nicht mehr daran gedacht, hat nicht mehr daran denken wollen – erinnert er sich, wie diese Frau, die beim Lieben zunächst immer so heiter-elegant, so lässig und locker war, sich zum Schluß unweigerlich hin und her warf und um sich schlug und wimmerte und bettelte *oh oh oh oh oh oh oh Gott oh* und schließlich mit der Wucht eines mittleren Erdbebens kam.

Gavin Pierson mit seinen dürren Beinen, der unbehaarten, eingesunkenen Brust, dem runden Babybauch, einem Schwanz, der so groß ist wie Corkys Mittelfinger – heiliger Bimbam, Corky darf gar nicht daran denken.

Diese Frau ist eben noch immer *seine* Frau, Corky liebt sie noch immer. Auch wenn sie sich jetzt was anderes vorspielen. Wie auf der Bühne. Wie in diesem Stück… wie hieß es noch… *La Ronde*…

Charlotte sagt: »Und du… siehst auch gut aus.« Ein sekundenlanges Zögern. »In Wirklichkeit und im Fernsehen. Sind die für mich?«

Corky hat seiner Ex ein Dutzend blutroter Rosen mitgebracht, eine Versöhnungsgabe gewissermaßen, und er kann nur hoffen, daß Charlotte nicht einen blöden Witz darüber macht und damit von Anfang an alles vermasselt, denn darin ist sie groß. Er überreicht ihr den Strauß mit seinem jungenhaft-offenen Lächeln und kann es sich nicht verkneifen: »Nein, die sind für Stud. Wo steckt er denn?«

Charlotte nimmt die Rosen, ohne auf seinen Spott zu reagieren, auch wenn Corky ihr ansieht, daß sie sich ärgert, während sie das Gesicht in den Rosen vergräbt, Rosen, die wahrscheinlich nach nichts riechen und deshalb auch irgendwie keine richtigen Rosen sind. Er hat sie einem bleichsüchtigen achtzehnjährigen Jüngling abgekauft, der sie auf dem Mittelstreifen der Schoonover in der Nähe der Wagenwaschanlage verhökert, der bekiffte Typ – Crack? Heroin? – riskiert an der belebten Kreuzung damit Kopf und Kragen, 1 Dtz Rosen 10 Dollar steht in primitiven Druckbuchstaben auf dem Schild, vermutlich sind sie geklaut, hat Corky gedacht, und trotzdem kurbelt er das Fenster runter. Genau das Richtige für Charlotte. Wenn er einen Besuch macht, kommt er nach Möglichkeit nie mit leeren Händen.

»Gavin«, Charlotte spricht den Namen, einen schnulzigen Namen, findet Corky, präzise und betont aus, »Gavin ist in Philadelphia. Seine Mutter mußte ins Krankenhaus, Divertikulose, aber nur ein leichter Fall, hoffen wir, er kommt morgen zurück.« Und etwas steif fügt sie hinzu: »Danke. Sie sind wunderschön.«

Corky steckt die Abfuhr mit einem Grinsen weg. Charlotte führt ihn von der Diele aus in Richtung Küche, ihre Absätze klappern auf dem glänzenden Mosaikfußboden. Alles was recht ist – ein imposanter Kasten. In Corkys Kopf prägt es sich wie ein drahtdünner Schmerz ein: *Ich brauch was zu trinken, einen Drink! Herrgottnochmal!* Im Wohnzimmer eine offene Decke, so daß man die Dachkonstruktion sieht, ein Feldsteinkamin wie in einem Wintersporthotel, eine Spiegelglaswand mit Blick auf einen dieser affigen Zen-Gärten aus geharktem Kies und Miniaturbüschen, einer einzigen Skulptur und einem Haufen Treibholz, »künstlerisch« angeordnet, der Architekt, der das Haus gebaut hat, ist Koreaner und muß den Neuvermählten eine ganze Warenladung aufs Auge gedrückt haben, auch diese nackten

Fliesenböden mit den bräunlichen Läufern, Charlotte war immer mehr für schwere Orientteppiche und europäische Antiquitäten. Corky ist sauer, daß sie diesen Krempel ihm überlassen hat, ganz zu schweigen von der verdammten »georgianischen Kolonialvilla« in Maiden Vale, die Charlotte unbedingt haben wollte, jetzt, bei dieser Rezession, kann Corky von Glück sagen, wenn er für das Haus mitten in der Stadt noch $ 500 000 kriegt. »Wo sind die Sachen, die du mitgenommen hast?«, fragt Corky beiläufig. »Der große Teppich…«

»In der Gästesuite«, antwortet Charlotte ebenso beiläufig über die Schulter. »Da paßt er hin.«

Miststück, denkt Corky erbost. Was für unser Wohnzimmer gut genug war, paßt jetzt nur noch in deine »Gästesuite«?

In der Küche macht sich Charlotte an den Rosen zu schaffen, sucht eine Vase aus, Corky sieht, daß es nicht zwölf, sondern nur elf sind, verdammter Rosenlümmel, hoffentlich merkt Charlotte es nicht. Sie lächelt gezwungen, seit vier habe sie auf Corky gewartet, aber Schwamm drüber, Hauptsache, er sei jetzt da. Ob er etwas trinken möchte, fragt sie. Wein, Bier? Corky schnaubt verächtlich – *Wein*? Du kennst mich schließlich gut genug, um mir keinen Wein anzubieten! – und läßt gereizt die Schultern kreisen, was soll der Quatsch, so zu tun, als ob sie nach den langen gemeinsamen Jahren seinen Geschmack nicht kennt oder ihn vergessen hat. Charlottes unschuldige Frage ist ein Tritt vors Schienbein, aber Uneingeweihte würden das nie merken.

Paranoid, würden sie denken, dieser Typ ist einfach paranoid.

»Ja dann…«, Charlotte sieht Corky nicht an, wie auch Corky sie nicht allzu direkt ansieht, alle beide schauen auf Charlottes Rosen, »dann vielleicht ein Bier? Ich denke, Gavin hat welches, schau mal in den Kühlschrank… deutsches oder japanisches…?« Corky sieht eine geöffnete Weinflasche auf einer Arbeitsfläche stehen, einen fruchtig-schweren italienischen Roten, aber ein Weinglas ist nicht in Sicht. Er macht den Kühlschrank auf, ignoriert betont das noble Importbier und holt sich eine Dose Clubsoda. Jetzt sieht Charlotte ihn doch an, mit großen Augen und hochgezogenen Brauen. »Hattest du… einen Unfall? Dein Wagen…«

Eine durchaus logische Frage, findet Corky, er versteht, warum sie erschrickt, weil er, statt nach dem Bier, nach einer Dose Clubsoda greift, und lacht gereizt auf. »Nein, mein Schatz, ich hatte keinen Unfall. Mein Wagen steht in der Einfahrt, du hast ihn gesehen.«

»Du willst wirklich nur Clubsoda?«

»Ich bleibe nicht lange.«

»Ich warte schon seit…«

»Ja doch, ja! Tut mir leid, daß ich so spät dran bin, ich weiß, daß wir was zu besprechen haben, also fangen wir an, Herrgottnochmal«, sagt Corky rücksichtslos, der Schmerz um seinen Kopf zieht sich fester, krallt sich in seine Schläfen *ich brauch was zu trinken, einen Drink,* aber während er den Ringverschluß aufzieht, einen Schluck Clubsoda nimmt und einen sauren Grapefruitrülpser unterdrückt, weiß er, daß es nicht das ist, was er braucht, Herrgott, er bekommt das große Zittern.

Auch Charlotte zittern die Hände, sie verschüttet Wasser auf die Arbeitsfläche, als sie versucht, die Rosen in eine Vase mit dünnem Hals zu zwängen. Ex-Ehefrau und Ex-Ehemann verfolgen die umständliche Prozedur gemeinsam, aber Corky sagt kein Wort, früher wurde ihm ständig vorgehalten, er habe Charlotte herumkommandiert, habe, wenn es um mechanische Dinge ging, jeden ihrer Handgriffe überwacht, besonders kritisch wurde es beim Autofahren, die arme Charlotte rächte sich nach Ehefrauenart dadurch, daß sie nicht auf Corkys Ratschläge hörte, auch wenn sie beide wußten, daß er in siebenundneunzig Prozent aller Fälle recht hatte. Taktvoll wendet Corky den Blick von Charlottes nervösen Fingern ab, deren Nägel, manikürt und rot lackiert, so perfekt sind wie die goldgetönte Fönfrisur und ihre teuren Klamotten. Wenn man als Frau sechsundvierzig ist, muß einem diese Art von Perfektion ungeheuer wichtig sein, dabei ist sie im Grunde völlig ohne Belang – die Jugend ist vorbei, ein für allemal.

Und der neue Ring. Die neuen Ringe. Es ist ein Schock für Corky, daß *seine* Ringe nicht mehr da sind. An ihrer Stelle ein smaragdbesetzter Trauring und ein weinbeergroßer Brillant, mit kleineren Smaragden eingefaßt. *Um mich zu ärgern, mit all dem will sie mich nur ärgern…*

Corky schenkt Charlotte ritterlich Wein in ein sauberes Glas und greift sich diskret die Flasche, als sie die Küche verläßt, um mit ihm, vermutet Corky (fälschlicherweise, wie sich herausstellt), in das aufwendige Wohnzimmer zu gehen, beide nehmen erleichtert zur Kenntnis, daß Corky so höflich war, kein Wort darüber zu verlieren, wie Charlotte die Rosen zugerichtet hat (zwei sind mit abgebrochenen Stielen in der Küche liegengeblieben), was er früher bestimmt getan hätte. Dafür spielt Charlotte das mit dem Rauchen nicht hoch, auch wenn Corky, obgleich kein Aschbecher in Sicht ist, seine Zigarette nicht ausgemacht hat und Asche in der Gegend verstreut, ohne sich zu entschuldigen.

Charlotte führt Corky ungewohnt schweigsam über einen ziemlich langen Gang und zwei Stufen hinunter in ein »Familienzimmer« im hinteren Teil des Hauses, auch hier meint man in einem Wintersporthotel zu sein, lange niedrige Ledersofas mit Kissen, ein nüchtern-weißer Kachelofen, der aussieht, als ob er nie angeschürt wird, sondern nur zur Dekoration dasteht, ein steiles Panoramafenster mit Blick auf eine Redwood-Terrasse, die sich im Schatten verliert. Corky schwindelt es leicht *Wo sind wir eigentlich? Das ist doch nicht unser Haus,* während Charlotte die Vase mit den Rosen auf einem geschnitzten Mahagoni-Couchtisch abstellt und Corky auffordert, sich zu setzen, »Auch wenn du nicht lange bleiben kannst.« Die Bedeutung, die Charlotte seinem spontanen Mitbringsel beizumessen scheint, ist ihm ein wenig peinlich.

Dieses Zimmer wirkt im Gegensatz zu den anderen Räumen, in die Corky einen kurzen Blick hat werfen können, zumindest bewohnt. Ein großer Fernseher mit Sechsunddreißig-Zoll-Schirm, Videogerät, auf einem Regal Dutzende von Videokassetten, überraschend viele Bücher, nicht nur Charlottes Bestseller mit ihren grellen Schutzumschlägen. Zwei Wände verschwinden fast ganz hinter eingebauten Bücherschränken. »Gavin« liest demnach gern. Corky überfliegt die Titel: Historische Biographien, Bürgerkrieg, Zweiter Weltkrieg, auch einige der populärwissenschaftlichen Sachen, die Corky besitzt, ob dieser Typ sie tatsächlich gelesen und verstanden hat? Auf dem Mahagonitisch liegt zwischen Zeitschriften – *Fortune, Vanity Fair, TV Guide,*

Wall Street Journal – die Kurze Geschichte der Zeit. Corky schaut rasch mal auf »Gavins« Lesezeichen, er ist auf Seite achtzig. Da ist er, Corky, bestimmt schon weiter.

Du wirst in ein schwarzes Loch gesaugt und »als Strahlung« ins Universum recycelt. Ein schöner Trost!

Corky setzt sich nicht neben Charlotte aufs Sofa, sondern ihr gegenüber in einen wuchtigen Ledersessel, der so niedrig ist und so weit nachgibt, daß er das Gefühl hat, das Ding wolle ihn lebendig verschlingen. Das Geräusch, mit dem die Luft ausströmt, hört sich an wie eine Mixtur aus Pfeifen und langgezogenem Furzen. Charlotte sieht über den Rand ihres Weinglases hinweg Corky aus besorgt verengten Augen an, und schließlich fragt sie: »Hast du was von... Thalia gehört?« Corky zögert, er weiß nicht, was er sagen, wie er es am gescheitesten ausdrücken soll. Er hat nach Kräften versucht, Charlotte keine Vorwürfe wegen ihrer Tochter zu machen, die durch Adoption auch seine Tochter ist. Wären sie vielleicht, wenn sie Thalia von einem unbekannten Elternpaar adoptiert hätten, beide gleichermaßen enttäuscht gewesen, so daß sie sich gegenseitig hätten trösten können? So aber verfolgt Corky unablässig der Gedanke an Sherwood »Tip« Braunbeck, der sich da unten in Palm Beach einen ablacht, weil dieser Trottel Jerome »Corky« Corcoran ihm freiwillig seine Frau, sein Kind und den Pappa abgenommen hat. Auf Lebenszeit.

Nachdem im Januar 1974 die Scheidung endlich durch war, hörten sie nie wieder was von oder über Braunbeck. Auch bei Thalia – von Charlotte ganz zu schweigen – meldete er sich nie mehr, nicht mal zum Geburtstag. Soweit Corky weiß, hat er kein einziges Mal angerufen.

»Nicht direkt«, sagt Corky ausweichend.

»Nicht direkt? Was soll das heißen?«

»Ich habe nicht von ihr gehört, ich habe sie gesehen.«

»Gesehen?«, wiederholt Charlotte eifrig wie ein Kind. »Wo?«

»In ihrem Wagen auf dem Friedhof von Mount Moriah«, sagt Corky achselzuckend. »Heute nachmittag, nach der Beerdigung von Marilee Plummer.«

»Wie geht es ihr? Was hat sie gesagt?«

»Ich habe sie nur gesehen, Charlotte, ich kam nicht dazu, mit ihr zu sprechen. Sie...«

»Du hast Thalia gesehen, Jerome…«, Charlottes Stimme schraubt sich in die Höhe, »*und hast nicht mit ihr gesprochen?*«

»Sie hat mich nicht an sich rangelassen, Charlotte«, verteidigt sich Corky. »Sie ist weggefahren, und bis ich mit meinem Wagen…«

Charlotte beugt sich vor und schaut Corky mit aufgerissenen Augen an, sie sieht angestrengt aus, haarfeine Falten auf der Stirn und um die Mundwinkel herum, unkleidsame Sehnen am Hals. »Du hast Thalia wegfahren lassen? Du hast sie gesehen und hast sie wegfahren lassen? Sie hat dir eine Schußwaffe weggenommen, eine lebensgefährliche Waffe – und du hast sie *wegfahren lassen?*«

Corky zuckt die Schultern und rutscht ein bißchen auf dem Ledersessel herum. »Ich bin eben ein hoffnungsloser Trottel, Charlotte.«

In Charlottes Augen glänzen Tränen. Corky hofft inständig, daß sie jetzt nicht anfängt zu weinen, er kann es nicht mit ansehen, wenn das Mascara verläuft. »Du bist einfach unmöglich, Jerome. Das sagst du immer, damit redest du dich immer raus.«

Immer? Corky steckt das schweigend ein. Prinzip Punchingball: Laß den Gegner hämmern, bis er müde ist.

Ich brauch was zu trinken, barmherziger Himmel einen Drink. Aber nein – er zwingt sich, gewissenhaft und ohne Vorwurf Charlotte von diesem Nachmittag zu erzählen, nicht alles, aber doch einiges. Daß Thalia ihn gesichtet hatte, ehe er sie sah, daß er ihren Wagen nicht erkannt hatte. Und daß alles so unerwartet gekommen war, so schnell gegangen ist. »Ich wünschte, ich hätte mit ihr sprechen können, vielleicht hätte ich es sogar geschafft, sie mitzubringen«, sagt Corky, obgleich er an so was vorhin überhaupt nicht gedacht hat. Charlotte aber hört es nur zu gern, zum Heulen, wie gern sich Frauen was vorschwindeln lassen, es ist das mindeste, was du für sie tun kannst.

»Wie sah sie aus?« fragt Charlotte.

»Gut sah sie aus.«

»Du redest, wie du's verstehst, Jerome. Wie kann sie gut aussehen, wenn sie so verzweifelt ist?«

»Soweit ich sehen konnte… Aber so genau hab ich sie mir, wie gesagt, nicht ansehen können.«

Charlotte trinkt gierig ihren Wein aus. Sie atmet schwer. Wortlos, ganz fürsorglicher Ehemann, greift Corky zur Flasche und schenkt ihr nach. Corky, der Mistköter, der sie immer enttäuscht hat.

»Ich rechne jeden Augenblick damit, daß sie herkommt. Den ganzen Tag hab ich auf sie gewartet. Und auf dich.« Charlotte lacht und legt die Fingerspitzen an die Augen. »Ständig denke ich, daß ihr zusammen vor der Tür steht. Albern, nicht?«

»Aber nein, Schätzchen ...«

»Nenn mich nicht Schätzchen, Jerome. Bitte. Das ist herablassend und beleidigend und gehört nicht hierher.«

Corky schluckt das schweigend. Der netteste Typ in ganz Union City, N.Y.

Der Draht legt sich immer fester um seinen Kopf, ihm ist, als müsse gleich sein Hirn implodieren. Aber das ist nur der Entzug, ein Stück Säuferwahn, nichts Ernstes. Er legt sich die kalte Dose Clubsoda an die Stirn. *Wenn ich die nächste Stunde überstehe, stehe ich auch alles andere durch.* Charlotte spricht rasch und mit belegter Stimme, sie erzählt Corky von den Dutzenden von Telefongesprächen, die sie heute geführt hat, um Thalia aufzuspüren, sie hat mit Mädchen gesprochen, die Thalia von der High School her kannte, das heißt, meist nicht mit den Mädchen selbst, sondern mit den Eltern, die Mädchen sind natürlich längst erwachsen, ausgeflogen und seit Jahren keine *Töchter* mehr. Sie hat Freunde, Bekannte, Kollegen von Thalia angerufen, hat mit Thalias Vorgesetzter im Sozialamt, mit ihrem Chef und einer ihrer Kolleginnen beim Fernsehen gesprochen. Von ein paar Leuten hat sie weitere Namen bekommen, bei denen sie danach angerufen oder es zumindest versucht hat. »Hier sind die Namen und Nummern«, sagt Charlotte und drückt Corky eine handgeschriebene Liste in die Hand, etwas über zwanzig Posten, als erwarte sie, für ihre Bemühungen gelobt zu werden, »aber so richtig weiterhelfen konnten sie mir alle nicht. Es war so bedrückend und peinlich, wildfremde Leute zu fragen, ob sie wissen, wo meine eigene Tochter steckt. Ob sie mir was über meine eigene Tochter sagen können. Und immer wieder dieser Satz: ›Thalia Corcoran? Von der hab ich seit Jahren nichts mehr gehört.‹« Charlotte legt die flache Hand an den Mund, um nicht zu weinen zu müssen.

Corky beugt sich vor und streckt tröstend eine Hand aus. Arme Charlotte! Es geht ihm sonderbar mit ihr: Wenn sie getrennt sind, reduziert er sie auf ein paar stilisierte Gesten und Ausdrücke, aber wenn er mit ihr zusammen ist, sieht er – manchmal – eine völlig andere Frau. »Von denen hat keiner dir weiterhelfen können?« Corky überfliegt stirnrunzelnd die Namen. Männernamen, Frauennamen. Die meisten kennt er nicht, bis auf »Kiki Zaller«, aber Corky wagt es nicht zu fragen, ob Charlotte sie erreicht hat. »Das ist enttäuschend.«

»Am Memorial-Day-Wochenende sind ja viele verreist, hinter denen, die ich gesprochen habe, ist ein Sternchen, es sind etwa die Hälfte. Und dann bin ich auch zu Thalias Wohnung in der Highland Avenue gefahren, Jerome. Du hast ja gesagt, daß sie dort ganz bestimmt nicht ist, aber… ich mußte einfach. Ich war so verzweifelt.«

»Du warst in der Highland Avenue?« fragt Corky verblüfft. »Du bist von hier aus extra hingefahren?«

»Was ist denn dabei, Jerome! Es sind doch nur fünfundvierzig Minuten. Ich kenne Union City so gut wie du, ich bin schließlich hier aufgewachsen.«

Corky läßt ihr diese groteske Feststellung durchgehen. Er sieht Charlotte vor sich, wie sie sich allein in diese Gegend wagt, mit dem Mercedes-Coupé vor Thalias vergammeltem Haus hält, Himmel, er hätte mitfahren sollen, sie hat doch bestimmt Angst gehabt.

Charlotte sagt rasch, als habe sie Corkys Gedanken gelesen: »Es war ja nicht das erste Mal, ich habe sie oft dort besucht. Und an einem Sonntagnachmittag kommt einem die Gegend nicht so… ich meine, es war alles in Ordnung. Natürlich hattest du recht, Thalia war nicht da. Aber ich habe mit einem netten jungen Ehepaar gesprochen, das im Untergeschoß wohnt.«

»Esdras?«

»Ja, hat Thalia dir von ihnen erzählt? Der junge Mann ist Dozent an der Uni, Semiotik heißt sein Fach, glaube ich. Sie kennen Thalia nicht näher, sie lebt sehr zurückgezogen, sie haben wohl gedacht, daß sie noch studiert, und waren ganz erstaunt, ich weiß gar nicht recht warum, als ich sagte, daß ich ihre Mutter bin. Ich hätte sie eine Weile nicht gesehen, sagte ich, und hätte mir Gedanken gemacht, weil sie dort allein lebt, und sie haben mir erzählt, daß am Freitagabend ein Einbrecher bei ihr in der Wohnung war. Und sie war zu Hause, sie muß sich versteckt haben, und hat ihnen verboten, die Polizei zu verständigen, stell dir das vor. Was für ein Leben muß sie führen…« Charlottes Gesicht glüht vor Entrüstung und Kummer. »Sie haben den Mann – natürlich war es ein Mann – nicht richtig erkennen können, aber sie meinten, er hätte wohl nichts mitgenommen und auch Thalia nichts getan. Sie ist meist allein in der Wohnung, sagen sie, aber oft ist sie auch tagelang weg, manchmal bis zu einer Woche, und ein paar Mal haben sie gedacht, sie ist nicht da, aber dann war sie doch zu Hause und eben nur ganz… ganz *still*. Womit beschäftigt sie sich da? So ganz allein, Jerome, wie eine Nonne im Kloster? Tagelang! Mit Lesen? Nachdenken? Worüber hat sie nachzudenken, wenn sie sich dazu so abkapseln muß? Sie wird zu hart dadurch, diese Weltverbesserer sind alle so hart, denen fehlt das Menschliche, das wir haben, *wir* machen uns Sorgen, *wir* übernehmen Verantwortung. Ich hab es so satt, die Mutter eines Mädchens zu sein, das das Tochtersein ablehnt. Wenn Thalia nur heiraten würde… Als ich fünfundzwanzig war…«. Charlottes Worte verlieren sich in ratlos-zornigem Schweigen.

»Hey, mit fünfundzwanzig warst du mit ›Tip‹ verheiratet«, sagt Corky freundlich, »und hast gedacht, daß dein Leben vorbei ist, das hast du mir selbst erzählt.«

»Was? Unsinn! So was hab ich nie gesagt. In Thalias Alter hatte ich ein hübsches kleines Mädchen, zumindest das hatte ich zustandegebracht. Mal ganz davon abgesehen, wer der Vater war, mal ganz davon abgesehen, was ich sonst für Fehler gemacht habe – ich hatte Thalia, ich liebte meine kleine Tochter, *das* wenigstens hatte ich.«

»Schon gut«, sagt Corky. »Ist ja schon gut.«

»Es war wirklich gut. Ich mußte rasch selbständig werden, über Nacht wurde ich eine erwachsene Frau. Du hast ja keine Ahnung.«

»Was soll das heißen?«

»Du hast ja keine Ahnung, du warst ja nie ein Vater.«

Charlotte wird gefährlich wie ein in Panik geratener Fighter, der wild drauflos und auch unter die Gürtellinie schlägt. *Steck's ein,* denkt Corky. *Das hast du alles schon mal mitgemacht.*

Er lächelt, um zu zeigen, daß er okay ist, trinkt das hundsgemein schmeckende Clubsoda aus und drückt die Dose in der Faust zusammen. »Woher willst du das wissen, Schätzchen? Könnte sein, daß ich schon lange vor unserer Bekanntschaft ›ein Vater‹ war. In Irish Hill haben wir gerammelt wie die Karnickel, und für Katholiken war Geburtenkontrolle tabu, das weißt du ja.«

»Laß die Zweideutigkeiten, Jerome! Du willst nur vom Thema ablenken, das ist auch einer deiner alten Tricks.«

»Deine alten Tricks sind erlaubt und meine nicht? Du kannst mich mal gern haben, Schätzchen.«

Corky rappelt sich aus dem furzenden Ledersessel hoch, und Charlotte krümmt sich wie vor einem Schlag, aber Corky will nur in die Küche, sofern er die in diesem Labyrinth von Haus wiederfindet, tatsächlich, er kommt glücklich hin, macht den Kühlschrank auf, greift diesmal nach einer Dose Cola Light, reißt den Ringverschluß ab und trinkt durstig, noch ehe er wieder im »Familienzimmer« bei Charlotte ist, die noch in der gleichen Stellung dahockt wie vorhin. Die Cola schmeckt so heftig nach Chemie wie das giftbelastete Wasser, das Corky als Kind beim Schwimmen am Dock der Welland Street geschluckt hat, aber wenigstens ist Koffein drin, Corky braucht einen Kick. Er zündet sich die nächste Camel an und wirft das ausgebrannte Streichholz auf den glänzenden Mahagonitisch.

»Und was sagt Stud zu der Sache? Oder hält er sich da raus?«

Charlotte sieht stumm, mit schlaffen Lippen, zu Corky hoch, als habe sie echt Angst vor ihm, vor jener kleinen Feder in seinem Hirn. Wie oft hat sie daran herumgespielt, sie befingert und gekitzelt, gestupst, gepufft, gezwickt wie ihre Klitoris, um auszuprobieren, wie weit sie gehen muß, bis er kommt – und sie auch. In den letzten zwei Jahren ihres Zusammenlebens war sie damit aber immer häufiger zu weit gegangen, und es war nicht mehr lustig gewesen. Ja, hat Corky locker zu dem Richter gesagt, klar hat er seine Frau manchmal geschlagen. Wenn sie beide was getrunken hatten. Aber nur mit der offenen Hand, nie mit der Faust. Er hat noch nie eine Frau mit Boxhieben traktiert und wird das auch künftig nicht tun. Charlotte hat die Fäuste benutzt.

»Nicht, Corky! Wir haben doch nur einander.«

Auch das ist ein alter Trick von Charlotte. Daß sie ›Corky‹ sagt, wenn es kritisch wird – daß sie es nicht sagt wie einen Hundenamen oder um seinen unberechenbar aufflammenden Jähzorn zu beschwichtigen, sondern leise und bittend, Tränen in den Augen, als Ausdruck echter Zuneigung. Jener Zuneigung, die sie für ihn hätte, wenn das, was den »Corky« in ihm ausmacht, nicht so primitiv, so ordinär, so sehr Irish Hill, so sehr unter ihrer Würde wäre.

Charlotte fängt plötzlich an zu weinen, mit unbewegtem Gesicht, ein Weinen, das sie sich angewöhnt hat, um die Haut nicht unnötig zu zerknittern. Es gibt eine tiefere, leidenschaftliche Art des Weinens, die sie überkommt, wenn es wirklich schlimm wird, aber so weit ist es noch nicht. Hilflose Tränen, die Schultern unter der Seidenbluse beben, Corky bleibt nichts anderes übrig, als sich neben sie zu setzen, den Arm um sie zu legen, verdammt peinliche Situation, ihm ist ganz heiß vor Ärger und Verlegenheit, aber in der Quail Ridge Pass 23 gibt es sonst niemanden, der diese Frau trösten könnte, der neue Ehemann ist offenbar tatsächlich clever genug, sich rauszuhalten. »Komm schon, Charlotte, das wird schon wieder, wir haben schließlich schon Schlimmeres überstanden, denk mal an Cornell…«, tröstet Corky, und Charlottes Tränen fließen, was sie aber nicht daran hindert, den Rest ihres Weins zu schlucken wie Medizin. Und er vermutet, daß sie auch Xanax geschluckt hat, den Tranquilizer, den sie seit Jahren nimmt, hütet sich aber, danach zu fragen. Er spürt, daß sie sich sehr zurückhalten muß, um nicht ihr Gesicht an seine Schulter zu legen, sich an ihn zu klammern, immer schon ist es ihnen schwer gefallen, war es ihnen praktisch unmöglich, die Finger voneinander zu lassen, selbst dann – oder gerade dann – wenn sie sich haßten bis aufs Blut. Das ist wie neulich mit Christina, die er auf dem Fußboden bearbeitet hat wie ein Preßlufthammer, und die sich an ihn gekrallt, die es gewollt, die es gebraucht hat, es ist wohl so, daß du in so einem Moment einen Trost, eine Aufrichtung verdienst, und es gibt keinen besseren Trost, kein schöneres Labsal als den Sex, eine Entschädigung für dein Elend – wie Schmutzwasser, das über dich wegschwappt und von dem du weißt, daß du sowieso darin ertrinken wirst.

Aber Corky denkt: *Nein.*

Und er erinnert sich an jene Nächte – eine Erinnerung, die so traurig, so beschämend ist, daß er sie seit Jahren verdrängt –, in denen er total ausgepumpt von einer Frau nach Hause kam, und die arme Charlotte im Bett saß, eine dieser softpornographischen Frauenschmonzetten las oder sich einen Spätfilm im Fernsehen ansah, gebadet und gepudert und sexy in ihrem Spitzennachthemd, die Brüste schwer, blaß, hängend. Wenn eine Spur von Anspannung um ihren Mund lag, verbarg sie das unter ihrem Lächeln, einem zufriedenen, pillenweinselig geilen Lächeln, und schluckte so bereitwillig, wie man das einer Tochter von Pappa Drummond nie zugetraut hätte, Corkys eilig zusammengeschusterte Ausreden: Sitzungen in City Hall bis spät in die Nacht, eine improvisierte Parteizusammenkunft im Statler, eine Strategiebesprechung mit dem inneren Slattery-Kreis, wobei es um Vics Wahlkampf für den Kongreß oder Oscars Wahlkampf für das Amt des Bürgermeisters oder auch Corkys eigenen Wahlkampf gehen konnte, immer jedenfalls um die Hysterie der Politik, ihre Leidenschaft, Verrücktheit und Begehrlichkeit. Charlotte also schluckte diesen Blödsinn oder versuchte es jedenfalls, nahm ihre schauspielerische Technik zu Hilfe, um den schuldbewußten, angetrunkenen oder total abgefüllten Corky glauben zu machen, daß sie ihm abnehme, was er ihr da erzählte. Dann aber beklagt sie sich halblaut und mit sanfter Weibchenstimme, die ein bißchen gezwungen klingt, daß sie einsam ist, daß sie sich nach ihrem Jerome gesehnt hat, liebe mich, bitte liebe mich!, und Corky, der gefälligste Typ von ganz Union City, N.Y., versucht, ihr gefällig zu sein, er geht kurz ins Badezimmer, zieht sich aus, klettert nackt ins Bett und müht sich ebenso tapfer wie mechanisch, sie zu besteigen, schließlich liebt er Charlotte, sie ist eine schöne, begehrenswerte Frau, aber in seinem Hinterkopf sitzt eine große Mattigkeit, und auch sein Schwanz ist bedenklich matt, er will keinen Sex, sondern Schlaf, keinen Sex mehr bitte, nur noch Schlaf mit diesem köstlichen Versinken im Nichts, dem schwarzen Loch, das keine Möse ist und in das es uns zieht, jetzt und in Ewigkeit Amen. Und derweil küßt, liebkost, zwickt Charlotte Corkys schlaffe Lippen, schiebt die gierige Zunge in seinen Mund, den er gerade hektisch gurgelnd mit Listerine gespült hat, um den Geschmack der anderen Frau loszuwerden, Charlotte reibt ihr warmes Becken an ihm, eine rosige Brustwarze wird ihm in den Mund gesteckt wie einem Baby, das sich halsstarrig gegen den Gummisauger wehrt, komm schon, Liebling, was ist denn, Liebling, schlaf nicht ein, Liebling! – Arme, Schenkel, Hüften, Bauch rollen über ihn hin wie eine lebendig gewordene Landschaft, ach Jerome, was soll denn das! – schüchtern zuerst, dann zunehmend ungeduldig streicheln und packen ihre Finger zu, massieren rhythmisch Corkys Schwanz, der so schlapp ist wie ein Ballon, aus dem alles Helium entwichen ist. Ein enttäuschter Schluchzer, ein bestürztes Aufstöhnen, ein entschlossenes Luftholen, dann legt sie die gewohnte Zurückhaltung beim Sex ab, beugt sich schwer atmend über Corkys behaarten Bauch und berührt zögernd, mit fast spürbarem Widerwillen seinen empfindlichen Schwanz mit der Zunge, zwingt sich zu einem Kuß, zu einem raschen, würgenden Saugen, so daß wieder ein wenig Helium, ein wenig Blut einschießt, ehe Corky bestürzt begreift, daß seine Frau, seine Frau ungebeten das mit ihm macht, was er sich von anderen Frauen nur zu gern machen läßt, und das auch noch mitten in der Nacht. Er packt sie behutsam am Nacken und zieht sie von diesem Körperteil weg, rücksichtsvoll, wie man es mit einem Kind machen würde, das etwas Dummes angestellt hat. Und dann gibt er sich einen Ruck, kniet sich mit fest geschlossenen Augen zwischen ihre feucht fleischigen Beine, die sich gierig wie ein Alligatormaul um ihn schließen, und küßt und leckt ihre Möse, wühlt sich murmelnd in sie hinein, die so traurig und so allein ist, ein lebendiges Wesen, heiß pochend, fast schreiend vor Sehnsucht, und mit zehn, zwölf geschickten Stößen seiner Zunge bringt er die arme, keuchende, ächzende, sich windende Charlotte zum Höhepunkt. Oh oh oh oh, die in sein Haar verkrallten Finger zucken und zerren wie die einer Ertrinkenden, so daß Corky um seinen Skalp fürchtet, während er erleichtert und erschöpft zwischen ihren Schenkeln zusammensinkt und sich wie Wasser, das durch einen Abfluß gurgelt, in den Schlaf stürzt, ohne sich von dem kratzig-dichten Schamhaar in seinem Gesicht stören zu lassen, ja, ohne etwas davon zu merken, bis Charlotte ihn mit einem dankbar-zornigen Aufschluchzen hochzieht, bis er da liegt, wo ein anständiger Ehemann hingehört und schon mit offenem Mund auf dem Kissen neben ihr schnarcht, als sie, ebenfalls erschöpft, das Licht ausmacht.

Amen.

Corky überlegt, wie Charlotte diese Szenen in Erinnerung hat. Wieviele sie in Erinnerung hat. Oder ob sie überhaupt eine Erinnerung daran hat.

Wann es damit anfing, könnte er nicht sagen. Über den größten Teil seiner Ehe, den größten Teil seines Lebens, hat sich ein Schleier des Vergessens gelegt. Was bleibt uns letztlich in Erinnerung von der unendlichen Zahl der Sekunden, aus denen sich unser Dasein zusammensetzt?

Je schneller die Reise geht, desto langsamer geht die Uhr.

Dabei ist die Zerrüttung seiner Ehe ja nicht ausschließlich Corkys Schuld. Ebensowenig wie Thalias Feindseligkeit. Wie könnte es seine Schuld, wie könnte es die Schuld des Mannes sein, dem sich die Frauen an den Hals werfen – glamouröse PR-Frauen, Fernsehfrauen, Akademikerinnen aus der Rathausverwaltung, Sekretärinnen, Empfangsdamen, »Referentinnen«, Jurastudentinnen, Politikwissenschaftlerinnen mit einem B.A.-Abschluß, die endlich mal ein Stück Wirklichkeit – das heißt Politiker, das heißt Männer – erleben und das super finden, nichts macht so an wie Wahlkämpfe, Wahlen. Macht. Die Siebziger: Die Pille allgemein akzeptiert, keine Kondome. Kein Herpes, kein Aids. Keine Hemmungen. Die »sexuelle Belästigung« war noch nicht erfunden. Eine seiner ersten Affären hatte Corky mit der Assistentin eines stellvertretenden Bürgermeisters, einer Vassar-Absolventin, von der man wußte, daß sie mit dem stellvertretenden Bürgermeister und Corky Corcoran und angeblich auch mit Red Pitts gleichzeitig was hatte, und keiner hatte Angst, sich was zu holen, an so was dachte man überhaupt nicht. Corky erinnert sich an die kleine Bonnie, die hatte eine Zeitarbeitsvermittlung der Firma Corcoran, Inc. geschickt, aber nachdem Corky sie gesehen hatte, bekam sie sofort einen festen Job, pinkfarbener Lippenstift mit Perlmuttschimmer, jadegrüner Eyeliner, hochtoupiertes Haar und Riesenaugen, ein Mädchen, das kaum älter wirkte als Thalia, in Wirklichkeit aber vierundzwanzig und sehr erfahren war, ein Diaphragma in der Möse *und* Gelee in der Ledertasche, ebenso heiß auf ihren flotten Boß mit den modischen Klamotten wie er auf sie. Die Siebziger: Ein Jahrzehnt improvisierter Nummern auf Schreibtischplatten, auf der Rückbank im Auto, Corky tut noch im Nachhinein der Rücken weh. In den Achtzigern verlagerte sich das dann in die Zimmer eleganter Downtown-Hotels oder in Motels an der Interstate 190, manchmal konnte Corky seine Girls, oder Frauen, wie man sie jetzt nennen mußte, sogar auf der Spesenrechnung unterbringen – eine Verkaufschefin beim Union Trust, die Programmdirektorin des lokalen Fernsehens, Mitarbeiterinnen der Staatsanwaltschaft, die Redakteurin der Gesellschaftsseite des *Journal.* Und gewisse Freundinnen von Charlotte, die – vielleicht mit zunehmendem Alter? – ihre Hemmungen abgelegt hatten, die Männer scheffelten das Geld in jenen Jahren des Booms vor dem Oktober 1987, die Kinder waren erwachsen und aus dem Haus, wozu sollte man schließlich noch sparen? – für die Enkel? Und eines Abends fragt Charlotte, die gebadet und gepudert und in ihrem Spitzennachthemd auf Corky wartet, heiter-abgeklärt wie Mutter Teresa, alkoholisiert und bis obenhin mit Xanax vollgestopft: Gibt es eine andere Frau, Jerome? Ich bestehe darauf, daß du es mir sagst, ich frage wegen meiner Therapie, es ist in dieser Phase sehr wichtig für mich zu wissen, woran ich bin, Dr. Fromme glaubt zwar nicht, daß die Realität für unsere Psyche von Bedeutung ist, aber ich bin anderer Meinung, *betrügst du mich?* – und Corky protestiert leidvoll-gekränkt, aber um Himmels willen, Charlotte, ich habe doch nur dich, dich und Thalia, andere Frauen bedeuten mir nichts, und Charlotte sagt ganz ruhig: Mag sein, daß sie dir nichts bedeuten, das macht es nur noch schlimmer, du kannst einfach nicht treu sein, stimmt's? – und Corky zögert eine Sekunde zu lange und platzt dann heraus: *Treu? Wie denn?*

Charlotte, die zu wissen scheint, was er denkt, und offenbar von seinen Gedanken nicht erbaut ist, stemmt sich vom Sofa hoch und entschuldigt sich, sie will eine Packung Kleenex holen. Corky sieht ihr nach, wie sie zielstrebig, tapfer um Haltung bemüht und mit wiegenden Hüften den Raum verläßt, der Hintern in den seidig-wolligen beigefarbenen Hosen ist breiter, als

Corky ihn in Erinnerung hat, eine ganz schöne Handvoll. Zwei Hände voll. Dieses elegante Outfit, das sie für ihn angezogen hat, mag gut und gern seine tausend Dollar gekostet haben. Den Schmuck nicht mitgerechnet. Verrückt, in welche Richtung sich das entwickelt hat, was wir »Zivilisation« nennen: Alles ist darauf abgestellt, unsere Nacktheit, das heißt unsere Körper, voreinander zu verbergen. Her mit Glanz und Glamour, gut »gestylt« sein ist alles! Schaut gut hin, das Spiel ist vorbei. Corky muß an diesen Soziobiologen denken, den er gerade liest, Turke heißt er und schreibt über die Evolution des *Homo sapiens* aus der Perspektive der weiblichen Fortpflanzung, Dreh- und Angelpunkt für ihn ist die Tatsache, daß beim Menschenweibchen in der Brunst keine sichtbare Schwellung zu sehen ist, so daß das Männchen nicht weiß, wann der Eisprung stattfindet. Und das ist so, weil die Weibchen ständig Männchen um sich haben müssen, nicht nur zur Befruchtung, sondern auch zur Nahrungsbeschaffung und als Schutz, da nämlich das Menschenjunge total hilflos – »verfrüht« – geboren wird, und das ist deshalb so, weil Babys mit einem zum Überleben ausreichenden Gehirn einen so großen Kopf hätten, daß ihre Mutter bei der Geburt zu Tode kommen würden. Herrgott, was für eine bedrückende Theorie! Zivilisation, Kultur, Menschheitsgeschichte und daß Corky Corcoran in diesem Moment an diesem bestimmten Fleck ist – alles läßt sich darauf zurückführen, daß der Weiberhintern auf eine ganz bestimmte Art gebaut ist.

Und all dem liegt – alles Leben auf der Erde steuernd – die DNA mit ihrem Streben zugrunde, sich selbst zu replizieren. Blind, fanatisch, nur auf dieses Ziel ausgerichtet. Wie Tollwut. Das hat Corky in *The Selfish Gene* gelesen.

Charlotte kommt mit einer Flasche Red Label und zwei Gläsern zurück. Sie wirkt jetzt aktiver, ihr Gesicht ist ausdrucksvoller, der Blick klarer. Sie hat ihr Makeup in Ordnung gebracht, das verlaufende Mascara gerettet. Sie sieht gut aus und lächelt, und Corky sagt rasch: »Danke, nicht für mich. Ich muß gehen, ich bin zum Essen verabredet, um...«

»Was heißt: Nicht für mich?« Sie setzt sich neben Corky aufs Sofa und schenkt für beide Whiskey ein.

»Ich möchte nichts trinken.«

»Es ist Red Label, dein Leib- und Magengetränk.«

»Ich möchte nichts, Charlotte. Danke.«

»Erzähl mir bloß nicht, daß du wieder mit dem Trinken aufhören willst.« Charlotte sieht Corky an, als habe er etwas sehr Lustiges gesagt. »Das ist doch nur – um deine Worte zu benutzen – Pipifax.« Charlotte reicht Corky das Glas, das er ihr wohl oder übel abnehmen muß. Die bernsteingelbe Flüssigkeit schwappt in seiner Hand sacht hin und her. Der Draht liegt so stramm um seinen Kopf, daß seine Blutgefäße zu platzen drohen. *Tu's nicht. Laß es.*

Charlotte stößt mit Corky an und nimmt einen Schluck. Sie schließt die Augen, lacht wieder, ein seufzend-resigniertes, genüßliches Lachen, an dem Corky erkennt, daß sie ziemlich hinüber ist, sie muß schon seit Stunden trinken. »Weißt du noch, wie du beinahe eine Wahl verloren hast, schrecklich war das, überall kamen die Republikaner rein, angefangen mit Reagan, und auf der Wahlparty beim Bürgermeister hast du dich ganz schrecklich zugekippt, und dann warst du plötzlich verschwunden, und drei Tage später hat mich die Polizei aus Indian Lake angerufen, die hatte dich gefunden, halbnackt und desorientiert, dein Wagen war weg und die Brieftasche auch und…«

»Also bitte, Charlotte! Ich hab diese Scheißwahl nicht beinah verloren, ich hab vierundsechzig Prozent bekommen.«

»Da hast du mit dem Trinken aufgehört. Cold Turkey. Achtzehn Stunden lang.« Charlotte lacht so herzlich, daß ihr Whiskey aus der Nase kommt und sie sich mit einem Kleenex abtrocknen muß. »Armer Corky.«

Corky hat dieses Zwischenspiel viel länger als achtzehn Stunden in Erinnerung. Aber er widerspricht nicht, dazu ist er zu stolz.

»Als wir uns kennengelernt haben, im Troika, hast du dich betrunken und uns irische Lieder vorgesungen, das vergeß ich mein Lebtag nicht. ›Pappa‹, hab ich gesagt, ›wer ist das bloß?‹ Die Players waren alle begeistert. Ein richtiges Original!«

»Das weiß ich nicht mehr«, sagt Corky. Er hat das Glas auf dem Couchtisch abgesetzt und faßt mit der linken Hand die rechte, um das Zittern in den Griff zubekommen, während er einen Zug aus seiner Zigarette nimmt.

»Aber ich«, sagt Charlotte vergnügt. Als Schauspielerin hatte sie damals gewisse Ambitionen, ihre Stimme »einzusetzen«, Operetten zu singen, und jetzt singt sie zittrig und falsch, aber für Corkys ungeübtes Ohr erschreckend professionell:

Der Hahn hat gekräht,
es ist ja schon spät,
die Glocken am Himmel
mit ihrem Gebimmel
rufen mahnend dich an:
Arme Seel, komm hinan!

»Das soll ich gesungen haben? Ausgeschlossen.«

»Aber sicher. Ich werde es nie vergessen.« Charlotte fährt sich seufzend mit der Hand durchs Haar und berührt einen Ohrring. Ihre Augen sind noch feucht. »Du warst der bestaussehende Mann, den ich je aus der Nähe gesehen habe. Du hast noch besser ausgesehen als Braunbeck, dieser Mistkerl.«

Das hört Corky nicht ungern, aber er tut, als ob er peinlich berührt zusammenzucke. »Warst?«

»Damals warst du siebenundzwanzig«, sagt Charlotte schonungslos. »Das ist lange her.«

Corky erinnert sich an den Reim, ist er nicht aus einem der Kinderlieder, die ihm Großmama McClure aus Limerick vorgesungen hat? Auch Theresa hat das Lied gesungen, mit starkem irischen Akzent. Je stärker der irische Akzent, desto größer die Liebe. Sollte er tatsächlich…? An jenem Abend…? An einem Tisch, um den lauter verblüffte wildfremde Leute saßen und dazu noch Ross Drummond, sein Chef, der ihn prüfend musterte?

Doch, Corky erinnert sich ganz dunkel. *Der Hahn hat gekräht, es ist ja schon spät.* Wie an einen Traum, den nicht er geträumt, sondern den ihm ein anderer erzählt hat.

Charlotte sagt seufzend: »Ja, der bestaussehende Mann, den ich je aus der Nähe gesehen habe. Wenn man Paul Newman persönlich begegnet wäre, hätte er vielleicht gar nicht so gut ausgesehen wie in seinen Filmen.«

Ex-Ehemann und Ex-Ehefrau sitzen da und sinnen der so schnell entschwundenen Vergangenheit nach. Fast zwanzig Jahre ist das her. Zwanzig Jahre! Dabei gehört Corky doch zu der Sorte von Amerikanern, die nie älter als zwanzig werden... Wie kann denn das angehen? Und doch fliegt die »Vergangenheit« von uns weg in den Raum, gleich fernen Galaxien, die voneinander wegfliegen, wie alles im Universum sich immer weiter voneinander entfernt, nachdem mit dem Urknall die Zeit in die Welt kam.

Arme Seel, komm hinan.

Unvermittelt, als habe man sie gegen ihren Willen in die Gegenwart zurückgeholt, sagt Charlotte: »Fast hätte ich es vergessen: Ich hab dich im Fernsehen gesehen, Jerome, in den Sechs-Uhr-Nachrichten von WWTC. Mir ist fast das Herz stehengeblieben. ›Jerome Cochrane‹ hat diese dumme Pute dich genannt. Wenn ich es vorher gewußt hätte, hätte ich es für dich aufgenommen.«

Corky verschluckt sich fast an seiner Cola Light. »Das darf doch nicht wahr sein. Na ja, macht nichts, ich will's gar nicht wissen...«

»Sei nicht albern. Du warst großartig. Wie immer.«

»Ich war... *großartig?*«

Charlotte zögert. »Du hast dich gut geschlagen. Reden kannst du ja.« Ihr Lachen klingt jetzt grell, ihr Gesichtsausdruck signalisiert, daß sie dabei ist, sich auf eine andere Frau einzuschießen. »Diese gräßliche Peggy Crofton. Völlig schamlos. Wie ein Geier hat sie sich vor der Kirche herumgedrückt, weil sie unbedingt Mrs. Plummer auf dem Weg zum Friedhof interviewen wollte, stell dir das mal vor. Die Mutter einer jungen Frau, die gerade Selbstmord begangen hat, zu fragen, ob sie weiß, warum es passiert ist! So jung sie aussieht – die Frau muß mindestens in meinem Alter sein. Das Gesicht ist vom vielen Liften wie eine Maske. Ich sehe sonst nie WWTC, dieses Groschenblattfernsehen, ich war gerade dabei, mich durch die Sender zu zappen, seit es die Fernbedienung gibt, schaue ich nichts länger als drei Minuten, durch diese ständige Sorge um Thalia bin ich total hektisch geworden.« Sie hebt das Glas mit dem bernsteinfarbenen Whiskey und betrachtet verwundert ihre leise zitternde Hand.

Corky entfährt ein derart giftig-chemischer Rülpser, daß ihm die Augen tränen. Er mag nicht daran denken, was er in seiner

Verwirrung gestottert hat. Jede Verlautbarung, die ein Politiker oder auch nur jemand wie Corky, der ganz am Rand der politischen Macht steht, in der Öffentlichkeit von sich gibt, wird von der Öffentlichkeit auch zur Kenntnis genommen, läßt sich nicht mehr aus der Welt schaffen.

Charlotte fragt:«Wußtest du eigentlich, daß Thalia Kontakt mit dieser – dieser Plummer hatte? Daß sie befreundet waren? Ich nicht. Dieser widerliche Wirbel um ihre Person, der gräßliche Marcus Steadman, die Anklage wegen Vergewaltigung – und diese Schwarze ist mit meiner Tochter befreundet? Ich hatte ja keine Ahnung.«

Zögernd, fast schüchtern fragt Corky: »Was hab ich gesagt? Im Fernsehen, meine ich.«

»Es war ein ganz kurzer Beitrag, offensichtlich geschnitten. Ich erinnere mich nur noch, daß du gesagt hat, daß ihr Tod eine 'Tragödie' ist, mit der sich die Polizei beschäftigen müßte. Und zwar eingehend und nicht nur routinemäßig.« Charlotte runzelt die Stirn und nimmt einen Schluck. »Oder so was in der Art. Ganz habe ich es in der Eile nicht mitbekommen, es war ein Schock, dich plötzlich vor mir zu sehen...«

Corky mag nicht darüber nachdenken, warum es ein Schock für seine Verflossene war, ihn im Lokalfernsehen zu sehen, und noch weniger darüber, daß er im Fernsehen offenbar eine »eingehende« polizeiliche Ermittlung eines Falles verlangt hat, der ihn im Grunde nichts angeht. Wie mag das wohl bei Oscar Slattery, bei Ben Pike und den übrigen angekommen sein?

Er sieht auf sein Glas, aber er schaut es nicht an.

Jeden Tag neu angehen, so werden sie es ihm bei den Anonymen Alkoholikern sagen.

Jede Stunde neu angehen.

Jede Minute neu angehen.

So schaffst du es.

Charlotte ist noch immer bei dem Fall Plummer. Bei ihrem Kummer darüber, daß Thalia irgendwie involviert ist, bei ihrer Sorge, auch Thalia könnte – suizidgefährdet sein. »Denn trotz allem, was so geredet wird – dieses arme Mädchen hat sich wirklich umgebracht, Jerome. Ohne jeden Zweifel.«

»Ohne jeden Zweifel?«

»Aber ja. Die Angehörigen haben ihre Einwilligung zur Obduktion verweigert, und das kann ich ihnen auch nicht verdenken.« Charlotte zieht ein Gesicht und sieht unwillkürlich an der ganzen Pracht ihres weichen reifen Frauenkörpers hinunter, als stelle sie ihn sich ausgeweidet vor. »Brrr. Wenn ich daran denke, jemand, den ich liebe, könnte...«

»Hey, Moment mal«, sagt Corky gereizt, »woher willst du wissen, daß Marilee Plummer sich tatsächlich umgebracht hat? Weil der Coroner es gesagt hat?«

»Nein. Weil Pappa es sagt.«

Pappa – dieser lächerliche Name... Eine sechsundvierzigjährige Frau, die ihren Alten, der Ende siebzig ist, immer noch *Pappa* nennt! Der Gang durch die Scheidungshölle hat sich gelohnt, denkt Corky, um ein Weibsstück loszuwerden, das ihren Vater *Pappa* nennt.

»Und woher weiß es *Pappa*?« fragt Corky trocken. »Hat er's in der Zeitung gelesen?«

Charlotte trinkt langsam ihren Whiskey und fährt sich mit der Zunge über die vollen kirschroten Lippen wie eine Frau, die sich an einem Geheimnis weidet. Der Alkohol hat Farbe in ihr Gesicht gebracht, sie ist jetzt lockerer, hat offensichtlich ihren Spaß daran, mit diesem unberechenbaren Ex-Ehemann zusammenzusitzen wie in alten Zeiten.. »Er hat es von Lyle, Warren Carters Vater, du weißt ja, sie spielen Squash zusammen. Schon seit fünfzig Jahren, sie haben nur ausgesetzt, wenn einer von ihnen im Krankenhaus lag. Und wohl auch im Krieg.«

»Von Warren Carters Vater? Na und?«

»Er hat ihm gesagt, wie's wirklich war, ich meine – eben ohne jeden Zweifel.«

Warren Carter ist der Bezirksstaatsanwalt von Union City, ein gemäßigter Republikaner, dem man echte sittliche Überzeugungen und Grundsätze nachsagt. In der Reagan-Bush-Ära ist das bei Republikanern etwas fast Abartiges, und deshalb wird Carter geachtet und gefürchtet. Er ist seit langem ein politischer Verbündeter, wenn auch nach außen hin kein persönlicher Freund Oscar Slatterys und seines Bruders William. Corky weiß, daß zwischen City Hall und der Staatsanwaltschaft ständig Deals ausgehandelt werden, über manche dieser Deals weiß er sogar

Einzelheiten, in jeder Regierung muß man seinen Rivalen gelegentlich einen Gefallen tun und erwartet das umgekehrt auch von ihnen, sonst geht nichts voran. Trotzdem sagt er sich, daß Carter schon aus rein egoistisch-politischen Motiven auf eine hoch aufgehängte Ermittlung des Falles Plummer drängen würde, wenn er der Meinung wäre, daß sich daraus etwas machen ließe. Wenn statt Selbstmord auch Mord eine Möglichkeit wäre. Die man, so wie die Dinge nun liegen, wohl vergessen kann. Corky nimmt das mit erheblicher Erleichterung zur Kenntnis.

Seit der Tod gleich einem schwarzen Luftschiff über Union City schwebt, aufgelassen etwa um die Zeit, als Corky am Freitagvormittag einen Krankenwagen mit jaulender Sirene zu einer Toten rasen hörte, überlegt er ständig, was zum Teufel hier läuft, während er gleichzeitig das unbehagliche Gefühl hat, daß es für ihn besser wäre, nichts darüber zu wissen.

Du, Jerome: Unser einziger Zeuge.

Aber was soll's. Daß sich einer, der gegen Delirium tremens, gegen drohenden Säuferwahn ankämpft, der ständig eine staubtrockene Kehle hat, und wenn er noch so viel Flüssigkeit in sich hineinschüttet, morgen abend im hochgestochenen Chateauguay Country Club vor fünfzehnhundert Leuten in Abendkleidung hinstellen und etwas Herzliches Witziges Erhebendes Originelles Fesselndes über den einzigen Politiker sagen soll, dem er heutzutage – abgesehen vielleicht von Cuomo, Bill Bradley, Bill Clinton, Al Gore und einigen wenigen anderen – ins Gesicht sehen kann, ohne daß es ihm hochkommt, ist schließlich genug. Mehr als genug.

Corky zuckt die Schultern. Wenn Pappa es sagt, muß es so sein.

Und dann geschieht folgendes: Corky sieht auf die Uhr, er muß sich allmählich auf den Weg machen, wenn er nicht zu spät zu den Slatterys kommen will, verdammt, schon acht nach acht, wann sollte er dort sein, um acht? Ja, aber wenn er klug ist, bleibt er noch einen Augenblick beim Thema Pappa, sagt ihr, daß er morgen bei dem Alten vorbeifahren will, um ihm – bis Mittwoch! – 138 000 Dollar aus der Nase zu ziehen, arbeitet bei Charlotte schon ein bißchen vor, und er sollte auch seinen Anrufbeantworter abfragen, ob vielleicht eine wichtige Nachricht von Thalia da ist, aber nein, das läßt er lieber, Thalia kann ihn mal gern haben, und als Charlotte seine verstohlene Geste bemerkt, provoziert sie das dazu, Corky die Zigarette aus dem Mund zu nehmen und einen Zug zu machen, einen so tiefen, sinnlichen Lungenzug, daß ihre Brüste sich heben und anzuschwellen scheinen, in ihren Augen züngelt es wie aus einer von einem Luftzug neu angefachten Glut, und zutiefst dankbar stößt sie hervor: »Gott! Das hatte ich nötig.«

Corky ist schockiert, man sieht es ihm an. »Charlotte! Was soll denn das? Es war so tapfer von dir aufzuhören und...«

»Was macht das schon? Du rauchst ja auch.«

»Ich trinke nicht.«

Charlotte lacht hell auf. »Du bist zu komisch, Jerome. Ich liebe dich.«

Corky bekommt ein heißes Gesicht, obgleich er das nicht gehört hat, nicht gehört haben will. *Nein. Nie.*

»Jetzt laß den Quatsch«, sagt Corky freundlich-verweisend, ganz fürsorglicher Ehemann, und nimmt ihr die Zigarette aus dem Mund. Sie stößt einen spitzen Schrei aus, gibt ihm einen Klaps auf die Hand, die Zigarette fliegt funkensprühend davon, Corky flucht und stößt mit der flachen Hand leicht gegen ihre Schulter, als habe er ein widerspenstiges Kind vor sich, und Charlotte schreit auf, schlägt ungeschickt mit der geballten Faust zu und trifft sein Kinn. »Du Miststück. Daß du immer gleich so grob werden mußt!«

Und Corky gibt dem Miststück voll eine aufs Maul.

Nein: Corky hält sich zurück. Wie sich das für einen Gentleman gehört.

Seine Beherrschung steht gefährlich auf der Kippe. Schweratmend stößt er hervor: »Mach mich nicht an, Schätzchen.«

»Mach du mich nicht an, ›Schätzchen‹.«

Charlotte hat sich die Zigarette zurückgeholt und raucht trotzig. Das herausfordernd vorgeschobene Kinn, der arrogante Blick – genau so hat gestern abend Thalia ausgesehen, als sie Corky mit seinen Nackedeizeitschriften aufgezogen hat. Wie die Mutter, so die Tochter.

Fick mich, willst du mich ficken?

Corky schluckt angestrengt. Wie einer, der auf einem hohen Sprungturm steht, während der Wind an ihm zerrt. Ja. *Nein. Laß es. Du weißt, daß es eine Dummheit ist,* aber irgendwie ist das Glas Red Label in Corkys zitternder Hand, irgendwie hat er es an die Lippen gesetzt und trinkt, Herrgott, schon der erste Schluck schickt wärmende Strahlen über Zunge und Mund, durch die Nasenhöhlen bis in seine tränenden Augen und in die Kehle, die dieser lange, grausame Tag voller Enttäuschungen und Entbehrungen ausgedörrt hat.

Corky seufzt. »Gott! Das hatte ich nötig.«

Charlotte sieht Corky fassungslos an. Einen Augenblick herrscht betroffene, fast andächtige Stille. Dann sagt Charlotte halblaut, leisen Triumph in der Stimme, während ihre Finger sich sanft, aber zielstrebig um Corkys Handgelenk legen. »Ach Corky, ich bin ja so einsam…«

Schüchternheit ist Ungeschick, und Corky wird von einer unerklärlichen Schüchternheit befallen, als er mit offenem Mund diese leidenschaftliche Frau küßt, die er plötzlich als so neu, so beklemmend empfindet. Ihr hungriges Verlangen ist ein Feuer, von dem er sich nicht sicher ist, ob er es wird löschen können. Er kennt diesen warmen, anschmiegsamen Körper wie seinen eigenen und kennt ihn doch nicht, nach so langer Zeit ist die Liebe mit Charlotte wie einer dieser aufregend-beängstigenden Träume, in denen du heimkommst und erst nach und nach begreifst, daß es nicht dein Heim ist, sondern ein Scheinbild, planlos und unvollkommen in den Raum gestellt von einer Vorstellungskraft, die nicht die deine war.

Aber wer steckt dahinter?

Sie gehen sich gegenseitig an die Wäsche wie Kinder. Rituelles Aufknöpfen, Aufziehen von Reißverschlüssen, Vorsicht, nichts kaputtmachen. Immer wieder Whiskeyküsse gleich Liebesschwüren, die ein paar Sekunden der Gleichgültigkeit widerrufen könnten. Küssen ist so viel intimer als Ficken, Corky muß sich zwingen, nicht an die Frau zu denken, die er eigentlich küssen, die er eigentlich bumsen möchte, Charlotte soll nichts merken, nicht jetzt. Sie hat die Arme um Corkys Hüften gelegt, zerrt an seinen Hosen und Shorts, drückt ihr Gesicht beherzt zwischen seine Beine *ich liebe liebe liebe dich Corky nur dich,*

Corky ist verlegen, aber er hat es auch eilig, jetzt, da sein Schwanz sich aufrichtet, ja, es wird klappen, und sie wird von ihm kein Kondom verlangen, wird ihn so nehmen, wie er ist. Ob er sie liebt, will sie wissen, und Corky hört gar nicht zu, *klar* grunzt er, in so einem Moment ist er nicht fürs Reden, der Witz ist ja gerade, daß man beim Ficken nicht zu reden braucht. Er versucht, nicht an Christina zu denken und auch nicht an Thalia. Oder an Kiki. O verdammt, jetzt schlafft er ab – nein, er steht wieder, es ist okay. Das alberne Ledersofa gibt asthmatisch keuchend unter ihm nach, sexy klingt das, als wenn noch jemand im Zimmer ist, der es auch machen möchte. Aber Leder ist unpraktisch, seine Knie rutschen ab, das erhitzte Gesicht bleibt an einem Polster kleben. Mist. Aber diese Nummer ist so spontan, so ungeplant und deshalb so unschuldig, daß der Vorschlag, es woanders zu machen, auf einem Bett zum Beispiel, irgendwie unzumutbar ist. Außerdem wäre es an Charlotte als der Gastgeberin, so was vorzuschlagen, aber dazu ist sie viel zu aufgewühlt, erwartungsvoll liegt sie unter Corky, legt die beringten Hände um sein Gesicht und küßt ihn auf den Mund, während sie die Augen verdreht, bis man nur noch das Weiße sieht. Dieses schreckliche Verlangen, eine hungrige Leere, die nach Sättigung schreit.

Corkys aufrechter Schwanz federt bocksteif und wie lebendig gegen seinen Bauch und seine Schenkel.

Du hast mich gezwungen, dich zu lieben. Ich wollte ja nicht…

Charlotte spreizt die fleischigen Schenkel, um sie gleich darauf feucht und fest um Corky zu schließen, der in unbeholfener Bittstellerhaltung zwischen ihnen kniet. Er saugt an einer dickkugeligen Brustwarze, hat das Gesicht verlangend an eine Brust gelegt, die wabbelig-weich und milchig-fest zugleich ist, er könnte schwören, daß es Milch ist, die ihre Konturen rundet, so wie Blut die Konturen von Corkys Penis prall werden läßt. *Hast du dir jemals gewünscht, die eigene Mutter zu ficken, das soll ja an der Tagesordnung sein,* hatte Corkys Zimmergenosse in jenem kurzen Semester am Rensselaer ihn einmal mit verächtlich-verständnisloser Miene gefragt. *Ich nämlich nicht. Nie.* Corkys neunmalgescheites Grinen war erstarrt, und dann hatte er höhnisch auflachend geantwortet: *Ich auch nicht. Nie.*

Er denkt daran, wie er das Alupäckchen mit den Präsern unter ihrer Matratze gefunden und mit dem Daumen verwundert die sich darunter abzeichnende Rundung nachgezogen hat. Corky mit seiner schmutzigen Phantasie hatte immer wunderbar unanständige Wörter parat, wenn er mit seinen Freunden an der Kirchentür herumalberte. *Ficken Nille Fotze Schwanzlutscher Blasmusik,* für katholische Jungen lagen solche Wörter wohl in der Luft. Und die Wichserei nach der Beichte, nach der Messe! Sein milchig-trüber Samen. Ein sengendes Gefühl gleich einer Flamme, dann die Befreiung, ein regelrechter, immer wieder unerwarteter Schock. *Segne mich Pater denn ich habe gesündigt.*

Corky hat zu dem gewohnten Rhythmus zurückgefunden, mit dem er Charlotte früher geliebt hat, er hat es im Gefühl, was sie braucht, Corky ist ein guter Liebhaber, er weiß, was seine Frauen brauchen, geht aufmerksam auf ihre Reaktionen, noch auf die kleinste ihrer Regungen ein. Heute aber stellt er zu seinem Ärger fest, daß Charlotte bei aller zur Schau getragenen Leidenschaft nicht so feucht ist, wie sie sein müßte, und enger, als ihm lieb sein kann, es ist eine Art von Ziererei, die sie veranlaßt, die Vaginalmuskeln zu spannen und ihm Widerstand zu leisten, eine regelrechte Aufforderung, ihr ein wenig, ja wirklich, nur ein ganz klein wenig Gewalt anzutun. *Oh oh Liebling.* Jeder Fick eine Vergewaltigung. Aber nicht jede Vergewaltigung ein Fick, angeblich geht es dabei nicht um Sex, sondern um den Wunsch zu verletzen, zu demütigen, zu töten. Aber warum soll das nicht auch Sex sein? Frauen haben es gern, aufgemischt, geprügelt, geboxt, getreten, gefickt zu werden, bis sie schreien, manchmal könntest du schwören, daß sie bluten, so weich sind sie innen, ein seidig-rosiger Handschuh, der zum Kaputtmachen reizt. Der Orgasmus – das ist wie Sterben: Das Herz stolpert und fängt dann an zu rasen. Das erstemal in Corkys Bett auf seiner Junggesellenbude: Wie sie geschrien und geschluchzt hat, die Tochter eines reichen Vaters. Dieses nackte, elementare Verlangen, das Rückgrat brechen könnte dir eine Frau mit dieser Raserei, bloß gut, daß ihre Kraft dazu nicht reicht. Wie die Gottesanbeterin, die dem Männchen den Kopf abbeißt, und dann kopuliert es weiter, schneller und effizienter als zuvor. *Ich liebe liebe liebe dich o Corky ja so... ja... oh!*

Der dicke Stamm seines Glieds reibt gegen ihren Kitzler, während der vordere Teil tief in ihr steckt, tief in ihrem Schoß. Sein Herz wird weit vor Zärtlichkeit. So schön war es seit Jahren nicht mit ihr. Oder er ist betrunken. Der Red Label wabert nur Minuten, nachdem er das Glas geleert hat, als wohltuend warmer Nebel in seinem Hirn. Selten macht Corky Corcoran eine Nummer ohne diesen tröstlichen Nebel. Stocknüchtern siehst du zu klar, alles ist vergrößert, Nerven Rückgrat Ganglien Glans verweigern den Dienst. Die Männchen der Gottesanbeterin kopulieren mit abgebissenem Kopf. Die Natur weiß, was sie tut, gegen die Natur kommst du nicht an. Du wirst über den Rand in das schwarze Loch gesogen, und sämtliche Moleküle deines Seins werden vernichtet, so daß sogar das Faktum deiner Vernichtung ausgetilgt ist, du wirst so gründlich ausgelöscht, *daß es dich nie gegeben hat.*

Corky steigert sich heftig und lustvoll, hält kurz inne, um Luft zu holen, offenbar ist das der Rhythmus, den Charlotte braucht, er nimmt ihren weichen, knautschigen Hintern in beide Hände, stößt immer heftiger zu, pausiert keuchend, Herrgott, wenn er jetzt einen Herzanfall bekommt, wenn es ihn beim Bumsen mit der eigenen Ex-Frau erwischt, ach was, denk nicht an so was, das gehört jetzt nicht hierher, wieder schafft er sich in seinen Rhythmus hinein, wie bei diesem Nautilus-Fitnessgerät, dem »Treppensteiger« – langsam anfangen, immer schneller werden, sparsam atmen, wenn du anfängst, die Luft durch den Mund auszustoßen, bist du erledigt. Nasenatmung – das ist der Trick. Der Mann muß das Kommando haben, der Mann steht am Steuer, der Penis ist das Ruder. Der altgewohnte Rhythmus, der ihnen paßt wie alte Schuhe: Mißgestaltete Füße, mißgestaltete Schuhe – aber sie sitzen gut. Corky läßt die Hüften kreisen, er stößt und pumpt und grunzt wie ein Affe, allmählich fällt ihm alles wieder ein wie eine hauchdünne Erinnerung in den Füßen, wenn er vom Boxen träumt, linker Haken, zaghafter rechter Cross, oder wenn seine Finger ohne Vorbedacht, ohne jeden bewußten Gedanken in die Tasten greifen, Glühwürmchen, Glühwürmchen glimmre, glimmre – ein Wunder. Wenn du anfängst zu denken, bist du erledigt. Und auch Charlotte reagiert, während sie sich an ihn klammert, rein instinktiv in ihrer leidenschaftlichen Gier. Etwas Panisch-Verzweiflungsvolles liegt in ihrem Oh! oh! oh!, das schrill klingt wie ein Vogelruf, während die Augen, von denen man nur das Weiße sieht, blicklos starren, und sie Corky ihr Becken entgegenhebt, die Beine um Corkys hektisch arbeitenden Hintern gelegt, die gekreuzten Fesseln sind glitschig vom Schweiß, endlich merkt Corky, wie sie kommt – eine große Woge, die eine Sekunde verharrt, ehe sie sich bricht und in einer Serie von Wellen über ihn wegspült, die stark genug sind, um ihn mit fortzureißen.

Ich liebe liebe liebe dich o Corky o Gott verlaß mich nie wieder.

Hey, ist ja schon gut.

Liebst du mich noch?

Aber sicher.

Erschöpft hält er inne, sein Herz rast, der Atem geht mühsam, kein Wunder bei diesem wilden Gebumse, schließlich ist er kein junger Spund mehr, jetzt ist er dran, und er bekommt es ein bißchen mit der Angst zu tun, dieses Engegefühl in der Brust, wie die Frau ihn umklammert, liebkost, mit den Händen an seinem Körper herauf- und herunterfährt, ihn als ihr Eigentum einfordert, als habe sie ihn geboren, *Ich liebe dich du fehlst mir du bist mein Mann.* Corkys Glied ist wortwörtlich das Bindeglied zwischen ihnen, wo bliebe die Liebe ohne Corkys Schwanz? Charlotte küßt ihn auf den Mund, ihre Zunge spielt mit seiner Zunge, ein Mund saugt am anderen, Corky ist nur noch Instinkt, wenn du anfängst zu denken, bist du erledigt, und verdammt, es ist schon schmeichelhaft, die Frau eines anderen zu bumsen, ohne daß die schattenhafte Gegenwart jenes anderen fühlbar wird, da ist kein Schwanz, der ihm Konkurrenz machen könnte, er ist der Eine, Einzige: Corky Corcoran. Was ist das Geheimnis des Fickens anderes als das Wissen, daß du niemals sterben wirst? Corky arbeitet tapfer auf seinen eigenen Höhepunkt hin, es ist, als müsse er durch gischtend aufgewühlte Wellen schwimmen und dabei Kopf, Mund und die gebleckten Zähne über Wasser halten, die Sehnenstränge am Hals, die Adern an den Schläfen drohen zu bersten, er ist ein bis zum Platzen prall aufgeblasener Ballon, er kämpft sich vorwärts – und plötzlich ist da der Sog, der ihn mitreißt. Über den Rand.

Nach unten und ins Nichts.

»Wie spät ist es? Heiliger Bimbam!«

Corky sieht auf die Uhr und reißt die Augen auf. Wieso ist es plötzlich 23.19 Uhr?

Er ist aus einem erschöpften Schlaf in den Armen einer warmen, nackten schlafenden Frau aufgewacht, die er nicht gleich identifizieren kann, weil ihm seine Umgebung völlig unvertraut ist. Nicht das asthmatische Ledersofa im »Familien«zimmer, an das er sich bei einigem guten Willen vielleicht erinnern würde, sondern ein breites Bett, von dem er nicht sagen könnte, wie er hineingekommen ist. Auf dem Tisch eine leere Flasche Johnnie Walker Red Label, zwei leere Gläser. Corky ist nackt bis auf seine Digitaluhr, die gerade klickend auf 23.20 umspringt. Die Frau neben ihm wacht auf und wendet sich ihm zu. »Ach Corky... bitte geh noch nicht...« Es ist Charlotte, stellt er fest, vielleicht sind sie in einem Hotel, sind noch verheiratet, oder er träumt, daß sie noch verheiratet sind? Zunächst hat Corky die leise Hoffnung, das könnte des Rätsels Lösung sein, aber die Wirkung des Red Label ist im Abklingen, und deshalb zieht diese Erklärung nicht.

Was hast du jetzt wieder angestellt, du Arsch?

Wie willst du da je wieder rauskommen?

Charlotte ruft ihm etwas nach, während Corky eilig ins Badezimmer geht, kaltes Wasser ablaufen läßt und sich ins Gesicht spritzt, dann steht er wieder in dem Schlafzimmer, das er noch nie gesehen hat und sich auch nicht näher ansehen möchte, ihm genügt, daß es nicht sein Schlafzimmer ist, sondern das eines anderen Mannes, und Corky hat im Laufe seines bewegten außerehelichen Liebeslebens noch nie eine Frau im Schlafzimmer eines Hauses gefickt, das einem anderen Mann gehört, geschweige denn, daß er dort Stunden mit ihr in alkoholisiertem Schlaf verbracht hat, das ist nicht nur riskant, sondern auch beleidigend: Wenn man im Bereich eines anderen seinen Samen verspritzt, kann einem das, wie einem Kater, der seine Marken in einem fremden Revier setzt, sehr gefährlich werden.

Charlotte möchte gern, daß Corky bei ihr übernachtet, »Gavin« kommt erst morgen nachmittag zurück, aber Corky läßt sich nicht breitschlagen, Corky will weg, er wird allmählich nervös, denn er hat sich anderswo ausgezogen, unten – aber wo? Charlotte sagt bittend, als ginge es um eine alte Auseinandersetzung, die jetzt wieder akut geworden ist: »Ich weiß, daß du eine andere hast, ich hab es gehört, aber mir ist das nicht wichtig, ich akzeptiere es, ich hätte es schon während unserer Ehe akzeptieren sollen, das war mein Fehler...«. Sie wickelt sich leicht schwankend in ein Negligé aus beigefarbener Seide und sieht Corky forschend an, aber Corky streift sanft ihre Hände ab, Herrgott, worauf hat er sich da eingelassen, und getrunken hat er auch wieder, harte Sachen, das ist von allen Enttäuschungen die bitterste. In seiner Panik ist er stocknüchtern geworden, kein erstrebenswerter Zustand, wenn man splitterfasernackt dasteht, empfindlich wie eine Schnecke ohne Haus im Schlafzimmer eines anderen Mannes, ganz kurz geht ihm der Gedanke durch den Kopf, daß Pierson womöglich eine Schußwaffe besitzt, die er, Corky, sich ausleihen könnte, aber diese Idee verflüchtigt sich sofort, als Charlotte mit dem beängstigenden Ansinnen kommt, sie könnten sich mindestens einmal in der Woche treffen: »Mir ist klargeworden, wie sehr du mir fehlst, wie sehr ich dich liebe, ich kenne dich in- und auswendig, und trotzdem liebe ich dich, Corky, daran kannst du sehen, was ich für dich empfinde.«

Corky lacht erschrocken auf und versucht, Charlotte zur Vernunft zu bringen, ohne sie zu verletzen. »Jetzt komm, Charlotte! Du bist mit einem anderen Mann verheiratet und in einen anderen Mann verliebt, das kann doch nicht dein Ernst sein.«

»Ich bin nicht mehr sechsundzwanzig, ich bin sechsundvierzig, und mir ist es mit allem ernst, was ich sage«, widerspricht Charlotte, als habe er ihre persönliche Integrität in Frage gestellt, »und mit so manchem, was ich nicht sage. Ach Corky...«

»Aber was ist mit Gavin? Er ist für dich so viel besser, als ich es je war. Er ist ein anständiger Typ, ein lieber Kerl, er hat Geld, viel Geld...«

»Ja, schon«, sagt Charlotte rasch, und ihre Augen werden feucht, »als Ehemann ist er wirklich besser für mich. Aber er ist nicht *du*.«

Corky überläuft es heiß und kalt. Vorsichtig schlängelt er sich zur Tür und sagt ungläubig: »Hör mal, Charlotte, als du mich hattest, hast du mich gehaßt, und zwar mit gutem Grund. Weißt du das nicht mehr?«

Charlotte schlingt die Arme um ihn und legt mit einer unbeholfen-zärtlichen Bewegung den Kopf an seine Schulter. »Es fehlt mir, daß ich dich nicht mehr hassen kann. Du fehlst mir«, sagt sie hicksend. »Geht es dir nicht mit mir genauso, Corky? Bestimmt, das spüre ich.«

Nein, denkt Corky, *verdammt nochmal nein,* aber das kann er zu dieser Frau nicht sagen, die sich ihm in diesem Augenblick weiter geöffnet hat als vorhin mit ihren gespreizten Beinen. Arme liebe Charlotte. Er hat sie gemein behandelt, vielleicht kann er demnächst ein bißchen was an ihr gutmachen. Vielleicht.

»Wir reden ein andermal drüber, Charlotte, ja? Ich ruf dich an. Wo sind meine Klamotten?«

»Du liebst mich also? Wenigstens ein bißchen?«

Corky pflanzt ihr einen groben Kuß ins Gesicht, wobei er ihren Mund verfehlt. »Aber klar.«

Wie sonst, als mit dieser Antwort soll er sie dazu bringen, ihn nach unten zu führen, zu seinen Klamotten?

Zum zweiten Mal an diesem langen Tag, der sich bis an den Horizont zu dehnen und dahinter im Nichts zu verschwinden scheint, zieht Corky sich eilig an, fährt in würdeloser Hast in seine Sachen, während eine Frau ihm dabei zusieht. Nicht die Frau, die er liebt, sondern eine beliebige Frau. Die Frau schlechthin. Bekleidet sich, verhüllt sich und seinen schlappen Schwanz vor ihrer Musterung. Was sehen sie, wenn sie uns sehen? Was wissen sie? Corky zittern die Hände, aber er kommt zurecht. Die Socken? Scheiß drauf, er stopft sie in die Jackentasche und steigt mit nackten Füßen in die Schuhe. Nichts wie weg.

Corky will sich unter der Tür von Charlotte verabschieden, aber exaltiert, wie sie ist, besteht sie darauf, ihn zu seinem Wagen zu bringen, balanciert zuckend, schwer auf seinen Arm gestützt, mit nackten Füßen über den spitzen Schotter. Für Mai ist es eine kalte Nacht, feuchter Dunst steigt von der Erde hoch. Ein erschreckend heller Mond schwebt auf einem Kamm von Schleierwolken wie ein zornig-helles Auge. Vorübergehend ernüchtert sehen Corky und Charlotte zu ihm hoch. Charlotte flüstert: »Der Mond war der Erde noch nie so nah, nicht?« Corky runzelt die Stirn beim Anblick der dünnen schleirigen Wolkenstreifen, die so sehr hellem Rauch ähneln, einer Seele, die – zu Rauch geworden – vom Wind verweht wird – wohin?

Arme Seel, komm hinan!

»Nur keine Übertreibungen«, sagt Corky. »So wichtig sind wir nun auch nicht.«

Corky steigt in seinen Wagen, ein Glück, daß er den hat, seinen Wagen, und hat schon den Schlüssel ins Zündschloß gesteckt, da lehnt sich Charlotte wollüstig durchs offene Fenster, um ihm mit offenem Mund einen letzten whiskeyduftenden Kuß zu geben, sie fröstelt genüßlich unter dem dünnen Negligé, dieses verrückte Weibsbild in der Auffahrt ihrer Millionenvilla im Quail Ridge Pass 23, Chateauguay Falls, New York, die Unterarme hat sie stützend unter die großen hängenden Brüste gelegt, als wolle sie auch die Corky zum Kuß darbieten. Es ist wohl unhöflich, den Motor anzulassen, während Charlotte ihn küßt, und der Kuß zieht sich hin.

Und dann sagt Charlotte – und das klingt im Mondlicht so verzerrt, als käme es aus einem Verstärker: »Bestimmt, Jerome? Versprochen?«

Den Wechsel von »Corky« zu »Jerome« nimmt Corky nur undeutlich wahr, und was er versprechen soll, weiß er nicht genau – aber was soll's? »Klar, Schätzchen. Ich mach alles mit.«

Vierter Teil

Memorial Day 1992

1

DER BETRÜGER

Mal angenommen, du Pfeife, du hättest nur noch einen Tag zu leben. Wie möchtest du ihn verbringen? Stocknüchtern?

Nein. Ja. Herrgottnochmal *Ja*.

Ich bin stark genug, ich schaffe es.

Wer hilft mir?

Er war in einem heruntergekommenen Days Inn an der Ausfahrt 14 der Interstate-190 aufgewacht, in einem etwa sechs Meilen nördlich der Stadtgrenzen von Union City gelegenen Niemandsland von Fast-Food-Schuppen, Tankstellen und Discountläden, wo er sich am Vorabend oder vielmehr in den frühen Morgenstunden dieses Tages ein Zimmer zum Schleuderpreis von 29 Dollar zuzüglich Steuern genommen hatte, da er sich sagte, daß ihn in so einer Absteige keiner suchen würde. Keiner, der ihn kannte.

Und warum? Nur so ein Vorgefühl. Nach Hause, in dieses große hallende Haus, das nie so richtig ihm gehört hatte, in dieses Mausoleum, konnte er nicht. Wenn nun die Einbruchssicherung abgeschaltet war, wenn er unbewaffnet in eine Falle getappt wäre?

Corky hat Roscoe Beechums höhnische Stimme im Ohr: *Mann, Sie sind ganz schön paranoid, was?*

Plötzlich ist Corky wieder als Bittsteller im Zanzibar. Warum bringen sie ihm nichts zu essen, nicht mal einen Kaffee? Er ist seit jeher ein Freund der Schwarzen, aber diese Wichser wollen ihn einfach nicht erkennen, sie denken, er ist *weiß*.

Sie haben ihm das Herz gebrochen, seine Bürgerrechte nicht beachtet, aber er wird es ihnen schon noch heimzahlen. Irgendwie.

Wo er doch tausend Dollar in der Brieftasche hat!

Was bin ich denn in ihren Augen? Ein *Nigger*?

Genauso könnte man ja sagen, daß jede Frau, die sich ficken läßt, eine Fotze ist.

Corky fröstelt und versucht aufzuwachen, sein Herz hämmert, er weiß, daß Aufwachen seine einzige Rettung ist, aber er ist gelähmt, gefangen in jener Betäubung, die kein Schlaf, aber auch kein richtiges Wachsein ist, eine Gesichtshälfte liegt auf einer billigen Tagesdecke aus Chenille, die nach Muff und Moder riecht und ihm bestimmt rote Striemen in die Haut gedrückt hat. *Wer hilft mir, wer*? Opfern eines Schlaganfalls mag es so gehen, die im Wachkoma hilflos miterleben müssen, wie ihre Lieben überlegen: Sollen wir den Stecker ziehen? Oder warten? Aber warum noch warten?

Von der Decke kommen dröhnende Orgelklänge. Bach. Das Förderband, die Türen des Feuerofens. Und dann der Rauch, der himmelwärts schwebt. Kalkweiß, pilzförmig.

Er kratzt sich an den Eiern, die sich klamm und kühl anfühlen, als ob kein Blut in ihnen kreist. Er hat den Eindruck, daß sie geschrumpft sind. Gibt es so was? Prostatabeschwerden – nur eine Frage der Zeit. Hey, hat nicht noch vor ein paar Stunden eine Frau ihn an genau dieser Stelle gestreichelt… oder war das ein Traum?

Ein wüster Traum.

Wie oft ist er als Junge mit diesen gewaltigen Erektionen aufgewacht oder vielmehr von ihnen geweckt worden. Eine Schlange, die zwischen seinen Beinen hervorwuchs wie ein eigenständiges Wesen. Bedrängend wie der quälendste Harndrang. Mit ein paar gekonnten, zornigen Stößen hat er sich dann selbst befriedigt, während Sabber an seinem Kinn herunterlief wie seine eigene Soße. *Segne mich Pater denn ich habe gesündigt* für immer und ewig Amen.

Allein dieser Satz *Segne mich Pater denn ich habe gesündigt*, lüstern in der Klasse getuschelt oder gar in der langen Reihe, die sich zur Kommunion angestellt hatte, wenn an besonderen Feiertagen die Schule geschlossen zur Messe ging, genügte als Auslöser, bis sie fast erstickten an ihrem unterdrückten Gelächter. *Segne mich Pater!*

Aber das geht eben nicht ewig so weiter. Mittlerweile kommt es nur noch selten vor. Mit den feuchten Träumen ist es nicht anders. Demnächst wird er sechsundvierzig, wenn er den Tag noch erlebt, ganz zu schweigen von seinem fünfzigsten Geburtstag, den er sich einfach nicht vorstellen kann. Nicht Corky Corcoran. Das Erwachsenwerden bringt dir keiner bei. Bis du dahin kommst, wohin du mal kommen wirst, sind die anderen weg, du stehst allein auf weiter Flur.

Er giert nach einer Zigarette. In seinem Traum (von dem er allerdings irgendwie weiß, daß es ein Traum ist, und deshalb klappt es nicht richtig) zündet er sich eine Zigarette an, nimmt ein paar tiefe Lungenzüge, wartet zitternd auf den Nikotinkick wie der Heroinjunkie auf seinen Rush: Du bist Jesu Christi Sohn.

Hey, liebst du mich?

O Lover o Gott...

Langsam wird er wach. Alles in Ordnung. Keiner im Zimmer, keiner an der Tür, die abgeschlossen und mit der Kette gesichert ist. Dieses lärmende Rumpeln muß die Straße sein. Oder der Wind.

Gestern abend: Eine halbe Flasche Jack Daniels bei Mondlicht. In seinem Wagen, verborgen in einem Tunnel hoher Bäume, die bis an den Horizont reichten. Die Mondkrater blinzelten. Das Licht wurde zu grell, es blendete ihn.

Sie wollen doch nicht, daß diese Frau erfährt, wie Sie hier sitzen, Mister?

Herrgott nein. Erbarmen!

Corky wacht auf. Durch den Spalt in dem, was er zunächst für eine Wand hält (in Wirklichkeit ist es ein unregelmäßiges Stück Fensterscheibe, das zwischen den nicht ganz geschlossenen Vorhängen an der krummen Gardinenleiste hervorblinkt) sieht er plötzlich weit oben, da, wo der Himmel sein müßte, das gleichmäßig geriffelte Grau von nicht ordentlich gehärtetem Beton. Diese kräuselig-harte Oberfläche, über die du dich schwarz ärgern kannst: Du zahlst schließlich der verdammten Baufirma gutes Geld für fachgerechte Arbeit, aber wenn sie den Job vermasseln, gibt es Krach wegen des Kostenvoranschlags.

Aber nein: Das ist tatsächlich der Himmel. Zubetoniert.

Heute muß ein besonderer Tag sein, verdammt, Himmel ist doch normalerweise blau.

Heute hat Corky was Besonders vor – aber was?

Bei jedem Deal nachfassen. Keinen Scheiß reden. Beim einmal genannten Preis bleiben, nicht höher gehen, nicht billiger einsteigen. Wer mit der Firma Corcoran Inc. Geschäfte macht, hat es mit einem echten Profi zu tun.

Eine jähe Erinnerung: Er sitzt hoch oben in der ruckelnden Fahrerkabine des Betonmischers, der schwer wie ein Tank ist. Am Steuer ist Tim Corcoran und lächelt ihm zu. Hinter ihnen dreht sich mit ohrenbetäubendem Mahlgeräusch der nasse Beton. Wenn nun der Mischer kaputtgeht oder auch nur langsamer wird, härtet am Ende der Beton, und der Wagen gerät aus dem Gleichgewicht und kippt um, aber *Hab keine Angst, Jerome, Daddy paßt auf, daß nichts passiert.*

Eine hübsche Erinnerung. Corky lächelt im Schlaf, Tränen brennen in seinen Augenwinkeln, aber er lächelt, er ist glücklich. *Daddy?* Daddy, geh nicht. Warte.

Noch eine hübsche Erinnerung: Schon vor dem *Homo sapiens*, also vor über zweihunderttausend Jahren, gab es eine Spezies von Affenmenschen, die ein Bestattungszeremoniell für ihre Toten hatten. Statt die stinkenden Kadaver einfach wegzuschleppen, liegenzulassen oder zu essen, nahmen sie sich die Zeit, richtige Gräber auszuheben, die Toten hineinzubetten, allerlei Schätze ordentlich um sie herumzulegen, Pfeilspitzen aus Feuerstein, ausgesuchte Fleischstücke, geheimnisvolle Steine, kleine Schmuckstücke. Und ans Kopfende der Gräber kamen flache, schwere Steine, um die Toten vor Aasfressern und bösen Geistern zu beschützen. Zum Gedenken an die Toten. Corky hat das in einem Taschenbuch gelesen. *Geheimnisse der menschlichen Evolution. Woher und wohin?*

Mag sein, daß sie keine *Homo sapiens* waren, aber verdammt, diese Affenmenschen *kümmerten* sich.

Corky schluchzt, Corky hat eine Todesangst davor, daß sich um ihn mal keiner kümmert.

Er schluchzt lautlos und ohne Tränen, es ist wie ein trockenes Würgen, und davon wacht er endgültig auf. Mit einem Ruck fährt er hoch, er hat in seiner säuerlich riechenden Unterwäsche quer über einem Motelbett gelegen, im Zimmer herrscht eine Düsternis wie in einer Unterwassergrotte, nur durch den Spalt am Fenster kommt ein bißchen Licht, zuerst weiß er nur, daß er nicht in seinem eigenen Bett liegt, und dann setzt allmählich die Erinnerung ein. Nach seiner Uhr ist es 7.19, zum Glück noch früh. Er weiß, daß er an diesem Tag jede Stunde brauchen wird. Auf der Schnellstraße ist wenig Verkehr, man hört keinen stetigen Strom von Fahrzeugen, sondern nur hin und wieder ein dumpf dröhnendes Vibrieren. Corky schüttelt den Kopf, um seinen steifen Hals wieder gelenkiger zu machen, und das ist ein Fehler – der Katzenjammer trifft ihn wie ein Blitz. Seine Augen quellen aus den Höhlen wie diese Plastikaugen, die man in Scherzartikelläden kaufen kann. Aber er ist okay, er berappelt sich schon wieder.

Um sich das zu beweisen, legt sich Corky auf den Teppich (der voller Flecken ist, pfui Deibel) und macht zwanzig – na gut, an die zwanzig – schnelle Liegestützen. Dann legt er sich auf den Rücken und versucht, sich zwanzigmal schnell hintereinander aufzurichten. Er ist außer Atem, in seinem Kopf dreht sich alles. Okay, das reicht. Morgen früh, am Dienstag, der wieder ein Arbeitstag ist, wird er sich bei den Anonymen Alkoholikern hinter dem Union City General Hospital melden. Aber nicht als »Jerome Andrew Corcoran«. Wozu nennen die sich schließlich anonym!

Sobald er sich angemeldet hat, wird er es Christina sagen. Wie weit sie über sein Alkoholproblem Bescheid weiß, ahnt er nicht, aber als intelligente Frau hat sie natürlich bemerkt, daß er ein Problem hat. Das brutale Benehmen von neulich kann er aufs Trinken schieben.

Er tastet nach der fast leeren Packung Camels auf dem Nachttisch und geht schwankend ins Badezimmer, er hat schon eine Zigarette angezündet, beim Pinkeln nimmt er tiefe, dankbare Züge, und während er sich rasch und ungeschickt duscht, läßt er die brennende Zigarette auf dem Spülkasten liegen, damit er sie notfalls schnell erreichen kann.

In einem International House of Pancakes auf der North Decatur, knapp vor der Stadtgrenze, wo ihn unter den Familien, die meist mit Kindern da sind, wohl auch niemand suchen würde, staunt Corky, daß er ein so üppiges Frühstück verdrücken kann: Ein halbes Dutzend Bananenpfannkuchen, die durch die reichliche Portion Blaubeersoße aufgegangen sind wie Schwämme, Rührei mit kanadischem Schinkenspeck und in Butter getränkter Toast, ein großes Glas Orangensaft und mehrere Tassen schwarzen Kaffee. Er ahnt nicht, daß er so ausgehungert ist, bis er anfängt zu essen, und dann kann er fast nicht mehr aufhören. Beim Essen raucht er und überfliegt das *Journal.* Er muß seinen Gürtel ein Loch weiter stellen, und die Bedienung, eine platinblonde junge Frau mit braun gestrichelten Augenbrauen und flippig-nuttigem Make-up wie Madonna droht ihm so vertraulich-kokett mit dem Finger, daß Corky sich verdammt geschmeichelt fühlt. Er lacht, reibt sich reumütig den Bauch und sagt: »Ich bin eben ein Typ, der nicht ›Nein‹ sagen kann«, und die Bedienung murmelt anzüglich: »Das kann Ihnen aber 'ne Menge Ärger einbringen, Mister!« Corky mustert sie so unverhohlen – frecher kleiner hochgezurrter Busen, knackiger Hintern, der sogar noch in der dämlichen Uniform gut aussieht, phantastische Beine –, daß auch sie sich geschmeichelt fühlen muß. Sie ist, so jung sie ist, in dieser Art von Flachs mit einsamen männlichen Gästen versiert, und zumindest signalisiert Corky durch seine Klamotten – wenn schon nicht durch sein unrasiertes Kinn –, daß er großzügige Trinkgelder gibt und nicht erkennbar durchgeknallt ist. Vor ein, zwei Jahren noch hätte Corky sich von der Kleinen vielleicht die Telefonnummer geben lassen – erstaunlich, wie viele sie rausrücken, er als Frau würde das nie machen – und den weiteren Gang der Dinge abgewartet. Aber inzwischen ist er bedient, besten Dank.

Er versucht, nicht an die letzte Nacht und ihre Folgen zu denken. Was er und Charlotte im einzelnen getrieben haben, ist – nachdem er eingeknickt war und das Glas Red Label in die Hand genommen hatte – in seiner Erinnerung konfus wie ein Film in schnellem Vorlauf ohne Ton. Die verdammte irische Macke: Du flippst total aus und tust schließlich das genaue Gegenteil von dem, was du hast machen wollen. Zur Hölle mit Charlotte, die ihn zum Trinken verleitet, die ihn verführt hat. Mit ihrem Gerede, daß er ihr fehlt, daß sie ihn liebt... Himmelnochmal, ist das denn möglich? Und wie soll er sich jetzt verhalten?

Die neueste Form der Alimentenzahlung: Eine Nummer mit deiner Ex-Frau. Zahlung auf Raten gewissermaßen.

Und Vic und Sandra hat er nun schon zum zweiten Mal versetzt. Ist er verrückt geworden? Total daneben? Was soll er ihnen diesmal erzählen?

Nachdem er wieder angefangen hatte zu trinken, lief alles ab wie ein Traum: *Es ist passiert* und nicht *Ich habe es getan.* Geschweige denn *Ich bin schuld.*

Corky hatte die feste Absicht gehabt, von Charlotte aus sofort nach Hause zu fahren. Und dann saß er um Mitternacht mit einer in einem Schnapsladen in Chateauguay Falls erstandenen halben Flasche Jack Daniels in seinem Wagen vor dem Haus der Kavanaughs. Er kann sich an keine bewußte Entscheidung erinnern, in das Dorf zu fahren – Christina und Harry wohnen in dem »historischen« Dorf Chateauguay Falls, wenige Meilen entfernt von der erst kürzlich erschlossenen Vorortsiedlung Quail Ridge Hollow –, aber daß er den Motor und die Scheinwerfer abgestellt hat, daran erinnert er sich. Und daß er aus seiner Flasche getrunken und die Fassade der großen Kolonialvilla aus weißem Backstein mit den dunklen Fensterläden – dunkelgrün, dunkelblau, schwarz? – angestarrt hat, die nüchtern wie ein Schwarzweißfoto im gleißenden Mondlicht stand. Ein einziges Mal war er in diesem Haus gewesen, zu einem großen Neujahrsempfang, einer von achtzig oder neunzig Gästen. Christina Kavanaugh hatte ihm die Hand und einen flüchtigen Kuß auf die Wange gegeben. Harry Kavanaugh, Bundesrichter im Ruhestand, der – eingefallene Wangen, ergrauendes Haar – in seinem motorbetriebenen Rollstuhl saß, die Ruine eines einst stattlichen Mannes mit noch immer scharfen, wißbegierig funkelnden Augen, hatte Corky markig die Hand gedrückt. Sie waren nicht befreundet, kannten sich kaum, hatten sich aber gegenseitig nachdrücklich alles Gute zum Neuen Jahr gewünscht.

Um Mitternacht war das Haus dunkel bis auf ein Zimmer im zweiten Stock. *Dort sitzt Christina allein und denkt an mich.* Er wußte es genau.

Und dann – war das wirklich passiert, oder hatte er es geträumt?

Der Mond schaukelte wie ein hin und her pendelnder Kopf, das Licht der in weiten Abständen aufgestellten Straßenlampen verschwamm, Corky blinzelte verwundert, als der Mond heller und heller wurde, ihn blendete und plötzlich – »Was machen Sie hier, Mister!« leuchtete ein privater Wachmann Corky mit seiner Taschenlampe ins Gesicht, so vorsichtig, ja höflich, wie kein richtiger Cop es gemacht hätte, schon gar nicht ein Cop aus Union City, und Corky stotterte: «Da drin ist eine Frau, in dem Haus da ... ich weiß nicht, ich steh nur hier...« Sein Gesicht war heiß, seine Stimme matt, beschämt, resigniert, keine Spur von seiner früheren Angriffslust, seinem alten Stolz. Der Cop besah sich Corkys Ausweis, der Name »Jerome Andrew Corcoran« sagte ihm zum Glück nichts, stellte ihm ein paar Fragen, die Corky stammelnd beantwortete, der Wachmann war ein junger Kerl, kaum dreißig, der sichtlich noch nie von seiner Schußwaffe hatte Gebrauch machen müssen und keinen Wert auf Scherereien legte, die sich vermeiden ließen oder in diesem wohlhabenden weißen Vorort womöglich zu einem Prozeß führen konnten, und der Anblick eines Mannes in Corkys Alter, der in seinem Wagen saß wie ein liebeskranker Teenager, war ihm wohl auch peinlich. »Sie wollen doch nicht, daß diese Frau erfährt, wie Sie hier sitzen, Mister?« sagte er.

»Nein, natürlich nicht. Vielen Dank...«

Mit hängenden Ohren war Corky weggefahren, heilfroh, daß der Mann ihn nicht ins zuständige Polizeirevier gebracht hatte, denn dort hätten sie natürlich einen Alkoholtest mit ihm gemacht, bei dem er prompt durchgefallen wäre. Und auch darüber, daß es ein privater Wachmann gewesen war und kein Cop aus Chateauguay, der ihn wahrscheinlich erstmal in Haft genommen hätte, war er froh.

Danach war Corky so mit den Nerven runter, daß er sich die Fahrt zurück zur Summit Avenue, in dieses große leere hallende Haus, einfach nicht mehr zutraute. Um eins hatte er sich das Zimmer im Days Inn genommen, und jetzt, um acht, sitzt er in einer Nische in der Raucherabteilung eines miesen International House of Pancakes auf der North Decatur und liest das *Journal;* der weiter gestellte Gürtel drückt ihm noch immer auf den Bauch. Asche fällt auf die Zeitungsseiten, während er beunruhigt und enttäuscht feststellt, daß wenig für ihn Interessantes drinsteht, keine neuen Entwicklungen im Fall Plummer, eine kurze Meldung auf Seite Fünf, daß ein »kleines Feuer unbekannter Ursache« in der vorigen Nacht in der African-American First Church of the Evangelist auf der East Huron – Marucs Steadmans Kirche – gemeldet wurde, offenbar handelte es sich um

Brandstiftung, aber der entstandene Schaden war minimal, das Feuer konnte sofort von einem Hausmeister gelöscht werden. Auf der Seite mit den Nachrufen steht eine Meldung über Marilee Plummers Beerdigung mit dem gleichen Foto, das schon mal im *Journal* war. Eine Beerdigung im engsten Familienkreis. Trauergottesdienst in der Covenant Evangelical Free Church, Beerdigung auf dem Mount Moriah Cemetery.

Die Titelseite macht mit dem Memorial Day auf. Der älteste Veteran, der heute nachmittag bei der von der Mohawk County American Legion gesponserten Parade »mitmarschiert« – im Rollstuhl – ist ein sechsundneunzigjähriger Unteroffizier aus dem Ersten Weltkrieg mit verschrumpeltem Schildkrötengesicht, eine skelettartige Hand zum militärischen Gruß erhoben. Die Augen blicken leer, vielleicht ist er blind, aber er ist offensichtlich ein zäher Bursche und läßt sich nicht unterkriegen. Sie sind hart im Nehmen, diese steinalten Männer und Frauen, das muß ihnen der Neid lassen.

Zum ersten Mal seit 1919 geht die Parade über eine kürzere Strecke, die Zahl der Teilnehmer und Zuschauer bei den jährlichen Paraden hat seit Anfang der achtziger Jahre stark abgenommen, statt eines Marsches über drei Meilen vom World War I Memorial auf dem Union Square bis zum Soldier's and Sailor's Monument im Lake Erie Park wird die Parade an einer kleineren, eineinhalb Meilen vom Lake Erie Park entfernten Grünanlage beginnen und dann wie üblich über den Union Boulevard gehen. Und es werden weniger Einheiten auf der Straße sein, weniger Veteranen mitmarschieren. Nach dem Grund gefragt wird der Vorsitzende der Mohawk County American Legion, ein zweiundsechzigjähriger Veteran des Koreakrieges, mit der Antwort zitiert: »Die alten Traditionen sterben wohl allmählich aus. Die jüngeren Leute erleben heutzutage ihren Krieg im Fernsehen und im Kino und sehen ihn nicht als Realität, und deshalb sind auch Veteranen nichts Reales für sie.«

Traurig, sagt sich Corky und denkt an seinen Vater und dessen Krieg.

Und dann denkt er noch: Für wen ist eigentlich heutzutage ein Mitmensch etwas Reales?

Rasch überfliegt er die übrigen Meldungen. Gouverneur

Cuomo, die Legislative des Staates New York, Umweltschutzgesetze, der alte Streit um die Todesstrafe – die Gesetzgeber stimmen, den «Willen des Volkes« reflektierend, für die Wiedereinführung, Cuomo legt gegen die Gesetzesvorlage sein Veto ein. Wenn der nächste Gouverneur Republikaner ist, wird er sich für die Todesstrafe aussprechen, und dann kommt der Elektrische Stuhl wieder zu Ehren. Einen Artikel hätte Corky gern gelesen, aber die Zeit reicht nicht; es geht um die Überprüfung der Hilfsorganisation United Way, unter anderem auch der Filiale von Union City, durch das Justizministerium. Wenn sich herausstellt, daß auch in der örtlichen Zweigstelle krumme Dinger passiert sind, hat Corky Corcoran sich ganz schön aufs Kreuz legen lassen. Die Firma Corcoran Inc. gibt jedes Jahr tausend Dollar für United Way, sie ist nur eine der örtlichen Wohlfahrtsorganisationen und Vereinigungen, für die Corcoran Inc. spendet, die meisten werden, wie United Way, von Leuten geleitet, die Corky kennt und denen er natürlich imponieren möchte – wer will nicht mit seiner »Wohltätigkeit« Eindruck schinden! –, aber er ist auch von Natur aus großzügig. Himmelnochmal, wenn er sich von diesen Arschlöchern hat aufs Kreuz legen lassen! Einer der örtlichen Ex-Funktionäre ist Mitglied im UCAC, Corky kennt ihn und hat ihn bisher für vertrauenswürdig gehalten, aber hier im *Journal* steht, daß in Kürze eine Jury darüber befinden wird, ob Anklage gegen ihn erhoben werden soll, weil er 288 000 Dollar von einer Unterabteilung des United Way auf sein eigenes Bankkonto überwiesen hat, um eine Hypothek auf sein Haus abzubezahlen. »Himmelnochmal!«

Wenn ihm eins stinkt, dann das: Als Trottel oder auch nur als vermeintlicher Trottel dazustehen.

Auf der ersten Seite weitere Meldungen über dieses ferne Land Bosnien – attackierende »Serben«, zurückschlagende »moslemisch-slawische Kräfte«, »Neonazi«-Jugendkult, Vandalismus und Terrorismus im früheren Ostdeutschland. »Palästinenser tötet Rabbi in Gaza – Vergeltungsaktion der Israelis«. »Woche schlimmster Ausschreitungen in Haitis Hauptstadt«. In Brasilien gibt es eine Stadt, in der die Bevölkerung seit 1940 um das Elffache angewachsen ist, in der früheren Sowjetunion herrschen »wirtschaftliche und moralische Verzweiflung«, Südafrika verzeichnet »wiederaufflammende Gewalttätigkeit in den Townships«. So viele schlechte Nachrichten aus der ganzen Welt müßten Corky eigentlich freuen, *du bist Amerikaner, du lebst im besten Land der Welt,* nur gibt es leider genug miese Nachrichten im eigenen Land, die Meldungen über Drogenmorde, Schießereien in New York, Los Angeles, Chicago mag er gar nicht lesen, ebensowenig neue rührselige Geschichten über Aids, Obdachlose oder mißhandelte Kinder. Die Lektüre der Finanzseiten gleicht dem Herumdrücken an einem schmerzenden Zahn, aber er kann es nicht lassen, es ist wie ein Blick auf deine Röntgenaufnahme: hier die Angst vor dem tödlichen Schatten auf der Lunge, dort die Angst vor Schlagzeilen über seine unbedachten Geldanlagen, seine großen Träume, flüchtig erscheint Greenbaums schweres jüdisches Froschgesicht vor seinem geistigen Auge, der hat Corky Corcoran sofort richtig eingeordnet: Trottel. Quartalsverluste für Delta, United, Chrysler, GM, Dow Chemical – da Corky keine Anteile dieser Firmen besitzt, empfindet er kurz eine gewisse Genugtuung. Und Sears: Herrgott, kann Sears den Bach runtergehen? *Sears*? Corky gibt es einen Ruck, als er auf die Firma stößt, bei der er noch vor kurzem Aktien hatte. Die »American Health Laboratories«, wie sie sich nennen, bekennen sich des Betrugs an der staatlichen Krankenversicherung für schuldig – durch die Berechnung nie durchgeführter Tests zur Messung von Cholesterin- und Eisenwerten – und haben möglicherweise eine Anklage wegen fahrlässiger Tötung Hunderter von Herzpatienten zu erwarten. »Diese Schweine!« Auf Anraten eines befreundeten Maklers hatte Corky 200 Aktien zu 28 Dollar, dem absoluten Höchststand des Papiers, erworben, das wenig später in den Keller gefallen war. Corky hat an seinen Anteilen festgehalten wie ein Idiot und sie dann schließlich bei neun Dollar abgestoßen. Das war, er weiß es noch wie heute, etwa um die Zeit, als Thalia den Ärger mit diesem Psychopathen hatte.

Hauptsächlich aber geht es im *Journal,* wie heutzutage auch im Fernsehen, um Politik. Der erst in fünf Monaten stattfindenden Präsidentschaftswahl gilt schon jetzt fieberhaftes Interesse, auch Corky ist in fieberhafter Aufregung oder wäre es, wenn er im Augenblick Zeit hätte, sich darüber Gedanken zu machen.

Diese blöde Geschichte mit »Gennifer« Flowers hat Clinton ganz schön erwischt, im besten Fall steht er als lächerliche Figur da, Frauen können einen Mann übel in den Dreck ziehen, Frauenpower hin, Frauenpower her – soviel Power haben sie immer. Die Stimmung im Land ist »skeptisch«, liest Corky, Politikmüdigkeit macht sich breit, die Umfragen ergeben, daß die Amerikaner von ihren Politikern »die Nase voll haben«. Trotzdem hat George Bush in den Umfragen nach wie vor einen großen Vorsprung vor Bill Clinton. Clinton wird die Nominierung als demokratischer Präsidentschaftskandidat, nicht aber die Wahl gewinnen, möglicherweise bekommt er nicht viel mehr Stimmen als dieser Scherzkeks Ross Perot, der in seinem ganzen Leben noch nie ein öffentliches Amt bekleidet hat. Eine herbe Demütigung für die Demokraten, und die Republikaner stehen mal wieder gut da. Die Arschlöcher könnten nochmal Reagan, ja, sogar Nixon ins Rennen schicken und würden trotzdem gewinnen. Corky hat es jetzt schon satt, dieses Zeug zu lesen, und bis zum 2. November wird er dann gründlich den Kanal vollhaben. Auf der ersten Seite des *Journal* ist George Bush zu sehen, wie er vor der U.S.Naval Academy in Annapolis eine Rede hält, er beschwört die Bedeutung von »Jobs, Familie, Frieden und die Notwendigkeit, das höchste Niveau militärischer Stärke in der Welt zu bewahren.« Auf Seite Drei sagt dieser Scheiß-Quayle dasselbe vor der Air Force Academy in Pueblo, Colorado. Der Leitartikel – wer schreibt eigentlich diesen Schrott, Corky kennt die meisten Redakteure des *Journal,* und hat den Eindruck, daß es an sich ganz vernünftige Leute sind – ist ein GRUSS ZUM MEMORIAL DAY an alle früheren, derzeitigen und künftigen Veteranen aller amerikanischen Kriege und eine besondere Anerkennung für Präsident George Bush wegen seiner »entschiedenen, beispielhaften Führungsrolle« in der Operation Wüstensturm, in der die amerikanische Militärmacht nicht nur den Sieg davontrug, sondern so nachhaltigen Eindruck auf die Sowjets machte, *daß dadurch der Zerfall der UdSSR und somit die Niederlage des Weltkommunismus sichergestellt wurde.*

Corky zerknüllt die Zeitung und läßt die Blätter in der Nische liegen. Clinton wird die Wahl im November nicht gewinnen, das hat er im Gefühl, so wie die Blue Jays die Meisterschaft der

American League im Oktober nicht gewinnen werden. Diese Sache hat er in den Sand gesetzt. Ganz klar.

Als er im International House of Pancakes seine Rechnung zahlen will, sieht Corky die Kassiererin und seine Bedienung miteinander flüstern und kichern und ihm bedeutungsvolle Blicke zuwerfen, er ist geschmeichelt, aber auch etwas beunruhigt, was ist da los? Seine Bedienung weiß noch nicht mal, wieviel Trinkgeld er ihr dagelassen hat, einen Fünf-Dollar-Schein unter der Kaffeetasse, mehr als das Doppelte von dem, was sie vermutlich erwartet, darum kann es also nicht gehen. Corky zahlt, nimmt sich einen Zahnstocher, um sich den gröbsten Dreck aus den Zähnen zu puhlen, und da diese kessen Schwalben immer noch glotzen, sieht er sie fragend an, und die Kassiererin, eine hübsche dralle Dreißigerin, sagt: »Wir haben uns nur überlegt, wer Sie sind, Mister. Wir meinen, daß Sie gestern im Fernsehen waren…«

So was mußte ja kommen. Corky lächelt den beiden melancholisch-resigniert zu, er ist schon halb an der Tür. »Tut mir leid, Sie verwechseln mich mit einem dieser blöden Kommunalpolitiker, das passiert mir immer wieder. *Ich* bin ein ganz normaler Privatmann.«

Mit dem Zahnstocher zwischen den Zähnen geht er zur Tür, und die beiden schauen rührend doof hinter ihm her, klappern mit den Augendeckeln und wissen nun erst recht nicht, was sie denken sollen.

Und dann um 8.25 die gefürchtete Rückkehr zu seinem Haus in der Summit Avenue, er hat ein Engegefühl in der Brust, als er von der Fillmore herunter, eine Meile über die Seneca und über die Ninth Street nach Maiden Vale hineinfährt – und dann ist er plötzlich da, in diesem schönen alten Renommierbezirk, der wie eine Insel in Union City ist mit seinen großen, stattlichen, zum größten Teil »historisch« bedeutsamen Häusern, zu weitläufigen, zu tiefen Grundstücken, kunstvoll angelegten Gärten – und den entsprechenden Grund- und Schulsteuern. Er fährt am Summit Park entlang, der nach dem vielen Regen saftig grün ist, vorbei am Museum of Fine Arts, vorbei an der Annandale Foundation for Medical Research und einer weißen protestantischen Kirche, die an diesem bedeckten Morgen traumgleich im Dunst schwebt, vorbei an seinen »Nachbarn«, die er kaum dem Namen nach kennt, an ihren schönen alten Häusern mit Blick auf den Park und ihren drei Meter hohen schmiedeeisernen Zäunen oder Mauern aus Ziegeln oder Natursteinen und modernsten Sicherheitssystemen, genau wie bei ihm. Corky kehrt heim und hat plötzlich Heimweh. Beim Anblick seines Hauses überkommt ihn zornige Trauer, ihm ist, als sei er betrogen worden, er weiß nur nicht warum oder von wem. Ich will mein richtiges Zuhause, wo zum Teufel ist es?

Und als er in seine Einfahrt einbiegt, sieht er einen Streifenwagen vor dem Haus stehen. O Himmel!

Thalia ist etwas passiert.

Corky bremst und kommt schlingernd zum Stehen. Zitternd und mit einem flauen Gefühl in der Magengrube steigt er aus, und da steht Budd Yeager, sieht ihn an und hebt die Hand zum Gruß, er lächelt ihm zurückhaltend zu, so wie man es bei jemandem macht, der einem ganz sympathisch ist, den man aber womöglich gleich hart anfassen muß. Corky registriert, daß Yeager nicht die Stufen herunterkommt, als habe er gerade vergeblich geklingelt, sondern daß er offenbar schon eine Weile unter dem Portikus steht und wartet. Daß Corky in diesem Augenblick in die Auffahrt einbiegen würde, konnte er schließlich nicht wissen.

»Hey, Corky, wie geht's?« tönt Yeager mit etwas gezwungener Munterkeit, aber Corky bringt es nicht fertig, sein Lächeln zu erwidern, er mustert Yeager angstvoll und bringt nur ein gestottertes: »W-was ist denn passiert?« heraus.

Sie geben sich die Hand. Corky bricht der Schweiß aus. Es geht um Thalia, bestimmt. Sie hat sich umgebracht. Mit seiner Luger, und Yeager hat sich erboten, Corky die Nachricht zu überbringen, sie sind schließlich Pokerfreunde. Corky denkt, daß er noch niemanden so gehaßt hat wie in diesem Augenblick den Mann mit dem runden Kopf, der ihn taxierend und bedauernd ansieht. »Was ist passiert?«

Und noch in diesem Augenblick höchster Angst überlegt er: Wenn er nicht sagt, wir sollen ins Haus gehen und uns setzen, ist es vielleicht nicht ganz so schlimm. Nicht das Schlimmste, was passieren könnte.

Am Steuer des Streifenwagens sitzt ein jüngerer uniformierter Cop am Funkgerät, der nicht zu Corky hinsieht. Was hat das zu bedeuten? Daß sie nicht damit rechnen, er würde in Ohnmacht fallen? Oder sonst irgendwie komisch reagieren?

Yeager legt dem verstörten Corky tröstend eine warme schwere Hand auf die Schulter. Sein Lächeln ist jetzt ein wenig fragend, irritiert. »Keine Ahnung, Corky«, sagt er. »Das möchte ich ja von dir wissen. Einige deiner Freunde machen sich Sorgen um dich.«

»Sorgen? Wieso denn das? Wer denn?«

»Sie finden, daß du dich seit ein paar Tagen sonderbar benimmst, ganz anders als sonst.« Yeager zuckt die Schultern, um anzudeuten, daß es im Grunde nicht seine Sache ist.

»Was soll das heißen, Budd?« fragt Corky ganz empört, ja, geradezu beleidigt. »Was geht denn hier vor?«

Yeager sieht ihn nachdenklich an. Er ist mindestens vierzig Pfund schwerer als Corky, ein breitschultriger, stiernackiger Mann mit zinngrauen Augen, zinngrauem kurzen Haar, das wie geschoren aussieht, und einem stumpfen harten Kopf, den er wie ein Profiringer einem Gegner in den Bauch rammen könnte, ohne daß es ihm selbst weh täte. Man sollte eigentlich erwarten, daß einem Kriminalbeamten, der einen braunen Anzug von der Stange und billige Kunstlederschuhe trägt, angesichts einer großen Villa mit Säulenvorbau am Summit Park die großen Sprüche vergehen würden, aber bei Yeager ist davon nicht viel zu spüren. *Quatsch mir nichts vor, Corcoran. Raus mit der Sprache.*

Andererseits möchte Corky sich gern sagen können, daß sie Freunde sind. Wie nett Yeager neulich im UCAC Corky die Hand auf die Schulter gelegt und ihm neunhundert Dollar in die Brusttasche gesteckt hat, obgleich er ihm nur 780 Dollar schuldig war. Von Mann zu Mann. Und Greenbaum war plötzlich draußen vor. *Wir beide sind Brüder.*

Trotzdem hat Corky jetzt Angst. Ein Cop kann seine Kanone rausziehen und dich über den Haufen schießen, und wer will behaupten, daß er es nicht in Notwehr getan hat? Oder in vermeintlicher Notwehr, weil er gesehen hat, wie du in die Jacke nach deiner Kanone greifst? Die er natürlich – samt Fingerabdrücken und einer vollständigen Geschichte der Waffe – vorlegen kann, wenn du tot bist. Und zwei Cops – das gibt auf jeden Fall einen Augenzeugen.

Budd Yeager lacht, als könne er Corkys Gedanken lesen. Lässig schlendert er zu Corkys Wagen hinüber. Für einen Cop wird es zur zweiten Natur, sich alles genau anzusehen, er selbst merkt das schon gar nicht mehr, und ein Wagen wie dieser Cadillac De Ville ist ja nun wirklich ein interessantes Exemplar – ein Spinnennetz feiner Risse in der Windschutzscheibe, vorderer Kotflügel und ein Stück Stoßstange eingedellt, jede Menge Kratzer und Schrammen in dem edlen sahnebraunen Lack. Corky schämt sich, als habe er in aller Öffentlichkeit die Hosen verloren. »Da hat's offenbar ein paarmal bei dir ganz schön gerumpelt, Corky«, sagt Yeager in freundlichem Plauderton. »Und Blumen...« Er wirft einen Blick auf die Rückbank. »Vielleicht für Marilee Plummer? Ich hab gehört, daß du gestern da draußen warst.«

»Wo draußen?«

»Auf dem Friedhof.« Yeager legt eine Pause ein und sieht Corky an. »Auf der Beerdigung und dann auf dem Friedhof. Hatten dich die Angehörigen eingeladen?«

»Nein.«

»Du bist einfach so hingefahren?«

»Ja. Einfach so.«

»Und du warst auch im Leichenschauhaus und hast dich nach dem Bericht des Coroners erkundigt?«

»Soll das ein Verhör sein, Yeager?«

Corky wird allmählich sauer. Er hat Angst, er ist nervös und naßgeschwitzt. Jetzt, wo er weiß, daß es nicht um Thalia geht und sie ihn nicht in Haft nehmen wollen – sonst würde der andere Cop nicht so pomadig in seinem Streifenwagen hocken –, kommt ihm schon die Galle hoch, wenn er Budd Yeager auf seinen Wagen starren, in seiner Auffahrt stehen sieht. Sie haben ihm nachspioniert, sich Sachen über ihn erzählt, womöglich über ihn gelacht.

»Komm schon, Corky«, sagt Yeager erstaunt und lächelt, als wäre es Corky, der sich hier unmöglich benimmt, »was heißt hier Verhör? Ich hab nur einen Besuch gemacht. Sei kein Arsch.«

»Wer ist hier der Arsch, Yeager?«

Corky ist inzwischen so nervös, daß ihm, als er eine Zigarette anzündet, der Wind das brennende Streichholz aus der Hand weht. Verdammt, gleich rastet er aus. Eine Koffeinreaktion, der viele schwarze Kaffee. Sechs Tassen mindestens.

»Ich soll hier bloß vermitteln«, protestiert Yeager. »Schließlich sind wir doch Freunde, Corky. Wenn du Ärger hast, oder wenn's irgendwo bei dir klemmt, kannst du mir das ruhig sagen.« Er steht jetzt wieder neben Corky und mustert ihn aufmerksam. Über eins achtzig, Stiernacken, aknenarbiges Gesicht, graue Augen – wenn so ein Mann derart dicht vor dir steht, fragst du dich zwangsläufig, was in seinem Kopf vorgeht. Und dann runzelt er die Stirn und sagt unvermittelt: »Hey, ich denke, du hast aufgehört zu rauchen, Corky?«

Corky ist zuerst verblüfft, dann fällt ihm das ernsthafte Gespräch über das Rauchen ein, das er vor ein paar Jahren bei einem von Oscars Freitagabend-Pokerspielen mit Yeager geführt hat. Der hatte damals, nachdem er zwanzig Jahre drei Schachteln täglich geraucht hatte, auch aufgehört, er hatte seinen Vater an Lungenkrebs sterben sehen.

Das weiß er also noch... Vielleicht ist er doch mein Freund?

»Ja, ich hab wieder angefangen. Aber nur vorübergehend.«

»Ist irgendwas nicht in Ordnung? Macht dir irgendwas Streß?«

»Ich laß mich nur nicht gern verhören, Budd, dafür müßtest du eigentlich Verständnis haben.«

»Ist ja nur eine freundschaftliche Nachfrage, Corky. Was uns da so zu Ohren gekommen ist...«

»Zu Ohren gekommen? Was für ein Scheiß kann euch schon zu Ohren gekommen sein? Das Mädchen hat mir leidgetan, deshalb bin ich zu der Beerdigung gegangen, das heißt, ich bin nicht mal hingegangen, ich hab draußen in meinem Wagen gesessen. Na und? Ich hab sie nicht gekannt, aber sie war mit meiner Stieftochter befreundet, und sie hat mir leidgetan, das ist alles. Verdammt, das ist *alles.*«

»Corky, warum...«

»Was dieser Scheißkerl im Leichenschauhaus erzählt hat – dieser Wichser, dieser Arschsack – dem darfst du kein Wort glauben, der hat ja von Tuten und Blasen keine Ahnung. Und was hat dein Kumpel, dieser Beck, zu dir gesagt? Ich hab in Pendle Hill Village angehalten, weil ich wissen wollte, was los war, ich hatte ja keine Ahnung, wer da wohnt, daß Marilee Plummer da gewohnt hat, ich kannte sie ja gar nicht. Es war ein Zufall, schön, ich geb zu, daß ich meine Nase in Angelegenheiten gesteckt habe, die mich nichts angingen, war blöd von mir, aber es hat mich einfach interessiert. Ich bin ein gewählter Kommunalbeamter, ihr seid mir Rechenschaft schuldig. Wer weiß, vielleicht werde ich der nächste Stadtratsvorsitzende, mich interessiert eben, was in unserem Drecksnest läuft.«

Corky ist näher an Budd Yeager herangerückt, der ihn irritiert und ein wenig bedenklich mustert, so wie ein Deutscher Schäferhund einen frechen kleinen Dackel mustern würde, der nach seinen Fesseln schnappt. »Warum wirst du denn so böse, Corky? Wir meinen es doch nur gut mit dir. Du bist heute so reizbar.«

»Ich bin überhaupt nicht reizbar«, sagt Corky. »Das hier ist mein Grund und Boden, mein Privatgrundstück. Was sollen denn die Nachbarn von mir denken? Daß ihr mich verhaften wollt? In meinem Vorgarten? Ich komme gerade erst zurück, ich war letzte Nacht nicht zu Hause, ich stehe unter starkem Druck, eine familiäre Krise, die keinen was angeht…« Dem erbosten Corky kommt ein neuer Gedanke. »Hängt dieses Miststück Kiki da auch mit drin?«

»Wer?«

Corky besinnt sich. Ungefragt liefert man einem Cop keine Informationen. Er macht schnell einen Rückzieher. »Du mußt das verstehen, Budd. Ich hab's eilig, ich habe Termine. Die Blumen im Wagen – die sind nicht für… du weißt schon, sie sind für meine Tante, die im Krankenhaus liegt, eine Nonne, ob du's glaubst oder nicht, im Holy Redeemer, das kannst du gern checken. Ich bin auf dem Sprung zu meinem Onkel in Irish Hill, Sean Corcoran, mit dem will ich in den Park, zur Memorial-Day-Kundgebung. Ist das ein Verbrechen?« Corky spricht so laut, daß der junge Cop im Streifenwagen jetzt zu ihm hinsieht. »Wollt ihr vielleicht einen Alkoholtest mit mir machen?«

Obwohl er redet wie ein Wasserfall, hat Corky noch Zeit zu der Überlegung, daß er, wenn die Dinge anders lägen, Yeager freundlich aufnehmen, ihn und den jungen Cop ins Haus bitten, ihnen was zu trinken anbieten würde, Bier für Yeager, der offenbar außer Dienst ist, Kaffee für seinen Kollegen aus dem Streifenwagen, daß er sich benehmen würde wie der Corky Corcoran, den Yeager kennt oder zu kennen meint. Wer ist dieses Nervenbündel, dieser zittrig-unrasierte Typ mit den blutunterlaufenen Augen, der am liebsten einen Kriminalbeamten und alten Pokerfreund von seinem Grundstück verjagen würde?

Der Mann ist das verkörperte schlechte Gewissen. Und was hat er auf dem Gewissen?

Wofür hat er Strafe verdient?

Und deshalb versucht Corky es jetzt mal anders, er gibt sich freundlicher, fast entschuldigend, möglichst locker, und daß das ankommt, merkt er daran, daß der junge Cop sich wieder seinem Funkgerät zuwendet und Yeager stirnrunzelnd und teilnahmsvoll nickt. »Stimmt schon, Budd, ich bin im Augenblick ein bißchen genervt, du hast mich in einem ungünstigen Moment erwischt. Eine kritische Situation in der Familie – es geht um meine Stieftochter und meine Ex-Frau, nichts, was die Polizei interessieren würde, absolut nichts. Diese Stieftochter, meine Ex-Frau…«. Und dann erzählt er Yeager eine wirre, unglaubwürdig-weinerliche Geschichte, mit der er versucht, ihn auf seine Seite zu ziehen, markige Worte von Mann zu Mann: *Meine Stieftochter, meine Ex-Frau,* diese Weibsbilder machen unsereinen fix und fertig, Yeager hat schließlich auch Erfahrungen mit dem Scheidungsrichter, da wird er für so was doch Verständnis haben. Und im wesentlichen ist das, was Corky sagt, ja auch nicht gelogen. »Hast du meine Verflossene mal kennengelernt? Nein? Charlotte Drummond, Ross Drummonds Tochter – ganz schön daneben, die Frau, erst wollte sie die Scheidung, jetzt denkt sie, daß es ein Fehler war oder vielleicht auch nicht, ich werde einfach nicht schlau aus ihr, aber der Geleimte bin ich so und so…« Corky redet schwungvoll und mit großen Gesten, es ist, als hätte sein anderes Ich das Ruder übernommen, er hat sich besser im Griff, und andere Leute vollzuquatschen macht immer Spaß. Es ist wie bei einer politischen Rede, du jonglierst mit Wahrheiten und Halbwahrheiten, und was dabei rauskommt, ist wahr und auch wieder nicht wahr, da es durch das Reden, Gestikulieren, den »Augenkontakt« irgendwie unwirklich wird.

Trotzdem überlegt Corky, wieviel sie wohl wissen. Yeager und die anderen. Vielleicht ist der Einbruch in Thalias Wohnung doch gemeldet worden? Vielleicht haben Esdras oder seine Frau ihn doch erkannt und könnten ihn identifizieren?

Und dieser bösartigen Kiki wäre es ohne weiteres zuzutrauen, daß sie ihm Scherereien macht. Vielleicht hat sie ihn bei der Polizei wegen versuchter oder gar wegen tatsächlicher Vergewaltigung angezeigt?

Aber es scheint, als ob Yeager teilnahmsvoll und unkritisch zuhört. Bei einem Pokerspieler, selbst bei einem so mittelmäßigen Pokerspieler wie Yeager, läßt sich das nie eindeutig sagen, aber Corky hat das Gefühl, daß jetzt alles okay ist. Sie stehen an die zwanzig Minuten vor Corkys Haustür und reden. Es ist einer dieser dunstigen Frühlingstage, in denen ein silbriger Schimmer in der Luft liegt, die Sicht ist nicht gut, aber vom See her erhebt sich ein Wind, der die schweren Wolken wegwehen könnte. Für die Parade heute nachmittag haben sie Regen vorausgesagt, aber hier im westlichen Teil des Staates New York kann je nach Wind das Wetter von einer Stunde zur anderen umschlagen. Corky fühlt sich jetzt besser und schöpft wieder Hoffnung, als er merkt, daß dieser Budd Yeager, der einen Ruf als harter Knochen hat, ihn mit Respekt behandelt. Yeagers Lächeln wirkt zwar ein bißchen irritiert, als wüßte er mehr, als er rauslassen will, und sei sich darüber im klaren, daß auch Corky das weiß, aber das ist eben Yeagers Stil. Chef der Kriminalpolizei von Union City wird man nicht, indem man sich wie ein Pfadfinder benimmt.

Auch daß er so ein Haus, so einen Garten hat, ist für Corky ein gutes Gefühl. Mag sein, daß er selbst im Augenblick wie der letzte Penner aussieht und sein Wagen ein bißchen ramponiert ist, aber dieses phantastische Haus in Maiden Vale, in das er Yeager nicht gebeten hat, beweist – wenn es noch eines weiteren Beweises bedurft hätte –, daß Corky Corcoran es geschafft hat. Sogar sein Garten, *sein* Garten, durch den er noch kein einziges Mal zu Fuß bis zum Gehsteig gegangen ist, dessen Rasen er weder gemäht noch gerecht noch gedüngt, in dem er nichts gepflanzt, nichts beschnitten hat – das alles erledigt Luigis Gartenservice, und der ist nicht billig – sieht phantastisch aus. Diese Leistung, diese Position wird Budd Yeager, der als Lieutenant bei der Kriminalpolizei ein Jahresgehalt von weniger als 50000 Dollar bezieht und wahrscheinlich in irgendeiner billigen Gegend wie Mount Moriah wohnt, doch wohl zu würdigen wissen?

Doch warum Yeager ihm statt der 780 Dollar die 900 Dollar zugesteckt hat, was von dieser scheinbar achtlosen Großzügigkeit zu halten ist – das fragt Corky nicht. Vielleicht hatte es tiefere Gründe, vielleicht auch nicht. Kleine Fische. Lieber gar nicht dran rühren. Frag nie einen Cop Sachen, die ihn zum Nachdenken zwingen könnten.

Und frag auch nicht, wer sich so sehr um Corky sorgt, daß er Budd Yeager beauftragt hat, in seiner Freizeit mal bei ihm vorbeizufahren. Es kann nur Oscar sein, der Boß hat von Vic gehört, daß *Corky sich neuerdings so sonderbar benimmt,* zwei Abende hintereinander Vic und Sandra versetzt hat, wo er sich doch in den langen Jahren ihrer Freundschaft eine Einladung bei ihnen noch nie hat entgehen lassen.

Es ist gleich neun, und Yeager ist im Aufbruch. Corky hat sich inzwischen abgeregt und gibt sich sehr umgänglich, sie frotzeln miteinander und werden sich in aller Freundschaft trennen, aber Corky will den Vormittag nutzen, er will ins Haus (unter anderem, weil er aufs Klo muß, es eilt), deshalb schüttelt er Yeager die Hand, beide versichern, daß sie sich aufs Wiedersehen freuen, wird allmählich Zeit für den nächsten Pokerabend, und dann geleitet Corky ihn nach Gutsherrnart zu dem Streifenwagen. Und Yeager will schon einsteigen, da fällt ihm noch was ein, er grinst, um Corky zu zeigen, daß es eher spaßhaft gemeint ist, total verrückte Geschichte, *ich* kann nichts dafür. »Noch eins, Corky.«

»Ja?«

»Du wirst dich totlachen, urkomische Sache.«

»Wirklich?«

»Nicht etwa eine Anzeige oder irgendwas in der Richtung, auch keine Beschwerde, nur – ja, so was wie ein Gerücht. Ich weiß gar nicht mal genau, von wem ich es habe, aber es macht bei uns die Runde, du weißt ja, wie sich so was rumspricht...«

»Was denn?«

»Angeblich behauptet so ein Nigger auf der Welland, daß du gestern da warst und dich als Undercover-Cop ausgegeben hast.« Yeager schlägt eine heisere, schleimfeucht hustende Lache an.

Corky denkt einen Augenblick, er hätte sich verhört.

»Ich habe – was?«

»Wie gesagt, Corky«, sagt Yeager freundlich, »nicht etwa eine Anzeige oder irgendwas in der Richtung. Kein Mensch nimmt es ernst, aber die Leute reden drüber. Ich dachte, es interessiert dich vielleicht. Komisch, was?«

»Ich habe mich als Undercover-Cop ausgegeben?«

Und jetzt sieht Yeager Corky doch an; stahlfarbene Gespensteraugen, stahlfarbener Bürstenschnitt, die Art von Haut, die aussieht, als wäre sie unter der obersten Schicht aus Metall. »War doch bloß ein Schwarzer, der dämlich dahergeredet hat«, sagt Yeager. »Der Besitzer von einer Niggerpinte, dem ›Zanzibar‹. Schon mal was von dem Laden oder dem Typ gehört?«

2

DER KUSS

... jene Jahre. Er glaubte, daß ihr Körper Mysterien berge und daß sie – den Priestern gleich – Hüterin von Geheimnissen sei, die sich nicht mit Worten ausdrücken ließen. In späteren Jahren, nach dem Tod seines Vaters, begriff er, daß ihr Körper das Mysterium war und daß sie, die andere Theresa nannten, zu der er aber Mommy sagte, diesem Mysterium ebenso hilflos gegenüberstand wie er, der aus diesem Körper geborene Sohn. Und daß die Worte, die sie wechselten – schon vor jenem Tod hatte Theresa eine hektisch-abgerissene Art zu sprechen gehabt, durchsetzt mit einem Lachen, das wie zerbrechende Eiszapfen klirrte und einen frösteln ließ (man lachte mit, ohne zu wissen warum) –, nicht ausreichten, um das Mysterium zu vermitteln oder auch nur anzudeuten. Wie an jenem Nachmittag, als sie Jerome aus der Schule holte und den bestürzten Nonnen nur kurz und bündig erklärte, es sei nun an der Zeit. Mit dem Greyhoundbus waren sie aufs Land nördlich von Indian Lake gefahren, zunächst in der vagen Hoffnung, bei Verwandten unterzukommen, von denen Theresa zunächst geglaubt hatte, sie würden nichts verraten, dann aber hatte sie ihre Meinung geändert und gefürchtet, eben diese Verwandten (die Jerome nicht kannte und nie auch nur zu Gesicht bekommen sollte) könnten die Corcorans verständigen oder, schlimmer noch, die Polizei oder gar die Männer, die hinter ihnen her waren, um sie zu ermorden. *Laß dein Gesicht nicht sehen,* mahnte Theresa, *du hast das Gesicht deines Vaters.* Einen Tag und eine Nacht hielten sie sich versteckt. Tagsüber im hinteren Teil der Volksbücherei von Indian Lake, die in einem Schindelhaus untergebracht war und deren rostige Toilette Mutter und Sohn benutzen durften. Die ältliche, schielende Bibliothekarin war von Theresas hartem, lippenstiftroten Lächeln und ihrer eisigen Gelassenheit so eingeschüchtert, daß sie es nicht wagte, die beiden wegzuschicken oder an diesem stürmisch-gewittrigen Apriltag doch erst abends um fünf, als die Bücherei schloß. *Na schön,* flüsterte Theresa der alten Dame zu, *aber wenn Sie ihnen verraten, daß wir hier waren, werden Sie es bereuen!* Nachts – und das sollte er noch deutlicher in Erinnerung behalten – auf einem Dach unter freiem Himmel wie in einem Kindertraum, in dem Wünsche in Erfüllung gehen, aber nicht so, wie man es sich vorgestellt hat – *Hier finden sie uns nicht, hier findet uns keiner, aber beeil dich!* Von irgendwoher eine kleine Flasche sirupsüßer Mogen David Wein, eine knisternde Tüte Kartoffelchips und das, was Theresa ihre »Medizin« nannte, die dicken Pillen, die ihr, mehrmals am Tag genommen, zu einer hoffnungsvoll wachen, gelassenen Stimmung verhalfen, gleichzeitig aber heftigen Argwohn allen Unbekannten gegenüber weckten und ihr jene planvolle Schläue der Verzweiflung schenkten, die es ihnen ermöglichte, zumindest vorübergehend (selbst Theresa bildete sich nicht ein, ihre Flucht könne von Dauer sein) den Mördern zu entkommen, die nicht so sehr Theresa, der Witwe von Tim Corcoran, als dem zwölfjährigen Jerome, Tim Corcorans einzigem Sohn, nachstellten. Das Gebäude, an das Theresa zufällig geriet – es mußte ein Zufall sein, denn soweit Jerome das beurteilen konnte, kannte sie sich in Indian Lake nicht aus, auch wenn sie ihm zuliebe so tat –, war ein verfallenes dreigeschossiges Lagerhaus mit einer Feuerleiter, die beim Hochsteigen hin und her schwang wie eine Schiffsschaukel. Theresa schob Jerome vor sich her *Beeil dich! Komm schon! Hier sind wir in Sicherheit!* Ein Flachdach voller Pfützen und voll von jahrzehntealtem verkrusteten Vogeldreck. Hart peitschender Regen. Aber es dunkelte schon, man konnte sie nicht sehen, Theresa hatte recht, sie waren in Sicherheit. Sie sei schon mal hier gewesen, behauptete sie, mit Daddy, um alles vorzubereiten, auf dem Dach sei eine Schutzhütte, und vielleicht hatte dort tatsächlich mal so was wie ein Schuppen gestanden, morsche Bretter lagen herum, aus denen Nägel ragten, Dachpappebahnen, Kisten, Tonnen. Es roch kräftig und fruchtbar nach moderndem Laub, der Wind in den Bäumen dröhnte wie ein Güterzug, das Getöse war einschläfernd und tröstlich. Theresa lachte und schalt und schmeichelte, bis Jerome ihr half, aus dem herumliegenden Gerümpel eine Behelfsunterkunft für die Nacht zu bauen. Eine umgedrehte Tonne, angelehnte Bretter, Dachpappe, die sich zwar nicht reißen, aber mit der Hand biegen ließ. Hoch am Himmel jagten Wolken vorbei gleich wehenden hellen Lappen. Regenböen gingen über sie hin, aber manchmal war wie ein aufgerissenes Auge der Mond zu sehen. Theresa betete rasch und achtlos, als sage sie den Rosenkranz nur auf, um ihn hinter sich zu bringen, und hielt Jerome fest *Laß die Kälte nicht an dich heran, mein Kleiner!*. Sie trank aus der Mogen-David-Flasche und setzte sie dann Jerome an die Lippen, er trank begierig und schien schon in diesem Moment zu wissen, daß er am nächsten Morgen, wenn die Welt wiederkehrte, Theresa freimütig, rücksichtslos und ohne Mitleid eröffnen würde, daß sie verrückt und niemand hinter ihnen her war, daß er von der Stadt aus telefonieren würde (Tante Frances war sofort am Apparat, sie hatte vor Sorge die ganze Nacht kein Auge zugetan), damit sie nach Union City zurückkehren konnten. In jener Nacht aber glaubte und verstand er restlos und ohne jeden Zweifel, als ihn *Laß die Kälte nicht an dich heran* unter dem Schutz der Dachpappe Theresa stöhnend in ihren mageren starken Armen wiegte und ihn naß, leidenschaftlich und qualvoll verlangend auf den Mund küßte. Zunächst sträubte er sich, wie immer in diesem Moment, dann gab er unvermittelt nach, es sollte der letzte Kuß sein und war somit der letzte Kampf mit ihr, und sie vergoß Tränen über ihm *Laß es nicht zu! Wenn es passiert, kann ich dich nicht retten, ich bin nicht stark genug,* und ihre Herzen schlugen wie ein einziges.

Er erinnert sich.

3

»MÖGE DER WEG SICH DIR ENTGEGENHEBEN«

Und jetzt ist Corky, nachdem er zu Yeager gesagt hat, er habe andere Pläne, völlig überraschend auf dem Weg zu einem *Kommunionsfrühstück.*

Dabei hat er mit der Messe und mit der Kommunion nichts am Hut, war seit Jahren nicht mehr zum Gottesdienst, geschweige denn zum Abendmahl, abgesehen von der einen oder anderen Beerdigung, denn bei so was kommt man einfach nicht drum herum. Man bekommt einen richtigen Haß auf seine alten (oder auch nicht so alten)Verwandten, wenn sie abkratzen und einem damit die vormittäglichen Pläne oder gar ein vormittägliches Rendezvous vermasseln. Eine Totenmesse hinterläßt einen Geschmack im Mund, den man nicht mal mit Johnnie Walker Red Label oder mit Listerine wieder los wird. Schon bei dem Gedanken, bei der Erinnerung daran kommt Corky der Kaffee hoch.

Wenn er stirbt, soll es für Freunde und Verwandte eine Party geben, eine richtig schön altmodische irische Totenwache – nur ohne Kirche.

Nicht, daß Corky sich in Gedanken mit dem eigenen Tod beschäftigt. Immer wieder hat er die Sache mit seinem Testament vor sich hergeschoben, jahrelang hatte Charlotte ihn deswegen bekniet, wenigstens damit hat er jetzt, wo sie geschieden sind, keinen Ärger mehr. Aber in diesem Frühjahr will Corky es doch endlich angehen. Oder spätestens im Sommer. Wenn es ein bißchen ruhiger geworden ist. Wenn er einen Anwalt findet, dem er vertrauen kann, der nicht zur Clique dieser raffgierigen Arschlöcher gehört, bei denen die Uhr schon anfängt zu ticken wie ein Taxameter, sobald man sie nur am Telefon hat.

Da fällt ihm etwas ein. Er wird Greenbaum anrufen und ihn um eine Empfehlung bitten. Der erste Schritt in einer Freundschaft: Du bittest einen Typen um Rat, nimmst dir seinen Rat zu Herzen, befolgst ihn. Das gefällt ihm natürlich, und es dauert nicht lange, da läßt er sich auch von dir beraten und trifft sich mit dir und eurem gemeinsamen Freund auf einen Drink oder zum Lunch.

Wie hat Pappa gesagt? *Trau nie einem Juden, wenn du ihn nicht in der Tasche hast.*

Es ist 10.20. Die Wetterfrau im Radio verkündet, daß es heute nachmittag vermutlich trocken bleibt und die Schauer noch ein bißchen auf sich warten lassen. Im Osten hat ein kräftiger Wind die Wolken schon fast weggeweht, alles ist in ein blasses, diffuses Licht getaucht. Als er auf dem Fillmore Expressway südlich in Richtung Downtown fährt, vorbei an so vertrauten Stätten und Gebäuden, daß er sie normalerweise gar nicht zur Kenntnis nehmen würde, fällt Corky das feuchte Glänzen auf, das in der Luft liegt. Reklametafeln, Häuser, Kirchtürme, die goldglitzernde Kuppel der griechisch-orthodoxen Kirche, der blau bewegte Fluß, sogar das eine Meile entfernte kanadische Ufer sind glasklar konturiert. Da muß der Mensch ja aufleben!

(Komisch, was dir im Auto manchmal so für Gedanken kommen. Als ob es gar nicht deine Gedanken sind, als ob sich da der gute Geist, die Seele des Autos meldet.)

Corky fühlt sich nicht gerade glänzend, aber durchaus zuversichtlich. Er ist stocknüchtern, und so soll es auch bleiben. Dieses Gerede von Charlotte, daß er damals nur achtzehn Stunden trocken geblieben ist, war echt ärgerlich. Diesmal ist es für immer. Einmal ein Alki, immer ein Alki. Klar, das sind die Gene. Aber heute abend wird ein flotter Corky Corcoran im Smoking seine Rede auf den Abgeordneten Vic Slattery halten, und eine Frage, die gewisse Wichser sich gegenseitig stellen werden, kann er jetzt schon voraussagen: Corcoran hat den ganzen Abend nichts getrunken, was ist denn mit dem los?

Daß er es schaffen wird, steht für ihn fest. Und zwar ohne dieses komische Mittel, dieses Antabus, von dem einem so mies wird, sobald man Bier oder Wein trinkt. Sean, der es eine Weile genommen hat, behauptet, daß man damit verblödet.

An *meinem* Kopf macht keiner rum, denkt Corky.

Er hätte Yeager sagen sollen, daß er sich von seinem Grundstück scheren soll, wenn er keinen Durchsuchungsbefehl hat, damit hätte er sich seine Selbstachtung bewahrt. So was kann man mit *mir* nicht machen.

Nur – Yeager ist wirklich sein Freund, das hat Corky in seinen Augen gesehen.

Und hinter Yeager steht schließlich Oscar Slattery, der seit fast dreißig Jahren Corkys Freund ist (Corky ist auf dem Weg zum Amtssitz des Bürgermeisters, Stuyvesant House, zu einem Kommunionsfrühstück, dessen Gastgeber Oscar ist). Mehr als ein Freund. Eine Art Sohn. So wie er für Vic eine Art Bruder ist.

Vic hat er einiges über den Tod seines Vaters und über seine Mutter erzählt. Corky erinnert sich an Vics teilnahmsvolles Schweigen. Er wußte, daß er Vic trauen konnte, der eigentlich Jesuit werden wollte, diesen Plan aber dann aufgegeben hat, weil er meinte, er sei nicht »rein«, nicht »würdig« genug.

Brauch was zu trinken, einen Drink... Wie lange er, als der Streifenwagen glücklich weg war, in dem Zimmer, das Charlotte die Bibliothek nannte, vor der Hausbar gehockt und die Flaschen angestarrt hat, weiß er nicht. Keiner spricht von dem Leben, das wir in unseren Träumen führen, jenem anderen tieferen, reicheren Leben. Dem Leben im Trinken. Da, wo deine verdammte Seele ist.

So wie man auch nicht über den weiblichen Körper sprechen kann. Theresa hatte ihn so fest an sich gedrückt, daß ihm die Luft wegblieb und die Rippen schmerzten. Sie hatten wohl beide gewußt, daß es das letzte Mal war. Diese heißen, nassen, hungrigen Küsse – nie wieder hat ihn jemand so geküßt, nie wieder wird ihn jemand so küssen. Und nie hat er eine schönere Frau gesehen. Durchgeknallt, verrückt; Pupillen, klein wie von einer Nadel punktiert, blanke Augäpfel. Die ausstrahlende Hitze der leichenblassen Haut. Nie eine schönere Frau. Und auch ihre Schreie, wild wie der Wind in den Bäumen, phantastisch, diese Laute, dieses Gefühl, du weißt, daß du irgendwann mal tot sein wirst, aber in diesem Moment, allmächtiger Himmel, in diesem Moment bist du ganz und gar lebendig.

Der Rest seines Lebens, dieses »Corky«-Lebens – ein ewiges Suchen.

Darüber hat Corky mal mit Vic Slattery gesprochen. Nicht direkt natürlich, keiner Menschenseele hat Corky etwas von dieser Wahnsinnsgeschichte mit Theresa erzählt, er ist alleingeblieben mit seinem Wissen, auch zu Lebzeiten seiner Mutter, denn die hätte sich nicht erinnert oder hätte nicht zwischen dieser Erinnerung und den Träumen oder Erscheinungen in ihrem Kopf unterscheiden können. *Frauen,* hatte Corky gesagt, *die Körper von Frauen haben so was an sich, was ist das bloß,* seine Stimme hatte sich in jugendlichem Schmerz und Groll, jugendlicher Ratlosigkeit verloren, und Vic hatte ernsthaft, fast feierlich, in seiner kindlich-altklugen Art geantwortet: *Nein, es sind unser aller Körper, so wie Christus unter die Menschen gekommen und körperlich geworden ist. Unfaßbar ist das: Wir wissen, daß wir leben, ohne zu begreifen, was Lebendigsein bedeutet.*

Und dann hatte er noch eindringlicher hinzugefügt: *Ich glaube, das ist es, Corky: Nicht Sex. Einfach das Lebendigsein.*

Das war in dem Jahr, als aus Jerome »Corky« wurde. Die Welt war nun nicht mehr durch die Grenzen von Irish Hill bestimmt, er hatte ein neues Leben, war selbst neu geworden. Im Bezirk Lakeshore war alles anders, sogar das Irischsein.

Es war Corkys erstes Jahr an der St. Thomas Aquinas Academy for Boys mit Debattierclub, Boxstaffel, Studentenselbstverwaltung – alles Einrichtungen, die »Corkys« Talenten und Ambitionen sehr entgegenkamen.

Gewiß, er wohnte noch immer bei Tante und Onkel in der Roosevelt Street, aber es war nicht wie früher, es würde nie mehr wie früher sein. Damals hatte er das noch nicht gewußt. Aber gehofft.

Nach Yeagers Abgang kommt es Corky vor, als ob sein Kopf ein Tontopf sei, an den jemand mit Stöcken trommelt. Er taumelt ins Haus und ins erste beste Badezimmer, eine »Gästetoilette« im ersten Stock, die so selten benutzt wird, daß Mrs. Krauss aus Spaß sagt, sie müsse auf den edlen parfümierten Seifenstücken Staub wischen. Er läßt die Hosen fallen, setzt sich aufs Klo, umgeben von glänzendem schwarzen Porzellan, glänzendem Messing und portugiesischen Bodenfliesen und leert seinen Darm, als sei – *Je schneller die Reise geht, desto langsamer geht die Uhr* – das üppige Frühstück, das er vor knapp einer Stunde verdrückt hat, schon verdaut, das, was davon übrig ist, zu Exkrementen geworden. Immer schneller zieht alles an ihm vorbei: Sein Leben – das, was er für *sein* Leben hielt –, Vergangenheit, Gegenwart; Zukunft? Er denkt daran, wie er im Biologieunterricht Pater Ober gefragt hat, warum alles, was man ißt, die gleiche Farbe und den gleichen Geruch hat, wenn es wieder rauskommt. Die Klasse hat gewiehert vor Lachen und gedacht, daß Corky mal wieder eine kesse Lippe riskieren wolle, dabei war seine Frage völlig ernst gemeint. *Verdammt, was gibt's denn da zu lachen?*

Er versucht dahinterzukommen, was es mit Budd Yeagers Besuch auf sich hatte. Ob es tatsächlich nur darum geht, daß die Slatterys sich Sorgen um ihn gemacht haben, oder ob mehr dahintersteckt. Ist es denkbar, daß sie ihn irgendwo auch fürchten? Weil er seine Nase in Dinge steckt, die ihn nichts angehen? Weil er sich als Cop ausgibt? Das wäre gefährlich.

Zu wissen, daß sie ihm nachspioniert haben, ist schlimm genug; daß dieser makabre Wiegler sich bestimmt einen Spaß daraus gemacht hat, »Jerome Andrew Corcoran« als vollendeten Trottel darzustellen, der im Leichenschauhaus in Ohnmacht gefallen ist wie eine Frau, ist zutiefst demütigend und schlimm genug; *aber daß er sich angeblich als Cop ausgegeben hat...* Corky kommt gar nicht drüber weg.

Wie oft hat er im Zanzibar beteuert, daß er kein Cop ist und auch nie einer war. Warum hat dieser Roscoe Beechum ihm das nicht abgenommen? Warum hat Roscoe Beechum nicht genauer hingeschaut und *ihn* gesehen?

Corky könnte heulen über die Ungerechtigkeit dieser Welt.

Er spült, rümpft die Nase, als ihm der Gestank der eigenen Scheiße entgegenschlägt, wäscht sich die Hände mit kaltem Wasser, er hat es eilig und mag weder die teure französische Seife noch die zierlichen gestickten Gästetücher aus irischem Leinen benutzen, verdammt, Corky benimmt sich wie ein Gast in seinem eigenen Haus.

Er streicht durch die unteren Räume, um zu checken – ja, was eigentlich? Einbrecher waren hier jedenfalls nicht. Zuletzt hat er diese Räume zusammen mit Thalia gesehen. Die Stille drückt auf seine Ohren. Und dieser Geruch! In leerstehenden Räumen riecht es immer so, unverkennbar: Nach Staub und Sand und ganz leicht nach Körpergeruch. *Wieder heiraten? Du? Das ist zu spät für dich.* Eins weiß Corky inzwischen: Er muß das Haus verkaufen, er kann hier nicht mehr leben. Ansehen, Stolz, das schöne Gefühl, es diesen Neidhammeln wie Donnelly oder Philly Dowd unter die Nase reiben zu können – alles gut und schön, aber das reicht nicht. Die alten Drummonds fanden das Haus gut, aber die alten Drummonds können ihn mal gern haben. Er hat in dieser verrückten, spontanen Anwandlung das Bull's Eye gekauft, er wird das Haus Summit Avenue 33 zu einem Listenpreis von sagen wir mal 550000 Dollar zum Verkauf anbieten, und damit wird sein Leben eine Wendung um 180° nehmen. Stünde das Haus in Chateauguay, ja, sogar in St. Claire, könnte er eine coole Million verlangen und würde sie auch bekommen. Doch die Verhältnisse sind nicht so. Was soll's – er wird seinen Preis bekommen.

Und vielleicht wird er Christina Kavanaugh heiraten oder vielleicht auch nicht. Corky kann sich nicht entscheiden, ob er sie liebt oder ob er ihr und Harry Kavanaugh den Tod an den Hals wünscht.

In der Küche liegen Toastkrümel auf dem Fliesenboden, Schüssel und Teller stapeln sich unverändert in der Spüle, Müll quillt aus dem Abfalleimer, im Salon liegt die Zeitung herum wie vom Wind verweht, stehen Corkys Rolodex-Kartei und das schnurlose Telefon. Und durch das getönte Glas fällt die Sonne wie ätzende Säure. Corky greift sich den Hörer und wählt rasch seinen zehnstelligen Abfrage-Code, aber als er Sandra Slatterys nervös-besorgte Stimme hört »Corky? Ist etwas passiert? Es ist nach halb neun, wir erwarten dich seit…«, legt er schuldbewußt auf.

Oben geht er geradewegs zum Nachttisch und macht die Schublade auf. Natürlich ist sie leer. Was hast du denn gedacht? Daß Thalia sich reuevoll ins Haus geschlichen und sie wieder hingelegt hat?

»Träum weiter, Trottel.«

Er reißt sich die Kleider vom Leib und wirft sie auf den Boden, wünscht sich, er könnte es mit seiner Haut genauso machen, schält sich aus der sauer riechenden Unterwäsche, die er nach dem Duschen im Motel wieder anziehen mußte, es gibt nichts, was ihm mehr verhaßt ist. Als er an seinen Shorts schnuppert, meint er Charlottes Parfüm zu riechen. Arme Charlotte! Eine so schöne, eine so durch und durch amerikanische Frau verdient etwas Besseres als ihn.

Wieder mal ein Beweis – wenn es denn eines Beweises bedurft

hätte –, daß Frauen mit der Möse denken, und Mösen können nicht denken.

In einer Schlafzimmerecke liegt eine Vierzig-Pfund-Hantel, Corky nimmt sie in die rechte Hand, stemmt sie fünf-, sechsmal, dann nimmt er sie, schon jetzt keuchend und kurzatmig, in die Linke. Ein Zeichen für den Alkoholentzug, daß ihm heiß und kalt zugleich ist, und insgeheim rechnet er immer mit einem Anfall von Säuferwahn, in dem er einen Zug von Riesenschaben über die Zimmerdecke marschieren sieht. *Ich bin Alkoholiker, helfen Sie mir.*

Corky steht mit blankem Hintern da und fragt nervös seine Anrufe ab, während er die Hantel stemmt oder zu stemmen versucht, die ihm noch nie so schwer vorgekommen ist. Er erinnert sich an die Phase des besessenen Gewichthebens in St. Thomas, Vic hat seine Muskeln so systematisch aufgebaut, als arbeite er an einer Skulptur, Cassius Clay war ihr Held, dieses phantastische schwarze Schwergewicht mit dem Tempo und der Wendigkeit eines Mittelgewichtlers, der Trainer hatte ihnen Videos vorgespielt und sie hart gedrillt. Jetzt wird Boxen in St. Thomas nicht mehr angeboten. Zu gefährlich, zu gewöhnlich.

»Corky? Hier Vic, es ist kurz nach neun, und Sandra und ich fragen uns, ob du am Ende vergessen hast, daß wir zusammen essen wollten?« Vics Stimme klingt besorgt, aber freundschaftlich, ohne eine Spur von Ärger über Corkys unmögliches Benehmen, die Slatterys reservieren sich extra einen Abend für Corky, und so lohnt er es ihnen, und was würden sie erst von ihm denken, wenn sie wüßten, daß er an diesem Abend schwer betrunken mit seiner Ex-Frau gebumst hat? Beim nächsten Anruf sind sowohl Vic als auch Sandra in der Leitung, aber das Gespräch führt hauptsächlich Sandra, sie ist offenbar jetzt ernstlich besorgt, »fast elf, Corky, wir fürchten, daß dir etwas passiert ist, bitte melde dich, sobald du kannst« – und Corky kommt sich unglaublich gemein vor, die Hantel glitscht ihm aus den feuchten Fingern und landet federnd auf dem Bett, verdammt, *was ist bloß los mit dir?*

Ein Klicken, und da ist der nächste Anruf, eine sinnlich dunkle Stimme, einen Moment verschlägt es Corky den Atem, weil er denkt, es sei Christina, aber nein, es ist nicht Christina, sondern

Charlotte: »Jerome? Liebling? Du bist gerade erst weggefahren, und schon fehlst du mir... aber du bist ja noch da, in mir... ich habe das Gefühl...« Eine lange Pause. Corky windet sich vor Verlegenheit, die arme betrunkene und weinerlich-sexy klingende Charlotte kann ja nicht ahnen, wie sich das, was sie sagt, in ätzend-hellem Tageslicht anhört, wenn der Mond und seine romantisch dunstige Aura sich längst verflüchtigt haben. »In mir...« damit meint sie wohl Corkys Samen in ihrer Vagina. Corky verzieht angewidert das Gesicht und löscht mit einem Druck auf die »3« ihre Nachricht.

Herrgott, eine Frau von sechsundvierzig Jahren müßte es eigentlich besser wissen.

Corky ruft zerknirscht bei den Slatterys an und entschuldigt sich stotternd, daß er sie versetzt hat. Zunächst ist nur Sandra am Apparat, dann greift sich Vic einen zweiten Hörer, und sie unterhalten sich zu dritt, es ist eine Genugtuung für Corky, wie erleichtert sie sind, daß er sich endlich gemeldet hat, daß ihm nichts passiert ist. Sie sind ihm nicht böse. Sie machen ihm keine Vorwürfe. Er weiß nicht mehr genau, was er Sandra gestern erzählt hat, und drückt sich deshalb möglichst nebulös aus – »eine persönliche Angelegenheit« – eine »Familienkrise« – hoffentlich habe ich es jetzt nicht ganz und gar mit euch verdorben. »Sei nicht albern, Corky«, sagt Sandra rasch, »was liegt schon an einem Essen, das können wir jederzeit nachholen, wenn wir in Union City sind. Oder du kommst mal nach Washington. Wir haben uns Sorgen um dich gemacht.« Und Vic sagt: »Ist wirklich alles in Ordnung, Corky? Können wir irgendwas tun?« Corky seufzt. »Jesus, Vic! Schön wär's...« Eine Pause, dann fragt Vic: »Willst du es nicht mit uns versuchen?« Wieder eine Pause, dann sagt Corky nachdenklich: »Ich muß irgendwann mit euch reden, möglichst noch vor heute abend.« Als der Satz heraus ist, staunt er selbst darüber und weiß noch nicht mal genau, was er damit hat sagen wollen.

Und daraufhin lädt Vic ihn zu dem Kommunionsfrühstück ein, das regelmäßig am Memorial Day stattfindet, seit Oscar Bürgermeister ist, nichts Offizielles, nur Familie und Freunde, Neun-Uhr-Messe in St. Stanislaus und hinterher ein Frühstücksbüffet im Stuyvesant House, zu dem auch viele Gäste kommen, die nicht in der Messe waren – »Sandra und ich haben Dad versprochen, mal vorbeizuschauen, komm doch auch, Corky. Dad freut sich bestimmt.«

Natürlich fühlt sich Corky sehr geschmeichelt, auch wenn die Einladung so beiläufig ergeht. In den Amtssitz des Bürgermeisters gebeten zu werden ist immer eine Ehre. Er zögert an die drei Sekunden, dann sagt er: »Ja, gern. Ich komme.«

Frühstück! Aber vielleicht braucht er ja nichts zu essen.

Um 10.28 fährt Corky an der Ausfahrt City Center-Dominion Bridge von der Schnellstraße ab. Wollte er in die Nott Street, müßte er nach rechts abbiegen, aber er wendet sich nach links auf die kopfsteingepflasterte Front Street, die hügelab zum Fluß und zum Bezirk Van Dusen Dorf führt, dem ältesten Teil von Union City, der um 1600 von holländischen Handelsleuten besiedelt wurde. Himmel, wie lange das her ist. Corky ist froh, daß er nicht in Europa lebt, wo die Kette der Vorfahren schier endlos und ein Jahrhundert, geschweige denn deine eigene kümmerliche Lebensspanne, rein gar nichts ist. Man muß sie lieben, diese alten häßlichen Bauwerke, die gedrungene lutherische Kirche aus Stein, die noch benutzt wird, General Schuylers Haus, das sie zu einem dieser öden Heimatmuseen umfunktioniert haben, in denen hauptsächlich Möbel und Spinnräder und Butterfässer zu sehen sind. Die Ruine eines Pulvermagazins wird gehegt und gepflegt wie ein Heiligtum, ebenso das vergammelte Gefängnis mit den Fensterschlitzen und der Platz dahinter, wo der Galgen stand, an dem 1883 ein Corcoran aus der Grafschaft Kerry, ein junger Mann von Anfang zwanzig, nicht nur gehenkt, sondern enthauptet wurde. Muß ein toller Anblick für die gaffenden Zuschauer gewesen sein.

Und der alte Van-Dusen-Dorf-Friedhof, auf dem man sich vorkommt wie in einem Themenpark. Als wäre Geschichte was zum Anschauen. Und wie klein alles ist! Die Gräber sehen aus wie für Zwerge gemacht. Schiefe, pfannkuchendünne Grabplatten, eine mit Krücken gestützte altersschwache Platane. Zur Feier des Memorial Day flattern ein Dutzend dreißig Zentimeter hohe amerikanische Flaggen auf dem Friedhof, aber der skeptische Corky denkt: Ist denn das in Ordnung? Wenn hier irgendwelche Veteranen begraben sind, sind es bestimmt nicht unsere.

Stuyvesant House, während der Depression als Ersatzleistung für Steuern an die Stadt übertragen, ist ein Herrenhaus aus rotem Backstein im Kolonialstil, das auf einer schmalen, zwei Morgen großen Halbinsel im Chateauguay River steht, zur Vorsicht aber noch mit einem drei Meter hohen elektrischen Stacheldrahtzaun umgeben ist.

Der Kiosk unmittelbar hinter den granitenen Torpfosten am Eingang ist mit einem Wachmann besetzt, der darauf besteht, daß Corky sich ausweist, und dann mit verkniffener Miene die Gästeliste durchgeht, auf der er *Corcoran* zunächst nicht findet. Corky spuckt Gift und Galle; schließlich war er seit der Amtseinführung des Bürgermeisters schon wer weiß wie oft Gast auf Oscars Partys. »Schauen Sie ganz unten nach, oder drehen Sie das Ding um«, sagt Corky wütend, »ich bin erst heute früh eingeladen worden. Ehrengast von Vic Slattery, der Name *muß* da sein, verdammt nochmal.« Dann hat der Wachmann glücklich *Corcoran, Jerome* gefunden und winkt den Caddy mit einem schiefen Blick auf die Schäden an Kotflügel und Stoßstange durch. »Heißen Dank«, sagt Corky mit triefender Ironie, aber gleich darauf schlägt ihm das Gewissen. Schließlich ist der Trottel ein potentieller Wähler.

Corky parkt den Wagen. Die grelle Maisonne macht ihm ein bißchen zu schaffen, aber alles in allem fühlt er sich gut und ist voller Zuversicht. Das Treffen mit den Slatterys in Stuyvesant House am Memorial-Day-Vormittag ist eine dieser improvisierten Einladungen, die Corky bei Leuten dieses Schlages inzwischen gewöhnt ist. Leuten, die dich mal rausholen, dann wieder auf die Seite legen – sicher, es hat auch schon Dürrezeiten gegeben, in denen man denken konnte, beide Slatterys, Vic und Oscar, hätten vergessen, daß er, Corky, überhaupt existiert –, aber dann doch immer wieder auf dich zurückkommen.

Wie fühlt man sich, Junge, wenn man es in dieser Stadt geschafft hat?

Eine Viertelmeile entfernt zeichnet sich wie ein Riß am Himmel die Dominion Bridge nach Kanada ab. Auf der anderen Seite liegt Fort Pearce, Ontario, dessen Uferlinie bis hin zu den in der

Sonne blinkenden Fenstern des Holiday Inn-Hochhauses in allen Einzelheiten zu erkennen ist. Corky denkt an die Zeit in der Highschool, als sie zum Wochenende manchmal nach Fort Pearce rübergefahren sind, sechs, sieben Jungs in einem Auto, am Steuer Heinz Meuller oder Eddy Darnton, manchmal Vic in dem großen kanariengelben Kabrio, auf der Suche nach Action, nach Mädchen, nach Abenteuern, die ihnen als katholischen Schuljungen damals gewagt vorkamen und im Rückblick zahm und kindisch sind. Die meisten jedenfalls.

Auf dem gekiesten Parkplatz trifft Corky den Stadtkämmerer Fats Pickering, einen gutmütig-dicklichen Fünfziger, den Corky ins Herz geschlossen hat, weil er ihm mit seiner Wette auf die Bills beim Super Bowl nicht einmal, sondern gleich zweimal 500 Dollar beschert hat. Pickerings Einstellung zu Corky ist nicht so eindeutig, und deshalb sagt er schnell, während er Corky mit einem breiten Grinsen einen guten Morgen wünscht und ihm eine Hand auf die Schulter legt: »Hab dich gestern in der Glotze gesehen, alter Junge. Da hast du ja ganz schön Mist gebaut.« Sein Lachen klingt so, als ob einer Kies umschaufelt.

Corky knickt unter dem Arm seines Freundes ein, als wäre er am liebsten im Erdboden versunken.

Als er das Haus betritt, stellt er einigermaßen bestürzt fest, daß dort hauptsächlich ältere und Männer mittleren Alters herumlaufen. Kein Vic weit und breit. Und keine Frauen. Ist das vielleicht ein Frühstück der Holy Name Society? Hat Vic da was verwechselt? (Es wäre nicht das erste Mal, Vic verläßt sich, was Ort, Zeit und Anlaß seiner Termine betrifft, so sehr auf sein Büro, daß er ganz normale Sachen leicht mal verbockt.) Oscar Slattery begrüßt Gäste im Empfangsraum, und Corky geht auf ihn zu, aber da schneidet ihm Red Pitts den Weg ab, der wie erstarrt stehenbleibt, als er Corky sieht, sogar sein freundlich-breites Lächeln wirkt wie eingefroren. Die beiden sehen sich an, und schließlich sagt Pitts: »Hallo, Corky, was machst *du* denn hier?« Es klingt nicht direkt feindselig, aber eindeutig nicht freundschaftlich, und Corky bullert los: »Rate mal! Ich bin eingeladen.« Pitts gibt scheinbar gedankenlos zurück: »*Du* bist eingeladen? *Hierher*?« Jetzt ist Corky echt sauer. »Vic wollte sich hier mit mir treffen. Hast du damit ein Problem?« Pitts mustert Corky –

die beiden stehen am Eingang zum Empfangsraum und werden von allen Seiten angerempelt –, schluckt herunter, was er hat sagen wollen, und setzt sich achselzuckend wieder in Bewegung. Corky packt ihn am Arm. »Hast du damit ein Problem?« wiederholt er. Pitts funkelt ihn von oben herab an, er ist einen halben Kopf größer als Corky und fünfzig Pfund schwerer, er ist nicht irritiert wie Yeager und schon gar nicht eingeschüchtert, und dann verzieht er das Gesicht und sagt: »Ich würde heute an deiner Stelle nicht versuchen, Oscar in den Arsch zu kriechen, der ist nämlich sauer auf dich.« »Warum?« fragt Corky, aber natürlich weiß er warum. Weil er sich in dem Interview zu weit aus dem Fenster gelehnt hat.

Pitts geht weiter, und Corky flüstert vor sich hin: »Wieso ist er sauer? Eigentlich müßte *ich* sauer sein... *ich*...«

Und jetzt hat Corky es erst recht eilig, an Oscar heranzukommen. Als ob ein Sohn dem Vater, der ihn zu Recht für aufmüpfig hält, beweisen will, daß er ihn verkannt hat. Aber er kommt nicht weiter vor lauter alten Zauseln, die sich im Empfangsraum drängen und gemächlich schlurfend in langer Reihe dem Speisesaal zustreben. Dort ist das Frühstücksbüffet aufgebaut, stehen weißgedeckte Tische mit blinkendem Silber und dreißig Zentimeter hohen amerikanischen Flaggen als Tischschmuck. Corky bekommt in seiner Angst und Wut einen ganz trockenen Mund. Da ist Pater Vincent O'Brien, eine imponierende Erscheinung in seiner Priesterrobe, der sich durch den Raum voller Gäste bewegt wie ein ausgebuffter Politiker, und dort der weißhaarige, zittrige Bischof Malley, der in ein ernsthaftes Gespräch mit Oscars älterem Bruder William vertieft ist. Hat der Bischof nicht einen Schlaganfall gehabt, war er nicht schon ein bißchen daneben? Corky ist sicher, das irgendwo gehört zu haben, aber offenbar hat da mal wieder jemand übertrieben. Und an der Schlange vor dem Büffet steht Pater Creighton, der Gemeindepfarrer von St. Stanislaus, ein alter Freund der Slatterys, und läßt sich dampfendes Essen auf seinen Teller häufen. Zu viele Pfaffen! Der Anblick bringt Corky in Bedrängnis, er hat wieder dieses Engegefühl in der Brust.

Einer der Gäste begrüßt ihn mit einem markigen Händedruck. »Corky Corcoran! Herrgottnochmal! Wie geht's denn immer?«

Corky schaltet auf Autopilot. Er redet mit Hatch, dem für die Finanzierung der staatlichen Schulen zuständigen Stellvertretenden Bürgermeister, mit Aickley, dem demokratischen Boß vom Vierten Bezirk, mit Spitzer, dem Leiter von Oscars Haushaltsausschuß, mit Leo Boner, dem Chef der Anwaltskanzlei Lloyd-Weber und mit Marty, dem Sohn des Typen, dem das *Union City Journal* gehört. Marty, ein Mann in mittleren Jahreen, ist ein ziemlicher Trottel, aber ein gutmütiger Mensch, der Corky immer überschwenglich begrüßt und lüstern glucksend fragt, ob sie nicht mal auf ein Wochenende zusammen nach Vegas fahren wollen – »In den Casinos zocken, Weiber aufreißen und ordentlich einen draufmachen, was, Corky?« Und da ist ein mehr als achtzigjähriger demokratischer Geldgeber aus dem Bezirk Edgewater, wo die alten Slatterys wohnen, einer dieser greisen Multimillionäre mit einem sozialen Gewissen im Sinne von New Deal und Great Society, ein alter Freund und treuer Anhänger der Slatterys, der sich Corky in der irrigen Annahme, er sei ein Neffe von Oscar, geschnappt hat und ihm aufgeregt und mit Speichel in den schlaffen Mundwinkeln von einem Problem erzählt, dem Corky nicht zu folgen vermag, obgleich er mit respektvoll gekrauster Stirn zuhört *was zu trinken, ich brauch einen Drink,* er hat zu seinem Entsetzen festgestellt, daß es erst 10.48 ist, wie soll er diesen Tag durchstehen? Schließlich packt er in seiner Verzweiflung einen Mann am Arm, den er kaum kennt und von dem er nur weiß, daß der wirklich mit Oscar verwandt und Besitzer des Fernsehsenders WWUC-TV ist, dem hängt er den Alten auf, verdrückt sich geschickt mit einem Lächeln und Winken und drängt sich zur Bar durch, wo er sich ein Glas herrlich kalten Tomatensaft geben läßt, da kann er so tun, als ob es eine Bloody Mary ist, sogar ein kleiner Zweig Selleriegrün ist drin.

Und wo zum Teufel ist Vic? Und Sandra? Nirgends zu sehen.

Geschieht Corky ganz recht, wenn jetzt seine Freunde ihn versetzen.

Sein Gesicht hellt sich auf, als er sieht, daß Oscar sich in seine Richtung bewegt. Oscar ist dicklich-bläßlich und hat diesen durchgeistigten Blick, der Männern eines bestimmten Typs und einer bestimmten Figur eigen ist, wenn sie *gefastet und die Hei-*

lige Kommunion empfangen haben und jeder das weiß. Es scheint so, als ob Oscar ihn zwar sieht, aber nicht erkennt, da er in ein angeregtes Gespräch mit Gästen vertieft ist, die ebenso gepflegt und ebenso gut angezogen sind wie er, Corky kennt sie vom Sehen, es dürften millionenschwere Geldgeber und Anhänger der Slatterys sein. St. Stanislaus, im Nordosten des Bezirks Edgewater gelegen, ist die reichste Kirchengemeinde von Union City, zu ihr gehören auch die St. Thomas Aquinas Academy for Boys und die Marymount Academy of the Sacred Heart for Girls. Oscar ist mit seinen Begleitern auf dem Weg in den Speisesaal, zum Ehrentisch, Corky will ihn gerade abfangen und hat schon die Hand ausgestreckt, um sie ihm auf den Arm zu legen und ihn zu begrüßen, da legt Petey Zubkow *seine* Hand Corky auf den Arm und prustet mit dieser permanent besoffen klingenden asthmatischen Lache: »Corcoran! Lange nicht gesehen. Wie geht's, wie steht's? Nicht mehr so oft wie früher, was?« Corky gerät ins Schleudern wie ein Boxer, der einen Jab nicht hat kommen sehen, aber so tun muß, als hätte er ihn erwartet. Er grinst. »Zubkow! Was macht der knautschig-fette Hintern?« Und dann lachen die beiden sich krumm.

Verdammt, jetzt sind ihm Oscar und seine Freunde entwischt. Ohne ihm auch nur einen Blick zu gönnen. Corky schüttelt Zubkow rasch ab, der – von Oscar berufen – schon seit einer halben Ewigkeit Dezernent für den Öffentlichen Nahverkehr ist, einer dieser schmierig-verschlagenen, aber unerschütterlich loyalen Typen, die sich sogar ein so integrer Bürgermeister wie Oscar Slattery hält. Corky verläßt mit den restlichen Gästen in Oscars Kielwasser den Empfangsraum, es ist Zeit für den offiziellen Beginn des Frühstücks, auch wenn, wie Corky abfällig registriert, einige Gäste schon gierig angefangen haben zu essen. Corky zählt fünfzehn für jeweils zwölf Personen gedeckte runde Tische, dazu den Ehrentisch für acht Personen auf einem erhöhten Podium an der Wand. Die Terrassentüren dahinter stehen offen, man sieht in einen Garten mit herrlich großen, scharlachrot blühenden Blumen wie Orchideen und mit diesen noblen Büschen, für die Charlotte so schwärmt, Corky vergißt ständig den Namen… Rhododendron? Herrgott, was für ein Saal! Was für ein Haus, dieses Stuyvesant House! Parkett im Fischgrätmuster, die im Erdgeschoß gelegenen Räume für dienstliche Anlässe sind vier Meter hoch mit kunstvollen Stukkaturen und alles in allem elf Kaminen. Der Speisesaal hat französische Seidentapeten in einem warmen Bronzeton, es ist, als leuchte die Sonne aus ihnen hervor, fast wie bei den Backsteinen des Mount Moriah-Krematoriums, wirklich edel. Corky hat eine besondere Schwäche für dieses Haus, denn als Oscar sich nach seiner Wahl zu einer zweiten Amtszeit als Bürgermeister entschloß, es renovieren zu lassen (diesmal war seine Mehrheit sicher genug, um den vielen mäkelnden Kritikern das Maul zu stopfen), hatte er Corkys Rat eingeholt, und auch wenn er ihm nicht in allen Punkten gefolgt war – zugehört hatte er wenigstens.

Corky weiß, daß es abwegig ist, aber sogar ein Stadtverordneter kann in so einem Haus schon ins Träumen kommen. *Was wäre, wenn eines Tages... ich...?*

Die Privaträume der Slatterys sind im ersten und zweiten Stock, und nach dem, was Corky von ihnen gesehen hat – was zugegebenermaßen nicht viel ist – sind auch sie äußerst nobel.

Natürlich haben die Slatterys ihr Privathaus in Edgewater behalten. Oscar will für eine weitere Amtsperiode kandidieren, es steht so gut wie fest, daß er durchkommt, und möglicherweise danach noch einmal, wenn er sich nicht zur Ruhe setzt. Aber er wird nicht ewig Bürgermeister von Union City sein.

Corky sieht, wie Oscar und zwei seiner Begleiter zu ihren Plätzen am Ehrentisch gehen, wo Bischof Malley, Pater O'Brien und Pater Creighton, feierlich in Schwarz und mit Priesterkragen, gerade ihre Stühle zurechtrücken. Seidige amerikanische Fahnen im Hintergrund, Rednerpult, Mikrophon. Heute abend im Chateauguay Country Club wird Jerome A. Corcoran am Ehrentisch sitzen, in einem größeren und politisch noch bedeutsameren Rahmen. Oscar Slattery ist *Union City*, Vic Slattery ist *Washington.*

Was vom Büffet her an Düften herüberweht – besonders der Geruch nach knusprig ausgebratenem Speck und fettriefenden Würstchen – ist ungemein lecker, auch wenn Corky im Augenblick nicht nach Essen zumute ist.

Es gibt ihm einen Stich, als er diesen Mistkerl McElroy mit ein paar gut gekleideten Dickwänsten vorbeischlendern sieht.

Gehört McElroy jetzt etwa zur Gemeinde St. Stanislaus, ist er Mitglied in der Holy Name Society? Zuzutrauen wär's ihm, diesem miesen Intriganten; wenn einer sich darauf versteht, Schleimpunkte bei den großen Tieren zu sammeln, dann der! Corky ist nicht nur sauer, sondern echt verletzt, als ihm klar wird, daß McElroy ihn gesehen hat und glatt an ihm vorbeigegangen ist.

McElroy trägt einen teuren Anzug mit Weste, einen anthrazitgrauen mit Nadelstreifen, nicht sehr einfallsreich, aber so, wie er aussieht, glaubt man ihm den hochbezahlten cleveren Anwalt. Und die Schuhe... Corky hat auch so ein Paar, er kennt den Preis. Dieser Scheißer mit seinem Yuppie-Haarschnitt trägt einen Ring an der linken Hand, demnach ist er verheiratet, Corky hat das irgendwann mal gewußt, aber wieder vergessen. Und sie haben auch Kinder. Söhne, die er nach St. Thomas, Töchter, die er nach Marymount schicken wird. Und seine Frau, katholisch und *nicht* aus Irish Hill, dürfte zur Zeit an einem Essen der Marienschwesternschaft von St. Stanislaus teilnehmen, im Edgewater Inn oder so.

Corky beruhigt sich erst wieder, als er daran denkt, wie er und seine Freunde den Wichser damals beinah im Swimmingpool vom Dundonald Park haben absaufen lassen. Ich hab ihm mit dem Knie eins in die Eier gegeben, erinnert er sich.

Corky will noch mal vors Haus, um nachzusehen, ob Vic und Sandra vielleicht dort warten, was allerdings wenig wahrscheinlich ist, aber da kommt Zubkow mit einem Bekannten vorbei. Die beiden bereden ihn, sich mit ihnen in die Schlange am Büffet einzureihen, und Corky kommt schließlich mit. Obgleich er keinen Hunger hat, läßt er sich von den lächelnden, weiß livrierten schwarzen Kellnern Essen auf den Teller häufen, denn das ist ihr Job, der ihnen offenbar Spaß macht. Corky ist ein Mensch, dem das Neinsagen schwerfällt, wenn jemand dir was geben will, geht es gegen die menschliche Natur – oder nur gegen die irische Natur? – Nein zu sagen, *Mußt du jede Frau ficken, die zu erkennen gibt, daß sie zu haben ist?*, tobte Charlotte. Als sie die vierzig überschritten hatte, fing sie plötzlich an, »ficken« zu sagen, das Wort lag damals förmlich in der Luft, warum nicht, hatte sie wohl gedacht, warum sollte es nur ihr Mann benutzen dürfen, um sie zu beleidigen und damit zu entmachten, als sei das Wort eine Verlängerung von seinem Penis, auf den sie angeblich neidisch ist und dem sie sich unterlegen fühlt? *Fick mich doch ins Knie...*

Was Corky damals Charlotte geantwortet hat, weiß er nicht mehr. Tatsache aber war – und ist –, daß Corky bei einer attraktiven Frau, wenn die Umstände danach sind, einfach nicht Nein sagen kann.

Selbst nachdem aus der Sache mit Christina Kavanaugh was Ernstes geworden war und er jede Gelegenheit nutzte, sie zu sehen, hat Corky nebenbei ein paarmal was für eine Nacht gehabt, es wäre ihm nicht recht, wenn Christina davon wüßte, aber die Versuchung war einfach zu groß.

Es ist, wie bei Oscar Slattery nicht anders zu erwarten, ein opulentes Büffet, aber Corky lehnt die Eier Benedikt ab, ebenso den Frühstücksschinken, okay, einen Armen Ritter mit Ahornsirup, ja, und eine kleine Portion Bratkartoffeln mit Speck und Würstchen, er wird reichlich Ketchup drübergeben, keinen Erdbeerpfannkuchen, *nein danke*, aber vielleicht eine kleine Waffel mit Blaubeeren und Sahne, eine Waffel ist schließlich kein Pfannkuchen. Der lächelnde schwarze Kellner mit dem goldblitzenden Schneidezahn bietet Rührei mit Räucherlachs an und scheint enttäuscht, als Corky nein sagt, also sagt Corky ja, dann aber nein zu einem Früchtebecher mit frischer Ananas und Joghurt, nein danke zu dem Tapiokapudding – oder vielleicht ist es nur eine aufgemotzte Hafergrütze –, aber okay, er ist ein Süßschnabel und bekommt bis zu dem Bankett heute abends nichts mehr zu essen, warum nicht ein Stück Kirschplunder. Kellner kommen mit Kaffee an den Tisch, Corky könnte, wenn er wollte, auch noch mehr Tomatensaft haben, er ist guter Laune und scherzt mit Zubkow und dem anderen Typ herum, die beiden verlangen doch tatsächlich eine Bloody Mary, der schwarze Kellner stutzt, entweder weiß er wirklich nicht, was das ist, oder er tut nur so, er wird in der Küche nachfragen, brummelt er, und darüber müssen alle am Tisch lachen. Das Memorial-Day-Frühstück beim Bürgermeister ist ein festlicher Anlaß, so was muß man genießen. Wir werden schließlich alle nicht jünger.

Sogar rauchen darf man hier, weil es sich um eine geschlossene Gesellschaft handelt. Bei öffentlichen Anlässen in Union City oder im Staate New York und bei Veranstaltungen auf städtischem Gelände ist Rauchen tabu, aber hier in dieser hundertprozentigen Männergesellschaft ist es erlaubt, viele der alten Herren haben eine Zigarre in der Hand.

Wieder wird – wenn auch leise – im Speisesaal gelacht, als Pater Creighton sich feierlich erhebt, um das Tischgebet zu sprechen; das Klappern von Silber verstummt jäh, *Segne uns, o Herr, und die Gaben, die wir von dir empfangen, dank deiner Güte durch Christus unseren Herrn, und an diesem Memorial Day sind wir besonders dankbar...,* ein melodisch-fromm leiernder Singsang wie bei der Messe, von seltsamem Wohlklang, fast wie eine Frauenstimme. Den Corky in dieser Form bei so vielen einander völlig fremden Priestern gehört hat, daß er sich sagt, es müsse etwas sein, was sie einfach überkommt. Aber mit dem Wechsel von Latein zu Englisch hat die Kirche eindeutig Mist gebaut. Jetzt, wo du die Messe verstehst, ist sie von erschütternder Einfalt und total flach. Gelacht wurde, weil die eine Hälfte der Gäste, die schon angefangen hatte zu essen, jetzt genötigt ist, eine Vollbremsung hinzulegen, den Kopf zu senken und das Tischgebet mitzusprechen.

Alte Knaben von sechzig, siebzig Jahren, die losprusten wie Schuljungen. Herrje, denkt Corky, werden wir denn nie erwachsen?

Er lacht über die Witze und Ferkeleien, die Zubkow nonstop rausläßt – kindisch-primitives Zeugs, aber sehr komisch. »Was machen die Frauen in einer feministischen Klempnerwerkstatt, die nichts mit Lötkolben im Sinn haben? Sie machen alles mit der Büchse.« Kein sehr guter Witz, aber alle am Tisch brüllen los, bis auf einen alten Zausel, der fragend mit den Augendeckeln klappert, er ist wohl schwerhörig, Zubkow muß es wiederholen, *Lötkolben,* schreit er, *Büchse,* so daß es auch an anderen Tischen zu hören ist, und auch dort wird gelacht. Corky spuckt Rührei und Räucherlachs, es geht ihm wesentlich besser, nachdem er diese merkwürdige Geschichte mit Yeager zunächst verdrängt hat. Alles zu seiner Zeit.

Corky ißt zu seinem eigenen Erstaunen nach dem mordsmäßigen Frühstück im Pancake House den ganzen Teller leer, er muß wohl doch Hunger haben. Aber das hier ist ja auch schon mehr eine Art Mittagessen, es ist 11.20, die Zeit vergeht so schnell. Kellner bringen Kaffee, gewaltige silberne Kannen mit starkem, frisch gebrühten Kaffee. Der Arme Ritter war große Klasse. Corky erinnert sich an die Armen Ritter, die Tante Frances manchmal sonntags für die Kinder – Peter, Lois, Tess und Jerome – gemacht hat, meist dann, wenn sie zum Hochamt um neun statt zu der normalen Messe um acht gingen und schon halb verhungert waren, bis es Frühstück gab. Onkel Sean ging nicht mehr mit zur Messe, seit Tims Tod kann ich das alles nicht mehr richtig ernst nehmen, sagte er immer, aber Tante Frances mahnte: Laß das die Kinder nicht hören! Dem kleinen Jerome, der am Küchentisch sitzt, läuft nicht nur das Wasser im Mund zusammen, es steht ihm auch in den Augen, wenn er das Essen sieht, köstliches Essen, aber nie genug, um seinen leeren Bauch zu füllen, schaufle es in dich rein, kau und schieb nach, stell den Gürtel noch ein Loch weiter. Nie genug. *Und er liebt Tante Frances dafür, daß sie ihn durchfüttert, als wäre er ihr eigenes Kind und nicht der Sohn einer Frau, die aufgehört hat, für ihn zu kochen, er liebt Tante Frances, aber sagen wird er es ihr nicht. Nie.*

Sein Cousin und seine Cousinen hatten was gegen ihn, das war kein Geheimnis. Besonders Peter, der einzige Sohn und große Zampano. Lois hat Corky ständig herumkommandiert, Tess war okay. Inzwischen haben sie keinen Kontakt mehr, nur Lois macht Corky immer ein schlechtes Gewissen wegen Sean, wann warst du das letztemal bei ihm, fragt das Miststück unentwegt. Wer zählt so was schon nach?

Wenn er heute seinen Onkel besucht und mit ihm zur Parade geht und hinterher, wenn die Zeit reicht, vielleicht noch zu Tante Megan ins Krankenhaus fährt, denkt Corky, müßte damit das Konto eigentlich ausgeglichen sein.

Natürlich wissen Cousin und Cousinen nicht, daß er die städtische Pension des Alten aufstockt. Und sie sollen es auch nicht erfahren, auf gar keinen Fall.

Tim Corcoran hat es genauso gemacht, nur in größerem Stil. Für alte oder kranke Verwandte. Seine Verwandten und auch die von Theresa. In Union City und drüben in Irland. Aber es hat keinen Sinn, Gutes zu tun, wenn du die Menschen dabei demütigst und deckelst.

Oscar Slattery fällt ihm ein, der heimlich das Stipendium für Tim Corcorans Sohn zur Verfügung gestellt hat. Ein gütiger, ein großzügiger Mann. Und so taktvoll.

Corky lacht, er fühlt sich wohl und hat fast vergessen, warum er hier ist, *ein Kommunionsfrühstück*? Sein Bauch ist unangenehm voll, er muß heimlich seinen Gürtel noch ein Loch weiter stellen. Wenn ihn erst die Anonymen Alkoholiker in der Mangel haben, tut er auch wieder was für seine Figur, wird den Bauch los, es ist ja peinlich, wenn eine Frau an ihm runterschaut und sieht... *So ein Kotzbrocken*, muß sie denken, wenn sie einen halbwegs gesunden Menschenverstand hat. Corky behält mit einem Auge den Ehrentisch im Blick wie ein schmachtender Liebhaber (warum macht Oscar Slattery ihm kein Zeichen, wo er, Corky, doch unentwegt lächelnd zu ihm hinschaut?), und sieht mit dem anderen zu Zubkow hin, der gerade seine gutgläubigen Zuhörer am Tisch ausgiebig über den »Prediger Marcus Steadman« aufgeklärt hat, verrückte, abgedrehte Sachen erzählt, von denen Corky noch nie gehört hat und die möglicherweise erfunden sind, genau wie dieser Blödsinn, Corky Corcoran habe sich als Kriminalbeamter ausgegeben, aber man muß drüber lachen, Geschichten, die komisch und bösartig zugleich sind, was will man mehr. Am Tisch sitzen nur Weiße, sämtliche Gäste sind weiß, und deshalb nimmt keiner was übel. Vorausgesetzt, Zubkow spricht nicht so laut, daß die Kellner es mitbekommen.

Komischer Typ, dieser Petey Zubkow: Ein schmieriger Kerl, ständig am Anbaggern, jede einigermaßen vernünftige Frau müßte eigentlich merken, was mit ihm los ist, aber viele stehen eben auf diese dunklen Augen mit den langen Wimpern und auf hohe slawische Wangenknochen. Er ist gut und gern so alt wie Corky, sieht aber – wie Corky – jünger aus und hat, obgleich er seit einem halben Menschenleben mit derselben Frau verheiratet ist und fast erwachsene Kinder hat, jede Menge Freundinnen, die nur auf einen Wink von ihm warten. Es muß an der Atmosphäre in City Hall liegen, wo es jede Woche, manchmal täglich, eine Krise gibt, und dazwischen die Wahlen, bei denen alle ausflippen. Politik ist Sex, da muß gerammelt werden. Je näher der Wahltag rückt, desto geiler wirst du. Und bekommst nie genug. Corky erinnert sich an den heißesten Wahlkampf, das war 1988, der Vorsprung, der sich zunächst für Oscar abgezeichnet hatte, schrumpfte zusehends, und am 1. November lag er nur zehn Punkte vor seinem republikanischen Rivalen, einem jüngeren Bundesanwalt mit Rückendeckung von Bush, dazu kam als Störfaktor noch Marcus Steadman, die Medien in der Stadt verspritzten unermüdlich ihr Gift, täglich gab es neue Vorwürfe, kategorisch angemahnte Reformen, Demokraten und Republikaner griffen, nachdem sie sich gegenseitig in eine Sackgasse manövriert hatten, zur Erpressung (wovon die Öffentlichkeit nichts erfuhr, natürlich nicht), und Steadman schoß wahllos in alle Richtungen, bei allen Beteiligten lagen die Nerven bloß, es war wie eine permanente Alarmstufe Eins – sogar Corky Corcoran, der für seinen Stadtratsposten keinen Gegenkandidaten hatte, war gestreßt, konnte sich nicht konzentrieren, konnte nicht schlafen. Da brachte Zubkow ihn eines Abends in der Wahlkampfzentrale im Statler mit einer seiner Freundinnen und deren Freundin zusammen, die beide als Wahlkampfhelferinnen arbeiteten, sie gingen zu viert was trinken und verbrachten höchst vergnügliche Stunden miteinander, und früh um vier landeten sie in Zubkows Büro im Rathaus, und Zubkow machte es mit seinem Mädchen im Chefzimmer, wo ein Sofa stand, und Corky machte es mit dem anderen im Vorzimmer auf einem Schreibtisch, wo sie kichernd und hicksend aus den Latschen kippte, und nach einer Weile kam Zubkow raus und sagte, meine ist auch hinüber, komm, wir tauschen. In Zubkows dunklem Büro stolpert Corky praktisch über das Mädchen, das ihn matt protestierend wegschiebt, sie will nach Hause, sagt sie, aber sie ist so betrunken, daß sie nicht mehr weiß, wo sie ist oder was mit ihr los ist, und dann ist Corky drin, von Zubkow her ist sie noch naß und weit, und er macht es so, daß sie was davon hat, Corky wäre jederzeit bereit zu wetten, daß er besser ficken kann als Zubkow. Die Kleine reagiert, sie packt mit beiden Händen seinen Hintern, er bringt sie zum Höhepunkt, der fühlt sich an wie ein pötzlicher verschreckter Nieser, der ihren ganzen Körper schüttelt, offenbar ist sie auf ihre Kosten gekommen, aber als sie dann beide daliegen und allmählich wieder zu Atem kommen, sagt sie verärgert in die Dunkelheit hinein: »Das ist nicht zum Lachen, was ihr mit mir gemacht habt, du und Petey. Ihr könnt mich mal, ihr Arschlöcher«, und dann fängt sie an zu weinen, weil sie so sauer ist, und Corky fragt scheinbar harmlos – er hat bisher noch nicht den Mund aufgemacht: »Woher wußtest du denn, daß ich nicht Petey bin?« und die Kleine sagt – und da zerreißt es Corky fast: »Weil der Mistkerl einen so knautschig-fetten Hintern hat.« Seither kommt, wenn Corky und Zubkow sich treffen, unweigerlich Zubkows »knautschig-fetter Hintern« zur Sprache. Urkomisch!

Wenn sie sich treffen oder wenn Zubkow – wie jetzt – Corky grinsen sieht, ist diese gemeinsame Erinnerung da, und Zubkow wird sogar ein bißchen rot und lacht – es ist irgendwie, als ob sie Blutsbrüder wären. Und auch wenn sie mal Todfeinde werden sollten – Corky ist ein anständiger Typ und ein zuverlässiger Freund, der anderen gegenüber nie was von diesem Abenteuer rauslassen würde, denn das wäre Zubkow peinlich, der sich auf sein Aussehen, seinen Körper, seinen Ruf einiges einbildet.

Die Kellner kommen jetzt mit Erdbeercremetörtchen und Irish Coffee in ganz kleinen Tassen, ein bißchen früh ist es ja für Irish Coffee, aber die Versuchung ist groß, Corky nimmt eine Tasse und auch ein Törtchen, aber er schwört sich, daß er den Kaffee nicht trinken und von dem Törtchen höchstens zwei, drei Bissen essen wird, er ist vollgestopft, fast so, als ob er schon mächtig gebechert hätte und es 23.47 Uhr und nicht 11.47 Uhr wäre. Gläser klingen, Oscar Slattery ist aufgestanden und strahlt diese Männer an, von denen er weiß, daß sie seine Freunde sind, daß er ihnen vertrauen kann, weil sie von seinem Schlag sind. Oscar ist immer noch ein bißchen blaß, konstatiert Corky, ungewohnt blaß, und hat Schatten unter den Augen, als hätte er in letzter Zeit nicht gut geschlafen, es muß hart sein, ständig im Scheinwerferlicht zu stehen, zu wissen, daß deine Feinde auf einen Fehler von dir lauern wie Wölfe, die nach deinen Beinen schnappen, ja, aber Oscar Slattery ist ein alter Profi, und jetzt sagt er: »Wenn ich Sie einen Augenblick stören dürfte, meine Herren... Lassen Sie mich ein paar Worte über diesen Tag sagen, der ein weltlicher Feiertag, aber unseren Herzen heilig ist. Zuerst aber möchte ich einen Trinkspruch ausbringen.« Er hebt fröhlich-festlich gestimmt das Täßchen mit Irish Coffee, und alle anderen, einschließlich Corky, tun es ihm nach. »Einen alten irischen Trinkspruch, und ich meine, besser kann man es nicht sagen: ›Möge der Weg sich dir engegenheben, möge die Sonne dir warm ins Gesicht scheinen, und mögest du wohlbehalten im Himmel ankommen, ehe der Teufel merkt, daß du tot bist.‹«

Es gibt anerkennendes Gelächter, auch Corky lacht, aber er ist seltsam bewegt von den vertrauten Worten. Ja, er ist verdammt stolz darauf, Ire zu sein, es ist eine großartige Rasse mit leidvoller Vergangenheit und ungewisser Zukunft, aber man darf nicht vergessen, daß auch der Heilige Patrick ein Sklave war. Die Iren sind ein spezielles Volk Gottes, so wie die Juden, und vielleicht hat ER, der Mistkerl da oben, ihnen deshalb so viele Prüfungen und so viel Schmach geschickt.

Zubkow gibt Corky einen Rippenstoß. »Dein Kaffee? Trinkst du nicht?« fragt er mit einem argwöhnischen Grinsen, als habe er Corky durchschaut, als wisse er, daß Corky sich zur Enthaltsamkeit verpflichtet hat und es nicht mal wagt, einen Schluck von dem mit ein bißchen Whiskey aufgemotzten Kaffee zu trinken, ein paar Happen von der luftig-sahnigen Creme zu essen, aber Corky macht auf cool und sagt nur: »Mann, Petey, ich kann einfach nicht mehr.«

Nicht mal einen Fingerhut voll Whiskey. Diesmal meint Corky es ernst.

Das gehört zur Bildung, ihr Burschen: Daß ihr begreifen lernt, was den Unterschied zwischen euch und einem richtigen Fighter ausmacht.

Die erste Begegnung mit Oscar Slattery. Wer Oscar und sein älterer, damals noch mächtigerer Bruder William waren, wußte Corky natürlich (in Irish Hill, wo die wenigsten die beiden persönlich kannten, sprach man über die Brüder mit neidischer Bewunderung). Corky war fünfzehn, wog 56 Kilo und kam als Juniorleichtgewicht in die Boxstaffel von St. Thomas. Vic Slattery, mit seinen 80 Kilo ein Schwergewichtler, war der Star des Teams. Beide hatten noch Kindergesichter und kämpften voller Hingabe und mit wechselndem Erfolg, der sehr von der jeweiligen Unfähigkeit ihrer Gegner abhing. Bei Kämpfen innerhalb der Schule gewannen Corky und Vic fast immer, bei Auswärtsspielen war es häufig Glückssache. Amateurboxen hat mehr Ähnlichkeit mit Fechten als mit Profiboxen, bei den Kämpfen kommt es eher auf die Zahl der Punkte, der »Treffer«, an als auf ihre Wucht. Ein Knockout ist selten und kann auch Zufall sein. Aber es ist schon eine besondere Sache, in die Staffel von St. Thomas aufgenommen zu werden, zumal Corky erst im zweiten Jahr ist, und welcher Sport wäre für den schmächtigen, aber zähen Corky Corcoron, der, in Irish Hill aufgewachsen, ganz gern austeilt und auch ans Einstecken gewöhnt ist, besser geeignet! Im Ring hast du nur Gegner, die nicht mehr wiegen als du.

Corky nahm sich Henry Armstrong, Kid Gavilan, Carmen Basilio zum Vorbild, die er aus den Filmen des Boxtrainers kannte, Vics große Vorbilder waren Joe Louis und Rocky Marciano, dessen berühmte Rechte er geduldig übte, aber auch der schnelle, listenreiche und unberechenbare Fighter Cassius Clay alias »Muhamad Ali«. Corky weiß im Rückblick natürlich, daß er selbst als Amateur ein lausiger Boxer war, der, in Panik geraten, mit einem heißblütigen, aber fast kraftlosen linken Geraden und nicht viel Power in der Rechten wild drauflos drosch, allenfalls mit schneller Beinarbeit aufwarten konnte und der typischen Überzeugung des Amateurs anhing, er besitze den Kampfeswillen, den Blutdurst des Kriegers, während es in Wirklichkeit nur um die Sehnsucht eines amerikanischen Jungen ging, sich in einem Sport zu beweisen, zum Team zu gehören. Und Vic, dem beim Fighten sein Intellekt im Wege war, der einmal schwerfällig und umständlich und dann wieder erstaunlich leichtsinnig kämpfte, der mit seinem linken Haken eine »Bombe« loslassen konnte, wie der Coach sich ausdrückte, aber mit der Hälfte seiner Schläge keinen Treffer landete, war nicht viel besser. Er würde gern gewinnen, hatte er gestanden, ohne seinem Gegner Schmerzen bereiten zu müssen. Corky hatte ihm ins Gesicht gelacht: »Na hör mal, Vic! Daß es weh tut, ist doch gerade der Witz bei der Sache.«

Bei sich aber hatte er gedacht, daß Vic wohl auch selbst Schmerzen aus dem Weg gehen wollte. Er war sie nicht gewöhnt. In seiner Familie gab es das nicht, daß einer mal eben ausholte, um ein Kind zu schlagen. Corky Corcoran hingegen störte so was nicht. Nicht sehr jedenfalls. Vielleicht war seine sogenannte Schmerzschwelle höher.

Corky hatte nie begriffen, warum Vic ihn mochte, bis heute begreift Corky nicht, warum es Leute gibt, die ihn mögen, und daß es so viele sind, ist ihm ein Rätsel. Die meisten Mädchen und Frauen sind so blöd, daß sie sich leicht hinters Licht führen lassen, aber ein Typ wie Vic Slattery? Dieser grobknochige Junge mit dem sanften Gesicht, dieser hübsche dunkelblonde Kerl mit den großen klugen braunen Augen, dem kräftigen Kinn, der Nase, die beim kleinsten Schlag eines Zwölf-Unzen-Handschuhs anfängt zu bluten? Vic hatte einen reichen Vater, war, wie es hieß, fast ein Muttersöhnchen (was Corky allerdings nie hatte bestätigen können), hatte, wie alle Jungen in seinem Alter, Schweinereien, aber auch fromme Gedanken im Kopf. Er setzte häufig seine Freunde in Verlegenheit, indem er plötzlich von katholischen Dogmen anfing, die er ernst genug nahm, um sie in Frage zu stellen – ob die Dreieinigkeit von Vater, Sohn und Heiligem Geist »von Anfang an« dagewesen sei, warum die geweihte Hostie blutete, wenn man sie mit einem Messer zerschnitt, nicht aber, wenn man sie nach der Kommunion im Mund zergehen ließ – »Jedenfalls schmeckt man kein Blut«. Corky hätte über diesen Humbug gemotzt, wenn es nicht Vic gewesen wäre, dem so viel daran lag zu erfahren, was wahr, was *wirklich* war.

Außerdem weißt du, wenn du in den katholischen Glauben hineingeboren bist, nie genau, ob das, was du für Humbug hältst, nicht doch wahr ist und ob du für deine Häme nicht irgendwann mal eins auf den Deckel bekommst.

In der neuen Schule hatte Corky – damals noch »Jerome« – zuerst keine richtigen Freunde, nach Vic Slattery aber – es war wie einer von Blackstones Zaubertricks – jede Menge. Fang ganz oben an, das wußte Corky schon als Fünfzehnjähriger, und der Rest kommt von selbst. Jungs, die dich nicht mal anpinkeln würden, werden sich danach drängen, mit dir befreundet zu sein, wenn du ein großes Tier zum Freund hast – so einfach ist das in der Gesellschaft. Vic hatte er anvisiert, weil Vic Spitze war. Außerdem war er gutherzig, großzügig, einer dieser Einserschüler, die sich ihre Noten erarbeiten müssen, nicht dumm, aber manchmal ein bißchen langsam und sehr naiv. (Corky begriff durchaus, wie es hatte passieren können, daß Vic Jahre später für ein Semester in Villanova suspendiert wurde, weil er in eine Schummelaffäre verwickelt war. Vic hatte einem Freund seine Notizen aus der Chemiestunde geliehen, der Trottel hatte sie in die Abschlußprüfung mitgenommen und war erwischt worden. Und wieder Jahre später, als Vic neu im Kongreß war und sich noch seine Sporen verdienen mußte, wäre seine Karriere fast gescheitert, weil die Medien einen Skandal um Spendengelder ausgegraben hatten, die ganze Sache ging auf das Konto des Wahlkampfmanagers, den er von Oscar Slattery geerbt hatte, der Mann war ein cleverer Typ, einer, den man sich durchaus für den eigenen Wahlkampf wünscht – sofern er sich nicht erwischen läßt.) Corkys Taktik war es, sich oft und in entscheidenden Momenten in Vics Nähe aufzuhalten und, obgleich er Vic ohnehin sympathisch war, immer ein paar Überraschungen in petto zu haben, den Irish Hill-Rabauken zu spielen und ihn damit zum Lachen zu bringen. *Du mußt die Leute zum Lachen bringen, – damit sie dich mögen* war ein Wahlspruch von Corky Corcoran. Vic Slattery zu bearbeiten, dessen Vater in der demokratischen Politik mitmischte und Mitbesitzer eines großen Kaufhauses in Union City war – das war für einen Jungen mit Corkys geistiger Ausstattung nicht schwieriger als eine Trigonometrie-Aufgabe und sehr viel lohnender.

Außerdem hat er Vic gern. Vic ist sein Mann.

Eine tolle Sache, diese erste Begegnung mit Oscar Slattery. Vics Vater war unerwartet bei einem Boxwettkampf in der St. Loyola High School in Troy aufgetaucht und kam gerade zurecht, um Vic – wenn auch nur mit knapper Not – und den flinken kleinen Corky Corcoran gewinnen zu sehen, beide hatten Punkte kassiert, obgleich sie Treffer an Gesicht und Körper hatten einstecken müssen und eigentlich mehr wie Verlierer aussahen. Vics Nase war geschwollen und blutete. Corkys dünnhäutiges Gesicht war so rot, als hätte man es mit Sandpapier abgerieben. Oscar, ein großmütiger Mensch, gratulierte dem Coach herzlich und lud alle zum Steakessen ein, dann fuhr er Vic und Corky nach Union City zurück, damit sie nicht den Schulbus nehmen mußten. Er war in einem Lincoln Town Car mit Chauffeur nach Troy gekommen, dunkelmahagonifarben, chromblitzend und mit getönten Scheiben, sein Lebtag hatte Corky so was Schönes noch nicht gesehen, und er blieb einen Augenblick wie angewurzelt stehen, als er begriff, daß *er* in diesem Wagen würde fahren dürfen.

In der Boxstaffel waren neun Jungs, aber er galt nun als Vics Freund und deshalb als was Besonderes.

Noch war der peinliche Moment, in dem er sich vor dem schäbigen Schindelhaus seines Onkels in der womöglich noch schäbigeren Roosevelt Street absetzen lassen mußte, Stunden entfernt und sollte seine Freude nicht trüben.

Auf dieser Fahrt über die nächtliche Schnellstraße von Troy nach Union City eröffnete Oscar Slattery den beiden Jungen freundlich, aber schonungslos, daß sie keine Boxer und schon gar keine Fighter waren, sondern Amateure, die von Glück sagen konnten, daß sie noch nicht auf Gegner außerhalb der Liga katholischer Jungenschulen getroffen waren, insbesondere nicht auf Neger – »Ne-ger« – wie sorgfältig Oscar Slattery dieses heikle Wort aussprach –, die hätten ihnen nämlich glatt den Kopf abgerissen. Nachdenklich lächelnd und offensichtlich zufrieden saß er auf dem Beifahrersitz des Lincoln und rauchte seine Zigarre, ein gutaussehender Mann mit fülligen, glattrasierten Wangen und stahlgrauem Haar, scheinbar völlig unkompliziert. Daß dieser Schein trog, sollte sich erst später herausstellen. Ein Vater, der seinen Sohn so sehr liebte, daß er auch dessen Freund daran teilhaben ließ.

»Das gehört zur Bildung, ihr Burschen«, sagte Oscar Slattery und ließ seinen Blick zwischen den Jungs auf der Rückbank hin und her gehen. »Daß ihr begreifen lernt, was den Unterschied zwischen euch und richtigen Fightern ausmacht und wie hart es in der Wirklichkeit zugeht. Daß man verlieren kann, auch wenn man ›gewinnt‹.« Er ließ eine Pause eintreten, um seine Worte wirken zu lassen, und zog an seiner Zigarre. »Ihr seid beide nicht hungrig genug. Und dafür könnt ihr Gott danken.«

»Ihr Burschen«, hatte er gesagt, ein Ausdruck, den Corky vor Jahren zum letztenmal von Großvater Liam gehört hatte.

Erst bei der Abschlußprüfung erfuhr Corky, daß Oscar Slattery ihm die drei Jahre in St. Thomas bezahlt, das »Stipendium« arrangiert hatte. Er erfuhr es nicht von Oscar, sondern von einem seiner Jesuitenlehrer. Corky war fassungslos. Es gab, soviel er wußte, keinerlei Verbindung zwischen Oscar Slattery und Tim Corcoran. Und er würde nie nach dem Warum fragen können, aus Angst, er könne damit sein eigenes liebloses Herz zu erkennen geben.

Ein paarmal versuchte Corky, seinem rätselhaften Wohltäter schriftlich seinen Dank abzustatten, mühte sich schwitzend mit einem Entwurf nach dem anderen, zerriß sie alle wieder, und dann nahm er eines Tages im Haus der Slatterys einen Anlauf, Oscar errötend und stotternd persönlich zu danken, der aber fiel ihm rasch ins Wort: »Verdammt, Junge, wir Iren müssen schließlich zusammenhalten.«

Das Kommunionsfrühstück geht zu Ende, Fotografen der Lokalpresse lichten Oscar und seine VIP-Gäste – Corky Corcoran ist nicht dabei – auf dem Rasen der Halbinsel ab. Es ist fast zwölf.

Da kommt Red Pitts, er macht ein Gesicht, als ob ihm einer einen Korkenzieher in den Hintern gesteckt hätte. Das soll ein Lächeln sein?

Pitts sagt zu Corky, daß Vic und Sandra ihn in Oscars Arbeitszimmer erwarten. Nach Möglichkeit soll niemand erfahren, daß sie im Haus sind. »Also halt den Mund, Corky, ist das klar?«

»Danke, Red«, sagt Corky und drückt seine Zigarette in dem Rest einer Waffel aus, der Teller mit der Waffel steht auf einem Wagen mit schmutzigem Geschirr. »Alles klar, Red. Ach, noch was: Du kannst mich mal.«

»Aber ja«, ruft Pitts ihm nach, und Corky weiß, auch wenn er ihn nicht sehen kann, daß seine Augen glitzern und daß er die Fäuste geballt hat, »jederzeit, Corky. Brauchst es nur zu sagen.«

Corkys Herz hämmert, als hätte er sich gerade mit Red geprügelt. Herrgott, wie sie sich hassen. Ohne recht zu wissen warum.

Aber da ist diese Erinnerung, die Corky nicht loswird: Wie Red Pitts, bedrohlich über ihr aufragend und fast auf Tuchfühlung, mit Thalia gesprochen hat.

Oscar Slatterys Arbeitszimmer ist ein großzügiger nußbaumgetäfelter Raum, der von der Diele abgeht, früher war dort das Herren- und Bücherzimmer, das für Oscars Bedürfnisse umgebaut wurde. An einem Ende ist ein richtiges Büro, aber an diesen

Teil schließt sich ein Billiardzimmer mit Hausbar, üppigen Ledersesseln, einem Natursteinkamin mit drei Meter langer Kaminsohle an. Die hinteren Fenster sind aus vier Meter hohem Thermopan und gehen auf den Rasen und den Chateauguay River hinaus.

Hier finden unter einem tief hängenden Kronleuchter aus Porzellan an einem runden Tisch Oscars Pokerspiele statt. Immer am Freitagabend, aber – soweit Corky weiß – in unregelmäßigen Abständen.

Er lebt in der Angst, von diesen Pokerabenden ausgeschlossen zu werden, würde das aber nie zugeben, dazu ist er zu stolz.

Was kratzt es ihn schon, wenn sie ihn nicht dabei haben wollen? Er ist mit der Politik sowieso fertig.

Corky klopft kurz und zurückhaltend, dann betritt er Oscars Arbeitszimmer. Sandra Slattery sitzt langbeinig und in untadeliger Haltung auf einer Couch, während Vic Slattery zwischen Oscars großem Schreibtisch mit der Glasplatte und einem Fenster hin und her läuft. An der Wand über Oscars Schreibtisch hängt in einem Rahmen und handgeschrieben das Zitat, das Oscar so liebt, es ist ein Ausspruch von Steve Owens aus dem Giants-Team – FUSSBALL IST EIN SPIEL, DAS UNTEN IM DRECK GESPIELT WIRD, UND SO WIRD ES AUCH BLEIBEN.

Corky registriert als erstes, daß Vic und Sandra sich leise und ernsthaft unterhalten. Und daß ihre Blicke, als er hereinkommt, ganz schnell zu ihm herüberschwenken.

»Corky! Endlich!«

Vic quetscht Corky fast die Finger in seinem kräftigen Händedruck, und Sandra springt mit einem Cheerleaderhopser auf, gibt Corky einen Kuß auf die Wange und sagt herzlich, in diesem vorwurfsvoll-koketten Ton, den Corky so liebt: »Aber du siehst gut aus, Corky, wirklich!«, um ihm nach seinem Gejammer am Telefon neuen Mut zu machen.

Es ist schon sonderbar: Corky mag sich noch so elend fühlen – wenn er sich rasiert und gekämmt hat und in seinen flotten Klamotten steckt, finden andere Leute meist, daß er gut aussieht.

(Was hat er bloß Sandra am Telefon erzählt? Er weiß es beim besten Willen nicht mehr, nur daß er die Fassung verloren und geheult hat, daran erinnert er sich noch. Schöner Mist!)

(Wenn du dich erst mal einer Frau anvertraut hast, läßt sie dir keine Ruhe mehr, da ist sie wie ein Hund, der einen Knochen ergattert hat, aber wenn du einem Mann was anvertraust, wird er bei eurer nächsten Begegnung so tun, als habe er alles vergessen.)

Vic sagt stirnrunzelnd: »Tut mir leid, wenn wir dich beim Frühstück gestört haben, Corky. Wir wollten uns eigentlich mit dir zusammensetzen, aber wie üblich ist was dazwischengekommen, ich hab vierzig Minuten am Telefon gehangen. Tut mir leid.«

»Nicht schlimm, das Frühstück ist vorbei«, sagt Corky schnell und klopft sich grinsend den Bauch wie einer, der sich bis zum Gehtnichtmehr vollgestopft hat – was ja auch stimmt. »Dein Vater hat uns bestens bewirtet.«

»Wirklich, Corky?« fragt Sandra skeptisch. »Du hast also was zu essen bekommen?«

»Keine Bange, ich bin nicht am Verhungern.«

Sandra Slattery, in ihren mittelhohen Lacklederpumps ebenso groß wie Corky, sieht ihm gerade ins Gesicht, es ist ein Blick, den sie scheinbar nur für Corky reserviert hat, sehr direkt und schwesterlich-besorgt. Ihre Stimme ist rauchig, sexy. Sie war Lehrerin und hat an einem College unterrichtet, was sie sagt, hat einen schroff-vertraulichen, ganz leicht herablassenden Ton, ist wie ein kleiner Rippenstoß. »Das Junggesellenleben bekommt dir nicht, Corky, du hast zu viel Freiheit. Du ißt nicht regelmäßig, und du schläfst nicht...«. Sandra verstummt nervös mitten im Satz.

Jetzt schaltet Vic sich ein, auch er wirkt teilnahmsvoll-besorgt. »Jedenfalls sind wir sehr froh, dich zu sehen, Corky. Wir überlegen seit ein paar Tagen...«

»Warum weichst du uns eigentlich aus?«

Corky sieht Sandra groß an. Die Frage klingt nicht so sehr vorwurfsvoll als spielerisch-kokett, aber wie soll er sie verstehen? Auf die Idee, die Slatterys könnten sein Verhalten auf diese Art deuten, ist er noch nie gekommen.

»Na hör mal, das kann doch nicht dein Ernst sein«, protestiert Corky. »Ich soll euch ausweichen?«

»Nein, nein, es war nicht ernst gemeint«, sagt Vic rasch. »Aber sie hat sich Sorgen gemacht.«

Er wirft Sandra einen mißbilligenden Blick zu, während sie nervös weiterschwatzt, und Corky merkt, daß Vic ein bißchen sauer auf sie ist. Vic ist im Lauf der Jahre ein Mann der Öffentlichkeit geworden, eine überlebensgroße öffentliche Figur, die einem Referenten oder der Ehefrau fast unmerklich Ärger signalisieren kann, während er dir gegenüber weiter die Liebenswürdigkeit selbst ist und dir den Arm drückt, als sei alles in Ordnung. Wie Oscar Slattery, der seine Zuhörer anstrahlt, während er einem seiner Mitarbeiter, Red Pitts beispielsweise, mit dem Zucken einer Augenbraue zu erkennen gibt, daß er eine Stinkwut hat und explodieren wird, sobald sie im Auto sitzen.

Die Slatterys haben im Arbeitszimmer von Vics Vater Kaffee getrunken und bieten auch Corky eine Tasse an, nein danke, sagt er und reibt sich wieder den Bauch, in den der Gürtel einschneidet, aber er setzt sich, als sie ihn dazu auffordern, sein Blick geht aus einem Fenster, durch das weißliche Sonne fällt, auf den Fluß, der nicht so sehr blau als schieferfarben ist, und neben Corky an der Wand hängt gut sichtbar in seinem altmodisch-verschnörkelten Rahmen der Spruch FUSSBALL IST EIN SPIEL, DAS UNTEN IM DRECK GESPIELT WIRD, natürlich soll das heißen POLITIK IST EIN SPIEL, DAS UNTEN IM DRECK GESPIELT WIRD, so hat Oscar es gemeint.

Corky spürt, daß es zwischen Vic und Sandra eine Meinungsverschiedenheit gegeben hat, Spannung liegt in der Luft. Corky Corcoran kann nicht der Anlaß, wohl aber der Vorwand sein.

Wenn eine Ehe zu bröckeln beginnt oder es mit einer politischen Karriere abwärts geht, muß zu allererst mal ein Vorwand her.

Die Besorgnis der Slatterys schmeichelt Corky. Vic sitzt ernsthaft nickend dabei und hört Sandras geschickter, freundlich-taktvoller Gesprächsführung zu. Corky entschuldigt sich noch einmal dafür, daß er sie zwei Abende hintereinander versetzt hat, es tut ihm wahnsinnig leid, ehrlich, natürlich wollte er ihnen nicht ausweichen, ganz im Gegenteil. »Ich wäre bedeutend lieber bei euch gewesen als da, wo ich war, das dürft ihr mir glauben.« Er betont das Irisch-Jungenhafte, trifft den richtigen melancholischen Ton, ich hab allerlei durchgemacht, soll das heißen, und es ist noch nicht zu Ende. »Ein andermal, wenn mehr Zeit ist und ihr Lust habt, ein bißchen zu lachen, erzähl ich euch das ausführlicher.«

»Vielleicht kannst du uns nächsten Monat mal in Washington besuchen und übers Wochenende bleiben?« Sandra lächelt Corky zu, als sei alles vergeben und vergessen.

»Gern«, sagt Corky.

Sandra Slattery ist Anfang vierzig, aber noch immer eine auffallend gutaussehende Frau – weizenblondes Haar, rundes Gesicht mit breiten Wangen, entschlossenen grün-braunen Augen, die klug und wachsam in die Welt schauen. Sie ist kaum geschminkt – im Gegensatz zu Charlotte, die in der Öffentlichkeit eine makellose kosmetische Maske trägt –, um die Augenwinkel breiten sich fächerförmig feine weiße Fältchen aus, die Augen sind ein bißchen verquollen, als habe sie geweint. (Warum? Hat es etwas mit Marilee Plummers Tod zu tun, hat Sandra sie von Vics Wahlkampf her gekannt? Besser nicht dran rühren.) Als Vic gleich nach seinem Jurastudium in Georgetown seinen Freund Corky mit dem Mädchen aus Washington bekanntgemacht hat, das er heiraten wollte, hat er ihren Namen besonders deutlich ausgesprochen – »Sandra Birney« –, als habe er halb unbewußt Angst, Corky könne sie mit Sandy Sherman verwechseln. Sandy war Vics treue Freundin in der Highschool, der er nach ein paar Monaten in Villanova entwachsen war. Die Marymount-Mädchen, diese süßen dämlichen Jungfrauen, für die du früher dein Leben gegeben hättest, wurden ganz schnell so langweilig wie Beamtenhaarschnitte, die Mode und der Slang von gestern. Corky war in Sandy Sherman verliebt gewesen und hätte sich vielleicht auch in Sandra Birney verliebt, wenn sie nicht eine so wache und clevere Frau, eine Frau mit so vielen Ecken und Kanten gewesen wäre. Man sagte von Sandra Slattery, sie sei, seit Vic im Kongreß saß, der Kopf hinter seiner Karriere, aber Corky, der Vic seit der Schulzeit kennt und der weiß, wie ernsthaft, gescheit, zielstrebig und entschlossen er sein kann, so hölzern und langsam er auch manchmal wirkt, weiß genau, daß das Blödsinn ist.

Trotzdem wäre es Corky als Vics Freund, Anhänger und gelegentlicher Berater lieber, wenn Sandra sich mehr im Hintergrund halten und nicht so oft den Eindruck erwecken würde, als ob sie sich einmischt oder in den Vordergrund spielt. Sie hat an der Johns Hopkins in einem dieser Modefächer – Stadtplanung oder Gesundheitspolitik – promoviert, schreibt Artikel für Zeitungen und Nachrichtenmagazine wie *Newsweek,* tritt in Fernseh-Diskussionsrunden auf, hat eine Teilzeit-Dozentenstelle an der George Mason University. In all diese Vorhaben stürzt sie sich, als ginge es um *ihre* und nicht um Vics Karriere, was von vielen Leuten, besonders von Vics Freunden, übel vermerkt wird.

Vic erzählt Corky, was für großartige Arbeit die Organisatoren für das Bankett heute abend geleistet haben, wie dankbar er ist, keine einzige Karte mehr zu haben, ist das nicht großartig? Cuomo hat versprochen, daß er versuchen will zu kommen, der Lieutenant Governor kommt bestimmt, ebenso Moynihans rechte Hand, Erzbischof O'Dwyer, der Kanzler der staatlichen Universtät von Union City, Führungskräfte von AT & T, GM, Squibb, der Aufsichtsratsvorsitzende von Ewing Trust, ein in der Region sehr bekannter Reagan-Mann, der Dekan der juristischen Fakultät von Syracuse, der Präsident von Cornell, etliche Leute aus dem Kongreß des Bundesstaates, unter anderem auch Whit Post, der Fraktionsvorstand der Mehrheitspartei, außerdem der Vizepräsident des American Council of Education – Vic zählt sie mit einer Begeisterung auf, die Corky ein bißchen gezwungen vorkommt, er kennt schließlich seinen Vic, aber er macht das Spiel mit. »Bestens«, sagt er, »ist ja super.« *Seine* Begeisterung ist echt. Die Medien werden bestimmt positiv berichten, Vic Slattery ist ein Lieblingssohn der Region, und seit die vom Ausschuß für Energie und Handel erarbeitete Energievorlage, deren treibende Kraft Vic war, mit einer so großen Mehrheit im Kongreß durchgegangen ist, interessiert man sich auch landesweit für ihn. »Vorzügliches Timing, auch wenn's Zufall war«, sagt Vic.

Corky widerspricht, ohne recht zu wissen, *was* er da sagt: »Nichts ist Zufall. Du hast es verdient.«

Und dann fällt ihm Oscars rätselhafte Bemerkung ein: *Mein Sohn ist kein Kämpfer, er hat Angst, sich die Hände schmutzig zu machen.*

Vic gesteht, daß er seine Rede noch nicht fertig hat, und Corky sagt lachend, daß seine auch noch nicht fertig ist. »Aber ich verspreche, daß ich unter acht Minuten bleibe.«

Pause. Eine seltsame Spannung, die sich Corky nicht erklären kann.

Dann sagt Sandra trocken und tippt Vic auf die Schulter. »Vic bleibt nie unter acht Minuten. Nicht vor einem Mikrophon.« Vic lacht verlegen, und dabei liegt ein melancholisch-verdrossener Zug um seine Lippen. Wieder eine Pause, Corky spürt es förmlich knistern – wie Elektrizität in der Luft vor einem Gewitter.

Wer von ihnen wird den Namen Marilee Plummer zuerst aussprechen?

Es stimmt schon, Vic Slattery versucht es bei öffentlichen Reden – wie alle jüngeren, gutaussehenden liberalen Demokraten – zunächst mit dem John-Kennedy-Stil, dann aber überkommt ihn plötzlich so etwas wie eine Kiefersperre, er wird hölzern, steif, seine Stirn ist voller Falten, weil ihn so viele Gedanken bedrängen, die nicht in seinem Redemanuskript stehen, er muß aus dem Stegreif reden, um weiter auszuholen, zu erläutern, zu illustrieren, zu qualifizieren. Kurze, knappe Feststellungen sind ihm nicht gegeben. In der Politik muß man Partei ergreifen, sich für Schwarz oder Weiß entscheiden, wenn du in der Wählerkabine stehst, gibt es für jedes Amt nur einen Hebel an der Wahlmaschine, das begreift jeder Trottel – bis auf den lieben, naiven Vic Slattery mit seiner jesuitisch-haarspalterischen Auffassung von Moral, und sogar den Jesuiten ist bei Vic manchmal der Geduldsfaden gerissen. Du kannst auch zu viel denken, du kannst über deine eigenen Füße stolpern, im Ring beispielsweise, wo Vic ständig versuchte, die Taktik seines Gegners zu durchschauen, der meist überhaupt keine hatte. Oder im Debattierklub, wo er zu viel Zeit damit verbrachte, seine Position zu modifizieren. Im Grunde, sagte Vic, könne er die Logik von Aristoteles nicht akzeptieren, daß etwas gleichzeitig X und nicht X sein soll. Aus seiner Sicht ist die »Wirklichkeit« sehr viel komplizierter.

Seine Helden waren Thomas Jefferson, Daniel Webster, Abraham Lincoln, FDR, Thomas Martin, Adlai Stevenson. Für einen katholischen Schuljungen war die Nennung des so skandalträchtig geschiedenen und in aller Öffentlichkeit von seiner Ex-Frau heruntergemachten Stevenson ausgesprochen gewagt.

Während das Gespräch allmählich lockerer wird und Vic die Führung übernimmt, sieht Corky, auch wenn er es nicht sehen will, daß sein Freund so alt wirkt, wie er ist, nein, älter als vierundvierzig, mindestens wie fünfzig. Verdammt traurig ist das. Ein angestrengter Zug um die Augen, die Wangen gerötet und schlaffer, als Corky sie in Erinnerung hat, die Haut eines Trinkers, Corky überlegt, wieviel Vic wohl in letzter Zeit getrunken und was das zu bedeuten hat. Seit der High School ist Vic nur noch vier, fünf Zentimeter gewachsen, hat aber mindestens dreißig Pfund zugelegt, es ist kein richtiges Fett, sondern diese Masse aus Fett und Muskeln, die man oft bei früheren Sportlern findet und die sich an Schultern, Oberkörper und Taille ablagert. Wenn er Shorts trägt, sieht man, wie breit seine Schenkel sind. Das dunkelblonde Haar fällt schneller aus als bei Corky und wird allmählich grau. Dahinter aber steht immer noch das unschuldig-ratlose Jungengesicht. *Hey, sagt es mir doch, erklärt es mir, ich will es wissen. Mein Herz ist rein, meine Absichten sind rein, ich will Gutes tun, sagt mir nur, wie das geht.*

Corky konstatiert, daß sich beide Slatterys, obwohl sie für ein Kommunionsfrühstück im Stuyvesant House korrekt angezogen sind, merkwürdigerweise das Frühstück geschenkt haben. Sandra trägt ein gelbes Leinenkostüm, weiße Seidenbluse mit Schleife, mittelhohe Lacklederschuhe, sie gehört nicht zu den Frauen, die unbedingt darauf aus sind, ihre Beine zu zeigen, aber sie stellt ihre Weiblichkeit auch nicht unter den Scheffel – ein gutes, ganz normales Signal. Vic hat einen der für ihn typischen Anzüge an, maßgeschneidert, aber total konservativ, dunkelblaue Tropical Wool, unifarbener gedeckter Schlips, die Hosen sind an den Knien und Schenkeln zerknittert. Ein moderater Demokrat, der auch auf Republikaner vertrauenerweckend wirkt, ein Geschäftsmann.

Corky hingegen ist angezogen, als hoffe er, jemand würde ihn fotografieren. Keine italienischen Klamotten – heute ist er ganz amerikanisch in einem doppelreihigen marineblauen Blazer von Macy's mit Messingknöpfen, wer kurzsichtig ist, könnte denken, es ist eine Ausgehuniform der Marines. Ein rotes Halstuch mit Seidenglanz von Enzio Cenci zu 75 Dollar, das aber aussieht wie ein amerikanisches Erzeugnis. Weißes gestärktes Baumwollhemd. Die fast neuen, blankgeputzten Florsheim-Schuhe signalisieren *Diesem Mann können Sie trauen.*

(Nur: Durch das Fenster, hinter Sandras wachsam gerecktem Kopf, sieht man noch immer den Bürgermeister und die bevorzugten VIPs des Tages beim Fototermin. Corky zählt sechs oder sieben, die meisten kennt er, millionenschwere Geldgeber. Okay, völlig logisch. Und die Pfaffen, der grinsende Pater Vincent, auch das ist völlig logisch.)

Einer der schwarzen Kellner kommt lächelnd mit frischem Kaffee, und diesmal sagt Corky, okay, er nimmt auch eine Tasse. Schwarz, heiß und bitter. Er zündet sich eine Zigarette an, um seine Nerven zu beruhigen *einen Drink, warum nicht, du hast ihn dir verdient,* auch wenn er weiß, daß er damit womöglich Sandra Slattery gegen sich aufbringt. Aber er giert nach einer Zigarette. Einer Zigarette und *einem Drink, es ist nach zwölf,* die gut bestückte Hausbar ist im Billardraum, und noch nie war Corky Corcoran so lange im Amtssitz des Bürgermeisters, ohne daß man ihm einen Drink angeboten hat.

Also zündet er sich eine Camel an, und sofort geht Sandra hoch, als habe er sie persönlich beleidigt. »Corky, nein! Du rauchst wieder? Wie kannst du nur!« Funkelnde Intoleranz im Blick, die feuchten Lippen halb geöffnet, was Corky bei gutaussehenden Frauen verdammt sexy, bei unansehnlichen nur ärgerlich findet.

Vic, der seit fünfzehn Jahren nicht mehr raucht, lächelt Corky halb wehmütig, halb vorwurfsvoll zu. Sein alter Teamkamerad, der entgegen den Anordnungen des Trainers eine Zigarette stibitzt *Wenn ich einen von euch beim Rauchen erwische, wenn ich höre, daß einer von euch geraucht hat, rauscht es im Karton. Ist das klar?*

Es ist bekannt, daß Sandra sich damit brüstet, nie geraucht zu haben. Nicht mal versuchsweise als Teenager.

Corky zuckt gereizt die Schultern. »Nur vorübergehend, bis der Druck weg ist. Wenn es dich stört, mach ich sie aus.«

»Aber warum mußtest du überhaupt erst wieder anfangen«, will Sandra wissen. »Du bist doch ein intelligenter Mensch, wie kannst du so etwas Dummes tun, Corky?«

Sandra ist wunderschön in ihrem Zorn. Erstaunlich, wie sehr sie um ihn besorgt ist, Corky ist sich plötzlich bewußt, wie selten jemand sich um ihn sorgt, wie wenig es die Welt kümmert, ob er raucht, trinkt, bei einem Autounfall abkratzt oder über den Haufen geschossen wird.

»Dafür trinke ich nicht mehr, Sandra«, wendet er ein. »Bekomm ich dafür keine Pluspunkte?«

Aber Sandra hört gar nicht hin. Sie hält Corky einen Vortrag, bombardiert ihn mit statistischen Daten, viertausend Amerikaner sterben täglich an Krebs, dreißig Prozent dieser Todesfälle sind aufs Rauchen zurückzuführen, und das bedeutet zwölfhundert Tote täglich, die nicht nötig wären, trotz der Warnung des Gesundheitsamts. Was soll man denn machen, wenn Leute wie er...! Corky läßt das an sich vorbeirauschen, zieht sich das Gift tief in die Lunge und wünscht, er könne den Rauch schlucken, um diese reizbare Frau nicht zu provozieren, die sich so eindringlich zu ihm vorlehnt. Corky hat Sandra Slattery nie so exaltiert, so aggressiv erlebt. Meist bewahrt sie selbst privat tadellose Haltung, ist taktvoll und vorsichtig, eine Politikerfrau, wie sie im Buche steht.

»Hey, Sandra«, sagt Vic verlegen, »mach jetzt Corky nicht kopfscheu. Darüber können wir doch ein andermal reden.«

»Wer weiß, ob es ein anderes Mal gibt.«

Das ist eine so verstiegene Feststellung, daß sie alle drei lachen müssen.

Corky drückt übertrieben reuig und schuldbewußt wie ein Kind die Zigarette aus. »Okay, tut mir leid.« Er hat sich zum Ausdrücken der Zigarette einen Messingaschenbecher auf Oscars Schreibtisch gesucht. Auf dem Schreibtisch liegen mehrere Zigarren in Zellophanhüllen, Macanud, und im Aschbecher ist ein dicker Zigarrenstummel. Auf der Schreibtischplatte sind Schriftstücke verstreut, die Corky nicht lesen kann, ohne daß es auffällt, aber er erkennt den typischen Laserdruck von Aktennotizen und Berichten des Stadtrates, es muß der vierzigseitige Ausschußbericht über den Vorschlag der Zivilen Beschwerdestelle sein, den auch Corky zu Hause auf dem Schreibtisch liegen, noch nicht gelesen, aber immerhin schon mal durchgeblättert hat.

Nach Corkys Kapitulation ist Sandra – so sind die Frauen – schnell wieder versöhnt. Im Grunde wollen sie ja gar nicht den Boß spielen – oder wollen es zumindest nicht merken lassen. Vielleicht schlägt ihnen das Gewissen, wenn sie sich durchgesetzt haben? Sandra nimmt Corkys Hände in ihre eigenen, zartknochigen Hände, die erstaunlich kalt sind, und sagt: »Wir lieben dich doch, Corky. Wir wollen nicht, daß du deine Gesundheit gefährdest. Wir sorgen uns um dich.«

Blödsinn, denkt Corky.

Aber insgeheim ist er gerührt, auch wenn er nach außen hin über derlei hochtrabende Erklärungen gern seine Witze macht. Und Vic sitzt stirnrunzelnd dabei und macht ein undurchschaubares Gesicht.

Wie auf ein geheimes Stichwort hin entschuldigt sich Sandra jetzt, um zu telefonieren, und die beiden Männer bleiben allein, so verwirrend plötzlich, daß es Corky ein bißchen mulmig wird. Als sie die zwanzig überschritten hatten, kam es nur noch selten vor, daß Corky und Vic miteinander allein waren, und Gespräche wie in der Highschool haben sie kaum mehr miteinander geführt. Wird Zeit, daß ich gehe, denkt Corky, wenn ich heute nachmittag noch zu Onkel Sean will. Ich kann ihn nicht nochmal versetzen.

Um ihre Befangenheit zu überspielen, beobachten Vic und Corky den Fototermin vor dem Fenster. Die Gruppe löst sich jetzt auf. Vic nennt ihm die Namen der Männer, die Corky nicht kennt, einer, Teilhaber der Niagara Frontier Commodities aus Dallas, ist neu in Union City und gehört zur Gruppe der von Bush enttäuschten Reagan-Anhänger. Er hat für heute abend Karten gekauft.

»Bestens«, sagt Corky, und weil sich das nicht allzu begeistert anhört: »Super.«

Vic sagt – es soll wohl emphatisch klingen, hört sich aber eher lustlos an: »Das ist die nächste Welle, die Richtung, in die das Land geht. Wenn Clinton die Nominierung gewonnen hat…«

Ein Dröhnen, als wenn ein Güterzug über sie hinwegdonnert – das ist der Wind. An diesem Tag Ende Mai im Staat New York haben sie einen leidlich klaren blauen Himmel, aber wie immer diesen verdammte Wind aus Kanada. An ihrem zehn Meter hohen Mast an der Spitze der Halbinsel mit dem manikürten Rasen knattert in heftigen Zuckungen eine riesige amerikanische Flagge. Der Fluß ist unruhig und hat tiefe Wellentäler, man könnte nicht sagen, in welche Richtung die Strömung geht. Corky lächelt boshaft, als er sieht, wie einer der Männer aus Oscars Gruppe versucht, sein Haar glattzustreichen, er hat es an einer Seite lang wachsen lassen, um es über den kahlen Schädel kämmen zu können, aber der Wind bringt es ständig wieder durcheinander. Traurig.

Das, schwört sich Corky, werdet ihr bei mir nie erleben.

Vic rückt sich auf seinem Sessel zurecht, will offenbar noch etwas sagen, überlegt es sich anders. »Corky, alter Freund und Spießgeselle, was kann ich dir anbieten? Scotch?« Vic ist, plötzlich überraschend schwungvoll, aufgestanden und schon auf dem Weg zu der in die Wand eingelassenen Hausbar, und Corky durchzuckt eine fast panische Angst. Er giert nach einem Drink.

Wie schwer man sich tut, mit einem Freund ruhig zusammenzusitzen und zu reden, wenn man kein Glas in der Hand hat. Am besten geht so was an der Theke, im Stehen, umgeben von vielen anderen Menschen.

»Nein, danke, Vic.«

»Red Label, stimmt's?«

»Danke, *nein.*«

Vic inspiziert leise pfeifend Oscars Flaschen. Corky läuft das Wasser im Munde zusammen, er überlegt, ob es nicht vielleicht nur eine besondere Art von Durst ist, die ihn plagt, und nicht der Alkoholentzug.

Das Schriftstück auf Oscars Schreibtisch ist, wie Corky jetzt sieht, tatsächlich der Ausschußbericht über die Zivile Beschwerdestelle. Am Donnerstag werden sie darüber sprechen müssen, da hilft alles nichts. Corky war für den Ausschuß benannt worden, aber er konnte sich drücken, zur Zeit mag er sich nicht noch mehr Ärger aufhalsen, und in dieser Sache ist der Ärger vorprogrammiert. Der Vorschlag ist, um im Jargon von City Hall zu sprechen, ein totgeborenes Kind. Schlägt man sich auf die Seite der Beschwerdestelle, macht man sich die Polizei und ihre Anhänger zum Feind. Stimmt man gegen den Vorschlag oder versucht zu mauern, macht man sich die »ethnischen Minderheiten« und ihre Anhänger zum Feind. Die eleganteste Lösung, auf die Oscar wohl hinter den Kulissen hinarbeiten wird, auch wenn er mit Corky noch nicht darüber gesprochen hat, wäre es, den

Vorschlag zu entschärfen, indem man ihm einen Teil seiner rechtlichen Grundlage entzieht, Vorwürfe gegen die Personalabteilung der Polizei von Union City zu erheben, und ihn noch vor dem Picket-Prozeß durchzuboxen. Wie es dann weitergeht, hängt von dem Urteil ab.

Corky überlegt, ob er das Problem bei Vic zur Sprache bringen soll, um dann hinten herum auf das Thema Polizei zu kommen, dann könnte er Vic fragen, ob er zufällig gestern Corky in der Glotze gesehen oder gehört hat, wie er von diesem Weibsstück in die Ecke gdrängt wurde und Sachen sagte, die er so nicht gemeint hat, jedenfalls nicht in diesem Zusammenhang, in einer Situation, die er nicht im Griff hatte – *ja, aber in Wirklichkeit hast du sie so gemeint, red keinen Blödsinn* –, und ob Oscar sauer auf ihn ist. Aber warum sollte Oscar sauer auf ihn sein, von Rechts wegen wäre es Sache des Bürgermeisters, eine eingehende polizeiliche Ermittlung zu fordern.

Zum Teufel mit Marilee Plummer! Daß sie sich umgebracht hat, ist eine gelungene Rache.

Corky zündet sich die nächste Zigarette an, warum denn nicht, verdammt noch mal, wo Sandra nicht mehr im Zimmer ist, warum schließlich nicht.

Wenn ein Mann eins nicht ausstehen kann, dann ist es eine Frau – die eigene Frau, irgendeine Frau –, die versucht, dir Vorschriften zu machen.

Pfeifend und offenbar guter Laune schenkt Vic sich und Corky ein, Corky sieht zu seinem Kummer, daß es tatsächlich Red Label ist. Eigentlich zum Lachen, dieser Zufall, daß innerhalb von zwölf Stunden zwei ihm nahestehende Menschen ihm dieselbe Sorte Gift aufzudrängen versuchen.

Aber Corky will nichts trinken, und als Vic ihm das Glas reicht, setzt er es auf einem Tisch ab. »Danke, Vic, aber ich sag dir doch: Für mich ist Schluß mit dem Trinken.«

»Ja«, sagt Vic. »Aber du meinst es nicht so.«

Corky lacht, sein Freund hat ihn durchschaut. Daran erkennst du deine Freunde – daß sie dich durchschauen.

Vic hebt sein Glas. »Cheers«, sagt er halblaut. »Dank dir, daß du gekommen bist. Und für heute abend.« Er nimmt einen raschen kleinen Schluck, dann setzt auch er sein Glas ab. Daß

Corky raucht, nötigt ihm ein wehmütig mattes Lächeln ab, aber er äußert sich nur indirekt dazu. »Sandras Vater ist letztes Jahr an Lungenkrebs gestorben, vielleicht erinnerst du dich. Er hatte einen schweren Tod, der arme Kerl. Sie ist noch immer nicht ganz drüber weg.«

Corky, ein enger Freund der Slatterys, weiß nicht, ob er von diesem Todesfall erfahren hat. Er stößt düster den Rauch durch beide Nasenlöcher aus.

»Tut mir leid, daß Sandra dich so runtergeputzt hat, Corky«, sagt Vic. »Sie ist wie ich der Meinung, daß wir so vieles, was uns geschieht, nicht im Griff haben, daß wir, wenn wir selbst etwas tun können, es auch tun sollten.« Er hält inne, man hört ihn atmen wie nach einer Fitnessübung. »Jedenfalls ist das ein Idealprinzip.«

Corky nickt. Prinzipiell denkt er ja auch so.

Nach einer befangenen Pause fragt Vic nach Corkys Familie, und Corky fragt nach Vics Familie, wie sie es immer tun, wenn sie sich treffen, auch wenn nicht klar ist, was sie mit »Familie« meinen – im Lauf der Jahre hat sich dieser Begriff immer mehr gewandelt. Nach Corkys Ex-Frau und der ihm entfremdeten Tochter erkundigt sich Vic nur zurückhaltend, und Corky fragt nicht allzu eingehend nach Oscar, er nimmt zur Kenntnis, daß es Oscar »gut geht« und er »im Streß ist wie immer«. Außerdem weiß Corky ja, daß Vic Slattery in die geheimsten Gedanken seines Vaters nicht eingeweiht ist. Der Bürgermeister läßt sich ungern in die Karten schauen. Wenn Corky auf Oscar Slatterys Schwarzer Liste steht, weil er in aller Öffentlichkeit den Mund zu weit aufgemacht und scheinbar Kritik an City Hall geübt hat, wird er das schon bald genug selber rausbekommen.

Wieder gibt es eine beklommene Pause, und der genervte Corky sieht mit aller Anstrengung nicht zu dem so verlockend in Reichweite stehenden Scotch hin, nein, verdammt, das soll nicht sein erster Drink des Tages werden, egal, wie groß sein Durst ist und wie sehr seine Hände zittern – oder zittern würden, aber er hält sie eisern fest. Dann kommt ihm der gute Gedanke, Vic nach der Energievorlage zu fragen, und Vic reagiert dankbar und lebhaft, läßt sich ausführlich, wie in einem Interview, zu dem Thema aus, spricht von dem Druck, unter dem er und andere liberale Demokraten standen, bei gewissen kontroversen Punkten – Preiserhöhungen für Erdgas, Einschränkungen bei den Offshore-Bohrungen – einem Kompromiß zuzustimmen. Corky hatte ganz vergessen, daß der Ausschuß für Energie und Handel im Kongreß zweiundvierzig Mitglieder hat – *zweiundvierzig!* – eine Allparteiengruppe mit demokratischer Mehrheit, die aber bei ihrer Arbeit immer im Blick haben mußte, was Watkins, der Energieminister von Bush, sagen, was der Senat mit der Vorlage machen, letztlich wie der Präsident reagieren würde. Wenn Verhandlungen scheitern, wenn es unerwartet einen seismischen Umschwung im politischen Bewußtsein gibt, der Irak weiter Ärger macht beispielsweise, wenn der Große Boß Auftrieb bekommt und in den Umfragen wieder Punkte macht, *könnte* es sein, daß Bush sein Veto einlegt. Corky hört teilnahmsvoll zu; wie leidenschaftlich sein Freund ist, wie ehrlich engagiert, Politik ist für ihn kein abstraktes Prinzip, sondern emotionsgeladene unmittelbare Wirklichkeit.

Mitten im Satz erstirbt Vics Stimme, als habe er vergessen, wovon er gesprochen hat. Er reibt sich die Augen, und als er zu Corky hochsieht, scheint sein Blick getrübt. »Es ist schon eine komische Sache, daß man seinen Lebensunterhalt damit verdient, sich beliebt zu machen. Denn darauf läuft im Grunde alles hinaus: In einer Demokratie bekommt ein Politiker seine Macht vom Beliebtsein.« Vic lacht lautlos und ohne Heiterkeit. Sein breites Lächeln ist weißer, als Corky es in Erinnerung hat.

»Das ist uns wohl allen wichtig«, brummelt Corky verlegen. »Das Beliebtsein, meine ich. Auch wenn wir keine Politiker sind. Vielleicht glauben wir…«, er zögert, *daß wir dann ewig leben,* hat er ergänzen wollen, aber statt dessen sagt er, »daß wir damit was ändern können.«

Aber auch das ist nicht eigentlich das, was er sagen wollte.

Draußen sind Oscar und seine Begleiter nicht mehr zu sehen. Der Wind hat sich zu einem hohl klingenden Dröhnen gesteigert. Corkys und Vics Blicke können sich nur mehr an der rasenbedeckten Spitze der Halbinsel festhalten, dem hohen, militärisch anmutenden Zaun, dem bewegten schieferfarbenen Fluß. Der grell gestreiften, in wilden Zuckungen peitschenden amerikanischen Fahne.

Corky sieht auf die Uhr und überlegt, wie lange er wohl zur Roosevelt Street braucht, nochmal kann er seinen Onkel nicht sitzen lassen. *Ein Drink? Ein Drink, Jesus!* Seine Kehle ist staubtrocken, aber nein, er macht es nicht, verdammt. Und aus diesem Entschluß heraus stellt er seinem Freund knallhart und unvermittelt die Frage: »Hör mal, Vic, ich muß das wissen. Hattest du was mit Marilee Plummer?«

Vic senkt schweigend sein Glas. Später wird Corky denken *Hat er das erwartet? Klar!* In diesem Moment allerdings deutet er die Reaktion des Freundes als Überraschung und Gekränktsein.

Ruhig und ohne Zögern antwortet Vic: »So wie du es meinst – nein.«

»Wie soll ich es schon meinen?« fragt Corky taktlos-krude. »Ob du sie gefickt hast, will ich wissen.«

Und Vic erwidert ebenso ruhig: »Nein, Corky.«

Corky schießt das Blut ins Gesicht, er weiß, daß er knallrot geworden ist, und ihm wird hundeelend, jetzt hast du gründlich alles verbockt, du Trottel, du Oberpfeife, hast die Freundschaft kaputtgemacht, die dir das Wichtigste in der Welt war. Aber Vic ist ein Gentleman, er ist verletzt und vielleicht empört, aber er versucht, sich nichts anmerken zu lassen. »Tut mir wahnsinnig leid, Vic«, stottert Corky, »aber ... ich hab da so dies und das in der Stadt gehört. Und Thalia hat mir das hier gegeben.« Corky zückt seine Brieftasche und entnimmt ihr vorsichtig den Schnappschuß, auf dem Vic, Marilee, Presson, Thalia und der bislang nicht identifizierte Mann im Hintergrund auf Rooneys Sommergrundstück zu sehen sind. Vic nimmt ihm die Aufnahme wortlos aus der Hand und betrachtet sie, ohne eine Miene zu verziehen. Ein billiger Winkeladvokatentrick. Vic wird ihm nie verzeihen. »Ist ja nur eine Party«, sagt Corky schnell. »Zum Dampfablassen. Wir gehen ständig zu irgendwelchen Partys, mit oder ohne Ehefrauen, hat gar nichts zu bedeuten.« Und als Vic weiter schweigt, fragt er: »Wer ist der Typ neben Thalia im Hintergrund? Sie behauptet, daß sie es nicht mehr weiß.«

Vic betrachtet weiter das Bild und scheint die Frage nicht gehört zu haben. Wie jemand, der einen Tiefschlag einstecken mußte, es aber nicht zeigen will. Wie kann Corky einen Freund nur so reinlegen? Das Foto hat nicht den geringsten Beweiswert. Vic gibt es zurück, und Corky merkt, daß er verärgert und verstört ist. Seine Augen sind plötzlich blutunterlaufen. »Das zwischen mir und Marilee war eine Privatsache«, sagt er bedächtig, »es war nichts Sexuelles, nur eine Freundschaft, und ich möchte gern glauben, daß sie es auch so sah. Während des Wahlkampfs haben wir uns fast täglich gesehen, waren aber selten, vielleicht sogar nie allein miteinander. Nach der Wahl ging sie zu einer PR-Firma, glaube ich, und dann zum Historischen Museum.« Er atmet schnell. »Sandra und ich sind tief erschüttert. Was hier geschehen ist, ist eine Tragödie. Aber ich kann mich da nicht…«

Nicht engagieren, klar. Dafür hat Corky Verständnis.

In einer Demokratie ist ein Politiker darauf angewiesen, daß man ihn mag, daß man ihm vertraut. Wenn dich die Wähler nicht wollen, bekommst du kein Amt, und dann stehst du da mit deinen guten Absichten.

Vic tut ihm leid, bestimmt ist es so, wie Vic sagt, denkt Corky, *er* würde es merken, wenn Vic ihn belügen würde. Er möchte es gut sein lassen, aber dann muß er doch fragen: »Und wie war das nach der Sache mit Steadman? Nachdem sie an die Öffentlichkeit gegangen ist, Anzeige erstattet hat? Warst du da mal mit Marilee zusammen, hattest du Kontakt mit ihr?«

Vic reibt sich den Nasenrücken und sagt langsam: »Ich habe mit Marilee telefoniert, aber soweit ich mich erinnere, haben wir uns nicht getroffen. Wir haben ihr bei der Suche nach einem Anwalt geholfen… Steadman drohte, ihr wegen Ehrverletzung und Verleumdung einen Prozeß an den Hals zu hängen, sie stand unter enormem Druck. Damals hatten wir fast ganz den Kontakt zu ihr verloren.« Vic geht jetzt hin und her, seine Stimme wird lauter. »Dieses Schwein Steadman… dieser Rassist. Es war eine ganz gezielte Sache, bestimmt, er hat Marilee vergewaltigt, gedemütigt, sie als ›Weiße‹ verspottet. Wenn es gerecht zuginge auf der Welt, müßte man ihn unter Mordanklage stellen.« Vic spricht jetzt so laut, daß Corky Angst hat, einer unter den Hunderten von Gästen, die im Haus herumlaufen, könnte ihn hören.

Corky erinnert sich, wie Vic, nachdem sie ihn in St. Thomas zum Klassensprecher der Oberstufe gewählt hatten, plötzlich verschwunden war und sie ihn betend in der Kapelle entdeckt hatten, zutiefst dankbar, mit nassen Wangen. So einen Jungen mußte man einfach lieben: Achtzehn Jahre alt und glaubt noch an Gott, an Jesus Christus, die Jungfrau Maria – das ganze Wahlkampfteam.

Als Corky im nächsten Jahr zum Schatzmeister gewählt wurde, hatte er sich bei den Jungs bedankt, die ihm zu seinem Sieg verholfen hatten, und auch bei denen, von denen er annahm, daß sie nicht für ihn gestimmt hatten, aber nach seinem Sieg so tun würden als ob. Alle Welt liebt den Sieger, und deshalb mußt du versuchen, ein guter Sieger zu sein. Ein guter Sieger läßt sich Animositäten nicht anmerken.

Corky würde Vic gern knallhart fragen *Hast du Kiki gefickt? – Thalia?* –, aber er schafft es nicht. Er hat sein Pulver verschossen. Wenn zwischen Vic und Marilee irgendeine undurchsichtige Sache gelaufen ist, liegt sie wohl schon eine Weile zurück und geht keinen was an. Warum soll er Corky davon erzählen? Corky sagt lahm – er meint es nicht als Witz, aber es hört sich verdammt komisch an, wie er es sagt: »Ich hab versucht, bei ihr zu landen – bei Marilee, meine ich –, und bei ihrer Freundin Kiki auch, aber die beiden haben mich eiskalt abfahren lassen.«

Vic wischt sich mit einem Taschentuch das Gesicht und sieht Corky fragend und ohne Lächeln an. Warum erzählst du *mir* das?

Vic nimmt die Gläser, geht zur Bar und wäscht sie rasch und umsichtig ab, Sandra soll nicht sehen, daß hier Alkohol im Spiel war. Corky, der sich gerade überlegt hat, ob er nicht vielleicht doch… *einen* Drink nur…, muß zu seinem Kummer mit ansehen, wie der erstklassige Whisky, der allein für ihn bestimmt war, von einem Wasserstrahl gefolgt im Abfluß der Spüle verschwindet. Herrgottnochmal, stocknüchtern zu sein ist ein jammervoller Zustand.

Stockend, wie ein unglückliches Kind, fragt Corky: »Bist du jetzt sauer auf mich, Vic?« Der zuckt die Schultern, natürlich nicht, und Corky sagt: »Ich mußte einfach fragen. »Und Vic sagt leicht irritiert: »Ach wirklich?« und Corky bestätigt ehrlich: »Ja, wirklich.« Vic hat sich abgewandt, um die Gläser abzutrocknen und sie aufs Regal zu den blinkenden Flaschen zu stellen und sagt: »Wenn die Leute über mich und Marilee Plummer reden,

Corky, bin ich dankbar, wenn du es mir sagst. Aber wer die Leute sind, will ich nicht wissen. Und dabei sollten wir es belassen.«

An der Tür schütteln sie sich die Hand. Es ist 12.29 am Memorial Day 1992. Vic Slattery sagt freundschaftlich: »Bis heute abend, Corky!« und Corky gibt grinsend zurück: »Bis heute abend, Vic! Super.« Und erst draußen auf der belebten Diele, benommen wie ein Leichtgewicht, das es geschafft hat, sich mehrere Runden unter den Schlägen eines Schwergewichtlers wegzuducken, aber jetzt restlos erschöpft ist, fragt er sich, was dieses *dabei sollten wir es belassen* wohl zu bedeuten hatte. Und ob er nun seinen besten Freund verloren hat und weshalb und warum.

Corky weiß es nicht mehr.

4
DER TIEFSCHLAG

Und dann, als er Stuyvesant House schon verlassen will, erlebt Corky Corcoran noch dreierlei.

Zunächst – und das geht am schnellsten vorbei – spürt er, als er sich mit gesenktem Kopf, in Gedanken verloren und ohne darauf zu achten, wohin er geht, durch die Menge der meist älteren, dickbäuchigen, ihm nur vom Sehen bekannten Männer drängt, wie eine Hand schwer auf seine linke Schulter herabsaust gleich einem Karateschlag, der ihm, um nur wenige Zentimeter abgelenkt, leicht das Genick hätte brechen können. Die Hand gehört – es ist kaum zu glauben – Oscar Slattery. »Corky Corcoran! Ja sag mal, wie geht's denn immer?« Ein breites, joviales Lächeln, ein scharfer Blick, ehe Corky antworten kann, ist der Bürgermeister schon vorbei, er ist in Begleitung dieses aalglatten Pater O'Brien und des Neuen in Union City, dem früheren Reagan-Republikaner, der jetzt Teilhaber der Niagara Frontier Commodities Corp. ist, und hat im Augenblick keine Zeit für Corky. Der blinzelt verdattert wie ein Hund, der einen Tritt erwartet und statt dessen eine rauhe Liebkosung bekommen hat und kann ihm nur matt nachrufen: »Oscar! Und wie geht's bei dir?«

Demnach steht Corky nicht auf Oscars Schwarzer Liste, demnach ist alles wieder in Ordnung?

Und ehe er das hat durchdenken und überlegen können, wie das wohl zu dem paßt, was Vic ihm erzählt hat, taucht ebenso unerwartet Sandra Slattery in ihrem strahlenden narzißfarbenen Outfit aus der Menge der scheidenden Gäste auf, legt Corky eine Hand auf den Ärmel und sagt mahnend »Corky!«, denn natürlich raucht er, saugt an seiner Zigarette wie ein Baby an der Mutterbrust, und entläßt giftige blaue Rauchschwaden in die Umwelt. Aber dann fügt sie sanfter hinzu, und dabei drückt sie sein Handgelenk, es ist eine so intime Bewegung, daß sie seinen Schwanz erregt: »Corky? Könnte ich dich ein paar Minuten unter vier Augen sprechen?«

Schlecht, denkt Corky und fröstelt. Sehr schlecht.

Und in einem Korridor im hinteren Teil des Amtssitzes von Bürgermeister Slattery erfährt Corky, wie schlecht, wie bizarr und unerwartet das ist, was sie ihm zu sagen hat. Laut Sandra Slattery wird Vic seit Monaten von Thalia »belästigt«.

»Sie ist anscheinend irgendwie auf ihn fixiert«, sagt Sandra verlegen, »sie ruft ihn an, hier in unserem Haus und in seinem Büro in Washington, sie schickt ihm und manchmal mir Ausschnitte und mysteriöse Kärtchen, sie ist unangemeldet in Washington aufgetaucht, um mit Vic über Gesetzgebungsfragen zu sprechen – Rechte für Tiere, das Recht auf Abtreibung –, sie hat die Arbeit des Ausschusses für Energie und Handel genau verfolgt. Wir wollten dich und Charlotte nicht beunruhigen, wir haben Thalia gern und möchten sie nicht beschämen. Du weißt ja, wie sie ist – leidenschaftlich und intelligent und ständig für irgendwelche Anliegen engagiert, nur immer ein bißchen vage. Vic weiß nicht, daß ich mit dir darüber spreche, er denkt, daß Thalia es früher oder später aufgeben wird. Aber das hier wurde uns vor etwa acht Tagen in das Haus in Chateauguay geschickt, adressiert an den ›Abgeordneten V. Slattery und Mrs. S. Slattery‹. Ich habe es Vic nicht gezeigt.« Sandra nimmt einen kleinen, in Seidenpapier eingewickelten Gegenstand aus der Handtasche. Es ist – Corky glaubt seinen Augen nicht zu trauen – eine Porzellanfigur aus der Zeit der Jahrhundertwende, die er Thalia zum sechzehnten Geburtstag geschenkt hat. Etwa 20 Zentimeter hoch, welliges braunes Haar wie das von Thalia, ein nichtssagend hübsches gemaltes Gesicht, große blaue Augen, Rosenknospenmund. Die kleine Figur hat ein vergilbtes Spitzennachthemd an und auf der Stirn einen gezackten Sprung, der noch nicht da war, als Corky sie zum letztenmal gesehen hat.

»Jesus«, flüstert Corky, und einen Augenblick hat er Angst umzukippen.

»Auf dem Zettel, der dabeilag«, sagt Sandra, »stand ›Ich verging – vor Entzücken‹. Emily Dickinson, glaube ich, aber ich bin nicht ganz sicher. Es klingt nach Dickinson.«

Corky versucht vergeblich, daraus schlau zu werden. »Dickinson? Nie gehört...«

»Eine Dichterin aus dem 19. Jahrhundert, aber das ist nicht weiter wichtig, Corky. Wichtig ist, warum Thalia uns die Figur geschickt hat, wichtig ist zu dekodieren, was sie damit gemeint hat.«

Corky dreht und wendet die Porzellanfigur ratlos zwischen den Fingern. Wie konnte Thalia sein Geschenk weggeben? Sie hatte sich so darüber gefreut, als sie sechzehn war. Oder hatte jedenfalls so getan.

»Thalia scheint zu glauben, daß es zwischen ihr und Vic eine besondere Beziehung gibt«, fährt Sandra fort, »aber Vic beteuert, daß es die nicht gibt und auch nie gegeben hat, daß sie nur in Thalias Phantasie besteht.« Ja, sagt Sandra, sie weiß, daß Vic in den Siebzigern und Anfang der achtziger Jahre eine Phase hatte, in der es zu Affären gekommen ist, flüchtigen Affären mit jungen Frauen, die sich ihm an den Hals geworfen haben, aber damit ist Schluß, er hat es ihr geschworen, und Sandra glaubt ihm. Corky soll also bitte nicht an das denken, was vermutlich für ihn naheliegt, denn so verhält es sich nicht.

Corky hat dem nicht so richtig folgen können, er hat den Faden verloren. Er spielt noch immer mit der Porzellanfigur und betrachtet sie benommen. Wie zum Teufel dekodiert man so etwas? Corky weiß sich keinen Rat mehr.

Sandra hat Mitleid mit ihm, sein trost- und hilfloses Gesicht geht ihr zu Herzen. Spontan legt sie die Arme um ihn und gibt ihm einen nassen Kuß auf den Mundwinkel. Sie stolpern herum wie betrunkene Tänzer, und ausgerechnet in diesem Moment tragen zwei livrierte schwarze Kellner irgendwas vorbei. Wenn sie etwas gesehen haben, lassen sie sich nichts anmerken, es gibt kein Flüstern, kein Gelächter.

Das Schlimme aber ist, daß Sandra Slattery jetzt, nachdem sie Corky diesen Tiefschlag versetzt und ihm die Porzellanfigur mit dem Sprung im Kopf überreicht hat, verkündet, daß sie gehen muß. Sie muß mit Vic zurück nach Chateauguay, es gibt noch tausend Dinge, die bis abends um sieben, dem Beginn der Cocktailparty, zu erledigen sind.

Sandra macht sich los, und Corky packt sie an den Handgelenken, beide atmen rasch, Sandras elegant frisiertes Haar ist aus der Form geraten, die kleine Schultertasche klafft und droht sich auf den Fußboden zu entleeren. »Jetzt warte doch mal«, sagt Corky verzweifelt und fassungslos, »du behauptest, daß meine Tochter dich und Vic belästigt, und du hast es geheim gehalten? Wie lange?« und Sandra sagt entschuldigend: »Wir wollten dich nicht beunruhigen, Corky, du bist immer so reizbar. Und es war ja nicht ständig. Und zum Teil harmlos, mehr das, was man exzentrisch nennen würde.« »Exzentrisch?« wiederholt Corky. »Übergeschnappt, meinst du. Du willst sagen, daß Thalia übergeschnappt ist.« »Nein, Corky, so meine ich das natürlich nicht«, protestiert Sandra, »ich hätte vielleicht nicht ›belästigen‹ sagen dürfen, das ist zu extrem.« Corky hält noch immer Sandras Handgelenk fest, sie macht ein paar Schritte von ihm weg, aber er folgt ihr, sie bewegen sich in Richtung der offiziellen Räumlichkeiten im vorderen Teil des Hauses. »Hör zu, Sandra: Bist du sicher, daß Vic nichts mit Thalia hatte? Vielleicht ein einziges Mal...«. Sandra versucht sich loszumachen, ihr Gesicht verspannt sich. »*Sie* ist auf *ihn* fixiert, nicht umgekehrt. Deshalb ist sie so... so beharrlich«, sagt sie, und Corky setzt dagegen: »Was Vic dir oder auch mir erzählt, kann stimmen oder auch nicht, er ist schließlich kein Chorknabe mehr, erzähl doch keinen Scheiß.« »Tut mir leid, Corky, ich weiß, daß es dir nahegeht, aber laß mich bitte los«, fährt Sandra ihn an. Es gelingt ihr, sich zu befreien, sie dreht sich um und geht rasch davon, ohne sich noch einmal umzusehen.

Und Corky Corcoran steht da, sieht mit großen Augen Sandra Slattery nach, die atemlos und zerzaust davonläuft, als wären sie miteinander handgreiflich geworden, und sagt leise vor sich hin »Scheiße Scheiße *Scheiße.*«

Und hält eine Porzellanfigur im Spitzennachthemd in der Hand.

Für Corky wäre es jetzt das Gescheiteste, so schnell wie möglich zu verschwinden. Aber das tut er nicht.

Er hat, während er auf Sandra Slattery einredete, nicht bemerkt, daß am Ende des Korridors Red Pitts steht, aber Pitts hat sie beobachtet, und als Sandra eilig und erregt näherkommt, fragt er: »Was ist los, Mrs. Slattery? Ist der Mann Ihnen zu nahe getreten?« und Sandra sagt, nein, schon in Ordnung, sie hat keine Lust, ausgerechnet jetzt mit dem ungeschlachten Red Pitts, dem ergebenen Leibwächter ihres Schwiegervaters, zu reden, Sandra ist schwer in Fahrt, ihre Augen blitzen, sie ist hochzufrieden, daß sie eine so bestürzende Nachricht bei Corky Corcoran hat abladen können, soll er sich damit auseinandersetzen, soll er überlegen, wie ernst Thalias Anschuldigungen zu nehmen sind – all das wird Corky später erfahren oder sich zurechtlegen. Im Augenblick ist er vollauf damit beschäftigt, eine Toilette zu finden, möglichst hier hinten, in seinen Gedärmen grummelt es verdächtig, keine Zeit für Spekulationen.

Corky entdeckt eine hinter dem Küchenbereich, PERSONAL HERREN steht in schwarzen Buchstaben an der Tür. Dahiner sind zwei Kabinen, beide unbesetzt, und in einer entleert er zum zweitenmal innerhalb weniger Stunden schlotternd und zähneklappernd seinen Darm, heiße Flüssigkeit strudelt brennend wie aus einer offenen Wunde, *Herr erbarme dich.* Aber dann ist es vorbei, er wischt sich mit reichlich Klopapier ab und spült, am Waschbecken wäscht er sich kräftig die Hände und besieht sich gerade hohläugig und voller Verachtung den jämmerlichen Wichser im Spiegel, den Typ mit dem Macy-Blazer, dem gemusterten Enzio Cenci-Schal, als die Tür hinter ihm mit einem Ruck aufgerissen wird. Im Türrahmen steht Red Pitts.

Corkys erster Gedanke ist, ihn mit einem höhnischen »Hallo, Red, alter Freund und Spießgeselle!« zu begrüßen, aber dann sagt er lieber nichts.

Kein Wort sagt er, während die beiden sich in dem Spiegel über dem Waschbecken mustern. Red kommt einen Schritt näher und läßt die Tür zufallen. Corky steht mit gesenktem Kopf über dem einfachen weißen Waschbecken, er hat sich Wasser ins Gesicht gespritzt, das jetzt herunterläuft. Red rümpft die Nase, als er die überforderte Entlüftung wahrnimmt, und sagt rotzig wie ein Zwölfjähriger: »Pfui Deibel, das stinkt aber hier. Warst du das, Corky?« In diesem Moment sieht er die antike Porzellanfigur, die ein bißchen kippelig auf der Ablage des Spiegels steht, und lacht höhnisch: »Wer ist denn das? Dein Baby?« Corky greift sich einen Stapel Papierhandtücher und trocknet sich das Gesicht ab. Ihm ist durchaus klar, daß er akut gefährdet ist, Red Pitts ist gebaut wie ein Profi-Fullback, er ist jähzornig und trägt eine Waffe. Und deshalb sagt Corky nur leise: »Du kannst mich mal, Red.«

Corky ist noch nicht dahintergekommen, daß Red Pitts ihm hierher gefolgt ist, er hält es für einen Zufall.

Red Pitts, der Zuhälter. Corky Corcoran, der Gentleman.

Aber jetzt rückt Red ihm auf die Pelle, mit vorgeschobenem Kinn und diesem zuckenden Lächeln, diesem stahlspänegleichen Glanz in den Augen kommt er auf Corky zu. »Ich hab dich da draußen mit Mrs. Slattery gesehen. Was hast du mit der Lady angestellt, hey? *Ich hab dich gesehen!*« Corky geht hoch. »Was? Was hast du gesehen? Los, sag schon! Schleichst du hinter mir her? Spionierst du mir nach?« Geduckt steht er da und beobachtet Red Pitts mit seiner Boxernase, dem fleischigen Gesicht, dem gefönten Haar, der blödsinnigen Elvis-Tolle über der Stirn; Red hat sich eine neue Frisur zugelegt. Corky klopft das Herz wie einem Sperling, über dem der Habicht rüttelt. Wären sie irgendwo allein und unbeobachtet, hätte dieser Mann keine Hemmungen, Corkys Kopf am Waschbecken einzudrücken wie eine Eierschale. Red sagt ungläubig: »Was ist bloß in dich gefahren, Corcoran, daß du ausgerechnet hier Vic Slatterys Frau unsittlich belästigst? Du hast wohl nicht mehr alle Tassen im Schrank. Oder bist du betrunken? Und dich als Cop auszugeben – du mieser kleiner Dreckfink, du abgebrochener Riese du – ausgerechnet du willst dich als Cop ausgeben ...«

Was dann passiert, weiß Corky hinterher nicht mehr genau. Er steht immer noch geduckt da und beobachtet Red Pitts im

Spiegel, er sieht oder glaubt zu sehen, daß Red zum Schlag ausholt, zu einem kruden rechten Schwinger, der zwischen Corkys Schulterblättern landen soll, um sein Kinn ans Waschbecken zu schmettern und Unterkiefer auf Oberkiefer krachen zu lassen, und da weicht Corky Corcoran, der Leichtfüßige, der irische Henry Armstrong, diesem wirklichen oder eingebildeten Schlag aus, er fintet und taucht ab, und dann landet er mit einer Rechten direkt aus der Schulter, hinter der die aufgestaute Wut vieler Jahre steht, einen Treffer genau zwischen Red Pitts Beinen.

Red Pitts reißt die Augen auf. Man hört ein dumpfes Ächzen wie von einem Teppich, der mit einem Teppichklopfer aus Draht bearbeitet wird, aber dieses Ächzen scheint nicht aus seinem Mund, sondern irgendwo aus seinem Körper zu kommen. Er krümmt sich, faßt sich an den Schritt, knickt in den Knien ein, und lange, ehe er so weit wieder da ist, daß er sich aufrappeln kann, ist Corky Corcoran auf und davon.

5

»BITTE VERZEIH MIR, ICH LIEBE DICH…«

Wie eine Figur in einem Film, der schnell und mit komischem Effekt rückwärts läuft, rennt Corky Corcoran zu dem Parkplatz neben dem Stuyvesant House, setzt sich in den Caddy und fährt aus der Parklücke heraus, daß der Kies nur so spritzt, dabei reibt er sich die rechte Hand, deren Knöchel schon angeschwollen sind, aber *lieber Gott nochmal, was für ein tolles Gefühl, besser als jeder Fick.* Er lacht in sich hinein. Aus den Augenwinkeln sieht er Fats Pickering und Mort McNamara, Oscars Wahlkampfmanager, zusammen vorbeikommen, hält sich aber nicht mit ihnen auf, er will so schnell wie möglich zu dem Kiosk mit dem Wachmann und weg von hier, obwohl er sich sagt, daß Red Pitts bestimmt nicht den Sicherheitsdienst verständigen würde, selbst wenn er sich inzwischen wieder zusammengelesen hätte. Stolz wie er ist, wird er keiner Menschenseele etwas von dem erzählen, was ihm passiert ist, sondern sich ganz privat an Corky rächen.

Trotzdem verschwindet Corky viermal so schnell, wie er gekommen ist.

Am Tor gibt es keinen Ärger. Der Armleuchter, der ihn beinah nicht hereingelassen hätte, lächelt jetzt und winkt Corky durch wie einen Würdenträger, es ist ein gutes Gefühl, und Corky grinst und winkt zurück und ruft aus dem Fenster des Caddy: »Schönen Feiertag!«

Wie fühlt man sich, Junge

Super!

Als er dann auf der Van Dusen zum Fillmore Expressway braust, regt sich erste leise Reue, außerdem hat er, so ein Mist, Thalias Porzellanfigur im Klo stehenlassen, mit der er sie konfrontieren, die er ihr unter die Nase halten wollte. *So wenig liegt dir also an mir? Daß du mein Geschenk weggibst, über das du dich angeblich so gefreut hast? Daß du in der Stadt herumläufst und Lügengeschichten über mich verbreitest, überall herumerzählst, daß ich pervers bin?* aber dann muß er lachen, herzlich und aus dem Bauch wie seit Tagen schon nicht mehr. Das Gesicht von Pitts, dieser Ächzer, seit einer Rauferei auf dem Parkplatz des alten Cloverleaf hat Corky keinen Treffer an dieser Stelle mehr gelandet, das war noch vor seiner Heirat und somit schon eine halbe Ewigkeit her. Ein unglaublich schönes Gefühl, Pitts die Faust in die Eier zu rammen, »ein absoluter Bringer«, wie die Boxkommentatoren in solchen Fällen gern sagen.

Trotzdem ist da immer noch dieses leise Gefühl der Reue, wie ein beginnender Zahnschmerz. Wenn Oscar das zu Ohren kommt...

Ja, aber Oscar kommt es nicht zu Ohren. Das geht nur euch beide, Red und dich, was an.

Ja, aber wenn Oscar doch... Und Vic und Sandra... Was dann?

Notwehr. Es *war* Notwehr.

Und was ist mit Red, was wird er machen? Der Typ ist ein Psychopath, er wartet nur darauf, daß er losprügeln kann.

Abwarten und Tee trinken.

Die Zeit ist auf deiner Seite.

Du kannst immer noch zwei Schläger anheuern wie damals bei dem Kerl, der Thalia nachgeschlichen ist, 500 Dollar auf die

Hand, 500 Dollar nach Erledigung, du läßt einfach Red Pitts zusammenschlagen, ehe er an dich rankommt. Okay, aber wenn sie ihn umbringen? Was dann?

An seinem geschwollenen Knöcheln lutschend, aber noch immer lachend biegt Corky von der Van Dusen scharf links ab, um auf die rechte Spur der Auffahrt zum Fillmore zu kommen. Daß er dabei einen Typ in mittleren Jahren schneidet, nimmt er nicht zur Kenntnis, der Typ und seine Alte blinzeln verstört hinter der Windschutzscheibe eines dieser billigen Importschlitten, dann brettert Corky die Rampe hoch, es ist, als ob man in den Himmel fliegt, hohe Wolken wie Pferdemähnen ziehen vorbei, wunderschön vor diesem blassen, wie ausgewaschenen Blau. So hat er es gesehen, wenn er sich im Haus seines Onkels in die Dachkammer geschlichen und minutenlang stumm dagestanden hatte, bis sein Hirn endlich einmal von der rastlosen Mühsal des Denkens erlöst war, seine Seele zu Dunst wurde und in dieses Blau hinaufstieg.

»Super!« Der zwischen schrille Werbespots eingeschobene neueste Wetterbericht von WWAZ sagt Regen erst für den Abend voraus. Die für zwei Uhr vorgesehene Parade kann also wie geplant ablaufen.

»Super! Super!« Corky sagt es immer wieder wie zwanghaft vor sich hin, wie Bläschen steigen die Worte in seinem Gehirn hoch.

Nach Stuyvesant House ist er ein bißchen benommen. Punchdrunk. Aber das wird schon wieder.

Was dann geschieht, hätte Corky nie erwartet, in seinen kühnsten Träumen nicht erhofft. Es ist so wie am Pokertisch, besser noch beim Crap, wenn du irgendwann in diese unberechenbare Dimension eintauchst, die sich *Dusel* oder *Glückssträhne* nennt. Auf der Fahrt nach Irish Hill fragt er die eingegangenen Anrufe ab – und Angst und Sorge der letzten vierundzwanzig Stunden vergehen, als wären sie nie gewesen.

Zuerst kommt ein weiterer kehlig-intimer Anruf von Charlotte, den Corky sofort ungeduldig, verlegen und um ihretwegen beschämt mit dem Daumen auf der »3« löscht. Danach ein Anruf, bei dem gleich wieder aufgelegt wird. Könnte Christina sein, denkt Corky. Noch einmal wird aufgelegt, das *muß* jetzt Christina sein. Und dann – es ist wie ein erhörtes Gebet, Corky preßt den Hörer krampfhaft ans Ohr und geht unbewußt mit dem Tempo runter, bis er, von anderen Fahrern wütend angehupt, auf der äußersten linken Spur mit unter vierzig dahinschleicht – ist Thalia am Apparat. »Hallo, Corky, hier ist... ja, du kannst dir wohl denken, wer es ist... Ich wollte dir nur sagen, daß es mir sehr leid tut, wie ich mich benommen habe, kannst du mir verzeihen? Bitte verzeih mir...« Eine Pause, ein Laut, der ein ersticktes Lachen sein kann oder auch ein erstickter Schluchzer. »Seit Marilee das getan hat... sie hat gesagt, daß sie es tun mußte... *ich* spiele mich da nicht zum Richter auf... habe ich meine Gedanken nicht mehr im Griff gehabt, aber das geht wohl nicht mir allein so... Marilee hat mir gewisse Dinge anvertraut, in der Heimlichkeit der Blutsschwesternschaft, die über die Begriffe von ›Rasse‹ und ›Identität‹ hinaus verbinden... Ich könnte sie nie verraten. Erst wollte ich sie rächen, aber jetzt habe ich begriffen, daß ich dazu kein Recht habe. Es gibt einen Gott, Corky...« Wieder eine Pause, sie ist so lang, daß Corky schon denkt, das Gespräch sei vorbei, dann fährt Thalias matt murmelnde Stimme fort: »Ich war unfair dir gegenüber, Corky... Ich weiß, daß du mich liebst, ich weiß, daß du ein guter Mensch bist und Gott trotz allem in deinem Herzen wohnt... Ich liebe auch Mutter und werde ihr schreiben von dort, wohin ich gehe... *aus den Bergen im Westen*...«, seltsam melodisch klingt das, *aus den Bergen im Westen,* »ich werde ihr alles erklären und sie um Verzeihung bitten für meine Grausamkeit, vor allem aber meine Unwissenheit. Und auch die Slatterys bitte ich um Verzeihung, inzwischen weißt du wohl von meiner Schande, was ich da... mißverstanden, wie ich mich lächerlich gemacht habe... ich liebe ihn wirklich... aber meine Liebe wird nie mehr etwas fordern... ich erwarte nicht, daß sie erwidert wird... so wie wir, die wir Gott lieben, nicht erwarten dürfen, daß Gott uns liebt oder auch nur kennt.« Wieder eine Pause, und dann kraftvoller, zuversichtlicher: »Corky, ich habe deinen Revolver in den Fluß geworfen. Die Versuchung, Übles zu tun, ist für immer dahin. Sei mir nicht böse, Corky! Verzeih mir. Bitte verzeih mir, ich liebe dich...«

Inzwischen hat Corky auf dem Seitenstreifen des Expressway angehalten.

Er hat Tränen in den Augen. Gott, diese Erleichterung!

Er drückt die »1«, um sich Thalias Nachricht wiederholen zu lassen. Einmal und noch einmal. Er kann sein Glück kaum fassen. So unerwartet. Und genau zur rechten Zeit.

Thalia, Liebling. Natürlich verzeihe ich dir. Natürlich liebe ich dich auch.

Corky hört sich das Band alles in allem viermal an, wappnet sich dagegen, plötzlich einen anderen Text zu hören oder in Thalias matter Stimme einen Hauch von Spott, von Falschheit zu entdecken, man tut sich eben doch schwer damit, ihr zu trauen – aber nein, es ist alles echt. Er wird sofort Charlotte anrufen und ihr seinen Abfragecode durchgeben, damit sie sich das Band selber anhören kann.

Aus den Bergen im Westen... Was hat sie wohl damit gemeint? Corky glaubt sich an eine Kommilitonin, eine gute Freundin von Thalia aus Cornell zu erinnern, die Familie hatte eine große Ranch in Wyoming oder Montana. *Aus den Bergen im Westen...* Es muß sich um diese Freundin, um diese Ranch handeln. Wyoming. Oder Montana.

Aber darüber zerbricht sich Corky im Augenblick noch nicht den Kopf, er ist sehr glücklich, fühlt sich leicht wie ein heliumgefüllter Ballon, jetzt kann er beruhigt seinen Onkel Sean besuchen und heute abend seine Rede auf Vic Slattery halten, den er liebt wie einen Bruder. Das Leben ist doch ein Fest!

6

RATTENNEST

Und wenn der mit zweiundzwanzig gehenkte *und* geköpfte Dermott Corcoran und nicht Gahern, sein jüngerer Bruder, von Anbeginn der Zeit an dazu bestimmt gewesen wäre, Corkys Vorfahr zu werden, was dann?

In keiner anderen Geschichte gibt es dich. Nur in dieser. So lange die Geschichte weitergegeben wird.

Er betet zu Gott, an den er, seit er elf ist, nicht mehr glaubt.

Betet mit kindlich-schnoddriger Arroganz: *Ich hasse DICH, es ist DEINE Schuld.*

Warum war er nicht stark genug, warum war es ihm nicht gegeben, die Mörder seines Vaters mit einer simplen Lüge zu identifizieren, ihm, der später das Blaue vom Himmel herunterschwindeln konnte, wenn es ihm in den Kram paßte?

Und warum war er nicht stark genug, seine Mutter zu retten, warum hat er sie schließlich fallenlassen? Zum Schluß war da nur noch Erleichterung, nach der Beerdigung hat er sich vollaufen lassen, ist zu einer Frau gegangen und hat sich dabei prompt was eingefangen.

Und mußte sich von diesem alten Furz O'Malley sagen lassen, er hätte »Gon-no-rhoe« und könne froh sein, im Jahr 1967 und nicht im Jahr 1867 zu leben. Und Corky hatte gesagt: »Ach nee... Aber wir haben nun mal 1967, Doktor, also sehen Sie gefälligst zu, wie Sie mich wieder hinkriegen.«

Theresas zornige Tränen, während sie ihn in den Armen hielt *Ich kann dich nicht retten! Ich bin nicht stark genug!* Aber er gibt nicht auf, fast jede Frau könnte die sein, die er sucht.

Dieser heiße nasse fordernde Kuß auf den Mund. Der dir zwischen die Beine fährt wie eine Messerklinge.

Und das jähe schaudernde Erwachen, diese Kälte, die auf deinen Lidern liegt. Das Wissen, daß du im Freien bist, nicht zwischen vier Wänden geborgen und noch weniger in einem Bett. Das Nichts zwischen dir und dem Himmel.

Glitzerlichter gleich Wassertropfen. Das Dach mit den Pfützen und dem Geruch nach Teerpappe. Krähenrufe auf einem Feld. Das Rattern eines Güterzuges. Verblaßte Buchstaben auf einem eine Meile entfernten Wasserturm, die im Dunst gerade noch zu erkennen sind. INDIANA LAKE, N.Y.

Er hatte Theresa gesagt, daß sie verrückt sei, aber er hatte ihr nie gesagt, wie sehr er sie und diese Verrücktheit liebte. Gestern früh, als er nach dem schlimmsten Besäufnis der letzten Zeit rücklings im Kies neben der Schnellstraße liegend aufgewacht war und der schwarze Junge sich mit großen Kulleraugen vor ihn hingehockt hatte, um festzustellen, ob dieser weiße Typ tot oder lebendig war – hatte er begriffen, daß es dieses Erwachen, die Kälte des Morgenlichts ist, was ihn so mitnimmt. Die verdammte Einsamkeit.

Und er erinnert sich, wie der Junge seiner Mutter verächtlich zugerufen hatte, ohne Rücksicht darauf, ob Corky es hörte *Och, das is ja bloß 'n Besoffener.*

Es ist 12.46. Corky ist auf dem Weg zur Roosevelt Street, zu Sean Corcoran. Endlich.

Allerdings ist er etwas sauer, denn gerade hat er den Alten angerufen, um ihm zu sagen, daß er ganz bestimmt kommt, pünktlich in zehn Minuten da ist, und der Alte hat nur geknurrt, er könne es kaum erwarten.

Was als Witz gemeint war. Typisch irischer Humor.

Aber Corky will sich nicht die Laune verderben lassen. Das Leben muß man feiern!

Überall knatternde Fahnen – State Street, Union Boulevard, Erie. In der ganzen Stadt, überall in den Vereinigten Staaten von Amerika wehen die Fahnen. Es ist Memorial Day, versuch in Stimmung zu kommen. *Kiss me America, I am your boy.*

Corky fährt in südlicher Richtung die Erie entlang. Diesmal überquert er den Kanal an der Dalkey statt an der Welland, sein Lebtag wird er nicht mehr über die Welland und am Club Zanzibar vorbeifahren, diese schwarzen Rassistenschweine, du kommst ihnen auf halbem Wege, mehr als auf halbem Wege entgegen und mußt dich dafür noch anpinkeln lassen. Auch diese Brücke ist schmal und wacklig, aber in besserem Zustand als die an der Welland, hier ist Irish Hill noch nicht ganz so heruntergekommen. Corky nimmt Gas weg und wirft einen Blick nach Osten über das vom Wind gekräuselte, lichtfunkelnde Wasser. Er könnte heulen, so erleichtert und dankbar ist er nach Thalias Anruf. Als wäre es eine Belohnung dafür, daß er mit dem Trinken aufgehört und sich in den letzten Tagen so abgezappelt hat.

Jetzt wird er die Sache mit Christina klarziehen. Der Fall liegt unkompliziert: Harry Kavanaugh weiß Bescheid, sie brauchen es ihm also nicht zu sagen. Christina kann sich scheiden lassen und Corky heiraten. Kein Problem.

Er ist sich jetzt sicher, daß er sie liebt. Und um diese Tatsache herum kann man wie bei der Stahlkonstruktion eines Gebäudes andere Tatbestände einpassen.

Kanalaufwärts sieht man die Hinterfront von Dundonald Cannery Co., der alten Konservenfabrik, in der Verwandte von

Corky gearbeitet haben, Judd Donnellys Vater war dort Geschäftsführer, und Corky hatte als Junge einen Sommerjob, einen von vielen. Jetzt ist der Eingang mit Brettern vernagelt, seit Jahren steht die Fabrik zum Verkauf, aber keiner will sie haben. Auf der anderen Seite des Kanals stehen Reihenhäuser aus braunem Backstein, in denen wohl hauptsächlich Schwarze und Hispanics wohnen. Wäscheleinen, an denen Klamotten zum Trocknen aufgehängt sind, die Gärten zugemüllt und voller Unkraut, nur hier und da ist einer ordentlich angelegt, wahrscheinlich von einer Frau, irgendwie haben Frauen eine hoffnungsvollere Einstellung, eine Spezies ohne Hoffnung wäre innerhalb von einer Generation ausgestorben. Hitzetod der Sonne. Entropie? – das Schwungrad, das sich immer langsamer dreht… aber das ist alles Pipifax, wenn du weißt, was *du* willst.

Kanalaufwärts an der nächsten Brücke, der Brücke über die Dundonald Street, die man von hier aus gerade noch sehen kann, ist die City Pride Bakery, die noch in Betrieb ist. Auf der Nordseite der Dundonald, Ecke Parish, war Großvater Liams Holzhandel, mit dem er sich Mitte zwanzig, als ganz junger Kerl, selbständig gemacht hat, an der nächsten Ecke die Firma Corcoran Brothers Construction Co., jetzt ist da ein billiger Minimarkt, aber in diese Richtung fährt Corky nicht.

Und auch an der Barrow Street 1191, dem alten Haus, fährt er nicht vorbei. Die jetzigen Bewohner haben eine Veranda angebaut – grünes Plastikdach, Aluminiumstreben, auf Backstein gemachte Asphaltplattenverkleidung. Als Corky das letzte Mal vorbeigefahren ist, saß eine junge Mutter mit einem Baby und kleinen Kindern auf der Veranda, eine Frau mit weißer oder hellbrauner Haut, Hispanics vielleicht.

Er hat es nicht fertiggebracht, genauer hinzusehen.

Du hast mich gezwungen, dich zu lieben. Ich wollte ja nicht…

Der Kanal sieht in diesem Abschnitt flach aus, aber das täuscht. Ein paar Meilen weiter nördlich, an den Schleusen der Außenbezirke, sind die aus Steinen geschichteten Kanalwände bis zu zehn Meter hoch und sehen zum Fürchten aus, aber in Irish Hill schlängeln sich Fußpfade durch die grasbewachsenen Böschungen, man kommt bis ans Wasser heran. Viele sind hier im Lauf der Jahre ertrunken, allein Corky erinnert sich an etliche: Den Onkel eines Jungen, mit dem er zur Schule gegangen ist, und einen Priester, der seine Familie besucht hatte, er war mit alten Freunden im Cloverleaf gewesen, und als das Pub zumachte, hatten sie alle miteinander noch Lust, schwimmen zu gehen, und zwei – der Priester und noch einer – waren ertrunken. Und einmal hatte bei einer Rauferei ein Junge Nick Daugherty in den Kanal geschubst, und Corky und ein paar andere hatten ihn gerade noch rausgefischt, sonst wäre er hops gegangen. Wie alt? Das war ungefähr um die Zeit, als der Bischof in die Gemeinde gekommen war, um ihre Klasse zu firmen. Achte Klasse, also müssen sie dreizehn gewesen sein.

Und Tims Großonkel Stanislaus, Captain im Bezirk Irish Hill, den sie eines Tages aufgedunsen, ohne Nase und mit weggeschossenem Gemächte im Kanal treibend gefunden hatten. Aber das zählte nicht als Ertrinken.

Die erste Welle von Verwandten war um 1820 aus der Grafschaft Kerry eingewandert und hatte am Kanal gearbeitet. Von sechs oder sieben Corcoran-Brüdern und zahlreichen Donnellys, Dowds, McClures hatten nur einige wenige den Kanalbau und die schweren Zeiten danach überlebt. Keine direkten Vorfahren von Corky, aber Blutsverwandte aus Dingle Bay. Ob einer von ihnen so aussah wie er? Ob sich die Gene, das DNA über die Jahrzehnte gehalten haben? Er hatte sich immer einen Bruder gewünscht. Kann man einen Bruder haben, der einem ähnlich wie ein Zwilling und nur im falschen Jahrhundert geboren ist? Über das Leben und Sterben dieser jungen Männer gibt es keine Familiengeschichten. Und sie sind auch nicht auf dem Friedhof von Our Lady of Mercy begraben, sondern da, wo sie an Ruhr, Gelbfieber, Influenza, in Schlägereien, Messerstechereien, Schießereien gestorben sind, verscharrt im Dreck der Kanalufer. Wenn man bedenkt, daß sie in Zelten gehaust haben, wenn man überlegt, was für eine Verpflegung und was für sanitäre Verhältnisse ihnen der Staat New York zugemutet hat, müssen sie gestorben sein wie die Fliegen.

Hauptsächlich irische und chinesische Arbeiter. Warum eigentlich Chinesen? Die sind doch sonst so clever.

Vielleicht ist deshalb die Kirche so strikt gegen Geburtenkontrolle und Abtreibung. Je mehr Katholiken zur Welt kommen, desto größer ist die Chance, daß ein paar überleben. Die heilige Mutter Kirche kümmert sich – genau wie Mutter Natur – einen feuchten Kehricht um das Individuum, ihr geht es allein um die Art. Theresas Mutter hatte dreizehn Kinder! Corky hat mindestens fünfzehn Cousins und Cousinen auf der Dowd-Seite und keinen Überblick mehr, wieviele von ihnen noch leben. Bei den Donnellys ist es ähnlich, nur wohnen von denen etliche längst nicht mehr in Union City.

Inzwischen gibt es keine großen irischen Familien mehr, selbst in Irland geht die Bevölkerung zurück. Kaum mehr vier Millionen. Vielleicht kann eine Rasse sich verbrauchen, das Vertrauen zu sich verlieren. In Nordirland gibt es doppelt so viele Protestanten wie Katholiken. Die IRA, diese armen Schweine – ein hoffnungsloser Fall.

Corky fährt über die Dalkey, vorbei an der Dalkey Street-Grundschule, vorbei an einer Ladenzeile, die er nicht erkennen würde, hätte er sie nicht aus der Zeit von vor fünfundzwanzig Jahren in Erinnerung, die Kreuzung Decatur war damals eine blühende Geschäftsgegend. Aber da, wo damals ein Raxall's war, steht wieder ein Drugstore. Und Dignam's Funeral Home ist immer noch ein Bestattungsinstitut, nur heißt die Firma jetzt W. Young & Sons.

Die Corcorans sind natürlich immer zu Donnelly gegangen. Auf der Erie. Das Unternehmen besteht noch, die Söhne haben es übernommen.

Das Schiff des Todes nannten sie den Cholerakahn, der von New York City in nördliche Richtung und dann von Albany aus nach Westen fuhr, vorbei an den Städten am Kanal, wo er nicht anlegen durfte. Um 1880 waren hauptsächlich irische Einwanderer an Bord. Trotzdem haben ein paar überlebt. Drei Corcoran-Brüder von wer weiß wie vielen Brüdern, Schwestern, Cousins und Cousinen aus Dingle Bay, die zur Verwandtschaft zogen und in den Moneghan Pottery Works Arbeit fanden. Dermott, Joseph, Gahern – die das Geschenk des Lebens brachten.

Corky kommt zur Roosevelt, wo Sean wohnt, und da ist wieder das vertraute flaue Gefühl, in dem Furcht und Erwartung sich mischen. In seinen Träumen ist er oft in diesem Haus. Von dem ersten Haus in der Barrow Street träumt er nie und auch nicht von dem auf der Schuyler, in dem sein Vater starb und die Schreie seiner Mutter zum Himmel stiegen. Aber er träumt, daß er in seinem alten Zimmer, seinem und Petes Zimmer, aufwacht oder oben auf dem Dachboden, wo er sich nach der Beerdigung seines Vaters zum ersten Mal betrunken und den Trost des Trinkens erfahren, wo er begriffen hatte, daß *Trinken* ein Ort der Zuflucht ist, ein Eimer, mit dem man aus einer tiefen, unterirdisch-verborgenen Quelle schöpfen kann.

Oder konnte. Corky wird nie wieder einen Tropfen Alkohol über die Lippen bringen.

Wirklich nicht?

Das letzte Mal war er bei dem Alten, als er ihn nach einer Beerdigung – da war Sean schon ziemlich angesäuselt – nach Hause gebracht hatte. Sie hatten in der trüb beleuchteten Wohnstube vor dem Fernseher gesessen, hatten ein lausiges Spiel der Mohawks gegen die Athletics angeschaut und gemeinsam zwei Sechserpacks Molson's leergemacht. Nicht mal in den Werbepausen hatten sie miteinander geredet, ein unheimliches Gefühl, fand Corky, als wäre er gar nicht da. Seit fünfundzwanzig Jahren nimmt Corky immer wieder Anlauf, um zu fragen *Warum ist mein Vater gestorben? Gibt es da ein Geheimnis, das mir keiner verraten hat? Warum ist Fenske nicht verhaftet worden, warum haben sie keinen von denen je verhaftet?*, aber er hat die Frage nie gestellt, hat wohl immer auf den richtigen Moment gewartet. Nur – wann ist der? Vielleicht wäre ein gemeinsames Besäufnis der richtige Moment, aber gegen Ende des Spiels gibt sein Onkel, der in einem gammeligen Sessel liegt, plötzlich pfeifende Schnarchlaute von sich, sein Kopf ist nach hinten gefallen, die Kinnlade ist schlaff wie bei einer Leiche, ein Speichelfaden hängt ihm am Kinn. Sean Corcoran ist total hinüber.

Das bist du, Corky, alter Freund, in dreißig Jahren!

Corky hatte auf dem Weg ins Badezimmer auf der knarrenden Treppe einen Radau veranstaltet, der Tote hätte aufwecken können, aber der Alte schlief und schnarchte ungerührt weiter, und Corky hatte sich resigniert davongemacht. Auf den Fernseher hatte er fünf Zwanzig-Dollar Scheine gelegt als Taschengeld für seinen Onkel, der bei der Totenmesse gejammert hatte (wobei Corky nicht recht wußte, wie ernst er das nehmen sollte), er habe nicht genug Geld, seinen Anzug reinigen und seine Schuhe reparieren zu lassen. Am nächsten Tag hatte dieses Miststück Lois ihren Vetter Corky im Büro angerufen und ihm die Hölle heißgemacht, weil er ihren Vater dazu gebracht habe, sich zu betrinken. »Das sieht dir mal wieder ähnlich, Corky. Aber von dir erwarten wir es ja nicht mehr anders.«

Kein Wort, kein einziges Wort von den hundert Dollars.

Typisch irische Dankbarkeit!

Corkys Hochstimmung verflüchtigt sich. *Ein Drink?* Verdammt nochmal *nein.* Sein Knöchel tut weh, komisch, ein Schlag in die Eier ist schließlich was anderes als ein Schlag ans Kinn, aber Corky hat wohl einen Knochen getroffen, hat das Becken des Mistkerls erwischt.

Ob Red heute abend auch im Chateauguay Country Club aufkreuzt?

Wenn Oscar Slattery kommt – und daß Oscar Slattery sich so einen Anlaß entgehen läßt, ist unwahrscheinlich –, ist auch Red da, da mach dir mal nichts vor!

»Hey, paßt doch auf!«, ruft Corky aus dem Wagenfenster und tritt auf die Bremse, er will die drei Schwarzen im Highschool-Alter, die ohne Rücksicht auf den Verkehr ganz gemütlich über die Fahrbahn zuckeln, nicht anbrüllen. Wie mit der Kreissäge geschnittenes Haar, mit Rasierklingen in die Haut geritzte Initialen, Rattenschwänze – wie bei einem primitiven Stamm in Zululand. Dabei haben diese Typen teure Reeboks an, Goldketten um den Hals, Sonnenbrillen mit breiten Bügeln, hautenge schwarze Radlerhosen, die sogar Corky, der keine Spur von schwul ist, faszinieren – Pobacken wie Melonen, die Geschlechtsteile herausmodelliert wie für eine Männerstripshow. Eine Welle von Frust und Wut schwappt über Corky weg. Er denkt daran, daß vor dem Umschwung Ende der sechziger Jahre der Dundonald Park für Schwarze tabu war, dafür sorgten weiße Teenagergangs wie Corky und seine Freunde, und die Cops, hauptsächlich irische Cops aus dem Viertel, drückten beide Augen zu. Und jetzt? Man sollte es nicht für möglich halten.

Daß Corky ein Weißer ist, scheint ihnen nicht mal besonders wichtig zu sein, diese großkotzigen Arschlöcher ignorieren den ganzen Verkehr, und auf dem Gehsteig tun sie so, als ob er ihnen gehörte, so daß alle anderen schleunigst machen, daß sie wegkommen.

Er denkt an den schlaksigen, bedrohlich aussehenden Typ, der ihm vor dem Zanzibar, mit einem Mal von einem Ohr zum anderen grinsend, den Süßkartoffelauflauf gegeben hat, und plötzlich war alles okay, weil Roscoe Beechum ihn geschickt hatte, Corky war okay, war nicht in Gefahr. Vielleicht ist weiße Haut für sie nicht automatisch *weiß* oder ausschließlich *weiß*. Wenn ein anderer Schwarzer, einer mit Geld und mit Macht wie Beechum, dir die Weihen gibt, bist du okay.

Corky muß zugeben, daß es ihm gut getan hat, wie respektvoll der Typ gestern war. Und es hat ihn getroffen, daß Roscoe Beechum ihn, Corky, weggeschickt hat, weil er in ihm den Weißen gesehen hat, den Cop – und nicht den Menschen.

Corky biegt in die Dundonald ein, die nicht mehr viel von einem Boulevard hat, und kommt an Our Lady of Mercy vorbei, die Kirche aus verwittertem kieselgrauen Backstein ist praktisch unverändert, nur der Turm ist lange nicht so hoch, wie Corky ihn in Erinnerung hat, und die Rosette nicht so groß – hätte er Zeit, würde er auf ein paar Minuten hineingehen, die bunten Glasfenster in katholischen Kirchen sind ein schöner Anblick. Und dieser Geruch nach Weihrauch und Votivkerzen und den Blumen zu Füßen der Jungfrau Maria. Weiße Lilien vor dem blauen Kleid aus Gips.

Er ist einsam, vermißt etwas. *Heimweh*?

Dabei hast du doch schon als Kind gewußt, daß das alles Humbug ist.

Eine seiner Tanten hat nach einer dieser typischen modernen Beerdigungen langsam und mit stockender Stimme gesagt: *Das war das Schöne am Latein, wir brauchten nicht zu wissen, was es bedeutet.* Es war so simpel, hat sie damit gemeint, wie für Kinder – Märchenglaube, Wunschdenken. Gott hat dich lieb, und du kommst geradewegs in den Himmel. Auch die Beichte ist jetzt anders, ja, Corky weiß Bescheid, auch wenn er seit dreißig Jahren nicht mehr beichten geht. Sie können dir nicht mehr diese gräßliche Angst einjagen, dazu reicht ihre Macht nicht mehr.

In dieser Gegend von Irish Hill ist die Bevölkerung gemischt aus Weißen, Schwarzen, Hispanics, und weil die Hispanics katholisch sind, ist der Bestand der Gemeinde erst mal gesichert. Corky hat gehört, daß sie jetzt einen hispanischen Priester haben oder zumindest einen, der Spanisch spricht. Wie mag das Zahlenverhältnis von Iren zu Hispanics sein? Sogar ein paar Schwarze soll es jetzt in der Gemeinde geben – für Corky eine fast abartige Vorstellung. Der alte Peter Sullivan, der immer düster von »Farbigen« sprach und von Menschen, die »sich bei ihren eigenen Leuten am wohlsten fühlen«, würde sich im Grabe umdrehen.

Und er erinnert sich an Sean Corcorans böse Worte bei der Totenwache: »Was hätte ein Nigger sonst für einen Grund, nach Irish Hill zu kommen, wenn er nicht geholfen hat, meinen Bruder umzubringen?«

Wo er schon da ist, will Corky mal eben durch den Dundonald Park fahren, in dem er schon viele Jahre nicht mehr war. Er staunt, daß es dort so manierlich aussieht, nach allem, was man so hört und liest, hat er mit Drogen, Verbrechen, Vandalismus gerechnet, mit einem Teich ohne Wasservögel, weil die Kids sie umgebracht oder verstümmelt haben, der vertiefte Rosengarten, der Stolz von Irish Hill – Hunderte von Rosenbüschen um das Denkmal für den Zweiten Weltkrieg herum – verhunzt und verschandelt. Er fährt am Schwimmbad vorbei, am Planschbecken, an den Basketballplätzen und findet, daß sich nicht sehr viel verändert hat, abgesehen davon natürlich, daß die meisten Leute, die hier herumlaufen oder an den Picknicktischen sitzen, schwarz sind, nur selten sieht man mal ein weißes Gesicht. Und überall diese verdammten Graffitti, die dem Auge wehtun, in Leuchtfarben auf dem Gehsteig, an den Wänden, sogar an den Bäumen – es heißt, daß es Markierungen sind, mit denen die Gangs ihre Reviere kennzeichnen.

Trotzdem – der Park ist okay. Die Sonne ist rausgekommen oder fast rausgekommen, es ist Frühling, nach dem vielen Regen grünt und blüht es überall. An manchen Bäumen, an den Birken, ist golden-flaumiges Zeug, das müssen wohl Samen sein, an anderen Bäumen weiß-flaumiges Zeug. Und Flieder, jede Menge Flieder, er wächst hier wohl wild.

Bitte verzeih mir, ich liebe dich.

Okay, Honey, ich liebe dich.

Corky fährt langsam weiter und wendet. Wie spät ist es? Er folgt einem schlaglochübersäten Weg durch den Wald oder dem, was vom Wald noch übrig ist, und kommt hinter dem Teich raus, dem Ententeich, wie sie früher gesagt haben, und auf dem schwimmen tatsächlich Enten rum, aber das Kriegerdenkmal ziert eins dieser verdammten Graffiti in grellem Orangerot, sekundenlang könnte man es für eine Flamme halten. Corky denkt verträumt daran, wie er an Sommerabenden im Park mit Mädchen herumgemacht hat. Nach dem Schwimmen, nach dem Softballspielen. Corkys erste Freundin, das erste Mädchen, mit dem er es jemals gemacht hat – wenn man das so sagen kann –, war Marianne Bannon, es war nach dem Gemeindepicknick, Corky war zwölf und Marianne ungefähr ein Jahr älter. Corky preßte seinen Mund an den von Marianne, rieb seinen geilen kleinen Pimmel an ihrem Bauch und an ihren fest zusammengedrückten Schenkeln und spritzte erstaunt aufjaulend wie ein Welpe in seine Hose. Unvergeßlich. Später hat sie ihn im Wald hinter den Erfrischungsbuden sogar in die Hand genommen, und er ist gekommen. Aber daß Corky es ihr besorgte, hat sie ihm nie erlaubt.

Warum, das hatte er damals nicht begriffen. Vielleicht, hatte er gedacht, weil Mädchen Angst davor haben. Oder weil es ihnen peinlich ist. Vielleicht lachte Marianne auch heimlich über ihn. Über das Gesicht, das er dabei machte.

Der Vater von Marianne Bannon war Metzger und einer von Sean Corcorans Saufkumpanen. Hätte Bannon Wind von der Sache bekommen, hätte er Corky den Arsch versohlt, ganz zu schweigen von dem, was er mit Marianne gemacht hätte. In der neunten Klasse hatte sie plötzlich von St. John's abgehen müssen und einen Typ geheiratet, der in der Marine und erheblich älter war als sie. Inzwischen wohnt sie in Mount Moriah, die drei oder vier Kinder sind aus dem Haus und schon richtig erwachsen. Als er Marianne zufällig in einem Einkaufszentrum getroffen und sie zu einem Drink ins Mauna Loa eingeladen hatte – Marianne sieht immer noch gut aus, handfest und sexy –, wollte sie sich totlachen über sein Gesicht, nachdem sie so ganz nebenbei erwähnt hatte, daß sie schon Oma sei.

Ihre Enkelin ist acht!

Du könntest auch schon Opa sein, ohne daß du es weißt, Corky, hatte sie gesagt und kokett die rosa Zunge rausgestreckt.

Die Möglichkeit, er könnte irgendwann ganz nebenbei Kinder gezeugt haben, ohne es zu wissen, ohne daß man es ihm gesagt hat, findet Corky verdammt bedrückend. Als hätten seine Gene, der Strom des Lebens, der unsichtbar in ihm fließt, ihm klammheimlich einen Streich gespielt. Denn schließlich – wissen kann man ja nie...

Das ist der größte Unterschied zwischen den Geschlechtern, denkt Corky, der Mann und Frau praktisch zu zwei verschiedenen Arten macht: Daß eine Frau es *immer* weiß.

Jetzt kehr um und fahr zu Sean, sonst kommst du noch zu spät, redet Corky sich zu, *ich kann's kaum erwarten*, aber Corky ertappt sich dabei, daß er langsam am Softball-Feld vorbeirollt, wo drei gelbe Schulbusse beladen werden, SOUTH UNION CITY HIGH SCHOOL MARCHING BAND, die wohl zur Parade wollen. Einige wenige Erwachsene, hauptsächlich aber Teenager, Weiße, Schwarze, Hispanics, Asiaten, dunkle Typen, die aussehen wie aus dem Nahen Osten, ein für Irish Hill erstaunliches Gemisch. Sie haben alle grün-weiße, seidig schimmernde Uniformen mit kleinen amerikanischen Flaggen als Epauletten an und tragen Hosen. Nur die Majoretten tragen Miniröcke, unter denen die Höschen hervorschauen, und hohe weiße Plastikstiefel wie Babystricher. Ein etwa gleich großer Anteil von Jungen und Mädchen, sie haben Musikinstrumente dabei, Corky schaut neidisch hin. Ein gut aussehendes weißes Mädchen mit Trompete, erstaunlich, so ein Bild, andere Mädchen mit Hörnern oder Schlagzeug, ein verschlafen aussehender schwarzer Junge, untersetzt wie Mike Tyson, hält vorsichtig ein nobles messingblitzendes Instrument. Ein Waldhorn? Ein anderer Schwarzer mit bedrohlichem Gehabe, Flattop-Haarschnitt, in die Haut geritzten Initialen, Gold in beiden Ohren, trägt ein Saxophon, ein großer, dicklicher Irenjunge mit Babyface schleppt eine Tuba, man sieht viele kleinere Trommeln – Schnarrtrommeln? – und diese schweren dröhnenden Dinger, gegen die keine Konkurrenz ankommt, jetzt begreift Corky, warum in so einer Band für leise Instrumente, Geigen zum Beispiel oder Holzblasinstrumente, kein Platz ist. Ein paar Kinder kommen mit Becken vorbei, die einen

Mordskrach machen, das muß ein Heidenspaß sein, ist aber womöglich nicht gut für die Ohren. Vielleicht haben sie Ohrstöpsel.

Kinder mit Fahnen, manche an zwei Meter langen Stangen, über eine längere Strecke müssen die verdammt schwer sein. Die Parade geht über drei Meilen. Mit der großen Standarte. Mit den Schulfahnen. Aber alle sind bester Laune, in diesem Alter ist eine Memorial-Day-Parade ein Heidenspaß.

Ja, Corky beneidet sie. Wie jung sie sind! Als er so alt war, war jeder Tag in dieser Reicheleuteschule ein Gehetze.

Ganz hinten auf dem Parkplatz übt eine Majorettengruppe, Corky fährt langsam vorbei, dann bremst er und sieht zu, auch wenn es schon fast eins ist, der Anblick ist unwiderstehlich: Zwölf Mädchen, aufregend sexy in ihren satinglänzenden Kostümen, werfen schimmernde Stäbe hoch in die Luft und wirbeln sie unter ihren wohlgeformten Beinen weg, und dabei stellen sie ihre Körper so bewußt zur Schau wie Stripperinnen, spitze Brüste, feste runde Ärsche, manche sind ziemlich mollig, keine mit Magersucht, keine Feministinnen. Corky kann nur staunen. Diese nuttig aufgemachten Mädchen bringen Kunststücke fertig, die bestimmt auch der große Harry Blackstone bewundert hätte. Dicke Schminke, greller Lippenstift, kunstvoll auftoupiertes Haar – wie vor dreißig Jahren, 1962 und nicht 1992. Die Girls haben inzwischen bemerkt, daß Corky sie beobachtet, während er an seiner Zigarette zieht und lüsterne Rauchwolken ausstößt, sie müßten Männerblicke gewohnt sein, was hätte es sonst für einen Sinn, sich zur Schau zu stellen, sie kichern untereinander, eine läßt sogar den Stab fallen. Finden sie es gut, daß er sich für sie interessiert? Oder stört es sie? Wenn ihnen an dem Interesse von Männern nichts liegt, sollen sie sich gefälligst nicht so anziehen. Die Majorette, die die Übung leitet, ist ein großes, gut aussehendes Mädchen, ihre Haut ist kakaofarben wie der Lack von Corkys Cadillac de Ville, sie kann nicht älter als achtzehn sein, wirkt aber wie Mitte zwanzig, Kurven wie das Playmate des Monats, krause Haarflut bis zu den Schultern, sexy wie sonstwas, sie spitzt die Lippen wie zum Kuß und lächelt durchtrieben zu Corky hinüber, als hätten sie ein aufregendes Geheimnis miteinander. In einer einzigen wasserfallartig fließenden Bewegung wirft und wirbelt und fängt sie den kreiselnden Stab, ein langes Bein mit schönen straffen Muskeln und im Fick-mich-Stiefel schnellt hoch in die Luft, so daß Corky ausgiebig den satinglänzenden Schritt betrachten kann, dann hat sie den Stab in der Faust, streckt ihn Corky hin und reißt ihn dann ruckartig nach oben, Corky blinzelt und grinst, die anderen Mädchen lachen, er spürt ein nicht unangenehmes Brennen im Gesicht, während er weiterfährt, und erst nach ein paar Minuten, als er nochmal vorbeikommt (aber da ist die Übung leider vorbei), geht ihm ein Licht auf: Das kleine Miststück hat ihm den Stinkefinger gezeigt.

In ihrem Alter! Und am Memorial Day!

Verdammt verdammt verdammt, sagt Corky leise vor sich hin – er hat eine Stinklaune und ist nervös *Gottverdammich, ich brauch einen Drink* –, als er auf das kurze, ansteigende Stück der Roosevelt einbiegt, in dem Sean Corcoran wohnt, um die Ecke ist das alte Haus auf der Barrow Street, zwei Blocks weiter drüben Our Lady of Mercy, die Kirchenglocken läuten, es ist eins, ein süß verhallender Laut, dem Corky nachhorcht, als wäre er eine Botschaft. Kirchenglocken hörst du erst, wenn du weggezogen bist und wieder in die alte Gegend kommst. Als Kind in Irish Hill ist ihm das Geräusch kaum aufgefallen, ebensowenig wie der hefige Duft, der aus der Bäckerei kam, der krudere, erdig-blutige Geruch, der von den alten Schlachthöfen herüberzog, oder der Kunstdüngergestank von Cayuga Fertilizers. Ja, hier ist er zu Hause, Corky bricht der Schweiß aus.

Doch dann bemerkt er rasch, daß der Block nicht sehr verändert ist, alte, ordentliche zweigeschossige Backsteinhäuser auf Grundstücken von weniger als einem Morgen, typisch für die alten Wohngebiete von Union City, als sei es eine Belastung, zu viel Land, zu viel Gras zum Mähen zu haben. Corky fällt der viele Beton auf, der ist neu hier, doppelt breite Einfahrten zwischen den Häusern und doppelt breite Gehsteige, 30 cm breite Grasstreifen als Grundstücksgrenze, so ganz anders als die Vororte, in denen heutzutage junge Familien leben. Diese leidenschaftlichen Nachbarschaftsdispute, die sich über Jahre hinzogen und bei denen es nicht so sehr darum ging, wem der grasbewachsene Mittelstreifen gehörte, als darum, wem er nicht gehörte, wer nicht die Last mit dem Mähen und mit dem Ausgraben von Quecken hatte.

Corkys Tante Frances hatte sich immer nach Kräften bemüht, Krach mit den Nachbarn aus dem Wege zu gehen, mit allen gut auszukommen, auch mit den streitsüchtigen Culligans nebenan und den Paynes, Verwandten von ihr, die auf der anderen Straßenseite zwei Häuser weiter wohnten und ihren jüngeren Sohn, diesen Teufelsbraten, nicht im Zaum halten konnten. Sie hatte versucht, sich mit allen zu vertragen. Auch nach Tims Tod, als Sean so knurrig und bösartig geworden war. Und angefangen hatte, so viel zu trinken.

Corky stellt seinen Wagen vor dem Haus Roosevelt 1042 ab, dem sandfarbenen verwitterten Backsteinhaus, in dem er von seinem elften bis zum achtzehnten Lebensjahr gewohnt hat. Ist er zu spät dran? Nein. Trotzdem wirkt das Haus irgendwie vorwurfsvoll. An diesem milden Mainachmittag, an dem es hier im Viertel keinen zu Hause hält, ist Onkel Seans Bude dicht: Die Haustür abgeschlossen – eine Fliegentür gibt es nicht –, die Jalousien vorgezogen, die Veranda leer, auf der nach Corkys Vorstellung Sean hätte sitzen, Zeitung lesen, Bier trinken und auf ihn warten müssen.

Als nächsten ärgerlichen Punkt registriert Corky, daß man mehr Himmel sieht, als er in Erinnerung hat. Offenbar hat die Stadt kranke Bäume am Straßenrand absägen lassen, nur noch die häßlichen Stümpfe stehen da. Ulmen? Eichen? Corky sieht sie noch vor sich, es ist eine Schande. Tante Frances hätte es das Herz gebrochen, sie hat die Bäume geliebt, die am Straßenrand ebenso wie die hinten im Garten. Jetzt liegt alles zu frei, das Haus sieht kleiner und schäbiger aus, selbst die frische Abdichtung um die Verandafundamente herum wirkt irgendwie armselig. Wie durch einen Riß im Himmel fällt grelles Licht auf die Straße.

Corky geht flotten Schrittes die Stufen zur Haustür hoch, um zu klingeln, er pfeift munter, wenn jemand beobachtet, wie er seinen Onkel Sean besuchen kommt, soll er sehen, daß er guter Laune ist. Jerome Andrew Corcoran, der Stadtrat, hat in diesem Haus gelebt. Schaut nur, seine flotten Klamotten, seinen Wagen.

Nur ist es sehr zweifelhaft, ob ihn überhaupt jemand erkennen würde. Die Culligans sind schon längst nicht mehr da und die Paynes auch nicht. Nebenan, im Haus Roosevelt 1041, wo eine Familie Hennessey wohnte, als Corky ein Kind war, und jahrelang zwei ältliche Hennessey-Schwestern allein gelebt haben, tröstet eine Fremde, eine klobig-untersetzte Frau in Kittelschürze und Hausschuhen, auf der Veranda ein brüllendes Kind. Sie sieht aus wie aus der finstersten Provinz, wahrscheinlich ist sie aus dem südlichen Teil von Irish Hill zugezogen, unterhalb der Dalkey, wo die armen Weißen wohnten, die alle früher nur den »weißen Pöbel« nannten. Demnach sind die alten Hennessey-Damen gestorben, das Haus ist verkauft worden, und Sean hat Corky nichts davon erzählt.

Die Frau glotzt ihn an und bekommt den Mund fast nicht wieder zu. Der Caddy dürfte ihr imponieren, wenn man bedenkt, was für eine Rostlaube sie in der Auffahrt stehen hat.

»Onkel Sean? Hey, ich bin's, Corky.« Blödmann – wer sollte es sonst sein?

Corky bewegt den Klopfer an der Tür, klopft dreimal kurz und scharf, der Alte ist halb taub, aber eine Hörhilfe lehnt er ab, vielleicht ist die Klingel kaputt. »Onkel Sean? Hey…«

Corky ist stocksauer, er hat den Eindruck, daß der Alte ihn absichtlich warten läßt. Bösartiger alter Bock!

Aus der Nähe sieht Corky, daß die Backsteine total verdreckt sind, wenn man sie wirklich sauber bekommen wollte, müßte man sie sandstrahlen lassen, und das lohnt die Ausgabe nicht. Auch die plumpe Veranda ist voller Schmutz, auf dem Boden modert das Laub vom vergangenen Jahr vor sich hin. Als Tante Frances noch lebte, war die Veranda so sauber wie das ganze Haus, sie hatte Korbsessel mit wasserfesten Kissen dort stehen und Topfgeranien am Geländer, die Hausfrauen in der Roosevelt nahmen es damit alle sehr genau. In den letzten Jahren hat Sean sich nicht mal die Mühe gemacht, einen Campingstuhl auf die Veranda zu stellen, er hält sich so gut wie nie dort auf.

Corky dreht am Türknauf, aber natürlich ist die Tür abgeschlossen. Allmählich bekommt er es mit der Angst zu tun. Gewiß, er hat erst vor einer halben Stunde mit Sean gesprochen, aber vielleicht ist ihm inzwischen was passiert?

Alte Leute in Irish Hill, die allein leben, werden von Einbrechern besonders gern heimgesucht. Schon Zwölfjährige stehen heutzutage auf Crack und brauchen Bargeld. Corky weiß von seiner Cousine Lois, daß bei Sean mindestens zweimal eingebrochen worden ist, es hat Raubüberfälle und Morde im Viertel gegeben, aber Sean weigert sich, darüber zu reden, einen Umzug auch nur in Erwägung zu ziehen. Umziehen? Wohin denn? hat er Corky bei ihrem letzten Gespräch gefragt und spöttisch grinsend die gelben Zähne gebleckt. Nach Maiden Vale? Zu dir?

Corky muß ein so erschrockenes Gesicht gemacht haben, daß Sean sich kaum einkriegen konnte vor Lachen.

Corky geht die Stufen wieder hinunter, die sind repariert und frisch abgedichtet, das ist ein gutes Zeichen. Die asphaltierte Auffahrt allerdings und die Gehsteige sind voller Risse, der struppige Rasen im Vorgarten ist mit Quecken und Löwenzahn überwuchert. Und auch in dem Mittelstreifen zwischen Seans Grundstück und dem der Nachbarn leuchtet eine Fülle sonnengelber Butterblumen.

Corky ruft zu der unentwegt glotzenden Frau hinüber: »Haben Sie heute meinen Onkel Sean Corcoran schon gesehen? Ich bin mit ihm verabredet.«

Die Frau und der Junge starren ihn an, als hätten sie so was wie Corky in ihrem Leben noch nicht gesehen. Sie haben teigigblasse Gesichter, wie gebleicht wirkende helle Haare und eng zusammenstehende Frettchenaugen. Sämtliche Türen und Fenster in ihrem Haus sind weit offen, in einem Verandafenster hängt etwas, was wie eine gelbe Chenille-Tagesdecke aussieht, und flattert im Wind. Corky sieht jetzt, daß es nicht ein, sondern zwei Kinder sind, das jüngere, ein splitternackter kleiner Junge, ist nicht älter als zwei. Die Frau ruft etwas, was sich anhört wie »Nee, hab ich nicht, nee, ehrlich!«, schüttelt heftig den Kopf und wendet sich dann ab.

Echte Hillbillies, die wahrscheinlich vom Fürsorgegeld leben. Was mögen sie für das Haus bezahlt haben? Aber vielleicht haben sie es nur gemietet. Ja, wahrscheinlich wohnen sie hier zur Miete, eine große, kinderreiche Familie, und wenn sie das Haus so richtig runtergewirtschaftet haben, kommen die Schwarzen und kaufen es. Oder es bleibt leerstehen, weil keiner es will, und irgendwelche Gangs machen ein Crack-Haus daraus.

Corky geht langsam die Auffahrt hoch und sieht sich die Fenster an, durch die heruntergelassenen Jalousien ist nichts zu erkennen, oder was ist das da hinter den Fenstern, von der Seite hier wirkt es fast wie Sperrholz. Die Kellerfenster sind mit einer dicken Schmutzschicht bedeckt, es sieht aus, als ob Stangen oder Bretter quer drübergenagelt sind. Man kann es dem Alten nicht verdenken, daß er nach besten Kräften versucht, sich vor Einbrechern zu schützen. Ob er schon eine Alarmanlage hat? Corky hat versucht, sie ihm einzureden und wollte sie sogar zahlen, aber Sean lehnte ab, weiß der Himmel warum. Der Garten hinter dem Haus ist ungepflegt und wie der Vorgarten gelb von Löwenzahn. Die Stockrosen von Tante Frances an der Garage stehen immer noch prächtig, muß eine Art Unkraut sein, wie Sonnenblumen. Von dem kleinen Gemüsegarten hinten am Zaun – mein Siegesgarten hat Tante Frances ihn genannt – ist keine Spur geblieben.

Sie hatte Tomaten angebaut, grüne Bohnen, Mohrrüben, Zwiebeln, diese leuchtendgelb-orangefarbenen gekrausten Blumen mit dem scharfen Geruch – wie hießen sie gleich – Petunien? Ringelblumen? Ein paar Mal hatte sie auch Corky dazu gebracht, was auszusäen, aber was bei ihm hochkam, war hauptsächlich Unkraut. Einmal hatte er seiner Tante beim Setzen junger Pflanzen geholfen, hatte sich umgedreht und in seinem Ungeschick gleich ein paar zertreten.

Corky stellt fest, daß der morsche alte Bretterzaun durch einen drei Meter hohen stacheldrahtbesetzten Gitterzaun ersetzt worden ist.

Er muß Sean eine Stange Geld gekostet haben. Und die Frage ist, ob er zum Einbrechen entschlossene schwarze Kids wirklich abhalten würde.

Corky steigt die Stufen zu der kleinen, ziemlich wackligen Holzveranda an der Hinterfront hoch, klopft an die Tür, rüttelt am Türknauf. »Onkel Sean? Verdammt nochmal, mach auf, du weißt doch, wer da ist.«

Er hat aber auch immer Pech! Jetzt, wo die Aufregung wegen Thalia überstanden ist und er das Bankett heute abend so richtig genießen könnte, ist seinem Onkel was passiert.

Der dreckige Witz fällt ihm ein, den einer seiner Trinkkumpane ihm mal erzählt hat. Auf dem Weg zum Seneca House sehen sie einen Hundehaufen auf dem Gehsteig liegen, der Typ deutet drauf und fragt, ob Corky weiß, was das ist, und als Corky verneint, bekommt er zur Antwort: »Das Glück der Iren.«

Womit er ein wahres Wort gesprochen hat.

Corky schwankt zwischen Ärger und Sorge. Was soll er jetzt machen? Eine Weile warten? Sean nochmal anrufen? Die Polizei verständigen? Oder soll er versuchen, irgendwie ins Haus zu kommen?

Seit dem ersten Klopfen sind an die fünf Minuten vergangen. Möglich, daß Sean auf dem Klo war und es nicht mitbekommen hat, er ist auf einem Ohr schwerhörig. Oder er ist sauer auf Corky und tut, als ob er es nichts hört. *Ich kann's kaum erwarten.*

Corky geht zu seinem Wagen und ruft bei seinem Onkel an. Erwartungsgemäß meldet sich niemand.

Jetzt steht nebenan außer der Frau und den beiden Kids noch ein magerer junger Mann um die Zwanzig mit nackter Brust, langem strähnigen Haar, ledernen Bikerhosen. Er hat eine Dose Bier in der Hand und glotzt zu Corky rüber.

Corky trabt nach hinten. Die Hintertür ist abgeschlossen, und wahrscheinlich liegt innen eine Kette vor. Aber neben der Tür ist ein Fenster, das auf einen kleinen Flur geht, und von diesem Flur aus kommt man in die Küche. Vor dem Fenster ist eine Sperrholzplatte, so daß Corky nichts sehen kann, aber er erinnert sich, daß dieser Flur seit dem Tod von Tante Frances mit Gerümpel und Stößen von Zeitungen vollgestellt ist. Wenn er ins Haus will, bietet sich diese Stelle an. Soweit er das beurteilen kann, beobachtet ihn keiner, die Gärten der beiden Nachbarhäuser sind leer.

Zum zweiten Mal innerhalb weniger Tage dringt Corky Corcoran gewaltsam in die Wohnung eines Familienmitglieds ein, was ein ganz unwahrscheinlicher Zufall ist – aber er war ja auch noch nie in einer so verzweifelten Situation.

Corky müht sich ächzend und stöhnend mit dem Fenster. Natürlich ist es abgeschlossen, aber mit solchen Schlössern wird man leicht fertig, vorausgesetzt, man hat genügend Kraft, er hat in letzter Zeit nur sehr unregelmäßig was für seine Kondition getan, die Muskeln – Armmuskeln, Schultermuskeln – verfetten schnell, wenn man damit aufhört. Für einen etwas zu klein geratenen Mann ist es wichtig, fit zu bleiben. Er kann bei jeder sich bietenden Gelegenheit das Jackett ausziehen und unter einem knapp sitzenden Hemd die Muskeln spielen lassen, eine echte Augenweide für die Weiber, er hat das oft genug erlebt.

Sogar der feinen Christina hat das imponiert, als sie ihn zum erstenmal ohne Jackett gesehen hat. Mit einem prüfend-anerkennenden Blick hat sie seine Arme gestreichelt und sich gefreut, daß sie mehr bekommen hat, als nach dem ersten Anschein in der Maiden Vale Library zu erwarten war. Und Corky hat sie nicht enttäuscht.

Corky atmet schwer und verliert allmählich die Geduld, er ist drauf und dran, die verdammte Scheibe einzuschlagen, als das Sperrholzbrett sich löst und herunterfällt, und er fassungslos auf das starrt, was einen knappen halben Meter von ihm entfernt auf der anderen Seite der eingestaubten Scheibe aufgebaut ist. »Gott verdammt noch mal!«

Im ersten Augenblick traut er seinen Augen nicht, er glaubt zu träumen.

Weihnachten vor drei Jahren, bei seinem vorvorigen Besuch, war Corky gelangweilt durchs Haus gestrichen und hatte, da er keine Lust verspürte, dem Alten nur bei der Vertilgung der mitgebrachten Flasche Johnny Walker zu helfen und mehr oder weniger stumm mit ihm vor dem Fernseher zu sitzen, nach Reparaturbedürftigem gesucht. Zu putzen und zu ordnen gab es natürlich jede Menge, aber das war Frauenarbeit und nichts für Corky. Er hatte ein paar Regalbretter in der Küche fester geschraubt, den kippenden Heißwasserboiler im Keller abgestützt, ein paar Stufen verstärkt, Corky ist – wie Tim Corcoran – der geborene Bastler und Handwerker und hatte sich vergnügt pfeifend und mit Feuereifer in die Arbeit gestürzt.

Dann war er herzklopfend nach oben in die Dachkammer gegangen, um dort aus dem Fenster zu sehen, der Blick die Dalkey hinunter zum See hat sich so tief in seine Erinnerung eingegraben, daß er ihn manchmal vor sich sieht, ohne vorher an ihn gedacht zu haben. An die zehn Minuten hatte er dort gestanden und geschaut, wie vor dreißig Jahren senkten sich die hellen

Lichter der Dalkey steil nach unten, der Verkehr auf dem Fillmore Expressway und der Eriesee dahinter war nur dunstig-verschwommen zu erkennen; den See, den es da irgendwo gab, den es immer geben würde, mußte man sich denken.

Erst nach und nach und fast widerwillig nahm Corky das Rascheln hinter sich in der vollgerümpelten Dachkammer und den unverkennbaren, stechend-unreinen Geruch nach Nagetier zur Kenntnis. Als er hinter den Dachbalken herumstöberte, entdeckte er – in diesem Haus, das Tante Frances früher so peinlich sauber gehalten hatte, es war nicht zu fassen! – ein Rattennest.

»Ach du heiliger Strohsack!«

Als Besitzer städtischer Immobilien, von denen man einige mit Fug und Recht als unterdurchschnittlich bezeichnen konnte, hatte Corky schon etliche Rattennester gesehen, immer aber aus respektvoller Entfernung und nur, wenn er bezahlte Kräfte zum Wegräumen an der Hand hatte. Noch nie hatte Corky sich hingehockt und angewidert und bewundernd zugleich ein Rattennest aus der Nähe betrachtet, und je länger er hinsah, desto größer wurde seine Bewunderung, denn das war nun wirklich ein ganz erstaunliches Ding: Etwa so groß wie ein Basketball, zierlich, ja liebevoll aus den merkwürdigsten Bestandteilen geflochten, nicht nur aus dem, was so zu erwarten war – Bindfäden, Schnürchen, Lappen, Zeitungspapier –, sondern auch aus Federn, glitzernden Drahtstücken und Weihnachtslametta. Er entdeckte ein halbes Dutzend Knöpfe, bunte Glasscherben und kleine Plastikteile, ein Stück Spielzeug – Donald Duck aus Gummi, eine schwarz angelaufene Silbermedaille an einer dünnen Kette, eine kaputte Brille mit Stahlfassung. Und dann das Erstaunlichste: das metallisch phosphoreszierende Zifferblatt der Big Ben-Weckeruhr, die er und Pete in ihrem Zimmer gehabt hatten.

Corky war zu fasziniert von dem Nest, zu intensiv damit beschäftigt, es zur genaueren Betrachtung ans Licht zu holen, um daran zu denken, daß er von Glück sagen konnte, keine Jungen im Nest vorzufinden, sonst hätte ihn die Mutter bestimmt angegriffen, hätte sich auf seine ungeschützten Hände, auf sein Gesicht gestürzt.

Wenn du mal so ein Nest gesehen hast, siehst du Ratten mit ganz andern Augen. Die armen Viecher. Corky kam sich richtig gemein vor, weil er ihnen das Nest genommen hatte. Andererseits – Ratte ist Ratte. Da geht's nur um eins: Wir oder sie.

Als Corky das Nest nach unten brachte, um es seinem Onkel zu zeigen, der dösend vor dem Fernseher saß, wurde der zum ersten Mal seit langer Zeit hellwach und richtete sich mit einem Ruck auf. Seine Augen füllten sich mit Tränen, die leise zitternde Hand griff nach der dünnen Kette und zog aus dem dichten Geflecht den schwarz angelaufenen Anhänger hervor, eine geweihte Medaille mit dem Bild der Muttergottes, die einmal Frances Corcoran gehört hatte und vor langer Zeit spurlos verschwunden war.

Mit dem gleichen ehrfürchtigen Staunen, mit dem Corky das Rattennest auf dem Dachboden betrachtet hatte, besieht er sich jetzt die Schrotflinte, deren Doppellauf auf seinen Kopf gerichtet ist. Sie ist mit Bindfaden an einer Trittleiter befestigt, und Schnüre führen von den Abzügen zu einer schweren Bratpfanne auf dem Fensterbrett, wo sie keinen sehr sicheren Stand zu haben scheint. Um ein Haar hätte es Corky den Kopf weggerissen.

Und in diesem Moment kommt Sean Corcoran zur Tür, fluchend und mit nur halb geschlossenem Hosenschlitz, müht sich von innen mit Schloß und Kette, reißt die Tür auf und wütet seinen Neffen an, der leichenblaß, zitternd und mit schlotternden Knien dasteht, so daß er nicht sofort reagieren kann. Der Alte ist größer und breiter, als Corky ihn in Erinnerung hat, sein Gesicht ist zornrot, die Stoppeln an seinem Kinn glitzern wie ins Fleisch eingelagerte Stahlspäne. »Sag mal, was denkst du dir eigentlich dabei, das Fenster da aufzubrechen? Bist du übergeschnappt? Du bist doch kein kleiner Junge mehr! Kotzschwerenot nochmal!« Sean Corcorans Augen, die wie zerquetschte Trauben in dem feuerfarbenen Gesicht stehen, blitzen so kämpferisch, daß man fast denken könnte, er hätte noch Spaß an der Sache.

Schlagartig kommt die Erinnerung zurück: Corky sieht, wie Sean Corcoran sich drohend vor ihm aufbaut, ihm – verdient oder unverdient – die Hölle heiß macht, hört seine ätzenden Worte, die Stimme, die immer lauter, immer irischer wird, je mehr der Onkel sich erregt.

Mittlerweile hat Corky, auch er mit einer Mordswut im Bauch, sich wieder erholt, er drängt sich an seinem zeternden Onkel vorbei, um sich die doppelläufige W. & Scott-Flinte Kaliber Zwölf näher anzusehen, die mit Bindfaden an der Trittleiter befestigt und mit dem Griff der Bratpfanne auf dem Fensterbrett verbunden ist. Eine irrwitzige Konstruktion, sein Lebtag hat Corky so was noch nicht gesehen. »Was zum Teufel soll die Flinte da? Wo hast du das Ding her? Sind das echte Patronen? Die jemanden über den Haufen schießen können?«

Sean schiebt Corky weg, als wolle er die Flinte schützen oder Corky daran hindern, sie zu sehen. Wütend gibt er zurück. »Ich stell hier die Fragen, du mieser kleiner Pißpott: Was zum Teufel denkst du dir dabei, hier einzubrechen?«

»Ich hab geklopft, an jede verdammte Tür und jedes verdammte Fenster in diesem verdammten Haus hab ich geklopft. Und du hast dich nicht gerührt. Ich hab mir Sorgen um dich gemacht.«

»Gottverfluchter Idiot! Von Tuten und Blasen keine Ahnung!«

»Herrgottnochmal, du hast doch gewußt, daß ich komme, wir haben gerade noch telefoniert. Wo zum Teufel warst du denn?«

»Weg von der Flinte! Mach, daß du rauskommst. Ich will nicht, daß du hier rumschnüffelst. Du kannst mir gestohlen bleiben mit deiner beschissenen Wohltätigkeit.«

»Ich hab geklopft. Ich hab vom Auto aus angerufen. Ich hab deine Hillbilly-Nachbarn gefragt, wo du bist. Ich hab mir Sorgen um dich gemacht.«

»Wenn du glaubst, ich brauch dich oder irgendwas von dir, bist du schief gewickelt. Das ist mein Haus und mein Grundstück, und wenn hier nochmal irgendwelche Typen einbrechen, die die falsche Hautfarbe haben, weiß ich, wie ich mich zu schützen habe.«

»Bist du verrückt, Onkel Sean? Das ist eine tödliche Waffe, eine Mordwaffe. Leute, die so was gemacht haben, die einen schwarzen Zwölfjährigen über den Haufen geschossen haben – haben eine Anklage am Hals und sitzen im Knast. Es ist vorsätzlicher Mord. Sie machen dir den Prozeß. Sie schicken dich hinter Gitter.«

Sean lacht verächtlich auf und zieht Corky am Arm, aber der schüttelt ihn ab. »Nicht in dieser Stadt. Nicht in dieser Straße, nicht in Irish Hill. Nicht, wenn du einen Nigger umgebracht hast.» Er schüttelt den Kopf, daß die Kehllappen zittern. »Nee, mein Junge, kommt nich in die Tüte!«

»Herrgott, Onkel Sean, wir haben 1992 und nicht 1942. Wenn du einen Schwarzen mit so einer Höllenmaschine umbringst, bist du ein toter Mann. Das Gesetz sagt, daß du nur in Notwehr schießen darfst. Dieser komische Apparat da...«

»Hier geht's ja auch um Notwehr. Mach, daß du rauskommst, dich hat keiner um deine Meinung gebeten, was bildest du dir ein, du kleiner Pißpott! » Wie oft hat er dieses Wort, das über Sean Corcorans speichelbedeckte Lippen zischt, als Kind gehört, *Pißpott, kleiner Pißpott,* und nicht immer als Schimpfwort, manchmal auch als Ausdruck widerwillig-rauher Männerzärtlichkeit. »Für was hältst du dich eigentlich? Für einen dieser smarten Advokaten oder was? Los, zieh Leine!«

»Ich sag nur, wie es nach dem Gesetz ist. Du kannst nicht einfach jemand über den Haufen schießen, wenn er bei dir einbrechen will. Und warum hast du nicht aufgemacht, verdammt nochmal? Du hast doch gewußt, daß ich komme, warum hast du denn nicht aufgemacht?«

»Weil ich auf dem Klo war. Man wird sich doch wohl in seinem eigenen Haus noch ausscheißen dürfen, ohne daß so ein gottverdammter Idiot einem das Fenster eindrückt. Und jetzt hau ab.«

»Ich rühr mich nicht vom Fleck, bis du dieses verrückte Ding abgebaut hast.«

»Hau ab, hab ich gesagt...«

Corky versetzt dem Alten einen Stoß, der Alte stößt zurück, wild um sich schlagend wie ein kleines Kind, die beiden Corcorans stehen sich gegenüber und blasen sich ihren keuchendheißen Atem ins Gesicht, und in Seans Stimme schwingt jetzt Groll und Kränkung: »Hau ab, hab ich gesagt. Raus! Glaubst du, ich brauch dich oder irgendwas von dir? Da bist du schief gewickelt, mein Junge. Mit ›Jerome Andrew Corcoran‹, diesem feinen Pinkel, der alle Jahre mal, was sag ich, alle zwei Jahre mal hier aufkreuzt, will ich nichts zu tun haben, und mit seiner beschissenen Wohltätigkeit schon gar nichts. Raus, hab ich gesagt!« Er versucht, nach Corkys Händen zu greifen, als der, den schweren alten Mann energisch wegdrängend, mit einem Satz die Flinte zu erreichen sucht. Die Trittleiter kommt ins Schaukeln und Schwanken und neigt sich zur Seite, dabei strafft sich wie in Zeitlupe die Schnur, so daß die schwere Bratpfanne in Bewegung gerät und zu Boden kracht, und im gleichen Moment, so schnell wie zehn Millionen Trillionen Neutrinos, die durch den Erdball rasen, geht die Flinte los, sie ballert aus beiden Läufen, es gibt einen ohrenbetäubenden Lärm, die Luft vibriert, die schmutzige Scheibe zerbirst in tausend Scherben, die zusammen mit dem größten Teil des Fensterrahmens nach draußen fliegen.

Die restliche Zeit von Corkys Besuch bei seinem Onkel Sean Corcoran verläuft dann relativ friedlich.

7
IN MEMORIAM

Was zu trinken, was gäb ich für einen Drink, aber ehe sie zum Lake Erie Park fahren, machen Corky und Sean Corcoran noch das kaputte Fenster an der Hinterseite des Hauses Roosevelt 1043 dicht, Neffe und Onkel arbeiten umsichtig und nach ein paar Minuten auch wie ein eingespieltes Team zusammen, passen die dünne Sperrholzplatte wieder ein und nageln quer über das Sperrholz ein Gitterwerk von Latten. Es ist, als ob die beiden, die da wortlos nebeneinander werkeln, schon des öfteren unfreiwillig zusammen Notdienst gemacht hätten: Der Jüngere, der Neffe, greift sich die Latten und hält sie fest, während der Ältere, der Onkel, sie mit zweizolligen Drahtstiften fixiert. Poch! Poch! Poch! – harte, satte Hammerschläge, eine leicht schweißtreibende, aber absehbare Arbeit: Wenn die Sache mit nicht mehr als zwei Flaschen Ale zu schaffen ist, gibt es nichts Schöneres.

Sean Corcoran, früher in der Maurergewerkschaft, versteht sich auch bestens auf Holzarbeiten. Wie Tim Corcoran. Wie viele Corcorans. Wenn Corky Corcoran zum Hammer greift, ist das für ihn ein gutes Gefühl. Als wäre er wieder zu Hause. Der Gewicht des Hammers in seiner Hand, der Geruch nach frisch gesägtem Holz, die spannende Frage, wie schnell du die Bretter gelegt bekommst, ohne ein einziges Mal aus dem Takt zu kommen, ohne einen krummen Nagel, ohne einmal danebenzuhauen.

Corky erinnert sich, daß sein Vater manchmal mit zugegriffen hat, wenn seine Zimmerleute, die nicht in der Gewerkschaft organisiert waren, am Arbeiten waren. Dann legte er den Rock ab und krempelte die Hemdsärmel auf, aber von seinem Schlips trennte er sich nie. Er meint noch die Stimmen der Männer, ihr Lachen, das Pochen der Hammerschläge zu hören, den Duft nach Holz, nach frisch gesägter Fichte, zu riechen.

Stocknüchtern? Du armes Schwein!

Sean Corcoran, der sich schon seit Stunden mit Ale abfüllt, hat auch jetzt beim Hämmern eine Flasche Molson's in Griffweite und sagt zu Corky, als er sich endlich dazu herabläßt, den Neffen direkt anzusprechen, er solle sich eine Flasche aus dem »Eisschrank« holen – Sean gehört noch zu der rasch aussterbenden Generation, die dieses Wort benutzt. Der arme Corky schluckt heftig und brummelt verlegen Nein danke, ich will jetzt kein Ale, und Sean sagt Na schön, dann eben ein Bier, und Corky brummelt Nein, jetzt nicht, und da hört Sean auf zu hämmern und sieht ihn wortlos an, und in seinen hellblauen Augen steht dieser ungläubig verächtliche Blick, mit dem ein Gewohnheitstrinker den anderen mißt und jede Gemeinsamkeit zwischen ihnen abstreitet.

Corky überlegt, ob er seinem Onkel erzählen soll, daß er sich morgen früh bei den Anonymen Alkoholikern anmelden wird, aber der Alte sieht aus, als würde er jeden Augenblick höhnisch losprusten, und deshalb wagt er es nicht.

Mit einem irritierten oder mißbilligenden Schnauben greift Sean nach dem nächsten Drahtstift. Der Augenblick geht ungenutzt vorüber.

Corkys Onkel nimmt gebrauchte Stifte zum Nageln und auch die verdreckten, ungleich langen Latten, die sich in einem unordentlichen spinnwebbedeckten Haufen in der Garage fanden, sind alt. (In der Garage ist so viel altes Gerümpel, daß sich dort bestimmt Ratten tummeln.) Es riecht deshalb nicht nach frisch gesägtem Holz, und über die splitternden Latten zu streichen gibt auch für den Tastsinn nichts her, trotzdem stehen die beiden nach getaner Arbeit da und machen ein zufriedenes Gesicht.

Corky mag nicht daran denken, wie verrückt, wie traurig es ist, daß sich ein fast Achtzigjähriger in seinem eigenen Haus verbarrikadiert, aber dieser Höllenmaschine vorzuziehen ist es allemal. Deshalb freut er sich, als Sean leise in sich hineinlacht und sagt: »Jetzt sollen diese schwarzen Arschlöcher mal versuchen, bei mir einzubrechen.«

Corky bringt ein mattes Lachen zustande. Der nächste logische Schritt wäre, sämtliche Fenster im Erdgeschoß und vielleicht auch die im Obergeschoß dichtzumachen, denn Einbrecher können bekanntlich auch mit Leitern umgehen, aber daran denkt man besser nicht. »Ja«, sagt er zustimmend, »es ist wirklich eine gute Abschreckung.« Und dann mustert er seinen Onkel mit jener Mischung aus Staunen und Respekt, die er speziell für den Alten entwickelt hat – so wie man sich einem Hengst nähert, dem, auch wenn er seine beste Zeit längst hinter sich hat, noch immer plötzliche Anwandlungen von Jähzorn und Gewalttätigkeit zuzutrauen sind. »Jetzt brauchst du also die Flinte nicht mehr und kannst sie lassen, wo sie ist, nicht?«

Nach der ungewollten Salve hatte Sean, der jeden Augenblick damit rechnen mußte, einer der Nachbarn würde die Polizei holen oder selbst nach dem Rechten sehen, hektisch-geschäftig die Flinte von der Leiter losgebunden, die Patronenhülsen aufgeklaubt und, ohne sich um Corky zu kümmern, der versucht, ihn wieder zur Vernunft zu bringen, das ganze Zeug – Flinte, Patronenhülsen, Bindfaden und Leiter – in dem vollgestopften Keller unter einer schmutzstarrenden Plane versteckt.

Komischerweise hat offenbar keiner der Nachbarn die Polizei verständigt, und vorbeigekommen ist erst recht keiner.

Wie Irish Hill sich verändert hat – nicht zu fassen!

Ob Sean, der sich das schweißnasse Gesicht am Ärmel abgewischt und in schnellen, durstigen Zügen sein Ale ausgetrunken hat, Corkys letzte Bemerkung gehört hat, ist nicht sicher. Schon als er um die fünfzig war, hörte er auf einem Ohr schwer oder nur das, was er hören wollte, und war stocksauer, wenn man ihn darauf ansprach. Lois hatte er mal, nur weil sie laut und deutlich mit ihm redete, so fertiggemacht, daß sie anfing zu heulen, und da Corky im Augenblick bei dem Alten offenbar wieder gut angeschrieben ist, will er nichts riskieren.

Trotzdem fängt er, ehe sie sich waschen gehen, nochmal von der Flinte an. Woher Sean das Ding hat, will er wissen, ob er einen Waffenschein besitzt, ob er die Flinte schon mal benutzt hat. Sean schüttelt ungehalten den Kopf, als wären die Fragen Mücken, die um seinen Kopf herumschwirren, aber Corky läßt nicht locker. Würde er es wirklich fertigbringen, eine doppelläufige Flinte auf einen Menschen – vielleicht sogar ein Kind – zu richten, obwohl er weiß, was sie unter Umständen anrichten kann? Im Geist sieht er dabei so grausam deutlich, als wäre es gestern gewesen, den blutend hingestreckten Körper seines Vaters vor sich und glaubt, daß auch Sean dieses Bild vor sich hat. Der aber bleibt auf der Treppe stehen, ein wenig irritiert, aber jetzt, wo sein Jähzorn verraucht ist, wieder recht umgänglich, und legt Corky eine Hand auf die Schulter. »Du meinst es gut, Junge, aber manchmal bist du wirklich zu dämlich, begreifst nicht mal den letzten Shit.«

Corky sieht zu dem Alten hoch, der, das linke Bein nachziehend, weiter die Treppe hochsteigt, und ist zu verblüfft und verletzt, um auch nur leise *Du kannst mich mal* zu sagen.

Die Worte seines Onkels treffen ihn tief, denn wenn er auf eins stolz ist, dann auf seinen schlauen Kopf.

Und da hatte er sich eingebildet, daß seine Familie, besonders die Älteren, gerade das an ihm bewundern: Wie er praktisch aus dem Nichts hochgekommen, wie er »Corky Corcoran« geworden ist, so wie man durch Training, Stehvermögen, eisernen Willen zum Hochleistungssportler wird. Ganz zu schweigen von seinem geschäftlichen Erfolg – schließlich ist er Millionär – und seinem Erfolg in der Politik. Und der Gesellschaft. *Er ist ein enger Freund der Slatterys.*

Corky ärgert sich grün und blau und nimmt sich vor, Sean, sobald der wieder nach unten kommt, zu fragen, was zum Teufel er mit dieser Bemerkung gemeint hat, aber als Sean schick in Schale wieder auftaucht – er hat das struppige weiße Haar naßgemacht und glattgekämmt, sich zwar nicht rasiert, aber das Gesicht gewaschen, so daß die Wangen mit den schon vor Jahrzehnten geplatzten Äderchen rosig leuchten, und trägt ein fast frisches weißes Baumwollhemd, eine fertig gebundene moosgrüne Kunststoff-Fliege, die ausgebeulten Gabardinehosen von vorhin, aber dazu ein gutes blaues Wolljacket, das aussieht, als hätte es sich vor vielen Jahren mal über dem festen kleinen Spitzbauch zuknöpfen lassen, und einen kleinen, rot bebänderten Strohhut – bringt er es nicht übers Herz.

Wozu einen Streit vom Zaun brechen? Irgendwie hat er den alten Mistkerl eben doch gern.

Als Corky und Sean um 13.43 in Corkys Wagen steigen, der am Gehsteig geparkt ist, stehen da, als ob sie sich vor einem Fernseher versammelt hätten, um eine interessante Sendung zu sehen, jede Menge Nachbarn – die Leute von gegenüber und die von nebenan, aus dem früheren Culligan-Haus, und vorm Haus Roosevelt 1041 stehen auf der bröckelnden gemauerten Veranda und auf der rissigen asphaltierten Auffahrt nicht nur die klobig-untersetzte Frau mit den beiden kleinen Kindern und der junge Mann mit der nackten Brust und den ledernen Bikerklamotten, sondern ein dickes halbwüchsiges Mädchen mit Brüsten wie überreife Melonen, die schwer in einem rückenfreien Top hängen, und ein schlechtgelaunter, untersetzter, argwöhnisch schielender Typ, der etwa in Corkys Alter ist.

So viele Zuschauer, ein Dutzend oder mehr, die in einem Nachbarhaus einen Flintenschuß gehört und nicht die Cops verständigt haben. Weil sie in nichts reingezogen werden wollen?

Irish Hill ist bis zur Unkenntlichkeit verändert. Unwiderruflich.

Corky, dessen Grundsatz es ist, ein gutes Verhältnis zu den Nachbarn zu pflegen oder bei ihnen zumindest diesen Eindruck zu erwecken, winkt den Hillbillies von nebenan lächelnd zu, und die glotzen ausdruckslos. Sean knurrt mißbilligend.

»Die Henneseys haben also ihr Haus auch verkauft«, stellt Corky fest. »Kennst du deine Nachbarn eigentlich?«

Sean schnaubt kurz und sagt halb unwillig, halb verächtlich, während er sich an seinem Sicherheitsgurt zu schaffen macht: »Ich kenn hier keinen mehr, und keiner kennt mich.«

Verdammt bedrückend, denkt Corky, und will schnell eins seiner Witzchen machen, aber ihm fällt nichts ein.

Sean Corcoran sitzt zum erstenmal in Corkys neuem Cadillac. Er sieht sich mit gekrauster Stirn um und atmet durch die geweiteten Nüstern, in denen borstige weiße Haare sprießen, genüßlich den satten Ledergeruch ein. Aber er registriert auch die gesprungene Windschutzscheibe und die Kühlerhaube mit den Kratzern, die aussieht, als habe sich eine Riesenkatze darauf ausgetobt. Er äußert sich nicht, aber Corky weiß, was der Alte denkt: Daß der Neffe sich besoffen ans Steuer gesetzt hat.

»Mir ist es in letzter Zeit ziemlich mies gegangen«, sagt Corky. »Aber ich glaube, nein, ich weiß, daß es jetzt wieder aufwärts geht.«

Sean schnaubt wieder leicht irritiert. Red keinen Scheiß, soll das wohl heißen.

Corky fährt in westlicher Richtung die Roosevelt entlang bis zur Dalkey und dann zur South Erie hinüber. Dabei schwatzt und fragt er munter drauflos: Wie es Sean ergangen ist, wie's der Familie geht, Enkeln, Tanten, Onkeln, die Corky seit Jahren nicht mehr gesehen hat, und Sean reagiert mit Grunzen, Achselzucken, Schweigen. Er hat nicht viel über seine Kinder, ja, nicht mal was über die Enkel zu sagen, aber man tat sich schon immer schwer, mit ihm ins Gespräch zu kommen, es war, als ob man für den Zugang einen besonderen Schlüssel bräuchte. Besonders nach Tims Tod, als er die Firma verloren hatte und bis zu seinem Ruhestand für die Stadt arbeiten mußte. Und angefangen hatte zu trinken. Und Tante Frances so krank wurde und dann starb. Bei der Beerdigung war Sean sternhagelvoll gewesen, und Corky hatte geschworen, den Mistkerl nie wiederzusehen, aber er will mal nicht so sein: Wir werden allmählich immer weniger, bald ist keiner mehr da, der sich erinnert.

Warum ist mein Vater gestorben, warum ist es so gekommen?

Mußte es so kommen, oder hätte man es auch ändern können? Sag es mir.

Eine unermeßliche Zahl alternativer Welten. Aber wenn du in dieser hier lebst, gibt es für dich eben nur die eine.

Corky hat sich den heutigen Ausflug so vorgestellt, daß er Sean zum Mittagessen ins Seneca House einladen wird, dessen Besitzer, einen alten Irisch-Amerikaner seiner Generation, Sean kennt, vom Seneca House ist es nicht weit zum Lake Erie Park, wo sie sich die Parade ansehen und die Memorial Day-Feierstunde mitmachen können. Danach ein Abstecher zum Friedhof, wo Corky eine halbe Ewigkeit nicht mehr war, und dann zum Krankenhaus, zu Corkys Tante Mary Megan. (Corky hat bei einer seiner Dowd-Tanten angerufen, vorgeblich, um zu fragen, ob Tante Megan Besuch haben darf, in Wirklichkeit aber, weil er wissen wollte, ob sie noch lebt). Onkel Sean nickt und zuckt die Schultern und scheint mit allem einverstanden, es ist, als habe er sich für heute ganz in Corkys Hand gegeben. Vielleicht aber schwingt in seiner Passivität ein Hauch von Ironie, als wolle er andeuten, daß Corky zu wenig für ihn getan hat und dieses wenige zu spät.

Kleiner Pißpott. Kannst dir deine beschissene Wohltätigkeit sonstwohin stecken.

Als Corky nach etwa zehn Minuten die Fragen ausgehen, verstummt Sean. Er ist so knauserig mit Worten, wie er sein ganzes Leben lang knauserig mit Zuwendung war. Und mit Geld, auch wenn er welches hatte. Lois und Tess haben ihm immer nach dem Mund geredet und sich nur zu den Mahlzeiten mit ihm zusammengesetzt, eine Weile hat Pete es genauso gemacht, aber dann hat er die Highschool gekippt und ist zu Curtis Wright gegangen, wo er bald mehr verdiente als sein Alter. Corky hat nie versucht, sich bei Sean Corcoran lieb Kind zu machen, schließlich war er nicht sein Sohn.

Liebe hat er von Tante Frances erfahren. Jerome war kein Blutsverwandter, aber sie hat ihn geliebt, weiß Gott warum, diesen mageren, unansehnlichen Jungen mit dem Sommersprossengesicht und rötlich behaart am ganzen Körper wie ein Affe. Er wirkte jung für sein Alter, aber das täuschte. Nach dem Tod seines Vaters war er nie mehr jung, das schien nur so. Er bekam Haare unter den Armen und im Schritt, seine Geschlechtsteile wuchsen wie Tropenfrüchte, sein Kopf steckte voll schmutziger Gedanken, aber Tante Frances ließ sich nicht beirren, du bist mein guter Junge, Jerome, sagte sie, mein lieber Junge, und das meinte sie ehrlich. Weil sie ihn nicht kannte. Hätte sie gewußt, was in ihm vorging, wäre sie entsetzt gewesen, aber sie wußte es nicht, Frauen wissen so was nie. Das ist ihre Schwäche, in allen Kulturen. Und deshalb liebt und bedauert Corky die Frauen. *Herrgott, ich muß was trinken.*

Und er müßte sich eigentlich auch einen runterholen, wenn er diese junge Kuh mit den großen Titten sieht, die fast aus dem knappen Top fallen. Und den Arsch in den engen Jeans. IQ wahrscheinlich am Rande des Schwachsinns, dieser verblödete Ausdruck, mit dem sie Corky Corcoran in seinem feinen Tuch und dem noblen Cadillac anschaut. Wenn er sich selbst als flüchtige Erscheinung sehen könnte, wie auf der Mattscheibe, überlegt Corky, würde er vielleicht sogar Hochachtung vor sich empfinden. Oder so was wie Neid?

Dann aber ist er, während er nachdenklich an der Unterlippe kaut, plötzlich traurig. Da sitzt nun endlich Onkel Sean neben ihm, und sie haben sich nichts zu sagen. So viele verlorene Jahre. Ein halbes verlorenes Leben. Er erinnert sich an Pete, an ihr gemeinsames Zimmer, die Big-Ben-Weckeruhr, nie wäre er auf die Idee gekommen, daß man das Zifferblatt vom Werk, von den Zeigern trennen kann, aber natürlich macht das Sinn. Ein Menschengesicht kannst du ja auch vom Hirn trennen.

Pete, das arme Schwein, hängt auch an der Flasche. Liegt in der Familie, da kommt man nicht raus. *Doch, ich schon! Ich schaffe es!* Als er noch ganz jung war, Mitte zwanzig, hatten sie ihn bei Curtiss Wright entlassen, da war er schon mit einer lieben, dämlichen Katholikin verheiratet, ganz im Sinne der Kirche waren Schlag auf Schlag drei Kinder gekommen, die Ehe war in die Brüche gegangen, Pete hatte sich zur Army gemeldet, die hatte ihn nach Vietnam geschickt, und da hatten sie ihn endgültig kaputtgemacht. Jetzt ist er in Fresno, CA, Corky vermutet, daß er als Handlanger jobbt, auch wenn Lois und Tess immer sehr betont sagen, er sei »beim Bau«.

Aus dem Schweigen heraus, das an den Nerven zerrt, hört Corky sich in der munter-aufgeräumten Stimmlage, mit der er bei öffentlichen Sitzungen des Stadtrats Fragen kontert, sagen: »Verdammt lange her, seit wir uns gesehen haben, nicht? Ist wohl meine Schuld, ich hab eben immer so wahnsinnig viel zu tun...«. Sean Corcoran sitzt, den Strohhut eine Spur zu tief in die Stirn gezogen, stocksteif da und schaut stur auf die von einem Netz feiner Risse durchzogene Windschutzscheibe. »Aber ich denke viel an dich, Onkel Sean, ehrlich. An alles, was du für mich getan hast. Als ich klein war. Als...«, er kneift die Augen zu, um besser in die Ferne sehen zu können, er ist jetzt auf der South Erie, vor ihm ist der Grand Boulevard, wieso ist es so verdammt weit zum Seneca House?, »nachdem es passiert ist. Und als ihr mich aufgenommen habt, Tante Frances und du. Vielleicht konnte ich das damals nicht richtig würdigen, du weißt ja, wie Kinder sind, wie ich war, aber Herrgott, jetzt hab ich den nötigen Durchblick. Und deshalb...«, *stocknüchtern, wie du bist, schaffst du den Nachmittag nie, du traurige Pfeife,* »deshalb mach ich mir Gedanken, Onkel Sean. Daß du so allein in dem alten Haus da wohnst... Klar, im Grunde geht mich das nichts an, Onkel Sean, beileibe nicht, wär nicht das erste Mal, daß ich meine Nase in Sachen stecke, die mich nichts angehen, aber, wie gesagt, irgendwie mach ich mir doch Sorgen. Falls du daran denkst, das Haus zu verkaufen und umzuziehen, könnte ich dir helfen, ich würde dir keine Provision abnehmen, wir könnten es anbieten, ohne daß ein ZU VERKAUFEN-Schild im Vorgarten steht, die Nachbarn brauchen schließlich nicht zu wissen, was läuft.« Eine lange Pause. Corky steckt an der Kreuzung Grand Boulevard fest, der Verkehr wird wegen der Scheißparade umgeleitet, und Sean sieht stirnrunzelnd geradeaus, ein komischer Anblick, die wilden Augenbrauen alter Männer, bei denen einzelne drahtigweiße Haare senkrecht aus einem drahtig graumelierten waagerechten Haarbusch hochstehen. *Schau mich an! Red mit mir, verdammt nochmal! Ich liebe dich!* »Gewiß, die Gegend ist gefährlich, da gebe ich dir recht, aber – deshalb muß man doch nicht gleich so eine Höllenmaschine aufstellen. Schon eine Flinte im Haus zu haben ist gefährlich. Du kannst nicht ohne triftigen Grund einen Menschen abknallen, nicht mal einen Einbrecher, und falls es schwarze Jugendliche sind, bist du dran, das kannst du mir glauben. Und deshalb hab ich mir überlegt... wenn du das Haus verkaufen willst, versuch ich, für dich den besten Preis rauszuschlagen, und...«

Da ist die Dequindre, Gottseisgetrommeltundgepfiffen, im nächsten Block ist Seneca House, Corky redet wie ein Wasserfall, ohne zu wissen, was er sagt, er möchte etwas an seinem Onkel gutmachen, möchte ihn für all die Jahre entschädigen, in denen er sich nicht um ihn gekümmert, in denen er ihm – und das kann dir bei Sean Corcoran leicht mal passieren – die eine oder andere

Bemerkung übelgenommen hat. So wie er Charlotte fallengelassen hat, ohne es ihr zu sagen, als sie in Miami Beach waren und er zurückfliegen mußte, um seine Tante noch einmal zu sehen, und Charlotte nicht hatte mitkommen wollen, vielleicht wäre sie ja mitgekommen, wenn er ihr erklärt hätte, was es für ihn bedeutete, was Frances Corcoran für ihn bedeutete, sie liegt im Sterben, ich werde sie nie wiedersehen. Er hatte Charlotte fallenlassen, und er hatte Sean fallenlassen. Kalt wie eine Hundeschnauze, dieser Corky Corcoran.

Als er an der mit Schlacke bestreuten Zufahrt zum Seneca Haus mit der imitierten Redwood-Fassade einbiegt, kann er das, was sein Blick sofort registriert, nicht gleich fassen: Der Parkplatz ist leer, der Scheißladen ist offenbar geschlossen. Memorial Day – und das Seneca House ist dicht!

»Verdammt«, sagt Corky. »So eine Enttäuschung.«

Er sieht Sean von der Seite an, tatsächlich, der schaut frustriert und schlecht gelaunt vor sich hin. Wie ein Kind, das sich geheime Hoffnungen gemacht hat, und du kommst erst dahinter, wenn sie zunichte geworden sind.

Seneca House, seit der Jahrhundertwende eine berühmte oder auch berüchtigte irische Schenke, davor eine Postkutschenstation, war eine von Tim Corcorans Lieblingspinten und ist auch eins von Corkys Stammlokalen, obwohl es jetzt – da darf man sich nichts vormachen – nur noch eine ganz einfache Kneipe an der Ecke ist. Schäbige Fassade, Löwenzahn in den Gehsteigritzen, sogar von dem Schild mit dem roten Schriftzug SENECA HOUSE blättert die Farbe. Und plötzlich fällt Corky ein, daß Davy Kiernan, der alte Freund seines Onkels, längst tot ist.

So was Blödes: Corky hat ihn mit seinem Sohn verwechselt, und der ist auch nicht mehr taufrisch.

Sean Corcoran stößt leise schnuffelnd einen tiefen Seufzer aus. Als habe er nichts anderes erwartet. Der Strohhut – muß neu sein, denkt Corky – wirkt irgendwie fesch und unternehmungslustig an Sean Corcoran, ein flotter Typ, denkt man auf den ersten Blick, und erst wenn man näher hinschaut, erkennt man, wie alt er ist – stoppliges rotes Runzelgesicht, verkniffene Lippen. Warum werden eigentlich bei alten Leuten die Lippen immer schmaler? Aber das muß ihm der Neid lassen, denkt

Corky, für einen, der zwei Drittel seines Lebens besoffen war, sieht er nicht übel aus. Gar nicht übel. Fünf-, sechsmal ist er dem Tod gerade noch mal von der Schippe gesprungen, wochenlange Sauftouren, ein paar Mal verhaftet wegen Trunkenheit und Ruhestörung, ins Krankenhaus eingeliefert, vermeintlich entgiftet, entlassen, zwischen sechs Monaten und sechs Tagen trocken, dann wieder zurück an die Flasche – der Fluch der Iren. Trinken macht dich zu einem besseren Menschen – bis zu dem Moment, in dem es dich zum Verlierer macht. Wie eine Liebe, wenn es nicht die Richtige war, aber Herrgott nochmal, kannst du ohne Liebe leben? Kannst du nicht. Jedenfalls kein Leben, das lebenswert wäre. Und überhaupt – Sean Corcoran hat seine tugendhafte Frau überlebt, die selten getrunken und nicht geraucht hat, und ist noch gut in Schuß, und Corky könnte zehn zu eins wetten, daß er selbst mal nicht siebenundsiebzig wird.

Sean zuckt die Schultern. Bleckt das rauchgelbe, zahnlückige Gebiß und sagt grinsend: »Was soll's, Junge! In Union City gibt's hundert Pinten, die besser sind als der Saftladen hier.«

Wie es sich genau zugetragen hat, wie Dermott Corcoran gehenkt wurde, darüber gibt es zwei Fassungen.

Im Frühjahr 1880 wanderten drei junge Corcoran-Brüder von der Grafschaft Kerry, Irland, nach Union City, New York, aus. Zuerst kamen sie bei Verwandten in Irish Hill unter und arbeiteten mit ihnen in der Töpferei, den Monaghan Pottery Works, wo sie einen (für irische Verhältnisse) guten Lohn bekamen. Etwa ein Fünftel davon schickten sie in die alte Heimat – jedenfalls zuerst. Dermott war, als er über Castle Garden in die Neue Welt kam, neunzehn und damit der Älteste, Joseph achtzehn und Gahern sechzehn. Waren sie temperamentvolle, lebenslustige Jungen, denen es unerträglich war, in der Sommerhitze (und wieviel heißer als in der irischen Grafschaft Kerry war es im Staat New York, wo bis in den späten September hinein gnadenlose Temperaturen bis zu 35° herrschten) diszipliniert auf die Brennöfen achtzugeben, oder waren sie jähzornige, trunksüchtige, aufrührerische junge Männer, die – der väterlichen Fuchtel entronnen – nicht mehr bereit waren, sich von Priestern, Verwandten oder Vorarbeitern etwas sagen zu lassen? Sehr bald gab

Dermott Corcoran seinen Arbeitsplatz in der Töpferei auf oder wurde entlassen, wenig später folgten ihm seine Brüder Joseph und Gahern. Danach nahmen alle drei jeden Job an, der sich bot – sie arbeiteten als Maultiertreiber am Eriekanal, Lastkahnführer auf den Großen Seen, schufteten in den Schlachthäusern von Union City oder am Hafen. Dermott Corcoran arbeitete auch im Steinbruch, kutschierte ein Pferdefuhrwerk und war ein populärer Preisboxer. Er hatte nicht geheiratet, und über die zahlreichen Bastarde, die er in der kurzen Zeit, die er im Staate New York verbrachte, vermutlich dort zeugte, gibt es keine Aufzeichnungen, keinen Ast am Corcoran-Stammbaum. Dermott war ein hochgewachsener junger Mann mit Stiernacken und rotem Haar, der aufbrausender war als seine Brüder und größere Erwartungen ans Leben stellte. »Drüben«, wie man in der Grafschaft Kerry ebenso ehrfürchtig wie bänglich sagte, wenn man Amerika meinte, konnte ein Mann, der von sich überzeugt war, mit Fug und Recht erwarten, alles zu erreichen, was er sich vorgestellt hatte.

Das Boxen mit bloßen Fäusten – zuweilen, bis einer der Gegner tot am Boden lag – war eine Spezialität der Iren in Amerika, darin – und dafür – waren sie gut. Manchmal kämpften sie um Geld im »Preisring«, meist aber, da sie Iren waren, um des Kämpfens willen, in oder vor Kneipen. Dermott Corcoran erwies sich als Naturtalent und bald als Magnet für die Massen in den Städten und Siedlungen am Eriekanal. Sie nannten ihn »Das irische Schlachtroß« – ein Schwergewichtler, der so blindwütig kämpfte wie ein gereizter junger Bulle, nur auf Angriff, nie auf Verteidigung bedacht. Auch mit blutüberströmtem Gesicht, gebrochener Nase, gelockerten Zähnen verlor er nie den Mut. In den etwa sechzig Kämpfen seiner kurzen Laufbahn brachte er seine besten Leistungen unter Alkoholeinfluß; Alkohol war für ihn Stimulans, Balsam und Lohn zugleich. Offenbar war sein Schmerzempfinden weniger ausgeprägt als bei anderen Menschen. Im Ring konnte man sich darauf verlassen, daß er sich, auch wenn er wiederholt zu Boden gegangen war, immer wieder aufrappelte, um weitere Schläge einzustecken, bis sein Gegner – und das kam nicht selten vor – Dermotts Körper wie einen Punchingball behandelte. Seine Jugend war wie eine der Raketen am 4. Juli, hell leuchtend und schnell verglüht. Nach dem Vergnügen, zu spüren, wie unter seinen blutigen Knöcheln Nase oder Kiefer seines Gegners nachgaben, war der Applaus der Menge für Dermott das Schönste auf der Welt. Er war Mann unter Männern, er würde ewig leben.

Der Frage, ob er im Ring, besonders im Kampf gegen einen größeren und erfahreneren Gegner, keine Angst habe, begegnete Dermott Corcoran mit ehrlicher Verständnislosigkeit. Es gab nur eine Angst: Zum Feigling zu werden und wegzulaufen. Und das würde einem Corcoran nie passieren.

Seine Börse konnte lächerliche 25 Dollar oder immerhin auch mal 1000 Dollar betragen. Im Lauf seiner Karriere mochte er – die Schätzung stammt von seinem Bruder Gahern – an die 4500 Dollar verdient haben, von denen am Ende seines Lebens praktisch nichts geblieben war – er hatte das Geld ausgegeben, verloren oder es sich stehlen lassen. Wenn er gesiegt hatte und zur Feier des Tages trank, bis er unter dem Tisch lag, verschenkte er manchmal seine ganze Barschaft an seine Saufkumpane; nachdem er dann ein, zwei Tage später wieder nüchtern geworden war und begriff, was er getan hatte, weinte er und ruhte nicht, bis er zu einem Priester gegangen war, der ihm die Beichte abnehmen und ihn von seinen Sünden lossprechen mußte. In Amerika nahm Dermott nur selten die Kommunion. Er schwor, daß er damit warten würde, bis er dazu bereit sei. Bis er den Weltmeistertitel im Schwergewicht errungen hätte.

Die Corcorans aus der Grafschaft Kerry in Irland machten sich Sorgen um Dermott, der ihnen nur noch unregelmäßig Geld zukommen ließ.

Im November 1882 wurde Dermott gegen den Titelverteidiger im Schwergewicht, John L. Sullivan, aufgestellt. Die ungewöhnlich hohe Börse betrug 4000 Dollar und war ausschließlich für den Sieger bestimmt. Da Dermott gar nicht auf den Gedanken kam, er könne verlieren, war ihm diese kompromißlose Bestimmung recht. Dermott war sich seines Sieges so sicher, daß er mit dem wenigen Geld, das er gespart hatte, mehrere Wetten auf sich selbst abschloß. Auch seine Brüder Joseph und Gahern ermutigte er zu Wetten. Eine Gruppe von Corcorans reiste zu dem Kampf eigens nach Albany. Einige kamen erst Tage später nach Union

City zurück, einer, ein Vater von neun kleinen Kindern, blieb für immer verschwunden.

Jede irische Familie kennt diese traurigen Fälle, die wie ein geheimer Rosenkranz sind, jede irische Familie hat diesen Rosenkranz schon gebetet. Die Guten, die jung sterben, die Trinker und Schreier und Schläger, die alt und grau werden. Die stillen Fleißigen, die unversehens ein Herzschlag dahinrafft. Die braven Mädchen, die durchbrennen, schwanger werden, in Schande heimkehren, und deren junges Leben ein für allemal ruiniert ist. Oder die, die nie zurückkommen und auf immer verloren sind. Der Priesterschüler mit seiner Leidenschaft für Gott, der die Lust eines seiner Lehrer weckt und schließlich versucht, sich umzubringen. Die Nonne, die man im Kloster sicher aufgehoben wähnt und die sie von dort wieder heimschicken, weil sie verrückt geworden ist. Die Mutter von sechs oder neun oder elf Kindern, die am Letztgeborenen stirbt, vom Gemeindepfarrer mit der Letzten Ölung versehen im Fieber verbrennt und mit dem Kind zusammen ins Grab gelegt wird *für immer und ewig Amen.*

Zu Beginn des Kampfes mit dem großen John L. Sullivan, der zwanzig Pfund schwerer war als er, vollbrachte das Irische Schlachtroß wahre Heldentaten. Er wich um keine Handbreit vor den Schlägen zurück, die ihn am Kopf, am Solarplexus, am Zwerchfell, in den Schritt trafen. Er schien diese Treffer gar nicht zu registrieren, so wie sich in einer Vase nach einem heftigen Stoß erst feine Risse ausbreiten, ohne daß sie sofort in Stücke bricht. Mehr durch Zufall konnte auch Dermott, der verzweifelt auf seinen Gegner eindrosch, ein paar wirkungsvolle Treffer landen, was die Menge in hektische Aufregung versetzte. Doch bis zur achtzehnten Runde hatte sich Dermotts jugendliche Kraft im Kampf gegen den älteren, gerissenen und mit mehr Tücke vorgehenden Fighter verausgabt. In der einunddreißigsten Runde traf Dermott, der groggy, mit einem zugeschwollenen Auge und aus zahllosen Cuts blutend im Ring herumschwankte, eine gewaltige Rechte am Herzen. Er fiel schwer auf die Bretter, und es dauerte fast eine Stunde, bis er wieder zu sich kam. Jener Abend sollte für das Irische Schlachtroß der Höhepunkt seiner Karriere werden. Er war einundzwanzig Jahre alt.

Danach hielten sich Siege und Niederlagen die Waage, er verlor häufig auch gegen jüngere, unerfahrenere Gegner, die wie er ausgewanderte Iren, jähzornig und dem Trunk zugeneigt waren. Obwohl er so wild wie früher um sich schlug, verfehlte er sehr oft sein Ziel, die Menge lachte, wenn er über seine eigenen Füße stolperte und den Schlag nicht sah, der auf ihn zukam, als sei schon zu Beginn des Kampfes sein Blick getrübt. Seine früheren Bewunderer – unter denen auch viele Frauen waren – bemitleideten, verachteten oder vergaßen ihn, denn aus Irish Hill kamen ständig junge Preisboxer nach.

Um diese Zeit arbeiteten Dermotts jüngere Brüder Joseph und Gahern in einem Schlachthaus an der Dundonald Road mit vielen groben, ungebildeten und trunksüchtigen Männern zusammen, von denen sich andere Arbeitgeber, unter anderem auch die Moneghan Pottery Works, längst getrennt hatten. Joseph wurde ständig von einem seiner Arbeitskollegen belästigt, der eine besondere Abneigung gegen ihn hegte, weil er Dermott Corcorans Bruder war. Eines Tages war er gezwungen, sich gegen seinen Willen mit diesem Mann zu schlagen, und während Gahern hilflos zusah, fiel er, von einem Schlag an der Schläfe getroffen, wie vom Blitz gefällt zu Boden. Man flüsterte, sein Gegner, ein irischer Landsmann, habe sich vorher damit gebrüstet, er würde ihn in einem vorgeblich fairen Kampf umbringen, und habe einen Stein in der Faust gehabt. Ob es sich wirklich so verhielt, war später nicht mehr festzustellen; fest stand nur, daß Joseph mit zwanzig Jahren sein Leben verloren hatte. Dermott spürte den Mann, der seinen Bruder auf dem Gewissen hatte, in einer Kneipe am Kanal auf und schlug unter den Augen Dutzender von Zeugen mit den Fäusten gnadenlos auf ihn ein, bis auch er tot war.

Dermott wurde verhaftet, vom Kreisgericht des Mordes für schuldig befunden und zum Tode durch den Strang verurteilt – als abschreckendes Beispiel für die »gesetzlosen«, »trunksüchtigen«, »anarchischen« Iren im Westen des Staates New York, von denen es 1883 viele Tausende gab und deren Zahl ständig anstieg.

Von diesem Punkt an wird die Geschichte des Dermott Corcoran, wie sie in der Erinnerung der Familie lebte und immer wieder erzählt wurde, undurchsichtiger.

In der einen Fassung war Dermott, der bei seinem Tod erst zweiundzwanzig war, tapfer bis zum Ende. Er verzichtete darauf, seine Unschuld zu beteuern, und war zu stolz, um sein Leben zu flehen, zumal im Gerichtssaal und vor einem Richter, der die Iren verachtete. Am Morgen der Hinrichtung schüttelte er auf dem Weg zum Galgen seine Wärter ab, um ohne Hilfe die Stufen hochzusteigen, den Kopf mit dem roten Haar hoch erhoben, obwohl ihm die Hände fest auf den Rücken gebunden waren und die Fußfesseln ihm das Gehen erschwerten. Dies war das Irische Schlachtroß, der Fighter aus Irish Hill, an den sich alle ihr Leben lang erinnern würden, der unerschrocken gegen den großen John L. Sullivan angetreten war. Ein mitleidsvoll-entsetztes Gemurmel ging durch die Hunderte von Köpfen zählende Menge, die sich auf dem kahlen Platz hinter dem Gefängnis drängte. Mehrere junge Frauen verbargen das Gesicht und schluchzten herzzerreißend. Ein Priester ging auf Dermott zu, um ihn mit zitternden Fingern zu segnen. Der Sheriff machte ein grimmiges Gesicht. Selbst der Henker kam nur widerstrebend seiner Pflicht nach.

Unverzagt stellte sich Dermott Corcoran unter den Galgen. Er lehnte es ab, sich die durch häufigen Gebrauch verschmutzte schwarze Kapuze über den Kopf ziehen zu lassen. Der Anblick der Falltür zu seinen Füßen, der Schlinge, die ihm um den Hals gelegt wurde, schreckte ihn nicht. Den Priester ließ er nicht näher an sich heran. Da, wo ich hinkomme, sagte er, brauche ich die katholische Kirche nicht.

Die Hinrichtung war auf acht Uhr früh festgesetzt. Als die Glocken der nahegelegenen lutherischen Kirche anfingen zu läuten, ließ der Henker die Luke unter dem Galgen aufspringen, und Dermott an seinem fast drei Meter langen Strick stürzte in die Tiefe. Doch sein muskulöser junger Körper war so schwer, daß ihm der Kopf vom Leib gerissen wurde. Wie aus einem Geysir spritzte das Blut aus dem Hals, während der Körper zu Boden fiel, gefolgt von dem Kopf, der federnd ausrollte, mit weit geöffneten, laut Aussage einiger Zuschauer *sehenden* Augen.

Alles wich entsetzt aufschreiend zurück, sogar Dermott Corcorans Henker. Dem kopflosen Körper, dessen Herz noch hektisch pumpte, entströmte weitere sechs Sekunden lang hellrotes Blut.

Nach einem anderen Bericht über die Hinrichtung von Dermott Corcoran aber war der Verurteilte so geschwächt von der Ruhr, daß man ihn aus der Zelle tragen und auf einem Stuhl unter den Galgen stellen mußte. Sein Gesicht war so gelb und elend, und er wirkte so gealtert, daß die paar Freunde und Angehörigen, die zur Hinrichtung gekommen waren, ihn kaum erkannten. Das sollte Dermott Corcoran sein, das Irische Schlachtroß, der Mann, auf den Irish Hill einst so stolz gewesen war, weil er gegen den großen John L. Sullivan gekämpft hatte?

Laut dieses Berichts klammerte sich der arme Dermott an den schwarzen Rock des Priesters und flehte um sein Leben. Der Priester, der von Dermott Corcoran bisher nur gehört hatte und ihn und seinesgleichen zutiefst mißbilligte, weil sie anständigen gesetzestreuen Iren Schande machten, erklärte ihm streng, dazu sei es nun zu spät, er solle an seine Seele denken.

Dermott Corcorans verzerrtes Gesicht legte den Verdacht nahe, daß dieser Mensch – oder dieses menschenähnliche Wesen – überhaupt keine Seele besaß.

Wieder läuteten die lutherischen Glocken die achte Stunde ein. Wieder öffnete sich die Falltür. Doch der arme Dermott war durch seine Krankheit so abgemagert, daß ihm der Sturz durch die Luke, mit der verschmutzten schwarzen Kapuze über dem Kopf und der Schlinge um den Hals, nicht den Hals brach. Würgend und zappelnd wand er sich am Ende des Stricks, gräßliche Laute kamen aus seinem Mund, sein Darm entleerte sich. In diesem verzweifelten Ringen hatte sich die Kapuze verschoben – er hing wie ein Wurm am Haken, so berichteten es Zuschauer später –, man sah sein Gesicht, die vorquellenden Augen, die dunkelrot angelaufene Haut, das Blut, das ihm aus Mund, Nase und Ohren rann. »Gott erbarm dich unser!« hörte man rufen und »Schneidet den Jungen ab!« Zwei, drei Minuten lang standen die Vollstrecker der Hinrichtung wie gelähmt da und wußten nicht, was sie tun sollten, während Dermott jämmerlich weiterzappelte. Inzwischen hatte sich der Strick gelöst, mit dem seine Hände gefesselt waren, und er zerrte hektisch an der Schlinge. Zeugen, die nah genug waren, schworen hinterher, sie hätten ihn rufen hören: »Helft mir! So helft mir doch!« Schließlich faßte sich der Sheriff und befahl: »Zieht an seinen Beinen!«, und er und zwei seiner Stellvertreter packten Dermotts zuckende Beine und zogen mit solcher Gewalt, daß der Körper vom Kopf getrennt wurde. Wie aus einem Geysir spritzte das Blut aus dem Hals, während der Körper zu Boden fiel, gefolgt von dem Kopf, der federnd und mit blicklosen Augen ausrollte. Dem Körper entquoll weitere sechs Sekunden lang ein immer schwächer werdender Strom von Blut.

In beiden Berichten heißt es, daß viele Zuschauer in Ohnmacht fielen und viele andere sich übergeben mußten. Fest steht, daß der Henker unverzüglich den Richtplatz verließ und nie mehr eine öffentliche Hinrichtung vollzog, weder in Union City noch anderswo. Und niemand vergaß den Augenblick, da Kopf und Körper eines Mannes getrennt wurden, auch wenn sie im Lauf der Zeit und wohl auch recht schnell Dermott Corcorans Namen vergaßen und daß er einstmals eine Lokalgröße von Union City gewesen war.

»Mannomann«, sagt Corky grimmig auflachend. »Für Unterhaltung ist ein Ire immer gut, was?«

Sean Corcoran wirft sich in die Brust, was sonst nicht seine Art ist, und lacht ebenfalls. Etliche Ales haben ihn milde gestimmt. Wenn du eine Geschichte erzählst, hast du die Dinge in der Hand. Wenn du eine Geschichte erzählst, hört man dir zu. Sofern dein Zuhörer die Geschichte nicht schon kennt, und seinem Neffen ist anzusehen, daß er sie noch nicht kennt oder vielleicht nur in groben Zügen. Es ist keine Geschichte, auf die die Corcorans und ihre Sippe stolz sind. Dazu ist sie zu traurig und – sofern man selbst ein Corcoran ist – zu überzeugend. Der arme Kerl, den sie auf einem Stuhl unter den Galgen gestellt haben – *das,* findet Corky, ist nun wirklich überzeugend.

Für Sean ist das alles jetzt, im Jahre 1992, nicht mehr als eine Geschichte. Zum erstenmal hat er sie gehört, als er zehn oder elf war, ja, so lange ist das jetzt her. Für ihn ist es wie etwas, was er flüchtig im Fernsehen anschaut, wenn er von einem Kanal zum anderen zappt und sich nirgends, nicht mal bei den Nachrichten, länger als ein, zwei Minuten aufhält. Oder wie etwas aus einem alten Film aus der Zeit, als er noch manchmal ins Kino ging. Welche Version mehr Wahrheit enthält oder ob Dermott Corcoran auf irgendeine andere unbekannte Art und Weise zu Tode kam, weiß Sean nicht. Nur eins ist sicher: Daß Dermott Corcoran auf dem Van Dusen Dorf Square gestorben ist und daß sein Kopf vom Körper getrennt wurde.

Und der damals erst neunzehnjährige Gahern Corcoran war Zeuge.

Gahern, damals ein kräftiger junger Mann, dem wilden Leben und dem Trinken zugeneigt, war durch den Tod von Dermott und Joseph derart erschüttert, daß er nie mehr einen Tropfen Alkohol trank, nicht mal Bier. Auch war ihm der Anblick und der Geruch von Blut so zuwider, daß er nicht mehr im Schlachthaus arbeiten konnte. In bewegenden Briefen flehte er seinen Vater in der Grafschaft Kerry an, nach Irland zurückkehren und in ein Franziskanerkloster eintreten zu dürfen. Er wollte seine Seele Gott weihen. Sein Vater aber wies ihn an, in Amerika zu bleiben, wo er hingehöre. Und weiter Geld in die alte Heimat zu schicken.

Gahern gehorchte. Ein Jahr nach Dermotts Hinrichtung heiratete er eine fromme Katholikin, die elf Jahre älter war als er und zusammen mit ihren Eltern ein kleines Textilgeschäft auf der unteren Dalkey Street betrieb. Das waren die Dowds aus der Grafschaft Clare, stolze »Spitzengardinen«-Iren im Gegensatz zu ihren Landsleuten, den »Bruchbuden«-Iren. In ihrem Beisein erzählte Gahern keine Geschichten über die Corcorans und schon gar keine über das Irische Schlachtroß, aber all das interessierte die Dowds auch nicht weiter, denn Gahern war ein gutaussehender, kräftiger junger Mann und in Maßen sogar fromm. Er trank nicht und raufte nicht, was bei einem Iren eine Seltenheit war. Man staunte darüber, daß er nicht jähzornig, ja, daß er offenbar überhaupt keiner starken Gemütsbewegung fähig war. An Sonn- und Feiertagen ging er gewissenhaft zur Messe und äußerte sich – auch das untypisch für einen Iren – nie kritisch über die Kirche. Als sein Schwiegervater gestorben war, übernahm Gahern umsichtig die Führung des Geschäfts. Mittlerweile war er der Vater von fünf Kindern. Das jüngste, das 1891 zur Welt gekommen war, hieß Liam.

Liam Corcoran, der Vater von Sean und Timothy, Corkys Großvater.

Corky, der schon eine Weile nervös herumzappelt, weil er nicht weiß, wie die Geschichte ausgeht, sagt: »Großvater Liam! Bloß gut, daß er zur Welt gekommen ist.«

Corky und sein Onkel Sean sitzen in einem Restaurant am Lake Erie Park, das sich Blackhawk Barbecue nennt: Ein neuer, lauter, billig-bunt aufgemotzter Laden, eigentlich ein Fast-Food-Schuppen, aber mit einigen Ambitionen und höheren Preisen, dessen erster großer Vorteil darin besteht, daß er geöffnet ist. Der zweite Vorteil ist seine Schanklizenz, so daß Sean zu Chili-Hotdogs, Fritten und suppigem Krautsalat Ale trinken kann. Corky, der raucht und Canada Dry trinkt, ist von der in drollig-ironischem Ton erzählten Geschichte so gefesselt, daß ihn das Fiepen und Blippen, das Zwitschern und lautstarke Furzen der Videospielgeräte hinter den Sitznischen nicht allzusehr stört. Eigentlich hat er keinen Hunger, aber zur Gesellschaft ißt er ein paar Fritten, die er in Ketchup taucht und rasch kaut, um das pappige Zeug runterzukriegen, ehe es ihm wieder hochkommt. Sean hat bei Corky eine Zigarette geschnorrt, jetzt rauchen sie beide, und der Plastikaschenbecher zwischen ihnen ist voller Kippen.

Corky sagt: »Also wirklich, Onkel Sean, wie du es sagst, hört es sich an, als ob das alles so kommen mußte.« Er ist plötzlich guter Laune und legt seine Hand auf den hager-muskulösen Unterarm des Alten.

Sean schneidet ein Gesicht. »Wie hätte es denn sonst kommen sollen, Junge?«

Und als sie dann in einer ausgedünnten Menge stehen, die sich am Hauptweg durch den Erie Park hinzieht und sich die Memorial-Day-Parade anschauen, hält das freundschaftliche Einvernehmen zwischen Corky und seinem Onkel Sean an. Corky reißt Witze, um gegen die Melancholie anzugehen, die sich über ihm zusammenzieht wie das fedrige Wolkengespinst am silbrig blauen Himmel – *diese vielen alten Männer in Uniform! Auch Tim Corcoran wäre dabei, wenn er noch lebte. Nur Corky, diese Pfeife, dieser Feigling, hat nie seinem Vaterland gedient, hat nie die Uniform seines Landes getragen, nicht mal die der Nationalgarde,* und als sie den ältesten Veteranen der Parade, den sechsundneunzigjährigen Unteroffizier aus dem Ersten Weltkrieg in seinem flaggengeschmückten Rollstuhl vorbeischieben, sagt Sean, schon ziemlich blau von den vielen Ales, ironisch-witzelnd wie einer dieser weißhaarigen Darstellertypen im Fernsehen mit seinem feschen Strohhut und dem blauen Wolljackett und der moosgrünen Kunststoffschleife: »Hör zu, mein Junge, wenn ich mal so alt bin, bringst du mich auf die städtische Müllkippe und schießt mich ab. Aus beiden Läufen.«

Corky bringt ein etwas mühsames Lachen zustande. Auch andere haben die Bemerkung gehört und drehen sich grinsend zu Sean um, dem das natürlich gefällt, so daß er weithin hörbar nochmal sagt: »Yessir! Wenn ich mal so alt bin, bringst du mich auf die Müllkippe und drückst ab. Pengbumm!«

Jetzt kommt ein Musikzug der American Legion, »My Country 'Tis of Thee!«, ohrenbetäubend schmetternde Hörner und Trompeten und zu viele Trommeln, die nicht im Takt schlagen. Corky knirscht mit den Zähnen und muß an sich halten, um sich nicht die Ohren zuzuhalten. Nicht etwa, weil er Hemmungen hätte, sich schlecht zu benehmen, sondern weil bestimmt irgendjemand da ist, der ihn kennt.

In einer Demokratie ist jeder Trottel ein potentieller Wähler.

Und das vergißt selbst ein Schmalspurpolitiker nie.

Eine jammervolle kleine Gruppe von Pompom Girls, vielleicht die Enkelinnen der Legionäre, ganz niedliche Gesichter, aber flache Brüste, breite Hintern oder dicke Beine, die wenigsten Frauen, die ihren Körper zur Schau stellen, sehen wirklich gut aus, unbegreiflich, daß sie es immer wieder riskieren. Sie können einem leid tun, diese Kids in ihren rot-weiß-blauen Minirock-Kostümen, auch sie haben diese billigen Kunstlederstiefel an, eine ist ein richtiges Trampeltier, ein paar Typen pfeifen höhnisch-rüde hinter ihr her, so daß sie fast anfängt zu heulen, aber so ist das nun mal, du bist ein dickes fettes Pompom-Girl und noch nicht mal hübsch, mach bloß, daß du weiterkommst.

Es folgen fahnengeschmückte Militärfahrzeuge, voreinander salutierende Offiziere, offensichtlich höhere Chargen. Der Höchstrangige in der Parade ist angeblich ein Generalleutnant der Air Force aus dem Zweiten Weltkrieg. Da ist die Gruppe der Veteranen aus dem Zweiten Weltkrieg, erschütternd, wie alt sie sind, auch hier einige Rollstuhlfahrer in Uniform. Ein, zwei Reihen U.S. Army, dann U.S. Navy, Air Force, Marine Corps, Coast Guard. Als er an die dreißig gezählt hat, verliert Corky die Übersicht, sie mögen um die Siebzig sein, halten sich aber gut und marschieren tapfer, wenn auch nicht richtig im Gleichschritt. Jedes Jahr werden es weniger, verdammt bedrückend muß das sein. Immer der Gedanke: Vielleicht bist du nächstes Jahr nicht mehr dabei, und die Parade läuft ohne dich ab.

Corky fragt Sean, der selbst ein Veteran aus dem Zweiten Weltkrieg ist, ob er von denen da welche kennt, aber Sean zuckt nur die Schultern, ist doch scheißgeal, soll das wohl heißen.

»Also ich finde«, sagt Corky, »daß sie für ihr Alter recht ordentlich aussehen. Sie haben sich fast so gut gehalten wie du, Sean.« Er hat das Gefühl, die Veteranen verteidigen zu müssen und findet die Einstellung des Onkels irgendwie beunruhigend.

Sean hat als Obergefreiter in der U.S.Army auf den Philippinen gekämpft und ist 1945 ehrenhaft entlassen worden, hat aber, soweit Corky sich erinnern kann, nie darüber gesprochen. Nie. Im Gegensatz zu seinem jüngeren Bruder Tim, der so viel über Korea zu sagen hatte, in gewisser Weise auf Korea fixiert war, auf seine Kameraden im Zug, auf das, was er dort erlebt hatte. Sean war nicht wie Tim verwundet worden und auch nicht in Gefangenschaft geraten. Er wäre fast an Malaria gestorben, hatte vielleicht einen Nervenzusammenbruch gehabt oder, wie Corky vermutet, mal im Bau gesessen, es gab da ein Geheimnis um die Kriegserlebnisse seines Onkels, über das niemand sprach, nicht mal Tante Frances. Und seine Kinder oder sein Neffe Jerome hätten es natürlich nie gewagt, ihn danach zu fragen.

Sean war nie bei der Memorial-Day-Parade mitmarschiert, es hieß, er habe, kaum, daß er wieder zu Hause war, seine Uniform, ja, sogar seine Hundemarke weggeworfen, habe keine Andenken behalten, und vielleicht ist das ja manchmal auch besser so.

Andererseits, sagt sich Corky, ist es wohl verlorene Liebesmüh, durch Willenskraft Geschichte ungeschehen machen zu wollen.

Da kommt die nächste Band; falsch aber fröhlich spielt sie die Nationalhymne, hohe imposante Fahnen, eine aufwendige Majorettengruppe, nicht übel die Mädchen, besonders die Honigblonde, die neckisch in Corkys Richtung lächelt, auch wenn sie eine Andeutung von O-Beinen und einen Jungenhintern hat. Corky denkt daran, wie die arme Charlotte sich gestern an ihn geklammert hat, *du fehlst mir so, Corky, ich liebe dich so, o Corky!* – traurig ist das, wenn eine Frau das Gesicht zu dir aufhebt, damit du sie küßt, die Beine breit macht, damit du sie fickst, was für eine traurige, was für eine todernste Sache, Mädchen oder Frau zu sein, er würde sich, müßte er eine Frau sein, wahrscheinlich die Kehle durchschneiden oder sich ein Gewicht von drei Zentnern anfressen, aber ehrlich!

Sogar Christina Kavanaugh, die sich als unabhängige Frau, als »Feministin« sieht, die ihren Mädchennamen benutzt, dieses Loft hat und diesen Job, wenn er auch nichts Großartiges ist, und sich Corky als Liebhaber hielt, ist trotz allem Ehefrau und fühlt sich auch so. *Er ist mein Mann, ich verbringe den größten Teil meines Lebens mit ihm.*

Jetzt kommen die Veteranen aus dem Koreakrieg, auch alte Knaben, die versuchen, wie junge Kerle zu marschieren. Zwei im Rollstuhl. Den einen erkennt Corky, Mulvaney heißt er mit Nachnamen, ein alter Freund von Tim Corcoran. Und da ist auch ein Schwarzer, stämmig und dunkel, goldgeränderte Brille, könnte ein Lehrer sein, Corky sieht mit großen Augen diese Veteranen an, die krampfhaft schlucken und ihre Tränen wegblinzeln. Er ist sauer, weil keiner sie recht beachtet, keiner kennt sie, alte Knaben in Uniform, es sind nur elf, weniger als die anderen, eigenartig oder vielleicht auch nicht. Korea war schließlich nie ein richtiger Krieg. Ihnen folgt ein Gerätewagen der Feuerwehr, und die dämlichen Feuerwehrmänner lassen wie verrückt die Sirene aufheulen.

In beiläufigem Gesprächston sagt Corky zu seinem Onkel: »Da wäre wahrscheinlich Dad mitmarschiert, wenn er noch am Leben wäre.«

Sean antwortet nicht. Vielleicht hat er es nicht gehört.

Corky hat wieder dieses bohrend schmerzhafte Gefühl, ein Sohn zu sein, der seinen Vater *da draußen* sieht. Theresa hielt ihn fest an der Hand, die Aufregung, die Sorge waren fast unerträglich. Ein hochgewachsener, breitschultriger, gutaussehender Mann in Ausgehuniform mit Orden – Silver Star, Purple

Heart –, noblen Epauletten, schneidiger Schirmmütze: Sein Dad. Jerome machte große Augen, er stand so stumm und starr da, daß Theresa ihm einen Knuff gab – *Da ist Daddy!*, aber auch dann noch war er befangen, unsicher. Er wußte, dieser große, rothaarige Mann, der da mit den anderen mitmarschierte, war Daddy – aber wußte man das denn wirklich genau?

Und noch als Daddy ihn sah, ihm lächelnd zuwinkte – selbst dann dachte er noch: Weiß ich das denn wirklich genau?

Corky erinnert sich an berittene Soldaten. An Trauerkränze, die neben der amerikanischen Fahne hergetragen wurden. An einen einzelnen Trompeter, der »Taps« spielte, diese traurig-getragene Weise. Erinnert sich daran, wieviel größer, wieviel aufregender die Parade zum Memorial Day damals war. Die vielen Veteranen des Zweiten Weltkriegs wirkten noch jugendlich, die Koreaveteranen richtig *jung*. Jung und vital und gut aussehend, selbst die, die Arme oder Beine verloren hatten, keiner brauchte richtig Mitleid mit ihnen zu haben, sie waren wichtig, sie zählten, sie waren das Wahre.

Das ist alles, woran einem Mann liegt, koste es, was es wolle: Das Wahre zu sein.

Ungebeten kommt Corky der Gedanke, daß Tim Corcoran, wäre er noch am Leben und würde er heute in dieser Gruppe mitmarschieren, auch nur eine dieser traurigen Gestalten in zu enger Uniform wäre, die versuchen, Schritt zu halten und dabei den Blick unruhig über die Zuschauerreihen gehen lassen in der Hoffnung, bekannte Gesichter zu sehen, irgendein bekanntes Gesicht, damit sie lächeln, winken, salutieren können.

Zu Onkel Seans Überraschung lacht und winkt Corky den Koreaveteranen zu, als wäre er derjenige, der was getrunken hat. »Toll, Jungs!« ruft er der Gruppe zu. »Super! Weiter so! Gleich habt ihr's geschafft!« Damit meint er das eine halbe Meile entfernte Kriegerdenkmal. Die Veteranen kneifen verblüfft die Augen zusammen und sehen zu Corky hin, die meisten winken zurück. Seine Begeisterung steckt die Umstehenden an, auch andere winken und rufen jetzt, es ist ein tolles Gefühl, auch wenn alles wenig später schon wieder vorbei ist.

Die nächste Gruppe, die sehr viel mehr Krach macht und sehr viel mehr Interesse findet, ist der Musikzug des Feuerwehrvereins von Union City. Fahnen, Trommeln, Majoretten in hautengem Goldlamé mit dem lackglänzenden Glamour zweitklassiger Nutten, gefolgt von einem signalrot leuchtenden Feuerwehrauto, dessen jaulende Sirenentöne an den Nerven zerren. Die Kids hopsen und kreischen vor Aufregung, während die uniformierten Feuerwehrleute, grinsend wie gutmütige Trottel, die mit den Fäusten denken, Süßigkeiten in die Menge werfen. Verdammt, da muß man sich ja schämen, denkt Corky empört. Was haben die in einer Parade zum Memorial Day zu suchen? Schließlich geht es dabei um die Toten! Widerlich, wie Kids, von denen manche gerade mal erst laufen können, gleich gierigen Ratten auf die Fahrbahn rennen, um die Bonbons aufzuklauben. Bei einem solchen Affentheater würde Corky seine Kinder nie mitmachen lassen.

Er sieht unauffällig auf die Uhr. Schon nach drei. Es hat gedauert, ehe die Parade in Gang kam, und jetzt sieht es aus, als könne es doch noch anfangen zu regnen. Kalte Böen vom See her, der Geruch nach Schwefel, der Corky beißend in die Nase steigt, die Luftdruckveränderung, *irgendwas ist im Busch.* Wer in Union City, New York, groß geworden ist, hat eine Schwäche für diesen Geruch. Kann, wie ein Süchtiger, nie genug davon bekommen.

Jetzt kommen die Vietnamveteranen, Corkys Altersgruppe, einige kennt er, hält sich aber so weit hinten, daß sie ihn nicht erkennen können, wenn sie den Blick über die Menge schweifen lassen. Nur zweiundzwanzig Mann. Eine Reihe Army, eine Reihe Navy, eine Reihe Marines. Ein Hornist mit Pferdeschwanz – das darf doch wohl nicht wahr sein! Muß ein Überbleibsel aus den sechziger Jahren sein, der Blödmann. Corky schämt sich für ihn, aber die Zuschauer scheinen sich nicht an ihm zu stören, ja, er fällt ihnen offenbar nicht mal auf. Einen der Offiziere von den Marines kennt Corky aus seinem alten Viertel, es heißt, Billy Brannon sei in Vietnam heroinabhängig geworden, jetzt aber scheint er clean zu sein, er hinkt ein bißchen, aber das trägt er mit Stolz, Vietnam ist lange her, alles ist vergeben.

Corky achtet darauf, nicht in Brannons Blickfeld zu geraten, sie begegnen sich gelegentlich in der Stadt oder im Rathaus, wo Brannon – er ist Direktor an einer Highschool – manchmal zu tun hat.

Vietnam: Corkys Krieg, wenn er mitgemacht hätte.

Vielleicht hätte er mitmachen sollen, sein Dad hätte sich über seine Drückebergerei in Grund und Boden geschämt. *Mann unter Männern:* Das ist ihm nun ein für allemal entgangen. Vielleicht redet Corky deshalb so gern und so viel. Und läuft deshalb allen Frauen nach. Weil er sich etwas beweisen will?

Jetzt kommt der blecherne Radau des nächsten Musikzugs, der im Geschwindmarsch etwas schmettert, was der Themensong aus *Rocky* sein könnte: Die South Union City Highschool Marching Band, auf die alle schon gewartet haben. Hurrarufe, Pfeifen, Buhen, frenetischer Beifall für den ganzen Zug mit der amerikanischen Fahne und unmittelbar dahinter der Schulfahne in leuchtendem Grün und Weiß, vor allem aber für die Teenager-Majoretten, die, wie Corky mit schmachtendem Blick feststellt, noch genauso aufregend aussehen wie im Dundonald Park, schweißig glänzende Gesichter, feuchter Ausschnitt, verschwitzte Halbmonde unter den Achseln. Corky denkt, wie gern er sie – vor allem diese phantastische große Schwarze – da lecken würde. Und dann zwischen den Beinen. Dieser Geruch nach Schweiß und Möse, diese Hitze, unvergleichlich. Auch er klatscht und pfeift wie besessen, als die Girls vorbeistolzieren, die kleinen Knackärsche schwenkend, die Titten vorgestreckt; unter dem Dröhnen der Trommeln, dem Schwirren der Becken fliegen die silbrig-glitzrigen Stäbe in die Luft, drehen sich blinkend, fallen, noch immer kreiselnd, werden zielsicher aufgefangen und herumgewirbelt und wieder hochgeworfen, so daß Corky, geil wie er ist, schon vom Anblick der Stäbe einen Ständer kriegt – vom Anblick der Girls ganz zu schweigen.

Hilflos sieht Corky den abziehenden Majoretten nach, das Herz ist ihm so schwer, als hätten sie ihn in irgendeinem Winkel einem einsamen Tod überlassen. Diese satinglänzenden Hintern, diese schimmernd-glatten jungen Schenkel und Hinterbacken, so anders als die fettig geäderte Zellulitishaut älterer Frauen, auf dem breiten Hintern der armen Charlotte zum Beispiel, selbst bei Christinas festeren Schenkeln sieht man es schon, das Fleisch ist von ganz feinen Falten durchzogen, wie verknautschtes und wieder glattgestrichenes Papier. Während Corky den Mädchen nachsieht, überlegt er, ob er die Geste der jungen Schwarzen mit dem Stab vielleicht mißdeutet hat, ob sie statt *Leck mich!* womöglich *Fick mich!* sagen wollte, vielleicht haben die Kids ja ihre eigene Sprache, und er ist zu alt, um sie zu verstehen. Es war ein echter Schock für ihn, als die Leute vom Gesundheitsdezernat in der Stadtratssitzung verlangten, sie sollten Geld für Kondome lockermachen, nicht nur für die Oberstufe der Highschool, sondern auch für die »sexuell Aktiven« der unteren Klassen, wie sie das nannten. Sie rammeln ja wirklich wie die Karnickel, da darf man sich gar nichts vormachen, und mit dreizehn werden sie dann Mutter, meist – aber nicht ausschließlich – Schwarze, immer sind es die Ahnungslosen, die es erwischt, die sich ein Kind andrehen lassen.

Und natürlich besteht die Gefahr, daß sich Aids weiterverbreitet, wenn sie keine Kondome nehmen. Kids denken eben, daß sie das ewige Leben haben, deshalb kann die Army immer wieder junge Leute rekrutieren, deshalb gibt es immer wieder Kriege, Kriege ohne Ende, es wachsen junge Leute nach, die es gar nicht erwarten können, eine Uniform anzuziehen und sich die Knarre zu greifen. Der grausame alte Humbug: *Mann unter Männern.*

Doggy-Corky wischt sich das Gesicht und schnaubt in sein Taschentuch. Hat Onkel Sean mitbekommen, wie er die schwarze Majorette angeschaut hat? Ist er dafür auch empfänglich? Oder ist er schon jenseits von Gut und Böse?

Sean gibt Corky einen Rippenstoß und sagt trocken, als wären sie zwei geile junge Kerle, die das Angebot begutachten: »Nicht übel, was? Vom Geruch mal abgesehen.«

Corky ist geschockt von dieser schnöden rassistischen Bemerkung seines Onkels, aber da er kein Spielverderber sein will, lacht er, wenn auch nicht sehr laut oder sehr lustig, damit will er Onkel Sean einen Wink geben. Aber mit Andeutungen richtet er bei seinem Onkel, angesäuselt und aufbegehrend wie der ist in seinem Strohhut und dem guten blauen Jackett, nichts aus. Immerhin senkt Sean die rauhe Stimme, damit die ein paar Meter weiter stehende schwarze Familie nichts mitbekommt, als er mit höhnischem Grinsen sagt: »Hab dich gestern in der Glotze gesehen, Corky. Was hattest du auf der Beerdigung von der Nutte zu suchen? Diese Leute sind nicht deine Freunde.«

Corky sieht seinen Onkel einigermaßen fassungslos an. »Was? Wieso Nutte? Meinst du Marilee Plummer? *Was für Leute?*«

Sean verzieht das Gesicht und sieht Corky aus wäßrig blauen, rotgeäderten, gelbstichigen Augen an. Mit einem verächtlichen Altmännerblick, aus dem bittere Erfahrung spricht. Beim Anblick der buschig vorstehenden graumelierten Augenbrauen speichert Corky in seiner internen Datenbank, daß er sich, wenn er alt ist, beim Friseur die Brauen stutzen lassen wird, auch die Haare in den Nasenlöchern und das drahtige Gewucher, das aus den Ohren wächst, muß weg. Du darfst dich nicht gehenlassen, sonst kannst du gleich einpacken.

Sean sieht ihn an, als ob er, Corky, der Trottel sei.

»Wieso Nutte?« wiederholt Corky. »Was für Leute?«

Sean zuckt mit den Schultern. »Stell dich nicht dümmer, als du bist, Junge.« Und während er weiter die Parade verfolgt, sagt er gleichmütig: »Die Nutte hat sich schmieren lassen, fünfzigtausend Dollar hat sie für ihre Lügengeschichten über diesen Niggerprediger, diesen Dingsbums, bekommen, das weiß doch jeder.«

Corky kann es nicht fassen, wie beiläufig sein Onkel einen solchen Beweis, eine solche Anschuldigung vorbringt, im Klartext heißt das, daß Marilee Plummer von Oscar Slattery gekauft worden ist, daß sie wider besseres Wissen Marcus Steadman beschuldigt hat, sie vergewaltigt und widernatürliche Unzucht mit ihr getrieben zu haben, daß sie vor einer Anklagejury einen Meineid geschworen hat. Wie er das gebracht hat, dieses *Das weiß doch jeder* – als gäbe es da nichts mehr zu diskutieren. Typisches Nachbarschaftsgewäsch, wo mag er es wohl aufgeschnappt haben? Zur Kirche geht er ja nicht mehr. Corky macht den Mund auf, ein Protest will raus, ein kindlich-fassungsloses Winseln, aber was soll's, sagt er sich dann, es ist sinnlos, mit seinem Onkel zu streiten, der redet, wie er's versteht, im Grunde hat er keine Ahnung.

Corky macht einen faulen Witz über das Fernsehinterview, in der Hoffnung, Sean würde sagen, der Neffe habe einen guten Eindruck gemacht, aber sein Onkel hört nicht zu, er ist wohl gekränkt, weil Corky ihm sein Insiderwissen nicht abgenommen hat, aber was soll's, da hat er eben Pech gehabt. Corkys Gesicht brennt, sein Herz hämmert, diese Leute sind nicht deine Freunde, was zur Hölle weiß dieser ungebildete alte Suffkopp über Corky Corcorans Leben, was zur Hölle weiß er überhaupt.

Damals in Irish Hill hatte es zufriedene Gesichter, Gelächter gegeben, als hätte einer der Ihren eine Heldentat vollbracht, Joe Donnelly, sein Onkel, hatte in aller Öffentlichkeit auf der Dalkey Street zu Corky rübergerufen: »Na, was sagst du dazu? Toll, was?«, als die Nachricht vom Attentat auf Martin Luther King sich im Viertel herumgesprochen hatte.

Er sieht das Gesicht von Tante Frances, dieser guten Seele, erstarren, als im Fernsehen über die Demonstrationen, die Brände berichtet wird, Detroit, Los Angeles, Newark, Philadelphia, dazu haben die Juden sie angestiftet, die Juden haben ihnen Geld gegeben, seht euch das an.

Corky drückt seine Zigarette im Gras aus und zündet sich die nächste an.

Und beschließt, den Mund zu halten. Seinetwegen kann Sean den größten Blödsinn glauben, *ihn* werden sie bestimmt nicht fürs Fernsehen interviewen.

Jetzt kommt eine feierliche Gruppe von Frauen in hauptsächlich mittleren und fortgeschrittenen Jahren – weiße Capes mit Goldlitze, Mützen, Faltenröcke, gummibesohlte Wanderschuhe –, die nicht weiter beachtet wird, alle recken schon die Hälse, weil sie die nächste Gruppe sehen wollen. Die Golfkriegveteranen, die Stars der Parade, bilden den Schluß, danach kommt noch eine Militärkapelle, die »Stars and Stripes Forever« schmettert, eine Motorradstaffel der Nationalgarde bildet die Nachhut. Zerstreut sieht Corky, dessen Kehle jetzt staubtrocken ist, den braven alten Schachteln nach, die nach der überwiegend bergauf führenden Dreimeilenstrecke sichtlich erschöpft sind, auch sie haben Fahnen mit, als wollten sie sagen, wir sind auch Amerika, wir gehören auch dazu, Blumenkränze haben sie dabei und Fotos – von ihren toten Söhnen wahrscheinlich. Schau mich nicht so an, Lady, *ich* hab deinen wundervollen Sohn nicht umgebracht! Das flatternde satinglänzende Transparent AMERICAN GOLD STAR MOTHERS lockt dünnen Beifall hervor, der, soweit Corky das beurteilen kann, frei von Häme ist, auch wenn die AMERICAN GOLD STAR MOTHERS nach dem Geschmack der Zuschauer

Los, Ladies, legt mal einen Zahn zu nicht schnell genug der flott ausschreitenden South Union City Highschool Marching Band folgen, deren Geschmetter immer noch dominiert, als käme es wie über einen Verstärker direkt vom Himmel.

Hinterher überlegt er, warum zum Teufel er bei Sean wegen Marilee Plummer nicht nachgehakt, warum er ihn zum Beispiel nicht gefragt hat, woher er diese Zahl, die 50 000 Dollar hat, denn all das war zu der Zeit in der Öffentlichkeit kein Thema, noch nicht mal gerüchteweise. Hinterher überlegt er, warum er so betroffen, so sauer war, vielleicht hat er gedacht, sein Fernsehauftritt würde den Onkel beeindrucken, so wie er das vielleicht von seinem Vater hätte erwarten könen, statt dessen motzt der alte Mistkerl ihn an, *diese Leute sind nicht deine Freunde.*

Ist das Nick Daugherty? Nick mit einem seiner Söhne ganz hinten in der Menge am Soldiers' and Sailors' Monument? Corky versucht, ihn auf sich aufmerksam zu machen, ja, das ist Nick, kein Zweifel, der da stur auf die Rednertribüne schaut, ohne Corky zu beachten. Seinen alten, seinen einstmals besten Freund Corky.

Ein Drink, ich gäbe sonstwas für einen Drink, aber Corky Corcoran ist kein Spielverderber, da steht er an diesem Nachmittag des Memorial Day 1992, der sich rasch dem Abend zuneigt, neben seinem Onkel Sean inmitten einer recht dürftigen Zuhörerschar von etwa hundert Leuten vor dem 15 m hohen, turmartigen Kriegerdenkmal am nördlichen Ufer des Eriesees. Wieder Militärmusik, eine Stunde vergeht mit Reden, Lobhudeleien. *Dieser Tag heiligen Gedenkens. Auf daß sie nicht umsonst gestorben sind. Wir halten die Toten in Ehren, mögen sie für immer in unserem Herzen und in unserer Seele wohnen.* Den Höhepunkt der Feierstunde bildet die Enthüllung eines Ehrenmals für den einzigen Soldaten aus Union City, der in Bushs Golfkrieg gefallen ist, und das Neue daran ist, daß es sich um eine Soldatin handelt, eine fünfundzwanzigjährige Hubschrauberpilotin, die im nördlichen Saudiarabien abgestürzt ist, nicht bei einem Kampfeinsatz, sondern bei einem Unfall einen Tag nach dem Waffenstillstand. Dieser Granitklotz und die Kupferplatte mit ihrem »Porträt« dürfte kein großer Trost für die Eltern sein, aber sie halten sich tapfer, während sie dort auf dem Podium fotografiert und fürs Fernsehen gefilmt werden und Tränen wegblinzeln, indes der Präsident der American Legion von Mohawk County eine Lobrede, der Referent des Bürgermeisters noch eine und ein Referent von Cuomo ein Statement des Gouverneurs verliest: *Wir ehren dich, die du durch dein Opfer uns Ehre erweist.*

Alles Humbug. Aber es klingt gut.

Was zu trinken, Herrgottnochmal, ich brauch was zu trinken, seine Kehle ist wie ausgedörrt, obgleich er so viel Canada Dry in sich hineingeschüttet hat, dieser grauenhafte Durst, *stocknüchtern schaffe ich das nie,* angeschlagen, wie er ist, könnte er heulen, als der granitene Gedenkstein endlich enthüllt wird.

Hat Nick Daugherty ihn denn nicht gesehen? Das kann doch gar nicht sein! Seit zwanzig Minuten verrenkt sich Corky jetzt schon den Hals, um den Freund auf sich aufmerksam zu machen.

Von den 5000 Dollar hat Nick in jenen ersten Jahren nur zwei, drei Raten zahlen können, dann wurde es bei ihm eng mit dem Geld. Dann noch enger. Das ist jetzt drei Jahre her. Oder schon vier? Ist nicht eilig mit der Rückzahlung, hatte Corky verlegen beteuert. Unter Freunden reicht ein Handschlag. Und natürlich zinslos. Wofür hältst du mich – für einen Juden? Hey, Nick, hier steht dein alter Freund Corky Corcoran!

Fernes Donnergrollen. Licht sickert durch verfilzte Wolkenschichten über dem Eriesee. Corkys Nüstern weiten sich wie bei einem Pferd, das wittert, daß etwas in der Luft liegt.

Was hattest du auf der Beerdigung von der Nutte zu suchen?

Diese Leute sind nicht deine Freunde.

Lassen Sie ihn unterschreiben. Worte sind billig.

Wie Greenbaum ihn angeschaut hat mit diesen schlauen Schildkrötenaugen. Als wäre Corky nicht mehr zu retten. Schließlich kann sich jeder Trottel ausrechnen, daß einer, der von dir einen zinslosen Kredit bekommt und bis über die Ohren in Schulden steckt, das Geld an die Gläubiger zurückzahlt, die ihm Zinsen berechnen, und nicht an dich. Du bist der Letzte auf der Liste. Vielleicht stehst du gar nicht drauf.

Seit fast einem Jahr hat er Nick nicht mehr gesehen. Aber er will es immer noch nicht recht glauben.

Den Schuldschein, den Greenbaum für Corky aufgesetzt hat und der zu Hause auf Corkys Schreibtisch liegt, hat er noch nicht mal durchgelesen. Zahl's mir zurück, wenn du kannst, hatte er gesagt. Auch eine Art zu prahlen: Hey, ich bin reich, schau her, was ich mir leisten kann.

Als Corky zum letzten Mal bei den Daughertys zum Essen eingeladen war, hatte Deborah in der Küche, mit den Tränen kämpfend, Corkys Hände genommen und sich flüsternd bedankt, so leise, daß Nick nebenan es nicht hören konnte. Du weißt ja gar nicht, was das für Nick bedeutet, hatte sie gesagt und das hübsche, ernsthafte Gesicht zu Corky emporgehoben, dein Vertrauen, deine Freundschaft hat ihm richtig Auftrieb gegeben, er fühlt sich in letzter Zeit so elend, dank dir schön! Ein feuchter atemloser Kuß wie von einem Hund war kühn auf Corkys Lippen gelandet, scheinbar spontan, aber Corky hatte den Verdacht, daß sie ihn seit Tagen, vielleicht schon seit Wochen geplant hatte. Corky war knallrot geworden. Nicht der Rede wert, hatte er verlegen gesagt, Nick würde für mich dasselbe tun.

Und das glaubt Corky nach wie vor. Felsenfest.

»Wenn die Toten heute zu uns sprechen könnten, statt daß wir uns erdreisten, für sie zu sprechen, wären wir womöglich schockiert von dem, was sie sagen würden: Keine ›Heldentoten‹ mehr, keine ›Opfer‹, Schluß mit dem Krieg, Schluß mit dem Memorial Day.«

Die letzte, von unheilverkündendem Donnergrollen untermalte Rede des Tages hält Billy Brannon, einstmals Oberleutnant bei den U.S.Marines. Brannon ist eindrucksvoll vorgestellt worden als Vietnamveteran, der zweimal dort im Einsatz war, schwerverwundet bei My Lai, mehrfach dekoriert für seine Tapferkeit vor dem Feind, Präsident des Veteranenverbandes Great Lakes und Leiter der North Decatur Highschool. Corky horcht neidisch, aber auch bewundernd Brannons durchdringend hoher, leidenschaftlicher Stimme nach. Brannon stellt eindeutig was dar. Daß er den Mut hat, vor dieses Publikum hinzutreten und zu verkünden, daß Krieg Humbug ist, und rüberbringt, daß er trotzdem Achtung vor seinen Zuhörern hat – daran erkennt man einen Mann mit echten Führungsqualitäten. Corky überlegt, daß *er* statt Brannon dort oben stehen könnte, daß *er* ein Mann mit Grundsätzen, ein Mann mit einer echten Mission hätte sein können, wenn sich alles anders gefügt hätte, wenn er nicht so ein Feigling gewesen wäre.

Feigling: Jener Abend, an dem sie zu sechst oder siebt von einem Basketballspiel kommen, Heinz Meuller sitzt am Steuer, sie sind auf dem Weg in die Stadt, zum Bull's Eye, und alle – einschließlich Vic Slattery – sind betrunken von dem Bier, das sie in die Turnhalle geschmuggelt hatten, da sieht Heinz eine Gruppe schwarzer Kids auf dem Gehsteig vor dem Palace Theatre, *Hey, schaut mal dort!* schreit er und fährt hupend auf den Gehsteig zu, kreischend, mit entsetzt geweiteten Augen stieben die Kids auseinander, die Gesichter sind wie dunkle Blätter, die ein heftiger Windstoß hochwirbelt und verweht, *Lauf Nigger lauf!* schreit Heinz, und ein paar von den anderen stimmen ein, *Lauf Nigger lauflauflauf* und wollen sich ausschütten vor Lachen, und Corky, der hinten sitzt, grinst idiotisch, das Grinsen liegt wie festgefroren auf seinem Gesicht, während der Wagen, ein schwerer Olds, anfängt zu schleudern, die Hinterräder drehen nach rechts, die schwarzen Kids rennen um ihr Leben, eins fällt hin, rappelt sich wieder auf und entkommt, ehe der Wagen auf den Gehsteig gerät, aber gleich wieder auf die Straße zurückspringt wie ein Auto in einem Kindertrickfilm, scheinbar lebensgefährlich, in Wirklichkeit aber harmlos, nur ein harmloser Streich, jetzt hat Heinz den Wagen wieder im Griff und brettert mit vierzig Meilen in der Stunde weiter über den Grand Boulevard, die Jungs lachen sich kaputt, und Corky klammert sich krampfhaft am Vordersitz fest und denkt, daß er sich gleich übergeben muß, und im Bull's Eye ist seine größte Sorge, in der Nische könne nicht genug Platz für ihn sein, und wenn nicht, was dann, aber an jenem Abend war alles okay, sie hatten reichlich Platz für Corky Corcoran.

Brannon kommt zum Schluß. Er hat schweres Geschütz aufgefahren mit seiner Kritik am Golfkrieg, warum hat man es nicht mit Sanktionen versucht, was ist mit den irakischen Toten und Verwundeten, den Opfern ihres wahnwitzigen Führers, mußten die Vereinigten Staaten denn diesen Wahnwitz mitmachen?

»Wir müssen lernen, die alten Denkweisen zu überwinden, daß unserer Toten gedacht und ihre Toten gezählt werden«, sagt Brannon eindringlich. »Im Krieg gibt es keine Gewinner, wir sind alle Verlierer. Diejenigen unter uns, die getötet haben, nicht weniger als die anderen, die gefallen sind.«

An dieser Stelle kommt Brannons Stimme ins Schwanken. Er unterbricht sich, reibt sich die Augen unter der Brille, es gibt eine peinliche Pause, dann murmelt er etwas, was wie »Danke« klingt und wendet sich vom Mikrophon weg. In diesem Moment hört man ein hohes grummelndes Donnergrollen, es klingt wie leises Gelächter, und ein Windstoß schüttelt die Äste über der Tribüne, so daß es goldflaumigen Samen regnet. Die Leute am Rande der Menge, die schon im Gehen waren, zögern noch, keiner weiß so recht, ob Brannons Rede zu Ende oder was eigentlich los ist, und da Corky das für Brannon peinlich ist, fängt er mit hoch über dem Kopf erhobenen Händen an zu klatschen, andere tun es ihm nach, der Beifall ist dünn und zögerlich und kommt nicht recht in Schwung, aber da springt die Militärkapelle in die Bresche und schmettert in einer Art Polkatakt die »Battle Hymn of the Republic«.

»Redet wie ein Roter, der Typ«, sagt Sean empört zu Corky. »Wie ist denn der ins Programm gekommen?«

»Quatsch«, sagt Corky. »Billy Brannon ist ein alter Kumpel von mir.«

Und dabei fällt ihm ein: Nick Daugherty!

Die Menge verläuft sich. Als Corky sich durchgedrängelt hat, sieht er Nick und seinen halbwüchsigen Sohn davongehen. Hat Nick ihn nicht bemerkt? »Nick!« ruft Corky. »Hey, ich bin's, Corky!« und dann sieht er – oder meint zu sehen –, wie sein Freund, ohne den Schritt zu verhalten, nervös einen Blick über die Schulter wirft und dann so schnell wie möglich den Lake Erie Park hinter sich läßt.

8

DER FRIEDHOF VON OUR LADY OF MERCY

Vergeblich versucht er sich zu erinnern, wie oft er dagewesen war – nach seiner Schätzung zwischen seinem sechsten und seinem elften Jahr. Und hätten sie immer so weitergemacht? An jedem Memorial Day vor der Parade verlangte Daddy – glattrasiert, in Anzug, weißem Hemd mit Krawatte und blankgeputzten Schuhen – in feierlich-eindringlichem Ton von Mommy, auch Jerome wie zur Kirche anzuziehen, das hier ist wichtiger als Kirche, merk dir das. Dann nahm er Jerome bei der Hand, Daddys Hand war schwielig, fest, ja, rauh, in Daddys Geduld schwang immer ein Hauch von Unduldsamkeit, man war nie versucht, sie auf die Probe zu stellen wie bei Mommy. Nie. Und dann ging es auf den Friedhof von Our Lady of Mercy, unter dem Torbogen durch und auf das grasbewachsene Gräberfeld, und manchmal fiel ein kalter Nieselregen, und manchmal herrschte brütende, vor der Zeit sommerliche Hitze, früh um neun schon stand eine pralle Sonne am Himmel, so daß sich an Daddys Haaransatz dicke Schweißtropfen bildeten, die ihm in langsamen Rinnsalen übers Gesicht liefen. Wie Tränen. Manchmal gab es auch richtige Tränen, die Daddy nicht verbarg. Und manchmal lief ihm auch die Nase, was er nicht zu merken schien. Der kleine Jerome wollte das nicht sehen, erzählte nie davon, und wenn hinterher Mommy fragte, war alles in Ordnung? War es nett auf dem Friedhof? Waren viele Leute da? – begriff er sehr wohl, was sie in Wirklichkeit meinte: Hat er dich erschreckt? Und dann sagte er ja, es war nett, nur Daddy und ich, es war nett, wirklich.

Auf dem Friedhof schritten Daddy und Jerome langsam die Gräberreihen ab, an den Veteranengräbern steckten sie 15 cm hohe amerikanische Fähnchen in die Erde, manchmal waren schon welche da, dann steckten sie ihre dazu, neben die Azaleen-, Begonien-, Geranientöpfe mit ihren leuchtenden Blüten. Tim Corcoran kaufte immer ein Bündel dieser Fähnchen, Stück 50 Cents, andere Veteranen und Eltern, Witwen und Kinder von Veteranen, die im Krieg geblieben waren, machten es genauso.

Deshalb konnten auf einem Grab mehrere Fähnchen stecken. Die meisten Veteranen, die in den fünfziger Jahren auf dem Friedhof von Our Lady of Mercy lagen, waren im Zweiten Weltkrieg gefallen, aber es gab auch noch eine ganze Menge Gräber aus dem Ersten Weltkrieg. Und neuere, aus Korea. Wenn sie zu einem von denen kamen, lag da immer jemand, den Daddy kannte, manchmal ein Schulfreund, und dann sagte Daddy *Das könnte mein Grab sein.* Und: *Wenn ich Glück gehabt hätte, wär das mein Grab, aber wahrscheinlich wäre ich im Gefangenenlager gestorben oder auf der Straße, und sie hätten mich wie die anderen in einem Graben verscharrt. So machte man das damals. Und deshalb wäre das wohl doch nicht mein Grab. Ich wäre gar nicht hier.*

Wie geheimnisvoll das war: Daddy wäre gar nicht hier.

Aber wo dann? überlegte Jerome.

Manchmal – nicht auf dem Friedhof, sondern zu Hause, wenn er was getrunken hatte – erzählte Daddy, wie sein Zug im Oktober 1951, als er achtundzwanzig und erst einen Monat in Korea war, oberhalb des Naktong-Flusses unter Beschuß geraten war. Wie ihn Granatsplitter im Kreuz und im rechten Knie getroffen hatten. Wie er und die anderen Überlebenden seines Zuges nach einem Dreiwochenmarsch vom Fluß aus in Richtung Norden und sieben Wochen Gefangenschaft in einem Lager auf dem Land befreit worden waren. Immer wieder erzählte Daddy, wie er ohne den jungen Schwarzen aus Georgia, einem gewissen Lucius Prudhomme, der ihm während des Marsches geholfen, ihn manchmal fast getragen hatte, unterwegs krepiert wäre. Andere, von denen man gedacht hatte, sie wären nicht so schlimm dran wie er, waren gestorben und am Straßenrand liegengeblieben. Nicht nur dieser zweiundzwanzigjährige Private First Class Lucius Prudhomme hatte ihm geholfen, sondern auch andere, einfache Soldaten. Auch Schwarze. Schwarze, die man in Amerika als »Nigger« bezeichnete, nicht nur im Süden, auch im Norden, auch in Irish Hill, wo keiner von ihnen es gewagt hätte, eine Wohnung zu mieten oder sich zu gewissen Tages- oder Nachtzeiten auch nur auf der Straße blicken zu lassen.

Lucius Prudhomme war im Gefangenenlager gestorben, Tim Corcoran war nicht gestorben, sondern mit anderen Verwundeten ausgeflogen worden. Sie hatten ihn in Seoul ins Lazarett gebracht und per Schiff in die Heimat geschickt, mit zwei Purple Hearts und einem Silver Star, dabei hatte er nichts Heldenhafteres vollbracht als einfach zu überleben. Aber eins hatte er gelernt: Sich von keinem was gefallen zu lassen. Zu erkennen, wer Freund und wer Feind ist. Und sie nie zu verwechseln.

Jerome war noch sehr jung, als Mommy an einem Memorial Day in weißen Handschuhen und mit einem Schleierhut – einem dieser schönen Hüte, die sie trug, wenn sie zur Kirche ging –, hochhackigen weißen Schuhen, die sich tief in den weichen feuchten Kies, das nasse Gras eindrückten, mit auf den Friedhof ging. Mommy hatte Jerome bei der Hand gehalten, bis er sich losmachte. Ihr ruheloser Blick war von den Gräbern immer wieder nach oben zu den grün knospenden Bäumen und zum Himmel gegangen. Auch sie war Daddy gegenüber befangen an diesem sonderbaren Ort. Dem Mann gegenüber, der Daddy war – oder vielleicht auch nicht. Wie an den Tagen, an denen er nach Hause kam und nach Bier oder nach Whiskey roch und Daddy war, aber nicht immer derselbe Daddy. Wenn Daddy auf dem Friedhof still an einem der Gräber stand, mußte man ihn in Ruhe lassen, durfte ihn nicht ärgern oder Faxen machen, damit er zu einem hinsah. Und keinen Flunsch ziehen. Bei Mommy und Grandma und den anderen Frauen konnte man machen, was man wollte, aber nicht bei Daddy. Wenn er einen anfaßte, um mit einem weiterzugehen, war das in Ordnung, von selber aber durfte man ihn nicht anfassen, ihn nicht in seinen Gedanken stören. Dieser nasse Glanz in seinen Augen, das zornige Funkeln, wenn er sich umsah. Und dieser Moment, in dem er nicht wußte, wer zum Teufel man war. Und wo er selbst sich befand.

Der Friedhof von Our Lady of Mercy, Memorial Day 1992. Corky sieht auf die Uhr, 16. 20, der Tag läuft ihm davon, und *etwas liegt in der Luft*, worauf er nicht vorbereitet ist, und als er neben Onkel Sean zu dem Familiengrab der Corcorans kommt und das Grabsteinpaar

TIMOTHY PATRICK CORCORAN	THERESA AGNES CORCORAN
1923 – 1959	1927 – 1967

sieht, bringt Corky seinen Onkel – ja, und natürlich auch sich selbst – in peinlichste Verlegenheit, weil er anfängt zu flennen wie eine Frau.

Von schmerzhaft-hilflosen Schluchzern geschüttelt steht er da, um seine Brust liegt ein Reif, der immer enger wird, ihm die Rippen zu brechen droht, er ringt nach Luft, sein Gesicht glüht, die Kehle schmerzt. Es ist so lange her – gut und gern zwanzig Jahre – seit Corky zum letzten Mal geweint hat, daß er vergessen hat, wie weh Weinen tut. Ein scharfer, krampfartiger Schmerz im Hals, so wie man denkt, daß Krebs sein müßte.

Sean schaut seinen Neffen an, als ob der verrückt geworden ist. Und hat wohl auch Angst, Corky könnte ihn womöglich damit anstecken.

Corky versucht, sich wieder in den Griff zu bekommen.« Verdammt, tut mir leid, ehrlich«, stößt er zwischen den Schluchzern hervor, »ich weiß auch nicht, warum…«, und dann geht es wieder los, er schneuzt sich in ein Papiertaschentuch, seine Hände zittern, ist das jetzt der Anfang von Delirium tremens, am Ende müssen sie ihn noch mit dem Krankenwagen wegbringen, in eine Zwangsjacke stecken. Er versucht, nicht daran zu denken, warum er weint, versucht, nicht an seinen Vater Tim Corcoran, an seine Mutter Theresa Corcoran zu denken, die Eltern, die noch so jung waren, als er sie verlor, versucht nicht *Daddy! Mommy!* zu denken, sich nicht von der Last des Kummers überwältigen zu lassen, wenn er sich an die Memorial Days hier auf dem Friedhof von Our Lady of Mercy erinnert, von denen er als Kind geglaubt hatte – wie denn auch nicht! –, sie würden ewig so weitergehen.

Jemand – vielleicht war das der Auslöser für Corkys Weinkrampf – hat ein Fähnchen in die feuchte Erde am Kopfende von Tim Corcorans Grab gesteckt. Überall auf dem Friedhof stecken Fähnchen. Noch immer schreiten die Veteranen die Reihen ab wie einstmals Corkys Vater und kennzeichnen die Gräber gefallener Kameraden. Was für gute Menschen, denkt Corky. Es gibt eben auch noch gute Menschen auf der Welt, sie besteht nicht nur aus Beschiß und Nepp.

Corky hat die rosa Topfbegonie mitgebracht, um sie zwischen die Gräber seiner Eltern zu stellen. Da er und Onkel Sean nun heute doch nicht mehr dazu kommen, Tante Mary Megan im Holy Redeemer zu besuchen.

Auf dem Parkplatz des Blackhawk Barbecue hat Corky die Begonie auf der Rückbank des Caddy nicht gesehen, jemand muß sie geklaut haben, dachte er, wahrscheinlich diese verdammten Hillbillies in der Roosevelt Street, aber dann lag sie verkehrt herum auf dem Boden des Autos, sie war wohl bei einem seiner scharfen Bremsmanöver heruntergefallen; er hatte sie zwischendurch völlig vergessen, klopfte die krümelige Erde wieder in den Topf und zupfte die geknickten und verwelkten Knospen ab und ging noch mal ins Restaurant, um die Pflanze zu wässern. Jetzt kann er nur hoffen, daß sie durchhält und nicht in ein, zwei Tagen eingeht. Ein paar besonders welke Knospen werden wohl nicht mehr aufblühen. Aber es ist eine wunderschöne Pflanze mit wunderschönen Blüten, das findet auch Sean.

Corky bückt sich, um die Begonie ins Gras zwischen die Gräber zu stellen. Theresa liebte Blumen, die hier würde ihr gefallen. Der Höhepunkt seines Weinkrampfs ist wohl vorbei. Hoffentlich. Er besieht sich die Grabplatte, polierter rötlichgrauer Granit mit aufgerauhtem Rand, schwer und teuer. Aber wie klein die Grabstätten sind, wenn man bedenkt, daß sie eine letzte Ruhestätte darstellen – nicht mehr Grundfläche als eine dieser transportablen Toilettenkabinen auf Baustellen. Das ist etwas, woran man sich nie gewöhnt: Daß der Mensch, so groß er auch im Leben sein mag, in der Erde verdammt wenig Platz braucht.

Immerhin noch besser als verbrannt zu werden. Doch, bestimmt.

Corky schneuzt sich hicksend in ein durchweichtes Papiertaschentuch. Er ist so erledigt, daß er nicht mal mehr daran denken kann, wie dringend er was zu trinken braucht und daß er, stocknüchtern wie er ist, den Rest des Tages nie und nimmer durchsteht. »Corky?« sagt Sean vorsichtig und faßt ihn am Arm. Er weiß nicht, was er machen, was er sagen soll, zeitlebens – vielleicht nicht zeitlebens, aber jedenfalls seit dem Mord an seinem Bruder – hat Sean Corcoran ungern andere Leute angefaßt oder sich von ihnen anfassen lassen. In diesem Augenblick sagt er sich wohl, daß er Jerome – »Corky« – überhaupt nicht kennt. Der Sohn seines Bruders, der jahrelang unter seinem Dach gelebt hat, den er gehalten hat wie seinen eigenen Sohn – ein unbekanntes Wesen. Aus dem dieser Klugscheißer geworden ist, dieser Schmalspurpolitiker und Wühler, der noch an seinen besten Tagen ein Gesicht macht, als ob er, nachdem er seinen letzten Penny verwettet hat, die Pferde einlaufen sieht und weiß, daß wieder mal alles in die Hose gegangen ist.

Im übrigen ist Sean Corcoran alt genug, um sich nicht darüber zu wundern, wenn scheinbar starke Männer plötzlich zusammenklappen. Und wenn sie erst mal zusammengeklappt sind, weiß man nie, ob sie sich wieder berappeln. Sean fällt nichts Besseres ein, als sachlich, aber mit einem leise onkelhaften Vorwurf, als müsse auf so was eigentlich jeder Trottel von selbst kommen, seinem traumverloren auf die Gräber starrenden Neffen zu eröffnen: »Also, wenn du mich fragst, Jerome, würde ich sagen, daß du was zu trinken brauchst.«

Corky gibt ein schnaubendes Geräusch von sich, das ein Schluchzen oder ein Lachen sein kann. Aber dann sagt er grinsend: »Ich kann nie mehr einen Tropfen trinken, Onkel Sean, sonst bin ich ein toter Mann.«

»Red keinen Blödsinn, Junge.«

»Doch, ehrlich.«

Sean hat Corky einen Arm um die Schulter gelegt, damit er nicht umfällt. Es ist eine unbequeme, beschwerliche Stellung, aber Sean kann sie, auch wenn Corkys Bemerkung so peinlich ist wie ein Furz im unpassendsten Augenblick, jetzt nicht so ohne weiteres aufgeben. Leise, als schäme er sich für seinen Neffen, sagt er: »Das reden dir diese Arschlöcher nur ein. Reine Gehirnwäsche. Wenn du das glaubst, bist du nicht mehr ganz dicht.«

»Wer redet mir das ein?«

»Die Leute von den Anonymen Alkoholikern.«

»Bei denen war ich noch gar nicht. Ich melde mich morgen früh an.«

»Den Teufel wirst du tun.«

»Was soll ich machen? Ich brauche Hilfe.«

Jetzt läßt Sean ihn doch los. Die beiden stehen schwer atmend nebeneinander und sehen sich nicht an. Ein Windstoß bewegt das dichte Friedhofsgras, ein fröstelndes Rascheln geht durch die Wipfel. Wieder regnet es diese flaumig-goldenen Samen.« Erzähl mir von meinem Vater, Onkel Sean«, sagt Corky.« Warum er gestorben ist, wie er gestorben ist – alles. Was dir einfällt.«

So schnell, als habe er die Frage erwartet, gibt Sean zurück: »Das weißt du doch alles schon. Es gibt nichts zu sagen.«

»Warum ist Fenske nie verhaftet worden? Oder die Männer, die er angeheuert hatte? War es Fenske, der Daddy umbringen ließ?«

Zum ersten Mal seit dreißig Jahren hat Corky Corcoran das Wort *Daddy* laut ausgesprochen. Er kramt nach seinen Camels, seine Hände zittern so heftig, daß er es kaum schafft, die Zigarette aus der Packung zu holen und in dem böigen Wind anzuzünden.

Sean flucht leise vor sich hin: »Verdammt noch mal! Hol's der Teufel!« Er bohrt mit dem Absatz im Kies herum und schnauft wie ein dicker Mann. Wie ein zorniger dicker Mann.

Sean will etwas sagen, hört aber wieder auf. Macht einen neuen Anlauf, verstummt. Corky pafft und beobachtet ihn besorgt. Was soll er machen, wenn sein Onkel einfach weggeht? Ihm nachlaufen? Halb ausgerastet, wie er ist, bekommt er es am Ende noch fertig, dem Alten einen Tritt in den Hintern zu geben, wenn der ihm den Rücken dreht.

Aber dann geht Sean zu Corkys Überraschung auf seine Frage ein und sagt langsam: »Ja – man könnte sagen, daß es Fenske war. Es *war* Fenske. Jeder hat es gewußt, aber wir konnten es nicht beweisen, das weißt du ja.« Er legt, ohne Corky anzusehen, eine Pause ein, um seine Worte wirken zu lassen. »Und der Scheißkerl hat dafür bezahlt, wenn auch nicht gleich. Ein paar Jahre später haben sie ihn gekriegt, daran mußt du dich doch erinnern.«

»Ja, sicher«, sagt Corky rasch. »Aber wer sind ›sie‹?«

Sean zuckt die Achseln. »Sein Nachfolger bei der Gewerkschaft. Es kommt – oder kam – immer einer nach. Damals konnten die Gewerkschaften alle nach ihrer Pfeife tanzen lassen. Jetzt sind sie einen Dreck wert. Al Fenske hat Tim Corcoran umbringen lassen, aber er hatte keine Wahl, er stand mit dem Rücken zur Wand. Es hätte nicht so zu kommen brauchen.«

In Seans Stimme schwingt bittere Genugtuung. Er sieht nicht Corky, sondern den Strohhut an, den er zwischen den Fingern dreht.

»Was?« fragt Corky. »Was hätte nicht so zu kommen brauchen?«

»Daß sie deinen Vater umgebracht haben. Und es wäre auch nicht so gekommen, wenn er auf mich gehört hätte.«

»Wenn wer auf dich gehört hätte?«

Sean funkelt Corky ungeduldig an. »Dein Vater, wer denn sonst? Von wem reden wir denn, verdammt nochmal, wenn nicht von ›Daddy‹?«

»Ich – ich weiß nicht, wovon wir reden«, sagt Corky. Sein Atem kommt so schnell und flach, daß er Angst hat, jeden Augenblick schlappzumachen. Als ob der Boden unter seinen Füßen abkippt. »Das mußt du mir schon sagen.«

Sean dreht den Hut in der Hand und scheint nicht zu bemerken, was er da tut. Die wäßrig-blauen Augen funkeln Corky an. Und mit unvermittelt leiserer Stimme sagt er, auf Theresas Grabstein deutend: »Deine Mutter war eine wunderbare Frau, Corky. Sie hätte nie in die Corcoran-Familie einheiraten, sie hätte nie *ihn* heiraten dürfen.«

»Was? *Warum* denn nicht?«

»Weil das den Einsatz hochgetrieben hat. Weil sie so vernarrt ineinander waren, daß Tim kein Maß und kein Ziel mehr kannte. In der Art, sich zu sehen. Sich darzustellen, wenn sie dabei war. Im Krieg hat er es genauso gemacht, den hat er nie richtig verkraftet. Alles war einen Tick zu hoch.« Sean spricht immer schneller und schüttelt so heftig den Kopf, daß die Hängebacken zittern. In seiner Stimme liegt jetzt bitterer Spott. »Weil er nichts so machen konnte wie andere Leute, weil er es nicht fertigbrachte, geschäftlich Rücksichten zu nehmen, sich auf Kompromisse, auf Deals einzulassen wie die anderen, auch unser Vater – darum! Weil er es so weit getrieben hat, daß sie ihn umgebracht haben – darum! Er hat wie einer dieser gottverdammten Kinohelden nie gedacht, daß es mal so kommen würde, er konnte einfach nicht glauben, was alle anderen wußten und ich auch, aber hat er auf uns gehört? Und deshalb war an allem, was danach passiert ist – daß Buck Glover und die anderen Arschlöcher uns in den Rücken gefallen sind, daß die Familie die Firma verloren hat, daß Theresa zusammengebrochen ist – *dein Vater schuld.* Glotz mich nicht an wie ein Idiot, hast du mich verstanden?«

Erschrocken stottert Corky: »Ich... ich weiß nicht. Was...?«

»Denn es war ja nicht so, als hätten wir Fenske und zehn, zwölf anderen Typen noch nie was gezahlt. Schon unser Vater hat das so gehalten, alle machten es so. Man zahlt eben, so wie man Steuern zahlt, hast du mich verstanden? Eine Provision, die du so einem dämlichen Maklerheini für ein Stück Papier hinblätterst, das über seinen Schreibtisch geht, eine Abgabe, Prozente, Gebühren, Handgeld -was liegt an einem Wort? Ein Dreck liegt dran. Was meinst du, wie wir den Auftrag für den Rathausanbau bekommen haben? Unser Angebot war nicht das niedrigste. Und es war ja nicht so, als hätte Tim das Spiel nicht mitspielen können. Klar konnte er. Und wenn nicht er, dann ich. Du bezahlst sie, und sie bezahlen dich, dir brauch ich das nicht zu erzählen, schließlich glaubst du nicht mehr an den Weihnachtsmann. Geschäft ist Geschäft, da muß alles laufen wie geschmiert, und wenn ab und zu ein Staatsanwalt Stunk macht – laufen muß es trotzdem, hast du mich verstanden? Und wenn sich dann jemand querlegt und große Reden schwingt wie Tim Corcoran, muß man mal ernsthaft mit ihm reden, und wenn er nicht hören will, muß man ihn aus dem Verkehr ziehen. So einfach ist das. Ich hab selber mit ihm geredet, Fenske hat mit mir geredet, ich hab mit Tim nicht einmal, sondern zehn-, zwölfmal geredet, zum Schluß haben wir nur noch über diese eine Sache geredet, es ging nicht um die Nigger, die er eingestellt hatte und die nicht in der Gewerkschaft waren, sondern darum, daß er Fenske nicht das bezahlt hat, was der für diese Sonderregelung verlangte, dabei wußte er genau, daß es zu unserem Vorteil gewesen wäre, aber er konnte es einfach nicht mit seinem Stolz vereinbaren, statt dessen mußte er sich ein neues Haus kaufen, der Angeber, mußte hunderttausend Dollar aufnehmen, um sich in Maiden Vale einzukaufen, als ob niemand wüßte, wo er herkam, als ob sie ihm, wenn er erst neben dem Union City Golf Club wohnte, die Mitgliedschaft dort antragen würden. Ihm, einem Corcoran. Einem Katholen aus Irish Hill. Da lachen ja die Hühner.« Sean verzieht das Gesicht, als ob er spucken will. Corky hat seinen Onkel noch nie so hitzig erlebt.

»Moment mal«, sagt Corky. »Was erzählst du denn da? Ich dachte immer...«

»Du dachtest immer, Daddy wäre der Größte, Daddy wäre ein Held«, sagt Sean verächtlich. »Vielleicht hatte dieser Leutenant Sowieso vorhin doch recht mit seiner Rede, vielleicht brauchen wir keine Helden mehr, keine Leute, die sich umbringen lassen, wenn's gar nicht nötig ist, so daß die anderen hinterher den Dreck wegmachen dürfen. Vielleicht ist es wirklich Schwachsinn zu sterben, ohne daß es sein muß.«

»Aber...«

»Ich hab ihn ja auch geliebt, meinen Bruder. Ich denke an ihn nie, als ob er tot ist...« Er deutet auf Tim Corcorans Grab, und in seinem Gesicht zuckt es. »Das ist nur das Äußerliche, das ist nicht er selbst. Ich hab ihn geliebt, aber er wollte nicht hören, ich hab, wie gesagt, zehn-, zwölfmal mit ihm geredet, das letzte Mal an dem Tag, als sie ihn umbrachten, da hab ich zu ihm gesagt: ›Du hast Al derart in die Enge getrieben, daß er nicht mehr rauskommt, ohne dich anzukratzen.‹ Aber für ihn war das nur ein Witz. ›Mir tut niemand was‹, hat er gesagt, ›nicht in dieser Stadt‹ – denn zwischen Glover und uns war dicke Freundschaft, jedenfalls glaubte er das. Und irgendwie stimmte das ja auch, aber sie hat nicht gehalten. Wenn du tot bist, werden alle deine Geschäfte hinfällig, hast du mich verstanden?«

Corky zieht an seiner Zigarette, verzweifelt wie ein Ertrinkender, der versucht, durch einen Strohhalm Luft zu bekommen. »Ja, ich... ich denke schon.« In Wirklichkeit aber hat er überhaupt nichts verstanden. Am liebsten würde er sich an seinem Onkel vorbeidrängen, im Laufschritt den Friedhof verlassen, sich in seinen Wagen setzen und fliehen. Egal wohin.

Verbittert fährt Sean fort: »Die Sachen, die Tim zu mir gesagt hat! Vielleicht nur aus Spaß, aber ich hab nie drüber lachen können. Einen ›irischen Drecksack‹ hat er mich genannt und mir die Backe getätschelt wie einer Frau. Hätte er so was vor Zeugen gemacht, hätte ich ihn umgebracht. Vor deiner Mutter zum Beispiel. Und das Gewäsch, das ich mir hab anhören müssen. Daß Tim zwar mein *jüngerer* Bruder sei, aber entschieden der Gescheitere, der mit den Ideen, der Boß… Ich hab alles geschluckt, um des lieben Friedens willen, wir waren ja gerade dabei, die Firma aufzubauen. Und wir hätten es auch gepackt, wenn er nicht immer mehr gewollt hätte. Er hat das Geschäft erweitert, neue Maschinen gekauft, Kredite aufgenommen. Wir hatten mehr Aufträge, als wir bewältigen konnten, er hat das Geld des Kunden kassiert, mit dem Ausschachten angefangen, dann die nächste Baustelle eingerichtet, ist erst zwischen zwei und dann zwischen drei Baustellen hin und her gependelt, klar, das machen sie alle in der Branche, aber Tim hat es eindeutig überzogen. Und auch wie er sich privat aufgeführt hat – immer mußte er Geld rauswerfen, ob er welches hatte oder nicht. Sogar die Typen, die nun wirklich Kohle hatten, hat er in den Restaurants und Clubs freigehalten. An die Leute im Rathaus mußte er sich ranschmeißen, an die Cops, an jeden Makler und Anwalt, von dem er meinte, er hätte Beziehungen, an Parteibonzen und Zocker und Buchmacher und Schmarotzer. Er und Al Fenske, das waren zwei vom gleichen Schlag, sie sind etwa zur gleichen Zeit hochgekommen und haben sich nie aus den Augen verloren – wie Boxer aus derselben Gewichtsklasse, die erst gegen andere boxen, aber wissen, daß sie früher oder später zusammen im Ring stehen werden, und so war es ja dann auch.« Sean schnauft und dreht den Strohhut in den Händen, ohne zu wissen, was er tut, dann setzt er ihn mit so viel Schwung auf, daß die Krempe fast kaputtgeht. »Und deshalb haben sie beide verloren.«

»Wieso beide?« sagt Corky. »Fenske hat meinen Vater umgebracht.«

Aber dabei schaut er wohl so benommen und kläglich, daß der Alte Mitleid mit ihm hat und den Mund hält. Er dreht sich um und geht weg. Und Corky steht da wie einer, der versucht, die Bedeutung eines Geräuschs zu enträtseln, das ihm überlaut in den Ohren gellt und ihn weggefegt hat, ohne daß er es weiß.

Danach sitzen Onkel und Neffe eine Stunde in Corkys Wagen und reden, bis um 17.20 die ersten Regentropfen hart an die spinnwebförmig gesprungene Windschutzscheibe schlagen. Corky, der den Alten noch nicht nach Hause bringen mag, fährt langsam durch die ansteigenden und abfallenden Straßen von

Irish Hill wie jemand, der betäubt oder betrunken ist und sich an der Aufgabe, in der physischen Welt die Orientierung nicht zu verlieren, festhält, ja hochzieht. In seinen Ohren trommelt es »Ein Drink! Ein Drink!«, was er nicht mehr hört, so wie wir das Brausen des Blutes in unseren Ohren nicht mehr wahrnehmen. Gleichzeitig aber bringt er es fertig, sachkundige, intelligente, ja scharfsinnige Fragen zu stellen. Und auch Sean Corcorans Antworten sind intelligent, ausführlich und außerordentlich engagiert. Wie lange das alles her ist. Dreißig Jahre. Einen Tag.

Corky erfährt, was er bisher nicht gewußt, ja, nicht einmal geahnt hat: Tim Corcoran hat seinen eigenen Tod bewirkt, aber nicht absichtlich, offenbar ohne zu wissen, daß er sterben würde, auch wenn es scheint, als habe er seinen Tod gewollt.

Ein unvermeidliches Sterben. Und doch auf seine Art ein zufälliges Ereignis.

Corky erfährt, daß die Firma Corcoran Brothers Construction Co. sich geweigert hat, dem Präsidenten des Gewerkschaftsdachverbandes im Staate New York West eine inoffizielle »Abgabe« zu zahlen, mit der die Firma ausnahmsweise von der Vorschrift befreit worden wäre, nur organisierte Mitarbeiter einzustellen. Die Zahlung solcher »Abgaben« war streng verboten und verstieß gegen gewerkschaftliche Bestimmungen, denn sie ermöglichte es gewissen Firmen, nicht organisierte Arbeiter zu einem geringeren Lohn und mit niedrigeren Rentenversicherungsbeiträgen einzustellen, so daß sie Konkurrenten, die sich an die Gesetze hielten, unterbieten konnten: Die Gewerkschaftsfunktionäre fielen ihren eigenen Leuten in den Rücken. Indem er sich diesem Deal verweigerte, handelte sich Tim Corcoran einen zweifachen Nachteil ein: Mit der Einstellung nicht organisierter schwarzer Arbeiter provozierte er die Gewerkschaften, da aber 90–95 % seiner Arbeiter Weiße waren, mußte er branchenübliche Löhne zahlen, einschließlich eines fünfzigprozentigen Zuschlags für Überstunden und Samstage. Und deshalb waren seine Angebote höher als nötig- oder er mußte bei niedrigeren Angeboten draufzahlen. Um einen lukrativen Auftrag von der Stadt zu bekommen, mußte Tim »Abgaben« an städtische Angestellte leisten, aber für ihn war das etwas anderes als eine Zahlung an Gewerkschaftsfunktionäre, die ihre eigenen Leute abkochten. Letztlich aber lag der Vorteil eines integren Geschäftsgebarens – zumindest aus Tim Corcorans Sicht – darin, daß es ihm weiter gute Beziehungen zur gewerkschaftlichen Basis sicherte, zu den Leuten, die die Arbeit machten. Sie und ihre Söhne würden seine Einstellung verstehen und ihn dafür achten, und war der derzeitige korrrupte Gewerkschaftsführer erst entmachtet, waren an seine Stelle liberalere und demokratischere, weniger rassistische Kräfte getreten, würde sich das für ihn auszahlen.

Pech für ihn, sagt Sean, daß er das nicht mehr erlebt hat.

Den eigenen Tod hat Tim Corcoran nicht einkalkuliert.

Hinterher machten dann die städtischen Beamten von Union City und der Bezirksstaatsanwalt einen Deal mit der Gewerkschaftsführung – und dem Mob, der hinter den Gewerkschaften stand. Für die Zusage, die Mordermittlungen langsam anzugehen, ließ man sich zusichern, daß man mit der politischen Unterstützung der Gewerkschaften rechnen könne und daß in ein, zwei Jahren Al Fenske, der Präsident des Gewerkschaftsdachverbandes im Staat New York West, weg vom Fenster sei.

Von der Staatsanwaltschaft beschlagnahmte Unterlagen des Gewerkschaftsverbandes »kamen abhanden«, und der Fall wurde nicht einmal vor einer Anklagejury verhandelt. Die Darstellung der Informanten darüber, wer wen für den Mord angeheuert hatte, widersprachen sich, und ihre Aussagen – kontrovers, sich gegenseitig aufhebend und deshalb vor Gericht wertlos – galten als Beweis für die komplizierte Lage des Falles. Fenske und seine Leute wurden von der Polizei verhört, aber stets im Beisein ihrer Anwälte, es kam zu keiner Verhaftung, geschweige denn zu einer Anklage.

Soweit Sean bekannt war, wurde mit Fenske selbst kein Deal gemacht, denn der hatte mit dem Auftrag zum Mord an Tim Corcoran sein eigenes Todesurteil unterschrieben. Die Frage war nur wann und wie.

In Irish Hill glaubte man allgemein, Buck Glover, damals Bürgermeister von Union City und selbst aus Irish Hill, habe seine eigenen Leute verraten. Wer sich aber mit dem Fall genauer auskannte, sah ganz klar, daß die Staatsanwaltschaft keinerlei Handhabe für eine Anklageerhebung hatte. Es gab keine Augenzeugen, keine verläßlichen Informanten. Und Beweise dafür, daß Al Fenske etwas mit dem Mord zu schaffen hatte, schon gar nicht.

Am 24. Dezember 1959 war Fenske um 16. 20 im Fontainebleau in Miami Beach gewesen. Er, seine Frau und ein halbes Dutzend Verwandte hatten für eine ganze Woche dort gebucht.

Monate später, als der Bürgermeister nach Irish Town kam, um Fragen seiner Wähler zu beantworten, stellte sich Sean Corcoran öffentlich hinter Buck Glover und seine Verwaltung. Aber nur, um den Schein zu wahren. Insgeheim haßte er Glover wie die Pest. Er haßte sie alle. Sie haben uns abgekocht, sagte er zu Corky. Und das gilt auch für die Slatterys – Bill und Oscar –, die damals immer mehr Einfluß in der Partei gewannen. Sie spendeten Geld, sie stiegen ganz groß ein, sie unterstützten Glover und seine alte Garde, benutzten sie, bis sich eine Gelegenheit ergab, sie kaltzustellen und selber die Macht zu übernehmen.

Denn das macht einen Politiker aus, sagt Sean zu Corky. Daß er dich erst benutzt, dann kaltmacht und zum Schluß auf deine Leiche steigt, um hochzukommen.

Aber vielleicht sag ich dir ja damit nichts Neues.

Und dann kommt Sean auf Theresa zu sprechen, in einem so völlig veränderten Ton, daß Corky klar wird: Sein Onkel hatte sie geliebt. Er überlegt, ob Theresa das gewußt hat, ob Sean selbst es gewußt hat oder weiß. Sean spricht davon, daß es so nicht hätte kommen müssen, all das hätte nicht so kommen müssen, und vielleicht ist es falsch, nur Tim die Schuld zu geben, aber Theresas Schuld war es erst recht nicht. Denn die Liebe zwischen Tim und Theresa war, soweit er, als Außenstehender, das beurteilen konnte, etwas, was die beiden so ganz erfüllte, daß andere Leute für sie nicht zählten, abgesehen von ihrem Sohn – von dir, Jerome –, der das einzige Kind bleiben sollte, auch wenn sie sich mächtig anstrengten, daran lag es nicht, weiß Gott nicht, aber es wollte einfach nicht klappen. Sehr viel von Theresa erzählt Sean nicht, immer wieder macht er lange Pausen, in denen sein Mund zuckt und er sich mit dem Ärmel heftig die Nase wischt, daß sie eine wunderbare Frau war, sagt er ein paar Mal, und daß er sie schon als junges Mädchen kannte, so daß sie für ihn auch heute noch, wenn er an sie denkt, nicht wirklich *tot* ist, denn in seinem

Alter sind so viele Menschen *tot*, die man gekannt und geliebt hat, es ist, als hätte man seinen Schwerpunkt anderswo, an einem Ort, der realer ist als der, an dem man ist. Und deshalb redest du nicht darüber, weil du es nicht kleinmachen willst. Denn es kleinzumachen heißt, dich selbst kleinzumachen.

Corky hört zu, nickt. Er fährt langsam die Dalkey hoch, von dem verlassenen Lagerhausviertel am See zurück in das vertraute Viertel, er hört seinem Onkel so konzentriert zu, daß er kaum weiß, wo er ist und warum er hier ist, welchen Tag sie heute haben und wo es anfing, wohin es führen wird. Da ist nur – wie immer – dieses vertraute, bedrängend-angstvolle Gefühl: *Ich muß woanders hin, und zwar bald.*

Sean hat Corky gebeten, ihn nicht vor seinem Haus, sondern ein Stück davor an einer Kneipe abzusetzen. Einer der alten Kneipen, von denen es in Irish Hill so viele gab, mindestens eine auf dem Block, oft auch zwei. Die hier heißt Killian's Red Star, Corky kennt sie von früher, aber jetzt war er schon lange nicht mehr da und staunt, daß es Killian's Red Star Ecke Dalkey und Ontario überhaupt noch gibt. Die Tür steht weit offen, alte weiße Männer, überzeugte Schluckspechte, drücken sich am Eingang herum. Eine Einladung: Hereinspaziert.

Sean bedankt sich bei Corky für den Nachmittag, er schüttelt ihm nicht die Hand, denn das ist unter den Corcorans nicht üblich, sondern packt mit einem überraschend kräftigen Griff seinen Unterarm, und Corky, der noch immer bewegt ist, macht es mit seinem Onkel genauso. »In meinem Alter«, sagt Sean, »gewöhnt man sich daran, daß die Leute, wenn sie nicht gerade darauf aus sind, dich zu berauben oder dir eins über den Schädel zu geben, durch dich hindurchsehen. Wenn du alt geworden bist, wirst du unsichtbar. Ohne Geld hast du keine Macht, und selbst Leute, die dich gut leiden können, haben keine Verwendung mehr für dich. Aber man gewöhnt sich dran, hast du mich verstanden? Ich beklage mich nicht.« Er lacht leise in sich hinein, dem teilnahmsvoll nickenden Corky schlägt das Gewissen, er weiß gar nicht recht, was er da mit seinem Nicken bestätigt hat, es ist eine blöde Situation. Sean schiebt sich aus dem Auto, aber dann wendet er sich noch einmal um. »Und schönen Dank auch für deinen Ratschlag, was das Haus angeht, Junge, ich werd mich mal damit befassen. Was ich mache, weiß ich noch nicht, aber ich befaß mich damit. Ist ganz schön hart in meinem Alter, aus dem Haus gejagt zu werden von...« Er unterbricht sich stirnrunzelnd, was hat er sagen wollen – *Niggern? Hillbillies?*, aber dann sagt er lieber gar nichts, hievt sich aus dem Caddy, richtet sich auf – und tschüß und weg.

Corky beugt sich vor und sieht Sean nach, der auf den dunklen Innenraum des Killian Red Star zugeht. Ein alter Mann mit breiter Brust, etwas spillrigen Beinen, der Gang ein bißchen steif, aber gute Haltung für sein Alter, und dieser flotte Strohhut – der Alte überlebt mich noch. Sean Corcoran begrüßt die alten Schnapsnasen am Eingang, die ihn empfangen wie den verlorenen Sohn, dann dreht er sich um und winkt Corky zu. Er hat wohl damit angegeben, daß der in dem Caddy sein Neffe ist, ein großes Tier, dieser Neffe, und jetzt winken auch die anderen alten Männer Corky zu.

9

CORKYS PREIS

Corky in seinem Valentino-Smoking begeht den ersten Fehler des Abends, als er auf dem Weg zum Chateauguay Country Club einen Abstecher zum Lakeshore Drive 19 macht, um Ross Drummond zu besuchen. *Zapf den alten Gauner an, warum zum Teufel nicht, der ist dir noch was schuldig.* Er hatte die Verabredung ganz kurzfristig getroffen, praktisch im letzten Augenblick, und jetzt tut es ihm leid, er ist nicht mit Lust und Liebe dabei, hat zu viel im Kopf; was Onkel Sean gesagt hat, klingt ihm in den Ohren, und seine frühere Begeisterung für das Bull's Eye ist ihm jetzt, um 18.40, sonderbar ferngerückt – wie die Erinnerung an eins der zahlreichen Mädchen, in die er als Teenager verknallt war und deren Namen er wenige Monate später schon nicht mehr wußte. *Weil er es so weit getrieben hat, daß sie ihn umgebracht haben. Dein Vater war selber schuld. Hast du mich verstanden?* Corky schüttelt den Kopf, um ihn freizumachen, aber es gelingt ihm nicht.

Außerdem bedeutet die Fahrt zum Lakeshore Drive einen Umweg von acht Meilen, und er ist, wie üblich, knapp dran. Mit einer Mischung aus Aufregung und Beklommenheit denkt er an die Rede, die er heute abend auf Vic Slattery, seinen ältesten besten Freund halten soll und vielleicht nicht halten wird und die, wie Mike Rooney befürchtet hat, überhaupt noch nicht geschrieben ist. Er hat es einfach nicht fertiggebracht, sich an seinen Schreibtisch zu setzen, ja, auch nur an einem Fleck stehenzubleiben, um die über fünfzig Seiten PR-Material – KONGRESSABGEORDNETER VIC SLATTERY – EIN PROFIL –, das Rooney ihm neulich durch Boten zukommen ließ, auch nur zu überfliegen.

Er hat so viel im Kopf, daß es ihm die Schädeldecke wegzusprengen droht. Eins nach dem anderen, redet er sich zu, so wie du auf dem Handballplatz oder im Ring auch einen Schritt nach dem anderen tust und dabei den Gegner nicht aus den Augen läßt, nicht für den Bruchteil einer Sekunde, denn in diesem Sekundenbruchteil kann er dich fertigmachen.

Und da steht, noch ehe Corky klingeln konnte, sein Ex-Schwiegervater Ross Drummond erwartungsvoll unter der Haustür.

Aber es ist zu spät zum Umkehren. Wenn du die Gefahr erst witterst, ist es zu spät.

»Hereinspaziert, Corky! Schön, dich zu sehen.« Drummond begrüßt Corky mit jenem speziellen markigen Händedruck, der geschäftlichen Rivalen und rivalisierenden Freunden signalisiert: Alles in Ordnung, vertrauenswürdiger Mann, dieser Ross Drummond, ein Pfundskerl. »Lange nicht gesehen, was? Zu lange.«

Corky zwingt sich zu einem Lächeln. »Kannst du wohl laut sagen.«

»Aber wie ich höre, bist du mit meiner Tochter und meiner Enkelin wieder in Verhandlungen eingetreten, wie?« Er droht Corky dreckig grinsend mit dem Finger, dann dreht er sich auf seine abrupte Art um und überläßt es Corky, die Tür zu schließen und ihm ins Haus zu folgen. Corky und Ross Drummond haben sich zwar seit Corkys Trennung von Charlotte ein paar Mal auf einen Drink in der Stadt getroffen, aber bei Drummond zu Hause ist er zum ersten Mal seit Jahren. Zu seiner Ex-

Schwiegermutter Hilda (die bestimmt da ist, sich aber unten nicht sehen lassen wird) hat er überhaupt keinen Kontakt mehr, sie verabscheut ihn als Ehebrecher.

Über sechzehn Jahre ist es her, daß Corky zum ersten Mal Gast in diesem Hause war. An jenem Abend, als er die achtjährige Thalia kennenlernte. Wie sie zu ihm hochgesehen hat – als wäre es Liebe auf den ersten Blick. Und weiß der Himmel, vielleicht war es das ja auch.

Sie kommen an dem riesigen Wohnzimmer vorbei, durch die offene Tür sieht Corky den Steinway-Flügel in der Ecke stehen. Am liebsten möchte er hinrennen und aus lauter Jux den Flohwalzer klimpern und »Glühwürmchen, Glühwürmchen flimmre flimmre…«, um zu probieren, ob er es noch kann.

Seit seinem letzten Besuch scheint sich im Haus der Drummonds nicht viel verändert zu haben. Auch damals trug er Smoking und Charlotte eins ihrer Tausenddollar-Designerkleider, so nobel, so sexy, daß Corky überlegte, warum zum Teufel – traurig, so was überlegen zu müssen und keine Antwort darauf zu finden – er ihn für sie nicht mehr hochkriegte, und Charlotte hatte ihn sehr direkt und ungeniert angesehen – sie wußte ganz genau, was er dachte – und zu dem Alten gesagt: »Wir haben nur zehn Minuten Zeit, Pappa, für mich einen Wodka on the Rocks.«

»Siehst ja heute mächtig vornehm aus, Corky«, sagt Drummond mit seinem geschmeidigen Grinsen und zwinkert lüstern mit einem Auge. »Wie der Oberkellner in einem feinen französischen Restaurant.« Er macht eine Pause und wartet auf Corkys Reaktion, der gezwungen lacht. »Wo willst du denn hin? Zu deiner eigenen Beerdigung?« Und dabei lacht er herzlich, aber ohne Häme, und geht händereibend zur Hausbar. Corky hat sich in Drummonds Arbeitszimmer widerspruchslos in einen Klubsessel schubsen lassen, kaum ist er zehn Sekunden hier, leidet er schon an Atemnot. Drummond, der in seiner gewohnten polternden Art auf Corky einredet, lebt fast ausschließlich aus dem Kopf, in dem er ständig Pläne zur Vermehrung seines bereits riesigen Vermögens wälzt, aber Corky hört nur sporadisch zu. Ein lärmendes Pochen *Ein Drink! Ein Drink!* übertönt fast Drummonds bereits zum wiederholten Mal gestellte Frage »Was zu trinken, Junge? Red Label wie immer?«

»Danke nein, Ross, ich fahre das gerade ein bißchen zurück.«

»Den Teufel auch! *Du?*« Das mag witzig gemeint sein, aber Corky kann nicht darüber lachen.

Auch den angebotenen Wein lehnt er ab, ja, danke, ein Club Soda. Corkys Hand zittert merklich, als er nach dem Glas greift, was Drummond natürlich gesehen hat, aber aus Takt oder Mitgefühl oder einfach aus Überraschung nicht kommentiert. *Pappa macht immer seine Witzchen, und Pappa meint es immer todernst.*

Drummond gibt gut drei Fingerbreit Whiskey in sein Glas, setzt sich neben Corky, stößt mit ihm an – »Cheers!« –, trinkt und seufzt, die kleinen, nah beieinander liegenden Augen begierig auf Corky gerichtet. Seine dritten Zähne zwinkern und blinkern mit einem ganz eigenen Humor. Die ledrig-faltige, mit Sommersprossen und Leberflecken übersäte Haut vollführt sonderbar zuckende Bewegungen, als sei sie ein selbständiges Lebewesen. Der Schädel ist blank und kahl bis auf einen Kranz dünner grauer Locken, so daß er aussieht wie einer dieser fröhlich verruchten römischen Casaren. In den letzten Jahren mußte Drummond sich am Magen und an der Prostata operieren lassen und hatte eine ziemlich ernste »Herzgeschichte«. Laut Charlotte ändert er ständig sein Testament und nervt seine Frau, indem er sich unentwegt besorgt über seine angegriffene Gesundheit, seinen nahen Tod und den Zusammenbruch der amerikanischen Wirtschaft ausläßt. Dabei verbringt er noch immer eine anstrengende Achtzigstundenwoche in seinem Downtown-Büro, ist ein noch ebenso unermüdlicher Geschäftemacher und hartnäckiger Verfolger seiner Feinde wie vor zwanzig Jahren, als Corky ihn kennenlernte. Als Corky Ross Drummonds Schwiegersohn *und* Mitarbeiter war, wachte er immer wieder keuchend und japsend aus Träumen auf, in denen der Alte ihm buchstäblich auf der Brust saß.

Hol's der Teufel, aber irgendwie, findet Corky, ist der Alte doch bewundernswert. Ein hervorragender, wenn auch ein bißchen zu geheimniskrämerischer und einen Tick paranoider Geschäftsmann und äußerst freigebig, wenn man bei ihm gut angeschrieben ist. Ein Muster an Anstand, seiner Frau und allen »Ladies« eines gewissen Alters und einer gewissen Gesellschaftsschicht gegenüber die Aufmerksamkeit selbst, aber hemmungslos drastisch in seiner Ausdrucksweise, wenn keine weiblichen Wesen in Hörweite sind wie jetzt, als er zu Corky sagt: »Ganz wie in alten Zeiten, was? Du und ich, und die Weiber in der Küche.«

Als wäre in diesem Moment Charlotte als Corkys Frau hier im Haus.

Traurig. Demnach habe ich ihm gefehlt.

Los, mach jetzt Druck auf den alten Furz, der Augenblick ist günstig.

Corky lacht verlegen und trinkt sein Club Soda, er hat eine Zigarette zwischen seinen Fingern, von der er nicht mehr weiß, daß er sie angezündet hat. Drummond verbreitet sich, gedankenvoll eine Zigarre paffend, über das Thema Memorial Day, den ganzen Tag, gesteht er Corky, ach was, seit Jahren schon verfolgt ihn die Erinnerung an die Männer, die im Krieg gefallen sind, Freunde von ihm, Kameraden aus dem Zug, deren Namen er längst vergessen hat, einige sind vor seinen Augen von Granatsplittern oder Bomben zerfetzt worden, sind seit fünfzig Jahren tot – kaum zu glauben, seit fünfzig Jahren! –, und er, Ross Drummond, lebt immer noch, eine erstaunliche Sache, wirklich, was für ein schlechtes Gewissen man hat, wie man sich in gewisser Weise nie daran gewöhnen kann, selber noch am Leben zu sein, wenn man jemanden neben sich hat sterben sehen. Als hätte der Tod eigentlich einen selbst holen wollen, und man habe ihn angeschmiert. »Und dann spreche ich ein Gebet für sie«, sagt Drummond fast verlegen zu Corky, »ich mache die Augen fest zu und spreche ein Gebet für sie, sie sind nicht vergessen.«

Eine Pause. Corky, der Drummonds jähe Stimmungsumschwünge kennt, traut dem Frieden nicht recht und erwartet jeden Augenblick eine hinterfotzige Bemerkung. »Ich habe mir gerade die Parade angesehen«, sagt er, »und war zu der Feierstunde im Erie Park, es war wirklich ergreifend.« Und dann fällt ihm der Friedhof ein und wie er dort zusammengeklappt ist, und er denkt erschrocken: Wenn dir das nun heute abend in Chateauguay passiert?

Aber die Parade und die Feierstunde interessieren Drummond nicht sonderlich. Sein Blick ist immer noch in die Vergangenheit gerichtet, er nickt, seufzt, bewegt lautlos die Lippen, das Gesicht mit den ledrigen Hautschichten in gedankenschwere Falten gelegt. »Weißt du, wen ich aus jener Zeit bewundere, Junge? Harry S. Truman. Nicht wegen seiner Politik – ihr Demokraten habt immer eine beschissene Politik gemacht –, sondern wegen seines gesunden Menschenverstands. Der Mann war mutig genug, zur rechten Zeit und am rechten Ort die Atombombe einzusetzen, auch wenn er gewußt hat, daß er sich damit mächtigen Ärger einhandelt. Endlich mal einer, der die Courage hatte, das zu tun, was getan werden mußte. ›Gott sei Lob und Dank, daß die Atombombe uns zugefallen ist und nicht unseren Gegnern.‹ Bei Gott, ein wahres Wort.« Drummond scheint ehrlich ergriffen zu sein, er pafft seufzend seine Zigarre und stößt eine bläuliche Rauchwolke aus, die in Corkys dünnere weiße Wolke hineinzieht und sie bezwingt. Seine Hand liegt schwer, fleischig-warm und mit rauher Zuneigung auf dem Ärmel von Corkys feinem Tuch. »Du bist zu jung, um viel über diesen geschichtlichen Wendepunkt zu wissen, Corky, aber *ich* weiß Bescheid, *ich* war dabei. Auf einem Truppentransporter, der auf dem Weg zu den Scheißjapsen war, als die Atombombe auf Hiroshima fiel. Ich hätte draufgehen können wie Hunderte, Tausende von Jungs in meiner Lage. Aber dann explodierte die Bombe, und wir waren gerettet. Bei Gott, ein wahres Wort: *Amerika. Und nicht unseren Gegnern.*«

Das zornig-feuchte Lachen, das den schlaffen Lippen entschlüpft, rutscht in eine höhere Tonlage, wird beinah zu einem höhnischen Kichern.

Es ist ein schöner, bewegender Augenblick, fast meint Corky, allein mit seinem Ex-Schwiegervater auf der schnittigen *Rustbucket* über einen anonymen Fluß zu gleiten, das tröstliche Klatschen der Wellen zu hören, unter sich die mühelose Kraft des starken Bootes zu spüren. Corky zieht den Rauch tief in die Lunge, er überlegt, wie er anfangen soll, wie er es anstellt, am geschicktesten und trotzdem taktvoll das Gespräch auf das Bull's Eye zu bringen, er wendet sich nicht zum ersten Mal an den Alten, aber er hat vergessen, wie er es früher gemacht hat. Ein falscher Schritt – und du bist bei Ross Drummond unten durch.

Anzüglich sagt Drummond, er habe gehört, Corky sei neulich mal bei Charlotte und Gavin gewesen. Er legt den Zeigefinger an die Nase wie ein geiler Weihnachtsmann. »Aber Gavin war nicht zu Hause, wie?«

Corky denkt: Hat sie dir erzählt, was wir getrieben haben?

Aber dann macht er ein redlich- ernsthaftes Gesicht, wie sich das für einen guten Schwiegersohn gehört, und sagt: »Ja, wir haben uns Sorgen um Thalia gemacht, Charlotte und ich. Aber jetzt ist die Sache wieder im Lot – oder zumindest nicht mehr so kritisch.« Ob Drummond von der gestohlenen Luger weiß? So wie sein Ex-Schwiegervater ihn ansieht, halb ernst, halb spaßhaft, ist das nicht sehr wahrscheinlich. Alles bindet Charlotte ihrem Pappa auch nicht auf die Nase. »Thalia hat mir heute früh was auf den Anrufbeantworter gesprochen. Sie will zu einer Freundin irgendwo im Westen, ›in die Berge im Westen‹, hat sie gesagt. Weißt du was darüber, Ross?«

»Natürlich«, sagt Drummond schnell. »Thalia erzählt mir alles. Sie hat Vertrauen zu ihrem Großvater.«

»Wo will sie denn hin?« fragt Corky. »Nach Wyoming, meint Charlotte. Oder Montana.«

Drummond unterbricht ihn fast ungehalten. »Thalia hat, wie gesagt, Vertrauen zu mir. Und zu ihrer Großmutter. Aber natürlich dürfen wir uns dieses Vertrauen nicht verscherzen.«

Pipifax, denkt Corky. Du weißt ja noch weniger als ich.

Verlegen schweigend sitzen sie jetzt beieinander, und Corkys Blick geht ruhelos durch den großzügig eingerichteten Raum *den du nie wieder sehen wirst, das ist dein letzter Besuch* und legt sich die lauwarme Clubsodaflasche an die fiebrige Stirn, an die Wangen, ans Kinn. An die brennenden, schmerzenden Augen. Zum Duschen hat die Zeit nicht mehr gereicht, aber rasiert hat er sich, schnell und zerstreut, die rechte Hand mit der linken stützend, aber trotzdem so zittrig, daß er sich nicht einmal, sondern gleich mehrmals geschnitten hat, *Scheiße!*, das Blut lief so schnell an seinem Kinn herunter, daß er Mühe hatte, es zu stillen, dann mußte er in aller Eile den Smoking anziehen und fummelte an den verdammten Manschettenknöpfen, an den winzigen Haken der Smokingschleife herum, verzweifelte fast daran, es allein zu schaffen, er würde – sein Hirn ging langsam wie ein leistungsschwacher Computer die begrenzte Zahl der ihm zur Verfügung stehenden Möglichkeiten durch – ja, er würde bei

Charlotte vorbeifahren und sie um Hilfe bitten, würde womöglich seine Frau zum zweiten Mal heiraten müssen, um auch für kommende Jahre sicherzustellen, daß er bei offiziellen Anlässen – oder überhaupt – ordentlich angezogen ist. Und Charlotte kann ihn nicht mit ihrem Mann betrügen, *weil – ob sie nun verheiratet sind oder nicht – er ihr Mann ist.* Höchste Zeit, daß er losfährt, bis Chateauguay braucht er zwanzig Minuten, und er muß zum zweiten Mal an einem Tag ein Gespräch unter vier Augen mit Vic führen, auch wenn Vic ebensowenig sein Bruder wie dieser verschlagene Alte sein Vater ist, aber auch mit ihm muß er reden.

Er nimmt einen zittrigen Atemzug und setzt entschlossen dazu an, ganz offen zu sagen, daß er finanzielle Hilfe braucht und daß es dringend ist, aber da kommt Ross Drummond ihm zuvor.

Er bleckt in einem wölfischen Grinsen die falschen Zähne und sagt: »Schön, dich wiederzusehen, Corky, du hast mir gefehlt. Es ist so, wie Hilda sagt, bei dir gibt's immer was zu lachen. Aber ich weiß, warum du dir trotz deiner vielen gesellschaftlichen Verpflichtungen die Zeit genommen hast, heute vorbeizukommen. Und so leid es mir tut – ich muß dich enttäuschen. Die Antwort ist Nein.«

Corky sieht ihn verständnislos an. Ross Drummonds feuchte Äuglein funkeln belustigt. Man merkt, daß er Spaß an der Situation hat, so wie er Spaß daran hatte, beim Fischen von seiner Jacht aus die an der Leine zuckenden und zappelnden Fische hoch in die Luft zu werfen oder zuzusehen, wie sie sich auf Deck wanden, um sie dann mit vom Haken zerfetzten, blutigen Mäulern wieder über Bord zu werfen.

»Was heißt ›nein‹?« fragt Corky beklommen.

»Stell dich nicht dümmer als du bist. Wir reden von einer Immobilie im Wert von 460 000 Dollar. Zumindest ist das der Preis, den du für das Bull's Eye ausspucken mußt, wobei du, wie ich höre, eine Anzahlung von 138 000 Dollar mit einem auf morgen vordatierten Scheck bereits geleistet hast.«

Drummond runzelt in geheuchelter Besorgnis die Stirn und schüttelt den Kopf. »Wolltest du mich um die ganze Summe angehen, Corky, oder hast du irgendwo noch Bares, das nicht ›gewinnbringend angelegt‹ ist?«

Corky vernimmt das Echo seiner eigene Worte und kann nur staunen, wie grausam sie sich aus dem Mund eines anderen anhören.

»Ich – ich weiß nicht«, stottert er.« Ich dachte, wir könnten darüber reden, wie…«

»Jetzt? In einer Viertelstunde? Wo du fein in Schale zu einem Nobelbankett im Chateauguay Country Club willst? Du hast zwar was Besseres vor, tust aber deinem alten Schwiegervater den großen Gefallen, mal eben bei ihm reinzuschauen, um ihm die Möglichkeit zu geben, dir mit 138 000 Dollar unter die Arme zu greifen – zu welchem Zinssatz übrigens?«

»Eben darüber, dachte ich, k-könnten wir reden…«

»Da gibt's nichts zu reden«, sagt Drummond schroff. Er hat sich zurückgelehnt und die dicken Beine übereinandergeschlagen, der faßförmige Oberkörper zittert vor Empörung, und sein Blick ist mit einem sadistischen Ausdruck auf Corky gerichtet. »Das Bull's Eye, dieser vergammelte Laden«, er läßt den Namen mit genüßlicher Verachtung auf der Zunge zergehen,»ist alles in allem keine 138 000 Dollar wert. Ich weiß Bescheid, ich bin schließlich der Makler, der die Liegenschaft auf seiner Liste hat. Hat meine Büroleiterin dir nicht gesagt, daß der Laden schon seit Jahren auf dem Markt ist? Ich kenne die Angebote, ich weiß, wie wenige reingekommen sind und wie niedrig sie liegen. Und was an Renovierungskosten anfällt. Vermutlich hast du nicht daran gedacht, daß das Bull's Eye dank einer Ausnahmeregelung nicht verpflichtet war, die nach dem neuen bundesstaatlichen Gesetz vorgesehenen behindertengerechten Einrichtungen einzubauen, aber wenn du Trottel den Laden 1992 kaufst, mußt du dafür sorgen, daß Krüppel im Rollstuhl nicht nur durch den Vordereingang und durch die Notausgänge kommen, wenn's brennt, sondern notfalls auch mal scheißen können – und jede Sitzung kostet dich eine Stange Geld. Hunderttausend Dollar, schätze ich mal, allein zur Erfüllung der gesetzlichen Auflagen. Außerdem muß die ganze Elektroinstallation erneuert werden. Und der Keller ist unter aller Sau. Und wenn du glaubst, das Projekt Innenstadtsanierung reißt dich raus und treibt die Preise hoch, muß ich dir leider sagen, daß es gestorben ist. Mausetot.« Drummond fährt mit der Handkante über seine Kehle. »Das Beste, was du tun kannst, ist, den Laden abzureißen und auf dem Grundstück ein Parkhaus zu bauen. Das wäre mein Rat. Sehr schade, daß du mich vor ein paar Tagen nicht gefragt hast.«

»Moment mal«, sagt Corky. »Woher weißt du von dem Projekt? Ich bin im Stadtrat...«

»Und ich bin im zuständigen Ausschuß. Und wir haben dafür gestimmt, es abzuschießen.«

Corky sieht Ross Drummond nur an und läßt fast die Flasche mit dem labbrigen Zeug fallen, das er da trinkt.

Jetzt kommt Drummond erst richtig in Schwung, und Corky begreift, daß er nur deshalb dem Treffen mit Corky so bereitwillig zugestimmt hat. Der Alte ist gekränkt und wütend, sein Gesicht ist dunkelrot angelaufen, Speichel sprüht von seinen Lippen. »Wieso um alles in der Welt hast du mich nicht angerufen, ehe du dich bei dieser Gewitterziege, dieser ›Chantal Crowe‹, festgelegt hast? Ich hab gehört, daß du am Samstag so besoffen warst, daß du dir in die Hosen gemacht hast und sie dich im Taxi nach Hause schicken mußten, stimmt das? Dabei bin ich doch jederzeit bereit, dich zu beraten, Herrgott noch mal, ich meine es doch gut mit dir, keiner kennt sich auf dem Immobilienmarkt von Union City besser aus als Ross Drummond, fünfundfünfzig Jahre bin ich im Geschäft, und du dämlicher Affenarsch hast mich nicht gefragt. Wenn sie nun in der Stadt denken, du hättest mich gefragt, und ich hätte dir zu diesem Bockmist geraten?« Als Drummond Corkys unglücklich-verstörtes Gesicht sieht, beugt er sich vor, so daß Corky in seinem Sessel gefangen ist. »Mit wem hast du dich besprochen? Mit deinen windigen Spezis aus dem Rathaus? Denkst du wirklich, auf einen Oscar Slattery, auf irgendeinen Slattery wäre Verlaß? Oder auf deinen jüdischen Geldmenschen?« Drummonds elefantenhafter Kopf wippt, er fuchtelt mit einem dicken Zeigefinger gefährlich nah vor Corkys Augen herum. »Du denkst also, das schaffst du im Alleingang? Ohne deinen alten Schwiegervater? Aber da hast du dich geschnitten, mein Junge! Du hast ja von Tuten und Blasen keine Ahnung! Dieser neue Geldmensch, den du da hast, dieser Greenbaum – Howard Greenbaum, nicht? –, ist ein aalglatter Kunde. Hättest dich lieber an Pfeifen halten sollen, denen du gewachsen bist. Ich wette, Greenbaum hat dir diesen Konsolidierungsschwindel bei Viquinex eingeredet, stimmt's?«

»Wieso Schwindel?« protestiert Corky. »Ich dachte…«

»Ja oder nein?«

»Er hat mir die Sache erklärt, und…«

»Hat er dir auch erklärt, daß die Kosten für die Zusammenlegung von den Anlegern zu tragen sind? Und daß sie sich auf bis zu 5000 Dollar pro Hunderttausend-Dollar-Anlage belaufen können?«

»Ich glaube schon.«

»Und hat er dir auch erklärt, daß er von der Firma eine Maklerprovision für jeden Anleger bekommt, der mit ›Ja‹ stimmt, aber keine Provision für die, die mit ›Nein‹ stimmen?«

»Daß er – was?«

Drummond lacht ein paar Mal kurz und bellend wie ein Walroß, sichtlich belustigt, weil Corky aussieht wie einer, dem das Wasser buchstäblich bis zum Hals steht. »Das hat er dir nicht erzählt, und du hast nicht gefragt, stimmt's? Und warum hast du nicht gefragt? Greenbaum ist schließlich ein Makler. Oder für was hältst du ihn – für einen Rabbi?«

Corky ist speiübel. Er muß raus hier, er braucht Luft.

Genüßlich leert Drummond sein Glas und wischt sich mit dem Handrücken den Mund. Die glitzernden Knopfaugen sind prüfend auf Corky gerichtet. Ob er wohl zu weit gegangen ist? Fast gütig fragt er: »Wieviel hast du bei Viquinex angelegt? Vielleicht kann ich dir aushelfen. Im September wird die Aktienüberwachungsbehörde sich die Arschlöcher vornehmen. Wenn wir mit einem Prozeß drohen, wäre das vielleicht ein wirksamer Schreckschuß…«

Corky kämpft sich mühsam hoch und bewegt sich taumelnd zur Tür. »Dank dir schön, Ross«, sagt er lahm. »War super. Echt super. Müssen wir bald wieder mal machen.«

Bedauernd hievt sich jetzt auch Drummond aus seinem Sessel und verstellt Corky den Weg. »Du willst schon gehen? Bist doch gerade erst gekommen. Ich hol mal eben Hilda, sie ist bestimmt böse, wenn du ihr nicht guten Tag sagst.«

Corky fährt sich mit der Hand durchs Haar und bringt ein matt hüstelndes Lachen zustande, als hätte ihm jemand einen kräftigen Tritt in den Hintern versetzt, den er aber, weil er kein Spielverderber ist, von der lustigen Seite nimmt. In der Diele sagt er: »Grüß Hilda schön von mir, Ross, und sag ihr, daß sie mir ebenso fehlt wie ich ihr.«

Drummond will sich ausschütten vor Lachen, von seinen schlaffen Lippen fliegt die Spucke.

»Jetzt komm schon, Corky! Geh nicht im Zorn!«

In der Diele gibt es ein täppisch-keuchendes Tauziehen, das beiden länger vorkommt, als es ist. Drummond zerrt an Corkys Arm, und der versucht, sich mit rotem Gesicht, aber möglichst höflich, möglichst respektvoll loszumachen. Schließlich ist Ross Drummond ein alter Herr, älter als Sean Corcoran, und sehr viel betuchter. Lachend sagt Drummond: »Teufel auch, Corky! Wenn ich dich einen dämlichen Affenarsch genannt habe – das war nicht so gemeint, du kennst mich doch. Vielleicht hab ich dämlicher Irenbengel sagen wollen…« Wieder lacht er dröhnend, Corky stellt sich vor, daß seine Ex-Schwiegermutter Hilda irgendwo ganz in der Nähe ist und staunend, mißbilligend, neidisch große Ohren macht – »Was soll's denn, bleibt doch alles in der Familie «. Und während sich Corky an ihm vorbei zur Tür drängt, nach Luft ringend wie ein Ertrinkender, fährt Drummond fort: »Wir müssen das mal in aller Ruhe besprechen. Die Firma Corcoran steckt in der Klemme. Ich könnte bei der Crowe, dieser alten Kuh, Druck machen, damit sie den Scheck zerreißt, und wenn sie das nicht will, müssen wir uns eben was einfallen lassen. Was du brauchst, wenn du in ein Unternehmen wie das Bull's Eye investierst, ist ein Partner, der sich in den demographischen Gegebenheiten auskennt…«

Der Alte wirkt echt zerknirscht, aber Corky traut ihm nicht über den Weg, er wird ihm nie wieder trauen.

»Du kannst mich mal, Ross«, sagt Corky.« Dein Preis ist zu hoch.«

Als Corky glücklich die Tür aufgemacht hat, blockt Drummond ihn ab, er atmet schwer, die boshaften kleinen Augen sind geweitet, er kann es offenbar nicht fassen, daß dieser dämliche Irenbengel tatsächlich auf und davon gehen will. »Du bist zu aufbrausend, Corky, komm wieder rein, nimm einen zur Brust und hör auf mit dem Quatsch. Willst du denn, daß die Firma den Bach runtergeht? Das wirst du doch nicht wollen…«

»Du kannst mich mal«, wiederholt Corky freundlich. »Und schönen Dank auch.« Und dann ist er draußen. Er geht zu seinem Wagen und kann nur hoffen, daß er auf dem regenglatten Plattenweg nicht ausrutscht und auf den Hintern fällt. In der Einfahrt dreht er sich noch einmal um und winkt seinem Ex-Schwiegervater zu. Ross Drummond – in der Höhe, aber nicht in der Breite geschrumpft – steht verdattert auf der Schwelle seines naßglänzenden normannischen Heims, das in seinen überdimensionierten Proportionen so unwirklich-absurd wirkt wie ein gemaltes Märchenschloß, und blickt Corky nach. Das ledrige Gesicht, die glänzend-schuppige Kopfhaut, das leere Totenkopfgrinsen – das ist das Letzte, was Corky je von seinem reichen Schwiegervater sehen wird.

Als Corky in seinem Valentino-Smoking um 19.27 Uhr zum Chateauguay Country Club kommt, macht er seinen zweiten Fehler an diesem Abend, und der besteht darin, daß er überhaupt hergekommen ist.

Stocknüchtern in elegantem schwarzen Tuch, schwarzem Kummerbund aus Satin, schwarzer Smokingschleife, makellos gestärktem, blendendweißem plissierten Hemd mit Goldknöpfen, goldenen Manschettenknöpfen, 420 Dollar-Lackschuhen von Bally, nicht nur stocknüchtern, sondern wild entschlossen, heute keinen Mist zu bauen oder nur, soweit er selbst es will, falls er es will, denn das ist *sein* Entschluß, *er* hat die Sache im Griff – und wen sieht er da, kaum daß er mit dem Caddy vor dem weißen Säulenvorbau des Country Clubs hält? Mike Rooney, der draußen unter dem Baldachin zwischen den livrierten Parkhelfern steht und *auf ihn wartet.*

Rooney, diesen Mistkäfer!

Corky sieht, wie Rooney ihn durch die Windschutzscheibe grimmig anfunkelt. *Besoffen, was?* signalisiert dieser vorwurfsvolle, wütend-nervöse Blick, die Haltung von Kopf und Hals, signalisieren die verspannten Schultern unter dem Smoking. *Besoffen!*

Und auch, wie Rooney die Dellen am Kotflügel und der vorderen Stoßstange in Augenschein nimmt, die unzähligen Kratzer, Beulen, Löcher im Lack, das Netz der Risse in der Windschutzscheibe, das offen liegt wie ein Röntgenbild von Corkys Gehirn – auch diese Schmach registriert Corky.

Auf dem Weg nach Chateauguay – mit Höchstgeschwindigkeit in nördlicher Richtung über den Lakeshore Drive zum Edgewater Boulevard, vorbei an dem stattlichen, grau steinernen Gebäudekomplex der St. Thomas Aquinas Academy for Boys, nach Norden in die Vororte, St. Claire, St. Claire Shore, auf der blinkenden Stahlbrücke der Interstate 190 über den Fluß durch peitschende Regenböen in einen Himmel hinein, der sich in Dunkelheit auflöst, als hätten sich schwarze Riesenschwingen geöffnet, die die Sonne verdecken, denkt Corky *Jetzt ist es soweit! Jetzt entscheidet es sich!*, ohne recht zu wissen, was sich entscheiden soll, ob er dabei Vic Slattery im Sinn hat oder Christina Kavanaugh (wenn sie heute abend nicht kommt, ist zwischen ihnen endgültig alles aus) oder seinen Vater, der nicht hätte zu sterben brauchen, und damit auch sein eigenes Leben, das nicht so hätte ersonnen, nicht so hätte gelebt werden müssen. *Warum bin ich hier, warum tue ich das?* denkt er. Und: *Habe ich ein Gelübde abgelegt, die Sache durchzustehen? Aber warum ich? Und warum diese* – aber er benennt es nicht – *diese Verzweiflung, dieses Verhängnis.* Und dann sieht er auf der linken Seite der Bloomfield Road den Golfplatz, der zum Chateauguay Country Club gehört, mit seinen gepflegten, sanft gewellten Rasenflächen, im schwindenden Licht unheimlich schillernd wie ein auf Tischplattengröße reduziertes Filmset, das dank einer optischen Täuschung in allen Einzelheiten wie echt wirkt. Und da tauchen aus dem Grün die hohen, säulenartigen Torpfosten auf, das Schild mit der diskreten Warnung CHATEAUGUAY COUNTRY CLUB NUR FÜR MITGLIEDER.

Corky Corcoran ist nicht Mitglied im Country Club (möglicherweise sind sie nur noch nicht dazu gekommen, ihm die Mitgliedschaft anzutragen, oder er ist so sehr der Downtown-Szene von Union City verhaftet, daß es selbst seinen guten Freunde in Chateauguay nicht in den Sinn gekommen ist, er könne als Kandidat für ihren Vorortklub in Frage kommen), aber natürlich war er schon oft hier eingeladen. Nicht nur zu politischen, auch zu gesellschaftlichen Anlässen.

Trotzdem durchfährt es Corky immer wie ein Stich, wenn er,

obwohl er nie ohne Einladung kommt, beim Hineinfahren die schön gravierte Mahnung auf dem Messingschild liest NUR FÜR MITGLIEDER.

Und deshalb denkt er jetzt, als er Rooney so auffällig, mit grimmiger Miene, ohne Lächeln und ohne eine Hand zum Gruß zu erheben, warten sieht: *Nicht ausrasten. Steh es durch.* Stocknüchtern und würdevoll in seinem Smoking, wenn auch etwas gerötet und quelläugig wie ein gekochter Fisch, drückt Corky dem jungen Latino den Autoschlüssel in die Hand und geht ohne Eile auf den Eingang zu, aber da kommt schon Rooney angelaufen: »Corky, Herrgottnochmal, wo steckst du denn? Wir warten seit vierzig Minuten auf dich. Du wußtest doch von der Pressekonferenz. Du hast versprochen, daß du pünktlich kommst.« Ein, zwei Sekunden kann Corky sich noch beherrschen, aber Rooney zetert weiter wie ein quengeliger kleiner Bruder, er ist nervös, gewiß, und vielleicht sogar mit gutem Grund, aber so was kann man mit Corky Corcoran nicht machen, vor allem nicht fast in Hörweite von Dritten (in unregelmäßigen Schüben kommen immer wieder Gäste, von denen einige sowohl Corky Corcoran als auch Mike Rooney erkennen oder von ihnen erkannt werden). Rooney geht mit der vorwurfsvollen Frage »Wo zum Teufel warst du denn? Hast wohl aufgetankt?« auf Corky los wie eine zornige Wespe, die ihm geradewegs ins Gesicht fliegt, und da schwenkt Corky, ohne den Schritt zu verhalten, zu Rooney herum, packt mit der Faust die schwarzen Satinrevers, das gestärkte, plissierte Smokinghemd, schüttelt den kleinen Wichser kräftig durch »Du kannst mich mal, Rooney, ich komme nicht zu spät, es ist genau halb acht! *Ich komme nicht zu spät,* und ich habe nicht getrunken!« und läßt ihn praktisch im gleichen Atemzug wieder los, ohne sich weiter an dem Mann zu vergreifen, aber Rooney taumelt mit käseweißem Gesicht rücklings in die triefenden Büsche, er ist so fassungslos, als hätte sich Corky vor ihn hingestellt und ihm eine Kugel durch den Kopf geschossen.

Corky faßt sich rasch wieder und geht eilig weiter, vorbei an Männern im Smoking, Frauen in schimmernden Kleidern, die ebenfalls erstaunt zu ihm hinsehen, manche haben ihn wohl auch erkannt, aber Corky hat es in seinem derzeitigen Zustand beispielhafter Würde nicht nötig, sie zur Kenntnis zu nehmen; er ist geblendet, als schreite er durch Feuerwände. *Und jetzt... und jetzt... was?* Nach dem übersteigerten Tempo der letzten Tage glaubt er noch immer: *Ich habe alles im Griff, ich bin stocknüchtern.* Er bleibt einen Augenblick stehen, um wieder zu Atem zu kommen, dann betritt er das Haus, taucht ein in das helle Plappern und Schnattern der mit ihren Cocktails herumstehenden Gäste, um ein paar Hände, ein Dutzend Hände zu schütteln, warme Frauenwangen zu küssen, die ihm dargeboten werden, und sich seinerseits küssen zu lassen, Grüße auszutauschen *Hallo! Wie geht's?Schwer was los hier, nicht?* Distanziert, fast resigniert stellt er nach einem schnellen Blick über die dicht gedrängte Menge fest, daß Christina Kavanaugh offenbar nicht da ist, dafür sieht er ganz in der Nähe einen Mann im Smoking, der im Rollstuhl sitzt und Corky den Rücken zuwendet, so daß Corky ihn nicht erkennen kann: Ex-Richter Harry Kavanaugh?

Als gäbe es in ganz Chateauguay nur einen einzigen Mann im Rollstuhl.

Als habe es für Corky Corcoran auch nur die mindeste Bedeutung, ob Harry Kavanaugh sich auf einem Bankett für Vic Slattery hier, im Chateauguay Country Club, befindet.

Doch dann schiebt sich Corky mit plötzlicher Entschlossenheit durch die Menge, bedenkt Gäste, die ihn erkannt haben und ihm das Gesicht zuwenden, mit seinem sonnig-unbeschwerten Lächeln, ohne sie seinerseits zu erkennen, und steuert, vorbei an der Bar und den üppigen Vorspeisen-Tischen, wo lachende schwatzende Gäste wie Schlachtvieh zusammengedrängt sind, den Empfangssalon an, in dem der Mann im Rollstuhl in Begleitung einiger anderer Gäste verschwunden ist *Ich werde ihm die Hand geben und ihm reinen Wein einschenken,* aber da hört er ein durchdringendes zweistimmiges: »Jerome! Jerome Corcoran!«. Es sind Andy van Burens Assistentin Maggie und Vics Assistentin Kimberly, sie packen Corky fest an beiden Armen und lassen ihn nicht mehr los.

Angestrengt lächelnd führen sie ihn in den noch leeren Speisesaal – ein Meer vornehm dekorierter Tische, auf jedem ein Schild mit einer gut lesbaren Zahl, auf dem auch noch eine kleine, geschmackvolle amerikanische Fahne Platz hat – und sagen ohne Vorwurf, nur zu seiner Information, daß die übrigen in das Programm des Abends eingebundenen Gäste seit halb sieben da sind. »Vic hat sich schon Sorgen gemacht, Jerome«, sagt Kimberly, eine aggressive Jungdreißigerin, die neu in Vics Stab ist und nach dem, was sie über Jerome Corcoran weiß, dem Mann ziemlich ablehnend gegenübersteht, ihm aber jetzt mit einem Lächeln, das sexy und angriffslustig zugleich wirkt, subtil entgegenkommt, »du warst offenbar heute vormittag mit deinem Wagen in einen Unfall verwickelt... oder gestern vormittag...«

Corky geht darauf nicht ein. Vielleicht hat er es auch nicht gehört.

Der Speisesaal des Chateauguay Country Clubs ist ein riesiger Raum mit Wänden, die hauptsächlich aus Glas bestehen, und gewölbten Oberlichtern. Am hinteren Ende justieren Techniker ein Mikrophon an einem mit Blumen und Flaggen geschmückten Rednerpult in der Mitte des langen Ehrentisches, der auf einem erhöhten Podium steht, so daß die Würdenträger des Abends in den Saal hineinsehen. *Sie haben mich vom Ehrentisch gekippt,* denkt Corky fast abgeklärt, aber nein, er überfliegt die Tischkarten und findet JEROME CORCORAN zwischen SANDRA SLATTERY und ANDREW VAN BUREN, dem demokratischen Vorsitzenden von Mohawk County. Zum ersten Mal in seiner Laufbahn ist Corcoran so öffentlich, so sichtbar erhöht worden.

Die Tontechniker werden von einem Smokingträger in mittleren Jahren eingewiesen, der eine rote Nelke am Revers hat – Andy van Buren höchst persönlich. Als er zufällig nach unten sieht, entdeckt er Corky, einen Augenblick verschlägt es ihm die Sprache, dann sagt er laut: »Corky Corcoran! Endlich! Freut mich, dich zu sehen.« Er streckt Corky die Hand hin, der Händedruck wirkt auf beiden Seiten ehrlich. »Schön, daß du da bist. Die Rede fix und fertig?« Seine Lippen lächeln, und Corky durchfährt es *Er haßt mich. Warum eigentlich?* aber es ist zu anstrengend, darüber nachzudenken. Corky gibt das Lächeln zurück. »Aber sicher. Fix und fertig«, und dann ziehen die Frauen ihn weiter. Corky zwinkert van Buren zu und zuckt die Schultern, ich mach ja alles mit, soll das heißen, ich bin kein Spielverderber, laß mich sogar von zwei penetranten Weibern rumkommandieren.

Sie lotsen ihn in den angrenzenden Rotunda Room, dort stehen Vic Slattery und Sandra Slattery und noch ein paar Leute, offenbar ist gerade ein Fototermin zu Ende gegangen, bei dem die Slatterys mit den Organisatoren des Abends und den Hauptgeldgebern posiert haben, mehrere Fotografen packen ihr Handwerkszeug ein und wenden sich zum Gehen, und als Sandra ihn sieht, kommt sie rasch auf ihn zu, umarmt ihn und gibt ihm einen Kuß auf die Wange, wie herzlich Sandra Slattery ist, sie flüstert mit Corky wie mit einem alten Liebhaber: »Hallo Corky! Du machst einen fiebrigen Eindruck.« Auch Corky legt die Arme um Sandra, die Umarmung fällt ruppiger aus als beabsichtigt, er hat eine Zigarette in der Hand, und das ärgert sie, aber sie sagt nichts. Corky zuckt freundlich mit den Schultern. »*Du* machst einen fiebrigen Eindruck!« Vic schüttelt Corky die Hand und lächelt ihm freundlich zu, seine Augen lächeln nicht, aber in ihnen steht, anders als bei van Buren, kein Groll, ja, nicht einmal Besorgnis, sondern nur jener ratlos-glasige Blick, mit dem junge Boxer ihrem Gegner im Ring entgegensehen – nicht die Anmaßung des Profis, der angetreten ist, um auszuteilen, sondern das Staunen des Amateurs, der sich plötzlich an diesem Ort wiederfindet, an dem er nicht voraussehen kann, was an ihm oder durch ihn geschehen wird.

»Hallo Corky«, sagt er. Nicht so, wie man mit jemand redet, den man liebt, sondern so, wie man mit einem Bruder redet. Zum zweiten Mal innerhalb von zwölf Stunden, denkt Corky.

Er flüchtet sich in einen seiner dummen Witze. »Wie ich höre, hattest du Angst, ich würde es nicht schaffen, aber was soll der Blödsinn, ich hätte einen Unfall gebaut? Ich baue keine Unfälle.« Nervöses Lachen, so daß Corky noch einen draufsetzt. »Red Pitts ist ein Typ, der Unfälle baut. Der läßt sich überfahren.«

Diese schwachsinnige Bemerkung ruft gemäßigtes Gelächter hervor; wenn du den richtigen Ton triffst, kannst du auch noch bei den schwachsinnigsten Sprüchen mit einem Lacher rechnen.

Der Fotograf des *Journal*, der Jerome Corcoran namentlich, vom Sehen und vom Ruf her kennt, will unbedingt rasch noch eine Aufnahme von Corky und Vic machen, sie posieren bereitwillig zusammen vor einer Glaswand, hinter der in trüben, vom Wind schräg verwehten Regenschauern Tennisplätze schwimmen. Auf dem Bild, das in der morgigen Ausgabe erscheinen wird, sind beide Männer vorteilhaft getroffen, Corky allerdings, der hoch aufgerichtet noch ganze fünf Zentimeter kleiner ist als Vic, wirkt leicht benommen und verwaschen.

Vic Slattery sieht in seinem Smoking blendend aus. Auf Fotos sind weder die angestrengten Falten um die Augen zu sehen noch die fettig-vergrößerten Poren auf der Nase, die geröteten Wangen mit den geplatzten Äderchen. Auf Fotos sieht er aus wie auf Hochglanz poliert: Intelligenz, Stolz, Demut und Tüchtigkeit zu gleichen Teilen. Corky sagt halblaut: »Ehe das Dinner anfängt, muß ich mit dir sprechen, Vic.«

»Aber das beginnt doch jetzt gleich.«

»Eben. Jetzt gleich.«

Vic zögert. Sein Mund zuckt. Von irgendwoher greift er sich sein Whiskeyglas. Dann führt er Corky in einen Gang vor dem Rotunda Room, und Corkys Rauch zieht hinterher. Sandra sieht ihnen besorgt nach, ist offenbar drauf und dran, ihnen zu folgen, läßt es dann aber doch sein.

Corkys Zunge ist plötzlich dick und taub. Er muß unnatürlich sorgfältig artikulieren. »Sag mir eins, Vic: Hat Marilee in der Sache mit Steadman gelogen? War das der Deal?«

Vic zuckt zusammen, gibt aber keine Antwort. Und schaut Corky nicht an. Er hat sein Glas an den Mund gehoben, jetzt trinkt er, auch das bedarf unnatürlicher Sorgfalt. Corky sieht, daß die Hand seines Freundes nicht ruhiger ist als seine eigene.

Er läßt nicht locker. Ebenso bedachtsam wie zuvor sagt er: »Ich frage dich, Vic: Hat Marilee Plummer in der Sache mit Steadman gelogen? Hat Oscar sie bezahlt? Ist dadurch das ganze Schlamassel entstanden?Hat Marilee sich umgebracht, weil sie zu tief drin steckte, nicht mehr damit fertig wurde?«

Corky sieht Vic fast flehend an, aber Vic hat die Stirn gerunzelt und die Augen niedergeschlagen und gibt seinen Blick nicht zurück.

»Herrgott, sag endlich was, Vic!« fährt Corky auf. »Das bist du mir schließlich schuldig. Ich bin doch dein Freund. Jedenfalls hab ich immer gedacht, daß ich dein Freund bin.«

»Du *bist* mein Freund, Corky, aber...«

»Aber was? Was ist...«

»Wir können jetzt nicht drüber reden. Es ist nicht der richtige Zeitpunkt.«

»Es ist genau der richtige Zeitpunkt«

Vic antwortet nicht. Oder kann nicht antworten. Wütend und vorwurfsvoll sagt Corky: »Und dafür wolltet ihr Steadman auch die Schuld in die Schuhe schieben. Dafür, daß sie sich umgebracht hat. Oscar hat das eingefädelt, Oscar oder einer, der für ihn arbeitet, und es ist aus dem Ruder gelaufen, stimmt's? Und Marilee hat das Geld bekommen – wieviel Geld? – und hinterher einen Job im Museum für Geschichte. Klar. Ist ja logisch. Ich kann nur nicht fassen, daß ihr, du und dein Vater, *mich* belügen würdet. Daß du so was machen oder bei so was mitmachen und dann *mich* belügen würdest.«

Jetzt endlich begegnet Vic Corkys Blick, unendlich jammervoll, unendlich gequält. *Was kann ich sagen? Frag nicht!* Corky weicht zurück. Seine Haut glüht.

Er wendet sich zum Gehen, Vic hält ihn auf, er will etwas sagen, bringt es nicht heraus, Corky schüttelt seine Hand ab, wieder setzt Vic an, etwas zu sagen, und diesmal schafft er es, seine Stimme ist heiser, brüchig und voller Scham: »Corky, so ist es nicht... nicht ganz so... Es ist viel komplizierter. Sobald diese Sache heute vorbei ist, verspreche ich dir, daß ich...«

»Hör zu, Vic: Es war doch ein echter Selbstmord? Kein getürkter?«

»Um Himmels willen, Corky, was denkst du denn von meinem Vater! Er ist doch kein...«

»Wenn nicht er, dann einer von seinen Leuten. Red Pitts zum Beispiel...«

»Beleidige meinen Vater nicht, verdammt nochmal. Was fällt ausgerechnet dir ein, meinen Vater zu beleidigen.«

»Dein Vater kann mich mal, Vic. Mir geht es um die Frau, und die Frau ist tot.«

»Wenn ich irgendetwas tun könnte, um Marilee wieder lebendig zu machen, Corky«, sagt Vic langsam, »würde ich es tun. Wenn ich irgendetwas...«

»Hör auf mit dem Krampf. Sie ist tot, und die Leute müssen erfahren, warum sie gestorben ist. Denkst du, das kannst du alles unter der Decke halten? Bildest du dir das wirklich ein?«

»Corky, bitte…«

Jetzt macht Corky sich endgültig los, er stürmt über den Gang, vorbei an der hell erleuchteten geschäftigen Küche, deren tausend Düfte sich zu einem Gefühl der Übelkeit in seinem Magen verwirbeln, er stößt eine Hintertür auf, steht *Scheiße Scheiße Scheiße!* zitternd im Regen und sieht mit leerem Blick auf die geraden Linien und Flächen der Tennisplätze, auf das grünliche Zwielicht der Hänge dahinter, auf die wie verklumpte Gehirnmassen am Himmel geballten gewaltigen Wolken, durch die sich die orangefarbenen Strahlen der untergehenden Sonne ziehen wie leuchtende Adern. Ihm ist, als ob in seinem Kopf ein Gummiband angezogen, bis zum Zerreißen straffgezogen wird, das aber in diesem bebend-spannungsvollen Zustand verharrt, ohne endgültig zu reißen. Er kramt nach der nächsten Zigarette, die ihm aus den Händen fällt und die er wegen dieser pulsierenden Spannung im Kopf nicht aufzuheben wagt, er nimmt eine neue heraus und zündet sie an, die Tür hinter ihm schließt sich, niemand ist ihm gefolgt.

Er ist frei, er ist in Sicherheit. *Jetzt mach, daß du wegkommst.*

Wenige Minuten später aber betritt Corky Corcoran, in einem breiten Strom von Gästen mitschwimmend, den Speisesaal, er ist jetzt blaß und hat nasse Haare, auch sein Smoking ist feucht und die Schleife sitzt schief, so daß eine Bekannte (deren vertrautes Gesicht und deren Namen Corky nicht registriert, die sich aber an ihn erinnern wird, *Pupillen wie Nadelstiche,* wird sie später sagen, wenn sie von ihm erzählt, von dem, was danach geschehen ist) ihn anhält und ihm sachlich wie eine Ehefrau die Schleife geraderückt, und Corky geht weiter, einen Dank murmelnd, den er selbst nicht hört. Wieder sichtet er den Mann im Rollstuhl – oder ist es ein anderer Mann in einem anderen Rollstuhl? –, er kann jetzt sein Profil erkennen, ein energisches, würdevolles Profil, schwerer Kopf, eisengraues Haar, neben ihm geht eine Frau, eine schlanke Frau in Schwarz mit schwarzem Haar – Christina? –, aber die beiden bewegen sich von Corky weg an einen weiter entfernten Tisch, ob sie es waren, bleibt ungewiß.

Sie liebt mich, denkt er, *ich bin der Größte für sie.*

Und: *Nein. Laß sie gehen. Zieh sie da nicht rein.*

Und: *Du kannst noch weg. Dreh dich einfach um und geh.*

Aber dann kehrt Corky dem Chateauguay Country Club doch nicht den Rücken, sondern geht weiter seinen Weg, er kommt an Pater Vincent O'Brien vorbei, sie begrüßen sich mit Handschlag und wechseln ein paar kurze, freundliche Worte, an die er sich zehn Sekunden später nicht mehr erinnert. Und – eine noch erstaunlichere Begegnung – Corky trifft seine Exfrau Charlotte und ihren neuen Mann Gavin Pierson, auch diese beiden begrüßt er herzlich und hat sie wenige Sekunden später vergessen, vergißt sie vielleicht noch während des Gesprächs.

Corky blickt wie gebannt auf Vic Slattery, der nur ein paar Meter von ihm entfernt ist.

Vic steht da, schüttelt Hände, spricht mit Mario Cuomo, der Gouverneur wird später auch oben am Ehrentisch sitzen, aber im Moment stehen beide noch unten, während Hunderte von Gästen in den Speisesaal strömen und nach ihren Tischen suchen, eine langsame Brownsche Molekularbewegung, die immer mehr Zeit erfordert, als die Organisatoren einkalkulieren, denn es ist schon 20. 12, das Dinner sollte um Punkt acht anfangen, und Andy van Buren muß noch seine überschwenglichen Begrüßungsworte loswerden, er steht in steifer Haltung am Rednerpult, putzt zwanghaft seine Brille und lächelt ziellos in das Meer von Gesichtern hinein. Livrierte Helfer weisen die Gäste ein. Blitzlichter flammen auf. Halb überdeckt von dem liebenswürdig hellen Geplapper hört man im Zwischengeschoß die Klänge des unsichtbaren Streichquartetts der Riverdale Academy of Music, das etwas entschlossen Munteres, Barockes spielt, dem niemand zuhört, und hätte Corky Corcoran zufällig etwas davon mitbekommen, hätte er es möglicherweise für ein tolles, grelles Schwirren und Streichen von Saiten in seinem eigenen Kopf gehalten. *Dreh dich einfach um und geh. Du brauchst sie nicht mal anzuprangern.* Aber das bringt er einfach nicht fertig.

Statt dessen drängt er vorwärts, wie von der Schwerkraft angezogen, sieht wie gebannt auf Vic Slattery, diesen großen, breitschultrigen, dunkelblonden Mann, der dasteht, Cuomo anlächelt und auch den Gouverneur um fünf, sechs Zentimeter überragt. Corky hört nicht einmal, was Sandra Slattery ihm zuruft, sie sitzt schon am Tisch auf dem Podium, komm, Corky, setz dich doch, hier ist dein Platz, Corky. Er sieht Vic Slattery und Mario Cuomo ernsthaft miteinander reden, bekommt aber von dem Gespräch nichts mit, die beiden sind politische Verbündete, allerdings nicht befreundet, das Problem Oscar Slattery, die rüde Historie der demokratischen Politik in Union City seit Buck Clover steht trennend zwischen ihnen. Corky drängelt sich nach vorn durch, und jetzt hat Vic ihn bemerkt, er sieht ihn blinzelnd an, einen Augenblick von seinem Gespräch mit dem Gouverneur abgelenkt, und auch jetzt noch ist Corky unentschlossen, er weiß nicht, ob er seinen Platz am Ehrentisch einnehmen soll, und wie es dann weitergehen, was er sagen soll, was für Worte ungebeten aus ihm herauskommen werden, aber das Gefühl dieses sich immer fester zuziehenden Gummibandes im Kopf treibt ihn voran *Du kannst nicht zurück, die Zeit bewegt sich nur in eine Richtung.*

Und dann bleibt Corky wie zufällig stehen, dreht sich um, läßt seinen Blick über die Menge gleiten, er hat eine brennende Zigarette zwischen den Fingern, obgleich jemand ihn auf dem Weg in den Speisesaal gebeten hat, sie auszumachen, vielleicht will er sich nach Oscar Slattery umsehen und auch nach Red Pitts, bis in die Lenden hinein spürt er das boshafte Lachen, das sich in ihm regt, wenn er daran denkt, wie Red Pitts sich gekrümmt, was für ein fassungsloses Gesicht er gemacht hat *Nimm das, du Zuhälter!*, und dann sieht Corky um 20.13 eine hochgewachsene, dunkelhaarige junge Frau mit der geschmeidig-gelassenen Grazie einer Schlafwandlerin durch die Menge gehen, ganz allein, ohne Begleiter, aber im Gegensatz zu den meisten anderen Gästen weiß sie offenbar ganz genau, wohin sie will, und es ist diese Zielstrebigkeit, die Corky auffällt, noch ehe er sie erkennt: Thalia.

Thalia!

Corky ist so verblüfft, aus einem Meer von Gesichtern das totenbleiche, strenge, ekstatisch schöne Gesicht seiner Stieftochter auftauchen zu sehen, daß er sich nicht fragt, warum sie hier ist, welch wahnwitzige Absicht sie verfolgt – noch dazu in Corkys weißseidenem Christian-Dior-Hemd, das er ihr aufs Bett gelegt hatte.

Das Hemd ist elegant, aber es ist ihr zu groß, zu breit in den

Schultern, die Manschetten fallen ihr bis halb über die schlanken Hände, darunter trägt sie einen knöchellangen, formlosen schwarzen Rock aus irgendeinem billigen mehrlagigen Musselin von einem Ständer mit Sonderangeboten aus dem Indienladen, bestimmt hat sie keine Strümpfe an und abgetretene Ledersandalen oder gar schwarze Aerobicschuhe an den Füßen. Sie hat eine unhandlich große Lederhandtasche bei sich, die sich auffallend von den seidenen oder paillettenbestickten Abendtäschchen der anderen Damen unterscheidet. Ihre Augen glänzen und sehen starr geradeaus. Auch sie steht wie unter einem Bann. Es ist, als sei ihr Stiefvater Corky Corcoran, der ihr hektisch zuwinkt, für sie unsichtbar. Ihr Blick ist auf Vic Slattery gerichtet.

Es geht so schnell, daß Corky es nicht registriert oder allenfalls wie eine Serie von Elektronikblitzen, die direkt vor seinen Augen aufflammen: Thalia bewegt sich in einer geraden unbeirrbaren Linie auf Vic Slattery zu, wobei sie ihrer Handtasche die Luger entnimmt, die sie aus Corkys Nachttischfach gestohlen hat, sie hebt in einer zu verbissenen Perfektion gebrachten Pose die langläufige schwere Waffe mit der rechten Hand und stützt sie mit der Linken ab, ihr Gesicht ist wie versteinert und trotzdem von erstaunlicher Leuchtkraft – wie im Krankenhaus in Ithaca, als man den Eindruck hatte, sie blicke über den Rand der Erde in den Tod und habe Gefallen an dem gefunden, was sie dort sah. Gleichzeitig ruft sie mit hoher, klarer, fester Stimme, als habe sie auch das lange geübt: »Vic Slattery! Mörder!«

»Thalia!« ruft Corky. »Nicht!« und tut instinktiv einen Schritt auf sie zu, als wolle er sie entwaffnen oder mit bloßen Händen die Kugeln abfangen, er ist nicht mehr als einen Meter von ihr entfernt, kommt ihr vors Visier und schirmt Vic Slattery dadurch vor den ohrenbetäubend peitschenden Schüssen ab, der erste trifft Corky mit der Wucht eines Vorschlaghammers in die Brust und schleudert ihn nach hinten, während die zweite Kugel das Handgelenk seines erhobenen linken Arms zerschmettert und die dritte seinen Schädel streift, seine Beine knicken ein, sind plötzlich nicht mehr da – wie Kreideschrift auf einer Tafel, die ein rascher achtloser Wisch wegnimmt. Corky fällt schwer zu Boden, umgeben von den panisch entsetzten Schreien der Männer und Frauen, die er nicht mehr sehen, sich nicht einmal mehr vorstellen kann. Blendende Lichtwirbel wie Wasser, das von einer Macht, die größer ist als bloße Schwerkraft, durch einen Abfluß nach unten gezogen wird, aber er spürt keinen Schmerz, keine Angst, nicht einmal Besorgnis, da ist nur ein Gefühl der Überraschung und leise Neugier, während es ihn in die Tiefe zieht. *Das ist es also. Und wo.*

Epilog

25. Mai 1992 – 28. Mai 1992

Mit einem Zug soll man kein Wettrennen veranstalten, das war vielleicht sein Fehler, aber er hat nie ernsthaft angenommen, daß er sterben müßte, und er ist nicht gestorben. Denn das Wissen um den Tod widerlegt den Tod, da niemand, der gestorben ist, ein solches Wissen besitzt.

Wenn man einen Patienten auf der Intensivstation des Chateauguay Medical Center besuchen will, einen Privatpatienten in diesem Einzelzimmer, in das man Jerome Corcoran nach seiner sechsstündigen Operation verlegt hat, muß man verdammt nochmal ein Angehöriger oder der Ehepartner sein, aber dieser ungebetene Besucher, der sich draußen herumdrückt, wie sie ihm erzählen, und unbedingt zu ihm will, ist nicht mit Corky verwandt, Corky ist stocksauer, daß jemand auf so einen Gedanken kommen könnte, und versucht, sich den weiß gekleideten Gestalten verständlich zu machen, die er nur als daumengroße Figuren durch einen Tunnel sieht und deren Züge den grellen Glanz von Gesichtern haben, die sich in einem Toaster oder im Chrom eines Autos spiegeln, wirkliche Gesichter, gewiß, aber eben winzig klein.

»Nein, ich will den Mistkerl nicht sehen, jetzt nicht und überhaupt nie.«

Auch seiner Tante,Schwester Mary Megan von den Ursulinerinnen, die gekommen ist, um ihm Trost zu spenden, versucht er, sich verständlich zu machen. Ein komischer Zufall, daß sie gerade aus dem Holy Redeemer entlassen und er gerade hier eingeliefert wurde – wo immer das ist. In ihrer Nonnentracht und der schlichten weißgestärkten Haube sitzt sie da und betrachtet ihn gütig, als er endlich aus dem Koma aufwacht, in das er während der Operation gefallen war, während sie ihm die Kugel aus der zerschossenen linken Lunge entfernt hatten, auch eine der Lungenschlagadern hatte es erwischt, und während der Operation war das Herz plötzlich stehengeblieben, begann dann aber, elektrisch stimuliert, wieder zu schlagen, ein Zwischenfall, der Corky nicht besonders zu beunruhigen scheint, er ist schließlich, sagt er sarkastisch zu Tante Mary Megan, kein Hypochonder und Gottseidank versichert, 90% der Behandlungskosten sind durch den Versorgungsplan der Firma Corcoran gedeckt. Sofern die Arschlöcher vom Finanzamt ihm keinen Prozeß an den Hals hängen

»Entschuldige den Ausdruck, tut mir wirklich leid«, aber Tante Mary Megan schüttelt nur milde lächelnd den Kopf, schließlich ist sie in Irish Hill aufgewachsen, wenn das auch schon lange her ist, und deshalb diese Ausdrucksweise gewöhnt. Und Schlimmeres. Kann es sein, daß sie ihr im Kloster und in St. Ursula, wo sie 54 Jahre lang Englisch unterrichtet hat, sogar fehlt? Eine würdige alte Dame in ihrem Habit, mit den an der Taille baumelnden schwarzglänzend scheppernden Perlen, von denen er als Kind in Our Lady of Mercy immer gedacht hat, daß sie wie Kakerlaken aussehen. Corky will Tante Mary Megan erzählen, daß das Finanzamt versucht, seinen Versorgungsplan anzufechten, aber er kann sich nicht mehr an die Einzelheiten erinnern und auch nicht an den Namen dieses jüdischen Geldmannes, der sein Freund ist, der ihn rausreißen, der es ihnen zeigen wird. Und in diesem Augenblick geht eine der Fensterscheiben kaputt, oder vielleicht war sie die ganze Zeit schon kaputt, und Corky war es nur noch nicht aufgefallen, finster-kalte Luft dringt in den Raum, Corky in seinem empfindlichen gehäuteten Zustand kommt es vor, als träfe der Luftzug sein rohes Fleisch, und er hat Angst, daß ihm Finger und Zehen erfrieren. Er schlottert so heftig, daß das Bettgestell ins Schwingen kommt, Schwester, ruft Tante Mary Megan, Schwester, Schwester, kommen Sie, helfen Sie uns, bringen Sie bitte eine Decke mit, und Corky ist stocksauer, bei den Preisen – unter 4000 Dollar pro Tag werden sie's nicht machen, schätzt er – kann man schließlich erwarten, daß sie sich ein bißchen anstrengen. Tante Mary Megan nimmt Corkys Hände und rubbelt sie energisch, damit der Kreislauf wieder in Gang kommt, dann nimmt sie Corkys Füße und rubbelt kräftig die Zehen, auch das regt den Kreislauf an, bei Erfrierungen besteht die Gefahr, daß Zehen und Finger einfach wegbrechen. Tante Mary Megan beruhigt Corky, der es nun doch ein bißchen mit der Angst zu tun bekommt, er wird am Leben bleiben, er wird wieder ganz gesund werden, morgen früh wollen die Ärzte, wenn er eine ruhige Nacht hatte, ihn vom Beatmungsgerät nehmen, aber Corky denkt, daß er an diesem Ort ohne Namen, an den sie ihn gebracht haben, zwischen Tag und Nacht keinen Unterschied erkennen kann. Jenseits des Fensters ist nichts. *Jesus Maria und Josef bittet für uns,* sagt Tante Mary Megan leise und senkt den Kopf. Einen kurzen Moment lang kann Corky wieder klar sehen und entdeckt zu seiner Überraschung in den altersgrauen Knitterfalten ein liebes Mädchengesicht, das er einmal gekannt hat, die blauen irischen Augen, die helle, zarte sommersprossige Haut ihrer verlorenen Jugend. *Jesus Maria und Josef bittet für uns,* es ist ihm ein bißchen unangenehm, daß jemand für ihn betet, als läge er auf dem Sterbebett, aber seine Tante ist eine alte Dame und Nonne obendrein, und wenn sie damit glücklich wird, soll es ihm recht sein.

Mit dreiundvierzig ist er zu jung, um so Sachen ernst zu nehmen. Auch wenn ihm, Gott sei's geklagt, die Haare ausgehen.

Er hat nicht gesehen, wer ihn im Chateauguay Country Club vom blutglitschenden Fußboden aufgehoben hat. Aufgehoben und auf einer Trage in einem dahinrasenden Krankenwagen weggebracht hat, umtost von gellendem Jaulen, das Corky nicht hört, an das er sich zumindest nicht erinnert, und jetzt, da sein Innenohr sich mit Flüssigkeit füllt, kann er kaum noch begreifen, was *hören* ist. Aber es war eine schnelle Fahrt. Mit Lichtgeschwindigkeit. Denn wenn du stirbst, kommst du zuerst an. Wohin du auch gehst, du bist schon da. Über den Rand der Erde in die Tiefe gezogen. Halt, nein: *Der Erlebnishorizont, die Begrenzung des Schwarzen Loches ist wie der Rand eines Schattens – der Schatten des nahen Endes.* Aber so weit ist es noch nicht. Und so weit wird es auch nie kommen.

Auf dem OP-Tisch lag Corky unter dem grellen Laserlicht wie auf einer Marmorplatte und zuckte mit keinem Muskel, als sie ihn anschnallten, sein Brustbein aufsägten und mit Instrumenten, die scharf und dünn wie Eispickel waren und einer Stange, die einem Montiereisen ähnelte, seine verwundete Brusthöhle öffneten – mit Brachialgewalt wie ein Metzger, der eine Rinderhälfte aufbricht, ehe er sie in Stücke sägt. Die Kugel vom Kaliber 38, die Thalia aus seiner eigenen Waffe auf ihn abgeschossen hatte, wurde entfernt und die Lunge und auch das matt schlagende Herz repariert, es war wie Zauberei, demnach war Jerome

A. Corcoran nicht gestorben, sein Herz hatte in seinem zielbewußten Schlagen nicht innegehalten, und es besteht die Aussicht, daß du dich, wenn du hier rauskommst, an diesen ganzen Quatsch nicht mehr erinnerst. Und wenn du dich nicht erinnerst, ist es nicht passiert – wie damals, als Harry Blackstone den kleinen Jerome hypnotisiert hatte und der das hinterher standhaft leugnete, demnach nie hypnotisiert worden war.

Nur: Er hat gesehen, wie der Kopf vom Körper getrennt wurde, es ist ein Bild, das ihn nicht wieder losläßt, wie der Körper, aus dem das Blut schoß, zu Boden stürzte, der abgetrennte Kopf mit den entsetzt geweiteten Augen auf den Boden aufschlug, federte, rollte. *Corcoran, du Blödmann, das ist dein Gesicht! Klar!* Aber was sie mit dem Kopf gemacht haben und mit dem Körper, aus dem das Blut rann, daran kann Corky sich nicht erinnern. Muß irgenwo begraben sein. Aber wo?

Sie hatten ihn aufgehoben und weggetragen, und er brauchte nicht aufzuwachen, während sie ihn sorgfältig vernähten. Lunge, Adern, zerfetztes Gewebe, Schädel, Handgelenke. Jetzt ist er fest eingebunden in dieses Spinnennetz und hat ein Gitter vor dem Bett, zu seiner eigenen Sicherheit. Zuckungen laufen durch seinen Körper wie Schreie, die er nicht hören, geschweige denn beherrschen kann. Sie haben mit Gewalt einen Schlauch zwischen zwei seiner Rippen an der linken Seite eingeführt, um Blut und Flüssigkeiten aus dem Lungenraum abzusaugen, und einen weiteren Schlauch zum Ableiten der Luft. Durch das grotesk erweiterte rechte Nasenloch führt ein strohhalmdünner Schlauch zu einem Beatmungsgerät, das nun unablässig, unermüdlich, unveränderlich wie in einem langsamen Marschtakt für ihn atmet. Ein Tropf führt in das grün und blau verfärbte Fleisch der rechten Armbeuge, Kabel überwachen sein Gehirn, sein Herz, andere lebenswichtige Organe, aber davon spürt er nichts, ebensowenig wie er den Katheter unter der Decke in seinem armen eingeschrumpften Schwanz spürt, der Ausscheidungen aus seinem Körper absaugt, von denen er nichts weiß und derer er sich deshalb auch nicht zu schämen braucht. Auch riecht er weder sich noch die so rasch wieder eingeschmutzte Bettwäsche. Nur manchmal schreckt er verstört hoch, wenn er den Schatten einer weiß gekleideten Gestalt über sich wahrnimmt, und reißt zuckend und zappelnd und mit würgend-ersticktem Stöhnen ein Kabel des Herzmonitors ab und muß ruhiggestellt werden.

Auf einem Bildschirm, der von der Decke hängt, bewegen sich unablässig, in manchmal sprunghaften Rhythmen, gezackten Wellen gleiche Muster von links nach rechts, von links nach rechts, von links nach rechts. Eins der Videospiele im Club Zanzibar. *Total Terminator II.*

An einem anderen Tag ist seine alte Tante, die Nonne, weg, und unter der Tür wird geflüstert und aufgeregt geraunt, und Corky schielt durch die Gaze und sieht – ist das Onkel Sean, der da unentschlossen unter der Tür steht? – und neben Sean , ihn überragend, einen rothaarigen Mann ohne Gesicht, oder vielmehr mit einem traumhaft verschwommenen, verbotenen Gesicht, und da weiß Corky: *Er ist es! Das ist Daddy!*, aber wenn er sich anmerken läßt, daß er es weiß, bricht das den Bann, und deshalb liegt er reglos in seinem Spinngewebe, mit dem Gitter vor dem Bett wie ein kleines Kind, beschämend, aber was soll man machen. Zugleich weiß er, daß Tim Corcoran wahrscheinlich nicht da ist, Onkel Sean aber steht ganz handfest da und dreht besorgt den Strohhut in der Hand. Der Alte hat sichtlich Angst vor ihm.

Keine Bange, Onkel Sean, das kommt alles wieder in Ordnung, ich kratze nicht ab.

Jetzt ist er direkt vor ihm und spricht langsam und schaut ihn an, als wenn er ihn nicht erkennt oder nicht erkennen will. Corky kann seinen Onkel nicht deutlich sehen. Und auch nicht hören. Er ärgert sich über irgendwas, vielleicht ist er aber auch nur müde. Diese Kälte macht einen ganz fertig, die blöde Kuh hat die zusätzliche Decke nicht gebracht. Da, wo die Kugel seinen Kopf gestreift und wie ein Haken Haar, Haut, seinen blutigen Skalp herausgerissen, die Schädeldecke durchschlagen hat, ist ein großer klumpiger Fremdkörper, nach und nach begreift Corky, daß sein Kopf fast völlig von diesem Fremdkörper umhüllt ist, der schwer wie ein irdenes Gefäß auf dem Kissen liegt, so daß er den Kopf nicht bewegen kann.

Jetzt komm, mach dir keine Sorgen, nächste Woche bin ich wieder draußen.

Auch Thalia liegt im Krankenhaus. Corky weiß das irgendwie, ohne Einzelheiten zu kennen – wo sie liegt zum Beispiel. Vielleicht hat es ihm jemand erzählt. Oder er hat es auf dem Fernsehschirm über dem Bett gesehen. Die Aussichten sind gut, daß auch mit ihr alles in Ordnung kommt.

Auf der ersten Seite der Dienstagsausgabe des *Journal* ist das Foto von Vic und Corky, die in das Blitzlicht der Kamera grinsen, darunter dicke schwarze Schlagzeilen REVOLVERANSCHLAG AUF SLATTERY, FREUND ALS LEBENSRETTER.

Das Medical Center wird mit Nachrichten für Jerome A. Corcoran überschwemmt, Anrufe, Karten, Blumen. So viele Blumen, wohin damit, verflixt nochmal, auf der Intensivstation sind Blumen verboten. Sie soll alle mit nach Hause nehmen, sagt Corky zu Sharon, der hübschen blonden Krankenschwester, sie gehören Ihnen.

Nie weniger als 64 % der Wählerstimmen, daran ist nicht zu rütteln. Jetzt ist Jerome A. Corcoran als Bürgermeister von Union City im Gespräch, Oscar Slattery will zurücktreten. Scheibenhonig, denkt Corky, er hat mit der Kommunalpolitik auch nichts mehr am Hut. Und keine Interviews mehr, wenn die Fragen nicht vorher schriftlich festliegen.

Als er aufwacht, steht da Red Pitts und sieht unbewegt auf ihn herunter, die beiden mustern sich schweigend, dann geht Pitts wie ein Bulle mit verletztem Knie wieder hinaus, auf den Aluminiumtisch neben Corkys Bett hat er einen kleinen Gegenstand gestellt, zuerst weiß Corky nicht, was es ist, endlich aber erkennt er ihn wie in einem Traum: Es ist die kleine Porzellanfigur mit dem gewellten braunen Haar, den runden leeren Augen, dem Rosenknospenmund. *Ich warte auf dich.*

Am anderen Ende des Tunnels, der wie ein umgedrehtes Fernrohr ist, sieht er die weiß gekleideten Gestalten an sich arbeiten. Sie stechen Nadeln in ihn hinein, entnehmen seinem widerstandslosen Körper Blut, Flüssigkeiten, Knochenmark. Und dem Knochenmark Eisenstaub aus den fernsten Sternen des Universums, das weglos, grenzenlos und isotopisch, das heißt identisch in allen Richtungen ist, und Corky erschreckt der Gedanke, daß er sterben wird, ohne das je zu begreifen. Der Eisenstaub des Urknalls in seinem Knochenmark, und er wird sterben, ohne das je zu begreifen.

Es gibt nichts Traurigeres oder vielleicht nichts Komischeres auf der Welt, sagt er zu Christina. Du lebst und du stirbst, ohne zu begreifen, woher zum Teufel du kommst, geschweige denn, wohin du gehst oder warum.

Das Ist, das so schnell, so unwiderruflich zum War wird.

Wie oft Christina hier war und wieviele Stunden sie an seinem Bett gestanden hat, weiß Corky nicht. Sie muß denen am Empfang gesagt haben, wer sie ist und daß sie eine spezielle Beziehung zu dem Patienten hat, sie trägt ein Ausweisschild, das hat also offenbar seine Ordnung. Sie schaut Corky groß an, und der lächelt, aber er sieht sie wie durch eine Sperre aus zerkratztem Plastik, und sie sieht ihn und doch irgendwie nicht *ihn. O Corky! mein Gott…*

Jetzt komm, Schätzchen, alles halb so schlimm. Gib mir einen Kuß.

Da ist eine Frau, die sich über ihn beugt und ihn mit ihrem warmen Körper vor der Kälte schützt. Dunkelglänzendes Haar fällt ihm ins Gesicht, so daß er sie nicht sehen kann, aber sie ist es, unverkennbar, den Namen hat er vergessen, aber er weiß, daß *sie* es ist. Und das Haus in den Vororten und die Kinder. Sie rubbelt seine erfrorenen Finger und dann die erfrorenen Zehen. Und zum Schluß, mit zitternden Fingern, den traurig verschrumpelten gequetschten Schwanz. *Ich liebe liebe liebe dich Corky bitte stirb nicht.* Sie küßt die Schwanzspitze, liebkost die schlaffen Venen, so daß sich ganz schwach der Blutstrom in ihnen regt. Sie beugt sich über ihn, saugt Leben in ihn hinein, so heftig, daß es schmerzt *Ich liebe liebe liebe dich mein Liebling.*

Die Monitoren arbeiten weiter. Der Tropf leitet Flüssigkeiten in eine neue Vene in Corkys anderem Arm. Das Beatmungsgerät atmet für ihn, in perfektem unveränderlichem Roboterrhythmus. Kann ein Beatmungsgerät auch eine Leiche weiteratmen lassen, fragt er einen der Ärzte und lacht, als er sieht, was für ein Gesicht der macht. Und Tag und Nacht sind eins unter den Leuchtstofflampen. Und draußen vor dem Fenster – nichts.

Es wird immer kälter. Außer ihm hat keiner was von der kaputten Scheibe gemerkt. Langsam einsickernde Luft. Corky Corcoran ist keiner, der gleich jammert, aber warum, zum Teufel, haben sie ihm die Decke nicht gebracht? Theresa hat ihn gewarnt: *Laß die Kälte nicht an dich heran!*

Der schlaue Corky hat unter dem Kissen den Schuldschein versteckt, den Nick Daugherty unterschreiben soll. Morgen will Nick ihn besuchen, und Corky wird den Wisch hervorholen und ihm unter die Nase halten, okay, Kumpel, jetzt mal Schluß mit dem Affentheater, das ist für dich. Und Nick wird nichts weiter übrigbleiben, als zu unterschreiben. Wenn du einen Schuldschein nicht unterschreibst, heißt das, daß du ein Gauner, ein Nassauer bist, daß du deinen besten Freund bestehlen, das Vertrauen eines gutmütigen Trottels ausnützen würdest. Und wenn du unterschreibst, aber nicht zahlst, hat dein Freund die gesetzliche Möglichkeit, dich zu verklagen.

Später werden sie herzlich darüber lachen. Wenn Corky nicht mehr im Krankenhaus liegt. Wenn Corky wieder ganz in Ordnung ist. Wenn sie im Killian's Red Star sitzen und Ale trinken wie in alten Zeiten.

Nur: Corky und Nick sitzen an der Theke und reden und lachen, aber da ist dieser andere Typ, dieser Dritte, der sich aufdringlich und ungebeten dazwischendrängen will. *Entschuldigen Sie, Mr.*

Corcoran? – Jerome? Unverschämt, dieser kleine Mistkerl mit dem eingedrückten Kopf, den Nagerzähnen. Den blinzelnden Glubschaugen hinter der Brille. *Entschuldigen Sie, mein Name ist…*

Aufgeregt schlägt Corky um sich und zerrt an den Kabeln und dem Tropf und dem Schlauch in seiner Nase, es fehlt nicht viel, und er reißt sich alles raus. Er kann sich nicht erinnern, wie der Scheißkerl heißt, Teague oder Tyde, und was er eigentlich von ihm will. Er wird Miriam fragen, wenn sie ihn wieder besuchen kommt, Miriam war schon fünf-, sechsmal da und hat ihn über die Geschäfte auf dem Laufenden gehalten, aber er vergißt immer wieder, sie danach zu fragen. Schließlich hat er an Wichtigeres zu denken als an so ein blödsinniges, laienhaftes Vorhaben. Das Mausoleum der Toten von Union City – richtig, so hieß der Schwindel. Geld von der Firma Corcoran Inc., die Verwendung von Corky Corcorans gutem Namen – aber da hat er sich geschnitten!

Artie Fleischman und der andere Cop, den er bei Bobby Ray's kennengelernt hat, Fats Pickering, Mike Donnelly, Petey Zubkow, Budd Yeager, noch ein, zwei Typen, deren Gesichter er nicht erkennen kann – eines Abends kreuzen sie alle miteinander bei ihm auf, um ihre Wettschulden zu bezahlen. Es gibt einen Riesenwirbel und lautes Gelächter auf der Intensivstation, gutmütige Frotzeleien, während sie aus dicken Geldscheinpacken Scheine auf Corkys Bett zählen, Corky, du Glückspilz, du Miststück, wie kann ein einziger Mann so oft eine Wette gewinnen? Eng gedrängt stehen sie im Zimmer und rütteln an Corkys Bett, sie lachen und rauchen, das Zimmer ist so voller Rauch wie Corkys Bett voller Geldscheine ist, und da ist auch Nick, tatsächlich, Nick Daugherty ist gekommen, er hat das Geld mitgebracht, das er Corky schuldet, grinsend zählt er die Hundertdollarscheine ab, und die anderen wollen sich ausschütten vor Lachen, weil es so viele sind, mindestens vierzig, und spotten, auf was für eine Wette bist denn du diesem Corcoran reingefallen? Einer steckt Corky eine Zigarette zu, und hier ist eine Flasche Twelve Horse Ale, das hast du lange nicht mehr gehabt, Corky, stimmt's? Und

Corky zieht sich die gottverdammten Schläuche und den Aspirator aus dem Mund, wie viele Wochen ist er hier schon eingesperrt, ohne normal essen schmecken reden atmen, ohne richtig sehen oder hören zu können, aber jetzt reicht's ihm, jetzt läßt er sich von den verdammten Ärzten keine Vorschriften mehr machen, und seine Kumpel grinsen und sagen *Recht so, Corky, zeig's ihnen, Corky!*

Er setzt sich in Bewegung, versucht aber nicht zu rennen, auch wenn er Angst hat. Er weiß, daß jemand oder etwas hinter ihnen her ist, während sie die schwankende Feuerleiter, deren Rost an ihren Händen hängenbleibt, zum Dach hochsteigen, *Geh zuerst, geh du zuerst,* so daß sie ihn, sollte er fallen, auffangen kann. Und auf dem Dach, das nach nasser Teerpappe und moderndem Laub riecht, hocken sie zusammen hinter einem hohen geschwärzten Backsteinschornstein. Theresa hält Jerome aufgeregt in den Armen, *Laß die Kälte nicht an dich heran,* und Jerome verspricht es, und Theresa sagt *Mach mir doch nichts vor, ich fühle sie in dir, die Kälte,* und Jerome versucht, nicht zu weinen und sagt, nein, es ist alles in Ordnung, und Theresa scheint das zu akzeptieren, jedenfalls hält sie ihn ganz fest, und ihn überkommt das machtvolle Gefühl, geliebt zu werden, und als er aus seinem Traum erwacht – ja, er weiß, das *war* ein Traum –, liegt er lange Zeit wie betäubt und von tiefer Erleichterung getragen da und überdenkt immer wieder, was ihm geschehen ist und wo er sich befindet und spürt, wie ihn neue Kraft erfüllt, eine Sicherheit wie schon seit Jahren nicht mehr, ja, vielleicht in seinem ganzen Leben noch nicht, da muß erst so was passieren, bis du mal zum Nachdenken kommst, dir dein bisheriges Leben vor Augen führst, und dann merkt er auch, daß er das Bedürfnis nach Alkohol, ja, sogar die bittersüße Erinnerung an dieses Bedürfnis völlig überwunden hat, das mit den Anonymen Alkoholikern kann er also lassen, und auch über seine Nikotinsucht ist er weg, die in den letzten Tagen wie ein Fieber war, er begreift dankbar, daß sie ihn hier gründlich entgiftet haben, so wie man einen schmutzigen Gehsteig mit dem Schlauch abspritzt und den ganzen Dreck in die Gosse spült, weg damit. Und er ist ja noch jung, erst dreiundvierzig. Zeit genug, zu heiraten und noch ein, zwei Kinder mit Charlotte zu haben, nein, nicht mit der Blonden, der Schwarzhaarigen, in die er so vernarrt ist, der Name fällt ihm im Moment nicht ein, ach ja, Christina, und vielleicht stellt er sich doch für die Wahl zum Bürgermeister, wenn das nicht nur leeres Gerede war, wenn die Partei Jerome A. Corcoran ernsthaft Rückendeckung gibt.

Er erzählt das einem der Ärzte, und der ist beeindruckt. Und einem jungen jüdischen Assistenzarzt mit so einem komischen kleinen Ding – Kipah? – auf dem Hinterkopf. Und den Schwestern, auch der Blonden mit dem netten Wackelpo, die ihren prominenten Patienten mit Respekt behandeln. Morgen früh nehmen wir Sie vom Beatmungsgerät, und wenn alles gut geht, kommen Sie morgen nachmittag in ein anderes Zimmer und dürfen Besuch haben. Und Corky bedankt sich bei ihnen und schüttelt ihnen die Hand. Händeschütteln kann nie schaden. Und er ist ihnen ja auch wirklich dankbar, verdammt dankbar, sie haben gute Arbeit geleistet. Diese Notfallversorgung, diese aufwendige Medizintechnik kostet zwar eine Stange Geld, aber sie ist es auch wert. Und zum Glück ist er ja versichert. Und er spürt, daß er sein Leben wieder in den Griff bekommen kann. Und diesmal wird er bestimmt das gute Gefühl nicht wieder sausen lassen. Und als er diesen kleinen Mistkerl Teage oder Tyde draußen auf dem Gang stehen sieht, der schon seit Tagen, Wochen, weiß Gott wie lange darauf wartet, Corky zu zeigen, was er in seiner Aktentasche hat, winkt Corky ihm zu.

Also meinetwegen kommen Sie rein, ich bin Corky Corcoran, ich bin Ihr Mann.

28. Mai 1992, 4.43 Uhr.